日本古典文学案内

現代語訳 注釈書

日外アソシエーツ

Guide to Books of Japanese Classical Literature

Modern Translation and Annotation

Compiled by

Nichigai Associates, Inc.

©2009 by Nichigai Associates, Inc.

Printed in Japan

本書はディジタルデータでご利用いただくことができます。詳細はお問い合わせください。

●編集担当● 原沢 竜太
装 丁：赤田 麻衣子

刊行にあたって

　「古典」という言葉に難解なイメージを持つ人は多いが、古典文学作品はその成立当時から難解だったわけではない。物語に出てくる人名・地名などの固有名詞は当時の読者には衆知のものであったし、使用された言葉は公用文や書簡などで広く使われている馴染み深い文体だったからである。しかし時が過ぎ作品が古くなると読解には困難が伴うようになり専門家による解釈が必要となった。それが注釈であり、万葉集における仙覚「万葉集註釈」や契沖「万葉代匠記」、古事記における本居宣長「古事記伝」といった仕事が有名である。加えて近代に入り書き言葉が文語体から口語体に改められた結果、専門的な教育を受けた人以外には古典文学は敷居の高いものになってしまった。そこで明治以降、さまざまな人々が古典作品を口語訳することに取り組んできた。昨年千年紀を迎えた「源氏物語」訳を例にとれば、今泉忠義、玉上琢弥などの研究者から、窪田空穂、与謝野晶子、谷崎潤一郎、円地文子、田辺聖子、瀬戸内寂聴らの作家まで枚挙にいとまはない。

　本書はそれら明治以降に出版された現代語訳および注釈書を、作品別・作家別にまとめた図書目録である。各見出しの下で「現代語訳」と「注釈書」に区分しており、"その作品の現代語訳の有無、別訳を知りたい""明治期以降の古典解釈史・受容史を調べたい"といった利用者のニーズに沿って効率的な調査が可能となっている。また「事項名索引」では見出し語以外の原著者名・作品名からも引けるようにし、「著者名索引」では特定の作家・研究者名から書籍を探せるようにして利用者の便をはかった。

　古典文学の研究においては注釈が重視され現代語訳が軽く見られることもあるが、古典鑑賞の入り口として現代語訳は軽視されてよいもので

はない。退職後や受験後に古典文学を手に取った初学者が、注釈書が難解だったために、あるいは適した訳書が見つからなかったために作品の魅力を十分に享受できないことがあったとしたら残念である。古典と呼ばれる文学作品はいわば「面白い」ために数百年の時を越えて読み継がれてきたのであり、その面白さを幅広い層に伝えることができる良質な現代語訳は、作品を次世代に引き継ぐ上で重要な役割を担っているといえる。本書がそれら古典文学の現代語訳および注釈書を探す手掛かりとなり、鑑賞や研究の一助となることを願ってやまない。

2009年9月

日外アソシエーツ

目　次

凡　例 …………………………………………………… (6)
見出し一覧 ……………………………………………… (8)

日本古典文学案内―現代語訳・注釈書 ………………… 1

事項名索引 ……………………………………………… 359
著者名索引 ……………………………………………… 379

凡　例

1. **本書の内容**

　　本書は日本国内で明治以降に出版された日本古典文学作品の現代語訳および注釈書を網羅的に集め、作品別・作家別にまとめた図書目録である。

2. **収録対象**

　（1）1868年（明治元年）から2008年（平成20年）までの141年間に日本国内で刊行された、日本古典文学作品の現代語訳や注釈を付した図書のべ7941冊を収録した。

　（2）翻刻書は原則除外した。ただし翻刻や影印に注釈が付いたものは収録した。

　（3）近世以前の古注釈書は収録しなかった。ただし古注釈書それ自体に訳・注釈が付いたものは採用の対象とした。

　（4）児童書や受験参考書・問題集は除外した。

3. **見出し**

　（1）時代別に「上代文学」「中古文学」「中世文学」「近世文学」と区分し、これを大見出しとした。

　（2）各大見出しの下はジャンルで分類し、これを中見出しとした。また中見出しの下には適宜小見出しを設けた。

　（3）中見出し・小見出しには各作品の成立時代や各人物の生没年の情報を付した。

4. **排　列**

　　各見出しの下で関連図書を「現代語訳」「注釈書」に区分し、各々の刊行年月順に排列した。現代語訳のみ、および訳と注釈の両方を収録し

た図書は「現代語訳」に分類し、注釈のみの図書は「注釈書」に分類した。

５．図書の記述

記述の内容と順序は次の通り。

書名／副書名／巻次／各巻書名／著者表示／版表示／出版地（東京以外を表示）／出版者／出版年月／ページ数または冊数／大きさ／叢書名／叢書番号／注記／定価（刊行時）／内容

６．事項名索引

本文の見出しに含まれるテーマをキーワードとして五十音順に排列し、見出しの掲載ページを示した。

７．著者名索引

各図書の著者（古典文学作品の原作者は除く）・訳者・校注者・編者を五十音順に排列した。本文における図書の所在は掲載ページで示した。

８．書誌事項等の出所

本書に掲載した各図書の書誌事項は、概ねデータベース「BOOKPLUS」及びJAPAN/MARCに拠ったが、掲載にあたっては編集部で記述形式などを改めたものがある。

見出し一覧

上代文学 ……… 1
- 古事記 ……… 1
- 日本書紀 ……… 7
- 風土記 ……… 10
- 祝詞・宣命 ……… 11
- 歌謡 ……… 12
- 和歌 ……… 13
  - 万葉集 ……… 13
    - 東歌 ……… 30
    - 防人歌 ……… 30
    - 相聞歌・恋歌 ……… 30
  - 万葉歌人と作品 ……… 31
    - 大伴旅人 ……… 31
    - 大伴家持 ……… 31
    - 柿本人麻呂 ……… 31
    - 笠金村 ……… 31
    - 高橋虫麻呂 ……… 32
    - 高市黒人 ……… 32
    - 額田王 ……… 32
    - 山上憶良 ……… 32
    - 山部赤人 ……… 33
- 漢詩・漢文学 ……… 33
  - 懐風藻 ……… 33

中古文学 ……… 34
- 漢詩・漢文学 ……… 34
  - 本朝麗藻 ……… 34
  - 本朝無題詩 ……… 34
  - 本朝文粋 ……… 35
- 詩人・文人と作品 ……… 35
  - 島田忠臣 ……… 35
  - 菅原道真 ……… 35
- 和歌 ……… 35
  - 私撰集 ……… 36
    - 新撰万葉集 ……… 36
    - 三十六人集 ……… 36
  - 勅撰和歌集 ……… 37
    - 古今和歌集 ……… 37
    - 後撰和歌集 ……… 41
    - 拾遺和歌集 ……… 41
    - 後拾遺和歌集 ……… 42
    - 金葉和歌集 ……… 42
    - 詞花和歌集 ……… 43
  - 百首歌 ……… 43
    - 堀河百首 ……… 44
  - 歌人と作品・家集・歌論 ……… 44
    - 赤染衛門 ……… 45
    - 在原業平 ……… 46
    - 和泉式部 ……… 46
    - 伊勢 ……… 46
    - 馬内侍 ……… 46
    - 恵慶 ……… 46
    - 大江千里 ……… 47
    - 凡河内躬恒 ……… 47
    - 小野小町 ……… 47
    - 紀貫之 ……… 47
    - 清原元輔 ……… 47
    - 小大君 ……… 48
    - 小侍従 ……… 48
    - 相模 ……… 48
    - 斎宮女御 ……… 48
    - 四条宮下野 ……… 48

見出し一覧

- 成尋阿闍梨母 … 48
- 清少納言 … 49
- 曾禰好忠 … 49
- 平忠度 … 49
- 橘為仲 … 49
- 二条院讃岐 … 49
- 能因 … 49
- 檜垣嫗 … 49
- 藤原清輔 … 49
- 藤原公任 … 50
- 藤原伊尹 … 50
- 藤原定頼 … 50
- 藤原実方 … 50
- 藤原仲文 … 50
- 藤原長能 … 50
- 藤原基俊 … 50
- 源俊頼 … 50
- 壬生忠岑 … 51
- 紫式部 … 51
- 歌謡 … 51
  - 神楽歌 … 51
  - 催馬楽 … 52
  - 梁塵秘抄 … 53
  - 和漢朗詠集 … 53
- 物語 … 54
  - 伊勢物語 … 54
  - 宇津保物語 … 58
  - 落窪物語 … 60
  - 源氏物語 … 61
    - 桐壺〜藤裏葉 … 67
    - 若菜〜幻 … 77
    - 匂宮〜夢浮橋 … 81
  - 狭衣物語 … 86
  - 篁物語 … 87
  - 竹取物語 … 88
  - 堤中納言物語 … 91
  - 多武峯少将物語 … 93
- 浜松中納言物語 … 93
- 平中物語 … 94
- 大和物語 … 94
- 夜半の寝覚 … 96
- 歴史物語・歴史書 … 97
  - 今鏡 … 97
  - 栄花物語 … 98
  - 大鏡 … 99
  - 古語拾遺 … 101
  - 続日本紀 … 102
  - 日本後紀 … 103
  - 扶桑略記 … 103
  - 水鏡 … 103
- 説話・伝説・伝承 … 103
  - 打聞集 … 103
  - 江談抄 … 103
  - 古本説話集 … 104
  - 今昔物語集 … 104
  - 三宝絵詞 … 108
  - 日本霊異記 … 108
- 軍記物語 … 109
  - 将門記 … 109
  - 陸奥話記 … 110
- 日記・随筆・紀行・記録 … 110
  - 和泉式部日記 … 110
  - 蜻蛉日記 … 113
  - 讃岐典侍日記 … 116
  - 更級日記 … 116
  - 成尋阿闍梨母日記 … 119
  - 小右記 … 119
  - 土佐日記 … 119
  - 枕草子 … 122
  - 御堂関白記 … 126
  - 紫式部日記 … 127
- 仏教文学 … 129
  - 最澄 … 129
  - 空海 … 129

見出し一覧

三教指帰 ……………… 130	東常縁 ……………… 148
源信 …………………… 131	頓阿 ………………… 148
	藤原家隆 …………… 148
中世文学 …………… 132	藤原定家 …………… 148
	藤原隆信 …………… 149
和歌 ………………… 132	藤原俊成 …………… 149
歌合・歌会 ………… 132	藤原良経 …………… 149
私撰集・秀歌撰 …… 133	源実朝 ……………… 149
勅撰和歌集 ………… 134	連歌・俳諧連歌 …… 150
千載和歌集 ……… 134	犬筑波集 …………… 150
新古今和歌集 …… 134	菟玖波集 …………… 150
新勅撰和歌集 …… 137	新撰菟玖波集 ……… 151
続後撰和歌集 …… 138	連歌作者と作品・連歌論 … 151
続古今和歌集 …… 138	荒木田守武 ………… 152
続拾遺和歌集 …… 138	心敬 ………………… 152
新後撰和歌集 …… 138	宗祇 ………………… 152
玉葉和歌集 ……… 138	歌謡 ………………… 152
続千載和歌集 …… 139	閑吟集 ……………… 153
続後拾遺和歌集 … 139	中世物語 …………… 154
風雅和歌集 ……… 139	鎌倉物語 …………… 154
新千載和歌集 …… 140	風葉和歌集 ………… 154
新拾遺和歌集 …… 140	無名草子 …………… 154
新後拾遺和歌集 … 140	海人の刈藻 ……… 155
新続古今和歌集 … 140	有明の別れ ……… 155
新葉和歌集 ………… 140	風に紅葉 ………… 155
百首歌 ……………… 141	苔の衣 …………… 155
百人一首 …………… 141	小夜衣 …………… 155
歌人と作品・家集・歌論 … 144	忍音物語 ………… 155
飛鳥井雅経 ………… 145	白露 ……………… 155
永福門院 …………… 145	住吉物語 ………… 155
鴨長明 ……………… 145	とりかへばや物語 … 156
京極為兼 …………… 145	松浦宮物語 ……… 157
建礼門院右京大夫 … 146	松陰中納言物語 … 157
後鳥羽院 …………… 146	山路の露 ………… 157
西行 ………………… 146	我身にたどる姫君 … 157
式子内親王 ………… 147	御伽草子・室町物語 … 158
俊成卿女 …………… 148	歴史物語・歴史書 … 159

(10)

見出し一覧

　　吾妻鏡 …………………………159
　　一代要記 ………………………160
　　愚管抄 …………………………160
　　源威集 …………………………161
　　神皇正統記 ……………………161
　　増鏡 ……………………………162
軍記物語 …………………………163
　　義経記 …………………………163
　　源平盛衰記 ……………………163
　　承久記 …………………………164
　　曾我物語 ………………………165
　　太平記 …………………………165
　　平家物語 ………………………169
　　平治物語 ………………………174
　　保元物語 ………………………175
説話・伝承 ………………………176
　　縁起 ……………………………176
　　宇治拾遺物語 …………………176
　　唐物語 …………………………177
　　閑居友 …………………………178
　　古今著聞集 ……………………178
　　古事談・続古事談 ……………178
　　三国伝記 ………………………179
　　十訓抄 …………………………179
　　沙石集・無住作品 ……………179
　　撰集抄 …………………………179
　　宝物集 …………………………180
　　発心集 …………………………180
　　西行物語 ………………………181
日記・随筆・紀行・記録 ………181
　　飛鳥井雅有日記 ………………182
　　十六夜日記・うたたねの記・阿仏尼 …182
　　海道記・東関紀行 ……………184
　　建春門院中納言日記(たまきはる) …184
　　とはずがたり …………………185
　　竹むきが記 ……………………186
　　中務内侍日記・弁内侍日記 …186

　　源家長日記 ……………………186
　　明月記 …………………………187
随筆・教訓 ………………………187
　　方丈記 …………………………187
　　徒然草 …………………………190
漢詩・漢文学 ……………………196
　　五山文学 ………………………196
　　絶海中津 ………………………197
　　中巌円月 ………………………197
　　万里集九 ………………………197
　　夢窓疎石 ………………………197
　　一休・狂雲集 …………………198
仏教文学 …………………………198
　　一遍 ……………………………199
　　叡尊 ……………………………199
　　親鸞 ……………………………199
　　　教行信証 ……………………202
　　　歎異抄 ………………………204
　　　和讃 …………………………206
　　道元 ……………………………206
　　　正法眼側正法眼蔵随聞記 …208
　　日蓮 ……………………………215
　　法然 ……………………………216
　　明恵 ……………………………217
　　蓮如 ……………………………217
神道文学 …………………………218
吉利支丹文学 ……………………218
演劇・芸能 ………………………218
　　謡曲文学 ………………………219
　　能作者と作品 …………………221
　　　観阿弥 ………………………222
　　　観世信光 ……………………222
　　　金春禅竹 ……………………222
　　　世阿弥 ………………………222
　　狂言 ……………………………223

(11)

見出し一覧

近世文学 225
 仏教文学 227
  白隠 227
 思想家・洋学者・文人 228
  安藤昌益 229
  佐久間象山 230
  三浦梅園 230
  吉田松陰 230
 国学 231
  荷田春満 231
  加藤磐斎 231
  賀茂真淵 232
  北村季吟 232
  契沖 232
  伴信友 232
  平田篤胤 232
  本居宣長 233
 漢詩・漢文学 234
  新井白石 237
  石川丈山 238
  市河寛斎 238
  伊藤冠峰 238
  伊藤仁斎 238
  伊藤東涯 238
  江馬細香 238
  大塩中斎 239
  荻生徂徠 239
  貝原益軒 239
  蠣崎波響 239
  柏木如亭 240
  亀井南冥 240
  亀田鵬斎 240
  菅茶山 240
  祇園南海 240
  熊沢蕃山 240
  佐藤一斎 240
  柴野栗山 241
  笑雲和尚 242
  大典顕常 242
  中江藤樹 242
  中島棕隠 243
  服部南郭 243
  林羅山 243
  広瀬旭荘 243
  広瀬淡窓 243
  藤井竹外 244
  藤田東湖 244
  藤田幽谷 244
  藤原惺窩 244
  細井平洲 244
  松崎慊堂 245
  三島中洲 245
  室鳩巣 245
  安井息軒 245
  梁川星巌 246
  山鹿素行 246
  山崎闇斎 246
  山梨稲川 246
  横井小楠 247
  頼山陽 247
  良寛 247
 和歌 248
  大隈言道 250
  小沢蘆庵 250
  香川景樹 250
  加藤千蔭 251
  賀茂真淵 251
  烏丸光広 251
  橘曙覧 251
  田安宗武 252
  平賀元義 252
  良寛 253
 狂歌・狂文 254

(12)

見出し一覧

　石川雅望‥‥‥‥‥‥‥‥‥254
　大田南畝‥‥‥‥‥‥‥‥‥254
俳諧‥‥‥‥‥‥‥‥‥‥‥‥254
　俳人と作品‥‥‥‥‥‥‥‥256
　　地方史‥‥‥‥‥‥‥‥‥257
　貞門期‥‥‥‥‥‥‥‥‥‥257
　　松永貞徳‥‥‥‥‥‥‥‥257
　談林期‥‥‥‥‥‥‥‥‥‥257
　　井原西鶴‥‥‥‥‥‥‥‥257
　　西山宗因‥‥‥‥‥‥‥‥258
　蕉風‥‥‥‥‥‥‥‥‥‥‥258
　　各務支考‥‥‥‥‥‥‥‥259
　　河合曾良‥‥‥‥‥‥‥‥259
　　宝井其角‥‥‥‥‥‥‥‥259
　　立花北枝‥‥‥‥‥‥‥‥260
　　内藤丈草‥‥‥‥‥‥‥‥260
　　野沢凡兆‥‥‥‥‥‥‥‥260
　　服部土芳‥‥‥‥‥‥‥‥260
　　松尾芭蕉‥‥‥‥‥‥‥‥260
　　　紀行・日記‥‥‥‥‥‥263
　　　　奥の細道‥‥‥‥‥‥264
　　　　野ざらし紀行‥‥‥‥267
　　　書簡‥‥‥‥‥‥‥‥‥267
　　　俳諧七部集‥‥‥‥‥‥268
　　　俳文‥‥‥‥‥‥‥‥‥269
　　　俳論‥‥‥‥‥‥‥‥‥270
　　　発句‥‥‥‥‥‥‥‥‥270
　　　連句‥‥‥‥‥‥‥‥‥271
　　服部嵐雪‥‥‥‥‥‥‥‥272
　　向井去来‥‥‥‥‥‥‥‥272
　　森川許六‥‥‥‥‥‥‥‥273
　享保期‥‥‥‥‥‥‥‥‥‥273
　中興期‥‥‥‥‥‥‥‥‥‥273
　　加舎白雄‥‥‥‥‥‥‥‥274
　　高井几董‥‥‥‥‥‥‥‥274
　　千代尼‥‥‥‥‥‥‥‥‥274
　　横井也有‥‥‥‥‥‥‥‥275

　　与謝蕪村‥‥‥‥‥‥‥‥275
　文化文政天保期‥‥‥‥‥‥277
　　小林一茶‥‥‥‥‥‥‥‥278
　　良寛‥‥‥‥‥‥‥‥‥‥280
　川柳・雑俳‥‥‥‥‥‥‥‥280
　　誹風末摘花‥‥‥‥‥‥‥284
　　俳諧武玉川‥‥‥‥‥‥‥285
　　誹風柳多留・同拾遺‥‥‥285
歌謡‥‥‥‥‥‥‥‥‥‥‥‥287
　おもろさうし‥‥‥‥‥‥‥288
小説‥‥‥‥‥‥‥‥‥‥‥‥288
　物語・説話・伝記・巷説‥‥289
　軍記・歴史物語・雑史‥‥‥290
　　常山紀談‥‥‥‥‥‥‥‥291
　　信長記・信長公記‥‥‥‥292
　　太閤記‥‥‥‥‥‥‥‥‥293
　仮名草子‥‥‥‥‥‥‥‥‥293
　　浅井了意‥‥‥‥‥‥‥‥294
　　如儡子‥‥‥‥‥‥‥‥‥294
　　鈴木正三‥‥‥‥‥‥‥‥294
　浮世草子‥‥‥‥‥‥‥‥‥294
　　井原西鶴‥‥‥‥‥‥‥‥295
　　　好色一代男‥‥‥‥‥‥296
　　　好色一代女‥‥‥‥‥‥297
　　　好色五人女‥‥‥‥‥‥298
　　　西鶴置土産‥‥‥‥‥‥301
　　　西鶴織留‥‥‥‥‥‥‥302
　　　西鶴諸国ばなし‥‥‥‥302
　　　西鶴俗つれづれ‥‥‥‥303
　　　西鶴名残の友‥‥‥‥‥303
　　　諸艶大鑑‥‥‥‥‥‥‥304
　　　新可笑記‥‥‥‥‥‥‥304
　　　世間胸算用‥‥‥‥‥‥304
　　　男色大鑑‥‥‥‥‥‥‥306
　　　日本永代蔵‥‥‥‥‥‥307
　　　武家義理物語‥‥‥‥‥308
　　　武道伝来記‥‥‥‥‥‥309

見出し一覧

　　懐硯 ……………………………… 310
　　本朝桜陰比事 …………………… 310
　　本朝二十不孝 …………………… 310
　　万の文反古 ……………………… 311
　　椀久一世の物語 ………………… 312
　江島其磧 ………………………… 312
読本 ……………………………… 313
　上田秋成 ………………………… 313
　　雨月物語 ………………………… 314
　　春雨物語 ………………………… 316
　曲亭馬琴 ………………………… 317
　　近世美少年録 …………………… 318
　　椿説弓張月 ……………………… 318
　　南総里見八犬伝 ………………… 319
　山東京伝 ………………………… 320
　建部綾足 ………………………… 320
　都賀庭鐘 ………………………… 321
洒落本 …………………………… 321
　山東京伝 ………………………… 321
人情本 …………………………… 321
　為永春水(初世) ………………… 321
滑稽本 …………………………… 322
　式亭三馬 ………………………… 322
　十返舎一九 ……………………… 323
草双紙・黄表紙・合巻 ………… 325
　曲亭馬琴 ………………………… 326
　恋川春町 ………………………… 326
　山東京伝 ………………………… 326
　柳亭種彦 ………………………… 327
咄本・地口本 …………………… 327
　醒睡笑 …………………………… 328
秘本・艶本 ……………………… 328
日記・随筆・紀行・記録 ……… 330
　漂流記 …………………………… 332
　菅江真澄 ………………………… 332
　鈴木牧之 ………………………… 332
　松平定信 ………………………… 333

演劇・芸能 ……………………… 333
　能楽 ……………………………… 333
　義太夫節 ………………………… 333
　浄瑠璃 …………………………… 333
　　説経節・説経浄瑠璃 …………… 335
　　文楽 ……………………………… 335
　　紀海音 …………………………… 335
　　竹田出雲(二世) ………………… 336
　　　仮名手本忠臣蔵 ……………… 336
　　　菅原伝授手習鑑 ……………… 337
　　　義経千本桜 …………………… 337
　　近松半二 ………………………… 338
　　近松門左衛門 …………………… 338
　　　女殺油地獄 …………………… 340
　　　傾城反魂香 …………………… 342
　　　国性爺合戦 …………………… 343
　　　出世景清 ……………………… 344
　　　心中天網島 …………………… 345
　　　心中宵庚申 …………………… 347
　　　曾根崎心中 …………………… 348
　　　平家女護島 …………………… 350
　　　堀川波鼓 ……………………… 351
　　　冥途の飛脚 …………………… 352
　　　鑓の権三重帷子 ……………… 354
　　並木宗輔 ………………………… 355
　歌舞伎 …………………………… 355
　　河竹黙阿弥 ……………………… 357
　　東海道四谷怪談 ………………… 357
　　並木五瓶(初世) ………………… 357

(14)

上代文学

【注釈書】

◇標注 神代記読本　高山昇著　誠之堂
　1911.1　284p　19cm

◇校注 日本文学類従　1　佐佐木信綱等編
　博文館　1929-1930　640p　23cm
　[内容] 上代文学集(武田祐吉編)

◇校註 上代文学新選　武田祐吉著　東京武蔵野学院　1939.3　172p　四六判

◇上代説話選―校註日本文芸新篇　武田祐吉編　武蔵野書院　1950　92p　18cm(校註国文叢書)

◇古代説話　阿蘇瑞枝,遠藤宏,曽倉岑校注　笠間書院　1975　149p　22cm　〈参考文献：p.18-22〉　800円

◇日本思想大系　2　聖徳太子集　家永三郎等校注　岩波書店　1975　592p 図　22cm　2800円
　[内容] 憲法十七条(家永三郎,築島裕) 勝鬘経義疏(早島鏡正,築島裕) 上宮聖徳法王帝説(家永三郎,築島裕)〈参考〉E本(「勝鬘義疏本義」敦煌本)(藤枝晃 古泉円順) 解説 歴史上の人物としての聖徳太子(家永三郎) 憲法十七条(家永三郎) 勝鬘経義疏(藤枝晃) 上宮聖徳法王帝説(家永三郎)「憲法十七条」「勝鬘経義疏」「上宮聖徳法王帝説」の国語史学的考察(築島裕)

◇高橋氏文注釈　上代文献を読む会編　翰林書房　2006.3　282p　22cm　9800円

古事記(奈良前期)

【現代語訳】

◇今文古事記(標注)　池田常太郎訳注　日就社　1911.5　252p　19cm

◇現代語に全訳せる古事記　福原武訳　洛陽堂　1921　336p　四六判

◇訳文古事記―標注　桜園書院編輯部訳註　大阪　桜園書院　1923　252p　19cm

◇新訳古事記　望月世教著　春秋社　1925　326p　16cm

◇全訳 古事記精解　沢田総清著　健文社
　1931.5　524p　四六判

◇新訳古事記　笛木謙治著　ロゴス書院
　1932.2　279p　菊判

◇口訳註解 参考古事記　阿部政一編著　中文館　1934.6　478p　四六判

◇現代語訳 古事記　蓮田善明訳　机上社
　1934.11　298p　四六判(古典普及叢書)

◇現代語訳国文学全集　第1巻　古事記・日本書紀抄　植木直一郎訳　非凡閣
　1936.10　1冊　20cm

◇古事記　高野正巳著　小学館　1943
　273p　B6(現代訳日本古典)　2円

◇現代語訳 古事記　植木直一郎著　非凡閣
　1943.5　356p　B6

◇古事記　武田祐吉訳　至文堂　1953
　239p　19cm(物語日本文学　第1)

◇日本古典文学全集―現代語訳　第1巻　古事記　倉野憲司訳　河出書房　1955
　193p　18cm

◇古事記　武田祐吉訳註　角川書店　1956
　433p　15cm(角川文庫)〈校註古事記,現代語訳古事記,解説 附(393p-433p): 語句索引,歌謡各句索引〉

◇日本国民文学全集　第1巻　古事記　福永武彦訳　河出書房　1956　340p 図版　22cm
　[内容] 古事記,日本書紀(抄) 琴歌譜,風土記(抄)

◇古典日本文学全集　第1　古事記　石川淳訳　筑摩書房　1960　380p 図版　23cm

◇天地のはじめ―古事記上巻真訳　その1-2
　前園直健著　名瀬　前園直健　1963-1965
　2冊　21cm　700-800円

◇国民の文学　第1　古事記　谷崎潤一郎等編　福永武彦訳　河出書房新社　1964
　457p 図版　19cm

◇古典日本文学全集　第1　古事記,風土記,日本霊異記,古代歌謡　石川淳訳　筑摩書房　1966　380p 図版　23cm　〈普及版〉
　[内容] 古事記(石川淳訳) 風土記(倉野憲司訳) 日本霊異記(倉野憲司訳) 古代歌謡(福永武彦訳) 解説(倉野憲司) 古事記の芸術的価値(和辻哲

上代文学(古事記)

郎) 妣が国へ・常世へ(折口信夫) 稗田阿礼(柳田国男) 倭建命と浪漫精神(高木市之助) 神話について(武田泰淳) 風土記断章(神田秀夫) 説話としての日本霊異記(植松茂) 古代歌謡(小島憲之) 記紀成立の歴史心理的基盤(肥後和男)

◇日本文学全集—カラー版　第1　古事記—全　福永武彦訳　河出書房　1968　394p　図版　23cm　〈監修者：武者小路実篤等〉

◇日本文学全集　第2集 第1　古事記　福永武彦訳　河出書房新社　1969　359p 図版　20cm　〈監修者：谷崎潤一郎等〉

内容 古事記,日本書紀(抄),風土記(抄),琴歌譜(抄),神楽歌(抄),催馬楽(抄),風俗歌(抄)

◇日本の古典　1　古事記　福永武彦訳　河出書房新社　1972　331p　図　23cm

内容 古事記(全)(福永武彦訳) 日本書紀(抄)(福永武彦訳) 風土記(抄)(福永武彦訳) 日本霊異記(抄)(福永武彦訳) 古事記伝(本居宣長著 太田善麿訳)

◇日本古典文学全集　1　古事記・上代歌謡　荻原浅男,鴻巣隼雄校注・訳　小学館　1973　513p　図　23cm

◇古事記・日本書紀　福永武彦訳　河出書房新社　1976　390p　図　18cm(日本古典文庫　1)　〈解説：山本健吉〉　800円

◇新訂古事記　武田祐吉訳注　中村啓信補訂・解説　角川書店　1977.8　441p　15cm(角川文庫)　〈付：現代語訳,語句索引,歌謡各句索引〉　490円

◇古事記　上　次田真幸全訳注　講談社　1977.12　214p　15cm(講談社学術文庫)　300円

◇古事記—現代語訳　蓮田善明訳　古川書房　1979.9　241p　19cm(古川叢書)　1400円

◇現代語訳日本の古典　1　古事記　梅原猛著　学習研究社　1980.10　188p　30cm　2400円

◇古事記　中　次田真幸全訳注　講談社　1980.12　251p　15cm(講談社学術文庫)　440円

◇古事記・風土記・日本霊異記　曽倉岑,金井清一著　尚学図書　1981.9　386p　20cm(鑑賞日本の古典　1)　〈参考文献解題・『古事記』『風土記』『日本霊異記』関係略年表：p341～381〉　1600円

◇新釈古事記　石川淳著　角川書店　1983.1　275p　23cm　2800円

◇完訳日本の古典　第1巻　古事記　荻原浅男校注・訳　小学館　1983.8　374p　20cm　〈参考文献：p370〉　1700円

◇古事記　下　次田真幸全訳注　講談社　1984.7　226p　15cm(講談社学術文庫)　500円

◇古事記　近藤啓太郎訳　世界文化社　1986.1　23cm(特選日本の古典 グラフィック版　第1巻)

◇田辺聖子の古事記　田辺聖子著　集英社　1986.1　318p　20cm(わたしの古典　1)　〈編集：創美社〉　1400円

◇古事記　金井清一校注・訳　ほるぷ出版　1987.7　291p　20cm(日本の文学)

◇古事記・日本書紀　福永武彦訳　河出書房新社　1988.1　390p　18cm(日本古典文庫　1)　〈新装版〉　1600円

◇古事記の物語—神がみのパフォーマンス　斎藤正二訳　八坂書房　1989.7　249,15p　20cm　2800円

◇新・古事記伝　1　神代の巻　中山千夏現代語訳・解説　築地書館　1990.2　315p　22cm　2472円

◇新・古事記伝　2　人代の巻　上　中山千夏現代語訳・解説　築地書館　1990.9　324p　22cm　2472円

◇新・古事記伝　3　人代の巻　下　中山千夏現代語訳・解説　築地書館　1990.12　349p　22cm　2781円

◇新釈古事記　石川淳著　筑摩書房　1991.8　235p　15cm(ちくま文庫)　540円

◇神代巻の現代語訳　中西信伍著　六興出版　1992.3　342p　19cm(ロッコウブックス—古事記発掘　第3巻)　1800円

◇はじめての古事記—やさしく読み解く平易な現代語訳で読み進む神と人の壮大な物語　板坂寿一著　日本文芸社　1993.8　252p　19cm　1200円

◇田辺聖子の古事記　田辺聖子著　集英社　1996.10　314p　15cm(わたしの古典)　680円

内容 神々の饗宴　倭しうるはし　恋と叛逆の季節

◇新編日本古典文学全集　1　古事記　山口佳紀,神野志隆光校注・訳　小学館　1997.6　462p　23cm　〈索引あり〉　4076円

上代文学(古事記)

- ◇週刊日本の古典を見る　3　古事記　巻1　近藤啓太郎訳　世界文化社　2002.5　34p　30cm　333円
- ◇週刊日本の古典を見る　4　古事記　巻2　近藤啓太郎訳　世界文化社　2002.5　34p　30cm　533円
- ◇古事記―口語訳 完全版　三浦佑之訳・注釈　文藝春秋　2002.6　494p　22cm　〈文献あり〉　3333円
- ◇古事記　角川書店編　角川書店　2002.8　300p　15cm(角川文庫―ビギナーズ・クラシックス)　629円
- ◇現代語訳古事記　福永武彦訳　河出書房新社　2003.8　455p　15cm(河出文庫)　840円
- ◇らくらく読める古事記　島崎晋著　廣済堂出版　2003.10　269p　21cm　1500円
- ◇古事記　緒方惟章訳　勉誠出版　2004.6　380p　20cm(現代語で読む歴史文学)　〈シリーズ責任表示：西沢正史監修〉　3500円
- ◇神と歌の物語新訳古事記　尾崎左永子訳　草思社　2005.11　438p　20cm　2500円
- ◇古事記―歴史が語る"日本のあけぼの"　近藤啓太郎著　世界文化社　2006.2　199p　24cm(日本の古典に親しむ ビジュアル版　4)　2400円
- ◇からくり読み解き古事記―学び直しの古典　山田永著　おのでらえいこ絵　小学館　2006.10　111p　25cm　1600円
- ◇古事記―口語訳　人代篇　三浦佑之訳・注釈　文藝春秋　2006.12　521p　16cm(文春文庫)　〈文献あり〉　686円
- ◇古事記―口語訳　神代篇　三浦佑之訳・注釈　文藝春秋　2006.12　313p　16cm(文春文庫)　600円
- ◇古事記　上つ巻　大津栄一郎著　きんのくわがた社　2007.2　375p　20cm　3200円
- ◇古事記　中つ巻　大津栄一郎著　きんのくわがた社　2007.6　360p　20cm　3200円
- ◇古事記　山口佳紀, 神野志隆光校訂・訳　小学館　2007.7　318p　20cm(日本の古典をよむ　1)　1800円
- ◇古事記　下つ巻　大津栄一郎訳・付記　きんのくわがた社　2007.8　248,66p　20cm　3200円
- ◇古事記　松本義弘文　学習研究社　2008.2　195p　21cm(超訳日本の古典　1)　1300円
- ◇イラスト図解古事記―神がみの物語 絵でみる世界の名作　三浦佑之現代語訳　PHP研究所編　PHP研究所　2008.6　47p　29cm　1800円
- ◇古事記　与田凖一文　童心社　2009.2　197p　19cm(これだけは読みたいわたしの古典)　〈『わたしの古事記 おおくにぬしの冒険』改題書〉　2000円
  - 内容 うさぎとさめのものがたり　出雲の国のきょうだい神　あかがいひめとはまぐりひめのねりぐすり　母の力はかぎりなし　おおくにぬしの冒険　海をわたってきた小さな神　あれ野のものがたり　うみひことやまひこ　白鳥のものがたり　赤い玉のものがたり　ものをいうくりの木　はや鳥のうた　そみん・こたん兄弟ものがたり

【注釈書】

- ◇古事記標註　村上忠順注　八丁村(愛知)　近藤巴太郎等　1874.1　和3冊(上72, 中84, 下54丁)　27cm
- ◇古事記標注　敷田年治注　里見義刊　1878.6　和7冊　27cm
- ◇傍注古事記　第1冊　丸山作楽注　忠愛社　1884.5　和6丁　23cm
- ◇標註古事記読本　3巻　加藤高文著　青山堂書房　1892　79,102,86p　23cm　〈大和綴 活版〉
- ◇標註古事記読本　加藤高文著　青山堂　1892.4　和79,102,86p(上中下合本版)　23cm
- ◇標註古事記読本(増補)　加藤高文著　青山堂　1893.4　和1冊(上中下附合本版)　23cm　〈附：神名略解〉
- ◇校註古事記読本　井上頼文校註　小川尚栄堂　1898.12　237p　22cm
- ◇古事記通釈　池辺義象編　啓成社　1911.2　452p　22cm
- ◇古事記(校定)　本居豊穎等校　積文社, 柳原書店　1911.4　和3冊(上59, 中70, 下48丁)　26cm　〈蔵版：皇典講究所〉
- ◇冠註古事記読本　幸田成友訓註　至誠堂　1911.10　266,29p　19cm
- ◇古事記新釈　植松安著　大同館書店　1919　454p　四六判

上代文学(古事記)

◇校註 日本文学叢書 1 物集高量校註 再版 広文庫刊行会 1922.11 合617p 23cm
　[内容] 古事記 古事記年紀考(菅政友) 大鏡 水鏡

◇新釈 日本文学叢書 7 物集高量編著 日本文学叢書刊行会 1923-1924？ 1冊 22cm
　[内容] 古事記 古事記年紀考(菅政友述) 大鏡 水鏡

◇古事記新講 次田潤著 明治書院 1924 640p 図版 23cm

◇古事記神代巻 加藤玄智纂註 安藤正次解題 世界文庫刊行会 1925 200,88p 23cm(世界聖典全集神道)

◇古事記全釈 植松安,大塚竜夫著 広文堂 1925 636p 菊判

◇新註皇学叢書 第1巻 物集高見編 廣文庫刊行会 1927-1931？ 1冊 23cm
　[内容] 古事記 日本書紀 同考異 古語拾遺 風土記 古風土記逸文

◇国文学講座 古事記選釈 阪倉篤太郎著 発売文献書院 1928 1冊 22cm 〈分冊本〉

◇古事記―神代巻 全 加藤玄智纂註 世界聖典全集刊行会編 改造社 1929 200,88p 22cm(世界聖典全集)

◇古事記評釈 中島悦次著 山海堂出版部 1930

◇古事記真釈 上巻 岸一太著 交蘭社 1930.1 210p 菊判

◇古事記新講 次田潤著 増訂版 明治書院 1935 640,122p 図版 22cm 〈改修版 明治書院 昭31〉

◇三体 古事記全釈 大塚竜夫著 大倉広文堂 1935.3 512p 四六判

◇校註 日本文学大系 1 中山泰昌編 2版 誠文堂新光社 1937.7
　[内容] 古事記 他6篇

◇古事記の精神と釈義 武田祐吉著 2版 旺文社 1943 304p 図版 19cm 2円

◇古事記新講 次田潤著 改修5版 明治書院 1943 762p 図版 22cm

◇古事記序文註釈 倉野憲司著 福岡 倉野憲司 1950 230p 21cm 〈謄写版 限定150部〉

◇古事記―上表文訓釈 古事記正解研究会編 神戸 有川広 1955 45p 25cm 〈謄写版〉

◇古事記新講 次田潤著 改修版 明治書院 1956 640,40p 図版10枚 表 22cm

◇古事記 上 神田秀夫,太田善麿校註 朝日新聞社 1962 308p 19cm(日本古典全書) 〈佐佐木信綱等監修〉

◇古事記 倉野憲司校注 岩波書店 1963 342p 15cm(岩波文庫)

◇古事記 下 神田秀夫,太田善麿校註 朝日新聞社 1963 353p 19cm(日本古典全書) 〈佐佐木信綱等監修〉

◇古事記―標注訓読 丸山二郎著 吉川弘文館 1965 134,99,49p 23cm

◇古事記全講 尾崎暢殃著 加藤中道館 1966 807p 図版 22cm 3500円

◇日本文学全集 第6 古典詩歌集 河出書房新社 1966 427p 図版 20cm 〈監修者：谷崎潤一郎等〉
　[内容] 記紀歌集,万葉集,古今和歌集,新古今和歌集,玉葉和歌集,風雅和歌集,金槐和歌集,神楽歌,催馬楽,梁塵秘抄,閑吟集,芭蕉句集,奥の細道,蕪村句集,一茶句集,小倉百人一首.注釈(池田弥三郎)解説(山本健吉)

◇新注古事記 神田秀夫校注 大修館書店 1968 250p 22cm 530円

◇定本古事記 丸山林平校注 講談社 1969 654p 図版 27cm 7800円

◇古事記全註釈 第1巻 序文篇 倉野憲司著 三省堂 1973 263p 図 22cm 3500円

◇古事記全註釈 第2巻 上巻篇 上 倉野憲司著 三省堂 1974 344p 図 22cm 4500円

◇古事記注釈 第1巻 西郷信綱著 平凡社 1975 405p 22cm 3000円

◇古事記全註釈 第3巻 上巻篇 中 倉野憲司著 三省堂 1976 360p 図 22cm 5000円

◇古事記注釈 第2巻 西郷信綱著 平凡社 1976 367p 22cm 3000円

◇古事記全註釈 第4巻 倉野憲司著 三省堂 1977.2 304p 図 22cm 5000円
　[内容] 上巻篇 下

◇古事記全註釈 第5巻 中巻篇 上 倉野憲司著 三省堂 1978.4 320p 22cm

上代文学(古事記)

5000円

◇図説日本の古典 1 集英社 1978.12 218p 28cm 〈企画:秋山虔ほか〉 2400円

内容『古事記』関係略年表:p213 各章末:参考文献

◇古事記 西宮一民校注 新潮社 1979.6 410p 20cm(新潮日本古典集成) 1800円

◇古事記全註釈 第6巻 中巻篇 下 倉野憲司著 三省堂 1979.11 448p 22cm 6800円

◇古事記全註釈 第7巻 下巻篇 倉野憲司著 三省堂 1980.12 390p 22cm 〈著者の肖像あり〉 6800円

◇日本思想大系 1 古事記 青木和夫ほか校注 岩波書店 1982.2 694p 22cm 4600円

◇古事記裏書 小野田光雄編 勉誠社 1982.9 28,44p 21cm(勉誠社文庫 109) 〈釈文並びに解説:小野田光雄 神宮文庫所蔵本の複製〉 1500円

◇聚注古事記 安津素彦ほか編 桜楓社 1983.3 910p 27cm 〈刊行:国学院大学日本文化研究所 箱入 限定版〉 300000円

◇古事記真釈 鈴木晨道著 名古屋 新戸隠神社社務所 1983.4 200p 22cm 〈著者の肖像あり〉 非売品

◇古事記大講 水谷清 八幡書店 1985.1〜5 30冊 22cm 〈古事記大講刊行会 昭和2〜8年刊の複製 付(図1枚 袋入):比乃川上神域略絵図〉 全150000円

◇古事記をよむ 1 天つ神の世界―古事記上巻1 中西進 角川書店 1985.11 307p 20cm 2200円

◇古事記をよむ 2 天降った神々―古事記上巻2 中西進 角川書店 1985.12 226p 20cm 2200円

◇記序第二段第一節(前半部)釈義 中村和彦著 江別 中村和彦 1986 1冊(頁付なし) 26cm

◇古事記をよむ 3 大和の大王たち―古事記中巻 中西進 角川書店 1986.1 292p 20cm 2200円

◇古事記をよむ 4 河内王家の伝承―古事記下巻 中西進 角川書店 1986.2 269p 20cm 2200円

◇私のニッポン私の古事記 矢島貞 PMC出版 1986.5 222p 20cm 1300円

◇古事記注釈 第3巻 西郷信綱 平凡社 1988.8 449p 22cm 〈折り込図1枚〉 5400円

◇古事記事典 尾畑喜一郎編 桜楓社 1989.3 438p 22cm 〈年表:p368〜388 注釈書・研究書一覧:p432〜437〉 3800円

◇辰王天皇家の渡来史―古事記の民族史的註解 渡辺光敏 新人物往来社 1989.5 366p 20cm 〈辰王朝年表:p356〜365〉 2300円

◇古事記 倉野憲司校注 岩波書店 1989.8 342p 15cm(岩波文庫 30‐001‐1) 〈参考文献:p316〜319〉 553円

◇古事記注釈 第4巻 西郷信綱 平凡社 1989.9 520p 22cm 〈参考文献:p490〜493〉 5562円

◇古事記 神田秀夫,坪井清足,黛弘道編 新装版 集英社 1989.10 218p 28×22cm(図説 日本の古典 1) 〈各章末:参考文献 『古事記』関係略年表:p213〉 2796円

内容『古事記』への叙―古代日本の置かれた環境 『古事記』の神と人―作品鑑賞 大和と出雲 神事と芸能 『古事記』の芸能と歌謡 呪術の世界―縄文時代 豊饒への祈り―弥生時代 装いの系譜 古代人の生活と文化 日本美の原点 大王の権威―古墳時代 沖ノ島の神宝―航路の安全を祈る 『古事記』外伝 国家の成立と史書の編纂 古代の交通 氏姓の再編成

◇古事記 倉野憲司校注 岩波書店 1991.6 342p 19cm(ワイド版岩波文庫) 1000円

◇古事記注解 2(上巻その1) 神野志隆光,山口佳紀著 笠間書院 1993.6 240p 22cm 4500円

◇古事記 祝詞 倉野憲司,武田祐吉校注 岩波書店 1993.11 463p 22cm(日本古典文学大系新装版) 4000円

◇古事記―全注 尾崎知光編 おうふう 1995.2 289p 21cm 〈2刷(1刷:昭和47年)〉 2900円

◇新・わかりやすい日本の神話 出雲井晶著 京都 光琳社出版 1996.2 209p 20cm 1500円

◇古事記―解読 高木昌一著 西尾 冬青書屋 1997.7 167枚 21cm 1905円

日本古典文学案内―現代語訳・注釈書 5

上代文学(古事記)

- ◇新釈『古事記』伝　神代編　その1　邦前文吾著　〔国東町(大分県)〕　邦前文吾　1998　87p　26cm
- ◇新釈『古事記』伝　神代編　その2　邦前文吾著　〔国東町(大分県)〕　邦前文吾　1998　93p　26cm
- ◇新釈『古事記』伝　神代編　その3　邦前文吾著　〔国東町(大分県)〕　邦前文吾　1998　101p　26cm
- ◇新釈『古事記』伝　神代編　その4　邦前文吾著　〔国東町(大分県)〕　邦前文吾　1998　99p　26cm
- ◇新釈『古事記』伝　神代編　その5　邦前文吾著　〔国東町(大分県)〕　邦前文吾　1998　101p　26cm
- ◇新釈『古事記』伝　神代編　その6　邦前文吾著　〔国東町(大分県)〕　邦前文吾　1998　99p　26cm
- ◇新釈『古事記』伝　神代編　その7　邦前文吾著　〔国東町(大分県)〕　邦前文吾　1999　101p　26cm
- ◇新釈『古事記』伝　神代編　その8　邦前文吾著　〔国東町(大分県)〕　邦前文吾　1999　101p　26cm
- ◇古事記精講　上巻　影山正治著　影山正治全集刊行会　1999.5　657p　19cm　7000円
- ◇古事記精講　下巻　影山正治著　影山正治全集刊行会　1999.5　561p　19cm　7000円
- ◇再釈『古事記』伝　神代編　ステージ1　邦前文吾著　〔国東町(大分県)〕　邦前文吾　2000　88p　26cm
- ◇再釈『古事記』伝　神代編　ステージ2　邦前文吾著　〔国東町(大分県)〕　邦前文吾　2000　90p　26cm
- ◇再釈『古事記』伝　神代編　ステージ3　邦前文吾著　〔国東町(大分県)〕　邦前文吾　2000　88p　26cm
- ◇再釈『古事記』伝　神代編　ステージ4　邦前文吾著　〔国東(大分県)〕　邦前文吾　2000　93p　26cm
- ◇古事記—建国の神々　矢島貞著　日本図書刊行会　2000.8　210p　20cm　〈東京近代文芸社(発売)〉　2000円
- ◇古事記講義　三浦佑之著　文藝春秋　2003.7　278p　22cm　1714円
- ◇古事記の表現と解釈　山口佳紀著　風間書房　2005.2　450p　22cm　12000円
  - 内容 『古事記』の書記様式と訓読：『古事記』の文体．『古事記』の書記様式と補読．『古事記』における使役・受身の表記と訓読．『古事記』における「者」字の用法と解釈　『古事記』散文部の表記と解釈：『古事記』「天照大御神」訓義考. 景行天皇条訓釈・三題．『古事記』の本文校訂に関する若干の考察．『古事記』のアマヒをめぐって　『古事記』歌謡部の語詞と解釈：『古事記』歌謡の古語性について．『古事記』歌謡における稀用語の処理.『古事記』カガナベテ再考　『古事記』歌謡の読み方：『古事記』赤猪子物語における歌謡の解釈．『古事記』大山守命物語の読み方．『古事記』吉野国主歌考. 允恭天皇条「こもりくの」歌考　『古事記』『日本書紀』の諸問題：『記』『紀』の訓読を考える．『日本書紀』武烈紀における歌垣歌謡の解釈. 上代特殊仮名遣いと『古事記』偽書説.「書評」西宮一民著『古事記の研究』
- ◇古事記注釈　第1巻　西郷信綱著　筑摩書房　2005.4　315p　15cm(ちくま学芸文庫)　1300円
- ◇古事記注釈　第2巻　西郷信綱著　筑摩書房　2005.6　246p　15cm(ちくま学芸文庫)　1100円
- ◇古事記注釈　第3巻　西郷信綱著　筑摩書房　2005.8　310p　15cm(ちくま学芸文庫)　1300円
- ◇古事記注釈　第4巻　西郷信綱著　筑摩書房　2005.10　203p　15cm(ちくま学芸文庫)　1000円
- ◇古事記注釈　第5巻　西郷信綱著　筑摩書房　2005.12　366p　15cm(ちくま学芸文庫)　1400円
- ◇古事記注釈　第6巻　西郷信綱著　筑摩書房　2006.2　412p　15cm(ちくま学芸文庫)　1500円
- ◇古事記注釈　第7巻　西郷信綱著　筑摩書房　2006.4　254p　15cm(ちくま学芸文庫)　1100円
- ◇古事記注釈　第8巻　西郷信綱著　筑摩書房　2006.6　398p　15cm(ちくま学芸文庫)　1500円
- ◇古事記をよむ　1　中西進著　四季社　2007.1　512p　22cm(中西進著作集　1)　5500円
  - 内容 天つ神の世界. 天降った神々
- ◇古事記をよむ　2　中西進著　四季社　2007.3　514p　22cm(中西進著作集　2)

上代文学(日本書紀)

5500円

内容 大和の大王たち. 河内王家の伝承

◇天岩屋戸　阿部国治著　神戸　日本講演会　2008.7　158p　19cm(新釈古事記伝第6集)　〈ルナ企画(発売)〉　2000円

◇古事記注釈　田中健三注釈　刊　96p　22cm　〈謄写版〉

日本書紀(奈良前期)

【現代語訳】

◇新訳日本書紀　飯田弟治訳　言誠社　1921　626p　菊判

◇国文六国史　第1　日本書紀　上　武田祐吉, 今泉忠義編　武田祐吉訳　大岡山書店　1932　328p　21cm

◇現代語訳国文学全集　第1巻　古事記・日本書紀抄　植木直一郎訳　非凡閣　1936.10　1冊　20cm

◇国文六国史　第2　日本書紀　下　武田祐吉, 今泉忠義編　武田祐吉訳　大岡山書店　1937　374p　19cm

◇古事記・日本書紀　福永武彦訳　河出書房新社　1976　390p　図　18cm(日本古典文庫　1)　〈解説：山本健吉〉　800円

◇日本書紀—全訳 現代文 上巻　宇治谷孟　大阪　創芸出版　1986.1　350p　22cm　4800円

◇日本書紀—全訳 現代文 下巻　宇治谷孟　大阪　創芸出版　1986.3　350p　22cm　〈参考文献：p338〜339〉　4800円

◇日本書紀　上　井上光貞監訳　佐伯有清解題　中央公論社　1987.3　787p　20cm　〈図版〉　6800円

◇日本書紀　上　真殿皎訳　水戸　入木山房　1987.6　277p　22cm　2500円

◇日本書紀　下　井上光貞監訳　中央公論社　1987.11　765p　20cm　6800円

内容 巻第十七〜巻第三十 笹山晴生著. 解題 笹山晴生著. 巻第十七〜巻第三十 林勉校訂. 解説 林勉著. 年表：p712〜729

◇古事記・日本書紀　福永武彦訳　河出書房新社　1988.1　390p　18cm(日本古典文庫　1)　〈新装版〉　1600円

◇日本書紀—全現代語訳　上　宇治谷孟著　講談社　1988.6　381p　15cm(講談社学術文庫)　880円

◇日本書紀—全現代語訳　下　宇治谷孟著　講談社　1988.8　373p　15cm(講談社学術文庫)　〈参考文献：p356〜357 「日本書紀」関連年表：p360〜369〉　880円

◇訓読日本書紀　武田祐吉訳　京都　臨川書店　1988.12　698p　22cm　7500円

◇神代巻秀真政伝　鳥居礼訳註　東興書院　1991.2　588p　27cm　27000円

◇日本書紀　上　山田宗睦訳　東村山　教育社　1992.3　274p　18cm(教育社新書)　〈発売：教育社出版サービス〉　1000円

◇日本書紀　中　山田宗睦訳　東村山　教育社　1992.3　313p　18cm(教育社新書)　〈発売：教育社出版サービス〉　1000円

◇日本書紀　下　山田宗睦訳　東村山　教育社　1992.3　298p　18cm(教育社新書)　〈発売：教育社出版サービス〉　1000円

◇新編日本古典文学全集　2　日本書紀　1　小島憲之ほか校注・訳　小学館　1994.4　582p　23cm　4300円

◇新編日本古典文学全集　3　日本書紀　2　小島憲之ほか校注・訳　小学館　1996.10　638p　23cm　4800円

内容 巻第十一仁徳天皇〜巻第二十二推古天皇. 日本書紀年表：p602〜616

◇新編日本古典文学全集　4　日本書紀　3　小島憲之ほか校注・訳　小学館　1998.6　646p　23cm　4657円

内容 巻第二十三舒明天皇〜巻第三十持統天皇

◇日本書紀　1　井上光貞監訳　川副武胤, 佐伯有清共訳　中央公論新社　2003.8　320p　18cm(中公クラシックス)　1500円

内容 『日本書紀』の成立と解釈の歴史(井上光貞著)　巻第1-巻第9

◇日本書紀　2　井上光貞監訳　佐伯有清, 笹山晴生共訳　中央公論新社　2003.9　328p　18cm(中公クラシックス)　1450円

内容 巻第10-巻第21

◇日本書紀　3　井上光貞監訳　笹山晴生共訳　中央公論新社　2003.10　386p　18cm(中公クラシックス)　〈年表あり〉　1500円

内容 巻第22-巻第30

◇日本書紀—現代語訳　福永武彦訳　河出書房新社　2005.10　428p　15cm(河出文

日本古典文学案内—現代語訳・注釈書　7

上代文学(日本書紀)

庫) 800円
◇日本書紀 上 小島憲之,直木孝次郎,西宮一民,蔵中進,毛利正守校訂・訳 小学館 2007.9 317p 20cm(日本の古典をよむ 2) 1800円
◇日本書紀 下 風土記 小島憲之,直木孝次郎,西宮一民,蔵中進,毛利正守,植垣節也校訂・訳 小学館 2007.9 317p 20cm(日本の古典をよむ 3) 1800円

【注釈書】

◇日本書紀訓考 第4-10巻 関四郎太注解 柏崎 関四郎太 1882-1886 和7冊 26cm
◇日本書紀通釈 上編1-7,中編1-5 飯田武郷著 大八洲学会 1889-1890 9冊(上編1-7,中編1-5合本) 19cm (上編1-6合本 明35-42,畝傍書房 明42,内外書籍 昭5)
◇孝徳天皇紀集釈(日本書紀) 竹間清臣述 力合村(熊本) 竹間清臣 1901.5 89p 23cm
◇日本書紀通釈 70巻 飯田武郷著 明治書院,六合館 1902-1909 6冊(索引共) 24cm〈索引は飯田永夫編 第1-5の発行者は東京 飯田永夫〉
◇日本書紀神代巻 橘守部原訓 加藤玄智纂註 安藤正次解題 世界聖典全集刊行会 1920 224,80p 23cm(世界聖典全集 神道)
◇新註皇学叢書 第1巻 物集高見編 廣文庫刊行会 1927-1931? 1冊 23cm
  内容 古事記 日本書紀 同考異 古語拾遺 風土記 古風土記逸文
◇新釈 日本文学叢書 第1巻 内海弘蔵校注 日本文学叢書刊行会 1927.11 744p 23cm
  内容 日本書記 祝詞及寿詞 宣命 古語拾遺
◇註釈仮名日本書紀 上 植松安著 大同館書店 1929 684p 19cm
◇日本書紀―神代巻 前輯 加藤玄智纂註 改造社 1930 374p 22cm(世界聖典全集)
◇日本書紀通釈 第1-5,索引 飯田武郷著 内外書籍 1930 6冊 23cm
◇校註 日本書紀―神代より神武天皇まで 堀江秀雄著 明治書院 1932.9 190p 四六判

◇日本書紀新講 上 飯田季治著 明文社 1936.10 452p 菊判
◇日本書紀新講 中 飯田季治著 明文社 1937.9 504p 菊判
◇日本書紀新講 下 飯田季治著 明文社 1938.5 673p 菊判
◇六国史 1-2 日本書紀 上下 佐伯有義校訂標注 増補版 朝日新聞社 1940 4冊 22cm
◇日本書紀通釈 1 飯田武郷編 畝傍書房 1940.11 908p 菊判
  内容 巻之一―巻之十三
◇日本書紀通釈 2 飯田武郷編 畝傍書房 1940.11 795p 菊判
  内容 巻之十四―巻之二七
◇日本書紀通釈 3 飯田武郷編 畝傍書房 1940.11 807p 菊判
  内容 巻之二八―巻之四一
◇日本書紀通釈 4 飯田武郷編 畝傍書房 1940.11 853p 菊判
  内容 巻之四二―巻之五五
◇日本書紀通釈 5 飯田武郷編 畝傍書房 1940.11 851p 菊判
  内容 巻之五六―巻之七十
◇日本書紀通釈 6 飯田武郷編 畝傍書房 1940.11 528p 菊判
  内容 索引
◇日本書記神代巻新釈 田辺勝哉著 明世堂書店 1943 325p 22cm
◇日本書紀 第1 武田祐吉校註 朝日新聞社 1948 194p 図版 19cm(日本古典全書 朝日新聞社編)
◇日本書紀 第2 武田祐吉校註 朝日新聞社 1953 259p 19cm(日本古典全書)
◇日本書紀 第3 武田祐吉校註 朝日新聞社 1954 256p 19cm(日本古典全書)
◇日本書紀 第4 武田祐吉校註 朝日新聞社 1955 304p 19cm(日本古典全書)
◇日本書紀 第5 武田祐吉校註 朝日新聞社 1956 210p 19cm(日本古典全書)
◇日本書紀 第6 武田祐吉校註 朝日新聞社 1957 222p 19cm(日本古典全書)

◇日本書紀新講　飯田季治著　17版　明文社　1964　3冊　22cm　〈初版は昭和11年〉

◇日本古典文学大系　第68　日本書紀　下　坂本太郎等校注　岩波書店　1965　627p　図版　22cm

◇日本文学全集　第6　古典詩歌集　河出書房新社　1966　427p　図版　20cm　〈監修者：谷崎潤一郎等〉　480円

内容　記紀歌集, 万葉集, 古今和歌集, 新古今和歌集, 玉葉和歌集, 風雅和歌集, 金槐和歌集, 神楽歌, 催馬楽, 梁塵秘抄, 閑吟集, 芭蕉句集, 奥の細道, 蕪村句集, 一茶句集, 小倉百人一首. 注釈(池田弥三郎)解説(山本健吉)

◇日本古典文学大系　第67　日本書紀　上　坂本太郎等校注　岩波書店　1967　654p　図版　22cm

◇書紀集解　河村秀根集解　河村殷根, 河村益根考訂　阿部秋生開題　小島憲之補注　京都　臨川書店　1969　5冊(附録共)　22cm　〈国民精神文化研究所昭和11-15年刊の複製　書名は巻頭による　標題紙および背の書名：書紀集解〉　14000円

内容　第1 首巻解題　第2 巻1-10巻　第3 巻11-21巻　第4 巻22-30巻　附録 河村氏家学拾説　撰類聚国史考 初稿本(河村秀根)　撰類聚国史考 訂正本(河村秀根)　日本書紀撰者考(河村秀興)　神学弁(河村秀興, 河村秀根述)　古事記開題, 家塾録(河村益根)　紀典学に関する文書, 刻孝経鄭註序, 論読式, 論呉漢両音, 偶談(河村益根)

◇日本書紀通釈　飯田武郷著　教育出版センター　1981.9　6冊　23cm　〈複製　発売：冬至書房新社〉　全120000円

内容　第1 巻之1～13. 第2 巻之14～27. 第3 巻之28～41. 第4 巻之42～55. 第5 巻之56～70. 索引・歌文集

◇六国史　巻1・巻2　日本書紀　佐伯有義校訂標注　増補　名著普及会　1982.12　1冊　24cm　〈朝日新聞社昭和15年刊の合本複製〉　10000円

◇書紀集解　1　阿部秋生解題　小島憲之本文補注　京都　臨川書店　1988.9　278p　図版18枚　22cm　〈書名は奥付による　標題紙・背の書名：書紀集解 3刷(1刷：1969年)　折り込み表2枚〉

内容　首巻解題. 河村秀根・益根略年表：p242～277

◇書紀集解　2　阿部秋生解題　小島憲之本文補注　京都　臨川書店　1988.9　656p　22cm　〈書名は奥付による　標題紙・背の書名：書紀集解 3刷(1刷：1969年)〉

内容　第1巻～第10巻

◇書紀集解　3　阿部秋生解題　小島憲之本文補注　京都　臨川書店　1988.9　p657～1256　22cm　〈書名は奥付による　標題紙・背の書名：書紀集解 3刷(1刷：1969年)〉

内容　第11巻～第21巻

◇書紀集解　4　阿部秋生解題　小島憲之本文補注　京都　臨川書店　1988.9　p1257～1916　22cm　〈書名は奥付による　標題紙・背の書名：書紀集解 3刷(1刷：1969年)〉

内容　第22巻～第30巻

◇書紀集解　附録　河村氏家学拾説　阿部秋生解題　小島憲之本文補注　京都　臨川書店　1988.9　173p　21cm　〈3刷(1刷：1969年)〉

内容　解題. 撰類聚国史考(初稿本, 訂正本) 日本書紀撰者考. 日本書紀撰者弁. 神学弁. 古事記開題. 家塾録. 紀典学に関する文書. 刻孝経鄭註序. 論読式. 論呉漢両音. 偶談

◇日本書紀　上　坂本太郎ほか校注　岩波書店　1993.9　654p　22cm(日本古典文学大系新装版)　4500円

◇日本書紀　下　坂本太郎ほか校注　岩波書店　1993.9　627p　22cm(日本古典文学大系新装版)　4500円

◇日本書紀　1　坂本太郎ほか校注　岩波書店　1994.9　528p　15cm(岩波文庫)　980円

内容　巻第1～巻第5

◇日本書紀　2　坂本太郎ほか校注　岩波書店　1994.10　574p　15cm(岩波文庫)　980円

内容　巻第6～巻第13

◇日本書紀　3　坂本太郎ほか校注　岩波書店　1994.12　524p　15cm(岩波文庫)　980円

内容　巻第14～巻第19

◇日本書紀　4　坂本太郎ほか校注　岩波書店　1995.2　555p　15cm(岩波文庫)　980円

内容　巻第20～巻第26

◇日本書紀　5　坂本太郎ほか校注　岩波書店　1995.3　624p　15cm(岩波文庫)

上代文学(風土記)

980円
内容 巻第27～巻第30

◇日本書紀史注　巻第1　山田宗睦著　風人社　1997.2　497,12p　22cm　〈索引あり〉　6000円

◇日本書紀史注　巻第2　山田宗睦著　風人社　1997.7　417,11p　22cm　〈索引あり〉　6000円

◇日本書紀史注　巻第3　山田宗睦著　風人社　1998.2　335,9p　22cm　6000円

◇日本書紀史注　巻第4　山田宗睦著　風人社　1999.2　351,6p　22cm　6000円

◇『日本書紀』神代巻全注釈　角林文雄著　塙書房　1999.3　580,14p　22cm　12000円

◇日本書紀　1　坂本太郎ほか校注　岩波書店　2003.9　528p　19cm(ワイド版岩波文庫)　1600円

◇日本書紀　2　坂本太郎ほか校注　岩波書店　2003.9　574p　19cm(ワイド版岩波文庫)　1800円

◇日本書紀　3　坂本太郎ほか校注　岩波書店　2003.10　524p　19cm(ワイド版岩波文庫)　1600円

◇日本書紀　4　坂本太郎ほか校注　岩波書店　2003.10　555p　19cm(ワイド版岩波文庫)　1600円

◇日本書紀　5　坂本太郎ほか校注　岩波書店　2003.11　624p　19cm(ワイド版岩波文庫)　1800円

◇日本書紀　前篇　黒板勝美,国史大系編修会編輯　吉川弘文館　2007.6　419p　27cm(国史大系 新訂増補　第1巻 上)　〈平成12年刊(新装版)を原本としたオンデマンド版〉　11500円

◇日本書紀　後篇　吉川弘文館　2007.6　437p　27cm(国史大系 新訂増補　第1巻 下)　〈平成12年刊(新装版)を原本としたオンデマンド版〉　11500円

◇日本書紀「歌」全注釈　大久間喜一郎,居駒永幸著　笠間書院　2008.3　465,20p　22cm　12000円

風土記(奈良時代)

【現代語訳】

◇物語日本文学　1　風土記 霊異記　藤村作等訳　至文堂　1938　1冊 図版　19cm

◇風土記・霊異記　武田祐吉訳編　至文堂　1954　236p　19cm(物語日本文学　第2)

◇口訳播磨国風土記考証　米谷利夫著　姫路年魚山斎　1965　87p　22cm(山椒魚庵叢書　第12篇)　〈限定版〉　400円

◇古典日本文学全集　第1　古事記,風土記,日本霊異記,古代歌謡　筑摩書房　1966　380p 図版　23cm　〈普及版〉
内容 古事記(石川淳訳) 風土記(倉野憲司訳) 日本霊異記(倉野憲司訳) 古代歌謡(福永武彦訳) 解説(倉野憲司) 古事記の芸術的価値(和辻哲郎) 妣が国へ・常世へ(折口信夫) 稗田阿礼(柳田国男) 倭建命と浪漫精神(高木市之助) 神話について(武田泰淳) 風土記断章(神田秀夫) 説話としての日本霊異記(植松茂) 古代歌謡(小島憲之) 記紀成立の歴史心理的基盤(肥後和男)

◇風土記　吉野裕訳　平凡社　1969　401,40p　18cm(東洋文庫　145)　550円
内容 常陸国風土記,播磨国風土記,出雲国風土記,豊後国風土記,肥前国風土記,風土記逸文

◇口訳常陸国風土記　河野辰男著　土浦崙書房　1978.12　74p　18cm(ふるさと文庫)　〈付：参考にした本〉　480円

◇風土記一全訳注　1　常陸国風土記　秋本吉徳訳注　講談社　1979.4　191p　15cm(講談社学術文庫)　280円

◇古事記・風土記・日本霊異記　曽倉岑,金井清一著　尚学図書　1981.9　386p　20cm(鑑賞日本の古典　1)　〈発売：小学館〉　1600円
内容 参考文献解題・『古事記』『風土記』『日本霊異記』関係略年表：p341～381

◇新編日本古典文学全集　5　風土記　植垣節也校注・訳　小学館　1997.10　629p　23cm　4657円
内容 文献あり

◇風土記を読む　中村啓信,谷口雅博,飯泉健司編　大島敏史写真　おうふう　2006.6　231p　26cm　2400円

◇日本書紀 下　風土記　小島憲之,直木孝次郎,西宮一民,蔵中進,毛利正守,植垣節也校訂・訳　小学館　2007.9　317p

20cm（日本の古典をよむ　3）　1800円

【注釈書】

◇標注播磨風土記　2巻　敷田年治注　新潟玄同舎　1887　2冊　26cm

◇標注古風土記　栗田寛註　大日本図書　1899　1冊　23cm　〈活版 大和綴 書名は外題による〉

|内容| 常陸風土記, 出雲風土記, 播磨風土記, 肥前国風土記, 豊後国風土記

◇標註古風土記　栗田寛著　大日本図書　1903

◇新註皇学叢書　第1巻　物集高見編　廣文庫刊行会　1927-1931？　1冊　23cm

|内容| 古事記 日本書紀 同考異 古語拾遺 風土記 古風土記逸文

◇標註古風土記　常陸　後藤蔵四郎著　大岡山書店　1930

◇標註古風土記　出雲　後藤蔵四郎著　大岡山書店　1931

◇上代歴史地理新考―附・風土記逸文註釈　第1,2　井上通泰著　三省堂　1941-1943　2冊　22cm　7円

|内容| 第1 風土記逸文新考 南海道, 山陽道, 山陰道 上代歴史地理新考 北陸道　第2 上代歴史地理新考 東山道

◇常陸国風土記新講　井上雄一郎著　武蔵野書院　1956　114p　22cm

|内容| 巻首に常陸国風土記（天保10年水戸聴松軒刊本の影印）を附す

◇日本古典文学大系　第2　風土記　秋本吉郎校注　岩波書店　1958　529p　地図　22cm

◇出雲国風土記―校注　加藤義成著　松江千鳥書房　1965　200p　地図　16cm　230円

◇風土記　小島瓔礼校注　角川書店　1970　458p　15cm（角川文庫）　280円

|内容| 出雲国風土記, 常陸国風土記, 播磨国風土記, 豊後国風土記, 肥前国風土記, 逸文. 付録：歌学書所収逸文拾遺

◇風土記　久松潜一校註　朝日新聞社　1972　2冊　19cm（日本古典全書）

|内容| 上 解説, 常陸国風土記, 播磨国風土記, 豊後国風土記, 肥前国風土記　下 解説, 出雲国風土記, 風土記逸文

◇風土記　秋本吉郎校注　岩波書店　1993.10　529p　22cm（日本古典文学大系新装版）〈折り込図5枚〉　4200円

|内容| 解説. 常陸国風土記.出雲国風土記.播磨国風土記.豊後国風土記.肥前国風土記.逸文

◇出雲国風土記注釈　松本直樹注釈　新典社　2007.11　605p　22cm（新典社注釈叢書　13）　17000円

祝詞・宣命

【現代語訳】

◇祝詞新講　次田潤著　戎光祥出版　2008.6　639p

【注釈書】

◇国文註釈全集　第11　室松岩雄編　国学院大学出版部　1908-1910？　23cm

|内容| 延喜式祝詞講義（鈴木重胤）上（巻1―10）

◇国文註釈全集　第12　室松岩雄編　国学院大学出版部　1908-1910？　23cm

|内容| 延喜式祝詞講義（鈴木重胤）下（巻11―15）, 中臣寿詞講義（鈴木重胤）, 祝詞講義附録（大滝光賢）, 延喜式祝詞講義意宴歌集

◇新註皇学叢書　第10巻　物集高見編　廣文庫刊行会　1927-1931？　1冊　23cm

|内容| 祝詞考 祭祀考 神道大意 神道明辨 直毘霊 古道大意 馭戎概言 鬼神新論 伊吹於呂志 鎔造化育論 八十能隈手

◇新釈 日本文学叢書　第1巻　内海弘蔵校注　日本文学叢書刊行会　1927.11　744p　23cm

|内容| 日本書紀 祝詞及寿詞 宣命 古語拾遺

◇続日本紀宣命講　金子武雄著　白帝社　1941　5円

◇上代国文学要講　宣命篇　緒方惟精著　千葉 緒方惟精　1956序　34p　25cm〈謄写版〉

◇日本古典文学大系　第1　古事記祝詞　倉野憲司, 武田祐吉校注　岩波書店　1958　463p　図版　22cm

◇古事記　祝詞　倉野憲司, 武田祐吉校注　岩波書店　1993.11　463p　22cm（日本古典文学大系新装版）　4000円

上代文学(歌謡)

歌謡

【現代語訳】

◇古典日本文学全集　第1　古事記,風土記,日本霊異記,古代歌謡　筑摩書房　1966　380p 図版　23cm 〈普及版〉

> 内容　古事記(石川淳訳) 風土記(倉野憲司訳) 日本霊異記(倉野憲司訳) 古代歌謡(福永武彦訳) 解説(倉野憲司) 古事記の芸術的価値(和辻哲郎) 妣が国へ・常世へ(折口信夫) 稗田阿礼(柳田国男) 倭建命と浪漫精神(高木市之助) 神話について(武田泰淳) 風土記断章(神田秀夫) 説話としての日本霊異記(植松茂) 古代歌謡(小島憲之) 記紀成立の歴史心理的基盤(肥後和男)

◇記紀歌集詳訳附国語叢説　世良亮一著　小郡町(福岡県)　世良亮一　1967　236p　22cm 〈謄写版〉

◇日本古典文学全集　1　古事記・上代歌謡　荻原浅男、鴻巣隼雄校注・訳　小学館　1973　513p 図　23cm

◇日本不思議物語集成　4　歌謡　加藤郁乎編訳　現代思潮社　1973　313p 図　27cm

> 内容　古代歌謡, 中世歌謡, 近世歌謡

◇古事記歌謡―全訳注　大久保正訳注　講談社　1981.7　264p　15cm(講談社学術文庫)　640円

◇日本書紀歌謡　大久保正全訳注　講談社　1981.8　384p　15cm(講談社学術文庫)　780円

【注釈書】

◇日本紀竟宴歌註釈　弥富破摩雄著　弥富破摩雄手写　1922　4冊　24cm 〈書名書題簽による　手稿本　原稿用紙にペン書〉

◇記紀歌集新釈　丸山雄二郎著　紅玉堂　1931.6　152p　四六判(新釈和歌叢書　9)

◇記紀歌謡集　武田祐吉校註　岩波書店　1933.11　242p　菊半截(岩波文庫　947-948)

◇上代名歌評釈　森敬三著　大倉広文堂　1935.7　192p　四六判

◇歴代名歌評釈―記紀・万葉篇　谷馨著　交蘭社　1936.12　354p　四六判

◇校註 国歌大系　1　古歌謡集　中山泰昌編　2版　誠文堂新光社　1937.11

◇記紀歌謡集　武田祐吉校註　8版　岩波書店　1948　242p　15cm(岩波文庫)

◇記紀歌謡集　武田祐吉校註　岩波書店　1956　242p　15cm(岩波文庫)〈附：歌謡初句索引,歌謡作者索引〉

◇記紀歌謡集全講　武田祐吉著　明治書院　1956　418p　22cm

> 内容　附録：琴歌譜歌謡集(361-392p)

◇記紀歌謡新註補遺　清水孝教著　清水孝教　1956　22p　26cm 〈第4プリント謄写版〉

◇日本古典文学大系　第3　古代歌謡集　岩波書店　1957　494p 図版　22cm

> 内容　古事記歌謡(土橋寛校注) 日本書紀歌謡(土橋寛校注) 続日本紀歌謡(土橋寛校注) 風伝記歌謡(土橋寛校注) 仏足石歌(土橋寛校注) 神楽歌(小西甚一校注) 催馬楽(小西甚一校注) 東遊(小西甚一校注) 風俗歌(小西甚一校注) 雑歌(小西甚一校注)

◇記紀歌謡註解残集―主として福建語典拠　清水孝教著　清水孝教　1958　38p　26cm 〈謄写版 第8プリント〉

◇記紀歌謡全註解　相磯貞三著　有精堂出版　1962　628p　22cm

◇上代歌謡集　高木市之助校註　朝日新聞社　1967　416p　19cm(日本古典全書)〈監修者：新村出等〉　680円

◇上代歌謡集　高木市之助校註　朝日新聞社　1971　421p　19cm(日本古典全書)〈第2版(初版：昭和42年刊)監修：高木市之助等〉　680円

◇古代歌謡全注釈　古事記編　土橋寛著　角川書店　1972　466p 図　22cm(日本古典評釈全注釈叢書)

◇記紀歌謡評釈　山路平四郎著　東京堂出版　1973　506p　22cm　9500円

◇古代歌謡全注釈　日本書紀編　土橋寛著　角川書店　1976　439p 図　22cm(日本古典評釈全注釈叢書)　3900円

◇記紀のうた釈義　松下雅雄著　〔横浜〕松下弘子　2000.6　335p　22cm 〈年譜あり〉

和歌

【注釈書】

◇校註国歌大系　第1巻　古歌謡集　全　国民図書株式会社編　講談社　1976.10　25,15,808p 図　19cm　〈国民図書株式会社昭和3～6年刊の複製　限定版〉

|内容| 紀記歌集、歌垣歌、琴歌譜、神楽歌、催馬楽、東遊歌、風俗歌、夜須礼歌、田歌、梁塵秘抄、今様雑芸、讃嘆和讃、教化、順次往生講式歌謡、朗詠要集、宴曲、興福寺延年舞唱歌、日吉神社七社祭礼船謡、閑吟集、小歌

◇歌経標式―影印と注釈　沖森卓也、佐藤信、平沢竜介、矢嶋泉著　おうふう　2008.12　365p　22cm　〈文献あり〉　9500円

万葉集(奈良時代)

【現代語訳】

◇口訳万葉集　折口信夫著　(補訂版)　文会堂　1916-1917　3冊　〈折口信夫全集4・5(中央公論社)昭29-30、中公文庫　昭50-51〉

◇万葉集　上中下　折口信夫著　文会堂書店　1917　3冊　四六判(国文口訳叢書)

◇抄釈　袖珍万葉集　佐佐木信綱著　博文館　1927.1　356p　袖珍

◇詳註口訳　万葉長歌全集　奥里将建著　大同館　1929.3　561p　菊判

◇訳註万葉集女性の歌　渡辺卓著　関書院　1929.11　420p　20cm

◇詳註口訳　万葉集短歌選　石川誠著　大同館　1932.7　426p　四六判

◇総輯　新訳万葉集　松村英一編　二松堂　1934.6　724p　新四六判

◇総輯　新訳万葉集　上　松村英一編　大洋社出版部　1938.6　1冊　四六判

◇総輯　新訳万葉集　下　松村英一編　大洋社出版部　1938.6　1冊　四六判

◇新訳万葉集―総論一一二三四　平田内蔵吉著　山雅房　1941.7　261p　A5

◇全訳　万葉集　1　武田祐吉著　創元社　1943.4　441p　A5

|内容| 自巻第一・至巻第三

◇万葉集　森本治吉著　小学館　1943.5　487p　B6(現代訳日本古典)

◇全訳　万葉集　第一冊(一-四)　高橋常進、岸上慎二他著　開発社　1943.6　350p　B6

◇全訳　万葉集　第二冊(五-八)　松尾聡著　開発社　1943.11　433p　B6

◇口訳　万葉集　上巻　峯岸義秋釈　山海堂出版部　1943.12　698p　A6

◇口訳　万葉集　中巻　峯岸義秋釈　山海堂　1944　780p　7.5円

◇全訳万葉集　第2　武田祐吉著　有精堂　1947　199p　22cm

|内容| 巻3

◇万葉集名歌―現代語訳と鑑賞　上村悦子著　拓文社　1953　368p 図版　19cm

◇訳万葉　村木清一郎訳　大館　訳万葉刊行会　1955　630p 図版　27cm　〈限定版　原文及び訓読併記〉

◇日本古典文学全集―現代語訳　第2巻　万葉集　上　久松潜一訳　河出書房　1956　294p　19cm

◇日本国民文学全集　第2巻　万葉集　土屋文明訳　河出書房　1956　468p 図版　22cm

◇万葉名歌―現代語訳と鑑賞　上村悦子著　河出書房　1956　237p 図版　18cm(河出新書)

◇訳万葉　村木清一郎訳　筑摩書房　1956　630p　27cm　〈原文及び訓読併記〉

◇古典日本文学全集　第2　万葉集　上巻　第1-9　村木清一郎訳　筑摩書房　1959　427p 図版　23cm

|内容| 解説(五味智英)万葉集の鑑賞およびその批評(島木赤彦)柿本人麿私見覚書(斎藤茂吉)山部赤人(中村憲吉)大伴旅人(土田杏村)山上憶良(土屋文明)大伴家持と万葉集(尾山篤二郎)万葉時代(北山茂夫)

◇古典日本文学全集　第3　万葉集　下巻　第10-20　村木清一郎訳　筑摩書房　1962　386p 図版　23cm

|内容| 万葉びとの生活(折口信夫)抒情詩の運命(山本健吉)東歌・防人歌(田辺幸雄)万葉の伝統(小田切秀雄)

◇国民の文学　第2　万葉集　谷崎潤一郎等編　土屋文明訳　河出書房新社　1963　628p 図版　19cm

上代文学（和歌）

◇古典日本文学全集　第2　万葉集　上　村木清一郎訳　筑摩書房　1966　427p　図版　23cm　〈普及版〉

◇古典日本文学全集　第3　万葉集　下　村上清一郎訳　筑摩書房　1966　386p　図版　23cm　〈普及版〉

　内容　万葉びとの生活(折口信夫)　抒情詩の運命(山本健吉)　東歌・防人歌(田辺幸雄)　万葉の伝統(小田切秀雄)

◇日本の古典　2　万葉集　折口信夫訳　河出書房新社　1971　537p　図　23cm　〈付：万葉代匠記(契沖著　中西進訳)　万葉考(賀茂真淵著　中西進訳)〉

◇日本古典文学全集　2　万葉集　1　小島憲之，木下正俊，佐竹昭広校注・訳　小学館　1971　468p　図・地図　23cm

◇日本古典文学全集　3　万葉集　2　小島憲之，木下正俊，佐竹昭広校注・訳　小学館　1972　527p　図　23cm

◇日本古典文学全集　4　万葉集　3　小島憲之，木下正俊，佐竹昭広校注・訳　小学館　1973　549p　図　23cm　1500円

◇万葉集―上　桜井満訳注　旺文社　1974.1　568p(旺文社文庫)

◇万葉集―中　桜井満訳注　旺文社　1974.9　601p(旺文社文庫)

◇万葉集―下　桜井満訳注　旺文社　1975.4　623p(旺文社文庫)

◇日本古典文学全集　5　万葉集　4　小島憲之，木下正俊，佐竹昭広校注・訳　小学館　1975　546p　図　23cm

◇万葉集―口訳　折口信夫訳　河出書房新社　1976　2冊　18cm(日本古典文庫2,3)　各1200円

◇万葉集―全訳注原文付　1　中西進校注　講談社　1978.8　426p　15cm(講談社文庫)　420円

◇万葉集―全訳注原文付　2　中西進校注　講談社　1980.2　406p　15cm(講談社文庫)　480円

◇万葉集　稲岡耕二著　尚学図書　1980.4　483p　20cm(鑑賞日本の古典　2)　〈参考文献解題・万葉作品年表：p445～475〉　1800円

◇現代語訳日本の古典　2　万葉集　山本健吉著　学習研究社　1980.7　179p　30cm

◇万葉集―全訳注原文付　3　中西進校注　講談社　1981.12　346p　15cm(講談社文庫)　480円

◇完訳日本の古典　第2巻　万葉集　1　小島憲之ほか校注・訳　小学館　1982.11　401p　20cm　〈万葉集関係略年表：p394～397〉　1700円

◇万葉集―全訳注原文付　4　中西進校注　講談社　1983.10　368p　15cm(講談社文庫)　480円

◇完訳日本の古典　第3巻　万葉集　2　小島憲之ほか校注・訳　小学館　1984.1　427p　20cm　〈万葉集関係略年表：p418～421〉　1700円

◇万葉集―全訳注原文付　中西進著　講談社　1984.9　1534p　23cm　〈年表：p1519～1534〉　7800円

◇完訳日本の古典　第4巻　万葉集　3　小島憲之ほか校注・訳　小学館　1984.11　644p　20cm　〈万葉集関係略年表：p642～644〉　1900円

◇萬葉集　4　小島憲之ほか校注　小学館　1985.10　491p　20cm(完訳日本の古典　5)　〈図版(筆跡を含む)〉　1900円

◇万葉集―全訳注原文付　別巻　万葉集事典　中西進編　講談社　1985.12　585p　15cm(講談社文庫)　980円

◇万葉集　池田弥三郎訳　世界文化社　1986.1　23cm(特選日本の古典　グラフィック版　第2巻)

◇清川妙の万葉集　清川妙　集英社　1986.2　286p　20cm(わたしの古典　2)　1400円

◇万葉集　5　小島憲之ほか校注・訳　小学館　1986.10　443p　20cm(完訳日本の古典　6)　〈図版〉　1700円

◇万葉集　曽倉岑ほか校注・訳　ほるぷ出版　1987.7　3冊　20cm(日本の文学)

　内容　1巻第1～巻第5　作者小伝　遠藤宏著. 2巻第6～巻第13　作者小伝　遠藤宏著. 3巻第14～巻第20　作者小伝　遠藤宏著

◇万葉集　6　小島憲之ほか校注・訳　小学館　1987.9　424p　20cm(完訳日本の古典　7)　〈万葉集関係略年表：p368～370〉　1700円

◇折口信夫全集　第5巻　口訳万葉集　下　折口信夫著　折口博士記念古代研究所編纂　中央公論社　1988.1　510,4p　16cm(中公文庫　Z1-5)　〈第3刷(第1刷：昭和51年)〉　680円

上代文学(和歌)

◇万葉集　折口信夫訳　河出書房新社　1988.1　2冊　18cm(日本古典文庫　2,3)〈新装版〉　各1600円

◇万葉集　桜井満訳注　旺文社　1988.5　3冊　16cm(対訳古典シリーズ)　各800円

◇訳文万葉集　鶴久編　おうふう　1993.11　525p　22cm　2000円

◇新編日本古典文学全集　6　万葉集　1(巻第1～巻第4)　小島憲之ほか校注・訳　小学館　1994.5　500p　23cm　4400円

◇万葉集　上　桜井満訳注　旺文社　1994.7　575p　19cm(全訳古典撰集)　1500円

◇万葉集　中　桜井満訳注　旺文社　1994.7　607p　19cm(全訳古典撰集)　1500円

◇万葉集　下　桜井満訳注　旺文社　1994.7　623p　19cm(全訳古典撰集)〈万葉集略年表：p556～564〉　1500円

◇現在訳万葉集　峯陽訳・詞　ばるん舎　1995　82p　21cm　1200円

◇折口信夫全集　9　口訳万葉集　上　折口信夫全集刊行会編纂　中央公論社　1995.10　666p　20cm　6000円

◇折口信夫全集　10　口訳万葉集　下　折口信夫全集刊行会編纂　中央公論社　1995.11　491p　20cm　5500円

◇新編日本古典文学全集　8　万葉集　3(巻第10～巻第14)　小島憲之ほか校注・訳　小学館　1995.12　574p　23cm　4600円

◇清川妙の万葉集　清川妙著　集英社　1996.1　298p　16cm(集英社文庫―わたしの古典)　700円

◇新編日本古典文学全集　9　万葉集　4(巻第15～巻第20)　小島憲之ほか校注・訳　小学館　1996.8　558p　23cm　4600円

◇万葉集　角川書店編　角川書店　1999.12　254p　12cm(角川mini文庫―ミニ・クラシックス　1)　400円

◇万葉集　角川書店編　角川書店　2001.11　254p　15cm(角川文庫―角川ソフィア文庫　ビギナーズ・クラシックス)　533円

◇万葉集新訳―歌の本音に迫る　谷戸貞彦著　松江　大元出版　2001.11　343p　21cm　1750円

◇週刊日本の古典を見る　26　万葉集　巻1　池田弥三郎訳　世界文化社　2002.10　34p　30cm　533円

◇週刊日本の古典を見る　27　万葉集　巻2　池田弥三郎訳　世界文化社　2002.10　34p　30cm　533円

◇万葉集―美しき"やまとうた"の世界　池田弥三郎著　世界文化社　2006.1　199p　24cm(日本の古典に親しむ　ビジュアル版　3)　2400円

◇万葉集―訳文　森淳司編　新装版　笠間書院　2007.3　566p　22cm　〈年表あり〉　1800円

◇中西進著作集　19　万葉集全訳注原文付　1　中西進著　四季社　2008.1　513p　22cm　5500円

◇中西進著作集　20　万葉集全訳注原文付　2　中西進著　四季社　2008.3　590p　22cm　5500円

◇万葉集　小島憲之,木下正俊,東野治之校訂・訳　小学館　2008.4　318p　20cm(日本の古典をよむ　4)　1800円

◇中西進著作集　21　万葉集全訳注原文付　3　中西進著　四季社　2008.5　563p　22cm　5500円

【注釈書】

◇日本歌学全書　第9編　佐佐木弘綱,佐佐木信綱校標注　博文館　1891.10　19cm
　内容 万葉集 巻一～巻六

◇日本歌学全書　第10編　佐佐木弘綱,佐佐木信綱校標注　博文館　1891.11　19cm
　内容 万葉集 巻七～巻十三

◇日本歌学全書　第11編　佐佐木弘綱,佐佐木信綱校標注　博文館　1891.12　19cm
　内容 万葉集 巻十四～巻二十

◇万葉集釈義　畠山健著　早稲田文学社　1893　188p　22cm(早稲田文学)

◇万葉集新釈　沢瀉久孝著　改訂版(2版)　京都　星野書店　1894　2冊　22cm

◇万葉評釈　長井金風著　古今文学会　1900　166p　19cm　〈古今文学臨時増刊第9号〉

◇万葉評釈　長井金風著　古今文学会　1900.10　166p　20cm　〈「古今文学」臨時増刊　第9号〉

◇万葉短歌抄　池田秋旻選注　南風社

日本古典文学案内―現代語訳・注釈書

上代文学（和歌）

1903.10　212p　19cm　〈表紙：註解万葉短歌抄〉

◇万葉集総釈　木村正辞著　早稲田大学出版部　1904？　342p　22cm　〈早稲田大学文学部講義録〉

[内容] 万葉集訓義弁証, 万葉集文字弁証, 万葉集字音弁証　木村正辞著を合綴

◇万葉集総釈・万葉集訓義弁証・万葉集文字弁証・万葉集字音弁証　木村正辞著　早稲田大学出版部　1904　1冊（合本）22cm（早稲田大学文学部講義録）

◇類題万葉集評釈　上下　千勝義重著　大学館　1904.11　2冊　19cm

◇万葉集註疏　近藤芳樹著　歌書刊行会　1910　和6冊（巻1―3, 各上下）23cm

◇万葉長歌評釈　森田義郎著　内外出版協会　1910.8　152p　20cm

◇万葉短歌評釈　森田義郎著　内外出版協会　1910.9　154,127,29p　19cm

◇校註和歌叢書　第1冊　万葉集略解上巻　佐佐木信綱, 芳賀矢一校註　博文館　1912-1919？　1冊　23cm

◇校註和歌叢書　第2冊　万葉集略解下巻　佐佐木信綱, 芳賀矢一校註　博文館　1912-1919？　1冊　23cm

◇万葉集新釈　豊田八十代著　広文堂　1916　1冊

◇万葉集選釈　佐佐木信綱著　明治書院　1916.12　376p　20cm

◇訂正 万葉集私選評釈　竹尾長次著　珊瑚礁社光風館　1919　212p　四六判

◇新釈 日本文学叢書　6　物集高量校註　日本文学叢書刊行会　1922　514,149p　23cm

[内容] 万葉集, 古今集

◇校註 日本文学叢書　11　物集高量校註　再版　広文庫刊行会　1922.12　514,149p　23cm

[内容] 萬葉集 古今集

◇改訂 万葉集新釈　豊田八十代著　広文堂　1923　1冊

◇万葉集・古今和歌集・新古今集選釈　石川誠著　大同館書店　1924.1　502p　20cm

◇万葉女流歌人歌集　橘田東声著　紅玉堂　1925　132p　四六判（新釈和歌叢書　13）

◇註釈 万葉全集　山崎麓著　百瀬　1926　772p　菊半截（著作推薦叢書　2）

◇増訂万葉集選釈　佐佐木信綱著　明治書院　1926.3　542p　19cm

◇注釈万葉全集　山崎麓著　百瀬四郎　1926.11　728,28p 地図　16cm（著作推薦叢書　第2編）

◇新註皇学叢書　第8巻　物集高見編　廣文庫刊行会　1927-1931？　1冊　23cm

[内容] 萬葉集 神楽歌 催馬楽 南京遺響

◇万葉百首選評釈　太田水穂著　主婦之友社　1928.12　206p　菊半截

◇万葉集略解　1-4　笹川種郎, 藤村作, 尾上八郎校註　再版　博文館　1929-1931　4冊　19cm（博文館叢書）　1.3円

◇校訂頭註 万葉集　上巻　藤村作編　至文堂　1929.11　293p　菊判

◇校訂頭註 万葉集　下巻　藤村作編　至文堂　1929.11　262p　菊判

◇万葉集全釈　鴻巣盛広著　広文堂　1930-1935　6冊　23cm　〈補輯版16冊 昭29-33〉　6.3円

◇註解 万葉集　佐野保太郎, 藤井寛共著　藤井書店　1930.8　794p　四六判

◇万葉集新釈　上巻　沢瀉久孝著　京都星野書店　1931.3　372p　菊判

◇万葉集新釈　上下　沢瀉久孝著　京都星野書店　1934　2冊　23cm　3円

◇万葉集新選　中島光風, 藤森朋夫校註　大倉広文堂　1934　236p 図版 地図　21cm

◇万葉集新釈　下巻　沢瀉久孝著　京都星野書店　1934.5　362p　菊判

◇新訂要註万葉集(抄)　森本治吉著　三省堂　1934.11　142p　19cm（高等国文叢刊）

◇万葉集名歌評釈　土屋文明著　非凡閣　1934.11　293p　20cm（和歌評釈選集）

◇万葉集総釈　第1　楽浪書院　1935　19cm

[内容] 万葉集概説(武田祐吉) 万葉集歌人の研究(土屋文明) 万葉短歌声調論(斎藤茂吉) 万葉仮名の研究(森本健吉) 万葉集時代の社会状態(西岡虎之助) 巻第一(武田祐吉) 巻第二(土屋文明)

◇作者別万葉集評釈　1　皇室歌人編　武田祐吉著　非凡閣　1935-1936？　1冊　20cm

上代文学(和歌)

◇作者別万葉集評釈 6 伝説歌謡編 西村真次著 非凡閣 1935-1936？ 1冊 20cm

◇作者別万葉集評釈 7 女流歌人編 川田順著 非凡閣 1935-1936？ 1冊 20cm

◇作者別万葉集評釈 8 民衆歌人編 高崎正秀,西角井正慶著 非凡閣 1935-1936？ 1冊 20cm

◇万葉集総釈 第3 楽浪書院 1935.7 202,225p 19cm

　　内容 巻第五(森本治吉) 巻第六(新村出)

◇万葉集総釈 第4 楽浪書院 1935.9 212,275p 19cm

　　内容 巻第七(窪田通治) 巻第八(藤森朋夫)

◇万葉集総釈 第10 楽浪書院 1935.9 255,240p 19cm

　　内容 巻第十九(森本健吉) 巻第二十(豊田八十代)

◇万葉集総釈 第2 楽浪書院 1935.11 241,290p 19cm

　　内容 巻第三(吉沢義則) 巻第四(石井庄司)

◇万葉集評釈 第一冊 金子元臣著 明治書院 1935.11 657p 菊判

◇万葉集総釈 第8 楽浪書院 1935.12 217,159p 19cm

　　内容 巻第十五(今井邦子) 巻第十六(高木市之助)

◇万葉集総釈 第9 楽浪書院 1936.2 223,160p 19cm

　　内容 巻第十七(佐佐木信綱) 巻第十八(尾上八郎)

◇万葉集総釈 第5 楽浪書院 1936.3 149,332p 19cm

　　内容 巻第九(川田順) 巻第十(安藤正次)

◇万葉集総釈 第6 楽浪書院 1936.7 357,355p 19cm

　　内容 巻第十一(春日政治) 巻第十二(久松潜一)

◇万葉集総釈 第7 楽浪書院 1936.7 231,271p 19cm

　　内容 巻第十三(斎藤清衛) 巻第十四(折口信夫)

◇万葉集総釈 第11 楽浪書院 1936.9 632p 19cm

　　内容 〔新校万葉集〕(沢潟久孝 佐伯梅友)

◇万葉集総釈 第12 楽浪書院 1936.12 1冊 19cm

　　内容 万葉集文献解題 万葉集作者略伝 万葉集年表 万葉集歌句索引(篠田隆治編)

◇校註 国歌大系 2 万葉集 中山泰昌編 誠文堂新光社 1937.8

◇註解万葉集 佐野保太郎,藤井寛著 中文館書店 1937.11 731,63p 19cm

◇万葉集通釈 上,下巻 豊田八十代著 目黒書店 1938 2冊 22cm

◇万葉集評釈 第二冊 金子元臣著 明治書院 1938.6 823p 菊判

◇万葉集通釈 上巻 豊田八十代著 育英書院 1939.1 254p 菊判

◇万葉集 久松潜一注釈 日本評論社 1940 303p 19cm

◇万葉集評釈 第三冊 金子元臣著 明治書院 1940.11 683p 菊判

◇註解万葉集 谷鼎著 9版 芳文堂 1941.2 154p 19cm(評解国語漢文叢書)

◇万葉集新釈 沢潟久孝著 京都 星野書店 1942 2冊 22cm

◇万葉集評釈 第2-3冊 金子元臣著 明治書院 1942 2冊 図版 地図 22cm

◇万葉集評釈 窪田空穂著 東京堂 1943-1952 12冊 22cm 〈補訂版 窪田空穂全集13-19(角川書店) 昭41-42〉 3.15円

◇新註 万葉集晷解 六 森本健吉註 改造社 1944 458p 小(改造文庫) 0.9円

◇万葉集評釈 第四冊 金子元臣著 明治書院 1944 710p 8.8円

◇註校 新葉集 日本電報通信社編 日本電報通信社出版部 1945 234p 20cm 〈新葉和歌集〉

◇全釈万葉集 第2 巻3 武田祐吉著 有精堂 1947 199p 21cm

　　内容 巻3

◇万葉集 村上三佐保著 関書院 1947 148p 18cm(国文解釈叢書 3) 24円

◇万葉集 森本治吉解説 佐伯梅友他校註 朝日新聞社 1947 342p 図版 19cm(日本古典全書)

◇万葉集新釈 上,下巻 沢潟久孝著 訂 京都 星野書店 1947 2冊 図版 21cm 120円

日本古典文学案内－現代語訳・注釈書　17

上代文学(和歌)

◇万葉集選釈　佐佐木信綱著　増訂版 37版　明治書院　1947　542p 図版　19cm 〈増訂大正15〉

◇万葉集評釈　巻第2　窪田空穂著　東京堂　1947　383p 21cm　160円

◇万葉秀歌―解釈及鑑賞　久松潜一著　横須賀　天明社　1948　210p 19cm(天明叢書　第6)

◇万葉集―註解　佐野保太郎, 藤井寛共著　福村書店　1948　838p 19cm

◇万葉集―附巻　第1冊　解題　巻一・二・三注　沢瀉久孝著　大阪　新日本図書　1948　70p 19cm(新日本文庫　第1部 7)

◇万葉集　第1　佐伯梅友等校註　森本治吉解説　再版　朝日新聞社　1948　324p 図版　19cm(日本古典全書　朝日新聞社編)

◇万葉集新選―校註　沢瀉久孝, 武田祐吉, 久松潜一共著　増補版　武蔵野書院　1948　210p 図版　21cm

◇万葉集評釈　巻第3　窪田空穂著　東京堂　1948　525p 21cm

◇万葉百首選　佐佐木信綱評釈　好学社　1948序　117p 21cm

◇万葉名歌選―評註　佐佐木信綱著　有朋堂　1948　200p 19cm

◇万葉集全註釈　第1　武田祐吉著　改造社　1948　21cm

内容　万葉集 巻1

◇万葉集私注　第1巻　土屋文明著　筑摩書房　1949　201p 22cm

◇万葉集私注　第2巻　土屋文明註　筑摩書房　1949　292p 22cm

◇万葉集私注　第3巻　土屋文明著　筑摩書房　1949　359p 22cm

◇万葉集全註釈　第2　武田祐吉著　改造社　1949　388p 図版　21cm

内容　万葉集 巻2

◇万葉集全註釈　第3　武田祐吉著　改造社　1949　564p 図版　21cm

◇万葉集全註釈　第4　武田祐吉著　改造社　1949　415p 図版　22cm

◇万葉集全註釈　第5　武田祐吉著　改造社　1949　280p 図版　22cm

内容　万葉集 巻5,6

◇万葉集全註釈　第6,7　武田祐吉著　改造社　1949　2冊 図版　22cm

内容　第6 万葉集 巻7　第7 万葉集 巻8,9

◇万葉集全註釈　第8　武田祐吉著　改造社　1949　422p 図版　22cm

内容　万葉集 巻10

◇万葉集評釈　巻第4　窪田空穂著　東京堂　1949　426p 22cm

◇万葉入門―評釈　今井邦子著　豊川　中部文学社　1949　200p 18cm

◇万葉百首選―評釈　佐佐木信綱著　好楽社　1949　2冊(附共)　22cm 〈附：万葉百首選(尾上八郎書) 写真版〉

◇校註万葉・古今・新古今選　窪田空穂編　武蔵野書院　1950　148p 19cm

◇万葉秀歌―解釈及鑑賞　久松潜一著　逗子町(神奈川県)　天明社　1950　210p 18cm

◇万葉集　村上三佐保著　3版　関書院　1950　148p 14cm(国文解釈叢書　第3)

◇万葉集私注　第4巻　土屋文明著　筑摩書房　1950　299p 22cm

◇万葉集私注　第5巻　土屋文明著　筑摩書房　1950　252p 22cm

◇万葉集全註釈　第9　武田祐吉著　改造社　1950　372p 図版　22cm

内容　巻11

◇万葉集全註釈　第10　武田祐吉著　改造社　1950　290p 図版　22cm

内容　巻12,13

◇万葉集全註釈　第11　武田祐吉著　改造社　1950　233p 図版　22cm

内容　巻第13

◇万葉集全註釈　第13　武田祐吉著　改造社　1950　390p 図版　22cm

内容　巻15,16

◇万葉集全註釈　第14　武田祐吉著　改造社　1950　389p 図版　22cm

内容　万葉集 巻17,18

◇万葉集全註釈　第15　武田祐吉著　改造社　1950　284p 図版　22cm

内容　万葉集 巻第19,20

上代文学(和歌)

◇万葉集評釈　第5,6巻　窪田空穂著　東京堂　1950　2冊　22cm
　内容　第5巻 万葉集 巻第5,6　第6巻 万葉集 巻第7,8
◇万葉集評釈　第7巻　窪田空穂著　東京堂　1950　542p　22cm
　内容　万葉集 巻第9,10
◇佐佐木信綱全集　第4巻　評釈万葉集　第4　佐佐木信綱著　六興出版社　1951　474p　22cm
　内容　万葉集 巻第10-巻第11
◇評釈万葉集選　武田祐吉著　明治書院　1951　232p 図版　19cm
◇万葉集私注　第6巻　土屋文明著　筑摩書房　1951　205p　22cm
◇万葉集私注　第7巻　土屋文明著　筑摩書房　1951　286p　22cm
◇万葉集私注　第8巻　土屋文明著　筑摩書房　1951　226p　22cm
◇万葉集私注　第9巻　土屋文明著　筑摩書房　1951　197p　22cm
◇万葉集全註釈　第16　武田祐吉著　改造社　1951　496p 図版　21cm
　内容　総説
◇万葉集評釈　第8巻　窪田空穂著　東京堂　1951　316p　22cm
　内容　万葉集 巻第11
◇万葉集評釈　第9巻　窪田空穂著　東京堂　1951　414p　22cm
　内容　万葉集 巻第12,13
◇万葉集評釈　第10巻　窪田空穂著　東京堂　1951　369p　22cm
　内容　万葉集 巻14,15
◇万葉集評釈　第1-2巻　窪田空穂著　東京堂　1951-1952　2冊　22cm 〈第1巻 6版　第2巻 4版〉
◇佐佐木信綱全集　第5巻　評釈万葉集　巻5　佐佐木信綱著　六興出版社　1952　342p　22cm
◇万葉集─註解　佐野保太郎、藤井寛共著　福村書店　1952　839p　19cm
◇万葉集講座　第1巻　解釈・鑑賞篇　久松潜一等監修　創元社　1952　257p 図版　19cm

　内容　巻第1-12
◇万葉集私注　第10巻　土屋文明著　筑摩書房　1952　344p　22cm
◇万葉集私注　第11巻　土屋文明著　筑摩書房　1952　364p　22cm
◇万葉集私注　第12巻　土屋文明著　筑摩書房　1952　252p　22cm
◇万葉集評釈　第11巻　窪田空穂著　東京堂　1952　454p　22cm
　内容　万葉集 巻第16-18
◇万葉集評釈　第12巻　窪田空穂著　東京堂　1952　394p　22cm
　内容　万葉集 巻第19,20
◇佐佐木信綱全集　第6巻　評釈万葉集　巻6　佐佐木信綱著　六興出版社　1953　323p　22cm
◇万葉・古今・新古今─新註　佐藤正憲,橘誠共著　福村書店　1953　110p 図版　19cm
◇万葉集─新註　藤森朋夫編　明治書院　1953　139p 地図　19cm
◇万葉集　第4　佐伯梅友等校註　朝日新聞社　1953　300p 図版　19cm(日本古典全書)
◇万葉集私注　第1巻　土屋文明著　3版　筑摩書房　1953　201p　22cm
◇万葉集私注　第13巻　土屋文明著　筑摩書房　1953　239p　22cm
◇万葉集選釈　佐佐木信綱著　新訂版　明治書院　1953　472p　19cm
◇万葉集　上巻　武田祐吉校註　角川書店　1954　382p　15cm(角川文庫)
◇万葉集　第2-3　佐伯梅友,藤森朋夫,石井庄司校註　朝日新聞社　1954-1957　2冊　19cm(日本古典全書)
◇万葉集私注　第14巻　土屋文明著　筑摩書房　1954　273p　22cm
◇万葉集私注　第15巻　土屋文明著　筑摩書房　1954　185p　22cm
◇万葉集全釈　第1冊 上巻　鴻巣盛広著　鴻巣隼雄補輯　広文堂　1954　251p 図版表　22cm
◇万葉集全釈　第1冊 中巻　鴻巣盛広著　鴻巣隼雄補輯　広文堂　1954　210p 地図　22cm

上代文学(和歌)

◇万葉集全釈　第1冊　下巻　鴻巣盛広著　鴻巣隼雄補輯　広文堂　1954　195p 地図　22cm

◇新纂万葉集評釈　次田真幸著　清水書院　1955　218p 18cm(古典評釈叢書)

◇万葉集　下巻　武田祐吉校註　角川書店　1955　388p 15cm(角川文庫)〈附：初句索引〉

◇万葉集　第5　佐伯梅友, 藤森朋夫, 石井庄司校註　朝日新聞社　1955　227p 19cm(日本古典全書)

◇万葉集私注　第16巻　土屋文明著　筑摩書房　1955　166p 22cm

◇万葉集私注　第17巻　土屋文明著　筑摩書房　1955　191p 22cm

◇万葉集精講　第1冊　影山正治著　不二歌道会　1955　93p 26cm　〈謄写版〉

◇万葉集全講　上　武田祐吉著　明治書院　1955　433p 22cm

◇万葉集全講　中　武田祐吉著　明治書院　1955　444p 22cm

◇万葉集全釈　第2冊　上巻　鴻巣盛広著　鴻巣隼雄補輯　広文堂　1955　284p 図版　22cm

◇万葉集全釈　第2冊　中巻　鴻巣盛広著　鴻巣隼雄補輯　広文堂　1955　212p 図版　22cm

◇万葉集全釈　第2冊　下巻　鴻巣盛広著　鴻巣隼雄補輯　広文堂　1955　194p 22cm

◇万葉集全釈　第3冊　上巻　鴻巣盛広著　鴻巣隼雄補輯　広文堂　1955　148p 図版　22cm

◇万葉集評釈　第1巻　窪田空穂著　8版　東京堂　1955　219p 22cm

内容 万葉集 巻第1

◇日本文学大系―校註　第10巻　万葉集　久松潜一, 山岸徳平監修　佐伯常麿校訂　新訂版　風間書房　1956　642p 19cm

◇万葉集私注　第18巻　土屋文明著　筑摩書房　1956　139p 22cm

◇万葉集私注　第19巻　土屋文明著　筑摩書房　1956　167p 22cm

◇万葉集私注　第20巻　土屋文明著　筑摩書房　1956　231p 22cm

◇万葉集全講　下　武田祐吉著　明治書院　1956　347p 22cm　〈附：歌詞初句索引,

固有名詞索引〉

◇万葉集全釈　第3冊　中巻　鴻巣盛広著　鴻巣隼雄補輯　広文堂　1956　252p 図版　22cm

◇万葉集全釈　第3冊　下巻　鴻巣盛広著　鴻巣隼雄補輯　広文堂　1956　250p 図版　22cm

◇万葉集全釈　第4冊　上巻　鴻巣盛広著　鴻巣隼雄補輯　広文堂　1956　192p 図版　22cm

◇万葉集全註釈　第3　本文篇　第1　武田祐吉著　増訂版　角川書店　1956　639p 19cm

内容 万葉集 巻の第1,2

◇万葉集全註釈　第6　本文篇　第4　武田祐吉著　増訂版　角川書店　1956　528p 19cm

内容 万葉集 巻の第6,7

◇万葉集全註釈　第7　本文篇　第5　武田祐吉著　増訂版　角川書店　1956　462p 19cm

内容 万葉集 巻の第8,9

◇万葉集全註釈　第8　本文篇　第6　武田祐吉著　増訂版　角川書店　1956　477p 19cm

内容 万葉集 巻の第10,11上

◇万葉集全註釈　第9　本文篇　第7　武田祐吉著　増訂版　角川書店　1956　456p 19cm

内容 万葉集 巻の第11下・12

◇日本古典文学大系　第4　万葉集　第1　高木市之助, 五味智英, 大野晋校注　岩波書店　1957　63,374p 図版　22cm

◇万葉集　上　佐伯梅友, 藤森朋夫, 石井庄司校註　朝日新聞社　1957　466p 22cm

◇万葉集　中　佐伯梅友, 藤森朋夫, 石井庄司校註　朝日新聞社　1957　495p 22cm

◇万葉集　下　佐伯梅友, 藤森朋夫, 石井庄司校註　朝日新聞社　1957　479p 22cm

◇万葉集選釈　佐佐木信綱著　新訂版(6版)　明治書院　1957　472p 図版　19cm

◇万葉集全釈　第4冊　中巻　鴻巣盛広著　鴻巣隼雄補輯　広文堂　1957　226p 22cm

◇万葉集全釈　第4冊　下巻　鴻巣盛広著　鴻巣隼雄補輯　広文堂　1957　246p 22cm

上代文学(和歌)

◇万葉集全釈　第5冊　上巻　鴻巣盛広著　鴻巣隼雄輔輯　広文堂　1957　177p　図版　22cm

◇万葉集全釈　第5冊　中巻　鴻巣盛広著　鴻巣隼雄輔輯　広文堂　1957　195p　図版　22cm

◇万葉集全註釈　第1　総説　武田祐吉著　増訂版　角川書店　1957　540p　19cm

◇万葉集全註釈　第2　言語　武田祐吉著　増訂版　角川書店　1957　554p　19cm

◇万葉集全註釈　第4　本文篇　第2　武田祐吉著　増訂版　角川書店　1957　479p　19cm

　内容　万葉集　巻の第3

◇万葉集全註釈　第5　本文篇　第3　武田祐吉著　増訂版　角川書店　1957　583p　19cm

　内容　万葉集　巻の第4,5

◇万葉集全註釈　第10　本文篇　第8　武田祐吉著　増訂版　角川書店　1957　445p　19cm

　内容　万葉集　巻の13,14

◇万葉集全註釈　第11　本文篇　第9　武田祐吉著　増訂版　角川書店　1957　525p　19cm

　内容　万葉集　巻の15-17

◇万葉集全註釈　第12　本文篇　第10　武田祐吉著　増訂版　角川書店　1957　574p　19cm

　内容　万葉集　巻の第18,19,20

◇万葉集全註釈　第13　万葉必携　上　武田祐吉著　増訂版　角川書店　1957　501p　地図　19cm

◇万葉集全註釈　第14　万葉必携　下　武田祐吉著　増訂版　角川書店　1957　506p　19cm

◇万葉集注釈　巻第1　沢瀉久孝著　中央公論社　1957　463p　図版　23cm

◇万葉集全釈　第6冊　鴻巣盛広著　鴻巣隼雄編輯　広文堂　1958　232p　図版　22cm

◇万葉集全釈　第5冊　下巻　鴻巣盛広著　鴻巣隼雄輔輯　広文堂　1958　218p　図版　22cm

◇万葉集注釈　巻第2　沢瀉久孝著　中央公論社　1958　528p　図版　23cm

◇万葉集注釈　巻第3　沢瀉久孝著　中央公論社　1958　670p　図版　23cm

◇日本古典文学大系　第5　万葉集　第2　高木市之助,五味智英,大野晋校注　岩波書店　1959　478p　図版　22cm

◇万葉集注釈　巻第4　沢瀉久孝著　中央公論社　1959　623p　図版　23cm

◇万葉集注釈　巻第5　沢瀉久孝著　中央公論社　1959　315p　図版　23cm

◇日本古典文学大系　第6　万葉集　第3　高木市之助,五味智英,大野晋校注　岩波書店　1960　480p　図版　22cm

◇万葉集注釈　巻第6　沢瀉久孝著　中央公論社　1960　277p　図版　23cm

◇万葉集注釈　巻第7　沢瀉久孝著　中央公論社　1960　387p　図版　23cm

◇万葉集注釈　巻第8　沢瀉久孝著　中央公論社　1961　327p　図版　23cm

◇万葉集注釈　巻第9　沢瀉久孝著　中央公論社　1961　268p　図版　23cm

◇日本古典文学大系　第7　万葉集　第4　高木市之助,五味智英,大野晋校注　岩波書店　1962　506p　図版　22cm

◇万葉集注釈　巻第10　沢瀉久孝著　中央公論社　1962　512p　図版　23cm

◇万葉集注釈　巻第11　沢瀉久孝著　中央公論社　1962　515p　図版　23cm

◇万葉集注釈　巻第12　沢瀉久孝著　中央公論社　1963　296p　図版　23cm

◇万葉集注釈　巻第13　沢瀉久孝著　中央公論社　1964　265p　図版　23cm

◇万葉集注釈　巻第14-15　沢瀉久孝著　中央公論社　1965　2冊　23cm　1300円,1200円

◇日本文学全集　第6　古典詩歌集　河出書房新社　1966　427p　図版　20cm　〈監修者：谷崎潤一郎等〉

　内容　記紀歌集,万葉集,古今和歌集,新古今和歌集,玉葉和歌集,風雅和歌集,金槐和歌集,神楽歌,催馬楽,梁塵秘抄,閑吟集,芭蕉句集,奥の細道,蕪村句集,一茶句集,小倉百人一首．注釈(池田弥三郎)解説(山本健吉)

◇万葉集注釈　巻第16　沢瀉久孝著　中央公論社　1966　261p　図版　23cm　1400円

◇古典和歌新注　万葉篇　大場俊助,佐野正

上代文学(和歌)

巳共著　芦書房　1967　149p 図版　22cm　950円

◇万葉集注釈　巻第17　沢瀉久孝著　中央公論社　1967　243p 図版　23cm　1400円

◇万葉集注釈　巻第18　沢瀉久孝著　中央公論社　1967　180p 図版　23cm　1200円

◇万葉集注釈　巻第19　沢瀉久孝著　中央公論社　1968　225p 図版　23cm　1500円

◇万葉集注釈　巻第20　沢瀉久孝著　中央公論社　1968　256p 図版　23cm　1500円

◇万葉集私注　第1　巻1-2　土屋文明著　筑摩書房　1969　498p　22cm　〈昭和24-31年刊の増補版〉

◇万葉集私注　第2　巻3-4　土屋文明著　筑摩書房　1969　640p　22cm　〈昭和24-31年刊の増補版〉

◇万葉集私注　第3　巻5-6　土屋文明著　筑摩書房　1969　461p　22cm　〈昭和24-31年刊の増補版〉

◇万葉集私注　第4　巻7-8　土屋文明著　筑摩書房　1969　516p　22cm　〈昭和24-31年刊の増補版〉

◇万葉集私注　第5　巻9-10　土屋文明著　筑摩書房　1969　546p　22cm　〈昭和24-31年刊の増補版〉

◇万葉集私注　第6　巻11-12　土屋文明著　筑摩書房　1969　620p　22cm　〈昭和24-31年刊の増補版〉

◇万葉集私注　第7　巻13-14　土屋文明著　筑摩書房　1970　517p　22cm　〈昭和24-31年刊の増補版〉

◇万葉集私注　第8　巻15-17　土屋文明著　筑摩書房　1970　549p　22cm　〈昭和24-31年刊の増補版〉

◇万葉集私注　第9　巻18-20　土屋文明著　筑摩書房　1970　545p　22cm　〈昭和24-31年刊の増補版〉

◇万葉集私注　第10　補巻　土屋文明著　筑摩書房　1970　433p　22cm　〈昭和24-31年刊の増補版〉

内容　万葉集私注補正稿自昭和四十三年四月至四十四年十一月各月号アララギ, 万葉集私注読者と著者の会口演筆録, 総説及び作者論, 雑録

◇万葉集注釈　本文篇　沢瀉久孝著　中央公論社　1970　584p　23cm　3500円

◇万葉集抄　小野寛校註　笠間書院　1972　246p　22cm　600円

◇万葉集叢書　第8輯　仙覚全集　佐佐木信綱編　京都　臨川書店　1972　12,386,51p 図　22cm　〈古今書院大正15年刊の複製〉

内容　仙覚律師伝(佐佐木信綱) 万葉集註釈, 奏覧状及附属文書, 万葉集奥書, 仙覚の歌. 万葉集註釈解題(木村正辞) 万葉集仙覚本と天治体(橋本進吉) 仙覚新点の歌(橋本進吉) 仙覚律師の生国に就いて(山本信哉) 仙覚と契沖(武田祐吉) 仙覚の寛元本と文永本(武田祐吉) 仙覚の万葉集註釈に就いて(久松潜一) 仙覚奏覧状攷(佐佐木信綱)

◇万葉集　1　森本治吉解説　佐伯梅友, 藤森朋夫, 石井庄司校註　新訂　朝日新聞社　1973　350p　19cm(日本古典全書)　〈監修：高木市之助等〉　840円

◇万葉集　2　佐伯梅友, 藤森朋夫, 石井庄司校註　新訂　朝日新聞社　1973　325p　19cm(日本古典全書)　〈監修：高木市之助等〉　820円

◇万葉集　3　佐伯梅友, 藤森朋夫, 石井庄司校註　新訂　朝日新聞社　1974　236p　19cm(日本古典全書)　〈監修：高木市之助等〉　950円

◇万葉集巻五新釈　脇山七郎著　国書刊行会　1974　491p　22cm　5000円

◇万葉歴史物語―飛鳥の姫宮　飯塚知多夫著　桜楓社　1974　261p　19cm　〈付録：皇室系図抄, 作中和歌等解釈篇〉　1200円

◇万葉集　4　佐伯梅友, 藤森朋夫, 石井庄司校註　新訂　朝日新聞社　1975　310p　19cm(日本古典全書)　〈監修：高木市之助等〉　1200円

◇万葉集　5　佐伯梅友, 藤森朋夫, 石井庄司校註　新訂　朝日新聞社　1975　301p　19cm(日本古典全書)　〈監修：高木市之助等〉　1200円

◇万葉集名歌選釈　保田与重郎著　新学社教友館　1975　429p 肖像　20cm(新学選書)　1500円

◇万葉集　1　青木生子等校注　新潮社　1976　431p　20cm(新潮日本古典集成)　〈万葉集編纂年表：p.412-424〉　1800円

◇万葉集　巻第1・第2　桜井満, 並木宏衛校注　新典社　1976　111p　21cm(影印校

上代文学(和歌)

◇万葉集私注　1　巻第1-巻第2　土屋文明著　新訂版　筑摩書房　1976　380p　22cm　4500円

◇万葉集私注　2　巻第3-巻第4　土屋文明著　新訂版　筑摩書房　1976　488p　22cm　4800円

◇万葉集私注　3　巻第5-巻第6　土屋文明著　新訂版　筑摩書房　1976　369p　22cm　4400円

◇万葉集私注　4　巻第7-巻第8　土屋文明著　新訂版　筑摩書房　1976　408p　22cm　4500円

◇万葉集私注　5　巻第9-巻第10　土屋文明著　新訂版　筑摩書房　1976　442p　22cm　4600円

◇校註国歌大系　第2巻　万葉集　全　国民図書株式会社編　講談社　1976.10　22,642p 図　19cm　〈国民図書株式会社昭和3～6年刊の複製 限定版〉

◇万葉集私注　6　巻第11～巻第12　土屋文明著　新訂版　筑摩書房　1977.1　494p　22cm　4800円

◇万葉集私注　7　巻第13～巻第14　土屋文明著　新訂版　筑摩書房　1977.3　414p　22cm　4500円

◇万葉集私注　8　巻第15-巻第17　土屋文明編　新訂版　筑摩書房　1977.5　443p　22cm　4600円

◇万葉集注釈　索引篇　沢瀉久孝著　中央公論社　1977.6　367p　23cm　4800円

◇万葉集私注　9　巻第18-巻第20　土屋文明著　新訂版　筑摩書房　1977.7　439p　22cm　4600円

◇万葉集私注　10　補巻　土屋文明著　新訂版　筑摩書房　1977.10　549p　22cm　5000円

◇図説日本の古典　2　集英社　1978.4　222p　28cm　〈企画：秋山虔ほか〉　2400円
　内容　万葉集関係年表　村田正博編：p216～219

◇万葉集　2　青木生子ほか校注　新潮社　1978.11　526p　20cm(新潮日本古典集成)　〈万葉集編纂年表：p508～520〉　2200円

◇注釈万葉集〈選〉　井村哲夫ほか著　有斐閣　1978.12　355p　18cm(有斐閣新書)

◇万葉集上野国歌私注　土屋文明著　第2版　前橋　煥乎堂　1979.7　139p　22cm　1800円

◇全釈万葉集昭和略解　総論・巻1・巻2　平野秀吉著　巻町(新潟県)　巻町教育委員会　1980.3　393p　22cm(巻町叢書第28集)　〈共同刊行：潟東村教育委員会〉

◇万葉集　3　青木生子ほか校注　新潮社　1980.11　490p　20cm(新潮日本古典集成)　〈万葉集編纂年表：p478～490〉　2300円

◇全釈万葉集昭和略解　巻3　平野秀吉著　巻町(新潟県)　巻町教育委員会　1981.3　251p　22cm(巻町叢書)　〈共同刊行：潟東村教育委員会(新潟県潟東村)〉

◇万葉集註釈　20巻　京都大学文学部国語学国文学研究室編　京都　臨川書店　1981.5　541p　22cm(京都大学国語国文資料叢書　別巻2)　〈解説：木下正俊　仁和寺所蔵の複製〉　8500円

◇万葉集私注　1　巻第一・巻第二　土屋文明著　新訂版　筑摩書房　1982.5　380,4p　20cm　〈新装版〉　2600円

◇万葉集私注　2　巻第三・巻第四　土屋文明著　新訂版　筑摩書房　1982.6　488,8p　20cm　〈新装版〉　2800円

◇万葉集私注　3　巻第五・巻第六　土屋文明著　新訂版　筑摩書房　1982.7　369,5p　20cm　〈新装版〉　2600円

◇万葉集私注　4　巻第七・巻第八　土屋文明著　新訂版　筑摩書房　1982.8　408,9p　20cm　〈新装版〉　2600円

◇万葉集私注　5　巻第九・巻第十　土屋文明著　新訂版　筑摩書房　1982.9　442,10p　20cm　〈新装版〉　2600円

◇万葉集私注　6　巻十一・巻十二　土屋文明著　新訂版　筑摩書房　1982.10　494,12p　20cm　〈新装版〉　2800円

◇万葉集　4　青木生子ほか校注　新潮社　1982.11　387p　20cm(新潮日本古典集成)　〈万葉集編纂年表：p366～378〉　1900円

◇万葉集私注　7　巻第十三・巻第十四　土屋文明著　新訂版　筑摩書房　1982.11　414,6p　20cm　〈新装版〉　2600円

◇万葉集注釈　巻第1　沢瀉久孝著　中央公論社　1982.11　463p　22cm　〈普及版〉　2800円

◇万葉集私注　8　巻第十五・巻第十六・巻第十七　土屋文明著　新訂版　筑摩書房

上代文学(和歌)

1982.12　443,7p　20cm　〈新装版〉　2600円

◇万葉集私注　9　巻第十八・巻第十九・巻第二十　土屋文明著　新訂版　筑摩書房　1983.1　439,7p　20cm　〈新装版〉　2600円

◇万葉集注釈　巻第2　沢瀉久孝著　中央公論社　1983.1　528p　22cm　〈普及版〉　2800円

◇万葉集私注　10　補巻　土屋文明著　新訂版　筑摩書房　1983.2　620p　20cm　〈新装版〉　3200円

◇万葉集注釈　巻第3　沢瀉久孝著　中央公論社　1983.2　670p　22cm　〈普及版〉

◇全釈万葉集昭和略解　巻14　平野秀吉著　巻町(新潟県)　巻町教育委員会　1983.3　170p　22cm(巻町叢書　第31集)

◇万葉集注釈　巻第4　沢瀉久孝著　中央公論社　1983.3　623p　22cm　〈普及版〉　3200円

◇万葉集注釈　巻第5　沢瀉久孝著　中央公論社　1983.4　315p　22cm　〈普及版〉　2200円

◇万葉集注釈　巻第6　沢瀉久孝著　中央公論社　1983.5　277p　22cm　〈普及版〉　2000円

◇万葉集注釈　巻第7　沢瀉久孝著　中央公論社　1983.6　387p　22cm　〈普及版〉　2400円

◇万葉集注釈　巻第8　沢瀉久孝著　中央公論社　1983.7　327p　22cm　〈普及版〉　2200円

◇万葉集注釈　巻第9　沢瀉久孝著　中央公論社　1983.8　268p　22cm　〈普及版〉　2000円

◇万葉集全注　巻第1　伊藤博著　有斐閣　1983.9　307p　22cm　3900円

◇万葉集注釈　巻第10　沢瀉久孝著　中央公論社　1983.9　512p　22cm　〈普及版〉　3200円

◇万葉集注釈　巻第11　沢瀉久孝著　中央公論社　1983.10　515p　22cm　〈普及版〉　3200円

◇万葉集注釈　巻第12　沢瀉久孝著　中央公論社　1983.11　296p　22cm　〈普及版〉　2600円

◇万葉集全注　巻第4　木下正俊著　有斐閣　1983.12　436p　22cm　4500円

◇万葉集注釈　巻第13　沢瀉久孝著　中央公論社　1983.12　265p　22cm　〈普及版〉　2400円

◇万葉集注釈　巻第14　沢瀉久孝著　中央公論社　1984.1　274p　22cm　〈普及版〉　2400円

◇万葉集注釈　巻第15　沢瀉久孝著　中央公論社　1984.2　181p　22cm　〈普及版〉　2200円

◇万葉集全注　巻第3　西宮一民著　有斐閣　1984.3　470p　22cm　4800円

◇万葉集注釈　巻第16　沢瀉久孝著　中央公論社　1984.3　261p　22cm　〈普及版〉　2400円

◇万葉集注釈　巻第17　沢瀉久孝著　中央公論社　1984.4　243p　22cm　〈普及版〉　2400円

◇万葉集注釈　巻第18　沢瀉久孝著　中央公論社　1984.5　180p　22cm　〈普及版〉　2200円

◇万葉集全注　巻第5　井村哲夫著　有斐閣　1984.6　296p　22cm　〈巻五・憶良・旅人研究文献目録：p265〜296〉　3500円

◇万葉集注釈　本文篇　沢瀉久孝著　中央公論社　1984.8　584p　22cm　〈普及版〉　3500円

◇万葉集　5　青木生子ほか校注　新潮社　1984.9　470p　20cm(新潮日本古典集成)　〈万葉集編纂年表：p408〜421〉　2200円

◇万葉集全注　巻第6　吉井巌著　有斐閣　1984.9　313p　22cm　3900円

◇万葉集注釈　索引篇　沢瀉久孝著　中央公論社　1984.9　367p　22cm　〈普及版〉　2800円

◇万葉集評釈　第1巻　窪田空穂著　新訂版　東京堂出版　1984.9　493p　22cm　4700円

内容　万葉集　巻第1・巻第2

◇万葉集評釈　第5巻　窪田空穂著　新訂版　東京堂出版　1984.12　510p　22cm　4700円

内容　万葉集　巻第7・巻第8

◇万葉集評釈　第6巻　窪田空穂　新訂版　東京堂出版　1985.1　542p　22cm　4700円

上代文学(和歌)

|内容| 万葉集 巻第9・巻第10

◇万葉集評釈　第3巻　窪田空穂　新訂版　東京堂出版　1985.2　344p　22cm　4700円

|内容| 万葉集 巻第4

◇万葉集　上巻　伊藤博校注　角川書店　1985.3　442p　15cm(角川文庫)〈『新編国歌大観』準拠版〉　620円

◇万葉集評釈　第2巻　窪田空穂　新訂版　東京堂出版　1985.3　407p　22cm　4700円

|内容| 万葉集 巻第3

◇万葉集　下巻　伊藤博校注　角川書店　1985.4　490p　15cm(角川文庫)〈『新編国歌大観』準拠版〉　660円

◇万葉集全注　巻第2　稲岡耕二　有斐閣　1985.4　475p　22cm　5200円

◇万葉集評釈　第7巻　窪田空穂　新訂版　東京堂出版　1985.4　316p　22cm　4700円

|内容| 万葉集 巻第11

◇校注万葉集筑紫篇　林田正男編　新典社　1985.5　270p　19cm(新典社校注叢書　3)〈万葉集筑紫関係歌年表：p259～270〉　1900円

◇万葉集評釈　第8巻　窪田空穂　新訂版　東京堂出版　1985.5　414p　22cm　4700円

|内容| 万葉集 巻第12・巻第13

◇万葉集全注　巻第17　橋本達雄　有斐閣　1985.6　313p　22cm　3900円

◇万葉集評釈　第9巻　窪田空穂　新訂版　東京堂出版　1985.6　369p　22cm　4700円

|内容| 万葉集 巻第14・巻第15

◇万葉集評釈　第10巻　窪田空穂　新訂版　東京堂出版　1985.7　454p　22cm　4700円

|内容| 万葉集 巻第16・巻第17・巻第18

◇万葉集全注　巻第7　渡瀬昌忠　有斐閣　1985.8　398p　22cm　4900円

◇万葉集評釈　第11巻　窪田空穂　新訂版　東京堂出版　1985.8　394p　22cm　4700円

|内容| 万葉集 巻第19・巻第20

◇万葉省察　第2　福沢武一　伊那　佐紀社　1985.8　172p　26cm　1000円

◇万葉集　1　稲岡耕二校注　7版　明治書院　1986.2　346p　19cm(校注古典叢書)　1300円

|内容| 巻第1～巻第4．解説

◇万葉集論究　松岡静雄　教育出版センター　1986.3　2冊　22cm(万葉集研究基本文献叢書)〈章華社昭和9年刊の複製　発売：冬至書房〉

◇万葉集全注　巻第14　水島義治　有斐閣　1986.9　418p　22cm　5200円

◇万葉集講話　沢瀉久孝　講談社　1986.11　190p　15cm(講談社学術文庫)〈解説：伊藤博〉　480円

◇万葉百選　村上菀爾　村上菀爾　1986.12　109p　20cm　〈著者の肖像あり〉　非売品

◇万葉秀歌鑑賞　山本健吉　講談社　1987.3　290p　15cm(講談社学術文庫)　740円

◇万葉集評釈　第4巻　窪田空穂著　新訂版　東京堂出版　1987.3　434p　22cm　4700円

|内容| 万葉集 巻第5・巻第6

◇校注万葉集　筑紫編　林田正男編　新典社　1987.4　270p　19cm(新典社校注叢書　3)〈万葉集筑紫関係年表：p259～270〉　1900円

◇万葉の長歌　西野寿二　あきがわ書房　1987.4　107p　20cm　〈著者の肖像あり〉　1000円

◇万葉集全釈　鴻巣盛広　秀英書房　1987.4　6冊　22cm　〈広文堂書店昭和7～10年刊の複製　付(別冊 126p)：万葉集語彙索引〉　全126000円

|内容| 第1冊 巻第1～巻第4 第2冊 巻第5～巻第8 第3冊 巻第9～巻第11 第4冊 巻第12～巻第15 第5冊 巻第16～巻第19 第6冊 巻第20．万葉集五句索引．万葉集作者索引

◇万葉集全釈　万葉集語彙索引　鴻巣盛広　秀英書房　1987.4　126p　22cm　〈広文堂書店昭和16年刊の複製〉

◇万葉集名歌新解釈　佐野茂　下部町(山梨県)　佐野茂　1987.4　214p　22cm　〈製作：山梨日々新聞社〉　非売品

日本古典文学案内－現代語訳・注釈書　25

上代文学(和歌)

◇万葉集評釈　金子元臣　秀英書房　1987.5　4冊　22cm　〈明治書院昭和17年～20年刊の複製〉　全80000円
　内容 第1冊 巻1～巻2. 第2冊 巻3～4. 第3冊 巻5～巻7 上. 第4冊 巻7 下～巻9

◇万葉秀歌評釈　井上豊　古川書房　1987.6　280p　20cm　〈参考文献：p267～270〉　3000円

◇万葉と古今をつなぐ　阿部正路　泉書房　1987.9　261p　20cm　1600円

◇万葉集全注　巻第20　木下正俊　有斐閣　1988.1　360p　22cm　4600円

◇万葉集　伊藤博, 上原和, 黛弘道編　新装版　集英社　1988.4　222p　29cm(図説日本の古典　2)〈『万葉集』関係年表：p216～219〉　2800円
　内容 『万葉集』の世界　『万葉集』の詩情—作品鑑賞　万葉時代の顔　万葉時代庶民の生活—農民の衣食住　万葉びとの生と死—山上憶良　大伴旅人　柿本人麻呂　大和は国のまほろば—万葉紀行・1 大和　筑紫の海に歌えぐ—万葉紀行・2 筑紫　み越路の海山—万葉紀行・3 越中　白鳳の美　天平の芸術　海東の国と白鳳の美　西方憧憬と天平の芸術　万葉時代の都と地方　万葉和歌の背景

◇万葉集全注　巻第15　吉井巌　有斐閣　1988.7　357p　22cm　4800円

◇万葉集全注　巻第10　阿蘇瑞枝　有斐閣　1989.5　627p　22cm　7910円

◇万葉ロマン紀行—現代に生きる万葉名歌　吉野正美文　藤田浩写真　偕成社　1990.4　214p　19cm　2000円

◇万葉集注釈　巻5　沢瀉久孝著　2版　中央公論社　1990.7　315p　22cm　〈普及版〉　4500円

◇万葉集注釈　巻6　沢瀉久孝著　2版　中央公論社　1990.7　277p　22cm　〈普及版〉　4500円

◇万葉集注釈　巻第8　沢瀉久孝著　2版　中央公論社　1990.7　327p　22cm　〈普及版〉　4500円

◇万葉集注釈　巻第9　沢瀉久孝著　2版　中央公論社　1990.7　268p　22cm　〈普及版〉　4500円

◇万葉集注釈　巻第10　沢瀉久孝著　2版　中央公論社　1990.7　512p　22cm　〈普及版〉　5500円

◇ふるさとの万葉—越中　高岡市万葉歴史館編　富山　桂書房　1990.10　253p　20cm　1300円

◇万葉集全注　巻第18　伊藤博著　有斐閣　1992.11　276p　22cm　4120円

◇万葉集全注　巻第8　井手至著　有斐閣　1993.4　353p　22cm　5480円

◇歌経標式—注釈と研究　沖森卓也ほか著　桜楓社　1993.5　398p　22cm　9800円

◇万葉歌林逍遥　遠藤一雄著　大阪　和泉書院　1993.9　293p　20cm(和泉選書　78)　3090円

◇私の万葉集　1　大岡信著　講談社　1993.10　243p　18cm(講談社現代新書)　600円

◇万葉歌物語　田崎幾太郎著　勁草出版サービスセンター　1993.12　217,10p　20cm　〈発売：勁草書房〉　1648円

◇万葉の詩情　吉野秀雄著　弥生書房　1994.2　203p　20cm　〈新装版〉　1854円

◇私の万葉集　2　大岡信著　講談社　1994.4　203p　18cm(講談社現代新書)　650円

◇金沢文庫本万葉集　巻第十八　朝日新聞社　1994.10　478,60p　22cm(冷泉家時雨亭叢書　第39巻)〈複製 折り込み1枚 叢書の編者：冷泉家時雨亭文庫〉　28000円
　内容 金沢文庫本万葉集 巻第十八. 万葉集抄. 万時 五条殿御消息. 万葉集註釈 巻第一・巻第三. 楢葉. 解題 竹下豊著

◇万葉集私燭　早川幾忠著　京都　完石山人著作刊行会　1995.4　3冊　19cm　〈限定版〉　非売品

◇私の万葉集　3　大岡信著　講談社　1995.10　249p　18cm(講談社現代新書)　650円

◇万葉集釈注　1　伊藤博著　集英社　1995.11　525p　22cm　9800円
　内容 巻第1～巻第2

◇万葉集釈注　2　伊藤博著　集英社　1996.2　700p　22cm　12000円
　内容 巻第3～巻第4

◇万葉集釈注　3　伊藤博著　集英社　1996.5　532p　22cm　9800円
　内容 巻第5～巻第6

上代文学(和歌)

◇万葉集釈注　4　伊藤博著　集英社　1996.8　771p　22cm　12000円
　内容 巻第7～巻第8
◇万葉集名歌撰　園部晨之著　〔各務原〕園部晨之　1996.9　327p　20cm
◇万葉集釈注　5　伊藤博著　集英社　1996.11　737p　22cm　12000円
　内容 巻第9～巻第10
◇私の万葉集　4　大岡信著　講談社　1997.1　175p　18cm(講談社現代新書)　659円
◇三条西実隆自筆本『一葉抄』の研究　中世万葉集研究会編　笠間書院　1997.2　310p　22cm(笠間叢書　303)〈国文学研究資料館蔵の複製を含む〉　7800円
◇万葉集釈注　6　伊藤博著　集英社　1997.5　809p　22cm　12600円
　内容 巻第11-巻第12
◇私の万葉集　杉本苑子著　集英社　1997.6　260p　16cm(集英社文庫)〈索引あり〉　495円
◇万葉集　1　久保田淳監修　稲岡耕二著　明治書院　1997.6　496p　21cm(和歌文学大系　1)〈索引あり〉　4800円
◇万葉秀歌逍遙　亀山明生著　短歌研究社　1997.8　365p　20cm　〈索引あり〉　3800円
◇万葉集釈注　7　伊藤博著　集英社　1997.9　601p　22cm　9515円
　内容 巻第13-巻第14
◇万葉集の庶民の歌　久恒啓子著　短歌新聞社　1997.11　336p　20cm　3000円
◇万葉集全注　巻第19　青木生子著　有斐閣　1997.11　316p　21cm　5000円
◇私の万葉集　5　大岡信著　講談社　1998.1　208p　18cm(講談社現代新書)　640円
◇万葉集釈注　8　伊藤博著　集英社　1998.1　615p　22cm　9515円
　内容 巻第15-巻第16
◇万葉集釈注　9　伊藤博著　集英社　1998.5　635p　22cm　9515円
　内容 巻第17-巻第18

◇万葉秀歌探訪　岡野弘彦著　日本放送出版協会　1998.9　363p　16cm(NHKライブラリー)　1070円
◇万葉集全注　巻第11　稲岡耕二著　有斐閣　1998.9　691p　22cm　9800円
◇万葉集釈注　10　伊藤博著　集英社　1998.12　830p　22cm　12600円
　内容 巻第19-巻第20
◇万葉集釈注　11　伊藤博著　集英社　1999.3　592p　22cm　9515円
　内容 別巻
◇新日本古典文学大系　1　万葉集　1　佐竹昭広ほか校注　岩波書店　1999.5　530,40p　22cm　4500円
　内容 巻第1-巻第5
◇ママのための万葉名歌撰　今井威著　翰林書房　1999.7　126p 図版16枚　20cm　1200円
◇万葉集名歌選釈　保田与重郎著　京都新学社　1999.7　382p　16cm(保田与重郎文庫　21)　1200円
◇万葉集名歌撰　続　園部晨之著　大垣　サンメッセ(印刷)　1999.10　325p　20cm
◇五人四色の万葉集―名もなき女性のうたをよんで　星野五彦ほか著　印西　万葉書房　2000.1　189p　19cm(万葉叢書　1)　1950円
◇万葉集釈注　各句人名索引篇　伊藤博著　集英社　2000.5　509p　22cm　9500円
◇万葉集釈注　原文篇　伊藤博著　集英社　2000.5　605p　22cm　9500円
◇新日本古典文学大系　2　万葉集　2　佐竹昭広ほか編・校注　岩波書店　2000.11　553,35p　22cm　4800円
　内容 巻第6-巻第10
◇テーマ別万葉集　鈴木武晴編　おうふう　2001.2　416p　21cm　2800円
◇万葉の詩　木村整彦著　西宮　学芸出版社　2001.9　198p　21cm　1429円
◇万葉集注釈　巻第1　沢瀉久孝著　新装　中央公論新社　2001.11　463p　22cm〈オンデマンド版〉　10000円
◇万葉集注釈　巻第2　沢瀉久孝著　新装　中央公論新社　2001.11　528p　22cm〈オンデマンド版〉　12000円

日本古典文学案内－現代語訳・注釈書　27

上代文学（和歌）

◇万葉集注釈　巻第3　沢瀉久孝著　新装　中央公論新社　2001.11　670p　22cm　〈オンデマンド版〉　14000円

◇万葉集注釈　巻第4　沢瀉久孝著　新装　中央公論新社　2001.11　623p　22cm　〈オンデマンド版〉　14000円

◇万葉集注釈　巻第5　沢瀉久孝著　新装　中央公論新社　2001.11　315p　22cm　〈オンデマンド版〉　8000円

◇万葉集注釈　巻第6　沢瀉久孝著　新装　中央公論新社　2001.11　277p　22cm　〈オンデマンド版〉　8000円

◇万葉集注釈　巻第7　沢瀉久孝著　新装　中央公論新社　2001.11　387p　22cm　〈オンデマンド版〉　9000円

◇万葉集注釈　巻第8　沢瀉久孝著　新装　中央公論新社　2001.11　327p　22cm　〈オンデマンド版〉　8000円

◇万葉集注釈　巻第9　沢瀉久孝著　新装　中央公論新社　2001.11　268p　22cm　〈オンデマンド版〉　7000円

◇万葉集注釈　巻第10　沢瀉久孝著　新装　中央公論新社　2001.11　512p　22cm　〈オンデマンド版〉　12000円

◇万葉集注釈　巻第11　沢瀉久孝著　新装　中央公論新社　2001.11　515p　22cm　〈オンデマンド版〉　12000円

◇万葉集注釈　巻第12　沢瀉久孝著　新装　中央公論新社　2001.11　296p　22cm　〈オンデマンド版〉　8000円

◇万葉集注釈　巻第13　沢瀉久孝著　新装　中央公論新社　2001.11　265p　22cm　〈オンデマンド版〉　7000円

◇万葉集注釈　巻第14　沢瀉久孝著　新装　中央公論新社　2001.11　274p　22cm　〈オンデマンド版〉　8000円

◇万葉集注釈　巻第15　沢瀉久孝著　新装　中央公論新社　2001.11　181p　22cm　〈オンデマンド版〉　6000円

◇万葉集注釈　巻第16　沢瀉久孝著　新装　中央公論新社　2001.11　261p　22cm　〈オンデマンド版〉　7000円

◇万葉集注釈　巻第17　沢瀉久孝著　新装　中央公論新社　2001.11　243p　22cm　〈オンデマンド版〉　7000円

◇万葉集注釈　巻第18　沢瀉久孝著　新装　中央公論新社　2001.11　180p　22cm　〈オンデマンド版〉　7000円

◇万葉集注釈　巻第19　沢瀉久孝著　新装　中央公論新社　2001.11　225p　22cm　〈オンデマンド版〉　6000円

◇万葉集注釈　巻第20　沢瀉久孝著　新装　中央公論新社　2001.11　256p　22cm　〈オンデマンド版〉　7000円

◇万葉集注釈　別巻 索引篇　沢瀉久孝著　新装　中央公論新社　2001.11　367p　22cm　〈オンデマンド版〉　9000円

◇万葉集注釈　別巻 本文篇　沢瀉久孝著　新版　中央公論新社　2001.11　584p　22cm　〈オンデマンド版〉　14000円

◇万葉名歌　土屋文明著　桜井信夫編　アートデイズ　2001.12　233p　20cm　〈写真：桑原英文〉　1800円

◇万葉集　2　久保田淳監修　稲岡耕二著　明治書院　2002.3　581p　21cm(和歌文学大系　2)　8000円

[内容] 万葉集巻第五　万葉集巻第六　万葉集巻第七　万葉集巻第八　万葉集巻第九

◇新日本古典文学大系　3　万葉集　3　佐竹昭広ほか編・校注　岩波書店　2002.7　469,26p　22cm　4800円

[内容] 巻第11-巻第15

◇みんなの万葉集―響きあう「こころ」と「ことば」　上野誠著　PHP研究所　2002.10　262p　19cm　1500円

◇万葉百歌―歌論集　加地恵著　〔多度津町(香川県)〕　加地恵　2003.2　215p　21cm　2390円

◇万葉集全注　巻第9　金井清一著　有斐閣　2003.4　281p　22cm　5500円

◇傍注万葉秀歌選　1　中西進著　四季社　2003.5　451p　22cm　2800円

[内容] 巻1-巻6

◇いにしえからのラブレター　ryo著　ソニー・マガジンズ　2003.7　119p　18cm(ブルームブックス)　〈絵：雨月衣〉　1300円

◇傍注万葉秀歌選　2　中西進著　四季社　2003.8　421p　22cm　2800円

[内容] 巻7-巻14

◇万葉集の歌を推理する　間宮厚司著　文藝春秋　2003.8　214p　18cm(文春新書)　690円

◇新日本古典文学大系　4　万葉集　4　佐

上代文学(和歌)

竹昭広ほか編・校注　岩波書店　2003.10　527,36p　22cm　5000円

[内容] 巻第16-巻第20

◇傍注万葉秀歌選　3　中西進著　四季社　2003.12　440p　22cm　2800円

[内容] 巻15-巻20

◇万葉名歌　土屋文明著　文元社　2004.2　252p　19cm(教養ワイドコレクション)〈「現代教養文庫」1969年刊(33刷)を原本としたOD版〉　2900円

◇ものがたりとして読む万葉集　大岳洋子著　大津　素人社　2005.3　230p　20cm〈文献あり〉　1900円

◇万葉語文研究　第1集　万葉語学文学研究会編　大阪　和泉書院　2005.3　193p　21cm　2700円

[内容] 万葉集と本草書(井手至著)　笠女郎歌群をめぐって(浅見徹著)　日本書紀の漢語と訓注のあり方をめぐって(毛利正守著)　『古事記』ウケヒ条の構想(牛島理絵著)　贈與としての嘉摩三部作(八木孝昌著)　「にほふ」考(竜本那津子著)　「公」であること(奥村和美著)　『万葉集』における序歌と「寄物陳思」歌(白井伊津子著)　『出雲国風土記』本文について(内田賢徳著)

◇口ずさんで楽しむ万葉百人一首　山城賢孝著　那覇　ニライ社　2005.6　254p　22cm　〈年表あり〉　2000円

◇万葉集釈注　1(巻第1巻第2)　伊藤博著　集英社　2005.9　618p　16cm(集英社文庫ヘリテージシリーズ)　952円

◇万葉集釈注　2(巻第3巻第4)　伊藤博著　集英社　2005.9　672p　16cm(集英社文庫ヘリテージシリーズ)　1000円

◇万葉集釈注　3(巻第5巻第6)　伊藤博著　集英社　2005.9　551p　16cm(集英社文庫ヘリテージシリーズ)　905円

◇万葉集釈注　4(巻第7巻第8)　伊藤博著　集英社　2005.9　765p　16cm(集英社文庫ヘリテージシリーズ)　1095円

◇万葉集釈注　5(巻第9巻第10)　伊藤博著　集英社　2005.9　712p　16cm(集英社文庫ヘリテージシリーズ)　1048円

◇万葉集釈注　6(巻第11巻第12)　伊藤博著　集英社　2005.9　798p　16cm(集英社文庫ヘリテージシリーズ)　1143円

◇万葉の歌人と作品─セミナー　第12巻　万葉秀歌抄　神野志隆光,坂本信幸企画編集　大阪　和泉書院　2005.11　383p　22cm　3500円

◇万葉集全注　巻第13　曽倉岑著　有斐閣　2005.11　367p　22cm　6700円

◇万葉集釈注　7(巻第13巻第14)　伊藤博著　集英社　2005.12　647p　16cm(集英社文庫ヘリテージシリーズ)　1000円

◇万葉集釈注　8(巻第15巻第16)　伊藤博著　集英社　2005.12　678p　16cm(集英社文庫ヘリテージシリーズ)　1048円

◇万葉集釈注　9(巻第17巻第18)　伊藤博著　集英社　2005.12　679p　16cm(集英社文庫ヘリテージシリーズ)　1048円

◇万葉集釈注　10(巻第19巻第20)　伊藤博著　集英社　2005.12　894p　16cm(集英社文庫ヘリテージシリーズ)　1238円

◇万葉集全歌講義　第1巻(巻第1・巻第2)　阿蘇瑞枝著　笠間書院　2006.3　561p　23cm　9500円

◇万葉集全注　巻12　小野寛著　有斐閣　2006.5　585p　22cm　9300円

◇万葉歌の読解と古代語文法　黒田徹著　松戸　万葉書房　2006.10　330p　22cm　6000円

◇萬葉集　3　久保田淳監修　稲岡耕二著　明治書院　2006.11　591p　21cm(和歌文学大系　3)　11000円

◇万葉集全歌講義　第2巻(巻第3・巻第4)　阿蘇瑞枝著　笠間書院　2006.12　811p　23cm　15000円

◇声で読む万葉・古今・新古今　保坂弘司著　學燈社　2007.1　287p　19cm　1700円

◇覚えておきたい順万葉集の名歌　佐佐木幸綱監修　荒木清編　中経出版　2007.5　255p　15cm(中経の文庫)　552円

◇万葉集全歌講義　第3巻(巻第5・巻第6)　阿蘇瑞枝著　笠間書院　2007.10　499p　23cm　12000円

◇飛鳥万葉の詩人たち　鈴木茂夫著　文芸社　2007.12　258p　19cm　〈年表あり〉　1500円

◇万葉集などの革新的解釈　内山汎著　八千代　内山汎　2007.12　213p　26cm〈文献あり〉

◇万葉集校注拾遺　工藤力男著　笠間書院　2008.2　230,7p　21cm　3800円

◇中西進著作集　22　万葉の秀歌　中西進

日本古典文学案内－現代語訳・注釈書　29

上代文学(和歌)

　著　四季社　2008.7　467p　22cm　5500円

◇万葉集全歌講義　第4巻(巻第7・巻第8)　阿蘇瑞枝著　笠間書院　2008.7　794p　23cm　14000円

◇中西進著作集　23　万葉の長歌　中西進著　四季社　2008.9　405p　22cm　〈年表あり〉　5500円

◇万葉集の表記と訓詁　大島信生著　おうふう　2008.9　257p　22cm　12000円

◇万葉集―新校注　井手至,毛利正守校注　大阪　和泉書院　2008.10　534p　22cm(和泉古典叢書　11)　2200円

◇万葉七十二候歌ごよみ　蘭方かおり著　多治見　むらさき堂　2008.11　74p　22cm　〈和装〉　900円

◇誤解された万葉語　吉田金彦著　勉誠出版　2008.12　344,19p　22cm　〈索引あり〉　5000円

◆東歌

【現代語訳】

◇俗謡東歌―万葉集東歌の平易七五調訳　芦沢武幸著　短歌新聞社　1966　258p　19cm　500円

◇訳注万葉東歌　五唐勝著　桜楓社　1974　472p　22cm　15000円

【注釈書】

◇万葉集東歌評釈　中村鳥堂著　新英社　1935.12　234p　菊判

◇万葉集上野国歌私注　土屋文明著　換乎堂　1944　150p　1.8円

◇万葉東歌新注　谷馨著　南雲堂桜楓社　1964　162p 図版　22cm

◇万葉集駿遠豆―論考と評釈　南信一著　風間書房　1969　491p 図版　22cm　5200円

◇万葉集　東歌・防人歌　水島義治校註　笠間書院　1972　361p　22cm　1000円

◇万葉集―東歌・防人歌　校註　水島義治著　改訂増補版　笠間書院　1974　409p　22cm　1500円

◇万葉集東歌解釈　新藤知義著　高文堂出版社　1974　331p　22cm　〈参考文献：p.325-326〉　4800円

◇万葉集常陸の歌―作品解釈と鑑賞へのしるべ　有馬徳著　土浦　筑波書林　1980.5～6　2冊　18cm(ふるさと文庫)　〈発売：茨城図書〉　580円,480円

◇万葉集東歌鑑賞　嶋津忠史著　桜楓社　1990.4　251p　19cm　2884円

◇万葉集東歌・防人歌の心　阪下圭八著　新日本出版社　2001.1　205p　18cm(新日本新書)　950円

◆防人歌

【注釈書】

◇万葉集　東歌・防人歌　水島義治校註　笠間書院　1972　361p　22cm　1000円

◇万葉集―東歌・防人歌　校註　水島義治著　改訂増補版　笠間書院　1974　409p　22cm　1500円

◇防人歌古訓注釈集成　星野五彦編著　教育出版センター　1976　323p　22cm(資料叢書　3)　4800円

◇万葉防人歌新注　竹内金治郎編　桜楓社　1976　155p　22cm　1200円

◇有由縁歌と防人歌―続万葉集論究　松岡静雄　教育出版センター　1985.10　532p　22cm(万葉集研究基本文献叢書)　〈瑞穂書院昭和10年刊の複製　発売：冬至書房新社〉

◇防人とその周辺　落合正男著　横浜　門土社　1998.12　91p　19cm　1000円

◇万葉集東歌・防人歌の心　阪下圭八著　新日本出版社　2001.1　205p　18cm(新日本新書)　950円

◇防人歌―万葉集巻二十　嶋津忠史編　おうふう　2001.9　87p　21cm　2000円

◇万葉集防人歌全注釈　水島義治著　笠間書院　2003.2　873,32p　22cm(笠間注釈叢刊　33)　23500円

◆相聞歌・恋歌

【注釈書】

◇恋万葉　市野末子著　リクルート出版　1990.4　269p　19cm　1300円

◇風呂で読む万葉恋歌　大森亮尚著　京都

上代文学(和歌)

世界思想社　1993.5　110p　19cm　〈湯水に耐える合成樹脂使用〉　980円

◇万葉の恋い歌　中里富美雄著　渓声出版　1993.6　223p　19cm　1300円

◇万葉おんな心模様　白鳥文子著　飯田新葉社　1995.8　247p　図版10枚　18cm(しずおか新書　3)〈参考文献：p240〉　1600円

◇恋ひて死ぬとも―万葉集相聞の世界　森淳司, 林田正男編　雄山閣出版　1997.8　261p　21cm　2800円

◇声に出して読みたい万葉の恋歌　松永暢史監修　河出書房新社　2002.10　221p　19cm　1300円

◇あかねさす紫野―万葉集恋歌の世界　樋口百合子著　京都　世界思想社　2005.5　210p　19cm　〈文献あり〉　1800円

万葉歌人と作品

【注釈書】

◇万葉の百人一首―万葉の歌人と名歌100首を紹介　吉野正美文　藤田浩写真　偕成社　1992.1　231p　19cm　〈監修：犬養孝〉　2000円

◇歌人再現　万葉編　浜田数義著　大方町(高知県)　浜田数義　1993.8　77p　21cm　1000円

◆大伴旅人(665～731)

【注釈書】

◇作者別万葉集評釈　4　大伴旅人, 山上憶良編　尾上篤二郎著　非凡閣　1935-1936？　1冊　20cm

◆大伴家持(？～785)

【注釈書】

◇大伴家持　松平操子著　抒情詩社　1917.5　236p　16cm(評註日本名歌撰　第6篇)

◇評釈大伴家持全集　小泉苳三著　修文館　1926.5　334,52p　19cm

◇作者別万葉集評釈　5　大伴家持, 高橋虫麿編　窪田空穂, 谷馨, 都筑省吾著　非凡閣　1935-1936？　1冊　20cm

◇家持集全釈　島田良二著　風間書房　2003.8　312p　22cm(私家集全釈叢書　33)　9500円

◇人麻呂集・赤人集・家持集　阿蘇瑞枝著　明治書院　2004.2　382p　21cm(和歌文学大系　17)　7000円

内容　人麻呂集　赤人集　家持集

◆柿本人麻呂(生没年不詳)

【注釈書】

◇新釈和歌叢書　第6編　柿本人麿歌集　宗不旱著　紅玉堂書店　1925.1　116p　19cm

◇柿本人麿歌集　宗不旱著　紅玉堂　1930.2　119p　四六判(新釈和歌叢書　6)

◇作者別万葉集評釈　2　柿本人麿編　窪田空穂著　非凡閣　1935-1936？　1冊　20cm

◇柿本人麿の和歌評釈新考　1　鈴木翰著　磐田(静岡県)　鈴木翰　1977.6　28p　21cm(鈴木万葉集文庫　15)

◇人麿全歌―私註　岑清光著　篁短歌会　1979.1　269p　19cm(篁短歌叢書　第23篇)　1500円

◇人麻呂集・赤人集・家持集　阿蘇瑞枝著　明治書院　2004.2　382p　21cm(和歌文学大系　17)　7000円

内容　人麻呂集　赤人集　家持集

◇人麿集全釈　島田良二著　風間書房　2004.9　390p　22cm(私家集全釈叢書　34)　12000円

◇萬葉集　3　久保田淳監修　稲岡耕二著　明治書院　2006.11　591p　21cm(和歌文学大系　3)　11000円

◆笠金村(生没年不詳)

【現代語訳】

◇笠金村・高橋虫麻呂・田辺福麻呂人と作品　中西進編　おうふう　2005.9　268p　20cm　2800円

内容　笠金村をさぐる(村上出著)　笠金村と女性仮託(井ノ口史著)　笠金村秀歌鑑賞(小島ゆかり, 檪原聡著)　口訳付笠金村全歌集(井ノ口史著)　高橋虫麻呂をさぐる(大石泰夫著)　高橋虫麻呂と「東国」と(東城敏毅著)　高橋虫

上代文学(和歌)

麻呂秀歌鑑賞(松坂弘, 中西進著)　口訳付高橋虫麻呂全歌集(東城敏毅著)　田辺福麻呂をさぐる(広川晶輝著)　田辺福麻呂の新境地(下田忠著)　田辺福麻呂秀歌鑑賞(秋山佐和子, 上野誠著)　口訳付田辺福麻呂全歌集(広川晶輝著)

【注釈書】

◇作者別万葉集評釈　3　山部赤人, 高市黒人, 笠金村編　佐佐木信綱著　非凡閣　1935-1936?　1冊　20cm

◆高橋虫麻呂(生没年不詳)

【現代語訳】

◇笠金村・高橋虫麻呂・田辺福麻呂人と作品　中西進編　おうふう　2005.9　268p　20cm　2800円

　[内容] 笠金村をさぐる(村上出著)　笠金村と女性仮託(井ノ口史著)　笠金村秀歌鑑賞(小島ゆかり, 櫟原聡著)　口訳付笠金村全歌集(井ノ口史著)　高橋虫麻呂をさぐる(大石泰夫著)　高橋虫麻呂と「東国」と(東城敏毅著)　高橋虫麻呂秀歌鑑賞(松坂弘, 中西進著)　口訳付高橋虫麻呂全歌集(東城敏毅著)　田辺福麻呂をさぐる(広川晶輝著)　田辺福麻呂の新境地(下田忠著)　田辺福麻呂秀歌鑑賞(秋山佐和子, 上野誠著)　口訳付田辺福麻呂全歌集(広川晶輝著)

【注釈書】

◇作者別万葉集評釈　5　大伴家持, 高橋虫麿編　窪田空穂, 谷馨, 都筑省吾著　非凡閣　1935-1936?　1冊　20cm

◆高市黒人(生没年不詳)

【現代語訳】

◇高市黒人・山部赤人人と作品　中西進編　おうふう　2005.9　207p　20cm　2800円

　[内容] 高市黒人の旅(高松寿夫著)　高市黒人をさぐる(升田淑子著)　高市黒人歌の抒情(菊池威雄著)　高市黒人秀歌鑑賞(今野寿美, 上野誠著)　口訳付高市黒人全歌集(市瀬雅之, 井上さやか, 井戸未帆子著)　氏族伝統から山部赤人と作歌をさぐる(市瀬雅之著)　山部赤人と風土讃歌の伝統(井上さやか著)　島木赤彦の山部赤人評価(渡部修著)　山部赤人秀歌鑑賞(内藤明, 中西進著)　口訳付山部赤人全歌集(市瀬雅之, 井上さやか, 井戸未帆子著)

【注釈書】

◇作者別万葉集評釈　3　山部赤人, 高市黒人, 笠金村編　佐佐木信綱著　非凡閣　1935-1936?　1冊　20cm

◇高市黒人─注釈と研究　尾崎暢殃ほか編　新典社　1996.11　557p　22cm(新典社叢書　19)〈研究文献抄:p522～528〉17300円

◆額田王(生没年不詳)

【現代語訳】

◇女流歌人(額田王・笠郎女・茅上娘子)人と作品　中西進編　おうふう　2005.9　197p　20cm　2800円

　[内容] 万葉歌にみる女歌の系譜(青木生子著)　額田王(飯泉健司著)　額田王と宮廷世界(野口恵子著)　額田王秀歌鑑賞(松尾光, 高瀬隆和, 中西進著)　口訳付額田王全歌集(野口恵子著)　笠女郎の恋(城崎陽子著)　笠郎女秀歌鑑賞(日高堯子, 上野誠著)　口訳付笠郎女全歌集(城崎陽子著)　茅上娘子の恋(池田三枝子著)　茅上娘子秀歌鑑賞(松田信彦, 水原紫苑著)　口訳付茅上娘子全歌集(池田三枝子著)

◆山上憶良(660～733)

【現代語訳】

◇山上憶良万葉歌文集　憶良まつり短歌会編　大久保広行監修　稲築町(福岡県)稲築文化連合会　2005.9　128p　27cm

【注釈書】

◇山上憶良歌集(註釈)　井上頼文註　会通社　1910.10　104p　22cm

◇新釈和歌叢書　第15編　山上憶良歌集　尾山篤二郎著　紅玉堂書店　1925.4　131p　19cm

◇山上憶良歌集　尾上篤二郎著　紅玉堂　1926　131p　四六判(新釈和歌叢書　15)

◇作者別万葉集評釈　4　大伴旅人, 山上憶良編　尾上篤二郎著　非凡閣　1935-1936?　1冊　20cm

◇山上憶良注疏　久下貞三著　横浜　文芸モリキュール　1993.9　166p　19cm　1700円

◆山部赤人(生没年不詳)

【現代語訳】

◇高市黒人・山部赤人人と作品　中西進編　おうふう　2005.9　207p　20cm　2800円

[内容] 高市黒人の旅(高松寿夫著)　高市黒人をさぐる(升田淑子著)　高市黒人歌の抒情(菊池威雄著)　高市黒人秀歌鑑賞(今野寿美,上野誠著)　口訳付高市黒人全歌集(市瀬雅之,井上さやか,井戸未帆子著)　氏族伝統から山部赤人と作歌をさぐる(市瀬雅之著)　山部赤人と風土讃歌の伝統(井上さやか著)　島木赤彦の山部赤人評価(渡部修著)　山部赤人秀歌鑑賞(内藤明,中西進著)　口訳付山部赤人全歌集(市瀬雅之,井上さやか,井戸未帆子著)

【注釈書】

◇作者別万葉集評釈　3　山部赤人,高市黒人,笠金村編　佐佐木信綱著　非凡閣　1935-1936?　1冊　20cm

◇人麻呂集・赤人集・家持集　阿蘇瑞枝著　明治書院　2004.2　382p　21cm(和歌文学大系　17)　7000円

[内容] 人麻呂集　赤人集　家持集

漢詩・漢文学

【注釈書】

◇日本漢詩─古代篇　斎藤晌注　春陽堂書店　1937.8　278p　19cm

懐風藻(奈良時代)

【現代語訳】

◇懐風藻─和訳詩集　糊沢竜吉訳　學燈社　1972　201p　図　20cm

【注釈書】

◇懐風藻新釈　釈清潭釈　林古渓校　丙午出版社　1927.11　161p　23cm

◇懐風藻註釈　沢田総清著　大岡山書店　1933　454p　20cm

◇懐風藻註釈　沢田総清注　大岡山書店　1933.7　438p　20cm

◇校註 日本文学大系　24　中山泰昌編　2版　誠文堂新光社　1938.6

[内容] 懐風藻 他4篇

◇懐風藻詳釈　世良亮一著　教育出版社　1938.12　191p　四六判

◇懐風藻　杉本行夫註釈　弘文堂書房　1943.5　410p　B6

◇懐風藻の研究─本文批判と註釈研究　大野保著　三省堂　1957　214p　19cm

◇日本古典文学大系　第69　懐風藻,文華秀麗集,本朝文粋　小島憲之校注　岩波書店　1964　520p　図版　22cm

◇懐風藻註釈　沢田総清著　パルトス社　1990.12　438p　20cm　〈大岡山書店昭和8年刊の複製〉　11000円

◇懐風藻新註　林古渓著　林大編　パルトス社　1996.1　336p　22cm　〈明治書院昭和33年刊の複製〉　16000円

◇懐風藻　江口孝夫全訳注　講談社　2000.10　392p　15cm(講談社学術文庫)　1250円

中古文学

【注釈書】

◇国文学全史　平安朝篇　藤岡作太郎著　秋山虔他校注　平凡社　1971-1974　2冊　18cm(東洋文庫)

◇国文学全史　平安朝篇 1　藤岡作太郎著　杉山とみ子訳注　講談社　1977.9　199p　15cm(講談社学術文庫)　300円

◇国文学全史　平安朝篇 2　藤岡作太郎著　杉山とみ子訳注　講談社　1977.10　170p　15cm(講談社学術文庫)　260円

◇国文学全史　平安朝篇 3　藤岡作太郎著　杉山とみ子訳注　講談社　1977.11　185p　15cm(講談社学術文庫)　280円

◇国文学全史　平安朝篇 4　藤岡作太郎著　杉山とみ子訳注　講談社　1977.11　216p　15cm(講談社学術文庫)　300円

◇日本思想大系　8　古代政治社会思想　山岸徳平ほか校注　岩波書店　1979.3　546p　22cm　2800円

　内容 遷都平城詔.造立盧舎那仏詔.法成寺金堂供養願文 藤原広業著. 貞恵伝 藤原仲麻呂著. 武智麻呂伝 延慶著. 乞骸骨表・私教類聚 吉備真備著. 革命勘文・藤原則伝・意見十二箇条 三善清行著. 寛平御遺誡 宇多天皇著. 九条右丞相遺誡 九条師輔著. 菅家遺誡.新猿楽記 藤原明衡著. 遊女記・傀儡子記・暮年記・狐媚記 大江匡房著. 勘申 藤原敦光著. 将門記.陸奥話記.尾張国郡司百姓等解. 解説 古代政治社会思想序説 家永三郎著

漢詩・漢文学

【現代語訳】

◇古代漢詩選　興膳宏著　研文出版　2005.10　260p　19cm(日本漢詩人選集別巻)　3300円

　内容 序章 古代日本人の漢詩新学び　第1章 万葉歌人たちの漢詩—日本漢詩のあけぼの　第2章 長屋王サロンの詩人たち—君臣唱和の詩(一)　第3章 嵯峨天皇—平安詩壇のオルガナイザー　第4章 有智子内親王—平安初期の女性詩人　第5章 平安朝初期の詩人群—君臣唱和の詩(二)　第6章 空海—社交の詩から個人の詩へ　第7章 島田忠臣—叙情の深化　第8章 菅原道真—その長編古体詩

【注釈書】

◇日本古典文学大系　第69　懐風藻,文華秀麗集,本朝文粋　小島憲之校注　岩波書店　1964　520p 図版　22cm

◇凌雲集詳釈　世良亮一著　小郡町(福岡県)　世良亮一　1966　157p　22cm　〈謄写版〉　700円

◇王朝漢詩選　小島憲之編　岩波書店　1987.7　473,10p　15cm(岩波文庫)　700円

◇都氏文集全釈　中村璋八,大塚雅司著　汲古書院　1988.12　258p　22cm　〈都良香作品・年譜：p243〜256〉　5000円

◇仲文章注解—諸本集成　幼学の会編　勉誠社　1993.10　419,18p　22cm　〈諸本の影印を含む〉　15000円

本朝麗藻(平安中期)

【注釈書】

◇本朝麗藻全注釈　1　今浜通隆注釈　新典社　1993.5　422p　22cm(新典社注釈叢書)　17500円

◇本朝麗藻簡注　川口久雄,本朝麗藻を読む会編　勉誠社　1993.7　605,13p　22cm　20000円

◇本朝麗藻全注釈　2　今浜通隆注釈　新典社　1998.11　558p　22cm(新典社注釈叢書　8)　16000円

本朝無題詩(平安後期)

【注釈書】

◇本朝無題詩全注釈　1　本間洋一注釈　新典社　1992.3　604p　22cm(新典社注釈叢書)　23000円

◇本朝無題詩全注釈　2　本間洋一注釈　新典社　1993.5　532p　22cm(新典社注釈

叢書 4) 22000円
◇本朝無題詩全注釈 3 本間洋一注釈 新典社 1994.5 599p 22cm(新典社注釈叢書 7) 23000円

本朝文粋(平安後期)

【注釈書】

◇本朝文粋註釈 上,下 柿村重松註 京都 内外出版 1922 2冊 23cm 〈藤原明衡撰〉

　内容 上冊 巻之1-巻之7 下冊 巻之8-巻之14,附録:作者列伝 柿村重松著

◇本朝文粋註釈 上下 柿村重松著 京都 内外出版印刷 1922 2冊 55cm 〈富山房 昭43〉

◇校註 日本文学大系 23 本朝文粋 佐久節校註 誠文堂 1932-1935 20cm

◇日本古典文学大系 第69 懐風藻,文華秀麗集,本朝文粋 小島憲之校注 岩波書店 1964 520p 図版 22cm

◇本朝文粋註釈 柿村重松註 新修版 富山房 1968 2冊 23cm 〈初版:大正11年刊〉 11000円

◇男女婚姻賦全釈 中村和彦著 江別 中村和彦 1986 1冊(頁付なし) 26cm

◇新日本古典文学大系 27 本朝文粋 佐竹昭広ほか編 大曾根章介ほか校注 岩波書店 1992.5 462p 22cm 3800円

◇本朝文粋抄 後藤昭雄著 勉誠出版 2006.12 190p 20cm 2800円

詩人・文人と作品

島田忠臣(828〜?)

【注釈書】

◇田氏家集注 巻之上 小島憲之監修 大阪 和泉書院 1991.2 329p 22cm(研究叢書 98) 10300円

◇田氏家集注 巻之中 小島憲之監修 大阪 和泉書院 1992.3 245,7p 22cm(研究叢書 113) 9064円

◇田氏家集全釈 中村璋八,島田伸一郎著 汲古書院 1993.4 381,30p 22cm

9000円

◇田氏家集注 巻之下 小島憲之監修 大阪 和泉書院 1994.2 428p 22cm(研究叢書 146) 13390円

菅原道真(845〜903)

【現代語訳】

◇菅原道真 小島憲之,山本登朗著 富士川英郎 入矢義高 入谷仙介 佐野正巳編 研文出版 1998.11 180p 19cm(日本漢詩人選集 1)〈シリーズ〉 3000円

　内容 第1章 修行時代 第2章 文人貴族として 第3章 讃岐赴任 第4章 栄達と苦悩 第5章 流謫の日々

【注釈書】

◇日本古典文学大系 第72 菅家文草,菅家後集 川口久雄校注 岩波書店 1966 739p 図版 22cm

和歌

【注釈書】

◇女流文学叢書 第1編 広池千九郎等校訂 標注 東洋社 1901-1902? 398p 22cm

　内容 小町集〔ほか〕

◇八代集選釈 久松潜一編 大明堂書店 1933.2 266,11p 23cm

◇新訂要註八代集(抄) 今園国貞編 三省堂 1933.12 257p 19cm(高等国文叢刊)

◇平安朝名歌評釈 尾上柴舟著 非凡閣 1935.2 276p 20cm(和歌評釈選集)

◇八代集評釈 久松潜一編 大明堂 1954 532p 図版 22cm 〈八代集選釈(昭和8年刊)の増補版〉

　内容 古今集より新古今集まで(久松潜一) 解説・註釈 古今和歌集(井上豊) 後撰和歌集(杉本長重) 拾遺和歌集(白石光邦) 後拾遺和歌集(白石光邦) 金葉和歌集(藤崎一史) 詞花和歌集(井上豊) 千載和歌集(井上豊) 新古今和歌集(井上豊) 附録 主要歌人略伝,小倉百人一首一覧,小倉百人一首評釈補遺,参考文献目録,八代集関係年表

◇八代集全註 山岸徳平編 有精堂出版

中古文学(和歌)

　1960　3冊　22cm

　内容　第1巻　八代抄集　上巻　拾遺集，八代集口訣，古今集貞応嘉禄本不同，藤六集，難後拾遺抄　第2巻　八代集抄　下巻　初奏本金葉集，二度本金葉集，三奏本金葉集，古今集口訣，新古今集選者名考異表，新古今集合点　歌集，補註　第3巻　八代集索引，勅撰作者部類，二十一代集才子伝

◇秋までの命危ふし身を捨てて強ひてぞ遺すこれがその書　横山青娥著　塔影書房　1980.5　108p　19cm　〈限定版〉　2800円

　内容　建礼門院右京大夫集．鴨長明「無名秘抄」摘訳．西公(西行)談抄．栄花物語・幻の作者．私の部屋楽園は地上に在った

◇釈教歌の研究―八代集を中心として　石原清志著　京都　同朋舎出版　1980.8　751p　22cm　〈各章末：参考文献〉　13000円

◇王朝秀歌選　樋口芳麻呂校注　岩波書店　1983.3　333p　15cm(岩波文庫)　〈参考書：p234～236〉　500円

◇王朝秀歌選　樋口芳麻呂校注　岩波書店　1983.12　333p　20cm(岩波クラシックス51)　〈参考書：p234～236〉　1500円

◇八代集　1　奥村恒哉校注　平凡社　1986.1　435p　18cm(東洋文庫　452)　2500円

　内容　古今和歌集．後撰和歌集

◇八代集　2　奥村恒哉校注　平凡社　1986.8　438p　18cm(東洋文庫　459)　2700円

　内容　拾遺和歌集．後拾遺和歌集．解説　奥村恒哉著

◇八代集　3　奥村恒哉校注　平凡社　1987.5　440p　18cm(東洋文庫　469)　2800円

　内容　金葉和歌集．詞花和歌集．千載和歌集．解説　奥村恒哉著

◇八代集　4　奥村恒哉校注　平凡社　1988.8　463p　18cm(東洋文庫　490)　3000円

　内容　新古今和歌集．解説　奥村恒哉著

◇古歌への誘い　由良琢郎著　武蔵野書院　1993.9　209p　20cm　2000円

◇王朝秀歌選　樋口芳麻呂校注　岩波書店　1995.3　333p　15cm(岩波文庫)　〈参考書：p234～236〉　620円

◇贈答のうた　竹西寛子著　講談社　2002.11　310p　22cm　2800円

◇王朝みやび歌枕のロマン　秦澄美枝著　澄美枝・アカデミー　2005.11　177p　20cm　〈東京　朝日新聞社(発売)〉　1400円

私撰集

【注釈書】

◇日本文学大系―校註　第13巻　久松潜一，山岸徳平監修　新訂版　風間書房　1955　636p　19cm

　内容　古今和歌六帖，続詞花和歌集，寛平御時后宮歌合，天徳内裏歌合　山岸徳平校訂

◇日本古典文学大系　第80　平安鎌倉私家集　久松潜一等校注　岩波書店　1964　582p　図版　22cm

　内容　好忠集(松田武夫校注)　和泉式部集(青木生子校注)　大納言経信集(関根慶子校注)　長秋詠藻(久松潜一校注)　式子内親王集(久松潜一，国島章江校注)　建礼門院右京大夫集(久松潜一校注)　俊成卿女家集(久松潜一校注)

◇定家八代抄―続王朝秀歌選　上　樋口芳麻呂，後藤重郎校注　岩波書店　1996.6　261p　15cm(岩波文庫)　620円

◇定家八代抄―続王朝秀歌選　下　樋口芳麻呂，後藤重郎校注　岩波書店　1996.7　382p　15cm(岩波文庫)　720円

◆新撰万葉集(平安前期)

【注釈書】

◇新撰万葉集注釈　巻上1　新撰万葉集研究会編　大阪　和泉書院　2005.2　399p　22cm(研究叢書　333)　9000円

◇新撰万葉集注釈　巻上2　新撰万葉集研究会編　大阪　和泉書院　2006.2　542p　22cm(研究叢書　346)　12000円

◆三十六人集

【注釈書】

◇校註和歌叢書　第5冊　三十六人集　佐佐木信綱，芳賀矢一校註　博文館　1912-1919?　1冊　23cm

◇校註　国歌大系　12　三十六人集・六女集

中中山泰昌編　2版　誠文堂新光社
　1937.12　〈普及版〉

◇日本文学大系―校註　第11巻　三十六人集　上　久松潜一，岸徳平監修　長連恒校訂　新訂版　風間書房　1955　436p　19cm

◇日本文学大系―校註　第12巻　久松潜一，山岸徳平監修　新訂版　風間書房　1955　15,501p　19cm
　[内容]　三十六人集 下, 三十六人集補遺, 六女集, 六女集補遺　長連恒校訂

◇校註国歌大系　第12巻　三十六人集 全, 六女集 全　国民図書株式会社編　講談社　1976.10　43,938p 図　19cm　〈国民図書株式会社昭和3～6年刊の複製 限定版〉
　[内容]　三十六人集, 三十六人集補遺, 六女集, 六女集補遺

勅撰和歌集

◆古今和歌集(平安中期)

【現代語訳】

◇口訳対照 古今和歌集　安田喜代門著　中興館　1929　539p 表 地図　22cm

◇古今・新古今集　藤川忠治著　小学館　1943.9　440p　B6(現代訳日本古典)

◇日本古典文学全集―現代語訳　第6巻　古今和歌集　藤川忠治訳　河出書房　1955　391p　19cm

◇国民の文学　第9　古今和歌集, 新古今和歌集　谷崎潤一郎等編　窪田空穂, 窪田章一郎訳　河出書房新社　1964　499p 図版　19cm
　[内容]　解説(窪田章一郎)

◇日本古典文学全集　7　古今和歌集　小沢正夫校注・訳　小学館　1971　544p 図　23cm

◇日本の古典　10　古今和歌集, 新古今和歌集　河出書房新社　1972　471p 図　23cm
　[内容]　古今和歌集(窪田空穂訳) 新古今和歌集(窪田章一郎訳) 玉葉和歌集(池田弥三郎訳) 風雅和歌集(池田弥三郎訳) 作品鑑賞のための古典　近代秀歌(藤原定家著 久松潜一訳) 国歌八論(荷田在満著 窪田章一郎訳)

◇古今和歌集　窪田空穂訳　河出書房新社　1976.12　477p 図　18cm(日本古典文庫　12)

◇古今和歌集―全訳注　1　久曽神昇訳注　講談社　1979.9　215p　15cm(講談社学術文庫)　320円

◇現代語訳日本の古典　3　古今集・新古今集　大岡信著　学習研究社　1981.3　180p　30cm

◇古今和歌集　秋山虔著　尚学図書　1982.1　503p　20cm(鑑賞日本の古典　3)　〈参考文献解題：p450～477 勅撰集年表：p502～503〉

◇古今和歌集―現代語訳対照　小町谷照彦訳注　旺文社　1982.6　407p　16cm(旺文社文庫)　〈参考文献：p342～345〉　480円

◇古今和歌集―全訳注　2　久曽神昇訳注　講談社　1982.11　320p　15cm(講談社学術文庫)　580円

◇古今和歌集―全訳注　3　久曽神昇訳注　講談社　1982.12　377p　15cm(講談社学術文庫)　640円

◇古今和歌集―全訳注　4　久曽神昇訳注　講談社　1983.1　348p　15cm(講談社学術文庫)　620円

◇完訳日本の古典　第9巻　古今和歌集　小沢正夫, 松田成穂校注・訳　小学館　1983.4　657p　20cm　〈付：参考書〉　1900円

◇古今和歌集　片桐洋一訳・注　創英社　1984.3　612p　19cm(全対訳日本古典新書)　〈発売：三省堂書店〉

◇古今和歌集　川村晃生校注・訳　ほるぷ出版　1986.9　365p　20cm(日本の文学)

◇尾崎左永子の古今和歌集・新古今和歌集　尾崎左永子　集英社　1987.4　270p　20cm(わたしの古典　4)　〈編集：創美社〉　1400円

◇古今和歌集・新古今和歌集　窪田空穂, 窪田章一郎訳　河出書房新社　1988.2　477p　18cm(日本古典文庫 新装版　12)　〈新装版〉　1800円

◇古今和歌集　小町谷照彦訳注　旺文社　1988.5　407p　16cm(対訳古典シリーズ)　〈参考文献：p342～345〉　600円

◇新編日本古典文学全集　11　古今和歌集　小沢正夫, 松田成穂校注・訳　小学館　1994.11　590p　23cm　4600円

中古文学(和歌)

◇尾崎左永子の古今和歌集・新古今和歌集　尾崎左永子著　集英社　1996.4　287p　16cm(集英社文庫―わたしの古典)　700円

◇古今和歌集　片桐洋一訳・注　笠間書院　2005.9　618p　19cm(笠間文庫―原文&現代語訳シリーズ)〈創英社1980年刊の改訂〉　2200円

◇古今和歌集　中島輝賢編　角川学芸出版　2007.4　184p　15cm(角川文庫―角川ソフィア文庫　ビギナーズ・クラシックス)〈角川グループパブリッシング(発売)〉　514円

◇古今和歌集　新古今和歌集　小沢正夫,松田成穂校訂・訳　峯村文人校訂・訳　小学館　2008.9　318p　20cm(日本の古典をよむ　5)　1800円

【注釈書】

◇評註古今和歌集　内藤万春注　甲府　温故堂　1884.9　和2冊(上31,下35丁)　19cm

◇日本歌学全書　第1編　佐佐木弘綱,佐佐木信綱校標注　博文館　1890.10　19cm
　内容　古今和歌集　貫之家集　躬恒家集　友則家集・忠岑家集

◇校註古今和歌集　岸本宗道注　東京堂　1892.12　219p　20cm

◇校註古今和歌集　岸本宗道注　博文堂　1894.9　219p　19cm

◇国文学講義全書　伊藤岩次郎編　誠之堂　1897　9冊　22cm
　内容　新註古今和歌集(増田子信,生田目経徳述)上下(443p),神皇正統紀(今泉定介述)上下(435p),土佐日記,竹取物語(今泉定介述)128,153p,伊勢物語(今泉定介述)264p,十六夜日記(三木五百枝述)・百人一首(畠山健述)・和文読本問答(深井鑑一郎述)118,68,100p,徒然草,上下(476p)

◇勅撰二十一代集(校註)―古今和歌集　1　増田于信,落合直文校注　東京図書出版　1898.6　154p　19cm

◇古今和歌集評釈　金子元臣著　明治書院　1901-1907　和5冊(1006p)　23cm〈改訂版　昭2〉

◇新註古今和歌集講義　上下　増田于信,生田目経徳著　5版　誠之堂書店　1909.8　2冊(443p)　22cm

◇校註和歌叢書　第3冊　八代集上巻　佐佐木信綱,芳賀矢一校註　博文館　1912-1919?　1冊　23cm

◇新釈 日本文学叢書　6　物集高量校註　日本文学叢書刊行会　1922　514,149p　23cm
　内容　万葉集,古今集

◇校註 日本文学叢書　11　物集高量校註　再版　広文庫刊行会　1922.12　514,149p　23cm
　内容　萬葉集 古今集

◇改訂古今和歌集新釈　佐佐木信綱著　広文堂　1923　1冊

◇古今和歌集新釈　佐佐木信綱著　広文堂　1923　424p　菊判

◇校註 古今和歌集　金子元臣校註　明治書院　1923　207p　四六判

◇万葉集・古今和歌集・新古今集選釈　石川誠著　大同館書店　1924.1　502p　20cm

◇校註 古本古今和歌集　尾上柴舟著　雄山閣　1926　四六判

◇頭註古今和歌集作者別　早川幾忠編著　弘文堂書房　1926.1　216p　20cm

◇校註古本古今和歌集　尾上柴舟(八郎)著　雄山閣　1926.10　330p　19cm

◇参考 古今和歌集新釈　石川誠著　大同館　1927.1　714p　四六判

◇国文学講座　古今和歌集選釈　尾上八郎著　発売文献書院　1928　1冊　22cm〈分冊本〉

◇綜合古今和歌集新講　三浦圭三著　啓文社　1929.12　949p　23cm

◇綜合 古今和歌集新講　上巻　三浦圭三著　啓文社　1929.12　949p　菊判

◇校註 古今和歌集　紀貫之等奉勅撰　金子元臣校註　改訂版　明治書院　1931　234p　19cm

◇古今和歌集評釈 昭和新版　金子元臣著　8版　明治書院　1931.9　1105p　23cm

◇古今和歌集　紀貫之奉勅撰　鴻巣盛広校註　大倉広文堂　1932　252p　19cm

◇校註 古本古今和歌集　尾上八郎編　雄山閣　1932.2　330p　菊判　〈再校版〉

◇古今和歌集新講　西下経一著　三省堂　1933.6　185p　四六判(新撰国文叢書)

中古文学(和歌)

◇新訂要註古今和歌集　西下経一編　三省堂　1933.12　269p　19cm(高等国文叢刊)

◇古今和歌評釈辞典　藤廼舎鶴峰編　東光書院　1934.5　617p　19cm

◇古今和歌集評釈　上下　窪田空穂著　東京堂　1935-1937　2冊　菊判　〈改訂版昭35,窪田空穂全集20・21(角川書店)昭40〉　4.5円

◇古今和歌集選釈　尾上八郎著　日本文学社　1935.2　212p　菊判(国文学大講座)

◇古今和歌集評釈　上,下巻　窪田空穂著　東京堂　1937-1940　2冊　23cm　4.8円

内容 上巻 3版 昭和15 古今和歌集概説,序,春歌上下,夏歌,秋歌上下,冬歌,賀歌,離別歌,羇旅歌,物名,作者伝　下巻 昭和12 恋歌1-5,哀傷歌,雑歌上下,雑体,大歌所御歌,家家称証本之本乍書入以墨滅歌,古今和歌集序,後記

◇校註 国歌大系　3　八代集 上　中山泰昌編　誠文堂新光社　1937.3　〈普及版〉

◇古本古今和歌集　紀貫之等奉勅撰　尾上八郎校註　雄山閣　1938　330p 図版　22cm

◇古今和歌集評釈　金子元臣著　14版　明治書院　1941　1105p 図版5枚　22cm

◇古今和歌集新講　三浦圭三著　天泉社　1943.10　1105p　A5

◇古今和歌集　西下経一校註　朝日新聞社　1948　220p 図版　19cm(日本古典全書)

◇古今和歌集選釈―評註　本位田重美註釈　紫乃故郷舎　1948　307p　19cm(紫文学評註叢書)

◇古今和歌集評釈　上　窪田空穂著　6版　東京堂　1948　742,13p　22cm　〈付：作者伝1-13p〉

◇古今和歌集評釈　下巻　窪田空穂評釈　東京堂　1948　825p　21cm

◇古今和歌集　小西甚一校註　大日本雄弁会講談社　1949　397p　19cm(新註国文学叢書)

◇校註万葉・古今・新古今選　窪田空穂編　武蔵野書院　1950　148p　19cm

◇万葉・古今・新古今―新註　佐藤正憲,橘誠共著　福村書店　1953　110p 図版　19cm

◇古今和歌集選釈―評註　本位田重美著　武蔵野書院　1955　243p　19cm

◇日本文学大系―校註　第14巻　八代集上巻　久松潜一,山岸徳平監修　新訂版　風間書房　1955　440p　19cm

内容 古今和歌集20巻(紀貫之等奉勅編 植松安校訂) 後撰和歌集20巻(大中臣能宣等奉勅編 植松安校訂) 詞花和歌集10巻(藤原顕輔奉勅編 佐伯常麿校訂)

◇日本古典文学大系　第8　古今和歌集―底本は梅沢彦太郎蔵 二条家相伝本　佐伯梅友校注　岩波書店　1958　358p 図版　22cm

◇古今和歌集評釈　上巻　窪田空穂著　新訂版　東京堂　1960　532p　22cm

◇古今和歌集評釈　中巻　窪田空穂著　新訂版　東京堂　1960　558p　22cm

◇古今和歌集評釈　下巻　窪田空穂著　新訂版　東京堂　1960　389p　22cm　〈付録：作者略伝,年表,総索引(初句・第四句による)〉

◇古典日本文学全集　第12　古今和歌集　窪田章一郎評釈　筑摩書房　1962　404p 図版　23cm

内容 解説(窪田章一郎,小島吉雄) 古今集論(佐佐木信綱) 古今和歌集概説(窪田空穂) 新古今集の叙景と抒情(風巻景次郎) 隠者文学(山本健吉) 新古今世界の構造(小田切秀雄) 藤原定家(安田章生)

◇古典日本文学全集　第12　古今和歌集,新今古和歌集　筑摩書房　1965　404p 図版　23cm　〈普及版〉

内容 古今和歌集(窪田章一郎評釈) 新古今和歌集(小島吉雄評釈) 解説(窪田章一郎,小島吉雄) 古今集論(佐佐木信綱) 古今和歌集概説(窪田空穂) 紀貫之(萩谷朴) 新古今集の叙景と抒情(風巻景次郎) 隠者文学(山本健吉) 新古今世界の構造(小田切秀雄) 藤原定家(安田章生)

◇日本文学全集　第6　古典詩歌集　河出書房新社　1966　427p 図版　20cm　〈監修者：谷崎潤一郎等〉

内容 記紀歌集,万葉集,古今和歌集,新古今和歌集,玉葉和歌集,風雅和歌集,金槐和歌集,神楽歌,催馬楽,梁塵秘抄,閑吟集,芭蕉句集,奥の細道,蕪村句集,一茶句集,小倉百人一首.注釈(池田弥三郎) 解説(山本健吉)

◇新釈古今和歌集　上巻　松田武夫著　風間書房　1968　874p 図版　22cm　8800円

◇古今和歌集　西下経一校註　朝日新聞社　1969　232p　19cm(日本古典全書)　〈第14版(初版：昭和23年刊) 監修：高木市之

中古文学(和歌)

助等〉　400円

◇古今和歌集選―諸註集成　小泉弘編著　有精堂出版　1970　183p　22cm　〈監修者：山岸徳平〉　580円

◇古今集　1　紀貫之等奉勅撰　橘りつ校注　新典社　1975　141p　21cm(影印校注古典叢書)　〈定本：東洋大学図書館の伝二条為世筆『古今和歌集』　標題紙の書名：古今和哥集〉　1000円

◇新釈古今和歌集　下巻　松田武夫著　風間書房　1975　1126,2p　肖像　図　22cm　20000円

◇校註国歌大系　第3巻　八代集　上　国民図書株式会社編　講談社　1976.10　46,772p　図　19cm　〈国民図書株式会社昭和3～6年刊の複製　限定版〉

内容　古今和歌集,後撰和歌集,拾遺和歌集,後拾遺和歌集

◇古今和歌集　奥村恒哉校注　新潮社　1978.7　434p　20cm(新潮日本古典集成)　1800円

◇図説日本の古典　4　集英社　1979.4　218p　28cm　〈企画：秋山虔ほか〉　2400円

内容　『古今和歌集』『新古今和歌集』歌年表：p212～213　各章末：参考文献

◇古今和歌集　佐伯梅友校注　岩波書店　1981.1　309p　15cm(岩波文庫)　400円

◇古今和歌集正義講稿―賀・離別・物名・恋　第一　香川景樹講義　中川自休,熊谷直好聞書　竹岡正夫編　勉誠社　1984.9　402,65p　22cm　〈香川大学蔵の複製　付：古今和歌難陳　竹内享寿著(複製)〉　15000円

◇古今和歌集注抄出・古今和歌集聞書　東京大学国語研究室編　汲古書院　1985.9　541p　22cm(東京大学国語研究室資料叢書　第9巻)　〈解題：久保田淳　複製〉　9000円

◇八代集　1　奥村恒哉校注　平凡社　1986.1　435p　18cm(東洋文庫　452)　2500円

内容　古今和歌集.後撰和歌集

◇古今和歌集　久曽神昇校注　明治書院　1986.2　297p　19cm(校注古典叢書)　〈関係年表：p268～274〉　1400円

◇古今集恋の歌　山下道代　筑摩書房　1987.3　292,6p　20cm　〈参考文献：p287〉　1700円

◇古今和歌集評釈　下巻　窪田空穂　新訂版　東京堂出版　1987.8　389p　22cm　〈古今和歌集作者略伝・古今和歌集年表：p333～359〉　7000円

◇顕註密勘　日本古典文学会編　日本古典文学会　1987.9　538p　22cm(日本古典文学影印叢刊　22)　〈参考文献：p532〉　13000円

◇古今和歌集全評釈　上　竹岡正夫　補訂版　右文書院　1987.9　1049,82p　22cm(古注・七種集成)　〈第3刷(第1刷：昭和56年)〉　17500円

◇古今和歌集全評釈　下　竹岡正夫　補訂版　右文書院　1987.9　1228,82p　22cm(古注・七種集成)　〈第3刷(第1刷：昭和56年)〉　20000円

◇万葉と古今をつなぐ　阿部正路　泉書房　1987.9　261p　20cm　1600円

◇古今和歌集―カラー版　小町谷照彦編　桜楓社　1988.4　47p　21cm　800円

◇新日本古典文学大系　5　古今和歌集　佐竹昭広ほか編　小島憲之,新井栄蔵校注　岩波書店　1989.2　483,33p　22cm　〈古今和歌集注釈書目録：p440～453〉　3400円

◇古今和歌集新釈　中川恭次郎編　風間書房　1989.11　480p　23cm　〈藤井高尚年譜：p465～473〉　5150円

◇古今・新古今の秀歌100選　田中登文　高代貴洋写真　偕成社　1994.5　240p　19cm　2000円

◇古今集の世界へ―空に立つ波　竹西寛子著　朝日新聞社　1996.1　205p　19cm(朝日選書　544)　〈『空に立つ波』(平凡社1985年刊)の改題〉　1200円

◇集注古今和歌集選　谷馨編　おうふう　1996.3　145p　21cm　〈重版(初版：昭和40年)〉　1800円

◇古今和歌集全評釈　上　片桐洋一著　講談社　1998.2　1092p　22cm　18000円

◇古今和歌集全評釈　中　片桐洋一著　講談社　1998.2　989p　22cm　18000円

◇古今和歌集全評釈　下　片桐洋一著　講談社　1998.2　941p　22cm　18000円

◇私の好きな三十六歌仙―古今和歌集から　町田忠司著　竜ヶ崎　町田陽　2002.9　119p　19cm　2200円

中古文学(和歌)

◇古今集秘書―稲賀敬二旧蔵　上　陳文瑶,
岡陽子編　東広島　広島平安文学研究会
2004.1　110p　21cm(翻刻平安文学資料
稿　第3期 別巻4)　非売品

◇古今集秘書―稲賀敬二旧蔵　下　陳文瑶,
小川陽子,相原宏美編　東広島　広島平安
文学研究会 2005.5　168p　21cm(翻刻
平安文学資料稿　第3期 別巻5)　非売品

◇声で読む万葉・古今・新古今　保坂弘司著
學燈社　2007.1　287p　19cm　1700円

◇和歌の風景―古今・新古今集と京都　産
経新聞京都総局編著　産経新聞出版
2007.3　163p　19cm　1800円

◇古今和歌集註　慶應義塾大学附属研究所
斯道文庫監修　勉誠出版　2008.12
307,5p　22cm(古今集注釈書影印叢刊　2)
〈索引あり〉　10000円

◆後撰和歌集(平安中期)

【注釈書】

◇日本歌学全書　第2編　佐佐木弘綱,佐佐
木信綱校標注　博文館　1890.12　19cm

　内容 後撰和歌集 元輔家集 能宣家集 順家集 天
　徳歌合

◇校註後撰和歌集　増田于信,落合直文校訂
標注　東京図書出版　1898.9　221p
20cm

◇後撰和歌集　落合直文,増田于信校註　高
岡書店・盛文堂書店　1902.4　221p
18cm

◇校註和歌叢書　第3冊　八代集上巻　佐佐
木信綱,芳賀矢一校註　博文館　1912-
1919?　1冊　23cm

◇校註 国歌大系　3　八代集 上　中山泰昌
編　誠文堂新光社　1937.3　〈普及版〉

◇日本文学大系―校註　第14巻　八代集
上巻　久松潜一,山岸徳平監修　新訂版
風間書房　1955　440p　19cm

　内容 古今和歌集20巻(紀貫之等奉勅編 植松安
　校訂) 後撰和歌集20巻(大中臣能宣等奉勅編 植
　松安校訂) 詞花和歌集10巻(藤原顕輔奉勅編 佐
　伯常麿校訂)

◇校註国歌大系　第3巻　八代集　上　国民
図書株式会社編　講談社　1976.10
46,772p 図　19cm　〈国民図書株式会社
昭和3～6年刊の複製 限定版〉

　内容 古今和歌集, 後撰和歌集, 拾遺和歌集, 後
　拾遺和歌集

◇八代集　1　奥村恒哉校注　平凡社
1986.1　435p　18cm(東洋文庫　452)
2500円

　内容 古今和歌集.後撰和歌集

◇後撰集新抄　中山美石著　中川茂次郎編
風間書房　1988.5　1060p　23cm　〈『後
撰和歌集新抄』(歌書刊行会明治43年～大
正元年刊)の合本複製〉　9000円

◇後撰和歌集　岸上慎二,杉谷寿郎校注　笠
間書院　1988.5　475p　22cm(笠間叢書
12)　3500円

◇後撰和歌集全釈　木船重昭　笠間書院
1988.11　1049p　22cm(笠間注釈叢刊
13)　30000円

◇後撰和歌集標注―岸本由豆流　妹尾好信
編著　大阪　和泉書院　1989.9　419p
22cm(研究叢書　78)　15000円

◇新日本古典文学大系　6　後撰和歌集　佐
竹昭広ほか編　片桐洋一校注　岩波書店
1990.4　500,43p　22cm　3600円

◇後撰和歌集　工藤重矩校注　大阪　和泉
書院　1992.9　415p　22cm(和泉古典叢
書　3)　5150円

◆拾遺和歌集(平安中期)

【注釈書】

◇日本歌学全書　第3編　佐佐木弘綱,佐佐
木信綱校標注　博文館　1891.1　19cm

　内容 拾遺和歌集 公任家集 紫式部家集 清少納
　言家集

◇校註拾遺和歌集　落合直文,増田于信校注
高岡書店　1905.4　196p　19cm

◇校註和歌叢書　第3冊　八代集上巻　佐佐
木信綱,芳賀矢一校註　博文館　1912-
1919?　1冊　23cm

◇校註 国歌大系　3　八代集 上　中山泰昌
編　誠文堂新光社　1937.3　〈普及版〉

◇日本文学大系―校註　第15巻　八代集
中巻　久松潜一,山岸徳平監修　新訂版
風間書房　1955　511p　19cm

　内容 拾遺和歌集(植松安校訂) 後拾遺和歌集(植
　松安校訂) 金葉和歌集(佐伯常麿校訂)

◇校註国歌大系　第3巻　八代集　上　国民

日本古典文学案内－現代語訳・注釈書　41

中古文学(和歌)

図書株式会社編　講談社　1976.10　46,772p 図　19cm　〈国民図書株式会社昭和3〜6年刊の複製 限定版〉

[内容] 古今和歌集, 後撰和歌集, 拾遺和歌集, 後拾遺和歌集

◇八代集　2　奥村恒哉校注　平凡社　1986.8　438p　18cm(東洋文庫　459)　2700円

[内容] 拾遺和歌集.後拾遺和歌集. 解説 奥村恒哉著

◇新日本古典文学大系　7　拾遺和歌集　佐竹昭広ほか編　小町谷照彦校注　岩波書店　1990.1　491,59p　22cm　3600円

◇拾遺和歌集─藤原定家筆　久曾神昇編　汲古書院　1990.11　2冊(別巻とも)　27cm〈安藤積産合資会社所蔵本の複製　別巻(301p 22cm): 釈文・解説〉　全28000円

◇拾遺和歌集　久保田淳監修　増田繁夫著　明治書院　2003.1　326p　21cm(和歌文学大系　32)　7000円

◆後拾遺和歌集(平安後期)

【現代語訳】

◇校註和歌叢書　第3冊　八代集上巻　佐佐木信綱, 芳賀矢一校註　博文館　1912-1919?　1冊　23cm

◇後拾遺和歌集　1　藤本一恵全訳注　講談社　1983.4　342p　15cm(講談社学術文庫)

◇後拾遺和歌集　2　藤本一恵全訳注　講談社　1983.5　473p　15cm(講談社学術文庫)

◇後拾遺和歌集　3　藤本一恵全訳注　講談社　1983.6　415p　15cm(講談社学術文庫)

◇後拾遺和歌集　4　藤本一恵全訳注　講談社　1983.7　511p　15cm(講談社学術文庫)

【注釈書】

◇日本歌学全書　第4編　佐佐木弘綱, 佐佐木信綱校標注　博文館　1891.2　19cm

[内容] 後拾遺集 相模家集 経信卿母集 高陽院歌合

◇校註 国歌大系　3　八代集 上　中山泰昌編　誠文堂新光社　1937.3　〈普及版〉

◇日本文学大系─校註　第15巻　八代集 中巻　久松潜一, 山岸徳平監修　新訂版　風間書房　1955　511p　19cm

[内容] 拾遺和歌集(植松安校訂) 後拾遺和歌集(植松安校訂) 金葉和歌集(佐伯常麿校訂)

◇校註国歌大系　第3巻　八代集 上　国民図書株式会社編　講談社　1976.10　46,772p 図　19cm　〈国民図書株式会社昭和3〜6年刊の複製 限定版〉

[内容] 古今和歌集, 後撰和歌集, 拾遺和歌集, 後拾遺和歌集

◇八代集　2　奥村恒哉校注　平凡社　1986.8　438p　18cm(東洋文庫　459)　2700円

[内容] 拾遺和歌集.後拾遺和歌集. 解説 奥村恒哉著

◇後拾遺和歌集　川村晃生校注　大阪　和泉書院　1991.3　465p　22cm(和泉古典叢書　5)　5150円

◇後拾遺和歌集全釈　上巻　藤本一恵著　風間書房　1993.7　734p　22cm　23690円

◇後拾遺和歌集全釈　下巻　藤本一恵著　風間書房　1993.7　766p　22cm　23690円

◇新日本古典文学大系　8　後拾遺和歌集　佐竹昭広ほか編　久保田淳, 平田喜信校注　岩波書店　1994.4　433,78p　22cm　4000円

◇後拾遺和歌集新釈　上巻　犬養廉ほか著　笠間書院　1996.2　720p　22cm(笠間注釈叢刊　18)　19000円

◇後拾遺和歌集新釈　下巻　犬養廉ほか著　笠間書院　1997.2　737,32p　22cm(笠間注釈叢刊　19)　19000円

◆金葉和歌集(平安後期)

【注釈書】

◇日本歌学全書　第5編　佐佐木弘綱, 佐佐木信綱校標注　博文館　1891.3　19cm

[内容] 金葉和歌集 詞花和歌集 堀河院御時百首和歌

◇校註和歌叢書　第4冊　八代集下巻　佐佐木信綱, 芳賀矢一校註　博文館　1912-

中古文学(和歌)

　1919？　1冊　23cm
◇校註　国歌大系　4　八代集　下　中山泰昌編　2版　誠文堂新光社　1938.2　〈普及版〉
◇日本文学大系―校註　第15巻　八代集　中巻　久松潜一,山岸徳平監修　新訂版　風間書房　1955　511p　19cm
　内容　拾遺和歌集(植松安校訂)後拾遺和歌集(植松安校訂)金葉和歌集(佐伯常麿校訂)
◇校註国歌大系　第4巻　八代集　下　国民図書株式会社編　講談社　1976.10　41,876p 図　19cm　〈国民図書株式会社昭和3～6年刊の複製 限定版〉
　内容　金葉和歌集,詞花和歌集,千載和歌集,新古今和歌集,歴代和歌勅撰考
◇八代集　3　奥村恒哉校注　平凡社　1987.5　440p　18cm(東洋文庫　469)　2800円
　内容　金葉和歌集.詞花和歌集.千載和歌集. 解説 奥村恒哉著
◇新日本古典文学大系　9　金葉和歌集　佐竹昭広ほか編　川村晃生,柏木由夫校注　岩波書店　1989.9　459,52p　22cm　〈参考文献：p637～640〉　3500円
◇金葉和歌集・詞花和歌集　錦仁,柏木由夫著　明治書院　2006.9　364p　21cm(和歌文学大系　34)　8000円

◆詞花和歌集(平安後期)

【現代語訳】
◇完訳日本の古典　別巻1　古典詞華集　1　山本健吉著　小学館　1987.7　477p　20cm　1900円
◇完訳日本の古典　別巻2　古典詞華集　2　山本健吉著　小学館　1988.9　366p　20cm　1900円

【注釈書】
◇日本歌学全書　第5編　佐佐木弘綱,佐佐木信綱校標註　博文館　1891.3　19cm
　内容　金葉和歌集　詞花和歌集　堀河院御時百首和歌
◇古今和歌集新釈　中川恭次郎編　歌書刊行会　1910-1911　和4冊　23cm　〈付：藤井高尚伝(井上通泰)〉

◇校註和歌叢書　第4冊　八代集下巻　佐佐木信綱,芳賀矢一校註　博文館　1912-1919？　1冊　23cm
◇校註　国歌大系　4　八代集　下　中山泰昌編　2版　誠文堂新光社　1938.2　〈普及版〉
◇日本文学大系―校註　第14巻　八代集　上巻　久松潜一,山岸徳平監修　新訂版　風間書房　1955　440p　19cm
　内容　古今和歌集20巻(紀貫之等奉勅編 植松安校訂)後撰和歌集20巻(大中臣能宣等奉勅撰　植松安校訂)詞花和歌集10巻(藤原顕輔奉勅編 佐伯常麿校訂)
◇詞花和歌集注　湯之上早苗編　広島　広島中世文芸研究会　1966　203p　18cm(中世文芸叢書　7)〈限定版〉非売
◇詞花和歌集　井上宗雄,片野達郎校注　笠間書院　1970　170p 図版　22cm(笠間叢書　16)〈参考文献：p.44-47〉　1500円
◇校註国歌大系　第4巻　八代集　下　国民図書株式会社編　講談社　1976.10　41,876p 図　19cm　〈国民図書株式会社昭和3～6年刊の複製 限定版〉
　内容　金葉和歌集,詞花和歌集,千載和歌集,新古今和歌集,歴代和歌勅撰考
◇詞花和歌集全釈　菅根順之著　笠間書院　1983.10　618p　22cm(笠間注釈叢刊　10)　16000円
◇八代集　3　奥村恒哉校注　平凡社　1987.5　440p　18cm(東洋文庫　469)　2800円
　内容　金葉和歌集.詞花和歌集.千載和歌集. 解説 奥村恒哉著
◇詞花和歌集　松野陽一校注　大阪　和泉書院　1988.9　23,231p　22cm(和泉古典叢書　7)〈付：参考文献〉　2500円
◇金葉和歌集・詞花和歌集　錦仁,柏木由夫著　明治書院　2006.9　364p　21cm(和歌文学大系　34)　8000円

百首歌

【注釈書】
◇久安百首全釈　木船重昭著　笠間書院　1997.11　591p　22cm(笠間注釈叢刊　25)　11650円

中古文学(歌人と作品・家集・歌論)

◆堀河百首

【現代語訳】

◇堀河院百首和歌　久保田淳監修　青木賢豪,家永香織　辻勝美　吉野朋美共共著　明治書院　2002.10　372p　21cm(和歌文学大系　15)　7000円

【注釈書】

◇日本歌学全書　第5編　佐佐木弘綱,佐佐木信綱校標注　博文館　1891.3　19cm
　内容　金葉和歌集　詞花和歌集　堀河院御時百首和歌

◇堀河院百首和歌全釈　木船重昭著　笠間書院　1997.2　657p　22cm(笠間注釈叢刊　24)　18000円

◇堀河院百首全釈　上　滝沢貞夫著　風間書房　2004.10　523p　22cm(歌合・定数歌全釈叢書　5)　15000円

◇堀河院百首全釈　下　滝沢貞夫著　風間書房　2004.11　487p　22cm(歌合・定数歌全釈叢書　6)　15000円

歌人と作品・家集・歌論

【現代語訳】

◇伊勢大輔集注釈　久保木哲夫校注・訳　貴重本刊行会　1992.6　250p　22cm(私家集注釈叢刊　2)　9000円

◇兼盛集注釈　高橋正治校注・訳　貴重本刊行会　1993.6　529p　22cm(私家集注釈叢刊　4)　18800円

◇能宣集注釈　増田繁夫校注・訳　貴重本刊行会　1995.10　575p　22cm(私家集注釈叢刊　7)　19500円

【注釈書】

◇日本歌学全書　第1編　佐佐木弘綱,佐佐木信綱校標注　博文館　1890.10　19cm
　内容　古今和歌集　貫之家集　躬恒家集　友則家集・忠岑家集

◇三十六歌仙集評釈　千勝義重著　佐佐木信綱閲　大学館　1903.11　182p　15cm

◇校注国歌大系　13　中古諸家集　中山泰昌編　誠文堂　1933-1938?　19cm

◇源三位頼政集　吉野町(奈良県)　阪本竜門文庫　1965　3冊(別冊共)　21-25cm(阪本竜門文庫覆製叢刊　第5)〈日野角坊文庫旧蔵竜門文庫現蔵永禄6年山科言継筆のコロタイプ複製　箱入　別冊(102p)：山科言継自筆「源三位頼政集」解説並釈文(川瀬一馬)〉

◇校註国歌大系　第13巻　中古諸家集　全国民図書株式会社編　講談社　1976.10　60,874p　図　19cm　〈国民図書株式会社昭和3～6年刊の複製　限定版〉
　内容　大江千里集,曽丹集 附補遺,前大納言公任卿集,恵慶法師集,和泉式部集 附続集,赤染衛門集,大納言経信卿集,散木奇歌集(源俊頼)左京大夫顕輔卿集,清輔朝臣集,左京大夫家集

◇百詠和歌注　枥尾武編　汲古書院　1979.4　151p　26cm　〈付：参考文献〉　1800円

◇元良親王集注釈　木船重昭著　京都　大学堂書店　1984.6　247p　22cm　6000円

◇源道済集全釈　桑原博史　風間書房　1987.6　264p　22cm(私家集全釈叢書　2)〈参考文献：p240～241〉　6500円

◇源重之集・子の僧の集・重之女集全釈　目加田さくを　風間書房　1988.9　410p　22cm(私家集全釈叢書　4)〈重之一門年表：p5～9〉　12500円

◇待賢門院堀河集全注釈　錦織周一　大阪　和泉書院　1989.5　200p　20cm(和泉選書　45)〈待賢門院生存時を中心とした院政期和歌史年表：p178～195〉　3090円

◇源兼澄集全釈　春秋会著　風間書房　1991.3　304p　22cm(私家集全釈叢書　10)　8240円

◇本院侍従集全釈　目加田さくを,中嶋真理子共著　風間書房　1991.7　282p　22cm(私家集全釈叢書　11)〈折り込1枚〉　8240円

◇大中臣頼基集全注釈　山崎正伸編　新典社　1991.12　205p　22cm(新典社注釈叢書　3)　6180円

◇殷富門院大輔集全釈　森本元子著　風間書房　1993.10　320p　22cm(私家集全釈叢書　13)　9785円

◇歌人再現　古今編　浜田数義著　高知　南の風社　1993.12　174p　21cm　〈万葉編の出版者：浜田数義〉　2000円

◇為頼集全釈　筑紫平安文学会著　風間書房　1994.5　304p　22cm(私家集全釈叢書　14)　9785円

中古文学(歌人と作品・家集・歌論)

◇遍昭集全釈　阿部俊子著　風間書房　1994.10　436p　22cm(私家集全釈叢書　15)　15450円

◇新日本古典文学大系　28　平安私家集　佐竹昭広ほか編　犬養廉ほか校注　岩波書店　1994.12　548,71p　22cm　4200円

◇千穎集全釈　金子英世ほか共著　風間書房　1997.1　198p　22cm(私家集全釈叢書　19)　6180円

◇康資王母集注釈　久保木哲夫,花上和広校注・訳　貴重本刊行会　1997.3　240p　22cm(私家集注釈叢刊　8)〈索引あり〉　9300円

内容 文献あり

◇深養父集・小馬命婦集全釈　藤本一恵,木村初恵共著　風間書房　1999.8　332p　22cm(私家集全釈叢書　24)　9500円

◇賀茂保憲女集　赤染衛門集　清少納言集　紫式部集　藤三位集　武田早苗,佐藤雅代,中周子校注　明治書院　2000.3　393p　22cm(和歌文学大系　20)　6500円

◇匡衡集全釈　林マリヤ著　風間書房　2000.8　199p　22cm(私家集全釈叢書　26)〈年譜あり〉　6000円

◇守覚法親王全歌注釈　小田剛著　大阪　和泉書院　2001.4　389p　22cm(研究叢書　261)　11000円

◇道信集注釈　日本古典文学会監修　平田喜信,徳植俊之著　貴重本刊行会　2001.5　313p　22cm(私家集注釈叢刊　11)〈年譜あり〉　11500円

◇経衡集全釈　吉田茂著　風間書房　2002.3　334p　22cm(私家集全釈叢書　30)〈年譜あり〉　9500円

◇三条右大臣集注釈稿　古典文学論注の会　鳥取　古典文学論注の会　2002.5　256p　21cm　〈年譜あり〉　非売品

◇大斎院前の御集注釈　日本古典文学会監修　石井文夫,杉谷寿郎著　貴重本刊行会　2002.9　524p　22cm(私家集注釈叢刊　12)　18800円

◇小野宮殿実頼集・九条殿師輔集全釈　片桐洋一,関西私家集研究会共著　風間書房　2002.12　372p　22cm(私家集全釈叢書　31)〈文献あり〉　11000円

◇惟成弁集全釈　笹川博司著　風間書房　2003.4　228p　22cm(私家集全釈叢書　32)〈文献あり〉　7000円

◇信明集注釈　日本古典文学会監修　平野由紀子著　貴重本刊行会　2003.5　265p　22cm(私家集注釈叢刊　13)　9600円

◇和歌初学抄　口伝和歌釈抄　藤原清輔著　朝日新聞社　2005.8　570,53p　22cm(冷泉家時雨亭叢書　第38巻)〈折り込み1枚〉　30000円

内容 和歌初学抄(藤原清輔著)　口伝和歌釈抄　和歌色葉(上覚著)　解題(赤瀬信吾著)

◇元良親王集全注釈　片桐洋一編著　片桐洋一,関西私家集研究会共著　新典社　2006.5　302p　22cm(和歌文学注釈叢書　1)〈文献あり〉　9000円

◇公忠集全釈　新藤協三,河井邦治,藤田洋治共著　風間書房　2006.5　255p　22cm(私家集全釈叢書　35)〈文献あり〉　7500円

◇大斎院御集全注釈　石井文夫,杉谷寿郎編著　新典社　2006.5　317p　22cm(和歌文学注釈叢書　2)〈文献あり〉　10000円

◇肥後集全注釈　久保木哲夫編著　久保木哲夫,平安私家集研究会共著　新典社　2006.10　350p　22cm(和歌文学注釈叢書　3)〈年表あり〉　11000円

◇平安二十歌仙一輪講　京都俳文学研究会編　大阪　和泉書院　2007.12　319p　16×22cm(研究叢書　367)〈文献あり〉　12000円

◇頼政集夏部注釈―二〇〇七年度早稲田大学戸山リサーチセンター個別研究課題研究成果　頼政集輪読会　2008.1　7,134p　21cm

赤染衛門(生没年不詳)

【注釈書】

◇校注国歌大系　13　中古諸家集　中山泰昌編　誠文堂　1933-1938？　19cm

◇校註国歌大系　第13巻　中古諸家集　全国民図書株式会社編　講談社　1976.10　60,874p　図　19cm　〈国民図書株式会社昭和3～6年刊の複製 限定版〉

内容 大江千里集,曽丹集 附補遺,前大納言公任勅集,恵慶法師集,和泉式部集 附続集,赤染衛門集,大納言経信卿集,散木奇歌集(源俊頼),左京大夫顕輔卿集,清輔朝臣集,左京大夫家集

◇赤染衛門集全釈　関根慶子ほか共著　風

中古文学(歌人と作品・家集・歌論)

間書房　1986.9　590p　22cm(私家集全釈叢書　1)〈年表：p569〜573〉　18000円

◇賀茂保憲女集　赤染衛門集　清少納言集　紫式部集　藤三位集　武田早苗, 佐藤雅代, 中周子校注　明治書院　2000.3　393p　22cm(和歌文学大系　20)　6500円

在原業平(825〜880)

【注釈書】

◇評釈業平全集　飯田季治釈　如山堂書店　1907.6　257p　23cm

◇小町集・業平集・遍昭集・素性集・伊勢集・猿丸集　久保田淳監修　室城秀之, 高野晴代　鈴木宏子共著　明治書院　1998.10　354p　21cm(和歌文学大系　18)　5800円

> 内容　小町集　遍昭集　業平集　素性集　伊勢集　猿丸集

和泉式部(生没年不詳)

【現代語訳】

◇日本の古典　11　和泉式部, 西行, 定家　河出書房新社　1972　396p　図　23cm

> 内容　和泉式部集(竹西寛子訳)　山家集(西行著　宮préfé二訳)　長秋詠藻(藤原俊成著　大岡信訳)　拾遺愚草(藤原定家著　塚本邦雄訳)　金槐和歌集(源実朝著　山本健吉訳)　式子内親王集(辻邦生訳)　建礼門院右京大夫集(辻邦生訳)　小倉百人一首(池田弥三郎訳)　作品鑑賞のための古典　後鳥羽院御口伝(久保田淳訳)　無名抄(抄)(鴨長明著　久保田淳訳)　鎌倉右大臣家集の始に記せる詞(賀茂真淵著　大久保淳訳)　解説(佐々木幸綱)

【注釈書】

◇校注国歌大系　13　中古諸家集　中山泰昌編　誠文堂　1933-1938?　19cm

◇和泉式部集・小野小町集　窪田空穂校註　朝日新聞社　1970　311p　19cm(日本古典全書)〈第5版(初版：昭和33年刊)監修：高木市之助等〉　440円

◇校註国歌大系　第13巻　中古諸家集　全国民図書株式会社編　講談社　1976.10　60,874p　図　19cm〈国民図書株式会社昭和3〜6年刊の複製　限定版〉

> 内容　大江千里集, 曽丹集　附補遺, 前大納言公任卿集, 恵慶法師集, 和泉式部集　附続集, 赤染

衛門集, 大納言経信卿集, 散木奇歌集(源俊頼)　左京大夫顕輔卿集, 清輔朝臣集, 左京大夫家集

◇和泉式部和歌抄稿―八代集撰入　森重敏著　大阪　和泉書院　1989.5　808p　22cm(研究叢書　77)　20600円

◇和泉式部和歌抄稿―十三代集撰入　森重敏著　大阪　和泉書院　1993.11　768p　22cm(研究叢書　140)　20600円

◇和泉式部百首全釈　久保木寿子著　風間書房　2004.5　253p　22cm(歌合・定数歌全釈叢書　4)〈文献あり〉　8000円

伊勢(生没年不詳)

【注釈書】

◇伊勢集―校註　関根慶子ほか共著　不昧堂書店　1952.9　137,25p　21cm〈付(11p)：補正表〉

◇伊勢集全釈　関根慶子, 山下道代共著　風間書房　1996.2　578p　22cm(私家集全釈叢書　16)〈参考文献：p56〜58　伊勢年譜：p554〜562〉　16480円

◇小町集・業平集・遍昭集・素性集・伊勢集・猿丸集　久保田淳監修　室城秀之, 高野晴代　鈴木宏子共著　明治書院　1998.10　354p　21cm(和歌文学大系　18)　5800円

> 内容　小町集　遍昭集　業平集　素性集　伊勢集　猿丸集

馬内侍(生没年不詳)

【注釈書】

◇馬内侍集注釈　竹鼻績校注・訳　貴重本刊行会　1998.7　352p　22cm(私家集注釈叢刊　10)　13500円

◇中古歌仙集　1　松本真奈美, 高橋由記, 竹鼻績共著　明治書院　2004.10　406p　21cm(和歌文学大系　54)　7000円

> 内容　曽禰好忠集　傳大納言母上集　馬内侍集　大納言公任集

恵慶(生没年不詳)

【注釈書】

◇校注国歌大系　13　中古諸家集　中山泰昌編　誠文堂　1933-1938?　19cm

中古文学(歌人と作品・家集・歌論)

◇校註国歌大系　第13巻　中古諸家集　全　国民図書株式会社編　講談社　1976.10　60,874p　図　19cm　〈国民図書株式会社昭和3～6年刊の複製　限定版〉

内容　大江千里集, 曽丹集　附補遺, 前大納言公任卿集, 恵慶法師集, 和泉式部集　附続集, 赤染衛門集, 大納言経信卿集, 散木奇歌集(源俊頼) 左京大夫顕輔卿集, 清輔朝臣集, 左京大夫家集

◇恵慶集注釈　川村晃生, 松本真奈美著　日本古典文学会監修　貴重本刊行会　2006.11　445p　22cm(私家集注釈叢刊 16)　〈文献あり〉　15200円

◇恵慶百首全釈　筑紫平安文学会著　風間書房　2008.4　345p　22cm(歌合・定数歌全釈叢書　11)　〈文献あり〉　9500円

大江千里(生没年不詳)

【注釈書】

◇校注国歌大系　13　中古諸家集　中山泰昌編　誠文堂　1933-1938？　19cm

◇校註国歌大系　第13巻　中古諸家集　全　国民図書株式会社編　講談社　1976.10　60,874p　図　19cm　〈国民図書株式会社昭和3～6年刊の複製　限定版〉

内容　大江千里集, 曽丹集　附補遺, 前大納言公任卿集, 恵慶法師集, 和泉式部集　附続集, 赤染衛門集, 大納言経信卿集, 散木奇歌集(源俊頼) 左京大夫顕輔卿集, 清輔朝臣集, 左京大夫家集

◇千里集全釈　平野由紀子, 千里集輪読会共著　風間書房　2007.2　291p　22cm(私家集全釈叢書　36)　〈文献あり〉　8000円

凡河内躬恒(生没年不詳)

【注釈書】

◇貫之集・躬恒集・友則集・忠岑集　久保田淳監修　田中喜美春, 平沢竜介　菊地靖彦共著　明治書院　1997.12　437p　21cm(和歌文学大系　19)　〈索引あり〉　6200円

◇躬恒集注釈　日本古典文学会監修　藤岡忠美, 徳原茂実著　貴重本刊行会　2003.11　384p　22cm(私家集注釈叢刊 14)　〈年譜あり〉　14000円

小野小町(生没年不詳)

【注釈書】

◇和泉式部集・小野小町集　窪田空穂校註　朝日新聞社　1970　311p　19cm(日本古典全書)　〈第5版(初版：昭和33年刊)　監修：高木市之助等〉　440円

◇玉造小町子壮衰書―小野小町物語　杤尾武校注　岩波書店　1994.7　223p　15cm(岩波文庫)　〈慶應義塾大学図書館蔵の影印を含む〉　570円

◇小町集・業平集・遍昭集・素性集・伊勢集・猿丸集　久保田淳監修　室城秀之, 高野晴代　鈴木宏子共著　明治書院　1998.10　354p　21cm(和歌文学大系　18)　5800円

内容　小町集　遍昭集　業平集　素性集　伊勢集　猿丸集

紀貫之(？～945)

【注釈書】

◇紀貫之歌集　窪田空穂著　紅玉堂　1925　109p　四六判(新釈和歌叢書　14)

◇新釈和歌叢書　第14編　紀貫之歌集　窪田空穂著　紅玉堂書店　1925.10　109p　19cm

◇新釈和歌叢書　第16編　続紀貫之歌集　窪田空穂著　紅玉堂書店　1927.3　111p　19cm

◇土佐日記・貫之集　木村正中校注　新潮社　1988.12　390p　20cm(新潮日本古典集成)　〈参考文献：p368～374　紀貫之略年譜：p388～389〉　2100円

◇貫之集全釈　田中喜美春, 田中恭子共著　風間書房　1997.1　694p　22cm(私家集全釈叢書　20)　17510円

◇貫之集・躬恒集・友則集・忠岑集　久保田淳監修　田中喜美春, 平沢竜介　菊地靖彦共著　明治書院　1997.12　437p　21cm(和歌文学大系　19)　〈索引あり〉　6200円

清原元輔(908～990)

◇元輔集注釈　後藤祥子校注・訳　貴重本刊行会　1994.11　560p　22cm(私家集注釈叢刊　6)　〈監修：日本古典文学会〉　19500円

中古文学(歌人と作品・家集・歌論)

【注釈書】

◇日本歌学全書　第2編　佐佐木弘綱,佐佐木信綱校標注　博文館　1890.12　19cm

内容　後撰和歌集 元輔家集 能宣家集 順家集 天徳歌合

◇清原元輔集全釈　藤本一恵　風間書房　1989.8　515p　22cm(私家集全釈叢書　8)〈元輔略年表：p3～6 参考文献：p499～501〉　14420円

小大君(生没年不詳)

【現代語訳】

◇小大君集注釈　竹鼻績校注・訳　貴重本刊行会　1989.6　275p　22cm(私家集注釈叢刊　1)〈監修：日本古典文学会〉10000円

【注釈書】

◇小大君集全釈　平塚トシ子,松延市次,長野淳著　翰林書房　2000.7　365p　22cm〈年表あり〉　9800円

小侍従(生没年不詳)

【注釈書】

◇式子内親王集小侍従集讃岐集全釈　木船重昭著　〔鎌倉〕　木船重昭　2001.5　261p　26cm　非売品

◇小侍従全歌注釈　小田剛著　大阪　和泉書院　2004.6　754p　22cm(研究叢書　312)〈年譜あり〉　18000円

◇小侍従集全釈　目加田さくを,中井一枝,堀志保美注釈　新典社　2005.12　429p　22cm(新典社注釈叢書　12)〈年譜あり〉　13000円

相模(生没年不詳)

【注釈書】

◇日本歌学全書　第4編　佐佐木弘綱,佐佐木信綱校標注　博文館　1891.2　19cm

内容　後拾遺集 相模家集 経信卿母集 高陽院歌合

◇相模集全釈　武内はる恵ほか共著　風間書房　1991.12　632p　22cm(私家集全釈叢書　12)　18540円

斎宮女御(929～985)

【注釈書】

◇斎宮女御集注釈　平安文学輪読会著　塙書房　1981.9　355p　22cm　6000円

四条宮下野(生没年不詳)

【注釈書】

◇四条宮下野集全釈　清水彰著　笠間書院　1975　358p　22cm(笠間注釈叢刊　1)　7500円

◇四条宮下野集—注釈と研究　吉田茂　桜楓社　1986.1　257p　22cm　〈関係年表：p217～219〉　9800円

◇四条宮下野集全釈　安田徳子,平野美樹共著　風間書房　2000.5　296p　22cm(私家集全釈叢書　25)　9000円

内容　文献あり

成尋阿闍梨母(生没年不詳)

【現代語訳】

◇成尋阿闍梨母集—全訳注　宮崎荘平訳注　講談社　1979.10　252p　15cm(講談社学術文庫)〈成尋阿闍梨母集年表：p236～242〉　360円

【注釈書】

◇成尋阿闍梨母集全釈　島津草子著　古典文庫　1953　197p 図版　19cm

◇成尋阿闍梨母集　岡崎和夫解説校註　武蔵野書院　1991.7　162p　21cm　〈宮内庁書陵部蔵本の複製〉

◇校注成尋阿闍梨母集　伊井春樹編　大阪　和泉書院　1993.1　160p　21cm　1545円

◇成尋阿闍梨母集全釈　伊井春樹著　風間書房　1996.10　418p　22cm(私家集全釈叢書　17)〈関係年表・参考資料：p403～410〉　14420円

中古文学(歌人と作品・家集・歌論)

清少納言(生没年不詳)

【注釈書】

◇日本歌学全書　第3編　佐佐木弘綱, 佐佐木信綱校標注　博文館　1891.1　19cm
　内容　拾遺和歌集 公任家集 紫式部家集 清少納言家集

◇清少納言全歌集―解釈と評論　萩谷朴　笠間書院　1986.5　296p　22cm(笠間叢書　197)　5000円

曾禰好忠(生没年不詳)

【注釈書】

◇曽禰好忠集全釈　神作光一, 島田良二著　笠間書院　1975　650p 図　22cm　〈主要参考文献一覧：p.647-650〉　1350円

◇中古歌仙集　1　松本真奈美, 高橋由記, 竹鼻績共著　明治書院　2004.10　406p　21cm(和歌文学大系　54)　7000円
　内容　曽禰好忠集　傅大納言母上集　馬内侍集　大納言公任集

平忠度(1144〜1184)

【注釈書】

◇日本歌学全書　第6編　佐佐木弘綱, 佐佐木信綱校標注　博文館　1891.4　19cm
　内容　千載和歌集 永久百首 忠度集 後京極摂政百番自歌合

橘為仲(？〜1085)

【注釈書】

◇橘為仲集全釈　石井文夫　笠間書院　1987.9　301p　22cm(笠間注釈叢刊　12)　8500円

◇橘為仲朝臣集全釈　好村友江, 中嶋真理子, 目加田さくを共著　風間書房　1998.4　321p　22cm(私家集全釈叢書　21)　13000円

◇橘為仲朝臣集　橘為仲著　〔京都〕　思文閣出版　2003.10　2冊(別冊とも)　14cm　〈和装〉　55000円

二条院讃岐(生没年不詳)

【注釈書】

◇二条院讃岐とその周辺　森本元子著　笠間書院　1984.3　189p　22cm(笠間叢書　182)　〈関係年譜：p163〜169〉　5500円

◇式子内親王集小侍従集讃岐集全釈　木船重昭著　〔鎌倉〕　木船重昭　2001.5　261p　26cm　非売品

◇二条院讃岐全歌注釈　小田剛著　大阪　和泉書院　2007.11　569p　22cm(研究叢書　368)　〈年譜あり〉　15000円

能因(988〜？)

【現代語訳】

◇能因集注釈　川村晃生校注・訳　貴重本刊行会　1992.6　364p　22cm(私家集注釈叢刊　3)　13500円

檜垣嫗(生没年不詳)

【注釈書】

◇檜垣嫗集全釈　西丸妙子著　風間書房　1990.5　209p　22cm(私家集全釈叢書　9)　〈主な参考文献：p164〜166〉

藤原清輔(1104〜1177)

【注釈書】

◇校注国歌大系　13　中古諸家集　中山泰昌編　誠文堂　1933-1938？　19cm

◇袋草紙注釈　上　小沢正夫等共著　塙書房　1974　521p 図　22cm　5200円

◇袋草紙注釈　下　小沢正夫等共著　塙書房　1976　632p 図　22cm　10000円

◇校註国歌大系　第13巻　中古諸家集　全国図書株式会社編　講談社　1976.10　60,874p 図　19cm　〈国民図書株式会社昭和3〜6年刊の複製 限定版〉
　内容　大江千里集, 曽丹集 附補遺, 前大納言公任卿集, 恵慶法師集, 和泉式部集 附続集, 赤染衛門集, 大納言経信卿集, 散木奇歌集(源俊頼), 左京大夫顕輔卿集, 清輔朝臣集, 左京大夫家集

◇新日本古典文学大系　29　袋草紙　藤岡忠美校注　岩波書店　1995.10　502,73p

中古文学(歌人と作品・家集・歌論)

22cm 〈歌合年表：p478～482 主要参考文献：p501～502〉 4000円
◇清輔集新注 芦田耕一著 青簡舎 2008.2 402p 22cm(新注和歌文学叢書 1) 13000円

藤原公任(966～1041)

【注釈書】

◇公任家集 佐佐木弘綱,佐佐木信綱標注 博文館 1891.1 104,26,8p 19cm
◇日本歌学全書 第3編 佐佐木弘綱,佐佐木信綱校標注 博文館 1891.1 19cm
　内容 拾遺和歌集 公任家集 紫式部家集 清少納言家集
◇公任歌論集 久松潜一校 古典文庫 1951 200p 17cm(古典文庫 第49冊)
　内容 新撰髄脳,和歌九品,前十五番歌合 附・後十五番歌合,深窓秘抄,金玉集,三十六人撰,公任卿古今集註.公任卿説話集(編)
◇公任集全釈 伊井春樹ほか共著 風間書房 1989.5 454p 22cm(私家集全釈叢書 7) 〈藤原公任文献目録：p447～451〉 8240円
◇公任集注釈 日本古典文学会監修 竹鼻績著 貴重本刊行会 2004.10 750p 22cm(私家集注釈叢刊 15) 23500円

藤原伊尹(924～972)

【注釈書】

◇一条摂政御集注釈 平安文学輪読会編 塙書房 1967 223p 図版 22cm 〈執筆者：玉上琢弥等〉 1200円
◇一条摂政御集注釈 平安文学輪読会 塙書房 1987.10 223p 22cm 〈一条摂政伊尹年譜：p200～206〉 4200円

藤原定頼(995～1045)

【注釈書】

◇定頼集全釈 森本元子著 風間書房 1989.3 428p 22cm(私家集全釈叢書 6) 〈研究文献・略年譜：p401～407〉 12000円

藤原実方(？～998)

【現代語訳】

◇実方集注釈 竹鼻績校注・訳 貴重本刊行会 1993.10 565p 22cm(私家集注釈叢刊 5) 〈監修：日本古典文学会〉 19500円

藤原仲文(生没年不詳)

【注釈書】

◇仲文集全釈 木船重昭 笠間書院 1985.1 153p 22cm(笠間注釈叢刊 11) 4800円
◇藤原仲文集全釈 片桐洋一ほか共著 風間書房 1998.5 180p 22cm(私家集全釈叢書 22) 6000円

藤原長能(生没年不詳)

【注釈書】

◇長能集注釈 平安文学輪読会 塙書房 1989.2 240p 22cm 4500円

藤原基俊(？～1142)

【注釈書】

◇基俊集全釈 滝沢貞夫著 風間書房 1988.12 324p 22cm(私家集全釈叢書 5) 8500円

源俊頼(1055～1129)

【注釈書】

◇校注国歌大系 13 中古諸家集 中山泰昌編 誠文堂 1933-1938？ 19cm
◇日本文学大系―校註 第7巻 住吉物語,古今著聞集 久松潜一,山岸徳平監修 金子彦二郎校訂 新訂版 風間書房 1955 518p 19cm
◇校註国歌大系 第13巻 中古諸家集 全 国民図書株式会社編 講談社 1976.10 60,874p 図 19cm 〈国民図書株式会社昭和3～6年刊の複製 限定版〉
　内容 大江千里集,曽丹集 附補遺,前大納言公任卿集,恵慶法師集,和泉式部集 附続集,赤染

中古文学(歌謡)

衛門集,大納言経信卿集,散木奇歌集(源俊頼)左京大夫顕輔卿集,清輔朝臣集,左京大夫家集

◇散木奇歌集―阿波本　本文・校異篇　関根慶子,大井洋子共著　風間書房　1979.7　559p　22cm　〈本文・校異と集注〉

◇散木奇歌集―集注篇　上巻　関根慶子著　風間書房　1992.9　512p　22cm　16480円

◇散木奇歌集―集注篇　下巻　関根慶子,古屋孝子共著　風間書房　1999.2　462p　22cm　16000円

◇俊頼述懐百首全釈　木下華子ほか共著　風間書房　2003.10　261p　22cm(歌合・定数歌全釈叢書　3)〈文献あり〉　8000円

壬生忠岑(生没年不詳)

【現代語訳】

◇忠岑集注釈　藤岡忠美,片山剛校注・訳　貴重本刊行会　1997.9　425p　22cm(私家集注釈叢刊　9)〈索引あり〉　15000円

内容 文献あり

【注釈書】

◇貫之集・躬恒集・友則集・忠岑集　久保田淳監修　田中喜美春,平沢竜介　菊地靖彦共著　明治書院　1997.12　437p　21cm(和歌文学大系　19)〈索引あり〉　6200円

紫式部(生没年不詳)

【注釈書】

◇日本歌学全書　第3編　佐佐木弘綱,佐佐木信綱校標注　博文館　1891.1　19cm

内容 拾遺和歌集　公任家集　紫式部家集　清少納言家集

◇紫式部集評釈　竹内美千代著　桜楓社　1969　316p　22cm　〈参考文献：312-314p〉　1800円

◇紫式部集―付　大弐三位集・藤原惟規集　南波浩校注　岩波書店　1973　233p　15cm(岩波文庫)　140円

◇紫式部集の解釈と論考　木船重昭著　笠間書院　1981.11　259p　22cm(笠間叢書　165)　6500円

◇紫式部集全評釈　南波浩著　笠間書院　1983.6　762p 図版6p　22cm(笠間注釈叢刊　9)〈紫式部・紫式部集文献目録：p677～694〉　19000円

◇紫式部集新注　田中新一著　青簡舎　2008.4　276p　22cm(新注和歌文学叢書　2)　8000円

◇紫式部集の新解釈　徳原茂実著　大阪和泉書院　2008.11　230p　22cm(研究叢書　381)　8000円

歌謡

【現代語訳】

◇日本古典文学全集　25　神楽歌・催馬楽・梁塵秘抄・閑吟集　臼田甚五郎,新間進一校注・訳　小学館　1976　483p 図　23cm

内容 神楽歌(校注・訳：臼田甚五郎)庭火 採物 大前張 小前張 明星. 催馬楽(校注・訳：臼田甚五郎)律 呂歌. 梁塵秘抄(校注・訳：新間進一)長歌 古柳 今様 法文歌 四句神歌 二句神歌 梁塵秘抄口伝集 夫木和歌抄. 閑吟集(校注・訳：臼田甚五郎)

◇歌謡集　外村南都子校注・訳　ほるぷ出版　1986.9　248p　20cm(日本の文学)

内容 神楽歌.催馬楽.梁塵秘抄.早歌.閑吟集.田植草紙.隆達小歌

◇新編日本古典文学全集　42　神楽歌　催馬楽　梁塵秘抄　閑吟集　臼田甚五郎,新間進一,外村南都子,徳江元正校注・訳　小学館　2000.12　542p　23cm　〈文献あり〉　4457円

【注釈書】

◇新日本古典文学大系　56　梁塵秘抄　閑吟集　狂言歌謡　佐竹昭広ほか編　小林芳規,武石彰夫,土井洋一,真鍋昌弘,橋本朝生校注　岩波書店　1993.6　606p　22cm　4000円

神楽歌

【現代語訳】

◇神楽歌・催馬楽・梁塵秘抄・閑吟集　臼田甚五郎,新間進一校注・訳　小学館

中古文学(歌謡)

1976.3　483p 図版11p　23cm(日本古典文学全集　25)

[内容] 文献あり　索引あり

◇歌謡集　外村南都子校注・訳　ほるぷ出版　1986.9　248p　20cm(日本の文学)

[内容] 神楽歌.催馬楽.梁塵秘抄.早歌.閑吟集.田植草紙.隆達小歌

◇新編日本古典文学全集　42　神楽歌　催馬楽　梁塵秘抄　閑吟集　臼田甚五郎, 新間進一, 外村南都子, 徳江元正校注・訳　小学館　2000.12　542p　23cm　〈文献あり〉　4457円

【注釈書】

◇新註皇学叢書　第8巻　物集高見編　廣文庫刊行会　1927-1931？　1冊　23cm

[内容] 萬葉集 神楽歌 催馬楽 南京遺響

◇日本古典文学大系　第3　古代歌謡集　岩波書店　1957　494p 図版　22cm

[内容] 古事記歌謡(土橋寛校注) 日本書紀歌謡(土橋寛校注) 続日本紀歌謡(土橋寛校注) 風伝記歌謡(土橋寛校注) 仏足石歌(土橋寛校注) 神楽歌(小西甚一校注) 催馬楽(小西甚一校注) 東遊歌(小西甚一校注) 風俗歌(小西甚一校注) 雑歌(小西甚一校注)

◇日本文学全集　第6　古典詩歌集　河出書房新社　1966　427p 図版　20cm　〈監修者：谷崎潤一郎等〉

[内容] 記紀歌集, 万葉集, 古今和歌集, 新古今和歌集, 玉葉和歌集, 風雅和歌集, 金槐和歌集, 神楽歌, 催馬楽, 梁塵秘抄, 閑吟集, 芭蕉句集, 奥の細道, 蕪村句集, 一茶句集, 小倉百人一首. 注釈(池田弥三郎) 解説(山本健吉)

◇校註国歌大系　第1巻　古歌謡集 全　国民図書株式会社編　講談社　1976.10　25,15,808p 図　19cm　〈国民図書株式会社昭和3～6年刊の複製 限定版〉

[内容] 記紀歌集, 歌垣歌, 琴歌譜, 神楽歌, 催馬楽, 東遊歌, 風俗歌, 夜須礼歌, 田歌, 梁塵秘抄, 今様歌, 讃嘆和讃, 教化, 順次往生講式歌謡, 朗詠要集, 宴曲, 興福寺延年舞唱歌, 日吉神社七社祭礼船謡, 閑吟集, 小歌

◇神楽歌秘録　本田安次著　本田安次　1990.12　332p 22cm　〈発売：錦正社〉　5800円

[内容] 伊勢神楽歌秘録 御神楽秘録(影印). 伊雑宮神楽歌 御神楽大事.御ата連伐之大事. 神楽採訪 早池峯神楽.稀なる美しさ.田子番楽.鴨沢神

楽の「鐘巻」関東の神楽.「松蔭」考.伊勢神楽と願請.佐備神社の巫女神楽.三作神楽の公演.夜神楽の季節.椎葉神楽の特色

催馬楽

【現代語訳】

◇神楽歌・催馬楽・梁塵秘抄・閑吟集　臼田甚五郎, 新間進一校注・訳　小学館　1976.3　483p 図版11p　23cm(日本古典文学全集　25)

[内容] 文献あり　索引あり

◇歌謡集　外村南都子校注・訳　ほるぷ出版　1986.9　248p　20cm(日本の文学)

[内容] 神楽歌.催馬楽.梁塵秘抄.早歌.閑吟集.田植草紙.隆達小歌

◇新編日本古典文学全集　42　神楽歌　催馬楽　梁塵秘抄　閑吟集　臼田甚五郎, 新間進一, 外村南都子, 徳江元正校注・訳　小学館　2000.12　542p　23cm　〈文献あり〉　4457円

◇催馬楽　木村紀子訳注　平凡社　2006.5　290p　18cm(東洋文庫　750)　〈年表あり〉　2800円

【注釈書】

◇新註皇学叢書　第8巻　物集高見編　廣文庫刊行会　1927-1931？　1冊　23cm

[内容] 萬葉集 神楽歌 催馬楽 南京遺響

◇国文学参考 神楽歌・催馬楽通釈　大竹貞治著　大同館書店　1935.5　270p　20cm

◇日本古典文学大系　第3　古代歌謡集　岩波書店　1957　494p 図版　22cm

[内容] 古事記歌謡(土橋寛校注) 日本書紀歌謡(土橋寛校注) 続日本紀歌謡(土橋寛校注) 風伝記歌謡(土橋寛校注) 仏足石歌(土橋寛校注) 神楽歌(小西甚一校注) 催馬楽(小西甚一校注) 東遊歌(小西甚一校注) 風俗歌(小西甚一校注) 雑歌(小西甚一校注)

◇日本文学全集　第6　古典詩歌集　河出書房新社　1966　427p 図版　20cm　〈監修者：谷崎潤一郎等〉

[内容] 記紀歌集, 万葉集, 古今和歌集, 新古今和歌集, 玉葉和歌集, 風雅和歌集, 金槐和歌集, 神楽歌, 催馬楽, 梁塵秘抄, 閑吟集, 芭蕉句集, 奥の細道, 蕪村句集, 一茶句集, 小倉百人一首. 注釈(池田弥三郎) 解説(山本健吉)

中古文学(歌謡)

◇校註国歌大系　第1巻　古歌謡集　全　国民図書株式会社編　講談社　1976.10　25,15,808p 図　19cm　〈国民図書株式会社昭和3～6年刊の複製　限定版〉

内容 紀記歌集、歌垣歌、琴歌譜、神楽歌、催馬楽、東遊歌、風俗歌、夜須礼歌、田歌、梁塵秘抄、今様雑芸、讚嘆和讃、教化、順次往生講式歌謡、朗詠要集、宴曲、興福寺延年舞唱歌、日吉神社七社祭礼船謡、閑吟集、小歌

梁塵秘抄(平安後期)

【現代語訳】

◇神楽歌・催馬楽・梁塵秘抄・閑吟集　臼田甚五郎、新間進一校注・訳　小学館　1976.3　483p 図版11p　23cm(日本古典文学全集　25)

内容 文献あり　索引あり

◇今昔物語集・梁塵秘抄・閑吟集　篠原昭二、浅野建二著　尚学図書　1980.7　520p　20cm(鑑賞日本の古典　8)〈参考文献解題：p504～520〉　1800円

◇歌謡集　外村南都子校注・訳　ほるぷ出版　1986.9　248p　20cm(日本の文学)

内容 神楽歌.催馬楽.梁塵秘抄.早歌.閑吟集.田植草紙.隆達小歌

◇梁塵秘抄　後白河天皇編　新間進一、外村南都子校注・訳　小学館　1988.1　398p　20cm(完訳日本の古典　34)〈後白河法皇の肖像あり〉　1700円

◇神楽歌・催馬楽・梁塵秘抄・閑吟集　臼田甚五郎、新間進一、外村南都子、徳江元正校注・訳　小学館　2000.12　542p　21cm(新編日本古典文学全集　42)〈文献あり〉　4457円

内容 神楽歌(庭火　採物　大前張 ほか)　催馬楽(律　呂歌)　梁塵秘抄(長歌十首　古柳三十四首　今様二百六十五首 ほか)　閑吟集

【注釈書】

◇梁塵秘抄　後白河法皇編　小西甚一校註　朝日新聞社　1953　233p 図版　19cm(日本古典全書)

◇梁塵秘抄評釈　荒井源司著　甲陽書房　1959　894p　22cm

◇日本古典文学大系　第73　和漢朗詠集,梁塵秘抄　川口久雄、志田延義校注　岩波書店　1965　546p 図版　22cm

◇日本文学全集　第6　古典詩歌集　河出書房新社　1966　427p 図版　20cm　〈監修者：谷崎潤一郎等〉

内容 記紀歌集、万葉集、古今和歌集、新古今和歌集、玉葉和歌集、風雅和歌集、金槐和歌集、神楽歌、催馬楽、梁塵秘抄、閑吟集、芭蕉句集、奥の細道、蕪村句集、一茶句集、小倉百人一首. 注釈(池田弥三郎)　解説(山本健吉)

◇校註国歌大系　第1巻　古歌謡集　全　国民図書株式会社編　講談社　1976.10　25,15,808p 図　19cm　〈国民図書株式会社昭和3～6年刊の複製　限定版〉

内容 紀記歌集、歌垣歌、琴歌譜、神楽歌、催馬楽、東遊歌、風俗歌、夜須礼歌、田歌、梁塵秘抄、今様雑芸、讚嘆和讃、教化、順次往生講式歌謡、朗詠要集、宴曲、興福寺延年舞唱歌、日吉神社七社祭礼船謡、閑吟集、小歌

◇梁塵秘抄　榎克朗校注　新潮社　1979.10　309p　20cm(新潮日本古典集成)

◇梁塵秘抄口伝集巻十　宮内庁書陵部　1988.2　1冊　23cm　〈付(37p)：解題　釈文　複製　箱入〉

◇新日本古典文学大系　56　梁塵秘抄　佐竹昭広ほか編　小林芳規,武石彰夫校注　岩波書店　1993.6　606p　22cm　〈付：参考文献〉　4000円

◇梁塵秘抄全注釈　上田設夫注釈　新典社　2001.6　670p　22cm(新典社注釈叢書　10)　14300円

和漢朗詠集(平安中期)

【現代語訳】

◇新編日本古典文学全集　19　和漢朗詠集　菅野礼行校注・訳　小学館　1999.10　526p　23cm　4267円

【注釈書】

◇和漢朗詠集和歌評釈　井上通泰述　歌学研究会会員記　弘文館　1904　168p　23cm

◇和漢朗詠集評釈(美文韻文)　駒北堂主人(井口正之)著　大学館　1906.9　307p　15cm

◇和漢朗詠集新釈一附,和漢朗詠雑考　金子元臣,江見清風著　明治書院　1910.8　468,14,40p　22cm　〈改訂版　昭17〉

日本古典文学案内－現代語訳・注釈書　53

中古文学(物語)

◇倭漢朗詠集考証　柿村重松註　目黒書店　1926　449p　菊判　〈芸林舎 昭48〉
◇倭漢朗詠集新釈　丸山真幸著　芳文堂　1933.2　322p　四六判
◇和漢朗詠集註釈　曽根保著　弘道閣　1940
◇標註倭漢朗詠集　沢田総清著　健文社　1940.10　144p　19cm
◇倭漢朗詠集註解　曾根保著　弘道閣　1941.1　113p　新菊判
◇和漢朗詠集新釈　金子元臣,江見清風共著　改修版　明治書院　1942　628p　22cm
◇和漢朗詠集新釈　金子元臣,江見清風合著　改修版(5版)　明治書院　1953　628p　22cm
◇倭漢朗詠抄　下巻　藤原公任撰　国立国会図書館管理部　1954　2軸　26cm　〈巻子本 箱入 静嘉堂文庫蔵国宝の影印 付(2冊 21cm)：倭漢朗詠抄について(米山寅太郎 1冊) 釈文(1冊)〉
◇倭漢朗詠集　上　京都大学文学部国語学国文学研究室編　京都　京都大学国文学会　1964　58,68,71p　27cm　〈慶長5年耶蘇会版のコロタイプ複製, 釈文(68p) 解説(土井忠生著71p)を付す 限定版〉
◇日本古典文学大系　第73　和漢朗詠集, 梁塵秘抄　川口久雄,志田延義校注　岩波書店　1965　546p 図版　22cm
◇倭漢朗詠集　尾上柴舟,大石隆子解説　雄山閣出版　1968　3冊　30cm　〈宮内庁蔵版伝藤原行成筆粘葉本のコロタイプ複製 釈文 帙入 限定版〉
◇倭漢朗詠集　書芸文化新社　1975　3冊(別冊共)　23cm　〈付(別冊)：伝藤原行成御物和漢朗詠集粘葉本 解説・釈文(飯島春敬) 箱入〉
◇和漢朗詠集私注　山内潤三ほか編　新典社　1982.4　262p　22cm(新典社叢書 10)　〈本文篇は、天文頃古写下巻残存本および内閣文庫蔵室町期古写本の複製〉　2500円
◇和漢朗詠集　藤原公任編　大曽根章介,堀内秀晃校注　新潮社　1983.9　439p　20cm(新潮日本古典集成)　2200円
◇細川家永青文庫叢刊　第13巻　倭漢朗詠抄　永青文庫編　汲古書院　1984.9　859p　22cm　〈複製〉　14000円
◇国会図書館蔵和漢朗詠集・内閣文庫蔵和漢朗詠集私注漢字総索引　杤尾武編　新典社　1985.10　1138p　27cm(新典社索引叢書 1)　〈附・和歌断句, 要語索引 本文篇は複製〉　35000円
◇倭漢朗詠集—粘葉本　清雅堂　2002.6　3冊(別冊とも)　26cm　〈和装〉　全19000円

物語

【現代語訳】

◇新猿楽記　川口久雄訳注　平凡社　1983.8　417p　18cm(東洋文庫　424)　〈藤原明衡略年譜：p401〜404 藤原明衡関係資料ノート・『新猿楽記』文献目録ノート：p406〜417〉　1900円

【注釈書】

◇新猿楽記・雲州消息　重松明久校注　現代思潮社　1982.4　281p　20cm(古典文庫　66)　2200円
◇新猿楽記　雲州消息　重松明久校注　現代思潮新社　2006.3　281p　19cm(古典文庫　66)　〈オンデマンド版〉　2900円

伊勢物語(平安中期)

【現代語訳】

◇新訳伊勢物語　太田水穂著　博信堂　1912.4　175p　19cm
◇新訳 伊勢物語　太田水穂訳　籾山書店　1913.10　135p　15cm
◇全訳王朝文学叢書　第1巻　吉沢義則訳　王朝文学叢書刊行会　1927.9　95,145,54p　22cm
　内容　提中納言物語 伊勢物語 大和物語 竹取物語
◇対訳 伊勢物語新講　永田義直著　岡村書店　1932.10　515p　四六判
◇物語日本文学　2　伊勢物語 大和物語　藤村作等訳　至文堂　1938　1冊 図版　19cm
◇現代語訳国文学全集　第2巻　伊勢物語・落窪物語　窪田空穂訳　非凡閣　1938.8　1冊　20cm

中古文学(物語)

◇口訳 国文叢書 4 口訳 伊勢物語 佐佐木弘綱訳 人文書院 1940.9 309p 19cm

◇伊勢物語 中河与一訳註 角川書店 1953 234p 15cm(角川文庫 第466)

◇日本国民文学全集 第5巻 王朝物語集 第1 河出書房 1956 360p 図版 22cm
　内容 竹取物語(川端康成訳) 伊勢物語(中河与一訳) 落窪物語(小島政二郎訳) 狭衣物語(中村真一郎訳) 解説(池田亀鑑)

◇古典日本文学全集 第7 王朝物語集 筑摩書房 1960 465p 図版 23cm
　内容 竹取物語(臼井吉見訳) 伊勢物語(中谷孝雄訳) 落窪物語(塩田良平訳) 堤中納言物語(臼井吉見訳) とりかえばや物語(中村真一郎訳) 解説(松尾聰) お伽噺としての竹取物語(和辻哲郎) 伊勢物語序説(窪田空穂) 落窪物語(小島政二郎) 堤中納言物語(小島政二郎) とりかへばや物語(中村真一郎)

◇日本文学全集 第3 青野季吉等編 河出書房新社 1960 539p 図版 19cm
　内容 竹取物語(川端康成訳) 伊勢物語(中河与一訳) 落窪物語(小島政二郎訳) 夜半の寝覚(菅原孝標のむすめ著 円地文子訳)

◇国民の文学 第5 王朝名作集 第1 谷崎潤一郎等編 河出書房新社 1964 539p 図版 18cm
　内容 竹取物語(川端康成訳) 伊勢物語(中河与一訳) 落窪物語(小島政二郎訳) 夜半の寝覚(円地文子訳) 注釈(池田弥三郎) 解説(中村真一郎)

◇国民の文学 第6 王朝名作集 第2 谷崎潤一郎等編 河出書房新社 1964 489p 図版 18cm
　内容 狭衣物語 堤中納言物語(中村真一郎訳) とりかえばや物語(永井竜男訳) 注釈 解説(池田弥三郎)

◇古典日本文学全集 第7 王朝物語集 臼井吉見等訳 筑摩書房 1966 465p 図版 23cm 〈普及版〉
　内容 竹取物語(臼井吉見訳) 伊勢物語(中谷孝雄訳) 落窪物語(塩田良平訳) 堤中納言物語(臼井吉見訳) とりかえばや物語(中村真一郎訳) 解説(松尾聰) お伽噺としての竹取物語(和辻哲郎) 伊勢物語序説(窪田空穂) 落窪物語(小島政二郎) 堤中納言物語(小島政二郎) とりかえばや物語(中村真一郎)

◇日本文学全集 第2集 第2 王朝物語集 河出書房新社 1968 385p 図版 20cm 〈監修者：谷崎潤一郎等〉
　内容 竹取物語(川端康成訳) 伊勢物語(中村真一郎訳) 堤中納言物語(中村真一郎訳) 夜半の寝覚(円地文子訳)

◇日本文学全集—カラー版 4 竹取物語・伊勢物語・枕草子・徒然草 河出書房新社 1969 378p 図版11枚 23cm 〈監修者：武者小路実篤等〉
　内容 竹取物語(川端康成訳) 伊勢物語(中村真一郎訳) 枕草子(田中澄江訳) 更級日記(井上靖訳) 今昔物語(福永武彦訳) 徒然草(佐藤春夫訳)

◇日本の古典 5 王朝物語集 1 河出書房新社 1971 360p 図 23cm
　内容 竹取物語(川端康成訳) 伊勢物語(中村真一郎訳) 狭衣物語(中村真一郎訳) 堤中納言物語(中村真一郎訳) 作品鑑賞のための古典 河社(契沖著 久松潜一訳) 無名草子(久松潜一訳) 伊勢物語新考(海量著 池田利夫訳)

◇伊勢物語 森野宗明校注・現代語訳 講談社 1972.3 210p 15cm(講談社文庫)

◇新訳絵本伊勢物語 田中大穂著 京都思文閣出版 1977.10 2冊 29cm 〈帙入 限定版〉 25000円

◇伊勢物語 上 阿部俊子全訳注 講談社 1979.8 265p 15cm(講談社学術文庫) 360円

◇伊勢物語 下 阿部俊子全訳注 講談社 1979.9 242p 15cm(講談社学術文庫) 360円

◇伊勢物語 石田穣二訳注 新版 角川書店 1979.11 336p 15cm(角川文庫) 〈略年譜：p310～316〉 420円

◇現代語訳日本の古典 4 竹取物語・伊勢物語 田辺聖子著 学習研究社 1980.11 176p 30cm

◇伊勢物語・竹取物語 藤岡忠美著 尚学図書 1981.1 495p 20cm(鑑賞日本の古典 4) 〈参考文献解題：p445～468〉

◇完訳日本の古典 第10巻 竹取物語・伊勢物語・土佐日記 片桐洋一ほか校注・訳 小学館 1983.2 370p 20cm 〈伊勢物語年譜：p282～285 各章末：参考文献〉 1700円

◇竹取物語 伊勢物語 岡部伊都子, 中村真一郎訳 世界文化社 1986.1 167p 23cm(特選日本の古典 グラフィック版 第3巻)

◇伊勢物語 永井和子訳・注 創英社 1986.3 238p 19cm(全対訳日本古典新

日本古典文学案内－現代語訳・注釈書　55

中古文学(物語)

書)〈発売:三省堂書店〉 700円

◇大庭みな子の竹取物語 伊勢物語 大庭みな子著 集英社 1986.5 269p 19cm(わたしの古典 3)〈編集:創美社〉 1400円

◇伊勢物語 田辺聖子・現代語訳 片桐洋一構成・解説 学習研究社 1988.8 151p 26cm(Gakken mook)〈美術監修:仲町啓子〉

◇伊勢物語 山本一彦編著 ブレイク・アート社 1989.10 1冊(頁付なし) 18×19cm(古典への旅)〈発売:星雲社 付(別冊):訳・解説 外箱入〉 3900円

◇竹取物語・伊勢物語・堤中納言物語 臼井吉見,中谷孝雄訳 筑摩書房 1992.5 285p 15cm(ちくま文庫) 640円

◇新編日本古典文学全集 12 竹取物語 伊勢物語 大和物語 平中物語 片桐洋一,福井貞助,高橋正治,清水好子校注・訳 小学館 1994.12 590p 23cm 4600円

◇伊勢物語—イラスト古典全訳 橋本武著 日栄社 1995.1 143p 19cm 680円

◇大庭みな子の竹取物語・伊勢物語 大庭みな子著 集英社 1996.7 286p 15cm(わたしの古典) 680円

◇週刊日本の古典を見る 14 伊勢物語 巻1 中村真一郎訳 世界文化社 2002.7 34p 30cm 533円

◇週刊日本の古典を見る 15 伊勢物語 巻2 中村真一郎訳 世界文化社 2002.8 34p 30cm 533円

◇灯下の薔薇—伊勢物語・和泉式部日記・紫式部日記 古典文学現代語訳 宮田小夜子訳 徳島 徳島県教育印刷(印刷) 2003.8 257p 21cm 2000円

内容 伊勢物語 灯下の薔薇 無明の水仙

◇すらすら読める伊勢物語 高橋睦郎著 講談社 2004.12 222p 19cm 1600円

内容 序「むかし、男ありけり」の男とは? 1『伊勢物語』の伊勢とは? 2 さすらいの旅へ 東下り 3 さすらいの原因異説 4 東下り余聞 5 一代記として 6 恋の学習TPO 7 恋の人は相聞の人 8 恋愛奇譚さまざま 9 謎解き「作者は誰?」

◇竹取物語—現代語訳 本文対照 伊勢物語—現代語訳 本文対照 吉岡曠訳 學燈社 2005.11 280p 19cm 1600円

◇伊勢物語—業平の心の遍歴を描いた歌物語 中村真一郎著 世界文化社 2007.2 176p 24cm(日本の古典に親しむ ビジュアル版 12) 2400円

◇伊勢物語 坂口由美子編 角川学芸出版 2007.12 252p 15cm(角川文庫—角川ソフィア文庫 ビギナーズ・クラシックス)〈年表あり〉 629円

◇竹取物語 伊勢物語 大沼津代志文 学習研究社 2008.2 195p 21cm(超訳日本の古典 2) 1300円

◇伊勢物語 永井和子訳・注 笠間書院 2008.3 247p 19cm(笠間文庫—原文&現代語訳シリーズ)〈創英社1978年刊の新版〉 980円

◇恋の王朝絵巻伊勢物語 岡野弘彦著 京都 淡交社 2008.3 334p 20cm 2000円

◇竹取物語 伊勢物語 堤中納言物語 片桐洋一,福井貞助,稲賀敬二校訂・訳 小学館 2008.5 318p 20cm(日本の古典をよむ 6) 1800円

【注釈書】

◇伊勢物語(標註参考) 飯田永夫校注 飯田武郷閲 文学倶楽部 1892.9 115p 19cm〈蔵版:国語伝習所〉

◇校註伊勢物語 佐佐木信綱注 東京堂 1892.9 82p 23cm

◇国文学講義全書 伊藤岩次郎編 誠之堂 1897 9冊 22cm

内容 新註古今和歌集(増田子信,生田目経徳述)上下(443p),神皇正統紀(今泉定介述)上下(435p),土佐日記,竹取物語(今泉定介述)128,153p,伊勢物語(今泉定介述)264p,十六夜日記(三木五百枝述)・百人一首(畠山健述)・和文読本問答(深井鑑一郎述)118,68,100p,徒然草,上下(476p)

◇名文評釈 国学院編 博文館 1901.5 448p 24cm

内容 続日本後記宣命・伊勢物語(荻野由之),源氏物語・枕草子(本居豊顕),枕草子(黒木真頼),栄花物語(関根正直),栄花物語(小杉榲邨),十六夜日記・十訓抄・吉野拾遺・徒然草(本居豊顕),源平盛衰記・平家物語・太平記(落合直文),新撰朗詠集(松井簡治)

◇評釈伊勢物語 窪田空穂著 中興館 1912

◇国文講義 伊勢物語新釈 今泉定介著 誠文堂 1921 388p 三六判

中古文学(物語)

◇詳註 伊勢物語 十六夜日記　藤井乙男, 加藤順三, 井手惇二郎著　成象堂　1922　354p　三六判

◇新釈 日本文学叢書　4　物集高量校註　広文庫刊行会　1918-1923　23cm

[内容] 竹取物語, 伊勢物語, 大和物語, 落窪物語, 土佐日記, 蜻蛉日記

◇校註 日本文学叢書　7　物集高量校註　再版　広文庫刊行会　1922.7　1冊　23cm

[内容] 竹取物語 伊勢物語 大和物語 落窪物語 土佐日記(紀貫之) 蜻蛉日記(藤原通綱の母)

◇校註 国文叢書　第6冊　池辺義象編　22版　博文館　1924.7　合586p　23cm(復本第1・4・5・9・18冊)

[内容] 竹取物語 伊勢物語 落窪物語 土佐日記(紀貫之) 枕草紙(清少納言) 徒然草(吉田兼好) 紫式部日記(紫式部)

◇新註 伊勢物語　吉川秀雄著　精文館　1926　152p　四六判

◇伊勢物語活釈　小林栄子著　大同館書店　1926.6　206p　19cm

◇伊勢物語新釈　藤井乙男編　文献書院　1927.10　424p　四六判(国文学名著集 2)

◇国文学註釈叢書　3　折口信夫編　名著刊行会　1929-1930　19cm

[内容] 参考伊勢物語〔ほか〕

◇伊勢物語　久松潜一校註　改造社　1930.5　147p　菊半截(改造文庫　第二部 15)

◇評釈伊勢物語大成　新井無二郎著　代々木書院　1931.11　980p　23cm〈湯川弘文堂 昭14, 湯川弘文堂 昭41〉

◇新訂要註 伊勢物語　倉野憲司編　三省堂　1934.11　138p　19cm

◇伊勢物語新釈　川口白浦著　健文社　1936.6　240p　四六判

◇評釈伊勢物語大成　新井無二郎著　大阪　湯川弘文社　1939　980p　図版　23cm

◇伊勢物語新釈　高崎正秀著　正文館書店　1942.4　175, 40p　18cm

◇伊勢物語　宮城謙一著　越後屋書房　1948　197p　19cm(日本文学評釈選)

◇伊勢物語新講　竹野長次著　改訂　大学書林　1948　369p　18cm

◇伊勢物語―伝定家本による　吉川貫一校註　京都　河原書店　1949　113p　19cm(新註日本短篇文学叢書　第2)

◇新講伊勢物語　吉沢義則監修　風間書房　1952　242p　図版20枚　19cm

◇伊勢物語―新釈註　中山崇著　桜井書店　1953　218p　19cm(新釈註国文叢書)

◇伊勢物語評釈　窪田空穂著　東京堂　1955　307p　22cm

◇日本文学大系―校註　第1巻　久松潜一, 山岸徳平監修　新訂版　風間書房　1955　523p　19cm

[内容] 竹取物語(石川佐久太郎校訂) 伊勢物語(佐伯常麿校訂) 大和物語(佐伯常麿校訂) 浜松中納言物語(石川佐久太郎校訂) 無名草子(金子彦二郎校訂) 堤中納言物語(金子彦二郎校訂)

◇竹取物語・伊勢物語　南波浩校註　朝日新聞社　1960　396p　19cm(日本古典全書)

◇伊勢物語　大津有一校注　岩波書店　1964　115p　15cm(岩波文庫)

◇評釈伊勢物語大成　新井無二郎著　大阪　湯川弘文社　1966　980p　図版　22cm〈限定版 昭和14年刊の複刻版〉　6000円

◇伊勢物語注―大津有一博士蔵伝心敬筆金沢　高羽五郎, 古屋彰　1970　2冊(別冊共)　26cm〈大津有一博士所蔵本の模写(模写者：高羽五郎)謄写版 別冊(56p 21cm)：大津有一博士蔵伝心敬筆伊勢物語注(高羽五郎, 古屋彰解題および翻刻)『金沢大学法文学部論集文学編』第17号〉

◇伊勢物語―校註　鈴木知太郎著　笠間書院　1971　301p　22cm　〈付(別冊 15p 21cm)：『伊勢物語』の和歌の大意〉　700円

◇伊勢物語全釈　森本茂著　京都　大学堂書店　1973　489p　図　22cm　6000円

◇伊勢物語　小林茂美校注　新典社　1975　183p　21cm(影印校注古典叢書)　1500円

◇伊勢物語　渡辺実校注　新潮社　1976　269p　20cm(新潮日本古典集成)〈附録：伊勢物語和歌綜覧〉　1300円

◇図説日本の古典　5　集英社　1978.8　218p　28cm　〈企画：秋山虔ほか〉　2400円

[内容] 『伊勢物語』関係年表：p212～213 各章末：参考文献

◇伊勢物語全釈　中野幸一, 春田裕之著　武蔵野書院　1983.7　267p　19cm　1300円

日本古典文学案内―現代語訳・注釈書　57

中古文学(物語)

◇伊勢物語講説　上巻　由良琢郎　明治書院　1985.6　425p　22cm　3800円
◇伊勢物語　片桐洋一校注　14版　明治書院　1985.10　173p　19cm(校注古典叢書)〈伊勢物語関係年表：p151～155〉　980円
◇伊勢物語　ほるぷ出版　1986.9　329p　20cm(日本の文学)
◇伊勢物語　中田武司校注　有精堂出版　1986.9　190p　19cm(有精堂校注叢書)〈参考文献：p141～143〉　2000円
◇伊勢物語講説　下巻　由良琢郎　明治書院　1986.10　552p　22cm　4800円
◇伊勢物語註　徳江元正編　三弥井書店　1987.9　234p　21cm(室町文学纂集　第1輯)　3000円
　[内容]翻刻篇　伊勢物語註　石川透翻刻. 研究篇　在原行平の像形成—古注を経て〈松風〉に至る　西村聡著. 室町時代物語における『伊勢物語』享受　石川透著
◇演習伊勢物語—拾穂抄　片桐洋一, 青木賜鶴子編著　勉誠社　1987.12　260p　22cm(大学古典叢書　6)〈参考文献：p237～238 関係年表：p252～256〉　1800円
◇竹取物語・伊勢物語　片桐洋一, 伊藤敏子, 白崎徳衛編　新装版　集英社　1988.5　218p　29×22cm(図説 日本の古典　5)〈企画：秋山虔ほか 新装版〉　2800円
◇評釈伊勢物語大成　新井無二郎　パルトス社　1988.11　980,14p　23cm〈代々木書院昭和6年刊の複製に増補したもの〉　25000円
◇在原業平野望彷徨—新釈『伊勢物語』　小川久勝著　名古屋　マイブック出版　1993.11　493p　22cm〈折り込3枚〉　4700円
◇伊勢物語　大津有一校注　岩波書店　1994.2　115p　19cm(ワイド版岩波文庫)　700円
◇新日本古典文学大系　17　竹取物語　伊勢物語　堀内秀晃, 秋山虔校注　岩波書店　1997.1　375p　22cm　3605円
◇伊勢物語を読む　宇都木敏郎著　未知谷　1997.10　854p　20cm　5000円
◇校註伊勢物語　松尾聡, 永井和子校註解説　20版　笠間書院　1999.3　99p　21cm　650円
◇伊勢物語　片桐洋一校注　新装版　明治書院　2001.3　173p　19cm(校注古典叢書)〈年表あり〉　1400円
◇伊勢物語解釈論　市原愿著　風間書房　2001.3　408p　22cm　10500円
◇伊勢物語注釈稿　石田穣二著　竹林舎　2004.5　637p　22cm　14000円
◇伊勢物語と業平—悪妻二人による不運　谷戸貞彦著　松江　大元出版　2006.9　190p　21cm〈年表あり〉　2300円
◇伊勢物語披雲　五十嵐篤好註　金井利浩, 綿抜豊昭校　富山　桂書房　2008.12　153p　30cm　2000円

宇津保物語(平安中期)

【現代語訳】

◇物語日本文学　3　藤村作他訳　至文堂　1938.6
　[内容]宇津保物語
◇宇津保物語全訳　伊藤カズ訳　明治書院　1969　2冊　21cm　3000-5000円
◇宇津保物語—現代語訳　浦城二郎訳　ぎょうせい　1976　533p　22cm　2000円
◇宇津保物語—全現代語訳　1　浦城二郎訳　講談社　1978.9　202p　15cm(講談社学術文庫)　280円
◇宇津保物語—全現代語訳　2　浦城二郎訳　講談社　1978.10　234p　15cm(講談社学術文庫)　300円
◇宇津保物語—全現代語訳　3　浦城二郎訳　講談社　1978.11　239p　15cm(講談社学術文庫)　320円
◇宇津保物語—全現代語訳　4　浦城二郎訳　講談社　1978.12　272p　15cm(講談社学術文庫)　340円
◇通訳蔵開—宇津保物語　黒川五郎著　明石　池沢よしゑ　1992.2　360p　19cm〈付(1枚) 限定版〉　非売品
◇宇津保物語・俊蔭—全訳注　上坂信男, 神作光一著　講談社　1998.12　387p　15cm(講談社学術文庫)　1050円
◇新編日本古典文学全集　14　うつほ物語　1　中野幸一校注・訳　小学館　1999.6　573p　22cm　4457円
　[内容]俊蔭　藤原の君　忠こそ　春日詣　嵯峨の院　吹上 上　祭りの使　吹上 下

中古文学(物語)

◇新編日本古典文学全集　15　うつほ物語　2　中野幸一校注・訳　小学館　2001.5　638p　23cm　4657円
　内容　菊の宴　あて宮　内侍のかみ　沖つ白波　蔵開

◇新編日本古典文学全集　16　うつほ物語　3　中野幸一校注・訳　小学館　2002.8　670p　23cm　4657円
　内容　国譲　上・中・下　楼の上　上・下

【注釈書】

◇国文註釈全集　第10　室松岩雄編　国学院大学出版部　1908-1910？　23cm
　内容　大和物語虚静抄(木崎雅興)、大和物語錦繍抄(前田夏蔭)、宇津保物語玉松(細井貞雄)、宇津保物語二阿抄(山岡明阿、細井星阿)、宇津保物語考証(清水浜臣)、落窪物語証解(甫喜山景雄)

◇宇津保物語、狭衣住吉物語、堤中納言物語　井上頼囶、萩野由之、関根正直ほか著　博文館　1915　1冊(校注国文叢書)

◇校註　国文叢書　第13冊　池辺義象編　4版　博文館　1924.11　23cm(復本第1・4・5・9・18冊)
　内容　宇津保物語上巻

◇校註　国文叢書　第14冊　池辺義象編　4版　博文館　1924.11　23cm(復本第1・4・5・9・18冊)
　内容　宇津保物語下巻　狭衣　住吉物語　堤中納言物語

◇校註　宇津保物語　金子元臣著　明治書院　1935.12　106p　20cm

◇校註　日本文学大系　4　宇津保物語　中山泰昌編　2版　誠文堂新社刊　1937.12　〈普及版〉

◇宇津保物語　宮田和一郎校註　朝日新聞社　1948-1957　5冊　19cm(日本古典全書)

◇日本古典文学大系　第10　宇津保物語　第1　河野多麻校註　岩波書店　1959　526p　図版　22cm

◇日本古典文学大系　第11　宇津保物語　第2　河野多麻校注　岩波書店　1961　570p　22cm

◇日本古典文学大系　第12　宇津保物語　第3　河野多麻校注　岩波書店　1962　582p　22cm

◇宇津保物語　上巻　原田芳起校注　角川書店　1969　420p　15cm(角川文庫)〈底本は静嘉堂文庫蔵浜田本〉

◇宇津保物語　中巻　原田芳起校注　角川書店　1969　404p　15cm(角川文庫)〈底本は静嘉堂文庫蔵浜田本〉

◇宇津保物語　下巻　原田芳起校注　角川書店　1970　508p　15cm(角川文庫)〈底本は静嘉堂文庫蔵浜田本〉

◇うつほ物語　2　野口元大校注　2版　明治書院　1985.2　278p　19cm(校注古典叢書)　1300円
　内容　まつりのつかひ.ふきあげ.きくのえん.あて宮.解説

◇うつほ物語　3　野口元大校注　明治書院　1986.2　335p　19cm(校注古典叢書)　1300円
　内容　内侍のかみ.おきつしら波.くらびらき　上・中.解説

◇うつほ物語　1　野口元大校注　6版　明治書院　1986.9　324p　19cm(校注古典叢書)　1300円
　内容　としかげ.藤はらの君.ただこそ.かすがまうで.さがのゐん.解説.参考文献：p301～304

◇平安朝文学の構造と解釈—竹取・うつほ・栄花　網谷厚子著　教育出版センター　1992.12　201p　22cm(研究選書　53)　3000円

◇うつほ物語　室城秀之校注　おうふう　1995.10　965p　22cm　4900円

◇うつほ物語　4　野口元大校注　明治書院　1995.11　277p　19cm(校注古典叢書)　〈索引あり〉　1748円
　内容　くらびらき　下　国ゆづり　上・中　解説

◇改訂宇津保物語俊蔭巻考注　田中初夫著　クレス出版　1999.4　161,135p　22cm(物語文学研究叢書　第6巻)〈複製〉

◇うつほ物語　5　野口元大校注　明治書院　1999.12　327p　19cm(校注古典叢書)　2400円
　内容　国ゆづり　下　桜のうへ　解説

◇うつほ物語　4　野口元大校注　新装版　明治書院　2001.3　277p　19cm(校注古典叢書)　2400円
　内容　くらびらきの下　国ゆづりの上　国ゆづ

日本古典文学案内—現代語訳・注釈書　59

中古文学(物語)

りの中　解説

◇うつほ物語　1　野口元大校注　新装版　明治書院　2002.2　324p　19cm(校注古典叢書)　2400円

内容 としかげ　藤はらの君　たゞこそ　かすがもうで　さがのゐん　解説

◇うつほ物語　2　野口元大校注　新装版　明治書院　1999.2　324p　19cm(校注古典叢書)　2400円

内容 まつりのつかひ.ふきあげ.きくのえん.あて宮.解説

◇うつほ物語　3　野口元大校注　新装版　明治書院　2002.2　335p　19cm(校注古典叢書)　2400円

内容 内侍のかみ.おきつしら波.くらびらき 上・中.解説

◇うつほ物語　5　野口元大校注　新装版　明治書院　2002.2　327p　19cm(校注古典叢書)　2400円

内容 国ゆづりの下　楼のうへの上　楼のうへの下　解説

◇うつほ物語引用漢籍注疏洞中最秘鈔　上原作和,正道寺康子著　新典社　2005.2　593p　22cm(新典社研究叢書　165)　14095円

落窪物語(平安中期)

【現代語訳】

◇口訳 落窪物語　鴻巣盛広訳　博文館　1912.10　320,6p　23cm

◇新訳おちくぼ姫　浜中貫始著　紀元社　1921　414p　四六判

◇物語日本文学　4　藤村作他訳　2版　至文堂　1937.4

内容 落窪物語

◇現代語訳国文学全集　第2巻　伊勢物語・落窪物語　窪田空穂訳　非凡閣　1938.8　1冊　20cm

◇落窪物語　池田亀鑑訳　至文堂　1954　252p 表　19cm(物語日本文学　第7)

◇日本国民文学全集　第5巻　王朝物語集　第1　河出書房　1956　360p 図版　22cm

内容 竹取物語(川端康成訳) 伊勢物語(中河与一訳) 落窪物語(小島政二郎訳) 狭衣物語(中村真一郎訳) 解説(池田亀鑑)

◇古典日本文学全集　第7　王朝物語集　筑摩書房　1960　465p 図版　23cm

内容 竹取物語(臼井吉見訳) 伊勢物語(中谷孝雄訳) 落窪物語(塩田良平訳) 堤中納言物語(臼井吉見訳) とりかえばや物語(中村真一郎訳) 解説(松尾聡) お伽噺としての竹取物語(和辻哲郎) 伊勢物語序説(窪田空穂) 落窪物語(小島政二郎) 堤中納言物語(小島政二郎) とりかへばや物語(中村真一郎)

◇日本文学全集　第3　青野季吉等編　河出書房新社　1960　539p 図版　19cm

内容 竹取物語(川端康成訳) 伊勢物語(中河与一訳) 落窪物語(小島政二郎訳) 夜半の寝覚(菅原孝標のむすめ著 円地文子訳)

◇国民の文学　第5　王朝名作集　第1　谷崎潤一郎等編　河出書房新社　1964　539p 図版　18cm

内容 竹取物語(川端康成訳) 伊勢物語(中河与一訳) 落窪物語(小島政二郎訳) 夜半の寝覚(円地文子訳) 注釈(池田弥三郎) 解説(中村真一郎)

◇古典日本文学全集　第7　王朝物語集　臼井吉見等訳　筑摩書房　1966　465p 図版　23cm　〈普及版〉

内容 竹取物語(臼井吉見訳) 伊勢物語(中谷孝雄訳) 落窪物語(塩田良平訳) 堤中納言物語(臼井吉見訳) とりかえばや物語(中村真一郎訳) 解説(松尾聡) お伽噺としての竹取物語(和辻哲郎) 伊勢物語序説(窪田空穂) 落窪物語(小島政二郎) 堤中納言物語(小島政二郎) とりかえばや物語(中村真一郎)

◇日本古典文学全集　10　落窪物語　三谷栄一校注・訳　小学館　1972　541p 図　23cm

◇新編日本古典文学全集　17　落窪物語 堤中納言物語　三谷栄一,三谷邦明,稲賀敬二校注・訳　小学館　2000.9　574p　23cm　4457円

◇落窪物語―現代語訳付き　上　室城秀之訳注　新版　角川書店　2004.2　471p　15cm(角川文庫―角川ソフィア文庫)　1000円

◇落窪物語―現代語訳付き　下　室城秀之訳注　新版　角川書店　2004.2　428p　15cm(角川文庫―角川ソフィア文庫)　952円

【注釈書】

◇落窪物語(標註参考)　飯田永夫校註　上原書店　1899.2　262p　23cm

中古文学(物語)

◇国文註釈全集　第10　室松岩雄編　国学院大学出版部　1908-1910？　23cm

　　内容　大和物語虚静抄(木崎雅興)、大和物語錦繡抄(前田夏蔵)、宇津保物語玉松(細井貞雄)、宇津保物語二阿抄(山岡明阿、細井星阿)、宇津保物語考註(清水浜臣)、落窪物語証解(甫喜山景雄)

◇新釈　日本文学叢書　4　物集高量校註　広文庫刊行会　1918-1923　23cm

　　内容　竹取物語、伊勢物語、大和物語、落窪物語、土佐日記、蜻蛉日記

◇国文評解　落窪物語釈義　中村秋香著　誠之堂書店　1922.6　233p　22cm

◇校註　日本文学叢書　7　物集高量校註　再版　広文庫刊行会　1922.7　1冊　23cm

　　内容　竹取物語　伊勢物語　大和物語　落窪物語　土佐日記(紀貫之)　蜻蛉日記(藤原通綱の母)

◇校註　国文叢書　第6冊　池辺義象編　22版　博文館　1924.7　合586p　23cm(復本第1・4・5・9・18冊)

　　内容　竹取物語　伊勢物語　落窪物語　土佐日記(紀貫之)　枕草紙(清少納言)　徒然草(吉田兼好)　紫式部日記(紫式部)

◇校註　落窪物語　吉川秀雄著　明治書院　1926　274p　四六判

◇落窪物語新釈　吉村重徳著　大同館書店　1926.7　562p　20cm

◇落窪物語・住吉物語・堤中納言物語・徒然草　笹川種郎、藤村作、尾上八郎校註　博文館　1930.1　345p　四六判

◇落窪物語　住吉物語　堤中納言物語　徒然草　笹川種郎、藤村作、尾上八郎校註　博文館　1930.1　合338p 図　20cm(博文館叢書)

◇全釈　落窪物語精解　石橋健夫著　健文社　1933.4　483p

◇詳註　落窪物語　堀越喜博著　受験研究社　1934.3　495p　四六判

◇校註　日本文学大系　5　中山泰昌編　2版　誠文堂新光社　1938.1　〈普及版〉

　　内容　落窪物語　他3篇

◇日本文学大系―校註　第3巻　落窪物語　久松潜一、山岸徳平監修　金子彦二郎校訂　新訂版　風間書房　1955　531p　19cm

◇日本古典文学大系　第13　落窪物語　松尾聰校注　岩波書店　1957　454p 図版　22cm

◇落窪物語　柿本奨校注　角川書店　1971　356p 図　15cm(角川文庫)

◇落窪物語　稲賀敬二校注　新潮社　1977.9　349p　20cm(新潮日本古典集成)　1500円

◇落窪物語大成　中村秋香　パルトス社　1988.11　484p　23cm　〈成蹊学園出版部大正12年刊の複製〉　14000円

◇新日本古典文学大系　18　落窪物語・住吉物語　佐竹昭広ほか編　藤井貞和、稲賀敬二校注　岩波書店　1989.5　498p　22cm　3500円

　　内容　落窪物語研究文献目録・住吉物語研究文献目録：p475〜498

◇落窪物語注釈　柿本奨著　笠間書院　1991.1　1015p　22cm(笠間注釈叢刊15)　30900円

◇落窪物語の再検討　吉海直人編　翰林書房　1993.10　215p　21cm　2000円

◇おちくぼ物語註釈　2巻　源道別編　平春海、橘千蔭考　青山堂　明治年間　2冊　27cm　〈書名は題簽による　寛政4年序刊本の後印〉

源氏物語(平安中期)

【現代語訳】

◇新編紫史――名,通俗源氏物語　巻1-4　増田于信(松風閣主人)訳　誠之堂　1888-1890　4冊　20cm　〈2巻まで大八洲学会刊〉

◇新編紫史　増田于信訳　本居豊頴閲　誠之堂　1904.2　和10冊(巻1-10)　19cm

◇新訳源氏物語　上-下2　与謝野晶子訳　金尾文淵堂　1912-1914　4冊　22cm

◇縮訳　源氏ものがたり　島田退蔵著　文献書院　1923　386p　四六判

◇全訳王朝文学叢書　第4-9巻　吉沢義則等訳　王朝文学叢書刊行会　1925-1927　6冊　22cm

　　内容　源氏物語

◇頭註対訳　源氏物語　宮田和一郎訳　8版　文献書院　1925-1926　4冊　23cm

◇新訳　源氏物語　太宰衞門著　有宏社　1926　387p　新四六判

◇新訳　源氏物語　上下　与謝野晶子訳　梶田半古画　金尾文淵堂　1926　2冊

中古文学(物語)

18ar

◇全訳 源氏物語　鈴木正彦訳　第百書房　1926　403p　四六判

◇対訳 源氏物語講和　島津久基編　矢島書房　1930-1950　6冊　23cm

◇増訂 対訳源氏物語　宮田和一郎著　日本文学社　1932-1933　2冊　菊判　3.2元

◇現代語訳国文学全集　第5巻　源氏物語中　与謝野晶子訳　非凡閣　1937.2　1冊　20cm

◇増訂 対訳源氏物語　上中下　宮田和一郎訳　有光社　1938.3　3冊　23cm

◇現代語訳国文学全集　第6巻　源氏物語下　与謝野晶子, 窪田空穂訳　非凡閣　1938.10　1冊　20cm

◇源氏物語　巻1-26　谷崎潤一郎訳　山田孝雄校閲　中央公論社　1939-1941　26冊　23cm

[内容] 巻1 桐壺, 帚木, 空蝉　巻2 夕顔, 若紫　巻3 末摘花, 紅葉賀, 花宴　巻4 葵, 賢木, 花散里　巻5 須磨, 明石　巻6 澪標, 蓬生, 関屋　巻7 絵合, 松風, 薄雲　巻8 槿, 乙女　巻9 玉鬘, 初音, 胡蝶　巻10 蛍, 常夏, 篝火, 野分, 行幸　巻11 藤袴, 真木柱, 梅枝, 藤裏葉　巻12 若菜 上　巻13 若菜 下　巻14 柏木, 横笛, 鈴虫　巻15 夕霧　巻16 御法, 幻, 雲隠, 匂宮, 紅梅, 竹河　巻17 橋姫, 椎木　巻18 総角, 早蕨　巻19 寄生　巻20 東屋　巻21 浮舟　巻22 蜻蛉　巻23 手習, 夢浮橋　巻24 源氏物語和歌講義 上巻　巻25 源氏物語和歌講義 下巻　巻26 源氏物語系図, 同年立, 同梗概, 奥書

◇新訳 源氏物語　山口愛川編　太洋社　1939.6　702p　四六判

◇現代語訳源氏物語　窪田空穂訳　改造社　1947-1949　6冊　19cm

◇源氏物語—昭和完訳　第1巻　五十嵐力訳　五十嵐博士源氏物語刊行会編　菁柿堂　1948　357p　図版　19cm

◇源氏物語—新新訳　第2巻　与謝野晶子訳　日本社　1948　301p　19cm(日本文庫 第21)

◇源氏物語—現代語訳　第5巻　窪田空穂訳　改造社　1948　264p　図版　18cm

◇源氏物語　第1巻　与謝野晶子訳　再版　三笠書房　1949　315p　図版　18cm

◇源氏物語　第1-4巻　与謝野晶子訳　三笠書房　1949-1950　4冊　19cm(世界文学選書　第4-7)　〈第1巻ハ3版 昭和25年 第2巻ハ再版〉

◇源氏物語　上巻　与謝野晶子訳　三笠書房　1950　597p　20cm

◇源氏物語　下巻　与謝野晶子訳　三笠書房　1950　631p　20cm

◇源氏物語—全訳　第1　与謝野晶子訳　三笠書房　1951　232p　図版　16cm(三笠文庫　第1)　80円

◇源氏物語—全訳　第2巻　与謝野晶子訳　三笠書房　1951　238p　図版　16cm(三笠文庫　第11)　80円

◇源氏物語—全訳　第3巻　与謝野晶子訳　三笠書房　1951　239p　図版　16cm(三笠文庫　第17)　80円

◇源氏物語—全訳　第4巻　与謝野晶子訳　三笠書房　1951　238p　図版　16cm(三笠文庫　第22)　80円

◇源氏物語—全訳　第5　与謝野晶子訳　三笠書房　1951　238p　図版　16cm(三笠文庫　第32)　80円

◇源氏物語—現代語縮訳版　吉井勇著　創元社　1952　238p　図版　19cm

◇源氏物語—明解対訳　金子正義著　池田書店　1952　250p　図版　19cm

◇源氏物語—全訳　第6　与謝野晶子訳　三笠書房　1952　250p　図版　16cm(三笠文庫　第36)　80円

◇対訳源氏物語　別巻　佐成謙太郎訳編　明治書院　1953　291p　22cm

[内容] 源氏物語総覧 佐成謙太郎著

◇源氏物語　巻11-12　谷崎潤一郎訳　中央公論社　1954　2冊　22cm

[内容] 各巻細目, 人物略説, 人名寄 隆能源氏物語絵巻, 巻別系図, 巻名出所, 年立図表, 主要人物官位年齢一覧, 源氏物語総目次

◇源氏物語　谷崎潤一郎新訳　山田孝雄校閲　中央公論社　1955　5冊　23cm　〈限定版 綴葉 帙入〉

◇日本国民文学全集　第3巻　源氏物語　上巻　与謝野晶子訳　河出書房　1955　377p　図版　22cm

◇日本国民文学全集　第4巻　源氏物語　下　与謝野晶子訳　河出書房　1955　378p　図版　22cm

◇源氏物語　巻2-3　谷崎潤一郎新訳　山田孝雄校閲　中央公論社　1956　2冊　20cm　〈普及版〉

中古文学(物語)

◇源氏物語―昭和完訳　五十嵐力訳　日高町(埼玉県)　五十嵐力博士昭和完訳源氏物語刊行賛助会　1959　568,18p　図版　27cm

◇日本文学全集　第1　源氏物語　上　青野季吉等編　与謝野晶子訳　河出書房新社　1960　587p　図版　19cm

◇日本文学全集　第2　源氏物語　下　青野季吉等編　与謝野晶子訳　河出書房新社　1960　572p　図版　19cm

◇源氏物語―現代語訳　上巻　与謝野晶子訳　日本書房　1961　547p　27cm

◇源氏物語―文芸読本　与謝野晶子訳　中村真一郎編　河出書房新社　1962　397p　図版　18cm(Kawade paperbacks　第7)〈付：研究編　伝統・小説・愛情(折口信夫)他9編〉

◇源氏物語　別巻　谷崎潤一郎訳　山田孝雄校閲　中央公論社　1962　341p　23cm

　内容　隆能源氏物語絵巻,各帖細目,帖別系図,年立図表,人物略説,人名名寄,帖名出所,主要人物官位年齢一覧

◇国民の文学　第3　源氏物語　上　谷崎潤一郎等編　与謝野晶子訳　河出書房新社　1963　587p　19cm

◇国民の文学　第4　源氏物語　下　谷崎潤一郎等編　与謝野晶子訳　河出書房新社　1963　572p　図版　19cm

◇源氏物語―新々訳　別巻　谷崎潤一郎訳　中央公論社　1965　227p　22cm

　内容　隆能源氏物語絵巻,年立図表,人物略説,人名名寄,主要人物官位年齢一覧

◇日本文学全集　第1　源氏物語　上巻　与謝野晶子訳　河出書房新社　1965　520p　図版　20cm　〈監修者：谷崎潤一郎等〉

◇日本文学全集　第2　源氏物語　下巻　与謝野晶子訳　河出書房新社　1965　534p　図版　20cm　〈監修者：谷崎潤一郎等〉

◇源氏物語―新々訳　別巻　谷崎潤一郎訳　中央公論社　1966　345p　23cm　〈豪華本〉

　内容　隆能源氏物語絵巻,各帖細目,帖別系図,年立図表,人物略説,人名名寄,帖名出所,主要人物官位年齢一覧

◇日本文学全集―カラー版　第5　平家物語　中山義秀訳　河出書房　1967　406p　図版　23cm　〈監修者：武者小路実篤等〉

◇源氏物語　上　与謝野晶子訳　河出書房新社　1969　553p　図版21枚　23cm

◇源氏物語―全釈　巻6　松尾聡訳　筑摩書房　1970　422p　図版　23cm

◇源氏物語―全訳　上巻　与謝野晶子訳　改版　角川書店　1971　648p　15cm(角川文庫)

◇日本の古典　3　源氏物語　上　与謝野晶子訳　河出書房新社　1971　444p　図　23cm　〈付：無名草子(久松潜一訳)〉

◇日本の古典　4　源氏物語　下　与謝野晶子訳　河出書房新社　1971　419p　図　23cm　〈付：源氏物語玉の小櫛(本居宣長著　秋山虔訳)〉

◇源氏物語　与謝野晶子訳　河出書房新社　1976　3冊　18cm(日本古典文庫　4-6)　各880円

◇源氏物語しのぶ草―現代語訳　田原南軒著　佐世保　田原南軒　1978.5　289p　22cm

◇現代語訳日本の古典　5　源氏物語　円地文子著　学習研究社　1979.7　196p　30cm

◇源氏物語　阿部秋生ほか著　尚学図書　1979.12　550p　20cm(鑑賞日本の古典　6)　〈発売：小学館〉　1800円

◇潤一郎訳源氏物語　別巻　谷崎潤一郎訳　中央公論社　1980.8　227p　18cm　〈背の書名：谷崎潤一郎訳源氏物語〉

　内容　隆能源氏物語絵巻.年立図表.人物略説.人名名寄.主要人物官位年齢一覧

◇源氏物語　秋山虔訳　學燈社　1982.8　280p　15cm(現代語訳学燈文庫)　〈本文対照〉

◇対訳源氏物語講話　島津久基著　名著普及会　1983.5　6冊　22cm　〈矢島書房昭和25～32年刊の複製〉　全33000円

　内容　巻1 桐壺.帚木 上　巻2 帚木 下.空蝉　巻3 夕顔　巻4 若紫　巻5 末摘花.紅葉賀.花宴　巻6 葵.賢木

◇源氏物語　円地文子訳　世界文化社　1986.1　23cm(特選日本の古典 グラフィック版　第5巻)

◇源氏物語―完訳　中田武司訳　専修大学出版局　1986.8　1630p　22cm　8000円

◇源氏物語―ダイジェスト版　竹本哲子現代語訳　東洋堂企画出版社　1986.11　205p　18cm　1200円

中古文学(物語)

◇源氏物語—見ながら読む日本のこころ　円地文子現代語訳　神作光一構成・文　田口栄一美術監修・解説　学習研究社　1986.12　263p　26cm(実用特選シリーズ)
◇源氏物語　谷崎潤一郎訳　中央公論社　1987.1　1692p　23cm　〈付(別冊137p)〉　8800円
◇源氏物語現代詩訳　鈴木比呂志著　講談社　1987.6　2冊　22cm　〈編集：第一出版センター　普及版〉　1800円,2200円
　内容：上巻　光源氏と王朝の女人たち　いまよみがえる源氏情念の世界　下巻　源氏その愛と憂愁　詩によみがえる感性の源氏
◇源氏物語現代詩訳　上巻　光源氏と王朝の女人たち—いまよみがえる源氏情念の世界　鈴木比呂志著　講談社　1987.6　257p　22cm　〈付：著者・鈴木比呂志文学歴〉　1800円
◇源氏物語現代詩訳　下巻　源氏その愛と憂愁—詩によみがえる感性の源氏　鈴木比呂志著　講談社　1987.6　381p　22cm　〈付：著者・鈴木比呂志文学歴〉　2200円
◇源氏物語　与謝野晶子訳　河出書房新社　1987.12　3冊　18cm(日本古典文庫　4～6)〈新装版〉　各1600円
◇源氏物語—全五十四帖　与謝野晶子訳　河出書房新社　1988.1　788p　22cm　2400円
◇源氏物語—現代語訳　板倉功訳　〔新発田〕　板倉功　1991.6～1993.9　7冊　21～22cm
◇源氏物語　谷崎潤一郎訳　中央公論社　1992.11　1692p　23cm　〈普及版〉　6500円
◇源氏物語読本　秋山虔ほか編　筑摩書房　1996.7　153p　21cm　〈付(別冊45p)：現代語訳〉　950円
◇源氏物語—苦悩に充ちた愛の遍歴　円地文子現代語訳　神作光一構成・文　田口栄一美術監修・解説　新装　学習研究社　1998.5　259p　26cm(絵で読む古典シリーズ)　2000円
◇花のかさね—京ことば訳『源氏物語』より　中井和子著　京都　京都新聞社　1999.1　302p　20cm　1800円
◇源氏物語概説　紫式部日記—対訳　三井教純,田中重子共訳著　長野　ほおずき書籍　2001.1　196p　19cm　〈東京　星雲社(発売)〉　1300円

◇源氏物語　円地文子訳　学習研究社　2001.2　259p　15cm(学研M文庫)　520円
◇通時言語訳源氏物語抄　巻1　ラファエル・生島著　近代文芸社　2001.4　237p　20cm　1500円
◇瀬戸内寂聴の源氏物語　全1冊　瀬戸内寂聴著　講談社　2001.9　365p　19cm(シリーズ・古典　1)　1500円
　内容：桐壺　空蝉　夕顔　若紫　末摘花　紅葉の賀　花の宴　葵　賢木　須磨　明石　澪標　蓬生　松風　少女　玉鬘　初音　野分　真木柱　藤の裏葉　若菜　柏木　夕霧　御法　幻　浮舟
◇源氏物語　角川書店編　角川書店　2001.11　504p　15cm(角川文庫—角川ソフィア文庫　ビギナーズ・クラシックス)〈年譜あり〉　952円
◇週刊日本の古典を見る　1　源氏物語　巻1　円地文子訳　世界文化社　2002.4　34p　30cm　〈付・源氏物語を歩く旅〉　333円
◇週刊日本の古典を見る　2　源氏物語　巻2　円地文子訳　世界文化社　2002.5　34p　30cm　533円
◇源氏物語—現代語訳　片上実著　〔西条〕　片上実　2005.8　438p　21cm
◇源氏物語—現代語訳　本文対照　秋山虔訳　學燈社　2005.9　280p　19cm　1600円
◇源氏物語—光源氏と女たちの王朝絵巻　円地文子著　世界文化社　2005.11　200p　24cm(日本の古典に親しむ　ビジュアル版　1)　1800円
◇源氏物語　菅家祐文　学習研究社　2008.2　195p　21cm(超訳日本の古典　4)　1300円
◇源氏物語登場人物系図　上野栄子訳　日本経済新聞出版社　2008.10　62p　15×21cm

【注釈書】

◇名文評釈　国学院編　博文館　1901.5　448p　24cm
　内容：続日本後記宣命・伊勢物語(荻野由之),源氏物語・枕草子(本居豊穎),枕草子(黒木真頼),栄花物語(関根正直),栄花物語(小杉榲邨),十六夜日記・十訓抄・吉野拾遺・徒然草(本居豊穎),源平盛衰記・平家物語・太平記(落合直文),新撰朗詠集(松井簡治)

中古文学(物語)

◇国文註釈全集　第14　室松岩雄編　国学院大学出版部　1908-1910？　23cm
　内容　源氏物語評釈(萩原広道)語釈,余釈

◇新釈源氏物語　巻の1,2　佐々醒雪等著　新潮社　1911-1914　2冊(649,574p)　22cm

◇校註 日本文学叢書　4—6　物集高量校註　再版　広文庫刊行会　1919.11　3冊　23cm
　内容　源氏物語(紫式部)

◇新釈 日本文学叢書　1—3　物集高量校註　日本文学叢書刊行会　1922-1923　23cm
　内容　源氏物語 上・中・下

◇校註 国文叢書　第2冊　池辺義象編　31版　博文館　1923.11　816,36p　23cm(復本第1・4・5・9・18冊)
　内容　源氏物語下巻

◇源氏物語活釈　小林栄子著　大同館書店　1924-1925　2冊　20cm

◇校註 国文叢書　第1冊　池辺義象編　43版　博文館　1924.11　740p　23cm(復本第1・4・5・9・18冊)
　内容　源氏物語上巻(紫式部)

◇源氏物語話釈　小林栄子著　大同館　1925　2冊　四六判

◇源氏物語選釈　永井一孝著　早稲田大学出版部　1928　214p　22cm(早稲田文学講義)

◇新釈 日本文学叢書　3　日本文学叢書刊行会　1928-1931　1冊　23cm

◇集註 源氏物語新考　第1・2巻　永井一孝注　国民図書　1929-1930　2冊　23cm

◇校註 日本文学大系　6　源氏物語 上巻　誠文堂　1932-1935　20cm 〈普及版〉

◇源氏物語総釈　島津久基,沼沢竜雄,亀田純一郎,平林治徳共著　楽浪書院　1937-1939　6冊　19cm

◇対校 源氏物語新釈　吉沢義則著　平凡社　1937-1940　6冊　23cm 〈新版8冊 平凡社 昭27〉

◇対校 源氏物語総釈　3　島津久基等著　楽浪書院　1937.8
　内容　少女(福井久蔵)他12篇

◇校註 日本文学大系　7　中山泰昌編　2版　誠文堂新光社　1937.9
　内容　源氏物語 下 其他

◇釈評源氏物語　巻第1-6　島津久基著　中興館　1940-1950　6冊 図版　22cm
　内容　巻第1 桐壺 帚木 上 訂正10版 昭和17　巻第2 帚木 下 空蝉 訂正4版 昭和16　巻第3 夕顔 3版 昭和16　巻第4 若紫 昭和15　巻第5 末摘花 紅葉賀 花宴 昭和17　巻第6 葵 賢木(未完) 昭和25

◇源氏物語新釈　青木正著　有精堂出版部　1940.12　370p　20cm

◇註釈 源氏物語　麻生磯次著　国文堂　1944　600p　6円

◇源氏物語　池田亀鑑校註　朝日新聞社　1946-1956　7冊　19cm(日本古典全書)

◇源氏物語—論攷と解釈　今泉忠義著　新美社　1947　198p　B6　38円

◇源氏物語新釈　青木正著　10版　有精堂　1948　255p　19cm

◇註釈源氏物語　麻生磯次著　再版　至文堂　1948　548p　22cm

◇源氏物語新釈　青木正著　新訂訂　有精堂　1949　371p　19cm

◇源氏物語抄—新註　木之下正雄校註　京都 河原書店　1950　172p　19cm(新註日本文学選 第3)

◇源氏物語新抄　佐伯梅友編　武蔵野書院　1950　290p 図版　22cm(校註日本文芸新篇)

◇源氏物語抄新釈　荒木良雄著　京都 高文社　1951　291p　19cm(新釈国文選書第3)

◇新講源氏物語　上巻　池田亀鑑著　至文堂　1951　357p　22cm

◇新講源氏物語　下巻　池田亀鑑著　至文堂　1951　479p　21cm

◇新纂源氏物語評釈　上巻　阿部秋生著　清水書院　1953　201p　18cm(古典評釈叢書)

◇源氏物語の引き歌—解釈と鑑賞　玉上琢弥著　中央公論社　1955　237p　22cm

◇評釈国文学大系　第3　源氏物語　秋山虔著　河出書房　1955　312p　22cm

◇新纂源氏物語評釈　下巻　阿部秋生著　清水書院　1956　258p　18cm(古典評釈

日本古典文学案内—現代語訳・注釈書　65

中古文学(物語)

◇評釈源氏物語　玉上琢弥著　學生社　1957　505p　20cm
◇源氏物語の新解釈　北山谿太著　塙書房　1962　384p　22cm
◇源氏物語評釈　別巻　第1　玉上琢弥著　角川書店　1966　446p　図版　22cm　2000円
　内容 源氏物語研究
◇源氏物語大意　弄花軒能詠　天野直方評注　高谷美惠子,藤河家利昭校・解説　広島　広島平安文学研究会　1968　34p　26cm(翻刻平安文学資料稿　第2巻)〈広島大学国文学研究室蔵本の翻刻 謄写版 限定版〉
◇源氏物語評釈　別巻　第2　源氏物語人物総覧・事項索引　玉上琢弥著　角川書店　1969　546p　22cm　2500円
◇源氏物語山路の露　本位田重美校注・解説　笠間書院　1970　169p 図版　22cm(笠間叢書　8)〈解説と、刊本系および写本系の『山路の露』にそれぞれ頭注をほどこしたもの〉　2000円
◇図説日本の古典　7　集英社　1978.2　234p　28cm　〈企画：秋山虔ほか〉　1800円
◇むらさきに学ぶの記　高輪隆子　高輪隆子　1986.6　366p　22cm　〈参考文献：p4～6〉
◇源氏物語用語・語法・解釈　上　木之下正雄著　くろしお出版　1987.2　203p　22cm　2500円
◇源氏物語　秋山虔,秋山光和,土田直鎮編　新装版　集英社　1988.2　234p　29×22cm(図説 日本の古典　7)〈企画：秋山虔ほか 新装版〉　2800円
　内容 『源氏物語』の世界　図版特集『源氏物語絵巻』　『源氏物語』―作品鑑賞『源氏絵の系譜』　『若紫』図残欠と『源氏物語絵巻』　『源氏物語』の和歌をめぐって　紫式部の生涯―原作者の肖像　図版特集『紫式部日記絵巻』　『源氏物語』の読者たち―鑑賞と研究の歴史　藤原道長の世界―時代背景 1　図版特集平等院と浄土教美術　『源氏物語』と浄土思想　摂関家の衰勢―時代背景 2　『源氏物語』年立　『源氏物語』関係系図　『源氏物語』人物事典
◇新注源氏物語抄　久下晴康,元吉進編　新典社　1989.4　186p　21cm　1648円

◇源氏物語　高橋和夫　右文書院　1989.7　349,8p　19cm(古典評釈　2)〈第5刷(第1刷：昭和54年)〉　1165円
◇源氏物語講読　上　佐伯梅友編著　武蔵野書院　1991.11　572p　22cm　15500円
◇やさしい源氏物語―だれにも読める　中山幸子著　右文書院　1992.6　505p　22cm　4800円
◇源氏物語講読　中　佐伯梅友編著　武蔵野書院　1992.7　562p　22cm　15500円
◇源氏物語講読　下　佐伯梅友編著　武蔵野書院　1992.11　640p　22cm　16500円
◇よくわかる源氏物語―解釈鑑賞　三谷栄一,稲村徳著　有精堂出版　1993.3　330p　19cm　〈新装版〉　1009円
◇源氏物語　藤井貞和著　岩波書店　1993.3　193p　19cm(岩波セミナーブックス　110―古典講読シリーズ)　1700円
◇新講源氏物語を学ぶ人のために　高橋亨,久保朝孝編　京都　世界思想社　1995.2　304p　19cm　〈源氏物語関係最新書目：p287～293〉　1950円
◇イメージで読む源氏物語　1　田中順子,芦部寿江著　一茎書房　1996.10　254p　20cm　〈主な参考文献：p250～251〉　2000円
◇やさしい源氏物語―だれにも読める　続　中山幸子著　右文書院　1997.8　517p　22cm　6000円
◇新講源氏物語　上巻　池田亀鑑著　クレス出版　1997.10　357p　22cm(源氏物語研究叢書　第14巻)〈至文堂昭和26年刊の複製〉
◇新講源氏物語　下巻　池田亀鑑著　クレス出版　1997.10　479p　22cm(源氏物語研究叢書　第15巻)〈至文堂昭和26年刊の複製〉
◇安田女子大学蔵無刊記本源氏物語書入注　上　斎木泰孝編　広島　安田女子大学言語文化研究所　1998.3　326p　22cm(安田女子大学言語文化研究叢書　3)　非売品
◇わかむらさき―源氏物語の源流を求めて　甲斐睦朗著　明治書院　1998.10　316p　21cm　2800円
◇源氏物語注釈史論考　堤康夫著　新典社　1999.5　524p　22cm(新典社研究叢書　119)　13500円
◇やさしい源氏物語―だれにも読める　続

中古文学(物語)

2　中山幸子著　右文書院　2000.5　533p　22cm　6000円

◇初学び源氏物語　鎌田清栄著　竹林舎　2005.5　382p　21cm　2952円

◇原中最秘抄—略本・広島大学蔵　新居和美,山口正代編　東広島　広島平安文学研究会　2006.6　128p　21cm(翻刻平安文学資料稿　第3期 別巻6)　非売品

◇声で読む源氏物語　保坂弘司著　學燈社　2007.6　347p　19cm　2000円

◆桐壺〜藤裏葉

【現代語訳】

◇源氏物語新講—須磨　小倉博著　厚生閣　1927.3　338p　四六判

◇新新訳源氏物語　第1巻　桐壺—葵　与謝野晶子訳　金尾文淵堂　1938.10　519p　19cm

◇新新訳源氏物語　第2巻　榊—朝顔　与謝野晶子訳　金尾文淵堂　1938.11　481p　19cm

◇新新訳源氏物語　第3巻　乙女—藤のうら葉　与謝野晶子訳　金尾文淵堂　1938.12　527p　19cm

◇源氏物語 新編紫史　増田于信訳　東学社　1939　5冊　四六判　2.5円

◇源氏物語—現代語訳　第4巻　窪田空穂訳　改造社　1948　269p 図版　19cm

内容 初音,胡蝶,螢,常夏,篝火,野分,行幸,藤袴,真木桂,梅枝

◇源氏物語　巻1　谷崎潤一郎訳　中央公論社　1951　187p　22cm

内容 桐壺,帚木,空蝉,夕顔,若紫

◇源氏物語　巻2　谷崎潤一郎訳　中央公論社　1951　181p　22cm

内容 末摘花,紅葉賀,花宴,葵,賢木,花散里

◇源氏物語　巻3　谷崎潤一郎訳　中央公論社　1951　196p　22cm

内容 須磨,明石,澪標,蓬生,関屋,絵合,松風

◇対訳源氏物語　巻1　佐成謙太郎訳編　明治書院　1951　297p　19cm

内容 桐壺・帚木・空蝉・夕顔・若紫・末摘花・紅葉賀・花宴

◇対訳源氏物語　巻2　佐成謙太郎訳編　明治書院　1951　334p　19cm

内容 葵,賢木,花散里,須磨,明石,澪標,蓬生,関屋,絵合,松風

◇対訳源氏物語　巻3　佐成謙太郎訳編　明治書院　1951　332p　19cm

内容 薄雲,槿,少女,玉鬘,初音,胡蝶,螢,常夏,篝火,野分,行幸,藤袴

◇源氏物語　巻4　谷崎潤一郎訳　中央公論社　1952　179p　22cm

内容 薄雲,槿,乙女,玉鬘,初音,胡蝶

◇源氏物語　巻5　谷崎潤一郎訳　中央公論社　1952　195p　22cm

内容 螢,常夏,篝火,野分,行幸,藤袴,真木柱,梅枝,藤裏葉

◇傍訳源氏物語　第1　麻生磯次著　明治書院　1954　268p　22cm(傍訳古典叢書)

内容 桐壺,帚木

◇源氏物語—全訳　第1-2巻　与謝野晶子訳　角川書店　1954　2冊　15cm(角川文庫)

◇源氏物語—全訳　第3巻　与謝野晶子訳　角川書店　1954　196p　15cm(角川文庫)

内容 澪標,蓬生,関屋,絵合,松風,薄雲,朝顔,乙女

◇源氏物語—全訳　第4巻　与謝野晶子訳　角川書店　1955　220p　15cm(角川文庫)

◇源氏物語　巻1　谷崎潤一郎新訳　山田孝雄校閲　中央公論社　1956　346p　20cm〈普及版〉

◇源氏物語　巻4　谷崎潤一郎新訳　山田孝雄校閲　中央公論社　1956　366p　20cm〈普及版〉

◇傍訳源氏物語　第2　麻生磯次著　明治書院　1957　336p　22cm(傍訳古典叢書)

内容 空蝉,夕顔,若紫

◇源氏物語—全釈　巻1　松尾聰訳　筑摩書房　1958　385p 図版　23cm

◇源氏物語　巻1　谷崎潤一郎訳　山田孝雄校閲　中央公論社　1959　282p　18cm

◇源氏物語—全釈　巻2　松尾聰訳　筑摩書房　1959　345p 図版　23cm

◇源氏物語　巻2　谷崎潤一郎訳　山田孝雄校閲　中央公論社　1959　272p　18cm

中古文学(物語)

◇源氏物語―全釈　巻3　松尾聰訳　筑摩書房　1959　335p　図版　23cm

◇源氏物語　巻3　谷崎潤一郎訳　山田孝雄校閲　中央公論社　1959　267p　18cm

◇源氏物語　巻4　谷崎潤一郎訳　山田孝雄校閲　中央公論社　1960　260p　18cm

◇源氏物語　巻1　谷崎潤一郎訳　山田孝雄校閲　中央公論社　1961　389p　23cm

[内容] 桐壺―花散里

◇源氏物語　巻2　谷崎潤一郎訳　山田孝雄校閲　中央公論社　1961　399p　23cm

[内容] 須磨―胡蝶

◇源氏物語　巻3　谷崎潤一郎訳　山田孝雄校閲　中央公論社　1961　413p(図版共)　23cm

◇源氏物語―全釈　巻4　松尾聰訳　筑摩書房　1961　285p　図版　23cm

◇古典日本文学全集　第4　源氏物語　上　吉沢義則等訳　筑摩書房　1961　431p　図版　23cm

[内容] 解説(山岸徳平)　紫式部(円地文子)　源氏物語の精神(風巻景次郎)　源氏物語の後宮世界(秋山虔)　「源氏」と現代(青野季吉)　源氏物語の時代的背景(家永三郎)

◇古典日本文学全集　第5　源氏物語　中　吉沢義則等訳　筑摩書房　1961　448p　図版　23cm

◇源氏物語　第1巻　玉上琢弥訳註　角川書店　1964　378p　15cm(角川文庫)　〈付：現代語訳〉

◇源氏物語―新々訳　巻1-3　谷崎潤一郎訳　中央公論社　1964-1965　3冊　22cm

[内容] 第1 桐壺, 帚木, 空蟬, 夕顔, 若紫　巻2 末摘花, 紅葉賀, 花宴, 葵, 賢木, 花散里　巻3 須磨, 明石, 澪標, 蓬生, 関屋, 絵合, 松風

◇古典日本文学全集　第4　源氏物語　上　吉沢義則等訳　筑摩書房　1964　431p　図版　23cm　〈普及版〉

[内容] 解説(山岸徳平)　紫式部(円地文子)　源氏物語の精神(風巻景次郎)　源氏物語の後宮世界(秋山虔)　「源氏」と現代(青野季吉)　源氏物語の時代的背景(家永三郎)

◇源氏物語　第2巻　玉上琢弥訳註　角川書店　1965　390p　15cm(角川文庫)　〈付：現代語訳〉

◇源氏物語　第2　山岸徳平校注　岩波書店　1965　414p　15cm(岩波文庫)

[内容] 須磨, 明石, 澪標, 蓬生, 関屋, 絵合, 松風, 薄雲, 朝顔, 乙女, 玉鬘, 初音

◇源氏物語―新々訳　巻4　谷崎潤一郎訳　中央公論社　1965　197p　22cm

[内容] 薄雲, 槿, 乙女, 玉鬘, 初音, 胡蝶

◇源氏物語―新々訳　巻5-9　谷崎潤一郎訳　中央公論社　1965　5冊　22cm

[内容] 巻5 螢, 常夏, 篝火, 野分, 行幸, 藤袴, 真木柱, 梅枝, 藤裏葉(第3版)　巻6 若菜　巻7 柏木, 横笛, 鈴虫, 夕霧, 御法, 幻, 雲隠, 匂宮　巻8 紅梅, 竹河, 橋姫, 椎本, 総角　巻9 早蕨, 寄生, 東屋

◇古典日本文学全集　第5　源氏物語　中　吉沢義則等訳　山岸徳平改訂　筑摩書房　1965　448p　図版　23cm　〈普及版〉

[内容] 源氏物語の現代的価値(村岡典嗣)　若菜の巻など(堀辰雄)　紫式部という人について(松尾聰)　源氏物語の方法(西郷信綱)　付録：源氏物語(中)参考系図

◇源氏物語―新々訳　巻1　谷崎潤一郎訳　中央公論社　1966　371p　図版　23cm　〈豪華本〉

[内容] 桐壺, 帚木, 空蟬, 夕顔, 若紫, 末摘花, 紅葉賀, 花宴, 葵, 賢木, 花散里

◇源氏物語―新々訳　巻2　谷崎潤一郎訳　中央公論社　1966　385p　図版13枚　23cm　〈豪華本〉

[内容] 須磨, 明石, 澪標, 蓬生, 関屋, 絵合, 松風, 薄雲, 槿, 乙女, 玉鬘, 初音, 胡蝶

◇源氏物語　第3巻　玉上琢弥訳注　角川書店　1966　412p　15cm(角川文庫)　〈付：現代語訳〉

◇源氏物語―新々訳　巻3-4　谷崎潤一郎訳　中央公論社　1966　2冊　23cm　〈豪華本〉

[内容] 巻3 螢, 常夏, 篝火, 野分, 行幸, 藤袴, 真木柱, 藤裏葉, 若菜　巻4 柏木, 横笛, 鈴虫, 夕霧, 御法, 幻, 雲隠, 匂宮, 紅梅, 竹河, 橋姫, 椎本, 総角

◇日本文学全集―カラー版　第2　源氏物語　上巻　与謝野晶子訳　河出書房新社　1967　23cm　〈監修者：武者小路実篤等〉

[内容] 桐壺～若菜(上)

◇源氏物語―全釈　巻5　松尾聰訳　筑摩書房　1967　317p　図版　23cm

◇源氏物語　第4巻　玉上琢弥訳注　角川書店　1968　376p　15cm(角川文庫)　〈付：

中古文学(物語)

現代語訳〉
◇源氏物語　第5巻　玉上琢弥訳注　角川書店　1969　400p　15cm(角川文庫)〈付：現代語訳〉
◇源氏物語　巻1　谷崎潤一郎訳　中央公論社　1970　295p　18cm
　内容 桐壺,帚木,空蝉,夕顔,若紫,末摘花,紅葉賀
◇源氏物語　巻2　谷崎潤一郎訳　中央公論社　1970　284p　18cm
　内容 花宴,葵,賢木,花散里,須磨,明石,澪標
◇日本古典文学全集　12　源氏物語　1　阿部秋生,秋山虔,今井源衛校注・訳　小学館　1970　480p 図　23cm
◇源氏物語　巻1　円地文子訳　新潮社　1972　317p　20cm
　内容 桐壺,帚木,空蝉,夕顔,若紫
◇源氏物語　巻2　円地文子訳　新潮社　1972　277p　20cm
　内容 末摘花,紅葉賀,花宴,葵,賢木,花散里
◇源氏物語　巻3　円地文子訳　新潮社　1972　297p　20cm
　内容 須磨,明石,澪標,蓬生,関屋,絵合,松風
◇源氏物語　巻4　円地文子訳　新潮社　1972　277p　20cm
　内容 薄雲,槿,乙女,玉鬘,初音,胡蝶
◇日本古典文学全集　13　源氏物語　2　阿部秋生,秋山虔,今井源衛校注・訳　小学館　1972　524p 図　23cm
◇日本古典文学全集　14　源氏物語　3　阿部秋生,秋山虔,今井源衛校注・訳　小学館　1972　507p 図　23cm
◇源氏物語　巻5　円地文子訳　新潮社　1973　292p　20cm
　内容 螢,常夏,篝火,野分,行幸,藤袴,真木柱,梅枝,藤裏葉
◇源氏物語—現代語訳　1　今泉忠義訳　桜楓社　1974　205p　21cm
　内容 桐壺,帚木,空蝉,夕顔,若紫
◇源氏物語ふあんたじい—桐壺　阿素洛きりえ　与謝野晶子訳文　青也書店　1977.7　147p(図共)　22cm　1200円
◇源氏物語—全現代語訳　4　賢木・花散里・須磨　今泉忠義著　講談社　1978　197p　15cm(講談社学術文庫)　260円
◇源氏物語—全現代語訳　1　桐壺・帚木・空蝉　今泉忠義著　講談社　1978.1　165p　15cm(講談社学術文庫)　260円
◇源氏物語—全現代語訳　2　夕顔・若紫　今泉忠義著　講談社　1978.2　184p　15cm(講談社学術文庫)　260円
◇源氏物語—全現代語訳　3　末摘花・紅葉賀・花宴・葵　今泉忠義著　講談社　1978.2　224p　15cm(講談社学術文庫)　300円
◇源氏物語—全現代語訳　5　明石・澪標　今泉忠義著　講談社　1978.4　144p　15cm(講談社学術文庫)　240円
◇源氏物語—全現代語訳　6　蓬生・関屋・絵合・松風　今泉忠義著　講談社　1978.4　133p　15cm(講談社学術文庫)　240円
◇源氏物語—全現代語訳　7　薄雲・朝顔・少女　今泉忠義著　講談社　1978.5　188p　15cm(講談社学術文庫)　260円
◇源氏物語—全現代語訳　8　玉鬘・初音・胡蝶　今泉忠義著　講談社　1978.5　145p　15cm(講談社学術文庫)　240円
◇源氏物語—全現代語訳　9　螢・常夏・篝火・野分・行幸　今泉忠義著　講談社　1978.6　169p　15cm(講談社学術文庫)　260円
◇源氏物語—全現代語訳　10　藤袴・真木柱・梅枝・藤裏葉　今泉忠義著　講談社　1978.6　185p　15cm　260円
◇源氏物語　1　おのりきぞう訳　古川書房　1978.12　262p　20cm　1700円
◇源氏物語　2　おのりきぞう訳　古川書房　1979.1　243p　20cm　1700円
◇源氏物語　3　おのりきぞう訳　古川書房　1979.4　265p　20cm　1700円
◇源氏物語　4　おのりきぞう訳　古川書房　1979.7　254p　20cm　1700円
◇源氏物語　5　おのりきぞう訳　古川書房　1979.9　263p　20cm　1700円
◇潤一郎訳源氏物語　巻1　谷崎潤一郎訳　中央公論社　1979.10　205p　18cm
〈背の書名：谷崎潤一郎訳源氏物語〉
　内容 桐壺,帚木,空蝉,夕顔,若紫
◇潤一郎訳源氏物語　巻2　谷崎潤一郎訳　中央公論社　1979.11　197p　18cm

日本古典文学案内—現代語訳・注釈書　69

中古文学(物語)

◇〈背の書名：谷崎潤一郎訳源氏物語〉
  内容 末摘花.紅葉賀.花宴.葵.賢木.花散里
◇潤一郎訳源氏物語　巻3　谷崎潤一郎訳　中央公論社　1979.12　215p　18cm
  〈背の書名：谷崎潤一郎訳源氏物語〉
  内容 須磨.明石.澪標.蓬生.関屋.絵合.松風
◇潤一郎訳源氏物語　巻4　谷崎潤一郎訳　中央公論社　1980.1　197p　18cm　〈背の書名：谷崎潤一郎訳源氏物語〉
  内容 薄雲.槿.乙女.玉鬘.初音.胡蝶
◇源氏物語　巻1　円地文子訳　新潮社　1980.2　505p　15cm(新潮文庫)
  内容 桐壺.帚木.空蝉.夕顔.若紫.末摘花.紅葉賀.花宴.葵.賢木.花散里
◇源氏物語　巻2　円地文子訳　新潮社　1980.2　491p　15cm(新潮文庫)
  内容 須磨.明石.澪標.蓬生.関屋.絵合.松風.薄雲.槿.乙女.玉鬘.初音.胡蝶
◇潤一郎訳源氏物語　巻5　谷崎潤一郎訳　中央公論社　1980.2　220p　18cm　〈背の書名：谷崎潤一郎訳源氏物語〉
  内容 螢.常夏.篝火.野分.行幸.藤袴.真木柱.梅枝.藤裏葉
◇源氏物語　巻3　円地文子訳　新潮社　1980.3　479p　15cm(新潮文庫)
  内容 螢.常夏.篝火.野分.行幸.藤袴.真木柱.梅枝.藤裏葉.若菜．主要人物身分一覧
◇完訳日本の古典　第14巻　源氏物語　1　阿部秋生ほか校注・訳　小学館　1983.1　466p　20cm　1700円
◇完訳日本の古典　第15巻　源氏物語　2　阿部秋生ほか校注・訳　小学館　1983.10　406p　20cm　1700円
◇完訳日本の古典　第16巻　源氏物語　3　阿部秋生ほか校注・訳　小学館　1984.5　382p　20cm　1700円
◇完訳日本の古典　第17巻　源氏物語　4　阿部秋生ほか校注・訳　小学館　1985.2　450p　20cm　1900円
◇完訳日本の古典　第18巻　源氏物語　5　阿部秋生ほか校注・訳　小学館　1985.7　430p　20cm　1700円
◇源氏物語　5　阿部秋生ほか校注・訳　小学館　1985.7　430p　20cm(完訳日本の古典　18)　〈図版〉　1700円

◇円地文子の源氏物語　巻1　円地文子著　集英社　1985.10　278p　20cm(わたしの古典　6)　〈編集：創美社〉　1400円
◇円地文子の源氏物語　巻2　円地文子著　集英社　1985.12　284p　20cm(わたしの古典　7)　〈編集：創美社〉　1400円
◇源氏物語　1　伊井春樹ほか校注・訳　ほるぷ出版　1986.9　409p　20cm(日本の文学)
  内容 総説．桐壺.帚木.空蝉.夕顔.若紫.末摘花.紅葉賀.花宴
◇源氏物語　2　伊井春樹ほか校注・訳　ほるぷ出版　1986.9　389p　20cm(日本の文学)
  内容 葵.賢木.花散里.須磨.明石.澪標.関屋.絵合.松風.薄雲.朝顔
◇源氏物語　3　伊井春樹ほか校注・訳　ほるぷ出版　1986.9　365p　20cm(日本の文学)
  内容 少女.玉鬘.初音.胡蝶.蛍.常夏.篝火.野分.行幸.藤袴.真木柱.梅枝.藤裏葉
◇源氏物語—付現代語訳　第1巻　玉上琢弥訳注　角川書店　1989.8　380p　15cm(角川文庫　2207)　〈年立：p369〜377〉　583円
◇源氏物語—付現代語訳　第2巻　玉上琢弥訳注　角川書店　1989.8　390p　15cm(角川文庫　2208)　〈年立：p357〜365〉　583円
◇源氏物語—現代京ことば訳　1　桐壺—乙女　中井和子訳　大修館書店　1991.6　685p　23cm
◇源氏物語—現代京ことば訳　2　玉鬘-雲隠　中井和子訳　大修館書店　1991.6　p691〜1364　23cm
◇潤一郎訳源氏物語　巻1　谷崎潤一郎訳　改版　中央公論社　1991.7　505p　16cm(中公文庫)
  内容 桐壺.帚木.空蝉.夕顔.若紫.末摘花.紅葉賀.花宴.葵.賢木.花散里
◇潤一郎訳源氏物語　巻2　谷崎潤一郎訳　改版　中央公論社　1991.7　497p　16cm(中公文庫)
  内容 須磨.明石.澪標.蓬生.関屋.絵合.松風.薄雲.槿.乙女.玉鬘.初音.胡蝶
◇潤一郎訳源氏物語　巻3　谷崎潤一郎訳　改版　中央公論社　1991.8　520p

中古文学(物語)

16cm(中公文庫)

  内容 蛍.常夏.篝火.野分.行幸.藤袴.真木柱.梅枝.藤裏葉.若菜

◇抄訳源氏物語　1　源氏のつどい　宇治源氏のつどい　1991.11　42p　26cm

◇抄訳源氏物語　2　源氏のつどい　宇治源氏のつどい　1991.11　40p　26cm

◇抄訳源氏物語　3　源氏のつどい　宇治源氏のつどい　1991.11　42p　26cm

◇抄訳源氏物語　4　宇治　源氏のつどい　1991.11　56p　26cm

  内容 須磨.明石.澪標.蓬生.関屋.源氏年表：p54～55

◇抄訳源氏物語　5　源氏のつどい　宇治源氏のつどい　1990.3　80p　26cm

◇抄訳源氏物語　6　宇治　源氏のつどい　1991.3　108p　26cm　〈年表：p84～85〉

  内容 初音.胡蝶.蛍.常夏.篝火.野分.藤袴

◇抄訳源氏物語　7　宇治　源氏のつどい　1992.3　130p　26cm

  内容 真木柱.梅枝.藤裏葉.若菜 上.源氏年表：p108～109

◇源氏物語　1　阿部秋生ほか校注・訳　小学館　1994.3　476p　23cm(新編日本古典文学全集　20)

  内容 桐壺.帚木.空蝉.夕顔.若紫.末摘花.紅葉賀.花宴.解説

◇新編日本古典文学全集　20　源氏物語　1　阿部秋生ほか校注・訳　小学館　1994.3　476p　23cm　4200円

◇新編日本古典文学全集　21　源氏物語　2　阿部秋生ほか校注・訳　小学館　1995.1　558p　23cm　4600円

◇源氏物語　上巻　舟橋聖一訳　祥伝社　1995.4　682p　16cm(ノン・ポシェット)

◇源氏物語　1　佐佐定義訳著　明治書院　1995.5　263p　22cm

  内容 桐壺.帚木.空蝉.夕顔. 付：年譜と系図

◇源氏物語　2　佐佐定義訳著　明治書院　1995.7　219p　22cm　2800円

  内容 若紫.末摘花.紅葉賀

◇源氏物語　3　佐佐定義訳著　明治書院　1995.9　217p　22cm　2800円

  内容 花宴.葵.賢木

◇円地文子の源氏物語　巻1　円地文子著集英社　1996.1　287p　15cm(わたしの古典)　680円

◇源氏物語　4　佐佐定義訳著　明治書院　1996.1　241p　22cm　3200円

  内容 花散里.須磨.明石.澪標

◇新編日本古典文学全集　22　源氏物語　3　阿部秋生ほか校注・訳　小学館　1996.1　516p　23cm　4400円

◇円地文子の源氏物語　巻2　円地文子著集英社　1996.2　297p　15cm(わたしの古典)　680円

◇源氏物語　5　佐佐定義訳著　明治書院　1996.7　253p　22cm　3200円

  内容 蓬生.関屋.絵合.松風.薄雲.朝顔

◇源氏物語　巻1　瀬戸内寂聴訳　講談社　1996.12　296p　21cm　2524円

  内容 桐壷.帚木.空蝉.夕顔.若紫.源氏のしおり

◇源氏物語　巻2　瀬戸内寂聴訳　講談社　1997.2　298p　21cm　2524円

  内容 末摘花.紅葉賀.花宴.葵.賢木.花散里

◇源氏物語　6　佐佐定義訳著　明治書院　1997.3　255p　22cm　3800円

  内容 少女.玉鬘.初音.胡蝶

◇源氏物語　巻3　瀬戸内寂聴訳　講談社　1997.4　317p　21cm　2524円

  内容 須磨　明石　澪標　蓬生　関屋　絵合　松風　源氏のしおり

◇源氏物語　巻4　瀬戸内寂聴訳　講談社　1997.5　287p　21cm　2524円

  内容 薄雲　朝顔　乙女　玉鬘　初音　胡蝶

◇源氏物語　巻5　瀬戸内寂聴訳　講談社　1997.7　313p　22×15cm　2524円

  内容 蛍　常夏　篝火　野分　行幸　藤袴　真木柱　梅枝　藤裏葉

◇源氏物語　巻6　瀬戸内寂聴訳　講談社　1997.9　289p　21cm　2524円

  内容 若菜

◇新訳源氏物語　1　尾崎左永子訳　小学館　1997.10　252p　20cm　1600円

◇新訳源氏物語　2　尾崎左永子訳　小学館　1997.11　268p　20cm　1600円

中古文学(物語)

◇源氏物語 8 阿部秋生ほか校注・訳 小学館 1998.7 292p 19cm(古典セレクション) 1600円
　内容 行幸 藤袴 真木柱 梅枝 藤裏葉
◇源氏物語 上 角川書店編 角川書店 1998.3 255p 12cm(角川mini文庫—ミニ・クラシックス 3) 400円
　内容 桐壺—蛍
◇源氏物語 下 角川書店編 角川書店 1998.3 255p 12cm(角川mini文庫—ミニ・クラシックス 4)〈索引あり〉400円
　内容 常夏—夢浮橋
◇源氏物語 7 佐藤定義訳著 明治書院 1998.3 301p 22cm 3800円
　内容 蛍 常夏 篝火 野分 行幸 藤袴 真木柱
◇源氏物語 1 阿部秋生ほか校注・訳 小学館 1998.4 318p 19cm(古典セレクション) 1600円
　内容 桐壺 帚木 空蝉 夕顔
◇源氏物語 2 阿部秋生ほか校注・訳 小学館 1998.4 283p 19cm(古典セレクション) 1600円
　内容 若紫 末摘花 紅葉賀 花宴
◇源氏物語 3 阿部秋生ほか校注・訳 小学館 1998.5 237p 19cm(古典セレクション) 1600円
　内容 葵 賢木 花散里
◇源氏物語 4 阿部秋生ほか校注・訳 小学館 1998.5 285p 19cm(古典セレクション) 1600円
　内容 須磨 明石 澪標
◇源氏物語 5 阿部秋生ほか校注・訳 小学館 1998.6 246p 19cm(古典セレクション) 1600円
　内容 蓬生 関屋 絵合 松風 薄雲
◇源氏物語 6 阿部秋生ほか校注・訳 小学館 1998.6 268p 19cm(古典セレクション) 1600円
　内容 朝顔 少女 玉鬘
◇源氏物語 7 阿部秋生ほか校注・訳 小学館 1998.7 244p 19cm(古典セレクション) 1600円

　内容 初音 胡蝶 蛍 常夏 篝火 野分
◇源氏物語—野分・行幸・藤袴各巻の抄 中村諒一訳 八千代 窓映社 1998.9 227p 20cm 1800円
◇源氏物語—真木柱 中村諒一訳 八千代 窓映社 2000.7 237p 22cm 1800円
◇源氏物語—全現代語訳 1 今泉忠義訳 新装版 講談社 2000.11 565p 15cm(講談社学術文庫) 1400円
　内容 桐壺・帚木・空蝉・夕顔・若紫・末摘花・紅葉賀・花宴・葵
◇源氏物語—全現代語訳 2 今泉忠義訳 新装版 講談社 2001.2 467p 15cm(講談社学術文庫) 1400円
　内容 賢木・花散里・須磨・明石・澪標・蓬生・関屋・絵合・松風
◇源氏物語—全現代語訳 3 今泉忠義訳 新装版 講談社 2001.6 497p 15cm(講談社学術文庫) 1400円
　内容 薄雲・朝顔・少女・玉鬘・初音・胡蝶・蛍・常夏・篝火・野分・行幸
◇源氏物語 巻1 瀬戸内寂聴著 新装版 講談社 2001.9 286p 19cm 1300円
　内容 桐壷 帚木 空蝉 夕顔 若紫 源氏のしおり
◇源氏物語 巻2 瀬戸内寂聴訳 新装版 講談社 2001.10 279,11p 19cm 1300円
　内容 末摘花 紅葉賀 花宴 葵 賢木 花散里
◇源氏物語 巻3 瀬戸内寂聴訳 新装版 講談社 2001.11 299,12p 19cm 1300円
　内容 須磨 明石 澪標 蓬生 関屋 絵合 松風 訳者解説：源氏のしおり
◇源氏物語—全現代語訳 4 今泉忠義訳 新装版 講談社 2001.11 517p 15cm(講談社学術文庫) 1400円
　内容 藤袴・真木柱・梅枝・藤裏葉・若菜(上)・若菜(下)
◇与謝野晶子の新訳源氏物語 ひかる源氏編 与謝野晶子訳 角川書店 2001.11 573p 19cm
◇源氏物語 巻4 瀬戸内寂聴著 新装版 講談社 2001.12 270,12p 19cm 1300円

中古文学(物語)

|内容| 薄雲 朝顔 乙女 玉鬘 初音 胡蝶 訳者解説：源氏のしおり

◇源氏物語 巻5 瀬戸内寂聴訳 新装版 講談社 2002.1 296,14p 20cm

|内容| 蛍 常夏 篝火 野分 行幸 藤袴 真木柱 梅枝 藤裏葉 訳者解説:源氏のしおり

◇源氏物語 巻6 瀬戸内寂聴訳 新装版 講談社 2002.2 270,12p 19cm 1300円

|内容| 若菜 上 若菜 下 訳者解説：源氏のしおり

◇源氏物語―梅枝・藤裏葉 中村諒一訳 八千代 窓映社 2002.3 255p 22cm 1800円

◇源氏物語―桐壺 中村諒一訳 八千代 窓映社 2003.1 142p 22cm 1800円

◇新訳源氏物語―桐壺～若紫 菱沼惇子著 文芸社 2004.2 247p 20cm 1700円

◇源氏物語―帚木 中村諒一訳 八千代 窓映社 2004.11 236p 22cm 1800円

◇声にして楽しむ源氏物語 瀬戸内寂聴訳 日本朗読文化協会編 講談社 2005.5 245p 19cm 1500円

|内容| 桐壺 藤壺 空蝉 夕顔 若紫 末摘花 朧月夜 六条の御息所 明石

◇源氏物語―現代京ことば訳 1(桐壺―明石) 中井和子訳 新装版 大修館書店 2005.6 463p 22cm 2400円

◇源氏物語―現代京ことば訳 2(澪標―藤の裏葉) 中井和子訳 新装版 大修館書店 2005.6 518p 22cm 2600円

◇すらすら読める源氏物語 上 瀬戸内寂聴著 講談社 2005.7 270p 19cm 1700円

◇源氏物語 1 与謝野晶子訳 舵社 2005.10 214p 21cm(デカ文字文庫) 600円

|内容| 桐壺 帚木 空蝉 夕顔

◇源氏物語 2 与謝野晶子訳 舵社 2005.10 187p 21cm(デカ文字文庫) 600円

|内容| 若紫 末摘花 紅葉賀

◇源氏物語 3 与謝野晶子訳 舵社 2005.11 184p 21cm(デカ文字文庫) 600円

|内容| 花宴 葵 榊 花散里

◇源氏物語 4 与謝野晶子訳 舵社 2005.11 191p 21cm(デカ文字文庫) 600円

|内容| 須磨 明石 澪標

◇源氏物語 5 与謝野晶子訳 舵社 2005.12 197p 21cm(デカ文字文庫) 600円

|内容| 蓬生 関屋 絵合 松風 薄雲 朝顔

◇源氏物語 6 与謝野晶子訳 舵社 2005.12 199p 21cm(デカ文字文庫) 600円

|内容| 乙女 玉鬘 初音 胡蝶

◇源氏物語 7 与謝野晶子訳 舵社 2005.12 229p 21cm(デカ文字文庫) 620円

|内容| 蛍 常夏 篝火 野分 行幸 藤袴 真木柱

◇源氏物語 第1巻 上野栄子訳 日野 上野佑爾 2006.8 311p 21cm

|内容| 桐壺. 帚木. 空蝉. 夕顔. 若紫. 末摘花

◇源氏物語 第2巻 上野栄子訳 日野 上野佑爾 2006.8 307p 21cm

|内容| 紅葉賀. 花宴. 葵. 賢木. 花散里. 須磨. 明石

◇源氏物語 巻1 瀬戸内寂聴訳 講談社 2007.1 362p 15cm(講談社文庫) 629円

◇源氏物語 巻2 瀬戸内寂聴訳 講談社 2007.2 364p 15cm(講談社文庫) 629円

|内容| 末摘花 紅葉賀 花宴 葵 賢木 花散里

◇源氏物語 巻3 瀬戸内寂聴訳 講談社 2007.3 383p 15cm(講談社文庫) 667円

◇源氏物語 巻4 瀬戸内寂聴訳 講談社 2007.4 347p 15cm(講談社文庫) 619円

|内容| 薄雲 朝顔 乙女 玉鬘 初音 胡蝶

◇源氏物語 第3巻 上野栄子訳 日野 上野佑爾 2007.5 347p 21cm

|内容| 澪標. 蓬生. 関屋. 絵合. 松風. 薄雲. 朝顔. 乙女. 玉鬘

◇源氏物語 第4巻 上野栄子訳 日野 上野佑爾 2007.5 323p 21cm

|内容| 初音. 胡蝶. 蛍. 常夏. 篝火. 野分. 行幸. 藤袴. 真木柱. 梅枝. 藤裏葉

日本古典文学案内－現代語訳・注釈書　　73

中古文学(物語)

◇源氏物語　巻5　瀬戸内寂聴訳　講談社　2007.5　378p　15cm(講談社文庫)　667円

◇源氏物語──空蝉・夕顔　中村諒一訳　八千代　窓映社　2008.1　312p　21cm　1800円

◇源氏物語　上　阿部秋生, 秋山虔, 今井源衛, 鈴木日出男校訂・訳　小学館　2008.1　318p　20cm(日本の古典をよむ　9)　1800円

◇源氏物語──全訳　1　与謝野晶子訳　新装版　角川書店　2008.4　462p　15cm(角川文庫)〈角川グループパブリッシング(発売)〉　705円

　内容　桐壺. 帚木. 空蝉. 夕顔. 若紫. 末摘花. 紅葉賀. 花宴. 葵. 榊. 花散里

◇源氏物語──全訳　2　与謝野晶子訳　新装版　角川書店　2008.4　457p　15cm(角川文庫)〈角川グループパブリッシング(発売)〉　705円

　内容　須磨. 明石. 澪標. 蓬生. 関屋. 絵合. 松風. 薄雲. 朝顔. 乙女. 玉鬘. 初音. 胡蝶

◇源氏物語──全訳　3　与謝野晶子訳　新装版　角川書店　2008.4　462p　15cm(角川文庫)〈角川グループパブリッシング(発売)〉　705円

　内容　蛍. 常夏. 篝火. 野分. 行幸. 藤袴. 真木柱. 梅が枝. 藤のうら葉. 若菜

◇与謝野晶子の源氏物語　上　光源氏の栄華　与謝野晶子訳　角川学芸出版　2008.4　462p　15cm(角川文庫─角川ソフィア文庫)〈角川グループパブリッシング(発売)〉　781円

　内容　桐壺. 帚木. 空蝉. 夕顔. 若紫. 末摘花. 紅葉賀. 花の宴. 葵. 榊. 花散里. 須磨. 明石. 澪標. 蓬生. 関屋. 絵合. 松風. 薄雲. 槿. 乙女. 玉鬘. 初音. 胡蝶. 蛍. 常夏. 篝火. 野分. 行幸

◇源氏物語　1　円地文子訳　新潮社　2008.9　486p　16cm(新潮文庫)　629円

　内容　桐壺. 帚木. 空蝉. 夕顔. 若紫. 末摘花. 紅葉賀. 花宴. 葵

◇源氏物語　2　円地文子訳　新潮社　2008.9　444p　16cm(新潮文庫)　590円

　内容　賢木. 花散里. 須磨. 明石. 澪標. 蓬生. 関屋. 絵合. 松風. 薄雲. 槿

◇源氏物語　第1巻　上野栄子訳　日本経済新聞出版社　2008.10　311p　21cm

　内容　桐壺. 帚木. 空蝉. 夕顔. 若紫. 末摘花

◇源氏物語　第2巻　上野栄子訳　日本経済新聞出版社　2008.10　307p　21cm

　内容　紅葉賀. 花宴. 葵. 賢木. 花散里. 須磨. 明石

◇源氏物語　第3巻　上野栄子訳　日本経済新聞出版社　2008.10　347p　21cm

　内容　澪標. 蓬生. 関屋. 絵合. 松風. 薄雲. 朝顔. 乙女. 玉鬘

◇源氏物語　3　円地文子訳　新潮社　2008.10　469p　16cm(新潮文庫)　629円

　内容　乙女. 玉鬘. 初音. 胡蝶. 蛍. 常夏. 篝火. 野分. 行幸. 藤袴. 真木柱. 梅枝. 藤裏葉

◇源氏物語　第4巻　上野栄子訳　日本経済新聞出版社　2008.10　323p　21cm

　内容　初音. 胡蝶. 蛍. 常夏. 篝火. 野分. 行幸. 藤袴. 真木柱. 梅枝. 藤裏葉

◇源氏物語　第1巻　桐壺～賢木　大塚ひかり全訳　筑摩書房　2008.11　582p　15cm(ちくま文庫)　1200円

　内容　桐壺. 帚木. 空蝉. 夕顔. 若紫. 末摘花. 紅葉賀. 花の宴. 葵. 賢木

◇源氏物語　第2巻　花散里～少女(おとめ)　大塚ひかり全訳　筑摩書房　2008.12　525p　15cm(ちくま文庫)　1200円

　内容　花散里. 須磨. 明石. 澪標. 蓬生. 関屋. 絵合. 松風. 薄雲. 朝顔. 少女

◇源氏物語──玉鬘～藤裏葉　第3巻　大塚ひかり全訳　筑摩書房　2009.3　541p　15cm(ちくま文庫)　1200円

　内容　玉鬘　初音　胡蝶　螢　常夏　篝火　野分　行幸　藤袴　真木柱　梅枝　藤裏葉

【注釈書】

◇新講源氏物語──帚木　小室由三著　名古屋　正文館　1931.12　107p　四六判

◇釈評源氏物語　巻2　島津久基著　中興館　1936　222p 図版　23cm

　内容　帚木 下, 空蝉

◇源氏物語全釈─評註 桐壺・帚木・空蝉　松尾聡著　紫乃故郷舎　1948　263p　19cm(紫文学評註叢書)

◇釈評源氏物語　巻5　島津久基著　訂3版　矢島書房　1948　360p 図版　22cm

　内容　末摘花・紅葉賀・花宴

中古文学(物語)

◇源氏物語詳解―全釈　第1巻　桐壺　徳本正俊著　高陵社書店　1950　197p 図版 19cm

◇源氏物語全釈―評註　夕顔,若紫　玉上琢弥著　紫乃故郷舎　1950　325p 19cm(紫文学評註叢書)

◇源氏物語新釈―対校　巻1　吉沢義則校註　平凡社　1952　449p　22cm
　内容 桐壺,帚木,空蝉,夕顔,若紫,末摘花,紅葉賀,花宴,葵,賢木,花散里

◇源氏物語新釈―対校　巻2　吉沢義則校註　平凡社　1952　406p　22cm
　内容 須磨,明石,澪標,蓬生,関屋,絵合,松風,薄雲,槿,少女,玉鬘

◇源氏物語新釈―対校　巻3　吉沢義則校訂　平凡社　1952　392p　22cm
　内容 初音,胡蝶,螢,常夏,篝火,野分,行幸,藤袴,真木柱,梅枝,藤裏葉,若菜 上

◇源氏物語　第2　池田亀鑑校註　朝日新聞社　1955　535p　22cm

◇日本文学大系―校註　第4巻　源氏物語 上巻　久松潜一,山岸徳平監修　沼波守校訂　新訂版　風間書房　1955　44,544p 19cm

◇日本古典文学大系．第14　源氏物語　第1　山岸徳平校注　岩波書店　1958　498p 図版　22cm

◇日本古典文学大系　第15　源氏物語　第2　山岸徳平校注　岩波書店　1959　509p(図版共) 図版　22cm

◇日本古典文学大系　第16　源氏物語　第3　山岸徳平校注　岩波書店　1961　489p 図版　22cm

◇源氏物語評釈　第1巻　玉上琢弥著　角川書店　1964　492p 原色図版　22cm
　内容 桐壺,帚木,空蝉,夕顔

◇源氏物語　第1　山岸徳平校注　岩波書店　1965　436p　15cm(岩波文庫)
　内容 桐壺,帚木,空蝉,夕顔,若紫,末摘花,紅葉賀,花宴,葵,賢木,花散里

◇源氏物語　第2　山岸徳平校注　岩波書店　1965　414p　15cm(岩波文庫)
　内容 須磨,明石,澪標,蓬生,関屋,絵合,松風,薄雲,朝顔,乙女,玉鬘,初音

◇源氏物語　第3　山岸徳平校注　岩波書店　1965　382p　15cm(岩波文庫)
　内容 胡蝶,螢,常夏,篝火,野分,行幸,藤袴,真木柱,梅枝,藤裏葉,若菜 上

◇源氏物語評釈　第2巻　玉上琢弥著　角川書店　1965　645p　22cm　2000円
　内容 若紫,末摘花,紅葉賀,花宴,葵,賢木,花散里

◇源氏物語評釈　第3巻　玉上琢弥著　角川書店　1965　458p　22cm　2000円
　内容 須磨,明石,澪標,蓬生,関屋

◇源氏物語評釈　第4巻　玉上琢弥著　角川書店　1965　472p　22cm　2000円
　内容 絵合,松風,薄雲,朝顔,乙女

◇源氏物語評釈　第5巻　玉上琢弥著　角川書店　1965　491p　22cm　2000円
　内容 玉鬘,初音,胡蝶,蛍,常夏,篝火,野分

◇源氏物語評釈　第6巻　玉上琢弥著　角川書店　1966　476p　22cm　2000円
　内容 行幸,藤袴,真木柱,梅枝,藤裏葉

◇対校源氏物語新釈　巻1　吉沢義則校註　国書刊行会　1971　449p　22cm　〈平凡社昭和27年刊の複製〉
　内容 桐壺,帚木,空蝉,夕顔,若紫,末摘花,紅葉賀,花宴,葵,賢木,花散里

◇対校源氏物語新釈　巻2　吉沢義則校註　国書刊行会　1971　406p　22cm　〈平凡社昭和27年刊の複製〉
　内容 須磨,明石,澪標,蓬生,関屋,絵合,松風,薄雲,槿,少女,玉鬘

◇対校源氏物語新釈　巻3　吉沢義則校註　国書刊行会　1971　392p　22cm　〈平凡社昭和27年刊の複製〉
　内容 初音,胡蝶,螢,常夏,篝火,野分,行幸,藤袴,真木柱,梅枝,藤裏葉,若菜 上

◇桐壺　山岸徳平校注　新典社　1974　78p　21cm(影印校注古典叢書)

◇源氏物語　1　石田穣二,清水好子校注　新潮社　1976　346p　20cm(新潮日本古典集成)

◇源氏物語　2　石田穣二,清水好子校注　新潮社　1977.7　341p　20cm(新潮日本古典集成)

◇源氏物語　帚木・空蝉　松尾聡,吉岡曠校注　笠間書院　1978.2　113p　19cm

日本古典文学案内―現代語訳・注釈書　75

中古文学(物語)

◇帚木　犬養廉, 奥出文子校注　新典社
　1978.4　142p　21cm(影印校注古典叢書
　17)　1000円

◇源氏物語　3　石田穣二, 清水好子校注
　新潮社　1978.5　361p　20cm(新潮日本
　古典集成)

◇須磨・明石　橘誠校注　新典社　1978.6
　222p　21cm(影印校注古典叢書　18)
　1600円

◇源氏物語　4　石田穣二, 清水好子校注
　新潮社　1979.2　359p　20cm(新潮日本
　古典集成)

◇空蝉・夕顔　野村精一校注　新典社
　1981.4　173p　21cm(影印校注古典叢書
　24)　1500円

◇胡蝶・螢・常夏　細井富久子校注　新典社
　1982.6　190p　21cm(影印校注古典叢書)

◇澪標・蓬生・関屋　守屋省吾校注　新典社
　1983.4　202p　21cm(影印校注古典叢書
　28)　1700円

◇若紫・末摘花　有吉保, 安藤亨子校注　新
　典社　1984.4　228p　21cm(影印校注古
　典叢書　25)　1800円

◇篝火・野分・行幸・藤袴　中田武司校注
　新典社　1984.4　198p　21cm(影印校注
　古典叢書　29)　1700円

◇源氏物語　2　阿部秋生校注　3版　明治
　書院　1984.10　397p　19cm(校注古典叢
　書)
　　内容　葵.賢木.花散里.須磨.明石.澪標.蓬生.関屋.
　　絵合.松風.薄雲.朝顔

◇源氏物語　1　阿部秋生校注　8版　明治
　書院　1985.2　318p　19cm(校注古典叢
　書)　1200円
　　内容　桐壺.帚木.空蝉.夕顔.若紫.末摘花.紅葉賀.
　　花宴.解説

◇源氏物語　8　石田穣二, 清水好子校注
　新潮社　1985.4　331p　20cm(新潮日本
　古典集成)　1800円

◇賢木・花散里　山田直巳校注　新典社
　1985.5　162p　21cm(影印校注古典叢書
　32)　〈書名は背・奥付等による　標題紙の
　書名：さかき・花ちるさと〉　1500円

◇源氏物語　若紫　原岡文子校注　有精堂
　出版　1987.9　188p　19cm(有精堂校注
　叢書)　〈参考文献：p105～107〉

◇絵合・松風・薄雲　野口元大校注　新典社
　1988.4　218p　21cm(影印校注古典叢書
　35)　1700円

◇真木柱・梅ケ枝・藤裏葉　井爪康之校柱
　新典社　1988.4　234p　21cm(影印校注
　古典叢書　37)　1800円

◇紅葉賀・花宴・葵　神作光一, 遠藤和夫校
　注　新典社　1988.6　234p　21cm(影印
　校注古典叢書　34)　1800円

◇源氏物語　4　阿部秋生校注　紫式部著
　明治書院　1990.6　438p　19cm(校注古
　典叢書)　1700円

◇源氏物語の視角―桐壺巻新解　吉海直人
　著　翰林書房　1992.11　254p　21cm
　2200円

◇新日本古典文学大系　19　源氏物語　1
　佐竹昭広ほか編　柳井滋ほか校注　岩波
　書店　1993.1　482p　22cm　3600円

◇源氏物語詳解―桐壺の巻　山口良祐著
　日本図書刊行会　1993.11　90p　20cm
　〈発売：近代文芸社〉　1200円

◇新日本古典文学大系　20　源氏物語　2
　佐竹昭広ほか編　柳井滋ほか校注　岩波
　書店　1994.1　539p　22cm　3800円

◇源氏物語　第1　山岸徳平校注　岩波書店
　1994.10　436p　15cm(岩波文庫)
　　内容　桐壺, 帚木, 空蝉, 夕顔, 若紫, 末摘花, 紅葉
　　賀, 花宴, 葵, 賢木, 花散里

◇源氏物語　2　山岸徳平校注　岩波書店
　1994.10　414p　19cm(ワイド版岩波文庫)
　　内容　須磨.明石.澪標.蓬生.関屋.絵合.松風.薄雲.
　　朝顔.乙女.玉鬘.初音

◇源氏物語　3　山岸徳平校注　岩波書店
　1994.10　382p　19cm(ワイド版岩波文庫)
　　内容　胡蝶.蛍.常夏.篝火.野分.行幸.藤袴.真木柱.
　　梅枝.藤裏葉.若菜　上

◇新日本古典文学大系　21　源氏物語　3
　佐竹昭広ほか編　柳井滋ほか校注　岩波
　書店　1995.3　490p　22cm　3800円

◇イメージで読む源氏物語　2　田中順子,
　芦部寿江著　一茎書房　1998.3　346p
　20cm　2500円
　　内容　帚木　空蝉　夕顔

◇源氏物語注釈　1　山崎良幸, 和田明美共
　著　風間書房　1999.7　409p　22cm
　14000円
　　内容　桐壺―帚木

中古文学(物語)

◇イメージで読む源氏物語　3　田中順子，芦部寿江著　一茎書房　2000.3　170p　20cm　1500円

　内容　若紫

◇源氏物語注釈　2　山崎良幸，和田明美共著　風間書房　2000.12　421p　22cm　14000円

　内容　空蝉　夕顔　若紫

◇源氏物語　1　阿部秋生校注　新装版　明治書院　2001.3　318p　19cm(校注古典叢書)　2400円

　内容　桐壺　帚木　空蝉　夕顔　若紫　末摘花　紅葉賀　花宴　解説

◇源氏物語　2　阿部秋生校注　新装版　明治書院　2001.3　397p　19cm(校注古典叢書)　2400円

　内容　葵　賢木　花散里　須磨　明石　澪標　蓬生　関屋　絵合　松風　薄雲　朝顔

◇源氏物語講義—若紫　下田歌子著　板垣弘子編輯　日野　実践女子学園　2002.3　267p　20cm

◇イメージで読む源氏物語　4　田中順子，芦部寿江著　一茎書房　2002.7　129p　20cm　1500円

　内容　末摘花

◇源氏物語注釈　3　山崎良幸，和田明美，梅野きみ子共著　風間書房　2002.12　485p　22cm　14000円

　内容　末摘花　紅葉賀　花宴　葵　賢木　花散里

◇源氏物語注釈　4　山崎良幸，和田明美，梅野きみ子共著　風間書房　2003.12　466p　22cm　14000円

　内容　須磨　明石　澪標　蓬生　関屋　絵合　松風

◇源氏物語注釈　5　山崎良幸ほか著　風間書房　2004.12　437p　22cm　14000円

　内容　薄雲　朝顔　少女　玉鬘　初音　胡蝶

◇源氏物語注釈　6　山崎良幸，和田明美，梅野きみ子，熊谷由美子，山崎和子，堀尾香代子共著　風間書房　2006.3　463p　22cm　14000円

　内容　蛍　常夏　篝火　野分　行幸　藤袴　真木柱　梅枝　藤裏葉

◇イメージで読む源氏物語　5　田中順子，芦部寿江著　一茎書房　2006.10　156p　20cm　1500円

　内容　紅葉賀・花宴

◇源氏物語　3　阿部秋生校注　新装版　再版　明治書院　2007.3　365p　19cm(校注古典叢書)　2400円

　内容　少女．玉鬘．初音．胡蝶．蛍．常夏．篝火．野分．行幸．藤袴．真木柱．梅枝．藤裏葉

◆若菜～幻

【現代語訳】

◇現代語訳国文学全集　第4巻　源氏物語上　窪田空穂訳　非凡閣　1936.11　1冊　20cm

◇新新訳源氏物語　第4巻　若菜—夕霧　与謝野晶子訳　金尾文淵堂　1939.2　509p　19cm

◇新新訳源氏物語　第5巻　夕霧—総角　与謝野晶子訳　金尾文淵堂　1939.6　531p　19cm

◇新新訳源氏物語　第6巻　与謝野晶子著　金尾文淵堂　1939.9　691p　四六判

◇源氏物語—新新訳　第4巻　与謝野晶子訳　日本社　1949　309p　19cm(日本文庫第23)

　内容　若菜—夕霧

◇対訳源氏物語　巻4　佐成謙太郎訳編　明治書院　1952　328p　22cm

　内容　真木柱,梅枝,藤裏葉,若菜 上,下

◇源氏物語　巻6　谷崎潤一郎訳　中央公論社　1953　193p　22cm

　内容　若菜 上,下

◇源氏物語　巻7　谷崎潤一郎訳　中央公論社　1953　208p　22cm

　内容　柏木,横笛,鈴虫,夕霧,御法,幻,雲隠,匂宮

◇源氏物語—全訳　第5巻　与謝野晶子訳　角川書店　1955　219p　15cm(角川文庫)

◇源氏物語—全訳　第6巻　与謝野晶子訳　角川書店　1955　218p　15cm(角川文庫)

◇源氏物語　巻5　谷崎潤一郎訳　山田孝雄校閲　中央公論社　1960　275p　18cm

◇古典日本文学全集　第5　源氏物語　中　吉沢義則等訳　筑摩書房　1961　448p　図

日本古典文学案内－現代語訳・注釈書　77

中古文学(物語)

◇源氏物語　巻4　谷崎潤一郎訳　山田孝雄校閲　中央公論社　1962　460p　23cm
　内容　柏木―総角

◇源氏物語―新々訳　巻5-9　谷崎潤一郎訳　中央公論社　1965　5冊　22cm
　内容　巻5 螢,常夏,篝火,野分,行幸,藤袴,真木柱,梅枝,藤裏葉(第3版)　巻6 若菜　巻7 柏木,横笛,鈴虫,夕霧,御法,幻,雲隠,匂宮　巻8 紅梅,竹河,橘姫,椎本,総角　巻9 早蕨,寄生,東屋

◇古典日本文学全集　第5　源氏物語　中　吉沢義則等訳　山岸徳平改訂　筑摩書房　1965　448p　図版　23cm　〈普及版〉
　内容　源氏物語の現代的価値(村岡典嗣)　若菜の巻など(堀辰雄)　紫式部という人について(松尾聡)　源氏物語の方法(西郷信綱)　付録：源氏物語(中)参考系図

◇源氏物語―新々訳　巻3-4　谷崎潤一郎訳　中央公論社　1966　2冊　23cm　〈豪華本〉
　内容　巻3 螢,常夏,篝火,野分,行幸,藤袴,真木柱,梅枝,藤裏葉,若菜　巻4 柏木,横笛,鈴虫,夕霧,御法,幻,雲隠,匂宮,紅梅,竹河,橘姫,椎本,総角

◇日本文学全集―カラー版　第3　源氏物語下巻　与謝野晶子訳　河出書房新社　1967　418p　図版　23cm　〈監修者：武者小路実篤等〉
　内容　若菜(下)～夢の浮橋

◇源氏物語　中　与謝野晶子訳　河出書房新社　1969　555p　図版20枚　23cm

◇源氏物語　第6巻　玉上琢弥訳注　角川書店　1970　407p　15cm(角川文庫)〈付：現代語訳〉

◇源氏物語―全訳　中巻　与謝野晶子訳　改版　角川書店　1971　636p　15cm(角川文庫)

◇源氏物語　第7巻　玉上琢弥訳注　角川書店　1971　392p　15cm(角川文庫)〈付：現代語訳〉

◇源氏物語　巻6　円地文子訳　新潮社　1973　282p　20cm
　内容　若菜

◇源氏物語　巻7　円地文子訳　新潮社　1973　300p　20cm

　内容　柏木,横笛,鈴虫,夕霧,御法,幻,雲隠,匂宮

◇日本古典文学全集　15　源氏物語　4　阿部秋生,秋山虔,今井源衛校注・訳　小学館　1974　579p　図　23cm

◇源氏物語―現代語訳　11　若菜　上　今泉忠義著　講談社　1978.8　171p　15cm(講談社学術文庫)　260円

◇源氏物語―全現代語訳　12　若菜　下　今泉忠義著　講談社　1978.8　166p　15cm(講談社学術文庫)　260円

◇源氏物語―全現代語訳　13　柏木・横笛・鈴虫　今泉忠義著　講談社　1978.9　136p　15cm(講談社学術文庫)　240円

◇源氏物語―全現代語訳　14　夕霧・御法　今泉忠義著　講談社　1978.9　164p　15cm(講談社学術文庫)　260円

◇源氏物語―全現代語訳　15　幻・雲隠・匂宮・紅梅・竹河　今泉忠義著　講談社　1978.10　173p　15cm(講談社学術文庫)　260円

◇源氏物語　6　おのりきぞう訳　古川書房　1980.1　244p　20cm　1700円

◇源氏物語　巻4　円地文子訳　新潮社　1980.3　525p　15cm(新潮文庫)
　内容　柏木.横笛.鈴虫.夕霧.御法.幻.雲隠.匂宮.紅梅.竹河.橘姫.椎本.総角.主要人物身分一覧

◇潤一郎訳源氏物語　巻6　谷崎潤一郎訳　中央公論社　1980.3　209p　18cm　〈背の書名：谷崎潤一郎訳源氏物語〉
　内容　若菜

◇潤一郎訳源氏物語　巻7　谷崎潤一郎訳　中央公論社　1980.4　226p　18cm　〈背の書名：谷崎潤一郎訳源氏物語〉
　内容　柏木.横笛.鈴虫.夕霧.御法.幻.雲隠.匂宮

◇源氏物語　7　おのりきぞう訳　古川書房　1980.6　250p　20cm　1700円

◇完訳日本の古典　第19巻　源氏物語　6　阿部秋生ほか校注・訳　小学館　1986.7　422p　20cm　1700円

◇完訳日本の古典　第20巻　源氏物語　7　阿部秋生ほか校注・訳　小学館　1987.5　417p　20cm　1700円

◇源氏物語　7　阿部秋生ほか校注・訳　小学館　1987.5　417p　20cm(完訳日本の古典　20)　1700円

◇源氏物語　4　伊井春樹ほか校注・訳　ほ

るぷ出版　1987.7　397p　20cm(日本の文学)

|内容| 若菜上.若菜下.柏木.横笛.鈴虫.夕霧.御法.幻

◇源氏物語―付現代語訳　第3巻　玉上琢弥訳注　角川書店　1988.6　412p　15cm(角川文庫　2209)〈年立：p385～393〉　583円

◇源氏物語―現代京ことば訳　2　玉鬘―雲隠　中井和子訳　大修館書店　1991.6　p691～1364　23cm

◇源氏物語―現代京ことば訳　3　匂兵部卿―夢浮橋　中井和子訳　大修館書店　1991.6　p1373～1995　23cm

◇潤一郎訳源氏物語　巻4　谷崎潤一郎訳　改版　中央公論社　1991.9　575p　16cm(中公文庫)

|内容| 柏木.横笛.鈴虫.夕霧.御法.幻.雲隠.匂宮.紅梅.竹河.橋姫.椎本.総角

◇抄訳源氏物語　8　宇治　源氏のつどい　1993.3　134p　26cm

|内容| 若菜 下.柏木.横笛.鈴虫．源氏年表：p104～105

◇抄訳源氏物語　9　宇治　源氏のつどい　1994.3　150p　26cm

|内容| 夕霧.御法.幻.匂宮．源氏年表：p114～115

◇円地文子の源氏物語　巻2　円地文子著　集英社　1996.2　297p　15cm(わたしの古典)　680円

◇新編日本古典文学全集　23　源氏物語　4　阿部秋生ほか校注・訳　小学館　1996.11　606p　23cm　4800円

◇源氏物語　巻7　瀬戸内寂聴訳　講談社　1997.10　347p　23cm

|内容| 柏木　横笛　鈴虫　夕霧　御法　幻　雲隠　匂宮　紅梅　源氏のしおり

◇新訳源氏物語　3　尾崎左永子訳　小学館　1997.12　254p　20cm　1600円

◇源氏物語　下　角川書店編　角川書店　1998.7　255p　12cm(角川mini文庫―ミニ・クラシックス　4)　400円

|内容| 常夏―夢浮橋　索引あり

◇源氏物語　9　阿部秋生ほか校注・訳　小学館　1998.8　235p　19cm(古典セレクション)　1600円

|内容| 若菜 上

◇源氏物語　10　阿部秋生ほか校注・訳　小学館　1998.8　315p　19cm(古典セレクション)　1600円

|内容| 若菜 下　柏木

◇源氏物語　11　阿部秋生ほか校注・訳　小学館　1998.9　350p　19cm(古典セレクション)　1600円

|内容| 横笛　鈴虫　夕霧　御法　幻

◇与謝野晶子の新訳源氏物語　ひかる源氏編　与謝野晶子訳　角川書店　2001.11　573p　19cm

◇源氏物語―全現代語訳　5　今泉忠義訳　新装版　講談社　2002.3　465p　15cm(講談社学術文庫)　1400円

|内容| 柏木・横笛・鈴虫・夕霧・御法・幻・雲隠・匂宮・紅梅・竹河

◇源氏物語　巻7　瀬戸内寂聴訳　新装版　講談社　2002.3　323,15p　19cm　1300円

|内容| 柏木　横笛　鈴虫　夕霧　御法　幻　雲隠　匂宮　紅梅

◇源氏物語―現代京ことば訳　3(若菜―雲隠)　中井和子訳　新装版　大修館書店　2005.6　382p　22cm　2100円

◇すらすら読める源氏物語　中　瀬戸内寂聴著　講談社　2005.7　270p　19cm　1700円

◇源氏物語　8　与謝野晶子訳　舵社　2005.12　222p　21cm(デカ文字文庫)　620円

|内容| 梅が枝　藤のうら葉　若菜.上

◇源氏物語　9　与謝野晶子訳　舵社　2006.1　210p　21cm(デカ文字文庫)　600円

|内容| 若菜.下　柏木

◇源氏物語　10　与謝野晶子訳　舵社　2006.1　178p　21cm(デカ文字文庫)　600円

|内容| 横笛　鈴虫　夕霧.1-2

◇源氏物語　巻6　瀬戸内寂聴訳　講談社　2007.6　352p　15cm(講談社文庫)　629円

◇源氏物語　巻7　瀬戸内寂聴訳　講談社　2007.7　426p　15cm(講談社文庫)　733円

中古文学(物語)

　　内容　柏木　横笛　鈴虫　夕霧　御法　幻　雲
　　隠　匂宮　紅梅

◇源氏物語　第5巻　上野栄子訳　日野　上
　野佑爾　2007.10　307p　21cm

　　内容　若菜. 柏木

◇与謝野晶子の源氏物語　中　六条院の四
　季　与謝野晶子訳　角川学芸出版
　2008.4　479p　15cm(角川文庫—角川ソ
　フィア文庫)〈角川グループパブリッシ
　ング(発売)〉　819円

　　内容　藤袴. 真木柱. 梅枝. 藤の裏葉. 若菜. 柏木.
　　横笛. 鈴虫. 夕霧. 御法. まぼろし. 匂宮. 紅梅.
　　竹河. 橋姫. 椎本. 総角

◇源氏物語—全訳　4　与謝野晶子訳　新装
　版　角川書店　2008.5　537p　15cm(角
　川文庫)〈角川グループパブリッシング
　(発売)〉　743円

　　内容　柏木. 横笛. 鈴虫. 夕霧.1-2. 御法. まぼろ
　　し. 雲隠れ. 匂宮. 紅梅. 竹河. 橋姫. 椎が本.
　　総角

◇源氏物語　4　円地文子訳　新潮社
　2008.10　535p　16cm(新潮文庫)　705円

　　内容　若菜. 柏木. 横笛. 鈴虫. 夕霧. 御法. 幻.
　　雲隠

◇源氏物語　第5巻　上野栄子訳　日本経済
　新聞出版社　2008.10　307p　21cm

　　内容　若菜. 柏木

◇源氏物語　第6巻　上野栄子訳　日本経済
　新聞出版社　2008.10　317p　21cm

　　内容　横笛. 鈴虫. 夕霧. 御法. 幻. 雲隠. 匂宮. 紅
　　梅. 竹河

◇源氏物語—若菜上〜夕霧　第4巻　大塚ひ
　かり全訳　筑摩書房　2009.6　620p
　15cm(ちくま文庫)　1300円

　　内容　若菜上　若菜下　柏木　横笛　鈴虫　夕
　　霧

【注釈書】

◇源氏物語新釈—対校　巻4　吉沢義則校註
　平凡社　1952　432p　22cm

　　内容　若菜 下. 柏木. 横笛. 鈴虫. 夕霧. 御法. 幻.
　　雲隠. 匂宮. 紅梅. 竹河

◇日本文学大系—校註　第5巻　源氏物語
　中巻　久松潜一, 山岸徳平監修　沼波守
　訂　新訂版　風間書房　1955　574p
　19cm

◇日本古典文学大系　第17　源氏物語　第4
　山岸徳平校注　岩波書店　1962　538p 図
　版　22cm

◇源氏物語　第4　山岸徳平校注　岩波書店
　1966　376p　15cm(岩波文庫)

◇源氏物語評釈　第7巻　玉上琢弥著　角川
　書店　1966　506p 図版　22cm　2000円

　　内容　若菜

◇源氏物語評釈　第8巻　玉上琢弥著　角川
　書店　1967　485p 図版　22cm　2000円

　　内容　柏木・横笛・鈴虫・夕霧

◇源氏物語評釈　第9巻　玉上琢弥著　角川
　書店　1967　411p 図版　22cm　2000円

　　内容　御法, 幻, 雲隠, 匂, 紅梅, 竹河

◇対校源氏物語新釈　巻4　吉沢義則校註
　国書刊行会　1971　432p　22cm　〈平凡
　社昭和27年刊の複製〉

　　内容　若菜下, 柏木, 横笛, 鈴虫, 夕霧, 御法, 幻,
　　雲隠, 匂宮, 紅梅, 竹河

◇柏木　岡野道夫校注　新典社　1977.3
　124p　21cm(影印校注古典叢書　14)
　1000円

◇源氏物語　5　石田穣二, 清水好子校注
　新潮社　1980.9　377p　20cm(新潮日本
　古典集成)

◇源氏物語　6　石田穣二, 清水好子校注
　新潮社　1982.5　365p　20cm(新潮日本
　古典集成)

◇源氏物語　4　阿部秋生校注　明治書院
　1990.6　438p　19cm(校注古典叢書)

　　内容　若菜.柏木.横笛.鈴虫.夕霧.御法.幻

◇源氏物語　4　山岸徳平校注　岩波書店
　1994.10　376p　19cm(ワイド版岩波文庫)

　　内容　若菜 下.柏木.横笛.鈴虫.夕霧.御法.幻.匂
　　宮.紅梅

◇新日本古典文学大系　22　源氏物語　4
　柳井滋ほか校注　岩波書店　1996.3
　541p　22cm　3800円

◇源氏物語　4　阿部秋生校注　新装版　明
　治書院　2001.3　438p　19cm(校注古典
　叢書)　2400円

　　内容　若菜　柏木　横笛　鈴虫　夕霧　御法
　　幻

中古文学(物語)

◆匂宮～夢浮橋

【現代語訳】

◇源氏物語 宇治十帖新釈　石川誠訳　大同館書店　1927.10　384p　23cm
◇新新訳源氏物語　第6巻　与謝野晶子著　金尾文淵堂　1939.9　691p　四六判
◇源氏物語　第6巻　窪田空穂訳　改造社　1948　308p　図版　19cm
◇源氏物語―新新訳　第5巻　与謝野晶子訳　日本社　1949　330p　19cm(日本文庫第24 文学篇)

　内容 夕霧―総角

◇源氏物語　第7巻　窪田空穂訳　改造社　1949　305p　図版　19cm

　内容 橋姫、椎本、総角、早蕨、宿木

◇源氏物語　第8巻　窪田空穂訳　改造社　1949　292p　図版　19cm
◇対訳源氏物語　巻5　佐成謙太郎訳編　明治書院　1952　300p　22cm

　内容 柏木、横笛、鈴虫、夕霧、御法、幻、雲隠、匂宮、紅梅、竹河

◇対訳源氏物語　巻6　佐成謙太郎訳編　明治書院　1952　322p　22cm

　内容 橋姫、椎本、総角、早蕨、宿木

◇対訳源氏物語　巻7　佐成謙太郎訳編　明治書院　1952　324p　22cm

　内容 東屋、浮舟、蜻蛉、手習、夢浮橋

◇源氏物語　巻7　谷崎潤一郎訳　中央公論社　1953　208p　22cm

　内容 柏木、横笛、鈴虫、夕霧、御法、幻、雲隠、匂宮

◇源氏物語　巻8　谷崎潤一郎訳　中央公論社　1954　230p　22cm

　内容 紅梅、竹河、橋姫、椎本、総角

◇源氏物語　巻9　谷崎潤一郎訳　中央公論社　1954　181p　22cm

　内容 早蕨、寄生、東屋

◇源氏物語　巻10　谷崎潤一郎訳　中央公論社　1954　223p　22cm

　内容 浮舟、蜻蛉、手習、夢浮橋

◇源氏物語―全訳　第7巻　与謝野晶子訳　角川書店　1955　224p　15cm(角川文庫)

　内容 竹河、橋姫、椎が本、総角、早蕨

◇源氏物語―全訳　第8巻　与謝野晶子訳　角川書店　1955　223p　15cm(角川文庫)

　内容 宿り木、東屋、浮舟

◇源氏物語―全訳　第9巻　与謝野晶子訳　角川書店　1955　193p　15cm(角川文庫)

　内容 蜻蛉、手習、夢の浮橋、源氏物語年立(池田亀鑑編)源氏物語系図(池田亀鑑編)

◇源氏物語　巻6　谷崎潤一郎訳　山田孝雄校閲　中央公論社　1960　280p　18cm
◇源氏物語　巻7　谷崎潤一郎訳　山田孝雄校閲　中央公論社　1960　266p　18cm
◇源氏物語　巻8　谷崎潤一郎訳　山田孝雄校閲　中央公論社　1960　313p　18cm
◇源氏物語―現代語訳　下巻　与謝野晶子訳　日本書房　1961　575p　27cm
◇古典日本文学全集　第5　源氏物語　中　吉沢義則等訳　筑摩書房　1961　448p　図版　23cm
◇源氏物語　巻5　谷崎潤一郎訳　山田孝雄校閲　中央公論社　1962　417p　23cm

　内容 早蕨―夢浮橋

◇古典日本文学全集　第6　源氏物語　下　吉沢義則等訳　筑摩書房　1962　395p　図版　23cm

　内容 源氏物語研究(島津久基)源氏物語(中村真一郎)宇治の女君(清水好子)宇治十帖(小田切秀雄)源氏物語の理念(森岡常夫)源氏物語と現代小説(吉田精一)

◇源氏物語―新々訳　巻10　谷崎潤一郎訳　中央公論社　1965　237p　22cm

　内容 浮舟、蜻蛉、手習、夢浮橋

◇源氏物語―新々訳　巻5-9　谷崎潤一郎訳　中央公論社　1965　5冊　22cm

　内容 巻5 蛍、常夏、篝火、野分、行幸、藤袴、真木柱、梅枝、藤裏葉(第3版)　巻6 若菜　巻7 柏木、横笛、鈴虫、夕霧、御法、幻、雲隠、匂宮　巻8 紅梅、竹河、橋姫、椎本、総角　巻9 早蕨、寄生、東屋

◇古典日本文学全集　第5　源氏物語　中　吉沢義則等訳　山岸徳平改訂　筑摩書房　1965　448p　図版　23cm　〈普及版〉

　内容 源氏物語の現代的価値(村岡典嗣)若菜の巻など(堀辰雄)紫式部という人について(松尾聡)源氏物語の方法(西郷信綱)付録：源氏物語(中)参考系図

日本古典文学案内―現代語訳・注釈書　81

中古文学(物語)

◇古典日本文学全集　第6　源氏物語　下
　吉沢義則等訳　筑摩書房　1965　395p　図版　23cm　〈普及版〉
　　内容　源氏物語研究(島津久基)　源氏物語(中村真一郎)　宇治の女君(清水好子)　宇治十帖(小田切秀雄)　源氏物語の理念(森岡常夫)　源氏物語と現代小説(吉田精一)

◇源氏物語—新々訳　巻5　谷崎潤一郎訳　中央公論社　1966　415p　図版6枚　23cm　〈豪華本〉
　　内容　早蕨, 寄生, 東屋, 浮舟, 蜻蛉, 手習, 夢浮橋

◇源氏物語—新々訳　巻3-4　谷崎潤一郎訳　中央公論社　1966　2冊　23cm　〈豪華本〉
　　内容　巻3　螢, 常夏, 篝火, 野分, 行幸, 藤袴, 真木柱, 梅枝, 藤裏葉, 若菜　巻4　柏木, 横笛, 鈴虫, 夕霧, 御法, 幻, 雲隠, 匂宮, 紅梅, 竹河, 橋姫, 椎本, 総角

◇日本文学全集—カラー版　第3　源氏物語　下巻　与謝野晶子訳　河出書房新社　1967　418p　図版　23cm　〈監修者：武者小路実篤等〉
　　内容　若菜(下)～夢の浮橋

◇源氏物語　下　与謝野晶子訳　河出書房新社　1969　541p　図版13枚　23cm

◇源氏物語　巻6　谷崎潤一郎訳　中央公論社　1971　297p　18cm
　　内容　鈴虫, 夕霧, 御法, 幻, 雲隠, 匂宮, 紅梅, 竹河, 橋姫

◇源氏物語　巻7　谷崎潤一郎訳　中央公論社　1971　282p　18cm
　　内容　椎本, 総角, 早蕨, 寄生

◇源氏物語—全訳　下巻　与謝野晶子訳　改版　角川書店　1972　673p　15cm(角川文庫)

◇源氏物語　第8巻　玉上琢弥訳注　角川書店　1972　501p　15cm(角川文庫)　〈付：現代語訳〉

◇源氏物語　第9巻　玉上琢弥訳注　角川書店　1972　374p　15cm(角川文庫)　〈付：現代語訳〉

◇源氏物語　巻8　円地文子訳　新潮社　1973　321p　20cm
　　内容　紅梅, 竹河, 橋姫, 椎本, 総角

◇源氏物語　巻9　円地文子訳　新潮社　1973　249p　20cm
　　内容　早蕨, 宿木, 東屋

◇源氏物語　巻10　円地文子訳　新潮社　1973　316p　20cm
　　内容　浮舟, 蜻蛉, 手習, 夢浮橋

◇源氏物語—現代語訳　8　今泉忠義訳　桜楓社　1975　181p　21cm
　　内容　橋姫, 椎本, 総角

◇源氏物語—現代語訳　9　今泉忠義訳　桜楓社　1975　190p　21cm
　　内容　早蕨, 宿木, 東屋

◇源氏物語　第10巻　玉上琢弥訳注　角川書店　1975　471p　15cm(角川文庫)　〈付：現代語訳〉

◇日本古典文学全集　16　源氏物語　5　阿部秋生, 秋山虔, 今井源衛校注・訳　小学館　1975　546p　図　23cm

◇日本古典文学全集　17　源氏物語　6　阿部秋生, 秋山虔, 今井源衛校注・訳　小学館　1976　585p　図　23cm

◇源氏物語—全現代語訳　16　橋姫・椎本　今泉忠義著　講談社　1978.10　145p　15cm(講談社学術文庫)　240円

◇源氏物語—全現代語訳　17　総角・早蕨　今泉忠義著　講談社　1978.11　199p　15cm(講談社学術文庫)　260円

◇源氏物語—全現代語訳　18　宿木・東屋　今泉忠義著　講談社　1978.11　274p　15cm(講談社学術文庫)　300円

◇源氏物語—全現代語訳　19　浮舟・蜻蛉　今泉忠義著　講談社　1978.11　234p　15cm(講談社学術文庫)　300円

◇源氏物語—全現代語訳　20　手習・夢浮橋　今泉忠義著　講談社　1978.12　201p　15cm(講談社学術文庫)　260円

◇源氏物語　巻4　円地文子訳　新潮社　1980.3　525p　15cm(新潮文庫)
　　内容　柏木, 横笛, 鈴虫, 夕霧, 御法, 幻, 雲隠, 匂宮, 紅梅, 竹河, 橋姫, 椎本, 総角, 主要人物身分一覧

◇源氏物語　巻5　円地文子訳　新潮社　1980.4　477p　15cm(新潮文庫)
　　内容　早蕨, 宿木, 東屋, 浮舟, 蜻蛉, 手習, 夢浮橋

◇潤一郎訳源氏物語　巻8　谷崎潤一郎訳　中央公論社　1980.5　246p　18cm　〈背の書名：谷崎潤一郎訳源氏物語〉

中古文学(物語)

内容 紅梅.竹河.橋姫.椎本.総角

◇潤一郎訳源氏物語　巻9　谷崎潤一郎訳　中央公論社　1980.6　194p　18cm　〈背の書名：谷崎潤一郎訳源氏物語〉

内容 早蕨.寄生.東屋

◇潤一郎訳源氏物語　巻10　谷崎潤一郎訳　中央公論社　1980.7　237p　18cm　〈背の書名：谷崎潤一郎訳源氏物語〉

内容 浮舟.蜻蛉.手習.夢浮橋

◇源氏物語　8　おのりきぞう訳　古川書房　1980.10　306p　20cm　1700円

◇源氏物語　9　おのりきぞう訳　古川書房　1980.12　222p　20cm　1700円

◇源氏物語　10　おのりきぞう訳　古川書房　1981.5　283p　20cm　1700円

◇円地文子の源氏物語　巻3　円地文子著　集英社　1986.12　254p　19cm(わたしの古典　8)〈編集：創美社〉　1400円

◇源氏物語　5　伊井春樹ほか校注・訳　ほるぷ出版　1987.7　373p　20cm(日本の文学)

内容 匂宮.紅梅.竹河.橋姫.椎本.総角.早蕨.宿木

◇源氏物語　6　伊井春樹ほか校注・訳　ほるぷ出版　1987.7　394p　20cm(日本の文学)

内容 東屋.浮舟.蜻蛉.手習.夢浮橋

◇完訳日本の古典　第21巻　源氏物語　8　阿部秋生ほか校注・訳　小学館　1987.10　509p　20cm　1900円

◇完訳日本の古典　第22巻　源氏物語　9　阿部秋生ほか校注・訳　小学館　1988.4　389p　20cm　1700円

◇完訳日本の古典　第23巻　源氏物語　10　阿部秋生ほか校注・訳　小学館　1988.10　491p　20cm　1900円

◇源氏物語―付現代語訳　第10巻　玉上琢弥訳注　角川書店　1989.5　471p　15cm(角川文庫　2216)〈年立：p407～415〉　660円

◇源氏物語―現代京ことば訳　3　匂兵部卿-夢浮橋　中井和子訳　大修館書店　1991.6　p1373～1995　23cm

◇潤一郎訳源氏物語　巻4　谷崎潤一郎訳　改版　中央公論社　1991.9　575p　16cm(中公文庫)

内容 柏木.横笛.鈴虫.夕霧.御法.幻.雲隠.匂宮.紅梅.竹河.橋姫.椎本.総角

◇潤一郎訳源氏物語　巻5　谷崎潤一郎訳　改版　中央公論社　1991.10　533p　16cm(中公文庫)

内容 早蕨.寄生.東屋.浮舟.蜻蛉.手習.夢浮橋

◇夢の浮橋―『源氏物語』の詩学　ハルオ・シラネ著　鈴木登美,北村結花訳　中央公論社　1992.2　385p　20cm　〈主要参考文献：p355～376〉　3800円

◇抄訳源氏物語　10　源氏のつどい　宇治源氏のつどい　1995.3　165p　26cm

内容 紅梅.竹河.橋姫.椎本.総角(1)　宇治十帖年表：p142～144

◇源氏物語　下巻　舟橋聖一訳　祥伝社　1995.4　681p　16cm(ノン・ポシェット)

◇円地文子の源氏物語　3　円地文子著　集英社　1996.3　268p　15cm(わたしの古典)　680円

◇抄訳源氏物語　11　源氏のつどい　宇治源氏のつどい　1996.3　164p　26cm

内容 総角(2)　早蕨.宿木．宇治十帖年表：p133～135

◇抄訳源氏物語　12　源氏のつどい　宇治源氏のつどい　1997.3　176p　26cm　〈年表あり〉

内容 東屋　浮舟

◇新編日本古典文学全集　24　源氏物語　5　阿部秋生ほか校注・訳　小学館　1997.7　550p　23cm　4457円

内容 匂兵部卿　紅梅　竹河　橋姫　椎本　総角　早蕨　宿木

◇源氏物語　巻8　瀬戸内寂聴訳　講談社　1997.12　323p　21cm　2524円

内容 竹河　橋姫　椎本　総角　源氏のしおり

◇新訳源氏物語　4　尾崎左永子訳　小学館　1998.1　254p　20cm　1600円

◇源氏物語　巻9　瀬戸内寂聴訳　講談社　1998.2　281p　21cm　2524円

内容 早蕨　宿木　東屋　源氏のしおり

◇源氏物語　下　角川書店編　角川書店　1998.3　255p　12cm(角川mini文庫―ミニ・クラシックス　4)　400円

内容 常夏―夢浮橋　索引あり

日本古典文学案内－現代語訳・注釈書　83

中古文学(物語)

◇抄訳源氏物語 13 源氏のつどい 宇治源氏のつどい 1998.3 182p 26cm
　内容 蜻蛉 手習 夢浮橋
◇源氏物語 巻10 瀬戸内寂聴訳 講談社 1998.4 344p 23cm
　内容 浮舟 蜻蛉 手習 夢浮橋 源氏のしおり
◇新編日本古典文学全集 25 源氏物語 6 阿部秋生ほか校注・訳 小学館 1998.4 620p 23cm 4657円
　内容 東屋 浮舟 蜻蛉 手習 夢浮橋
◇源氏物語 12 阿部秋生ほか校注・訳 小学館 1998.9 262p 19cm(古典セレクション) 1600円
　内容 匂兵部卿 紅梅 竹河 橋姫
◇源氏物語 13 阿部秋生ほか校注・訳 小学館 1998.10 294p 19cm(古典セレクション) 1600円
　内容 椎本 総角
◇源氏物語 14 阿部秋生ほか校注・訳 小学館 1998.10 262p 19cm(古典セレクション) 1600円
　内容 早蕨 宿木
◇源氏物語 15 阿部秋生ほか校注・訳 小学館 1998.11 302p 19cm(古典セレクション) 1600円
　内容 東屋 浮舟
◇源氏物語 16 阿部秋生ほか校注・訳 小学館 1998.11 342p 19cm(古典セレクション) 1600円
　内容 蜻蛉 手習 夢浮橋
◇与謝野晶子の新訳源氏物語 薫・浮舟編 与謝野晶子訳 角川書店 2001.11 541p 19cm
◇源氏物語―全現代語訳 5 今泉忠義訳 新装版 講談社 2002.3 465p 15cm(講談社学術文庫) 1400円
　内容 柏木・横笛・鈴虫・夕霧・御法・幻・雲隠・匂宮・紅梅・竹河
◇源氏物語 巻8 瀬戸内寂聴著 新装版 講談社 2002.4 305,12p 19cm 1300円
　内容 竹河 橋姫 椎本 総角

◇源氏物語 9 瀬戸内寂聴訳 新装版 講談社 2002.5 257p 19cm 1300円
　内容 早蕨 宿木 東屋 訳者解説：源氏のしおり
◇源氏物語 巻10 瀬戸内寂聴著 新装版 講談社 2002.6 323,11p 19cm 1300円
　内容 浮舟・蜻蛉 手習 夢浮橋 訳者解説：源氏のしおり
◇源氏物語―全現代語訳 6 今泉忠義訳 新装版 講談社 2002.10 615p 15cm(講談社学術文庫) 1500円
　内容 橋姫・椎本・総角・早蕨・宿木・東屋
◇源氏物語―全現代語訳 7 今泉忠義訳 新装版 講談社 2003.1 429p 15cm(講談社学術文庫) 1400円
　内容 浮舟・蜻蛉・手習・夢浮橋
◇訳読古事記 川上広樹注 経済雑誌社 1893.3 1冊 19cm
◇源氏物語―現代京ことば訳 4(匂兵部卿―早蕨) 中井和子訳 新装版 大修館書店 2005.6 255p 22cm 1700円
◇源氏物語―現代京ことば訳 5(宿木―夢の浮橋) 中井和子訳 新装版 大修館書店 2005.6 371p 22cm 2100円
◇すらすら読める源氏物語 下 瀬戸内寂聴著 講談社 2005.8 262p 19cm 1700円
◇源氏物語 11 与謝野晶子訳 舵社 2006.2 182p 21cm(デカ文字文庫) 600円
　内容 御法 まぼろし 雲隠れ 匂宮 紅梅 竹河
◇源氏物語 12 与謝野晶子訳 舵社 2006.2 273p 21cm(デカ文字文庫) 680円
　内容 橋姫 椎が本 総角
◇源氏物語 13 与謝野晶子訳 舵社 2006.2 177p 21cm(デカ文字文庫) 600円
　内容 早蕨 宿り木
◇源氏物語 14 与謝野晶子訳 舵社 2006.2 229p 21cm(デカ文字文庫) 620円
　内容 東屋 浮舟

中古文学(物語)

◇源氏物語　15　与謝野晶子訳　舵社　2006.2　239p　21cm(デカ文字文庫)　620円
　内容　蜻蛉 手習 夢の浮橋
◇源氏物語　巻8　瀬戸内寂聴訳　講談社　2007.8　392p　15cm(講談社文庫)　695円
　内容　竹河　橋姫　椎本　総角
◇源氏物語　巻9　瀬戸内寂聴訳　講談社　2007.9　335p　15cm(講談社文庫)　619円
　内容　早蕨　宿木　東屋
◇源氏物語　第6巻　上野栄子訳　日野　上野佑爾　2007.10　317p　21cm
　内容　横笛.鈴虫.夕霧.御法.幻.雲隠.匂宮.紅梅.竹河
◇源氏物語　巻10　瀬戸内寂聴訳　講談社　2007.10　410p　15cm(講談社文庫)　714円
　内容　浮舟　蜻蛉　手習　夢浮橋
◇源氏物語　第7巻　上野栄子訳　日野　上野佑爾　2008.1　375p　21cm
　内容　橋姫.椎本.総角.早蕨.宿木
◇源氏物語　第8巻　上野栄子訳　日野　上野佑爾　2008.1　401p　21cm
　内容　東屋.浮舟.蜻蛉.手習.夢浮橋
◇源氏物語　下　阿部秋生, 秋山虔, 今井源衛, 鈴木日出男校訂・訳　小学館　2008.3　318p　20cm(日本の古典をよむ　10)　1800円
◇与謝野晶子の源氏物語　中　六条院の四季　与謝野晶子訳　角川学芸出版　2008.4　479p　15cm(角川文庫―角川ソフィア文庫)〈角川グループパブリッシング(発売)〉　819円
　内容　藤袴. 真木柱. 梅枝. 藤の裏葉. 若菜. 柏木. 横笛. 鈴虫. 夕霧. 御法. まほろし. 匂宮. 紅梅. 竹河. 橋姫. 椎本. 総角
◇与謝野晶子の源氏物語　下　宇治の姫君たち　与謝野晶子訳　角川学芸出版　2008.4　431p　15cm(角川文庫―角川ソフィア文庫)〈角川グループパブリッシング(発売)〉　781円
　内容　早蕨. 宿り木. 東屋. 浮舟. 蜻蛉. 手習. 夢の浮橋. 新訳源氏物語の後に/与謝野晶子/著
◇源氏物語―全訳　4　与謝野晶子訳　新装版　角川書店　2008.5　537p　15cm(角川文庫)〈角川グループパブリッシング(発売)〉　743円
　内容　柏木. 横笛. 鈴虫. 夕霧.1-2. 御法. まほろし. 雲隠れ. 匂宮. 紅梅. 竹河. 橋姫. 椎が本. 総角
◇源氏物語―全訳　5　与謝野晶子訳　新装版　角川書店　2008.5　536p　15cm(角川文庫)〈角川グループパブリッシング(発売)〉　743円
　内容　早蕨. 宿り木. 東屋. 浮舟. 蜻蛉. 手習. 夢の浮橋
◇源氏物語　第6巻　上野栄子訳　日本経済新聞出版社　2008.10　317p　21cm
　内容　横笛.鈴虫.夕霧.御法.幻.雲隠.匂宮.紅梅.竹河
◇源氏物語　第7巻　上野栄子訳　日本経済新聞出版社　2008.10　375p　21cm
　内容　橋姫.椎本.総角.早蕨.宿木
◇源氏物語　第8巻　上野栄子訳　日本経済新聞出版社　2008.10　403p　21cm
　内容　東屋.浮舟.蜻蛉.手習.夢浮橋
◇源氏物語　5　円地文子訳　新潮社　2008.11　484p　16cm(新潮文庫)　629円
　内容　匂宮. 紅梅. 竹河. 橋姫. 椎本. 総角. 早蕨. 宿木
◇源氏物語　6　円地文子訳　新潮社　2008.11　404p　16cm(新潮文庫)　590円
　内容　東屋. 浮舟. 蜻蛉. 手習. 夢浮橋
◇源氏物語―御法～早蕨　第5巻　大塚ひかり訳　筑摩書房　2009.9　545p　15cm(ちくま文庫)　1400円
　内容　御法　幻　雲隠　匂宮　紅梅　竹河　橋姫　椎本　総角　早蕨

【注釈書】

◇源氏物語新釈―対校　巻5　吉沢義則校註　平凡社　1952　328p　22cm
　内容　橋姫, 椎本, 総角, 草蕨, 宿木
◇源氏物語新釈―対校　巻6　吉沢義則校訂　平凡社　1952　332p　22cm
　内容　東屋, 浮舟, 蜻蛉, 手習, 夢の浮橋
◇日本文学大系―校註　第6巻　源氏物語　下巻　沼波守校註　新訂版　風間書房

中古文学(物語)

1955　515,60p　19cm　〈久松潜一, 山岸徳平監修〉
◇日本古典文学大系　第18　源氏物語　第5　山岸徳平校注　岩波書店　1963　516p　図版　22cm
◇源氏物語　第5　山岸徳平校注　岩波書店　1966　366p　15cm(岩波文庫)
◇源氏物語　第6　山岸徳平校注　岩波書店　1967　359p　15cm(岩波文庫)
◇源氏物語評釈　第10巻　玉上琢弥著　角川書店　1967　530p　22cm　2000円
　内容　橋姫・椎本・総角
◇源氏物語評釈　第11巻　玉上琢弥著　角川書店　1968　467p　22cm　2000円
　内容　早蕨, 宿木, 東屋
◇源氏物語評釈　第12巻　玉上琢弥著　角川書店　1968　586p　図版　22cm　2000円
　内容　浮舟, 蜻蛉, 手習, 夢浮橋
◇源氏物語宇治十帖抄　松尾聰, 山本史代校註　笠間書店　1970　181p　22cm
◇対校源氏物語新釈　巻5　吉沢義則校註　国書刊行会　1972　328p　22cm　〈平凡社昭和27年刊の複製〉
　内容　橋姫, 椎本, 総角, 早蕨, 宿木
◇対校源氏物語新釈　巻6　吉沢義則校註　国書刊行会　1972　332p　22cm　〈平凡社昭和27年刊の複製〉
　内容　東屋, 浮舟, 蜻蛉, 手習, 夢の浮橋
◇源氏物語　椎本　松尾聰, 鈴木芙美子校註　笠間書院　1975　66p　19cm
◇手習・夢の浮橋　高橋文二校注　新典社　1982.4　250p　21cm(影印校注古典叢書　27)　1900円
◇源氏物語　7　石田穣二, 清水好子校注　新潮社　1983.11　367p　20cm(新潮日本古典集成)
◇源氏物語　8　石田穣二, 清水好子校注　新潮社　1985.4　331p　20cm(新潮日本古典集成)
◇橋姫・椎本　森本元子校注　紫式部著　新典社　1992.5　222p　21cm(影印校注古典叢書　36)　2000円
◇源氏物語　5　阿部秋生校注　紫式部著　明治書院　1994.3　402p　19cm(校注古典叢書)　1900円
◇源氏物語　5　山岸徳平校注　岩波書店　1994.10　366p　19cm(ワイド版岩波文庫)
　内容　竹河.橋姫.椎本.総角.早蕨.宿木
◇源氏物語　6　山岸徳平校注　岩波書店　1994.10　359p　19cm(ワイド版岩波文庫)
　内容　東屋.浮舟.蜻蛉.手習.夢浮橋　解説
◇新日本古典文学大系　23　源氏物語　5　柳井滋ほか校注　岩波書店　1997.3　488p　22cm　3811円
◇源氏物語　5　阿部秋生校注　新装版　明治書院　2001.3　402p　19cm(校注古典叢書)　2400円
　内容　匂宮　紅梅　竹河　橋姫　椎本　総角　早蕨　宿木

狭衣物語(平安後期)

【現代語訳】

◇全訳王朝文学叢書　第2巻　吉沢義則訳　王朝文学叢書刊行会　1924.7　292p　22cm
　内容　狭衣物語上巻
◇全訳王朝文学叢書　第3巻　吉沢義則訳　王朝文学叢書刊行会　1924.10　286p　22cm
　内容　狭衣物語下巻
◇日本国民文学全集　第5巻　王朝物語集　第1　河出書房　1956　360p　図版　22cm
　内容　竹取物語(川端康成訳)　伊勢物語(中河与一訳)　落窪物語(小島政二郎訳)　狭衣物語(中村真一郎訳)　解説(池田亀鑑)
◇日本文学全集　第4　狭衣物語　青野季吉等編　中村真一郎訳　河出書房新社　1960　489p　図版　19cm
◇日本の古典　5　王朝物語集　1　河出書房新社　1971　360p　図　23cm
　内容　竹取物語(川端康成訳)　伊勢物語(中村真一郎訳)　狭衣物語(中村真一郎訳)　堤中納言物語(中村真一郎訳)　作品鑑賞のための古典　河社(契沖著　久松潜一訳)　無名草子(久松潜一訳)　伊勢物語新考(海量著　池田利夫訳)
◇平安後期物語選　大槻修編　大阪　和泉書院　1983.3　216p　21cm　1500円
　内容　平安後期の物語　大槻修著. 浜松中納言物

語 三角洋一校注. 狭衣物語 神野藤昭夫校注. 夜の寝覚 大槻節子校注. とりかへばや物語 大槻修校注. 堤中納言物語 阿部好臣校注. 参考文献：p209〜216

◇狭衣物語―全訳王朝文学叢書　吉沢義則著　クレス出版　1999.4　292,286p　22cm(物語文学研究叢書　第7巻)〈王朝文学叢書刊行会大正13年刊の複製〉

◇新編日本古典文学全集　29　狭衣物語　1　小町谷照彦, 後藤祥子校注・訳　小学館　1999.11　429p　23cm　4076円

[内容] 巻1-巻2

◇新編日本古典文学全集　30　狭衣物語　2　小町谷照彦, 後藤祥子校注・訳　小学館　2001.11　429p　23cm　〈年表あり〉　4076円

[内容] 巻3-巻4

【注釈書】

◇国文註釈全集　第16　室松岩雄編　国学院大学出版部　1908-1910？　23cm

[内容] 源注拾遺(契冲), 源氏外伝(熊沢了介), 勢語図説抄(斎藤彦麿), 多武峯少将物語考証(丸林孝之), 四十二物語考証(山本明清), 鳴門中将物語考証(岸本由豆流), 狭衣物語下紐, 附録, 宇治拾遺物語私註(小島之茂), 唐物語堤要(清水浜臣), 取替ばや物語考証(岡本保孝), 今昔物語書入本, 今昔物語出典攷(岡本保孝), 今昔物語訓(小山田与清), 梁塵愚案鈔(一条兼良), 梁塵後抄(熊谷直好)

◇宇津保物語、狭衣住吉物語、堤中納言物語　井上頼圀, 萩野由之, 関根正直ほか著　博文館　1915　1冊(校注国文叢書)

◇校註 国文叢書　第14冊　池辺義象編　4版　博文館　1924.11　23cm(復本第1・4・5・9・18冊)

[内容] 宇津保物語下巻 狭衣 住吉物語 堤中納言物語

◇国文学註釈叢書　15　折口信夫編　名著刊行会　1929-1930　19cm

[内容] 狭衣目録並年序〔ほか〕

◇新釈 日本文学叢書　2　内海弘蔵校注　日本文学叢書刊行会　1931.10　29,747p　23cm

[内容] 狭衣 浜松中納言物語(菅原孝標の女) 堤中納言物語 讃岐典侍日記(讃岐典侍) 唐物語 中務内侍日記(中務内侍)

◇日本古典文学大系　第79　狭衣物語　三谷栄一, 関根慶子校注　岩波書店　1965　544p 図版　22cm

◇狭衣物語　上　松村博司, 石川徹校注　朝日新聞社　1965　467p　19cm(日本古典全書)〈監修者：高木市之助等〉

◇狭衣物語　下　松村博司, 石川徹校注　朝日新聞社　1967　414p　19cm(日本古典全書)〈監修者：高木市之助等〉　680円

◇狭衣物語校注　岡本保孝著　福武書店　1984.3〜7　3冊　26cm(ノートルダム清心女子大学古典叢書　第3期 13〜15)〈解題：白井たつ子, 片岡智子 自筆稿本の複製〉　2500〜4000円

◇狭衣物語　上　鈴木一雄校注　新潮社　1985.3　294p　20cm(新潮日本古典集成)　1700円

◇校注狭衣物語　久下晴康, 堀口悟編　新典社　1986.4　222p　19cm(新典社校注叢書　4)〈国立公文書館内閣文庫蔵〉　1500円

◇狭衣物語　下　鈴木一雄校注　新潮社　1986.6　434p　20cm(新潮日本古典集成)　2300円

◇校注狭衣物語　巻一・巻二　久下晴康, 堀口悟編　新典社　1988.4　222p　19cm(新典社校注叢書　4)　1500円

◇狭衣物語全註釈　1(巻1 上)　狭衣物語研究会編　おうふう　1999.9　419p　22cm　28000円

◇狭衣物語全註釈　2(巻1 下)　狭衣物語研究会編　おうふう　2007.10　369p　22cm　28000円

◇狭衣物語全註釈　3(巻2 上)　狭衣物語研究会編　おうふう　2008.10　363p　22cm　28000円

篁物語(平安後期)

【現代語訳】

◇篁物語―影印 翻刻 対訳 校本 索引　平林文雄編著　笠間書院　1978.4　127p　27cm　〈水府明徳会彰考館文庫旧蔵〉　2500円

◇小野篁集・篁物語の研究―影印・資料・翻刻・校本・対訳・総説・使用文字分析・総索引　平林文雄　大阪　和泉書院　1988.11　295p　27cm(研究叢書　65)　6500円

中古文学(物語)

◇小野篁集・篁物語の研究―影印・資料・翻刻・校本・対訳・研究・使用文字分析・総索引　平林文雄,水府明徳会著　増補改訂　大阪　和泉書院　2001.6　359p　27cm(研究叢書　271)　10000円

【注釈書】
◇王朝三日記新釈　宮田和一郎校註　健文社　1947
◇王朝三日記新釈　宮田和一郎校註　建文社　1948　224p　18cm
　|内容| 篁日記(小野篁),平中日記(平貞文),成尋母日記(成尋の母)
◇日本古典文学大系　第77　篁物語,平中物語　遠藤嘉基校注　岩波書店　1964　516p　図版　22cm
◇篁物語―校註　平林文雄著　笠間書院　1972　86p　21cm　400円
◇篁物語新講　石原昭平,根本敬三,津本信博著　武蔵野書院　1977.5　254p(図共)　19cm　〈「篁物語」研究文献目録：p.238～241〉　2500円
◇小野篁集全釈　平野由紀子　風間書房　1988.3　230p　22cm(私家集全釈叢書　3)　4800円
◇校註篁物語　校註海人刈藻　古典文学　宮田和一郎著　クレス出版　1999.4　1冊　22cm(物語文学研究叢書　第11巻)　〈複製〉

竹取物語(平安前期)

【現代語訳】
◇全訳王朝文学叢書　第1巻　吉沢義則訳　王朝文学叢書刊行会　1927.9　95,145,54p　22cm
　|内容| 提中納言物語 伊勢物語 大和物語 竹取物語
◇詳註訳解 竹取物語・土佐日記・方丈記　藤井乙男著　博多成象堂　1932.3　78p　四六判
◇物語日本文学　3　藤村作他訳　2版　至文堂　1937.4
　|内容| 竹取物語
◇現代語訳国文学全集　第3巻　竹取物語・堤中納言物語・とりかへばや物語　川端

康成訳　非凡閣　1937　1冊　20cm
◇日本古典文学全集―現代語訳　第5巻　竹取物語　三谷栄一訳　河出書房　1954　301p　19cm
◇竹取物語　中河与一訳註　角川書店　1956　111p　15cm(角川文庫)〈附：現代語訳 49-105p〉
◇日本国民文学全集　第5巻　王朝物語集　第1　河出書房　1956　360p　図版　22cm
　|内容| 竹取物語(川端康成訳) 伊勢物語(中河与一訳) 落窪物語(小島政二郎訳) 狭衣物語(中村真一郎訳) 解説(池田亀鑑)
◇古典日本文学全集　第7　王朝物語集　筑摩書房　1960　465p　図版　23cm
　|内容| 竹取物語(臼井吉見訳) 伊勢物語(中谷孝雄訳) 落窪物語(塩田良平訳) 堤中納言物語(臼井吉見訳) とりかえばや物語(中村真一郎訳) 解説(松尾聡) お伽噺としての竹取物語(和辻哲郎) 伊勢物語序説(窪田空穂) 落窪物語(小島政二郎) 堤中納言物語(小島政二郎) とりかへばや物語(中村真一郎)
◇日本文学全集　第3　青野季吉等編　河出書房新社　1960　539p　図版　19cm
　|内容| 竹取物語(川端康成訳) 伊勢物語(中河与一訳) 落窪物語(小島政二郎訳) 夜半の寝覚(菅原孝標のむすめ著 円地文子訳)
◇国民の文学　第5　王朝名作集　第1　谷崎潤一郎等編　河出書房新社　1964　539p　図版　18cm
　|内容| 竹取物語(川端康成訳) 伊勢物語(中河与一訳) 落窪物語(小島政二郎訳) 夜半の寝覚(円地文子訳) 注釈(池田弥三郎) 解説(中村真一郎)
◇国民の文学　第6　王朝名作集　第2　谷崎潤一郎等編　河出書房新社　1964　489p　図版　18cm
　|内容| 狭衣物語 堤中納言物語(中村真一郎訳) とりかえばや物語(永井竜男訳) 注釈 解説(池田弥三郎)
◇古典日本文学全集　第7　王朝物語集　臼井吉見等訳　筑摩書房　1966　465p　図版　23cm　〈普及版〉
　|内容| 竹取物語(臼井吉見訳) 伊勢物語(中谷孝雄訳) 落窪物語(塩田良平訳) 堤中納言物語(臼井吉見訳) とりかえばや物語(中村真一郎訳) 解説(松尾聡) お伽噺としての竹取物語(和辻哲郎) 伊勢物語序説(窪田空穂) 落窪物語(小島政二郎) 堤中納言物語(小島政二郎) とりかえばや物語(中村真一郎)
◇日本文学全集　第2集 第2　王朝物語集

中古文学(物語)

河出書房新社　1968　385p　図版　20cm
〈監修者：谷崎潤一郎等〉
　内容　竹取物語(川端康成訳)　伊勢物語(中村真一郎訳)　堤中納言物語(中村真一郎訳)　夜半の寝覚(円地文子訳)

◇日本文学全集—カラー版　4　竹取物語・伊勢物語・枕草子・徒然草　河出書房新社　1969　378p　図版11枚　23cm　〈監修者：武者小路実篤等〉
　内容　竹取物語(川端康成訳)　伊勢物語(中村真一郎訳)　枕草子(田中澄江訳)　更級日記(井上靖訳)　今昔物語(福永武彦訳)　徒然草(佐藤春夫訳)

◇日本の古典　5　王朝物語集　1　河出書房新社　1971　360p　図　23cm
　内容　竹取物語(川端康成訳)　伊勢物語(中村真一郎訳)　狭衣物語(中村真一郎訳)　堤中納言物語(作品鑑賞のための古典　河松潜一訳)　無名草子(久松潜一訳)　伊勢物語新考(海量著　池田利夫訳)

◇日本古典文学全集　8　竹取物語　片桐洋一校注・訳　小学館　1972　584p　図　23cm

◇竹取物語　川端康成訳　河出書房新社　1976　291p　図　18cm(日本古典文庫　7)　〈注釈(池田弥三郎)　解説(中村真一郎)〉

◇竹取物語—全訳注　上坂信男訳注　講談社　1978.9　217p　15cm(講談社学術文庫)　300円

◇現代語訳日本の古典　4　竹取物語・伊勢物語　田辺聖子著　学習研究社　1980.11　176p　30cm

◇伊勢物語・竹取物語　藤岡忠美著　尚学図書　1981.1　495p　20cm(鑑賞日本の古典　4)　〈参考文献解題：p445～468〉

◇完訳日本の古典　第10巻　竹取物語・伊勢物語・土佐日記　片桐洋一ほか校注・訳　小学館　1983.2　370p　20cm　〈伊勢物語年譜：p282～285　各章末：参考文献〉　1700円

◇竹取物語　室伏信助訳・注　創英社　1984.3　178p　19cm(全対訳日本古典新書)　〈研究文献目録：p166～178〉　630円

◇竹取物語—現代語訳対照　雨海博洋訳注　旺文社　1985.5　321p　16cm(旺文社文庫)　〈参考文献目録：p305～321〉　430円

◇竹取物語　伊勢物語　岡部伊都子,中村真一郎訳　世界文化社　1986.1　167p　23cm(特選日本の古典　グラフィック版　第3巻)

◇大庭みな子の竹取物語　伊勢物語　大庭みな子著　集英社　1986.5　269p　19cm(わたしの古典　3)　〈編集：創美社〉　1400円

◇竹取物語・大和物語　高橋亨校注・訳　ほるぷ出版　1986.9　338p　20cm(日本の文学)

◇竹取物語　星新一訳　角川書店　1987.8　190p　15cm(角川文庫)　300円

◇竹取物語　川端康成訳　河出書房新社　1988.3　291p　18cm(日本古典文庫　7)　〈新装版〉　1600円

◇竹取物語　雨海博洋訳注　旺文社　1988.5　327p　16cm(対訳古典シリーズ)　〈参考文献目録：p305～321〉　550円

◇竹取物語　田辺聖子現代語訳　学習研究社　1988.12　127p　26cm(Gakken mook)　〈構成・解説：室伏信助　監修：岡部昌幸〉　1500円

◇竹取物語・伊勢物語・堤中納言物語　臼井吉見,中谷孝雄訳　筑摩書房　1992.5　285p　15cm(ちくま文庫)　640円

◇平安朝文学の構造と解釈—竹取・うつほ・栄花　網谷厚子著　教育出版センター　1992.12　201p　22cm(研究選書　53)　3000円

◇竹取物語　雨海博洋訳注　旺文社　1994.7　327p　19cm(全訳古典撰集)　1200円

◇新編日本古典文学全集　12　竹取物語　伊勢物語　大和物語　平中物語　片桐洋一,福井貞助,高橋正治,清水好子校注・訳　小学館　1994.12　590p　23cm　4600円

◇大庭みな子の竹取物語・伊勢物語　大庭みな子著　集英社　1996.7　286p　15cm(わたしの古典)　680円

◇対訳竹取物語　川端康成訳　ドナルド・キーン英訳　宮田雅之剪絵　講談社インターナショナル　1997.3　177p　15×23cm　〈他言語標題：The tale of the bamboo cutter　英文併記〉　2300円

◇現代語訳竹取物語　川端康成著　新潮社　1998.6　160p　15cm(新潮文庫)　362円

◇竹取物語　角川書店編　角川書店　1999.2　255p　12cm(角川mini文庫—ミニ・クラシックス　2)　400円

日本古典文学案内—現代語訳・注釈書　　89

中古文学(物語)

◇竹取物語　室伏信助訳注　新版　角川書店　2001.3　205p　15cm(角川文庫―角川ソフィア文庫)〈現代語訳付き〉　629円

内容　文献あり

◇竹取物語　角川書店編　角川書店　2001.9　254p　15cm(角川文庫―角川ソフィア文庫 ビギナーズ・クラシックス)　533円

◇週刊日本の古典を見る　5　竹取物語　巻1　岡部伊都子訳　世界文化社　2002.5　34p　30cm　533円

◇週刊日本の古典を見る　6　竹取物語　巻2　岡部伊都子訳　世界文化社　2002.5　33p　30cm　533円

◇竹取物語―現代日本語・ヒンディー語訳　秋山虔監修　芳賀明夫訳　大沢和泉画　川崎　ハガエンタープライズ　2004.11　80p　16×22cm　〈ヒンディー語併記〉

◇竹取物語―現代語訳 本文対照　伊勢物語―現代語訳 本文対照　吉岡曠訳　學燈社　2005.11　280p　19cm　1600円

◇竹取物語　伊勢物語　大沼津代志文　学習研究社　2008.2　195p　21cm(超訳日本の古典　2)　1300円

◇竹取物語　伊勢物語　堤中納言物語　片桐洋一、福井貞助、稲賀敬二校訂・訳　小学館　2008.5　318p　20cm(日本の古典をよむ　6)　1800円

【注釈書】

◇参考標註竹取物語読本　鈴木弘恭標注　中外堂　1889.2　和53丁　23cm

◇竹取物語(校訂標註)　飯田永夫校　上原書店　1892.1　67p　19cm

◇校註竹取物語　佐佐木信綱注　東京堂　1892.8　59p　23cm

◇竹取物語(校註絵入)　星野忠直注　大阪図書出版　1892.9　80p　23cm

◇竹取物語新釈　春山頼母、井上頼文著　八尾新助刊　1893.12　123p　23cm

◇校註竹取物語　佐佐木信綱校註　5版　博文館　1896.9　60p　23cm

◇国文学講義全書　伊藤岩次郎編　誠之堂　1897　9冊　22cm

内容　新註古今和歌集(増田子信、生田目経徳述)上下(443p)、神皇正統紀(今泉定介述)上下(435p)、土佐日記、竹取物語(今泉定介述)128,153p、伊勢物語(今泉定介述)264p、十六夜日記(三木五百枝述)・百人一首(畠山健述)・和文読本問答(深井鑑一郎述)118,68,100p、徒然草、上下(476p)

◇国文註釈全集　第13　室松岩雄編　国学院大学出版部　1908-1910？　23cm

内容　竹取物語抄補注(小山儀)、徒然草野槌(林道春)、十六夜日記残月抄補注(小山田与清、北条時隣)、世諺問答考証(日尾荊山)、大井河行幸和歌考証(井上文雄)

◇竹取物語読本―附、註解　篠田真道著　修学堂　1909.7　123p　23cm(新撰百科全書　第79編)

◇新釈 日本文学叢書　4　物集高量校註　広文庫刊行会　1918-1923　23cm

内容　竹取物語、伊勢物語、大和物語、落窪物語、土佐日記、蜻蛉日記

◇校註 日本文学叢書　7　物集高量校註　再版　広文庫刊行会　1922.7　1冊　23cm

内容　竹取物語 伊勢物語 大和物語 落窪物語 土佐日記(紀貫之) 蜻蛉日記(藤原通綱の母)

◇校註 国文叢書　第6冊　池辺義象編　22版　博文館　1924.7　合586p　23cm(復本第1・4・5・9・18冊)

内容　竹取物語 伊勢物語 落窪物語 土佐日記(紀貫之) 枕草紙(清少納言) 徒然草(吉田兼好) 紫式部日記(紫式部)

◇竹取物語新釈　福永弘志著　大同館　1925　139p　四六判

◇国文学註釈叢書　5　折口信夫編　名著刊行会　1929-1930　19cm

内容　竹取物語〔ほか〕

◇竹取物語全釈　吉田九郎著　広文堂　1930.5　99p　菊判

◇校註 竹取物語　武田祐吉著　明治書院　1930.12　107p　四六判

◇校註 日本文学大系　2　中山泰昌編　2版　誠文堂新光社　1937.6

内容　竹取物語 他6篇

◇竹取物語　沢瀉久孝編　京都　白楊社　1949　70p　18cm(新注古典選書　第18)

◇竹取物語全釈―評註　市古貞次註釈　紫乃故郷舎　1949　173p　19cm(紫文学評註叢書)

◇竹取物語　高橋貞一校註　大日本雄弁会講談社　1951　160p　図版　19cm(新註国

中古文学(物語)

文学叢書　第9)
◇竹取物語—昭和校註　山田孝雄等編　武蔵野書院　1953　118p 図版　21cm
◇日本文学大系—校註　第1巻　久松潜一，山岸徳平監修　新訂版　風間書房　1955　523p　19cm
　内容　竹取物語(石川佐久太郎校訂)伊勢物語(佐伯常麿校訂)大和物語(佐伯常麿校訂)浜松中納言物語(石川佐久太郎校訂)無名草子(金子彦二郎校訂)堤中納言物語(金子彦二郎校訂)
◇日本古典文学大系　第9　竹取物語—底本は武藤元信旧蔵本　阪倉篤義　岩波書店　1957　398p 図版　22cm
◇竹取物語評釈　岡一男著　東京堂　1958　325p 図版　19cm(国文学評釈叢書)
◇竹取物語・伊勢物語　南波浩校註　朝日新聞社　1960　396p　19cm(日本古典全書)
◇竹取物語　野口元大校注　新潮社　1979.5　261p　20cm(新潮日本古典集成)　1400円
◇竹取物語　三谷栄一校注　13版　明治書院　1984.10　154p　19cm(校注古典叢書)　980円
◇竹取物語・伊勢物語　片桐洋一，伊藤敏子，白崎徳衛編　新装版　集英社　1988.5　218p　29×22cm(図説 日本の古典　5)　〈企画：秋山虔ほか 新装版〉　2800円
◇竹取物語評解　三谷栄一　増訂版　有精堂出版　1988.9　370p　19cm　〈主要参考文献：p353〜354〉　3300円
◇評解竹取物語・竹取物語通釈　柄松香著〔廿日市〕　柄松香　1990　120,39p　26cm
◇平安朝文学の構造と解釈—竹取・うつほ・栄花　網谷厚子著　教育出版センター　1992.12　201p　22cm(研究選書　53)　3000円
◇新日本古典文学大系　17　竹取物語　伊勢物語　堀内秀晃，秋山虔校注　岩波書店　1997.1　375p　22cm　3605円
◇校注竹取物語　松尾聰著　訂正増補4版　笠間書院　1998.11　85p　21cm　〈表紙および背のタイトル：竹取物語 付・「斑王女姑娘」説話〉　550円
◇竹取物語全評釈　本文評釈篇　上坂信男著　右文書院　1999.11　594p　22cm　20000円

堤中納言物語(平安後期)

【現代語訳】

◇全訳王朝文学叢書　第1巻　吉沢義則訳　王朝文学叢書刊行会　1927.9　95,145,54p　22cm
　内容　堤中納言物語 伊勢物語 大和物語 竹取物語
◇物語日本文学　11　藤村作他訳　2版　至文堂　1936.12
　内容　堤中納言物語
◇現代語訳国文学全集　第3巻　竹取物語・堤中納言物語・とりかへばや物語　川端康成訳　非凡閣　1937　1冊　20cm
◇堤中納言物語　村田穆訳　京都　白楊社　1950　143p　19cm
◇堤中納言物語　池田亀鑑訳　至文堂　1953　220p　19cm(物語日本文学)
◇日本国民文学全集　第6巻　王朝物語集第2　河出書房新社　1958　351p 図版　22cm
　内容　夜半の寝覚(円地文子訳)堤中納言物語(中村真一郎訳)とりかえばや物語(永井竜男訳)今昔物語(福永武彦訳)
◇古典日本文学全集　第7　王朝物語集　筑摩書房　1960　465p 図版　23cm
　内容　竹取物語(臼井吉見訳)伊勢物語(中谷孝雄訳)落窪物語(塩田良平訳)堤中納言物語(臼井吉見訳)とりかえばや物語(中村真一郎訳)解説(松尾聰)お伽噺としての竹取物語(和辻哲郎)伊勢物語序説(窪田空穂)落窪物語(小島政二郎)堤中納言物語(小島政二郎)とりかへばや物語(中村真一郎)
◇堤中納言物語　山岸徳平訳注　角川書店　1963　264p　15cm(角川文庫)　〈付：現代語訳〉
◇国民の文学　第6　王朝名作集　第2　谷崎潤一郎等編　河出書房新社　1964　489p 図版　18cm
　内容　狭衣物語 堤中納言物語(中村真一郎訳)とりかえばや物語(永井竜男訳)注釈 解説(池田弥三郎)
◇古典日本文学全集　第7　王朝物語集　臼井吉見等訳　筑摩書房　1966　465p 図版　23cm　〈普及版〉
　内容　竹取物語(臼井吉見訳)伊勢物語(中谷孝雄訳)落窪物語(塩田良平訳)堤中納言物語(臼井吉見訳)とりかえばや物語(中村真一郎訳)

中古文学(物語)

　　解説(松尾聡) お伽噺としての竹取物語(和辻哲郎) 伊勢物語序説(窪田空穂) 落窪物語(小島政二郎) 堤中納言物語(小島政二郎) とりかえばや物語(中村真一郎)

◇日本文学全集　第2集 第2　王朝物語集　河出書房新社　1968　385p 図版　20cm　〈監修者：谷崎潤一郎等〉

　　内容 竹取物語(川端康成訳) 伊勢物語(中村真一郎訳) 堤中納言物語(中村真一郎訳) 夜半の寝覚(円地文子訳)

◇日本の古典　5　王朝物語集　1　河出書房新社　1971　360p 図　23cm

　　内容 竹取物語(川端康成訳) 伊勢物語(中村真一郎訳) 狭衣物語(中村真一郎訳) 堤中納言物語(中村真一郎訳) 作品鑑賞のための古典 河物(契沖著 久松潜一訳) 無名草子(久松潜一訳) 伊勢物語新考(海量著 池田利夫訳)

◇堤中納言物語——現代語訳対照　池田利夫訳注　旺文社　1979.7　234p　16cm(旺文社文庫)　300円

◇堤中納言物語——全訳注　三角洋一訳注　講談社　1981.10　359p　15cm(講談社学術文庫)　〈研究文献案内：p355～359〉　780円

◇堤中納言物語　大槻修校注・訳　ほるぷ出版　1986.9　250p　20cm(日本の文学)

◇阿部光子の更級日記・堤中納言物語　阿部光子著　集英社　1986.11　294p　19cm(わたしの古典　10)　〈編集：創美社〉　1400円

　　内容 更級日記(京への旅　親しい人々との別れ　花紅葉の思い　春の夜の形見　夢幻の世を) 堤中納言物語(このついで　花桜折る少将　よしなしごと　冬ごもる空のけしき　虫愛づる姫君　程ほどの懸想　はいずみ　はなだの女御　かひあはせ　逢坂こえぬ権中納言　思わぬ方にとまりする少将)

◇完訳日本の古典　第27巻　堤中納言物語・無名草子　稲賀敬二，久保木哲夫校注・訳　小学館　1987.1　414p　20cm　〈付：参考文献〉　1700円

◇堤中納言物語　池田利夫訳注　旺文社　1988.5　234p　16cm(対訳古典シリーズ)　450円

◇竹取物語・伊勢物語・堤中納言物語　臼井吉見，中谷孝雄訳　筑摩書房　1992.5　285p　15cm(ちくま文庫)　640円

◇阿部光子の更級日記・堤中納言物語　阿部光子著　集英社　1996.6　308p　15cm(わたしの古典)　680円

◇新編日本古典文学全集　17　落窪物語　堤中納言物語　三谷栄一，三谷邦明，稲賀敬二校注・訳　小学館　2000.9　574p　23cm　4457円

◇堤中納言物語　池田利夫訳・注　笠間書院　2006.9　279p　19cm(笠間文庫—原文&現代語訳シリーズ)　〈旺文社1979年刊の新版〉　1500円

◇竹取物語　伊勢物語　堤中納言物語　片桐洋一，福井貞助，稲賀敬二校訂・訳　小学館　2008.5　318p　20cm(日本の古典をよむ　6)　1800円

【注釈書】

◇宇津保物語、狭衣住吉物語、堤中納言物語　井上頼圀，萩野由之，関根正直ほか著　博文館　1915　1冊(校註国文叢書)

◇校註 国文叢書　第14巻　池辺義象編　4版　博文館　1924.11　23cm(復本第1・4・5・9・18冊)

　　内容 宇津保物語下巻 狭衣 住吉物語 堤中納言物語

◇異本堤中納言物語——校註　3巻　清水泰校註　京都　竜谷大学国文学会　1928　171p 19cm　〈原名「小夜衣」〉

◇校註 異本提中納言物語　清水泰校註　龍谷大学国文学会　1928

◇頭註 定本堤中納言物語　吉沢義則監修　立命館大学出版部　1929.7　117p　四六判

◇堤中納言物語評釈　清水泰著　文献書院　1929.9　271,10p　23cm　〈増補版 立命館出版部 昭9，京都印書館 昭23〉

◇落窪物語・住吉物語・堤中納言物語・徒然草　笹川種郎，藤村作，尾上八郎校註　博文館　1930.1　345p　四六判

◇落窪物語 住吉物語 提中納言物語 徒然草　笹川種郎，藤村作，尾上八郎校註　博文館　1930.1　合338p 図　20cm(博文館叢書)

◇新釈 日本文学叢書　第2巻　内海弘蔵校注　日本文学叢書刊行会　1931.10　29,747p　23cm

　　内容 狭衣 浜松中納言物語(菅原孝標の女) 堤中納言物語 讃岐典侍日記(讃岐典侍) 唐物語 中務内侍日記(中務内侍)

◇堤中納言物語評釈　清水泰著　増訂(3版)　京都　立命館出版部　1941　275p　22cm

中古文学(物語)

◇堤中納言物語評釈　清水泰著　増訂　京都　京都印書館　1948　275p　22cm

◇堤中納言物語―校註　松尾聡編　武蔵野書院　1949　94p　19cm

◇堤中納言物語　佐伯梅友校註　大日本雄弁会講談社　1949　228p　図版　19cm(新註国文学叢書)〈付:「逢坂こえぬ権中納言」について(鈴木一雄)、「虫愛づる姫君」について(山岸徳平)〉

◇堤中納言物語　久松潜一,溝江徳明校註　文京書院　1950　142p　19cm

◇堤中納言物語―三手文庫本　吉川理吉,土岐武治校註　京都　初音書房　1951　92p　19cm

◇堤中納言物語　松村誠一校註　朝日新聞社　1951　369p　19cm(日本古典全書)

◇堤中納言物語新釈　土岐武治著　京都　学而堂　1954　362p　図版　22cm

◇日本文学大系―校註　第1巻　久松潜一,山岸徳平監修　新訂版　風間書房　1955　523p　19cm
　[内容]竹取物語(石川佐久太郎校訂)伊勢物語(佐伯常麿校訂)大和物語(佐伯常麿校訂)浜松中納言物語(石川佐久太郎校訂)無名草子(金子彦二郎校訂)堤中納言物語(金子彦二郎校訂)

◇堤中納言物語新釈　佐伯梅友、藤森朋夫共著　明治書院　1956　293p　19cm

◇旧註集成堤中納言物語　土岐武治著　京都　地人書房　1958　228p　図版　22cm

◇堤中納言物語全註解　山岸徳平著　有精堂出版　1962　778p　図版　22cm

◇堤中納言物語全釈　松尾聡著　笠間書院　1971　407p　19cm　850円

◇堤中納言物語　上　塚原鉄雄,神尾暢子校注　新典社　1976　109p　21cm(影印校注古典叢書　7)　900円

◇堤中納言物語の注釈的研究　土岐武治著　風間書房　1976　1381,10,36p　22cm　24500円

◇堤中納言物語　下　塚原鉄雄,神尾暢子校注　新典社　1977.3　151p　21cm(影印校注古典叢書　13)　1000円

◇堤中納言物語　塚原鉄雄校注　新潮社　1983.1　333p　20cm(新潮日本古典集成)　1800円

◇平安後期物語選　大槻修編　大阪　和泉書院　1983.3　216p　21cm　1500円

　[内容]平安後期の物語　大槻修著。浜松中納言物語　三角洋一校注。狭衣物語　神野藤昭夫校注。夜の寝覚　大槻節子校注。とりかへばや物語　大槻修校注。堤中納言物語　阿部好臣校注。参考文献:p209〜216

◇新日本古典文学大系　26　堤中納言物語・とりかへばや物語　佐竹昭広ほか編　大槻修ほか校注　岩波書店　1992.3　422p　22cm　3500円

◇校注堤中納言物語　大倉比呂志編　新典社　2000.2　134p　19cm(新典社校注叢書　11)〈文献あり〉　1350円

◇堤中納言物語　大槻修校注　岩波書店　2002.2　167p　15cm(岩波文庫)　460円

多武峯少将物語(平安中期)

【注釈書】

◇国文註釈全集　第16　室松岩雄編　国学院大学出版部　1908-1910?　23cm
　[内容]源注拾遺(契冲)、源氏外伝(熊沢了介)、勢語図説抄(斎藤彦麿)、多武峯少将物語考証(丸林孝之)、四十二物語考証(山本明清)、鳴門中将物語考証(岸本由豆流)、狭衣物語下紐、附録、宇治拾遺物語私註(小島之茂)、唐物語要(清水浜臣)、取替ばや物語考証(岡本保孝)、今昔物語書入本、今昔物語出典攷(岡本保孝)、今昔物語訓(小山田与清)、梁塵愚案鈔(一条兼良)、梁塵後抄(熊谷直好)

◇多武峯少将物語―本文批判と解釈　玉井幸助著　塙書房　1960　181p　図版　22cm　〈付録(129-181p):書名について―高光日記との関係、組織と内容、成立と作者、藤原高光伝、系図、年表〉

◇多武峯少将物語―校本と注解　松原一義著　桜楓社　1991.2　692p　22cm

◇高光集と多武峯少将物語―本文・注釈・研究　笹川博司著　風間書房　2006.11　363p　22cm　〈年譜あり〉　12000円

浜松中納言物語(平安中期〜後期)

【現代語訳】

◇日本の古典　6　王朝物語集　2　河出書房新社　1972　399p　図　23cm
　[内容]夜半の寝覚(円地文子訳)浜松中納言物語(中村真一郎訳)とりかえばや物語(永井竜男

中古文学(物語)

訳) 作品鑑賞のための古典 無名草子(久松潜一訳)

◇新編日本古典文学全集 27 浜松中納言物語 池田利夫校注・訳 小学館 2001.4 494p 22cm 4267円

内容 文献あり

【注釈書】

◇校註 国文叢書 第12冊 池辺義象編 5版 博文館 1924.7 23cm(復本第1・4・5・9・18冊)

内容 蜻蛉日記(藤原道綱の母) 更科日記(菅原孝標女) 浜松中納言物語(菅原孝標女) とりかへばや物語 方丈記(鴨長明) 月のゆくへ(荒木田麗子)

◇浜松中納言物語・とりかへはや物語・更科日記 笹川種郎、藤村作、尾上八郎校註 博文館 1929.12 388p 四六判

◇新釈 日本文学叢書 第2巻 内海弘蔵校注 日本文学叢書刊行会 1931.10 29,747p 23cm

内容 狭衣 浜松中納言物語(菅原孝標の女) 堤中納言物語 讃岐典侍日記(讃岐典侍) 唐物語 中務内侍日記(中務内侍)

◇浜松中納言物語 宮下清計校注 大日本雄弁会講談社 1951 415p 19cm(新註国文学叢書 第25) 〈伝:菅原孝標女作〉

◇日本文学大系─校註 第1巻 久松潜一, 山岸徳平監修 新訂版 風間書房 1955 523p 19cm

内容 竹取物語(石川佐久太郎校訂) 伊勢物語(佐伯常麿校訂) 大和物語(佐伯常麿校訂) 浜松中納言物語(石川佐久太郎校訂) 無名草子(金子彦二郎校訂) 堤中納言物語(金子彦二郎校訂)

◇平安後期物語選 大槻修編 大阪 和泉書院 1983.3 216p 21cm 1500円

内容 平安後期の物語 大槻修著. 浜松中納言物語 三角洋一校注. 狭衣物語 神野藤昭夫校注. 夜の寝覚 大槻節子校注. とりかへばや物語 大槻修校注. 堤中納言物語 阿部好臣校注. 参考文献:p209～216

◇浜松中納言物語全注釈 上巻 中西健治著 大阪 和泉書院 2005.2 808p 22cm(研究叢書 329)

◇浜松中納言物語全注釈 下巻 中西健治著 大阪 和泉書院 2005.2 p811-1387 22cm(研究叢書 329) 〈文献あり〉

平中物語(平安中期)

【現代語訳】

◇平仲物語─全訳注 目加田さくを訳注 講談社 1979.11 233p 15cm(講談社学術文庫) 〈平貞文年表:p225～229〉 480円

◇新編日本古典文学全集 12 竹取物語 伊勢物語 大和物語 平中物語 片桐洋一, 福井貞助, 高橋正治, 清水好子校注・訳 小学館 1994.12 590p 23cm 4600円

【注釈書】

◇王朝三日記新釈 宮田和一郎校註 健文社 1947

◇王朝三日記新釈 宮田和一郎校註 健文社 1948 224p 18cm

内容 篁日記(小野篁), 平中日記(平貞文), 成尋母日記(成尋の母)

◇平仲物語新講 目加田さくを著 武蔵野書院 1958 164p 22cm

◇平中全講 萩谷朴著 萩谷朴 1959 282p 図版 22cm

◇平中物語 山岸徳平校註 朝日新聞社 1959 301p 19cm(日本古典全書)

◇平中物語 萩谷朴校註 角川書店 1960 144p 15cm(角川文庫)

内容 付(89-118p):その他の和歌の説話及び好色滑稽譚

◇日本古典文学大系 第77 篁物語,平中物語 遠藤嘉基校注 岩波書店 1964 516p 図版 22cm

◇平仲物語 中田武司編 桜楓社 1977.1 92p 図 22cm 〈主たる注釈書及び参考文献・主たる論文:p.77～78〉 1000円

◇平中全講 萩谷朴編著 京都 同朋舎 1978.11 290p 22cm 〈平中年譜附人名索引:p256～264 平中研究文献一覧:p276～281〉 6000円

大和物語(平安中期)

【現代語訳】

◇全訳王朝文学叢書 第1巻 吉沢義則訳 王朝文学叢書刊行会 1927.9 95,145,54p

中古文学(物語)

22cm

　　内容　堤中納言物語　伊勢物語　大和物語　竹取物語

◇物語日本文学　2　伊勢物語　大和物語　藤村作等訳　至文堂　1938　1冊　図版　19cm

◇国民の文学　第6　王朝名作集　第2　谷崎潤一郎等編　河出書房新社　1964　489p 図版　18cm

　　内容　狭衣物語　堤中納言物語(中村真一郎訳)　とりかえばや物語(永井竜男訳)　注釈　解説(池田弥三郎)

◇竹取物語・大和物語　高橋亨校注・訳　ほるぷ出版　1986.9　338p　20cm(日本の文学)

◇新編日本古典文学全集　12　竹取物語　伊勢物語　大和物語　平中物語　片桐洋一，福井貞助，高橋正治，清水好子校注・訳　小学館　1994.12　590p　23cm　4600円

◇大和物語　上　雨海博洋,岡山美樹全訳注　講談社　2006.1　464p　15cm(講談社学術文庫)　1450円

◇大和物語　下　雨海博洋,岡山美樹全訳注　講談社　2006.2　404p　15cm(講談社学術文庫)　1350円

【注釈書】

◇大和物語詳解　井上覚蔵,栗島山之助講述　誠之堂　1901　204p　23cm(中等教育和漢文講義　第28篇)〈活版〉

◇国文註釈全集　第10　室松岩雄編　国学院大学出版部　1908-1910？　23cm

　　内容　大和物語虚静抄(木崎雅興)，大和物語錦繍抄(前田夏蔭)，宇津保物語玉披(細井貞雄)，宇津保物語二阿抄(山岡明阿,細井星阿)，宇津保物語考註(清水浜臣)，落窪物語証解(甫喜山景雄)

◇新釈　日本文学叢書　4　物集高量校註　日本文学叢書刊行会　1918-1923　23cm

　　内容　竹取物語，伊勢物語，大和物語，落窪物語，土佐日記，蜻蛉日記

◇校註　日本文学叢書　7　物集高量校註　再版　広文庫刊行会　1922.7　1冊　23cm

　　内容　竹取物語　伊勢物語　大和物語　落窪物語　土佐日記(紀貫之)　蜻蛉日記(藤原通綱の母)

◇校註　国文叢書　第18冊　池辺義象編　8版　博文館　1929.3　23cm(復本第1・4・5・9・18冊)

　　内容　神皇正統記(北畠親房)　梅松論　桜雲記　吉野拾遺(松翁)　十訓抄　大和物語　唐物語　和泉式部日記(和泉式部)　十六夜日記(阿仏尼)

◇大和物語新釈　浅井峯治著　大同館　1931.9　300p　四六判

◇日本文学大系一校註　第1巻　久松潜一，山岸徳平監修　新訂版　風間書房　1955　523p　19cm

　　内容　竹取物語(石川佐久太郎校訂)　伊勢物語(佐伯常麿校訂)　大和物語(佐伯常麿校訂)　浜松中納言物語(石川佐久太郎校訂)　無名草子(金子彦二郎校訂)　堤中納言物語(金子彦二郎校訂)

◇大和物語　南波浩校註　朝日新聞社　1961　346p　19cm(日本古典全書)

◇大和物語の注釈と研究　柿本奨著　武蔵野書院　1981.2　736p　22cm　16000円

◇大和物語解題・釈文　今井源衛編　福岡在九州国文資料影印叢書刊行会　1981.5　92p　15×21cm(在九州国文資料影印叢書第2期)　非売品

◇大和物語諸注集成　雨海博洋編著　桜楓社　1983.5　779p　22cm　〈限定版〉　48000円

◇大和物語　阿部俊子校注　7版　明治書院　1986.2　394p　19cm(校注古典叢書)〈研究文献：p372～376〉　1400円

◇大和物語　雨海博洋校注　有精堂出版　1988.3　293p　20cm(有精堂校注叢書)〈参考文献一覧：p230～233〉　3000円

◇校注大和物語　柳田忠則編　新典社　1988.4　214p　19cm(新典社校注叢書　5)〈大和物語文献目録：p165～210〉　1500円

◇大和物語評釈　上巻　今井源衛著　笠間書院　1999.3　320p　22cm(笠間注釈叢刊　27)　9500円

◇大和物語評釈　下巻　今井源衛著　笠間書院　2000.2　552p　22cm(笠間注釈叢刊　28)　12500円

◇大和物語　阿部俊子校注　新装版　明治書院　2001.3　394p　19cm(校注古典叢書)〈文献あり〉　2600円

◇大和物語研究　第3号　大和物語輪読会編〔旭川〕　大和物語輪読会　2007.3　66p　26cm

　　内容　注釈：第六十五段注釈/宮下雅恵/著. 第百四十三段注釈/林晃平/著. 第百五十七段注釈/

中古文学(物語)

伊藤一男/著. 第百五十九段注釈/畠山瑞樹/著. 第百六十段注釈/境亜紗子/著. 第百六十一段注釈/小野芳子/著. 第百六十七段注釈/中嶋みゆき/著

夜半の寝覚(平安後期)

【現代語訳】

◇日本国民文学全集　第6巻　王朝物語集　第2　河出書房新社　1958　351p 図版　22cm

　内容 夜半の寝覚(円地文子訳) 堤中納言物語(中村真一郎訳) とりかえばや物語(永井竜男訳) 今昔物語(福永武彦訳)

◇日本文学全集　第3　青野季吉等編　河出書房新社　1960　539p 図版　19cm

　内容 竹取物語(川端康成訳) 伊勢物語(中河与一訳) 落窪物語(小島政二郎訳) 夜半の寝覚(菅原孝標のむすめ著 円地文子訳)

◇国民の文学　第5　王朝名作集　第1　谷崎潤一郎等編　河出書房新社　1964　539p 図版　18cm

　内容 竹取物語(川端康成訳) 伊勢物語(中河与一訳) 落窪物語(小島政二郎訳) 夜半の寝覚(円地文子訳) 注釈(池田弥三郎) 解説(中村真一郎)

◇日本文学全集　第2集 第2　王朝物語集　河出書房新社　1968　385p 図版　20cm 〈監修者：谷崎潤一郎等〉

　内容 竹取物語(川端康成訳) 伊勢物語(中村真一郎訳) 堤中納言物語(中村真一郎訳) 夜半の寝覚(円地文子訳)

◇日本の古典　6　王朝物語集　2　河出書房新社　1972　399p 図　23cm

　内容 夜半の寝覚(円地文子訳) 浜松中納言物語(中村真一郎訳) とりかえばや物語(永井竜男訳) 作品鑑賞のための古典 無名草子(久松潜一訳)

◇日本古典文学全集　19　夜の寝覚　鈴木一雄校・注・訳　小学館　1974　606p 図　23cm　〈付録：系図, 寝覚物語絵巻, 主要参考文献〉

◇夜半の寝覚　円地文子訳　河出書房新社　1976.12　316p 図　18cm(日本古典文庫 9)

◇完訳日本の古典　第25巻　夜の寝覚　1　鈴木一雄, 石埜敬子校注・訳　小学館　1984.12　366p　20cm　〈参考文献：p344〉　1700円

◇完訳日本の古典　第26巻　夜の寝覚　2　鈴木一雄, 石埜敬子校注・訳　小学館　1985.1　446p　20cm　1700円

◇寝覚　上　関根慶子全訳注　講談社　1986.4　450p　15cm(講談社学術文庫)　1300円

◇寝覚　中　関根慶子全訳注　講談社　1986.4　337p　15cm(講談社学術文庫)　1100円

◇寝覚　下　関根慶子全訳注　講談社　1986.5　357p　15cm(講談社学術文庫)　1100円

◇夜半の寝覚　円地文子訳　河出書房新社　1988.5　316p　18cm(日本古典文庫 9)〈新装版〉　1600円

◇新編日本古典文学全集　28　夜の寝覚　鈴木一雄校注・訳　小学館　1996.9　621p　23cm　4800円

【注釈書】

◇夜半の寝覚―校註　藤田徳太郎, 増淵恒吉共編　中興館　1933　592p 図版8枚 表　23cm

　内容 附録：窓のともしび 横山由清著, 夜の寝覚物語の研究 増淵恒吉著, 夜の寝覚物語について 藤田徳太郎著

◇校註 夜半の寝覚　藤田徳太郎, 増淵恒吉編　中興館　1933.7　568p　菊判　〈増補版 昭8〉

◇寝覚物語全釈　関根慶子, 小松登美共著　學燈社　1960　734p 図版　22cm

◇日本古典文学大系　第78　夜の寝覚　阪倉篤義校注　岩波書店　1964　452p 図版　22cm

◇寝覚物語全釈　関根慶子, 小松登美共著　増訂版　學燈社　1972.9　786p　22cm　〈限定版〉

◇夜の寝覚　1　大槻修, 大槻節子校注　新典社　1976　247p　21cm(影印校注古典叢書 8)　1800円

◇夜の寝覚　2　大槻修, 大槻節子校注　新典社　1977.4　255p　21cm(影印校注古典叢書 12)　1800円

◇夜の寝覚　3　大槻修, 大槻節子校注　新典社　1979.4　207p　21cm(影印校注古典叢書 19)　1600円

◇夜の寝覚　4　大槻修, 大槻節子校注　新

中古文学(歴史物語・歴史書)

典社　1980.4　239p　21cm(影印校注古
典叢書　20)　1800円
◇平安後期物語選　大槻修編　大阪　和泉
書院　1983.3　216p　21cm　1500円

[内容]平安後期の物語　大槻修著. 浜松中納言物
語 三角洋一校注. 狭衣物語 神野藤昭夫校注.
夜の寝覚 大槻節子校注. とりかへばや物語 大
槻修校注. 堤中納言物語 阿部好臣校注. 参考
文献：p209〜216

◇夜の寝覚　5　大槻修,大槻節子校注　新
典社　1983.6　317p　21cm(影印校注古
典叢書　21)〈付：主要参考文献〉
2000円
◇校註夜半の寝覚　藤田徳太郎,増淵恒吉編
著　クレス出版　1999.4　568,2p
22cm(物語文学研究叢書　第9巻)〈中興
館昭和8年刊の複製〉

歴史物語・歴史書

【現代語訳】
◇訓読日本三代実録　武田祐吉,佐藤謙三訳
京都　臨川書店　1986.4　1184p　22cm
〈『日本三代実録』(大岡山書店昭和8〜16年
刊)の改題復刊〉

【注釈書】
◇国文註釈全集　第7　室松岩雄編　国学院
大学出版部　1908-1910？　23cm

[内容]大鏡目録並系図(土肥経平), 大鏡短観抄
(大石千引), 大鏡裏書(異本), 栄花物語考(安藤
為章), 栄花物語抄(岡本保孝), 附 栄花物語事
蹟考勘(野村房尚), 栄花物語帝王源氏系図

◇旧事記　溝口駒造訓註　改造社　1943
265p　16cm(改造文庫)
◇標註旧事紀校本　飯田季治著　瑞穂出版
会社　1947　257p　19cm
◇転注説・扶桑略記校訛・毎条千金　正宗敦
夫ほか編纂校訂　現代思潮社　1978.4
214p　16cm(覆刻日本古典全集)〈日本
古典全集刊行会大正15年刊の複製〉
◇六国史　巻7　続日本後紀　佐伯有義校訂
標注　増補　名著普及会　1982.10　391p
24cm〈朝日新聞社昭和15年刊の複製〉
7000円
◇六国史　巻8　文徳実録　佐伯有義校訂標
注　増補　名著普及会　1982.10　188p

24cm〈朝日新聞社昭和15年刊の複製〉
4000円
◇六国史　巻9・巻10　三代実録　佐伯有義
校訂標注　増補　名著普及会　1982.10
1冊　24cm〈朝日新聞社昭和15〜16年
刊の合本複製〉　13000円
◇六国史　巻11・巻12　年表・索引　佐伯
有義校訂標注　増補　名著普及会
1982.10　1冊　24cm〈朝日新聞社昭和
16年刊の合本複製〉　8000円
◇先代旧事本紀大成経　1　小笠原春夫校注
神道大系編纂会　1999.10　362p
23cm(続神道大系 論説編)　17143円

[内容] 1-18巻

◇先代旧事本紀大成経　2　小笠原春夫校注
神道大系編纂会　1999.10　401p
23cm(続神道大系 論説編)　17143円

[内容] 19-38巻

◇先代旧事本紀大成経　3　小笠原春夫校注
神道大系編纂会　1999.10　401p
23cm(続神道大系 論説編)　17143円

[内容] 39-57巻

◇先代旧事本紀大成経　4　小笠原春夫校注
神道大系編纂会　1999.10　393p
23cm(続神道大系 論説編)　17143円

[内容] 58-72巻

今鏡(平安後期)

【現代語訳】
◇今鏡　上　竹鼻績全訳注　講談社
1984.3　541p　15cm(講談社学術文庫)
1200円
◇今鏡　中　竹鼻績全訳注　講談社
1984.5　673p　15cm(講談社学術文庫)
1300円
◇今鏡　下　竹鼻績全訳注　講談社
1984.6　651p　15cm(講談社学術文庫)
1300円

【注釈書】
◇水鏡増鏡 大鏡、今鏡　池辺義象ほか　博
文館　1914　1冊(校注国文叢書)
◇校註　日本文学叢書　2　物集高量校註
再版　広文庫刊行会　1923.2　合668p

日本古典文学案内－現代語訳・注釈書　97

中古文学(歴史物語・歴史書)

23cm
　内容　今鏡 増鏡

◇新釈 日本文学叢書 8 物集高量編著
日本文学叢書刊行会 1924-1925 23cm
　内容　今鏡,増鏡

◇校註 国文叢書 第9冊 池辺義象編 9版
博文館 1924.4 23cm(復本第1・4・5・9・18冊)
　内容　水鏡 大鏡 今鏡 増鏡

◇今鏡 板橋倫行校註 朝日新聞社 1950
389p 19cm(日本古典全書)

◇今鏡 板橋倫行校註 朝日新聞社 1970
389p 19cm(日本古典全書) 〈第9版(初版:昭和25年刊) 監修:高木市之助等〉
500円

◇今鏡全釈 海野泰男著 福武書店
1982.3～1983.7 2冊 22cm 各12000円

◇今鏡全釈 海野泰男著 パルトス社
1996.11 617,590,4p 23cm 〈複製〉
38000円

◇声で読む大鏡・今鏡・増鏡 金子武雄著
學燈社 2007.5 289p 19cm 1900円

栄花物語(平安中期～後期)

【現代語訳】

◇新訳栄華物語 上,中,下巻 与謝野晶子訳 金尾文淵堂 1914-1915 3冊 図版 23cm

◇現代語訳国文学全集 第11巻 栄華物語 藤村作訳 非凡閣 1938.12 1冊 20cm

◇古典日本文学全集 第9 栄花物語 筑摩書房 1962 450p 図版 23cm
　内容　栄花物語(与謝野晶子訳) 解説(松村博司) 源氏物語から栄花物語へ(阿部秋生) 女性の文学としての栄花物語(富倉徳次郎) 栄花物語の時代背景(山中裕)

◇古典日本文学全集 第9 栄花物語 与謝野晶子訳 筑摩書房 1966 450p 図版 23cm 〈普及版〉
　内容　解説(松村博司)源氏物語から栄花物語へ(阿部秋生) 女性の文学としての栄花物語(富倉徳次郎) 栄花物語の時代背景(山中裕)

◇栄花物語―現代語版 横山青娥,横山寿賀子共訳 塔影書房 1969 433p 22cm 〈限定版〉 3500円

◇新編日本古典文学全集 31 栄花物語 1 山中裕ほか校注・訳 小学館 1995.8 589p 23cm 〈巻第1月の宴～巻第10ひかげのかづら. 栄花物語年表:p566～589〉 4600円

◇新編日本古典文学全集 32 栄花物語 2 山中裕ほか校注・訳 小学館 1997.1 566p 23cm 4800円
　内容　巻第11つぼみ花～巻第26楚王のゆめ 栄花物語年表:p552～566

◇新編日本古典文学全集 33 栄花物語 3 山中裕ほか校注・訳 小学館 1998.3 573p 23cm 〈年表あり〉 4657円
　内容　巻第27ころものたま―巻第40紫野

◇大鏡 栄花物語 橘健二,加藤静子校訂・訳 山中裕,秋山虔,池田尚隆,福長進校訂・訳 小学館 2008.11 317p 20cm(日本の古典をよむ 11) 1800円

【注釈書】

◇栄花物語(副注) 小杉榲邨校定注解 大八洲学会 1889 3冊(巻1-3 311p) 19cm

◇標注栄花物語抄 池辺義象,関根正直標注 弦巻書肆 1890-1891 和6冊(1-6巻) 23cm

◇栄花物語略註(訂正) 巻之1 池辺真榛著 小杉榲邨閲 徳島 池辺与吉郎 1891.3 和97p 23cm

◇名文評釈 国学院編 博文館 1901.5 448p 24cm
　内容　続日本後記宣命・伊勢物語(荻野由之),源氏物語・枕草子(本居豊穎),枕草子(黒木真質),栄花物語(関根正直),栄花物語(小杉榲邨),十六夜日記・十訓抄・吉野拾遺・徒然草(本居豊穎),源平盛衰記・平家物語・太平記(落合直文),新撰朗詠集(松井簡治)

◇校註 国文叢書 第3冊 池辺義象編 博文館 1912-1915 23cm(復本第1・4・5・9・18冊)
　内容　栄花物語

◇校註 国文叢書 第10冊 池辺義象編 博文館 1923 23cm(復本第1・4・5・9・18冊)
　内容　栄華物語

◇国文学註釈叢書 11 折口信夫編 名著刊行会 1929-1930 19cm

中古文学(歴史物語・歴史書)

内容 栄華物語年立目録〔ほか〕

◇校註 日本文学大系 19 栄華物語 中山泰昌編 2版 誠文堂新光社 1938.2 〈普及版〉

◇栄花物語 第1 松村博司校註 朝日新聞社 1956 383p 19cm(日本古典全書)

◇栄花物語 第2 松村博司校註 朝日新聞社 1957 320p 19cm(日本古典全書)

◇栄花物語 第3 松村博司校註 朝日新聞社 1958 327p 19cm(日本古典全書)

◇栄花物語 第4 松村博司校註 朝日新聞社 1959 269p 19cm(日本古典全書)

◇日本古典文学大系 第75 栄花物語 上 松村博司,山中裕校注 岩波書店 1964 557p 図版 22cm

◇日本古典文学大系 第76 栄花物語 下 松村博司,山中裕校注 岩波書店 1965 639p 図版 22cm

◇栄花物語全注釈 1 松村博司著 角川書店 1969 570p 図版 22cm(日本古典評釈・全注釈叢書) 2900円

◇栄花物語全注釈 2 松村博司著 角川書店 1971 608p 図版 22cm(日本古典評釈・全注釈叢書) 3200円

◇栄花物語全注釈 3 松村博司著 角川書店 1972 573p 図 22cm(日本古典評釈・全注釈叢書)

◇栄花物語全注釈 4 松村博司著 角川書店 1974 589p 図 22cm(日本古典評釈・全注釈叢書) 3800円

◇栄花物語全注釈 5 松村博司著 角川書店 1975 480p 図 22cm(日本古典評釈・全注釈叢書) 3900円

◇栄花物語全注釈 6 松村博司著 角川書店 1976.12 500p 図 22cm(日本古典評釈・全注釈叢書) 3900円

◇栄花物語全注釈 7 松村博司著 角川書店 1978.9 530p 22cm(日本古典評釈・全注釈叢書) 4500円

◇栄花物語全注釈 8 松村博司著 角川書店 1981.2 384p 22cm(日本古典評釈・全注釈叢書) 4900円

◇栄花物語標注─住吉大社蔵 上 佐野久成著 本位田重美,清水彰編 笠間書院 1981.7 477p 22cm(笠間叢書 161) 7500円

◇栄花物語標注─住吉大社蔵 中 佐野久成著 本位田重美,清水彰編 笠間書院 1981.10 499p 22cm(笠間叢書 162) 7500円

◇栄花物語全注釈 別巻 松村博司著 角川書店 1982.5 344p 22cm(日本古典評釈・全注釈叢書) 4900円

◇栄花物語標注─住吉大社蔵 下 佐野久成著 本位田重美,清水彰編 笠間書院 1982.5 510p 22cm(笠間叢書 163) 7500円

◇栄花物語の研究 校異篇 下巻 松村博司編 風間書房 1986.10 540p 27cm〈付(別冊 40p):校異篇・栄花物語全注釈・日本古典文学大系本・日本古典全書頁対照表〉 18000円

◇平安朝文学の構造と解釈─竹取・うつほ・栄花 網谷厚子著 教育出版センター 1992.12 201p 22cm(研究選書 53) 3000円

◇栄花物語 上 松村博司,山中裕校注 岩波書店 1993.1 557p 22cm(日本古典文学大系新装版) 4600円

◇栄花物語 下 松村博司,山中裕校注 岩波書店 1993.2 639p 22cm(日本古典文学大系新装版) 5000円

◇新日本古典文学大系 32 佐竹昭広ほか編 岩波書店 1997.6 621,42p 22cm〈索引あり〉 4500円

内容 索引あり

◇栄華物語詳解補註 岩野祐吉著 クレス出版 1999.4 292,260,146p 22cm(物語文学研究叢書 第13巻)〈複製〉

大鏡(平安後期)

【現代語訳】

◇新註対訳 大鏡 池辺義象著 田中宋栄堂 1928.3 703p 19cm(国漢文叢書)

◇現代語訳国文学全集 第10巻 大鏡 五十嵐力訳 非凡閣 1938.1 1冊 20cm

◇日本古典文学全集─現代語訳 第14巻 大鏡 岡一男訳 河出書房 1955 263p 19cm

◇古典日本文学全集 第13 大鏡・増鏡 筑摩書房 1962 420p 図版 23cm

内容 大鏡(岡一男訳)増鏡(岡一男訳)解説(岡

中古文学(歴史物語・歴史書)

一男) 大鏡(小島政二郎)「大鏡」再読(中村真一郎) 増鏡作者の検討(石田吉貞)「増鏡」と歴史(益田宗)

◇古典日本文学全集 第13 大鏡・増鏡 筑摩書房 1966 420p 図版 23cm 〈普及版〉
　内容 大鏡(岡一男訳)と増鏡(岡一男訳) 解説(岡一男) 大鏡(小島政二郎)「大鏡」再読(中村真一郎) 増鏡作者の検討(石田吉貞)「増鏡」と歴史(益田宗)

◇日本の古典 8 王朝日記随筆集 2 河出書房新社 1973 339p 図 23cm
　内容 大鏡(中村真一郎訳) 方丈記(鴨長明著 佐藤春夫訳)とわずがたり(二条著 瀬戸内晴美訳) 徒然草(吉田兼好著 佐藤春夫訳) 作品鑑賞のための古典 大鏡短観抄(大石千引著 間中富士子訳) 鴨長明方丈記流水抄(槙島昭武著 間中富士子訳) 南倶佐見草(松永貞徳著 間中富士子訳) 解説(篠田一士) 解題(間中富士子)

◇日本古典文学全集 20 大鏡 橘健二校注・訳 小学館 1974 528p 図 23cm 〈付録:系図・年譜・人物一覧・地図〉

◇枕草子・大鏡 稲賀敬二, 今井源衛著 尚学図書 1980.5 512p 20cm(鑑賞日本の古典 5) 〈参考文献解題・枕草子年表:p480〜508〉 1800円

◇大鏡―全現代語訳 保坂弘司訳 講談社 1981.1 604p 16cm(講談社学術文庫) 980円

◇大鏡―本文対照 保坂弘司訳 學燈社 1983.4 272p 15cm(現代語訳学燈文庫)

◇大鏡 1 橘健二校注・訳 小学館 1986.6 302p 20cm(完訳日本の古典 28) 〈図版〉 1500円

◇大鏡 海野泰男校注・訳 ほるぷ出版 1986.9 2冊 20cm(日本の文学)

◇大鏡 2 橘健二校注・訳 小学館 1987.2 325p 20cm(完訳日本の古典 29) 〈図版〉 1500円

◇新編日本古典文学全集 34 大鏡 橘健二, 加藤静子校注・訳 小学館 1996.6 564p 23cm 〈大鏡年表:p481〜511〉 4600円

◇大鏡―現代語訳 保坂弘司訳 文庫改装版 學燈社 2006.5 272p 19cm 1600円

◇大鏡 武田友宏編 角川学芸出版 2007.12 278p 15cm(角川文庫―角川ソフィア文庫 ビギナーズ・クラシックス)

〈年表あり〉 743円

◇大鏡 栄花物語 橘健二, 加藤静子校訂・訳 山中裕, 秋山虔, 池田尚隆, 福長進校訂・訳 小学館 2008.11 317p 20cm(日本の古典をよむ 11) 1800円

【注釈書】

◇校正大鏡註釈 鈴木弘恭校訂註釈 青山堂 1897 和3冊(上中下8巻) 23cm

◇水鏡増鏡 大鏡, 今鏡 池辺義象ほか 博文館 1914 1冊(校注国文叢書)

◇校註 大鏡 佐藤球著 明治書院 1922.3 260p 20cm

◇新釈 日本文学叢書 7 物集高量編著 日本文学叢書刊行会 1924-1925 1冊 22cm
　内容 古事記 古事記年紀考(菅政友述) 大鏡 水鏡

◇校註 国文叢書 第9冊 池辺義象編 9版 博文館 1924.4 23cm(復本第1・4・5・9・18冊)
　内容 水鏡 大鏡 今鏡 増鏡

◇大鏡活釈 小林栄子著 大同館 1925 340p 四六判

◇校註大鏡 佐藤球校註 改訂版 明治書院 1927 304p 表 19cm

◇国文学講座 大鏡選釈 金ケ原亮一著 発売文献書院 1928 1冊 22cm 〈分冊本〉

◇参考 大鏡新釈 竜沢良芳著 大同館 1928.5 489p 菊判

◇国文学註釈叢書 13 折口信夫編 名著刊行会 1929-1930 19cm
　内容 大鑑目録並系図小目録〔ほか〕

◇校註 標準大鏡 三浦圭三著 啓松堂 1933.5 433p 菊判

◇大鏡新講 橘純一著 三省堂 1933.6 156p 四六判(新撰国文叢書)

◇挿註 大鏡通釈 橘純一著 瑞穂書院 1934.2 393p 四六判

◇大鏡の解釈 林武彦著 白帝社 1934.5 111p 四六判(新国漢文叢書)

◇大鏡・増鏡・鏡類選釈 金子原亮一他著 日本文学社 1935.2 469p 菊判(国文学大講座)

中古文学(歴史物語・歴史書)

◇校註 新釈大鏡　三浦圭三著　テンセン社　1939.1　433p　23cm
◇大鏡通釈―挿註　橘純一著　5版　慶文堂書店　1941　419p　図版　19cm
◇大鏡新講―原文対照　橘純一著　武蔵野書院　1954　591p　図版　22cm
◇日本文学大系―校註　第8巻　大鏡　久松潜一監修　山岸徳平監修・校訂　石川佐久太郎校訂　新訂版　風間書房　1955　488p　19cm
◇大鏡新講―原文対照　橘純一著　2訂版 6版　武蔵野書院　1958　591p　22cm
◇大鏡通釈―文法詳説要語精解　橘純一, 慶野正次共著　武蔵野書院　1958　254p　22cm
◇大鏡　岡一男校註　朝日新聞社　1960　345p　19cm(日本古典全書)
◇日本古典文学大系　第21　大鏡―底本は東松本　松村博司校注　岩波書店　1960　495p　図版　22cm
◇大鏡新講　次田潤著　明治書院　1961　645p　図版　22cm
◇大鏡　松村博司校注　岩波書店　1963　331p　15cm(岩波文庫)〈付：参考文献〉
◇大鏡　岡一男校註　朝日新聞社　1970　345p　19cm(日本古典全書)(第8巻(初版：昭和35年刊)監修：高木市之助等)　480円
◇大鏡新考　保坂弘司著　學燈社　1974　3冊　22cm
　内容 総釈・論考篇 上　総釈・論考篇 下　総論・索引篇
◇大鏡　上　小久保崇明校注　新典社　1976　134p　21cm(影印校注古典叢書 9)　1200円
◇大鏡　中　小久保崇明校注　新典社　1984.4　172p　21cm(影印校注古典叢書 30)　1600円
◇大鏡全評釈　保坂弘司著　學燈社　1985.10　2冊　22cm
◇大鏡　石川徹校注　新潮社　1989.6　413p　20cm(新潮日本古典集成)　2300円
◇大鏡　松村博司校注　岩波書店　1992.9　495p　22cm(日本古典文学大系新装版―歴史文学シリーズ)〈折り込図2枚〉　4200円

◇要注新校大鏡新抄　橘純一, 慶野正次共編　武蔵野書院　1997.9(87版)　149p　21cm　602円
◇声で読む大鏡・今鏡・増鏡　金子武雄著　學燈社　2007.5　289p　19cm　1900円
◇大鏡全注釈　河北騰著　明治書院　2008.10　583p　22cm　16000円

古語拾遺(平安前期)

【現代語訳】

◇『古語拾遺』を読む　青木紀元監修　中村幸弘, 遠藤和夫共著　右文書院　2004.2　221p　27cm　2400円

【注釈書】

◇古語拾遺(頭書評註)　三栗中実注　浪華舎　1884.10　和27丁　26cm
◇標註古語拾遺講義　小田清雄編　大阪邦典館　1890.10　230p　20cm〈増補改訂版 明25〉
◇古語拾遺(標註)　小田清雄注　大阪　国文館　1891.1　和21丁　23cm
◇古語拾遺　村上忠順注　深見藤十　1905.1　和4,21丁　27cm
◇新註皇學叢書　第1巻　物集高見編　廣文庫刊行会　1927-1931?　1冊　23cm
　内容 古事記 日本書紀 同考異 古語拾遺 風土記 古風土記逸文
◇新釈 日本文学叢書　第1巻　内海弘蔵校注　日本文学叢書刊行会　1927.11　744p　23cm
　内容 日本書記 祝詞及寿詞 宣命 古語拾遺
◇古語拾遺新註―校註　1-8之巻　池辺真榛著　明治聖徳記念学会校訂　大岡山書店　1928　743p　図版20枚　23cm〈附：麻生垣内先生著撰書日記〉
◇古語拾遺新講―全　飯田季治著　明文社　1940.5　292p　菊判
◇古語拾遺　西宮一民校注　岩波書店　1985.3　231p　15cm(岩波文庫)　400円

日本古典文学案内―現代語訳・注釈書　101

中古文学(歴史物語・歴史書)

続日本紀(平安前期)

【現代語訳】

◇完訳・注釈続日本紀　第1分冊　巻第一-巻第八　林陸朗校注訓訳　現代思潮社　1985.11　186,73p　20cm(古典文庫　74)　2400円

◇訓読続日本紀　今泉忠義訳　京都　臨川書店　1986.5　1134p　22cm　〈『続日本紀』(大岡山書店昭和9〜12年刊)の改題復刊〉　9700円

◇続日本紀　1　直木孝次郎他訳注　平凡社　1986.6　325p　18cm(東洋文庫)　〈折り込図1枚〉　2400円

　内容　巻第1〜巻第10

◇完訳・注釈続日本紀　第2分冊　巻第九-巻第十五　林陸朗校注訓訳　現代思潮社　1986.7　185,47p　20cm(古典文庫　76)　2400円

◇完訳・注釈続日本紀　第4分冊　巻第廿三-巻第廿九　林陸朗校注訓訳　現代思潮社　1987.6　177,51p　20cm(古典文庫　79)　2400円

◇完訳注釈続日本紀　第5分冊　巻第30〜巻第35　林陸朗校注訓訳　現代思潮社　1988.1　180,47p　20cm(古典文庫　80)　2400円

◇完訳注釈続日本紀　第6分冊　巻第36〜巻第40　林陸朗校注訓訳　現代思潮社　1988.8　211,64p　20cm(古典文庫　82)　2400円

◇続日本紀　2　直木孝次郎他訳注　平凡社　1988.8　293p　18cm(東洋文庫)　2400円

　内容　巻第11〜巻第20

◇完訳注釈続日本紀　第3分冊　巻第十六-巻第廿二　林陸朗校注訓訳　現代思潮社　1988.12　190,54p　20cm(古典文庫　77)　〈第2刷(第1刷：1986年)〉　2500円

◇完訳注釈続日本紀　第7分冊　注釈語索引・資料　林陸朗校注訓訳　現代思潮社　1989.3　252,17p　20cm(古典文庫　83)　2500円

◇続日本紀―全現代語訳　上　宇治谷孟著　講談社　1992.6　432p　15cm(講談社学術文庫)　〈重要事項年表：p430〜431〉　1000円

◇続日本紀―全現代語訳　中　宇治谷孟著　講談社　1992.11　459p　15cm(講談社学術文庫)　〈主要事項年表：p458〜459〉　1100円

◇続日本紀―全現代語訳　下　宇治谷孟著　講談社　1995.11　483p　15cm(講談社学術文庫)　1400円

【注釈書】

◇六国史　3-4　続日本紀　上下　佐伯有義校訂標注　増補版　朝日新聞社　1940　4冊　22cm

◇続日本紀宣命講　金子武雄著　再版　東京図書出版　1944　535p　22cm

◇続日本紀考証　村尾元融述　国書刊行会　1971　1170,140p　22cm　〈附録：読日本紀考証巻2(村尾元融自筆稿本)己酉日記(村尾元忠校註)西游中所交之人姓名録(村尾元忠校訂)村尾元融とその学問(村尾次郎述記)〉　9000円

◇六国史　巻3・巻4　続日本紀　佐伯有義校訂標注　増補　名著普及会　1982.12　1冊　24cm　〈朝日新聞社昭和15年刊の合本複製〉　12000円

◇新日本古典文学大系　12　続日本記　1　佐竹昭広ほか編　青木和夫ほか校注　岩波書店　1989.3　572p　22cm　3600円

◇続日本紀宣命講　金子武雄著　高科書店　1989.8　521,14,16p　22cm　〈白帝社1941年刊の複製〉　8240円

◇新日本古典文学大系　13　続日本記　2　佐竹昭広ほか編　青木和夫ほか校注　岩波書店　1990.9　709p　22cm　4400円

◇続日本紀　3　直木孝次郎他訳注　平凡社　1990.10　332p　18cm(東洋文庫)　2884円

　内容　巻第21〜巻第31

◇続日本紀　4　直木孝次郎他訳注　平凡社　1992.4　368p　18cm(東洋文庫)　3090円

　内容　巻第32〜巻第40

◇新日本古典文学大系　14　続日本紀　3　佐竹昭広ほか編　青木和夫ほか校注　岩波書店　1992.11　667p　22cm　4600円

◇新日本古典文学大系　15　続日本紀　4　佐竹昭広ほか編　青木和夫ほか校注　岩波書店　1995.6　676p　22cm　4800円

◇新日本古典文学大系　16　続日本紀　5

青木和夫ほか校注　岩波書店　1998.2　672p　22cm　4700円

◇続日本紀　黒板勝美編輯　吉川弘文館　2007.6　561p　27cm(国史大系 新訂増補 第2巻)〈平成12年刊(新装版)を原本としたオンデマンド版〉　13000円

日本後紀(奈良時代～平安前期)

【現代語訳】

◇六国史　巻5・巻6　日本後紀　佐伯有義校訂標注　増補　名著普及会　1982.7　1冊　24cm〈朝日新聞社昭和15～16年刊の合本複製〉　8000円

◇日本後紀―全現代語訳　上　森田悌著　講談社　2006.10　420p　15cm(講談社学術文庫)　1300円

◇日本後紀―全現代語訳　中　森田悌著　講談社　2006.11　386p　15cm(講談社学術文庫)　1150円

◇日本後紀―全現代語訳　下　森田悌著　講談社　2007.2　388p　15cm(講談社学術文庫)〈年表あり〉　1150円

扶桑略記(平安後期)

【注釈書】

◇新註皇学叢書　第6巻　物集高見編　廣文庫刊行会　1927-1931？　1冊　23cm

内容 扶桑略記 神皇正統記 古史通 中外経緯伝

水鏡(平安後期～鎌倉前期)

【注釈書】

◇水鏡増鏡 大鏡、今鏡　池辺義象ほか　博文館　1914　1冊(校注国文叢書)

◇新釈 日本文学叢書　7　物集高量編著　日本文学叢書刊行会　1923-1924？　1冊　22cm

内容 古事記 古事記年紀考(菅政友述) 大鏡 水鏡

◇校註 国文叢書　第9冊　池辺義象編　9版　博文館　1924.4　23cm(復本第1・4・5・9・18冊)

内容 水鏡 大鏡 今鏡 増鏡

◇水鏡全注釈　金子大麓ほか注釈　新典社　1998.12　484p　22cm(新典社注釈叢書 9)　14000円

◇声で読む大鏡・今鏡・増鏡　金子武雄著　學燈社　2007.5　289p　19cm　1900円

説話・伝説・伝承

【現代語訳】

◇法華験記　沙門鎮源編著　山下民城訳　国書刊行会　1993.3　291p　27cm　7800円

【注釈書】

◇新日本古典文学大系　42　宇治拾遺物語・古本説話集　佐竹昭広ほか編　三木紀人ほか校注　岩波書店　1990.11　569,9p　22cm　3900円

◇撰集抄　西尾光一校注　岩波書店　2001.10　378p　15cm(岩波文庫)　760円

打聞集(平安後期)

【注釈書】

◇打聞集　中島悦次校注　白帝社　1965　138,12,36p　19cm〈巻末に昭和2年古典保存会複製本の縮刷影印(36p)を付す〉

江談抄(平安後期)

【注釈書】

◇古本系江談抄注解　江談抄研究会編　武蔵野書院　1978.2　405p　22cm　7500円

◇類聚本系江談抄注解　江談抄研究会編　武蔵野書院　1983.7　378p　22cm　10000円

◇江談証注　川口久雄, 奈良正一著　勉誠堂　1984.10　1647p　22cm〈『江談』主要研究文献ノート・主要参考文献目録ノート：p1573～1578 大江匡房略年譜：p1580～1591〉　43000円

◇新日本古典文学大系　32　江談抄 中外抄 富家語　山根対助, 後藤昭雄, 池上洵一校注　岩波書店　1997.6　621,42p　22cm〈索引あり〉　4500円

中古文学(説話・伝説・伝承)

古本説話集(平安後期〜鎌倉前期)

【現代語訳】

◇古本説話集 上 高橋貢全訳注 講談社 2001.6 293p 15cm(講談社学術文庫) 1200円

内容 文献あり

◇古本説話集 下 高橋貢全訳注 講談社 2001.7 297p 15cm(講談社学術文庫) 1200円

【注釈書】

◇古本説話集 川口久雄校註 朝日新聞社 1967 396p 19cm(日本古典全書) 〈付:本朝神仙伝〉 680円

◇古本説話集全註解 高橋貢 有精堂出版 1985.8 395p 22cm 12000円

今昔物語集(平安後期)

【現代語訳】

◇現代語訳 今昔物語 村松梢風, 沢田撫松訳 教文社 1929.3 855p 18cm

◇物語日本文学 4 藤村作他訳 至文堂 1938.8

内容 今昔物語

◇現代語訳国文学全集 第12巻 今昔物語集 山岸徳平訳 非凡閣 1938.11 1冊 20cm

◇今昔物語 和田伝著 小学館 1942.6 360p B6(現代訳日本古典)

◇今昔物語 島津久基訳 至文堂 1953 198p 19cm(物語日本文学)

◇日本古典文学全集―現代語訳 第15巻 今昔物語 本朝之部 長野甞一抄訳 河出書房 1954 301p 19cm

◇日本国民文学全集 第6巻 王朝物語集 第2 河出書房新社 1958 351p 図版 22cm

内容 夜半の寝覚(円地文子訳) 堤中納言物語(中村真一郎訳) とりかえばや物語(永井竜男訳) 今昔物語(福永武彦訳)

◇古典日本文学全集 第10 今昔物語集 長野甞一訳 筑摩書房 1960 428p 図版 23cm

内容 悉達太子 他160篇(長野甞一訳並解説)「今昔物語」について(芥川竜之介)「今昔物語」(小島政二郎)「今昔物語」の世界(福永武彦)「今昔物語集」の時代的背景(山田英雄)

◇日本文学全集 第6 今昔物語 青野季吉等編 福永武彦訳 河出書房新社 1961 440p 図版 19cm

◇古典日本文学全集 第10 今昔物語集 長野甞一訳 筑摩書房 1964 428p 図版 23cm 〈普及版〉

内容 悉達太子 他160篇(長野甞一訳並解説)「今昔物語」について(芥川竜之介)「今昔物語」(小島政二郎)「今昔物語」の世界(福永武彦)「今昔物語集」の時代的背景(山田英雄)

◇国民の文学 第8 今昔物語 谷崎潤一郎等編 福永武彦訳 河出書房新社 1964 440p 図版 19cm

◇今昔物語集 第1 本朝部 永積安明, 池上洵一訳 平凡社 1966 321p 図版 15cm(東洋文庫) 450円

◇今昔物語―現代語訳 長野甞一訳 講談社 1967 2冊 20cm 各520円

◇今昔物語集 第2 本朝部 永積安明, 池上洵一訳 平凡社 1967 337p 図版 18cm(東洋文庫) 450円

◇今昔物語集 第3 本朝部 永積安明, 池上洵一訳 平凡社 1967 370p 18cm(東洋文庫) 500円

◇今昔物語集 第4 本朝部 永積安明, 池上洵一訳 平凡社 1967 304p 18cm(東洋文庫) 450円

◇今昔物語集 第5 本朝部 永積安明, 池上洵一訳 平凡社 1968 373p 18cm(東洋文庫) 500円

◇今昔物語集 第6 本朝部 永積安明, 池上洵一訳 平凡社 1968 302p 18cm(東洋文庫) 450円

◇日本文学全集 第2集 第3 今昔物語 福永武彦訳 河出書房 1968 423p 図版 20cm 〈監修者:谷崎潤一郎等〉

◇日本の古典 9 今昔物語 河出書房新社 1971 380p 図 23cm

内容 今昔物語(福永武彦訳) 宇治拾遺物語(野坂昭如訳)

◇日本古典文学全集 21 今昔物語集 1 馬渕和夫, 国東文麿, 今野達校注・訳 小学館 1971 612p 図 23cm

中古文学(説話・伝説・伝承)

◇日本古典文学全集　22　今昔物語集　2　馬渕和夫,国東文麿,今野達校注・訳　小学館　1972　658p　図　23cm

◇日本不思議物語集成　2　今昔物語　森秀人編訳　現代思潮社　1973　380p　図　27cm　〈絵巻解説(矢代和夫)〉

◇日本古典文学全集　23　今昔物語集　3　馬渕和夫,国東文麿,今野達校注・訳　小学館　1974　637p　図　23cm

◇今昔物語　福永武彦訳　河出書房新社　1976　459p　図　18cm(日本古典文庫11)　〈注釈(池田弥三郎)　解説(吉田健一)〉　980円

◇日本古典文学全集　24　今昔物語集　4　馬渕和夫,国東文麿,今野達校注・訳　小学館　1976　643p　図　23cm

◇今昔物語集　1　国東文麿全訳注　講談社　1979.1　316p　15cm(講談社学術文庫)　380円

◇今昔物語集　2　国東文麿全訳注　講談社　1979.7　310p　15cm(講談社学術文庫)　380円

◇今昔物語集　第7　天竺部　池上洵一訳注　平凡社　1979.12　331p　18cm(東洋文庫368)　1400円

◇今昔物語集　第8　天竺部　池上洵一訳注　平凡社　1980.3　370p　18cm(東洋文庫374)　1500円

◇今昔物語集　第9　震旦部　池上洵一訳注　平凡社　1980.6　274p　18cm(東洋文庫379)　1500円

◇今昔物語集・梁塵秘抄・閑吟集　篠原昭二,浅野建二著　尚学図書　1980.7　520p　20cm(鑑賞日本の古典　8)　〈参考文献解題：p504〜520〉　1800円

◇今昔物語集　第10　震旦部　池上洵一訳注　平凡社　1980.8　290p　18cm(東洋文庫383)　1600円

◇現代語訳日本の古典　8　今昔物語　尾崎秀樹著　学習研究社　1980.12　176p　30cm

◇今昔物語集　3　国東文麿全訳注　講談社　1981.5　293p　15cm(講談社学術文庫)　480円

◇今昔物語集　4　国東文麿全訳注　講談社　1981.5　351p　15cm(講談社学術文庫)　480円

◇今昔物語集　5　国東文麿全訳注　講談社　1981.5　351p　15cm(講談社学術文庫)　480円

◇今昔物語集　6　国東文麿全訳注　講談社　1983.11　363p　15cm(講談社学術文庫)　580円

◇今昔物語集　7　国東文麿全訳注　講談社　1983.12　316p　15cm(講談社学術文庫)　580円

◇今昔物語集　8　国東文麿全訳注　講談社　1984.1　381p　15cm(講談社学術文庫)　580円

◇今昔物語集　9　国東文麿全訳注　講談社　1984.2　373p　15cm(講談社学術文庫)　580円

◇今昔物語集―本朝世俗部　1　馬渕和夫ほか校注・訳　小学館　1986.1　390p　20cm(完訳日本の古典　30)　〈図版(肖像を含む)〉　1700円

◇今昔物語集―現代語訳対照　本朝世俗部(1)　武石彰夫訳注　旺文社　1986.1　505p　15cm(旺文社文庫)　600円

◇今昔物語集―現代語訳対照　本朝世俗部(2)　武石彰夫訳注　旺文社　1984.10　489p　15cm(旺文社文庫)

◇今昔物語集―現代語訳対照　本朝世俗部(3)　武石彰夫訳注　旺文社　1986.1　589p　15cm(旺文社文庫)　640円

◇今昔物語集―現代語訳対照　本朝世俗部(4)　武石彰夫訳注　旺文社　1986.2　753,6p　16cm(旺文社文庫)　〈付：参考付図〉　900円

◇もろさわようこの今昔物語集　もろさわようこ著　集英社　1986.8　270p　19cm(わたしの古典　11)　〈編集：創美社〉　1400円

内容　天竺の巻　震旦の巻　本朝の巻

◇完訳日本の古典　第31巻　今昔物語集―本朝世俗部　2　馬渕和夫ほか校注・訳　小学館　1986.9　513p　20cm　1900円

◇完訳日本の古典　第32巻　今昔物語集―本朝世俗部　3　馬渕和夫ほか校注・訳　小学館　1987.6　450p　20cm　1900円

◇今昔物語集　小峯和明,森正人校注・訳　ほるぷ出版　1987.7　2冊　20cm(日本の文学)

内容　上　天竺.震旦.本朝仏法．下　本朝世俗

◇今昔物語　福永武彦訳　河出書房新社

中古文学(説話・伝説・伝承)

　　1988.3　459p　18cm(日本古典文庫　11)
　　〈新装版〉　1800円
◇今昔物語　本朝世俗部　武石彰夫訳注
　　旺文社　1988.5　4冊　16cm(対訳古典シリーズ)　700～950円
◇完訳日本の古典　第33巻　今昔物語集—本朝世俗部　4　馬渕和夫ほか校注・訳
　　小学館　1988.7　302p　20cm　1500円
◇今昔物語　福永武彦訳　筑摩書房
　　1991.10　681p　15cm(ちくま文庫)
　　1200円
◇もろさわようこの今昔物語集　もろさわようこ著　集英社　1996.9　283p　16cm(わたしの古典　11)　700円
◇新編日本古典文学全集　35　今昔物語集　1　馬渕和夫,国東文麿,稲垣泰一校注・訳　小学館　1999.4　613p　23cm　4657円
　　内容　巻第11-巻第14
◇今昔物語集　角川書店編　角川書店
　　1999.7　255p　12cm(角川mini文庫—ミニ・クラシックス　7)　400円
◇新編日本古典文学全集　36　今昔物語集　2　馬渕和夫,国東文麿,稲垣泰一校注・訳　小学館　2000.5　645p　23cm　4657円
　　内容　巻第15-巻第19
◇新編日本古典文学全集　37　今昔物語集　3　馬渕和夫,国東文麿,稲垣泰一校注・訳　小学館　2001.6　637p　23cm　4657円
　　内容　巻第20-巻第26
◇今昔物語集　角川書店編　角川書店
　　2002.3　276p　15cm(角川文庫—角川ソフィア文庫 ビギナーズ・クラシックス)　600円
◇新編日本古典文学全集　38　今昔物語集　4　馬渕和夫,国東文麿,稲垣泰一校注・訳　小学館　2002.6　637p　23cm　4657円
　　内容　巻第27-巻第31
◇週刊日本の古典を見る　16　今昔物語集　巻1　古山高麗雄訳　世界文化社　2002.8　33p　30cm　533円
◇週刊日本の古典を見る　17　今昔物語集　巻2　古山高麗雄訳　世界文化社　2002.8　34p　30cm　533円
◇すらすら読める今昔物語集　山口仲美著　講談社　2004.12　245p　19cm　1600円

　　内容　1 国王、百丈の石の率堵婆を造りて工を殺さむとせること(巻十の第三十五話)-阿吽の呼吸　2 天竺の優崛多弟子を試みたること(巻四の第六話)-悟りを得る　3 女、医師の家に行きて瘡を治して逃ぐること(巻二十四の第八話)-かけひき上手　4 美濃国の因幡河水出でて人を流すこと(巻二十六の第三話)-果敢な挑戦　5 近衛の舎人ども稲荷詣して重方、女にあふこと(巻二十八の第一話)-浮気の確認　6 源頼信朝臣の男頼義馬盗人を射殺すこと(巻二十五の第十二話)-武士の魂　7 近衛の舎人の秦武員物を鳴らすこと(巻二十八の第十話)-とっさの一言　8 人に知られぬ女盗人のこと(巻二十九の第三話)-魔性の女　9 豊後の講師謀りて鎮西より上ること(巻二十八の第十五話)-弁舌の力　10 平定文本院の侍従に仮借すること(第三十の第一話)-恋のベテラン　11 鎮西より上りし人観音の助けによりて賊の難を逃れ命を持てること(巻十六の第二十話)-連携プレイ
◇今昔物語集—現代語訳 本文対照　宇治拾遺物語—現代語訳 本文対照　小林保治訳　學燈社　2006.11　279p　19cm　1600円
◇今昔物語・宇治拾遺物語—説話集が伝える人生の面白さ　古山高麗雄,野坂昭如著　世界文化社　2007.5　175p　24cm(日本の古典に親しむ ビジュアル版　15)〈年表あり〉　2400円
◇今昔物語　宇治拾遺物語　大沼津代志文　学習研究社　2008.2　195p　21cm(超訳日本の古典　5)　1300円
◇今昔物語集　馬渕和夫,国東文麿,稲垣泰一校訂・訳　小学館　2008.8　318p　20cm(日本の古典をよむ　12)　1800円
◇今昔物語　川崎大治文　童心社　2009.2　204p　19cm(これだけは読みたいわたしの古典)〈『わたしの今昔 鬼のすむお堂』改題書〉　2000円
　　内容　野なかの酒つぼ　満濃の池の竜王　殺したのはおれだ　力のつよい坊さん　宗平とワニザメ　芸の道ひとすじ　笞(むち)と和歌　はかまだれ　馬ぬすびと　水と木の難　林のおくの呼び声　高陽川のキツネ　鬼のすむお堂　葵まつり　あだ名のいわれ　鳴らしもの　豊後の老講師　内供さまの鼻　生きぎも　赤い雲　影ぼうし　羅城門　サルの恩がえし

【注釈書】

◇今昔物語　前編　井沢考訂編注　辻本尚古堂　1896.12？　184p　22cm
◇国文註釈全集　第16　室松岩雄編　国学院大学出版部　1908-1910？　23cm
　　内容　源注拾遺(契沖),源氏外伝(熊沢了介),勢

中古文学(説話・伝説・伝承)

語図説抄(斎藤彦麿),多武峯少将物語考証(丸林考之),四十二物語考証(山本明清),鳴門中将物語考証(岸本由豆流),狭衣物語下紐,附録,宇治拾遺物語私註(小島之茂),唐物語提要(清水浜臣),取替ばや物語考証(岡本保孝),今昔物語書入本,今昔物語出典攷(岡本保孝),今昔物語訓(小山田与清),梁塵愚案鈔(一条兼良),梁塵後抄(熊谷直好)

◇今昔物語 古今著聞集 下 井上頼圀,萩野由之,関根正直ほか著 博文館 1915 1冊(校註国文叢書)

◇校註 国文叢書 第16冊 池辺義象編 3版 博文館 1924.4 844p 23cm(復本第1・4・5・9・18冊)

内容 今昔物語上巻

◇校註 国文叢書 第17冊 池辺義象編 3版 博文館 1924.5 396,478p 23cm(復本第1・4・5・9・18冊)

内容 今昔物語下巻 古今著聞集(橘成季)

◇校註 日本文学大系 9 今昔物語集 下巻 山岸徳平校註 誠文堂新光社 1932-1935

◇校註 日本文学大系 8 今昔物語 上・天笠・震旦の部 中山泰昌編 3版 誠文堂新光社 1937.11

◇校註 日本文学大系 9 今昔物語 下・本朝の部 中山泰昌編 2版 誠文堂新光社 1938.6

◇今昔物語 第1 長野甞一校註 朝日新聞社 1953 383p 19cm(日本古典全書)

◇今昔物語 第2 長野甞一校註 朝日新聞社 1953 336p 19cm(日本古典全書)

◇今昔物語 第3 長野甞一校註 朝日新聞社 1954 384p 19cm(日本古典全書)

◇今昔物語集 本朝世俗部 上巻 佐藤謙三校註 角川書店 1954 420p 15cm(角川文庫)

◇今昔物語 第4 長野甞一校註 朝日新聞社 1955 321p 19cm(日本古典全書)

◇今昔物語 第5 長野甞一校註 朝日新聞社 1955 288p 19cm(日本古典全書)

◇今昔物語集 本朝世俗部 下巻 佐藤謙三校註 角川書店 1955 419p 15cm(角川文庫)

◇今昔物語 第6 長野甞一校注 朝日新聞社 1956 392p 19cm(日本古典全書)

◇日本古典文学大系 第22 今昔物語集 第1 山田孝雄等校注 岩波書店 1959 534p 図版 22cm

◇日本古典文学大系 第23 今昔物語集 第2 山田孝雄校注 岩波書店 1960 478p 図版 22cm

◇日本古典文学大系 第24 今昔物語集 第3 山田孝雄等校注 岩波書店 1961 578p 図版 22cm

◇日本古典文学大系 第25 今昔物語集 第4 山田孝雄等校注 岩波書店 1962 544p 22cm

◇日本古典文学大系 第26 今昔物語集 第5 岩波書店 1963 576p 22cm

◇今昔物語集 本朝仏法部 佐藤謙三校注 角川書店 1964-1965 2冊 15cm(角川文庫)

◇今昔物語集 本朝世俗部 1 阪倉篤義ほか校注 新潮社 1978.1 369p 20cm(新潮日本古典集成)〈登場人物年表:p356～369〉 1600円

◇今昔物語集 本朝世俗部 2 阪倉篤義ほか校注 新潮社 1979.8 320p 20cm(新潮日本古典集成)〈登場人物年表:p292～314〉 1600円

◇今昔物語集 本朝世俗部 3 阪倉篤義ほか校注 新潮社 1981.4 336p 20cm(新潮日本古典集成) 1700円

◇今昔物語集 本朝世俗部 4 阪倉篤義ほか校注 新潮社 1984.5 457p 20cm(新潮日本古典集成)〈年表「盗・闘」:p382～405〉 2200円

◇今昔物語集 1 国東文麿校注 2版 明治書院 1985.2 330p 19cm(校注古典叢書) 1300円

内容 巻第1～巻第3 天竺. 解説

◇今昔物語集 2 国東文麿校注 2版 明治書院 1985.2 381p 19cm(校注古典叢書) 1300円

内容 巻第4～巻第5 天竺.巻第6～巻第7 震旦.巻第8(欠)―巻第8について

◇今昔物語集 3 国東文麿校注 2版 明治書院 1985.2 194p 19cm(校注古典叢書) 1100円

内容 巻第9～巻第10 震旦

◇今昔物語集―新註 西沢正二編著 勉誠社 1986.2 154p 22cm(大学古典叢書2)〈付・芥川竜之介〉 1200円

日本古典文学案内－現代語訳・注釈書　107

中古文学(説話・伝説・伝承)

◇今昔物語　国東文麿,梅津次郎,村井康彦編　新装版　集英社　1989.4　222p　28×22cm(図説 日本の古典　8)〈付：参考文献〉　2796円

◇今昔物語―考訂　前編　井沢長秀考訂纂註　稲垣泰一編　新典社　1990.9　702p　22cm(新典社善本叢書　10)〈享保5年版の複製〉　21000円

◇今昔物語―考訂　後編　井沢長秀考訂纂註　稲垣泰一編　新典社　1990.9　606p　22cm(新典社善本叢書　11)〈享保18年版の複製〉　17000円

◇新日本古典文学大系　35　今昔物語集　3　佐竹昭広ほか編　池上洵一校注　岩波書店　1993.5　588,43p　22cm　4200円

◇今昔物語集　6　国東文麿校注　明治書院　1994.3　345p　19cm(校注古典叢書)　1900円

◇新日本古典文学大系　36　今昔物語集　4　佐竹昭広ほか編　小峯和明校注　岩波書店　1994.11　563,36p　22cm　4200円

◇今昔物語集　7　国東文麿校注　明治書院　1995.12　257p　19cm(校注古典叢書)〈索引あり〉　1845円

　内容　巻第21(欠)-巻第21について　巻第22～巻第25 本朝

◇新日本古典文学大系　37　今昔物語集　5　森正人校注　岩波書店　1996.1　541,25p　22cm　4200円

◇今昔物語　中野孝次著　岩波書店　1996.4　343p　16cm(同時代ライブラリー　262―古典を読む)　1200円

◇新日本古典文学大系　34　今昔物語集　2　小峯和明校注　岩波書店　1999.3　413,19p　22cm　4200円

◇新日本古典文学大系　33　今昔物語集　1　今野達校注　岩波書店　1999.7　542,23p　22cm　4600円

◇今昔物語集の文章研究―書きとめられた「ものがたり」　山口康子著　おうふう　2000.3　793p　22cm　28000円

三宝絵詞(平安中期)

【注釈書】

◇三宝絵略注　山田孝雄著　宝文館　1951　531p 図版　22cm

◇三宝絵詞　上　江口孝夫校注　現代思潮社　1982.1　237p　20cm(古典文庫　64)　1800円

◇三宝絵詞　下　江口孝夫校注　現代思潮社　1982.3　197,13p　20cm(古典文庫　65)〈『三宝絵詞』関係文献目録：p192～197〉　1800円

◇三宝絵―平安時代仏教説話集　出雲路修校注　平凡社　1990.1　283p　18cm(東洋文庫　513)　2472円

◇新日本古典文学大系　31　三宝絵　注好選　馬渕和夫,小泉弘,今野達校注　岩波書店　1997.9　551p　22cm　4100円

日本霊異記(平安前期)

【現代語訳】

◇日本国現報善悪霊異記　板橋倫行校訳　春陽堂　1929　224p　20cm

◇物語日本文学　1　藤村作他訳　至文堂　1938.2

　内容　風土記・霊異記

◇風土記・霊異記　武田祐吉訳編　至文堂　1954　236p(物語日本文学　第2)

◇古典日本文学全集　第1　古事記,風土記,日本霊異記,古代歌謡　筑摩書房　1966　380p 図版　23cm　〈普及版〉

　内容　古事記(石川淳訳) 風土記(倉野憲司訳) 日本霊異記(倉野憲司訳) 古代歌謡(福永武彦訳) 解説(倉野憲司) 古事記の芸術的価値(和辻哲郎) 妣が国へ・常世へ(折口信夫) 稗田阿礼(柳田国男) 倭建命と浪漫精神(高木市之助) 神話について(武田泰淳) 風土記断章(神田秀夫) 説話としての日本霊異記(植松茂) 古代歌謡(小島憲之) 記紀成立の歴史心理的基盤(肥後和男)

◇日本霊異記　原田敏明,高橋貢訳　平凡社　1967　253p　18cm(東洋文庫)

◇日本古典文学全集　6　日本霊異記　中田祝夫校注・訳　小学館　1975　448p 図版　23cm

◇日本霊異記　景戒撰述　池上洵一訳・注　創英社　1978.12　446p　18cm(全対訳日本古典新書)〈参考文献：p445～446〉

◇日本霊異記―全訳注　上巻　中田祝夫訳注　講談社　1978.12　209p　15cm(講談社学術文庫)　300円

◇日本霊異記―全訳注　中巻　中田祝夫訳注　講談社　1979.4　279p　15cm(講談

中古文学(軍記物語)

◇日本霊異記―全訳注　下巻　中田祝夫訳注　講談社　1980.4　320p　15cm(講談社学術文庫)〈日本霊異記説話年表：p300〜305〉　520円

◇古事記・風土記・日本霊異記　曽倉岑, 金井清一著　尚学図書　1981.9　386p　20cm(鑑賞日本の古典　1)〈参考文献解題・『古事記』『風土記』『日本霊異記』関係略年表：p341〜381〉　1600円

◇日本霊異記　中田祝夫校注・訳　小学館　1986.11　443p　20cm(完訳日本の古典　8)〈図版〉　1700円

◇日本霊異記　原田敏明, 高橋貢訳　平凡社　1989.12　253p　18cm(東洋文庫　97)〈第28刷(第1刷：1967年)〉　1800円

◇新編日本古典文学全集　10　日本霊異記　中田祝夫校注・訳　小学館　1995.9　491p　23cm　〈日本霊異記年表：p447〜456　主要参考文献：p477〜491〉　4200円

◇日本霊異記　原田敏明, 高橋貢訳　平凡社　2000.1　330p　16cm(平凡社ライブラリー)　1300円

【注釈書】

◇日本霊異記　武田祐吉校註　朝日新聞社　1950　406p　図版　19cm(日本古典全書)

◇日本霊異記　板橋倫行校註　角川書店　1957　244p　15cm(角川文庫)

◇日本古典文学大系　第70　日本霊異記　遠藤嘉基, 春日和男校注　岩波書店　1967　507p　図版　22cm

◇日本国現報善悪霊異記註釈　松浦貞俊著　大東文化大学東洋研究所　1973　526p　22cm(大東文化大学東洋研究所叢書　9)

◇図説日本の古典　3　集英社　1981.4　218p　28cm　〈企画：秋山虔ほか〉　2400円

[内容]『日本霊異記』説話年表：p212〜215　各章末：参考文献

◇日本霊異記　景戒撰述　小泉道校注　新潮社　1984.12　428p　20cm(新潮日本古典集成)　2200円

◇古代説話の解釈―風土記・霊異記を中心に　中村宗彦　明治書院　1985.4　288p　22cm　5800円

◇日本霊異記　小島瓔礼, 上原昭一, 笹山晴生編　新装版　集英社　1989.9　218p　28×22cm(図説 日本の古典　3)〈各章末：参考文献　『日本霊異記』説話年表：p212〜215〉　2796円

[内容]　図版特集　景戒のいた薬師寺　仏教と唱導文学　『日本霊異記』-作品紹介　神々の時代の終焉　図版特集『日本霊異記』の仏たち　仏教文学の発生　図版特集　『行基菩薩行状絵伝』　文学の長岡京時代　官寺と道場　図版特集奈良仏教の高僧像　平城京の落日　図版特集 平安遷都前後の造像　天平彫刻の展開　信仰と造像の推移　図版特集都の内と外　奈良時代の民衆と生活　図版特集 地方寺院　現代にみる『日本霊異記』

◇新日本古典文学大系　30　日本霊異記　出雲路修校注　岩波書店　1996.12　325,10p　22cm　3605円

◇日本霊異記　上　多田一臣校注　筑摩書房　1997.11　246p　15cm(ちくま学芸文庫)　950円

◇日本霊異記　中　多田一臣校注　筑摩書房　1997.12　318p　15cm(ちくま学芸文庫)　1100円

◇日本霊異記　下　多田一臣校注　筑摩書房　1998.1　346p　15cm(ちくま学芸文庫)　1150円

軍記物語

将門記(平安中期)

【現代語訳】

◇将門記　1　梶原正昭訳注　平凡社　1975　329p　地図　18cm(東洋文庫　280)　900円

◇将門記―口訳　伊藤晃訳　流山　崙書房　1976　101p　18cm(戦記双書)　680円

◇将門記　2　梶原正昭訳注　平凡社　1976　399p　18cm(東洋文庫　291)　1000円

◇新編日本古典文学全集　41　将門記　陸奥話記　保元物語　平治物語　柳瀬喜代志, 矢代和夫, 松林靖明, 信太周, 犬井善壽校注・訳　小学館　2002.2　646p　23cm　〈年表あり〉　4657円

【注釈書】

◇将門記―真福寺本評釈　赤城宗徳著　サンケイ新聞出版局　1964　315p　19cm〈限定版〉

中古文学(日記・随筆・紀行・記録)

◇将門記　林陸朗校註　現代思潮社　1975　333p　22cm(新撰日本古典文庫　2)〈附録：地図・系図　将門記関係文献目録：p.326-333〉　3800円

◇将門記　林陸朗校注　新訂　現代思潮社　1982.6　241p　20cm(古典文庫　67)　1900円

◇将門記新解—真福寺本・楊守敬本　村上春樹著　汲古書院　2004.5　362p　22cm　10000円

◇将門記　林陸朗校注　新訂　現代思潮新社　2006.8　246p　19cm(古典文庫　67)〈文献あり〉　2700円

陸奥話記(平安中期)

【現代語訳】

◇陸奥話記・奥州後三年記—現代語釈　西田耕三著　改訂　気仙沼　耕風社　1993.10　177p　21cm　2500円

◇新編日本古典文学全集　41　将門記　陸奥話記　保元物語　平治物語　柳瀬喜代志, 矢代和夫, 松林靖明, 信太周, 犬井善壽校注・訳　小学館　2002.2　646p　23cm〈年表あり〉　4657円

【注釈書】

◇陸奥話記　梶原正昭校注　現代思潮社　1982.12　351p　20cm(古典文庫　70)〈『陸奥話記』関係年表：p331〜339〉　2800円

◇陸奥話記　梶原正昭校注　現代思潮新社　2006.3　351p　19cm(古典文庫　70)〈年表あり〉　3500円

日記・随筆・紀行・記録

【現代語訳】

◇蜻蛉日記と王朝日記(更級日記・和泉式部日記・土佐日記)—男と女、それぞれの"日記文学"　竹西寛子, 西村亨著　世界文化社　2006.8　199p　24cm(日本の古典に親しむ ビジュアル版　10)　2400円

【注釈書】

◇源通親日記全釈—高倉院厳島御幸記・高倉院昇霞記　水川喜夫著　笠間書院　1978.5　835p　22cm(笠間注釈叢刊　6)〈付(図3枚)〉　18000円

◇新型校注女流日記文学　大倉比呂志ほか編　大学書院　1993.3　347p　21cm(新形式古典シリーズ)〈発売：星雲社〉　2500円

◇いほぬし精講　増淵勝一著　竜ヶ崎　国研出版　2002.3　409p　22cm(国研全釈　1)〈東京　星雲社(発売)〉　10000円

◇『台記』注釈—久寿二年　原水民樹〔出版地不明〕原水民樹　[2005]　93p,p21-51,p23-60　21cm

◇増基法師『いほぬし』注解　林寿彦著　三弥井書店　2006.5　380p　22cm〈文献あり〉　8500円

◇日記文学研究叢書　第13巻　王朝三日記—ほか　津本信博編・解説　クレス出版　2007.3　1冊　22cm〈複製〉

　内容　王朝三日記新釈/宮田和一郎校註(健文社 昭和31年刊)大斎院前の御集の研究/秋葉安太郎, 鈴木知太郎, 岸上慎二著(昭和35年刊)

和泉式部日記(平安中期)

【現代語訳】

◇全訳王朝文学叢書　第11巻　吉沢義則等訳　王朝文学叢書刊行会　1925.12　282,95p　22cm

　内容　土佐日記(紀貫之)　かげろふの日記(藤原道綱母)和泉式部日記

◇現代語訳国文学全集　第9巻　平安朝女流日記　与謝野晶子訳　非凡閣　1938.4　1冊　20cm

　内容　蜻蛉日記 和泉式部日記 紫式部日記

◇昭和完訳 和泉式部日記　五十嵐力訳　白鳳出版社　1947　228p　18cm(白鳳選書　第1篇)

◇和泉式部日記—昭和完訳　五十嵐力著　再版　白鳳出版社　1948　228p　19cm(白鳳選書　第1篇)

◇日本国民文学全集　第7巻　王朝日記随筆集　河出書房　1956　368p　図版　22cm

　内容　蜻蛉日記(室生犀星訳) 枕草子(田中澄江訳) 和泉式部日記(森三千代訳) 更級日記(井上靖訳) 方丈記(佐藤春夫訳) 徒然草(佐藤春夫訳)

中古文学(日記・随筆・紀行・記録)

◇古典日本文学全集　第8　王朝日記集　筑摩書房　1960　383p 図版　23cm
　内容 土佐日記(紀貫之著　森三千代訳) 蜻蛉日記(藤原道綱母著　円地文子訳) 和泉式部日記(和泉式部著　円地文子訳) 紫式部日記(紫式部著　森三千代訳) 更級日記(菅原孝標女著　関みさを訳)

◇日本文学全集　第5　青野季吉等編　河出書房新社　1960　534p 図版　19cm
　内容 蜻蛉日記(藤原道綱母著　室生犀星訳) 和泉式部日記(和泉式部著　森三千代訳) 更級日記(菅原孝標女著　井上靖訳) 枕草子(清少納言著　田中澄江訳) 方丈記(鴨長明著　佐藤春夫訳) 徒然草(吉田兼好著　佐藤春夫訳) 注釈(池田弥三郎) 解説(池田弥三郎)

◇国民の文学　第7　王朝日記随筆集　谷崎潤一郎等編　河出書房新社　1964　534p 図版　18cm
　内容 蜻蛉日記(室生犀星訳) 和泉式部日記(森三千代訳) 更級日記(井上靖訳) 枕草子(田中澄江訳) 方丈記(佐藤春夫訳) 徒然草(佐藤春夫訳) 解説(池田弥三郎)

◇古典日本文学全集　第8　王朝日記集　筑摩書房　1965　383p 図版　23cm 〈普及版〉
　内容 土佐日記(森三千代訳) 蜻蛉日記(円地文子訳) 和泉式部日記(円地文子訳) 紫式部日記(森三千代訳) 更級日記(関みさを訳) 解説(秋山虔)「土佐日記」の筆者・小宮豊隆) かげろふの日記(小島政二郎)「和泉式部日記」序(寺田透) 王朝日記文学について(井上靖) 平安女流文学の成立(西郷信綱)

◇全講和泉式部日記　円地文子, 鈴木一雄共著　至文堂　1965　588p 図版　22cm

◇日本文学全集　第3　王朝日記随筆集　河出書房新社　1965　475p 図版　20cm 〈監修者:谷崎潤一郎等〉
　内容 土佐日記(池田弥三郎訳) 蜻蛉日記(室生犀星訳) 更級日記(井上靖訳) 枕草子(田中澄江訳) 方丈記(佐藤春夫訳) 徒然草(佐藤春夫訳) 注釈(池田弥三郎) 年譜(阿部秋生) 解説(中村真一郎)

◇全講和泉式部日記　円地文子, 鈴木一雄共著　増補版　至文堂　1971　624p 図版　22cm　3700円

◇日本古典文学全集　18　和泉式部日記　藤岡忠美校注・訳　小学館　1971　528p 図　23cm 〈付録:主要参考文献, 日記年表〉

◇和泉式部日記　川瀬一馬校注・現代語訳　講談社　1977.10　191p　15cm(講談社文庫)　260円

◇和泉式部日記—全訳注　上　小松登美訳注　講談社　1980.3　352p　15cm(講談社学術文庫)　640円

◇全講和泉式部日記　円地文子, 鈴木一雄著　改訂版　至文堂　1983.10　628p　22cm 〈付:参考書〉　9800円

◇完訳日本の古典　第24巻　和泉式部日記・紫式部日記・更級日記　藤岡忠美ほか校注・訳　小学館　1984.3　453p　20cm 〈和泉式部日記年譜:p129〜132 紫式部日記年譜:p295〜298 更級日記年譜:p447〜453 付:参考文献〉　1900円

◇和泉式部日記　鈴木一雄訳・注　創英社　1985.5　178p　19cm(全対訳日本古典新書)〈発売:三省堂書店〉　600円

◇和泉式部日記—全訳注　中　小松登美訳注　講談社　1985.7　271p　15cm(講談社学術文庫)　680円

◇和泉式部日記—全訳注　下　小松登美訳注　講談社　1985.9　186p　15cm(講談社学術文庫)　480円

◇生方たつえの蜻蛉日記 和泉式部日記　生方たつえ著　集英社　1986.7　270p　19cm(わたしの古典　5)〈編集:創美社〉　1400円
　内容 蜻蛉日記(第1章 愛と不信のはざま　第2章 心ふれあう日々　第3章 鳴滝篭り　第4章 女盛りを過ぎて) 和泉式部日記(1. 侘の章　2. 波瀾の章　3. 薄暮の章)

◇蜻蛉日記　和泉式部日記　円地文子訳　筑摩書房　1992.3　364p　15cm(ちくま文庫)　720円

◇新型校注女流日記文学　大倉比呂志他編　大学書院　1993.3　347p　21cm(新形式古典シリーズ)〈発売:星雲社〉　2500円

◇新編日本古典文学全集　26　和泉式部日記 紫式部日記 更級日記 讃岐典侍日記　藤岡忠美, 中野幸一, 犬養廉, 石井文夫校注・訳　小学館　1994.9　558p　23cm　4600円

◇生方たつゑの蜻蛉日記・和泉式部日記　生方たつゑ著　集英社　1996.9　282p　16cm(わたしの古典　5)　700円

◇灯下の薔薇—伊勢物語・和泉式部日記・紫式部日記 古典文学現代語訳　宮田小夜子訳　徳島　徳島県教育印刷(印刷)　2003.8　257p　21cm　2000円

中古文学(日記・随筆・紀行・記録)

　　内容　伊勢物語　灯下の薔薇　無明の水仙
◇和泉式部日記―現代語訳付き　近藤みゆき訳注　角川書店　2003.12　270p　15cm(角川文庫―角川ソフィア文庫)〈年表あり〉　705円
◇日記文学研究叢書　第5巻　紫式部日記2　津本信博編・解説　クレス出版　2006.11　1冊　22cm　〈年譜あり〉
　　内容　紫式部日記講義/三木五百枝講述(誠之堂書店明治32年刊)新訳紫式部日記・新訳和泉式部日記/与謝野晶子/著(金尾文淵堂大正5年刊)
◇和泉式部日記　川村裕子編　角川学芸出版　2007.8　201p　15cm(角川文庫―角川ソフィア文庫　ビギナーズ・クラシックス)〈年表あり〉　590円
◇千年前の恋―新訳和泉式部物語　大江みち著　新風舎　2007.10　110p　20cm　1260円

【注釈書】

◇新釈　日本文学叢書　5　物集高量校註　日本文学叢書刊行会　1918-1923　23cm
　　内容　紫式部日記　和泉式部日記　更科日記(菅原孝標女)　十六夜日記(阿仏尼)　枕草子(清少納言)　方丈記(鴨長明)　徒然草(吉田兼好)
◇校註　国文叢書　第18冊　池辺義象編　8版　博文館　1929.3　23cm(復本第1・4・5・9・18冊)
　　内容　神皇正統記(北畠親房)　梅松論　桜雲記　吉野拾遺(松翁)　十訓抄　大和物語　唐物語　和泉式部日記(和泉式部)　十六夜日記(阿仏尼)
◇校定和泉式部日記新釈　竹野長次著　精文館書店　1930　268p　19cm
◇校定　和泉式部日記新釈　竹野長次釈　精文館書店　1930.1　248p　19cm
◇紫式部日記・和泉式部日記―校註　阿部秋生校註　武蔵野書院　1948　146p　附図12p　19cm
◇日本文学大系―校註　第2巻　久松潜一,山岸徳平監修　新訂版　風間書房　1955　553p　19cm
　　内容　土佐日記(植松安,山岸徳平校訂)　和泉式部日記(長連恒校訂)　更級日記(玉井幸助校訂)　清少納言枕草子(山岸徳平校訂)　方丈記(山崎麓,山岸徳平校訂)　徒然草(山崎麓校訂)
◇和泉式部日記考注　尾崎知光著　増訂版　東宝書房　1957　249p　22cm
◇和泉式部集　窪田空穂校註　朝日新聞社　1958　293p　19cm(日本古典全書)〈合刻：小野小町集(小野小町著　窪田空穂校註)〉
◇和泉式部集全釈　佐伯梅友ほか著　東宝書房　1959.6　697,2,57p　22cm
◇新講和泉式部物語　遠藤嘉基著　塙書房　1962　248p　22cm
◇和泉式部集全釈　続集篇　佐伯梅友,村上治,小松登美編　笠間書院　1977.10　528p　22cm(笠間注釈叢刊　5)　9500円
◇和泉式部日記　川瀬一馬校注・現代語訳　講談社　1977.10　191p　図　15cm(講談社文庫)　260円
◇和泉式部日記・和泉式部集　野村精一校注　新潮社　1981.2　253p　20cm(新潮日本古典集成)　1500円
◇和泉式部日記　清水文雄校注　改版　岩波書店　1981.3　138p　15cm(岩波文庫)　200円
◇王朝日記選　藤岡忠美編　大阪　和泉書院　1981.4　181p　21cm　1300円
　　内容　王朝の日記文学　藤岡忠美著. 土佐日記　田中登校注. かげろふの日記　白井たつ子校注. 和泉式部日記　榎本正純校注. 紫式部日記　加納重文校注. 更級日記　鈴木紀子校注. 和泉式部・紫式部略年譜：p178～181
◇和泉式部集・和泉式部続集　清水文雄校注　岩波書店　1983.5　340p　15cm(岩波文庫)　500円
◇和泉式部日記　平田喜信校注　新典社　1986.6　122p　21cm(影印校注古典叢書　22)　1200円
◇和泉式部日記全釈　由良琢郎著　明治書院　1994.1　341p　19cm　3500円
◇和泉式部日記全注釈　中嶋尚著　笠間書院　2002.10　509p　22cm(笠間注釈叢刊　32)　12000円
◇日記文学研究叢書　第3巻　和泉式部日記　津本信博編・解説　クレス出版　2006.11　1冊　22cm　〈複製〉
　　内容　校定和泉式部日記新釈/竹野長次著(精文館書店昭和5年刊)　和泉式部日記詳解/小室由三,田中栄三郎著(白帝出版昭和32年刊)　和泉式部日記/木枝増一著(修文館昭和22年刊)

蜻蛉日記(平安中期)

【現代語訳】

◇全訳王朝文学叢書　第11巻　吉沢義則等訳　王朝文学叢書刊行会　1925.12　282,95p　22cm

[内容] 土佐日記(紀貫之) かげろふの日記(藤原道綱母) 和泉式部日記

◇現代語訳国文学全集　第9巻　平安朝女流日記　与謝野晶子訳　非凡閣　1938.4　1冊　20cm

[内容] 蜻蛉日記 和泉式部日記 紫式部日記

◇蜻蛉日記・更級日記　雅川滉著　小学館　1943.5　344p　B6(現代訳日本古典)

◇蜻蛉日記　上　池田亀鑑訳　至文堂　1953　250p　19cm(物語日本文学)

◇蜻蛉日記　下　池田亀鑑訳　至文堂　1954　274p　19cm(物語日本文学　第12)

[内容] 更級日記(菅原孝標女著 池田亀鑑訳)を合刻

◇日本国民文学全集　第7巻　王朝日記随筆集　河出書房　1956　368p　図版　22cm

[内容] 蜻蛉日記(室生犀星訳) 枕草子(田中澄江訳) 和泉式部日記(森三千代訳) 更級日記(井上靖訳) 方丈記(佐藤春夫訳) 徒然草(佐藤春夫訳)

◇古典日本文学全集　第8　王朝日記集　筑摩書房　1960　383p　図版　23cm

[内容] 土佐日記(紀貫之著 森三千代訳) 蜻蛉日記(藤原道綱母著 円地文子訳) 和泉式部日記(和泉式部著 円地文子訳) 紫式部日記(紫式部著 森三千代訳) 更級日記(菅原孝標女著 関みさを訳)

◇日本文学全集　第5　青野季吉等編　河出書房新社　1960　534p　図版　19cm

[内容] 蜻蛉日記(藤原道綱母著 室生犀星訳) 和泉式部日記(和泉式部著 森三千代訳) 更級日記(菅原孝標女著 井上靖訳) 枕草子(清少納言著 田中澄江訳) 方丈記(鴨長明著 佐藤春夫訳) 徒然草(吉田兼好著 佐藤春夫訳) 注釈(池田弥三郎) 解説(池田弥三郎)

◇国民の文学　第7　王朝日記随筆集　谷崎潤一郎等編　河出書房新社　1964　534p　図版　18cm

[内容] 蜻蛉日記(室生犀星訳) 和泉式部日記(森三千代訳) 更級日記(井上靖訳) 枕草子(田中澄江訳) 方丈記(佐藤春夫訳) 徒然草(佐藤春夫訳) 解説(池田弥三郎)

◇古典日本文学全集　第8　王朝日記集　筑摩書房　1965　383p　図版　23cm　〈普及版〉

[内容] 土佐日記(森三千代訳) 蜻蛉日記(円地文子訳)和泉式部日記(円地文子訳) 紫式部日記(森三千代訳) 更級日記(関みさを訳) 解説(秋山虔)「土佐日記」の筆者(小宮豊隆) かげろふの日記(小島政二郎)「和泉式部日記」序(寺田透) 王朝日記文学について(井上靖) 平安女流文学の成立(西郷信綱)

◇日本文学全集　第3　王朝日記随筆集　河出書房新社　1965　475p　図版　20cm　〈監修者：谷崎潤一郎等〉

[内容] 土佐日記(池田弥三郎訳) 蜻蛉日記(室生犀星訳) 更級日記(井上靖訳) 枕草子(田中澄江訳) 方丈記(佐藤春夫訳) 徒然草(佐藤春夫訳) 注釈(池田弥三郎) 年譜(阿部秋生) 解説(中村真一郎)

◇蜻蛉日記　上　上村悦子全訳注　講談社　1978.2　267p　15cm(講談社学術文庫)

◇蜻蛉日記　中　上村悦子全訳注　講談社　1978.3　300p　15cm(講談社学術文庫)

◇蜻蛉日記　下　上村悦子全訳注　講談社　1978.9　390p　15cm(講談社学術文庫)

◇蜻蛉日記　木村正中著　尚学図書　1980.8　560p　20cm(鑑賞日本の古典　7)　〈参考文献解題・『蜻蛉日記』関係年表ほか：p515〜558〉

◇蜻蛉日記　上　川瀬一馬校注・現代語訳　講談社　1980.8　197p　15cm(講談社文庫)

◇蜻蛉日記　中　川瀬一馬校注・現代語訳　講談社　1980.9　182p　15cm(講談社文庫)

◇蜻蛉日記　下　川瀬一馬校注・現代語訳　講談社　1980.11　228p　15cm(講談社文庫)

◇沖縄口試訳蜻蛉日記　上巻1　儀間進著〔北谷町(沖縄県)〕　儀間進　1981.9　160p　26cm　〈謄写版 限定版〉　非売品

◇蜻蛉日記　犬養廉訳　學燈社　1984.4　288p　15cm(現代語訳学燈文庫)　〈本文対照〉

◇蜻蛉日記　木村正中ほか校注・訳　小学館　1985.8　462p　20cm(完訳日本の古典　第11巻)〈図版(肖像を含む)〉　1900円

◇かげろふ日記　増田繁夫訳・注　創英社　1985.9　542p　19cm(全対訳日本古典新書)　〈かげろう日記年表：p530〜542〉

中古文学(日記・随筆・紀行・記録)

　　1400円
◇枕草子　蜻蛉日記　田辺聖子,竹西寛子訳　世界文化社　1986.1　23cm(特選日本の古典　グラフィック版　第4巻)
◇蜻蛉日記―訳注と評論　今井卓爾　早稲田大学出版部　1986.3　684p　22cm　12000円
◇生方たつえの　蜻蛉日記　和泉式部日記　生方たつえ著　集英社　1986.7　270p　19cm(わたしの古典　5)〈編集：創美社〉　1400円
[内容]蜻蛉日記(第1章 愛と不信のはざま　第2章 心ふれあう日々　第3章 鳴滝籠り　第4章 女盛りを過ぎて)　和泉式部日記(1. 俤の章　2. 波瀾の章　3. 薄暮の章)
◇蜻蛉日記　増田繁夫校注・訳　ほるぷ出版　1986.9　472p　20cm(日本の文学)
◇蜻蛉日記　和泉式部日記　円地文子訳　筑摩書房　1992.3　364p　15cm(ちくま文庫)　720円
◇新編日本古典文学全集　13　土佐日記　蜻蛉日記　菊地靖彦, 木村正中, 伊牟田経久校注・訳　小学館　1995.10　468p　23cm〈付：参考文献〉　4200円
◇蜻蛉日記　与謝野晶子訳　今西祐一郎補注　平凡社　1996.3　366p　16cm(平凡社ライブラリー)　1000円
◇生方たつゑの蜻蛉日記・和泉式部日記　生方たつゑ著　集英社　1996.9　282p　16cm(わたしの古典　5)　700円
◇蜻蛉日記―現代語訳 ある女の人生史　石丸晶子著　朝日新聞社　1997.6　369p　20cm　3000円
◇蜻蛉日記　角川書店編　角川書店　1999.4　254p　12cm(角川mini文庫―ミニ・クラシックス　5)　400円
◇蜻蛉日記　角川書店編　角川書店　2002.1　248p　15cm(角川文庫―ビギナーズ・クラシックス)〈年譜あり〉　533円
◇週刊日本の古典を見る　18　蜻蛉日記　巻1　竹西寛子訳　世界文化社　2002.8　34p　30cm　533円
◇週刊日本の古典を見る　19　蜻蛉日記　巻2　竹西寛子訳　世界文化社　2002.9　34p　30cm　533円
◇蜻蛉日記―現代語訳付き　新版　1(上巻・中巻)　川村裕子訳注　角川書店　2003.10　477p　15cm(角川文庫―角川ソフィア文庫)　1000円
◇蜻蛉日記―現代語訳付き　新版　2(下巻)　川村裕子訳注　角川書店　2003.10　348p　15cm(角川文庫―角川ソフィア文庫)　952円
◇蜻蛉日記―現代語訳　更級日記―現代語訳　犬養廉訳　學燈社　2006.3　288p　19cm　1600円
◇土佐日記　蜻蛉日記　とはずがたり　菊地靖彦校訂・訳　木村正中, 伊牟田経久校訂・訳　久保田淳校訂・訳　小学館　2008.11　318p　20cm(日本の古典をよむ　7)　1800円

【注釈書】
◇国文註釈全集　第9　室松岩雄編　国学院大学出版部　1908-1910?　23cm
[内容]紫式部日記解(足立稲直), 土佐日記考証(岸本由豆流), 蜻蛉日記解環(坂微), 長明方丈記抄(加藤盤斎), 鴨長明方丈記流水抄(槙島昭武), 方丈記泗説
◇新釈 日本文学叢書　4　物集高量校註　広文庫刊行会　1918-1923　23cm
[内容]竹取物語, 伊勢物語, 大和物語, 落窪物語, 土佐日記, 蜻蛉日記
◇校註 日本文学叢書　7　物集高量校註　再版　広文庫刊行会　1922.7　1冊　23cm
[内容]竹取物語 伊勢物語 大和物語 落窪物語 土佐日記(紀貫之) 蜻蛉日記(藤原通綱の母)
◇校註 国文叢書　第12冊　池辺義象編　5版　博文館　1924.7　23cm(復本第1・4・5・9・18冊)
[内容]蜻蛉日記(藤原道綱の母) 更科日記(菅原孝標女) 浜松中納言物語(菅原孝標女) とりかへばや物語 方丈記(鴨長明) 月のゆくへ(荒木田麗子)
◇国文学註釈叢書　6　折口信夫編　名著刊行会　1929-1930　19cm
[内容]蜻蛉日記解環〔ほか〕
◇蜻蛉日記　上・下　勝俣久作校註　改造社　1941　2冊　16cm(改造文庫)　0.4円
◇蜻蛉日記　喜多義勇校註　朝日新聞社　1949　237p 図版　19cm(日本古典全書 朝日新聞社編)
◇蜻蛉日記　喜多義勇校註　再版　朝日新聞社　1953　237p　19cm(日本古典全書)

中古文学(日記・随筆・紀行・記録)

◇かげろふの日記新釈　次田潤,大西善明共著　明治書院　1960　444p 地図　22cm

◇全講蜻蛉日記　喜多義勇著　至文堂　1961　1078p 図版　表　22cm

◇蜻蛉日記全注釈　上巻　柿本奨著　角川書店　1966　533p 図版　22cm(日本古典評釈全注釈叢書)　2500円

◇蜻蛉日記全注釈　下巻　柿本奨著　角川書店　1966　496p 図版　22cm(日本古典評釈全注釈叢書)　2500円

◇蜻蛉日記　喜多義勇校註　新訂版　朝日新聞社　1969　243p　19cm(日本古典全書)　〈監修者：高木市之助等〉

◇蜻蛉日記新注釈　大西善明著　明治書院　1971　537p 図 地図　22cm　2300円

◇蜻蛉日記　上　上村悦子全訳注　講談社　1978.2　267p　15cm(講談社学術文庫)

◇蜻蛉日記　中　上村悦子全訳注　講談社　1978.3　300p　15cm(講談社学術文庫)

◇蜻蛉日記　下　上村悦子全訳注　講談社　1978.9　390p　15cm(講談社学術文庫)

◇図説日本の古典　6　集英社　1979.8　218p　28cm　〈企画：秋山虔ほか〉　2400円

　内容　関係年表：p212〜215　各章末：参考文献

◇王朝日記選　藤岡忠美編　大阪　和泉書院　1981.4　181p　21cm　1300円

　内容　王朝の日記文学 藤岡忠美著. 土佐日記 田中登校注. かげろふの日記 白井たつ子校注. 和泉式部日記 榎本正純校注. 紫式部日記 加納重文校注. 更級日記 鈴木紀子校注. 和泉式部・紫式部略年譜：p178〜181

◇蜻蛉日記　犬養廉校注　新潮社　1982.10　357p　20cm(新潮日本古典集成)　〈参考文献：p344 蜻蛉日記関係年表：p346〜351〉

◇蜻蛉日記解釈大成　第1巻　上村悦子著　明治書院　1983.11　448p　22cm　4800円

◇蜻蛉日記解釈大成　第2巻　上村悦子　明治書院　1986.1　591p　22cm　6200円

◇蜻蛉日記　上村悦子校注　18版　明治書院　1986.2　370p　19cm(校注古典叢書)　〈参考文献：p317〜322　蜻蛉日記年表：p327〜354〉　1400円

◇蜻蛉日記解釈大成　第3巻　上村悦子　明治書院　1987.4　418p　22cm　6200円

◇蜻蛉日記解釈大成　第4巻　上村悦子　明治書院　1988.5　506p　22cm　6800円

◇蜻蛉日記新注釈　大西善明　明治書院　1988.5　537p　22cm　〈参考文献・蜻蛉日記年表：p496〜517〉　3800円

◇蜻蛉日記・枕草子　木村正中,白畑よし,土田直鎮編　新装版　集英社　1988.8　218p　30cm(図説 日本の古典　6)　〈『蜻蛉日記』『枕草子』関係年表：p212〜215　各章末：参考文献〉　2800円

　内容　王朝工芸の美(灰野昭郎)　女流日記文学と『枕草子』(木村正中)　『蜻蛉日記』-作品鑑賞(木村正中)　道綱母の人生と文学(木村正中)　九条流の成立(土田直鎮)　旅と物詣で(木村正中)　平安の寺院(中村渓男)　女絵の系譜(白畑よし)　『枕草子』-作品鑑賞(木村正中)　清少納言の宮仕え生活(三田村雅子)　中関白家の盛衰(土田直鎮)　清少納言の美(三田村雅子)　『枕草子』の美(三田村雅子)　平安時代の年中行事(長谷章久)　宮廷の美(長谷章久)　平安朝の尊像―仏画・仏像(白畑よし)　白描女絵の流れ(白畑よし)　『蜻蛉日記』関係地図　『蜻蛉日記』関係年表　『枕草子』関係年表

◇蜻蛉日記解釈大成　第5巻　上村悦子　明治書院　1989.12　902p　22cm　16000円

◇蜻蛉日記解釈大成　第6巻　上村悦子著　明治書院　1991.7　713p　22cm　15000円

◇全講蜻蛉日記　喜多義勇著　パルトス社　1992.3　1078p　22cm　〈至文堂昭和38年刊の複製 折り込表1枚〉　29000円

◇蜻蛉日記解釈大成　第7巻　上村悦子著　明治書院　1992.12　684p　22cm　15000円

◇蜻蛉日記解釈大成　第8巻　上村悦子著　明治書院　1994.6　929p　22cm　24000円

◇蜻蛉日記解釈大成　第9巻　上村悦子著　明治書院　1995.6　392p　22cm　12000円

◇蜻蛉日記　今西祐一郎校注　岩波書店　1996.9　335,7p　15cm(岩波文庫)　670円

◇蜻蛉日記　上村悦子校注　新装版　明治書院　2001.3　370p　19cm(校注古典叢書)　〈年表あり〉　2400円

中古文学(日記・随筆・紀行・記録)

讃岐典侍日記(平安後期)

【現代語訳】

◇讃岐典侍日記—全訳注　森本元子著　講談社　1977.10　224p　15cm(講談社学術文庫)　320円

◇讃岐典侍日記—訳注と評論　今井卓爾　早稲田大学出版部　1986.7　231p　22cm　4200円

◇鑑賞宮廷女流文学　柄松香著　〔廿日市〕柄松香　1990.2　154p　26cm

◇新編日本古典文学全集　26　和泉式部日記　紫武部日記　更級日記　讃岐典侍日記　藤岡忠美、中野幸一、犬養廉、石井文夫校注・訳　小学館　1994.9　558p　23cm　4600円

【注釈書】

◇新釈 日本文学叢書　第2巻　内海弘蔵校注　日本文学叢書刊行会　1931.10　29,747p　23cm

　内容　狭衣 浜松中納言物語(菅原孝標の女) 堤中納言物語 讃岐典侍日記(讃岐典侍) 唐物語 中務内侍日記(中務内侍)

◇讃岐典侍日記通釈　玉井幸助著　育英書院　1936.2　271p　菊判

◇讃岐典侍日記　玉井幸助校註　朝日新聞社　1953　197p　19cm(日本古典全書)

◇讃岐典侍日記全註解　玉井幸助著　有精堂出版　1969　276p 図版　22cm　2300円

◇讃岐典侍日記　玉井幸助校註　朝日新聞社　1971　197p　19cm(日本古典全書)〈第9版(初版：昭和28年刊)　監修：高木市之助〉

◇校注讃岐典侍日記　今小路覚瑞、三谷幸子共著　笠間書院　1976　174p(図共)　22cm　1000円

◇讃岐典侍日記—研究と解釈　草部了円著　笠間書院　1977.10　234p 図　22cm(笠間叢書　88)　5000円

◇讃岐典侍日記全評釈　小谷野純一　風間書房　1988.11　606p　22cm　20000円

◇校注讃岐典侍日記　小谷野純一編　新典社　1997.4　158p　19cm(新典社校注叢書　9)　1650円

更級日記(平安中期)

【現代語訳】

◇全訳王朝文学叢書　第11巻　吉沢義則等訳　王朝文学叢書刊行会　1925.12　282,95p　22cm

　内容　土佐日記 かげろふの日記 和泉式部日記

◇現代語訳国文学全集　第8巻　土佐日記・更級日記・十六夜日記　紀貫之,菅原孝標の女,阿仏尼各著　藤村作訳　非凡閣　1937.3　1冊　20cm

◇口訳 国文叢書　2　口訳 更級日記(菅原孝標女)　佐佐木弘綱訳　人文書院　1939.4　200p　19cm

◇口訳 更級日記　佐佐木弘綱著　佐佐木信綱補　京都 人文書院　1939.5　200p　四六判(口訳国文叢書　2)

◇蜻蛉日記・更級日記　雅川滉著　小学館　1943.5　344p　B6(現代訳日本古典)

◇対訳更級日記新解　佐成謙太郎著　明治書院　1953　197p 図版 地図　19cm

◇更級日記新解—対訳　佐成謙太郎著　4版　明治書院　1954　197p 図版 地図　19cm

◇日本古典文学全集—現代語訳　第13巻　更級日記　西尾光雄訳　河出書房　1954　249p　19cm

◇日本国民文学全集　第7巻　王朝日記随筆集　河出書房　1956　368p 図版　22cm

　内容　蜻蛉日記(室生犀星訳) 枕草子(田中澄江訳) 和泉式部日記(森三千代訳) 更級日記(井上靖訳) 方丈記(佐藤春夫訳) 徒然草(佐藤春夫訳)

◇古典日本文学全集　第8　王朝日記集　筑摩書房　1960　383p 図版　23cm

　内容　土佐日記(紀貫之著 森三千代訳) 蜻蛉日記(藤原道綱母著 円地文子訳) 和泉式部日記(和泉式部著 円地文子訳) 紫式部日記(紫式部著 森三千代訳) 更級日記(菅原孝標女著 関みさを訳)

◇日本文学全集　第5　青野季吉等編　河出書房新社　1960　534p 図版　19cm

　内容　蜻蛉日記(藤原道綱母著 室生犀星訳) 和泉式部日記(和泉式部著 森三千代訳) 更級日記(菅原孝標女著 井上靖訳) 枕草子(清少納言著 田中澄江訳) 方丈記(鴨長明著 佐藤春夫訳) 徒然草(吉田兼好著 佐藤春夫訳) 注釈(池田弥三郎) 解説(池田弥三郎)

中古文学(日記・随筆・紀行・記録)

◇国民の文学　第7　王朝日記随筆集　谷崎潤一郎等編　河出書房新社　1964　534p　図版　18cm

　内容　蜻蛉日記(室生犀星訳)和泉式部日記(森三千代訳)更級日記(井上靖訳)枕草子(田中澄江訳)方丈記(佐藤春夫訳)徒然草(佐藤春夫訳)解説(池田弥三郎)

◇古典日本文学全集　第8　王朝日記集　筑摩書房　1965　383p　図版　23cm　〈普及版〉

　内容　土佐日記(森三千代訳)蜻蛉日記(円地文子訳)和泉式部日記(円地文子訳)紫式部日記(森三千代訳)更級日記(関みさを訳)解説(秋山虔)「土佐日記」の筆者(小宮豊隆)かげろふの日記(小島政二郎)「和泉式部日記」序(寺田透)王朝日記文学について(井上靖)平安女流文学の成立(西郷信綱)

◇日本文学全集　第3　王朝日記随筆集　河出書房新社　1965　475p　図版　20cm　〈監修者：谷崎潤一郎等〉

　内容　土佐日記(池田弥三郎訳)蜻蛉日記(室生犀星訳)更級日記(井上靖訳)枕草子(田中澄江訳)方丈記(佐藤春夫訳)徒然草(佐藤春夫訳)注釈(池田弥三郎)年譜(阿部秋生)解説(中村真一郎)

◇更級日記　上　関根慶子訳注　講談社　1977.8　218p　15cm(講談社学術文庫)

◇更級日記　下　関根慶子訳注　講談社　1977.9　188p　15cm(講談社学術文庫)　〈更級日記年表：p.169～174〉

◇更級日記―現代語訳対照　池田利夫訳注　旺文社　1978.4　194p　16cm(旺文社文庫)　〈更級日記年譜：p186～194〉

◇現代語訳日本の古典　7　土佐日記・更級日記　竹西寛子著　学習研究社　1981.2　176p　30cm

◇完訳日本の古典　第24巻　和泉式部日記・紫式部日記・更級日記　藤岡忠美ほか校注・訳　小学館　1984.3　453p　20cm　〈和泉式部日記年譜：p129～132　紫式部日記年譜：p295～298　更級日記年譜：p447～453　付：参考文献〉　1900円

◇更級日記　吉岡曠訳・注　創英社　1984.9　187p　19cm(全対訳日本古典新書)　〈発売：三省堂書店〉

◇更級日記　堀内秀晃校注　5版　明治書院　1985.2　171p　19cm(校注古典叢書)　〈参考文献：p131～137　更級日記年表：p146～157〉　980円

◇更級日記―訳注と評論　今井卓爾著　早稲田大学出版部　1986.6　248p　22cm　4500円

◇阿部光子の更級日記・堤中納言物語　阿部光子著　集英社　1986.11　294p　19cm(わたしの古典　10)　〈編集：創美社〉　1400円

　内容　更級日記(京への旅　親しい人々との別れ　花紅葉の思い　春の夜の形見　夢幻の世を)　堤中納言物語(このついで　花桜折る少将　よしなしごと　冬ごもる空のけしき　虫愛づる姫君　程ほどの懸想　はいずみ　はなだの女御　かひあはせ　逢坂こえぬ権中納言　思はぬ方にとまりする少将)

◇更級日記　池田利夫訳注　旺文社　1988.5　194p　16cm(対訳古典シリーズ)　〈更級日記年譜：p186～194〉

◇更級日記　山本一彦編著　ブレイク・アート社　1988.9　1冊(頁付なし)　18×19cm(古典への旅)　〈発売：星雲社　付(別冊)：訳・解説　外箱入〉　3800円

◇新型校注女流日記文学　大倉比呂志他編　大学書院　1993.3　347p　21cm(新形式古典シリーズ)　〈発売：星雲社〉　2500円

◇自分史スタイルの物語としての『更級日記』　影山美知子著　明治書院　1993.10　206p　22cm　2600円

◇更級日記　池田利夫訳注　旺文社　1994.7　194p　19cm(全訳古典撰集)　950円

◇新編日本古典文学全集　26　和泉式部日記　紫式部日記　更級日記　讃岐典侍日記　藤岡忠美、中野幸一、犬養廉、石井文夫校注・訳　小学館　1994.9　558p　23cm　4600円

◇阿部光子の更級日記・堤中納言物語　阿部光子著　集英社　1996.6　308p　15cm(わたしの古典)　680円

◇更級日記全評釈　小谷野純一著　風間書房　1996.9　883p　22cm　37080円

◇更級日記―現代語訳付き　原岡文子訳注　角川書店　2003.12　278p　15cm(角川文庫―角川ソフィア文庫)　〈年表あり〉　743円

◇現代語訳更級日記　木山英明訳　明石書店　2005.11　153p　21cm　1600円

◇更級日記　西恵子訳　〔出版地不明〕　西恵子　[2006]　85p　19cm

◇蜻蛉日記―現代語訳　更級日記―現代語訳　犬養廉訳　學燈社　2006.3　288p　19cm　1600円

日本古典文学案内－現代語訳・注釈書　117

中古文学(日記・随筆・紀行・記録)

◇更級日記　池田利夫訳・注　笠間書院
　2006.5　237p　19cm(笠間文庫―原文&現代語訳シリーズ)〈年譜あり〉　1300円

◇日記文学研究叢書　第9巻　更級日記　1
　津本信博編・解説　クレス出版　2007.3
　1冊　22cm　〈複製〉
　内容　校註更科日記/佐佐木信綱/校註(東京堂書房明治25年刊)　更科日記講義/大塚彦太郎/講述(誠之堂書店明治32年刊)　口訳更級日記/佐佐木弘綱/著(人文書院昭和14年刊)

◇日記文学研究叢書　第11巻　更級日記　3
　津本信博編・解説　クレス出版　2007.3
　1冊　22cm　〈複製〉
　内容　口訳対照更級日記新釈/西下経一著(金子書房昭和28年刊)　更級日記/関みさを著(弘文堂昭和29年刊)　更級日記の新しい解釈/佐伯梅友著(至文堂昭和30年刊)

◇更級日記　川村裕子編　角川学芸出版
　2007.4　233p　15cm(角川文庫―角川ソフィア文庫 ビギナーズ・クラシックス)〈年表あり〉　552円

◇枕草子　更級日記　大沼津代志文　学習研究社　2008.2　195p　21cm(超訳日本の古典　3)　1300円

◇更級日記　平塚武二文　童心社　2009.2
　197p　19cm(これだけは読みたいわたしの古典)〈『わたしの更級日記 姫の日記』改題書〉　2000円
　内容　わたくしの父　おさないねがい　いまたち　竹芝の昔話　足柄山　富士川　京の都へ　都のくらし　かわいい子ねこ　ひっこした家　父との分かれ　父のいないくらし　宮づかえ　おそいおよめいり　初瀬まいり　夫とのくらし　和泉への旅　夫の死　さらしなの里

【注釈書】

◇校註更科日記　佐佐木信綱注　東京堂
　1892.10　和83丁　23cm

◇新釈 日本文学叢書　5　物集高量校註
　日本文学叢書刊行会　1918-1923　23cm
　内容　紫式部日記　和泉式部日記　更科日記(菅原孝標女)　十六夜日記(阿仏尼)　枕草子(清少納言)　方丈記(鴨長明)　徒然草(吉田兼好)

◇校註 国文叢書　第12冊　池辺義象編　5版　博文館　1924.7　23cm(復本第1・4・5・9・18冊)
　内容　蜻蛉日記(藤原道綱の母)　更科日記(菅原孝標女)　浜松中納言物語(菅原孝標女)　とりかへばや物語　方丈記(鴨長明)　月のゆくへ(荒木田麗子)

◇新註 更級日記　吉川秀雄著　精文館
　1926　118p　四六判

◇浜松中納言物語・とりかへはや物語・更科日記　笹川種郎、藤村作、尾上八郎校註
　博文館　1929.12　388p　四六判

◇更級日記評釈　宮田和一郎著　3版　京都
　麻田書店　1931　38,420p 図版 地図
　20cm

◇評釈 更級日記　友田宜剛、鎗田亀次釈
　三成社書店　1932.2　256p　19cm

◇更級日記　嶋田操著　関書院　1949
　173p　19cm(国文解釈叢書　第7)

◇更級日記―定家本　吉池浩校註　京都
　河原書店　1949　190p 地図　18cm(新註日本短篇文学叢書　第8)

◇更級日記　玉井幸助校註　朝日新聞社
　1950　184p 図版　19cm(日本古典全書)

◇日本文学大系―校註　第2巻　久松潜一、山岸徳平監修　新訂版　風間書房　1955
　553p　19cm
　内容　土佐日記(植松安, 山岸徳平校訂)　和泉式部日記(長連恒校訂)　更級日記(玉井幸助校訂)　清少納言枕草子(山岸徳平校訂)　方丈記(山崎麓, 山岸徳平校訂)　徒然草(山崎麓校訂)

◇更級日記　西下経一校注　岩波書店
　1963　92p 図版　15cm(岩波文庫)

◇全釈更級日記　鈴木知太郎, 小久保崇明著
　笠間書院　1978.12　430p　19cm(笠間選書　114)〈参考文献：p405〜409〉
　2500円

◇更級日記―翻刻・校注・影印　橋本不美男ほか編　笠間書院　1980.4　350p　22cm
　〈文献目録・論文目録：p327〜340　更級日記年表：p347〜350〉

◇更級日記　秋山虔校注　新潮社　1980.7
　195p　20cm(新潮日本古典集成)〈年譜：p173〜185〉

◇王朝日記選　藤岡忠美編　大阪　和泉書院　1981.4　181p　21cm　〈王朝の日記文学 藤岡忠美著. 土佐日記 田中登校注. かげろふの日記 白井たつ子校注. 和泉式部日記 榎本正純校注. 紫式部日記 加納重文校注. 更級日記 鈴木紀子校注. 和泉部・紫式部略年譜：p178〜181〉　1300円

◇更級日記　守屋省吾校注　有精堂出版
　1987.11　173p　19cm(有精堂校注叢書)

中古文学(日記・随筆・紀行・記録)

〈参考文献・更級日記年表：p127～146〉
2000円
◇校注更級日記　小谷野純一編　新典社
　1998.10　166p　19cm(新典社校注叢書
　10)　1700円

成尋阿闍梨母日記(平安後期)

【注釈書】
◇王朝三日記新釈　宮田和一郎校註　建文
　社　1948　224p　18cm
　内容 篁日記(小野篁), 平中日記(平貞文), 成尋
　母日記(成尋の母)
◇成尋阿闍梨母日記　藤田徳太郎校註　吉
　川泰雄補訂　白帝社　1965　78p(解説共)
　図版　22cm

小右記(平安中期)

【注釈書】
◇小右記註釈　長元四年　上巻　黒板伸夫監
　修　三橋正編　小右記講読会　2008.8
　436,294p　22cm　〈文献あり〉　24000円
◇小右記註釈　長元四年　下巻　黒板伸夫監
　修　三橋正編　小右記講読会　2008.8
　439-919,253p　22cm　〈八木書店(発売)〉

土佐日記(平安中期)

【現代語訳】
◇新訳土佐日記・新訳十六夜日記　中村徳
　五郎訳　富田文陽堂　1912.7　124,120p
　19cm
◇土佐日記新訳　豊田八十代著　広文堂書
　店　1917　96p　菊判
◇口訳新解土佐日記　古典研究社編　関根
　正直,幸田露伴監修　古典研究社　1918
　130p　三六判
◇訳註　土佐・十六夜・方丈記　飯田潮春訳
　註　6版　岡村書店　1919.4　73p　15cm
◇詳註訳解 竹取物語・土佐日記・方丈記
　藤井乙男著　博多成象堂　1932.3　78p
　四六判
◇現代語訳国文学全集　第8巻　土佐日記・
　更級日記・十六夜日記　紀貫之,菅原孝標

の女,阿仏尼各著　藤村作訳　非凡閣
1937.3　1冊　20cm
◇口訳 土佐日記　佐佐木弘綱著　佐佐木信
　綱補　京都　人文書院　1938.11　173p
　四六判(口訳国文叢書)
◇日本古典文学全集—現代語訳　第12巻
　土佐日記　佐藤謙三訳　河出書房　1954
　357p　19cm
◇古典日本文学全集　第8　王朝日記集　筑
　摩書房　1960　383p　図版　23cm
　内容 土佐日記(紀貫之著　森三千代訳)　蜻蛉日
　記(藤原道綱母著　円地文子訳)和泉式部日記
　(和泉式部著　円地文子訳)紫式部日記(紫式部
　著　森三千代訳)更級日記(菅原孝標女著　関み
　さを訳)
◇土佐日記—附現代語訳　三谷栄一訳註
　角川書店　1960　107p　15cm〈角川文庫〉
◇古典日本文学全集　第8　王朝日記集　筑
　摩書房　1965　383p　図版　23cm　〈普
　及版〉
　内容 土佐日記(森三千代訳)　蜻蛉日記(円地文
　子訳)和泉式部日記(円地文子訳)紫式部日記
　(森三千代訳)更級日記(関みさを訳)解説(秋
　山虔)「土佐日記」の筆者(小宮豊隆)かげろふ
　の日記(小島政二郎)「和泉式部日記」序(寺田
　透)王朝日記文学について(井上靖)平安女流
　文学の成立(西郷信綱)
◇日本文学全集　第3　王朝日記随筆集　河
　出書房新社　1965　475p　図版　20cm
　〈監修者：谷崎潤一郎等〉
　内容 土佐日記(池田弥三郎訳)　蜻蛉日記(室生
　犀星訳)更級日記(井上靖訳)枕草子(田中澄江
　訳)方丈記(佐藤春夫訳)徒然草(佐藤春夫訳)
　注釈(池田弥三郎)年譜(阿部秋生)解説(中村
　真一郎)
◇日本古典文学全集　9　土佐日記　松村誠
　一校注・訳　小学館　1973　466p　図
　23cm
◇土佐日記　池田弥三郎訳　河出書房新社
　1976　290p　図　18cm(日本古典文庫　8)
　〈注釈(池田弥三郎)　解説(竹西寛子)〉
◇現代語訳日本の古典　7　土佐日記・更級
　日記　竹西寛子著　学習研究社　1981.2
　176p　30cm
◇土佐日記—現代語訳対照　村瀬敏夫訳注
　旺文社　1981.10　169p　15cm(旺文社文
　庫)　〈紀貫之年譜：p159～166〉
◇完訳日本の古典　第10巻　竹取物語・伊
　勢物語・土佐日記　片桐洋一ほか校注・訳

日本古典文学案内—現代語訳・注釈書　119

中古文学（日記・随筆・紀行・記録）

小学館　1983.2　370p　20cm　〈伊勢物語年譜：p282～285　各章末：参考文献〉　1700円

◇土佐日記　品川和子全訳注　講談社　1983.6　302p　15cm(講談社学術文庫)　〈主要参考文献：p295～297〉

◇土佐日記―訳注と評論　今井卓爾著　早稲田大学出版部　1986.4　146p34枚　22cm　3800円

◇土佐日記　池田弥三郎訳　河出書房新社　1988.4　290p　18cm(日本古典文庫　8)　〈新装版〉　1600円

◇土佐日記　村瀬敏夫訳注　旺文社　1988.5　173p　16cm(対訳古典シリーズ)　〈紀貫之年譜：p161～168〉　380円

◇土佐日記―全訳注　土居重俊著　高知　高知市文化振興事業団　1989.3　186p　22cm　〈参考文献：p169～173〉

◇土佐日記　川瀬一馬校注・現代語訳　講談社　1989.4　143p　15cm(講談社文庫)　320円

◇土佐日記　山本一彦編著　ブレイク・アート社　1989.6　1冊(頁付なし)　18×19cm(古典への旅)　〈題箋の書名：土左日記　発売：星雲社　付(別冊)：訳・解説・写真　外箱入〉　3090円

◇新型校注女流日記文学　大倉比呂志他編　大学書院　1993.3　347p　21cm(新形式古典シリーズ)　〈発売：星雲社〉　2500円

◇新編日本古典文学全集　13　土佐日記　蜻蛉日記　菊地靖彦,木村正中,伊牟田経久校注・訳　小学館　1995.10　468p　23cm　〈付：参考文献〉　4200円

◇土佐日記を歩く―土佐日記地理弁全訳注　井出幸男,橋本達広著　〔高知〕　高知新聞社　2003.11　201p　22cm　〈高知　高知新聞企業(発売)〉　2476円

◇すらすら読める土佐日記　林望著　講談社　2005.6　195p　19cm　〈文献あり〉　1500円

◇日記文学研究叢書　第1巻　土佐日記　津本信博編・解説　クレス出版　2006.11　1冊　22cm　〈複製〉

内容　「標註土佐日記」久留間瑛三編纂(浪花書房日新舘明治17年刊)「訂増補土佐日記考証」鈴木弘恭著(東京書林明治31年刊)「口訳土佐日記」佐佐木弘綱著(人文書院昭和13年刊)「土佐日記」山田孝雄著(宝文館昭和18年刊)

◇土佐日記　西山秀人編　角川学芸出版　2007.8　206p　15cm(角川文庫―角川ソフィア文庫　ビギナーズ・クラシックス)　〈肖像あり〉　590円

◇土佐日記　蜻蛉日記　とはずがたり　菊地靖彦校訂・訳　木村正中,伊牟田経久校訂・訳　久保田淳校訂・訳　小学館　2008.11　318p　20cm(日本の古典をよむ　7)　1800円

【注釈書】

◇土佐日記纂註―首書　2巻　楢崎隆存纂注　大阪　中野啓蔵　1883　2冊　12cm

◇土佐日記纂註(首書)　楢崎隆存纂注　大阪　中野啓蔵　1883　和2冊　12cm

◇標註土佐日記　久留間瑛三注　大阪　日新館　1884.3　和29丁　26cm

◇参考標註土佐日記読本　鈴木弘恭注　中西屋　1885.9　和48丁　23cm

◇土佐日記註釈　富田豊彦著　金松堂　1886.3　和2冊(上48,下53丁)　23cm

◇土佐日記参釈　出雲路興通著　大宮村(京都)　佐々木樗一郎　1890.9　73丁　19cm

◇校訂標註土佐日記　増омо于信校　誠之堂　1891.2　60p　19cm

◇纂註土佐日記　斎藤普春纂注　学友館　1891.4　81p　18cm

◇校正傍註土佐日記　小田清雄注　大阪　国文館　1891.10　57p　18cm

◇標註土佐日記講義　小田清雄著　大阪　野村鶴三　1891.11　91p　地図　20cm

◇校註土佐日記　佐佐木信綱注　東京堂　1892.6　40p　22cm

◇校註土佐日記　永沢雅彦注　文圃堂　1892.7　76p　19cm

◇纂註土佐日記校本　斎藤普春纂注　尚栄堂　1892.8　59p　19cm

◇冠註傍解土佐日記　星野忠直注　大阪　図書出版　1892.10　62p　22cm

◇標註土佐日記(文章解剖)　小田清雄著　大阪　文栄堂　1893.4　和42丁　22cm

◇考異冠註土佐日記読本　井上喜文著　杉本七百丸刊　1893.10　和30丁　24cm

◇土佐日記講解　赤心社　1893.12　48p　19cm

中古文学（日記・随筆・紀行・記録）

◇校註土佐日記　博文館　1894.7　40p　23cm
◇土佐日記釈義　館森鴻編　鈴木純一郎閲　尚栄堂, 尚古堂　1896.4　101p　22cm
◇国文学講義全書　伊藤岩次郎編　誠之堂　1897　9冊　22cm
　内容　新註古今和歌集(増田子信, 生田目経徳述)上下(443p), 神皇正統紀(今泉定介述)上下(435p), 土佐日記, 竹取物語(今泉定介述)128,153p, 伊勢物語(今泉定介述)264p, 十六夜日記(三木五百枝述)・百人一首(畠山健述)・和文読本問答(深井鑑一郎述)118,68,100p, 徒然草, 上下(476p)
◇土佐日記講解　佃清太郎編　秀美書院　1904.2　48p　19cm
◇国文註釈全書　第9　室松岩雄編　国学院大学出版部　1908-1910？　23cm
　内容　紫式部日記解(足立稲直), 土佐日記考証(岸本由豆流), 蜻蛉日記解環(扳微), 長明方丈記抄(加藤盤斎), 鴨長明方丈記流水抄(槙島昭武), 方丈記洒説
◇土佐日記読本—附, 註解　篠田真道註解　修学堂　1909.4　131p　23cm(新撰百科全書　第78編)
◇土佐日記新釈　田山停雲著　井上一書堂　1909.8　113p　19cm
◇土佐日記通解（頭註）　有馬与藤次註　崇文館, 二松堂　1910.12　233p　16cm
◇新釈 日本文学叢書　4　物集高量校註　広文庫刊行会　1918-1923　23cm
　内容　竹取物語, 伊勢物語, 大和物語, 落窪物語, 土佐日記, 蜻蛉日記
◇校註 日本文学叢書　7　物集高量校註　再版　広文庫刊行会　1922.7　1冊　23cm
　内容　竹取物語 伊勢物語 大和物語 落窪物語 土佐日記(紀貫之) 蜻蛉日記(藤原通綱の母)
◇校註 国文叢書　第6冊　池辺義象編　22版　博文館　1924.7　合586p　23cm(復本第1・4・5・9・18冊)
　内容　竹取物語 伊勢物語 落窪物語 土佐日記(紀貫之) 枕草紙(清少納言) 徒然草(吉田兼好) 紫式部日記(紫式部)
◇土佐日記新釈　森山右一釈　大同館書店　1927.8　135p　20cm
◇国文学註釈叢書　1　折口信夫編　名著刊行会　1929-1930　19cm
　内容　土佐日記考證〔ほか〕

◇土佐日記新講　永田義直著　岡村書店　1930.4　416p　四六判　〈藤谷崇文館 昭22〉
◇土佐日記全釈　小室由三著　広文堂　1930.5　118p　菊判
◇土佐日記新釈　宇佐美喜三八著　名古屋正文館　1932.1　197p　四六判
◇定本土佐日記—異本研究並に校註　中村多麻著　岩波書店　1935　364,22p　19cm
◇校註 日本文学大系　3　中山泰昌編　2版　誠文堂新光社　1937.10　〈普及版〉
　内容　土佐日記 他10篇
◇土佐日記新講　永田義直著　藤谷崇文館　1947　232p　B6　40円
◇土佐日記—昭和校註　鈴木知太郎校註　武蔵野書院　1949　99p　19cm
◇土佐日記—新註　小原幹雄校註　京都河原書店　1949　84p　19cm(新註日本短篇文学叢書　第3)
◇土左日記　山田孝雄校註　4版　宝文館　1949　111p　21cm　〈附：土佐日記諸本解説(鈴木友太郎)〉
◇土佐日記　鳥野幸次校註　明治書院　1950　90p　19cm　〈附：第1 土佐日記地理弁(鳥野幸次), 第2 紀貫之伝(鳥野幸次)〉
◇土佐日記—紀貫之全集　萩谷朴校註　朝日新聞社　1950　298p 図版　19cm(日本古典全書)
◇土佐日記　中田祝夫校註　大日本雄弁会講談社　1951　167p 図版　19cm(新註国文学叢書　第39)
◇土佐日記新釈　野中春水著　白楊社　1955　212p 地図　19cm
◇日本文学大系一校註　第2巻　久松潜一, 山岸徳平監修　新訂版　風間書房　1955　553p　19cm
　内容　土佐日記(植松安, 山岸徳平校訂) 和泉式部日記(長連恒校訂) 更級日記(玉井幸助校訂) 清少納言枕草子(山岸徳平校訂) 方丈記(山崎麓, 山岸徳平校訂) 徒然草(山崎麓校訂)
◇日本古典文学大系　第20　土佐日記—底本は大島雅太郎旧蔵 青谿書屋本　鈴木知太郎校注　岩波書店　1957　542p 図版　22cm
◇土佐日記全注釈　萩谷朴著　角川書店　1967　601p 図版　22cm(日本古典評釈・全注釈叢書)　2300円

中古文学(日記・随筆・紀行・記録)

◇土佐日記　萩谷朴校註　新訂版　朝日新聞社　1969　330p　19cm(日本古典全書)〈監修者：高木市之助等〉
　内容　土佐日記, 古今和歌集序, 大堰川行幸和歌序, 新撰和歌序, 天慶二年二月二十八日紀貫之家歌合, 三月三日紀師匠館水宴序, 自撰本貫之集, 貫之全歌集

◇土左日記―校註　鈴木知太郎校注　笠間書院　1970　170p 図版　22cm
　内容　青谿書屋本土左日記(桃園文庫蔵本の翻刻および解説・校注), 日本大学図書館蔵松木宗綱自筆本系統本土左日記(影印と解説) 参考文献：p.29-31

◇土左日記　鈴木知太郎校註　笠間書院　1976　324p　22cm

◇土左日記　鈴木知太郎校注　岩波書店　1979.4　169p　15cm(岩波文庫)〈参考文献：p165〜166〉

◇王朝日記選　藤岡忠美編　大阪　和泉書院　1981.4　181p　21cm〈王朝の日記文学 藤岡忠美著. 土佐日記 田中登校注. かげろふの日記 白井たつ子校注. 和泉式部日記 榎本正純校注. 紫式部日記 加納重文校注. 更級日記 鈴木紀子校注. 和泉式部・紫式部略年譜：p178〜181〉　1300円

◇土佐日記　萩谷朴校注　6版　明治書院　1985.3　125p　19cm(校注古典叢書)〈参考文献：p109〜113〉　980円

◇新註土左日記　小久保崇明　笠間書院　1988.4　123,8p　21cm　1500円

◇土佐日記・貫之集　木村正中校注　新潮社　1988.12　390p　20cm(新潮日本古典集成)〈参考文献：p368〜374 紀貫之略年譜：p388〜389〉　2100円

◇新日本古典文学大系　24　土佐日記　佐竹昭広ほか編　長谷川政春校注　岩波書店　1989.11　572,7p　22cm　〈付：参考文献〉

枕草子(平安中期)

【現代語訳】

◇枕草子評釈　上下　金子元臣著　明治書院　1921-1924　2冊　菊判　〈訂正合本大14〉

◇訳註 枕の草紙　溝江白羊訳　富文館　1927.4　909p　17cm

◇新訳 徒然草・枕草紙・雨月物語　幸田露伴校訂　改版　中央出版社　1928.10　554p　三六判(新訳日本文学叢書　2)

◇口訳新註 枕草紙　小林栄子著　言海書房　1935.12　546p　菊判

◇物語日本文学　7　藤村作他訳　2版　至文堂　1937.2
　内容　枕草子

◇現代語訳国文学全集　第7巻　枕草子　玉井幸助訳　非凡閣　1937.10　1冊　20cm

◇日本古典文学全集―現代語訳　第11巻　枕草子　池田亀鑑訳　河出書房　1953　251p 図版　19cm

◇枕草子―明解対訳　佐藤正憲著　池田書店　1953　246p 図版　19cm

◇枕草子　池田亀鑑訳　至文堂　1954　200p　19cm(物語日本文学)

◇日本国民文学全集　第7巻　王朝日記随筆集　河出書房　1956　368p 図版　22cm
　内容　蜻蛉日記(室生犀星訳) 枕草子(田中澄江訳) 和泉式部日記(森三千代訳) 更級日記(井上靖訳) 方丈記(佐藤春夫訳) 徒然草(佐藤春夫訳)

◇日本文学全集　第5　青野季吉等編　河出書房新社　1960　534p 図版　19cm
　内容　蜻蛉日記(藤原道綱母著 室生犀星訳) 和泉式部日記(和泉式部著 森三千代訳) 更級日記(菅原孝標女著 井上靖訳) 枕草子(清少納言著 田中澄江訳) 方丈記(鴨長明著 佐藤春夫訳) 徒然草(吉田兼好著 佐藤春夫訳) 注釈(池田弥三郎) 解説(池田弥三郎)

◇古典日本文学全集　第11　枕草子　塩田良平訳　筑摩書房　1962　396p 図版　23cm
　内容　解説(塩田良平, 唐木順三, 臼井吉見) 清少納言の「枕草子」(島崎藤村) 枕草子について(和辻哲郎) 兼好と長明と(佐藤春夫) 徒然草(小林秀雄) 卜部兼好(亀井勝一郎)

◇国民の文学　第7　王朝日記随筆集　谷崎潤一郎等編　河出書房新社　1964　534p 図版　18cm
　内容　蜻蛉日記(室生犀星訳) 和泉式部日記(森三千代訳) 更級日記(井上靖訳) 枕草子(田中澄江訳) 方丈記(佐藤春夫訳) 徒然草(佐藤春夫訳) 解説(池田弥三郎)

◇古典日本文学全集　第11　枕草子, 方丈記, 徒然草　筑摩書房　1965　306p 図版　23cm　〈普及版〉
　内容　枕草子(塩田良平訳) 方丈記(唐木順三訳)

中古文学(日記・随筆・紀行・記録)

徒然草(臼井吉見訳) 清少納言の「枕草子」(島崎藤村) 枕草子について(和辻哲郎) 兼好と長明と(佐藤春夫) 徒然草(小林秀雄) 卜部兼好(亀井勝一郎) 解説(塩田良平, 唐木順三, 臼井吉見)

◇日本文学全集 第3 王朝日記随筆集 河出書房新社 1965 475p 図版 20cm 〈監修者:谷崎潤一郎等〉

　内容 土佐日記(池田弥三郎訳) 蜻蛉日記(室生犀星訳) 更級日記(井上靖訳) 枕草子(田中澄江訳) 方丈記(佐藤春夫訳) 徒然草(佐藤春夫訳) 注釈(池田弥三郎) 年譜(阿部秋生) 解説(中村真一郎)

◇枕草子 上巻 松浦貞俊, 石田穣二訳注 角川書店 1965.8 410p 15cm(角川文庫)

◇枕草子 下巻 松浦貞俊, 石田穣二訳注 角川書店 1966.10 468p 15cm(角川文庫)

◇日本文学全集—カラー版 4 竹取物語・伊勢物語・枕草子・徒然草 河出書房新社 1969 378p 図版11枚 23cm 〈監修者:武者小路実篤等〉

　内容 竹取物語(川端康成訳) 伊勢物語(中村真一郎訳) 枕草子(田中澄江訳) 更級日記(井上靖訳) 今昔物語(福永武彦訳) 徒然草(佐藤春夫訳)

◇枕草子 池田亀鑑訳 新学社教友館 1970 168p 19cm(新学社文庫) 〈清少納言関係略年表・吉田兼好関係略年表:p.166-167〉

◇枕冊子—上 田中重太郎訳注 旺文社 1973.1 465p 15cm(旺文社文庫)

◇枕冊子—下 田中重太郎訳注 旺文社 1974.9 496p 15cm(旺文社文庫)

◇日本古典文学全集 11 枕草子 松尾聡, 永井和子校注・訳 小学館 1974 526p 図 23cm

◇枕草子 田中澄江訳 河出書房新社 1976 300p 図 18cm(日本古典文庫 10) 〈注釈・解説(池田弥三郎)〉

◇枕草子—付現代語訳 上巻 石田穣二訳注 新版 角川書店 1979.8 446p 15cm(角川文庫)

◇現代語訳日本の古典 6 枕草子 秦恒平著 学習研究社 1980.2 179p 30cm

◇枕草子—付現代語訳 下巻 石田穣二訳注 新版 角川書店 1980.4 492p 15cm(角川文庫) 〈年表:p425~449〉

◇枕草子・大鏡 稲賀敬二, 今井源衛著 尚学図書 1980.5 512p 20cm(鑑賞日本の古典 5) 〈参考文献解題・枕草子年表:p480~508〉 1800円

◇枕草子 稲賀敬二訳 學燈社 1982.8 288p 15cm(現代語訳学燈文庫) 〈本文対照〉

◇完訳日本の古典 第12巻 枕草子 1 松尾聡, 永井和子校注・訳 小学館 1984.7 326p 20cm 〈参考文献:p299 枕草子年表:p302~317〉 1500円

◇完訳日本の古典 第13巻 枕草子 2 松尾聡, 永井和子校注・訳 小学館 1984.8 366p 20cm 1700円

◇枕草子 蜻蛉日記 田辺聖子, 竹西寛子訳 世界文化社 1986.1 23cm(特選日本の古典 グラフィック版 第4巻)

◇杉本苑子の枕草子 杉本苑子著 集英社 1986.4 262p 19cm(わたしの古典 9) 〈編集:創美社〉 1400円

◇枕草子 上 川瀬一馬校注・現代語訳 講談社 1987.4 371p 15cm(講談社文庫) 〈図版〉 500円

◇枕草子 下 川瀬一馬校注・現代語訳 講談社 1987.4 399p 15cm(講談社文庫) 〈図版〉 500円

◇枕草子 鈴木日出男校注・訳 ほるぷ出版 1987.7 2冊 20cm(日本の文学)

◇桃尻語訳 枕草子 上 橋本治著 河出書房新社 1987.9 323p 19cm 1200円

◇枕草子 田中澄江訳 河出書房新社 1988.2 300p 18cm(日本古典文庫 10) 〈新装版〉 1600円

◇枕冊子 田中重太郎訳注 旺文社 1988.5 2冊 16cm(対訳古典シリーズ) 各700円

◇桃尻語訳 枕草子 中 橋本治著 河出書房新社 1989.12 296p 19cm 1204円

◇堺本枕草子評釈—本文・校異・評釈・現代語訳・語彙索引 速水博司著 有朋堂 1990.11 433p 22cm 12360円

◇枕草子—イラスト古典全訳 橋本武著 日栄社 1992.6 415p 19cm 1200円

◇枕冊子 上 田中重太郎訳注 旺文社 1994.7 470p 19cm(全訳古典撰集) 〈参考文献:p445~450〉

◇枕冊子 下 田中重太郎訳注 旺文社 1994.7 495p 19cm(全訳古典撰集) 〈年

中古文学(日記・随筆・紀行・記録)

譜：p470～471〉

◇桃尻語訳　枕草子　上　橋本治著　河出書房新社　1994.9　323p　19cm　1262円

◇桃尻語訳　枕草子　中　橋本治著　河出書房新社　1995.5　296p　19cm　1262円

◇桃尻語訳　枕草子　下　橋本治著　河出書房新社　1995.6　345p　19cm　1359円

◇杉本苑子の枕草子　杉本苑子著　集英社　1996.4　277p　15cm(わたしの古典)　680円

◇新編日本古典文学全集　18　枕草子　松尾聡,永井和子校注・訳　小学館　1997.11　542p　23cm　4457円

◇桃尻語訳　枕草子　上　橋本治著　河出書房新社　1998.4　325p　15cm(河出文庫)　650円

　内容 春って曙よ!　頃は—　おんなじ言うことでも、聞いた感じで変わるもの!　可愛がりたいなァって子をさ　大進生昌の家に宮がおでましになられるっていうんで　宮中にいる御猫さんは殿上人でね　正月一日と三月三日だったら　昇進のお礼を申し上げるのに、ホントに素敵よねェ　一条大宮院の仮内裏の東をね、北の陣ていうのね〔ほか〕

◇桃尻語訳　枕草子　中　橋本治著　河出書房新社　1998.4　280p　15cm(河出文庫)　550円

　内容 カッコいいもの　セクシーなもの　宮が五節の舞姫をお出しになられるんで、お付きは十二人　細太刀に平緒をつけて　宮中は五節の頃が、もうホントに　無て(ママ)っていう琵琶の楽器を帝が持っておみえになられたから　上の御局の御簾の前でね　クッソォ!と思うもの　内心ギックリするもん　まいっちゃうもの〔ほか〕

◇桃尻語訳　枕草子　下　橋本治著　河出書房新社　1998.4　349,33p　15cm(河出文庫)　700円

　内容 風は—　野分の次の日っていうのが　ちょっと気になるもの—　島は—　浜は—　浦は—　森は—　寺は—　お経は—　仏は—〔ほか〕

◇枕草子　角川書店編　角川書店　1998.4　255p　12cm(角川mini文庫—ミニ・クラシックス　6)　400円

◇枕草子　上　上坂信男ほか全訳註　講談社　1999.10　456p　15cm(講談社学術文庫)　1300円

◇枕草子　中　上坂信男ほか全訳註　講談社　2001.5　481p　15cm(講談社学術文庫)　1450円

◇週刊日本の古典を見る　7　枕草子　巻1　田辺聖子訳　世界文化社　2002.6　34p　30cm　533円

◇週刊日本の古典を見る　8　枕草子　巻2　田辺聖子訳　世界文化社　2002.6　34p　30cm　533円

◇枕草子　下　上坂信男ほか全訳註　講談社　2003.7　407p　15cm(講談社学術文庫)　1350円

◇枕草子—日々の"をかし"を描く清少納言の世界　田辺聖子著　世界文化社　2006.3　200p　24cm(日本の古典に親しむ ビジュアル版　5)　2400円

◇枕草子—現代語訳　稲賀敬二訳　學燈社　2006.7　288p　19cm　1600円

◇枕草子　大伴茫人編　筑摩書房　2007.7　345p　15cm(ちくま文庫—日本古典は面白い)〈年譜あり〉　660円

◇枕草子　松尾聡,永井和子校訂・訳　小学館　2007.12　318p　20cm(日本の古典をよむ　8)　1800円

◇枕草子　更級日記　大沼津代志文　学習研究社　2008.2　195p　21cm(超訳日本の古典　3)　1300円

◇枕草子—能因本　松尾聡,永井和子訳・注　笠間書院　2008.3　685p　19cm(笠間文庫—原文&現代語訳シリーズ)〈年表あり〉　2500円

◇すらすら読める枕草子　山口仲美著　講談社　2008.6　286p　19cm　1600円

【注釈書】

◇標註枕草紙読本　佐佐木弘綱注　弦巻書肆　1891.9　和5冊　23cm

◇標註枕草子　萩野由之注　博文館　1894.3　206,202,84p(上下合本)　22cm

◇名文評釈　国学院編　博文館　1901.5　448p　24cm

　内容 続日本後記宣命・伊勢物語(荻野由之)、源氏物語・枕草子(本居豊頴)、枕草子(黒木真頼)、栄花物語(関根正直)、栄花物語(小杉榲邨)、十六夜日記・十訓抄・吉野拾遺・徒然草(本居豊頴)、源平盛衰記・平家物語・太平記(落合直文)、新撰朗詠集(松井簡治)

◇国文註釈全書　第4　室松岩雄編　国学院大学出版部　1907-1910?　23cm

124　日本古典文学案内—現代語訳・注釈書

中古文学(日記・随筆・紀行・記録)

　　　内容 枕草子旁注(岡西惟中), 枕草子抄(加藤盤斎)
◇枕草紙通釈　武藤元信著　有朋堂　1911　2冊(上下844p) 図版　23cm
◇枕草紙評釈　窪田空穂著　日東堂　1916　1冊
◇新釈 日本文学叢書　5　物集高量校註　広文庫刊行会　1918-1923　23cm
　　　内容 紫式部日記 和泉式部日記 更科日記(菅原孝標女) 十六夜日記(阿仏尼) 枕草子(清少納言) 方丈記(鴨長明) 徒然草(吉田兼好)
◇校定 枕草紙新釈　上巻　永井一孝著　近田書店出版部　1919　485p　三六判
◇枕草紙選釈　山内二郎増補　博文館　1921　246p　四六判
◇枕草紙評釈　内海弘蔵著　成美堂　1921　494p　菊判
◇校註枕草子　金子元臣校訂　明治書院　1922　280p　四六判
◇校註 国文叢書　第6巻　池辺義象編　22版　博文館　1924.7　合586p　23cm(復本第1・4・5・9・18冊)
　　　内容 竹取物語 伊勢物語 落窪物語 土佐日記(紀貫之) 枕草紙(清少納言) 徒然草(吉田兼好) 紫式部日記(紫式部)
◇枕の草子選釈　早稲田大学出版部　1925　192p　22cm(早稲田大学文学講義　五十嵐 力)
◇枕草子評釈　金子元臣著　15版　明治書院　1927　2冊 図版　23cm
◇三段式 枕草子全釈　栗原武一郎著　広文堂書店　1927.2　1134p　23cm
◇国文学講座　枕草紙選釈　島田退蔵著　発売文献書院　1928　1冊　22cm　〈分冊本〉
◇国文学註釈叢書　2　折口信夫編　名著刊行会　1929-1930　19cm
　　　内容 枕草子私記〔ほか〕
◇国文学註釈叢書　14　折口信夫編　名著刊行会　1929-1930　19cm
　　　内容 枕草子旁註〔ほか〕
◇国文学註釈叢書　16　折口信夫編　名著刊行会　1929-1930　19cm
　　　内容 枕草子杠園抄上〔ほか〕
◇国文学註釈叢書　17　折口信夫編　名著刊行会　1929-1930　19cm
　　　内容 枕草子杠園抄下〔ほか〕
◇枕草子評釈　金子元臣著　18版　明治書院　1929　1153p 図版9枚　23cm
◇枕草紙解釈　林武彦著　白帝社　1934.5　126p　四六判(新国漢文叢書)
◇校定 枕草紙新釈　永井一孝著　敬文堂書店　1934.9　545,44p　23cm
◇校註 枕草子　山岸徳平編　東京武蔵野院　1939.4　477p　四六判
◇枕冊子　沢瀉久孝編　京都　白揚社　1948　80p　19cm(新注古典選書)
◇枕草子選釈―評註　岸上慎二註釈　紫乃故郷舎　1948　238p　19cm(紫文学評註叢書)
◇枕草紙新釈　青木正著　15版　有精堂　1948　332p　19cm
◇枕冊子　田中重太郎校註　再版　朝日新聞社　1949　402p 図版　19cm(日本古典全書 朝日新聞社編)
◇枕草子評釈　金子元臣著　増訂30版　明治書院　1952　1153p 図版9枚　22cm
◇枕冊子新釈―通解対照　小西甚一著　金子書房　1953　246p 図版　19cm
◇枕草子精講―研究と評釈　五十嵐力, 岡一男共著　學燈社　1954　947p 図版　19cm
◇枕草子評釈―三巻本　下巻　塩田良平著　學生社　1954　360p　19cm
◇日本文学大系―校註　第2巻　久松潜一, 山岸徳平監修　新訂版　風間書房　1955　553p　19cm
　　　内容 土佐日記(植松安, 山岸徳平校訂) 和泉式部日記(長連恒校訂) 更級日記(玉井幸助校訂) 清少納言枕草子(山岸徳平校訂) 方丈記(山崎麓, 山岸徳平校訂) 徒然草(山崎麓校訂)
◇枕冊子　田中重太郎校註　4版　朝日新聞社　1955　425p　19cm(日本古典全書)
◇枕草子評釈　塩田良平著　學生社　1955　738p　19cm
◇全講枕草子　上巻　池田亀鑑著　至文堂　1956　416p　22cm
◇全講枕草子　下巻　池田亀鑑著　2版　至文堂　1957　356p　22cm

中古文学(日記・随筆・紀行・記録)

◇枕冊子　田中重太郎校註　朝日新聞社
　1957　426p　22cm
　[内容]巻首に解説ならびに年表系譜1-66pを附す
◇日本古典文学大系　第19　枕草子　池田亀鑑, 岸上慎二校注　岩波書店　1958　520p　図版　22cm
◇枕草子評釈　阿部秋生著　東京堂　1958　265p　図版　19cm(国文学評釈叢書)
◇全講枕草子　池田亀鑑著　至文堂　1967　772p(図版共)　23cm　3500円
◇評釈枕草子　松田武夫著　明治書院　1967　342p　19cm　450円
◇枕冊子　田中重太郎校註　〔改訂版〕朝日新聞社　1969　426p　19cm(日本古典全書)〈第19版(初版：昭和22年刊)　監修：高木市之助等〉
◇枕草子全釈　白子福右衛門著　加藤中道館　1971　1086p　図　19cm　1400円
◇枕冊子全注釈　1　田中重太郎著　角川書店　1972　550p　図　22cm(日本古典評釈・全注釈叢書)
◇校注枕冊子　田中重太郎著　笠間書院　1975　319p　22cm　〈参考研究文献・枕冊子略年表：p.297-315〉
◇三巻本枕冊子抄　神作光一, 速水博司校註　笠間書院　1975　173p　21cm　〈年表：p.163-173〉
◇枕冊子全注釈　2　田中重太郎著　角川書店　1975　417p　図　22cm(日本古典評釈・全注釈叢書)　3900円
◇枕草子　上　萩谷朴校注　新潮社　1977.4　426p　20cm(新潮日本古典集成)
◇枕草子　下　萩谷朴校注　新潮社　1977.5　393p　20cm(新潮日本古典集成)
◇枕冊子全注釈　3　田中重太郎著　角川書店　1978.1　446p　図　22cm(日本古典評釈・全注釈叢書)　3900円
◇図説日本の古典　6　集英社　1979.8　218p　28cm　〈企画：秋山虔ほか〉2400円
　[内容]関係年表：p212～215　各章末：参考文献
◇枕冊子全注釈　4　田中重太郎著　角川書店　1983.3　370p　22cm(日本古典評釈・全注釈叢書)　4900円
◇枕草子　岸上慎二校注　10版　明治書院　1985.2　395p　19cm(校注古典叢書)〈枕草子年表：p303～324〉　1400円
◇枕草子　増田繁夫校注　大阪　和泉書院　1987.11　375p　22cm(和泉古典叢書　1)〈年表：p332～340〉　2500円
◇蜻蛉日記・枕草子　木村正中, 白畑よし, 土田直鎮編　新装版　集英社　1988.8　218p　30cm(図説 日本の古典　6)〈『蜻蛉日記』『枕草子』関係年表：p212～215　各章末：参考文献〉　2800円
　[内容]王朝工芸の美(灰野昭郎)　女流日記文学と『枕草子』(木村正中)　『蜻蛉日記』-作品鑑賞(木村正中)　道綱母の人生と文学(木村正中)　九条流の成立(土田直鎮)　旅と物詣で(木村正中)　平安の寺院(中村渓男)　女絵の系譜(白畑よし)　『枕草子』-作品鑑賞(木村正中)　清少納言の宮仕え生活(三田村雅子)　中関白家の盛衰(土田直鎮)　清少納言の趣味(三田村雅子)　『枕草子』の美(三田村雅子)　平安時代の年中行事(長谷章久)　宮廷の美(長谷章久)　平安朝の尊像―仏画・仏像(白畑よし)　白描女絵の流れ(白畑よし)　『蜻蛉日記』関係地図　『蜻蛉日記』関係年表　『枕草子』関係年表
◇枕草子　阿部秋生, 野村精一　右文書院　1989.8　299p　19cm(古典評釈　3)〈新装版〉　1165円
◇新日本古典文学大系　25　枕草子　佐竹昭広ほか編　渡辺実校注　岩波書店　1991.1　393p　22cm　3400円
◇枕冊子全注釈　5　田中重太郎ほか著　角川書店　1995.1　565p　22cm(日本古典評釈・全注釈叢書)　8400円
◇枕草子　寺田透著　岩波書店　1996.7　256p　16cm(同時代ライブラリー　273―古典を読む)　950円
◇手習枕草子　1段―33段　飯島総葉筆　新書法出版　2002.2　125p　21×30cm　2500円
◇枕草子精講―研究と評釈　五十嵐力, 岡一男著　竜ヶ崎　国研出版　2002.3　947p　22cm(国研全釈　2)〈學燈社昭和29年刊の複製〉　6000円
◇うつくしきもの枕草子―学び直しの古典　清川妙著　おのでらえいこ絵　小学館　2004.4　107p　25cm　1600円

御堂関白記(平安中期)

【注釈書】

◇御堂関白記全註釈　寛仁元年　山中裕編

中古文学(日記・随筆・紀行・記録)

◇御堂関白記全註釈　長和元年　山中裕編　国書刊行会　1985.12　252p　22cm　6000円
◇御堂関白記全註釈　長和元年　山中裕編　高科書店　1988.5　282p　22cm　〈「寛仁元年」の出版者：国書刊行会〉　6000円
◇御堂関白記全註釈　寛仁2年 上　山中裕編　高科書店　1990.6　178p　22cm　4500円
◇御堂関白記全註釈　寛仁2年 下　山中裕編　高科書店　1991.2　185p　22cm　4635円
◇御堂関白記全註釈　寛弘元年　山中裕編　高科書店　1994.9　273p　22cm　6500円
◇御堂関白記全註釈　寛弘6年　山中裕編　高科書店　2000.6　144p　22cm　4000円
◇御堂関白記全註釈　長和4年　山中裕編　京都　思文閣出版　2003.8　287p　22cm　6000円
◇御堂関白記全註釈　寛弘3年　山中裕編　京都　思文閣出版　2005.2　208p　22cm　5500円
◇御堂関白記全註釈　寛弘7年　山中裕編　京都　思文閣出版　2005.10　208p　22cm　5500円
◇御堂関白記全註釈　寛弘4年　山中裕編　京都　思文閣出版　2006.6　209p　22cm　5500円
◇御堂関白記全註釈　寛弘8年　山中裕編　京都　思文閣出版　2007.6　243p　22cm　6500円
◇御堂関白記全註釈　寛弘5年　山中裕編　京都　思文閣出版　2007.11　167p　22cm　5000円

紫式部日記(平安中期)

【現代語訳】

◇現代語訳国文学全集　第9巻　平安朝女流日記　与謝野晶子訳　非凡閣　1938.4　1冊　20cm
　内容 蜻蛉日記 和泉式部日記 紫式部日記
◇古典日本文学全集　第8　王朝日記集　筑摩書房　1960　383p　図版　23cm
　内容 土佐日記(紀貫之著 森三千代訳) 蜻蛉日記(藤原道綱母著 円地文子訳) 和泉式部日記(和泉式部著 円地文子訳) 紫式部日記(紫式部著 森三千代訳) 更級日記(菅原孝標女著 関みさを訳)
◇古典日本文学全集　第8　王朝日記集　筑摩書房　1965　383p　図版　23cm　〈普及版〉
　内容 土佐日記(森三千代訳) 蜻蛉日記(円地文子訳)和泉式部日記(円地文子訳) 紫式部日記(森三千代訳) 更級日記(関みさを訳) 解説(秋山虔)「土佐日記」の筆者(小宮豊隆) かげろふの日記(小島政二郎)「和泉式部日記」序(寺田透) 王朝日記文学について(井上靖) 平安女流文学の成立(西郷信綱)
◇日本文学全集　第3　王朝日記随筆集　河出書房新社　1965　475p　図版　20cm　〈監修者：谷崎潤一郎等〉
　内容 土佐日記(池田弥三郎訳) 蜻蛉日記(室生犀星訳) 更級日記(井上靖訳) 枕草子(田中澄江訳) 方丈記(佐藤春夫訳) 徒然草(佐藤春夫訳) 注釈(池田弥三郎) 年譜(阿部秋生) 解説(中村真一郎)
◇完訳日本の古典　第24巻　和泉式部日記・紫式部日記・更級日記　藤岡忠美ほか校注・訳　小学館　1984.3　453p　20cm　〈和泉式部日記年譜：p129～132 紫式部日記年譜：p295～298 更級日記年譜：p447～453 付：参考文献〉　1900円
◇紫式部日記—訳注と評論　今井卓爾　早稲田大学出版部　1986.5　277p　22cm　5000円
◇紫式部日記　古賀典子校注・訳　ほるぷ出版　1987.7　405p　20cm(日本の文学)
◇新編日本古典文学全集　26　和泉式部日記　紫式部日記　更級日記　讃岐典侍日記　藤岡忠美、中野幸一、犬養廉、石井文夫校注・訳　小学館　1994.9　558p　23cm　4600円
◇源氏物語概説　紫式部日記—対訳　三井教純、田中重子共訳著　長野　ほおずき書籍　2001.1　196p　19cm　〈東京 星雲社(発売)〉　1300円
◇紫式部日記　上　宮崎荘平全訳註　講談社　2002.7　242p　15cm(講談社学術文庫)　〈年譜あり〉　1000円
◇紫式部日記　下　宮崎荘平全訳註　講談社　2002.8　214p　15cm(講談社学術文庫)　〈年譜あり〉　1000円
◇灯下の薔薇—伊勢物語・和泉式部日記・紫式部日記 古典文学現代語訳　宮田小夜子訳　徳島　徳島県教育印刷(印刷)　2003.8　257p　21cm　2000円
　内容 伊勢物語 灯下の薔薇 無明の水仙

日本古典文学案内—現代語訳・注釈書　127

中古文学(日記・随筆・紀行・記録)

◇日記文学研究叢書　第5巻　紫式部日記
　2　津本信博編・解説　クレス出版
　2006.11　1冊　22cm　〈年譜あり〉
　[内容]紫式部日記講義/三木五百枝講述(誠之堂書店明治32年刊)新訳紫式部日記・新訳和泉式部日記/与謝野晶子著(金尾文淵堂大正5年刊)

◇紫式部日記　小谷野純一訳・注　笠間書院　2007.4　233p　19cm(笠間文庫—原文&現代語訳シリーズ)　1700円

【注釈書】

◇評釈紫女手簡　木村正三郎(架空)評釈　林書房　1899.10　和90p　23cm

◇国文註釈全集　第9　室松岩雄編　国学院大学出版部　1908-1910？　23cm
　[内容]紫式部日記解(足立稲直)、土佐日記考証(岸本由豆流)、蜻蛉日記解環(坂徽)、長明方丈記抄(加藤盤斎)、鴨長明方丈記流水抄(槇島昭武)、方丈記泗説

◇新釈 日本文学叢書　5　物集高量校註　日本文学叢書刊行会　1918-1923　23cm
　[内容]紫式部日記 和泉式部日記 更科日記(菅原孝標女) 十六夜日記(阿仏尼) 枕草子(清少納言) 方丈記(鴨長明) 徒然草(吉田兼好)

◇校註 国文叢書　第6冊　池辺義象編　22版　博文館　1924.7　合586p　23cm(復本第1・4・5・9・18冊)
　[内容]竹取物語 伊勢物語 落窪物語 土佐日記(紀貫之) 枕草紙(清少納言) 徒然草(吉田兼好) 紫式部日記(紫式部)

◇紫式部日記評釈　永野忠一釈　健文社　1929.10　273,14p　19cm

◇紫式部日記全釈　小室由三釈　広文堂　1930.10　264p　23cm

◇校註 紫式部日記　関根正直著　明治書院　1931.9　127p　四六判

◇紫式部日記　玉井幸助校註　朝日新聞社　1948　366p 図版　19cm(日本古典全書 朝日新聞社編)〈合刻：更級日記(菅原孝標女著 玉井孝助校註)〉

◇紫式部日記・和泉式部日記—校註　阿部秋生校註　武蔵野書院　1948　146p 附図12p　19cm

◇紫式部日記全釈—評註　阿部秋生著　紫乃故郷舎　1949　283p 図版　19cm(紫文学評註叢書)

◇紫式部日記　玉井幸助校註　改訂版　朝日新聞社　1952　223p 図版　19cm(日本古典全書)

◇紫式部日記　池田亀鑑,秋山虔校注　岩波書店　1964　102p　15cm(岩波文庫)

◇紫式部日記新釈　曽沢太吉,森重敏共著　武蔵野書院　1964　542p　19cm

◇紫式部日記全注釈　上巻　萩谷朴著　角川書店　1971　522p 図　22cm(日本古典評釈全注釈叢書)

◇紫式部日記全注釈　下巻　萩谷朴著　角川書店　1973　652p 図　22cm(日本古典評釈全注釈叢書)

◇紫式部日記・紫式部集　山本利達校注　新潮社　1980.2　261p　20cm(新潮日本古典集成)　1400円

◇王朝日記選　藤岡忠美編　大阪　和泉書院　1981.4　181p　21cm　〈王朝の日記文学 藤岡忠美著. 土佐日記 田中登校注. かげろふの日記 白井たつ子校注. 和泉式部日記 榎本正純校注. 紫式部日記 加納重文校注. 更級日記 鈴木紀子校注. 和泉式部・紫式部略年譜：p178～181〉　1300円

◇校注紫式部日記　萩谷朴編　新典社　1985.1　159p　19cm(新典社校注叢書　2)　1500円

◇紫式部日記　池田亀鑑,秋山虔校注　岩波書店　1988.12　102p　15cm(岩波文庫　30‐015‐7)〈第31刷(第1刷：1964年)〉　200円

◇日記文学研究叢書　第4巻　紫式部日記　1　津本信博編・解説　クレス出版　2006.11　1冊　22cm　〈複製〉
　[内容]源氏物語忍草/関根正直校訂(冨山房大正15年刊) 紫式部日記講義/長田致孝著(敬文堂書店明治28年刊) 評釈紫女手簡/木村架空著(林書房明治32年刊)

◇日記文学研究叢書　第5巻　紫式部日記　2　津本信博編・解説　クレス出版　2006.11　1冊　22cm　〈複製〉

◇日記文学研究叢書　第6巻　紫式部日記　3　津本信博編・解説　クレス出版　2006.11　1冊　22cm　〈複製〉
　[内容]紫式部日記評釈/永野忠一著(健文社昭和4年刊) 紫式部日記新釈/岡田稔著(正文館書店昭和8年刊)

◇日記文学研究叢書　第7巻　紫式部日記　4　津本信博編・解説　クレス出版　2006.11　285,283,2p 図版12p　22cm

〈複製〉
　　|内容| 紫式部.まゆむらさきの巻/中本たか子著（教材社昭和18年刊）評註紫式部日記全釈/阿部秋生著（紫乃故郷舎昭和24年刊）

仏教文学

【現代語訳】

◇参天台五台山記　上　藤善真澄訳注　吹田　関西大学東西学術研究所　2007.11　522p　22cm（関西大学東西学術研究所訳注シリーズ　12-1）〈発行所：関西大学出版部〉　5000円

最澄(767～822)

【現代語訳】

◇最澄・空海　渡辺照宏編　宮坂宥勝ほか訳・注　筑摩書房　1986.3　422p　20cm（日本の仏教思想）〈日本の思想第1『最澄・空海集』（昭和44年刊）の改題新装版　最澄,空海の肖像あり〉　1800円

　　|内容| 解説 最澄空海の思想 渡辺照宏著.最澄集 願文・山家学生式 稲谷祐宣校訂・訳・注.伝教大師消息（抄）高木訷元校訂・訳・注.空海集 三教指帰 稲谷祐宣校訂・訳・注.秘蔵宝鑰 宮坂宥勝校訂・訳・注.高野雑集（抄）高木訷元校訂・訳・注.付 聖徳太子『憲法十七条』最澄・空海関係略年表・参考文献：p411～420

◇「傍訳」最澄山家学生式・顕戒論　田村晃祐監修　台宗研究会編著　四季社　2005.9　287p　22cm　16000円

【注釈書】

◇日本思想大系　4　最澄　安藤俊雄,薗田香融校注　岩波書店　1974　515p 図　22cm　2000円

　　|内容| 顕戒論,顕戒論を上るの表,顕戒論縁起,山家学生式付得業学生式・表文 天台法華宗年分学生式一首（六条式）,勧奨天台宗年分学生式（八条式）,天台法華宗年分度者回向大式（四条式）,比叡山天台法華院得業学生式,先帝御願の天台年分度者を法華経に随って菩薩の出家となすを請ふの表一首・大乗戒を立つること を請ふの表守護国界章（巻上の下）,決権実論,願文.解説 最澄とその思想（薗田香融）

空海(774～835)

【現代語訳】

◇弘法大師空海全集　第2巻　弘法大師空海全集編輯委員会編　筑摩書房　1983.12　625p　22cm　〈弘法大師千百五十年御遠忌記念 著者の肖像あり〉　6000円

　　|内容| 秘蔵宝鑰 宮坂宥勝訳注.弁顕密二教論 佐藤隆賢訳注.即身成仏義・声字実相義 松本照敬訳注.吽字義 小野塚幾澄訳注.般若心経秘鍵 松本照敬訳注.秘密曼荼羅教付法伝・真言付法伝 宮崎忍勝訳注.請来目録・真言宗所学経律論目録 真保龍敞訳注.解説

◇弘法大師空海全集　第3巻　弘法大師空海全集編輯委員会編　筑摩書房　1984.3　719p　22cm　〈弘法大師千百五十年御遠忌記念〉　6400円

　　|内容| 思想篇 3 大日経開題（法界浄心）吉田宏晢訳注 ほか27編.解説 吉田宏晢ほか著

◇弘法大師空海全集　第4巻　弘法大師空海全集編輯委員会編　筑摩書房　1984.5　471p　22cm　〈弘法大師千百五十年御遠忌記念 著者の肖像あり〉　5600円

　　|内容| 実践篇 秘蔵記 勝又俊教訳注.五部陀羅尼問答偈讃宗秘論 村岡空訳注.三昧耶戒序・秘密三昧耶仏戒儀・平城天皇灌頂文 遠藤祐純訳注.遺誡（弘仁の遺誡）真保龍敞訳注.建立曼荼羅次第法 真鍋俊照訳注.念持真理観啓白文 真保龍敞訳注.金剛頂経一字頂輪王儀軌音義・梵字悉曇字母并釈義 布施浄慧訳注.解説

◇弘法大師空海全集　第7巻　弘法大師空海全集編輯委員会編　筑摩書房　1984.8　586p　22cm　〈弘法大師千百五十年御遠忌記念〉　6200円

　　|内容| 詩文篇 3 高野雑筆集・拾遺雑集 高木訷元訳注.篆隷万象名義（京都栂尾山高山寺蔵の複製）解説 高木訷元,築島裕著

◇弘法大師空海全集　第6巻　弘法大師空海全集編輯委員会編　筑摩書房　1984.11　808p　22cm　〈弘法大師千百五十年御遠忌記念〉　7200円

　　|内容| 詩文篇 2 三教指帰 巻の上・中・下 山本智教訳注.聾瞽指帰 序・十韻の詩 村岡空訳注.遍照発揮性霊集 序・巻第一・二・三 今鷹真訳注.遍照発揮性霊集 巻第四・五・六 金岡秀友訳注.遍照発揮性霊集 巻第七・続遍照発揮性霊集補闕鈔 巻第八 金岡照光訳注.続遍照発揮性霊集補闕鈔 巻第九・十 牧尾良海訳注.遍照発揮性霊集 原文.解説 山本智教ほか著

◇弘法大師空海全集　第8巻　弘法大師空海全集編輯委員会編　筑摩書房　1985.9

中古文学(仏教文学)

457,259p 22cm 〈弘法大師千百五十年御遠忌記念〉 6800円

　|内容| 研究篇 空海僧都伝・大僧都空海伝 真保竜敵訳注. 御遺告 二十五箇条 遠藤祐純訳注. 菩提心論 福田亮成訳注. 解説 真保竜敵ほか著. 主要伝記資料解題. 年譜.選述書の諸本と注釈書一覧.研究文献目録

◇最澄・空海　渡辺照宏編　宮坂宥勝ほか訳・注　筑摩書房　1986.3　422p　20cm(日本の仏教思想)〈日本の思想第1『最澄・空海集』(昭和44年刊)の改題新装版　最澄,空海の肖像あり〉　1800円

　|内容| 解説 最澄空海の思想 渡辺照宏著.最澄集 願文・山家学生式 稲谷祐宣校訂・訳・注. 伝教大師消息(抄) 髙木訷元校訂・訳・注. 空海集 三教指帰 稲谷祐宣校訂・訳・注. 秘蔵宝鑰 宮坂宥勝校訂・訳・注. 高野雑筆集(抄) 髙木訷元校訂・訳・注. 付 聖徳太子『憲法十七条』 最澄・空海関係略年表・参考文献：p411〜420

◇弘法大師空海全集　第5巻　弘法大師空海全集編輯委員会編　筑摩書房　1986.9　1132,91p　22cm　〈弘法大師千百五十年御遠忌記念〉　11000円

　|内容| 詩文篇1 文鏡秘府論・文筆眼心抄 興膳宏訳注. 解説 興膳宏著

◇空海密教　羽毛田義人著　阿部竜一訳　春秋社　1996.9　208p　20cm　〈空神略年譜：p197〜199〉　2060円

◇即身成仏義—現代語訳　福田亮成著　八王子　大本山高尾山薬王院　1996.9　269p　22cm(弘法大師に聞くシリーズ 3)〈編集・製作：ノンブル社〉

◇秘蔵宝鑰—密教への階梯 現代語訳　福田亮成著　改版　ノンブル　1998.2　398p　22cm(弘法大師に聞くシリーズ 2)　9700円

◇三昧耶戒序・秘密三昧耶仏戒儀—現代語訳　福田亮成著　ノンブル社　1999.8　198p　22cm(弘法大師に聞くシリーズ 4)　5400円

◇弁顕密二教論—現代語訳　福田亮成著　ノンブル　2001.5　254p　22cm(弘法大師に聞くシリーズ 5)　5600円

◇声字実相義—現代語訳　福田亮成著　ノンブル　2002.9　156p　22cm(弘法大師に聞くシリーズ 6)〈肖像あり〉　4600円

　|内容| 1 叙意　2 釈名体義(釈名—題名の解釈 体義の解釈 内外の文字の相について)　3 最後の問答

◇弁顕密二教論　金岡秀友訳・解説　太陽出版　2003.6　223p　20cm　2400円

　|内容| 弘法大師空海の宗教＝「真言密教」 現代語訳『弁顕密二教論』巻上 現代語訳『弁顕密二教論』巻下

◇空海コレクション 1　宮坂宥勝監修　頼富本宏訳注　筑摩書房　2004.10　417p　15cm(ちくま学芸文庫)　1400円

　|内容| 秘蔵宝鑰　弁顕密二教論

◇空海コレクション 2　宮坂宥勝監修　頼富本宏,北尾隆心,真保龍敞訳注　筑摩書房　2004.11　485p　15cm(ちくま学芸文庫)　1500円

　|内容| 即身成仏義　声字実相義　吽字義　般若心経秘鍵　請来目録

◇吽字義—現代語訳　福田亮成著　ノンブル　2005.7　230p　22cm(弘法大師に聞くシリーズ 7)〈肖像あり〉　5500円

【注釈書】

◇日本思想大系 5　空海　川崎庸之校注　岩波書店　1975　448p 図　22cm〈秘密曼荼羅十住心論 解説 空海の生涯と思想(川崎庸之)『十住心論』の底本及び訓読について(大野晋) 略年譜：p.443-448〉　2200円

◇空海論註—秘密曼荼羅十住心論覚え書　角谷道仁編著　碧南　原生社　2003.10　623p　21cm　2860円

◆三教指帰(平安前期)

【現代語訳】

◇三教指帰　加藤精神訳註　7版　岩波書店　1948　140p　15cm(岩波文庫)

◇弘法大師の出家宣言書—三教指帰 本文と訳注　堀内寛仁校訂・訳注　高野町(和歌山県)　高野山大学出版部　1976.6　2冊　22cm〈「本文」「訳注」に分冊刊行〉

◇三教指帰—口語訳 仏教と儒教・道教との対論　加藤純隆著　世界聖典刊行協会　1977.12　250p　22cm　2000円

◇空海「三教指帰」　加藤純隆,加藤精一訳　角川学芸出版　2007.9　185p　15cm(角川文庫—角川ソフィア文庫 ビギナーズ日本の思想)〈角川グループパブリッシング(発売)〉　667円

【注釈書】

◇日本古典文学大系　第71　三教指帰,性霊集　渡辺照宏,宮坂宥勝校注　岩波書店　1965　594p 図版　22cm

　内容 三教指帰引用・関係文献目録550-552p 性霊集引用・関係文献目録568-572p

◇三教指帰注集　釈成安注　京都　大谷大学　1992.10　207p　27cm　〈『三教指帰注集の研究』の別冊 奥付の書名・著者表示：『三教指帰注集』の研究 佐藤義寛著　大谷大学図書館蔵の複製〉

源信(942〜1017)

【現代語訳】

◇往生要集　花山信勝訳註　岩波書店　1942　565p　16cm(岩波文庫)　1円

◇往生要集　花山信勝訳註　岩波書店　1949　565p　15cm(岩波文庫)〈2刷〉

◇往生要集―日本浄土教の夜明け　第1　石田瑞麿訳　平凡社　1963　382p　18cm(東洋文庫)

◇往生要集―日本浄土教の夜明け　第2　石田瑞麿訳　平凡社　1964　374p 図版　18cm(東洋文庫)

◇往生要集　花山勝友訳　徳間書店　1972　733p　20cm

◇往生要集　上　石田瑞麿訳注　岩波書店　1992.10　402p　15cm(岩波文庫)

◇往生要集　下　石田瑞麿訳注　岩波書店　1992.10　297p　15cm(岩波文庫)

◇往生要集　上　石田瑞麿訳註　岩波書店　1994.9　402p　19cm(ワイド版岩波文庫)

◇往生要集　下　石田瑞麿訳註　岩波書店　1994.9　297p　19cm(ワイド版岩波文庫)〈源信略年譜：p279〜283〉

◇往生要集　上　石田瑞麿訳注　岩波書店　2001.10　402p　19cm(ワイド版岩波文庫)　1400円

　内容 巻上(厭離穢土　欣求浄土　極楽の証拠　正修念仏)　巻中(助念の方法)

◇往生要集　下　石田瑞麿訳注　岩波書店　2001.10　297p　19cm(ワイド版岩波文庫)　1200円

　内容 巻中(別時念仏)　巻下(念仏の利益　念仏の証拠　往生の諸行　問答料簡)

◇往生要集　上　石田瑞麿訳注　岩波書店　2003.5　402p　15cm(岩波文庫)　800円

　内容 往生要集 巻上(厭離穢土　欣求浄土　極楽の証拠　正修念仏)　往生要集 巻中(助念の方法)

◇往生要集　下　石田瑞麿訳注　岩波書店　2003.5　297p　15cm(岩波文庫)　700円

　内容 往生要集 巻中(承前)(別時念仏)　往生要集 巻下(念仏の利益　念仏の証拠　往生の諸行　問答料簡)

【注釈書】

◇日本思想大系　6　源信　石田瑞麿校注　岩波書店　1970　501p 図版　22cm　1300円

　内容 往生要集 解説(石田瑞麿)『往生要集』の思想史的意義,『往生要集』の諸本. 付：参考文献・略年譜

中世文学

和歌

【現代語訳】

◇和歌蒙求　源光行訳著　千勝義重校註　文成社　1911　450p　18cm　〈加納諸平の歌を付けた原文を併載す〉

◇新編日本古典文学全集　49　中世和歌集3　井上宗雄校注・訳　小学館　2000.11　582p　23cm　4657円

　内容 御裳濯河歌合　金槐和歌集 雑部　玉葉和歌集(抄)　風雅和歌集(抄)　ほか

【注釈書】

◇歌論集　1　三弥井書店　1971　455p 図　22cm(中世の文学)〈編校者：久松潜一〉

　内容 歌仙落書(伝久我通光著 有吉保校注) 西行上人談抄(蓮阿著 糸賀きみ江校注) 古来風躰抄(藤原俊成著 松野陽一校注) 正治二年後鳥羽院和字奏状(藤原俊成著 井上宗雄校注) 近代秀歌(藤原定家著 久保田淳, 山口明穂校注) 衣笠内府歌難詞(藤原定家著 久保田淳校注) 詠歌大概(藤原定家著 久保田淳校注) 秀歌大躰(藤原定家編 山口明穂, 久保田淳校注) 毎月抄(藤原定家著 久保田淳校注) 京極中納言相語(藤原定家, 藤原家隆述 藤原長綱記 久保田淳校注) 越部禅尼消息(藤原俊成女著 森本元子校注) 詠歌一躰(藤原為家著 福田秀一, 佐藤恒雄校注)

◇桂林集注　一色直朝注　京都　臨川書店　1982.4　231p　20cm(京都大学国語国文資料叢書　32)〈翻刻・解説：赤瀬信吾　疎竹文庫蔵本の複製　叢書の編者：京都大学文学部国語学国文学研究室〉　4300円

◇中世歌書集　藤平春男編　早稲田大学出版部　1987.6　678,33p　22cm(早稲田大学蔵資料影印叢書)　15000円

　内容 三鈔.古今集注.古今相伝人数分量.古今伝受書 撰要目録 明空撰.続古今和歌集目録 真観撰.続古今和歌集竟宴和歌.東山殿御時度々御会歌.実条公雑記・幽斎聞書 三条西実条著.古今伝受書 三条西実隆書状.細川幽斎書状. 解題 兼築信行著

◇新日本古典文学大系　47　中世和歌集 室町篇　佐竹昭広ほか編　伊藤敬ほか校注　岩波書店　1990.6　526,43p　22cm

　内容 兼好法師集.慶運百首.後普光園院御殿百首.頓阿法師詠.永享五年正徹詠草.永享九年正徹詠草.宝徳二年十一月仙洞歌合.寛正百首.内裏着到百首.再昌草.玄旨百首. 解説 伊藤敬著. 参考文献：p522〜526

◇新日本古典文学大系　46　中世和歌集 鎌倉篇　佐竹昭広ほか編　樋口芳麻呂ほか校注　岩波書店　1991.9　461,47p　22cm　3800円

　内容 山家心中集.南海漁父北山樵客百番歌合.定家卿百番自歌合.家隆卿百番自歌合.遠島御百首.明恵上人歌集.文応三百首.中院詠草.金玉歌合.永福門院百番御自歌合. 解説 樋口芳麻呂著. 参考文献：p456〜461

◇遠開郭公——中世和歌私注　田中裕著　大阪　和泉書院　2003.11　182p　20cm(和泉選書　141)　2500円

◇歌論歌学集成　第7巻　渡部泰明, 小林一彦, 山本一校注　三弥井書店　2006.10　340p　22cm　7200円

　内容 古来風体抄 無名抄 西行上人談抄 後鳥羽院御口伝

◇室町和歌への招待　林達也, 広木一人, 鈴木健一著　笠間書院　2007.6　311p　19cm　〈年表あり〉　2200円

歌合・歌会

【注釈書】

◇校註 国歌大系　9　中山泰昌編　2版　誠文堂新光社　1937.11

　内容 選集・歌合

◇歌合集　峯岸義秋編校註　朝日新聞社　1947　408p 図版　19cm(日本古典全書)〈前附：解説, 歌合の解題〉

　内容 在民部郷歌合,亭子院歌合,天徳内裏歌合,賀陽院水閣歌合,承暦内裏歌合,高陽院七首歌合,左近衛権中将俊忠朝臣家歌合,内大臣家歌合(元永元年),内大臣家歌合(元永二年)

◇歌合集　峯岸義秋編・校註　再版　朝日新聞社　1949　408p 図版　19cm(日本古典全書 朝日新聞社編)

中世文学(和歌)

◇歌合集　峯岸義秋編・校註　再版　朝日新聞社　1952　408p 図版　19cm(日本古典全書)

内容 在民部卿家歌合, 亭子院歌合 延喜十三年宇多上皇御判, 天徳内裏歌合 天徳四年 実頼判, 賀陽院水閣歌合 長元八年 輔親判, 承暦内裏歌合 承暦二年 顕房判, 高陽院七首歌合 寛治八年 経信判, 左近衛権中将俊忠朝臣家歌合 長治元年 俊頼判, 内大臣歌合 元永元年 俊頼・基俊判, 内大臣歌合 元永二年 俊頼・広田社歌合 承安二年 俊成判, 御裳濯河歌合 文治年間 俊成判, 宮河歌合 文治年間 定家判, 麗景殿女御絵合 永承五年, 後冷泉院根合 永承六年 頼宗判, 六条斎院物語合 天喜三年, 皇后宮春秋歌合 天喜四年 頼宗判

◇日本古典文学大系　第74　歌合集　萩谷朴, 谷山茂校注　岩波書店　1965　571p 図版　22cm

◇歌合集　峯岸義秋校註　新訂　朝日新聞社　1969　432p 19cm(日本古典全書)〈監修：高木市之助等〉　680円

内容 民部卿行平歌合, 亭子院歌合(延喜13年 宇多上皇判) 天徳内裏歌合(天徳4年 藤原実頼判) 賀陽院水閣歌合(長元8年 藤原輔親判) 承暦内裏歌合(承暦2年 源顕房判) 承暦内裏後番歌合(承暦2年 白河天皇御判) 高陽院七首歌合(寛治8年 源経信判) 国信卿家歌合(康和2年 衆議判) 左近権中将俊忠朝臣家歌合(長治元年 源俊頼判) 内大臣歌合(元永元年 源俊頼・藤原基俊判) 内大臣歌合(元永二年 藤原顕季判) 広田社歌合(承安2年 藤原俊成判) 御裳濯河歌合(文治年間 藤原俊成判) 宮河歌合(文治年間 藤原定家判) 麗景殿女御絵合(永承5年) 六条斎院物語合(天喜3年) 皇后宮春秋歌合(天喜4年 藤原頼宗判)

◇校註国歌大系　第9巻　撰集, 歌合 全　国民図書株式会社編　講談社　1976.10　43,937p 図　19cm　〈国民図書株式会社昭和3～6年刊の複製 限定版〉

内容 新葉和歌集, 古今和歌六帖, 続詞花和歌集, 在民部卿家歌合, 寛平歌時后宮歌合, 亭子院歌合, 天徳内裏歌合, 高陽院歌合, 和歌拾遺六帖

◇王朝物語秀歌選　上　物語二百番歌合　樋口芳麻呂校注　岩波書店　1987.11　439p　15cm(岩波文庫)　700円

◇新日本古典文学大系　61　七十一番職人歌合　新撰狂歌集　古今夷曲集　佐竹昭広ほか編　岩崎佳枝, 高橋喜一, 塩村耕校注　岩波書店　1993.3　621p 22cm　3900円

◇新日本古典文学大系　38　六百番歌合　久保田淳, 山口明穂校注　岩波書店　1998.12　526,28p　22cm　4100円

◇六百番歌合全釈―私家版　木船重昭著　鎌倉　木船重昭　2000.2　4冊　26cm　非売品

◇千五百番歌合全釈―私家版　木船重昭著〔鎌倉〕　木船重昭　2001.2　6冊　26cm　非売品

◇重家朝臣家歌合全釈　武田元治著　風間書房　2003.4　208p　22cm(歌合・定数歌全釈叢書　2)　6000円

◇文集百首全釈　文集百首研究会著　風間書房　2007.2　591p　22cm(歌合・定数歌全釈叢書　8)　16000円

◇為忠家初度百首全釈　家永香織者　風間書房　2007.5　559p　22cm(歌合・定数歌全釈叢書　9)〈文献あり〉　16000円

◇最勝四天王院障子和歌全釈　渡辺裕美子著　風間書房　2007.10　548p　22cm(歌合・定数歌全釈叢書　10)〈文献あり〉　16000円

私撰集・秀歌撰

【注釈書】

◇校註 国歌大系　21　夫木和歌抄 上　中山泰昌編　2版　誠文堂新光社　1937.9

◇校註 国歌大系　22　夫木和歌集 下　中山泰昌編　2版　誠文堂新光社　1938.2〈普及版〉

◇校註 国歌大系　23　中山泰昌編　2版　誠文堂新光社　1938.10

内容 校註風葉和歌集・新修作者部類・和歌史年表

◇日本古典文学大系　第80　平安鎌倉私家集　久松潜一等校注　岩波書店　1964　582p 図版　22cm

内容 好忠集(松田武夫校注) 和泉式部集(青木生子校注) 大納言経信集(関根慶子校注) 長秋詠藻(久松潜一校注) 式子内親王集(久松潜一, 国島章江校注) 建礼門院右京大夫集(久松潜一校注) 俊成卿女家集(久松潜一校注)

◇校註国歌大系　第21巻　夫木和歌抄　上　国民図書株式会社編　講談社　1976.10　18,648p 図　19cm　〈国民図書株式会社昭和3～6年刊の複製 限定版〉

◇校註国歌大系　第22巻　夫木和歌抄　下　国民図書株式会社編　講談社　1976.10　655p 19cm　〈国民図書株式会社昭和3～6年刊の複製 限定版〉

日本古典文学案内―現代語訳・注釈書　133

中世文学(和歌)

◇信生法師集　祐野隆三校注　新典社　1977.3　151p　21cm(影印校注古典叢書 15)〈参考文献：p.147〜151〉　1300円

◇九代抄「注」―内閣文庫本　片山亨ほか編　古典文庫　1983.5　292p　17cm(古典文庫　第440冊)〈解説：片山亨〉　非売品

勅撰和歌集

◆千載和歌集(鎌倉前期)

【注釈書】

◇日本歌学全書　第6編　佐佐木弘綱, 佐佐木信綱校標注　博文館　1891.4　19cm

内容　千載和歌集　永久百首　忠度集　後京極摂政百番自歌合

◇校註和歌叢書　第4冊　八代集下巻　佐佐木信綱, 芳賀矢一校註　博文館　1912-1919？　1冊　23cm

◇校註 国歌大系　4　八代集 下　中山泰昌編　2版　誠文堂新光社　1938.2〈普及版〉

◇日本文学大系―校註　第16巻　八代集下巻　久松潜一, 山岸徳平監修　新訂版　風間書房　1955　485p　19cm

内容　千載和歌集(佐伯常麿校訂) 新古今和歌集(佐伯常麿校訂)

◇千載和歌集　久保田淳, 松野陽一校注　笠間書院　1969　360p　図版　22cm〈底本は国立国会図書館支部静嘉堂文庫所蔵の、伝冷泉為秀筆上下二帖本〉　1500円

◇校註国歌大系　第4巻　八代集 下　国民図書株式会社編　講談社　1976.10　41,876p　図　19cm〈国民図書株式会社昭和3〜6年刊の複製 限定版〉

内容　金葉和歌集, 詞花和歌集, 千載和歌集, 新古今和歌集, 歴代和歌勅撰考

◇千載和歌集　久保田淳校注　岩波書店　1986.4　368p　15cm(岩波文庫)〈参考文献：p335〉　550円

内容　参考文献：p335

◇八代集　3　奥村恒哉校注　平凡社　1987.5　440p　18cm(東洋文庫　469)　2800円

内容　金葉和歌集.詞花和歌集.千載和歌集.解説 奥村恒哉著

◇新日本古典文学大系　10　片野達郎, 松野陽一校注　岩波書店　1993.4　453,54p　21cm　3689円

内容　千載和歌集

◇千載和歌集　片野達郎, 松野陽一校注　岩波書店　1993.4　453,54p　21cm(新日本古典文学大系　10)〈主要参考文献：p451〜453〉　3689円

◇千載和歌集　上条彰次校注　大阪　和泉書院　1994.11　647p　21cm(和泉古典叢書　8)〈付：参考文献〉　7000円

◆新古今和歌集(鎌倉前期)

【現代語訳】

◇古今・新古今集　藤川忠治著　小学館　1943.9　440p　B6(現代訳日本古典)

◇国民の文学　第9　古今和歌集, 新古今和歌集　谷崎潤一郎等編　窪田空穂, 窪田章一郎訳　河出書房新社　1964　499p　図版　19cm

内容　解説(窪田章一郎)

◇新古今釈教之部注　簗瀬一雄編　大府町(愛知県)　簗瀬一雄　1964　19p　21cm(碧沖洞叢書　第47輯)〈謄写版 限定版 賀茂三手文庫・蔵本の翻刻〉

◇日本の古典　10　古今和歌集, 新古今和歌集　河出書房新社　1972　471p　図　23cm

内容　古今和歌集(窪田空穂訳) 新古今和歌集(窪田章一郎訳) 玉葉和歌集(池田弥三郎訳) 風雅集(池田弥三郎訳) 作品鑑賞のための古典 近代秀歌(藤原定家著 久松潜一訳) 国歌八論(荷田在満著 窪田章一郎訳)

◇日本古典文学全集　26　新古今和歌集　峯村文人校注・訳　小学館　1974　639p　図　23cm

◇新古今集漢詩訳　玄鳥弘著〔笠岡〕清水弘一　1974.1　200p　16cm　非売品

◇新古今和歌集　有吉保著　尚学図書　1980.10　536p　20cm(鑑賞日本の古典 9)〈参考文献解題：p481〜516 新古今時代略年表：p526〜532〉

◇新古今和歌集漢詩訳　玄鳥弘著〔笠岡〕清水弘一　1980.10　882p　16cm　非売品

◇現代語訳日本の古典　3　古今集・新古今集　大岡信著　学習研究社　1981.3

中世文学(和歌)

◇完訳日本の古典　第35巻　新古今和歌集1　峯村文人校注・訳　小学館　1983.11　533p　20cm　〈参考文献・新古今和歌集年表：p520～533〉　1900円

◇完訳日本の古典　第36巻　新古今和歌集2　峯村文人校注・訳　小学館　1983.12　558p　20cm　1900円

◇新古今和歌集　佐藤恒雄校注・訳　ほるぷ出版　1986.9　327p　20cm(日本の文学)

◇尾崎左永子の古今和歌集・新古今和歌集　尾崎左永子　集英社　1987.4　270p　20cm(わたしの古典　4)〈編集：創美社〉1400円

◇古今和歌集・新古今和歌集　窪田空穂, 窪田章一郎訳　河出書房新社　1988.2　477p　18cm(日本古典文庫 新装版　12)〈新装版〉　1800円

◇新編日本古典文学全集　43　新古今和歌集　峯村文人校注・訳　小学館　1995.5　644p　23cm　4800円

◇新古今和歌集　上　久保田淳訳注　角川学芸出版　2007.3　488p　15cm(角川文庫―角川ソフィア文庫)〈角川グループパブリッシング(発売)〉　933円

◇新古今和歌集　下　久保田淳訳注　角川学芸出版　2007.3　474p　15cm(角川文庫―角川ソフィア文庫)〈角川グループパブリッシング(発売)〉　933円

◇新古今和歌集　小林大輔編　角川学芸出版　2007.10　217p　15cm(角川文庫―角川ソフィア文庫 ビギナーズ・クラシックス)〈文献あり〉　629円

◇古今和歌集　新古今和歌集　小沢正夫, 松田成穂校訂・訳　峯村文人校訂・訳　小学館　2008.9　318p　20cm(日本の古典をよむ　5)　1800円

【注釈書】

◇日本歌学全書　第7編　佐佐木弘綱, 佐佐木信綱校標注　博文館　1891.6　19cm

　内容　新古今和歌集 鴨長明家集 自讃歌

◇新古今和歌集(標註参考)　飯田永夫注　六合館　1906.1　370p　22cm

◇校註和歌叢書　第4冊　八代集下巻　佐佐木信綱, 芳賀矢一校註　博文館　1912-1919?　1冊　23cm

◇万葉集・古今和歌集・新古今集選釈　石川誠著　大同館書店　1924.1　502p　20cm

◇新釈 日本文学叢書　4　小山龍之輔校注　日本文学叢書刊行会　1928.5　838,60p　23cm

　内容　新古今和歌集 山家和歌集(西行) 金魂和歌集(源実朝) 新葉和歌集(宗良親王撰)

◇新古今和歌集　20巻　佐伯常麿校註　国民図書　1929　279p　23cm

◇新古今集選釈　佐佐木信綱著　明治書院　1932　22,353p 図版　20cm

◇新古今和歌集註釈　上下　石田吉貞著　大同館　1932-1934　2冊　22cm

◇新古今和歌集　吉沢義則校注　改造社　1933.9　335p　菊半截(改造文庫　第二部5)

◇新古今和歌集評釈　下巻　窪田空穂著　東京堂　1933.12　751,14p　23cm

◇新古今集名歌評釈　太田水穂, 四賀光子著　非凡閣　1935.3　296p　20cm(和歌評釈選集)

◇校註 国歌大系　4　八代集 下　中山泰昌編　2版　誠文堂新光社　1938.2　〈普及版〉

◇新古今集　小泉苳三著　日本評論社　1939.2　371p 図　20cm(日本古典読本5)〈註釈書及び研究書解題〉

◇新古今和歌集新釈　山崎敏夫著　名古屋正文館書店　1947　138p　18cm

◇新古今集美濃の家つと　相磯貞三校註　狩野書房　1948　319p　18cm(日本古典註釈文庫)

◇新古今和歌集　沢瀉久孝編　京都　白揚社　1948　97p　19cm(新注古典選書　第7)

◇新古今和歌集評釈　上巻　窪田空穂著　11版　東京堂　1948　553p　21cm

◇新古今和歌集評釈　下巻　窪田空穂著　9版　東京堂　1948　765p　22cm

◇校註万葉・古今・新古今選　窪田空穂編　武蔵野書院　1950　148p　19cm

◇新古今和歌集　峯村文人校註　大日本雄弁会講談社　1950　536p　19cm(新註国文学叢書)

◇評釈新古今和歌集　上　尾上八郎著　明治書院　1952　468p 図版　19cm

中世文学(和歌)

|内容| 新古今和歌集序, 巻第1 春歌 上, 巻第2 春歌 下, 巻第3 夏歌, 巻第4 秋歌 上, 巻第5 秋歌 下, 巻第6 冬歌, 巻第7 賀歌, 巻第8 哀傷歌, 巻第9 離別歌, 巻第10 羇旅歌

◇評釈新古今和歌集 下 尾上八郎著 明治書院 1952 502p 図版 19cm

◇新古今集—新釈註 山崎敏夫著 桜井書店 1953 151p 19cm(新釈註国文叢書)

◇万葉・古今・新古今—新註 佐藤正憲, 橘誠共著 福村書店 1953 110p 図版 19cm

◇新古今集の新しい解釈 久松潜一著 至文堂 1954 274p 19cm(国文注釈新書)

◇日本文学大系—校註 第16巻 八代集 下巻 久松潜一, 山岸徳平監修 新訂版 風間書房 1955 485p 19cm

|内容| 千載和歌集(佐伯常麿校訂) 新古今和歌集 (佐伯常麿校訂)

◇新古今和歌集—全釈 上巻 釘本久春著 福音館書店 1958 537p 図版 13cm

◇日本古典文学大系 第28 新古今和歌集—底本は小宮堅次郎蔵本 久松潜一, 山崎敏夫, 後藤重郎校注 岩波書店 1958 480p 図版 22cm

◇新古今和歌集 小島吉雄校注 朝日新聞社 1959 416p 19cm(日本古典全書)

◇新古今和歌集全註解 石田吉貞著 有精堂出版 1960 958p 22cm

◇新古今諸注一覧 愛知県立女子大学国文学研究室編 名古屋 愛知県立女子大学国文学会 1961 115p 図版 19cm 〈「説林」の別刊〉

◇完本新古今和歌集評釈 上巻 窪田空穂著 東京堂 1964 573p 22cm

◇完本新古今和歌集評釈 中巻 窪田空穂著 東京堂 1964 549p 22cm

◇完本新古今和歌集評釈 下巻 窪田空穂著 東京堂 1965 527p 22cm

◇古典日本文学全集 第12 古今和歌集, 新古今和歌集 筑摩書房 1965 404p 図版 23cm 〈普及版〉

|内容| 古今和歌集(窪田章一郎評釈) 新古今和歌集(小島吉雄評釈) 解説(窪田章一郎, 小島吉雄) 古今集論(佐佐木信綱) 新古今集概説(窪田空穂) 紀貫之(萩谷朴) 新古今集の叙景と抒情(風巻景次郎) 隠者文学(山本健吉) 新古今世界の構造(小田切秀雄) 藤原定家(安田章生)

◇新古今注 黒川昌享編 広島 広島中世文芸研究会 1966 264p 19cm(中世文芸叢書 5) 非売

◇新古今和歌集 小島吉雄校註 朝日新聞社 1969 436p 19cm(日本古典全書) 〈第9版(初版: 昭和34年)〉 580円

◇新古今和歌集選—諸注集成 小泉弘編著 有精堂出版 1975 184p 22cm 〈監修: 山岸徳平〉 1300円

◇新古今和歌集全評釈 第1巻 久保田淳著 講談社 1976 448p 20cm 3400円

|内容| 総説, 真名序, 仮名序, 春歌・上, 春歌・下

◇校註国歌大系 第4巻 八代集 下 国民図書株式会社編 講談社 1976.10 41,876p 図 19cm 〈国民図書株式会社昭和3~6年刊の複製 限定版〉

|内容| 金葉和歌集, 詞花和歌集, 千載和歌集, 新古今和歌集, 歴代和歌勅撰考

◇新古今和歌集全評釈 第2巻 夏歌・秋歌 上 久保田淳著 講談社 1976.11 507p 20cm

◇新古今和歌集全評釈 第3巻 秋歌下・冬歌 久保田淳著 講談社 1976.12 573p 20cm

◇新古今和歌集全評釈 第4巻 賀歌, 哀傷歌, 離別歌, 羇旅歌 久保田淳著 講談社 1977.2 667p 20cm 3800円

◇新古今和歌集全評釈 第5巻 恋歌一, 恋歌二, 恋歌三 久保田淳著 講談社 1977.4 515p 20cm 3600円

◇新古今和歌集全評釈 第6巻 恋歌4, 恋歌5 久保田淳著 講談社 1977.6 395p 20cm 3400円

◇新古今和歌集全評釈 第7巻 雑歌上・雑歌中 久保田淳著 講談社 1977.8 495p 20cm

◇新古今和歌集全評釈 第8巻 雑歌下・神祇歌・釈教歌 久保田淳著 講談社 1977.10 565p 20cm

◇新古今和歌集全評釈 第9巻 研究史序説 書目解題 索引 年表 久保田淳著 講談社 1977.12 364p 20cm 〈新古今時代文化史年表: p320~359〉 3400円

◇新古今和歌集 上 久保田淳校注 新潮社 1979.3 385p 20cm(新潮日本古典集成) 1800円

◇図説日本の古典 4 集英社 1979.4

中世文学(和歌)

218p　28cm　〈企画：秋山虔ほか〉
2400円

　内容 『古今和歌集』『新古今和歌集』歌年表：
p212〜213 各章末：参考文献

◇新古今集古註釈大成　日本図書センター
1979.8　274,283p　22cm(日本文学古註釈大成)〈それぞれの複製〉

　内容 尾張の家苞 石原正明著. 新古今抄

◇新古今和歌集　下　久保田淳校注　新潮社　1979.9　423p　20cm(新潮日本古典集成)　1800円

◇新古今略注　荒木尚編　笠間書院
1979.10　144p　25cm〈永青文庫蔵の複製 付(別冊 22p 21cm)：解題〉

◇新古今集聞書—幽斎本 本文と校異　荒木尚編著　福岡　九州大学出版会　1986.2
451p　22cm〈本文は福岡市美術館蔵の複製と翻刻〉　6500円

◇新古今和歌集註—高松宮本　片山亨編
古典文庫　1987.2　323p　17cm(古典文庫　第484冊)　非売品

◇新古今集聞書—牧野文庫本　片山亨, 近藤美奈子編　古典文庫　1987.3　253p
17cm(古典文庫　第485冊)　非売品

◇八代集　4　奥村恒哉校注　平凡社
1988.8　463p　18cm(東洋文庫　490)
3000円

　内容 新古今和歌集. 解説 奥村恒哉著

◇新日本古典文学大系　11　新古今和歌集
佐竹昭広ほか編　田中裕, 赤瀬信吾校注
岩波書店　1992.1　612,82p　22cm
4300円

◇尾崎左永子の古今和歌集・新古今和歌集
尾崎左永子著　集英社　1996.4　287p
16cm(集英社文庫—わたしの古典)　700円

◇新古今　秀歌250首　田中裕選釈・著　画文堂　2005.12　166p　19cm(新々書ワイド判　3)　1000円

◇声で読む万葉・古今・新古今　保坂弘司著
學燈社　2007.1　287p　19cm　1700円

◇和歌の風景—古今・新古今集と京都　産経新聞京都総局編著　産経新聞出版
2007.3　163p　19cm　1800円

◇あけぼのの花—新古今集桜歌私抄　中村雪香著　新風舎　2007.10　191p
15cm(新風舎文庫)　700円

◆新勅撰和歌集

【注釈書】

◇校註国歌大系　十三代集　1　国民図書
1928-1931　1冊　19cm

　内容 新勅撰和歌集, 続後撰和歌集, 続古今和歌集, 続拾遺和歌集

◇校註国歌大系　第5巻　十三代集　1　国民図書株式会社編　講談社　1976.10
38,866p 図　19cm〈国民図書株式会社昭和3〜6年刊の複製 限定版〉

　内容 新勅撰和歌集, 続後撰和歌集, 続古今和歌集, 続拾遺和歌集

◇新勅撰和歌集全釈　1　神作光一, 長谷川哲夫著　風間書房　1994.10　341p
22cm　15450円

　内容 巻第1〜巻第3

◇新勅撰和歌集全釈　2　神作光一, 長谷川哲夫著　風間書房　1998.3　336p　22cm
15000円

　内容 巻第4-巻第6

◇新勅撰和歌集注解—雑四の部　岡田直美著　徳島　教育出版センター　1999.8
815p　22cm　非売品

◇新勅撰和歌集全釈　3　神作光一, 長谷川哲夫著　風間書房　2000.4　299p　22cm
15000円

　内容 巻第7-巻第10

◇新勅撰和歌集全釈　4　神作光一, 長谷川哲夫著　風間書房　2003.9　376p　22cm
15000円

　内容 巻第11-巻第13

◇新勅撰和歌集全釈　5　神作光一, 長谷川哲夫著　風間書房　2004.11　269p
22cm　13000円

　内容 巻第14-巻第15

◇新勅撰和歌集　中川博夫著　明治書院
2005.6　511p　21cm(和歌文学大系　6)
7500円

◇新勅撰和歌集全釈　6　神作光一, 長谷川哲夫著　風間書房　2006.3　319p　22cm
15000円

　内容 巻第16-巻第17

◇新勅撰和歌集全釈　7　神作光一, 長谷川哲夫著　風間書房　2007.5　336p　22cm

日本古典文学案内—現代語訳・注釈書　137

中世文学(和歌)

15000円

内容 巻第18-巻第20

◇新勅撰和歌集全釈　8　神作光一, 長谷川哲夫著　風間書房　2008.6　257p　22cm　9000円

内容 索引・論攷篇

◆続後撰和歌集(鎌倉中期)

【注釈書】

◇校註国歌大系　十三代集　1　国民図書　1928-1931　1冊　19cm

内容 新勅撰和歌集, 続後撰和歌集, 続古今和歌集, 続拾遺和歌集

◇校註 国歌大系　6　十三代集 三　中山泰昌編　2版　誠文堂新光社　1937.10

◇校註国歌大系　第5巻　十三代集　1　国民図書株式会社編　講談社　1976.10　38,866p 図　19cm　〈国民図書株式会社昭和3〜6年刊の複製 限定版〉

内容 新勅撰和歌集, 続後撰和歌集, 続古今和歌集, 続拾遺和歌集

◆続古今和歌集(鎌倉中期)

【注釈書】

◇校註国歌大系　十三代集　1　国民図書　1928-1931　1冊　19cm

内容 新勅撰和歌集, 続後撰和歌集, 続古今和歌集, 続拾遺和歌集

◇日本文学全集　第6　古典詩歌集　河出書房新社　1966　427p 図版　20cm　〈監修者：谷崎潤一郎等〉

内容 記紀歌集, 万葉集, 古今和歌集, 新古今和歌集, 玉葉和歌集, 風雅和歌集, 金槐和歌集, 神楽歌, 催馬楽, 梁塵秘抄, 閑吟集, 芭蕉句集, 奥の細道, 蕪村句集, 一茶句集, 小倉百人一首. 注釈(池田弥三郎) 解説(山本健吉)

◇校註国歌大系　第5巻　十三代集　1　国民図書株式会社編　講談社　1976.10　38,866p 図　19cm　〈国民図書株式会社昭和3〜6年刊の複製 限定版〉

内容 新勅撰和歌集, 続後撰和歌集, 続古今和歌集, 続拾遺和歌集

◆続拾遺和歌集(鎌倉中期)

【注釈書】

◇校註国歌大系　十三代集　1　国民図書　1928-1929？　1冊　19cm

内容 新勅撰和歌集, 続後撰和歌集, 続古今和歌集, 続拾遺和歌集

◇校註国歌大系　第5巻　十三代集　1　国民図書株式会社編　講談社　1976.10　38,866p 図　19cm　〈国民図書株式会社昭和3〜6年刊の複製 限定版〉

内容 新勅撰和歌集, 続後撰和歌集, 続古今和歌集, 続拾遺和歌集

◇続拾遺和歌集　小林一彦著, 久保田淳監修　明治書院　2002.7　389p　21cm(和歌文学大系　7)　7000円

◆新後撰和歌集(鎌倉後期)

【注釈書】

◇校註国歌大系　十三代集　2　国民図書　1928-1929？　1冊　19cm

内容 新後撰和歌集, 玉葉和歌集, 続千載和歌集

◇校註国歌大系　第6巻　十三代集　2　国民図書株式会社編　講談社　1976.10　35,914p 図　19cm　〈国民図書株式会社昭和3〜6年刊の複製 限定版〉

内容 新後撰和歌集, 玉葉和歌集, 続千載和歌集

◆玉葉和歌集(鎌倉後期)

【現代語訳】

◇木々の心花の心—玉葉和歌集抄訳　岩佐美代子著　笠間書院　1994.1　353p　20cm(古典ライブラリー　3)　3600円

◇新編日本古典文学全集　49　中世和歌集　3　井上宗雄校注・訳　小学館　2000.11　582p　23cm　4657円

内容 御裳濯河歌合　金槐和歌集 雑部　玉葉和歌集(抄)　風雅和歌集(抄)　ほか

【注釈書】

◇校註国歌大系　十三代集　2　国民図書　1928-1931　1冊　19cm

内容 新後撰和歌集, 玉葉和歌集, 続千載和歌集

中世文学(和歌)

◇校註 国歌大系　6　十三代集 三　中山泰昌編　2版　誠文堂新光社　1937.10
◇日本文学全集　第6　古典詩歌集　河出書房新社　1966　427p 図版　20cm　〈監修者：谷崎潤一郎等〉

　[内容] 記紀歌集, 万葉集, 古今和歌集, 新古今和歌集, 玉葉和歌集, 風雅和歌集, 金槐和歌集, 神楽歌, 催馬楽, 梁塵秘抄, 閑吟集, 芭蕉句集, 奥の細道, 蕪村句集, 一茶句集, 小倉百人一首. 注釈(池田弥三郎) 解説(山本健吉)

◇校註国歌大系　第6巻　十三代集　2　国民図書株式会社編　講談社　1976.10　35,914p 図　19cm　〈国民図書株式会社 昭和3～6年刊の複製 限定版〉

　[内容] 新後撰和歌集, 玉葉和歌集, 続千載和歌集

◇玉葉和歌集全注釈　上巻　岩佐美代子著　笠間書院　1996.3　653p　22cm(笠間注釈叢刊　20)　18000円
◇玉葉和歌集全注釈　中巻　岩佐美代子著　笠間書院　1996.6　514p　22cm(笠間注釈叢刊　21)　14000円
◇玉葉和歌集全注釈　下巻　岩佐美代子著　笠間書院　1996.9　659p　22cm(笠間注釈叢刊　22)　14000円
◇玉葉和歌集全注釈　別巻　岩佐美代子著　笠間書院　1996.12　366p　22cm(笠間注釈叢刊　23)　9000円

◆続千載和歌集(南北朝時代)

【注釈書】

◇校註国歌大系　十三代集　2　国民図書　1928-1931　1冊　19cm

　[内容] 新後撰和歌集, 玉葉和歌集, 続千載和歌集

◇校註 国歌大系　6　十三代集 三　中山泰昌編　2版　誠文堂新光社　1937.10
◇校註国歌大系　第6巻　十三代集　2　国民図書株式会社編　講談社　1976.10　35,914p 図　19cm　〈国民図書株式会社 昭和3～6年刊の複製 限定版〉

　[内容] 新後撰和歌集, 玉葉和歌集, 続千載和歌集

◆続後拾遺和歌集(南北朝時代)

【注釈書】

◇校註国歌大系　十三代集　3　国民図書　1928-1929？　1冊　19cm

　[内容] 続後拾遺和歌集, 風雅和歌集, 新千載和歌集

◇校註 国歌大系　7　十三代集 三　中山泰昌編　誠文堂新光社　1938.7
◇校註国歌大系　第7巻　十三代集　3　国民図書株式会社編　講談社　1976.10　40,833p 図　19cm　〈国民図書株式会社 昭和3～6年刊の複製 限定版〉

　[内容] 続後拾遺和歌集, 風雅和歌集, 新千載和歌集

◇続後拾遺和歌集　久保田淳監修　深津睦夫著　明治書院　1997.9　380p　21cm(和歌文学大系　9)〈索引あり〉5200円

◆風雅和歌集

【現代語訳】

◇新編日本古典文学全集　49　中世和歌集　3　井上宗雄校注・訳　小学館　2000.11　582p　23cm　4657円

　[内容] 御裳濯河歌合　金槐和歌集 雑部　玉葉和歌集(抄)　風雅和歌集(抄)　ほか

【注釈書】

◇校註国歌大系　十三代集　3　国民図書　1928-1929？　1冊　19cm

　[内容] 続後拾遺和歌集, 風雅和歌集, 新千載和歌集

◇校註 国歌大系　7　十三代集 三　中山泰昌編　誠文堂新光社　1938.7
◇日本文学全集　第6　古典詩歌集　河出書房新社　1966　427p 図版　20cm　〈監修者：谷崎潤一郎等〉

　[内容] 記紀歌集, 万葉集, 古今和歌集, 新古今和歌集, 玉葉和歌集, 風雅和歌集, 金槐和歌集, 神楽歌, 催馬楽, 梁塵秘抄, 閑吟集, 芭蕉句集, 奥の細道, 蕪村句集, 一茶句集, 小倉百人一首. 注釈(池田弥三郎) 解説(山本健吉)

◇風雅和歌集　次田香澄, 岩佐美代子校注　三弥井書店　1974　500p 図　22cm(中世の文学)　4000円
◇校註国歌大系　第7巻　十三代集　3　国民図書株式会社編　講談社　1976.10　40,833p 図　19cm　〈国民図書株式会社 昭和3～6年刊の複製 限定版〉

中世文学(和歌)

|内容| 続後拾遺和歌集, 風雅和歌集, 新千載和歌集

◇風雅和歌集全注釈　上巻　岩佐美代子著　笠間書院　2002.12　620p　22cm(笠間注釈叢刊　34)　18000円

|内容| 真名序・仮名序　巻第一 - 巻第八

◇風雅和歌集全注釈　中巻　岩佐美代子著　笠間書院　2003.9　468p　22cm(笠間注釈叢刊　35)　14000円

|内容| 巻第九―巻第十五

◇風雅和歌集全注釈　下巻　岩佐美代子著　笠間書院　2004.3　704p　22cm(笠間注釈叢刊　36)　〈文献あり〉　19000円

|内容| 巻第十六―巻第二十

◆新千載和歌集(南北朝時代)

【注釈書】

◇校註国歌大系　十三代集　3　国民図書　1928-1929？　1冊　19cm

|内容| 続後拾遺和歌集, 風雅和歌集, 新千載和歌集

◇校註　国歌大系　7　十三代集 三　中山泰昌編　誠文堂新光社　1938.7

◇校註国歌大系　第7巻　十三代集　3　国民図書株式会社編　講談社　1976.10　40,833p 図　19cm　〈国民図書株式会社昭和3～6年刊の複製　限定版〉

|内容| 続後拾遺和歌集, 風雅和歌集, 新千載和歌集

◆新拾遺和歌集

【注釈書】

◇校註国歌大系　十三代集　4　国民図書　1928-1929？　1冊　19cm

|内容| 新拾遺和歌集, 新後拾遺和歌集, 新続古今和歌集

◇校註　国歌大系　8　十三代集 四　中山泰昌編　誠文堂新光社　1938.7

◇校註国歌大系　第8巻　十三代集　4　国民図書株式会社編　講談社　1976.10　55,797p 図　19cm　〈国民図書株式会社昭和3～6年刊の複製　限定版〉

|内容| 新拾遺和歌集, 新後拾遺和歌集, 新続古今和歌集

◆新後拾遺和歌集(室町前期)

【注釈書】

◇校註国歌大系　十三代集　4　国民図書　1928-1929？　1冊　19cm

|内容| 新拾遺和歌集, 新後拾遺和歌集, 新続古今和歌集

◇校註　国歌大系　8　十三代集 四　中山泰昌編　誠文堂新光社　1938.7

◇校註国歌大系　第8巻　十三代集　4　国民図書株式会社編　講談社　1976.10　55,797p 図　19cm　〈国民図書株式会社昭和3～6年刊の複製　限定版〉

|内容| 新拾遺和歌集, 新後拾遺和歌集, 新続古今和歌集

◆新続古今和歌集(室町中期)

【注釈書】

◇校註国歌大系　十三代集　4　国民図書株式会社編　国民図書　1927-1931　1冊　19cm

|内容| 新拾遺和歌集, 新後拾遺和歌集, 新続古今和歌集

◇校註　国歌大系　8　十三代集 四　中山泰昌編　誠文堂新光社　1938.7

◇校註国歌大系　第8巻　十三代集　4　国民図書株式会社編　講談社　1976.10　55,797p 図　19cm　〈国民図書株式会社昭和3～6年刊の複製　限定版〉

|内容| 新拾遺和歌集, 新後拾遺和歌集, 新続古今和歌集

◇新続古今和歌集　村尾誠一著　明治書院　2001.12　516p　22cm(和歌文学大系　12)　7500円

新葉和歌集(南北朝時代)

【注釈書】

◇頭註新葉和歌集　村上忠順注　村上忠浄校　稽照館　1892.2　304p　20cm

◇頭註 新葉和歌集　村上忠順著　品田太吉補　改造社　1936.8　328p　菊判

中世文学(和歌)

◇校註 富岡本新葉和歌集 小泉苳三等校訂 京都 立命館出版部 1938 350p 22cm
◇校註 新葉集 斎藤一寛著 日本電通出版部 1945 245p A5 5円

百首歌

【注釈書】

◇隠岐高田明神至徳百首和歌注釈 小原幹雄著 松江 小原幹雄 1992.8 165p 19cm

百人一首

【現代語訳】

◇小倉百首名歌訳詩 原景忠(江山)訳 三上七十郎校 名古屋 三上七十郎 1881.11 和28丁 19cm
◇新訳 百人一首精解 鴻巣盛広著 精文館書店 1919 187p 三六判
◇百人一首精解―新訳 鴻巣盛広著 改訂30版 精文館書店 1952 190p 17cm
◇現代語訳日本の古典 11 小倉百人一首 宮柊二著 学習研究社 1979.11 184p 30cm
◇百人一首 有吉保全訳注 講談社 1983.11 478p 15cm(講談社学術文庫) 〈参考文献：p456〜462〉 1100円
◇小倉百人一首 犬養廉訳・注 創英社 1985.11 238p 19cm(全対訳日本古典新書) 〈百人一首・文学史略年表：p235〜238〉 700円
◇百人一首 大岡信訳 世界文化社 1986.1 23cm(特選日本の古典 グラフィック版 別巻1)
◇百人一首・秀歌選 久保田淳校注・訳 ほるぷ出版 1987.7 422p 20cm(日本の文学)
◇百人一首 島津忠夫訳注 新版 角川書店 1999.11 317p 15cm(角川文庫) 571円
◇超現代語訳百人一首 藪小路雅彦著 PHP研究所 2001.12 224p 15cm(PHP文庫) 476円
◇桃尻語訳百人一首 橋本治著 海竜社 2003.11 151p 30cm 2500円

◇口語訳詩で味わう百人一首 佐佐木幸綱編著 さ・え・ら書房 2003.12 221p 20cm 〈画：田島董美〉 1600円
◇おくのほそ道 百人一首一など 松本義弘文 学習研究社 2008.2 195p 21cm(超訳日本の古典 12) 〈標題紙のタイトル：おくのほそ道,百人一首,川柳・狂歌〉 1300円

【注釈書】

◇百人一首一夕話(標註) 竹田晨正注 名古屋 共同出版社 1892.10 3冊 (295,298,295p) 19cm
◇標註七種百人一首 佐佐木信綱編 大橋新太郎 1893 120p 23cm
　[内容]小倉百人一首,新百人一首,後撰百人一首,続百人一首,近世百人一首,源氏百人一首,修身百人一首
◇百人一首詳解(標註) 三田村熊之助著 大阪 鹿田書店 1893.11 140p 23cm 〈付：小伝,歌人心得,諸礼式〉
◇百人一首註解 草廼舎(石原和三郎)編 松栄堂 1895.2 97,21p 18cm
◇国文学講義全書 伊藤岩次郎編 誠之堂 1897 9冊 22cm
　[内容]新註古今和歌集(増田子信,生田目経徳述)上下(443p),神皇正統紀(今泉定介述)上下(435p),土佐日記,竹取物語(今泉定介述)128,153p,伊勢物語(今泉定介述)264p,十六夜日記(三木五百枝述)・百人一首(畠山健述)・和文読本問答(深井鑑一郎述)118,68,100p,徒然草,上下(476p)
◇百人一首評釈 金子元臣,柴山啓一郎著 明治書院 1900.8 126p 23cm
◇小倉百首評釈(英独対訳) 佐藤重治(芝峰)著 本郷本院 1904.12 198p 21cm
◇百人一首註解 津川米次郎著 修学堂 1909.7 289p 23cm(新撰百科全書 第77編)
◇小倉百人一首新釈 船越尚友著 大阪 岡田文祥堂 1909.10 275p 19cm
◇百人一首新釈 金沢美巖著 富田文陽堂,富文館 1911.4 231p 16cm
◇詳伝精註 百人一首新釈 索引付 新井誠夫著 磯部甲陽堂 1921 325p 三六判
◇小倉 百人一首評釈 中島悦次著 春秋社 1925 477p 菊半截

日本古典文学案内－現代語訳・注釈書　141

中世文学(和歌)

◇詳伝精註百人一首新釈　新井誠夫著　文陽堂書店　1925.9　302,23p　18cm
◇新釈 百人一首夜話　吉井勇著　交蘭社　1926　212p　四六判
◇百人一首新釈　松田好夫著　正文館　1937.5　190p　四六判
◇評釈伝記 小倉百人一首　清水正光著　大日本雄弁会講談社　1947　255p　19cm
◇小倉百人一首―新註　野中春水校注　京都　河原書店　1950　157p　19cm(新註日本短篇文学叢書　第11)
◇評釈小倉百人一首　木俣修著　大日本雄弁会講談社　1952　257p　19cm(実用家庭百科　第11)
◇小倉百人一首―解釈と鑑賞　鈴木知太郎,藤田朝枝著　東宝書房　1954　312p 図版　19cm
◇小倉百人一首新釈　小高敏郎,犬養廉共著　白楊社　1954　295p 図版 表　19cm〈附録(別綴):13p 小倉百人一首よりの大学入試問題集〉
◇百人一首の解釈と鑑賞　秋葉環著　訂正版(3版)　明治書院　1956　253p 図版　19cm
◇小倉百人一首―全釈　曽沢太吉著　福音館書店　1958　252p　13cm(福音館古典全釈文庫　第18)
◇小倉百人一首全釈―文法解明　井上雄一郎著　武蔵野書院　1960　219p　19cm
◇小倉百人一首詳講　金子武雄著　石崎書店　1966　261p　20cm　680円
◇日本文学全集　第6　古典詩歌集　河出書房新社　1966　427p 図版　20cm〈監修者:谷崎潤一郎等〉

[内容] 記紀歌集,万葉集,古今和歌集,新古今和歌集,玉葉和歌集,風雅和歌集,金槐和歌集,神楽歌,催馬楽,梁塵秘抄,閑吟集,芭蕉句集,奥の細道,蕪村句集,一茶句集,小倉百人一首.注釈(池田弥三郎)解説(山本健吉)

◇百人一首芝釈　芝山持豊著　築瀬一雄編および翻刻　大府町(愛知県)　築瀬一雄　1969　194p　22cm(碧冲洞叢書　第85輯)〈謄写版 限定版〉　非売
◇百首通見―小倉百人一首全評釈　安東次男著　集英社　1973　245p 図　20cm
◇百首通見―小倉百人一首全評釈　安東次男著　集英社　1974　245p　24cm〈帙入 限定版〉　8000円
◇百人一首―小倉山荘色紙和哥　有吉保,犬養廉,橋本不美男校注　新典社　1974　61p　21cm(影印校注古典叢書)
◇小倉山庄色紙和歌―百人一首古注　有吉保,神作光一校注　新典社　1975　167p　21cm(影印校注古典叢書)　1300円
◇米沢本百人一首抄―解読と注釈　米沢古文書研究会編　米沢　米沢古文書研究会　1976　2冊(別冊共)　23cm〈別冊:百人一首抄〉　非売品
◇義趣討究小倉百人一首釈賞―文学文法探究の証跡として　桑田明著　風間書房　1979.2　689,4p　22cm　14000円
◇小倉百人一首―全釈 付かるた競技法　藤縄敬五,桜井典彦共著　新訂版　有朋堂　1979.11　132p　15cm　380円
◇新註百人一首―付歌人説話　深津睦夫,西沢正二編著　勉誠社　1986.10　243p　22cm(大学古典叢書　3)〈巻末:解説,参考文献〉　1600円
◇鑑賞小倉百人一首　水田潤　大阪　教学研究社　1987　124p　22cm　430円
◇百人一首の鑑賞　窪田章一郎　新版　赤坂書院　1987.5　231p　18cm〈初版:東京堂出版昭和48年刊　発売:星雲社〉　2500円
◇百人一首の散歩　江口孝夫　日中出版　1988.10　251p　19cm　2060円
◇百人一首の手帖―光琳歌留多で読む小倉百人一首　尚学図書・言語研究所編　小学館　1989.12　208p　22cm〈監修:久保田淳〉　2010円
◇解説百人一首　橋本武著　日栄社　1990.1　223p　19cm〈131版(初版:1974年)〉　650円
◇小倉和歌百首註尺　臼田葉山講釈　内山逸峰聞書　菊地明範,綿抜豊昭編　富山　桂書房　1990.8　156p　21cm　2369円
◇百人一首　鈴木日出男著　筑摩書房　1990.12　263p　15cm(ちくま文庫)　700円
◇百人一首　井上宗雄,村松友視著　新潮社　1990.12　111p　20cm(新潮古典文学アルバム　11)　1300円
◇小倉百人一首―古典の心　橋本吉弘著　京都　中央図書　1991.10　120p　26cm　380円

中世文学(和歌)

◇百人一首注・百人一首(幽斎抄)　荒木尚編
　大阪　和泉書院　1991.10　240p
　22cm(百人一首注釈書叢刊　3)　7725円
◇21人のお姫さま—百人一首　恋塚稔著
　郁朋社　1992.10　301p　20cm　1800円
◇小倉百人一首　藤縄敬五,桜井典彦著　有
　朋堂　1992.11　127p　18cm　〈付・か
　るた競技法〉　700円
◇小倉百人一首—日本のこころ　島津忠夫,
　櫟原聰編著　京都　京都書房　1992.12
　118p　22cm　〈創業30周年記念出版〉
　1700円
◇百人一首師説抄　泉紀子,乾安代編　大阪
　和泉書院　1993.2　132p　22cm(百人一
　首注釈書叢刊　5)　5665円
◇小倉百首大意—内山逸峰講釈・深沢常逢
　聞書　菊地明範,綿抜豊昭編　富山　桂書
　房　1993.3　117p　21cm　2060円
◇百首有情—百人一首の暗号を解く　西川
　芳治著　未來社　1993.7　221p　20cm
　〈折り込図5枚〉　1854円
◇百人一首一夕話—尾崎雅嘉自筆稿本　上巻
　尾崎雅嘉著　京都　臨川書店　1993.11
　538p　22cm　〈解題：管宗次　複製〉
◇百人一首一夕話—尾崎雅嘉自筆稿本　下巻
　尾崎雅嘉著　京都　臨川書店　1993.11
　445p　22cm　〈解題：管宗次　複製〉
◇小倉百人一首新注釈—全歌精解と鑑賞・
　主要先行書比見　新里博著　渋谷書言大
　学運営委員会　1994.4　366p　22cm
　4300円
◇百人一首　マール社編集部編　マール社
　1994.12　143p　15cm(マールカラー文庫)
　300円
◇百人一首倉山抄　錦仁編　大阪　和泉書
　院　1995.3　156p　22cm(百人一首注釈
　書叢刊　7)　6695円
◇小倉百人一首異見抄　野木可山著　近代
　文芸社　1995.11　113p　20cm　〈付：
　参考文献〉　1000円
◇百人一首を歩く　嶋岡晨著　光風社出版
　1995.12　254p　21cm　1500円
◇百人一首の謎解き—小倉山荘色紙和歌
　いしだよしこ著　恒文社　1996.4　333p
　21cm　〈付(3枚 19×83cm 袋入)：巻末配
　列図 1～5〉　2500円
◇小倉百首批釈　百人一首鈔聞書　上条彰
　次編　大阪　和泉書院　1996.5　24,184p

　22cm(百人一首注釈書叢刊　13)　6180円
◇竜吟明訣抄　島津忠夫,田島智子編　大阪
　和泉書院　1996.10　219p　22cm(百人一
　首注釈書叢刊　11)　8034円
◇百人一首歌占鈔　花淵松濤著　野中春水
　校注　大阪　和泉書院　1997.6　160p
　20cm(和泉選書　110)　3000円
◇百人一首註解　島津忠夫,乾安代編　大阪
　和泉書院　1998.2　139p　22cm(百人一
　首注釈書叢刊　15)　5500円
◇百人一首解　百敷のかがみ　鈴木太吉編
　大阪　和泉書院　1999.1　224p
　22cm(百人一首注釈書叢刊　12)
◇近世百人一首俗言解の研究　永田信也編
　著　大阪　和泉書院　2001.2　265p
　22cm(研究叢書　263)　10000円
◇江戸川柳で読む百人一首　阿部達二著
　角川書店　2001.11　285p　19cm(角川選
　書　328)　〈文献あり〉　1500円
◇百人一首を楽しくよむ　井上宗雄著　笠
　間書院　2003.1　249,6p　23cm　〈年表
　あり〉　1300円
◇百人一首研究集成　大坪利絹ほか編　大
　阪　和泉書院　2003.2　713p　22cm(百
　人一首注釈書叢刊　別巻1)　15000円
◇百人一首—恋する宮廷　高橋睦郎著　中
　央公論新社　2003.12　229p　18cm(中公
　新書)　740円
◇百人一首研究資料集　第2巻　注釈　1
　吉海直人編・解説　クレス出版　2004.3
　1冊　22cm
　内容 七家輯叙小倉百人一首(早川自照編(淡心
　　　洞昭和15年刊の複製))
◇百人一首研究資料集　第3巻　注釈　2
　吉海直人編・解説　クレス出版　2004.3
　681,7p　22cm　〈複製〉
　内容 古注・新注数種対照小倉百人一首演習ノー
　　　ト(神作光一編)
◇人に話したくなる百人一首　あんの秀子
　著　ポプラ社　2004.12　333p　19cm
　1450円
◇百人一首が面白いほどわかる本　望月光
　著　中経出版　2004.12　447p　21cm
　〈他言語標題：An easy guide to
　Hyakunin isshu〉　1600円
◇知識ゼロからの百人一首入門　有吉保監修
　幻冬舎　2005.11　239p　21cm　1300円

日本古典文学案内—現代語訳・注釈書　143

中世文学(歌人と作品・家集・歌論)

◇百人一首の作者たち　目崎徳衛著　角川学芸出版　2005.11　331p　15cm〈角川文庫―角川ソフィア文庫〉〈東京 角川書店(発売)〉　667円

◇小倉百人一首―みやびとあそび　平田澄子,新川雅朋編著　新典社　2005.12　350p　21cm　〈文献あり〉　2500円

◇百人一首―王朝人たちの名歌百選　大岡信著　世界文化社　2005.12　199p　24cm(日本の古典に親しむ ビジュアル版 2)　2400円

◇もっと知りたい京都・小倉百人一首　冷泉貴実子監修　京都新聞出版センター編　京都　京都新聞出版センター　2006.3　141p　21cm　〈構成：税田隆,平井孝征,河村直子〉　1200円

◇一冊でわかる百人一首　吉海直人監修　成美堂出版　2006.12　191p　22cm　1300円

◇歌ごころ百人一首―かるた取りがだんぜんおもしろくなる！　青野澄子著　仙台　丸善仙台出版サービスセンター(製作)　2006.12　361p　18cm　〈年表あり〉　900円

◇百人一首桜の若葉　道家大門著　福田景門編　津山　道家大門記念会　2007.2　126p　21cm　〈年譜あり〉

◇定家式「百人一句」と「百人一首」全解　小林耕著　新風舎　2007.6　344p　19cm　2100円

◇百人一首増補絵抄―延宝八年刊　上田野慎二編　東広島　広島平安文学研究会　2008.3　94p　21cm(翻刻平安文学資料稿第3期 別巻8)　非売品

◇百人一首・耽美の空間　上坂信男著　新版　右文書院　2008.12　246p　19cm　〈全句さくいん付き〉　1600円

◇百人一首百彩　海野弘文　武藤敏画　右文書院　2008.12　235p　21cm　〈著作目録あり〉　2400円

歌人と作品・家集・歌論

【現代語訳】

◇信生法師集新訳註　今関敏子著　風間書房　2002.6　115p　22cm　4500円

【注釈書】

◇木喰上人和歌選集　柳宗悦編註　甲府　木喰五行研究会　1926　114p　図　23cm

◇校注国歌大系　14　近古諸家集　中山泰昌編　誠文堂　1933-1938？　19cm

◇李花集標注　米山宗臣著　井伊谷村(静岡県引佐郡)　官幣中社井伊谷宮奉賛会,東京　古川出版部　1935　214p　図　23cm　〈李花集の著者：宗良親王〉

◇校註 国歌大系　10　御集・六家集 上　吉地昌一編　2版　誠文堂新光社　1938.4

◇校註 国歌大系　14　近古諸家集　中山泰昌編　2版　誠文堂新光社　1938.6

◇校註国歌大系　第10巻　御集 全,六家集 上　国民図書株式会社編　講談社　1976.10　57,987p　図　19cm　〈国民図書株式会社昭和3～6年刊の複製 限定版〉

内容 崇徳天皇御製 附久安御百首,後鳥羽院御集,土御門院御集,順徳院御集 附拾遺,後醍醐天皇御製,長秋詠藻(藤原俊成)拾玉集(釈慈鎮)

◇校註国歌大系　第11巻　六家集 下　国民図書株式会社編　講談社　1976.10　16,985p　図　19cm　〈国民図書株式会社昭和3～6年刊の複製 限定版〉

内容 秋篠月清集(良経)山家集(西行法師)拾遺愚草(定家)拾遺愚草員外(定家)壬二集(家隆)

◇校註国歌大系　第14巻　近古諸家集 全　国民図書株式会社編　講談社　1976.10　56,989p　図　19cm　〈国民図書株式会社昭和3～6年刊の複製 限定版〉

内容 源三位頼政集,平忠度集,鴨長明集,金槐和歌集(源実朝)式子内親王集,李花集(宗良親王)嘉喜門院集,兼好法師集,草庵集(頓阿法師)慕景集(伝太田道潅)衆妙集(細川幽斎)挙白集(木下勝俊)草山和歌集(深草元政)

◇百詠和歌注　朸尾武編　汲古書院　1993.4　151p　26cm　〈内閣文庫蔵百廿詠翻字 内閣文庫蔵百詠和歌影印 第2刷(第1刷：1979年)〉　2500円

◇蓮生法師和歌集註釈　河住玄註　〔宇都宮〕　欣求庵　1993.11　90p　25cm　〈電子複写 蓮生の肖像あり〉

◇前長門守時朝入京田舎打開集全釈　長崎健ほか共著　風間書房　1996.10　314p　22cm(私家集全釈叢書 18)　9785円

◇沙弥蓮瑜集全釈　長崎健ほか共著　風間書房　1999.5　570p　22cm(私家集全釈叢書 23)　17000円

中世文学(歌人と作品・家集・歌論)

◇藤原顕氏全歌注釈と研究　中川博夫著　笠間書院　1999.6　347p　22cm(笠間注釈叢刊　29)　〈索引あり〉　11000円

◇光厳院御集全釈　岩佐美代子著　風間書房　2000.11　209p　22cm(私家集全釈叢書　27)　〈年譜あり〉　6800円

◇源承和歌口伝注解　源承和歌口伝研究会著　風間書房　2004.2　438p　22cm　〈文献あり〉　13000円

◇草庵集・兼好法師集・浄弁集・慶運集　酒井茂幸,斎藤彰,小林大輔著　明治書院　2004.7　496p　21cm(和歌文学大系　65)　7500円

　内容　本文(草庵集　兼好法師集　浄弁集　慶運集)　補注　解説

◇草根集・権大僧都心敬集・再昌　伊藤伸江,伊藤敬共著　明治書院　2005.4　411p　21cm(和歌文学大系　66)　7500円

　内容　本文　補注　解説

◇拾玉集　上　石川一,山本一著　明治書院　2008.12　542p　21cm(和歌文学大系　58)　13000円

　内容　本文　補注　解説

飛鳥井雅経(1170～1221)

【注釈書】

◇雅経明日香井和歌集全釈　中川英子著　渓声出版　2000.4　507p　22cm　9000円

永福門院(1271～1342)

【注釈書】

◇永福門院百番御自歌合評釈　上　大野順一,中世文学研究会　明治大学日本文学研究室　1988.1　83p　21cm　〈参考文献：p80～82〉

◇永福門院百番御自歌合評釈　下　大野順一,中世文学研究会著　明治大学日本文学研究室　1990.12　113p　21cm　2500円

◇永福門院百番自歌合全釈　岩佐美代子著　風間書房　2003.1　218p　22cm(歌合・定数歌全釈叢書　1)　〈文献あり〉　6000円

鴨長明(1155～1216)

【現代語訳】

◇無名抄全講　簗瀬一雄著　加藤中道館　1980.5　494p　23cm　10000円

　内容　鴨長明年譜・無名抄訳註書一覧・無名抄研究論文一覧：p469～475

◇無名抄　山本一彦編著　ブレイク・アート社　1990.8　1冊(頁付なし)　18×19cm(古典への旅)　〈和装〉　3900円

【注釈書】

◇日本歌学全書　第7編　佐佐木弘綱,佐佐木信綱校標注　博文館　1891.6　19cm

　内容　新古今和歌集　鴨長明家集　自讃歌

◇鴨長明全集―校註　簗瀬一雄編　風間書房　1956　332p　図版　19cm

　内容　方丈記,鴨長明全歌集,無名抄,発心集.附録：略本方丈記　他3篇

◇無名抄新講　高橋和彦著　長崎　あすなろ社　1983.9　222p　21cm　1700円

◇無名抄　川村晃生,小林一彦校注　第2版　三弥井書店　1998.3　85p　21cm　971円

京極為兼(1254～1332)

【現代語訳】

◇古典日本文学全集　第36　芸術論集　筑摩書房　1962　347p　図版　23cm

　内容　日本における文芸評論の成立―古代から中世にかけての歌論(小田切秀雄)　芭蕉の位置とその不易流行観(広末保)　芸談の採集とその意義(戸板康二)　芸術論覚書(加藤周一)　日本人の美意識(八代修次)

◇為兼卿和哥抄―訳注　土岐善麿著　京都　初音書房　1963　90p　図版　21cm

◇古典日本文学全集　第36　芸術論集　久松潜一等訳　筑摩書房　1967　347p　図版　23cm　〈普及版〉

　内容　作庭記(安田章生訳)　解説(守随憲治)　日本における文芸評論の成立(小田切秀雄)　芭蕉の位置とその不易流行観(広末保)　芸談の採集とその意義(戸板康二)　芸術論覚書(加藤周一)　日本人の美意識(八代修次)

中世文学(歌人と作品・家集・歌論)

建礼門院右京大夫(生没年不詳)

【現代語訳】

◇建礼門院右京大夫集・とはずがたり　藤平春男, 福田秀一著　尚学図書　1981.2　392p　20cm(鑑賞日本の古典　12)〈参考文献解題・「建礼門院右京大夫集」「とはずがたり」関係年表：p367～391〉1600円

◇新編日本古典文学全集　47　建礼門院右京大夫集　とはずがたり　久保田淳校注・訳　小学館　1999.12　598p　23cm　4657円

【注釈書】

◇建礼門院右京大夫集　佐佐木信綱校註　冨山房　1939.7　125p　18cm(冨山房百科文庫　78)

◇建礼門院右京大夫集一校註　本位田重美編　武蔵野書院　1950　101p 図版　19cm

◇建礼門院右京大夫集全釈一評註　本位田重美著　紫之故郷舎　1950　366p　19cm(紫文学評註叢書)

◇中古三女歌人集　佐佐木信綱校註　再版　朝日新聞社　1952　209p 図版　19cm(日本古典全書)
　内容　式子内親王集, 建礼門院右京大夫集, 俊成卿女集

◇建礼門院右京大夫集　久松潜一, 久保田淳校注　岩波書店　1978.3　224p　15cm(岩波文庫)〈付：平家公達草紙〉200円

◇建礼門院右京大夫集　糸賀きみ江校注　新潮社　1979.7　221p　20cm(新潮日本古典集成)　1300円

◇建礼門院右京大夫集評解　村井順　有精堂　1988.8　261p　19cm〈新装版　建礼門院の肖像あり〉3000円
　内容　建礼門院右京大夫集略年譜・参考文献：p240～248

◇鑑賞宮廷女流文学　柄松香著〔廿日市〕柄松香　1990.2　154p　26cm

◇式子内親王集　建礼門院右京大夫集　俊成卿女集　艶詞　石川泰水, 谷知子校注　明治書院　2001.6　345p　22cm(和歌文学大系　23)〈シリーズ責任表示：久保田淳監修〉6500円

◇中世日記紀行文学全評釈集成　第1巻　建礼門院右京大夫集　辻勝美, 野沢拓夫著　勉誠出版　2004.12　222,4p　22cm〈文献あり〉10000円

後鳥羽院(生没年不詳)

【注釈書】

◇後鳥羽院御集　久保田淳監修　寺島恒世著　明治書院　1997.6　384p　21cm(和歌文学大系　24)　5200円
　内容　文献あり　索引あり

◇後鳥羽院御集・遠島百首全釈―私家版　木船重昭著〔鎌倉〕木船重昭　2002.11　2冊　26cm　非売品

西行(1118～1190)

【現代語訳】

◇日本の古典　11　和泉式部, 西行, 定家　河出書房新社　1972　396p 図　23cm
　内容　和泉式部集(竹西寛子訳)　山家集(西行著　宮柊二訳)　長秋詠藻(藤原俊成著　大岡信訳)　拾遺愚草(藤原定家著　塚本邦雄訳)　金槐和歌集(源実朝著　山本健吉訳)　式子内親王集(辻邦生訳)　建礼門院右京大夫集(辻邦生訳)　小倉百人一首(池田弥三郎訳)　作品鑑賞のための古典　後鳥羽院御口伝(久保田淳訳)　無名抄(抄)(鴨長明著　久保田淳訳)　鎌倉右大臣家集の始に記せる詞(賀茂真淵著　大久保淳訳)　解説(佐々木幸綱)

◇現代語訳日本の古典　9　西行・山家集　井上靖著　学習研究社　1981.7　180p　30cm〈西行の生涯と作歌略年譜：p142～144〉

◇山家集・聞書集・残集　久保田淳監修　西沢美仁, 宇津木言行　久保田淳共著　明治書院　2003.7　574p　22×16cm(和歌文学大系　21)　8000円
　内容　山家集　聞書集　残集　補遺(松屋本山家集　西行法師家集)

【注釈書】

◇日本歌学全書　第8編　佐佐木弘綱, 佐佐木信綱校標注　博文館　1891.8　19cm
　内容　林下集　山家集　源三位頼政集　金槐和歌集

◇山家集評釈　千勝義重著　佐佐木信綱閲　大学館　1903.12　286p　15cm

146　日本古典文学案内－現代語訳・注釈書

中世文学(歌人と作品・家集・歌論)

◇類聚西行上人歌集新釈　尾崎久弥著　修文館　1923　449p　19cm
◇新釈 日本文学叢書　4　小山龍之輔注　日本文学叢書刊行会　1928.5　838,60p　23cm
　内容 新古今和歌集　山家和歌集(西行)　金魂和歌集(源実朝)　新葉和歌集(宗良親王撰)
◇西行法師名歌評釈　尾山篤二郎著　非凡閣　1935.1　308p　20cm(和歌評釈選集)
◇校註 国歌大系　11　六家集 下　中山泰昌編　2版　誠文堂新光社　1938.2　〈普及版〉
◇西行法師全歌集　尾山篤二郎校註　冨山房　1938.7　318,46p　18cm(冨山房百科文庫　17) 〈創元文庫 昭27〉
◇山家集　伊藤嘉夫校註　朝日新聞社　1947　315p 図版　19cm(日本古典全書)
◇西行歌集　上　三好英二校註　大日本雄弁会講談社　1948　277p 図版　18cm(新註国文学叢書)
◇西行歌集　下　三好英二校註　大日本雄弁会講談社　1948　192p 図版　18cm(新註国文学叢書)
◇山家集　伊藤嘉夫校註　再版　朝日新聞社　1949　315p 図版　19cm(日本古典全書 朝日新聞社編)
◇西行法師全歌集―校註　尾山篤二郎編　創元社　1952　384p 図版　15cm(創元文庫　A 第79) 〈附：西行法師の生涯〉
◇日本古典文学大系　第29　山家集　風巻景次郎校注　岩波書店　1961　455p　22cm
◇古典日本文学全集　第21　実朝集,西行集,良寛集　筑摩書房　1966　434p 図版　23cm　〈普及版〉
　内容 実朝集(斎藤茂吉評釈) 西行集(川田順評釈) 良寛集(吉野秀雄評釈) 解説(窪田章一郎) 源実朝(斎藤茂吉) 実朝(小林秀雄) 西行伝(川田順) 西行(小林秀雄) 大愚良寛小伝(吉野秀雄) 良寛における近代性(手塚富雄) 近世短歌の究極処(小田切秀雄) 参考文献：326-327p
◇山家集全釈　第1　平野宣紀著　穂波出版社　1969　195p 図版　22cm　1000円
◇西行山家集全注解　渡部保著　風間書房　1971　1131p　22cm　9800円
◇山家集抄　平野宣紀校註　笠間書院　1974　128p 図　22cm

◇山家集　後藤重郎校注　新潮社　1982.4　494p　20cm(新潮日本古典集成) 〈西行関係略年表：p472〜476〉
◇山家集　伊藤嘉夫校註　第一書房　1987.4　338p　20cm　〈朝日新聞社昭和44年刊の複製〉　2500円
◇西行和歌引用評釈索引　福田秀一編　武蔵野書院　1993.7　191p　27cm　9800円
◇西行法師和歌講読　森重敏著　大阪　和泉書院　1996.5　380p　22cm(研究叢書　190)　15450円
◇西行自歌合全釈　武田元治著　風間書房　1999.11　278p　22cm　8000円
◇西行論自註　角谷道仁著　碧南　原生社　2000.2　331p　21cm　1905円
◇西行論自註　2　角谷道仁著　碧南　原生社　2000.5　373p　21cm　〈サブタイトル：西行と空海の思想〉　1905円
◇西行研究資料集成　第1巻　増補山家集抄　西沢美仁監修・解説　クレス出版　2002.10　414,4p　22cm　〈複製〉
◇西行研究資料集成　第2巻　山家集詳解　西沢美仁監修・解説　梅沢精一校訂　クレス出版　2002.10　436,3,3p　22cm　〈折り込み1枚〉
◇西行研究資料集成　第5巻　類聚西行上人歌集新釈　西沢美仁監修・解説　尾崎久弥著　クレス出版　2002.10　449,2p　22cm　〈年譜あり〉
◇西行研究資料集成　第6巻　西行法師名歌評釈　西沢美仁監修・解説　尾山篤二郎著　クレス出版　2002.10　308,3p　22cm　〈非凡閣昭和10年刊の複製〉

式子内親王(？〜1201)

【注釈書】

◇中古三女歌人集　佐佐木信綱校註　再版　朝日新聞社　1952　209p 図版　19cm(日本古典全書)
　内容 式子内親王集, 建礼門院右京大夫集, 俊成卿女集
◇式子内親王全歌注釈　小田剛著　大阪　和泉書院　1995.12　652p　22cm(研究叢書　173)　15450円
◇式子内親王集小侍従集讃岐集全釈　木船重昭著　〔鎌倉〕　木船重昭　2001.5

日本古典文学案内―現代語訳・注釈書　147

中世文学(歌人と作品・家集・歌論)

　　261p　26cm　非売品
◇式子内親王集　建礼門院右京大夫集　俊成卿女集　艶詞　石川泰水, 谷知子校注　明治書院　2001.6　345p　22cm(和歌文学大系　23)〈シリーズ責任表示：久保田淳監修〉　6500円
◇式子内親王集全釈　奥野陽子著　風間書房　2001.10　761p　22cm(私家集全釈叢書　28)　18000円
　内容　文献あり

俊成卿女(生没年不詳)

【注釈書】

◇中古三女歌人集　佐佐木信綱校註　再版　朝日新聞社　1952　209p　図版　19cm(日本古典全書)
　内容　式子内親王集, 建礼門院右京大夫集, 俊成卿女集
◇日本古典文学大系　第80　平安鎌倉私家集　久松潜一等校注　岩波書店　1964　582p　図版　22cm
　内容　好忠集(松田武夫校注)和泉式部集(青木生子校注)大納言経信集(関根慶子校注)長秋詠藻(久松潜一校注)式子内親王集(久松潜一, 国島章江校注)建礼門院右京大夫集(久松潜一校注)俊成卿女家集(久松潜一校注)
◇式子内親王集　建礼門院右京大夫集　俊成卿女集　艶詞　石川泰水, 谷知子校注　明治書院　2001.6　345p　22cm(和歌文学大系　23)〈シリーズ責任表示：久保田淳監修〉　6500円

東常縁(1401～1494)

【注釈書】

◇新古今集聞書―幽斎本 本文と校異　荒木尚編著　福岡　九州大学出版会　1986.2　451p　22cm　〈本文は福岡市美術館蔵の複製と翻刻〉　6500円
◇新古今集聞書―牧野文庫本　片山享, 近藤美奈子編　古典文庫　1987.3　253p　17cm(古典文庫　第485冊)　非売品

頓阿(1289～1372)

【注釈書】

◇校註 国歌大系　14　近古諸家集　中山泰昌編　2版　誠文堂新光社　1938.6
◇校註国歌大系　第14巻　近古諸家集　全国民図書株式会社編　講談社　1976.10　56,989p　図　19cm　〈国民図書株式会社昭和3～6年刊の複製 限定版〉
　内容　源三位頼政集, 平忠度集, 鴨長明集, 金槐和歌集(源実朝)式子内親王集, 李花集(宗良親王)嘉喜門院集, 兼好法師集, 草庵集(頓阿法師)慕景集(伝太田道潅)衆妙集(細川幽斎)挙白集(木下勝俊)草山和歌集(深草元政)
◇草庵集・兼好法師集・浄弁集・慶運集　酒井茂幸, 斎藤彰, 小林大輔著　明治書院　2004.7　496p　21cm(和歌文学大系　65)　7500円
　内容　本文(草庵集　兼好法師集　浄弁集　慶運集)　補注　解説
◇井蛙抄―雑談篇 注釈と考察　野中和孝著　大阪　和泉書院　2006.3　256p　22cm(研究叢書　349)　8000円

藤原家隆(1158～1237)

【注釈書】

◇校註 国歌大系　11　六家集 下　中山泰昌編　2版　誠文堂新光社　1938.2　〈普及版〉

藤原定家(1162～1241)

【現代語訳】

◇日本の古典　11　和泉式部, 西行, 定家　河出書房新社　1972　396p　図　23cm
　内容　和泉式部集(竹西寛子訳)山家集(西行著 宮栄二訳)長秋詠藻(藤原俊成著 大岡信訳)拾遺愚草(藤原定家著 塚本邦雄訳)金槐和歌集(源実朝著 山本健吉訳)式子内親王集(辻邦生訳)建礼門院右京大夫集(辻邦生訳)小倉百人一首(池田弥三郎訳)作品鑑賞のための古典 後鳥羽院御口伝(久保田淳訳)無名抄(抄)(鴨長明著 久保田淳訳)鎌倉右大臣家集の始に記せる詞(賀茂真淵著 大久保淳訳)解説(佐々木幸綱)
◇藤原定家全歌集―訳注　上　久保田淳　河出書房新社　1985.3　513p　23cm　9000円

中世文学(歌人と作品・家集・歌論)

|内容| 拾遺愚草

◇藤原定家全歌集―訳注　下　久保田淳　河出書房新社　1986.6　534p　23cm　〈拾遺愚草員外雑歌.拾遺愚草員外之外.補遺.解説.定家年譜：p375～455〉　9800円

【注釈書】

◇定家歌集評釈　谷鼎著　目白書院　1930.12　479p　四六判

◇校註　国歌大系　11　六家集　下　中山泰昌編　2版　誠文堂新光社　1938.2　〈普及版〉

◇拾遺愚草　1　佐佐木信綱校註　改造社　1939　231p　16cm(改造文庫)

◇初学百首―藤原定家拾遺愚草注釈　近藤潤一ほか著　桜楓社　1978.6　300p　19cm　1800円

◇あめつちの心―伏見院御歌評釈　岩佐美代子著　笠間書院　1979.9　255p　20cm　〈参考文献：p237　年譜：p239～245〉　2500円

◇二見浦百首―藤原定家拾遺愚草注釈　佐々木多貴子ほか著　桜楓社　1981.10　229p　19cm　2400円

◇拾遺愚草古注　中　石川常彦校注　三弥井書店　1986.12　351p　22cm(中世の文学)　6500円

|内容| 拾遺愚草常縁注の諸本について.拾遺愚草摘抄について.拾遺愚草抄出聞書(D類注) 拾遺愚草摘抄(E類注)

◇拾遺愚草古注　下　石川常彦校注　三弥井書店　1989.6　502p　22cm(中世の文学)　9000円

|内容| 拾遺愚草俟後抄

藤原隆信(1142～1205)

【注釈書】

◇隆信集全釈　樋口芳麻呂著　風間書房　2001.12　528p　22cm(私家集全釈叢書　29)　15000円

藤原俊成(1114～1204)

【注釈書】

◇長秋詠藻・俊忠集　久保田淳監修・著　川村晃生共著　明治書院　1998.12　295p　21cm(和歌文学大系　22)　5200円

|内容| 本文(長秋詠藻　長秋草(抄出)千五百番歌合百首　帥中納言俊忠集)　解説

◇俊成久安百首評釈　檜垣孝著　武蔵野書院　1999.1　346p　22cm　8000円

◇住吉社歌合全釈　武田元治著　風間書房　2006.5　188p　22cm(歌合・定数歌全釈叢書　7)　6000円

藤原良経(1169～1206)

【注釈書】

◇校註　国歌大系　11　六家集　下　中山泰昌編　2版　誠文堂新光社　1938.2　〈普及版〉

◇校註国歌大系　第10巻　御集　全,六家集　上　国民図書株式会社編　講談社　1976.10　57,987p　図　19cm　〈国民図書株式会社昭和3～6年刊の複製　限定版〉

|内容| 崇徳天皇御製　附久安御百首, 後鳥羽院御集, 土御門院御集, 順徳院御集　附拾遺, 後醍醐天皇御製, 長秋詠藻(藤原俊成) 拾玉集(釈慈鎮)

源実朝(1192～1219)

【注釈書】

◇日本歌学全書　第8編　佐佐木弘綱,佐佐木信綱校標注　博文館　1891.8　19cm

|内容| 林下集　山家集　源三位頼政集　金槐和歌集

◇金槐和歌集註釈(源実朝)　田中常憲著　大和田建樹閲　亀井支店書籍部　1907.5　159p　20cm

◇源実朝歌集　尾山篤二郎著　紅玉堂　1924　135p　四六判(新釈和歌叢書　3)

◇新釈和歌叢書　第3編　源実朝歌集　尾上篤二郎著　紅玉堂書店　1924.9　135p　19cm

◇金槐集評釈　小林好日著　厚生閣書店　1927　573p　19cm

中世文学(連歌・俳諧連歌)

◇校註 金槐和歌集　佐佐木信綱著　明治書院　1927.1　148p　四六判

◇金槐集評釈　小林好日著　厚生閣書店　1927.5　522p　19cm

◇新釈 日本文学叢書　4　小山龍之輔校注　日本文学叢書刊行会　1928.5　838,60p　23cm

　内容　新古今和歌集 山家和歌集(西行) 金魂和歌集(源実朝) 新葉和歌集(宗良親王撰)

◇金槐和歌集選釈　森敬三著　積文館　1933.10　255p　四六判

◇源実朝名歌評釈　松村英一著　非凡閣　1934.12　290p　20cm(和歌評釈選集)

◇全註金槐和歌集　川田順校訂　冨山房　1938.5　207,14,10,24p　17cm(冨山房百科文庫　8)

◇金槐和歌集　斎藤茂吉校註　朝日新聞社　1950　200p 図版　19cm(日本古典全書)

◇古典日本文学全集　第21　実朝集　斎藤茂吉評釈　筑摩書房　1960　434p 図版　23cm

　内容　解説(窪田章一郎) 源実朝(斎藤茂吉) 実朝(小林秀雄) 西行伝(川田順) 西行(小林秀雄) 大愚良寛小伝(吉野秀雄) 良寛における近代性(手塚富雄) 近世和歌の究極性(小田切秀雄)

◇古典日本文学全集　第21　実朝集,西行集,良寛集　筑摩書房　1966　434p 図版　23cm　〈普及版〉

　内容　実朝集(斎藤茂吉評釈) 西行集(川田順評釈) 良寛集(吉野秀雄評釈) 解説(窪田章一郎) 源実朝(斎藤茂吉) 実朝(小林秀雄) 西行伝(川田順) 西行(小林秀雄) 大愚良寛小伝(吉野秀雄) 良寛における近代性(手塚富雄) 近世短歌の究極処(小田切秀雄) 参考文献：326-327p

◇日本文学全集　第6　古典詩歌集　河出書房新社　1966　427p 図版　20cm　〈監修者：谷崎潤一郎等〉

　内容　記紀歌集,万葉集,古今和歌集,新古今和歌集,玉葉和歌集,風雅和歌集,神楽歌,催馬楽,梁塵秘抄,閑吟集,芭蕉句集,奥の細道,蕪村句集,一茶句集,小倉百人一首. 注釈(池田弥三郎) 解説(山本健吉)

◇金槐和歌集各句索引　宮川康雄,西村真一編　松本　宮川康雄　1967　44p　21cm　〈底本は小島吉雄校注「金槐和歌集」(岩波書店刊 日本古典文学大系29)〉　非売

◇金槐和歌集　樋口芳麻呂校注　新潮社　1981.6　327p　20cm(新潮日本古典集成)　〈金槐和歌集.実朝歌拾遺.解説 金槐和歌集

—無垢な詩魂の遺書 樋口芳麻呂著.実朝年譜：p302〜317〉

◇金槐和歌集全評釈　鎌田五郎著　風間書房　1983.1　1090p　22cm　〈参考文献：p954 源実朝年譜：p961〜981〉　32000円

連歌・俳諧連歌

【注釈書】

◇能勢朝次著作集　第7巻　連歌研究　能勢朝次著作集編集委員会編　京都　思文閣出版　1982.7　583p　22cm　6600円

　内容　聯句と連歌.僻連抄(二条良基連歌論)評釈.九州問答(二条良基連歌論)評釈.老のすさみ(宗祇連歌論書)評釈. 解説 斎藤義光,浜千代清著

◇竹馬狂吟集　木村三四吾,井口寿校注　新潮社　1988.1　419p　20cm(新潮日本古典集成)

◇流木集広注—和歌連歌用語辞書　浜千代清編　京都　臨川書店　1992.11　524,14p　22cm　15450円

犬筑波集(室町後期)

【注釈書】

◇校本犬筑波集　穎原退蔵校註　京都　穎原退蔵　1938　241p 図版　19cm　〈附：犬筑波考,山崎宗鑑伝〉

◇犬つくば集　鈴木棠三校注　角川書店　1965　316p　15cm(角川文庫)

　内容　新撰犬筑波集,誹諧連歌抄

◇古典俳文学大系　1　貞門俳諧集　1　中村俊定,森川昭校注　集英社　1970　627p 図版　23cm

　内容　守武千句,犬筑波集,犬子集,塵塚誹諧集,新増犬筑波集,正章千句,毘山集,紅梅千句,源氏鬢鏡,貞徳誹諧記,誹諧独吟集,ゑい清十郎ついぜんやっこはいかい,俳諧塵塚

菟玖波集

【注釈書】

◇校本菟玖波集新釈　二条良基,救済編　福井久蔵注釈　早稲田大学出版部　1936-1942　2冊　22-23cm

◇菟玖波集　上　福井久蔵校註　朝日新聞社　1948　270p 図版　19cm(日本古典全書)

◇菟玖波集　下　福井久蔵校註　朝日新聞社　1951　327p 図版　19cm(日本古典全書)

◇校本菟玖波集新釈　福井久蔵著　国書刊行会　1981.2　2冊　22cm(福井久蔵著作選集)　〈昭和11年～17年刊の複製〉

新撰菟玖波集(室町後期)

【注釈書】

◇新撰菟玖波集全釈　第1巻　奥田勲ほか編　三弥井書店　1999.5　324p　22cm　8500円

内容　春連歌　夏連歌

◇新撰菟玖波集全釈　第2巻　奥田勲ほか編　三弥井書店　2000.3　287p　22cm　8500円

内容　秋連歌

◇新撰菟玖波集全釈　第3巻　奥田勲ほか編　三弥井書店　2001.3　307p　22cm　8500円

内容　冬連歌　賀連歌・哀傷連歌　恋連歌　上

◇新撰菟玖波集全釈　第4巻　奥田勲ほか編　三弥井書店　2002.9　301p　22cm　8500円

内容　恋連歌

◇新撰菟玖波集全釈　第5巻　奥田勲ほか編　三弥井書店　2003.11　355p　22cm　8500円

内容　羈旅連歌.上　羈旅連歌.下　雑連歌.1

◇新撰菟玖波集全釈　第6巻　奥田勲, 岸田依子, 広木一人, 宮脇真彦編　三弥井書店　2005.1　231p　22cm　8500円

内容　雑連歌.2-3

◇新撰菟玖波集全釈　第7巻　奥田勲, 岸田依子, 広木一人, 宮脇真彦編　三弥井書店　2006.2　355p　22cm　8500円

内容　雑連歌.4　雑連歌5・聯句連歌　神祇連歌・釈教連歌

◇新撰菟玖波集全釈　第8巻　奥田勲, 岸田依子, 広木一人, 宮脇真彦編　三弥井書店　2007.2　271p　22cm　8500円

内容　発句

連歌作者と作品・連歌論

【現代語訳】

◇歌論・連歌論・連歌　奥田勲校注・訳　ほるぷ出版　1987.7　284p　20cm(日本の文学)

内容　歌論 新撰髄脳 藤原公任著. 近代秀歌 藤原定家著. 正徹物語 正徹述. 連歌論 吾妻問答 宗祇著. 至宝抄 紹巴著. 連歌 紫野千句―第一百韻.宗祇独吟何人百韻.守武等俳諧百韻

◇新編日本古典文学全集　61　連歌集　俳諧集　金子金治郎, 暉峻康隆, 雲英末雄, 加藤定彦校注・訳　小学館　2001.7　654p　23cm　4657円

◇新編日本古典文学全集　88　連歌論集　能楽論集　俳論集　奥田勲, 表章, 堀切実, 復本一郎校注・訳　小学館　2001.9　670p　23cm　4657円

内容　連歌論集：筑波問答　ひとりごと　長六文　老のすさみ　連歌比況集　能楽論集：風姿花伝　花鏡　至花道　三道　捨玉得花　習道書　俳論集：去来抄　三冊子

【注釈書】

◇水無瀬三吟評釈　福井久蔵著　風間書房　1954　115p(附共)　19cm　〈附：湯山三吟評釈〉

◇日本古典文学大系　第39　連歌集　伊地知鉄男校注　岩波書店　1960　413p 図版　22cm

◇日本古典文学大系　第66　連歌論集, 俳論集　木藤才蔵, 井本農一校注　岩波書店　1961　488p 図版　22cm

内容　連歌論連理秘抄・筑波問答・十問最秘抄(二条良基)　さゝめごと(心敬)　吾妻問答(宗祇)　俳論　去来抄(去来)　三冊子(土芳)

◇連歌論集　1　連珠合璧集　木藤才蔵, 重松裕巳校注　三弥井書店　1972　291p 図　22cm(中世の文学)　〈付録：連歌付合の事〉　1900円

◇日本古典文学全集　32　連歌俳諧集　金子金治郎, 暉峻康隆, 中村俊定注解　小学館　1974　598p 図 肖像　23cm

◇連歌集　島津忠夫校注　新潮社　1979.12　398p　20cm(新潮日本古典集成)　1800円

中世文学(歌謡)

◇連歌論集　2　木藤才蔵校注　三弥井書店　1982.11　540p　22cm(中世の文学)　8500円

内容　解説.長六文.心付事少々.老のすさみ.発句判詞.分葉集.宗祇袖下.淀渡.七人付句判詞.浅茅.連歌秘伝抄.初心抄.初学用拾抄.連歌諸体秘伝抄

◇連歌論集　3　木藤才蔵校注　三弥井書店　1985.7　414p　22cm(中世の文学)　6800円

内容　解説.初心求詠集.花能万賀喜.宗砌田舎への状.密伝抄.砌塵抄.かたはし.筆のすさび.ささめごと―改編本.所々返答.ひとりごと.心敬有伯へ返事.岩橋跋文.私用抄.老のくりごと.心敬法印庭訓

◇竹馬狂吟集　木村三四吾、井口寿校注　新潮社　1988.1　419p　20cm(新潮日本古典集成)　2200円

◇百番連歌合救済・周阿・心敬評釈　湯之上早苗著　大阪　和泉書院　1990.1　279p　22cm(研究叢書　85)　11000円

◇連歌論集　4　木藤才蔵校注　三弥井書店　1990.4　432p　22cm(中世の文学)　7800円

内容　解説.梅春抄.連歌延徳抄.若草記.景感道.肖柏伝書.永文.連歌比況集.五十七ケ条.雨夜の記.篠目.連歌初心抄.四道九品.当風連歌秘事

荒木田守武(1473～1549)

【注釈書】

◇守武千句注　飯田正一編　古川書房　1977.8　334p　22cm　〈輪構：明石利代〔等〕〉　3500円

心敬(1406～1475)

【注釈書】

◇さゝめごと―校註　研究と解説　木藤才蔵著　六三書院　1952　328,21p　22cm

◇日本古典文学大系　第66　連歌論集、俳論集　木藤才蔵、井本農一校注　岩波書店　1961　488p　図版　22cm

内容　連歌論連理秘抄・筑波問答・十問最秘抄(二条良基)　さゝめごと(心敬)　吾妻問答(宗祇)　俳論　去来抄(去来)　三冊子(土芳)

◇連歌論集　3　木藤才蔵校注　三弥井書店　1985.7　414p　22cm(中世の文学)　6800円

内容　解説.初心求詠集.花能万賀喜.宗砌田舎への状.密伝抄.砌塵抄.かたはし.筆のすさび.ささめごと―改編本.所々返答.ひとりごと.心敬有伯へ返事.岩橋跋文.私用抄.老のくりごと.心敬法印庭訓

◇さゝめごとの研究　木藤才蔵著　京都　臨川書店　1990.9　443,21p　22cm　〈『校註さゝめごと』(1952年刊)の改訂増補〉　8700円

宗祇(1421～1502)

【注釈書】

◇宗祇旅の記私注　金子金治郎著　桜楓社　1970　153,11p　19cm　680円

内容　白河記行,筑紫道記,宗祇終焉記(宗長作)

◇宗祇名作百韻注釈　金子金治郎　桜楓社　1985.9　478p　22cm(金子金治郎連歌考叢　4)　12000円

内容　有馬両吟百韻注釈.水無瀬三吟百韻注釈.湯山三吟百韻注釈.小松原独吟百韻注釈.遺誡独吟百韻注釈

◇新日本古典文学大系　49　竹林抄　佐竹昭広ほか編　島津忠夫ほか校注　岩波書店　1991.11　479,54p　22cm　3800円

◇旅の詩人宗祇と箱根―宗祇終焉記注釈　金子金治郎著　横浜　神奈川新聞社　1993.1　301p　18cm(箱根叢書　22)　〈かなしんブックス38〉　発売：かなしん出版〉　950円

歌謡

【現代語訳】

◇日本不思議物語集成　4　歌謡　加藤郁乎編訳　現代思潮社　1973　313p　図　27cm

内容　古代歌謡,中世歌謡,近世歌謡

【注釈書】

◇室町時代小歌集　浅野建二校註　大日本雄弁会講談社　1951　248p　図版　11cm(新註国文学叢書)

中世文学（歌謡）

|内容| 閑吟集,狂言小歌集,室町時代小歌集,隆達小歌集 高三隆達著

◇日本古典文学大系 第44 中世近世歌謡集 新間進一,志田延義,浅野建二校注 岩波書店 1959 530p 図版 22cm

◇田植草紙歌謡全考注 真鍋昌弘著 桜楓社 1974 1014p 22cm 〈田植草紙系歌謡研究文献目録：p.993-998〉 15000円

◇早歌全詞集 外村久江,外村南都子校注 三弥井書店 1993.4 360p 22cm(中世の文学) 〈早歌文献目録：p348〜358〉 7300円

◇新日本古典文学大系 56 梁塵秘抄 閑吟集 狂言歌謡 佐竹昭広ほか編 小林芳規,武石彰夫,土井洋一,真鍋昌弘,橋本朝生校注 岩波書店 1993.6 606p 22cm 4000円

◇新日本古典文学大系 62 田植草紙・山家鳥虫歌・鄙廼一曲・琉歌百控 友久武文,真鍋昌弘,森山弘毅ほか校注・著 岩波書店 1997.12 682p 22cm

|内容| 田植草紙(友久武文,山内洋一郎校注) 山家鳥虫歌(真鍋昌弘校注) 鄙廼一曲(森山弘毅校注) 巷謡編(井手幸男校注) 童謡古謡(真鍋昌弘校注) 琉歌百控(外間守善校注) 解説：囃し田と『田植草紙』(友久武文著) 『山家鳥虫歌』解説(真鍋昌弘著) 『鄙廼一曲』と近世の地方民謡(森山弘毅著) 『巷謡編』の成立とその意義(井手幸男著) 『童謡古謡』解説(真鍋昌弘著) 琉歌琉歌集『琉歌百控』の解説(外間守善著)

閑吟集(室町後期)

【現代語訳】

◇神楽歌・催馬楽・梁塵秘抄・閑吟集 臼田甚五郎,新間進一校注・訳 小学館 1976.3 483p 図版11p 23cm(日本古典文学全集 25)

|内容| 文献あり 索引あり

◇今昔物語集・梁塵秘抄・閑吟 篠原昭二,浅野建二著 尚学図書 1980.7 520p 20cm(鑑賞日本の古典 8) 〈参考文献解題：p504〜520〉 1800円

◇歌謡集 外村南都子校注・訳 ほるぷ出版 1986.9 248p 20cm(日本の文学)

|内容| 神楽歌.催馬楽.梁塵秘抄.早歌.閑吟集.田植草紙.隆達小歌

◇神楽歌・催馬楽・梁塵秘抄・閑吟集 臼田甚五郎,新間進一,外村南都子,徳江元正校注・訳 小学館 2000.12 542p 21cm(新編日本古典文学全集 42) 〈文献あり〉 4457円

|内容| 神楽歌(庭火 採物 大前張 ほか) 催馬楽(律 呂歌) 梁塵秘抄(長歌十首 古柳三十四首 今様二百六十五首 ほか) 閑吟集

【注釈書】

◇校註 閑吟集 藤田徳太郎校註 岩波書店 1932.3 117p 菊半截(岩波文庫 778)

◇中世歌謡集 浅野建二編・校註 朝日新聞社 1951 312p 図版 20cm(日本古典全書) 〈原色版1図〉

|内容| 閑吟集 中古雑唱集 伴信友編

◇日本文学全集 第6 古典詩歌集 河出書房新社 1966 427p 図版 20cm 〈監修者：谷崎潤一郎等〉

|内容| 記紀歌謡,万葉集,古今和歌集,新古今和歌集,玉葉和歌集,風雅和歌集,金槐和歌集,神楽歌,催馬楽,梁塵秘抄,閑吟集,芭蕉句集,奥の細道,蕪村句集,一茶句集,小倉百人一首.注釈(池田弥三郎) 解説(山本健吉)

◇中世歌謡集 浅野建二校註 新訂 朝日新聞社 1973 345p 19cm(日本古典全書) 〈監修：高木市之助等〉 820円

|内容| 閑吟集,中古雑唱集

◇校註国歌大系 第1巻 古歌謡集 全 国民図書株式会社編 講談社 1976.10 25,15,808p 図 19cm 〈国民図書株式会社昭和3〜6年刊の複製 限定版〉

|内容| 記紀歌謡,歌垣歌,琴歌譜,神楽歌,催馬楽,東遊歌,風俗歌,夜須礼歌,田歌,倭歌,今様雑芸,讃嘆和讃,教化,順次往生講式歌謡,朗詠要集,宴曲,興福寺延年舞唱歌,日吉神社七社祭礼船謡,閑吟集,小歌

◇閑吟集・宗安小歌集 北川忠彦校注 新潮社 1982.9 297p 20cm(新潮日本古典集成) 1700円

◇新訂閑吟集 浅野建二校注 岩波書店 1989.10 268p 15cm(岩波文庫) 460円

◇新訂閑吟集 浅野建二校注 岩波書店 1991.6 268p 19cm(ワイド版岩波文庫) 900円

◇閑吟集は唄う―小唄や民謡の源 谷戸貞彦著 松江 大元出版 2002.8 200p 21cm 2300円

中世物語

鎌倉物語

【注釈書】

◇中世王朝物語全集　8　恋路ゆかしき大将　山路の露　市古貞次ほか編　宮田光,稲賀敬二校訂・訳注　笠間書院　2004.6　354p　22cm　4700円

風葉和歌集(鎌倉中期)

【注釈書】

◇王朝物語秀歌選　上　物語二百番歌合・風葉和歌集　上　樋口芳麻呂校注　岩波書店　1987.11　439p　15cm(岩波文庫)　700円

◇王朝物語秀歌選　下　風葉和歌集　下　樋口芳麻呂校注　岩波書店　1989.2　455p　15cm(岩波文庫)　〈参考書：p417～418〉　700円

無名草子(鎌倉前期)

【現代語訳】

◇古典日本文学全集　第36　芸術論集　筑摩書房　1962　347p　図版　23cm
　[内容] 日本における文芸評論の成立—古代から中世にかけての歌論(小田切秀雄)　芭蕉の位置とその不易流行観(広末保)　芸談の採集とその意義(戸板康二)　芸術論覚書(加藤周一)　日本人の美意識(八代修次)

◇古典日本文学全集　第36　芸術論集　久松潜一等訳　筑摩書房　1967　347p　図版　23cm　〈普及版〉
　[内容] 作庭記(安田章生訳)　解説(守随憲治)　日本における文芸評論の成立(小田切秀雄)　芭蕉の位置とその不易流行観(広末保)　芸談の採集とその意義(戸板康二)　芸術論覚書(加藤周一)　日本人の美意識(八代修次)

◇日本の古典　6　王朝物語集　2　河出書房新社　1972　399p　図　23cm
　[内容] 夜半の寝覚(円地文子訳)　浜松中納言物語(中村真一郎訳)　とりかえばや物語(永井竜男訳)　作品鑑賞のための古典　無名草子(久松潜一訳)

◇無名草子—付 現代語訳　山岸徳平訳注　角川書店　1973　273p　15cm(角川文庫)　〈底本は藤井乙男氏蔵本による〉　220円

◇完訳日本の古典　第27巻　堤中納言物語・無名草子　稲賀敬二,久保木哲夫校注・訳　小学館　1987.1　414p　20cm　〈付：参考文献〉　1700円

◇中世王朝物語全集　11　雫ににごる　住吉物語　室城秀之,桑原博史校訂・訳注　笠間書院　1995.10　188p　22cm　3700円

◇中世王朝物語全集　6　木幡の時雨　風につれなき　大槻修,田淵福子,森下純昭校訂・訳注　笠間書院　1997.6　226p　22cm　4000円
　[内容] 文献あり

◇新編日本古典文学全集　40　松浦宮物語　無名草子　樋口芳麻呂,久保木哲夫校注・訳　小学館　1999.5　349p　23cm　4076円

◇中世王朝物語全集　1　あきぎり　浅茅が露　福田百合子,鈴木一雄,伊藤博,石埜敬子校訂・訳註　笠間書院　1999.10　322p　22cm　4600円

◇中世王朝物語全集　15　風に紅葉　むぐら　市古貞次ほか編　中西健治,常磐井和子校訂・訳註　笠間書院　2001.4　236p　22cm　4000円

【注釈書】

◇無名草子—昭和校註　富倉徳次郎校註　武蔵野書院　1951　106p　22cm

◇日本文学大系—校註　第1巻　久松潜一,山岸徳平監修　新訂版　風間書房　1955　523p　19cm
　[内容] 竹取物語(石川佐久太郎校訂)　伊勢物語(佐伯常麿校訂)　大和物語(佐伯常麿校訂)　浜松中納言物語(石川佐久太郎校訂)　無名草子(金子彦二郎校訂)　堤中納言物語(金子彦二郎校訂)

◇無名草子—校註　鈴木弘道校註　笠間書院　1970　148p　22cm　〈底本：彰考館文庫本建久物語〉　450円

◇無名草子　桑原博史校注　新潮社　1976　165p　20cm(新潮日本古典集成)　1100円

◇無名草子—新註　川島絹江,西沢正二編著　勉誠社　1986.3　196p　22cm(大学古典叢書　4)　〈主な参考文献：p196〉　1200円

◇無名草子評解　冨倉徳次郎　有精堂出版　1988.8　366p　19cm　〈新装版〉　3500円

中世文学(中世物語)

◇無名草子——注釈と資料　『無名草子』輪読会編　大阪　和泉書院　2004.2　220p　21cm　〈文献あり〉　1900円

◆海人の刈藻(成立年未詳)

【現代語訳】

◇海人の刈藻——全訳注語句総索引　関恒延著　右文書院　1991.4　497p　22cm　12000円

◇中世王朝物語全集　2　海人の刈藻　市古貞次ほか編　妹尾好信校訂・訳注　笠間書院　1995.5　233p　22cm

【注釈書】

◇校註篁物語　校註海人刈藻　古典文学　宮田和一郎著　クレス出版　1999.4　1冊　22cm(物語文学研究叢書　第11巻)　〈複製〉

◆有明の別れ(鎌倉前期)

【現代語訳】

◇有明けの別れ——ある男装の姫君の物語　大槻修訳・注　創英社　1979.3　528p　19cm(全対訳日本古典新書)　〈参考文献：p526〜528〉

【注釈書】

◇在明の別　大槻脩校注・解説　桜楓社　1970　365p　21cm　〈参考文献：p.359-361〉

◆風に紅葉(成立年未詳)

【現代語訳】

◇中世王朝物語全集　15　風に紅葉　むぐら　市古貞次ほか編　中西健治,常磐井和子校訂・訳註　笠間書院　2001.4　236p　22cm　4000円

◆苔の衣(鎌倉中期)

【現代語訳】

◇中世王朝物語全集　7　苔の衣　今井源衛校訂・訳注　笠間書院　1996.12　331p　22cm　4800円

◆小夜衣(成立年未詳)

【現代語訳】

◇中世王朝物語全集　9　小夜衣　辛島正雄校訂・訳注　笠間書院　1997.12　243p　22cm　4000円

【注釈書】

◇校註小夜衣——異本堤中納言物語　清水泰著　有精堂出版　1989.8　184p　20cm　〈『異本堤中納言物語』(竜谷大学国文学会昭和3年刊)の複製に増補したもの〉　3500円

◇小夜衣全釈　名古屋国文学研究会著　風間書房　1999.3　441p　23cm　〈付：総索引〉　14000円

◇小夜衣全釈　研究・資料篇　名古屋国文学研究会著　風間書房　2001.1　282p　23cm　9800円

◆忍音物語(鎌倉中期)

【現代語訳】

◇中世王朝物語全集　10　しのびね　しら露　大槻修,田淵福子,片岡利博校訂・訳註　笠間書院　1999.6　277p　22cm　4400円

◆白露(成立年不詳)

【現代語訳】

◇中世王朝物語全集　10　しのびね　しら露　大槻修,田淵福子,片岡利博校訂・訳註　笠間書院　1999.6　277p　22cm　4400円

【注釈書】

◇中世王朝物語『白露』詳注　中島正二,田村俊介著　笠間書院　2006.1　233,43p　22cm(笠間叢書　361)　8500円

◆住吉物語(鎌倉中期)

【現代語訳】

◇中世王朝物語全集　11　雫ににごる　住

日本古典文学案内－現代語訳・注釈書　155

中世文学(中世物語)

吉物語　室城秀之, 桑原博史校訂・訳注　笠間書院　1995.10　188p　22cm　3700円

◇住吉物語通釈　注解新訳住吉物語　笘崎博道, 藤井乙男, 有川武彦著　クレス出版　1999.4　1冊　22cm(物語文学研究叢書第10巻)〈公論社明治36年刊と東京成象堂昭和3年刊の複製合本〉

◇新編日本古典文学全集　39　住吉物語　とりかえばや物語　三角洋一, 石埜敬子校注・訳　小学館　2002.4　572p　23cm　4457円

【注釈書】

◇住吉物語通釈　笘崎博道著　公論社　1903.7　和196p　23cm

◇宇津保物語、狭衣住吉物語、堤中納言物語　井上頼圀, 萩野由之, 関根正直ほか著　博文館　1915　1冊(校註国文叢書)

◇校註　国文叢書　第14編　池辺義象編　4版　博文館　1924.11　23cm(復本第1・4・5・9・18冊)

　内容　宇津保物語下巻　狭衣　堤中納言物語

◇落窪物語・住吉物語・堤中納言物語・徒然草　笹川種郎, 藤村作, 尾上八郎校註　博文館　1930.1　345p　四六判

◇落窪物語　住吉物語　提中納言物語　徒然草　笹川種郎, 藤村作, 尾上八郎校註　博文館　1930.1　合338p　図　20cm(博文館叢書)

◇住吉物語　武山隆昭校注　有精堂出版　1987.1　182p　19cm(有精堂校注叢書)〈参考文献一覧：p112～116〉　2000円

◇住吉物語詳解　浅井峯治　有精堂出版　1988.8　221p　20cm〈大同館昭和7年刊の複製〉　2800円

◇新日本古典文学大系　18　落窪物語・住吉物語　佐竹昭広ほか編　藤井貞和, 稲賀敬二校注　岩波書店　1989.5　498p　22cm　〈落窪物語研究文献目録・住吉物語研究文献目録：p475～498〉　3500円

◆とりかへばや物語(鎌倉前期)

【現代語訳】

◇全訳王朝文学叢書　第12巻　とりかへばや物語　吉沢義則等訳　王朝文学叢書刊行会　1927.2　399p　22cm

◇現代語訳国文学全集　第3巻　竹取物語・堤中納言物語・とりかへばや物語　川端康成訳　非凡閣　1937　1冊　20cm

◇日本国民文学全集　第6巻　王朝物語集　第2　河出書房新社　1958　351p　図版　22cm

　内容　夜半の寝覚(円地文子訳)堤中納言物語(中村真一郎訳)とりかえばや物語(永井竜男訳)今昔物語(福永武彦訳)

◇古典日本文学全集　第7　王朝物語集　筑摩書房　1960　465p　図版　23cm

　内容　竹取物語(臼井吉見訳)伊勢物語(中谷孝雄訳)落窪物語(塩田良平訳)堤中納言物語(臼井吉見訳)とりかえばや物語(中村真一郎訳)解説(松尾聡)お伽噺としての竹取物語(和辻哲郎)伊勢物語序説(窪田空穂)落窪物語(小島政二郎)堤中納言物語(小島政二郎)とりかへばや物語(中村真一郎)

◇古典日本文学全集　第7　王朝物語集　臼井吉見等訳　筑摩書房　1966　465p　図版　23cm　〈普及版〉

　内容　竹取物語(臼井吉見訳)伊勢物語(中谷孝雄訳)落窪物語(塩田良平訳)堤中納言物語(臼井吉見訳)とりかえばや物語(中村真一郎訳)解説(松尾聡)お伽噺としての竹取物語(和辻哲郎)伊勢物語序説(窪田空穂)落窪物語(小島政二郎)堤中納言物語(小島政二郎)とりかえばや物語(中村真一郎)

◇日本の古典　6　王朝物語集　2　河出書房新社　1972　399p　図　23cm

　内容　夜半の寝覚(円地文子訳)浜松中納言物語(中村真一郎訳)とりかえばや物語(永井竜男訳)作品鑑賞のための古典　無名草子(久松潜一訳)

◇とりかへばや物語　1　春の巻　桑原博史全訳注　講談社　1978.10　249p　15cm(講談社学術文庫)　320円

◇とりかへばや物語　2　夏の巻　桑原博史全訳注　講談社　1978.12　149p　15cm(講談社学術文庫)　260円

◇とりかへばや物語　3　秋の巻　桑原博史全訳注　講談社　1979.5　281p　15cm(講談社学術文庫)　360円

◇とりかへばや物語　4　冬の巻　桑原博史全訳注　講談社　1979.10　278p　15cm(講談社学術文庫)　360円

◇中世王朝物語全集　12　とりかへばや　友久武文, 西本寮子校訂・訳注　笠間書院　1998.6　368p　22cm　4900円

◇新編日本古典文学全集　39　住吉物語　とりかえばや物語　三角洋一, 石埜敬子校注・訳　小学館　2002.4　572p　23cm　4457円

◇とりかへばや物語　鈴木裕子編　角川学芸出版　2009.6　255p　15cm(角川文庫―角川ソフィア文庫　ビギナーズ・クラシックス)〈年表あり〉　743円

【注釈書】

◇国文註釈全集　第16　室松岩雄編　国学院大学出版部　1908-1910？　23cm

　内容　源注拾遺(契沖), 源氏外伝(熊沢了介), 勢語図説抄(斎藤彦麿), 多武峯少将物語考証(丸林孝之), 四十二物語考証(山本明清), 鳴門中将物語考証(岸本由豆流), 狭衣物語下紐, 附録, 宇治拾遺物語私註(小島之茂), 唐物語堤要(清水浜臣), 取替ばや物語考証(岡本保孝), 今昔物語書入本, 今昔物語出典攷(岡本保孝), 今昔物語訓(小山田与清), 梁塵愚案鈔(一条兼良), 梁塵後抄(熊谷直好)

◇校註　国文叢書　第12巻　池辺義象編　5版　博文館　1924.7　23cm(復本第1・4・5・9・18冊)

　内容　蜻蛉日記(藤原道綱の母)　更科日記(菅原孝標女)　浜松中納言物語(菅原孝標女)　とりかへばや物語　方丈記(鴨長明)　月のゆくへ(荒木田麗子)

◇国文学註釈叢書　12　折口信夫編　名著刊行会　1929-1930　19cm

　内容　とりかへばや物語考〔ほか〕

◇浜松中納言物語・とりかへばや物語・更科日記　笹川種郎, 藤村作, 尾上八郎校註　博文館　1929.12　388p　四六判

◇とりかへばや―淡明本　鈴木弘道校注　大阪　むさし書房　1969　427p　図版　22cm　〈とりかへばや物語研究文献目録：p.414-416〉　3500円

◇とりかへばや物語の研究　校注編・解題編　鈴木弘道校注・解題　笠間書院　1973　471p　図　22cm(笠間叢書)

◇新釈とりかへばや　田中新一ほか　風間書房　1988.5　683p　22cm　18000円

◇新日本古典文学大系　26　堤中納言物語・とりかへばや物語　佐竹昭広ほか編　大槻修ほか校注　岩波書店　1992.3　422p　22cm　3500円

◆松浦宮物語(鎌倉前期)

【現代語訳】

◇松浦宮物語　萩谷朴訳注　角川書店　1970　336p　15cm(角川文庫)〈附録(p.315-320): 松浦宮物語の和歌作品とその本歌・類歌の時代別一覧表〉

◇新編日本古典文学全集　40　松浦宮物語　無名草子　樋口芳麻呂, 久保木哲夫校注・訳　小学館　1999.5　349p　23cm　4076円

【注釈書】

◇松浦宮全注釈　萩谷朴著　若草書房　1997.3　363p　22cm　〈松浦宮物語研究文献目録：p344～p353〉　12360円

◆松陰中納言物語(南北朝時代)

【現代語訳】

◇現代語で読む『松陰中納言物語』　山本いずみ著　大阪　和泉書院　2005.3　330p　19cm　2500円

◇中世王朝物語全集　16　松陰中納言　市古貞次, 稲賀敬二, 今井源衛, 大槻修, 鈴木一雄, 樋口芳麻呂, 三角洋一編　阿部好臣校訂・訳注　笠間書院　2005.5　312p　22cm　〈文献あり〉　4800円

◆山路の露(成立年未詳)

【現代語訳】

◇中世王朝物語全集　8　恋路ゆかしき大将　山路の露　市古貞次ほか編　宮田光, 稲賀敬二校訂・訳注　笠間書院　2004.6　354p　22cm　4700円

◆我身にたどる姫君(鎌倉前期)

【現代語訳】

◇我身にたどる姫君　1　今井源衛, 春秋会訳著　桜楓社　1983.4　191p　19cm　〈参考文献：p189～191〉　980円

◇我身にたどる姫君　2　今井源衛, 春秋会訳著　桜楓社　1983.5　226p　19cm　1200円

中世文学(中世物語)

◇我身にたどる姫君　3　今井源衛, 春秋会訳著　桜楓社　1983.6　157p　19cm　1200円

◇我身にたどる姫君　4　今井源衛, 春秋会訳著　桜楓社　1983.7　145p　19cm　1200円

◇我身にたどる姫君　5　今井源衛, 春秋会訳著　桜楓社　1983.8　153p　19cm　1200円

◇我身にたどる姫君　6　今井源衛, 春秋会訳著　桜楓社　1983.9　223p　19cm　1200円

◇我身にたどる姫君　7　今井源衛, 春秋会訳著　桜楓社　1983.10　274p　19cm　1200円

【注釈書】

◇我身にたどる姫君物語全註解　德満澄雄著　有精堂出版　1980.7　596p　22cm　〈『我身にたどる姫君』年譜：p559～576〉　12000円

御伽草子・室町物語

【現代語訳】

◇物語日本文学　8　藤村作他訳　至文堂　1938.2
　内容　お伽草子

◇お伽草子　島津久基訳編　至文堂　1954　222p　19cm(物語日本文学)
　内容　文正草子, 鉢かづき, 一寸法師, 物ぐさ太郎, 浦島太郎, 御曹司島渡り, 唐糸草紙, のせざる草子, 酒呑童子, 木幡狐, 三人法師

◇日本古典文学全集　36　御伽草子集　大島建彦〈オオシマタテヒコ校注・訳　小学館　1974　534p 図　23cm
　内容　文正草子, 鉢かづき, 小町草紙, 御曹子島渡, 唐糸草子, 木幡狐, 七草草紙, 猿源氏草紙, ものぐさ太郎, さざれ石, 蛤の草紙, 小敦盛, 二十四孝, 梵天国, のせ猿草子, 猫の草子, 浜出草紙, 和泉式部, 一寸法師, さいき, 浦島太郎, 横笛草紙, 酒呑童子, をこぜ, 瓜姫物語, 鼠の草子. 付録：鼠の草子(絵), 昔話「小さ子」伝承分布図, 昔話「瓜姫」伝承分布図

◇おとぎ草子　桑原博史全訳注　講談社　1982.8　307p　15cm(講談社学術文庫)　740円

　内容　一寸法師―虹をつかんだ男. 道成寺縁起―女が蛇になる時. 横笛草子―滝口と横笛. 鏡男絵巻―おとぎ草子版「松山鏡」鉢かづき―母なき娘. 長谷雄草子「鬼のくれた美女. 猫の草子―京に鼠がいなくなったわけ

◇完訳日本の古典　第49巻　御伽草子集　大島建彦校注・訳　小学館　1983.6　399p　20cm　〈付：参考文献〉　1700円

◇お伽草子　円地文子訳　世界文化社　1986.1　23cm(特選日本の古典 グラフィック版　別巻2)

◇お伽草子　沢井耐三校注・訳　ほるぷ出版　1986.9　321p　20cm(日本の文学)
　内容　一寸法師. ささやき竹. 酒呑童子. 文正草子. 梵天国. うたたねの草子. 精進魚類物語

◇お伽草子　福永武彦ほか訳　筑摩書房　1991.9　333p　15cm(ちくま文庫)　680円
　内容　文正草子 福永武彦訳. 鉢かづき 永井竜男訳. 物くさ太郎・蛤の草紙・梵天国・さいき 円地文子訳. 浦島太郎 福永武彦訳. 酒呑童子 永井竜男訳. 福富長者物語 福永武彦訳. あきみち 円地文子訳. 熊野の御本地のそうし 永井竜男訳. 三人法師 谷崎潤一郎訳. 秋夜長物語 永井竜男訳

◇新編日本古典文学全集　63　室町物語草子集　大島建彦, 渡浩一校注・訳　小学館　2002.9　502p　23cm　4267円
　内容　ものくさ太郎　一寸法師　酒伝童子絵　磯崎　熊野本地絵巻　ほか

◇週刊日本の古典を見る　30　お伽草子　円地文子訳　世界文化社　2002.11　34p　30cm　533円

◇緑弥生全訳注　田村俊介, 徳田哲詩著　近代文芸社　2004.8　258p　20cm　3700円

◇御伽草子　仮名草子　粟生こずえ文　弦川琢司文　学習研究社　2008.2　195p　21cm(超訳日本の古典　8)　1300円
　内容　御伽草子：ものくさ太郎. 一寸法師. 長宝寺よみがへりの草紙. 酒伝童子絵. 浦島太郎/仮名草子：浮世物語. 一休ばなし. 宿直草

【注釈書】

◇新釈 日本文学叢書　第7巻　内海弘蔵校注　日本文学叢書刊行会　1930.6　711p　23cm
　内容　御伽草子集 天稚彦物語他45編

◇校註 日本文学大系　11　中山泰昌編　2版　誠文堂新光社　1938.2　〈普及版〉

中世文学(中世物語)

◇日本古典文学大系　第38　御伽草子　市古貞次校注　岩波書店　1958　490p 図版　22cm

　内容　お伽草子 他5篇

◇お伽草子　1　およの尼・玉もの前　西沢正二, 石黒吉次郎校注　新典社　1977.3　111p　21cm(影印校注古典叢書　16)　900円

◇御伽草子集　松本隆信校注　新潮社　1980.1　410p　20cm(新潮日本古典集成)　1800円

　内容　浄瑠璃十二段草紙.天稚彦草子.俵藤太物語.岩屋.明石物語.諏訪の本地―甲賀三郎物語.小男の草子.小敦盛絵巻.弥兵衛鼠絵巻. 御伽草子の登場とそのあゆみ 松本隆信著. 付：参考文献 御伽草子目録：p394～410

◇図説日本の古典　13　集英社　1980.4　218p　28cm 〈企画：秋山虔ほか〉　2400円

　内容　各章末：参考文献 刊行「御伽草子」書目総覧(昭和55年春現在)：p212～215

◇御伽草子　上　市古貞次校注　岩波書店　1985.10　270p　15cm(岩波文庫)　500円

　内容　文正さうし, 鉢かづき, 小町草紙, 御曹子島渡, 唐糸さうし, 木幡狐, 七草草紙, 猿源氏草紙, 物くさ太郎, さざれ石

◇御伽草子　下　市古貞次校注　岩波書店　1986.3　277p　15cm(岩波文庫)　500円

　内容　蛤の草紙, 小敦盛, 二十四孝, 梵天国, のせ猿さうし, 猫のさうし, 浜出草紙, 和泉式部, 一寸法師, さいき, 浦島太郎, 横笛草紙, 酒呑童子

◇御伽草子　市古貞次, 高崎富士彦, 豊田武編　新装版　集英社　1989.3　218p　29×22cm(図説 日本の古典　13)　2800円

　内容　日本小説史の中世―「御伽草子」の成立 「御伽草子」-作品紹介 多種多様な作品群―「御伽草子」の内容 「御伽草子」の地をたずねて 「御伽草子」と昔話 室町時代の庶民生活にあらわれた民衆 「鼠草子」 御伽草子絵の形式と作例 御伽草子絵の画風と表現様式 稚拙美の世界―御伽草子絵の流れ 世界の中の「御伽草子」 転換期の社会 拡大する夢 広がるお伽の世界

◇室町物語集―新註　浜中修編著　勉誠社　1989.3　165p　22cm(大学古典叢書　8)〈付：参考文献〉　1500円

◇新日本古典文学大系　54　室町物語集　上　佐竹昭広ほか編　市古貞次ほか校注　岩波書店　1989.7　487p　22cm

　内容　あしびき.鴉鷺物語.伊吹童子.岩屋の草子.転寝草紙.かざしの姫君.雁の草子.高野物語.小男の草子.西行.さ、やき竹.猿の草子. 解説 室町物語とその周辺 市古貞次著

◇御伽草子　市古貞次校注　岩波書店　1991.12　490p　22cm　3800円

◇新日本古典文学大系　55　室町物語集　下　佐竹昭広ほか編　市古貞次ほか校注　岩波書店　1992.4　436,24p　22cm　3800円

歴史物語・歴史書

【現代語訳】

◇北条九代記　増淵勝一訳　東村山　教育社　1979.9　3冊　18cm(教育社新書-原本現代訳　1～3)〈副書名：上 源平争乱と北条の陰謀, 中 もののふの群像, 下 武家と公家〉　各700円

【注釈書】

◇梅松論・源威集　矢代和夫, 加美宏校注　現代思潮社　1975　380p　22cm(新選日本古典文庫　3)〈付(別冊23p)：史書あるいは合戦記としての梅松論をめぐって(対談：加美宏, 森秀人)〉　5200円

◇六代勝事記・五代帝王物語　弓削繁校注　三弥井書店　2000.6　333p　22cm(中世の文学)〈年表あり〉　6800円

　内容　文献あり

◆吾妻鏡(鎌倉時代)

【現代語訳】

◇吾妻鏡　竜粛訳注　岩波書店　1939-1944　5冊　16cm(岩波文庫)

◇訳文 吾妻鏡標註　第一冊　堀田璋左右著　東洋堂　1943.11　574p　A5

◇訳文吾妻鏡標註　第1冊　堀田璋左右著　名著出版　1973　574p　22cm 〈東洋堂昭和18-20年刊の複製〉　5000円

◇訳文吾妻鏡標註　第2冊　堀田璋左右著　名著出版　1973　608p　22cm 〈東洋堂昭和18-20年刊の複製〉　5000円

◇全訳吾妻鏡　1　巻第1-巻第7(治承4年-文治3年)　貴志正造訳注　新人物往来社

日本古典文学案内－現代語訳・注釈書　　159

中世文学(中世物語)

1976　373p　22cm　〈監修：永原慶二〉　4800円

◇全訳吾妻鏡　2　巻第8-巻第16(文治4年-正治2年)　貴志正造訳注　新人物往来社　1976　400p　22cm　〈監修：永原慶二〉　4800円

◇全訳吾妻鏡　3　貴志正造訳注　新人物往来社　1977.2　458p　22cm　〈監修：永原慶二〉　4800円

|内容| 巻第17-巻第26(正治3年-元仁元年)

◇全訳吾妻鏡　4　貴志正造訳注　新人物往来社　1977.4　488p　22cm　〈監修：永原慶二〉　4800円

|内容| 巻第27～巻第38(安貞2年～宝治元年)

◇全訳吾妻鏡　5　貴志正造訳注　新人物往来社　1977.6　543p　22cm　〈監修：永原慶二〉　4800円

|内容| 巻第39-巻第52(宝治2年-文永3年)

◇全訳吾妻鏡　別巻　貴志正造編著　新人物往来社　1979.4　422p　22cm　〈吾妻鏡用語注解.吾妻鏡人名索引.吾妻鏡地名索引.吾妻鏡年表.吾妻鏡関係系図.鎌倉幕府職制表.鎌倉幕府御家人邸宅一覧表.吾妻鏡鎌倉地図.吾妻鏡年表：p309～370〉　5800円

◇頼朝の挙兵　五味文彦,本郷和人編　吉川弘文館　2007.11　210p　20cm(現代語訳吾妻鏡　1)　2200円

◇平氏滅亡　五味文彦,本郷和人編　吉川弘文館　2008.3　244p　20cm(現代語訳吾妻鏡　2)　2300円

◇幕府と朝廷　五味文彦,本郷和人編　吉川弘文館　2008.6　232p　20cm(現代語訳吾妻鏡　3)　2200円

◇奥州合戦　五味文彦,本郷和人編　吉川弘文館　2008.9　214p　19cm(現代語訳吾妻鏡　4)　2000円

◇征夷大将軍　五味文彦,本郷和人編　吉川弘文館　2009.3　269p　19cm(現代語訳吾妻鏡　5)　2600円

◇富士の巻狩　五味文彦,本郷和人編　吉川弘文館　2009.6　248p　19cm(現代語訳吾妻鏡　6)　2400円

|内容| 吾妻鏡　第十三(建久四年(一一九三))　吾妻鏡　第十四(建久五年(一一九四))　吾妻鏡　第十五(建久六年(一一九五))　吾妻鏡　第十六(正治元年(一一九九)　正治二年(一二〇〇))

【注釈書】

◇新釈吾妻鏡　小沢彰　千秋社　1985.1　2冊　22cm　各5200円

◆一代要記(鎌倉時代)

【注釈書】

◇一代要記　1　石田実洋,大塚統子,小口雅史,小倉慈司校注　神道大系編纂会　2005.8　306p　23cm(続神道大系　朝儀祭祀編)　〈シリーズ責任表示：神道大系編纂会編〉　18000円

◇一代要記　2　石田実洋,大塚統子,小口雅史,小倉慈司校注　神道大系編纂会　2006.10　287p　23cm(続神道大系　朝儀祭祀編)

◇一代要記　3　石田実洋,大塚統子,小口雅史,小倉慈司校注　神道大系編纂会　2006.10　296p　23cm(続神道大系　朝儀祭祀編)

◆愚管抄(鎌倉前期)

【注釈書】

◇愚管抄評釈　中島悦次評釈　国文研究会　1931　610p　23cm

◇愚管抄評釈　中島悦次著　3版　国文研究会　1935　676p　23cm

◇愚管抄　丸山二郎校註　岩波書店　1949　331p　15cm(岩波文庫)

◇日本古典文学大系　第86　愚管抄　岡見正雄,赤松俊秀校注　岩波書店　1967　547p　図版　22cm

◇愚管抄全註解　中島悦次著　新訂版　有精堂出版　1969　694p　22cm　〈愚管抄参考文献：669-674p〉　4800円

◇愚管抄　丸山二郎校注　岩波書店　1988.4　331p　16cm(岩波文庫　30-111-1)　〈第9刷(第1刷：1949)〉　550円

◇愚管抄　岡見正雄,赤松俊秀校注　岩波書店　1992.11　547p　22cm(日本古典文学大系新装版―歴史文学シリーズ)　4800円

中世文学(中世物語)

◆源威集(室町前期)

【注釈書】

◇源威集　加地宏江校注　平凡社　1996.11　355p　18cm(東洋文庫　607)　2987円

◆神皇正統記(南北朝時代)

【現代語訳】

◇口訳詳解 神皇正統記　待鳥清九郎著　右文社　1920　230p　三六判

◇神皇正統記―神代から後村上帝にいたる天皇の歴史　松村武夫訳　東村山　教育社　1980.6　302p　18cm(教育社新書) 〈参考文献：p299～301〉

【注釈書】

◇神皇正統記(評註校訂)　芳賀矢一校　大阪　伊藤猪次郎　1883.5　和6冊　23cm

◇神皇正統記―評註校正　6巻　藤原真彦校　京都　今尾安治郎　1887　316p　19cm

◇神皇正統記(校正標註)　佐伯有義,三木五百枝注　内藤耻叟閲　青山幸次郎刊　1891.7　和87丁　23cm

◇神皇正統記校本(纂註)　斎藤普春注　同志会　1891.11　371p　19cm

◇神皇正統記(訂正標註)　今泉定介、畠山健訂　普及社　1892　和3冊(上59,中55,下52丁)　24cm

◇神皇正統記(校註)　大宮宗司注　博文館　1892.8　231p　23cm

◇国文学講義全書　伊藤岩次郎編　誠之堂　1897　9冊　22cm

　　内容　新註古今和歌集(増田子信,生田目経徳述)上下(443p)、神皇正統紀(今泉定介述)上下(435p)、土佐日記、竹取物語(今泉定介述)128,153p、伊勢物語(今泉定介述)264p、十六夜日記(三木五百枝述)・百人一首(畠山健述)・和文読本問答(深井鑑一郎述)118,68,100p、徒然草、上下(476p)

◇補註神皇正統記　大久保初雄補註　3版　大阪　岡本仙助,岡本宇野　1900　260p　22cm　〈活版　大和綴〉

◇神皇正統記(補註)　大久保初雄注　3版　大阪　岡本仙助,岡本宇野　1900.1　和　260p　22cm

◇校註神皇正統記　大宮宗司校註　10版　博文館　1909　231p　23cm

◇神皇正統記(頭註)　村上寛註釈　大阪　宝文館　1912.6　249,19p　16cm(国漢文叢書)

◇新釈 日本文学叢書　10　物集高量編著　日本文学叢書刊行会　1923-1924？　1冊　22cm

　　内容　神皇正統紀(北畠親房) 梅松論 読史余論(新井白石)

◇校註 日本文学叢書　8　物集高量校註　再版　広文庫刊行会　1923.3　合727p　23cm

　　内容　神皇正統記(北畠親房) 梅松論 読史余論(新井白石)

◇神皇正統記新釈　森山右一著　大同館　1926　318p　四六判

◇新註皇学叢書　第6巻　物集高見編　廣文庫刊行会　1927-1931？　1冊　23cm

　　内容　扶桑略記 神皇正統記 古史通 中外経緯伝

◇校註 国文叢書　第18冊　池辺義象編　8版　博文館　1929.3　23cm(復本第1・4・5・9・18冊)

　　内容　神皇正統記(北畠親房) 梅松論 桜雲記 吉野拾遺(松翁) 十訓抄 大和物語 唐物語 和泉式部日記(和式部) 十六夜日記(阿仏尼)

◇神皇正統記新講　大塚竜夫著　修文館　1933.11　646p　四六判

◇日本古典文学大系　第87　神皇正統記　岩佐正校注　岩波書店　1965　542p 図版　22cm

◇神皇正統記　岩佐正校注　岩波書店　1975　293p　15cm(岩波文庫)

◇神皇正統記　岩佐正校注　岩波書店　1993.3　542p　22cm(日本古典文学大系　新装版)

◇御橋悳言著作集　5〔1〕　神皇正統記注解　上　御橋悳言著　続群書類従完成会　2001.3　450p　22cm　20000円

◇御橋悳言著作集　5〔2〕　神皇正統記注解　下　御橋悳言著　続群書類従完成会　2001.5　530p　22cm　22000円

◇御橋悳言著作集　5〔3〕　神皇正統記注解　索引　御橋悳言著　続群書類従完成会　2001.9　305p　22cm　15000円

中世文学(中世物語)

◆増鏡(南北朝時代)

【現代語訳】

◇新訳 増鏡精解 上下 吉川秀雄著 精文館書店 1921-1923 2冊 三六判
◇校註 増鏡 和田英松著 明治書院 1925.3 336p 20cm 〈改訂版 昭6〉
◇現代語訳国文学全集 第17巻 増鏡 岡一男訳 非凡閣 1937.12 1冊 20cm
◇増鏡 久松潜一訳 至文堂 1954 220p 19cm(物語日本文学)
◇古典日本文学全集 第13 大鏡・増鏡 筑摩書房 1962 420p 図版 23cm

　内容 大鏡(岡一男訳) 増鏡(岡一男訳) 解説(岡一男) 大鏡(小島政二郎)「大鏡」再読(中村真一郎) 増鏡作者の検討(石田吉貞)「増鏡」と歴史(益田宗)

◇古典日本文学全集 第13 大鏡・増鏡 筑摩書房 1966 420p 図版 23cm 〈普及版〉

　内容 大鏡(岡一男訳)と増鏡(岡一男訳) 解説(岡一男) 大鏡(小島政二郎)「大鏡」再読(中村真一郎) 増鏡作者の検討(石田吉貞)「増鏡」と歴史(益田宗)

◇全訳増鏡 青山直治著 京都 初音書房 1970 296p 図 19cm 800円
◇増鏡―全訳注 上 井上宗雄訳注 講談社 1979.11 341p 15cm(講談社学術文庫) 640円
◇増鏡―全訳注 中 井上宗雄訳注 講談社 1983.9 475p 15cm(講談社学術文庫) 1100円
◇増鏡―全訳注 下 井上宗雄訳注 講談社 1983.10 406p 15cm(講談社学術文庫)〈参考文献:p403～406〉 1000円

【注釈書】

◇増鏡(頭註) 村上寛治 大阪 宝文館 1911.10 2冊(上265,下240p) 16cm(国漢文叢書)
◇頭註 増かがみ 村上寛著 田中宋栄堂 1913.9 240,22p 16cm(国漢文叢書)
◇増鏡新釈 和田英松,佐藤球著 明治書院 1916 1冊
◇校定 増鏡新釈 上下 永井一孝,竹野長次著 近古書店 1917-1918 2冊 三六判
◇増鏡新釈 佐野保太郎著 有精堂書店 1918 720p 三六判
◇新釈 増鏡 高木武著 修文館 1919 932p 三六判
◇校註 日本文学叢書 1 物集高量校註 再版 広文庫刊行会 1922.11 合617p 23cm

　内容 古事記 古事記年紀考(菅政友) 大鏡 水鏡

◇校註 日本文学叢書 2 物集高量校註 再版 広文庫刊行会 1923.2 合668p 23cm

　内容 今鏡 増鏡

◇新釈 日本文学叢書 8 物集高量編著 日本文学叢書刊行会 1924-1925 23cm

　内容 今鏡,増鏡

◇校註 国文叢書 第9冊 池辺義象編 9版 博文館 1924.4 23cm(復本第1・4・5・9・18冊)

　内容 水鏡 大鏡 今鏡 増鏡

◇国文学講座 増鏡評釈講義 堀江秀雄著 発売文献書院 1928 1冊 22cm 〈分冊本〉
◇参考 増鏡新釈 小林好日著 大同館 1928.5 610p 菊判
◇増鏡新講 溝口駒造著 岡村書店 1928.7 613,38p 19cm
◇増鏡解釈 児玉尊臣著 有精堂 1931.9 101p 四六判(国漢文叢書)
◇増鏡解釈 塚本哲三著 青野文魁堂 1932.4 571p 菊判
◇増鏡通釈 佐成謙太郎著 京都 星野書店 1938 783p 図版 23cm 6円
◇増鏡通釈 佐成謙太郎著 京都 星野書店 1938.11 790p 菊判
◇増鏡 大島庄之助解釈 研究社 1940.9 299p 16cm(研究社学生文庫 333)
◇増鏡 岡一男校註 朝日新聞社 1948 362p 図版 19cm(日本古典全書)
◇増鏡 岡一男校註 朝日新聞社 1970 362p 19cm(日本古典全書)〈第11版(初版:昭和23年刊) 監修:高木市之助等〉 500円
◇増鏡 木藤才蔵校注 6版 明治書院 1986.3 347p 19cm(校注古典叢書)〈参

中世文学(軍記物語)

考文献：p301〜303 増鏡年表：p311〜333〉　1300円
◇増鏡　木藤才蔵校注　新装版　明治書院　2002.2　347p　19cm(校注古典叢書)〈年表あり〉　2300円

軍記物語

【注釈書】

◇軍記物語評釈　五十嵐力著　早稲田大学出版部　1925　230p　22cm(早稲田文学講義)
◇源平闘諍録—板東で生まれた平家物語　上　福田豊彦,服部幸造注釈　講談社　1999.9　492p　15cm(講談社学術文庫)〈年譜あり〉　1400円

内容 文献あり

◇源平闘諍録—板東で生まれた平家物語　下　福田豊彦,服部幸造注釈　講談社　2000.3　553p　15cm(講談社学術文庫)　1500円

義経記(室町時代)

【現代語訳】

◇現代語訳国文学全集　第18巻上　義経記　漆山又四郎訳　非凡閣　1937.9　1冊　20cm
◇義経記　福田清人著　小学館　1942　349p　B6(現代訳日本古典)　2.5
◇義経記　藤村作訳　至文堂　1953　244p　19cm(物語日本文学)
◇義経記　亀田正雄訳　再建社　1961　2冊　18cm
◇古典日本文学全集　第17　義経記,曽我物語　高木卓訳　筑摩書房　1966　400p　図版　23cm　〈普及版〉

内容 解説(高木卓) 義経記成長の時代(柳田国男) 義経伝説の展開(島津久基) 曽我のこと(円地文子)「曽我物語」の鑑賞(桐原徳重)

◇義経記　第1　佐藤謙三,小林弘邦訳　平凡社　1968　292p　表 地図　22cm　450円
◇義経記　第2　佐藤謙三,小林弘邦訳　平凡社　1968　314p　18cm(東洋文庫)　450円
◇日本古典文学全集　31　義経記　梶原正昭校注・訳　小学館　1971　564p 図　23cm　〈参考文献：p.35-39〉
◇日本の古典　14　保元物語・平治物語・義経記　河出書房新社　1974　361p 図　23cm

内容 保元物語,平治物語(井伏鱒二訳) 義経記(高木卓訳)〈作品鑑賞のための古典〉愚管抄(慈円作 栃木孝惟訳) 解説(杉浦明平) 解題(大井善寿) 注釈(池田弥三郎,犬井善寿) 年表(栃木孝惟)：p.352-361

◇義経記　村上学校注・訳　ほるぷ出版　1986.9　362p　20cm(日本の文学)
◇新編日本古典文学全集　62　義経記　梶原正昭校注・訳　小学館　2000.1　564p　23cm　〈年表あり〉　4457円
◇義経記　西津弘美訳　勉誠出版　2004.6　447p　20cm(現代語で読む歴史文学)〈年表あり〉　3500円
◇大塚ひかりの義経物語　大塚ひかり著　角川書店　2004.9　411p　15cm(角川ソフィア文庫)〈年譜あり〉　667円

内容 第1話 鞍馬の稚児時代　第2話 奥州・京都往還。御曹司、雌伏時代　第3話 弁慶登場　第4話 歴史の表舞台へ　第5話 悲劇のヒーローへ　第6話 判官びいきたちの死に方　第7話 奥州逃避行　第8話 伝説化への道

◇義経記—現代語訳　高木卓訳　河出書房新社　2004.11　653p　15cm(河出文庫)　1200円

【注釈書】

◇義経記(標註)　生田目経徳校註　金港堂　1892.5　422p　22cm
◇義経記、承久記、北条九代記　井上頼囧,萩野由之,関根正直ほか著　博文館　1915　1冊(校注国文叢書)
◇日本古典文学大系　第37　義経記　岡見正雄校注　岩波書店　1959　461p 図版　22cm
◇義経記　岡見正雄校注　岩波書店　1992.10　461p　22cm(日本古典文学大系新装版—歴史文学シリーズ)　3800円

源平盛衰記(鎌倉中期)

【現代語訳】

◇完訳源平盛衰記　1(巻1-巻5)　岸睦子訳

日本古典文学案内－現代語訳・注釈書　163

中世文学(軍記物語)

勉誠出版　2005.9　236p　20cm(現代語で読む歴史文学)〈解説：矢代和夫〉2700円

◇完訳源平盛衰記　2(巻6-巻11)　中村晃訳　勉誠出版　2005.9　270p　20cm(現代語で読む歴史文学)　2700円

◇完訳源平盛衰記　3(巻12-巻17)　三野恵訳　勉誠出版　2005.10　230p　20cm(現代語で読む歴史文学)　2700円

◇完訳源平盛衰記　4(巻18-巻24)　田中幸江, 緑川新訳　勉誠出版　2005.10　275p　20cm(現代語で読む歴史文学)　2700円

◇完訳源平盛衰記　5(巻25-巻30)　酒井一字訳　勉誠出版　2005.10　226p　20cm(現代語で読む歴史文学)　2700円

◇完訳源平盛衰記　6(巻31-巻36)　中村晃訳　勉誠出版　2005.10　282p　20cm(現代語で読む歴史文学)　2700円

◇完訳源平盛衰記　7(巻37-巻42)　西津弘美訳　勉誠出版　2005.10　261p　20cm(現代語で読む歴史文学)　2700円

◇完訳源平盛衰記　8(巻43-巻48)　石黒吉次郎訳　勉誠出版　2005.10　252p　20cm(現代語で読む歴史文学)　2700円

【注釈書】

◇参考源平盛衰記(標注)　12巻　近藤瓶城注　双書房　1897　和4冊　22cm

◇名文評釈　国学院編　博文館　1901.5　448p　24cm

　内容　続日本後記宣命・伊勢物語(荻野由之), 源氏物語・枕草子(本居豊穎), 枕草子(黒木真頼), 栄花物語(関根正直), 栄花物語(小杉榲邨), 十六夜日記・十訓抄・吉野拾遺・徒然草(本居豊穎), 義経記・平家物語・太平記(落合直文), 新撰朗詠集(松井簡治)

◇国文註釈全書　第2　室松岩雄編　国学院大学出版部　1907-1910?　23cm

　内容　太平記抄, 附音義, 太平記賢愚抄(乾三), 太平記年表(河原貞頼), 太平記系図, 南山小譜(谷森善臣), 問答抄, 源平盛衰記問答附録(谷森善臣), 大塔宮二王子小伝, 南朝正平の御はらから

◇校註　国文叢書　第15冊　池辺義象編　3版　博文館　1924.4　合762p　23cm(復本第1・4・5・9・18冊)

　内容　義経記　承久記　北条九代記

◇校註　国文叢書　第8冊　池辺義象編　8版　博文館　1924.7　742p　23cm(復本第1・4・5・9・18冊)

　内容　源平盛衰記下巻

◇校註　国文叢書　第7冊　池辺義象編　11版　博文館　1924.11　774p　23cm(復本第1・4・5・9・18冊)

　内容　源平盛衰記上巻

◇校註　日本文学大系　15　源平盛衰記　上　中山泰昌編　2版　誠文堂新光社　1938.9

◇校註　日本文学大系　16　源平盛衰記　下　中山泰昌編　2版　誠文堂新光社　1938.10

◇源平盛衰記　1　市古貞次ほか校注　三弥井書店　1991.4　268p　22cm(中世の文学)　3900円

◇源平盛衰記　2　松尾葦江校注　三弥井書店　1993.5　288p　22cm(中世の文学)　4300円

　内容　巻第7〜12

◇源平盛衰記　3　黒田彰, 松尾葦江校注　三弥井書店　1994.5　337p　22cm(中世の文学)　6000円

　内容　巻第13〜18

◇源平盛衰記　4　美濃部重克, 松尾葦江校注　三弥井書店　1994.10　246p　22cm(中世の文学)　3900円

　内容　巻第19〜24

◇源平盛衰記　6　美濃部重克, 榊原千鶴校注　三弥井書店　2001.8　367p　22cm(中世の文学)　6300円

　内容　巻第31-36

◇源平盛衰記　5　松尾葦江校注　三弥井書店　2007.12　301p　22cm(中世の文学)　6000円

　内容　巻第25-30

承久記(成立年未詳)

【注釈書】

◇義経記、承久記、北条九代記　井上頼圀, 萩野由之, 関根正直ほか著　博文館　1915　1冊(校注国文叢書)

◇校註　国文叢書　第15冊　池辺義象編　3版　博文館　1924.4　合762p　23cm(復

本第1・4・5・9・18冊）

内容 義経記 承久記 北条九代記

◇承久記　松林靖明校注　現代思潮社　1974　234,24p　22cm(新撰日本古典文庫1)〈附録：系図・地図・年表・人名索引〉2800円

◇承久記　松林靖明校注　新訂　現代思潮社　1982.8　234,24p　20cm(古典文庫68)〈付：承久の乱関係年表〉　2100円

◇新日本古典文学大系　43　保元物語　平治物語　承久記　佐竹昭広ほか編　栃木孝惟，日下力，益田宗，久保田淳校注　岩波書店　1992.7　614p　22cm　3800円

◇承久記　松林靖明校注　新訂　現代思潮新社　2006.8　234,24p　19cm(古典文庫68)〈年表あり〉　2800円

曾我物語(室町前期)

【現代語訳】

◇現代語訳国文学全集　第18巻下　曽我物語　漆山又四郎訳　非凡閣　1938.3　1冊　20cm

◇曾我物語　髙木卓著　小学館　1943.2　325p　B6(現代訳日本古典)

◇曽我物語　藤村作訳　至文堂　1954　203p　19cm(物語日本文学　第23)

◇古典日本文学全集　第17　義経記，曽我物語　髙木卓訳　筑摩書房　1966　400p　図版　23cm〈普及版〉

内容 解説(髙木卓) 義経記成長の時代(柳田国男) 義経伝説の展開(島津久基) 曽我のこと(円地文子)「曽我物語」の鑑賞(桐原徳重)

◇新編日本古典文学全集　53　曽我物語　梶原正昭，大津雄一，野中哲照校注・訳　小学館　2002.3　462p　23cm〈年表あり〉　4267円

◇曽我物語　葉山修平訳　勉誠出版　2005.1　364p　20cm(現代語で読む歴史文学)〈シリーズ責任表示：西沢正史監修〉　3000円

【注釈書】

◇曽我物語(標註異本)　生田目経徳校　金港堂　1891.9　258p　22cm

◇太平記・曽我物語　下巻　池辺義象ほか著　博文館　1913　1冊(校註国文叢書)

◇校註 国文叢書　第4冊　池辺義象編　16版　博文館　1924.10　508,354p　23cm(復本第1・4・5・9・18冊)

内容 太平記下巻 曽我物語

◇校註 国文叢書　第5冊　池辺義象編　23版　博文館　1924.10　合859p　23cm(復本第1・4・5・9・18冊)

内容 保元物語 平治物語 平家物語

◇大山寺本 曽我物語　荒木良雄校註　東京武蔵野書院　1941.6　274p　19cm

◇大山寺本曽我物語　荒木良雄校注　白帝社　1961　274p 図版　19cm〈武蔵野書院昭和16年刊の複製〉

◇日本古典文学大系　第88　曽我物語　市古貞次，大島建彦校注　岩波書店　1966　464p 図版　22cm

◇御橋悳言著作集　3　曽我物語注解　御橋悳言　続群書類従完成会　1986.3　1冊　22cm　18000円

◇曽我物語—真名本　1　青木晃ほか編　平凡社　1987.4　314p　18cm(東洋文庫468)　2200円

内容 巻第1～5

◇曾我物語　市古貞次，大島建彦校注　岩波書店　1992.12　464p　22cm(日本古典文学大系新装版—歴史文学シリーズ)　4000円

◇曾我物語—大山寺本　村上美登志校註　大阪　和泉書院　1999.3　350p　22cm(和泉古典叢書　10)　3000円

太平記(室町時代)

【現代語訳】

◇新訳 太平記　上巻　幸田露伴校訂　中央出版社　1929.2　613p　三六判(新訳日本文学叢書　6)

◇新訳 太平記　下巻　幸田露伴校訂　中央出版社　1929.4　761p　三六判(新訳日本文学叢書　8)

◇新訳 太平記物語　生田幸彦著　淡海堂　1935.4　1362p　四六判

◇物語日本文学　13　藤村作他訳　2版　至文堂　1937.3

中世文学(軍記物語)

|内容| 太平記

◇現代語訳国文学全集　第16巻　太平記
　西村真次訳　非凡閣　1937.11　1冊
　20cm

◇太平記　浅見淵著　小学館　1942.8
　336p　B6(現代訳日本古典)

◇日本国民文学全集　第10巻　太平記　尾
　崎士郎訳　河出書房　1956　336p　図版
　22cm

◇古典日本文学全集　第19　太平記　筑摩
　書房　1961　499p　図版　23cm
　　|内容| 太平記(市古貞次訳) 解説(市古貞次) 太平
　　記の謎(高木市之助) 太平記と作者との関係に
　　ついて(谷宏) 太平記の人間像(山本健吉) 太平
　　記の時代背景(永原慶二)

◇日本文学全集　第8　太平記　青野季吉等
　編　尾崎士郎訳　河出書房新社　1961
　472p　図版　19cm

◇国民の文学　第11　太平記　谷崎潤一郎
　等編　尾崎士郎訳　河出書房新社　1964
　472p　図版　19cm

◇古典日本文学全集　第19　太平記　筑摩
　書房　1965　499p　図版　23cm　〈普
　及版〉
　　|内容| 太平記(市古貞次郎訳) 解説(市古貞次) 太
　　平記の謎(高木市之助) 太平記と作者との関係
　　について(谷宏) 太平記の人間像(山本健吉) 太
　　平記の時代背景(永原慶二)

◇日本の古典　15　太平記　河出書房新社
　1971　379p　図　23cm
　　|内容| 太平記(山崎正和訳) 難太平記(今川了俊
　　著 長谷川端訳)

◇日本不思議物語集成　5　太平記　石井恭
　二編訳　現代思潮社　1973　451p　図
　27cm

◇太平記　山崎正和訳　河出書房新社
　1976　2冊　18cm(日本古典文庫　14-15)
　各880円

◇太平記　鈴木登美恵, 長谷川端著　尚学図
　書　1980.6　434p　20cm(鑑賞日本の古
　典　13)　〈参考文献解説：p403～417
　『太平記』略年表：p427～429〉　1800円

◇現代語訳日本の古典　13　太平記　永井
　路子著　学習研究社　1981.1　180p
　30cm　〈太平記略年表：p146～147〉

◇山本藤枝の太平記　山本藤枝著　集英社
　1986.6　270p　20cm(わたしの古典　14)
　〈編集：創美社〉　1400円

◇太平記　大曽根章介, 松尾葦江校注・訳
　ほるぷ出版　1986.9　2冊　20cm(日本の
　文学)

◇太平記　山崎正和訳　河出書房新社
　1988.6　2冊　18cm(日本古典文庫
　14,15)〈新装版〉　各1600円

◇太平記　2　山崎正和訳　河出書房新社
　1990.4　226p　15cm(河出文庫)　480円

◇太平記　1　山崎正和訳　河出書房新社
　1990.9　227p　15cm(河出文庫)　480円

◇太平記　3　山崎正和訳　河出書房新社
　1990.9　254p　15cm(河出文庫)　480円

◇太平記　4　山崎正和訳　河出書房新社
　1990.9　252p　15cm(河出文庫)　480円

◇太平記――一冊で読む古典　山下宏明校注
　新潮社　1990.10　253p　20cm　1600円

◇太平記　山崎正和訳　河出書房新社
　1990.11　355p　23cm　2000円

◇太平記―現代語訳 日本の古典　永井路子
　著　学習研究社　1990.12　179p　29cm
　〈新装版〉　2000円

◇新編日本古典文学全集　54　太平記　1
　長谷川端校注・訳　小学館　1994.10
　638p　23cm　4800円

◇新編日本古典文学全集　55　太平記　2
　長谷川端校注・訳　小学館　1996.3
　630p　23cm　〈巻第12～巻第20. 太平記
　年表：p614～622〉　4800円

◇山本藤枝の太平記　山本藤枝著　集英社
　1996.11　270p　15cm(わたしの古典)
　680円

◇新編日本古典文学全集　56　太平記　3
　長谷川端校注・訳　小学館　1997.4
　589p　23cm　〈巻第21～巻第30. 太平記
　年表：p572～580〉　4800円

◇新編日本古典文学全集　57　太平記　4
　長谷川端校注・訳　小学館　1998.7
　494p　23cm　〈年表あり〉　4267円
　　|内容| 巻第31-巻第40

◇太平記を読む―新訳　第1巻　安井久善訳
　おうふう　2001.1　204p　21cm　2800円
　　|内容| 後醍醐天皇治世―楠木正成奮戦

◇太平記を読む―新訳　第2巻　安井久善訳
　おうふう　2001.3　246p　21cm　2800円

中世文学(軍記物語)

|内容| 建武中興—楠木正成討死

◇太平記を読む―新訳　第3巻　安井久善訳　おうふう　2001.6　165p　21cm　2800円

|内容| 京都合戦―後醍醐天皇崩御前後

◇週刊日本の古典を見る　12　太平記　巻1　山崎正和訳　世界文化社　2002.7　34p　30cm　533円

◇週刊日本の古典を見る　13　太平記　巻2　山崎正和訳　世界文化社　2002.7　34p　30cm　533円

◇太平記―南北朝動乱の人間模様を読む　山崎正和著　世界文化社　2006.4　199p　24cm(日本の古典に親しむ ビジュアル版 6)〈年表あり〉　2400円

◇太平記を読む―新訳　第4巻　長谷川端訳　おうふう　2007.1　204p　21cm　2800円

|内容| 南加賀名生へ～天狗跳梁の都

◇太平記を読む―新訳　第5巻　長谷川端訳　おうふう　2007.1　240p　21cm　2800円

|内容| 幕府内権力闘争～若君義満登場

◇完訳太平記　1(巻1-巻10)　上原作和, 小番達監修　鈴木邑訳　勉誠出版　2007.3　11,423p　20cm(現代語で読む歴史文学)〈年譜あり〉　3000円

◇完訳太平記　2(巻11-巻20)　上原作和, 小番達監修・訳　鈴木邑共訳　勉誠出版　2007.3　14,535p　20cm(現代語で読む歴史文学)〈年譜あり〉　3000円

◇完訳太平記　3(巻21-巻30)　上原作和, 小番達監修・訳　勉誠出版　2007.3　12,401p　20cm(現代語で読む歴史文学)〈年譜あり〉　3000円

◇完訳太平記　4(巻31-巻40)　上原作和, 小番達監修・訳　勉誠出版　2007.3　13,445p　20cm(現代語で読む歴史文学)〈年譜あり〉　3000円

◇太平記　松本義弘文　学習研究社　2008.2　195p　21cm(超訳日本の古典 9)　1300円

◇太平記　長谷川端校訂・訳　小学館　2008.3　318p　20cm(日本の古典をよむ 16)　1800円

◇太平記　吉沢和夫文　童心社　2009.2　252p　19cm(これだけは読みたいわたしの古典)〈『太平記物語』改題書〉　2000円

|内容| はかりごと　はかりごとがばれた　日野資朝の死　笠置の日々　天王寺の妖霊星　大塔宮の熊野落ち　吉野のいくさ　千早城　六波羅攻め　鎌倉の合戦　怪鳥そうどう　大塔宮の最期　京都の合戦　湊川の合戦　吉野へ　金崎城の落城　新田義貞の自害　かえらじとかねておもえば　六本杉の妖怪　飢えたる人びと

【注釈書】

◇名文評釈　国学院編　博文館　1901.5　448p　24cm

|内容| 続日本後記宣命・伊勢物語(荻野由之)、源氏物語・枕草子(本居豊顕)、枕草子(黒木真頴)、栄花物語(関根正直)、栄花物語(小杉榲邨)、十六夜日記・十訓抄・吉野拾遺・徒然草(本居豊顕)、源平盛衰記・平家物語・太平記(落合直文)、新撰朗詠集(松井簡治)

◇国文註釈全書　第2　室松岩雄編　国学院大学出版部　1907-1910？　23cm

|内容| 太平記抄、附音義、太平記賢愚抄(乾三)、太平記年表(河原貞頼)、太平記系図、南山小譜(谷森善臣)、問答抄、源平盛衰記問答附録(谷森善臣)、大塔宮二王子小伝、南朝正平の御はらから

◇太平記(抄註)　浜野知三郎編　大阪　山本文友堂　1910.10　268p　16cm

◇太平記(頭註)　村上寛(巽渓)註　大阪　宝文館　1911.9　2冊(上230,下216p)　16cm(国漢文叢書)

◇太平記　上巻　池辺義象ほか著　博文館　1912　1冊(校註国文叢書)

◇太平記・曽我物語　下巻　池辺義象ほか著　博文館　1913　1冊(校註国文叢書)

◇校註 国文叢書　第4冊　池辺義象編　16版　博文館　1924.10　508,354p　23cm(復本第1・4・5・9・18冊)

|内容| 太平記下巻 曽我物語

◇太平記新釈　石田吉貞著　大同館　1925　390p　四六判

◇校註 保元平治物語　鳥野幸次著　明治書院　1925.1　320p　20cm

◇新釈 日本文学叢書　5　花見朔巳校注　日本文学叢書刊行会　1927.6　750p　23cm

|内容| 太平記 上巻

◇新釈 日本文学叢書　6　花見朔巳校注　日本文学叢書刊行会　1928.6　740p　23cm

|内容| 太平記 下巻 吉野拾遺(松翁) 桜雲記

中世文学(軍記物語)

◇保元物語・太平記選釈　清水泰,斎藤清衛共著　日本文学社　1935.2　328p　菊判（国文学大講座）

◇校註　日本文学大系　17　太平記　上　中山泰昌編　誠文堂新光社　1937.3　〈普及版〉

◇校註　日本文学大系　18　太平記　下・吉野拾遺神皇正統記　中山泰昌編　2版　誠文堂新光社　1937.12　〈普及版〉

◇太平記　上巻　島津敬義註　昭南書房　1943.12　519p　A5

◇太平記新講　森本種次郎著　文進堂　1944.1　279p　B6

◇日本古典文学大系　第34　太平記　第1　後藤丹治,釜田喜三郎校注　岩波書店　1960　450p　図版　22cm

[内容] 巻第1-12

◇太平記　第1　後藤丹治校註　朝日新聞社　1961　290p　18cm(日本古典全書)

◇日本古典文学大系　第35　太平記　第2　後藤丹治,釜田喜三郎校注　岩波書店　1961　506p　22cm

[内容] 巻第13-25

◇日本古典文学大系　第36　太平記　第3　後藤丹治,岡見正雄校注　岩波書店　1962　532p　22cm

[内容] 巻第26-40

◇太平記　1　山下宏明校注　新潮社　1977.11　445p　20cm(新潮日本古典集成)〈巻第1～巻第8　太平記年表：p.415～435〉　1900円

◇太平記　1　岡見正雄校注　角川書店　1978　528p　15cm(角川文庫)　490円

◇太平記　2　山下宏明校注　新潮社　1980.5　494p　20cm(新潮日本古典集成)〈巻第9～巻第15. 太平記と落書　山下宏明著. 太平記年表：p464～485〉　2200円

◇図説日本の古典　11　集英社　1980.8　218p　28cm　〈企画：秋山虔ほか〉　2400円

[内容] 太平記年表：p212～213　各章末：参考文献

◇太平記　2　岡見正雄校注　角川書店　1982.4　548p　15cm(角川文庫)　780円

◇太平記　3　山下宏明校注　新潮社　1983.4　509p　20cm(新潮日本古典集成)〈巻第16～巻第22. 太平記年表：p484～500〉　2300円

◇太平記　4　山下宏明校注　新潮社　1985.12　525p　20cm(新潮日本古典集成)〈巻第23～巻第31. 解説 太平記の挿話 山下宏明著. 太平記年表：p498～517〉　2600円

◇太平記　5　山下宏明校注　新潮社　1988.4　541p　20cm(新潮日本古典集成)〈巻第32～巻第40. 解説 太平記は、いかなる物語か 山下宏明著. 太平記年表：p514～533〉　2700円

◇太平記　梶原正昭,宮次男,上横手雅敬編　新装版　集英社　1989.6　218p　28×22cm(図説 日本の古典　11)〈各章末：参考文献『太平記』年表：p212～213〉　2796円

[内容]『太平記』の武具　動乱から生まれた軍記『太平記』『太平記』一作品紹介　自由狼藉の世界　建武の新政　『十二類合戦絵巻』—『獣太平記』　天の徳と地の道―宋学と政道思想　楠木正成とその周辺　足利尊氏の生涯　新しい人間像の探究―南北朝の絵画　転換期の生活文化　因果業報―「未来記」と政道談義　稚児の絵巻　禅の美術　室町政権の形成『太平記』読みから講釈へ

◇新釈太平記　村松定孝著　ぎょうせい　1991.2　329p　20cm　1600円

◇太平記　1　後藤丹治,釜田喜三郎校注　岩波書店　1993.4　450p　22cm(日本古典文学大系新装版)　4000円

[内容] 巻第1～12

◇太平記　2　後藤丹治,釜田喜三郎校注　岩波書店　1993.5　506p　22cm(日本古典文学大系新装版)〈参考文献：p498～506〉　4200円

[内容] 巻第13～25

◇太平記　3　後藤丹治,岡見正雄校注　岩波書店　1993.6　532p　22cm(日本古典文学大系新装版)　4300円

◇太平記秘伝理尽鈔　1　今井正之助,加美宏,長坂成行校注　平凡社　2002.12　408p　18cm(東洋文庫)　3000円

◇太平記秘伝理尽鈔　2　今井正之助,加美宏,長坂成行校注　平凡社　2003.11　411p　18cm(東洋文庫)〈文献あり〉　3100円

◇太平記秘伝理尽鈔　3　今井正之助,加美宏,長坂成行校注　平凡社　2004.11

中世文学(軍記物語)

445p 18cm(東洋文庫 732) 3100円
◇太平記秘伝理尽鈔 4 今井正之助,加美宏,長坂成行校注 平凡社 2007.6 486p 18cm(東洋文庫 763) 3300円
◇参考太平記 第1 早川純三郎編 吉川弘文館 2008.2 608p 23cm〈国書刊行会大正3年刊を原本としたオンデマンド版〉 12000円
◇参考太平記 第2 早川純三郎編 吉川弘文館 2008.2 623p 23cm〈国書刊行会大正3年刊を原本としたオンデマンド版〉 12000円
◇キリシタン版太平記抜書 2 高祖敏明校註 教文館 2008.11 373,27p 22cm(キリシタン文学双書―キリシタン研究 第45輯) 7300円

平家物語(鎌倉中期)

【現代語訳】

◇新訳平家物語 上下巻 渋川玄耳著 金尾文淵堂 1914.9 2冊 22cm
◇新訳平家物語 渋川玄耳著 金尾文淵堂 1922 999p 三六判
◇新訳 平家物語 幸田露伴校訂 中央出版社 1928.9 604p 三六判(新訳日本文学叢書 1)
◇口訳対照 平家物語評釈 坂口玄ундов著 中興館 1931.6 1000p 菊判(国文評釈叢書)
◇物語日本文学 12 藤村作他訳 2版 至文堂 1937.3
 内容 平家物語
◇現代語訳国文学全集 第14巻 平家物語 菊池寛訳 非凡閣 1937.7 1冊 20cm
◇物語日本文学 5 藤村作他訳 至文堂 1937.12
 内容 保元物語平治物語
◇平家物語 塩田良平訳 小学館 1942.6 315p 19cm
◇平家物語 志田義秀訳 至文堂 1953 225p 19cm(物語日本文学)
◇日本古典文学全集―現代語訳 第19巻 平家物語 上 石田吉貞訳 河出書房 1954 281p 19cm

◇日本古典文学全集―現代語訳 第20巻 平家物語 下 石田吉貞訳 3版 河出書房 1955 262p 19cm
◇日本国民文学全集 第9巻 平家物語 河出書房新社 1958 347p 図版 22cm
 内容 保元物語(井伏鱒二訳) 平治物語(井伏鱒二訳) 平家物語(中山義秀訳)
◇古典日本文学全集 第16 平家物語 筑摩書房 1960 477p 図版 地図 23cm
 内容 平家物語(富倉徳次郎訳) 解説(富倉徳次郎) 中世の叙事文学(石母田正) 有王と俊寛僧都(柳田国男) 平家物語の時代背景(西岡虎之助)「新平家物語」落穂集(吉川英治)
◇国民の文学 第10 平家物語 谷崎潤一郎等編 河出書房新社 1963 516p 図版 19cm
 内容 保元物語(井伏鱒二訳) 平治物語(井伏鱒二訳) 平家物語(中山義秀訳)
◇古典日本文学全集 第16 筑摩書房 1964 477p 図版 23cm〈普及版〉
 内容 平家物語(富倉徳次郎訳) 解説(富倉徳次郎) 平家物語(小林秀雄) 中世の叙事文学(石母田正) 有王と俊寛僧都(柳田国男) 平家物語の時代背景(西岡虎之助)「新平家物語」落穂集(吉川英治)
◇日本文学全集 第4 平家物語 中山義秀訳 河出書房新社 1967 408p 図版 20cm〈監修者:谷崎潤一郎等〉
 内容 注釈(池田弥三郎) 解説(篠田一士)
◇日本の古典 13 平家物語 中山義秀訳 河出書房新社 1971 385p 図 23cm〈付:平家物語評判秘伝抄(麻原美子訳) 平家物語評判瑕類(逸竹居士著 麻原美子訳)〉
◇日本古典文学全集 29 平家物語 1 市古貞次校注・訳 小学館 1973 500p 図 23cm
◇日本古典文学全集 30 平家物語 2 市古貞次校注・訳 小学館 1975 536p 図・地図 23cm
◇平家物語 中山義秀訳 河出書房新社 1976 455p 図 18cm(日本古典文庫 13) 1200円
◇平家物語 巻第1 杉本圭三郎全訳注 講談社 1979.3 248p 15cm(講談社学術文庫) 320円
◇平家物語 巻第2 杉本圭三郎全訳注 講談社 1979.10 280p 15cm(講談社学術文庫) 360円

中世文学(軍記物語)

◇現代語訳日本の古典　10　平家物語　水上勉著　学習研究社　1981.6　188p　30cm　〈平家物語略年表：p154～155〉

◇平家物語　巻第3　杉本圭三郎全訳注　講談社　1982.5　261p　15cm(講談社学術文庫)　460円

◇平家物語　梶原正昭著　尚学図書　1982.6　533,11p　20cm(鑑賞日本の古典　11)　〈参考文献解題・『平家物語』関係年表：p501～531〉　1800円

◇平家物語　巻第4　杉本圭三郎全訳注　講談社　1982.6　284p　15cm(講談社学術文庫)　460円

◇平家物語　巻第5　杉本圭三郎全訳注　講談社　1982.7　279p　15cm(講談社学術文庫)　460円

◇完訳日本の古典　第42巻　平家物語　1　市古貞次校注・訳　小学館　1983.5　406p　20cm　〈参考文献：p386～387　平家物語年表：p390～395〉　1700円

◇完訳日本の古典　第43巻　平家物語　2　市古貞次校注・訳　小学館　1984.6　337p　20cm　1500円

◇平家物語　巻第6　杉本圭三郎全訳注　講談社　1984.8　230p　15cm(講談社学術文庫)　680円

◇平家物語　巻第7　杉本圭三郎全訳注　講談社　1985.1　263p　15cm(講談社学術文庫)　680円

◇平家物語　3　市古貞次校注・訳　小学館　1985.5　364p　20cm(完訳日本の古典　44)　〈図版(肖像を含む)〉　1700円

◇平家物語　瀬戸内晴美訳　世界文化社　1986.1　23cm(特選日本の古典　グラフィック版　第6巻)

◇大原富枝の平家物語　大原富枝著　集英社　1987.3　270p　19cm(わたしの古典　12)　〈編集：創美社〉　1400円

◇平家物語　4　市古貞次校注・訳　小学館　1987.3　450p　20cm(完訳日本の古典　45)　〈図版(肖像を含む)〉　1900円

◇平家物語　栃木孝惟校注・訳　ほるぷ出版　1987.7　2冊　20cm(日本の文学)

◇平家物語　巻第8　杉本圭三郎全訳注　講談社　1987.12　238p　15cm(講談社学術文庫)　680円

◇平家物語—見ながら読む無常の世界　水上勉現代語訳　梶原正昭構成・文　川本桂子美術解説　学習研究社　1988.1　233p　26cm(実用特選シリーズ)　〈付：平家物語関連年表〉　1950円

◇平家物語　巻第9　杉本圭三郎全訳注　講談社　1988.1　303p　15cm(講談社学術文庫)　680円

◇平家物語　中山義秀訳　河出書房新社　1988.2　455p　18cm(日本古典文庫　13)〈新装版〉　1800円

◇平家物語　巻第10　杉本圭三郎全訳注　講談社　1988.2　258p　15cm(講談社学術文庫)　680円

◇平家物語　巻第11　杉本圭三郎全訳注　講談社　1988.4　314p　15cm(講談社学術文庫)　680円

◇平家物語　巻第12　杉本圭三郎全訳注　講談社　1991.7　336p　15cm(講談社学術文庫)　920円

◇新編日本古典文学全集　45　平家物語　1　市古貞次校注・訳　小学館　1994.6　526p　23cm　4400円

◇新編日本古典文学全集　46　平家物語　2　市古貞次校注・訳　小学館　1994.8　574p　23cm　4600円

◇大原富枝の平家物語　大原富枝著　集英社　1996.6　280p　15cm(わたしの古典)　680円

◇平家物語—栄華と滅亡の歴史ドラマ　水上勉現代語訳　梶原正昭構成・文　川本桂子美術解説　新装　学習研究社　1998.5　220p　26cm(絵で読む古典シリーズ)　2000円

◇平家物語　角川書店編　角川書店　1999.10　255p　12cm(角川mini文庫—ミニ・クラシックス　8)　400円

◇週刊日本の古典を見る　9　平家物語　巻1　小島孝之訳　世界文化社　2002.6　34p　30cm　533円

◇週刊日本の古典を見る　10　平家物語　巻2　小島孝之訳　世界文化社　2002.6　34p　30cm　533円

◇平家物語—現代語訳　上　中山義秀訳　河出書房新社　2004.10　380p　15cm(河出文庫)　980円

◇平家物語—現代語訳　中　中山義秀訳　河出書房新社　2004.11　414p　15cm(河出文庫)　980円

◇平家物語—現代語訳　下　中山義秀訳

◇河出書房新社　2004.12　352p　15cm(河出文庫)　980円
◇平家物語　1　西沢正史訳　勉誠出版　2005.1　327p　20cm(現代語で読む歴史文学)〈年譜あり〉　2900円
◇平家物語—現代語訳　山口明穂訳　學燈社　2006.9　279p　19cm　1600円
◇平家物語　市古貞次校訂・訳　小学館　2007.7　318p　20cm(日本の古典をよむ　13)　1800円
◇平家物語　弦川琢司文　学習研究社　2008.2　195p　21cm(超訳日本の古典　7)　1300円
◇平家物語　木村次郎文　童心社　2009.2　213p　19cm(これだけは読みたいわたしの古典)〈『わたしの平家 源平の決戦』改題書〉　2000円

> 内容 祇園精舎　栄えときめく平家　陰謀発覚　鬼界が島の流人　最初の合戦　富士川の敗走　清盛の死　平家の都落ち　京の義仲　義仲と義経　首渡　源平の合戦　平家滅亡

【注釈書】

◇名文評釈　国学院編　博文館　1901.5　448p　24cm

> 内容 続日本後記宣命・伊勢物語(荻野由之)、源氏物語・枕草子(本居豊穎)、枕草子(黒木真頼)、栄花物語(関根正直)、栄花物語(小杉榲邨)、十六夜日記・十訓抄・吉野拾遺・徒然草(本居豊穎)、源平盛衰記・平家物語・太平記(落合直文)、新撰朗詠集(松井簡治)

◇国文註釈全書　第1　室松岩雄編　国学院大学出版部　1907-1910？　23cm

> 内容 平家物語抄(2版)、平家物語考証(野々宮定基)、平義器談(伊勢貞丈)、五武器談(伊勢貞丈)

◇平家物語(校訂標註)　上編　赤堀又次郎校注　平民書房　1907.7　1冊　19cm
◇平家物語(抄註)　浜野知三郎注　文友堂　1909.7　198p　16cm
◇平家物語(頭註)　下巻　宝文館編輯所編　大阪　宝文館　1910.1　268p　15cm(国漢文叢書)
◇平家物語評釈　内海弘蔵著　明治書院　1915　1冊　〈改訂版 昭3〉
◇新釈平家物語　髙木武著　修文館　1917　745p　三六判
◇校訂註解 平家物語　春雨山人編　再版　立川文明堂　1918.10　552p　15cm
◇校註 日本文学叢書　3　物集高量校註　広文庫刊行会　1919.5　695p　23cm

> 内容 平家物語

◇平家物語新釈　内海弘蔵著　校訂改版(20版)　明治書院　1922　748p　23cm
◇新釈 平家物語　梅沢和軒著　4版　共益社出版部　1923.11　658,24,6p　22cm
◇新釈 日本文学叢書　9　物集高量編著　日本文学叢書刊行会　1924-1925　23cm

> 内容 平家物語

◇新体 平家物語評釈　阿部正秀著　正文館　1925.5　178p　18cm
◇新註 平家物語　石村貞吉著　修文館　1931
◇平家物語評釈　内海弘蔵著　訂42版　明治書院　1932　778p　23cm
◇平家物語解釈　児玉尊臣著　有精堂出版部　1932.7　105p　四六判
◇平家物語の解釈　野村隆英著　松栄堂　1934.10　160p　四六判
◇応永書写延慶本 平家物語　吉沢義則校註　改造社　1935.2　1092p 図　23cm　〈白帝社 昭36, 勉誠社 昭53〉
◇校註 日本文学大系　14　保元物語・平治物語・平家物語　中山泰昌編　2版　誠文堂新光社　1938.10
◇平家物語評釈　内海弘蔵著　訂57版　明治書院　1942　778p　22cm
◇平家物語　中　富倉徳次郎校註　朝日新聞社　1949　230p 図版　19cm(日本古典全書)
◇平家物語新講　上,下巻　沼沢竜雄著　3版　三省堂出版　1949　2冊　19cm　〈上巻162p, 下巻203p〉
◇平家物語—昭和校註流布本　野村宗朔校註 訂　武蔵野書院　1950　667p 図版　19cm
◇平家物語　中　高橋貞一校註　大日本雄弁会講談社　1950　317p 図版　19cm(新註国文学叢書)
◇平家物語　下　高橋貞一校注　大日本雄弁会講談社　1951　380p 図版　19cm(新註国文学叢書　第57)

中世文学(軍記物語)

◇平家物語新釈　沢田総清著　大盛堂　1952　195p　19cm

◇平家物語の新解釈―語法詳解　浅尾芳之助著　有精堂　1953　329p　19cm

◇平家物語　富倉徳次郎校註　朝日新聞社　1954　2冊　22cm

◇日本文学大系―校註　第9巻　平家物語　久松潜一, 山岸徳平監修　佐伯常麿校訂　新訂版　風間書房　1955　640p　19cm

◇平家物語評釈　内海弘蔵著　改修版(64版)　明治書院　1955　748p　22cm

◇平家物語　上　富倉徳次郎校註　5版　朝日新聞社　1957　366p　19cm(日本古典全書)

◇日本古典文学大系　第32　平家物語　上　高木市之助等校注　岩波書店　1959　471p　図版　22cm

◇平家物語　上巻　佐藤謙三校註　角川書店　1959　362p　15cm〔角川文庫〕

◇平家物語　下巻　佐藤謙三校註　角川書店　1959　336p　15cm〔角川文庫〕

◇日本古典文学大系　第33　平家物語　下　高木市之助等校注　岩波書店　1960　504p　図版　表　22cm

◇日本古典文学大系　第31　保元物語, 平治物語　永積安明, 島田勇雄校注　岩波書店　1961　487p　図版　地図　22cm

◇平家物語―応永書写延慶本　吉沢義則校註　白帝社　1961　1092p　図版　22cm〈久野文庫蔵応永書写平家物語の翻刻〉

◇平家物語評講　上　佐々木八郎著　明治書院　1963　100,797p　22cm　〈第1-6, 付：参考文献〉

◇平家物語評講　下　佐々木八郎著　明治書院　1963　799-1740p　22cm

◇平家物語全注釈　上巻　富倉徳次郎著　角川書店　1966　659p　図版　地図　22cm(日本古典評釈・全注釈叢書)　2500円

◇平家物語全注釈　中巻　富倉徳次郎著　角川書店　1967　590p　図版　22cm(日本古典評釈・全注釈叢書)　2400円

◇平家物語全注釈　下巻 第1　富倉徳次郎著　角川書店　1967　628p　図版　22cm(日本古典評釈・全注釈叢書)　2400円

◇平家物語全注釈　下巻 第2　富倉徳次郎著　角川書店　1968　593p　図版　22cm(日本古典評釈・全注釈叢書)

◇平家物語　上　富倉徳次郎校註　朝日新聞社　1969　366p　19cm(日本古典全書)〈第16版(初版：昭和24年刊) 監修：高木市之助〔等〕〉　500円

◇平家物語　山田孝雄校注　宝文館出版　1970　526,289p　図版　22cm　〈底本：高野辰之蔵 覚一本別本の善写本 昭和8年刊の複製 限定版〉　5000円

◇平家物語抄　早川甚三校注　笠間書院　1970　235p　図版　22cm　〈底本：校注者家蔵の寛永3年8月版本 付(p.227-235) 玉葉(抄)(藤原兼実) 閑居友(抄)〉　500円

◇平家物語　中　富倉徳次郎校註　新訂　朝日新聞社　1972　307p　19cm(日本古典全書)〈監修：高木市之助〔等〕〉　680円

◇平家物語　下　富倉徳次郎校註　新訂　朝日新聞社　1972　270p　19cm(日本古典全書)〈監修：高木市之助〔等〕〉　620円

◇平家物語　梶原正昭校注　桜楓社　1977.3　825p　22cm　1800円

◇平家物語　応永書写延慶本　吉沢義則校註　勉誠社　1977.12　1092p　22cm〈昭和10年刊の複製〉　10000円

◇平家物語　上　水原一校注　新潮社　1979.4　409p　20cm(新潮日本古典集成)　1800円

◇図説日本の古典　9　集英社　1979.12　218p　28cm　〈企画：秋山虔ほか〉　2400円

内容 『平家物語』年表：p212～213 各章末：参考文献

◇平家物語　中　水原一校注　新潮社　1980.4　357p　20cm(新潮日本古典集成)　1700円

◇平家物語　下　水原一校注　新潮社　1981.12　452p　20cm(新潮日本古典集成)〈平家物語略年表：p446～447〉　2200円

◇四部合戦状本平家物語評釈　1　早川厚一ほか著　瀬戸　名古屋学院大学産業科学研究所　1984　51p　21cm　〈『名古屋学院大学論集(人文・自然科学篇)』vol.20no.2抜刷〉

◇四部合戦状本平家物語評釈　2　早川厚一ほか著　瀬戸　名古屋学院大学産業科学研究所　1984　54p　21cm　〈『名古屋学

中世文学(軍記物語)

院大学論集(人文・自然科学篇)』vol.21no.1抜刷〉
◇平家物語　上　山下宏明校注　9版　明治書院　1984.10　372p　19cm(校注古典叢書)〈参考文献：p351〜355〉　1400円
◇四部合戦状本平家物語評釈　3　早川厚一ほか著　瀬戸　名古屋学院大学産業科学研究所　1985　p59〜112　21cm　〈『名古屋学院大学論集(人文・自然科学篇)』vol.21no.2抜刷〉
◇四部合戦状本平家物語評釈　4　早川厚一ほか　瀬戸　名古屋学院大学産業科学研究所　1985　107p　21cm　〈『名古屋学院大学論集(人文・自然科学篇)』vol.22no.1抜刷〉
◇平家物語　下　山下宏明校注　5版　明治書院　1985.2　372p　19cm(校注古典叢書)　1400円
◇四部合戦状本平家物語評釈　5　巻三式部大夫章経の事〜太政入道朝家を恨み奉らるる由の事　早川厚一ほか　名古屋　早川厚一　1985.12　70p　21cm
◇四部合戦状本平家物語評釈　7　巻四　法皇鳥羽殿にて月日を送り御在す事〜木の下の事　早川厚一ほか　名古屋　早川厚一　1987.12　265p　21cm
◇平家物語　永積安明,武田恒夫,上横手雅敬編　新装版　集英社　1988.10　218p　29×22cm(図説　日本の古典　9)〈『平家物語』年表：p212〜213〉　2800円

内容 源平遺品の美　『平家物語』の世界　『平家納経』と厳島　『平家物語』—作品紹介　平曲—その楽器と演奏　平曲—その歴史と音楽　平氏の台頭　平清盛の足跡　「諸行無常」—『平家物語』の思想　建礼門院と祇王—女性たちの運命　浄土への願い　後白河法皇とその時代　源頼朝の生涯　平家絵の構図　平家絵合戦図と合戦風俗図　平家伝説　『平家物語』人物事典　『平家物語』年表　『平家物語』関係系図　『平家物語』関係地図

◇新日本古典文学大系　44　平家物語　上　佐竹昭広ほか編　梶原正昭,山下宏明校注　岩波書店　1991.6　445,6p　22cm　3500円
◇四部合戦状本平家物語評釈　8　巻五前半　都遷〜福原院宣　早川厚一ほか著　名古屋　早川厚一　1991.9　271p　21cm
◇平家物語　上　福田晃ほか校注　三弥井書店　1993.3　391p　20cm(三弥井古典文庫)〈略年表：p387〜391〉　2500円

◇新日本古典文学大系　45　平家物語　下　佐竹昭広ほか編　梶原正昭,山下宏明校注　岩波書店　1993.10　470,8p　22cm
◇四部合戦状本平家物語評釈　9　巻五後半　頼朝、安房国落ち〜南都炎上　早川厚一ほか著　名古屋　早川厚一　1996.12　209p　21cm
◇鹿の谷事件—平家物語鑑賞　梶原正昭著　武蔵野書院　1997.7　316p　22cm　2400円
◇長門本平家物語の総合研究　第1巻　校注篇　上　麻原美子,名波弘彰編　勉誠社　1998.2　906p　22cm　29000円
◇頼政挙兵—平家物語鑑賞　梶原正昭著　武蔵野書院　1998.12　373p　22cm　2600円
◇長門本平家物語の総合研究　第2巻　校注篇　下　麻原美子編　勉誠出版　1999.2　1729p　22cm　27000円
◇平家物語　1　梶原正昭,山下宏明校注　岩波書店　1999.7　398p　15cm(岩波文庫)　800円
◇平家物語　2　梶原正昭,山下宏明校注　岩波書店　1999.8　335p　15cm(岩波文庫)　800円
◇平家物語　3　梶原正昭,山下宏明校注　岩波書店　1999.9　367p　15cm(岩波文庫)　800円
◇御橋悳言著作集　4〔1〕　平家物語証注　上　御橋悳言著　続群書類従完成会　1999.10　681p　22cm　22000円
◇平家物語　4　梶原正昭,山下宏明校注　岩波書店　1999.10　419,18p　15cm(岩波文庫)　800円
◇御橋悳言著作集　4〔2〕　平家物語証注　中　御橋悳言著　続群書類従完成会　2000.2　711p　22cm　22000円
◇平家物語　下　佐伯真一校注　三弥井書店　2000.4　422p　20cm(三弥井古典文庫)〈年表あり〉　2800円
◇御橋悳言著作集　4〔3〕　平家物語証注　下　御橋悳言著　続群書類従完成会　2000.6　632p　22cm　20000円
◇江戸川柳で読む平家物語　阿部達二著　文藝春秋　2000.8　252p　18cm(文春新書)　710円
◇四部合戦状本平家物語全釈　6　早川厚一,佐伯真一,生形貴重校注　大阪　和泉書院

日本古典文学案内—現代語訳・注釈書　　173

中世文学(軍記物語)

2000.8　232p　22cm　〈巻5までのタイトル：四部合戦状本平家物語評釈〉

◇御橋悳言著作集　4〔4〕　平家物語証注索引　続群書類従完成会編輯部編　続群書類従完成会　2000.12　372p　22cm　12000円

◇平家物語　上　山下宏明校注　新装版　明治書院　2002.2　372p　19cm(校注古典叢書)　〈文献あり〉　2400円

◇平家物語　下　山下宏明校注　新装版　明治書院　2002.2　372p　19cm(校注古典叢書)　2400円

◇新釈平家物語　上　松本章男著　集英社　2002.4　347p　20cm　2300円

◇新釈平家物語　下　松本章男著　集英社　2002.4　337p　20cm　2300円

◇四部合戦状本平家物語全釈　7　早川厚一,佐伯真一,生形貴重校注　大阪　和泉書院　2003.6　360p　22cm　11000円

◇延慶本平家物語全注釈　第1本(巻1)　延慶本注釈の会編　汲古書院　2005.5　652p　22cm　13000円

◇延慶本平家物語全注釈　第1末(巻2)　延慶本注釈の会編　汲古書院　2006.6　572p　22cm　13000円

◇四部合戦状本平家物語全釈　9　早川厚一,佐伯真一,生形貴重校注　大阪　和泉書院　2006.9　472p　22cm　15000円

◇校注平家物語選　近藤政美,浜千代いづみ編著　大阪　和泉書院　2007.3　125p　21cm　〈年表あり〉　1500円

◇延慶本平家物語全注釈　第2本(巻3)　延慶本注釈の会編　汲古書院　2007.8　590p　22cm　13000円

◇平家物語　1　梶原正昭,山下宏明校注　岩波書店　2008.8　398p　19cm(ワイド版岩波文庫)　1400円

◇平家物語　2　梶原正昭,山下宏明校注　岩波書店　2008.9　335p　19cm(ワイド版岩波文庫)　1200円

◇平家物語　3　梶原正昭,山下宏明校注　岩波書店　2008.10　367p　19cm(ワイド版岩波文庫)　1300円

◇平家物語　4　梶原正昭,山下宏明校注　岩波書店　2008.11　419,18p　19cm(ワイド版岩波文庫)　1400円

平治物語(鎌倉前期)

【現代語訳】

◇新訳　保元平治物語読本　佐藤一英著　文教書院　1930.12　324p　23cm

◇現代語訳国文学全集　第13巻　保元物語・平治物語　前田晁訳　非凡閣　1936-1939　1冊　20cm

◇物語日本文学　5　藤村作他訳　至文堂　1937.12

　内容　保元物語平治物語

◇日本国民文学全集　第9巻　平家物語　河出書房新社　1958　347p　図版　22cm

　内容　保元物語(井伏鱒二訳)平治物語(井伏鱒二訳)平家物語(中山義秀訳)

◇日本文学全集　第7　青野季吉等編　河出書房新社　1960　516p　図版　19cm

　内容　保元物語(井伏鱒二訳)平治物語(井伏鱒二訳)平家物語(中山義秀訳)注釈(池田弥三郎)解説(山本健吉)

◇日本の古典　14　保元物語・平治物語・義経記　河出書房新社　1974　361p　図　23cm

　内容　保元物語,平治物語(井伏鱒二訳)義経記(高木卓訳)〈作品鑑賞のための古典〉愚管抄(慈円作　栃木孝惟訳)解説(杉浦明平)解題(犬井善寿)注釈(池田弥三郎,犬井善寿)年表(栃木孝惟):p.352-361

◇保元物語・平治物語　日下力校注・訳　ほるぷ出版　1986.9　457p　20cm(日本の文学)

◇新編日本古典文学全集　41　将門記　陸奥話記　保元物語　平治物語　柳瀬喜代志,矢代和夫,松林靖明,信太周,犬井善壽校注・訳　小学館　2002.2　646p　23cm　〈年表あり〉　4657円

◇平治物語　中村晃訳　勉誠出版　2004.6　211p　20cm(現代語で読む歴史文学)　〈シリーズ責任表示：西沢正史監修〉　2500円

【注釈書】

◇平治物語(頭書)　中根淑註釈　金港堂　1892.12　166p　22cm

◇平治物語—頭書　3巻　中根淑註釈　2版　金港堂書籍会社　1893　1冊　22cm

◇平治物語註釈(参訂)　内藤耻叟,平井頼吉

中世文学(軍記物語)

　参訂註釈　青山堂　1900.9　和290p(上中下合本)　図版　23cm

◇校註 国文叢書　第5冊　池辺義象編　23版　博文館　1924.10　合859p　23cm(復本第1・4・5・9・18冊)

　内容　保元物語 平治物語 平家物語

◇保元・平治物語の精神と釈義　冨倉徳次郎著　旺文社　1934.1　314p　19cm

◇校註 日本文学大系　14　保元物語・平治物語・平家物語　中山泰昌編　2版　誠文堂新光社　1938.10

◇平治物語　高橋貞一校訂　大日本雄弁会講談社　1952　284p 図版　19cm(新註国文学叢書　第59)〈附録：古本平治物語〉

◇日本古典文学大系　第31　保元物語,平治物語　永積安明,島田勇雄校注　岩波書店　1961　487p 図版 地図　22cm

◇御橋悳言著作集　2　平治物語注解　御橋悳言著　続群書類従完成会　1981.5　378p　22cm

◇新日本古典文学大系　43　保元物語　平治物語　承久記　佐竹昭広ほか編　栃木孝惟,日下力,益田宗,久保田淳校注　岩波書店　1992.7　614p　22cm　3800円

保元物語(鎌倉前期)

【現代語訳】

◇新訳 保元平治物語読本　佐藤一英著　文教書院　1930.12　324p　23cm

◇現代語訳国文学全集　第13巻　保元物語・平治物語　前田晁訳　非凡閣　1936-1939　1冊　20cm

◇日本国民文学全集　第9巻　平家物語　河出書房新社　1958　347p 図版　22cm

　内容　保元物語(井伏鱒二訳) 平治物語(井伏鱒二訳) 平家物語(中山義秀訳)

◇日本文学全集　第7　青野季吉等編　河出書房新社　1960　516p 図版　19cm

　内容　保元物語(井伏鱒二訳) 平治物語(井伏鱒二訳) 平家物語(中山義秀訳) 注釈(池田弥三郎) 解説(山本健吉)

◇日本の古典　14　保元物語・平治物語・義経記　河出書房新社　1974　361p 図版　23cm

　内容　保元物語,平治物語(井伏鱒二訳) 義経記(高木卓訳)〈作品鑑賞のための古典〉愚管抄(慈円作 栃木孝惟訳)解説(杉浦明平)解題(犬井善寿)注釈(池田弥三郎,犬井善寿)年表(栃木孝惟)：p.352-361

◇保元物語・平治物語　日下力校注・訳　ほるぷ出版　1986.9　457p　20cm(日本の文学)

◇新編日本古典文学全集　41　将門記　陸奥話記　保元物語　平治物語　柳瀬喜代志,矢代和夫,松林靖明,信太周,犬井善寿校注・訳　小学館　2002.2　646p　23cm〈年表あり〉　4657円

◇保元物語　武田昌憲訳　勉誠出版　2005.1　231p　20cm(現代語で読む歴史文学)〈シリーズ責任表示：西沢正史監修〉　2500円

【注釈書】

◇保元物語―頭書　3巻　中根淑註釈　金港堂本店　1891　42,56,47p　21cm

◇保元物語註釈(参訂)　内藤耻叟,平井頼吉参訂註釈　青山堂　1900.9　和266p(上中下合本)図版　23cm

◇保元物語評釈　鳥野幸次著　3版　明治書院　1917.5　276p　20cm

◇校註 国文叢書　第5冊　池辺義象編　23版　博文館　1924.10　合859p　23cm(復本第1・4・5・9・18冊)

　内容　保元物語 平治物語 平家物語

◇校註 保元平治物語　鳥野幸次著　明治書院　1925.1　320p　20cm

◇保元物語新釈　吉村重徳著　大同館　1927.3　299p　四六判

◇保元・平治物語の精神と釈義　冨倉徳次郎著　旺文社　1934.1　314p　19cm

◇保元物語の解釈　江島義修著　松栄堂　1934.10　137p　四六判

◇保元物語・太平記選釈　清水泰,斎藤清衛共著　日本文学社　1935.2　328p　菊判(国文学大講座)

◇校註 日本文学大系　14　保元物語・平治物語・平家物語　中山泰昌編　2版　誠文堂新光社　1938.10

◇保元物語　高橋貞一校註　大日本雄弁会講談社　1952　293p 図　19cm(新註国文学叢書　第58)〈附：古本保元物語〉

中世文学(説話・伝承)

◇御橋悳言著作集　1　保元物語注解　御橋悳言著　続群書類従完成会　1980.12　416p　22cm
◇新日本古典文学大系　43　保元物語　佐竹昭広ほか編　栃木孝惟校注　岩波書店　1992.7　614p　22cm　〈付：参考文献〉

説話・伝承

【現代語訳】

◇今物語　三木紀人全訳注　講談社　1998.10　371p　15cm(講談社学術文庫)　1050円

【注釈書】

◇校訂 吉野拾遺評釈　永野忠一著　健文社　1931.3　161,32p　19cm
◇新日本古典文学大系　40　宝物集　閑居友　平良山古人霊託　佐竹昭広ほか編　小泉弘, 山田昭全, 小島孝之, 木下資一校注　岩波書店　1993.11　574,38p　22cm　4000円

◆縁起

【現代語訳】

◇北野天神縁起絵巻―杉谷本　生杉朝子訳　名張　生杉朝子　1994.5　191p　22cm

宇治拾遺物語(鎌倉前期)

【現代語訳】

◇口訳 宇治拾遺物語　外山たか子著　広文堂書店　1918　286p　四六判
◇日本古典文学全集―現代語訳　第16巻　宇治拾遺物語　永積安明訳　河出書房　1955　316p　19cm
◇古典日本文学全集　第18　宇治拾遺物語　永積安明訳　筑摩書房　1961　386p 図版　23cm

　|内容| 文正草子(福永武彦訳) 鉢かづき(永井竜男訳) 物くさ太郎(円地文子訳) 蛤の草子(円地文子訳) 梵天国(円地文子訳) さいき(円地文子訳) 浦島太郎(福永武彦訳) 酒呑童子(永井竜男訳) 福富長者物語(福永武彦訳) あきみち(円地文子訳) 熊野の御本地のさうし(永井竜男訳) 三人法師(谷崎潤一郎訳) 秋夜長物語(永井竜男訳) 解説(永積安明, 市古貞次) 昔話と文学(柳田国男) 説話文学の芸術性(風巻景次郎) 中世説話の伝承と発想(西尾光一) お伽草子の芸術性(小田切秀雄) 草子の精神(花田清輝)

◇古典日本文学全集　第18　宇治拾遺物語　永積安明等訳　筑摩書房　1966　386p 図版　23cm　〈普及版〉
◇日本の古典　9　今昔物語　河出書房新社　1971　380p 図　23cm

　|内容| 今昔物語(福永武彦訳) 宇治拾遺物語(野坂昭如訳)

◇日本古典文学全集　28　宇治拾遺物語　小林智昭校注・訳　小学館　1973　509p 図　23cm
◇完訳日本の古典　第40巻　宇治拾遺物語　1　小林智昭ほか校注・訳　小学館　1984.10　385p　20cm　〈参考文献：p375～385〉　1700円
◇完訳日本の古典　第41巻　宇治拾遺物語　2　小林智昭ほか校注・訳　小学館　1986.2　398p　20cm　1700円
◇新編日本古典文学全集　50　宇治拾遺物語　小林保治, 増古和子校注・訳　小学館　1996.7　566p　23cm　4600円
◇週刊日本の古典を見る　20　宇治拾遺物語　巻1　野坂昭如訳　世界文化社　2002.9　34p　30cm　533円
◇週刊日本の古典を見る　21　宇治拾遺物語　巻2　野坂昭如訳　世界文化社　2002.9　34p　30cm　533円
◇今昔物語集―現代語訳 本文対照　宇治拾遺物語―現代語訳 本文対照　小林保治訳　學燈社　2006.11　279p　19cm　1600円
◇今昔物語・宇治拾遺物語―説話集が伝える人生の面白さ　古山高麗雄, 野坂昭如著　世界文化社　2007.5　175p　24cm(日本の古典に親しむ ビジュアル版　15)　〈年表あり〉　2400円
◇宇治拾遺物語　十訓抄　小林保治, 増古和子校訂・訳　浅見和彦校訂・訳　小学館　2007.12　317p　20cm(日本の古典をよむ　15)　1800円
◇今昔物語　宇治拾遺物語　大沼津代志文学習研究社　2008.2　195p　21cm(超訳 日本の古典　5)　1300円
◇雨月物語・宇治拾遺物語ほか　坪田譲治文童心社　2009.2　180p　19cm(これだけは読みたいわたしの古典)　〈『わたしの古典

中世文学(説話・伝承)

鯉になったお坊さん』改題書〉 2000円

内容 鯉になったお坊さん ふしぎなほらあなを通って 老僧どくたけを食べた話 雀がくれたひょうたん 柱の中の千両 ぼたもちと小僧さん 魚養のこと 塔についていた血の話 二人の行者 あたご山のイノシシ 観音さまから夢をさずかる話 白羽の矢 五色の鹿 ぬすびとをだます話

【注釈書】

◇宇治拾遺物語註釈 三輪杉根註釈 三木五百枝冊補 誠之堂 1904.6 和272p 23cm

◇国文註釈全集 第16 室松岩雄編 国学院大学出版部 1908-1910? 23cm

内容 源注拾遺(契冲)、源氏外伝(熊沢了介)、勢語図説抄(斎藤彦麿)、多武峯少将物語考証(丸林孝之)、四十二物語考証(山本明清)、鳴門中将物語考証(岸本由豆流)、狭衣物語下紙、附録、宇治拾遺物語私註(小島之茂)、唐物語堤要(清水浜臣)、取替ばや物語考証(岡本保孝)、今昔物語書入本、今昔物語出典攷(岡本保孝)、今昔物語訓(小山田与清)、梁塵愚案鈔(一条兼良)、梁塵後抄(熊谷直好)

◇校註 国文叢書 第11冊 池辺義象編 再版 博文館 1923.5 合808p 23cm(復本第1・4・5・9・18冊)

内容 宇治拾遺物語 池の藻屑(荒木田麗子) 松蔭日記(松平吉保)

◇参考 宇治拾遺物語新釈 中島悦次著 大同館書店 1928.11 576p 23cm

◇参考 宇治拾遺物語新釈 中島悦次著 大同館 1937.10 518p 菊判

◇校註 日本文学大系 10 宇治拾遺物語・古今著聞集 中山泰昌編 2版 誠文堂新光社 1937.11

◇宇治拾遺物語 野村八良校註 朝日新聞社 1949-1950 2冊 図版 19cm(日本古典全書)

◇日本古典文学大系 第27 宇治拾遺物語 渡辺綱也、西尾光一校注 岩波書店 1960 467p 図版 22cm

◇宇治拾遺物語 上 野村八良校註 朝日新聞社 1970 230p 19cm(日本古典全書) 〈第11版(初版:昭和24年刊) 監修:高木市之助〔等〕〉 400円

◇宇治拾遺物語・打聞集全註解 中島悦次著 有精堂出版 1970 684p 22cm 〈付:参考書目〉 6500円

◇宇治拾遺物語 下 野村八良校註 朝日新聞社 1976 202p 19cm(日本古典全書) 〈第7版(初版:昭和25年)〉 380円

◇宇治拾遺物語 下 長野甞一校注 2版 明治書院 1985.2 269p 19cm(校注古典叢書) 1300円

◇宇治拾遺物語 上 長野甞一校注 5版 明治書院 1985.3 330p 19cm(校注古典叢書) 〈主要なる参考文献:p312~316〉 1300円

◇宇治拾遺物語 大島建彦校注 新潮社 1985.9 578p 20cm(新潮日本古典集成) 〈参考文献:p567~569〉 2800円

◇新日本古典文学大系 42 宇治拾遺物語・古本説話集 佐竹昭広ほか編 三木紀人ほか校注 岩波書店 1990.11 569,9p 22cm 3900円

◇宇治拾遺物語 上 長野甞一校注 新装版 明治書院 2001.12 330p 19cm(校注古典叢書) 〈文献あり〉 2000円

◇宇治拾遺物語 下 長野甞一校注 新装版 明治書院 2001.12 269p 19cm(校注古典叢書) 2000円

唐物語(成立年未詳)

【現代語訳】

◇唐物語 小林保治全訳注 講談社 2003.6 411p 15cm(講談社学術文庫) 1350円

【注釈書】

◇国文註釈全集 第16 室松岩雄編 国学院大学出版部 1908-1910? 23cm

内容 源注拾遺(契冲)、源氏外伝(熊沢了介)、勢語図説抄(斎藤彦麿)、多武峯少将物語考証(丸林孝之)、四十二物語考証(山本明清)、鳴門中将物語考証(岸本由豆流)、狭衣物語下紙、附録、宇治拾遺物語私註(小島之茂)、唐物語堤要(清水浜臣)、取替ばや物語考証(岡本保孝)、今昔物語書入本、今昔物語出典攷(岡本保孝)、今昔物語訓(小山田与清)、梁塵愚案鈔(一条兼良)、梁塵後抄(熊谷直好)

◇校註 国文叢書 第18冊 池辺義象編 8版 博文館 1929.3 23cm(復本第1・4・5・9・18冊)

内容 神皇正統記(北畠親房) 梅松論 桜雲記 吉野拾遺(松翁) 十訓抄 大和物語 唐物語 和泉式部日記(和泉式部) 十六夜日記(阿仏尼)

中世文学(説話・伝承)

◇新釈 日本文学叢書 第2巻 内海弘蔵校注 日本文学叢書刊行会 1931.10 29,747p 23cm
　内容 狭衣 浜松中納言物語(菅原孝標の女) 堤中納言物語 讃岐典侍日記(讃岐典侍) 唐物語 中務内侍日記(中務内侍)
◇唐物語新釈 浅井峯治著 大同館書店 1940 192p 20cm
◇唐物語新釈 浅井峯治 有精堂出版 1989.1 192p 20cm 〈大同館1940年刊の複製〉 3800円
◇唐物語全釈 小林保治編著 笠間書院 1998.2 345p 22cm(笠間注釈叢刊 26) 9709円

閑居友(鎌倉前期)

【注釈書】
◇閑居友 美濃部重克校注 三弥井書店 1974 242p 図 22cm(中世の文学 第1期) 2600円

古今著聞集(鎌倉中期)

【現代語訳】
◇抄訳古今著聞集・作家論 横山青娥著 塔影書房 1978.7 168p 19cm 〈書名は奥付による 標題紙・表紙の書名：古今著聞集抄 公任・紫式部・西鶴論 喜寿記念集 限定版〉 2500円

【注釈書】
◇今昔物語 古今著聞集 下 井上頼圀, 萩野由之, 関根正直ほか著 博文館 1915 1冊(校註国文叢書)
◇校註 国文叢書 第17冊 池辺義象編 3版 博文館 1924.5 396,478p 23cm(復本第1・4・5・9・18冊)
　内容 今昔物語下巻 古今著聞集(橘成季)
◇校註 日本文学大系 10 宇治拾遺物語・古今著聞集 中山泰昌編 2版 誠文堂新光社 1937.11
◇日本文学大系―校註 第7巻 住吉物語, 古今著聞集 久松潜一, 山岸徳平監修 金子彦二郎校訂 新訂版 風間書房 1955 518p 19cm

◇日本古典文学大系 第84 古今著聞集 永積安明, 島田勇雄校注 岩波書店 1966 631p 図版 22cm
◇古今著聞集 上巻 中島悦次校注 角川書店 1975 390p 15cm(角川文庫)
◇古今著聞集 下巻 中島悦次校注 角川書店 1978.4 352p 15cm(角川文庫)
◇古今著聞集 上 西尾光一, 小林保治校注 新潮社 1983.6 533p 20cm(新潮日本古典集成)
◇古今著聞集 下 西尾光一, 小林保治校注 新潮社 1986.12 487p 20cm(新潮日本古典集成)

古事談・続古事談(鎌倉前期)

【現代語訳】
◇古事談―中世説話の源流 志村有弘訳 東村山 教育社 1980.8 256p 18cm(教育社新書)
　内容 『古事談』・源顕兼関係略年表, 『古事談』研究文献目録：p247〜256
◇宇治拾遺物語 十訓抄 小林保治, 増古和子校訂・訳 浅見和彦校訂・訳 小学館 2007.12 317p 20cm(日本の古典をよむ 15) 1800円

【注釈書】
◇古事談 上 小林保治校注 現代思潮社 1981.11 322p 20cm(古典文庫)
◇古事談 下 小林保治校注 現代思潮社 1981.12 269,24p 20cm(古典文庫) 〈『古事談』関係文献目録：p264〜269〉
◇続古事談注解 神戸説話研究会編 大阪 和泉書院 1994.6 835,29p 22cm(研究叢書 150) 30900円
◇新日本古典文学大系 41 古事談・続古事談 佐竹昭広, 大曽根章介, 久保田淳, 中野三敏編 川端善明, 荒木浩校注 岩波書店 2005.11 910,76p 22cm 5600円
◇古事談 上 小林保治校注 現代思潮新社 2006.5 322p 19cm(古典文庫 60) 〈オンデマンド版〉 3200円
◇古事談 下 小林保治校注 現代思潮新社 2006.5 269,24p 19cm(古典文庫 62) 〈文献あり〉 3000円

中世文学(説話・伝承)

三国伝記(室町中期)

【注釈書】

◇三国伝記　上　池上洵一校注　三弥井書店　1976.12　370p 図　22cm(中世の文学)〈参考文献：p.22〜24〉

◇三国伝記　下　池上洵一校注　三弥井書店　1982.7　374p　22cm(中世の文学)

◇修験の道―『三国伝記』の世界　池上洵一著　以文社　1999.3　328p　20cm(以文叢書　1)　2800円

十訓抄(鎌倉中期)

【現代語訳】

◇新編日本古典文学全集　51　十訓抄　浅見和彦校注・訳　小学館　1997.12　557p　23cm　〈索引あり〉　4457円

内容 文献あり

【注釈書】

◇名文評釈　国学院編　博文館　1901.5　448p　24cm

内容 続日本後記宣命・伊勢物語(荻野由之)、源氏物語・枕草子(本居豊頴)、枕草子(黒木真頼)、栄花物語(関根正直)、栄花物語(小杉榲邨)、十六夜日記・十訓抄・吉野拾遺・徒然草(本居豊頴)、源平盛衰記・平家物語・太平記(落合直文)、新撰朗詠集(松井簡治)

◇校註 十訓抄　石橋尚宝著　明治書院　1923　342p　四六判

◇十訓抄新釈　岡田稔著　大同館書店　1927.4　577p　20cm

◇校註 国文叢書　第18冊　池辺義象編　8版　博文館　1929.3　23cm(復本第1・4・5・9・18冊)

内容 神皇正統記(北畠親房) 梅松論 桜雲記 吉野拾遺(松翁) 十訓抄 大和物語 唐物語 和泉式部日記(和泉式部) 十六夜日記(阿仏尼)

◇十訓抄全注釈　河村全二注釈　新典社　1994.5　878p　22cm(新典社注釈叢書　6)　32000円

沙石集・無住作品(鎌倉中期)

【現代語訳】

◇新編日本古典文学全集　52　沙石集　小島孝之校注・訳　小学館　2001.8　638p　23cm　〈年表あり〉　4657円

内容 文献あり

【注釈書】

◇沙石集―校註　10巻　藤井乙男編及解説　文献書院　1928　411p 図版　19cm
〈校訂：穎原退蔵〉

◇校註 沙石集　藤井乙男編　文献書院　1928.7　411p　四六判

◇校註 沙石集　井上松翠編　京都　平楽寺書店　1943　411p　19cm

◇日本古典文学大系　第85　沙石集　渡辺綱也校注　岩波書店　1966　527p 図版　22cm

◇雑談集　山田昭全,三木紀人校注　三弥井書店　1973　352p 図 肖像　22cm(中世の文学)

◇校注沙石集　坂詰力治,寺島利尚編　無住著　武蔵野書院　1991.3　141p　21cm

◇沙石集―校註　藤井乙男編輯・解説　クレス出版　2004.10　411,5p　22cm(説話文学研究叢書　第3巻)〈文献書院昭和3年刊の複製〉

撰集抄(成立年未詳)

【注釈書】

◇撰集抄　第1-9　西行記　芳賀矢一校訂並註　富山房　1927　289p 図版　18cm(名著文庫)

◇撰集抄　西行自記　西尾光一校注　岩波書店　1970　378p　15cm(岩波文庫)〈研究文献抄：p.377-378〉　200円

◇撰集抄注釈　その1　安田孝子ほか著　名古屋　撰集抄研究会　1982.3　55p　21cm

◇撰集抄注釈　その2　安田孝子ほか著　名古屋　撰集抄研究会　1983.3　52p　21cm

◇撰集抄注釈　その3　安田孝子ほか著　名

日本古典文学案内－現代語訳・注釈書　179

中世文学(説話・伝承)

　　　古屋　撰集抄研究会　1984.3　41p
　　　21cm
◇撰集抄　上　安田孝子ほか校注　現代思
　　　潮社　1985.11　128,10p　20cm(古典文庫
　　　75)　2400円
◇撰集抄注釈　その4　安田孝子ほか　名古
　　　屋　撰集抄研究会　1986.3　45p　21cm
◇撰集抄注釈　その5　安田孝子ほか　名古
　　　屋　撰集抄研究会　1987.3　45p　21cm
◇撰集抄　下　安田孝子ほか校注　現代思
　　　潮社　1987.12　p129～277,52p
　　　20cm(古典文庫　81)　2400円
◇撰集抄注釈　その6　安田孝子ほか　名古
　　　屋　撰集抄研究会　1988.3　55p　21cm
◇撰集抄注釈　その7　安田孝子ほか　名古
　　　屋　撰集抄研究会　1989.3　48p　21cm
◇撰集抄注釈　その8　安田孝子ほか著　名
　　　古屋　撰集抄研究会　1990.3　57p
　　　21cm
◇撰集抄注釈　その9　安田孝子ほか著　名
　　　古屋　撰集抄研究会　1992.3　5,89p
　　　21cm
◇撰集抄注釈　その10　安田孝子ほか著
　　　名古屋　撰集抄研究会　1993.3　5,78p
　　　21cm
　　　内容　巻5-第9話～第15話
◇撰集抄注釈　その11　安田孝子ほか著
　　　名古屋　撰集抄研究会　1994.3　5,128p
　　　21cm
◇撰集抄　西尾光一校注　岩波書店
　　　1995.1　378p　15cm(岩波文庫)　〈研究文
　　　献抄：p377～378〉　670円
◇撰集抄注釈　その12　安田孝子ほか著
　　　名古屋　撰集抄研究会　1995.3　5,116p
　　　21cm
　　　内容　巻6-第6話～第11話
◇撰集抄注釈　その13　安田孝子ほか著
　　　名古屋　撰集抄研究会　1996.3　5,156p
　　　21cm
　　　内容　巻6-第12話～巻7-第9話
◇撰集抄注釈　その15　撰集抄研究会　名
　　　古屋　撰集抄研究会　1997.3　114p
　　　21cm
　　　内容　巻8第1話―巻8第11話
◇撰集抄注釈　その14　安田孝子ほか著
　　　名古屋　撰集抄研究会　1998.3　105p

　　　21cm
　　　内容　巻7第10話―巻7第15話
◇撰集抄注釈　その17　撰集抄研究会　名
　　　古屋　撰集抄研究会　2000.3　152p
　　　21cm　〈執筆：安田孝子ほか〉
　　　内容　巻8第23話―巻8第35話
◇撰集抄注釈　その19　撰集抄研究会　名
　　　古屋　撰集抄研究会　2000.3　93p
　　　21cm　〈執筆：安田孝子ほか〉
　　　内容　巻9第5話―巻9第8話
◇撰集抄注釈　その20　撰集抄研究会　名
　　　古屋　撰集抄研究会　2001.3　74p
　　　21cm　〈執筆：安田孝子ほか〉
　　　内容　巻9第9話―巻9第11話
◇撰集抄全注釈　上巻　撰集抄研究会編著
　　　笠間書院　2003.3　587p　22cm(笠間注
　　　釈叢刊　37)　15000円
◇撰集抄全注釈　下巻　撰集抄研究会編著
　　　笠間書院　2003.12　686p　22cm(笠間注
　　　釈叢刊　38)　18000円
◇撰集抄　上　安田孝子,梅野きみ子,野崎
　　　典子,河野啓子,森瀬代士枝校注　現代思
　　　潮新社　2006.10　86,128,10p　19cm(古
　　　典文庫　75)　〈1987年刊(第2刷)を本文と
　　　したオンデマンド版〉　2900円
◇撰集抄　下　安田孝子,梅野きみ子,野崎
　　　典子,河野啓子,森瀬代士枝校注　現代思
　　　潮新社　2006.10　p129-277,52p
　　　19cm(古典文庫　81)　〈文献あり〉
　　　2800円

宝物集(鎌倉前期)

【注釈書】

◇宝物集　第1-7　芳賀矢一校訂並註　富山
　　　房　1927　290p　図版　18cm(名著文庫)
◇新日本古典文学大系　40　宝物集　佐竹
　　　昭広ほか編　小泉弘,山田昭全校注　岩波
　　　書店　1993.11　574,38p　22cm

発心集(平安後期～鎌倉前期)

【現代語訳】

◇方丈記―現代語訳　本文対照　発心集―現
　　　代語訳　本文対照　歎異抄―現代語訳　本文

中世文学(日記・随筆・紀行・記録)

対照　三木紀人訳　學燈社　2006.1　264p　19cm　1600円

【注釈書】

◇方丈記・発心集―詳註　次田潤著　明治書院　1952　168p 図版　19cm

◇鴨長明全集―校註　簗瀬一雄編　風間書房　1956　332p 図版　19cm
　内容 方丈記, 鴨長明全歌集, 無名抄, 発心集. 附録：略本方丈記 他3篇

◇方丈記・発心集　井手恒雄校注　7版　明治書院　1986.3　350p　19cm(校注古典叢書)〈参考文献・鴨長明略年譜：p327〜335〉　1300円

◇方丈記　発心集　井出恒雄校注　新装版　明治書院　2002.2　350p　19cm(校注古典叢書)〈年譜あり〉　2400円

西行物語(鎌倉時代)

【現代語訳】

◇西行物語―全訳注　桑原博史訳注　講談社　1981.4　276p　15cm(講談社学術文庫)〈西行略年譜：p256〜259〉　580円

◇「新訳」西行物語―がんばらないで自由に生きる　宮下隆二訳　PHP研究所　2008.12　197p　18cm〈他言語標題：〈New translation〉the story of Saigyo〉　800円

日記・随筆・紀行・記録

【現代語訳】

◇日本の古典　8　王朝日記随筆集　2　河出書房新社　1973　339p 図　23cm
　内容 大鏡(中村真一郎訳)方丈記(鴨長明著 佐藤春夫訳)とはずがたり(二条著 瀬戸内晴美訳)徒然草(吉田兼好著 佐藤春夫訳)作品鑑賞のための古典　大鏡短観抄(大石千引著 間中富士子訳)鴨長明方丈記流水抄(槇島昭武著 間中富士子訳)南倶佐見草(松永貞徳著 間中富士子訳)解説(篠田一士)解題(間中富士子)

◇宗長日記　島津忠夫校注　岩波書店　1975　204p　15cm(岩波文庫)　140円

【注釈書】

◇中世女流日記―校注　福田秀一, 塚本康彦編　武蔵野書院　1973　119p　22cm　450円
　内容 うたたね, 弁内侍日記, 中務内侍日記, とはずがたり, 竹むきが記

◇宇都宮辣業日記全釈　外村展子著　風間書房　1977.8　421,2p　22cm〈年表：p.325〜334 関係文献一覧：p.357〜359〉　12000円

◇一条兼良藤河の記全釈　外村展子著　風間書房　1983.5　376p　22cm〈参考文献：p245〜246〉　13000円

◇新日本古典文学大系　51　中世日記紀行集　1　佐竹昭広ほか編　福田秀一ほか校注　岩波書店　1990.10　536,33p　22cm　3900円

◇小島のすさみ全釈　福田秀一, 大久保甚一著　笠間書院　2000.2　226p　22cm(笠間注釈叢刊　30)〈複製を含む〉　5800円

◇南北朝の宮廷誌―二条良基の仮名日記　小川剛生著　京都　臨川書店　2003.2　232p　19cm(原典講読セミナー　9)〈年表あり〉　2400円

◇中世日記紀行文学全評釈集成　第2巻　たまきはる　うたたね　十六夜日記　信生法師集　大倉比呂志, 村田紀子, 祐野隆三著　勉誠出版　2004.12　333p　22cm〈文献あり〉　13000円

◇中世日記紀行文学全評釈集成　第6巻　勉誠出版　2004.12　336p　22cm〈文献あり〉　13000円
　内容 小島のすさみ(伊藤敬著)　鹿苑院殿厳島詣記(荒木尚著)　白河紀行(両角倉一著)　住吉詣(石川一著)　筑紫道の記(祐野隆三著)　なぐさめ草(外村展子著)　藤河の記(外村展子著)　道ゆきぶり(荒木尚著)

◇中世日記紀行文学全評釈集成　第7巻　勉誠出版　2004.12　427p　22cm〈文献あり〉　13000円
　内容 廻国雑記(高橋良雄著)　九州下向記(石川一著)　九州の道の記(石川一著)　佐野のわたり(勢田勝郭著)　紹巴富士見道記(岸田依子著)　楠長諳九州下向記(石川一著)　東路のつと(伊藤伸江著)　武蔵野紀行(石川一著)　宗長日記(岸田依子著)

中世文学(日記・随筆・紀行・記録)

飛鳥井雅有日記(鎌倉中期)

【注釈書】

◇飛鳥井雅有日記　佐佐木信綱校註　古典文庫　1949　108p　17cm(古典文庫　第25冊)

　内容　無名の記,嵯峨のかよひ路,最上の河路,都路のわかれ

◇春のみやまぢ　渡辺静子校注　新典社　1984.4　213p　21cm(影印校注古典叢書31)〈書名は表紙による　藤原宗城安永9年写(平野神社蔵)の複製に翻刻を併記〉1800円

◇飛鳥井雅有日記全釈　水川喜夫　風間書房　1985.6　712p　22cm　〈年立・関係文献：p545～599〉　27000円

◇飛鳥井雅有日記注釈　浜口博章著　桜楓社　1990.10　190p　19cm(国語国文学研究叢書　第40巻)　4944円

◇飛鳥井雅有『春のみやまぢ』注釈　浜口博章著　桜楓社　1993.3　255p　22cm　16000円

◇中世日記紀行文学全評釈集成　第3巻　源家長日記　飛鳥井雅有卿記事　春のみやまぢ　藤田一尊,渡辺静子,芝波田好弘,青木経雄著　勉誠出版　2004.12　359p　22cm　〈文献あり〉　13000円

十六夜日記・うたたねの記・阿仏尼(鎌倉中期)

【現代語訳】

◇新訳土佐日記・新訳十六夜日記　中村徳五郎訳　富田文陽堂　1912.7　124,120p　19cm

◇口訳新解 十六夜日記　古典研究社編　関根正直,幸田露伴監修　古典研究社　1918　150p　三六判

◇訳註 土佐・十六夜・方丈記　飯田潮春訳註　6版　岡村書店　1919.4　73p　15cm

◇現代語訳国文学全集　第8巻　土佐日記・更級日記・十六夜日記　紀貫之,菅原孝標の女,阿仏尼各著　藤村作訳　非凡閣　1937.3　1冊　20cm

◇口訳 国文叢書　3　口訳 十六夜日記(阿仏尼)　佐佐木弘綱訳　人文書院　1940.2　20,159,56p　19cm

◇うたたね　次田香澄全訳注　講談社　1978.11　156p　15cm(講談社学術文庫)〈参考文献：p153～154〉

◇十六夜日記詳講　武田孝　明治書院　1985.9　632p　22cm　〈参考文献：p599～603〉　12000円

◇十六夜日記・夜の鶴注釈　簗瀬一雄,武井和人　大阪　和泉書院　1986.8　483p　22cm(研究叢書　30)〈阿仏尼参考文献：p475～482〉　13000円

◇新日本古典文学大系　51　中世日記紀行集　1　佐竹昭広ほか編　福田秀一ほか校注　岩波書店　1990.10　536,33p　22cm

　内容　高倉院厳島御幸記.高倉院升遐記.海道記.東関紀行.うたたね.十六夜日記.中務内侍日記.竹むきが記.都のつと.小島のくちずさみ.藤河の記.筑紫紀行.北国紀行.宗祇終焉記.佐野のわたり.解説 中世日記紀行文学の展望 福田秀一著.参考文献：p529～536

◇新編日本古典文学全集　48　中世日記紀行集　小学館　1994.7　654p　23cm

　内容　海道記 長崎健校注・訳.信生法師日記 外村南都子校注・訳.東関紀行 長崎健校注・訳.弁内侍日記・十六夜日記 岩佐美代子校注・訳.春の深山路 外村南都子校注・訳.道行きぶり・なぐさみ草・覧富士記 稲田利徳校注・訳.東路のつと・吉野詣記・九州道の記 伊藤敬校注・訳.九州の道の記 稲田利徳校注・訳.解説

【注釈書】

◇参考標註十六夜日記読本　鈴木弘恭注　中西屋　1885.10　和57丁　23cm

◇纂註いざよひの日記校本　斎藤普春校注　尚栄堂　1892.8　65p　19cm

◇標註十六夜日記読本　佐佐木信綱注　葛塚村(新潟)　弦巻七十郎　1892.10　和34丁　23cm

◇国文学講義全書　伊藤岩次郎編　誠之堂　1897　9冊　22cm

　内容　新註古今和歌集(増田子信,生田目経徳述)上下(443p),神皇正統記(今泉定介述)上下(435p),土佐日記,竹取物語(今泉定介述)128,153p,伊勢物語(今泉定介述)264p,十六夜日記(三木五百枝述)・百人一首(畠山健述)・和文読本問答(深井鑑一郎述)118,68,100p,徒然草,上下(476p)

◇十六夜日記講義　三木五百枝講　5版　誠之堂書店　1899.10　118p　21cm

◇名文評釈　国学院編　博文館　1901.5

中世文学(日記・随筆・紀行・記録)

448p　24cm

内容　続日本後記宣命・伊勢物語(荻野由之),源氏物語・枕草子(本居豊顕),枕草子(黒木真頼),栄花物語(関根正直),栄花物語(小杉榲邨),十六夜日記・十訓抄・吉野拾遺・徒然草(本居豊顕),源平盛衰記・平家物語・太平記(落合直文),新撰朗詠集(松井簡治)

◇国文註釈全集　第13　室松岩雄編　国学院大学出版部　1908-1910？　23cm

内容　竹取物語抄補注(小山儀),徒然草野槌(林道春),十六夜日記残月抄補注(小山田与清,北条時隣),世諺問答考証(日尾荊山),大井河行幸和歌考証(井上文雄)

◇十六夜日記読本　附,註釈　篠田真道著　修学堂　1909.7　131p　23cm(新註百科全書　第91編)

◇十六夜日記新釈　森野雪江著　井上一書堂　1909.8　125p　19cm

◇十六夜日記通解(頭註)　有馬与藤次(憐花)注　崇文館,二松堂　1910.12　276p　16cm

◇新釈 日本文学叢書　5　物集高量校註　広文庫刊行会　1918-1923　23cm

内容　紫式部日記 和泉式部日記 更科日記(菅原孝標女) 十六夜日記(阿仏尼) 枕草子(清少納言) 方丈記(鴨長明) 徒然草(吉田兼好)

◇十六夜日記新釈　佐野保太郎著　有精堂書店　1919　220p　二六判

◇詳註 伊勢物語 十六夜日記　藤井乙男,加藤順三,井手惇二郎著　成象堂　1922　354p　三六判

◇新釈十六夜日記　竹野長次著　上田泰文堂　1927.9　226p　18cm

◇参考 十六夜日記新釈　小松尚義著　大同館　1928.8　284p　四六判

◇校註 国文叢書　第18冊　池辺義象編　8版　博文館　1929.3　23cm(復本第1・4・5・9・18冊)

内容　神皇正統記(北畠親房) 梅松論 桜雲記 吉野拾遺(松翁) 十訓抄 大和物語 唐物語 和泉式部日記(和泉式部) 十六夜日記(阿仏尼)

◇十六夜日記新釈　小室由三著　広文堂　1930.5　125p　菊判

◇方丈・東関・十六夜日記　松井博信釈　立川書店　1932.2　348,20p　19cm(中等国文解釈叢書　第2篇)

◇十六夜日記研究　森本種次郎　文進堂　1941.4　100p　18cm(国文解釈叢書)

◇新講 十六夜日記・海道記　吉松祐一講　学生の友社　1942.10　202p　19cm(学生文化新書　102)

◇十六夜日記　谷山茂校註　京都　河原書店　1949　118p　19cm(新註日本短篇文学叢書　第14)

◇十六夜日記　比留間喬介校註　大日本雄弁会講談社　1951　289p 図版　19cm(新註国文学叢書)

内容　十六夜日記,うたたね,夜の鶴,阿仏仮名諷誦,阿仏(安嘉門院四条)勧撰集入集和歌,阿仏東くだり〔著者未詳〕,阿仏尼年譜,十六夜日記行程一覧,皇室系図略・御子左家系図・阿仏尼系図,十六夜日記解説補説,十六夜日記校異,「庭のをしへ」について

◇阿仏尼全集一校註　簗瀬一雄編　風間書房　1958　295p　19cm

内容　うたたねの記,十六夜日記,夜の鶴,庭の訓(広本) 庭の訓(略本) 四条局仮名諷誦,阿仏尼全歌集

◇十六夜日記-吉備少将光卿写本　一瀬幸子,江口正弘,長崎健校注　新典社　1975　95p　22cm(影印校注古典叢書)

◇十六夜日記・夜の鶴　森本元子全訳注　講談社　1979.3　241p　15cm(講談社学術文庫)

◇うたゝね　永井義憲校注　新典社　1980.4　85p　21cm(影印校注古典叢書　23)　650円

◇阿仏尼全集一校註　簗瀬一雄編　増補版　風間書房　1981.3　387p　19cm　2200円

内容　解題.うたたねの記.十六夜日記.夜の鶴.庭の訓(広本) 庭の訓(略本) 四条局仮名諷誦.阿仏尼全歌集.附録 源承和歌口伝(愚管抄)抄出.阿仏東下り.阿仏真影之記.増補部 安嘉門院四条五百首.後葉和歌集.住吉社歌合.玉津島歌合.奉079憶上人歌序.消息文.未来記の添状.菟玖波集.吾妻問答.〔追加〕閑月和歌集

◇十六夜日記詳講　武田孝著　明治書院　1985.9　632p　22cm　〈参考文献：p599〜603〉　12000円

◇十六夜日記・夜の鶴注釈　簗瀬一雄,武井和人著　大阪　和泉書院　1986.8　483p　22cm(研究叢書　30)〈阿仏尼参考文献：p475〜482〉　13000円

◇女流日記文学講座　第6巻　建礼門院右京大夫集・うたたね・竹むきが記　石原昭平ほか編　勉誠社　1990.10　325p　20cm〈監修：今井卓爾〉　3200円

日本古典文学案内-現代語訳・注釈書　183

中世文学(日記・随筆・紀行・記録)

◇いさよひ—校本・注解・索引　宮田光編著　名古屋　東海学園大学日本文化学会　2002.9　86p　21cm(東海学園国文叢書　11)〈複製および翻刻を含む〉　2000円
◇中世日記紀行文学全評釈集成　第2巻　たまきはる　うたたね　十六夜日記　信生法師集　大倉比呂志, 村田紀子, 祐野隆三著　勉誠出版　2004.12　333p　22cm〈文献あり〉　13000円
◇うたゝね　竹むきが記—鎌倉時代後期、南北朝時代の女流日記文学2作品　次田香澄校注　渡辺静子校注　6版　笠間書院　2007.1　231p　21cm〈年譜あり〉　1700円
◇日記文学研究叢書　第14巻　十六夜日記　津本信博編・解説　クレス出版　2007.3　1冊　22cm〈複製〉

[内容]十六夜日記残月抄補注/小山田与清注(国学院大学出版部明治42年刊)　標注十六夜日記読本/佐佐木信綱注(六合館書店明治25年刊)　新訳十六夜日記精解/吉川秀雄著(精文館書店大正7年刊)　新釈十六夜日記/竹野長次著(上田泰文堂昭和2年刊)　十六夜日記全釈/小室由三著(広文堂昭和5年刊)

海道記・東関紀行(鎌倉前期)

【現代語訳】

◇新訳東関紀行精解　吉川秀雄著　精文堂書店　1917　180p　三六判
◇新編日本古典文学全集　48　中世日記紀行集　小学館　1994.7　654p　23cm

[内容]海道記　長崎健校注・訳. 信生法師日記　外村南都子校注・訳. 東関紀行　長崎健校注・訳. 弁内侍日記・十六夜日記　岩佐美代子校注・訳. 春の深山路　外村南都子校注・訳. 道行きぶり・なぐさみ草・覧富士記　稲田利徳校注・訳. 東路のつと・吉野詣記・九州道の記　伊藤敬校注・訳. 九州の道の記　稲田利徳校注・訳. 解説

【注釈書】

◇東関紀行註釈　辻橋大吉, 畠中亀之助著　誠之堂　1902.8　102p　22cm
◇徒然草 方丈記 東関紀行　大町桂月著　隆文館　1914　1冊(修訂註釈国文全書)
◇校註 東関紀行　鳥野幸次注　明治書院　1927.10　87p　20cm
◇東関紀行新釈　笠松彬雄著　大同館　1928.1　135p　四六判
◇東関紀行　待鳥清九郎校註　広文堂　1929　87p 図版 地図　21cm(要註国文定本総聚)
◇方丈・東関・十六夜日記　松井博信釈　立川書店　1932.2　348,20p　19cm(中等国文解釈叢書　第2篇)
◇東関紀行　鳥野幸次校註　5版　明治書院　1942　87p 図版　20cm
◇新講 方丈記・東関紀行　尾頭信一講　学生の友社　1942.5　70,112,21p　19cm(学生文化新書　101)
◇新講 十六夜日記・海道記　吉松祐一講　学生の友社　1942.10　202p　19cm(学生文化新書　102)
◇東関紀行　高橋貞一校註　大日本雄弁会講談社　1952　157p 図版　19cm(新註国文学叢書　第54)

[内容]海道記 著者未詳 高橋貞一校註を合刻

◇海道記　玉井幸助校註　2版　朝日新聞社　1954　310p　19cm(日本古典全書)〈表紙には海道記, 十六夜日記とあり〉

[内容]東関紀行(玉井幸助校註) 十六夜日記(阿仏尼著 石田吉良校註)を合刻

◇海道記全釈　武田孝著　笠間書院　1990.3　588p　22cm(笠間注釈叢刊　14)　18540円
◇新日本古典文学大系　51　中世日記紀行集　1　佐竹昭広ほか編　福田秀一ほか校注　岩波書店　1990.10　536,33p　22cm

[内容]高倉院厳島御幸記.高倉院升遐記.海道記.東関紀行.うたたね.十六夜日記.中務内侍日記.竹むきが記.都のつと.小島のくちずさみ.藤河の記.筑紫道記.北国紀行.宗祇終焉記.佐野のわたり.参考文献 中世日記紀行文学の展望 福田秀一著. 参考文献：p529～536

◇東関紀行全釈　武田孝著　笠間書院　1993.1　393p　22cm(笠間注釈叢刊　16)　12000円

建春門院中納言日記(たまきはる)(鎌倉前期)

【注釈書】

◇健寿御前日記　玉井幸助校註　朝日新聞社　1954　223p　19cm(日本古典全書)

中世文学(日記・随筆・紀行・記録)

◇たまきはる全注釈　小原幹雄ほか共著　笠間書院　1983.2　336p　22cm(笠間注釈叢刊　8)〈研究書・研究論文:p325～329〉　10000円

◇健寿御前日記撰釈　本位田重美著　古典と民俗の会編　大阪　和泉書院　1986.1　225p　19cm(和泉選書　25)　3800円

◇新日本古典文学大系　50　とはずがたり　たまきはる　佐竹昭広ほか　三角洋一校注　岩波書店　1994.3　442p　22cm　3600円

◇中世日記紀行文学全評釈集成　第2巻　たまきはる　うたたね　十六夜日記　信生法師集　大倉比呂志,村田紀子,祐野隆三著　勉誠出版　2004.12　333p　22cm〈文献あり〉　13000円

とはずがたり(鎌倉中期)

【現代語訳】

◇とはずがたり　富倉徳次郎訳　筑摩書房　1966　480p　図版　19cm

◇とはずがたり　上巻　松本寧至訳注　角川書店　1968　344p　15cm(角川文庫)

◇とはずがたり　下巻　松本寧至訳注　角川書店　1968　344p　15cm(角川文庫)

◇とはずがたり　富倉徳次郎訳　筑摩書房　1969　480p　図版　19cm(筑摩叢書)

◇日本の古典　8　王朝日記随筆集　2　河出書房新社　1973　339p　図　23cm

内容　大鏡(中村真一郎訳)　方丈記(鴨長明著 佐藤春夫訳)　とわずがたり(二条著 瀬戸内晴美訳)　徒然草(吉田兼好著 佐藤春夫訳)　作品鑑賞のための古典　大鏡短観抄(大石千引著 間中富士子訳)　鴨長明方丈記流水抄(槙島昭武著 間中富士子訳)　南倶佐見草(松永貞徳著 間中富士子訳)　解説(篠田一士)　解題(間中富士子)

◇建礼門院右京大夫集・とはずがたり　藤平春男,福田秀一著　尚学図書　1981.2　392p　20cm(鑑賞日本の古典　12)〈参考文献解題・「建礼門院右京大夫集」「とはずがたり」関係年表:p367～391〉　1600円

◇とはずがたり　井上宗雄,和田英道訳・注　創英社　1984.3　586p　19cm(全訳日本古典新書)〈『とはずがたり』年表:p561～586〉

◇とはずがたり　1　久保田淳校注・訳　小学館　1985.4　350p　20cm(完訳日本の古典　第38巻)〈図版〉　1500円

◇とはずがたり　2　久保田淳校注・訳　小学館　1985.6　302p　20cm(完訳日本の古典　第39巻)〈図版〉　1500円

◇とはずがたり　上　巻一・巻二　次田香澄訳注　講談社　1987.7　434p　15cm(講談社学術文庫)〈年譜:p422～429〉　1200円

◇とはずがたり　下　巻三・巻四・巻五　次田香澄訳注　講談社　1987.8　525p　15cm(講談社学術文庫)〈年譜:p454～470〉　1400円

◇現代語訳とわずがたり　瀬戸内寂聴訳　新潮社　1988.3　269p　15cm(新潮文庫　せ-2-23)　320円

◇新編日本古典文学全集　47　建礼門院右京大夫集　とはずがたり　久保田淳校注・訳　小学館　1999.12　598p　23cm　4657円

◇土佐日記　蜻蛉日記　とはずがたり　菊地靖彦校訂・訳　木村正中,伊牟田経久校訂・訳　久保田淳校訂・訳　小学館　2008.11　318p　20cm(日本の古典をよむ　7)　1800円

【注釈書】

◇とはずがたり―全釈　呉竹同文会注釈　風間書房　1966　900p　表　22cm　〈監修者:中田祝夫〉

◇とはずがたり　福田秀一校注　新潮社　1978.9　424p　20cm(新潮日本古典集成)〈年表:p392～412〉

◇とはずがたり全釈　呉竹同文会著　2版　風間書房　1978.11　918p　22cm　〈付:参考文献〉　18000円

◇とはずがたり　次田香澄校注　10版　明治書院　1985.3　319p　19cm(校注古典叢書)〈主要文献・論文:p288～289　年譜:p295～304〉

◇とはずがたり　岸田依子,西沢正二校注　三弥井書店　1988.4　252p　22cm　〈御深草院二条の略年譜:p246～252〉　2300円

◇女流日記文学講座　第5巻　とはずがたり・中世女流日記文学の世界　石原昭平ほか編　勉誠社　1990.5　375p　20cm〈監修:今井卓爾〉　3200円

日本古典文学案内―現代語訳・注釈書　185

中世文学(日記・随筆・紀行・記録)

◇校注とはずがたり　松村雄二編　新典社　1990.6　270p　19cm(新典社校注叢書　6)　2060円
◇新日本古典文学大系　50　とはずがたり　たまきはる　佐竹昭広ほか編　三角洋一校注　岩波書店　1994.3　442p　22cm　3600円
◇中世日記紀行文学全評釈集成　第4巻　とはずがたり　西沢正史,標宮子著　勉誠出版　2000.10　512p　22cm　〈文献あり〉　20000円

竹むきが記(南北朝時代)

【注釈書】

◇竹むきが記全釈　水川喜夫著　風間書房　1972　462p　22cm　〈監修：中田祝夫〉　6800円
◇女流日記文学講座　第6巻　建礼門院右京大夫集・うたたね・竹むきが記　石原昭平ほか編　勉誠社　1990.10　325p　20cm　〈監修：今井卓爾〉　3200円
◇中世日記紀行文学全評釈集成　第5巻　中務内侍日記　竹むきが記　青木経雄,渡辺静子著　勉誠出版　2004.12　301p　22cm　〈年譜あり〉　12000円
◇うたゝね　竹むきが記―鎌倉時代後期、南北朝時代の女流日記文学2作品　次田香澄校注　渡辺静子校注　6版　笠間書院　2007.1　231p　21cm　〈年譜あり〉　1700円

中務内侍日記・弁内侍日記(鎌倉中期)

【現代語訳】

◇新編日本古典文学全集　48　中世日記紀行集　小学館　1994.7　654p　23cm
　内容　海道記　長崎健校注・訳．信生法師日記　外村南都子校注・訳．東関紀行　長崎健校注・訳．弁内侍日記・十六夜日記　岩佐美代子校注・訳．春の深山路　外村南都子校注・訳．道行きぶり・なぐさみ草・覧富士記　稲田利徳校注・訳．東路のつと・吉野詣記・九州道の記　伊藤敬校注・訳．九州の道の記　稲田利徳校注・訳．解説

【注釈書】

◇新釈　日本文学叢書　第2巻　内海弘蔵校注　日本文学叢書刊行会　1931.10　29,747p　23cm
　内容　狭衣　浜松中納言物語(菅原孝標の女)　堤中納言物語　讃岐典侍日記(讃岐典侍)　唐物語　中務内侍日記(中務内侍)
◇中務内侍日記―新注　玉井幸助著　大修館書店　1958　299p　図版　22cm
　内容　校注編、研究編．付：玉井幸助先生年譜、玉井幸助先生著作目録
◇弁内侍日記―新注　玉井幸助著　大修館書店　1958　407p　図版　22cm
　内容　校注編、研究編
◇弁内侍日記―校注　今関敏子編　大阪和泉書院　1989.5　205p　22cm　2060円
◇新日本古典文学大系　51　中世日記紀行集　1　佐竹昭広ほか編　福田秀一ほか校注　岩波書店　1990.10　536,33p　22cm
　内容　高倉院厳島御幸記.高倉院升遐記.海道記.東関紀行.うたたね.十六夜日記.中務内侍日記.竹むきが記.都のつと.小島のくちずさみ.藤河の記.筑紫道記.北国紀行.宗祇終焉記.佐野のわたり.解説　中世日記紀行文学の展望　福田秀一著.参考文献：p529〜536
◇中世日記紀行文学全評釈集成　第5巻　中務内侍日記　竹むきが記　青木経雄,渡辺静子著　勉誠出版　2004.12　301p　22cm　〈年譜あり〉　12000円
◇校訂中務内侍日記全注釈　岩佐美代子著　笠間書院　2006.1　278p　22cm(笠間注釈叢刊　39)　〈文献あり〉　9000円

源家長日記(鎌倉前期)

【注釈書】

◇源家長日記全註解　石田吉貞,佐津川修二著　有精堂出版　1968　357p　22cm　3000円
◇中世日記紀行文学全評釈集成　第3巻　源家長日記　飛鳥井雅有卿記事　春のみやまぢ　藤田一尊,渡辺静子,芝波田好弘,青木経雄著　勉誠出版　2004.12　359p　22cm　〈文献あり〉　13000円

中世文学(随筆・教訓)

明月記(平安後期～鎌倉中期)

【現代語訳】

◇訓読明月記　第1巻　今川文雄訳　河出書房新社　1977.9　353p　22cm
◇訓読明月記　第2巻　今川文雄訳　河出書房新社　1977.11　326p　22cm
◇訓読明月記　第3巻　今川文雄訳　河出書房新社　1978.1　352p　22cm
◇訓読明月記　第4巻　今川文雄訳　河出書房新社　1978.5　349p　22cm
◇訓読明月記　第5巻　今川文雄訳　河出書房新社　1978.8　275p　22cm
◇訓読明月記　第6巻　今川文雄訳　河出書房新社　1979.5　286p　22cm
◇明月記抄　今川文雄編訳　河出書房新社　1986.9　422p　22cm

随筆・教訓

【現代語訳】

◇塵塚物語　鈴木昭一訳　東村山　教育社　1980.12　298p　18cm(教育社新書)〈参考文献：p295～298〉　700円
◇新編日本古典文学全集　44　方丈記　徒然草　正法眼蔵随聞記　歎異抄　神田秀夫,永積安明,安良岡康作校注・訳　小学館　1995.3　606p　23cm〈長明関係略年表：p594～597 兼好関係略年表：p599～604〉　4800円

【注釈書】

◇標註庭のをしへ　佐佐木信綱注　葛塚村(新潟)　弦巻七十郎　1892.6　和11丁　23cm
◇仲文章注解―諸本集成　幼学の会編　勉誠社　1993.10　419,18p　22cm〈諸本の影印を含む〉　15000円

方丈記(鎌倉前期)

【現代語訳】

◇方丈記捷解　井上喜文訳　杉本七百丸刊　1894.2　和42p　24cm

◇新訳方丈記精解　吉川秀雄著　精文館書店　1917　135p　三六判
◇方丈記新訳　佐野保太郎著　有精堂書店　1917　174p　三六判
◇訳註　土佐・十六夜・方丈記　飯田潮春訳註　6版　岡村書店　1919.4　73p　15cm
◇詳註訳解　竹取物語・土佐日記・方丈記　藤井乙男著　博多成象堂　1932.3　78p　四六判
◇現代語訳国文学全集　第19巻　徒然草・方丈記　佐藤春夫訳　非凡閣　1937.4　1冊　20cm
◇日本国民文学全集　第7巻　王朝日記随筆集　河出書房　1956　368p 図版　22cm
　内容 蜻蛉日記(室生犀星訳) 枕草子(田中澄江訳) 和泉式部日記(森三千代訳) 更級日記(井上靖訳) 方丈記(佐藤春夫訳) 徒然草(佐藤春夫訳)
◇日本文学全集　第5　青野季吉等編　河出書房新社　1960　534p 図版　19cm
　内容 蜻蛉日記(藤原道綱母著 室生犀星訳) 和泉式部日記(和泉式部著 森三千代訳) 更級日記(菅原孝標女著 井上靖訳) 枕草子(清少納言著 田中澄江訳) 方丈記(鴨長明著 佐藤春夫訳) 徒然草(吉田兼好著 佐藤春夫訳) 注釈(池田弥三郎) 解説(池田弥三郎)
◇国民の文学　第7　王朝日記随筆集　谷崎潤一郎等編　河出書房新社　1964　534p 図版　18cm
　内容 蜻蛉日記(室生犀星訳) 和泉式部日記(森三千代訳) 更級日記(井上靖訳) 枕草子(田中澄江訳) 方丈記(佐藤春夫訳) 徒然草(佐藤春夫訳) 解説(池田弥三郎)
◇古典日本文学全集　第11　枕草子,方丈記,徒然草　筑摩書房　1965　306p 図版　23cm　〈普及版〉
　内容 枕草子(塩田良平訳) 方丈記(唐木順三訳) 徒然草(臼井吉見訳) 清少納言の「枕草子」(島崎藤村) 枕草子について(和辻哲郎) 兼好と長明と(佐藤春夫) 徒然草(小林秀雄) 卜部兼好(亀井勝一郎) 解説(塩田良平,唐木順三,臼井吉見)
◇方丈記　簗瀬一雄訳注　角川書店　1967　194p　15cm(角川文庫)〈付：現代語訳〉
◇日本の思想　第5　方丈記・徒然草・一言芳談集　臼井吉見編　筑摩書房　1970　362p 図版　20cm
　内容 解説 兼好の無常思想(臼井吉見) 方丈記(鴨長明著 唐木順三校訂・訳・注) 徒然草(吉

日本古典文学案内－現代語訳・注釈書　　187

中世文学(随筆・教訓)

田兼好著 臼井吉見校訂・訳・注) 一言芳談(小西甚一校訂・訳・注) 方丈記関係付図、隠遁思想関係略年表、参考文献、徒然草細目 付(別冊16p):対談(唐木順三, 臼井吉見)

◇日本古典文学全集 27 方丈記 神田秀夫校注・訳 小学館 1971 564p 図 23cm

◇方丈記 川瀬一馬校注・現代語訳 講談社 1971.7 113p 15cm(講談社文庫)

◇日本の古典 8 王朝日記随筆集 2 河出書房新社 1973 339p 図 23cm
内容 大鏡(中村真一郎訳) 方丈記(鴨長明著 佐藤春夫訳)とわずがたり(二条著 瀬戸内晴美訳) 徒然草(吉田兼好著 佐藤春夫訳) 作品鑑賞のための古典 大鏡短観抄(大石千引著 間中富士子訳) 鴨長明方丈記流水抄(槙島昭武著 間中富士子訳) 南倶佐見草(松永貞徳著 間中富士子訳) 解説(篠田一士) 解題(間中富士子)

◇方丈記 安良岡康作全訳注 講談社 1980.2 313p 15cm(講談社学術文庫)

◇方丈記・徒然草 三木紀人著 尚学図書 1980.2 560p 20cm(鑑賞日本の古典 10) 〈発売:小学館〉 1800円

◇現代語訳日本の古典 12 徒然草・方丈記 山崎正和著 学習研究社 1980.5 180p 30cm

◇方丈記 付発心集(抄) 今成元昭訳注 旺文社 1981.2 191p(旺文社文庫)

◇方丈記・発心集 三木紀人訳 學燈社 1982.8 264p 15cm(現代語訳学燈文庫) 〈本文対照〉

◇徒然草 方丈記 島尾敏雄, 堀田善衛訳 世界文化社 1986.1 23cm(特選日本の古典 グラフィック版 第7巻)

◇方丈記 神田秀夫校注・訳 小学館 1986.3 398p 20cm(完訳日本の古典 37) 〈図版〉 1700円

◇方丈記 三木紀人訳・注 創英社 1986.6 118p 19cm(全対訳日本古典新書) 〈鴨長明略年譜:p116～118〉 530円

◇方丈記 浅見和彦校注・訳 ほるぷ出版 1987.7 330p 20cm(日本の文学)

◇永井路子の方丈記・徒然草 永井路子著 集英社 1987.9 254p 19cm(わたしの古典 13) 〈編集:創美社〉 1400円

◇方丈記―付発心集(抄) 今成元昭訳注 旺文社 1988.5 191p 16cm(対訳古典シリーズ) 〈参考文献・鴨長明年譜:p183

～189〉 380円

◇方丈記 山本一訳・解説・写真 ブレイク・アート社 1988.12 1冊(頁付なし) 18×19cm 〈発売:星雲社 付(1冊):古典への旅 山本一訳・解説・写真 ケース入〉

◇方丈記・発心集(抄) 今成元昭訳注 旺文社 1994.7 191p 19cm(全訳古典撰集) 〈書名は奥付による 標題紙等の書名:方丈記〉 920円

◇新編日本古典文学全集 44 方丈記 徒然草 正法眼蔵随聞記 歎異抄 神田秀夫, 永積安明, 安良岡康作校注・訳 小学館 1995.3 606p 23cm 〈長明関係略年表:p594～597 兼好関係略年表:p599～604〉 4800円

◇永井路子の方丈記・徒然草 永井路子著 集英社 1996.10 271p 16cm(わたしの古典) 700円

◇週刊日本の古典を見る 24 方丈記 巻1 堀田善衛訳 世界文化社 2002.10 34p 30cm 533円

◇週刊日本の古典を見る 25 方丈記 巻2 堀田善衛訳 世界文化社 2002.10 34p 30cm 533円

◇すらすら読める方丈記 中野孝次著 講談社 2003.2 206p 19cm 1500円

◇方丈記 吉野進一全訳 八王子 平成文芸社 2004.11 59p 22cm 〈和装〉

◇方丈記―現代語訳 本文対照 発心集―現代語訳 本文対照 歎異抄―現代語訳 本文対照 三木紀人訳 學燈社 2006.1 264p 19cm 1600円

◇徒然草・方丈記―吉田兼好と鴨長明の二大随筆 島尾敏雄, 堀田善衛著 世界文化社 2006.7 199p 24cm(日本の古典に親しむ ビジュアル版 9) 2400円

◇方丈記 武田友宏編 角川学芸出版 2007.6 189p 15cm(角川文庫―角川ソフィア文庫 ビギナーズ・クラシックス) 〈年譜あり〉 590円

◇徒然草・方丈記 大伴茫人編 筑摩書房 2007.7 365p 15cm(ちくま文庫―日本古典は面白い) 680円

◇方丈記 徒然草 歎異抄 神田秀夫校訂・訳 永積安明校訂・訳 安良岡康作校訂・訳 小学館 2007.10 317p 20cm(日本の古典をよむ 14) 1800円

◇徒然草 方丈記 弦川琢司文 学習研究

社　2008.2　195p　21cm(超訳日本の古典　6)　1300円

【注釈書】

◇新註方丈記　武田信賢注　関根正直閲　吉川半七刊　1891.6　30p　19cm
◇校註方丈記　佐佐木信綱注　東京堂　1892.8　34p　23cm
◇冠註傍解方丈記　星野忠直注　大阪　図書出版　1892.11　和42p　22cm
◇訂正標註方丈記　上田胤比古注　今泉定介閲　誠之堂　1892.11　33p　19cm
◇註釈方丈記　渋谷愛太郎註釈　新潟　精華堂　1893.6　76p　20cm
◇校註方丈記　佐佐木信綱注　博文館　1894.7　42p　23cm
◇方丈記読本　明治書院編輯部編　訂正13版　明治書院　1905.8　27,39p　23cm〈附　註釈39p〉
◇国文註釈全集　第9　室松岩雄編　国学院大学出版部　1908-1910？　23cm
　内容　紫式部日記解(足立稲直)、土佐日記考証(岸本由豆流)、蜻蛉日記解環(坂徴)、長明方丈記抄(加藤盤斎)、鴨長明方丈記流水抄(槙島昭武)、方丈記泗説
◇方丈記新釈　田山停雲著　井上一書堂　1909.1　96p　19cm
◇方丈記読本　附,註解　篠田真道著　修学堂　1909.2　87p　23cm(新撰百科全書　第75編)
◇方丈記通解(頭註)　有馬憐花注　崇文館,二松堂　1910.10　136p　16cm
◇徒然草　方丈記　東関紀行　大町桂月著　隆文館　1914　1冊(修訂註釈国文全書)
◇方丈記評釈　内海弘蔵著　明治書院　1916　186p　20cm
◇新釈　日本文学叢書　5　物集高量校註　広文庫刊行会　1918-1923　23cm
　内容　紫式部日記　和泉式部日記　更科日記(菅原孝標女)　十六夜日記(阿仏尼)　枕草子(清少納言)　方丈記(鴨長明)　徒然草(吉田兼好)
◇校定　方丈記新釈　竹野長次著　近田書店出版部　1919　107p　三六判
◇国文講義　方丈記新釈　今泉定介著　誠文堂　1921　130p　三六判

◇校註　国文叢書　第12冊　池辺義象編　5版　博文館　1924.7　23cm(復本第1・4・5・9・18冊)
　内容　蜻蛉日記(藤原道綱の母)　更科日記(菅原孝標女)　浜松中納言物語(菅原孝標女)　とりかへばや物語　方丈記(鴨長明)　月のゆくへ(荒木田麗子)
◇参考　方丈記新釈　小松尚著　大同館　1928.8　154p　四六判
◇方丈記新釈　徳本正俊著　7版　芳文堂出版部　1929.5　197p　19cm
◇方丈記　うけらが花　三浦梅園　解釈　児玉尊臣著　有精堂　1931.9　90p　四六判(国漢文叢書)
◇方丈・東関・十六夜日記　松井博信釈　立川書店　1932.2　348,20p　19cm(中等国文解釈叢書　第2篇)
◇方丈記新講　舟橋聖一著　三省堂　1933.6　98p　四六判(新撰国文叢書)
◇新訂要註　方丈記　倉野憲司編　三省堂　1933.12　47p　19cm(高等国文叢刊)
◇方丈記新講　永田義直著　大同館書店　1938.3　107,11p　20cm
◇鴨長明全集　上下　簗瀬一雄校註　冨山房　1940　2冊　18cm(冨山房百科文庫　112・113)〈増訂合冊版　風間書房　昭39〉0.9円
◇新講　方丈記・東関紀行　尾頭信一著　学生の友社　1942.5　70,112,21p　19cm(学生文化新書　101)
◇方丈記　田中辰二校註　文化書店　1946　33p　B6　15円
◇方丈記解釈　児玉尊臣著　有精堂　1946　100p　B6　6円
◇方丈記　川瀬一馬校註　講談社　1948　274p　図版　19cm(新註国文学叢書)
◇方丈記評釈　内海弘蔵著　安藤英方改修　改修版　明治書院　1948　222p　18cm
◇方丈記―新註　桂孝二校註　京都　河原書店　1949　52p　19cm(新註日本短篇文学叢書　第13)
◇方丈記全釈―評註　新間進一著　紫乃故郷舎　1949　176p　図版　19cm(紫文学評註叢書)
◇方丈記・発心集―評註　次田潤著　明治書院　1952　168p　図版　19cm

中世文学(随筆・教訓)

◇日本文学大系—校註　第2巻　久松潜一,山岸徳平監修　新訂版　風間書房　1955　553p　19cm

[内容] 土佐日記(植松安,山岸徳平校訂)和泉式部日記(長連恒校訂)更級日記(玉井幸助校訂)清少納言枕草子(山崎麓,山岸徳平校訂)方丈記(山崎麓,山岸徳平校訂)徒然草(山崎麓校訂)

◇日本古典文学大系　第30　方丈記,徒然草　西尾実校注　岩波書店　1957　290p　図版　22cm

◇方丈記　細野哲雄校註　朝日新聞社　1970　241p　19cm(日本古典全書)〈監修者：高木市之助等〉

◇鴨長明全集—校注　簗瀬一雄編　風間書房　1971　1冊　19cm　2800円

◇方丈記全注釈　簗瀬一雄注釈　角川書店　1971　404p　図　22cm(日本古典評釈全注釈叢書)

◇方丈記解釈大成　簗瀬一雄著　大修館書店　1972　363p　図24p　23cm　3300円

◇方丈記全釈　水原一著　加藤中道館　1975　222p　図　19cm　〈鴨長明略年譜：p.212-215　方丈記関係地図：p.216〉1000円

◇方丈記—大福光寺本　小内一明校注　新典社　1976　111p　21cm(影印校注古典叢書　11)　1000円

◇方丈記・発心集　三木紀人校注　新潮社　1976　437p　20cm(新潮日本古典集成)

◇鴨長明全集—校註　簗瀬一雄編　風間書房　1980.8　1冊　19cm　〈補訂版の複製〉　3800円

[内容] 解説.方丈記.鴨長明全歌集.無名抄.発心集.附録　略本方丈記.英訳方丈記.宝玉集.発心集攷

◇図説日本の古典　10　集英社　1980.12　218p　28cm　〈企画：秋山虔ほか〉2400円

[内容] 長明年譜・兼好年譜：p214〜215　各章末：参考文献

◇方丈記新講　吉池浩著　増訂版　大阪和泉書院　1982.4　20,180p　21cm　〈付：研究参考書〉　1600円

◇校注方丈記　長崎健編　新典社　1984.5　221p　19cm(新典社校注叢書　1)

◇方丈記・発心集　井手恒雄校注　7版　明治書院　1986.3　350p　19cm(校注古典

叢書)〈参考文献・鴨長明略年譜：p327〜335〉　1300円

◇方丈記を読む　馬場あき子,松田修　講談社　1987.10　224p　15cm(講談社学術文庫)　640円

◇方丈記・徒然草　三木紀人,宮次男,益田宗編　新装版　集英社　1988.7　218p　29×22cm(図説 日本の古典　10)〈長明・兼好年譜：p214〜215〉　2800円

[内容] 隠者文学とその周辺　『方丈記』—作品紹介　長明の風景と文学—『方丈記』をめぐって　安元の大火　『方丈記』の世の不思議　運慶と鎌倉彫刻　鎌倉美術とリアリズム　2つの軌跡—長明と兼好　『徒然草』—作品紹介　南北朝時代の歌人—『宝積経要品』紙背和歌短冊　はるかなる王朝—兼好と「古き世」　二条河原落書—『徒然草』の背景　海北友雪筆『徒然草絵巻』　祖師伝絵巻の流布　地獄の諸相—『往生要集』　新仏教の始祖たち　貴族仏教からの脱皮

◇新日本古典文学大系　39　方丈記　佐竹昭広編・校注　岩波書店　1989.1　404p　22cm　〈兼好略年表・参考文献：p402〜404〉

◇方丈記　市古貞次校注　新訂　岩波書店　1989.5　151p　15cm(岩波文庫)〈主要参考書：p137〜139〉

◇方丈記　市古貞次校注　新訂　岩波書店　1991.6　151p　19cm(ワイド版岩波文庫)〈複製と翻刻〉　700円

◇真字本方丈記—影印・注釈・研究　加賀元子,田野村千寿子著　大阪　和泉書院　1994.10　266p　22cm(研究叢書　155)〈監修：島津忠夫〉　10300円

◇方丈記全釈　武田孝著　笠間書院　1995.9　531p　22cm(笠間注釈叢刊　17)〈鴨長明略年譜：p493〜497〉　16000円

◇方丈記　発心集　井出恒雄校注　新装版　明治書院　2002.2　350p　19cm(校注古典叢書)〈年譜あり〉　2400円

◇松田修著作集　第5巻　松田修著　右文書院　2002.11　553p　22cm　7000円

[内容] 日本の異端文学　「方丈記」を読む　座談　解題とその人(中込重明著)

徒然草(鎌倉後期)

【現代語訳】

◇新訳徒然草　山名彦三郎訳　名古屋　山

中世文学(随筆・教訓)

名彦三郎　1892.3　90,70p(上下巻)　19cm　〈漢文〉

◇徒然草　芳賀矢一著　文会堂　1916　1冊（国文口訳叢書）

◇新訳 徒然草精解　中尾倍紀知、堤達也著　精文堂書店　1917　642p　三六判

◇訳註徒然草　溝口白羊訳註　9版　岡村書店　1917.11　474p　15cm

◻口訳新解 徒然草　古典研究社編　関根正直,幸田露伴監修　古典研究社　1918　484p　三六判

◇口訳新解 徒然草　関根正直,幸田露伴著　集文館書店　1924.1　484,25p　18cm

◇訳註 徒然草　坪内孝著　12版　共同出版社　1924.3　364p　18cm

◇新訳 徒然草詳解　東大寺隆三注訳　大盛堂書店　1925.1　381p　17cm

◇大要・口訳・語釈・講評 徒然草精義　藤田豪之輔　正文館書店　1927.6　849,29,41p　22cm

◇沼波 訳註徒然草　沼波瓊音著　修文館　1928.1　414,23p　19cm

◇新訳 徒然草・枕草紙・雨月物語　幸田露伴校訂　改版　中央出版社　1928.10　554p　三六判(新訳日本文学叢書　2)

◇対訳詳註 徒然草　今泉忠義,勝俣久作著　明徳堂　1931.3　382p　19cm

◇つれづれ草　エビー シー・エス訳　三角社　1934.4　16.23p　19cm

◇対訳精説 徒然草新講　平野太一著　昇龍堂書店　1935.2　265,55,22p　19cm

◇物語日本文学　15　藤村作他訳　2版　至文堂　1937.2

　内容　徒然草

◇現代語訳国文学全集　第19巻　徒然草・方丈記　佐藤春夫訳　非凡閣　1937.4　1冊　20cm

◇現代語訳徒然草　佐藤春夫著　非凡閣　1946　210p　B6　35円

◇徒然草精解―新訳　吉川秀雄著　精文館　1949　650p　19cm

◇詳解対訳徒然草　塚本哲三著　有朋堂　1951　380p　19cm

◇徒然草新解―対訳　佐成謙太郎著　明治書院　1951　466p　19cm

◇訳註徒然草　沼波瓊音著　改訂版　東京修文館　1951　420p　19cm

◇徒然草　能勢朝次訳　至文堂　1953　232p　19cm(物語日本文学)

◇徒然草詳解―全訳　前嶋成著　改訂版　大修館書店　1955　536p 図版　19cm

◇日本古典文学全集―現代語訳　第23巻　徒然草　佐々木八郎訳　2版　河出書房　1955　238p　19cm

◇日本国民文学全集　第7巻　王朝日記随筆集　河出書房　1956　368p 図版　22cm

　内容　蜻蛉日記(室生犀星訳) 枕草子(田中澄江訳) 和泉式部日記(森三千代訳) 更級日記(井上靖訳) 方丈記(佐藤春夫訳) 徒然草(佐藤春夫訳)

◇徒然草―附・現代語訳　今泉忠義訳註　改訂版　角川書店　1957　308p　15cm(角川文庫)

◇日本文学全集　第5　青野季吉等編　河出書房新社　1960　534p 図版　19cm

　内容　蜻蛉日記(藤原道綱母著 室生犀星訳) 和泉式部日記(和泉式部著 森三千代訳) 更級日記(菅原孝標女著 井上靖訳) 枕草子(清少納言著 田中澄江訳) 方丈記(鴨長明著 佐藤春夫訳) 徒然草(吉田兼好著 佐藤春夫訳) 注釈(池田弥三郎) 解説(池田弥三郎)

◇国民の文学　第7　王朝日記随筆集　谷崎潤一郎等編　河出書房新社　1964　534p 図版　18cm

　内容　蜻蛉日記(室生犀星訳) 和泉式部日記(森三千代訳) 更級日記(井上靖訳) 枕草子(田中澄江訳) 方丈記(佐藤春夫訳) 徒然草(佐藤春夫訳) 解説(池田弥三郎)

◇古典日本文学全集　第11　枕草子,方丈記,徒然草　筑摩書房　1965　306p 図版　23cm　〈普及版〉

　内容　枕草子(塩田良平訳) 方丈記(唐木順三訳) 徒然草(臼井吉見訳) 清少納言の「枕草子」(島崎藤村) 枕草子について(和辻哲郎) 兼好と長明と(佐藤春夫) 徒然草(小林秀雄) 卜部兼好(亀井勝一郎) 解説(塩田良平, 唐木順三, 臼井吉見)

◇日本文学全集―カラー版　4　竹取物語・伊勢物語・枕草子・徒然草　河出書房新社　1969　378p 図版11枚　23cm　〈監修者：武者小路実篤等〉

　内容　竹取物語(川端康成訳) 伊勢物語(中村真一郎訳) 枕草子(田中澄江訳) 更級日記(井上靖訳) 今昔物語(福永武彦訳) 徒然草(佐藤春夫訳)

日本古典文学案内―現代語訳・注釈書　191

中世文学(随筆・教訓)

◇日本の思想　第5　方丈記・徒然草・一言芳談集　臼井吉見編　筑摩書房　1970　362p 図版　20cm
　[内容] 解説 兼好の無常思想(臼井吉見) 方丈記(鴨長明著 唐木順三校訂・訳・注) 徒然草(吉田兼好著 臼井吉見校訂・訳・注) 一言芳談(小西甚一校訂・訳・注) 方丈記関係付図, 隠遁思想関係略年表, 参考文献, 徒然草細目 付(別冊16p): 対談(唐木順三, 臼井吉見)

◇徒然草　川瀬一馬校注・現代語訳　講談社　1971.2　344p 15cm(講談社文庫)

◇日本の古典　8　王朝日記随筆集　2　河出書房新社　1973　339p 図　23cm
　[内容] 大鏡(中村真一郎訳) 方丈記(鴨長明著 佐藤春夫訳) とわずがたり(二条院 瀬戸内晴美訳) 徒然草(吉田兼好著 佐藤春夫訳) 作品鑑賞のための古典 大鏡短観抄(大石千引著 間中富士子訳) 鴨長明方丈記流水抄(槇島昭武著 間中富士子訳) 南倶佐見草(松永貞徳著 間中富士子訳) 解説(篠田一士) 解題(間中富士子)

◇徒然草―全訳注　1　三木紀人訳注　講談社　1979.9　311p 15cm(講談社学術文庫)

◇方丈記・徒然草　三木紀人著　尚学図書　1980.2　560p 20cm(鑑賞日本の古典 10) 〈発売:小学館〉　1800円

◇現代語訳日本の古典　12　徒然草・方丈記　山崎正和著　学習研究社　1980.5　180p 30cm

◇徒然草―全訳注　2　三木紀人訳注　講談社　1982.4　306p 15cm(講談社学術文庫)

◇徒然草―全訳注　3　三木紀人訳注　講談社　1982.5　332p 15cm(講談社学術文庫)

◇徒然草―全訳注　4　三木紀人訳注　講談社　1982.6　306p 15cm(講談社学術文庫) 〈兼好年譜:p289～299〉

◇徒然草 方丈記　島尾敏雄, 堀田善衛訳　世界文化社　1986.1　23cm(特選日本の古典 グラフィック版　第7巻)

◇完訳日本の古典　第37巻　方丈記・徒然草　神田秀夫, 永積安明校注・訳　小学館　1986.3　398p 20cm　1700円

◇徒然草　佐伯梅友訳・注　創英社　1986.6　350p 19cm(全対訳日本古典新書) 〈発売:三省堂書店〉　850円

◇徒然草　稲田利徳校注・訳　ほるぷ出版　1986.9　2冊　20cm(日本の文学)

◇永井路子の方丈記・徒然草　永井路子著　集英社　1987.9　254p 19cm(わたしの古典 13) 〈編集:創美社〉　1400円

◇徒然草　安良岡康作訳注　旺文社　1988.5　493p 16cm(対訳古典シリーズ) 〈参考文献・年譜:p473～477〉　650円

◇徒然草―イラスト古典全訳　橋本武著　日栄社　1989.12　231p 19cm　680円

◇徒然草　安良岡康作訳注　旺文社　1994.7　493p 19cm(全訳古典撰集) 〈参考文献・年譜:p473～477〉

◇永井路子の方丈記・徒然草　永井路子著　集英社　1996.10　271p 16cm(わたしの古典)　700円

◇徒然草　角川書店編　角川書店　1998.5　255p 12cm(角川mini文庫―ミニ・クラシックス 9)　400円

◇徒然草　角川書店編　角川書店　2002.1　293p 15cm(角川文庫―ビギナーズ・クラシックス) 〈年譜あり〉　629円

◇週刊日本の古典を見る　22　徒然草　巻1　島尾敏雄訳　世界文化社　2002.9　34p 30cm　533円

◇週刊日本の古典を見る　23　徒然草　巻2　島尾敏雄訳　世界文化社　2002.10　34p 30cm　533円

◇すらすら読める徒然草　中野孝次著　講談社　2004.4　269p 19cm　1700円

◇徒然草―現代語訳　佐藤春夫訳　河出書房新社　2004.4　272p 15cm(河出文庫)　680円

◇徒然草・方丈記―吉田兼好と鴨長明の二大随筆　島尾敏雄, 堀田善衛著　世界文化社　2006.7　199p 24cm(日本の古典に親しむ ビジュアル版 9)　2400円

◇徒然草　方丈記　弦川琢司文　学習研究社　2008.2　195p 21cm(超訳日本の古典 6)　1300円

◇徒然草精髄―超俗の道しるべ　真屋晶訳　名古屋　ブイツーソリューション　2008.3　63p 18cm 〈星雲社(発売)〉　600円

【注釈書】

◇標註徒然草抄　島地黙雷著　白蓮会　1888.5　106p 20cm

◇校訂標註徒然草　増田于信校　誠之堂　1890.2　220p 19cm

中世文学(随筆・教訓)

◇標註徒然草読本　池辺義象注　葛塚村(新潟)　弦巻七十郎　1890.9　和85,68p(上下合本)　23cm

◇参考標註徒然草抜萃　鈴木弘恭注　敬文堂　1891.2　和46丁　23cm

◇纂註徒然草校本　斎藤普春校注　尚栄堂　1891.12　120,96p(上下巻)　20cm

◇標註徒然草(文章解剖)　小田清雄注　大阪文栄堂　1892.5　和196p　22cm

◇校註徒然草　佐佐木信綱注　東京堂　1892.6　194p　23cm

◇増註徒然草　伊沢孝雄編　大阪　弘業館　1892.6　296p　20cm

◇標註段解徒然草　星野忠直注　大阪　図書出版　1892.8　224p　22cm

◇校註徒然草文段抄　鈴木春湖注　大阪　鈴木常松　1892.10　318p　23cm

◇徒然草新釈(標註)　渡辺弘人注　京都　藤井孫兵衛,田中治兵衛　1893.1　124,98p　19cm

◇徒然草読本　今泉定介校註　有斐閣　1893.8　194p　20cm

◇標註徒然草読本　小田清雄注　大阪　文栄堂　1893.12　196p　23cm

◇徒然草要義(文法附註)　逸見仲三郎,神崎一作著　国文学館　1896.5　288p　22cm

◇国文学講義全書　伊藤岩次郎編　誠之堂　1897　9冊　22cm

　内容　新註古今和歌集(増田子信,生田目経徳述)上下(443p),神皇正統紀(今泉定介述)上下(435p),土佐日記,竹取物語(今泉定介述)128,153p,伊勢物語(今泉定介述)264p,十六夜日記(三木五百枝述)・百人一首(畠山健述)・和文読本問答(深井鑑一郎述)118,68,100p,徒然草,上下(476p)

◇徒然草新釈(訂正増補)　渡辺弘人著　大阪　積善館　1899.5　和158,114p(上下合本)　図版　23cm

◇名文評釈　国学院編　博文館　1901.5　448p　24cm

　内容　続日本後記宣命・伊勢物語(荻野由之),源氏物語・枕草子(本居豊顕),枕草子(黒木真頼),栄花物語(関根正直),枕草子(小杉榲邨),十六夜日記・十訓抄・吉野拾遺・徒然草(本居豊顕),源平盛衰記・平家物語・太平記(落合直文),新撰朗詠集(松井簡治)

◇国文註釈全集　第13　室松岩雄編　国学院大学出版部　1908-1910？　23cm

　内容　竹取物語抄補注(小山儀),徒然草野槌(林道春),十六夜日記残月抄補注(小山田与清,北条時隣),世諺問答考証(日尾荊山),大井河行幸和歌考証(井上文雄)

◇国文註釈全集　第15　室松岩雄編　国学院大学出版部　1908-1910？　23cm

　内容　徒然草諸抄大成(浅香山井編)

◇徒然草読本　附,註解　篠田真道註解　修学堂　1909.4　155,76p　23cm(新撰百科全書　第76編)

◇徒然草評釈　内海弘蔵著　明治書院　1911.9　368p　17cm

◇校定徒然草新釈　永井一孝,竹野長次著　近田書店　1917　568p　三六判

◇註解 新釈徒然草　佐々政一,相馬明次郎著　大阪　博多成象堂　1918　505p　三五判

◇新釈 日本文学叢書　5　物集高量校註　広文庫刊行会　1918-1923　23cm

　内容　紫式部日記 和泉式部日記 更科日記(菅原孝標女) 十六夜日記(阿仏尼) 枕草子(清少納言) 方丈記(鴨長明) 徒然草(吉田兼好)

◇註釈 徒然草　大町桂月校註　磯部甲陽堂　1919　200p　四六判

◇徒然草新釈　豊田八十代著　広文堂書店　1920　458p　三六判

◇校註 国文叢書　第6冊　池辺義象編　22版　博文館　1924.7　合586p　23cm(復本第1・4・5・9・18冊)

　内容　竹取物語 伊勢物語 落窪物語 土佐日記(紀貫之) 枕草紙(清少納言) 徒然草(吉田兼好) 紫式部(紫式部)

◇改訂 徒然草新釈　青木正,佐野保太郎著　41版　有精堂書店　1925.3　539p　19cm

◇徒然草解釈　塚本哲三著　有朋堂書店　1925.10　627,30p　22cm

◇参考 徒然草解釈　藤森政次郎著　崇文堂　1925.12　406p　18cm

◇徒然草釈義　伊藤平章著　二松堂書店　1926.2　436p　18cm

◇徒然草評釈　石田瀧蔵著　健文社　1926.5　362p　19cm

◇校註 徒然草　内海弘蔵著　明治書院　1926.12　174p　20cm

◇三段式 徒然草通釈　上村松五郎著　再版　三鈴社　1929.5　297p　19cm

日本古典文学案内－現代語訳・注釈書　193

中世文学(随筆・教訓)

◇校定 徒然草新釈　永井一孝,竹野長次共著　京都　文献書院　1929.6　568p　四六判
◇徒然草の解釈と鑑賞　広瀬菅次著　啓文社書店　1929.10　325p　17cm
◇落窪物語・住吉物語・堤中納言物語・徒然草　笹川種郎,藤村作,尾上八郎校註　博文館　1930.1　345p　四六判
◇落窪物語 住吉物語 堤中納言物語 徒然草　笹川種郎,藤村作,尾上八郎校註　博文館　1930.1　合338p 図　20cm(博文館叢書)
◇校訂増註 徒然草諸抄大成　吉沢義則著　立命館大学出版部　1930.6　5冊　23cm
◇徒然草解釈　児玉尊臣著　有精堂　1931.9　94p　四六判(国漢文叢書)
◇新修 徒然草評釈　末政寂仙著　湯川弘文社　1933.6　676p　四六判
◇徒然草新講　倉野憲司著　三省堂　1933.12　136p　四六判(新撰国文叢書)
◇新註つれづれ草　橘純一著　瑞穂書院　1934
◇徒然草の解釈　木原義雄著　白帝社　1934.5　129p　四六判(新国漢文叢書)
◇佐野 徒然草新講　佐野保太郎著　藤井書店　1934.6　604,30,45p　23cm
◇徒然草新釈　広瀬菅次著　彰考館　1935.7　325p　四六判
◇徒然草解釈　木原義雄著　松栄堂　1937.5　129p　19cm
◇正註 つれづれ草通釈　上中下　橘純一著　慶文堂書院　1938-1941　3冊　19cm
〈瑞穂書院 昭13-16〉
◇つれづれ草通釈―正註　上,中,下　橘純一著　瑞穂書院　1939-1941　3冊　19cm
◇徒然草新講　佐野保太郎著　藤井書店　1942.12　604,29,45p　22cm
◇徒然草　上　田中辰二校註　文化書店　1946　47p　B6　15円
◇徒然草の解釈　兒玉尊臣著　有精堂　1946.5　94p　19cm
◇徒然草　橘純一校註　朝日新聞社　1947　259p 図版　19cm(日本古典全書)
◇徒然草(抄)　田中辰二校註　文化書店　1947　36p　B6　15円
◇徒然草新講　永田義直著　藤谷崇文館　1947　162p　B6　30円

◇新釈徒然草　尾山信一著　いちろ社　1948　101p　19cm
◇徒然草新釈　杉田安之著　壮文社　1948　352p　21cm
◇徒然草新釈　井桁薫著　海文堂　1948　192p　12×10cm
◇徒然草―昭和校註　橘純一校註　訂再版　武蔵野書院　1949　207p　19cm
◇徒然草新講　佐野保太郎著　8版　福村書店　1949　679p　22cm
◇新註徒然草　上田年夫校註　京都　河原書店　1950　371p　19cm(新註日本短篇文学叢書　第15)
◇徒然草　嶋田操著　3版　関書院　1950　118p　14cm(国文解釈叢書　第1)
◇徒然草―新註　上田年夫校註　京都　河原書店　1950　371p　19cm(新註日本短篇文学叢書　第15)
◇徒然草新釈　荒木良雄著　京都　高文社　1950　195p　19cm(新釈国文選書　第1)
◇徒然草新評釈―校定　永井一孝著　早稲田大学出版部　1950　502p　22cm
◇徒然草　橘純一校註　朝日新聞社　1951　265p 図版　19cm(日本古典全書)
◇徒然草新講　佐野保太郎著　10版　福村書店　1951　679p　22cm
◇徒然草新講―評註　橘純一著　武蔵野書院　1951　588p　22cm
◇完修徒然草解釈　塚本哲三著　有朋堂　1952　493p　19cm
◇徒然草―全釈　中西清著　昇龍堂書店　1952　440p 図版　19cm
◇徒然草の新しい解釈　斎藤清衛著　至文堂　1952　264p　19cm
◇徒然草新釈　沢田総清著　大盛堂　1952　194p　19cm
◇新纂徒然草全釈　上巻　松尾聡著　15版　清水書院　1953　193p　18cm(古典評釈叢書)
◇新纂徒然草全釈　下巻　松尾聡著　6版　清水書院　1953　216p　18cm
◇徒然草新釈　三浦圭三著　要書房　1953　373p　19cm
◇徒然草全釈　天野大介著　榊原書店　1953　381p　19cm

中世文学(随筆・教訓)

◇徒然草―文法追求 古典評釈 守随憲治著 研文社 1954 488p 19cm

◇徒然草の新しい解釈 斎藤清衛著 増訂版 至文堂 1954 384p 19cm(国文注釈新書)

◇日本文学大系―校註 第2巻 久松潜一,山岸徳平監修 新訂版 風間書房 1955 553p 19cm

> 内容 土佐日記(植松安,山岸徳平校訂) 和泉式部日記(長連恒校訂) 更級日記(玉井幸助校訂) 清少納言枕草子(山岸徳平校訂) 方丈記(山崎麓,山岸徳平校訂) 徒然草(山崎麓校訂)

◇評釈国文学大系 第8 徒然草 白石大二著 河出書房 1955 390p 22cm

◇徒然草―類纂評釈 富倉徳次郎著 開文社 1956 546p 図版 22cm

> 内容 附(453-546p): 兼好自撰歌集、参考系図、兼好年譜、徒然草研究書目、徒然草索引、兼好自撰歌索引

◇徒然草全講 佐成謙太郎著 明治書院 1957 715p 図版 19cm

◇日本古典文学大系 第30 方丈記,徒然草 西尾実校注 岩波書店 1957 290p 図版 22cm

◇徒然草 西尾実校注 改版 岩波書店 1965 187p 15cm(岩波文庫)

◇徒然草解釈大成 三谷栄一,峯村文人編 岩崎書店 1966 1冊 27cm 〈付録:中村京師内外地図,兼好書状断簡 袋入〉 15000円

◇常縁本徒然草―解釈と研究 村井順著 桜楓社 1967 472p 22cm 2800円

◇注解つれづれ草 山田俊夫著 千城出版 1967 250p 22cm 450円

◇徒然草全注釈 上巻 安良岡康作著 角川書店 1967 581p 図版 22cm(日本古典評釈・全注釈叢書) 2300円

◇徒然草 橘純一校註 朝日新聞社 1968 265p 19cm(日本古典全書) 〈第14版(初版:昭和22年刊) 監修:高木市之助等〉

◇徒然草全注釈 下巻 安良岡康作著 角川書店 1968 713p 図版 22cm(日本古典評釈・全注釈叢書) 2700円

◇徒然草注釈・論考 小林智昭,菊地良一,武石彰夫編 双文社出版 1975 196p 21cm

◇徒然草 木藤才蔵校注 新潮社 1977.3 333p 20cm(新潮日本古典集成)

◇徒然草拾遺抄 黒川由純著 日本図書センター 1978.11 420,234p 22cm(日本文学古註釈大成) 〈複製〉

◇徒然草文段抄 小田清雄校正補註 日本図書センター 1978.11 380,13,506p 22cm(日本文学古註釈大成) 〈複製〉

◇図説日本の古典 10 集英社 1980.12 218p 28cm 〈企画:秋山虔ほか〉 2400円

> 内容 長明年譜・兼好年譜:p214～215 各章末:参考文献

◇徒然草抜書―解釈の原点 小松英雄著 三省堂 1983.6 354p 19cm 1800円

◇徒然草 西尾実,安良岡康作校注 新訂 岩波書店 1985.1 438p 15cm(岩波文庫) 400円

◇徒然草 市古貞次校注 12版 明治書院 1985.2 270p 19cm(校注古典叢書) 〈参考文献:p255～261〉 1200円

◇徒然草解釈大成 三谷栄一,峯村文人編 増補版 有精堂出版 1986.5 1冊 27cm 〈付:兼好・徒然草関係文献目録,年表〉 80000円

◇徒然草―カラー版 桑原博史編 桜楓社 1987.4 55p 21cm(桜楓社新テキストシリーズ) 800円

◇徒然草読本 古谷義徳 講談社 1987.6 526p 15cm(講談社学術文庫) 1200円

◇方丈記・徒然草 三木紀人,宮次男,益田宗編 新装版 集英社 1988.7 218p 29×22cm(図説 日本の古典 10) 〈長明・兼好年譜:p214～215〉 2800円

> 内容 隠者文学とその周辺 『方丈記』―作品紹介 長明の風景と文学―『方丈記』をめぐって 安元の大火 『方丈記』の世の不思議 運慶と鎌倉彫刻 鎌倉美術とリアリズム 2つの軌跡―長明と兼好 『徒然草』―作品紹介 南北朝時代の歌人―『宝積経要品』紙背和歌短冊 はるかなる王朝―兼好と「古き世」 二条河原落書―『徒然草』の背景 海北友雪筆『徒然草絵巻』 祖師伝絵巻の流布 地獄の諸相―『往生要集』 新仏教の始祖たち 貴族仏教からの脱皮

◇徒然草 田辺爵 増補新版 右文書院 1989.8 424,13p 19cm(古典評釈 1) 1262円

◇徒然草 西尾実,安良岡康作校注 新訂

中世文学(漢詩・漢文学)

岩波書店　1989.9　438p　15cm(岩波文庫　30‐112‐1)〈第81刷(第70刷改版：1985年)〉　398円
◇徒然草　西尾実,安良岡康作校注　新訂　岩波書店　1991.1　438p　19cm(ワイド版岩波文庫)　1200円
◇徒然草—カラー版　桑原博史編　おうふう　1995.3　55p　21cm　900円
◇徒然草新抄—予習語釈篇附　橘純一編　改訂版(32版)　武蔵野書院　1996.3　188p　19cm　466円
◇徒然草全講義—仏教者の視点から　江部鴨村著　風待書房　1997.6　412p　22cm〈東京 三樹書房(発売)〉　3200円
◇徒然草　稲田利徳著　貴重本刊行会　2001.7　629p　19cm(古典名作リーディング　4)〈ほるぷ出版昭和61年刊の増訂〉　5800円
◇つれゝくさ絵入一首書注釈　1　平川恵実子編　鳴門　鳴門教育大学松原研究室　2003.12　138p　26cm(阿讃伊土影印叢書6の1)〈複製および翻刻〉
◇徒然草　市古貞次校注　新装版　明治書院　2005.2　270p　19cm(校注古典叢書)〈文献あり〉　1800円
◇声で読む徒然草　保坂弘司著　學燈社　2007.4　298p　19cm　1900円
◇徒然草・方丈記　大伴茫人編　筑摩書房　2007.7　365p　15cm(ちくま文庫—日本古典は面白い)　680円

漢詩・漢文学

【現代語訳】

◇義堂周信　藤木英雄著　研文出版　1999.9　265p　19cm(日本漢詩人選集　3)〈シリーズ〉　3300円
　内容　第1章 在京修行時代(無得励維那に酬ゆ 李杜の詩を読み、戯れに空谷応侍者に酬ゆ ほか)　第2章関東の法戦・詩戦(常州の勝楽に方丈を剏建す　常州の旅館にて、浄智の不開和尚の韻を用い、十首をば鹿苑の諸公の贈らるるに寄謝す ほか)　第3章鎌倉の師家時代(仏成道焼香の偈　選書記の赤松山に帰るを送る并びに叙 ほか)　第4章 京洛の詩筵(二条相国の命を奉じ将軍の扇に題す二首　准后大相公に奉呈す ほか)

【注釈書】

◇中華若木詩抄　中田祝夫編・解説　勉誠社　1970　314,90p　22cm(抄物大系)〈付：抄物研究図書論文目録(中田祝夫,今村千草)〉
◇日本思想大系　16　中世禅家の思想　岩波書店　1972　581p 図　22cm　1600円
　内容　興禅護国論(明奄栄西著 柳田聖山校注) 中正子(中巌円月著 入矢義高校注) 塩山和泥合水集(抜隊得勝著 市川白弦校注) 狂雲集(一休宗純著 市川白弦校注) 解説 栄西と『興禅護国論』の課題(柳田聖山) 中巌と『中正子』の思想的性格(入矢義高) 抜隊禅の諸問題(市川白弦) 一休とその禅思想(市川白弦) 主要参考文献：p.579-581
◇新日本古典文学大系　53　中華若木詩抄　佐竹昭広ほか編　如月寿印抄　大塚光信ほか校注　岩波書店　1995.7　586,11p　22cm

五山文学

【注釈書】

◇日本古典文学大系　第89　五山文学集,江戸漢詩集　山岸徳平校注　岩波書店　1966　502p 図版　22cm
◇新日本古典文学大系　48　五山文学集　佐竹昭広ほか編　入矢義高校注　岩波書店　1990.7　335p　22cm
　内容　蕉堅藁 絶海中津著. 空華集(抄) 義堂周信著. 済北集(抄) 虎関師錬著. 岷峨集(抄) 雪村友梅著. 寂室和尚語(抄) 寂室元光著. 南游・東帰集(抄) 別源円旨著. 東海一〔オウ〕集(抄) 中巌円月著. 〔コウ〕余集(抄) 愚中周及著. 了幻集(抄) 古剣妙快著. 解説
◇寒松稿—註解　草稿4・5　沼口信一編　川口　沼口信一　1991.4　208p　22cm〈限定版〉　非売品
◇寒松稿—註解　草稿6・7　沼口信一編　川口　沼口信一　1991.7　215p　22cm〈限定版〉　非売品
◇寒松稿—註解　草稿8・9　沼口信一編　川口　沼口信一　1991.10　208p　22cm〈限定版〉　非売品
◇寒松稿—註解　草稿10・11・拾遺　沼口信一編　川口　沼口信一　1992.1　212p　22cm〈限定版〉　非売品
◇新日本古典文学大系　53　中華若木詩抄　湯山聯句抄　大塚光信ほか校注　岩波書

中世文学(漢詩・漢文学)

店　1995.7　586,11p　22cm　4200円

絶海中津(1336〜1405)

【現代語訳】

◇蕉堅藁・年譜　梶谷宗忍訳注　京都　相国寺　1975　628,22p 図　22cm

【注釈書】

◇新日本古典文学大系　48　五山文学集　佐竹昭広ほか編　入矢義高校注　岩波書店　1990.7　335p　22cm

> 内容:蕉堅藁 絶海中津著. 空華集(抄) 義堂周信著. 済北集(抄) 虎関師錬著. 岷峨集(抄) 雪村友梅著. 寂室和尚語(抄)寂室元光著. 南游・東帰集(抄) 別源円旨著. 東海一〔オウ〕集(抄) 中巌円月著.〔コウ〕余集(抄) 愚中周及著. 了幻集(抄) 古剣妙快著. 解説

◇蕉堅藁全注　蔭木英雄著　大阪　清文堂出版　1998.4　280p　22cm　8400円

中巌円月(1300〜1375)

【注釈書】

◇日本思想大系　16　中世禅家の思想　岩波書店　1972　581p 図　22cm　1600円

> 内容:興禅護国論(明奄栄西著 柳田聖山校注) 中正子(中巌円月著 入矢義高校注) 塩山和泥合水集(抜隊得勝著 市川白弦校注) 狂雲集(一休宗純著 市川白弦校注) 解説 栄西と『興禅護国論』の課題(柳田聖山) 中巌と『中正子』の思想的性格(入矢義高) 抜隊禅の諸問題(市川白弦) 一休とその禅思想(市川白弦) 主要参考文献：p.579-581

◇新日本古典文学大系　48　五山文学集　佐竹昭広ほか編　入矢義高校注　岩波書店　1990.7　335p　22cm

> 内容:蕉堅藁 絶海中津著. 空華集(抄) 義堂周信著. 済北集(抄) 虎関師錬著. 岷峨集(抄) 雪村友梅著. 寂室和尚語(抄) 寂室元光著. 南游・東帰集(抄) 別源円旨著. 東海一〔オウ〕集(抄) 中巌円月著.〔コウ〕余集(抄) 愚中周及著. 了幻集(抄) 古剣妙快著. 解説

万里集九(1428〜 ?)

【注釈書】

◇梅花無尽蔵注釈　第1巻　市木武雄著　続群書類従完成会　1993.3　679p　22cm　25750円

◇梅花無尽蔵注釈　第2巻　市木武雄著　続群書類従完成会　1993.7　668p　22cm　25750円

◇梅花無尽蔵注釈　第3巻　市木武雄著　続群書類従完成会　1993.11　506p　22cm　25750円

◇梅花無尽蔵注釈　第4巻　市木武雄著　続群書類従完成会　1994.4　594p　22cm　25750円

◇梅花無尽蔵注釈　索引　市木武雄著　続群書類従完成会　1995.7　539p　22cm　25750円

◇梅花無尽蔵注釈　別巻　万里集九詩文拾遺　市木武雄著　続群書類従完成会　1998.10　296p　22cm　14000円

夢窓疎石(1275〜1351)

【現代語訳】

◇夢中問答集　川瀬一馬校注・現代語訳　講談社　2000.8　504p　15cm(講談社学術文庫)〈肖像あり〉　1250円

> 内容:上巻(今生の福報-附=須達長者の福報 仏法は世法　真の福一附=宝鑑如来の出世欲心の放下 ほか)　中巻(本分の大智　智慧と本分の大智　仰信と本分の大智　船筏は彼岸への方便 ほか)　下巻(本分の田地　本分の田地の正体　本分の田地の信用　真心一附=南陽の慧忠国師、馮済川と大慧禅師の偈 ほか)

【注釈書】

◇「訓註」夢窓国師語録　佐々木容道著　春秋社　2000.10　356p　22cm　8500円

> 内容:夢窓国師語録 序(夢窓国師 自戒刊版語 ほか)　夢窓国師語録 南禅録(瑞龍山南禅寺語録)　夢窓国師語録 天龍録・再住天龍録(霊亀山天龍資聖禅寺語録 再住天龍資聖禅寺語録)　夢窓国師の生涯

日本古典文学案内－現代語訳・注釈書　197

中世文学(仏教文学)

一休・狂雲集(1394〜1481)

【現代語訳】

◇一休狂雲集　二橋進編訳　徳間書店　1974　222p　図　20cm

　内容　一休、その生涯,狂雲集.付:法系略図,一休略年表,参考文献

◇一休和尚全集　第1巻　狂雲集　上　平野宗浄訳注　春秋社　1997.7　597p　22cm　8000円

◇一休和尚全集　別巻　一休墨跡　寺山旦中編著　蔭木英雄訳注　春秋社　1997.7　119p　31cm　18000円

◇一休和尚全集　第2巻　狂雲集　下　蔭木英雄訳注　春秋社　1997.11　417p　22cm　〈索引あり〉　8000円

◇一休和尚全集　第4巻　一休仮名法語集　平野宗浄監修　飯塚大展訳注　春秋社　2000.5　351p　22cm　8000円

　内容　一休骸骨　一休水鏡　一休和尚法語　阿弥陀裸物語　仏鬼軍　般若心経抄図会　参考資料(一休法利はなし　三本対照表(幻中草打画・一休水鏡・一休骸骨))

◇狂雲集　柳田聖山訳　中央公論新社　2001.4　450p　18cm(中公クラシックス)　〈年譜あり〉　1400円

◇一休和尚全集　第3巻　自戒集・一休年譜　平野宗浄監修　平野宗浄訳注　春秋社　2003.6　508p　22cm　9000円

　内容　東海一休和尚年譜　自戒集　開祖下火録　狂雲集補遺

◇一休和尚大全　上　石井恭二訓読・現代文訳・解読　河出書房新社　2008.3　402p　22cm　3600円

　内容　一休和尚の生涯.東海一休和尚年譜訓読文.狂雲集

◇一休和尚大全　下　石井恭二訓読・現代文訳・解読　河出書房新社　2008.3　411p　22cm　〈付録:一休宗純関連伝灯略系図.開祖下火録.一休和尚大全白文原典〉　3600円

　内容　狂雲集(承前).自戒集

【注釈書】

◇日本思想大系　16　中世禅家の思想　岩波書店　1972　581p　図　22cm　1600円

　内容　興禅護国論(明奄栄西著　柳田聖山校注)　中正子(中巌円月著　入矢義高校注)　塩山和泥合水集(抜隊得勝著　市川白弦校注)　狂雲(一休宗純著　市川白弦校注)　解説　栄西と『興禅護国論』の課題(柳田聖山)　中巌と『中正子』の思想的性格(入矢義高)　抜隊禅の諸問題(市川白弦)　一休とその禅思想(市川白弦)　主要参考文献:p.579-581

◇狂雲集・狂雲詩集・自戒集　中本環校註　現代思潮社　1976　452p　22cm(新撰日本古典文庫　5)　〈附録:東海一休和尚年譜:p.381-397〉　4800円

◇狂雲集全釈　上　平野宗浄訳　春秋社　1976.3　368p　23cm　4000円

◇目なし草——一休水鏡注　生形貴重,宇野陽美編　大阪　和泉書院　1990.6　126p　21cm(和泉書院影印叢刊　77)　1545円

◇一休道歌—三十一文字の法の歌　禅文化研究所編注　京都　禅文化研究所　1997.12　320p　19cm　1900円

仏教文学

【現代語訳】

◇古典日本文学全集　第15　仏教文学集　筑摩書房　1961　476p　図版　23cm

　内容　東海夜話(沢菴宗彭著　古田紹欽訳)　驢鞍橋(鈴木正三著　古田紹欽訳)　盤珪禅師語録(盤珪著　古田紹欽訳)　坐禅和讃(白隠慧鶴著　古田紹欽訳)　遠羅天釜(白隠慧鶴著　古田紹欽訳)　於仁安佐美(白隠慧鶴著　古田紹欽訳)　人となる道(慈雲尊者飲光著　古田紹欽訳)　十善戒相(慈雲尊者飲光著　古田紹欽訳)　詩偈(慈雲尊者飲光著　西谷啓治訳)　一言芳談(慈雲尊者飲光著　小西甚一訳)　梁塵秘抄(慈雲尊者飲光著　小西甚一訳)　解説(唐木順三)　文学上に於ける弘法大師(幸田露伴)　法然の生涯(倉田百三)　親鸞の語録について(亀井勝一郎)「立正安国論」と私(上原専禄)　日本の文芸と仏教思想(和辻哲郎)

◇古典日本文学全集　第15　筑摩書房　1966　476p　図版　23cm　〈普及版〉

　内容　一言芳談(小西甚一訳)　梁塵秘抄(小西甚一訳)　文学上に於ける弘法大師(幸田露伴)　法然の生涯(倉田百三)　親鸞の語録について(亀井勝一郎)「立正安国論」と私(上原専禄)　日本の文芸と仏教思想(和辻哲郎)

◇法華験記　沙門鎮源編著　山下民城訳　国書刊行会　1993.3　291p　27cm　7800円

中世文学(仏教文学)

【注釈書】

◇続国民文庫 15 高僧伝集 国民文庫刊行会 1913-1914 23cm

内容 弘法大師行状記(不詳) 日蓮上人一代図会(中村経年) 親鸞聖人一代記図絵(不詳) 浄土真宗 蓮如上人御一代記絵抄(釈了弁) 一休諸国物語図会(平田止水)

◇日本思想大系 15 鎌倉旧仏教 鎌田茂雄, 田中久夫校注 岩波書店 1971 576p 図 22cm 1300円

内容 解脱上人戒律興行願書(貞慶著 鎌田茂雄校注) 愚迷発心集(貞慶述 鎌田茂雄校注) 興福寺奏状(貞慶著 田中久夫校注) 摧邪輪 巻上(高弁撰 田中久夫校注) 却癈忘記(高弁述 長円記 田中久夫校注) 法相二巻抄(良遍撰 田中久夫校注) 禅宗綱目(証定着 鎌田茂雄校注) 興正菩薩御教誡聴聞集(叡尊述 田中久夫校注) 華厳法界義鏡(凝然撰 鎌田茂雄校注) 原文 解脱上人戒律興行願書(付「奉唱律学事」「定常喜院厳制事」)愚迷発心集、興福寺奏状(付「解脱上人御形状記」)摧邪輪 巻上・巻中・巻下, 禅宗綱目, 華厳法界義鏡. 補注 却癈忘記, 禅宗綱目, 興正菩薩御教誡聴聞集, 華厳法界義鏡. 解説 著作者略伝(田中久夫) 収載書目解題(田中久夫) 南都教学の思想史的意義(鎌田茂雄)

◇日親上人全集 第1巻 横浜 日親上人第五百遠忌報恩奉行会 1985.9 358p 23cm 〈監修:山口照子 製作:法華ジャーナル 複製 著者の肖像あり〉

内容 日親上人徳行記. 日親上人徳行記附録. 常師御置文. 高師御置文. 祐師御置文. 埴谷抄. 折伏正義抄. 本法寺縁起. 立正治国論摘註

一遍(1239〜1289)

【現代語訳】

◇意訳一遍上人語録法語 石田文昭著 山喜房仏書林 1964 85p 図版 18cm

◇一遍上人全集 橘俊道, 梅谷繁樹訳 新装版 春秋社 2001.7 333,59p 23cm 〈年譜・文献あり〉 7000円

内容 一遍聖絵 付 遊行上人縁起絵 播州法語集 補遺

【注釈書】

◇日本思想大系 10 法然・一遍 大橋俊雄校注 岩波書店 1971 487p 図 22cm 1300円

内容 法然 往生要集釈, 三部経大意, 無量寿経釈, 選択本願念仏集, 一枚起請文, 消息文, 七箇条制誡, 原文(往生要集釈・無量寿経釈・選択本願念仏集・七箇条制誡) 一遍 一遍上人語録, 播州法語集. 解説 法然における専修念仏の形成, 一遍とその法語集について. 参考文献

◇一遍上人語録新講 古川雅山著 松山 雅山洞 1977.9 447p 19cm 3000円

◇一遍上人語録 大橋俊雄校注 岩波書店 1985.5 224p 15cm(岩波文庫)〈付・播州法語集〉

◇一遍聖絵 大橋俊雄校注 岩波書店 2000.7 164p 15cm(岩波文庫) 500円

叡尊(1201〜1290)

【現代語訳】

◇感身学正記―西大寺叡尊の自伝 1 細川涼一訳注 平凡社 1999.12 367p 18cm(東洋文庫) 2900円

親鸞(1173〜1262)

【現代語訳】

◇親鸞書簡集―末の世のともしび 口語訳 石田瑞麿訳 大蔵出版 1952 106p 図版 地図 18cm

◇親鸞書簡集―口語訳 続編 御消息集 石田瑞麿訳 大蔵出版 1955 87p 図版 19cm

◇しんらん全集―現代語訳 第1巻 伝記篇 普通社 1958 288p 図版 19cm

◇しんらん全集―現代語訳 第2巻 書簡篇 普通社 1958 295p 図版 19cm

◇しんらん全集―現代語訳 第3巻 語録篇 2版 普通社 1958 286p 図版 19cm

◇しんらん全集―現代語訳 第4巻 讃歌篇 普通社 1958 288p 図版 19cm

◇しんらん全集―現代語訳 第5巻 小部篇 普通社 1958 302p 図版 19cm

◇しんらん全集―現代語訳 第9巻 先学篇 普通社 1958 280p 図版 19cm

◇しんらん全集―現代語訳 第10巻 研究篇 普通社 1958 291p 図版 19cm

◇日本の古典 12 親鸞・道元・日蓮 河出書房新社 1973 434p 図 23cm

中世文学(仏教文学)

[内容] 願文(最澄著 梅原猛訳) 山家学生式(最澄著 梅原猛訳) 三教指帰(空海著 上山春平訳) 一枚起請文(法然著 武田泰淳訳) 教行信証(抄)(親鸞著 野間宏訳) 末燈鈔(親鸞著 野間宏訳) 歎異抄(親鸞〔唯円記〕野間宏訳) 正法眼蔵(道元著 森本和夫訳) 正法眼蔵随聞記(懐奘編 真継伸彦訳) 立正安国論(日蓮著 木下順二訳) 日蓮消息(日蓮著 木下順二訳) 一遍上人語録(一遍著 橋本峰雄訳) 白骨の御文(蓮如著 真継伸彦訳) 作品鑑賞のための古典 三教指帰註刪補(抄)、一枚起請文梗概聞書(抄) 教行信証文類随聞記(抄)、歎異鈔講録(抄)(金岡秀友訳) 解説(梅原猛)

◇現代語訳親鸞全集 第1集 語録 講談社 1974 375p 図 肖像 18cm 〈監修:結城令聞〉

[内容] 親鸞の語録について(亀井勝一郎) 現代語訳 歎異鈔(今東光訳) 口伝鈔(外村繁訳) 執持鈔(辻亮一訳) 改邪鈔(青江舜二郎訳) 解説1 語録について 歎異鈔の著作についての問題(多屋頼俊) 歎異のこころと異端派(梅原真隆)「歎異抄」と法然(増谷文雄) 執持鈔・口伝鈔・改邪鈔(禿氏祐祥) 解説2 歎異鈔の中心問題 学問と信仰(谷川徹三) 宿業について(岩倉政治) 無碍の一道(稲津紀三) 誓願不思議と名号不思議ということ(岡邦俊)「悪人正機」について(千輪慧) 自然とはからい(林田茂雄) 廻心について(アイドマン) 本願ぼこり(川上清吉) 原文注釈 歎異鈔(藤秀〔スイ〕等)

◇現代語訳親鸞全集 第2集 書簡 講談社 1974 403p 図 肖像 18cm 〈監修:結城令聞〉

[内容] 親鸞の書簡について(赤松俊秀) 現代語訳 末燈鈔(野間宏等訳) 御消息集(書簡集)(藤原審爾,外村繁訳) 拾遺御消息集(真蹟書簡)(今官一,小谷剛訳) 恵信尼文書(恵信尼書簡)(円地文子,町田トシコ訳) 血脈文集(知切光歳訳) 解説1 親鸞とその周辺 親鸞とその妻(二葉憲香) 親鸞とその子供たち(石田瑞麿) 親鸞の弟子たち(知切光歳) 親鸞聖人門弟の地理的分布(藤原猪苗) 書簡にみえる門弟とその門徒の動向(津本了学) とひたのまき(あまえしんのありか)(松野純孝) 越後に帰住した恵信尼(谷下一夢) 解説2 書簡の諸問題 念仏者質疑の種々相(山下正尊) 諸仏とひとしということ(田中久夫) 悪は思うさまということについて(調円理) 親鸞の女性観について(梅原猛) 自力と他力について(重松明久) 原文注釈 末燈鈔(瓜生津隆雄) 御消息集(藤島達朗) 拾遺御消息集(真蹟書簡)(小串侍) 恵信尼文書(谷下一夢) 血脈文集(森竜吉)

◇現代語訳親鸞全集 第3集 短篇 講談社 1974 413p 図 肖像 18cm 〈監修:結城令聞〉

[内容] 親鸞の短篇作品について(名畑応順) 現代語訳 浄土文類聚鈔(石上玄一郎訳) 浄土三経往生文類(知切光歳訳) 尊号真像銘文(岩倉政治訳) 一念多念文意(三角寛訳) 唯信鈔文意(若杉慧訳) 往相廻向還相廻向文類(山本和夫訳) 解説 短篇作品について 親鸞と三部経(横超慧日) 教行信証と浄土文類聚鈔の関係(桐渓順忍) 親鸞の仏教観について(工藤成性) 廻向について(福島政雄) 念仏より信念へ(井上善右ヱ門) 原文注釈 浄土文類聚鈔(佐々木玄智) 愚禿鈔(桐渓順忍) 浄土三経往生文類(松原祐善) 尊号真像銘文(石田充之) 一念多念文意(池本重臣) 唯信鈔文意(山本仏骨) 往相廻向還相廻向文類(雲村賢淳) 弥陀如来名号徳(藤原幸章)

◇現代語訳親鸞全集 第4集 伝記 講談社 1975 421p 図 18cm 〈監修:結城令聞〉

[内容] 親鸞の伝記について(宮崎円遵) 現代語訳 本願寺聖人親鸞伝絵(御伝鈔)(山岡荘八訳) 報恩講式(花岡大学訳) 嘆徳文(花岡大学訳) 三河念仏相承日記(多田裕計訳) 解説 伝記について 親鸞在世の時代と社会(赤松俊秀) 親鸞の誕生と家系(中沢見明) 出家の動機と世相(藤原猶雪) 叡山における親鸞(佐藤哲英) 越後配流時代の親鸞(梅原隆章) 東国における親鸞(笠原一男) 回心の時期について(舘熙道) 帰洛後の親鸞一家(松野純孝) その後の関東教団と善鸞の異議(藤島達朗) 親鸞の入滅から覚如まで(里内ături之) 本願寺聖人親鸞伝絵(御伝鈔)(禿氏祐祥) 親鸞聖人正統伝(生桑明明) 報恩講式(安井広度) 嘆徳文(安井広度) 三河念仏相承日記(細川行信) 付録 新修・親鸞在世略年表(家永三郎) 親鸞聖人門侶交名牒・二十四輩名位之事(細川行信)

◇現代語訳親鸞全集 第5集 讃歌 講談社 1975 411p 図 18cm 〈監修:結城令聞〉

[内容] 親鸞の和讃と偈頌(小野清一郎) 現代語訳 正信念仏偈(大鹿卓) 浄土和讃(薮田義雄) 高僧和讃(長田恒雄) 正像末和讃(大木惇夫) 入出二門偈頌(吉野秀雄) 聖徳太子奉讃(今官一) 解説 讃歌について 教行信証と和讃(名畑応順) 高僧和讃と七祖共通の思想的基盤(高峯了州) 親鸞と末法について(山田無城) 親鸞の太子信仰について(花山信勝) 愚禿悲嘆と罪の意識(中村元) 親鸞の浄土観(曽我量深) 親鸞の現世利益(稲城選恵) 原文注釈 正信念仏偈(篠田竜雄) 三帖和讃(多屋頼俊) 入出二門偈頌(山本正文) 皇太子聖徳奉讃(生桑明明)

◇現代語訳親鸞全集 第9集 先学 講談社 1975 421p 図 18cm 〈監修:結城令聞〉

[内容] 親鸞の先学たち(増谷文雄) 現代語訳 往生浄土論(江部鴨村) 往生礼讃(抄)(中野駿太郎) 往生要集(抄)(小川竜彦) 選択本願念仏集(抄)(寺内大吉) 西方指南鈔(抄)(海音寺潮五郎) 解説1 浄土教について 阿弥陀仏について(羽渓了諦) 日本浄土教成立の背景(家永三郎) 法

中世文学(仏教文学)

然門下に於ける親鸞教理の特色(石田充之) 解説2 先学人物論 竜樹・天親(平川彰) 菩提流支・曇鸞(白川良純) 道綽・善導(小笠原宣秀) 空也・教信・源信(菊地勇次郎) 聖光・証空(田村円澄) 聖覚・隆覚(薗田香融) 解説3 親鸞教義と幸西 蓮如 幸西と親鸞(村上速水) 親鸞と蓮如(山田亮賢) 原文注釈 仏説無量寿経(柏原祐義) 仏説観無量寿経(深浦正文) 仏説阿弥陀経(宮地廓慧)

◇現代語訳親鸞全集　第10集　研究　講談社　1975　438p 図 肖像　19cm　〈監修：結城令聞〉

内容 親鸞研究について(三枝博音) わが信念(清沢満之) 田原のお園(富士川游) 親鸞(三木清) 親鸞と宗教改革(服部之総) 親鸞の人間観と自由観(佐野学) 親鸞における「時」の問題(西谷啓治) 日本思想における親鸞(務台理作) キリスト教と浄土真宗(井上智勇) 歴史の意識と横超(唐木順三) キェルケゴールと親鸞(寺田弥吉) 真実の浄土と方便の化土(林田茂雄) 異安心の本質とその歴史性(本間唯一) 親鸞教と教育(唐沢富太郎) 即得往生義について(雲藤義道) 親鸞の倫理(遊亀教授) 親鸞と戒律(西本竜山) 非僧非俗について(雲村賢淳) 日本文学史上に於ける親鸞(橘純孝) 親鸞筆蹟の研究(小川貫弌) 浄土関係重要文献解題(柏原祐泉) 親鸞研究重要書目解題(細川行信) 親鸞関係著作一覧(北西弘)

◇親鸞書簡集　真継伸彦編訳　徳間書店　1978.5　226p　20cm　〈親鸞の肖像あり〉　1700円

◇親鸞全集―現代語訳　5　言行・伝記　真継伸彦訳　京都　法蔵館　1982.7　253p　20cm　1600円

◇親鸞全集―現代語訳　3　宗義・註釈　真継伸彦訳　京都　法蔵館　1982.12　299p　20cm　1800円

◇親鸞全集―現代語訳　4　和讃・書簡　真継伸彦訳　京都　法蔵館　1983.6　332p　20cm　1800円

◇親鸞全集　第3巻　石田瑞麿訳　春秋社　1985.4　257,41p　23cm　5000円

内容 和漢篇 浄土文類聚鈔.入出二門偈頌.愚禿鈔.四十八誓願.浄土三経往生文類―略本・広本.如来二種廻向文.尊号真像銘文―略本・広本.弥陀如来名号徳.善導和尚言

◇親鸞　増谷文雄編・訳・注　筑摩書房　1985.12　401p　20cm(日本の仏教思想)　〈『日本の思想 第3 親鸞集』(昭和43年刊)の改題新装版 著者の肖像あり〉

内容 解説 親鸞の思想 増谷文雄著. 正信念仏偈.一念多念文意.和讃.書簡.歎異抄. 親鸞関係略年表・参考文献：p393～398

◇親鸞全集　第4巻　石田瑞麿訳　春秋社　1986.7　p259～610,46,32p　23cm　5000円

内容 唯信抄文意.一念多念文意.末燈鈔.親鸞聖人御消息集.御消息集―善性本.親鸞聖人血脈文集.真蹟・古写消息.浄土和讃.浄土高僧和讃.正像末法和讃.皇太子聖徳奉讃.大日本国粟散王聖徳太子奉讃

◇親鸞全集　別巻　石田瑞麿訳　春秋社　1987.1　183,56,16p　23cm　3500円

内容 歎異抄.執持鈔.口伝鈔.改邪鈔.恵信尼消息

◇親鸞とその妻の手紙　石田瑞麿著　新装春秋社　2000.8　287p　20cm　〈肖像あり〉　1800円

内容 末灯鈔　親鸞聖人御消息集　御消息集(善性本)　親鸞聖人血脈文集　真蹟・古写消息　恵信尼消息

◇愚禿鈔とは何ぞや　磨墨功洞編訳　荒尾 元正寺　2000.9　430,13p　22cm　〈父磨墨岱山二十五回忌・岳父佐藤哲城十七回忌追悼〉

◇親鸞全集　第1巻　石田瑞麿訳　新装　春秋社　2001.5　254,40p　23cm　5000円

内容 教行信証 上

◇親鸞全集　第2巻　石田瑞麿訳　新装　春秋社　2001.5　p257-498,33,43p　23cm　5000円

内容 教行信証 下

◇親鸞全集　第3巻　石田瑞麿訳　新装　春秋社　2001.6　257,41p　23cm　5000円

内容 浄土文類聚鈔　入出二門偈頌　愚禿鈔　四十八誓願　浄土三経往生文類(略本　広本)　如来二種廻向文　尊号真像銘文(略本　広本)　弥陀如来名号徳　善導和尚言

◇親鸞全集　第4巻　石田瑞麿訳　新装　春秋社　2001.6　p261-610,46,32p　23cm　5000円

内容 唯信抄文意　一念多念文意　末灯鈔　親鸞聖人御消息集　御消息集善性本　親鸞聖人血脈文集　真蹟・古写消息　浄土和讃　浄土高僧和讃　正像末法和讃　皇太子聖徳奉讃　大日本国粟散王聖徳太子奉讃

◇親鸞全集　別巻　石田瑞麿訳　新装　春秋社　2001.7　183,56,16p　23cm　4000円

内容 歎異抄　執持鈔　口伝鈔　改邪鈔　恵信尼消息

日本古典文学案内－現代語訳・注釈書　201

中世文学(仏教文学)

◇文類集成篇—傍訳 2 池田勇諦, 神戸和麿, 渡邉晃純監修 四季社 2001.9 297p 22cm(傍訳親鸞聖人著作全集 第5巻) 16000円

内容 愚禿鈔(福永昊淳傍訳) 愚禿鈔(竹井徹傍訳) 入出二門偈頌文(益田恵真傍訳) 浄土三経往生文類(益田恵真傍訳) 如来二種回向文(益田恵真傍訳)

【注釈書】

◇親鸞聖人和讃集 名畑応順校註 3版 岩波書店 1948 292p 15cm(岩波文庫)

◇親鸞聖人全集 第11 註釈篇 第1 親鸞聖人全集編集同人編 親鸞聖人全集刊行会 1958 265p 図版 18cm

内容 観無量寿経集註, 阿弥陀経集註

◇親鸞聖人全集 第12 註釈篇 第2 親鸞聖人全集編集同人編 親鸞聖人全集刊行会 1959 177,71p 図版 18cm

内容 観無量寿経集註(裏書) 阿弥陀経集註(裏書)

◇日本古典文学大系 第82 親鸞集 名畑応順, 多屋頼俊校注 岩波書店 1964 520p 図版 22cm

◇親鸞聖人全集—定本 第7巻 註釈篇 親鸞聖人全集刊行会編 京都 法蔵館 1970 177,71p 図版 19cm 1500円

内容 註釈篇第1 観無量寿経集註 表書, 阿弥陀経集註 表書. 註釈篇第2 観無量寿経集註 裏書, 阿弥陀経集註 裏書

◇日本思想大系 11 親鸞 星野元豊, 石田充之, 家永三郎校注 岩波書店 1971 592p 図 22cm 1400円

内容 教行信証. 解説 歴史上の人物としての親鸞(家永三郎)『教行信証』の思想と内容(星野元豊)『教行信証』解題(石田充之)

◇親鸞和讃集 名畑応順校注 岩波書店 1976 363p 15cm(岩波文庫) 400円

内容 浄土和讃, 高僧和讃, 正像末浄土和讃, 皇太子聖徳奉讃, 大日本国粟散王聖徳太子奉讃

◇定本親鸞聖人全集 第7巻 註釈篇 親鸞聖人全集刊行会編 京都 法蔵館 1979.5 1冊 18cm 〈保存版〉 3500円

内容 註釈篇(1) 観無量寿経集註 表書.阿弥陀経集註 表書. 註釈篇(2) 観無量寿経集註 裏書. 阿弥陀経集註 裏書. 註釈篇解説

◇『浄土文類聚鈔』に学ぶ—序・正釈「散説段」 廣瀬惺著 真宗大谷派宗務所教育部編 京都 真宗大谷派宗務所出版部(東本願寺出版部) 2004.7 188p 22cm 〈2004年安居次講〉 2500円

◇『高僧和讃』に聞く 小山一行著 山喜房仏書林 2006.4 273p 21cm 2600円

◇三帖和讃ノート 浄土和讃篇 豊原大成編著 京都 自照社出版 2007.1 285p 21cm 2000円

◆教行信証(鎌倉中期)

【現代語訳】

◇しんらん全集—現代語訳 第6巻 教行信証 第1 普通社 1959 272p 19cm

内容 顕浄土真実教行証文類—序・教巻・行巻

◇しんらん全集—現代語訳 第7巻 教行信証 第2 普通社 1959 283p 19cm

内容 顕浄土真実教行証文類—信巻・証巻

◇しんらん全集—現代語訳 第8巻 教行信証 第3 普通社 1959 290p 19cm

内容 顕浄土真実教行証文類—真仏土巻・化身土巻

◇教行信証—附：領解 口語訳 金子大栄著 京都 法蔵館 1959 534p 19cm

◇教行信証 第1 梅原真隆訳註 角川書店 1962 262p 15cm(角川文庫) 〈底本は本派本願寺本〉

◇教行信証 第2 梅原真隆訳註 角川書店 1963 314p 15cm(角川文庫) 〈底本は本派本願寺本〉

◇教行信証 第3 梅原真隆訳註 角川書店 1963 246p 15cm(角川文庫) 〈底本は本派本願寺本〉

◇教行信証 第4 梅原真隆訳註 角川書店 1964 394p 15cm(角川文庫) 〈底本は本派本願寺本〉

◇教行信証の意訳と解説 高木昭良著 京都 永田文昌堂 1975 1002,25p 図 22cm 〈参考文献一覧：p.993-1002〉 9000円

◇現代語訳親鸞全集 第6集 教行信証 1 講談社 1975 395p 図 19cm 〈監修：結城令聞〉

内容 顕浄土真実教行証文類について(結城令聞)

現代語訳―教行信証1―顕浄土真実教行証文類序(青野季吉) 顕浄土真実教文類1(教巻)(青野季吉) 顕浄土真実行文類2(行巻)(本多顕彰) 解説1 撰述について 撰述の時期について(宮崎円遵) 撰述の経過について(笠原一男) 解説2 教巻について 教の性格と真実教の意味(白井成允) 諸仏の称名と衆生の念仏(神子上恵竜) 解説3 行巻について 大行について(稲葉秀賢) 称名と救い(川上清吉) 名号について(足利浄円) 不廻向の行(池本重臣) 名号の父と光明の母(星野元豊) 行の一念(小野清一郎) 本願一乗(加藤仏眼) 信行から行信へ(鈴木宗忠) 原文注釈―教行信証1―顕浄土真宗実教行証文類序(安井広度) 顕浄土真実教文類1(教巻)(安井広度) 顕浄土真実行文類2(行巻)(金子大栄) 付録 教行信証関係論文一覧(平春生)

◇現代語訳親鸞全集 第7集 教行信証 2 講談社 1975 419p 図 18cm 〈監修：結城令聞〉

内容 現代語訳 顕浄土真実信文類序・3(信巻)(結城令聞訳) 顕浄土真実証文類4(証巻)(西村孝次) 信巻について 念仏と信心(藤秀〔スイ〕) さとりとすくい(原随園) はからい心と真実の心(福原一夾) 二種深信(金子大栄) 三心と一心(大江淳誠) 信の一念について(坂東環城) 菩提心(利井興弘) 真の仏弟子(梅原真隆) 如来の祈り(藤原凌雪) 解説2 証巻について 浄土と涅槃(正親含英) 還相のすがた(源哲勝) 智慧・慈悲・方便(星野元豊) 念仏と禅(阿部正雄) 原文注釈―教行信証2―顕浄土真実信文類序(大江淳誠) 顕浄土真実信文類3(信巻)(大江淳誠) 顕浄土真実証文類4(証巻)(宮本正尊)

◇現代語訳親鸞全集 第8集 教行信証 3 講談社 1975 417p 図 19cm 〈監修：結城令聞〉

内容 現代語訳―教行信証3―顕浄土真仏土文類5(真仏土巻)(池田弥三郎) 顕浄土方便化身土文類6(化身土巻)(二戸田六三郎) 解説1 真仏土について 仏陀のさとり(曽我量深) 仏法不思議ということ(二村竜華) 解説2 化身土巻について 三経の真意と方便(藤原凌雪) 三願と三経(結城祐昭) 三経の一致点と相違点(瓜生津隆雄) 他力への歴程序説(武内義範) 正行と雑行(安部大悟) 正業と助業(普賢大円) 原文注釈―教行信証3―顕浄土真仏土文類5(真仏土巻)(稲葉秀賢) 顕浄土方便化身土文類6(化身土巻)(普賢大円)

◇教行信証 上 石田瑞麿著 春秋社 1976 254,40p 23cm(注釈親鸞全集)

◇教行信証 下 石田瑞麿著 春秋社 1979.3 p257～498,33,43p 23cm(注釈親鸞全集)

◇親鸞全集―現代語訳 1 教行信証 上 真継伸彦訳 京都 法藏館 1983.11 305p 20cm 1800円

◇親鸞全集―現代語訳 2 教行信証 下 真継伸彦訳 京都 法藏館 1984.6 272p 20cm 1800円

◇親鸞全集 第1集 石田瑞麿訳 春秋社 1985.5 254,40p 23cm 5000円

内容 教行信証 総序.教巻.行巻.信巻

◇和訳教行信証六要鈔 柳瀬彰弘著 国書刊行会 1988.11 503p 22cm 〈原著者の肖像あり〉

◇教行信証全書―傍訳 第1巻 池田勇諦,神戸和麿,渡邉晃純監修 四季社 2000.1 510p 22cm 16000円

◇教行信証全書―傍訳 第2巻 池田勇諦,神戸和麿,渡邉晃純監修 四季社 2000.3 495p 22cm 16000円

◇教行信証全書―傍訳 第3巻 池田勇諦,神戸和麿,渡邉晃純監修 四季社 2000.5 454p 22cm 16000円

◇歎異抄・教行信証 1 石田瑞麿訳 中央公論新社 2003.2 318p 18cm(中公クラシックス) 〈年譜あり〉 1400円

内容 歎異抄 教行信証(教・行・信巻)

◇歎異抄・教行信証 2 石田瑞麿訳 中央公論新社 2003.3 351p 18cm(中公クラシックス) 〈年譜あり〉 1450円

内容 教行信証(証・真仏土・化身土巻) 消息集

【注釈書】

◇教行信証新釈―行巻 森西洲著 京都 大谷出版社 1954 299p 18cm

◇教行信証新釈 巻上 梅原真隆著 滑川 専長寺文書伝道部発行所 1955 617p 図版 19cm

◇教行信証新釈 巻中,下,結巻 梅原真隆著 滑川 専長寺文書伝道部発行所 1957-1959 3冊 19cm

◇真本教行信証御自釈―万延刊本延書対照 雲村賢淳編 京都 法藏館 1960 236p 22cm

◇教行信証御自釈―昭和新編 稲葉秀賢,栗原行信,臼井元成編 京都 文栄堂書店 1970 160,19p 22cm 〈底本：寛文13年板本(寛文板)〉

◇真宗全書 第21巻 註疏部 教行信証報恩記 鳳嶺著 妻木直良編 国書刊行会

中世文学(仏教文学)

◇真宗全書 第22巻 註疏部 教行信証徴決 前 興隆著 妻木直良編 国書刊行会 1980.9 452p 22cm 〈蔵経書院大正3年刊の複製〉

◇真宗全書 第23巻 註疏部 教行信証徴決 後 興隆著 妻木直良編 国書刊行会 1980.9 539p 22cm 〈蔵経書院大正3年刊の複製〉

◇真宗全書 第24巻 註疏部 教行信証光融録 前 玄智著 妻木直良編 国書刊行会 1980.9 526p 22cm 〈蔵経書院大正2年刊の複製〉

◇真宗全書 第25巻 註疏部 教行信証光融録 後 玄智著 妻木直良編 国書刊行会 1980.9 580p 22cm 〈蔵経書院大正3年刊の複製〉

◇真宗全書 第26巻 註疏部 教行信証随聞記 1 妻木直良編 国書刊行会 1980.9 444p 22cm 〈蔵経書院大正4年刊の複製〉 5700円

◇真宗全書 第27巻 註疏部 教行信証随聞記 2 妻木直良編 国書刊行会 1980.9 499p 22cm 〈蔵経書院大正4年刊の複製〉 5700円

◇真宗全書 第28巻 註疏部 教行信証随聞記 3 妻木直良編 国書刊行会 1980.9 609p 22cm 〈蔵経書院大正4年刊の複製〉 5700円

◇真宗全書 第29巻 註疏部 教行信証随聞記 4 妻木直良編 国書刊行会 1980.9 500p 22cm 〈蔵経書院大正5年刊の複製〉 5700円

◇真宗全書 第30巻 註疏部 教行信証敬信記 前 善譲著 妻木直良編 国書刊行会 1980.9 510p 22cm 〈蔵経書院大正3年刊の複製〉

◇教行信証御自釈 小島叡成著 京都 東本願寺出版部 1983.6 180p 22cm 〈昭和58年度安居本講 編集：安居事務所〉

◇真本教行信証御自釈―万延刊本延書対照 雲村賢淳編 京都 法蔵館 1986.2 236,14p 22cm

◇新註歎異抄 佐藤正英著 朝日新聞社 1994.6 257p 15cm(朝日文庫) 〈参考文献・関連年表：p234～243〉 560円

◇教行信証 金子大榮校訂 第3刷 岩波書店 2001.1 447p 19cm(ワイド版岩波文庫) 1400円

内容 教巻 行巻 信巻 証巻 真仏土巻 化身土巻

◇教行信証 教行の巻 梯實圓著 京都 本願寺出版社 2004.11 409p 22cm(聖典セミナー) 4300円

◆歎異抄(鎌倉中期)

【現代語訳】

◇歎異抄 長田恒雄現代語訳 在家仏教協会 1954 105p 18cm

◇歎異鈔 梅原真隆訳註 角川書店 1954 106p 15cm(角川文庫) 〈附：現代語訳〉

◇歎異抄 長田恒雄現代語訳 6版 在家仏教協会 1956 105p 18cm 〈附：原文ノオト 37-96p〉

◇歎異抄・執持鈔 石田瑞麿訳 平凡社 1964 268p 18cm(東洋文庫)

◇歎異抄 梅原猛校注・現代語訳 講談社 1972.4 240p 15cm(講談社文庫)

◇歎異抄 安良岡康作訳・註 旺文社 1974.11 185p 15cm(旺文社文庫)

◇歎異抄―口語訳 毎田周一訳 長野 海雲洞 1975 131p 15cm(海雲洞文庫)

◇歎異鈔の意訳と解説 高木昭良著 京都 永田文昌堂 1980.11 330,9p 19cm 〈参考文献一覧：p317～330〉 2500円

◇歎異抄 松野純孝訳・注 創英社 1984.1 142p 19cm(全対訳日本古典新書) 〈参考文献・親鸞略年譜：p133～138〉

◇歎異抄 野間宏訳 河出書房新社 1984.7 120p 15cm(河出文庫) 280円

◇親鸞全集 第2巻 石田瑞麿訳 春秋社 1985.6 p257～498,33,43p 23cm 5000円

内容 証巻.真仏土巻.化身土巻

◇歎異抄 安良岡康作訳注 旺文社 1988.5 190p 16cm(対訳古典シリーズ) 〈参考文献：p184～185〉 380円

◇新編日本古典文学全集 44 方丈記 徒然草 正法眼蔵随聞記 歎異抄 神田秀夫,永積安明,安良岡康作校注・訳 小学館 1995.3 606p 23cm 〈長明関係略年表：p594～597 兼好関係略年表：p599～604〉 4800円

中世文学(仏教文学)

◇歎異抄　梅原猛全訳注　講談社　2000.9　330p　15cm(講談社学術文庫)　〈文献・年表あり〉　960円

内容 窃廻愚案粗勘古今　弥陀の誓願不思議にたすけられ　おのおの十余ケ国のさかひをこえて　善人なをもて往生をとぐ　慈悲に聖道・浄土のかはりめあり　親鸞は、父母の孝養のためとて　専修念仏のともがらの　念仏者は無碍の一道なり　念仏は行者のために非行・非善なり　念仏まふしさふらへども〔ほか〕

◇歎異抄―新版　千葉乗隆訳注　角川書店　2001.7　158p　15cm(角川文庫)　〈年譜あり〉　476円

内容 竊廻愚案、粗勘古今　弥陀の誓願不思議に　おのおのの、十余ヶ国の　善人なをもつて往生をとぐ　慈悲に聖道・浄土のかはりめ　親鸞は、父母の孝養のためとて　専修念仏のともがらの　念仏者は、無碍の一道なり　念仏は、行者のために　念仏まふしさふらへども　念仏には無義をもつて義とす〔ほか〕

◇歎異抄を生きる―原文・現代語訳付き　山崎龍明著　大法輪閣　2001.10　370p　19cm　2500円

内容 1 親鸞さんの言葉と教えに学ぶ―前半の十章(なぜ『歎異抄』か　閉ざされた信の危うさ(序章)　いのちへの深き呼びかけ(第一章)　ほか)　2 誤り(異義)から正しさを学ぶ―後半の八章(教えと念仏は一枚のもの(第十一章)　人間をいかす学問を(第十二章)　自分の思い通りになる人生が(第十三章)ほか)　3『歎異抄』原文&現代語訳

◇歎異抄　梯實圓解説　京都　本願寺出版社　2002.12　173p　15cm　〈現代語訳付き〉　400円

◇歎異抄・教行信証　1　石田瑞麿訳　中央公論新社　2003.2　318p　18cm(中公クラシックス)　〈年譜あり〉　1400円

内容 歎異抄　教行信証(教・行・信巻)

◇歎異抄・教行信証　2　石田瑞麿訳　中央公論新社　2003.3　351p　18cm(中公クラシックス)　〈年譜あり〉　1450円

内容 教行信証(証・真仏土・化身土巻)　消息集

◇すらすら読める歎異抄　ひろさちや著　講談社　2003.7　190p　20cm　〈文献あり〉　1400円

内容 歎異抄(窃かに愚案を廻らして、粗古今を勘るに―「第一歎異抄」まえがき　弥陀の誓願不思議にたすけられまひらせて―念仏を称えようと思った瞬間に　おのおの十余ケ国のさかひをこえて―法然上人の教えを信じるだけほか)　『歎異抄』はどんな本か(法然べったりの親鸞　実践の人＝法然、思索の人＝親鸞　「非僧非俗」の道を歩んだ親鸞ほか)　『歎異抄』をどう読むか(悪人について　往生について　『歎異抄』と現代人)

◇歎異抄　吉野進一全訳　八王子　平成文芸社　2004.11　63p　22cm　〈和装〉

◇方丈記―現代語訳　本文対照　発心集―現代語訳　本文対照　歎異抄―現代語訳　本文対照　三木紀人訳　學燈社　2006.1　264p　19cm　1600円

◇歎異抄―現代語訳　野間宏訳　河出書房新社　2006.8　208p　15cm(河出文庫)　570円

内容 歎異抄　末灯鈔

◇歎異抄・正信偈・和讃―原書で知る　池田勇諦,中西智海監修　四季社　2006.8　199p　19cm(原書で知る仏典シリーズ　傍訳)　〈年譜あり〉　1200円

◇私訳歎異抄　五木寛之著　東京書籍　2007.9　145p　20cm　1200円

◇方丈記　徒然草　歎異抄　神田秀夫校訂・訳　永積安明校訂・訳　安良岡康作校訂・訳　小学館　2007.10　317p　20cm(日本の古典をよむ　14)　1800円

◇十王讃歎鈔―冥途の道しるべ　真屋晶冗訳　名古屋　ブイツーソリューション　2008.3　79p　18cm　〈星雲社(発売)〉　700円

◇新訳歎異抄―わかりやすい現代語訳　松本志郎著　佐々木崇,佐々木緑編　中央公論事業出版(製作発売)　2008.6　214p　20cm　〈肖像あり〉　1700円

◇現代語歎異抄―いま、親鸞に聞く　親鸞仏教センター訳・解説　朝日新聞出版　2008.7　277p　20cm　〈年譜あり〉　1500円

◇歎異抄―現代語訳　水野聡訳　PHPエディターズ・グループ　2008.9　148p　19cm　〈文献あり〉　1200円

【注釈書】

◇歎異抄　金子大栄校注　改版　岩波書店　1981.7　94p　15cm(岩波文庫)　150円

◇歎異抄・三帖和讃　伊藤博之校注　新潮社　1981.10　325p　20cm(新潮日本古典集成)　〈歎異抄.三帖和讃.末燈鈔. 解説 伊藤博之著. 付録 恵信尼の手紙. 親鸞関係年表：p320〜325〉

日本古典文学案内－現代語訳・注釈書　205

中世文学(仏教文学)

◇歎異抄　金子大栄校注　岩波書店　1982.8　94p　20cm(岩波クラシックス9)　800円
◇歎異抄一全講読　安良岡康作著　大蔵出版　1990.11　628p　20cm　6695円
◇歎異抄　金子大栄校注　岩波書店　1991.6　94p　19cm(ワイド版岩波文庫)　600円
◇歎異抄　金子大榮校注　改版　岩波書店　2003.2　94p　15cm(岩波文庫)〈第97刷〉　300円
◇歎異抄論釈　佐藤正英著　青土社　2005.5　803p　20cm〈年表あり〉　6400円
◇歎異抄略註　多屋頼俊著　石橋義秀, 菊池政和監修　京都　法蔵館　2008.7　147p　19cm〈昭和39年刊の復刊〉　1700円

◆和讃

【現代語訳】

◇和讃・消息篇―傍訳　池田勇諦, 神戸和麿, 渡邉晃純監修　四季社　2001.7　569p　22cm(傍訳親鸞聖人著作全集　第6巻)　16000円

[内容] 三帖和讃：浄土和讃(鶴見榮鳳傍訳)　高僧和讃(藤田彰美傍訳)　正像末和讃(楠信生傍訳)　御消息集：親鸞聖人御消息集(広本)(本夛恵傍訳)　御消息集(善性本)(本夛恵傍訳)　親鸞聖人血脈文集(本夛恵傍訳)　末燈鈔(井上円傍訳)　御消息拾遺(本夛恵傍訳)　恵信尼消息(佐賀江弘子傍訳)

【注釈書】

◇親鸞和讃集　名畑応順校注　岩波書店　2001.5　363p　19cm(ワイド版岩波文庫)　1300円

[内容] 浄土和讃　高僧和讃　正像末浄土和讃　皇太子聖徳奉讃　大日本国粟散王聖徳太子奉讃

◇浄土和讃に聞く　小端靜順著　教育新潮社　2002.4　366,23p　19cm　3200円
◇高僧和讃に聞く　小端靜順著　教育新潮社　2003.10　226,13p　19cm　2200円
◇正像末和讃に聞く　小端靜順著　教育新潮社　2004.10　291,17p　19cm　2858円

道元(1200～1253)

【現代語訳】

◇宝慶記　宇井伯寿訳　岩波書店　1938　118p　16cm
◇日本の古典　12　親鸞・道元・日蓮　河出書房新社　1973　434p　図　23cm

[内容] 願文(最澄著　梅原猛訳)山家学生式(最澄著　梅原猛訳)三教指帰(空海著　上山春平訳)一枚起請文(法然著　武田泰淳訳)教行信証(抄)(親鸞著　野間宏訳)末燈鈔(親鸞著　野間宏訳)歎異抄(親鸞(唯円記)　野間宏訳)正法眼蔵(道元著　森本和夫訳)正法眼蔵随聞記(懐奘編　真継伸彦訳)立正安国論(日蓮著　木下順二訳)日蓮消息(日蓮著　木下順二訳)一遍上人語録(一遍著　橋本峰雄訳)白骨の御文(蓮如著　真継伸彦訳)作品鑑賞のための古典　三教指帰註刪補(抄), 一枚起請文梗概聞書(抄)教行信証文類随聞記(抄), 歎異鈔講録(抄)(金岡秀友訳)解説(梅原猛)

◇道元　玉城康四郎編　西尾実, 水野弥穂子訳・注　筑摩書房　1986.1　400p　20cm(日本の仏教思想)〈道元関連年表・参考文献：p393～399〉　1800円
◇道元和尚広録　上　道元述　寺田透著訳　筑摩書房　1995.3　485p　22cm　24000円
◇道元和尚広録　下　道元述　寺田透著訳　筑摩書房　1995.3　501p　22cm　24000円
◇道元禅師全集―原文対照現代語訳　第10巻　永平広録1　鏡島元隆訳註　春秋社　1999.10　317p　22cm　5600円

[内容] 巻1-3

◇道元禅師全集―原文対照現代語訳　第11巻　永平広録2　鏡島元隆訳註　春秋社　1999.12　286p　22cm　5600円

[内容] 巻4-6

◇道元禅師全集―原文対照現代語訳　第13巻　永平広録4　永平語録　鏡島元隆訳註　春秋社　2000.6　283p　22cm　5600円

[内容] 道元和尚広録第十(玄和尚真贊　自贊　玄和尚偈頌)　永平禅師語録(元禅師初住本京宇治県興聖禅寺語録　開闢次住越州吉祥山永平寺語録　小参　法語(示禅人)ほか)

◇現代語訳建撕記図会　永福面山訂補　石龍木童訳註　国書刊行会　2000.11　475p　22cm　8000円

[内容]『訂補建撕記図会』のあらましとゆかりの

206　日本古典文学案内―現代語訳・注釈書

中世文学(仏教文学)

◇道元　祖師方　永祖行実訂補建撕記図会　(道元禅師の御誕生と幼少年時代　道元禅師の入宋と在宋時代　天童山を辞去して帰国　永平寺を開創　道元禅師の御入寂)　飯田利行編訳　国書刊行会　2001.5　244p　23cm(現代語訳・洞門禅文学集)　6500円

内容　定本山水経(『正法眼蔵』第二十九)　宝慶記　偈頌　付　久我龍胆の賦

◇道元のことば—今の世に安らぎと生きる力を与える　現代語訳　岡庸之亮著　文芸社　2003.10　218p　19cm　1000円

内容「弁道話(べんどうわ)」(道元三十二歳)(参照)普勧坐禅儀(二十八歳)「現成公按(げんじょうこうあん)」—七十五巻本『正法眼蔵』第一(三十四歳)「永平初祖学道用心集(三十五歳)「渓声山色(けいせいさんしょく)」—『正法眼蔵』第二十五(四十一歳)「諸悪莫作(しょあくまくさ)」—『正法眼蔵』第三十一(四十一歳)「古鏡(こきょう)」—『正法眼蔵』第十九(四十二歳)「仏性(ぶっしょう)」—『正法眼蔵』第三(四十二歳)」「行仏威儀(ぎょうぶついぎ)」—『正法眼蔵』第六(四十二歳)「神通(じんずう)」—『正法眼蔵』第三十五(四十二歳)」「坐禅箴(ざぜんしん)」—『正法眼蔵』第十二(四十三歳)〔ほか〕

◇修証義—やさしい仏教のおしえ　和田稔意訳　〔仙台〕　和田稔　2005.1　22p　18cm

◇永平広録　上巻　石井恭二訓読・注釈・現代文訳　河出書房新社　2005.3　454p　22cm　5000円

内容　永平広録の第一　興聖寺での語録　上堂語　永平広録の第二　大仏寺での語録　上堂語　永平広録の第三　永平禅寺での語録　上堂語　永平広録の第四　永平禅寺での語録　上堂語

◇永平広録　中巻　石井恭二訓読・注釈・現代文訳　河出書房新社　2005.5　412p　22cm　5000円

◇永平広録　下巻　石井恭二訓読・注釈・現代文訳　河出書房新社　2005.7　546p　22cm　5500円

内容　永平広録の第八　永平禅寺での語録・小参・法語・普勧坐禅儀　永平広録の第九　頌古　永平広録の第十　真賛、自賛、并びに偈頌　附録　宝慶記・典座教訓・上洛療養偈・遺偈

◇道元「小参・法語・普勧坐禅儀」　道元述　大谷哲夫全訳注　講談社　2006.6　333p　15cm(講談社学術文庫)　1050円

◇道元「永平広録・頌古」—全訳注　道元述　大谷哲夫全訳注　講談社　2007.11　354p　15cm(講談社学術文庫)　1150円

◇道元禅師全集—原文対照現代語訳　第14巻　語録　道元述　伊藤秀憲、角田泰隆、石井修道訳註　春秋社　2007.12　442p　22cm　6800円

内容　普勧坐禅儀撰述由来. 普勧坐禅儀. 永平初祖学道用心集. 真字『正法眼蔵』

【注釈書】

◇道元禅師全集　第3巻　鈴木格禅ほか編　鏡島元隆校註　春秋社　1988.4　283p　20cm　〈監修：酒井得元ほか　著者の肖像あり〉　3800円

内容　永平広録　上　道元和尚広録　第1〜5

◇道元禅師全集　第4巻　鈴木格禅ほか編　鏡島元隆校註　春秋社　1988.12　329p　20cm　〈監修：酒井得元ほか〉　4000円

内容　永平広録　下　道元和尚広録　第6〜10

◇道元禅師全集　第6巻　鈴木格禅ほか編　小坂機融、鈴木格禅校註　春秋社　1989.1　245p　20cm　〈監修：酒井得元ほか〉　3500円

内容　清規　典座教訓・弁道法・赴粥飯法・吉祥山永平寺衆寮箴規・対大己五夏闍梨法・日本国越前永平寺知事清規. 戒法・嗣書　仏祖正伝菩薩戒作法・出家略作法・仏祖正伝菩薩戒教授戒文・仏祖正伝菩薩戒教授文(別本)・嗣書図・授理観戒脈・授覚心戒脈. 解題　小坂機融、鈴木格禅著

◇道元禅師全集　第5巻　鈴木格禅ほか編・校註　春秋社　1989.9　309p　20cm　〈監修：酒井得元ほか〉　4120円

内容　語録　普勧坐禅儀撰述由来.普勧坐禅儀—(付)普勧坐禅儀(天福本)　永平初祖学道用心集—(付)学道用心十則.永平元禅師語録.正法眼蔵.解題

◇道元禅師全集　第7巻　鈴木格禅ほか編・校註　春秋社　1990.2　405p　20cm　〈監修：酒井得元ほか〉　4300円

内容　法語歌頌等　宝慶記　ほか40編. 解題

◇新釈永平広録　春日佑芳著　ぺりかん社　1998.2　349,13p　20cm　〈索引あり〉　3600円

◇道元「永平広録・上堂」選　大谷哲夫著　講談社　2005.2　289p　15cm(講談社学術文庫)　1050円

内容　巻頭の上堂　二題　開炉の上堂　冬至の

中世文学(仏教文学)

上堂　臘八成道の上堂　断臂会の上堂　歳旦(歳朝)の上堂　正月十五日の上堂　涅槃会の上堂　鎌倉より帰山しての上堂　釈尊降誕会の上堂〔ほか〕

◇凡俗がよむ道元偈頌全評釈　蔭木英雄著　大蔵出版　2006.10　222p　22cm　3800円

◇凡俗がよむ道元偈頌全評釈　続　蔭木英雄著　大蔵出版　2008.1　292p　22cm　4500円

◆正法眼蔵・正法眼蔵随聞記(鎌倉中期)

【現代語訳】

◇正法眼蔵随聞記　道元述　懐奘編　古田紹欽訳註　角川書店　1960　288p　15cm(角川文庫)〈付：現代語訳〉

◇古典日本文学全集　第14　筑摩書房　1962　406p　図版　23cm
　内容 正法眼蔵弁道話・正法眼蔵菩提薩埵四摂法(西尾実訳)　典座教訓(西尾実、池田寿一訳)　正法眼蔵随聞記(水野弥穂子訳)　沙門道元(和辻哲郎)　正法眼蔵の哲学私観(田辺元)　道元(唐木順三)

◇正法眼蔵随聞記　道元述　懐奘編　水野弥穂子訳　筑摩書房　1963　295p　図版　19cm(筑摩叢書)

◇古典日本文学全集　第14　筑摩書房　1964　406p　図版　23cm　〈普及版〉
　内容 正法眼蔵弁道話　正法眼蔵菩提薩埵四摂法(西尾実訳)　典座教訓(西尾実、池田寿一訳)　正法眼蔵随聞記(水野弥穂子訳)　沙門道元(和辻哲郎)　正法眼蔵の哲学私観(田辺元)　道元(唐木順三)

◇正法眼蔵―現代訳　禅文化学院訳編　誠信書房　1968　236p　図版　22cm
　内容 正法眼蔵(訳文・原文・要約)　道元禅師年譜

◇現代語訳正法眼蔵　第1巻　西嶋和夫訳　仏教社　中央公論事業出版(製作)　1970　240p　22cm

◇正法眼蔵―全巻現代訳　上巻　高橋賢陳訳　理想社　1971　648p　図16枚　20cm

◇現代語訳正法眼蔵　第2巻　西嶋和夫訳　仏教社　中央公論事業出版(製作)　1972　222p　22cm

◇正法眼蔵―全訳　巻2　中村宗一訳　誠信書房　1972　408p　図　22cm

◇正法眼蔵―全訳　巻3　中村宗一訳　誠信書房　1972　334p　図　22cm

◇正法眼蔵―全巻現代訳　下巻　高橋賢陳訳　理想社　1972　691p　20cm

◇正法眼蔵―全訳　巻4　中村宗一訳　誠信書房　1972　479p　図　22cm

◇正法眼蔵随聞記　横井雄峯訳注　山喜房仏書林　1972　274,20p　19cm

◇現代語訳正法眼蔵　第3巻　西嶋和夫訳　仏教社　中央公論事業出版(製作)　1973　220p　22cm

◇正法眼蔵―現代訳　第1巻　増谷文雄訳　角川書店　1973　349p　肖像　20cm　〈道元略年譜：p.348-349〉

◇正法眼蔵―現代訳　第2巻　増谷文雄訳　角川書店　1973　319p　図　20cm　〈道元略年譜：p.318-319〉

◇正法眼蔵―現代訳　第3巻　増谷文雄訳　角川書店　1973　374p　図　20cm　〈道元略年譜：p.373-374〉

◇正法眼蔵―現代訳　第4巻　増谷文雄訳　角川書店　1973　322p　図　20cm　〈道元略年譜：p.321-322〉

◇正法眼蔵―現代訳　第5巻　増谷文雄訳　角川書店　1974　318p　図　20cm　〈道元略年譜：p.317-318〉

◇正法眼蔵―現代訳　第6巻　増谷文雄訳　角川書店　1974　363p　図　20cm　〈道元略年譜：p.362-363〉

◇現代語訳正法眼蔵　第4巻　西嶋和夫訳〔所沢〕　仏教社　1975　237p　22cm　〈東京　中央公論事業出版(製作)　金沢文庫(発売)〉

◇現代語訳正法眼蔵　第5巻　西嶋和夫訳〔所沢〕　仏教社　1975　272p　22cm　〈東京　中央公論事業出版(製作)　金沢文庫(発売)〉

◇正法眼蔵―現代訳　第7巻　増谷文雄訳　角川書店　1975　332p　図　20cm　〈道元略年譜：p.331-332〉

◇正法眼蔵―現代訳　第8巻　増谷文雄訳　角川書店　1975　296p　図　20cm　〈道元略年譜：p.295-296〉

◇現代語訳正法眼蔵　第6巻　西嶋和夫訳〔所沢〕　仏教社　1976.9　236p　22cm　〈発売：金沢文庫〉

◇現代語訳正法眼蔵　第7巻　西嶋和夫訳

中世文学(仏教文学)

◇〔所沢〕 仏教社 1977.7 243p 22cm 〈発売：金沢文庫〉
◇現代語訳正法眼蔵 第8巻 西嶋和夫訳 〔所沢〕 仏教社 1977.12 227p 22cm 〈発売：金沢文庫〉
◇現代語訳正法眼蔵 第9巻 西嶋和夫訳 〔所沢〕 仏教社 1978.6 240p 22cm 〈発売：金沢文庫〉
◇現代語訳正法眼蔵 第10巻 西嶋和夫訳 〔所沢〕 仏教社 1978.11 251p 22cm 〈発売：金沢文庫〉
◇現代語訳正法眼蔵 第11巻 西嶋和夫訳 〔所沢〕 仏教社 1979.6 211p 22cm 〈発売：金沢文庫〉
◇現代語訳正法眼蔵 第12巻 西嶋和夫訳 〔所沢〕 仏教社 1979.11 205p 22cm 〈発売：金沢文庫〉
◇現代語訳正法眼蔵 別巻(索引) 西嶋和夫訳 〔所沢〕 仏教社 1981.5 214p 22cm 〈付：参考図書〉
◇正法眼蔵随聞記 道元述 懐奘編 水野弥穂子訳 筑摩書房 1992.10 455p 15cm(ちくま学芸文庫) 〈1963年刊に加筆〉 1200円
◇正法眼蔵随聞記―現代語訳 道元述 池田魯参著 大蔵出版 1993.8 446p 22cm 〈興聖寺の道元と『随聞記』年表：p429～434〉 8800円
◇正法眼蔵―現代語訳 1 玉城康四郎著 大蔵出版 1993.11 449p 20cm 4500円
◇正法眼蔵―現代語訳 2 玉城康四郎著 大蔵出版 1994.1 458p 20cm 4500円
◇正法眼蔵―現代語訳 3 玉城康四郎著 大蔵出版 1994.3 478p 20cm 4500円
◇正法眼蔵―現代語訳 4 玉城康四郎著 大蔵出版 1994.4 436p 20cm 4500円
◇正法眼蔵―現代語訳 5 玉城康四郎著 大蔵出版 1994.6 461p 20cm 4500円
◇正法眼蔵―現代語訳 6 玉城康四郎著 大蔵出版 1994.10 587p 20cm 4500円
◇新編日本古典文学全集 44 方丈記 徒然草 正法眼蔵随聞記 歎異抄 神田秀夫,永積安明,安良岡康作校注・訳 小学館 1995.3 606p 23cm 〈長明関係略年表：p594～597 兼好関係略年表：p599～604〉 4800円

◇正法眼蔵―七十五巻本 1 石井恭二注釈・現代訳 河出書房新社 1996.6 537p 22cm 4900円
◇正法眼蔵―七十五巻本 2 石井恭二注釈・現代訳 河出書房新社 1996.7 488p 22cm 4900円
◇正法眼蔵―七十五巻本 3 石井恭二注釈・現代訳 河出書房新社 1996.9 499p 22cm 4900円
◇正法眼蔵―七十五巻本 4 石井恭二注釈・現代訳 河出書房新社 1996.10 499p 22cm 4900円
◇正法眼蔵―九十五巻本拾遺・十二巻本 別巻 石井恭二注釈・現代訳 河出書房新社 1998.11 537p 22cm 4900円
◇正法眼蔵の世界 石井恭二著 河出書房新社 2001.4 300p 20cm 〈他言語標題：Le signe de Syohogenzo〉 2000円

内容 1章 自己について(空と自己 認識と自己実存 心 仏法 自己と場) 2章 時について(時 有即時 吾有時 時と縁 句と意) 3章 言葉について(言葉と場 語話) 4章 実相について(夢 煩悩) 5章 自然について(自然と人間 道元の憧憬 生死)

◇禅語録傍訳全書 第7巻 正法眼蔵三百則 1 鎌田茂雄,櫻井秀雄,西村惠信監修 粟谷良道編著 四季社 2001.11 299p 22cm 12500円
◇禅語録傍訳全書 第8巻 正法眼蔵三百則 2 鎌田茂雄,櫻井秀雄,西村惠信監修 粟谷良道編著 四季社 2001.12 282p 22cm 12500円
◇正法眼蔵・行持 上 安良岡康作全訳注 講談社 2002.1 455p 15cm(講談社学術文庫) 1300円

内容 行持の総説 釈迦牟尼仏章 摩訶迦葉章 波栗湿縛章 大鑑慧能章 馬祖道一章 雲巌曇晟章 雲居道膺章 百丈懐海章〔ほか〕

◇正法眼蔵・行持 下 安良岡康作全訳注 講談社 2002.2 446p 15cm(講談社学術文庫) 1300円

内容 菩提達磨章(真丹初祖の西来東土は、般若多羅尊者の教勅なり) 神光慧可章(真丹第二祖、大祖、正宗普覚大師は) 青原希遷章(石頭大師は、草庵を大石にむすびて、石上に坐禅す) 大医道信章(第三十一祖、大医禅師は、十四歳のそのかみ、三祖大師をみしより) 長慶慧稜章(長慶の慧稜和尚は、雪峯下の尊宿なり) 芙蓉道楷章(芙蓉山の楷祖、もはら、行持見成の本源なり) 後馬祖道一章(洪州江西開

日本古典文学案内―現代語訳・注釈書

中世文学(仏教文学)

元寺大寂禅師、諱道一、漢州十方県の人なり) 大満弘忍章(第三十二祖、大満禅師は、黄梅人なり) 天道如浄章(先師、天童和尚は、越人人事なり) 行持の総括(しづかにおもふべし。一生、いくばくにあらず)〔ほか〕

◇禅語録傍訳全書　第9巻　正法眼蔵三百則 3　鎌田茂雄、櫻井秀雄、西村惠信監修　栗谷良道編著　四季社　2002.4　287p　22cm　12500円

◇正法眼蔵―現代訳　禅文化学院編　新装版　誠信書房　2002.6　260p　22cm〈肖像・年譜あり〉　2800円

|内容| 現成公案　全機　生死　有時　山水経　梅華　画餅〔ほか〕

◇道元禅師全集―原文対照現代語訳　第1巻　正法眼蔵　1　水野弥穂子訳註　春秋社　2002.10　312p　22cm　5000円

|内容| 第1 現成公案　第2 摩訶般若波羅蜜　第3 仏性　第4 身心学道　第5 即心是仏　第6 行仏威儀　第7 一顆明珠　第8 心不可得　第9 古仏心　第10 大悟

◇道元禅師全集―原文対照現代語訳　第16巻　宝慶記 正法眼蔵随聞記　伊藤秀憲、東隆眞訳註　春秋社　2003.8　335p　22cm　5800円

|内容| 宝慶記　正法眼蔵随聞記

◇正法眼蔵随聞記　山崎正一全訳注　講談社　2003.11　356p　15cm(講談社学術文庫)　1150円

|内容| 正法眼蔵随聞記(1)(はづべくんば、明眼の人をはづべし　我病者なり、非器なり ほか)　正法眼蔵随聞記(2)(『続高僧伝』の中に人、その家に生まれ、その道に入らば ほか)　正法眼蔵随聞記(3)(行者まづ心を調伏しつれば　故僧正、建仁寺におはせしとき ほか)　正法眼蔵随聞記(4)(学道の人、身心を放下して世間の女房なんどだにも ほか)　正法眼蔵随聞記(5)(学道の人、自解を執することなかれ　学人、第一の用心は ほか)　正法眼蔵随聞記(6)(仏法のためには　学道の人は、吾我のために ほか)

◇正法眼蔵　1　増谷文雄全訳注　講談社　2004.4　445p　15cm(講談社学術文庫)〈肖像・年譜あり〉　1250円

|内容| 摩訶般若波羅蜜　現成公案　一顆明珠　即心是仏　洗浄　礼拝得髄　谿声山色　諸悪莫作　有時　袈裟功徳　伝衣

◇道元禅師全集―原文対照現代語訳　第2巻　正法眼蔵　2　水野弥穂子訳註　春秋社　2004.4　303p　22cm　5000円

|内容| 第11 坐禅儀　第12 坐禅箴　第13 海印三昧　第14 空華　第15 光明　第16 行持上　第16 行持下　第17 恁麼　第18 観音

◇正法眼蔵―現代文訳　1　石井恭二訳　河出書房新社　2004.7　385p　15cm(河出文庫)　1000円

◇正法眼蔵―現代文訳　2　石井恭二訳　河出書房新社　2004.8　370p　15cm(河出文庫)　1000円

|内容| 恁麼　観音　古鏡　有時　授記　全機　都機　画餅　渓声山色　仏向上事　夢中説夢　礼拝得髄　山水経　看経　諸悪莫作　伝衣　導得　仏教

◇正法眼蔵―現代文訳　3　石井恭二訳　河出書房新社　2004.9　378p　15cm(河出文庫)　1000円

|内容| 七十五巻本 正法眼蔵(神通　阿羅漢　春秋　葛藤　嗣書　栢樹子　三界唯心　説心説性　諸法実相　仏道　密語　無情説法　仏経　陀羅尼　洗面　面授　仏祖　梅花　洗浄　十方)

◇正法眼蔵　4　増谷文雄全訳注　講談社　2004.10　403p　15cm(講談社学術文庫)　1250円

|内容| 海印三昧　授記　観音　阿羅漢　栢樹子　光明　身心学道　夢中説夢　道得　画餅　全機　空華　古物心　全機　空華　古仏心〔ほか〕

◇正法眼蔵―現代文訳　5　石井恭二訳　河出書房新社　2004.11　367p　15cm(河出文庫)　1000円

|内容| 正法眼蔵拾遺(法華転法華　唯仏与仏　生死 ほか)　十二巻本正法眼蔵(出家功徳　受戒袈裟功徳　発菩提心 ほか)

◇正法眼蔵　5　増谷文雄全訳注　講談社　2005.1　400p　15cm(講談社学術文庫)　1250円

◇正法眼蔵　6　増谷文雄全訳注　講談社　2005.4　444p　15cm(講談社学術文庫)　1250円

|内容| 梅華　十方　見仏　遍参　眼睛　家常　龍吟　春秋　祖師西来意　優曇華　発無上心　発菩提心　如来全身　三昧王三昧　三十七品菩提分法

◇正法眼蔵　7　増谷文雄全訳注　講談社　2005.7　402p　15cm(講談社学術文庫)　1250円

|内容| 転法輪　自証三昧　大修行　虚空　鉢盂　安居　他心通　王索仙陀婆　出家　八大人覚

中世文学(仏教文学)

◇正法眼蔵　8　増谷文雄全訳注　講談社　2005.9　364p　15cm(講談社学術文庫)　1250円

内容 供養諸仏　帰依三宝　深信因果　四禅比丘　生死　唯仏与仏　道心　受戒　別輯弁道話

◇正法眼蔵—傍訳　学道篇2　中野東禅編著　四季社　2006.8　303p　27cm(曹洞宗読経偈文全書　5)　18000円

◇道元禅師全集―原文対照現代語訳　第3巻　正法眼蔵　3　道元述　水野弥穂子訳註　春秋社　2006.10　324p　22cm　5000円

内容 正法眼蔵 第19-第30

◇正法眼蔵随聞記―生き方の書　中野東禅編著　四季社　2007.6　318p　19cm(原書で知る仏典シリーズ 傍訳)　1200円

◇すらすら読める正法眼蔵　ひろさちや著　講談社　2007.7　278p　19cm　1700円

【注釈書】

◇正法眼蔵弁註(永平)　伝尊著　大渓雪巌校　永平寺村(福井)　永平寺　1881.9　和8冊(巻1—22合本版)　23cm

◇新校註解正法眼蔵随聞記　大久保道舟校註　山喜房仏書林　1932　167,14p　19cm

◇正法眼蔵釈意　1-4　橋田邦彦著　山喜房仏書林　1941-1950　4冊　22cm

◇正法眼蔵随聞記　立花俊道校註　大東出版社　1946　236p　19cm

◇正法眼蔵　上巻　衛藤即応校註　4版　岩波書店　1948　445p 図版　15cm(岩波文庫)

◇正法眼蔵　下巻　衛藤即応校註　再版　岩波書店　1949　503p　15cm(岩波文庫)

◇正法眼蔵釈意　第4巻　行持　上　橋田邦彦述　碧潭会編　山喜房仏書林　1950　224p　22cm

◇正法眼蔵随聞記―新校註解　大久保道舟校註　山喜房仏書林　1956　210p　19cm〈昭和4年道元禅師研究会刊のものを改修再刊〉

◇正法眼蔵註解全書　第4巻　神保如天, 安藤文英原編　正法眼蔵註解全書刊行会編　正法眼蔵註解全書刊行会　1956　635p　22cm　〈大正2年刊の複刊〉

◇正法眼蔵註解全書　第5巻　神保如天, 安藤文英原編　正法眼蔵註解全書刊行会編　正法眼蔵註解全書刊行会　1956　613p　22cm　〈大正2年刊の複刊〉

◇正法眼蔵註解全書　第10巻　神保如天, 安藤文英原編　正法眼蔵註解全書刊行会編　正法眼蔵註解全書刊行会　1956　663p　22cm　〈大正2年刊の複刊〉

◇正法眼蔵註解全書　第1-3巻　神保如天, 安藤文英原編　正法眼蔵註解全書刊行会編　正法眼蔵註解全書刊行会　1956　3冊　22cm　〈大正2年刊の複刊〉

◇正法眼蔵註解全書　第11巻　神保如天, 安藤文英原編　正法眼蔵註解全書刊行会編　正法眼蔵註解全書刊行会　1957　138p　22cm　〈大正2年刊の複刊〉

◇正法眼蔵註解全書　第6-9巻　神保如天, 安藤文英原編　正法眼蔵註解全書刊行会編　正法眼蔵註解全書刊行会　1957　4冊　22cm　〈大正2年刊の複刊〉

◇正法眼蔵　上巻　衛藤即応校注　改版　岩波書店　1959　445p 図版　15cm(岩波文庫)　〈11刷〉

◇正法眼蔵―山水経・春秋私釈　古田紹欽著　宝文館　1960　153p　20cm(仏教の聖典)

◇正法眼蔵新講　伊福部隆彦著　名古屋　黎明書房　1963　380p　20cm

◇正法眼蔵新講　第2　伊福部隆彦著　名古屋　黎明書房　1965　242p　20cm　600円

◇日本古典文学大系　第81　正法眼蔵, 正法眼蔵随聞記　西尾実等校注　岩波書店　1965　491p 図版　22cm

◇日本思想大系　12　道元　上　寺田透, 水野弥穂子校注　岩波書店　1970　589p 図版　22cm　1300円

内容 弁道話, 正法眼蔵.『正法眼蔵』の思惟の構造(寺田透)『正法眼蔵』の本文作成と渉典について(水野弥穂子)

◇日本思想大系　13　道元　下　寺田透, 水野弥穂子校注　岩波書店　1972　632p 図版　22cm　1400円

内容 正法眼蔵,12巻正法眼蔵. 解説 道元における分裂(寺田透)「道元」上下巻の本文作成を終えて(水野弥穂子) 道元禅師略年譜, 参考文献

◇永平正法眼蔵蒐書大成　11　注解・研究篇　1　永平正法眼蔵蒐書大成刊行会編

中世文学(仏教文学)

大修館書店　1974　721p　27cm　9000円

内容　正法眼蔵抄第1-8(経豪著　泉福寺蔵本の複製)

◇永平正法眼蔵蒐書大成　12　注解・研究篇　2　永平正法眼蔵蒐書大成刊行会編　大修館書店　1974　722p　27cm　9000円

内容　正法眼蔵抄第9-16(経豪著　泉福寺蔵本の複製)

◇永平正法眼蔵蒐書大成　16　注解・研究篇　6　永平正法眼蔵蒐書大成刊行会編　大修館書店　1974　731p　27cm　9000円

内容　正法眼蔵那一宝第1-22(老卯撰　寛政3年刊　駒沢大学図書館蔵本の複製)

◇永平正法眼蔵蒐書大成　17　注解・研究篇　7　永平正法眼蔵蒐書大成刊行会編　大修館書店　1974　714p　27cm　9000円

内容　『正法眼蔵開解』斧山玄〔トツ〕本(新潟県・吉蔵寺蔵書写本の複製)(面山瑞方本)『正法眼蔵開解』(東京・松月院蔵書写本の複製)付録　拈評三百則不能語蒙野、光明蔵三昧、普勧坐禅儀聞、普勧坐禅儀不能語、坐禅箴不能語、正法眼蔵坐禅箴抽解経行参、永平正法眼蔵品目頌并序開聞、宏智禅師坐禅箴註、評退玄和尚三百則頌．解題(永久岳水)

◇永平正法眼蔵蒐書大成　13　注解・研究篇　3　永平正法眼蔵蒐書大成刊行会編　大修館書店　1975　738p　27cm　11000円

内容　正法眼蔵抄第17-24(経豪著　泉福寺蔵本の複製)

◇永平正法眼蔵蒐書大成　18　注解・研究篇　8　永平正法眼蔵蒐書大成刊行会編　大修館書店　1975　1226p　27cm　16000円

内容　正法眼蔵却退一字参(文化9年甫天俊昶刊刻初版本の複製)　付：正法眼蔵生死卷穿牛皮、正法眼蔵都機卷禿若掃記(岸沢文庫所蔵本の複製)　解題(河村孝道)

◇永平正法眼蔵蒐書大成　14　注解・研究篇　4　永平正法眼蔵蒐書大成刊行会編　大修館書店　1976　800p　27cm　11000円

内容　正法眼蔵抄第25-31(経豪著　泉福寺蔵本の複製)

◇永平正法眼蔵蒐書大成　15　注解・研究編　5　永平正法眼蔵蒐書大成刊行会編　大修館書店　1976　777p　27cm　11000円

内容　正法眼蔵弁註巻1-20(天桂伝尊撰述　大阪府・陽松菴蔵本の複製)　附録：正法眼蔵摩訶般若鉄船論(心応空印撰)　正法眼蔵撃節集(全厳林盛撰述)(駒沢大学図書館等蔵本の複製)

◇永平正法眼蔵蒐書大成　19　注解・研究篇　9　永平正法眼蔵蒐書大成刊行会編　大修館書店　1977.6　886p　27cm　16000円

内容　正法眼蔵傍註　甲一壬(安心院蔵海書写・撰述　興正寺所蔵本の複製)正法眼蔵私記　第1-第10(安心院蔵海書写・撰述　駒沢大学所蔵本等の複製)　解題(河村孝道)

◇永平正法眼蔵蒐書大成　20　注解・研究篇　10　永平正法眼蔵蒐書大成刊行会編　大修館書店　1977.12　937p　27cm　〈複製〉

内容　正法眼蔵品頌并序　義雲著　ほか39編

◇正法眼蔵釈意　橋田邦彦述　畑邦吉校訂　山喜房仏書林　1980.9　577p　23cm　8500円

◇永平正法眼蔵蒐書大成　22　注解篇補遺　永平正法眼蔵蒐書大成刊行会編　大修館書店　1981.3　1252p　27cm　〈万福寺所蔵の複製〉　22000円

◇永平正法眼蔵蒐書大成　23　注解篇補遺　永平正法眼蔵蒐書大成刊行会編　大修館書店　1981.8　863p　27cm　〈松元院本、淵静寺本の複製〉　18000円

◇正法眼蔵新講　上　伊福部隆彦著　川口壮神社　1987.9　367p　22cm　〈黎明書房昭和38〜40年刊の改訂〉　5500円

◇正法眼蔵　1　水野弥穂子校注　岩波書店　1990.1　476p　15cm(岩波文庫)　720円

◇正法眼蔵　2　水野弥穂子校注　岩波書店　1990.12　484p　15cm(岩波文庫)　770円

◇道元禅師全集　第1巻　鈴木格禅ほか編　河村孝道校註　春秋社　1991.1　516p　20cm　〈監修：酒井得元ほか　著者の肖像あり〉　6200円

内容　正法眼蔵　上．道元禅師著述略年譜：p511〜516

◇正法眼蔵　3　水野弥穂子校注　岩波書店　1991.7　505p　15cm(岩波文庫)　770円

◇道元禅師全集　第2巻　鈴木格禅ほか編　河村孝道校註　春秋社　1993.1　721p　20cm　〈監修：酒井得元ほか〉　7900円

内容　正法眼蔵　下．道元禅師著述略年譜：p655〜660．解題

◇正法眼蔵　4　水野弥穂子校注　岩波書店　1993.4　518p　15cm(岩波文庫)　770円

◇正法眼蔵　1　水野弥穂子校注　岩波書店　1993.11　476p　19cm(ワイド版岩波文庫)

中世文学(仏教文学)

　1400円
◇正法眼蔵　2　水野弥穂子校注　岩波書店
　1993.11　484p　19cm(ワイド版岩波文庫)
　1400円
◇正法眼蔵　3　水野弥穂子校注　岩波書店
　1993.12　505p　19cm(ワイド版岩波文庫)
　1500円
◇正法眼蔵　4　水野弥穂子校注　岩波書店
　1993.12　518p　19cm(ワイド版岩波文庫)
　1500円
◇新釈正法眼蔵　春日佑芳著　ぺりかん社
　1995.3　592,10p　20cm　4944円
◇道元禅の実相―『正法眼蔵』釈義　田中晃著　京都　晃洋書房　1995.12　392p　20cm　4000円
◇正法眼蔵の解釈　1　現成公案の巻　新羅章著　近代文芸社　1996.4　211p　20cm　2000円
◇正法眼蔵講讃　第1巻　椿林皓堂著　大阪　青山社　1996.6　373p　23cm　〈肖像あり〉　6602円
◇正法眼蔵講讃　第2巻　椿林皓堂著　大阪　青山社　1996.6　450p　23cm　〈肖像あり〉　6602円
◇正法眼蔵講讃　第3巻　椿林皓堂著　大阪　青山社　1996.12　440p　23cm　〈肖像あり〉　6602円
◇正法眼蔵講讃　第4巻　椿林皓堂著　大阪　青山社　1996.12　317p　23cm　〈肖像あり〉　6602円
◇正法眼蔵講讃　第5巻　椿林皓堂著　大阪　青山社　1996.12　352p　23cm　〈肖像あり〉　6602円
◇正法眼蔵全講　第1巻　岸澤惟安提唱　門脇聴心録　オンデマンド版　大法輪閣
　2004.1　694p　22cm　〈肖像あり〉
　10000円
　内容 正法眼蔵辨道話　正法眼蔵摩訶般若波羅蜜　岸沢『眼藏』思い出草(門脇章太郎述)
◇正法眼蔵全講　第2巻　岸澤惟安提唱　門脇聴心録　オンデマンド版　大法輪閣
　2004.1　626p　22cm　〈肖像あり〉
　9400円
　内容 正法眼藏現成公案　正法眼藏一顆明珠　正法眼藏重雲堂式　正法眼藏即心是佛
◇正法眼蔵全講　第3巻　岸澤惟安提唱　門脇聴心録　オンデマンド版　大法輪閣
　2004.1　637p　22cm　〈肖像あり〉
　9500円
　内容 正法眼藏洗浄　正法眼藏禮拝得髄　正法眼藏谿聲山色
◇正法眼蔵全講　第4巻　岸澤惟安提唱　門脇聴心録　オンデマンド版　大法輪閣
　2004.1　687p　22cm　〈肖像あり〉
　9900円
　内容 正法眼藏諸悪莫作　正法眼藏有時　正法眼藏袈裟功徳
◇正法眼蔵全講　第5巻　岸澤惟安提唱　門脇聴心録　オンデマンド版　大法輪閣
　2004.1　708p　22cm　〈折り込1枚〉
　10000円
　内容 正法眼藏傳衣　正法眼藏山水經　正法眼藏佛祖　正法眼藏嗣書
◇正法眼蔵全講　第6巻　岸澤惟安提唱　門脇聴心録　オンデマンド版　大法輪閣
　2004.1　529p　22cm　〈原本：平成元年刊(第4刷)〉　8600円
　内容 正法眼藏法華轉法華　正法眼藏心不可得　正法眼藏後心不可得
◇正法眼蔵全講　第7巻　岸澤惟安提唱　門脇聴心録　オンデマンド版　大法輪閣
　2004.1　573p　22cm　〈原本：昭和57年刊(第4刷)〉　9000円
　内容 正法眼藏古鏡
◇正法眼蔵全講　第8巻　岸澤惟安提唱　門脇聴心録　オンデマンド版　大法輪閣
　2004.1　744p　22cm　〈原本：平成2年刊(第5刷)〉　10300円
　内容 正法眼藏看經　正法眼藏佛性
◇正法眼蔵全講　第9巻　岸澤惟安提唱　門脇聴心録　オンデマンド版　大法輪閣
　2004.1　779p　22cm　〈原本：昭和57年刊(第3刷)〉　10600円
　内容 正法眼藏行佛威儀
◇正法眼蔵全講　第10巻　岸澤惟安提唱　門脇聴心録　オンデマンド版　大法輪閣
　2004.1　878p　22cm　〈肖像あり〉
　11400円
　内容 正法眼藏佛教　正法眼藏神通　正法眼藏大悟
◇正法眼蔵全講　第11巻　岸澤惟安提唱　門脇聴心録　オンデマンド版　大法輪閣
　2004.1　743p　22cm　〈肖像あり〉
　10300円

中世文学(仏教文学)

|内容| 正法眼藏坐禪蔵

◇正法眼藏全講　第12巻　岸澤惟安提唱
門脇聴心録　オンデマンド版　大法輪閣
2004.1　787p　22cm　〈肖像あり〉
10800円

|内容| 正法眼藏佛向上事　正法眼藏恁麼

◇正法眼藏全講　第13巻　岸澤惟安提唱
門脇聴心録　オンデマンド版　大法輪閣
2004.1　515p　22cm　〈肖像あり〉
8500円

|内容| 正法眼藏行持

◇正法眼藏全講　第14巻　岸澤惟安提唱
門脇聴心録　オンデマンド版　大法輪閣
2004.1　715p　22cm　〈肖像あり〉
10100円

|内容| 正法眼藏行持

◇正法眼藏全講　第15巻　岸澤惟安提唱
門脇聴心録　オンデマンド版　大法輪閣
2004.1　1003p　22cm　〈原本:昭和62年刊(第3刷)〉　12500円

|内容| 正法眼藏海印三昧　正法眼藏授記

◇正法眼藏全講　第16巻　岸澤惟安提唱
門脇聴心録　オンデマンド版　大法輪閣
2004.1　960p　22cm　〈原本:昭和62年刊(第3刷)〉　12100円

|内容| 正法眼藏観音　正法眼藏阿羅漢　正法眼藏栢樹子

◇正法眼藏全講　第17巻　岸澤惟安提唱
門脇聴心録　オンデマンド版　大法輪閣
2004.1　947p　22cm　〈原本:昭和62年刊(第3刷)〉　12000円

|内容| 正法眼藏光明　正法眼藏身心學道

◇正法眼藏全講　第18巻　岸澤惟安提唱
門脇聴心録　オンデマンド版　大法輪閣
2004.1　687p　22cm　〈肖像あり〉
9900円

|内容| 正法眼藏夢中説夢　正法眼藏道得　正法眼藏畫餅

◇正法眼藏全講　第19巻　岸澤惟安提唱
門脇聴心録　オンデマンド版　大法輪閣
2004.1　724p　22cm　〈肖像あり〉
10200円

|内容| 正法眼藏全機　正法眼藏都機　正法眼藏空華　正法眼藏古佛心　正法眼藏菩提薩〔タ〕四播法　正法眼藏葛藤　正法眼藏三界唯心　正法眼藏説心説性　正法眼藏佛道　正法眼藏諸法實相

◇正法眼藏全講　第20巻　岸澤惟安提唱
門脇聴心録　オンデマンド版　大法輪閣
2004.1　696p　22cm　〈肖像あり〉
9900円

|内容| 正法眼藏密語　正法眼藏佛經　正法眼藏無情説法　正法眼藏法性　正法眼藏陀羅尼　正法眼藏洗面　正法眼藏面授　正法眼藏坐禪儀　正法眼藏梅華　正法眼藏十方

◇正法眼藏全講　第21巻　岸澤惟安提唱
門脇聴心録　オンデマンド版　大法輪閣
2004.1　724p　22cm　〈原本:昭和63年刊(3版)〉　10200円

|内容| 正法眼藏見佛　正法眼藏遍參　正法眼藏眼晴　正法眼藏家常　正法眼藏龍吟　正法眼藏春秋　正法眼藏祖師西來意　正法眼藏優曇華　正法眼藏發無上心　正法眼藏如來全身　正法眼藏三昧王三昧

◇正法眼藏全講　第22巻　岸澤惟安提唱
門脇聴心録　オンデマンド版　大法輪閣
2004.1　751p　22cm　〈肖像あり〉
10300円

|内容| 正法眼藏三十七品菩提分法　正法眼藏轉法輪　正法眼藏自證三昧　正法眼藏大修行　正法眼藏虚空　正法眼藏鉢盂　正法眼藏安居　正法眼藏佗心通

◇正法眼藏全講　第23巻　岸澤惟安提唱
門脇聴心録　オンデマンド版　大法輪閣
2004.1　784p　22cm　〈肖像あり〉
10600円

|内容| 正法眼藏王索仙陀婆　正法眼藏示庫院文　正法眼藏出家　正法眼藏三時業　正法眼藏四馬　正法眼藏發菩提心　正法眼藏出家功徳　正法眼藏供養諸佛　正法眼藏歸依三寶　正法眼藏生死

◇正法眼藏全講　第24巻　岸澤惟安提唱
門脇聴心録　オンデマンド版　大法輪閣
2004.1　696p　22cm　〈肖像あり〉
9900円

|内容| 正法眼藏深信因果　正法眼藏道心　正法眼藏受戒　正法眼藏四禪比丘　正法眼藏唯佛與佛　正法眼藏八大人覺

◇正法眼藏　1　水野弥穂子校注　岩波書店
2004.5　476p　19cm(ワイド版岩波文庫)
1500円

|内容| 弁道話　正法眼蔵(一)(現成公案　摩訶般若波羅蜜　仏性　身心学道　即心是仏　行仏威儀　一顆明珠　心不可得　古仏心　大悟 ほか)

◇正法眼藏　2　水野弥穂子校注　岩波書店
2004.5　484p　19cm(ワイド版岩波文庫)
1500円

中世文学(仏教文学)

◇[内容] 正法眼蔵(二)(古鏡 有時 授記 全機 都機 画餅 渓声山色 仏向上事 夢中説夢 礼拝得髄 山水経 ほか)

◇正法眼蔵 3 水野弥穂子校注 岩波書店 2004.6 505p 19cm(ワイド版岩波文庫) 1600円

[内容] 仏道 密語 無情説法 仏教 法性 陀羅尼 洗面 面授 仏祖 梅花〔ほか〕

◇正法眼蔵 4 水野弥穂子校注 岩波書店 2004.6 518p 19cm(ワイド版岩波文庫) 1600円

[内容] 他心通 王索仙陀婆 出家 出家功徳 受戒 袈裟功徳 発菩提心 供養諸仏 帰依仏法僧宝 深信因果〔ほか〕

◇谿声山色―奥会津に見る正法眼蔵の世界 竹島善一写真 遠藤太禅註釈 三島町(福島県) 奥会津書房 2005.12 199p 15cm(奥会津書房文庫) 952円

日蓮(1222～1282)

【現代語訳】

◇日蓮書簡集 池田諭編訳 経営思潮研究会 1963 253p 20cm

◇日本の古典 12 親鸞・道元・日蓮 河出書房新社 1973 434p 図 23cm

[内容] 願文(最澄著 梅原猛訳)山家学生式(最澄著 梅原猛訳) 三教指帰(空海著 上山春平訳) 一枚起請文(法然著 武田泰淳訳)教行信証(抄)(親鸞著 野間宏訳)末燈鈔(親鸞著 野間宏訳)歎異抄(親鸞(唯円)著 野間宏訳) 正法眼蔵(道元著 森本和夫訳)正法眼蔵随聞記(懐奘編 真継伸彦訳)立正安国論(日蓮著 木下順二訳) 日蓮消息(日蓮著 木下順二訳) 一遍上人語録(一遍著 橋本峰雄訳)白骨の御文(蓮如著 真継伸彦訳)作品鑑賞のための古典 三教指帰註解補(抄)、一枚起請文梗概聞書(抄) 教行信証文類随聞記(抄)、歎異鈔講録(抄)(金岡秀友訳)解説(梅原猛)

◇立正安国論―付観心本尊抄 田村完誓訳 徳間書店 1973 342p 20cm

◇日蓮聖人の手紙―現代語訳 石川康明編著 国書刊行会 1976 2冊 19cm(日蓮聖人遺文現代語訳選集 1,2) 1800円

◇日蓮 田村芳朗 浅井円道ほか訳・注 筑摩書房 1986.2 400p 20cm(日本の仏教思想)〈日本の思想第4『日蓮集』(昭和44年刊)の改題新装版 日蓮の肖像あり〉 1800円

◇日蓮書簡集 池田諭編訳 大和書房 1986.12 246p 20cm〈付・日蓮小伝〉 2000円

◇日蓮聖人全集 第1巻 宗義 1 渡辺宝陽, 小松邦彰編・訳 春秋社 1992.10 485,19p 23cm

[内容] 守護国家論.災難興起由来.災難対治鈔.立正安国論.安国論副状.安国論御勘由来.宿屋入道再御状.安国論奥書.安国論勘由参御書.金吾殿御書事.安国論送状.夢想御書.合戦を眼前御書.顕立正意抄.神国王御書.撰時抄.強仁状御返事.諫暁八幡抄. 解題. 参考文献：p473～478

◇日蓮聖人全集 第7巻 信徒 2 渡辺宝陽, 小松邦彰編 今成元昭訳 春秋社 1992.12 341,26p 23cm

[内容] 上野殿御返事 ほか85編. 対告衆一覧. 参考文献：p325～330

◇日蓮聖人全集 第4巻 信行 渡辺宝陽, 小松邦彰編 上田本昌訳 春秋社 1993.3 403,14p 23cm

[内容] 唱法華題目鈔 ほか26編. 解題. 参考文献：p391～396

◇日蓮聖人全集 第5巻 聖伝・弟子 渡辺宝陽, 小松邦彰編 冠賢一訳 春秋社 1993.7 379,10p 23cm

[内容] 不動・愛染感見記 ほか53編. 参考文献：p365～370

◇日蓮聖人全集 第3巻 宗義 3 渡辺宝陽, 小松邦彰編 庵谷行亨訳 春秋社 1994.7 447,17p 23cm

[内容] 報恩抄.報恩鈔送文.一代聖教大意.教機時国鈔.顕謗法鈔.南条兵衛七郎殿御書.曽谷入道殿許御書.諸宗問答鈔.法華浄土問答鈔.曽谷入道殿書事.大田殿許御書.三三蔵祈雨事.大学三郎殿御書.蓮賞大師事.爾前二乗菩薩不作仏事.二乗作仏事.一代五時鶏図. 解題. 参考文献：p433～438

◇女人御書 堀教通訳編 日蓮宗海外布教後援会 1995.8 311p 23cm〈他言語標題：St.Nichiren's Nyonin gosho 英文併記〉

◇日蓮聖人全集 第6巻 信徒 1 北川前肇,原慎定訳 春秋社 1995.8 327,14p 23cm 6180円

[内容] 富木殿御返事 ほか55編. 解題. 参考文献：p311～317

◇観心本尊抄 小松邦彰訳注 妙教山文庫 1995.10 81p 22cm〈発売：山喜房仏

中世文学(仏教文学)

書林〉　1800円
◇日蓮聖人全集　第2巻　宗義　2　渡辺宝陽, 関戸堯海訳　春秋社　1996.6　577,10p　23cm　8755円
　内容　十章鈔. 寺泊御書. 八宗違目鈔. 開目抄. 富木殿御返事. 真言諸宗違目. 観心本尊抄. 観心本尊抄副状. 顕仏未来記. 富木殿御返事. 波木井三郎殿御返事. 小乗大乗分別鈔. 其中衆生御書. 法華取要抄. 立正観鈔. 立正観送状. 三沢鈔. 始聞仏乗義. 富木入道殿御返事. 本尊問答抄. 富木入道殿御返事. 諸経与法華経難易事. 三大秘法禀承事. 解題. 参考文献：p561〜567
◇新釈日蓮聖人一代図会　中村経年訳　菊田貫雅釈選　立正善導協会　1996.10　3冊　30cm　〈複製と翻刻　袂入　限定版　和装〉
◇守護国家論　堀教通訳　日蓮宗海外布教後援会　1998.7　437p　23cm　〈他言語標題：St.Nichiren's shugo kokka-ron 英文併記〉
◇日蓮聖人の手紙―現代語訳　1　石川教張編著　新装版　国書刊行会　1998.9　302p　19cm(日蓮聖人遺文現代語訳選集　1)
◇日蓮聖人の手紙―現代語訳　2　石川教張編著　新装版　国書刊行会　1998.9　233p　19cm(日蓮聖人遺文現代語訳選集　2)
◇原文対訳立正安国論　北川前肇編　大東出版社　1999.3　156p　26cm　1800円
◇供養と功徳　石川教張訳著　国書刊行会　2006.11　158p　19cm(日蓮聖人の手紙　現代文　2)　1600円
◇苦難をこえて　石川教張訳著　国書刊行会　2006.11　158p　19cm(日蓮聖人の手紙　現代文　5)　1600円
◇死別の悲しみ　石川教張訳著　国書刊行会　2006.11　158p　19cm(日蓮聖人の手紙　現代文　1)　1600円
◇女の幸せ　石川教張訳著　国書刊行会　2006.11　158p　19cm(日蓮聖人の手紙　現代文　3)　1600円
◇病気と癒し　石川教張訳著　国書刊行会　2006.11　157p　19cm(日蓮聖人の手紙　現代文　4)　1600円
◇読み解く『立正安国論』　中尾堯著　京都　臨川書店　2008.1　302p　20cm　2600円
◇魂に火をつけろ―日蓮聖人のご生涯元祖化導記現代語訳　功刀貞如著　地人館

2008.6　167p　22cm　〈すずさわ書店(発売)〉　2000円
◇日蓮「立正安国論」―全訳注　佐藤弘夫全訳注　講談社　2008.6　190p　15cm(講談社学術文庫)　700円

【注釈書】
◇日蓮聖人御消息文全集―註解　附・御門下の新研究　塩田義遜編著　京都　平楽寺書店　1968　1004,30p　図版　表　地図　19cm　2500円
◇日蓮文集　兜木正亨校注　岩波書店　1968　376p　15cm(岩波文庫)　200円
◇日本思想大系　14　日蓮　戸頃重基, 高木豊校注　岩波書店　1970　622p　図　22cm　1400円
　内容　守護国家論, 顕謗法抄, 南条兵衛七郎殿御書, 法華題目抄, 金吾殿御返事, 転重軽受法門, 観心本尊抄, 如説修行鈔, 顕仏未来記, 富木殿御書, 法華取要抄, 可延定業御書, 撰時抄, 忘持経事, 報恩抄, 四信五品抄, 下山抄, 本尊問答抄, 諫暁八幡抄. 問題篇　色心二法事, 三大秘法抄, 小蒙古御書, 承久合戦之間事. 原文　守護国家論, 観心本尊抄, 顕仏未来記, 法華取要抄, 忘持経事, 四信五品抄, 小蒙古御書. 解説　民の子の自覚の形成と展開(戸頃重基)　折伏における否定の論理の本質(戸頃重基)　日蓮の思想の継承と変容(高木豊)　参考文献：p.617-622
◇日蓮文集　兜木正亨校注　岩波書店　1992.6　376p　15cm(岩波文庫)　〈日蓮一代略年譜：p335〜339〉　670円
◇日蓮宗祈祷私註　片山公寿著　大阪　青山社　1998.7　300p　22cm
◇傍註撰時抄通解　河村孝照編　山喜房仏書林　2006.4　742,49p　22cm　13000円
◇傍註報恩抄通解　河村孝照編　山喜房仏書林　2007.12　26,615,46p　22cm　14000円

法然(1133〜1212)

【現代語訳】
◇和訳法然上人選択集　村瀬秀雄訳　小田原　常念寺　1979.2　387p　19cm　2500円
◇法然上人法語抄訳　藤井実応編　村瀬秀雄訳　小田原　常念寺　1992.10　409p　19cm　5000円

中世文学(仏教文学)

◇法然上人のご法語　第1集　消息編　浄土宗総合研究所編訳　阿川文正ほか監修　京都　浄土宗　1997.3　243,41p　22cm

◇法然上人のご法語　第2集(法語類編)　阿川文正ほか監修　浄土宗総合研究所編訳　京都　浄土宗　1999.3　352,61p　22cm

◇法然全集　第1巻　大橋俊雄訳　新装　春秋社　2001.5　325,5p　23cm　6000円

　内容　往生要集釈　三部経大意　無量寿経釈　観無量寿経釈　阿弥陀経釈

◇法然上人のご法語　第3集(対話編)　阿川文正,梶村昇,高橋弘次監修　浄土宗総合研究所編訳　京都　浄土宗　2001.6　405,78p　22cm　3600円

◇法然全集　第2巻　大橋俊雄訳　新装　春秋社　2001.6　352,5p　23cm　6000円

　内容　逆修説法　選択本願念仏集

◇法然全集　第3巻　大橋俊雄訳　新装　春秋社　2001.7　330,6p　23cm　6000円

　内容　消息篇　問答篇　制誡・起請等篇

◇無量寿経釈—傍訳　上　水谷幸正監修　齋藤舜健訳註　四季社　2003.11　253p　22cm　16000円

◇阿弥陀経釈—傍訳　石上善応監修　袖山栄輝訳註　四季社　2005.8　341p　22cm　16000円

◇逆修説法—傍訳　上　法然述　伊藤唯真監修　真柄和人訳註　四季社　2006.1　362p　22cm　16000円

◇観無量寿経釈—傍訳　上　石上善応監修　柴田泰山訳註　四季社　2006.4　339p　22cm　16000円

◇逆修説法—傍訳　下　法然述　伊藤唯真監修　真柄和人訳註　四季社　2007.11　335p　22cm　16000円

◇観無量寿経釈—傍訳　下　石上善応監修　柴田泰山訳註　四季社　2007.12　307p　22cm　16000円

◇三部経釈 往生大要抄—傍訳　水谷幸正監修　斉藤舜健訳註　四季社　2008.6　299p　22cm　16000円

【注釈書】

◇日本思想大系　10　法然・一遍　大橋俊雄校注　岩波書店　1971　487p　図　22cm　1300円

　内容　法然　往生要集釈,三部経大意,無量寿経釈,選択本願念仏集,一枚起請文,消息文,七箇条制誡,原文(往生要集釈・無量寿経釈・選択本願念仏集・七箇条制誡)一遍　一遍上人語録,播州法語集.解説　法然における専修念仏の形成,一遍とその法語集について.参考文献

◇選択集全講　石井教道著　京都　平楽寺書店　1995.12(9刷)　702,20p　22cm(選択集之研究　講述篇)〈索引あり〉7800円

◇選択本願念仏集　大橋俊雄校注　岩波書店　1997.4　215p　15cm(岩波文庫)　500円

◇法然上人絵伝　上　大橋俊雄校注　岩波書店　2002.4　340p　15cm(岩波文庫)　700円

◇法然上人絵伝　下　大橋俊雄校注　岩波書店　2002.5　302p　15cm(岩波文庫)　760円

明恵(1173〜1232)

【注釈書】

◇明恵上人集　久保田淳,山口明穂校注　岩波書店　1994.7　310p　19cm(ワイド版岩波文庫)　1100円

　内容　明恵上人歌集.明恵上人夢記.栂尾明恵上人伝記.栂尾明恵上人遺訓.解説　久保田淳

蓮如(1415〜1499)

【現代語訳】

◇御文章の手引き—蓮如上人五百回忌記念功存講述　磨墨功洞編訳　熊本　法住教団　1994.3-1996.9　6冊(別冊とも)　22cm　〈索引あり〉

◇蓮如の手紙—お文・ご文章現代語訳　浅井成海監修　国書刊行会　1997.1　442p　21cm　4800円

◇蓮如上人御一代記聞書—現代語訳　瓜生津隆真著　大蔵出版　1998.9　446p　22cm　6800円

◇蓮如上人御一代記聞書—浄土真宗聖典 現代語版　浄土真宗聖典編纂委員会編纂　京都　本願寺出版社　1999.3　275p　19cm　1200円

◇蓮如上人・空善聞書　大谷暢順全訳注

中世文学(神道文学)

講談社　2005.3　354p　15cm(講談社学術文庫)　〈肖像あり〉　1100円

内容　空前聞書　蓮如の生涯　空善と『空善聞書』

【注釈書】

◇日本思想大系　17　蓮如・一向一揆　笠原一男,井上鋭夫校注　岩波書店　1972　706p 図　22cm　1800円

内容　蓮如　御文(御文章)(笠原一男校注)　蓮如上人御一代聞書(井上鋭夫校注)　一向一揆　本福寺跡書(井上鋭夫校注)　官知論(井上鋭夫,大桑斉校注)　参州一向宗乱記(笠原一男校注)　朝倉始末記賀越闘諍記越州軍記(井上鋭夫,桑原浩然,藤木久志校注)　賢会書状(井上鋭夫校注)　竹松隼人覚書(井上鋭夫校注)　真宗信仰の諸形態(笠原一男,井上鋭夫,小栗純子校注)　解説　蓮如—その行動と思想(笠原一男)　一向一揆—真宗と民衆(井上鋭夫)　文献解題,参考文献　蓮如年譜・一向一揆 年表

◇蓮如文集　笠原一男校注　岩波書店　1985.7　253p　15cm(岩波文庫)　450円

◇蓮如・一向一揆　笠原一男,井上鋭夫校注　岩波書店　1995.5　706p　22cm(日本思想大系新装版―続・日本仏教の思想　4)〈参考文献・蓮如年譜・一向一揆年表：p679〜704〉　5000円

◇蓮如上人の和歌評釈　松岡秀隆著　神戸交友プランニングセンター(製作)　2006.9　136p　19cm　1200円

神道文学

【注釈書】

◇校註二十一社記　三島安精著　明世堂書店　1943.9　132p　A5

吉利支丹文学

【注釈書】

◇吉利支丹文学集　1　新村出,柊源一校註　平凡社　1993.8　389p　18cm(東洋文庫　567)　3090円

内容　解説.こんてむつすすむん地

◇吉利支丹文学集　2　新村出,柊源一校註　平凡社　1993.10　373p　18cm(東洋文庫　570)　3090円

内容　どちりなきりしたん.イソポのハブラス.解題　米井力也著

演劇・芸能

【現代語訳】

◇日本国民文学全集　第11巻　謡曲狂言集　河出書房新社　1958　371p 図版　22cm

内容　謡曲 第1 高砂(田中千禾夫訳) 他19篇.謡曲 第2 湯谷(田中澄江訳) 他14篇.狂言 夷毘沙門(窪田啓作訳) 他30篇.解説(横道万里雄)

◇日本の古典　16　能・狂言集　河出書房新社　1972　396p 図　23cm

内容　鵜飼(榎並左衛門五郎作 世阿弥元清改作 横道万里雄訳) 船弁慶(観世小次郎信光作 丸岡明訳) 大江山(作者不明 窪田啓作訳) 烏頭(作者不明 丸岡明訳) 融(世阿弥元清作 窪田啓作訳) 邯鄲(作者不明 飯沢匡訳) 猩々(作者不明 窪田啓作訳) 狂言 末広がり(丸岡明訳) 靱猿(丸岡明訳) 雁盗人(窪田啓作訳) 鬼瓦(丸岡明訳) 武悪(飯沢匡訳) 止動方角(窪田啓作訳) 素襖落(窪田啓作訳) 抜殻(窪田啓作訳) 附子(窪田啓作訳) 鳴子(横道万里雄訳) 夷毘沙門(窪田啓作訳) 水掛聟(横道万里雄訳) 箕被(横道万里雄訳) 引括(1)(丸岡明訳) 引括(2)(丸岡明訳) 鈍太郎(窪田啓作訳) 水汲(窪田啓作訳) 猿座頭(内村直也訳) 川上(丸岡明訳) 月見座頭(丸岡明訳) 骨皮(窪田啓作訳) 布施無経(飯沢匡訳) 魚説法(横道万里雄訳) 惣八(窪田啓作訳) 柿山伏(窪田啓作訳) 八尾(窪田啓作訳) 節分(丸岡明訳) 八句連句(窪田啓作訳) 磁石(飯沢匡訳) 釣狐(飯沢匡訳) 花子(丸岡明訳) 風姿花伝(世阿弥著 大岡信訳) わらんべ草(大蔵虎明著 大岡信訳)

◇現代語訳日本の古典　14　隅田川・柿山伏　田中千禾夫等訳　学習研究社　1980.3　188p　30cm

◇能・能楽論　竹本幹夫校注・訳　ほるぷ出版　1987.7　415p　20cm(日本の文学)

内容　能 自然居士 観阿弥作.隅田川 観世十郎元雅作.当麻・忠度 世阿弥作.熊野.楊貴妃.吉野静.能楽論 風姿花伝第二―物学々 世阿弥著.狂言 猿座頭.禁野.泣尼.鏡男.文荷.蟹山伏.鈍根草

【注釈書】

◇古典日本文学全集　第20　能名作集・狂言名作集　筑摩書房　1962　399p 図版　23cm

内容　能名作集(横道万里雄注解) 高砂 他19篇

中世文学(演劇・芸能)

◇狂言名作集(古川久注解) 末広がり 他15篇. 解説(古川久、横道万里雄) 当麻(小林秀雄) 能の力(安倍能成) 能の形成と展開(小西甚一) 狂言の写実(滝井孝作) 狂言の諷刺(古川久)

◇古典日本文学全集 第20 能狂言名作集 筑摩書房 1966 399p 図版 23cm〈普及版〉

内容 能名作集(横道万里雄注解) 狂言名作集(古川久注解) 解説(古川久、横道万里雄) 当麻(小林秀雄) 能の力(安倍能成) 能の形成と展開(小西甚一) 狂言の写実(滝井孝作) 狂言の諷刺(古川久)

◇大蔵家伝之書古本能狂言 第4-6巻 大蔵弥太郎編 京都 臨川書店 1976 3冊 23cm〈複製版 限定版〉 全94000円

内容 誓願寺(せいぐわんじ), 仏原(ほとけのはら), 梅枝(うめがえ), 姨捨(をばすて), 橋姫(はしひめ), 檜垣(ひがき), 六浦(むつら), 空蝉(うつせみ), 夕顔(ゆふがほ), 半蔀(はじとみ), 野宮(ののみや), 槿(あさがほ), 玉鬘(たまかづら), 胡蝶(こてふ), 落葉(おちば), 浮船(うきふね) 第5巻 集類註 舎利(しやり), 石橋(しやくきよう), 安達(あこぎ), 鵺(ぬえ), 項羽(こうう), 船橋(ふなばし), 女郎花(をみなめし), 雲林院(うんりんゐん), 小塩(をしほ), 融(とほる), 鍾道(しようき), 野守(のもり), 錦木(にしきぎ), 遊行柳(ゆぎやうやなぎ), 殺生石(せつしやうせき), 〔ウ〕飼(うかひ), 伏木曽我(ふしきそが), 草薙(くさなぎ), 泣不動(なきふどう), 求塚(もとめづか), 降魔(がうま) 聞書并笛集付唱歌 真伝集 第6巻 わらんべ草1-5

◇幸若舞 1 百合若大臣一他 荒木繁ほか編注 平凡社 1979.6 380p 18cm(東洋文庫 355) 1300円

内容 入鹿.大織冠.百合若大臣.信太.満仲.築島. 解説・解題 荒木繁著

◇能勢朝次著作集 第6巻 能楽研究 3 能勢朝次著作集編集委員会編 京都 思文閣出版 1982.11 519p 22cm 6400円

内容 謡曲講義.謡曲講義 以前(謡曲).能楽研究法.謡曲の解釈.能の表現とその解釈.「能の幽霊」に導かれて

◇幸若舞 2 景清・高館一他 荒木繁ほか編注 平凡社 1983.1 372p 18cm(東洋文庫 417) 1800円

内容 文覚.景清.八島.高館. 解題 荒木繁著

◇幸若舞 3 敦盛・夜討曽我一他 荒木繁ほか編注 平凡社 1983.10 284p 18cm(東洋文庫 426) 1600円

内容 烏帽子折.敦盛.和田酒盛.夜討曽我. 解題 荒木繁著

◇謡曲・狂言集 古川久, 小林責校注 4版 明治書院 1985.2 378p 19cm(校注古典叢書)〈参考文献:p338〜340〉 1400円

◇天正狂言本全釈 金井清光 風間書房 1989.9 706p 22cm〈主要研究文献目録:p47〜50〉 28840円

◇新日本古典文学大系 59 舞の本 佐竹昭広ほか編 麻原美子, 北原保雄校注 岩波書店 1994.7 620,17p 22cm 4200円

謡曲文学

【現代語訳】

◇物語日本文学 7 謡曲物語 藤村作等訳 至文堂 1938 1冊 図版 19cm

◇日本古典文学全集—現代語訳 第22巻 謡曲 田中允訳 河出書房 1954 365p 19cm

内容 高砂 他18篇

◇謡曲物語 能勢朝次訳編 至文堂 1954 247p 19cm(物語日本文学)

内容 安宅 他14篇

◇日本古典文学全集 33 謡曲集 1 小山弘志, 佐藤喜久雄, 佐藤健一郎校注・訳 小学館 1973 517p 図 23cm

内容 脇能, 修羅物, 鬘物, 四番目物1

◇日本古典文学全集 34 謡曲集 2 小山弘志, 佐藤喜久雄, 佐藤健一郎校注・訳 小学館 1975 577p 図 23cm

内容 四番目物2, 切能

◇謡曲集 上 伊藤正義校注 新潮社 1983.3 444p 20cm(新潮日本古典集成)〈謡曲本文・注釈・現代語訳一覧:p442〜444〉 2200円

◇馬場あき子の謡曲集 三枝和子の狂言集 馬場あき子, 三枝和子著 集英社 1987.5 294p 19cm(わたしの古典 15) 1400円

内容 馬場あき子の謡曲集(井筒 忠度 熊野 善知鳥 ほか) 三枝和子の狂言集(大黒連歌 佐渡狐木六駄 髭櫓 月見座頭 朝比奈 ほか)

◇馬場あき子の謡曲集 三枝和子の狂言集 馬場あき子, 三枝和子著 集英社

中世文学(演劇・芸能)

　　1996.11　311p　15cm(わたしの古典)
　　680円
◇新編日本古典文学全集　58　謡曲集　1
　　小山弘志,佐藤健一郎校注・訳　小学館
　　1997.5　558p　23cm　4457円
◇新編日本古典文学全集　59　謡曲集　2
　　小山弘志,佐藤健一郎校注・訳　小学館
　　1998.2　622p　23cm　4657円

【注釈書】

◇謡曲新評　増田于信評註　三河屋書店
　　1891　2冊　19cm
◇謡曲新評　増田于信評註　三河屋書店
　　1891.12　2冊(174,160p)　19cm
◇謡曲解釈　関目顕之著　京都　便利堂
　　1900.10　178,76p　23cm　〈付：謡曲
　　心得〉
◇謡曲評釈　大和田建樹著　博文館　1907-
　　1908　9冊(9輯)　23cm
◇国文註釈全集　第6　室松岩雄編　国学院
　　大学出版部　1908-1910?　23cm
　　内容 謡曲拾葉集(犬井貞恕)
◇謡曲大全(註解)　久保寺嘯月(快心)編　光
　　世館　1911.2　28p　15cm
◇校註謡曲叢書　1-3　芳賀矢一,佐佐木信
　　綱校註　博文館　1914-1919　3冊　22cm
◇校註 謡曲叢書　芳賀矢一,佐佐木信綱校
　　註　博文館　1914-1915　3冊
◇謡曲叢書　芳賀矢一,佐佐木信綱校註　博
　　文館　1914-1915　3巻　〈復刻版　臨川書
　　店　昭62〉
◇新釈 日本文学叢書　11　物集高量校註
　　日本文学叢書刊行会　1923　622,52p
　　23cm
　　内容 謡曲百番
◇校註 日本文学叢書　12　物集高量校註
　　再版　広文庫刊行会　1923.1　622,52p
　　23cm
　　内容 謡曲百番
◇校註 日本文学大系　21　長連恒校註　誠
　　文堂新光社　1932-1935
　　内容 謡曲集 下巻　古曲拾遺
◇校註 謡曲　佐成謙太郎著　明治書院
　　1932.2　207p　四六判

◇注解 謡曲全集　野上豊一郎著　中央公論
　　社　1935-1936
◇謡曲名作十六番輯釈　野々村戒三著　早
　　稲田大学出版部　1936　6円
◇謡曲選講　佐成謙太郎著　5版　明治書院
　　1946　502p　21cm
◇謡曲選釈　和田万吉著　訂　山海堂
　　1949　449p　図版　22cm
◇謡曲全集—解註　第1巻　野上豊一郎著
　　中央公論社　1949　542p　19cm
◇謡曲全集—解註　第2巻　野上豊一郎編
　　中央公論社　1949　570p　19cm
◇謡曲全釈—評註　田中允著　紫乃故郷舎
　　1950　337p　図版　19cm(紫文学評註叢書)
◇謡曲全集—解註　第3巻　野上豊一郎編
　　中央公論社　1950　564p　19cm
◇謡曲全集—解註　第4巻　野上豊一郎編
　　中央公論社　1950　574p　19cm
◇謡曲名作集　上　川瀬一馬編・校註　大
　　日本雄弁会講談社　1950　314p　図版
　　19cm(新註国文学叢書)
◇謡曲全集—解註　第5巻　野上豊一郎編
　　中央公論社　1951　588p　19cm
　　内容 四番目物 第5,切能物 第1
◇謡曲全集—解註　第6巻　野上豊一郎編
　　中央公論社　1951　520p　19cm
　　内容 切能物第1続-第4,謡曲固有名詞索引
◇謡曲名作集　中　川瀬一馬編・校註　大
　　日本雄弁会講談社　1951　302p　図版
　　19cm(新註国文学叢書)
◇謡曲名作集　下　川瀬一馬編・校註　大
　　日本雄弁会講談社　1951　283p　図版
　　19cm(新註国文学叢書　第85)
◇謡曲集　上　田中允校註　再版　朝日新
　　聞社　1953　325p　19cm(日本古典全書)
◇謡曲集　中　田中允校註　朝日新聞社
　　1953　305p　19cm(日本古典全書)
◇謡曲集　下　田中允校註　朝日新聞社
　　1957　339p　19cm(日本古典全書)
◇日本古典文学大系　第40　謡曲集　上
　　横道万里雄,表章校注　岩波書店　1960
　　470p　図版　22cm
◇日本古典文学大系　第41　謡曲集　下
　　横道万里雄,表章校注　岩波書店　1963
　　488p　図版　22cm

中世文学(演劇・芸能)

◇金春古伝書集成　表章,伊藤正義校注　わんや書店　1969　712p 図版　22cm　8500円
　内容　金春禅竹伝書,金春祥鳳伝書,金春座系伝書,金春関係古史料.附録：金春家嫡流并庶流系図,金春座歴代署名集,金春座略年譜
◇謡曲全集―解註　巻1　野上豊一郎編　中央公論社　1971　544p　20cm　〈昭和24年刊改訂版の再版〉　2000円
◇謡曲全集―解註　巻2　野上豊一郎編　中央公論社　1971　570p　20cm　〈昭和24年刊改訂版の再版〉　2000円
◇謡曲全集―解註　巻3　野上豊一郎編　中央公論社　1971　564p　20cm　〈昭和25年刊改訂版の再版〉　2000円
◇謡曲全集―解註　巻1　野上豊一郎編　中央公論社　1984.9　544p　20cm　〈新装愛蔵版〉　2500円
◇謡曲全集―解註　巻2　野上豊一郎編　中央公論社　1984.10　570p　20cm　〈新装愛蔵版〉　2500円
◇謡曲全集―解註　巻3　野上豊一郎編　中央公論社　1984.11　564p　20cm　〈新装愛蔵版〉　2500円
◇謡曲全集―解註　巻4　野上豊一郎編　中央公論社　1984.12　574p　20cm　〈新装愛蔵版〉　2500円
◇解註 謡曲全集　野上豊一郎編　中央公論社　1985.1　588p　20cm　〈新装愛蔵版〉　2500円
◇解註 謡曲全集　巻6　野上豊一郎編　中央公論社　1985.2　520p　20cm　〈新装愛蔵版〉　2500円
◇謡曲集　中　伊藤正義校注　新潮社　1986.3　509p　20cm(新潮日本古典集成)　2500円
◇謡曲集　下　伊藤正義校注　新潮社　1988.10　510p　20cm(新潮日本古典集成)　2600円
◇笑謡一瞥諺随釈　吉田陶泉訓並釈　吉田欣也編　吉田欣也　1997印刷　180p　21cm　〈複製を含む〉
◇新日本古典文学大系　57　謡曲百番　西野春雄校注　岩波書店　1998.3　13,768p　22cm　4700円
◇謡曲・狂言集　古川久,小林責校注　新装版　明治書院　2001.3　378p　19cm(校注古典叢書)　〈文献あり〉　2400円

◇謡曲全集―解註　巻1　野上豊一郎編　新装　中央公論新社　2001.12　544p　22cm　〈オンデマンド版〉　10000円
◇謡曲全集―解註　巻2　野上豊一郎編　新装　中央公論新社　2001.12　570p　22cm　〈オンデマンド版〉　10000円
◇謡曲全集―解註　巻3　野上豊一郎編　新装　中央公論新社　2001.12　564p　22cm　〈オンデマンド版〉　10000円
◇謡曲全集―解註　巻4　野上豊一郎編　新装　中央公論新社　2001.12　574p　22cm　〈オンデマンド版〉　10000円
◇謡曲全集―解註　巻5　野上豊一郎編　新装　中央公論新社　2001.12　588p　22cm　〈オンデマンド版〉　10000円
◇謡曲全集―解註　巻6　野上豊一郎編　新装　中央公論新社　2001.12　520p　22cm　〈オンデマンド版〉　10000円

能作者と作品

【現代語訳】

◇能・能楽論　竹本幹夫校注・訳　ほるぷ出版　1987.7　415p　20cm(日本の文学)
　内容　能 自然居士 観阿弥作.隅田川 観世十郎元雅作.当麻・忠度 世阿弥作.熊野,楊貴妃,吉野静.能楽論 風姿花伝第二一物学条々 世阿弥著.狂言 猿座頭.禁野.泣尼.鏡男.文荷.蟹山伏.鈍根草
◇羽衣―対訳でたのしむ　三宅晶子著　檜書店　2000.5　24p　21cm　500円
◇道成寺―対訳でたのしむ　三宅晶子著　檜書店　2000.5　26p　21cm　500円
◇葵上―対訳でたのしむ　三宅晶子著　檜書店　2000.8　26p　22cm　500円
◇安達原・黒塚―対訳でたのしむ　竹本幹夫著　檜書店　2000.8　28p　22cm　500円
◇鉄輪―対訳でたのしむ　竹本幹夫著　檜書店　2000.8　24p　22cm　500円
◇天鼓―対訳でたのしむ　三宅晶子著　檜書店　2000.8　28p　22cm　500円
◇海士・海人―対訳でたのしむ　竹本幹夫著　檜書店　2001.7　34p　22cm　500円
◇半蔀―対訳でたのしむ　三宅晶子著　檜書店　2001.7　22p　22cm　500円
◇俊寛―対訳でたのしむ　竹本幹夫著　檜

中世文学(演劇・芸能)

書店　2002.10　28p　21cm　500円
◇野宮―対訳でたのしむ　竹本幹夫著　檜書店　2002.10　30p　21cm　500円

◆観阿弥(1333〜1384)

【現代語訳】

◇通小町―対訳でたのしむ　竹本幹夫著　檜書店　2001.7　26p　22cm　500円

◆観世信光(1435〜1516)

【現代語訳】

◇安宅―対訳でたのしむ　竹本幹夫著　檜書店　2000.5　40p　21cm　500円
◇船弁慶―対訳でたのしむ　三宅晶子著　檜書店　2001.7　30p　22cm　500円
◇紅葉狩―対訳でたのしむ　竹本幹夫著　檜書店　2002.10　26p　21cm　500円

◆金春禅竹(1405〜？)

【注釈書】

◇能楽古典禅竹集　吉田東伍校註　能楽会　1915　294p　22cm
◇日本思想大系　24　世阿弥・禅竹　表章, 加藤周一校注　岩波書店　1974　582p　図　22cm　1800円

　[内容] 世阿弥 風姿花伝, 花習内抜書(能序破急事), 音曲口伝(音曲声出口伝), 花鏡, 至花道, 二曲三体人形図, 三道, 曲付次第, 風曲集, 遊楽習道風見, 五位, 九位, 六義, 拾玉得花, 五音曲条々, 五音, 習道書, 夢跡一紙, 却来華, 金島書, 世子六十以後申楽談儀(申楽談儀), 金春大夫宛書状. 禅竹 六輪一露之記(付 二花一輪), 六輪一露之記注, 歌舞髄脳記, 五音三曲集, 幽玄三輪, 六輪一露秘注(文正体・寛正体), 明宿集, 至道要抄　補注：校訂付記. 解説 世阿弥の戦術または能楽論(加藤周一) 世阿弥と禅竹の伝書(表章)

◆世阿弥(1363〜1443)

【現代語訳】

◇世阿弥十六部集意訳 能と謡の根原　池内信嘉著　能楽会　1926　214p　四六判

◇謡曲盆樹記　銭稲孫訳　北京近代科学図書館　1942　30p　22cm
◇日本古典文学全集―現代語訳　第21巻　世阿弥十六部集　小西甚一訳　河出書房　1954　201p　19cm

　[内容] 風姿花伝, 音曲声出口伝, 至花道, 二曲三体絵図, 能作書, 曲付次第, 花鏡, 風曲集, 五音曲, 遊楽習道風見, 遊楽芸風五位, 九位, 習道書, 却来花. 解説

◇花伝書―現代語訳　世阿弥編著　川瀬一馬訳　わんや書店　1962　216p 図版　19cm
◇花伝書―風姿花伝　川瀬一馬校注・現代語訳　講談社　1972.3　210p　15cm(講談社文庫)
◇世阿弥アクティング・メソード―風姿花伝・至花道・花鏡　堂本正樹訳　劇書房　1987.3　190p　19cm　1400円
◇謡曲集　1　三道　小山弘志ほか校注・訳　小学館　1987.11　472p　20cm(完訳日本の古典　46)　1900円
◇謡曲集　2　風姿花伝　小山弘志ほか校注・訳　小学館　1988.5　466p　20cm(完訳日本の古典　47)〈各章末：参考文献〉1900円
◇井筒―対訳でたのしむ　三宅晶子著　檜書店　2000.5　24p　21cm　500円
◇高砂―対訳でたのしむ　竹本幹夫著　檜書店　2000.5　30p　21cm　500円
◇清経―対訳でたのしむ　竹本幹夫著　檜書店　2000.8　28p　22cm　500円
◇世阿弥・仙馨　飯田利行編訳　国書刊行会　2001.6　350p　23cm(現代語訳洞門禅文学集)　6500円

　[内容] 風姿花伝(世阿弥著)　半仙遺稿(佐田仙馨著)

◇敦盛―対訳でたのしむ　三宅晶子著　檜書店　2002.10　28p　21cm　500円
◇融―対訳でたのしむ　三宅晶子著　檜書店　2002.10　30p　21cm　500円
◇すらすら読める風姿花伝　林望著　講談社　2003.12　222p　19cm　1600円

　[内容] 風姿花伝第一年来稽古条々(この芸において、おほかた、七歳をもてはじめとす―自然体にまかせること　この年のころよりは、やうやう声も調子にかかり―美少年の華やぎ ほか)　風姿花伝第二物学条々(物まねの品々、筆に尽くしがたし―写実の芸のありよ

中世文学(演劇・芸能)

う　およそ女かかり、若き為手のたしなみに似合ふことなり—女の写実はまず姿美しくほか）　風姿花伝第三問答条々(問。そもそも申楽を始むるに、当日に臨んで—開演時の空気を読むこと　問。能に、序破急をば、何とか定むべきか—「序破急」ということほか）　第五奥儀伝(そもそも『風姿花伝』の条々一心から心へ、言葉を越えて伝える「花」　されば和州の風体、物まね・義理を本として—物まねに幽玄の衣を着せてほか）　花伝第六花修云(一、能に、強き・幽玄・弱き・麁きを知ること—何よりもまずは偽らぬ写実　この工夫をもて、作者また心得べきことあり—能の作者の心得ほか）　花伝第七別紙口伝(一、この口伝に、花を知ること—「花」とは何かを知ること　その上、人の好みも色々にして—抜け落ちなく用意しておく心がけ ほか）

◇世阿弥能楽論集　小西甚一編訳　たちばな出版　2004.8　407p　22cm　〈文献あり〉　3048円

  内容　解説：世阿弥の人と芸術論(小西甚一著)　初期の能楽論：風姿花伝　中期の能楽論：花習(抜書). 音曲声出口伝. 至花道. 人形. 能作書. 花鏡. 曲付次第. 風曲集. 遊楽習道風見. 五位　後期の能楽論：九位. 六義. 拾玉得花. 五音曲. 習道書. 却来花

◇風姿花伝—現代語訳　水野聡訳　PHPエディターズ・グループ　2005.2　111p　19cm　〈文献あり〉　950円

【注釈書】

◇世阿弥十六部集 全　吉田東伍校註　能楽会　1908　329p　22cm

◇能楽古典世阿弥十六部集　吉田東伍校註　磯部甲陽堂　1918　308p　22cm

◇校註 世阿弥十六部集　野々村戒三編　春陽堂　1926　368p　四六判

◇世阿弥十六部集評釈　上下　能勢朝次著　岩波書店　1940-1944　2冊　〈上巻増補昭24〉　5.2円

◇頭註 世阿弥二十三部集　川瀬一馬校訂　能楽社　1945　84,364,17p　22cm

◇花伝書・能作書—校註　能勢朝次校訂　大阪　新日本図書　1947　136p　19cm　〈付：申楽談儀抄〉

◇花伝書—校注 風姿花伝　川瀬一馬注　わんや書店　1949　114p 図版　19cm

◇申楽談義　野上豊一郎校訂　8版　岩波書店　1949　107p　15cm(岩波文庫)　〈内題ニハ世子六十以後申楽談義トアリ〉

◇世阿弥十六部集評釈　上,下　能勢朝次著　再版　岩波書店　1949　2冊　22cm　〈上巻 増補版〉

◇花鏡　川瀬一馬校注　わんや書店　1953　86p 図版　19cm　〈附：至花道, 九位〉

◇校注花鏡　川瀬一馬校注　わんや書店　1953.1　86p　19cm　〈附・至花道, 九位〉

◇花伝書—風姿花伝　川瀬一馬校注　増補版(3版)　わんや書店　1954　120p 図版　19cm

◇申楽談義　表章校註　岩波書店　1960　210p　15cm(岩波文庫)　〈内題：世子六十以後申楽談義　昭和3年刊本(野上豊一郎校註)の改訂版〉

◇世阿弥芸術論集　田中裕校注　新潮社　1976　306p　20cm(新潮日本古典集成)　1500円

  内容　風姿花伝, 至花道, 花鏡, 九位, 世子六十以後申楽談儀

◇世阿弥・禅竹　表章, 加藤周一校注　岩波書店　1995.9　582p　22cm(日本思想大系新装版—芸の思想・道の思想　1)　4800円

  内容　世阿弥 風姿花伝.花習内抜書.音曲口伝.花鏡.至花道.二曲三体人形図.三道.曲付次第.風曲集.遊楽習道風見.五位.九位.六義.拾玉得花.五音曲条々.五音.習道書.夢跡一紙.却来華.金島書.世子六十以後申楽談儀.金春大夫宛書状. 禅竹 六輪一露之記(付二花一輪) 六輪一露之記注.歌舞髄脳記.五音三曲集.幽玄三輪.六輪一露秘注(文正本・寛正本) 明宿集.至道要抄. 解説 世阿弥の戦術または能楽論 加藤周一著. 世阿弥と禅竹の伝書 表章著

狂言

【現代語訳】

◇完訳日本の古典　第48巻　狂言集　北川忠彦, 安田章校注・訳　小学館　1985.9　441p　20cm　1700円

◇馬場あき子の謡曲集 三枝和子の狂言集　馬場あき子, 三枝和子著　集英社　1987.5　294p　19cm(わたしの古典　15)　1400円

  内容　馬場あき子の謡曲集(井筒　忠度　熊野　善知鳥 ほか)　三枝和子の狂言集(大黒連歌　佐渡狐木六駄　髭櫓　月見座頭　朝比奈 ほか)

◇馬場あき子の謡曲集 三枝和子の狂言集　馬場あき子, 三枝和子著　集英社

中世文学(演劇・芸能)

　1996.11　311p　15cm(わたしの古典)　680円
◇新編日本古典文学全集　60　狂言集　北川忠彦,安田章校注　小学館　2001.1　574p　23cm　4457円

　|内容|末広かり　靱猿　墨塗　素袍落　棒縛　附子　柿山伏　宗論　ほか

【注釈書】

◇校註 狂言選集　和田万吉選註　明治書院　1930.10　312p　四六判
◇狂言選　和田万吉,野々村戒三校注　春陽堂　1935
◇狂言三百番集　野々村戒三,安藤常次郎校注　富山房　1938-1942　2冊(百科文庫)
◇狂言三百番集　上,下　野々村戒三,安藤常次郎校註　富山房　1938-1942　2冊 図版　18cm(富山房百科文庫　第34,35)
◇校註 日本文学大系　22　中山泰昌編　2版　誠文堂新光社　1938.1　〈普及版〉

　|内容|狂言記

◇狂言全釈―評註　古川久著　紫乃故郷舎　1950　177p　19cm
◇狂言集　上　古川久校註　野々村戒三解説　朝日新聞社　1953　307p　19cm(日本古典全書)
◇狂言集　中　古川久校註　朝日新聞社　1954　298p　19cm(日本古典全書)
◇狂言集　下　古川久校注　野々村戒三解説　朝日新聞社　1956　339p　19cm(日本古典全書)〈附：天正狂言本(野上記念法政大学能楽研究所蔵本)〉
◇日本古典文学大系　第42　狂言集　小川弘志校注　岩波書店　1960　478p 図版　22cm
◇日本古典文学大系　第43　狂言集　下　小山弘志校注　岩波書店　1961　473p 図版　22cm
◇日本古典文学全集　35　狂言集　北川忠彦,安田章校注　小学館　1972　593p 図　23cm

　|内容|脇狂言,大名狂言,小名狂言,聟女狂言,鬼山伏狂言,出家座頭狂言,集狂言.付録：狂言名作解題

◇天正狂言本全釈　金井清光著　風間書房　1989.9　706p　22cm　〈主要研究文献目録：p47～50〉　28840円
◇天理本狂言六義　上巻　北川忠彦ほか校注　三弥井書店　1994.5　404p　22cm(中世の文学)　7800円
◇天理本狂言六義　下巻　北川忠彦ほか校注　三弥井書店　1995.5　408p　22cm(中世の文学)　7900円
◇新日本古典文学大系　58　狂言記　橋本朝生,土井洋一校注　岩波書店　1996.11　646,9p　22cm　4429円

　|内容|狂言記.狂言記 外五十番 付録 続狂言記.狂言記拾遺.寛文五年版・元録十二年版の挿絵 解説 狂言の中世と近世 橋本朝生著．『狂言記』のことばに関する覚え書き 土井洋一著

近世文学

【現代語訳】

◇日本不思議物語集成　10　近世因縁噺　新田直編訳　現代思潮社　1973　342p　図　27cm

◇日本不思議物語集成　11　民間夜話　小沢正編訳　現代思潮社　1974　353p　図　27cm

【注釈書】

◇近古文芸 温知叢書　第1編　岸上操編　内藤耻叟,小宮山綏介標注　博文館　1891　1冊　20cm
　内容 奴師労之〔ほか〕

◇近古文芸 温知叢書　第2編　岸上操編　内藤耻叟,小宮山綏介標注　博文館　1891　1冊　20cm
　内容 白石先生小品〔ほか〕

◇近古文芸 温知叢書　第3編　岸上操編　内藤耻叟,小宮山綏介標注　博文館　1891　1冊　20cm
　内容 松屋叢書〔ほか〕

◇近古文芸 温知叢書　第4編　岸上操編　内藤耻叟,小宮山綏介標注　博文館　1891　1冊　20cm
　内容 閑なるあまり〔ほか〕

◇近古文芸 温知叢書　第5編　岸上操編　内藤耻叟,小宮山綏介標注　博文館　1891　1冊　20cm
　内容 貨幣秘録〔ほか〕

◇近古文芸 温知叢書　第6編　岸上操編　内藤耻叟,小宮山綏介標注　博文館　1891　1冊　20cm
　内容 神道独語〔ほか〕

◇近古文芸 温知叢書　第7編　岸上操編　内藤耻叟,小宮山綏介標注　博文館　1891　1冊　20cm
　内容 道成寺考〔ほか〕

◇近古文芸 温知叢書　第8編　岸上操編　内藤耻叟,小宮山綏介標注　博文館　1891　1冊　20cm
　内容 奈良柴〔ほか〕

◇近古文芸 温知叢書　第9編　岸上操編　内藤耻叟,小宮山綏介標注　博文館　1891　1冊　20cm
　内容 本朝細馬集二〔ほか〕

◇近古文芸 温知叢書　第10編　岸上操編　内藤耻叟,小宮山綏介標注　博文館　1891　1冊　20cm
　内容 窓のすさみ追加二〔ほか〕

◇近古文芸 温知叢書　第11編　岸上操編　内藤耻叟,小宮山綏介標注　博文館　1891　1冊　20cm
　内容 金峨山人〔ほか〕

◇近古文芸 温知叢書　第12編　岸上操編　内藤耻叟,小宮山綏介標注　博文館　1891　1冊　20cm
　内容 牛馬問四〔ほか〕

◇日本 近世文学十二講　高須芳次郎著　新潮社　1923　496p　四六判

◇近世文新釈　木村郁三,桑原達雄著　修文館　1925　430p　三六判

◇近世名家国文新釈　山田武司著　大同館　1928.9　726p　菊判

◇新釈 日本文学叢書　8　花見朔巳校注　日本文学叢書刊行会　1928.12　716p　23cm
　内容 近代名家文集―折焚く柴の記(新井白石)駿台雑話(室鳩巣) 雨月物語(上田秋成) 花月草紙(松平定信)

◇評釈江戸文学叢書　第1-第5巻　大日本雄弁会講談社　1935-1938　5冊(附共)　23cm
　内容 第1巻：西鶴名作集(井原西鶴著 藤井乙男評釈解説並追考) 好色一代男8巻 好色五人女5巻 好色一代女6巻 日本永代蔵6巻 世間胸算用5巻 第2巻 浮世草子名作集(藤井乙男評釈解説) 風流御前義経記8巻(浮太郎冠者著 蒔絵師源三郎画) 元禄大平記8巻(梅蘭堂著 蒔絵師源三郎画) 好色敗毒散5巻(夜食時分著 蒔絵師源三郎画)

近世文学

色道大全傾城禁短気6巻(八文字自笑著 西川祐信画) 附:好色産毛5巻(雲風子林鴻)第3巻:傑作浄瑠璃集 上 近松時代(樋口慶千代評釈解題並追考) 曽根崎心中(近松門左衛門) 傾城反魂香3巻(近松門左衛門) 丹波与作待夜のこむろぶし3巻(近松門左衛門著 中, 下巻は梗概のみ) おなつ清十郎五十年忌歌念仏3巻(近松門左衛門) 忠兵衛梅川冥途の飛脚3巻(近松門左衛門) 国性爺合戦5段(近松門左衛門著 第4,5は梗概のみ) 鑓の権三重帷子2巻(近松門左衛門) 曽我会稽山5段(近松門左衛門著 第1-3,5は梗概のみ) 博多小女郎波枕3巻(近松門左衛門) 紙屋治兵衛きいの国や小はる心中天の網嶋3巻(近松門左衛門) 女殺油地獄3巻(近松門左衛門) 心中宵庚申3巻(近松門左衛門) 暦5段(井原西鶴) 傾城八花がた5段(錦文流) 八百屋お七3巻(紀海音) 心中二つ腹帯3段(紀海音)第4巻: 傑作浄瑠璃集 下 隆盛時代(樋口慶千代評釈解題並追考) 逆櫓松矢振梅ひらかな盛衰記5段(文耕堂等著 第1-2,4-5は梗概のみ) 団七九郎兵衛釣船三婦一寸徳兵衛夏祭浪花鑑9段(並木千柳, 三好松洛, 竹田小出雲著 第1-5,9は梗概のみ) 菅原伝授手習鑑5段(竹田出雲, 並木千柳, 三好松洛著 第1-2,5は梗概のみ) 大物船矢倉吉野花矢倉義経千本桜5段(竹田出雲, 三好松洛, 並木千柳著 第5は梗概のみ) 仮名手本忠臣蔵11段(竹田出雲, 三好松洛, 並木千柳著) 一谷嫩軍記5段(並木千柳等著 第1-2,4-5は梗概のみ) 武田信玄長尾謙信本朝廿四孝5段(近松半二等著 第1-3,5は梗概のみ) 関取千両幟5段(近松半二等著 第1,3-9は梗概のみ) 傾城阿波の鳴門10段(近松半二等著 第1-7,9-10は梗概のみ) 近江源氏先陣館9段(近松半二等著 第1-7,9-10は梗概のみ) 第4巻: 神霊矢口渡5段(福内鬼外著 第1-3,5は梗概のみ) 十三鐘絹懸柳妹背山婦女庭訓5段(近松半二等著 第1-2,5は梗概のみ) 美盛や三勝あかねや半七艶容女舞衣3段(竹本三郎兵衛, 豊竹応律, 八民平七著上, 中巻は梗概のみ) おはん長右衛門桂川連理柵2巻(菅色助著上巻は梗概のみ) おそめ久松新版歌祭文2巻(近松半二著全4段の内3段は梗概のみ) 伊賀越道中双六10段(近松半二, 近松加作著第1-4,7,9-10は梗概のみ) 伽羅千代萩9段(松貫四, 高橋武兵衛, 吉田角丸著, 第1-5,7-9は梗概のみ) おしゅん伝兵衛近頃河原の達引3巻(上, 下巻は梗概のみ) 御陣九州地理八道彦山権現誓助剣9段(梅野下風, 近松保蔵著 第1-6巻は要点のみ第8は梗概のみ) 絵本太功記13巻(近松柳, 近松湖水軒, 近松千葉軒著 発端一九日の段, 十一日の段十三日の段は梗概のみ) 増補生写朝顔話16段(山田案山子原著 翠松園主人増補 第1-11,13,15-16段は梗概のみ) 第5巻:歌舞伎名作集 上 (河竹繁俊評釈解題) 勧善懲悪覗機関8幕(河竹黙阿弥作 第2,4-5,8幕目は梗概のみ 一名「村井長庵」) 東海道四谷怪談5幕(鶴屋南北作 序,4-5幕目は梗概のみ 一名「お岩の怪談」)五大力恋緘5幕(並木五瓶作序幕目は梗概のみ一名「小万源五兵衛」) 傾情吾嬬鑑 第1-2幕目(桜田治助作 第1番目3建目, 第1番目大詰, 第2番目大切は梗概のみ) 三十石〔ヨフネノ〕始5幕(並木正三作 序一4幕目は梗概のみ) 参考:源平伝記4幕(市河団十郎作 絵入狂言本) けいせい仏の原3幕(近松門左衛門)

◇評釈江戸文学叢書 第6-第11巻 大日本雄弁会講談社 1935-1938 6冊(附共) 23cm

内容 参考(図版のみ):小紋雅話, 異素六帖, 客衆肝照子 人情本 小さん金五郎仮名文章娘節用3編(曲山人) 第9巻 読本傑作集 評釈雨月物語5巻(上田秋成作 樋口慶千代評釈解説) 評釈南総里見八犬伝 第13,20-21,25,31-32,35-36,47-48,56,61,66,74-75,83-84,89,93,110,133-134回(滝沢馬琴作 和田万吉評釈解説) 附:日本文学に影響を及ぼした支那小説—江戸時代を主として(長沢規矩也) 第10巻 滑稽本名作集(三田村鳶魚評釈解説) 東海道中膝栗毛発端, 初一8編(十返舎一九) 有喜世物真似旧観帖3編(感和亭鬼武作 第2編下の巻は十返舎一九作) 諢話浮世風呂4編(式亭三馬) 附: 評釈江戸文学叢書索引(大日本雄弁会講談社編)

◇古典新抄 近世篇 沢瀉久孝編 京都白揚社 1948 60p 19cm(新注古典選書)

◇評釈江戸文学叢書 第1-4巻 講談社 1970 4冊 23cm 〈昭和10-13年刊の複製〉

内容 おそめ久松新版歌祭文(近松半二) 伊賀越道中双六(近松半二, 近松加作) 伽羅先代萩(松貫四, 高橋武兵衛, 吉田角丸) おしゅん伝兵衛近頃河原の達引, 御陣九州地理八道彦山権現誓助剱(梅野下風, 近松保蔵) 絵本太功記(近松柳, 近松湖水軒, 近松千葉軒) 増補生写朝顔話(山田案山子原著 翠松園主人増補)

◇評釈江戸文学叢書 第5-7巻 講談社 1970 3冊 23cm 〈昭和10-13年刊の複製〉

内容 世話狂言集 弁天娘女男白浪(白浪五人男)(河竹黙阿弥) 三人吉三巴白浪(三人吉三)(河竹黙阿弥) 与話情浮名横櫛(切られ与三)(瀬川如皐) 附録 歌舞伎十八番集の附帳(控), 「暫」のせりふ・つらね集, 「外郎売」のせりふ, 歌舞伎十八番集主要興行年表, 世話狂言集主要興行年表 第7巻 俳諧名作集(頴原退蔵評釈) 発句篇(山崎宗鑑他66名) 連句篇(蟋蟀の巻他2巻) 俳文篇(笑の説他35篇)

◇評釈江戸文学叢書 第8-11巻 講談社 1970 4冊(索引共) 23cm 〈昭和10-13年刊の複製〉

内容 辰巳之園(夢中散人寝言先生) 南閨雑話(夢中散人寝言先生) 大抵御覧(朱楽菅江) 通言総籬(山東京伝) 傾城〔ケイ〕(図版のみ) 古契三娼(山東京伝) 手段詰物娘妓絹〔ブルイ〕(山東京伝) 青楼画の世界錦之裏(山東京伝) 辰巳婦言(式亭三馬) 〈参考〉 小紋雅話(図版のみ) 異素六帖(図版のみ) 客衆肝照子(図版

近世文学

のみ) 人情本 小さん金五郎仮名文章娘節用(曲山人) 第9巻 読本傑作集 評釈雨月物語(上田秋成作 樋口慶千代評釈・解説) 評釈南総里見八犬伝(滝沢馬琴作 和田万吉評釈・解説) 第10巻 滑稽本名作集(三田村鳶魚評釈・解題) 東海道中膝栗毛(十返舎一九) 有喜世物真似旧観帖(感和亭鬼武作 第2編下之巻は十返舎一九作) 諢話浮世風呂(式亭三馬) 別巻 評釈江戸文学叢書索引(大日本雄弁会講談社編)

◇塵塚談 小川顕道著 神郡周校注解説 現代思潮社 1981.1 269p 20cm(古典文庫 54)

◇新日本古典文学大系 52 庭訓往来・句双紙 山田俊雄ほか校注 岩波書店 1996.5 606,24p 22cm 4200円

[内容] 庭訓往来.句双紙.実語教童子教諺解.付録庭訓往来(抄) 句双紙出典一覧.解説『庭訓往来』の注に関する断章 山田俊雄著.『句双紙』の解説 入矢義高著.『句双紙』の諸本と成立 早苗憲生著

仏教文学

【現代語訳】

◇古典日本文学全集 第15 仏教文学集 筑摩書房 1961 476p 図版 23cm

[内容] 東海夜話(沢菴宗彭著 古田紹欽訳) 驢鞍橋(鈴木正三著 古田紹欽訳) 盤珪禅師語録(盤珪著 古田紹欽訳) 坐禅和讃(白隠慧鶴著 古田紹欽訳) 遠羅天釜(白隠慧鶴著 古田紹欽訳) 於仁安佐美(白隠慧鶴著 古田紹欽訳) 人となる道(慈雲尊者飲光著 古田紹欽訳) 十善戒相(慈雲尊者飲光著 古田紹欽訳) 詩偈(慈雲尊者飲光著 西谷啓治訳) 一言芳談(慈雲尊者飲光著 小西甚一訳) 梁塵秘抄(慈雲尊者飲光著 小西甚一訳) 解説(唐木順三) 文学上に於ける弘法大師(幸田露伴) 法然の生涯(倉田百三) 親鸞の語録について(亀井勝一郎)「立正安国論」と私(上原専禄) 日本の文芸と仏教思想(和辻哲郎)

◇古典日本文学全集 第15 筑摩書房 1966 476p 図版 23cm 〈普及版〉

[内容] 一言芳談(小西甚一訳) 梁塵秘抄(小西甚一訳) 解説(唐木順三) 文学上に於ける弘法大師(幸田露伴) 法然の生涯(倉田百三) 親鸞の語録について(亀井勝一郎)「立正安国論」と私(上原専禄) 日本の文芸と仏教思想(和辻哲郎)

【注釈書】

◇近世仏教の思想 柏原祐泉,藤井学校注 岩波書店 1995.9 586p 22cm(日本思想大系新装版—続・日本仏教の思想 5)

4800円

[内容] 三彝訓 大我著. 僧分教誡三罪録 徳竜著. 総斥排仏弁 竜温著. 妙好人伝 仰誓,僧純述. 宗義制法論 日奥著. 妙正物語 伝日興著. 千代見草 伝日達著. 解説 近世の排仏思想・護法思想と庶民教化 柏原祐泉著. 不受不施思想の分析・近世仏教の特色 藤井学著

◆白隠(生没年不詳)

【現代語訳】

◇白隠禅師法語全集 第1冊 辺鄙以知吾 壁訴訟 芳沢勝弘訳注 禅文化研究所編 京都 禅文化研究所 1999.5 357p 20cm 2500円

◇白隠禅師法語全集 第2冊 於仁安佐美 芳沢勝弘訳注 禅文化研究所編 京都 禅文化研究所 1999.8 398p 20cm 2500円

◇白隠禅師法語全集 第3冊 壁生草—幼稚物語 芳沢勝弘訳注 禅文化研究所編 京都 禅文化研究所 1999.9 387p 20cm 2500円

◇白隠禅師法語全集 第7冊 八重葎 巻之3 芳沢勝弘訳注 禅文化研究所編 京都 禅文化研究所 1999.12 410p 20cm 〈複製を含む〉 2500円

[内容] 策進幼稚物語・高山勇吉物語

◇白隠禅師法語全集 第5冊 八重葎.巻之1 芳沢勝弘訳注 禅文化研究所編 京都 禅文化研究所 2000.1 250p 20cm 〈複製を含む〉 2300円

◇白隠禅師法語全集 第8冊 さし藻草 御垣守 芳沢勝弘訳注 禅文化研究所編 京都 禅文化研究所 2000.5 356p 20cm 〈複製を含む〉 2500円

[内容] さしもぐさ・巻の一(意訳)(松藤寺来訪のお礼 仁政こそ第一 まず養生、次に仁政について述べる ほか) みかきもり(意訳)(成仏を妨げるもの 来世を否定する邪見 源義家の蘇生譚 ほか) さしもぐさ・巻の二(意訳)(伯成子高、野に隠れる 苛政は虎よりも猛し 万民の危うきを救う者は ほか) さし藻草・巻之一(本文・注) 勧発菩提心偈・附たり御垣守(本文・注) さし藻草・巻之二(本文・注) さし藻草・巻之一(原本影印) 勧発菩提心偈・附たり御垣守(原本影印) さし藻草巻之二(原本影印)

◇白隠禅師法語全集 第4冊 夜船閑話 芳沢勝弘訳注 禅文化研究所編 京都 禅

近世文学

◇白隠禅師法語全集 第10冊 仮名蓆 芳沢勝弘訳注 禅文化研究所編 京都 禅文化研究所 2000.10 282p 20cm 〈複製を含む〉 2300円

> 内容 かなむぐら つけたり新談議(意訳) ちりちり草(一名、仮名蓆つけたり辻談議)(意訳) 仮名蓆 附たり新談議(本文・注) ちりちり草(一名、仮名蓆附たり辻談議)(本文・注) 解説 仮名蓆 附たり新談議(原本影印) ちりちり草(原本影印)

◇白隠禅師法語全集 第9冊 遠羅天釜 芳沢勝弘訳注 禅文化研究所編 京都 禅文化研究所 2001.3 682p 20cm 3300円

> 内容 おらでがま巻の上(鍋島摂津守への答書) おらでがま巻の中(遠方のさる病僧への書) おらでがま巻の下(法華宗の老尼への手紙 旧友の僧の批判に答える 遠羅天釜の跋) おらでがま続集(念仏と公案とどちらが優れているかという問いに答える書 客の非難に答える(斯経和尚による補説)) 遠羅天釜 本文・注 資料『釜斯幾』 鳥有道人著

◇白隠禅師法語全集 第11冊 假名因縁法語 布鼓 芳沢勝弘訳注 禅文化研究所編 京都 禅文化研究所 2001.6 594p 20cm 〈複製を含む〉 3300円

> 内容 仮名因縁法語 布鼓 諫言記

◇白隠禅師法語全集 第12冊 隻手音聲 芳沢勝弘訳注 禅文化研究所編 京都 禅文化研究所 2001.11 392p 20cm 〈複製を含む〉 2500円

> 内容 隻手音声(一名、薮柑子)(自性のありさまを見届けよ 大疑団を起こせ ほか) 三教一致の弁(一名、薮柑子)(至善とは 至善に止まる ほか) 宝鏡窟之記(洞窟内に現われる金色の弥陀仏 信心の深浅により異なって見える ほか) 兎専使稿(大道の根源に徹せよ 一を以てこれを貫くべし ほか)

◇白隠禅師法語全集 第13冊 粉引歌─坐禪和讚・ちょぼくれ他 芳沢勝弘訳注 禅文化研究所編 京都 禅文化研究所 2002.2 414p 20cm 〈複製を含む〉 2600円

> 内容 お婆々どの粉引き歌 寝惚之目覚 御洒落御前物語 安心法要利多々記 福来進女見性成仏丸方書 御代の腹鼓 大道ちょぼくれ おたふく女郎粉引歌 施行歌〔ほか〕

◇白隠禅師法語全集 第14冊 庵原平四郎物語─他 芳沢勝弘訳注 禅文化研究所編 京都 禅文化研究所 2002.2 250p 20cm 〈複製を含む〉 2300円

> 内容 延命十句經を勸む 看病の要諦 庵原平四郎物語 病中の覺悟 親類の不和合を諌める 眼病の妙薬 死字法語

◇夜船閑話 伊豆山格堂著 新装版 春秋社 2002.2 127p 20cm 1600円

【注釈書】

◇槐安国語 下巻(訓注) 道前宗閑訓注 京都 禅文化研究所 2003.11 854p 27cm

思想家・洋学者・文人

【現代語訳】

◇日本の思想 第16 切支丹・蘭学集 杉浦明平編 筑摩書房 1970 368p 図 20cm

> 内容 解説 切支丹・蘭学と封建社会(杉浦明平) 切支丹集 妙貞問答下巻(ハビアン著 海老沢有道校訂・訳・注) 破提宇子(ハビアン著 海老沢有道校訂・訳・注) 蘭学集 春波楼筆記(抄)(司馬江漢著 杉浦明平校訂・訳・注) 蘭東事始(杉田玄白著 杉浦明平校訂・訳・注) 慎機論(渡辺華山著 杉浦明平校訂・訳・注) 夢物語(高野長英著 杉浦明平校訂・訳・注) 松本斗機蔵上書(松本斗機蔵著 杉浦明平校訂・訳・注) 蛮社遭厄小記(高野長英著 杉浦明平校訂・訳・注) 高島秋帆天保上書(高島四郎太夫著 杉浦明平校訂・訳・注) 切支丹・蘭学関係略年表, 参考文献

◇蘭学事始 浜久雄訳 東村山 教育社 1980.5 261p 18cm(教育社新書-原本現代訳 54) 〈杉田玄白年譜, 資料・研究書目：p252〜261〉 700円

> 内容 杉田玄白年譜, 資料・研究書目：p252〜261

◇すらすら読める蘭学事始 酒井シヅ著 講談社 2004.11 222p 19cm 〈文献あり〉 1600円

> 内容 今時、世間に蘭学といふ事─蘭学の始まり 其頃西流といふ外科の一家─西流外科 又栗崎流外科 桂川家の御事は─桂川流、カスパル流、吉雄流の諸外科 国初より前後、西洋の事─オランダ語と通詞 これにより文学を習ひ覚る事─江戸でのオランダ語び始め 扨、翁が友豊前中津侯─奇人前野良沢 然れども其頃は─後藤梨春の『紅毛談』 又其のち山形侯の医師─オランダ語文字のこと 翁、かねて良沢は─西善三郎とオランダ語学習のこと〔ほか〕

近世文学

【注釈書】

◇江湖風月集略註取捨　主諾著　小西新兵衛編　京都　小川多左衛門　1906.9　和2冊(上47, 下41丁)　26cm

◇新釈沢庵和尚法語　伊藤康安著　昭和書房　1934　324p 図　20cm　1.9円

◇日本古典文学大系　第97　近世思想家文集　岩波書店　1966　724p 図版　22cm

　内容　童子問(伊藤仁斎著 清水茂校注) 玉くしげ(本居宣長著 大久保正校注) 都鄙問答(石田梅岩著 小高敏郎校注) 翁の文(富永仲基著 石浜純太郎, 水田紀久, 大庭脩校注) 自然真営道・統道真伝〔抄〕(安藤昌益著 尾藤正英校注)

◇日本思想大系　55　渡辺崋山・高野長英・佐久間象山・横井小楠・橋本左内　岩波書店　1971　733p 図　22cm　1500円

　内容　渡辺崋山(佐藤昌介校注) 外国事情書, 再稿西洋事情書, 初稿西洋事情書, 慎機論, 鴃舌小記, 鴃舌或問, 退役願書之稿, 華山書簡 付遺書. 高野長英(佐藤昌介校注) 戊戌夢物語, わすれがたみ(別名, 鳥の鳴声), 蛮社遭厄小記, 西洋学師ノ説, 西説医原枢要(抄). 佐久間象山(植手通有校注) 省〔ケン〕録, 上書, 象山書簡, 雑纂, 原文(省〔ケン〕録, 雑纂) 横井小楠(山口宗之校注) 啓発録, 意見書, 左内書簡, 雑纂. 解説　渡辺崋山と高野長英(佐藤昌介) 佐久間象山における儒学・武士精神・洋学─横井小楠との比較において(植手通有) 橋本左内・横井小楠─反尊攘・倒幕思想の意義と限界(山口宗之) 参考文献・年表：p.717-733

◇日本思想大系　57　近世仏教の思想　柏原祐泉, 藤井学校注　岩波書店　1973　586p 図　22cm　1800円

　内容　三彝訓(大我著 柏原祐泉校注) 僧分教誡三罪録(徳竜著 柏原祐泉校注) 総斥排仏弁(竜温著 柏原祐泉校注) 妙好人伝(初篇 仰誓編 二篇 僧純編 柏原祐泉校注) 宗義制法論(日奥著 藤井学校注) 妙正物語(伝日典著 藤井学校注) 千代見草(伝日遠著 藤井学校注) 解説　近世の排仏思想(柏原祐泉) 護法思想と庶民教化(柏原祐泉) 不受不施思想の分析(藤井学) 近世仏教の特色(藤井学)

◇日本思想大系　27　近世武家思想　石井紫郎校注　岩波書店　1974　524p 図　22cm　2200円

　内容　家訓　黒田長政遺言, 板倉重矩遺言, 内藤義泰家訓, 酒井家教令, 会津綱貴教訓, 明君家訓, 貞丈家訓, 明訓一斑抄.赤穂事件　多門伝八郎覚書, 堀部武庸筆記, 赤穂義人録(室鳩巣) 復讐論(林鳳岡) 四十六士論(佐藤直方ほか) 四十六士論(浅見絅斎) 四十七士論(荻生徂徠) 赤穂四十六士論(太宰春台) 読四十六士論(松宮観

山) 駁太宰純赤穂四十六士論(五井蘭洲) 野夫談(横井也有) 浅野家忠臣(伊勢貞丈) 四十六士論(会沢忠雅) 赤穂義士報讐論(平山兵原) 参考　武家諸法度, 諸士法度, 徳川成憲百箇条. 解説

◇日本思想大系　59　近世町人思想　中村幸彦校注　岩波書店　1975　445p　22cm　2400円

　内容　長者教, 子孫鑑(寒河正親) 町人嚢(西川如見) 町人考見録(三井高房) 百姓分量記(常盤潭北) 教訓雑長持(伊藤単朴)〈参考〉六諭衍義大意(室鳩巣) 家訓　補注. 解説

◆安藤昌益(1703～1762)

【現代語訳】

◇統道真伝　上　奈良本辰也訳注　岩波書店　1966　443p　15cm(岩波文庫)

◇統道真伝　下　奈良本辰也訳注　岩波書店　1967　346p　15cm(岩波文庫)

◇安藤昌益全集　第1巻　安藤昌益研究会編集・執筆　農山漁村文化協会　1982.10　323p　22cm　3800円

　内容　総合解説　安藤昌益の存在と思想, および現代とのかかわり　寺尾五郎著. 稿本自然真営道 大序巻(書き下し・現代語訳・注解) 稿本自然真営道第二十五　真道哲論巻(書き下し・現代語訳・注解)

◇安藤昌益─研究国際化時代の新検証　安永寿延著　農山漁村文化協会　1992.10　328p　24cm　〈付・新現代語訳「自然真営道」〉　6000円

【注釈書】

◇日本思想大系　45　安藤昌益　尾藤正英校注　岩波書店　1977.12　646p　22cm　2800円

　内容　安藤昌益　自然真営道. 稿本自然真営道(抄). 掠職手記. 石碑銘. 原文　佐藤信淵　天틀乢記. 混同秘策. 垂統秘録. 経済要略　解説　安藤昌益研究の現状と展望　尾藤正英著. 佐藤信淵─人物・思想ならびに研究史　島崎隆夫著

◇安藤昌益全集　第1巻　稿本自然真営道1　三宅正彦編集・校註　校倉書房　1981.6　85,352p　27cm　〈監修：安藤昌益全集刊行会〉

◇稿本自然真営道　安永寿延校注　平凡社　1981.10　411p　18cm(東洋文庫　402)　1900円

日本古典文学案内─現代語訳・注釈書　229

近世文学

|内容| 大序.法世物語.良演哲論. 付録「石碑銘」の復元をめざして. 解説―昌益の思想像、読解のために

◇安藤昌益全集　第10巻　関係資料　野田健次郎ほか編集・校註　校倉書房　1991.10　557p 図版20枚　27cm　〈監修：安藤昌益全集刊行会〉

◇安藤昌益全集　増補篇 第3巻　資料篇 5 下　農山漁村文化協会企画・編集　農山漁村文化協会　2004.12　2冊（別冊附録とも）　22cm　〈外箱入〉　14286円

|内容| 医学関係資料 4-2：真斎護筆.医方の部 地（続）. 真斎護筆.医方の部 人. 真斎護筆.医方の部 天・地・人 補注

◆佐久間象山(1811〜1864)

【現代語訳】

◇現代語訳 松陰・象山名著集　日本思想研究会編　先進社　1932　493p 菊判 3.5

◇省諐録　飯島忠夫訳註　岩波書店　1944　132p　15cm(岩波文庫)

【注釈書】

◇江戸漢詩選　第4巻　志士―藤田東湖・佐久間象山・吉田松陰・橋本左内・西郷隆盛　坂田新注　岩波書店　1995.11　357p　20cm　3800円

◆三浦梅園(1723〜1789)

【現代語訳】

◇価原―現代語訳　白井淳三郎訳　大分　白井淳三郎　1976.6　56p　26cm(梅園選集　第1巻)

◇養生訓―現代語訳　白井淳三郎訳　大分　白井淳三郎　1981.8　68p　26cm(梅園選集　第3巻)

◇死生譚―現代語訳　白井淳三郎訳　大分　白井淳三郎　1982　51p　26cm(梅園選集　第5巻)

◇五月雨抄―現代語訳　白井淳三郎訳　大分　白井淳三郎　1982.1　67p　26cm(梅園選集　第4巻)

◇日本思想大系　41　三浦梅園　島田虔次，田口正治校注　岩波書店　1982.5　687,8p　22cm　4200円

|内容| 玄語 島田虔次訳注. 玄語(原文) 田口正治校訂. 玄語図(複製) 尾形純男校注. 解説『玄語』稿本について 田口正治著. 三浦梅園の哲学―極東儒学思想史の見地から 島田虔次著. 玄語読読図について 尾形純男著. 三浦梅園略年譜 田口正治編：p681〜687

◇価原―現代語訳　白井淳三郎ほか訳　山下愛子　1988.11　129p　21cm　〈三浦梅園年譜：p122〜129〉

◇三浦梅園自然哲学論集　尾形純男，島田虔次編注訳　岩波書店　1998.5　336,13p　15cm(岩波文庫)　760円

|内容|『多賀墨卿君にこたふる書』　『手びき草』　『贅語』天地帙天地訓　『贅語』陰易帙陰易訓　『贅語』陰易帙余論第一　『洞仙先生口授』　『桜島火変説』

【注釈書】

◇方丈記 うけらが花 三浦梅園 解釈　児玉尊臣著　有精堂　1931.9　90p　四六判（国漢文叢書）

◆吉田松陰(1830〜1859)

【現代語訳】

◇現代語訳 松陰・象山名著集　日本思想研究会編　先進社　1932　493p　菊判　3.5

◇講孟余話―旧名講孟劄記　広瀬豊訳註　武蔵野書院　1942　553p　A6　0.65

◇講孟余話訳註―旧名講孟箚記　下巻　広瀬豊訳註　東京武蔵野書院　1943　292p　B6　1.43

◇青年に与うる書―現代語訳『講孟余話』　遠藤鎮雄訳　新人物往来社　1973　236p　20cm　850円

◇講孟余話―ほか　松本三之介, 田中彰, 松永昌三訳　中央公論新社　2002.2　475p　18cm(中公クラシックス)　〈年譜あり〉　1450円

◇留魂録　古川薫全訳注　講談社　2002.9　217p　15cm(講談社学術文庫)　〈肖像あり〉　820円

【注釈書】

◇士規七則 武教全書講録 松下村塾記 照顔録 留魂録　渡辺世祐校註　広文堂書店

近世文学(国学)

◇日本思想大系　54　吉田松陰　吉田常吉ほか校注　岩波書店　1978.11　638,7p　22cm　3200円

内容 書簡.西遊日記.東北遊日記.回顧録.江戸獄記.狂夫の言.囚室雑論　解説 書目撰定理由―松陰の精神史的意味に関する一考察　藤田省三著　吉田松陰年譜：p623～638

◇吉田松陰詩歌集―訓註　福本義亮著　徳山　マツノ書店　1990.9　1062,21,6p　22cm　〈『吉田松陰殉国詩歌集』(誠文堂新光社昭和12年刊)の複製　限定版〉　14000円

◇解釈吉田松陰の文と詩　松本二郎著　萩　松陰神社　1990.11　151p　19cm　〈吉田松陰の肖像あり〉

◇江戸漢詩選　第4巻　志士―藤田東湖・佐久間象山・吉田松陰・橋本左内・西郷隆盛　坂田新注　岩波書店　1995.11　357p　20cm　1500円

◇吉田松陰撰集―人間松陰の生と死　脚注解説　松風会編纂　山口　松風会　1996.2　766p　22cm　〈年譜：p721～743　参考文献：p759〉

国学

【現代語訳】

◇錦里文集　前編　木下一雄校訳　岩波書店　1953　460p　15cm(岩波文庫)

◇錦里文集　19巻　木下一雄校訳　国書刊行会　1982.5　2冊(別冊とも)　22cm　〈別冊(177p)：木下順庵評伝　木下一雄著〉

【注釈書】

◇国文註釈全集　第8　室松岩雄編　国学院大学出版部　1908-1910？　23cm

内容 古今余材抄(契沖),尾張の家苞(石原正明)

◇新註皇学叢書　第11巻　物集高見編　廣文庫刊行会　1927-1931》　1冊　23cm

内容 国意考 国號考 鉗狂人 古史成文 異稱日本伝

◇日本思想大系　51　国学運動の思想　芳賀登,松本三之介校注　岩波書店　1971　718p　図　22cm　1500円

内容 岩にむす苔(生田万) 待問雑記(橘守部) 明道書(和泉真国) 産須那社古伝抄(六人部是香) 世継草(鈴木重胤) 済生要略(桂誉重) 国益本論(宮負定雄) 遠山毘古(宮内嘉長) 離屋学訓(鈴木朖) 沢能根世利(長野義言) 圍能池水(伴林光平) 大帝国論(竹尾正胤) 古史略(角田忠行) 献芹詹語(矢野玄道) 解説 幕末国学の思想史的意義―主として政治思想の側面について(松本三之介) 幕末変革期における国学者の運動と論理―とくに世直し状況と関連させて(芳賀登)　参考文献：p.715-718

◇日本思想大系　39　近世神道論・前期国学　平重道,阿部秋生校注　岩波書店　1972　593p　22cm　1500円

内容 創学校啓草稿本(荷田春満) 書意(賀茂真淵) 和学大概(村田春海) 解説 儒家神道と国学(阿部秋生) 近世の神道思想(平重道) 契沖・春満・真淵(阿部秋生)

◇田中大秀　第1巻 2　物語　2　中田武司編　勉誠出版　2001.11　526p　22cm　〈肖像あり〉　18000円

内容 竹取物語(古写本)　竹とりの翁の物語(校訂本)　竹取物語解(草稿合冊本)　竹取物かたり抄(補註本)　竹取物語解副巻(中善本)　竹取物語解追考　竹取翁物語解目録　竹取物語解(中善本)

◇毀誉相半書・児の手かしハ　中澤伸弘校註　横浜　平田篤胤翁顕彰会　2004.7　304p　19cm　〈肖像あり〉　非売品

荷田春満(1669～1736)

【現代語訳】

◇国学者論集　藤田徳太郎訳編　小学舘　1942　367p　19cm(現代訳日本古典)

内容 創学校啓(荷田春満), 国意考(賀茂真淵), 直毘霊(本居宣長), 玉くしげ(本居宣長), 玉矛百首(本居宣長), 古道大意(平田篤胤), 古学(鹿持雅澄)

加藤磐斎(1621～1674)

【注釈書】

◇新古今増抄　1　大坪利絹校注　三弥井書店　1997.4　345p　22cm(中世の文学)　7200円

◇新古今増抄　2　大坪利絹校注　三弥井書店　1999.9　380p　22cm(中世の文学)　7800円

◇新古今増抄　3　大坪利絹校注　三弥井書

近世文学(国学)

店　2001.12　374p　22cm(中世の文学)
7800円
◇新古今増抄　4　大坪利絹校注　三弥井書店　2005.7　311p　22cm(中世の文学)
7800円

賀茂真淵(1697〜1769)

【現代語訳】

◇国学者論集　藤田徳太郎訳編　小学館　1942　367p　19cm(現代訳日本古典)

　内容　創学校啓(荷田春満), 国意考(賀茂真淵), 直毘霊(本居宣長), 玉くしげ(本居宣長), 玉矛百首(本居宣長), 古道大意(平田篤胤), 古学(鹿持雅澄)

◇岡部日記―訳注　後藤悦良　浜松　浜松史蹟調査顕彰会　1989.1　68p　26cm(遠江資料叢書　7)

【注釈書】

◇校註　国歌大系　15　近代諸家集　一　中山泰昌編　2版　誠文堂新光社　1937.10
◇国学のしるべ　賀茂真淵等著　池田勉校註　三省堂　1944　188p　19cm
◇校註国歌大系　第15巻　近代諸家集　1　国民図書株式会社編　講談社　1976.10　76,951p 図　19cm　〈国民図書株式会社昭和3〜6年刊の複製 限定版〉

　内容　常山詠草(水戸光圀) 晩花集(下河辺長流) 漫吟集(円珠庵契沖) 戸田茂睡歌集, 春葉集(荷田春満) あづま歌(加藤枝直) 賀茂翁歌集(賀茂真淵) 天降言(田安宗武) しづのや歌集(河津美樹) 杉のしづ枝(荷田蒼生子) 楫取魚彦歌集, 佐保川(鵜897よの子) 散のこり(弓屋倭文子) 筑波子家集(土岐茂子) 松山集(塙保己一)

北村季吟(1624〜1705)

【注釈書】

◇源氏物語湖月抄(訂正増註)　猪熊夏樹増注訂正　大阪　図書出版　1890-1891　5冊(首, 1-7巻合本)　20cm
◇源氏物語湖月抄　北村季吟, 猪熊夏樹増註訂正　大阪　図書出版　1891-1899　7冊　19cm
◇増註源氏物語湖月抄　北村季吟原註　猪熊夏樹補註　有川武彦校訂　弘文堂

1933　3冊　22cm
◇源氏物語湖月抄―増註　桐壺巻より明石巻まで　北村季吟原註　猪熊夏樹補註　有川武彦校訂　大阪　湯川弘文社　1953　703p　22cm
◇源氏物語湖月抄―増註　猪熊夏樹補註　有川武彦校訂　増補版 三谷栄一増補　名著普及会　1982.5　3冊　20cm
◇演習伊勢物語―拾穂抄　片桐洋一, 青木賜鶴子編著　勉誠社　1987.12　260p　22cm(大学古典叢書　6)〈参考文献：p237〜238 関係年表：p252〜256〉
1800円

契沖(1640〜1701)

【注釈書】

◇万葉代匠記　1-2　武田祐吉校註　富山房　1938　2冊　18cm(富山房百科文庫　1・2)

伴信友(1773〜1846)

【注釈書】

◇日本思想大系　50　平田篤胤・伴信友・大国隆正　田原嗣郎等校注　岩波書店　1973　680p　22cm　2000円

　内容　平田篤胤(田原嗣郎校注) 霊の真柱, 新鬼神論 参考：玉襷巻1・巻2, 三大考(服部中庸) 伴信友(関晃, 佐伯有清校注) 長等の山風. 大国隆正(芳賀登, 佐伯有清校注) 本学挙要, 学統弁論, 新真公法論并附録. 解説　『霊の真柱』以後における平田篤胤の思想について(田原嗣郎) 伴信友の学問と『長等の山風』(佐伯有清, 関晃) 大国隆正の学問と思想―その社会的機能を中心として(芳賀登) 文献解題　参考文献　年譜

平田篤胤(1776〜1843)

【現代語訳】

◇国学者論集　藤田徳太郎訳編　小学館　1942　367p　19cm(現代訳日本古典)

　内容　創学校啓(荷田春満), 国意考(賀茂真淵), 直毘霊(本居宣長), 玉くしげ(本居宣長), 玉矛百首(本居宣長), 古道大意(平田篤胤), 古学(鹿持雅澄)

232　日本古典文学案内―現代語訳・注釈書

【注釈書】

◇日本思想大系　50　平田篤胤・伴信友・大国隆正　田原嗣郎等校注　岩波書店　1973　680p　22cm　2000円

内容　平田篤胤(田原嗣郎校注)　霊の真柱、新鬼神論 参考：玉欅巻1・巻2、三大考(服部中庸)　伴信友(関晃、佐伯有清校注)　長等の山風．大国隆正生(芳賀登、佐伯有清校注)　本学挙要、学統弁論、新真公法論并附録．解説『霊の真柱』以後における平田篤胤の思想について(田原嗣郎)　伴信友の学問と『長等の山風』(佐伯有清、関晃)　大国隆正の学問と思想―その社会的機能を中心として(芳賀登)　文献解題　参考文献　年譜

◇霊の真柱　子安宣邦校注　岩波書店　1998.11　226p　15cm(岩波文庫)　500円

本居宣長(1730～1801)

【現代語訳】

◇口訳註解　玉かつま　柚利淳一著　右文館　1920　194p　三六判

◇詳註口訳　玉勝間新釈　藤井伝平著　培風館　1934.9　191p　四六判

◇国学者論集　藤田徳太郎訳編　小学館　1942　367p　19cm(現代訳日本古典)

内容　創学校啓(荷田春満)、国意考(賀茂真淵)、直毘霊(本居宣長)、玉くしげ(本居宣長)、玉矛百首(本居宣長)、古道大意(平田篤胤)、古学(鹿持雅澄)

◇源氏物語玉の小櫛―現代語訳　田原南軒訳　近藤書店　1958　249p　19cm

◇古典日本文学全集　第34　本居宣長集　筑摩書房　1960　402p　図版　23cm

内容　初山踏　玉勝間(佐々木治綱訳)　古事記伝　大祓詞後釈　続紀歴朝詔詞解　古語拾遺疑斎弁　万葉集重載歌及び巻の次第　古今集遠鏡　後撰集詞のつかね緒(大久保正訳)　国歌八論同氷非評(久松潜一、大久保正訳)　新古今集美濃の家づと　草庵集玉箒　源氏物語玉の小櫛(大久保正訳)　あしわけおぶね(太田善麿訳)　石上私淑言(久松潜一訳)　詞の玉緒　漢字三音考(松村明訳)　呵刈葭(松村明訳)　直毘霊(大久保正訳)　秘本玉くしげ(太田善麿訳)　解説(久松潜一)　宣長学の意義及び内在的関係(村岡典嗣)「もののあはれ」について(和辻哲郎)　本居宣長覚書(山本健吉)　本居宣長(小田切秀雄)　宣長とその思想(西郷信綱)

◇古典日本文学全集　第34　本居宣長集　筑摩書房　1967　402p　図版　23cm　〈普及版〉

内容　方法論　初山踏(佐佐木治綱訳)　玉勝間(佐佐木治綱訳)　古典論　古事記伝(大久保正訳)　大祓詞後釈(大久保正訳)　続紀歴朝詔詞解(大久保正訳)　古語拾遺疑斎弁(大久保正訳)　万葉集重載歌及び巻の次第(大久保正訳)　古今集遠鏡(大久保正訳)　後撰集詞のつかね緒(大久保正訳)　国歌八論同氷非評(久松潜一訳)　新古今集美濃の家づと(大久保正訳)　草庵集玉箒(大久保正訳)　源氏物語玉の小櫛 巻1(大久保正訳)　文学論　あしわけおぶね(太田善麿訳)　石上私淑言 上巻(久松潜一訳)　言語論　詞の玉緒(松村明訳)　漢字三音考(松村明訳)　呵刈葭(松村明訳)　古道論　直毘霊(大久保正訳)　玉くしげ(太田善麿訳)　政治論　秘本玉くしげ(太田善麿訳)　解説(久松潜一)　宣長学の意義および内在的関係(村岡典嗣)「もののあはれ」について(和辻哲郎)　本居宣長覚書(山本健吉)　本居宣長(小田切秀雄)　宣長とその思想(西郷信綱)

◇日本の古典　21　新井白石,本居宣長　河出書房新社　1972　382p 図　23cm

内容　折たく柴の記(全)(新井白石著　杉浦明平訳)　藩翰譜(抄)(新井白石著　桑原武夫訳)　排蘆小船(全)(本居宣長著　川上徹太郎訳)　秘本玉くしげ(全)(本居宣長著　吉田健一訳)　玉勝間(抄)(本居宣長著　吉田健一訳)　宇比山路(全)(本居宣長著　河上徹太郎訳)　徂徠先生答問書(全)(荻生徂徠著　野口武彦訳)　作品鑑賞のための古典　駿台雑話(室鳩巣著　市村宏訳)　気吹舎筆叢(平田篤胤著　浅野三平訳)　呵刈葭(本居宣長,上田秋成著　浅野三平訳)　解説(野口武彦)　解題(菅沼紀子)　年譜,注釈(菅沼紀子)

◇菅笠日記―現代語訳　三嶋健男,宮村千素著　大阪　和泉書院　1995.2　143p　21cm　〈本居宣長の主要年譜：p134～138〉　1854円

◇玉くしげ―美しい国のための提言　山口志義夫訳　多摩　多摩通信社　2007.9　212p　18cm(本居宣長選集 現代語訳　1)　1200円

◇本居宣長「うひ山ぶみ」　白石良夫全訳注　講談社　2009.4　253p　15cm(講談社学術文庫)　880円

【注釈書】

◇国文新釈 本居宣長文集　津波古充計著　文理書院　1924　100p　三六判

◇古今和歌集遠鏡　山崎美成頭註　芳文堂書店　1927　429,12,24p　19cm

◇玉かつま　鈴屋文集 解釈　児玉尊臣著　有精堂　1931.9　87p　四六判(国漢叢書)

◇玉かつま方丈記の解釈　林武彦著　白帝社　1934.5　122p　四六判(新国漢文叢

近世文学(漢詩・漢文学)

◇新講 玉勝間　田中英苗著　健文社
　1941.10　198p　19cm(学生文化新書
　115)
◇本居宣長 玉鉾百首論釈　蒲生俊文著　大
　日本雄弁会講談社　1943.1　231p　B6
◇日本思想大系　40　本居宣長　吉川幸次
　郎ほか校注　岩波書店　1978.1　630p
　22cm　3200円
　内容　玉勝間.うひ山ぶみ 解説 玉勝間覚書 佐
　竹昭広著. 宣長学成立まで 日野竜夫著. 文弱
　の価値—「物のあはれを知る」補考 吉川幸次
　郎著　主要著作年譜：p626〜630
◇本居宣長集　日野竜夫校注　新潮社
　1983.7　570p　20cm(新潮日本古典集成)
　内容　紫文要領.石上私淑言. 解説「物のあわれ
　を知る」の説の来歴 日野竜夫著. 付・宣長の
　読書生活
◇宣長選集　野口武彦編注　筑摩書房
　1986.10　267p　19cm(筑摩叢書　301)
　〈著者の肖像あり〉　1600円
　内容　本居宣長の古道論と治道論—解説 野口武
　彦著. 直毘霊.くず花.玉くしげ.秘本玉くしげ
◇『直毘霊』を読む—二十一世紀に贈る本
　居宣長の神道論　阪本是丸監修　中村幸
　弘, 西岡和彦編著　右文書院　2001.11
　209p　27cm　2400円
◇排蘆小船—宣長「物のあはれ」歌論　石
　上私淑言—宣長「物のあはれ」歌論　子
　安宣邦校注　岩波書店　2003.3　363p
　15cm(岩波文庫)　760円
◇本居宣長「うひ山ぶみ」全読解—虚学の
　すすめ　白石良夫著　右文書院　2003.11
　278p　19cm　〈文献あり〉　2286円
◇古今集遠鏡　1　今西祐一郎校注　平凡社
　2008.1　236p　18cm(東洋文庫　770)
　2700円
◇古今集遠鏡　2　今西祐一郎校注　平凡社
　2008.3　300p　18cm(東洋文庫　772)
　2800円

漢詩・漢文学

【現代語訳】
◇月瀬記勝　斉藤拙堂著　今中操翻訳　月
　ケ瀬村(奈良県添上郡)　月ケ瀬梅渓保勝会
　1971　192p　26cm　〈原本：嘉永3年刊
　伯爵藤堂家蔵版 稿本の複製〉
◇勢海拾玉集—江戸後期伊勢の詩人と詩
　杉野茂訳著　松阪　光書房　1982.10
　247p　22cm　3000円
◇棲竜閣詩集—訳注　竹治貞夫著　〔徳島〕
　竹治貞夫　1989.12　2冊　26cm
◇城山拾玉　桑田明訳　高松　城山会
　1991.9　8,255p　26cm　〈共同刊行：中
　山寿〉
◇中山城山現存全集　第1巻　桑田明編訳
　香南町(香川県)　中山城山顕彰会　1994.4
　607p　26cm　〈複製〉　非売品
　内容　学問編 1 御竜子(松平公益会蔵) ほか27
　編.『城山拾玉』より転載. 中山城山現存全集
　についての解説 本巻の解説
◇中山城山現存全集　第2巻　桑田明編訳
　香南町(香川県)　中山城山顕彰会　1994.4
　622p　26cm　〈複製〉　非売品
　内容　学問編 2 医学部門 傷寒論探賾(坂出市鎌
　田共済会郷土博物館蔵) 黄庭内景経略注(関西
　大学図書館蔵) 天文暦数部門 考象暦撮要(松
　平公益会蔵) 応天暦(松平公益会蔵) 推魯暦(松
　平公益会蔵) 拒算(松平公益会蔵) 文政三年五
　星暦(松平公益会蔵) 校正天文訓(松平公益会
　蔵) 暦義講義(松平公益会蔵) 裁線分外角図(松
　平公益会蔵) 割円八線表(松平公益会蔵) 修史
　編 全讃聞見録.讃国旧乗(松平公益会蔵) 讃州
　風土略記(松平公益会蔵) 象頭山縁起.白峯寺縁
　起.林田氏譜(松平公益会蔵) 讃州藤家系譜(松
　平公益会蔵) 源英公擧山田猟記.讃岐国一宮田
　村大社壁書事.全讃史. 解説
◇中山城山現存全集　第3巻　桑田明編訳
　香南町(香川県)　中山城山顕彰会　1994.4
　581p　26cm　〈複製〉　非売品
　内容　詩文編 城山道人稿(松平公益会蔵) 草虫吟
　(松平公益会蔵) 南海遺珠(松平公益会蔵) (参
　照付録)鼇山遺稿(坂出市鎌会郷土博物
　館蔵) 書き入れ編 1 校正唐詩訓解(木田郡牟礼
　町栗山記念館蔵) 解説
◇中山城山現存全集　第4巻　桑田明編訳
　香南町(香川県)　中山城山顕彰会　1994.4
　592p　26cm　〈複製〉　非売品
　内容　書き入れ編 2 詩経古註(松平公益会蔵) 書
　経集註(松平公益会蔵) 周礼白文(松平公益会
　蔵) 春秋左伝林匯参(木田郡牟礼町栗山記念
　館蔵) 敦註荘子(松平公益会蔵) 女誡(松平公益
　会蔵) 明七子尺牘(香川県香南町城山文庫蔵)
　解説
◇中山城山現存全集　第5集　桑田明編訳
　香南町(香川県)　中山城山顕彰会　1994.4

近世文学(漢詩・漢文学)

616p 26cm 〈複製〉 非売品

内容 書き入れ編3 羽音幾伎(松平公益会蔵)徒然草(松平公益会蔵)徂徠集(栗山記念館蔵)城山道人稿尺牘訳解.鼇山遺稿・鼇山逸人全集より訳解.東咳先生文集より訳解.泊園雅言訳解.解説

◇中山城山現存全集 第6巻 桑田明編訳 香南町(香川県) 中山城山顕彰会 1994.4 623p 26cm 〈複製〉 非売品

内容 補遺編 三余雑録(松平公益会蔵)三余贅言(松平公益会蔵)『城山拾玉』より転載.讃岐一円図(丸亀市立資料館所蔵)文化年間高松御城下絵図.讃岐高松市街細見新図.菊池高洲文稿.考象暦後稿(松平公益会蔵)御製暦象考成後編(松平公益会蔵)解説

◇蔡大鼎集—琉球古典漢詩 輿石豊伸訳注 京都 オフィス・コシイシ 1997.11 2冊 22cm 〈限定版 外箱入〉 全27000円

◇館柳湾 鈴木瑞枝著 研文出版 1999.1 244p 19cm(日本漢詩人選集 13)〈シリーズ〉 3300円

内容 第1章享和以前の詩(偶題 生日作 ほか) 第2章文化年間の詩(老松篇—臥牛山人の六十を寿ぐ 夢に高山郡斎に作る.覚めて末句を記し,乃ち前三句を ほか) 第3章文政年間の詩(栗軒偶題(八首のうち三首) 金山雑咏(十三首のうち七首) ほか) 第4章天保年間の詩(松浦万蔵、巻致遠、高田静冲、沖文輔及び家士建と同に信川に舟を泛ぶ 江邨 ほか) 第5章館柳湾について(越後から江戸へお役人暮らし ほか)

◇古律韻範訳注 田中正也訳注 〔横浜〕田中正也 2000.11 327p 26cm 非売品

◇墨場必携富岳詩集—富士山漢詩の世界 絶句篇 小西理兵衛編輯 萱沼齋田訳 有隣社 2001.6 201p 22cm 3000円

◇南城先生の越後奇談—『啜茗談柄』訳注 郷道人ほか共編 汲古書院 2001.12 228p 22cm 2000円

◇秋田漢詩尋歴 藤崎生雲訳・校訂 秋田 藤崎吉次 2002.7 461p 26×37cm 非売品

◇新編日本古典文学全集 86 日本漢詩集 菅野礼行,徳田武校注・訳 小学館 2002.11 558p 23cm 4457円

◇高岡詩話—現代語訳 篠島満訳 高岡 高岡市立中央図書館 2005.3 171p 30cm(高岡市古書古文献シリーズ 第9集)1500円

◇江戸期の秋田漢詩文訳読—秋田の優れた文化資産を顕彰し伝達する授業実践報告 第3集 未成稿 石川三佐男監修 秋田 秋田大学教育文化学部日本アジア文化講座石川研究室 2008.3 105p 26cm 非売品

内容 寿圃太翁八十序/益戸滄洲/著.如斯亭記/秋田藩松明徳館教授陣/著.岩谷孝子伝/武藤達/著.孝子某九伝/成田道寧/著.秋藩孝子伝/成田道寧/著

【注釈書】

◇大統歌俗解 2巻 井上不鳴註 京都 松井栄助等 1872 2冊 22cm 〈印記:山口県士族熊毛郡長島藤井深見,山口県下士族藤井深見花城,周防熊毛長島藤井挑舎文庫,やとみ〉

◇笑注干菓詩 方外道人選 酔多道士笑注 再版 高橋治太郎 1891 19丁 19cm 〈帙入〉

◇駿台雑話註釈 2巻 城井寿章校補 関儀一郎編 誠之堂書店 1902 300p 20cm 〈活版〉

◇大統歌新釈 塩谷温釈 14版 菁莪書院 1924.5 72p 19cm

◇新註皇学叢書 第12巻 物集高見編 廣文庫刊行会 1927-1931? 1冊 23cm

内容 中朝事実 士道 中興鑑言 迪彝編 新論 柳子新論 常陸帯 同天詩史 弘道館記述義

◇新論講話 高須芳次郎詳註 平凡社 1934 481p 23cm(皇国二大経典叢書)

◇続続日本儒林叢書 関儀一郎編 東洋図書刊行会 1935-1937 3冊 23cm

内容 詩史鸞(市野迷庵) 律詩天眼(熊坂台州) 学問所創置心得書(佐藤一斎) 第3部 詩文部 金峨先生焦余稿7巻(井上金我) 楽古堂文集10巻(仁井田南陽) 采蘋詩集(原采蘋) 鼓缶子文草4巻(桜田虎門)

◇校註 日本文学大系 12 中山泰昌編 2版 誠文堂新光社 1937.8

内容 水鏡 他3篇

◇註解八丈遺文 葛西重雄篇著 東京都教育庁八丈出張所 1961 203p 図版 19cm

◇日本古典文学大系 第89 五山文学集,江戸漢詩集 山岸徳平校注 岩波書店 1966 502p 図版 22cm

近世文学(漢詩・漢文学)

◇元田永孚文書　第2巻　進講録　元田竹彦, 海後宗臣編　元田文書研究会　1969　369p 図版　22cm

◇春帆楼百絶・錦洞小稿評釈　北村学著　大阪　中尾松泉堂書店　1970　230p 図　22cm　1500円

◇日本思想大系　47　近世後期儒家集　中村幸彦, 岡田武彦校注　岩波書店　1972　574p 図　22cm　1400円

内容　噎鳴館遺草(抄)(細井平洲) 平洲先生諸民江教論書取(細井平洲) 非徴(総非)(中井竹山) 与今村泰行論国事・経済要語(中井竹山) 問学挙要(皆川淇園) 聖道得門(塚田大峯) 入学新論(帆足万里) 約言(広瀬淡窓) 弁妄(安川息軒) 書簡(大橋訥菴) 鳴鶴相和集(池田草菴)〈付録〉寛政異学禁関係文書. 解説 近世後期儒学界の動向(中村幸彦) 明と幕末の朱王学(岡田武彦) 解題(1)(中村幸彦) 解題(2)(岡田武彦)

◇日本思想大系　53　水戸学　今井宇三郎, 瀬谷義彦, 尾崎正英校注　岩波書店　1973　590p 図　22cm　1800円

内容　正名論(藤田幽谷) 校正局諸学士に与ふるの書(藤田幽谷) 丁巳封事(藤田幽谷) 新論(会沢正志斎) 壬辰封事(藤田東湖) 中興新書(豊田天功) 告志篇(徳川斎昭) 弘道館記(徳川斎昭) 退食間話(会沢正志斎) 弘道館記述義(藤田東湖) 防海新策(豊田天功) 人臣去就説(会沢正志斎) 時務策(会沢正志斎) 解説 解題(瀬谷義彦) 水戸学の背景(瀬谷義彦) 水戸学における儒教の受容―藤田幽谷・会沢正志斎を主として(今井宇三郎) 水戸学の特質(尾崎正英) 水戸学年表

◇西山樵唱全釈　北村学著　大阪　中尾松泉堂書店　1977.11　356p 図　22cm　6000円

◇名家門人録集　宗政五十緒, 多治比郁夫編　神戸　上方芸文叢刊刊行会　1981.11　254p　19cm(上方芸文叢刊　5)〈般庵野間光辰先生古稀記念　製作・発売：八木書店ほか〉　4000円

内容　皆川淇園門人帳―有斐斎受業門人帖 宗政五十緒校注. 篠崎小竹門人帳―輔仁姓名録・麗沢簿 多治比郁夫校注. 解題 皆川淇園門人帳 宗政五十緒著. 篠崎小竹門人帳 多治比郁夫著

◇注解北潜日抄　長田泰彦著　浦和　さきたま出版会　1988.1　331p　22cm　〈付：故長田泰彦略歴〉　5000円

◇江戸詩人選集　第7巻　野村篁園・館柳湾　日野竜夫ほか編纂　徳田武注　岩波書店　1990.10　380p　20cm　〈館柳湾の肖像あり〉　3500円

◇江戸詩人選集　第10巻　成島柳北・大沼枕山　日野竜夫ほか編纂　日野竜夫注　岩波書店　1990.12　348p　20cm　〈成島柳北および大沼枕山の肖像あり〉　3500円

◇浪華四時雑詞―訓注　森鳴蘭外訓注　堺　鳴鳴吟社　1991.3　1冊(頁付なし)　26cm　〈付：参考書目〉

◇江戸詩人選集　第3巻　服部南郭・祇園南海　日野竜夫ほか編纂　山本和義、横山弘注　岩波書店　1991.4　376p　20cm　〈服部南郭および祇園南海の肖像あり〉　3500円

◇新日本古典文学大系　65　日本詩史・五山堂詩話　佐竹昭広ほか編　清水茂ほか校注　岩波書店　1991.8　656p　22cm

内容　読詩要領.日本詩史.五山堂詩話.孜孜斎詩話.夜航余話.漁村文話. 解説 詩話大概 揖斐高著ほか

◇鳳鳴館詩集　鳥海山人著　安達正巳編注　山形　安達ツタ子　1991.8　136p　22cm　〈複製と翻刻と注釈〉

◇玩鷗先生詠物百首注解　停雲会同人共著　太平書屋　1991.10　341p　20cm(太平文庫　21)　8000円

◇江戸詩人選集　第2巻　梁川蛻巌・秋山玉山　日野竜夫ほか編纂　徳田武注　岩波書店　1992.4　336p　20cm　〈梁川蛻巌および秋山玉山の肖像あり〉　3700円

◇竹間斎遺稿　釈昇道著　田坂英俊校注　府中(広島県)　田坂英俊　1992.8　196p　22cm　〈複製と翻刻　限定版〉

◇新日本古典文学大系　63　本朝一人一首　佐竹昭広ほか編　小島憲之校注　岩波書店　1994.2　490,22p　22cm

◇武丘登々庵『行庵詩草』研究と評釈　竹谷長二郎著　笠間書院　1995.5　527p　22cm(笠間叢書　280)　19000円

◇新日本古典文学大系　64　蘐園録稿・如亭山人遺藁・梅墩詩鈔　日野竜夫ほか校注　岩波書店　1997.2　525p　22cm

内容　蘐園録稿(抄) 日野竜夫校注. 如亭山人遺藁 柏木如亭著 揖斐高校注. 霞舟吟巻(首巻) 友野霞舟著 揖斐高校注.梅墩詩鈔 広瀬旭荘著 日野竜夫校注. 竹外二十八字詩(抄) 藤井竹外著 水田紀久校注. 解説 日野竜夫ほか著. 付：参考文献

◇草場船山日記　荒木見悟監修　三好嘉子校註　文献出版　1997.10　728p　22cm

近世文学(漢詩・漢文学)

18000円

◇五井蘭洲『万葉集訓』—本文・索引と研究　北谷幸冊編著　大阪　和泉書院　1998.7　286p　22cm(索引叢書　43)　10000円

◇藤城遺稿—補注　西部文雄注釈・訓読〔美濃〕　西部文雄　1999.9　57,39,27枚　27cm

◇新日本古典文学大系　99　仁斎日札・たはれ草・不尽言・無可有郷　佐竹昭広ほか編　岩波書店　2000.3　522p　22cm　4300円

内容:仁斎日記(伊藤仁斎著,植谷元校注)　たはれ草(雨森芳洲著,水田紀久校注)　不尽言(堀景山著,日野竜夫校注)　筆のすさび(菅茶山著,日野竜夫校注)　無可有郷(鈴木桃野著,日野竜夫,小林勇校注)　解説:『仁斎日記』解説(植谷元著.醇儒雨森芳洲—その学と人と(水田紀久著.『不尽言』『筆のすさび』解説(日野竜夫著.鈴木桃野と『無可有郷』(小林勇著)

◇東瀛詩選—山梨稲川の部　詩注　有沙啓介著　〔清水〕　有沙啓介　2001.3　151p　19cm 〈年譜あり〉　1200円

◇補注小学句読　1,2,3,4 分冊1　山井幹六補注　観音寺　上坂氏顕彰会史料出版部　2002.1　1冊　30cm(理想日本リプリント第66巻)〈複製〉　52800円

◇補注小学句読　5,6 分冊1　山井幹六補注　観音寺　上坂氏顕彰会史料出版部　2002.1　1冊　30cm(理想日本リプリント第66巻)〈複製〉　52800円

◇遠帆楼詩鈔　三浦尚司校註　福岡　プリント中外社　2002.5　272p　22cm　2800円

◇日本漢詩　猪口篤志著　菊地隆雄編　新版　明治書院　2002.7　242p　18cm(新書漢文大系　7)　1000円

◇遠帆楼詩鈔　後編　三浦尚司校註　福岡　草文書林　2004.7　322p　22cm 〈年譜あり〉　2800円

◇白石廉作漢詩稿集—蔵春園に学んだ勤皇の志士　白石廉作著　三浦尚司校註　豊前　恒遠醒窓顕彰会　2005.11　174p　22cm 〈年譜あり〉　2500円

◇古学者高橋赤水—近世阿波漢学史の研究　有馬卓也著　福岡　中国書店　2007.3　305p　22cm 〈文献あり〉　4600円

内容:高橋赤水と六人の漢学者　高橋赤水の思想　高橋赤水の考証学　『赤水文鈔』翻刻・訳註　『古今学話』翻刻

◇玉堂琴士集—浦上玉堂詩集　高橋博巳解

説　斎田作楽訓注　太平書屋　2008.4　155p　25cm(太平文庫　59)　6000円

新井白石(1657～1725)

【現代語訳】

◇日本の古典　21　新井白石,本居宣長　河出書房新社　1972　382p 図　23cm

内容:折たく柴の記(全)(新井白石著　杉浦明平訳)藩翰譜(抄)(新井白石著　桑原武夫訳)排蘆小船(全)(本居宣長著　川上徹太郎訳)秘本玉くしげ(全)(本居宣長著　吉田健一訳)玉勝間(抄)(本居宣長著　吉田健一訳)宇比山踏(全)(本居宣長著　河上徹太郎訳)徂徠先生答問書(全)(荻生徂徠著　野口武彦訳)作品鑑賞のための古典　駿台雑話(室鳩巣著　市村宏訳)気吹舎筆叢(平田篤胤著　浅野三平訳)呵刈葭(本居宣長,上田秋成著　浅野三平訳)解説(野口武彦)解題(菅沼紀子)年譜,注釈(菅沼紀子)

◇折りたく柴の記　桑原武夫訳　中央公論社　1974　341p　16cm(中公文庫)

◇新井白石　富士川英郎,入矢義高,入谷仙介,佐野正巳編　一海知義,池沢一郎著　研文出版　2001.1　242p　19cm(日本漢詩人選集　5)〈シリーズ〉　3300円

内容:第1章若き日の白石—新井白石と宋詩(発卯中秋感有　辺城秋　己巳の秋,信夫郡に到りて家兄に奉ず　梅影)　第2章白石青春詩訳注(土峯　新竹　夏雨晴る　尼寺の壁に題す　江行　墓に江上を過ぐ　山秀才の管廟の即時に和すの韻に和す　小亭　又(小亭)　病中懐いを書すほか)

◇折りたく柴の記　桑原武夫訳　中央公論新社　2004.6　368p　18cm(中公クラシックス)〈年譜あり〉　1500円

【注釈書】

◇新釈 日本文学叢書　10　物集高量編著　日本文学叢書刊行会　1923-1924?　1冊　22cm

内容:神皇正統紀(北畠親房)梅松論 読史 余論(新井白石)

◇定本折たく柴の記釈義　宮崎道生著　至文堂　1964　628,23p 図版　22cm 〈付:文献608-615p〉

◇日本思想大系　35　新井白石　松村明,尾藤正明,加藤周一校注　岩波書店　1975　617p 図　22cm　3000円

内容:西洋紀聞(松村明校注)(参考)長崎注進邏

近世文学(漢詩・漢文学)

馬人事 東雅(抄)(松村明校注) 鬼神論(友枝竜太郎校注) 読史余論(公武治乱考)(益田宗校注) 白石先生手簡(新室手簡)(松村明校注) 解説 新井白石の世界(加藤周一) 新井白石の歴史思想(尾藤正英)

◇定本折たく柴の記釈義　宮崎道生　増訂版　近藤出版社　1985.1　630,24p　22cm　〈文献・新井白石年譜：p608〜623〉　9600円

◇江戸漢詩選　第2巻　儒者—荻生徂徠・新井白石・山梨稲川・古賀精里　一海知義, 池沢一郎注　岩波書店　1996.5　329p　20cm　3800円

◇折たく柴の記　松村明校注　岩波書店　1999.12　476p　15cm(岩波文庫)　〈年譜あり〉　800円

石川丈山(1583〜1672)

【注釈書】

◇江戸詩人選集　第1巻　石川丈山・元政　日野竜夫ほか編纂　上野洋三注　岩波書店　1991.8　376p　20cm　〈石川丈山および元政の肖像あり〉　3600円

市河寛斎(1749〜1820)

【現代語訳】

◇市河寛斎　蔡毅, 西岡淳著　研文出版　2007.9　231p　19cm(日本漢詩人選集　9)　3300円

内容 第1章 少壮　第2章 北里　第3章 江湖　第4章 越山　第5章 傲吏　第6章 華甲　第7章 崎陽　終章 市河寛斎について

【注釈書】

◇江戸詩人選集　第5巻　市河寛斎・大窪詩仏　日野竜夫ほか編纂　揖斐高注　岩波書店　1990.7　387p　20cm　〈市河寛斎および大窪詩仏の肖像あり〉　3500円

伊藤冠峰(？〜1782)

【注釈書】

◇伊藤冠峰緑竹園詩集訓解　村瀬一郎著　笠松町(岐阜県)　冠峰先生顕彰研究会

2001.11　534p　22cm　〈年譜あり〉　3810円

伊藤仁斎(1627〜1705)

【現代語訳】

◇伊藤仁斎　浅山佳郎, 厳明著　研文出版　2000.11　215p　19cm(日本漢詩人選集　4)〈シリーズ〉　3300円

内容 第1章 正保から万治まで(園城寺の絶頂 湖水 戴を訪う図 大井川の即事 ほか)　第2章 寛文から貞享まで(学者に示す二首 学問須らく今日従り始むべし　小弟の既に江城に到るを聞くを喜ぶ　即興 ほか)　第3章 元禄から宝永まで(嵯峨の途中　即事　難波橋上の眺望　淀河舟中の口号 ほか)

【注釈書】

◇童子問　清水茂校注　岩波書店　1970　288p　15cm(岩波文庫)

◇日本思想大系　33　伊藤仁斎・伊藤東涯　吉川幸次郎, 清水茂校注　岩波書店　1971　657p 図　22cm　1400円

内容 伊藤仁斎(清水茂校注) 語孟字義, 古学先生文集.伊藤東涯(清水茂校注) 古今学変. 解説 仁斎東涯学案(吉川幸次郎) 解題(清水茂) 参考文献：p.654-657

伊藤東涯(1670〜1736)

【注釈書】

◇日本思想大系　33　伊藤仁斎・伊藤東涯　吉川幸次郎, 清水茂校注　岩波書店　1971　657p 図　22cm　1400円

内容 伊藤仁斎(清水茂校注) 語孟字義, 古学先生文集.伊藤東涯(清水茂校注) 古今学変. 解説 仁斎東涯学案(吉川幸次郎) 解題(清水茂) 参考文献：p.654-657

江馬細香(1787〜1861)

【現代語訳】

◇江馬細香詩集『湘夢遺稿』　上　門玲子訳注　汲古書院　1992.12　245p　20cm(汲古選書　5)〈監修：入谷仙介 江馬細香の肖像あり〉　2500円

◇江馬細香詩集『湘夢遺稿』　下　門玲子

近世文学(漢詩・漢文学)

訳注　汲古書院　1992.12　p249～588　20cm(汲古選書　6)　〈年譜：p567～575〉　3500円

【注釈書】

◇江戸漢詩選　第3巻　女流―江馬細香・原采蘋・梁川紅蘭　福島理子注　岩波書店　1995.9　339p　20cm　〈参考文献：p337～339〉　3800円

大塩中斎(1793～1837)

【現代語訳】

◇洗心洞箚記　山田準訳註　岩波書店　1955　470p　15cm(岩波文庫)　〈4刷〉

荻生徂徠(1666～1728)

【現代語訳】

◇峡中紀行風流使者記　河村義昌訳注　雄山閣　1971　348p　図　22cm

【注釈書】

◇日本古典文学大系　第94　近世文学論集　中村幸彦校注　岩波書店　1966　505p　図版　22cm
　内容：国歌八論(荷田在満)　歌意考(賀茂真淵)　源氏物語玉の小櫛〔抄〕(本居宣長)　歌学提要(香川景樹著　内山真弓編)　徂来先生答問書〔抄〕(荻生徂徠)　詩学逢原(祇園南海)　作詩志〔コウ〕(山本北山)　淡窓詩話(広瀬淡窓)

◇日本思想大系　36　荻生徂徠　岩波書店　1973　829p　22cm　2000円
　内容：弁道(西田太一郎校注)　弁名(西田太一郎校注)　学則(西田太一郎校注)　政談(辻達也校注)　太平策(丸山真男校注)　徂徠集(西田太一郎校注)　解説　徂徠学案(吉川幸次郎)　「政談」の社会的背景(辻達也)　「太平策」考(丸山真男)　荻生徂徠年譜：p.607-615

◇江戸漢詩選　第2巻　儒者―荻生徂徠・新井白石・山梨稲川・古賀精里　一海知義,池田一郎注　岩波書店　1996.5　329p　20cm　3800円

貝原益軒(1630～1714)

【現代語訳】

◇異例の書　水木ひろかず訳註　人と文化社　1989.2　172p　22cm　1000円

◇慎思録―現代語訳　伊藤友信訳　講談社　1996.3　262p　15cm(講談社学術文庫)　〈付・原文〉　780円

◇すらすら読める養生訓　立川昭二著　講談社　2005.1　230p　19cm　1600円
　内容：1 命を畏れ、生を楽しむ　2 気と自然治癒力　3 心を養う　4 息を調え、からだを愛しむ　5 食と性　6 病いを慎み、医療を選ぶ　7 老いを生きる

◇養生訓―ほか　松田道雄訳　中央公論新社　2005.12　375p　18cm(中公クラシックス　J27)　〈年譜あり〉　1500円
　内容：「求楽者」貝原益軒(深沢一幸著)　養生訓　楽訓　和俗童子訓

【注釈書】

◇慎思録新釈　小和田武紀著　明治書院　1940　341p　20cm　2.3円

◇日本思想大系　34　貝原益軒・室鳩巣　荒木見悟,井上忠校注　岩波書店　1970　545p　図　22cm　1300円
　内容：貝原益軒　大疑録、五常訓、書簡　〈付録〉女大学,室鳩巣　書簡,読続大意録　〈参考〉遊佐木斎書簡。解説：朱子学の哲学的性格(荒木見悟)　貝原益軒の思想(荒木見悟)　貝原益軒の生涯とその科学的業績(井上忠)　室鳩巣の思想(荒木見悟)　女大学について(石川松太郎)

◇本朝千字文　小野次敏註釈　福岡　貝原真吉　1982.12　21p　21cm

◇新日本古典文学大系　98　東路記・己巳紀行　西遊記　佐竹昭広ほか編　板坂耀子,宗政五十緒校注　岩波書店　1991.4　460,17p　22cm　3600円

蠣崎波響(1764～1826)

【注釈書】

◇蠣崎波響漢詩全釈―梅瘦柳眠村舎遺稿　高木重俊著　函館　幻洋社　2002.12　558p　20cm　〈年譜あり〉　8000円

近世文学(漢詩・漢文学)

柏木如亭(1763～1819)

【現代語訳】

◇柏木如亭　富士川英郎,入矢義高,佐藤正巳編　入谷仙介編著　研文出版　1999.5　219p　19cm(日本漢詩人選集　8)〈シリーズ〉　3300円

内容 第1章 江戸(木工集　詩本草)　第2章 信越(如亭山人藁)　第3章 西国(如亭山人遺藁)　第4章 柏木如亭について(柏木如亭とボードレール　その詩　ほか)

亀井南冥(1743～1814)

【注釈書】

◇江戸漢詩選　第1巻　文人―亀田鵬斎・田能村竹田・仁科白谷・亀井南冥　徳田武注　岩波書店　1996.3　343p　20cm　〈参考文献：p342～343〉　3800円

亀田鵬斎(1752～1826)

【注釈書】

◇江戸漢詩選　第1巻　文人―亀田鵬斎・田能村竹田・仁科白谷・亀井南冥　徳田武注　岩波書店　1996.3　343p　20cm　〈参考文献：p342～343〉　3800円

菅茶山(1748～1827)

【現代語訳】

◇現代文菅茶山翁「筆のすさび」　「筆のすさび」現代語訳註委員会訳注　神辺町(広島県)　菅茶山遺芳顕彰会　2003.10　189p　22cm　〈肖像あり〉

【注釈書】

◇茶山黄葉夕陽村舎詩　桑田豊訓註　木村茂編　福山　桑田建彦　1982.6　536p　19cm　〈著者の肖像あり〉

◇江戸詩人選集　第4巻　管茶山・六如　日野竜夫ほか編纂　黒川洋一注　岩波書店　1990.5　422p　20cm　〈菅茶山および六如の肖像あり〉　3500円

◇新日本古典文学大系　66　菅茶山詩集　頼山陽詩集　水田紀久,頼惟勤,直井文子校注　岩波書店　1996.7　404p　22cm　3600円

祇園南海(1677～1751)

【注釈書】

◇江戸詩人選集　第3巻　服部南郭・祇園南海　日野竜夫ほか編纂　山本和義,横山弘注　岩波書店　1991.4　376p　20cm　〈服部南郭・祇園南海年譜：p373～376〉

熊沢蕃山(1619～1691)

【注釈書】

◇日本思想大系　30　熊沢蕃山　後藤陽一,友枝竜太郎校注　岩波書店　1971　597p　図　22cm　1400円

内容 集義和書,集義外書(補),大学或門.解説　熊沢蕃山の生涯と思想の形成(後藤陽一)　熊沢蕃山と中国思想(友枝竜太郎)　年譜：p.581-585　参考文献：p.593-597

佐藤一斎(1772～1859)

【現代語訳】

◇言志四録(通俗)　下中芳岳(弥三郎)訳　内外出版協会　1910.6　202p　22cm

◇言志四録　山田準,五弓安二郎訳註　岩波書店　1935　444p　16cm(岩波文庫)

◇言志四録　佐藤一斎述　山田準,五弓安二郎訳註　岩波書店　1939　444p　16cm(岩波文庫)　〈7刷〉

◇言志四録　1　言志録　川上正光全訳注　講談社　1978.8　295p　15cm(講談社学術文庫)　〈参考文献：p19～21〉　360円

◇言志四録　2　言志後録　川上正光全訳注　講談社　1979.3　311p　15cm(講談社学術文庫)　380円

◇佐藤一斎　日本図書センター　1979.6　1冊　22cm(日本教育思想大系　12)　〈それぞれの複製〉　12000円

内容 済〔ゴウ〕略記.言志録四巻.言志録(訳註).愛日楼文(抄).大学一家私言.初学課業次第.学問所創建心得書.僑居日記.俗簡焚余.論語欄外書.中庸欄外書.大学欄外書.孟子欄外書

◇言志四録　3　言志晩録　川上正光全訳注

◇講談社　1980.5　336p　15cm(講談社学術文庫)　480円
◇言志四録　4　言志耋録　川上正光全訳注　講談社　1981.12　331p　15cm(講談社学術文庫)〈著者の肖像あり〉　540円
◇言志四録　上　久須本文雄訳注　講談社　1987.2　434,10p　20cm　〈著者の肖像あり〉
◇言志四録　下　久須本文雄訳注　講談社　1987.5　479,10p　20cm　〈著者の肖像あり〉
◇佐藤一斎全集　第1巻　政教論考　明徳出版社　1990.10　410p　22cm　〈一斎生誕220年記念　監修：岡田武彦〉

[内容]　解説．弁道薙蕪.哀敬編.白鹿洞書院掲示問.白鹿洞書院掲示訳.重職心得箇条．学問所創置心得書.初学課業次第.課蒙背誦.俗؟焚余

◇言志四録─座右版　久須本文雄全訳注　講談社　1994.12　913,17p　20cm　〈著者の肖像あり〉
◇佐藤一斎「人の上に立つ人」の勉強　坂井昌彦訳　三笠書房　2002.4　130p　19cm　900円
◇「言志四録」心の名言集　久須本文雄訳　細川景一編　講談社　2004.9　221p　19cm　〈年譜あり〉　1600円
◇言志四録─現代語抄訳　岬竜一郎訳　PHP研究所　2005.6　254p　19cm　1200円

【注釈書】

◇校註　言志四録　遠山淡哉(景福)校註　東京図書出版　1898　1冊　22cm
◇言志四録(校註)　遠山淡哉(景福)注　東京図書出版　1898.7　263p　22cm
◇増訂　言志四録詳解　藤崎由之助訳註　伊坂出版部　1929　340,63,18p　19cm
◇言志四録新釈　竜沢良芳著　大阪　文花堂　1931.5　212p　三六判
◇参考　言志四録新釈　小和田武紀著　有精堂出版部　1936　390,38p　19cm
◇新註　言志四録　国語漢文研究会編　簡野道明校閲　明治書院　1936　281p　19cm
◇選釈　言志四録　川口白浦著　健文社　1938　200p　20cm　0.6円

◇新註　言志四録　国語漢文研究会編　明治書院　1941　281p　19cm
◇言志四録鈔精講　勝間義昌著　修文館　1942　265,44p　19cm　1.2円
◇言志四録─新註　佐藤一斎述　国語漢文研究会編　簡野道明校閲　明治書院　1947　281p　19cm
◇日本思想大系　29　中江藤樹　山井湧等校注　岩波書店　1974　501p　22cm　1800円

[内容]　文集(二編)　安昌弑玄同論，林氏剃髪受位弁(山井湧校注)翁問答(山下竜二校注)孝経啓蒙(加地伸行校注)藤樹先生年譜(尾藤正英校注)解説　陽明学の要点(山井湧)中国思想と藤樹(山下竜二)中江藤樹の周辺(尾藤正英)

◇日本思想大系　46　佐藤一斎　相良亨，溝口雄三校注　岩波書店　1980.5　753p　22cm　4200円

[内容]　佐藤一斎　言志録.言志後録.言志晩録.言志耋録.原文．大塩中斎　洗心洞箚記．一斎佐藤氏に寄する書.原文．解説　『言志四録』と『洗心洞箚記』　相良亨著．天人合一における中国的独自性　溝口雄三著

◇真釈佐藤一斎「重職心得箇条」　石川梅次郎監修　深沢賢治著　小学館　2002.3　166p　15cm(小学館文庫)〈折り込1枚〉　714円

柴野栗山(1736〜1807)

【現代語訳】

◇栗山文集(抄)を読む─柴野栗山と野口家の今昔　井下香泉著　高松　高松大学出版会　2002.12　198p　19cm　〈高松　讃岐先賢顕彰会(発売)〉　1429円

[内容]　柴野栗山の生涯　栗山文集(抄)(柴野栗山著，阿河準三訳)　柴野栗山と野口家の今昔

◇柴野栗山の手紙　井下香泉解訳編　高松　讃岐先賢顕彰会　2004.10　76p　26cm

【注釈書】

◇註釈増補栗山文集　阿河準三編　牟礼町(香川県)　栗山顕彰会　1987.8　2冊(別冊とも)　22cm　〈参考文献：p354〜356〉

近世文学(漢詩・漢文学)

笑雲和尚(生没年不詳)

【注釈書】

◇笑雲和尚古文真宝之抄　巻之3 分冊1　清三　観音寺　上坂氏顕彰会史料出版部　2003.2　1冊　30cm(理想日本リプリント第95巻)〈複製〉　46800円

◇笑雲和尚古文真宝之抄　巻之3 分冊2　清三　観音寺　上坂氏顕彰会史料出版部　2003.2　1冊　30cm(理想日本リプリント第95巻)〈複製〉　46800円

◇笑雲和尚古文真宝之抄　巻之3 分冊3　清三　観音寺　上坂氏顕彰会史料出版部　2003.2　1冊　30cm(理想日本リプリント第95巻)〈複製〉　46800円

◇笑雲和尚古文真宝之抄　巻之3 分冊4　清三　観音寺　上坂氏顕彰会史料出版部　2003.2　1冊　30cm(理想日本リプリント第95巻)〈複製〉　52800円

◇笑雲和尚古文真宝之抄　巻之6 分冊1　清三　観音寺　上坂氏顕彰会史料出版部　2003.2　1冊　30cm(理想日本リプリント第95巻)〈複製〉　46800円

◇笑雲和尚古文真宝之抄　巻之6 分冊2　清三　観音寺　上坂氏顕彰会史料出版部　2003.2　1冊　30cm(理想日本リプリント第95巻)〈複製〉　46800円

◇笑雲和尚古文真宝之抄　巻之6 分冊3　清三　観音寺　上坂氏顕彰会史料出版部　2003.2　1冊　30cm(理想日本リプリント第95巻)〈複製〉　46800円

◇笑雲和尚古文真宝之抄　巻之7 分冊1　清三　観音寺　上坂氏顕彰会史料出版部　2003.2　1冊　30cm(理想日本リプリント第95巻)〈複製〉　46800円

◇笑雲和尚古文真宝之抄　巻之7 分冊2　清三　観音寺　上坂氏顕彰会史料出版部　2003.2　1冊　30cm(理想日本リプリント第95巻)〈複製〉　46800円

◇笑雲和尚古文真宝之抄　巻之7 分冊3　清三　観音寺　上坂氏顕彰会史料出版部　2003.2　1冊　30cm(理想日本リプリント第95巻)〈複製〉　41800円

◇笑雲和尚古文真宝之抄　巻之9 分冊1　清三　観音寺　上坂氏顕彰会史料出版部　2003.2　1冊　30cm(理想日本リプリント第95巻)〈複製〉　46800円

◇笑雲和尚古文真宝之抄　巻之9 分冊2　清三　観音寺　上坂氏顕彰会史料出版部　2003.2　1冊　30cm(理想日本リプリント第95巻)〈複製〉　46800円

◇笑雲和尚古文真宝之抄　巻之9 分冊3　清三　観音寺　上坂氏顕彰会史料出版部　2003.2　1冊　30cm(理想日本リプリント第95巻)〈複製〉　52800円

◇笑雲和尚古文真宝之抄　巻之5上 分冊1　清三　観音寺　上坂氏顕彰会史料出版部　2003.2　1冊　30cm(理想日本リプリント第95巻)〈複製〉　46800円

◇笑雲和尚古文真宝之抄　巻之5上 分冊2　清三　観音寺　上坂氏顕彰会史料出版部　2003.2　1冊　30cm(理想日本リプリント第95巻)〈複製〉　46800円

◇笑雲和尚古文真宝之抄　巻之5上 分冊3　清三　観音寺　上坂氏顕彰会史料出版部　2003.2　1冊　30cm(理想日本リプリント第95巻)〈複製〉　41800円

◇笑雲和尚古文真宝之抄　巻之10 分冊1　清三　観音寺　上坂氏顕彰会史料出版部　2003.3　1冊　30cm(理想日本リプリント第95巻)〈複製〉　46800円

◇笑雲和尚古文真宝之抄　巻之10 分冊2　清三　観音寺　上坂氏顕彰会史料出版部　2003.3　1冊　30cm(理想日本リプリント第95巻)〈複製〉　41800円

大典顕常(1719～1801)

【注釈書】

◇江戸漢詩選　第5巻　僧門─独菴玄光・売茶翁・大潮元皓・大典顕常　末木文美士,堀川貴司注　岩波書店　1996.1　333p　20cm　〈参考文献：p331～333〉　3800円

中江藤樹(1608～1648)

【現代語訳】

◇鑑草─現代語新訳　日本総合教育研究会編訳　第2版　京都　行路社　1990.5　186,69p　19cm　〈中江藤樹略年譜：p29～30〉

◇対訳翁問答─創立百周年記念誌　大洲藤樹会　大洲　大洲藤樹会　2002.10　238p　27cm　〈年表あり〉

近世文学(漢詩・漢文学)

【注釈書】

◇鑑草　加藤盛一校註　岩波書店　1939　319p　16cm(岩波文庫)〈付：春風，陰隲〉

◇翁問答　加藤盛一校註　岩波書店　1989.3　255p　15cm(岩波文庫　33‐036‐1)〈第6刷(第1刷：1936年)〉　500円

◇鑑草―付春風・陰隲　加藤盛一校注　岩波書店　1989.10　319p　15cm(岩波文庫　33‐036‐2)〈第4刷(第1刷：1939年)〉　553円

中島棕隠(？～1856)

【現代語訳】

◇春風帖　隻玉堂主人訳　太平書屋　1983.12　198p　22cm(珍本双刊　6)〈解題：太平書屋主人　原書名「新訳春風帖」(太平書屋所蔵)の複製　限定版〉　8000円

◇日本漢詩人選集　中島棕隠　入谷仙介著　研文出版　2002.3　204p　19cm〈シリーズ〉　3300円

内容:第1章 江戸の棕隠　第2章 京都，快楽の都　第3章 人々の生活　第4章 趣味の生活　第5章 山陽路の旅　第6章 旅の棕隠　第7章 自らを語る

【注釈書】

◇鴨東四時雑詞註解　斎田作楽編著　太平書屋　1990.9　429p　20cm〈特製版　付(10丁 18cm 和装)付(2枚 袋入り)付(1枚):余興　箱入　限定版〉　13000円

◇江戸詩人選集　第6巻　葛子琴・中島棕隠　日野竜夫ほか編纂　水田紀久注　岩波書店　1993.3　349p　20cm　3700円

服部南郭(1683～1759)

【注釈書】

◇江戸詩人選集　第3巻　服部南郭・祇園南海　日野竜夫ほか編纂　山本和義，横山弘注　岩波書店　1991.4　376p　20cm〈服部南郭・祇園南海年譜：p373～376〉

林羅山(1583～1657)

【注釈書】

◇日本思想大系　28　藤原惺窩・林羅山　岩波書店　1975　520p 図　22cm　2600円

内容:藤原惺窩 寸鉄録・大学要略・惺窩先生文集(抄)(金谷治校注)　林羅山 春鑑抄・三徳抄・羅山先生文集(抄)(石田一良校注)　仮名性理・心学五倫書〈参考〉・本佐録(石毛忠校注)　彝倫抄(松永尺五)・童蒙先習(小瀬甫庵)(玉懸博之校注)　解説：前期幕藩体制のイデオロギーと朱子学派の思想(石田一良)　藤原惺窩の儒学思想(金谷治)　林羅山の思想(石田一良)『心学五倫書』の成立事情とその思想的特質(石毛忠)　松永尺五の思想と小瀬甫庵の思想(玉懸博之)

広瀬旭荘(1807～1863)

【現代語訳】

◇広瀬淡窓・旭荘・青邨・林外名詩選訳―吟詠用・鑑賞用　広瀬正雄・孝子編著　日田　広瀬八賢顕彰会　1970　84p 肖像　18cm　300円

◇広瀬旭荘　富士川英郎，入矢義高，入谷仙介，佐野正巳編　研文出版　1999.3　232p　19cm(日本漢詩人選集　16)〈シリーズ〉　3300円

内容:第1章 東遊行(亀山神祠に登る　穏渡の歌 ほか)　第2章 日田在郷時代(扇子玉の丑時の咀に和す　虎伏巌 ほか)　第3章 佐賀長崎紀行(内山氏の梨雲館に宿る　松子登の蔵する所の蒙古兜を観る ほか)　第4章 江戸大坂在住時代(井岡玄策の夜帰るを送る　冬夜眠れず、起ちて庭上を歩く ほか)

【注釈書】

◇江戸詩人選集　第9巻　広瀬淡窓・広瀬旭荘　日野竜夫，徳田武，揖斐高編纂　岡村繁注　岩波書店　1991.12　344p　20cm

広瀬淡窓(1782～1856)

【現代語訳】

◇広瀬淡窓日記　1　井上源吾訳注　葦書房　1998.12　352p　21cm　2800円

内容:淡窓日記 巻1-巻19

◇淡窓詩話―現代語訳　向野康江訳註　福岡　葦書房　2001.3　159p　21cm〈肖

日本古典文学案内－現代語訳・注釈書　243

近世文学(漢詩・漢文学)

像あり〉　2000円
◇広瀬淡窓　林田慎之助著　研文出版　2005.1　210p　19cm(日本漢詩人選集15)〈シリーズ〉　3300円

> 内容　ふるさとの歌　懐旧の歌　遊学の歌　諸生を励ます歌　詩魂を磨く歌　旅の歌　晩節の歌

◇広瀬淡窓日記　2　井上源吾訳注　福岡　弦書房(製作)　2005.9　243p　21cm　2200円

> 内容　遠思楼日記　欽斎日暦

◇広瀬淡窓日記　3　井上源吾訳注　福岡　弦書房(製作)　2005.9　405p　21cm　3000円

> 内容　醒斎日暦

◇広瀬淡窓日記　4　井上源吾訳注　福岡　弦書房(製作)　2005.9　275p　21cm　2400円

> 内容　進修録

【注釈書】

◇日本古典文学大系　第94　近世文学論集　中村幸彦校注　岩波書店　1966　505p　図版　22cm

> 内容　国歌八論(荷田在満)　歌意考(賀茂真淵)源氏物語玉の小櫛〔抄〕(本居宣長)　歌学提要(香川景樹著　内山真弓編)徂来先生答問書〔抄〕(荻生徂徠)　詩学逢原(祇園南海)　作詩志〔コウ〕(山本北山)　淡窓詩話(広瀬淡窓)

◇広瀬淡窓の詩―遠思楼詩鈔評釈　4　井上源吾著　福岡　葦書房　1996.12　385p　22cm　〈広瀬淡窓の肖像あり〉　4120円

藤井竹外(1807～1866)

【現代語訳】

◇琅玕―藤井竹外漢詩飜訳短歌集　関俊一著　摂津　創森出版　1993.7　417p　22cm　4500円

【注釈書】

◇竹外二十八字詩評釈　北村学著　大阪　全国書房　1967　306p　図版　22cm　1000円

藤田東湖(1806～1855)

【注釈書】

◇江戸詩人選集　第9巻　広瀬淡窓・広瀬旭荘　日野竜夫,徳田武,揖斐高編纂　岡村繁注　岩波書店　1991.12　344p　20cm
◇江戸漢詩選　第4巻　志士―藤田東湖・佐久間象山・吉田松陰・橋本左内・西郷隆盛　坂田新注　岩波書店　1995.11　357p　20cm　3800円

藤田幽谷(1774～1826)

【現代語訳】

◇幽谷余韻入門　第1巻　佐橋法竜監修　長野　長国寺　2000.5　380p　22cm　〈訳注：林幸好ほか〉　6000円
◇訳註幽谷余韻　第1巻　佐橋法竜著　長野　長国寺　2003.4　332p　22cm　〈文献あり〉
◇訳註幽谷余韻　第2巻　佐橋法竜著　長野　長国寺　2004.3　305p　22cm　〈文献あり〉　非売品

藤原惺窩(1561～1619)

【注釈書】

◇日本思想大系　28　藤原惺窩・林羅山　岩波書店　1975　520p　図　22cm

> 内容　藤原惺窩　寸鉄録・大学要略・惺窩先生文集(抄)(金谷治校注)　林羅山　春鑑抄・三徳抄・羅山先生文集(抄)(石田一良校注)　仮名性理・心学五倫書〈参考〉・本佐録(石毛忠校注)　彝倫抄(松永尺五)・童蒙先習(小瀬甫庵)(玉懸博之校注)　解説：前期幕藩体制のイデオロギーと朱子学派の思想(石田一良)　藤原惺窩の儒学思想(金谷治)　林羅山の思想(石田一良)『心学五倫書』の成立事情とその思想的特質(石毛忠)　松永尺五の思想と小瀬甫庵の思想(玉懸博之)

細井平洲(1728～1801)

【現代語訳】

◇細井平洲「将の人間学」―『嚶鳴館遺草』に学ぶ「長」の心得　渡辺五郎三郎訳編　致知出版社　2007.9　292p　20cm　2000円

【注釈書】

◇細井平洲『嚶鳴館詩集』注釈　小野重伃著　名古屋　小野重伃　1990.11　377p　22cm　〈製作：朝日新聞名古屋本社編集制作センター　著者の肖像あり〉

◇細井平洲『小語』注釈　小野重伃著　東海　東海市教育委員会　1995.9　339p　22cm　〈著者の肖像あり〉

◇嚶鳴館遺稿―注釈　米沢編　小野重伃著　東海　東海市教育委員会　1996.9　46,409,14p　22cm

◇嚶鳴館遺稿―注釈　米沢編2　小野重伃著　東海　東海市教育委員会　1998.3　33,370,11p　22cm

◇嚶鳴館遺稿―注釈　初編　小野重伃著　東海　東海市教育委員会　1998.11　281,10p　22cm

◇嚶鳴館遺稿―注釈　尾張編　小野重伃著　東海　東海市教育委員会　2000.10　45,428,15p　22cm

◇嚶鳴館遺稿―注釈　尾張編2　小野重伃著　東海　東海市教育委員会　2002.3　38,388,10p　22cm

◇嚶鳴館遺稿―注釈　諸藩編　小野重伃著　東海　愛知県東海市教育委員会　2005.3　45,366,10p　22cm

◇嚶鳴館遺稿―注釈　文人編　小野重伃著　東海　愛知県東海市教育委員会　2008.3　51,329,7p　22cm

松崎慊堂(1771～1844)

【現代語訳】

◇慊堂日暦　第1　山田琢訳注　平凡社　1970　341p　図版　18cm(東洋文庫　169)　550円

◇慊堂日暦　第2　山田琢訳注　平凡社　1972　314p　図　18cm(東洋文庫　213)

◇慊堂日暦　第3　山田琢訳注　平凡社　1973　344p　18cm(東洋文庫　237)　750円

◇慊堂日暦　第4　山田琢訳注　平凡社　1978.8　322p　18cm(東洋文庫　337)　1100円

◇慊堂日暦　第5　山田琢訳注　平凡社　1980.5　360p　18cm(東洋文庫　377)　1500円

◇慊堂日暦　第6　山田琢訳注　平凡社　1983.4　381p　18cm(東洋文庫　420)　1800円

三島中洲(1831～1919)

【注釈書】

◇三島中洲詩全釈　第1巻　石川忠久編　二松学舎　2007.10　715p　22cm　〈肖像あり〉

室鳩巣(1658～1734)

【注釈書】

◇日本思想大系　34　貝原益軒・室鳩巣　荒木見悟,井上忠校注　岩波書店　1970　545p　図　22cm　1300円

　|内容|　貝原益軒　大疑録,五常訓,書簡　〈付録〉女大学.室鳩巣　書簡,読続大意録　〈参考〉遊佐木斎書簡.解説：朱子学の哲学的性格(荒木見悟)　貝原益軒の思想(荒木見悟)　貝原益軒の生涯とその科学的業績(井上忠)　室鳩巣の思想(荒木見悟)　女大学について(石川松太郎)

安井息軒(1799～1876)

【現代語訳】

◇北潜日抄―口語訳　沼口信一著　川口　沼口信一　1990.11　175p　21cm

【注釈書】

◇安井氏紀行集　黒江一郎編集註解　清武町(宮崎県)　安井息軒先生顕彰会　1959　146p　図版　19cm

◇安井息軒書簡集　黒木盛幸編註　清武町(宮崎県)　安井息軒顕彰会　1987.9　344p　27cm　〈安井息軒年譜と関係年表：p315～328〉

◇注解北潜日抄　長田泰彦　浦和　さきたま出版会　1988.1　331p　22cm　〈付：故長田泰彦略歴〉　5000円

近世文学(漢詩・漢文学)

梁川星巌(1789〜1858)

【現代語訳】

◇註解梁川星巌全集　第3-5巻　梁川星巌全集刊行会編　岐阜　梁川星巌全集刊行会　1957-1958　3冊　22cm

内容　第3巻 香巌集(梁川星巌著 富長蝶如訳解) 自警録(梁孟緯無象著 富長覚夢蝶如訳解) 春雷余響(梁孟緯著 富長覚夢訳解)　第4巻 紅蘭小集(張景婉道華著 富長蝶如訳解) 紅蘭遺稿(張景婉道華著 富長蝶如訳解)　第5巻 梁川星巌書翰集, 星巌宛諸名家の書簡集, 紅蘭女史書翰集, 梁川星巌小伝, 紅蘭女史小伝, 梁川星巌翁年譜

◇梁川星巌　山本和義,福島理子訳注　研文出版　2008.10　208p　19cm(日本漢詩人選集　17)　3300円

内容　序 詩人星巌の誕生とその謎　1 若き日の情熱と焦燥—星巌甲集の世界　2 彷徨う駱駝—星巌乙集の世界　3 円熟の美—星巌丙集の世界　4 鬱勃たる憂憤—星巌丁集の世界　5 「言わず、清世 吾れ用無し、と」—星巌戊集の世界　終わりに 星巌遺稿の世界

【注釈書】

◇星巌集註　5集共22巻　木蘇牧註　小倉正恒校　上海　小倉正恒　1929　8冊　27cm

◇註解梁川星巌全集　第1-2巻　梁川星巌全集刊行会編　岐阜　梁川星巌全集刊行会　1956-1957　2冊　22cm

内容　鴨沂小隠集(梁孟緯公図著 伊藤信,富長覚註解)

◇江戸詩人選集　第8巻　頼山陽・梁川星巌　日野竜夫ほか編纂　入谷仙介注　岩波書店　1990.4　359p　20cm　〈頼山陽および梁川星巌の肖像あり〉　3300円

山鹿素行(1622〜1685)

【現代語訳】

◇原文対訳 中朝事実　蘇武利三郎,湯浅温訳　光玉館　1912　290p　23cm　〈乃木希典訓点〉

◇漢和 中朝事実　四元学堂(内治)訳　帝国報徳会出版部　1919　370p　23cm

◇教化資料 山鹿素行全集　島津巌(学堂)訳著　帝国報徳会本部　1925　678p　肖像　23cm

◇国文 中朝事実　広瀬豊訳註　東京武蔵野書院　1943.3　263p　B6

◇聖教要録　配所残筆　土田健次郎全訳注　講談社　2001.1　207p　15cm(講談社学術文庫)　960円

内容　文献あり

【注釈書】

◇中朝事実講話　高須芳次郎詳註　平凡社　1934　403p 図　23cm

◇聖教要録 配所残筆 武教小学 武教本論　中山久四郎校註　広文堂書店　1936　246p　18cm(日本先哲叢書　1)

◇日本思想大系　32　山鹿素行　田原嗣郎,守本順一郎校注　岩波書店　1970　552p 図版　22cm　1300円

内容　聖教要録, 山鹿語類 巻第21, 山鹿語類 巻第33, 山鹿語類 巻第41, 配所残筆. 解説 山鹿素行における思想の基本的構成(田原嗣郎) 山鹿素行における思想の歴史的性格(守本順一郎) 解題

山崎闇斎(1618〜1682)

【注釈書】

◇日本思想大系　31　山崎闇斎学派　西順蔵ほか校注　岩波書店　1980.3　674p　22cm　3400円

内容　大学垂加先生講義 山崎闇斎講. 本然気質性講説 山崎闇斎講 遊佐木斎筆録. 敬斎箴 山崎闇斎講. 敬斎箴講説 山崎闇斎講, 遊佐木斎講説. 敬説筆記 佐藤直方述. 直方敬斎箴講義. 綱斎先生敬斎箴講義 浅見絅斎著. 敬斎箴筆記 三宅尚斎著. 拘幽操 山崎闇斎編. 拘幽操附録 浅見絅斎編. 拘幽操弁 佐藤直方講 丹下元周録. 湯武論 佐藤直方, 三宅尚斎著. 拘幽操師説 浅見絅斎講 若林強斎筆録. 拘幽操筆記 三宅尚斎著. 仁説問答 山崎闇斎編校. 仁説問答師説. 浅見絅斎講 若林強斎筆録. 絅斎先生仁義礼智筆記 浅見絅斎講. 箚録・中国弁 浅見絅斎著. 中国論集・学談雑録 佐藤直方著. 雑話筆記 若林強斎述 山口春水筆録. 解題 阿部隆一著. 崎門学派諸家の略伝と学風 阿部隆一著. 闇斎学と闇斎学派 丸山真男著

山梨稲川(1771〜1826)

【注釈書】

◇江戸漢詩選　第2巻　儒者—荻生徂徠・新

近世文学(漢詩・漢文学)

井白石・山梨稲川・古賀精里　一海知義, 池沢一郎注　岩波書店　1996.5　329p　20cm　3800円

横井小楠(1809～1869)

【現代語訳】

◇国是三論　花立三郎訳註　講談社　1986.10　326p　15cm(講談社学術文庫)

　内容　国是三論―万延元年.新政に付て春岳に建言―慶応三年十一月.沼山対話――八六四年＝元治元年秋.沼山閑話―慶応元年晩秋

頼山陽(1780～1832)

【現代語訳】

◇日本政記―新訳　大町桂月訳評　至誠堂　1916　618p　16cm(新訳漢文叢書　第5編)

◇日本楽府―新訳　大町桂月訳評　至誠堂　1918　316p　16cm(新訳漢文叢書　第4編)

◇邦文日本政記　梁岳碧冲訳述　三陽書院　1934　582p　図版　23cm

◇日本外史　1-3　頼成一訳　岩波書店　1943　3冊　15cm(岩波文庫)　改訂版　昭51)

◇頼山陽天皇論　安藤英男訳　新人物往来社　1974　234p　図　20cm　〈頼山陽略年譜：p.223-230〉　980円

◇頼山陽詩集―訳注　安藤英男著　白川書店　1977.7　342p　図　21cm　2300円

【注釈書】

◇頼山陽詩集　木崎愛吉(好尚)編注　淳風書院　1930.9　457p　23cm

◇日本外史新講　小田茂熙著　三省堂　1933.12　166p　四六判(新撰漢文叢書)

◇山陽遺稿詩註釈　伊藤籥谿(吉三)著　発売東京堂　1939　550p　20cm

◇日本政記論文新釈　岡村利平著　明治書院　1942　536p　19cm　4.3円

◇日本思想大系　49　頼山陽　植手通有校注　岩波書店　1977.10　668p　22cm　3200円

　内容　日本政記,国朝政紀稿本の後に書す(跋)

◇頼山陽書画題跋評釈　竹谷長二郎著　明治書院　1983.5　366p　22cm　7500円

◇江戸詩人選集　第8巻　頼山陽・梁川星巌　日野竜夫ほか編纂　入谷仙介注　岩波書店　1990.4　359p　20cm　〈頼山陽および梁川星巌の肖像あり〉　3300円

◇新日本古典文学大系　66　菅茶山詩集　頼山陽詩集　水田紀久,頼惟勤,直井文子校注　岩波書店　1996.7　404p　22cm　3600円

良寛(1758～1831)

【現代語訳】

◇訓訳良寛詩集　相馬御風訳編　春陽堂　1929　337p　19cm　2円

◇良寛詩集―訳註　大島花束,原田勘平共訳註　岩波書店　1933　308p　15cm(岩波文庫)

◇訳註　良寛詩集　大島花束,原田勘平訳註　岩波書店　1933.8　318p　菊半截(岩波文庫　921-922)

◇良寛詩情　井片進訳　札幌　太平社　1946　150p　16cm　〈良寛の漢詩を和訳せるもの〉

◇良寛詩集―全釈　東郷豊治訳　大阪　創元社　1962　437p　19cm

◇良寛詩集訳　飯田利行訳著　大法輪閣　1969　379p　図版　22cm　1200円

◇良寛髑髏詩集訳　飯田利行著　大法輪閣　1976　337,26p　図　肖像　22cm　2700円

◇訳注　良寛詩集　大島花束,原田勘平訳注　岩波書店　1989.10　333p　15cm(岩波文庫　30‐222‐1)　〈良寛略伝：p5～7〉　553円

◇定本　良寛詩集訳　飯田利行著　名著出版　1989.12　711p　23cm　17476円

◇良寛詩集―近代詩訳　法眼慈応著　春秋社　1992.7　10,237p　22cm　4120円

◇良寛詩集―訳註　大島花束,原田勘平訳註　岩波書店　1993.4　333p　19cm(ワイド版岩波文庫)　1100円

◇良寛　飯田利行編訳　国書刊行会　2001.9　241p　23cm(現代語訳洞門禅文学集)　6500円

近世文学(和歌)

|内容| 法華讃(良寛著)

◇良寛　井上慶隆著　研文出版　2002.5　225p　19cm(日本漢詩人選集　11)　〈シリーズ〉　3300円

|内容| 第1部 良寛詩の背景(出雲崎と橘屋と良寛　修学と修行　良寛詩と越後　庵居の良寛とその時代　死とその後)　第2部 良寛詩抄(風土　生活　人物　思想)

◇良寛道人遺稿　柳田聖山訳　中央公論新社　2002.10　200p　18cm(中公クラシックス)　〈年譜あり〉　1200円

◇良寛詩集　入矢義高訳注　平凡社　2006.12　422p　18cm(東洋文庫　757)　〈年譜あり〉　3000円

|内容| 良寛の詩に因んで

◇良寛漢詩選―清貧の道しるべ　真屋晶訳　名古屋　ブイツーソリューション　2008.4　71p　18cm　〈星雲社(発売)〉　600円

【注釈書】

◇良寛詩註解　須佐晋長著　古今書院　1961　597p　図版　19cm

◇良寛詩集―全釈　東郷豊治編著　大阪　創元社　1988.2　437p　19cm　〈第18刷(第1刷: 昭和37年)〉　2800円

◇良寛『法華讃』評釈―『法華経』の深旨を開く　竹村牧男著　春秋社　1997.7　407p　22cm　〈索引あり〉　4500円

◇良寛詩註解　須佐晋長著　国書刊行会　1997.8　597p　22cm　〈古今書院昭和36年刊の複製〉　7800円

◇校注良寛全詩集　谷川敏朗著　春秋社　1998.5　526p　20cm　6200円

◇大愚良寛―校註　相馬御風著　渡辺秀英校註　新版　新潟　考古堂書店　2001.9　398p　27cm　〈年譜あり〉　4800円

◇法華転・法華讃全評釈―良寛さんの法の華　蔭木英雄著　新潟　考古堂書店出版部(製作)　2002.7　232p　26cm　3000円

|内容| 法華転(開口　序　方便　譬喩 ほか)　法華讃(開口　序品　方便品　譬喩品 ほか)

◇良寛詩全評釈　蔭木英雄著　春秋社　2002.7　590p　22cm　9500円

◇沙門良寛師歌集　良寛尊者詩集　牧江春夫企画・釈文　新潟　考古堂書店

2002.8　2冊(別冊とも)　26cm　〈復刻と別冊の分冊刊行〉　6800円

◇校注良寛全詩集　谷川敏朗著　新装版　春秋社　2007.6　526p　20cm　〈年譜あり〉　5500円

和歌

【現代語訳】

◇『歌仙百色紅葉集』―モミジとカエデ　復刻・翻刻・現代語訳　中嶋久夫編著　大磯町(神奈川県)　中嶋久夫　2002.1　229p　26cm　非売品

◇新編日本古典文学全集　73　近世和歌集　久保田啓一校注・訳　小学館　2002.7　414p　23cm　4076円

|内容| 木下長嘯子　ほか

【注釈書】

◇江戸時代名歌選釈　窪田空穂著　理想社出版部　1929.11　293p　20cm

◇琴後集　泊洎舎集　解釈　児玉尊臣著　有精堂　1931.9　96p　四六判(国漢文叢書)

◇近世和歌評釈　児山信一著　日本文学社　1933.5　1冊　菊判

◇江戸文学講座　近世和歌評釈　児山信一著　日本文学社　1933.5　128p　22cm

◇近世名歌選釈　森敬三著　培風館　1933.9　227p　20cm

◇近世和歌史　能勢朝次著　日本文学社　1935　360p　23cm(国文学大講座)　2.5円

|内容| "近世和歌評釈" 児山信一著を附刻

◇江戸時代名歌評釈　窪田空穂著　非凡閣　1935.4　254p　20cm(和歌評釈選集)

◇江戸時代和歌評釈　鈴木実著　京都　立命館出版部　1936　463p　図版　20cm　2.2円

◇江戸時代和歌評釈　鈴木実著　立命館出版部　1936.6　450p　20cm

◇近世名歌三千首新釈　新田寛編著　厚生閣　1936.12　569p　23cm(青垣叢書　第15篇)

◇校註　国歌大系　15　近代諸家集　一　中山泰昌編　2版　誠文堂新光社　1937.10

近世文学(和歌)

◇校註 国歌大系 16 近代諸家集 二 中山泰昌編 2版 誠文堂新光社 1937.12 〈普及版〉

◇校註 国歌大系 17 近代諸家集 三 吉地昌一編 2版 誠文堂新光社 1938.4

◇校註 国歌大系 18 近代諸家集 四 中山泰昌編 2版 誠文堂新光社 1938.9

◇校註 国歌大系 19 近代諸家集 五 中山泰昌編 2版 誠文堂新光社 1938.9

◇幕末勤皇名歌評釈 森敬三著 前野書店 1942

◇新講琴後集 徳本正俊注 学生の友社 1942.8 200p 19cm(学生文化新書 116)

◇歓涕和歌集 宮地維宣編 広田栄太郎校註 岩波書店 1943.11 153p 15cm(岩波文庫)

◇高山朽葉集 福井久蔵校註 日本書院 1945 388p 19cm 〈付:日豊肥旅中日記〉

◇近世名歌選―評註 佐佐木信綱著 有朋堂 1948 188p 表 19cm

◇校註国歌大系 第15巻 近代諸家集 1 国民図書株式会社編 講談社 1976.10 76,951p 図 19cm 〈国民図書株式会社昭和3〜6年刊の複製 限定版〉

内容 常山詠草(水戸光圀) 晩花集(下河辺長流) 漫吟集(円珠庵契沖) 戸田茂睡歌集,春葉集(荷田春満) あづま歌(加藤枝直) 賀茂翁歌集(賀茂真淵) 天降言(田安宗武) しづの歌集(河津美樹) 杉のしづ枝(荷田蒼生子) 楫取魚彦歌集,佐保川(鵜殿よの子) 散のこり(弓ує倭文子) 筑波子家集(土岐茂子) 松山集(塙保己一)

◇校註国歌大系 第16巻 近代諸家集 2 国民図書株式会社編 講談社 1976.10 43,1010p 図 19cm 〈国民図書株式会社昭和3〜6年刊の複製 限定版〉

内容 自撰歌(本居宣長) うけらが花(加藤千蔭) 岡屋歌集(栗田土満) 琴後集(村田春海) 稲葉集(本居大平) 後鈴屋集(本居春庭)

◇校註国歌大系 第17巻 近代諸家集 3 国民図書株式会社編 講談社 1976.10 40,942p 図 19cm 〈国民図書株式会社昭和3〜6年刊の複製 限定版〉

内容 六帖詠草(小沢蘆庵) 藤簍冊子(上田秋成) 閑田詠草(伴蒿蹊) 獅子和歌集(釈涌蓮) 雲錦翁家集(賀茂季鷹) 柳園詠草(石川依平) 良寛歌集(良寛和尚)

◇校註国歌大系 第18巻 近代諸家集 4 国民図書株式会社編 講談社 1976.10 43,938p 図 19cm 〈国民図書株式会社昭和3〜6年刊の複製 限定版〉

内容 桂園一枝(香川景樹) 浦の汐貝(熊谷直好) 亮々遺稿(木下幸文) 泊洎舎集(清水浜臣) 橘守部歌集,柳園歌集(海野遊翁)

◇校註国歌大系 第19巻 近代諸家集 5 国民図書株式会社編 講談社 1976.10 60,1017p 図 19cm 〈国民図書株式会社昭和3〜6年刊の複製 限定版〉

内容 山斎歌集(鹿持雅澄) 柿園詠草(加納諸平) 橿園歌集(中島広足) 空谷伝声(釈幽真) 千々廼屋集(千種有功) 草径集(大隈言道) 平賀元義集,野雁集(安藤野雁) 和田厳足家集

◇類題法文和歌集注解 27巻 畑中多忠著 世界聖典刊行協会 1983.1 4冊 22cm 〈解説:間中富士子 駒沢大学所蔵本の複製〉 全42000円

◇類題法文和歌集注解 1 塚田晃信編 古典文庫 1985.11 359p 17cm(古典文庫第470冊) 非売品

◇類題法文和歌集注解 2 塚田晃信編 古典文庫 1986.2 318p 17cm(古典文庫第473冊) 非売品

◇校注土佐一覧記 山本武雄著 室戸 室戸市教育委員会 1986.3 432p 22cm 〈折り込図1枚〉

◇類題法文和歌集注解 3 塚田晃信編 古典文庫 1986.9 381p 17cm(古典文庫第479冊) 非売品

◇類題法文和歌集注解 4 塚田晃信編 古典文庫 1986.11 365p 17cm(古典文庫第481冊) 非売品

◇年佐免岬・な尓和日記 飯田俊郎校注 町田 小島資料館 1990.3 297p 22cm(博愛堂叢書 1) 『年佐免岬』関連年表:p287〜290〉 4000円

◇廉女詠草釈考 松田二郎著 鶴岡 「廉女詠草」刊行会 1992.4 256p 22cm 〈参考文献:p255〜256〉 4800円

◇鑑賞江戸時代秀歌 松坂弘著 六法出版社 1992.7 196p 20cm(ほるす歌書) 2200円

◇類題法文和歌集注解 5 塚田晃信編 古典文庫 1993.5 297p 17cm(古典文庫第558冊) 非売品

◇新日本古典文学大系 68 近世歌文集 下 鈴木淳,中村博保校注 岩波書店 1997.8 601,39p 22cm 〈索引あり〉

近世文学(和歌)

[内容] あがた居の歌集　布留の中道　庚子道の記　旅のなぐさ　岡部日記　菅笠日記　ゆきかひ　藤簍冊子　解説：江戸時代後期の歌と文章(鈴木淳著)　「藤簍冊子」の世界(中村博保著)

◇菊池高洲全歌集(翻刻及び語注)　井川昌文編　〔寒川町(香川県)〕　井川昌文　1999　113p　21cm　〈香川県高等学校国語教育研究会「国語」50号(平成9年)-52号(平成11年)抜刷合冊〉

◇山家花一歌集　高橋伝一郎翻字・注解・編　十文字町(秋田県)　イズミヤ出版　1999.3　333p　26cm　〈複製および翻刻〉　2000円

◇後水尾院御集　久保田淳監修　鈴木健一著　明治書院　2003.10　302p　21cm(和歌文学大系　68)　7000円

[内容] 本文　解説

◇歌論歌学集成　第14巻　日下幸男,上野洋三,神作研一校注　三弥井書店　2005.12　260p　22cm　7200円

[内容] 等義開書

大隈言道(1798〜1868)

【注釈書】

◇新釈和歌叢書　第1編　大隈言道歌集　半田良平著　紅玉堂書店　1924.3　122p　19cm

◇新釈　日本文学叢書　第9巻　植松安校注　日本文学叢書刊行会　1929.5　859,60p　23cm

[内容] 近代名家歌集―賀茂翁家集(賀茂真淵)　六帖詠草(小沢蘆庵)　桂園一枝(香川景樹)　良寛歌集(良寛)　草径集(大隈言道)　志濃夫廼舎歌集(橘曙覧)

◇校註　国歌大系　19　近代諸家集　五　中山泰昌編　2版　誠文堂新光社　1938.9

◇日本古典文学大系　第93　近世和歌集　高木市之助, 久松潜一校注　岩波書店　1966　545p 図版　22cm

[内容] 賀茂真淵,田安宗武,良寛,小沢蘆庵,香川景樹,橘曙覧,大隈言道

◇校註国歌大系　第19巻　近代諸家集　5　国民図書株式会社編　講談社　1976.10　60,1017p 図　19cm　〈国民図書株式会社昭和3〜6年刊の複製　限定版〉

[内容] 山斎歌集(鹿持雅澄)　柿園詠草(加納諸平)　檀園歌集(中島広足)　空谷伝声(釈幽真)　千々廼屋集(千種有功)　草径集(大隈言道)　平賀元義集,野雁集(安藤野雁)　和田巌足家集

◇布留散東・はちすの露・草径集・志濃夫廼舎歌集　久保田淳監修　鈴木健一,進藤康子　久保田啓一共著　明治書院　2007.4　506p　21cm(和歌文学大系　74)　13000円

小沢蘆庵(1723〜1801)

【注釈書】

◇新釈　日本文学叢書　第9巻　植松安校注　日本文学叢書刊行会　1929.5　859,60p　23cm

[内容] 近代名家歌集―賀茂翁家集(賀茂真淵)　六帖詠草(小沢蘆庵)　桂園一枝(香川景樹)　良寛歌集(良寛)　草径集(大隈言道)　志濃夫廼舎歌集(橘曙覧)

◇校註　国歌大系　17　近代諸家集　三　吉地昌一編　2版　誠文堂新光社　1938.4

◇日本古典文学大系　第93　近世和歌集　高木市之助, 久松潜一校注　岩波書店　1966　545p 図版　22cm

[内容] 賀茂真淵,田安宗武,良寛,小沢蘆庵,香川景樹,橘曙覧,大隈言道

◇校註国歌大系　第17巻　近代諸家集　3　国民図書株式会社編　講談社　1976.10　40,942p 図　19cm　〈国民図書株式会社昭和3〜6年刊の複製　限定版〉

[内容] 六帖詠草(小沢蘆庵)　藤簍冊子(上田秋成)　閑田詠草(伴蒿蹊)　獅子巌和歌集(釈涌蓮)　雲錦翁家集(賀茂季鷹)　柳園詠草(石川依平)　良寛集(良寛和尚)

香川景樹(1768〜1843)

【注釈書】

◇新釈和歌叢書　第4編　香川景樹歌集　半田良平著　紅玉堂書店　1924.11　124p　19cm

◇新釈　日本文学叢書　第9巻　植松安校注　日本文学叢書刊行会　1929.5　859,60p　23cm

[内容] 近代名家歌集―賀茂翁家集(賀茂真淵)　六帖詠草(小沢蘆庵)　桂園一枝(香川景樹)　良寛

歌集(良寛)草径集(大隈言道)志濃夫廼舎歌集(橘曙覧)

◇校註 国歌大系 18 近代諸家集 四 中山泰昌編 2版 誠文堂新光社 1938.9

◇日本古典文学大系 第93 近世和歌集 高木市之助, 久松潜一校注 岩波書店 1966 545p 図版 22cm

[内容]賀茂真淵, 田安宗武, 良寛, 小沢蘆庵, 香川景樹, 橘曙覧, 大隈言道

◇日本古典文学大系 第94 近世文学論集 中村幸彦校注 岩波書店 1966 505p 図版 22cm

[内容]国歌八論(荷田在満)歌意考(賀茂真淵)源氏物語玉の小櫛〔抄〕(本居宣長)歌学提要(香川景樹著 内山真弓編)徂来先生答問書〔抄〕(荻生徂徠)詩学逢原(祇園南海)作詩志〔コウ〕(山本北山)淡窓詩話(広瀬淡窓)

◇校註国歌大系 第18巻 近代諸家集 4 国民図書株式会社編 講談社 1976.10 43,938p 図 19cm 〈国民図書株式会社昭和3～6年刊の複製 限定版〉

[内容]桂園一枝(香川景樹)浦の汐貝(熊合直好)亮々遺稿(木下幸文)泊泊舎集(清水浜臣)橘守部歌集, 柳園家集(海野遊翁)

加藤千蔭(1735～1808)

【注釈書】

◇校註 国歌大系 16 近代諸家集 二 中山泰昌編 2版 誠文堂新光社 1937.12 〈普及版〉

賀茂真淵(1697～1769)

【注釈書】

◇註解 賀茂翁家集 植松寿樹編 紅玉堂 1927.1 98p 四六判(近世万葉調短歌集成 1)

◇註解 真淵・宗武歌集 植松寿樹編 紅玉堂 1928.4 142p 四六判(近世万葉調短歌集成)

◇新釈 日本文学叢書 第9巻 植松安校注 日本文学叢書刊行会 1929.5 859,60p 23cm

[内容]近代名家歌集―賀茂翁家集(賀茂真淵)六帖詠草(小沢蘆庵)桂園一枝(香川景樹)良寛歌集(良寛)草径集(大隈言道)志濃夫廼舎歌集(橘曙覧)

◇校註 国歌大系 15 近代諸家集 一 中山泰昌編 2版 誠文堂新光社 1937.10

◇日本古典文学大系 第93 近世和歌集 高木市之助, 久松潜一校注 岩波書店 1966 545p 図版 22cm

[内容]賀茂真淵, 田安宗武, 良寛, 小沢蘆庵, 香川景樹, 橘曙覧, 大隈言道

◇日本古典文学大系 第94 近世文学論集 中村幸彦校注 岩波書店 1966 505p 図版 22cm

[内容]国歌八論(荷田在満)歌意考(賀茂真淵)源氏物語玉の小櫛〔抄〕(本居宣長)歌学提要(香川景樹著 内山真弓編)徂来先生答問書〔抄〕(荻生徂徠)詩学逢原(祇園南海)作詩志〔コウ〕(山本北山)淡窓詩話(広瀬淡窓)

◇校註国歌大系 第15巻 近代諸家集 1 国民図書株式会社編 講談社 1976.10 76,951p 図 19cm 〈国民図書株式会社昭和3～6年刊の複製 限定版〉

[内容]常山詠草(水戸光圀)晩花集(下河辺長流)漫吟集(円珠庵契沖)戸田茂睡歌集, 春葉集(荷田春満)あづま歌(加藤枝直)賀茂翁歌集(賀茂真淵)天降言(田安宗武)しづのや歌集(河津美樹)杉のしづ枝(荷田蒼生子)槙取魚彦歌集, 佐保川(鵜殿よの子)散のこり(弓屋倭文子)筑波子家集(土岐茂子)松山集(塙保己一)

烏丸光広(1579～1638)

【注釈書】

◇校註和歌叢書 第6冊 近代名家歌選 佐佐木信綱, 芳賀矢一校註 博文館 1912-1919? 1冊 23cm

◇黄葉和歌集―烏丸光広卿和歌集 翻刻解題 烏丸光広詠 大貫和子校注 横浜 大貫和子 1989.10 160p 27cm 非売品

橘曙覧(1812～1868)

【現代語訳】

◇独楽吟―全訳註 足立尚計訳註 福井市市民生活部生活文化課編 福井 福井市 1995.9 58p 26cm 〈橘曙覧年譜:p55〉

◇楽しみは―橘曙覧・独楽吟の世界 新井満自由訳・編・著 講談社 2008.11 123p 19cm 1143円

近世文学(和歌)

【注釈書】

◇橘曙覧伝并短歌集　山田秋甫著　福井中村書店　1926　504p　図版5枚　23cm

　内容　橘曙覧伝, 冠註志濃夫廼舎歌集, 橘曙覧全集拾遺

◇新釈和歌叢書　第7編　橘曙覧歌集　植松寿樹著　紅玉堂書店　1926.1　124p　19cm

◇校註 橘曙覧歌集　藤井乙男編　文献書院　1927.10　371p　四六判(歌謡俳書選集5)

◇新釈 日本文学叢書　第9巻　植松安校注　日本文学叢書刊行会　1929.5　859,60p　23cm

　内容　近代名家歌集―賀茂翁家集(賀茂真淵) 六帖詠草(小沢蘆庵) 桂園一枝(香川景樹) 良寛歌集(良寛) 草徑集(大隈言道)志濃夫廼舎歌集(橘曙覧)

◇橘曙覧歌集　植松寿樹著　紅玉堂　1929.7　124p　四六判(新釈和歌叢書　7)

◇新編校註 橘曙覧歌集　白崎秀雄編　古今書院　1942.7　413p　B6

◇宗武・曙覧歌集　土岐善麿著　校註　朝日新聞社　1950　282p　図版　19cm(日本古典全書)

　内容　田安宗武歌集(田安宗武), 橘曙覧歌集(橘曙覧)

◇日本古典文学大系　第93　近世和歌集　高木市之助, 久松潜一校注　岩波書店　1966　545p　図版　22cm

　内容　賀茂真淵, 田安宗武, 良寛, 小沢蘆庵, 香川景樹, 橘曙覧, 大隈言道

◇志濃夫廼舎歌集　久米田裕校注　福井柊発行所　1979.4　211p　22cm　〈橘曙覧年譜：p207～211〉

◇橘曙覧歌集評釈　辻森秀英著　明治書院　1984.2　265p　19cm(国文学研究叢書)　2800円

◇完本橘曙覧歌集評釈　辻森秀英著　明治書院　1995.6　279p　19cm　3200円

◇橘曙覧全歌集　水島直文, 橋本政宣編注　岩波書店　1999.7　450p　15cm(岩波文庫)　900円

◇布留散東・はちすの露・草徑集・志濃夫廼舎歌集　久保田淳監修　鈴木健一, 進藤康子　久保田啓一共著　明治書院　2007.4　506p　21cm(和歌文学大系　74)　13000円

田安宗武(1715〜1771)

【注釈書】

◇註解 真淵・宗武歌集　植松寿樹編　紅玉堂　1928.4　142p　四六判(近世万葉調短歌集成)

◇宗武・曙覧歌集　土岐善麿著　校註　朝日新聞社　1950　282p　図版　19cm(日本古典全書)

　内容　田安宗武歌集(田安宗武), 橘曙覧歌集(橘曙覧)

◇日本古典文学大系　第93　近世和歌集　高木市之助, 久松潜一校注　岩波書店　1966　545p　図版　22cm

　内容　賀茂真淵, 田安宗武, 良寛, 小沢蘆庵, 香川景樹, 橘曙覧, 大隈言道

平賀元義(1800〜1865)

【注釈書】

◇註解平賀元義歌集　羽生永明注　再版　古今書院　1925.9　618p　20cm

◇註解 愚庵・元義歌集　植松寿樹編　紅玉堂　1928.5　123p　四六判(近世万葉調短歌集成)

◇評釈 平賀元義歌集　尾山篤二郎著　素人社　1929.12　290p　四六判

◇平賀元義名歌評釈　森敬三著　文正社　1933.11　175p　四六判

◇平賀元義歌集　斎藤茂吉, 杉鮫太郎編註　岩波書店　1938　247p　16cm　0.4円

◇校註 国歌大系　19　近代諸家集 五　中山泰昌編　2版　誠文堂新光社　1938.9

◇平賀元義歌集　藤本実編註　角川書店　1959　257p　図版　15cm(角川文庫)　〈付：研究文献目録192-198p〉

◇校註国歌大系　第19巻　近代諸家集　5　国民図書株式会社編　講談社　1976.10　60,1017p　図　19cm　〈国民図書株式会社昭和3〜6年刊の複製 限定版〉

　内容　山斎歌集(鹿持雅澄) 柿園詠草(加納諸平) 橿園歌集(中島広足) 空谷伝声(釈幽真) 千々廼

近世文学(和歌)

屋集(千種有功) 草径集(大隈言道) 平賀元義集, 野雁集(安藤野雁) 和田厳足家集

◇平賀元義歌集　斎藤茂吉, 杉鮫太郎編註　岩波書店　1996.10　272p　15cm(岩波文庫)　〈平賀元義研究文献目次大要：p245〜247〉　620円

良寛(1758～1831)

【現代語訳】

◇訳話 良寛和尚歌集　相馬御風編　紅玉社　1925

◇蓮の露―良寛形見の歌 意訳　倉賀野恵徳　山喜房仏書林　1989.12　182p　18cm　〈良寛・貞心尼年譜・主要参考文献：p180〜181〉　1350円

◇良寛さんの愛語―自由訳　新井満著　新潟　考古堂書店　2008.6　70p　19cm　1400円

【注釈書】

◇新釈良寛和尚歌集　相馬御風著　紅玉堂書店　1925　113p　19cm(新釈和歌叢書5)

◇良寛和尚歌集　相馬御風著　紅玉堂　1925　118p　四六判(新釈和歌叢書 5)

◇新釈和歌叢書　第5編　良寛和尚歌集　相馬御風著　紅玉堂書店　1925.1　118p　19cm

◇新釈 日本文学叢書　第9巻　植松安校注　日本文学叢書刊行会　1929.5　859,60p　23cm

内容 近代名家歌集―賀茂翁家集(賀茂真淵) 六帖詠草(小沢蘆庵) 桂園一枝(香川景樹) 良寛歌集(良寛) 草径集(大隈言道) 志濃夫廼舎歌集(橘曙覧)

◇校注良寛歌集　大島花束校注　岩波書店　1933　413p　20cm

◇校註 国歌大系　17　近代諸家集 三　吉地昌一編　2版　誠文堂新光社　1938.4

◇良寛歌集―年代別　井本農一, 関克己校註　角川書店　1959　324p　15cm(角川文庫)

◇古典日本文学全集　第21　実朝集, 西行集, 良寛集　筑摩書房　1966　434p　図版　23cm　〈普及版〉

内容 実朝集(斎藤茂吉評釈) 西行集(川田順評釈) 良寛集(吉野秀雄評釈) 解説(窪田章一郎) 源実朝(斎藤茂吉) 実朝(小林秀雄) 西行伝(川田順) 西行(小林秀雄) 大愚良寛小伝(吉野秀雄) 良寛における近代性(手塚富雄) 近世短歌の究極処(小田切秀雄) 参考文献：326-327p

◇日本古典文学大系　第93　近世和歌集　高木市之助, 久松潜一校注　岩波書店　1966　545p 図版　22cm

内容 賀茂真淵, 田安宗武, 良寛, 小沢蘆庵, 香川景樹, 橘曙覧, 大隈言道

◇良寛歌集　吉野秀雄校註　朝日新聞社　1971　269p　19cm(日本古典全書)　〈第8版(初版：昭和27年刊) 監修：高木市之助等〉　440円

◇校註国歌大系　第17巻　近代諸家集　3　国民図書株式会社編　講談社　1976.10　40,942p 図　19cm　〈国民図書株式会社昭和3～6年刊の複製 限定版〉

内容 六帖詠草(小沢蘆庵) 藤簍冊子(上田秋成) 閑田詠草(伴蒿蹊) 獅子厳和歌集(釈涌蓮) 雲錦翁家集(賀茂季鷹) 柳園詠草(石川依平) 良寛歌集(良寛和尚)

◇良寛井月八一―俳句と人生　大星光史著　村山陽画　新潟　新潟日報事業社出版部　1988.4　153p　19cm　1200円

◇木端集―良寛歌集 復刻 解読・註/解説/上杉篤興伝　上杉篤興編　渡辺秀英解説　象山社　1989.11　180p　27cm　6000円

◇良寛の歌と貞心尼―『はちすの露』新釈　伊藤宏見著　新人物往来社　1990.6　240p　20cm　2200円

◇手まりのえにし―良寛と貞心尼 『はちすの露』新釈　伊藤宏見著　文化書房博文社　1993.4　301p　19cm　2800円

◇校注良寛全歌集　谷川敏朗著　春秋社　1996.2　460,18p　20cm　〈良寛略年譜：p456～460〉　5974円

◇沙門良寛師歌集　良寛尊者詩集　牧江春夫企画・釈文　新潟　考古堂書店　2002.8　2冊(別冊とも)　26cm　〈復刻と別冊の分冊刊行〉　6800円

◇布留散東・はちすの露・草径集・志濃夫廼舎歌集　久保田淳監修　鈴木健一, 進藤康子, 久保田啓一共著　明治書院　2007.4　506p　21cm(和歌文学大系　74)　13000円

◇校注良寛全歌集　谷川敏朗著　新装版　春秋社　2007.5　460,18p　20cm　〈年譜あり〉　5000円

狂歌・狂文

【現代語訳】

◇新編日本古典文学全集　79　黄表紙・川柳・狂歌　棚橋正博, 鈴木勝忠, 宇田敏彦注解　小学館　1999.8　622p　23cm　〈年表あり〉　4657円

　内容　黄表紙：金々先生栄花夢(恋川春町画・作)　桃太郎後日噺(朋誠堂喜三二作, 恋川春町画)　哢多雁取帳(奈蒔野馬乎人作, 忍岡哥麿画)　従夫以来記(竹杖為軽作, 喜多川歌麿画)　江戸生艶気樺焼(山東京伝作, 北尾政演画)　江戸春一夜千両(山東京伝作, 北尾政演画)　文武二道万石通(朋誠堂喜三二作, 喜多川行麿画)　鸚鵡返文武二道(恋川春町作, 北尾政美画)　心学早染草(山東京伝作, 北尾政美画)　鼻下長物語(芝全交作, 北尾重政画)　川柳　狂歌

【注釈書】

◇古今肥後狂句評釈　第1集　中島一葉著　熊本　日本談義社　1965　278p　図版　19cm　500円

◇古今肥後狂句評釈　第2集　中島一葉著　熊本　日本談義社　1966　277p　図版　20cm　500円

◇古今肥後狂句評釈　第3集　中島一葉著　熊本　日本談義社　1967　297p　図版　20cm　500円

◇古今肥後狂句評釈　第4集　中島一葉著　熊本　日本談義社　1968　321p　図版　20cm　500円

◇古今肥後狂句評釈　第5集　中島一葉著　熊本　日本談義社　1970　343p　肖像　19cm　700円

◇日本古典文学全集　46　黄表紙, 川柳, 狂歌　小学館　1971　608p　図　23cm

　内容　黄表紙(浜田義一郎校注)　金々先生栄花夢(恋川春町画・作)　親敵討腹鞁(朋誠堂喜三次作　恋川春町画)　無益委記(恋川春町画・作)　虚言八百万八伝(四方屋本太郎作　北尾重政画)　景清百人一首(朋誠堂喜三二作　北尾重政画)　江戸生艶気樺焼(山東京伝作　北尾政演画)　大悲千禄本(芝全交作　北尾政演画)　時代世話二挺鼓(山東京伝作　行磨画)　鸚鵡返文武二道(恋川春町作　北尾政美画)　遊妓寔朋角文字(芝全交作　北尾重政画)　川柳(鈴木勝忠校注)　狂歌(水野稔校注)　黄表紙題簽一覧(浜田義一郎)

◇万載狂歌集　上　宇田敏彦校註　社会思想社　1990.1　304p　15cm(現代教養文庫　1330)　640円

◇万載狂歌集　下　宇田敏彦校註　社会思想社　1990.3　341p　15cm(現代教養文庫　1331)　〈参考文献：p340〜341〉　680円

◇新日本古典文学大系　61　七十一番職人歌合　新撰狂歌集　古今夷曲集　佐竹昭広ほか編　岩崎佳枝, 高橋喜一, 塩村耕校注　岩波書店　1993.3　621p　22cm　3900円

◇江戸のパロディーもじり百人一首を読む　武藤禎夫著　東京堂出版　1998.12　229p　21cm　2900円

石川雅望(1753〜1830)

【注釈書】

◇都のてぶり考証　関根正直註解　大倉書店　1910　63,31p　図版　20cm

大田南畝(1749〜1823)

【注釈書】

◇新日本古典文学大系　84　寝惚先生文集・狂歌才蔵集・四方のあか　佐竹昭広ほか編　中野三敏ほか校注　岩波書店　1993.7　570p　22cm　4000円

俳諧

【現代語訳】

◇新編日本古典文学全集　72　近世俳句俳文集　雲英末雄ほか校注・訳　小学館　2001.3　638p　23cm　4657円

【注釈書】

◇校註俳文学大系　1　作法論1　俳文学大系刊行会編　大鳳閣書房　1929-1931？　1冊　20cm

◇校註俳文学大系　2　作法論2　俳文学大系刊行会編　大鳳閣書房　1929-1931？　1冊　20cm

◇校註俳文学大系　3　註釈編1　俳文学大系刊行会編　大鳳閣書房　1929-1931？　1冊　20cm

◇校註俳文学大系　4　註釈編2　俳文学大系刊行会編　大鳳閣書房　1929-1931？　1冊　20cm

近世文学(俳諧)

◇校註俳文学大系　6　俳文編　俳文学大系刊行会編　大鳳閣書房　1929-1931?　1冊　20cm

◇校註俳文学大系　7　紀行編　俳文学大系刊行会編　大鳳閣書房　1929-1931?　1冊　20cm

◇校註俳文学大系　8　随筆編　俳文学大系刊行会編　大鳳閣書房　1929-1931?　1冊　20cm

◇校註俳文学大系　10　俳論編　俳文学大系刊行会編　大鳳閣書房　1929-1931?　1冊　20cm

◇俳句講座　第5巻　鑑賞評釈篇　改造社編　改造社　1932.7　528p　23cm

◇古俳句評釈　内藤吐天著　広川書店　1941.9　313p　B6

◇俳諧評釈　柳田国男著　民友社　1947　311p　22cm　160円

◇俳文学集―頭註　藤村作編　至文堂　1948　339p　表　21cm

◇評釈俳諧史の鑑賞　勝峯晋風著　瑞穂出版　1949　139p　22cm

◇名句評釈　清水平作著　関書院　1949　284p　19cm

◇名句評釈　上　頴原退蔵著　大日本雄弁会講談社　1949　329p　19cm

◇名句評釈　下　頴原退蔵著　大日本雄弁会講談社　1949　265p　図版　19cm

◇俳諧評釈　柳田国男著　創元社　1951　296p　19cm(創元選書　第218)

◇俳句評釈　下巻　頴原退蔵著　角川書店　1953　292p　15cm(角川文庫)

◇近世俳文評釈　松尾靖秋著　文雅堂書店　1954　250p　19cm

◇俳話評釈　柳田国男著　筑摩書房　1962(定本柳田国男集　17)

◇近世俳句評釈　松浦一六著　古川書房　1973　183p　19cm(古川叢書)　650円

◇頴原退蔵著作集　第7巻　俳諧評釈2　頴原退蔵著　中央公論社　1979.6　472p　20cm

　内容　芭蕉俳句新講　上巻(1～29)下巻(30～57)

◇頴原退蔵著作集　第6巻　俳諧評釈1　頴原退蔵著　中央公論社　1979.9　366p　20cm

　内容　名句評釈　上・下巻.古句評釈.俳句の鑑賞.古句の鑑賞

◇頴原退蔵著作集　第8巻　俳諧評釈3　頴原退蔵著　中央公論社　1980.4　519p　20cm

　内容　連句概説.蕉風の連句論.連句の基本的構造.新連句提唱.「あら何ともなや」の巻(江戸三吟)「狂句こがらしの」の巻(冬の日)「初雪の」の巻(冬の日)「つつみかねて」の巻(冬の日)「鳶の羽も」の巻(猿蓑)「灰汁桶の」の巻(猿蓑)「鶯や」の巻(百韻)「梅が香に」の巻(炭俵)「空豆の」の巻(炭俵)「振売の」の巻(炭俵)芭蕉の名句.芭蕉の句解.芭蕉発句評釈.奥の細道俳句評釈.芭蕉俳句年代考.芭蕉の俳句鑑賞

◇近世俳文評釈　松尾勝郎編　桜楓社　1983.8　344p　22cm　2900円

◇近世俳文―注釈　西谷元夫　有朋堂　1986.10　374p　22cm　3200円

◇俳家奇人談・続俳家奇人談　竹内玄玄一著　雲英末雄校注　岩波書店　1987.10　370p　15cm(岩波文庫)　550円

◇季題のこころ―古典俳句をたのしく　矢島渚男著　本阿弥書店　1990.10　259,7p　20cm　2000円

◇古句を観る　柴田宵曲著　岩波書店　1991.1　359p　19cm(ワイド版岩波文庫)　1100円

◇新日本古典文学大系　69　初期俳諧集　佐竹昭広ほか編　森川昭ほか校注　岩波書店　1991.5　613,53p　22cm　4200円

◇新日本古典文学大系　72　江戸座点取俳諧集　佐竹昭広ほか編　鈴木勝忠ほか校注　岩波書店　1993.2　516,39p　22cm　3800円

◇山本健吉俳句読本　第2巻　俳句鑑賞歳時記　山本健吉　角川書店　1993.7　365p　20cm　〈著者の肖像あり〉　2800円

◇氷柱の鉾―四季の古俳句　中野沙恵著　永田書房　1994.2　266p　20cm　2600円

◇新日本古典文学大系　71　元禄俳諧集　佐竹昭広ほか編　大内初夫ほか校注　岩波書店　1994.10　598,50p　22cm　4200円

◇書簡による近世後期俳諧の研究―「俳人の手紙」正続翻刻注解　矢羽勝幸著　武蔵村山　青裳堂書店　1997.5　1071p　22cm(日本書誌学大系　74)　〈索引あり〉　46000円

◇近世四季の秀句　井本農一,尾形仂編　角

日本古典文学案内－現代語訳・注釈書　255

近世文学(俳諧)

◇古今の秀句を観る　椎橋清翠著　北溟社　1999.5　226p　21cm　〈東京 東洋出版（発売）〉　2400円
◇古典俳句鑑賞　乾裕幸著　富士見書房　2002:7　240p　20cm　2500円
◇茶味俳味―茶の湯を詠んだ江戸俳句拾遺　黒田宗光著　京都　淡交社　2003.8　175p　19cm　1600円
◇古句新響―俳句で味わう江戸のこころ　山下一海著　川崎　みやび出版　2008.1　222p　19cm　〈東京堂出版（発売）〉　2300円
◇俳文学こぼれ話　岡本勝著　おうふう（製作）　2008.3　572p　22cm　〈肖像あり〉　非売品

俳人と作品

【現代語訳】

◇日本国民文学全集　第14　古典名句集　山本健吉編　河出書房新社　1957　349p　図版　22cm
　内容　俳句篇 芭蕉名句集(加藤楸邨訳編) 蕪村名句集(中村草田男訳編) 一茶名句集(荻原井泉水訳編) 諸家名句集(大野林火、中島斌雄訳編) 連句篇 芭蕉連句抄(太田水穂、柳田国男訳) 俳文篇 芭蕉紀行文集(佐藤春夫訳) 芭蕉俳文集(水原秋桜子訳) 花屋日記(松尾芭蕉等著、久保田万太郎訳) 風俗文選(〔松尾芭蕉等著〕富安風生訳) 鶉衣(〔横井也有著〕室生犀星訳) 蕪村俳文集(佐藤春夫訳) おらが春(〔小林一茶著〕石田波郷訳) 作家略伝・俳諧年表(井本農一) 解説(山本健吉)

◇日本文学全集―カラー版　第6　西鶴・近松・芭蕉〔他〕　河出書房新社　1968　382p 図版　23cm　〈監修者：武者小路実篤等〉
　内容　井原西鶴 好色一代男(里見弴訳) 好色五人女(吉行淳之介訳) 好色一代女(丹羽文雄訳) 近松門左衛門 曽根崎心中(宇野信夫訳) 堀川波鼓(田中澄江訳) 平家女護島(武智鉄二訳) 心中天の網島(田中澄江訳) 女殺油地獄(宇野信夫訳) 松尾芭蕉 芭蕉句集(山本健吉訳) 奥の細道(山本健吉訳) 蕪村句集(山本健吉訳) 一茶句集(山本健吉訳) 上田秋成 雨月物語(円地文子訳)

◇日本古典文学全集　42　近世俳句俳文集　小学館　1972　635p 図　23cm
　内容　近世俳句集(栗山理一、山下一海、丸山一彦注解) 近世俳文集(松尾靖秋、丸山一彦校注・

訳)

【注釈書】

◇俳諧古選(評釈)　木村架空(正三郎)著　三宅嘯山(芳隆)選　広益図書　1900.1　139p　15cm
◇俳諧叢書　第2冊　俳諧註釈集下巻　3版　博文館　1921.4　756p　23cm
◇俳諧叢書　第1冊　俳諧註釈集上巻　7版　博文館　1924.6　696,50p　23cm
◇評釈 江戸文学叢書　7　大日本雄辯会講談社編　1935-1938？　1冊　23cm
　内容　俳諧名作集(頴原退蔵)
◇俳書叢刊　第6期 1〜4、第7期 1〜2　天理図書館綿屋文庫編　天理　天理図書館　1958〜1962　1冊(合本)　19cm　非売品
　内容　第6期 1 孤松 春・夏 尚白撰　第6期 2 虚空集 坡山、東海編　第6期 3 孤松 利・貞 尚白撰　第6期 4 蓑笠 百々斎舎羅編　第7期 1 沽徳随筆　第7期 2 兼載独吟千句註〔猪苗代〕兼載著
◇俳諧時津風　木村捨三註解　近世風俗研究会　1960　3冊　17cm　〈限定版 箱入り〉
◇日本古典文学大系　第92　近世俳句集　阿部喜三男校注　岩波書店　1964　486p 図版　22cm
◇俳家奇人談・続俳家奇人談　竹内玄玄一著　雲英末雄校注　岩波書店　1987.10　370p　15cm(岩波文庫)　550円
◇俳書叢刊　第1巻　天理図書館綿屋文庫編　京都　臨川書店　1988.5　631p　22cm　〈複製〉
　内容　長短抄.兼載独吟千句註.宗長百番連歌合一実隆肖柏両半.守武千句草案―立願誹諧とくきん千句　荒木田守武著.宗因発句帳　宗因著
◇俳諧百韻評釈―宗因独吟　中村幸彦著　富士見書房　1989.9　185p　20cm　2000円
◇新日本古典文学大系　69　初期俳諧集　佐竹昭広ほか編　森川昭ほか校注　岩波書店　1991.5　613,53p　22cm
　内容　犬子集.大坂独吟集.談林十百韻.付録 連句概説 乾裕幸著.解説 初期俳諧の展開 乾裕幸著.過渡期の選集 加藤定彦著.付：参考文献
◇新日本古典文学大系　72　江戸座点取俳諧集　佐竹昭広ほか編　鈴木勝忠ほか校

近世文学(俳諧)

注 岩波書店 1993.2 516,39p 22cm

内容 二葉之松.末若葉.江戸筏.万国燕.俳諧草結.誹諧童の的.俳諧〔ケイ〕.解説 鈴木勝忠ほか著

◇天理図書館綿屋文庫俳書集成 第6巻 談林俳書集 1 天理図書館綿屋文庫俳書集成編集委員会編 天理 天理大学出版部 1995.2 500,15p 16×22cm 〈複製 製作発売：八木書店〉 15000円

内容 談林三百韻(延宝4年刊) 江戸八百韻(延宝6年刊) 桃青門弟独吟二十歌仙(延宝8年刊) 談林俳諧.信徳京三吟(延宝6年刊) 一時軒独吟自註三百韻(延宝6年刊) 大坂一日独吟千句(延宝7年刊) 解題

◆地方史

【注釈書】

◇越前俳諧叢書 第4集 別冊 石川銀栄子著 福井 福井現代俳句会幹発行所 1960 25p 図版 22cm

内容 天明前後 大和紀行(高橋利一稿 石川銀栄子校註)

◇東美濃蕉門俳句の鑑賞 西田兼三著〔美濃加茂〕 郷土元禄俳人顕彰会 1995.1 87,109,53p 21cm 〈付・春鹿集 天 堀部魯九著(複製と翻刻) 発行所：俳誌『自在』〉 1000円

◇若越俳句抄 斎藤耕子著 鯖江 福井県俳句史研究会 1997.12 259p 19cm 2000円

貞門期

【注釈書】

◇貞門俳諧自註百韻—翻刻と研究 近世初期文芸研究会 1968 176p 図版 25cm

内容 貞門俳諧の研究と自註作品について，貞徳百〔イン〕独吟并自註(松永貞徳著 万治2年刊 天理図書館綿屋文庫蔵本の翻刻) 貞徳夢想百韻の俳諧史的位置，松永貞徳の俳諧の性格—夢想百韻自註を中心として，貞徳誹諧記乾坤(松永貞徳著 天理図書館綿屋文庫蔵本と聖心女子大学図書館蔵本との校合翻刻) 貞徳誹諧記の成立事情

◇古典俳文学大系 1 貞門俳諧集 1 中村俊定，森川昭校注 集英社 1970 627p 図版 23cm

内容 守武千句，犬筑波集，犬子集，塵塚誹諧集，新増犬筑波集，正章千句，崑山集，紅梅千句，源氏鬢鏡，貞徳誹諧記，誹諧独吟集，ゑ入清十郎ついぜんやっこはいかい，俳諧麈塚

◇古典俳文学大系 2 貞門俳諧集 2 小高敏郎，森川昭，乾裕幸校注 集英社 1971 686p 図 23cm

内容 宝蔵，時勢粧，歳旦発句集，はなひ草，誹諧初学抄，俳諧之註，天水抄，増山井，続山井，滑稽太平記

◆松永貞徳(1571～1653)

【注釈書】

◇日本古典文学大系 第95 戴恩記 小高敏郎校注 岩波書店 1964 553p 図版 22cm

◇校注俳諧御傘 赤羽学編著 福武書店 1980.2 951p 26cm

談林期

【注釈書】

◇古典俳文学大系 3 談林俳諧集 1 飯田正一，榎坂浩尚，乾裕幸校注 集英社 1971 599p 図 23cm

内容 ゆめみ草，境海草，続境海草，生玉万句，西山宗因千句，大坂独吟集，信徳十百韻，江戸俳諧談林十百韻，誹諧当世男，天満千句，西鶴俳諧大句数，蛇之助五百韻，宗因七百韻，大坂檀林桜千句，俳諧虎渓の橋，物種集，二葉集，俳諧百韻風鳶禅師語路句，誹諧江戸蛇之鮓，投盃，誹諧東日記

◇古典俳文学大系 4 談林俳諧集 2 飯田正一，榎坂浩尚，乾裕幸校注 集英社 1972 648p 図 23cm

内容 蚊柱百句，しぶうちわ，しぶ団返答，俳諧蒙求，誹諧中庸姿，誹諧破邪顕正，誹諧破邪顕正返答，誹諧破邪顕正返答之評判，誹諧破邪顕正評判之返答，俳諧備前海月，ふたつ盃，俳諧是天道，俳諧太平記，談林功用群鑑，誹諧物見車，俳諧特牛，俳諧江戸通り町，江戸広小路，誹諧坂東太郎，阿蘭陀丸二番船，雲喰ひ，談林軒端の独活，洛陽集，松嶋眺望集，大坂辰歳旦惣寄，俳諧難波曲，仏兄七久留万

◆井原西鶴(1642～1693)

【現代語訳】

◇西鶴集 宗政五十緒，長谷川強著 尚学図

日本古典文学案内—現代語訳・注釈書 **257**

近世文学(俳諧)

書　1980.3　454p　20cm(鑑賞日本の古典　6)〈参考文献：p429〜450　西鶴略年譜：p451〜454〉　1800円

【注釈書】

◇西鶴文選—要註　頴原退蔵編　京都　臼井書房　1949　134p　19cm
◇西鶴大矢数注釈　第1巻　前田金五郎　勉誠社　1986.12　617p　22cm　13000円
◇西鶴大矢数注釈　第2巻　前田金五郎　勉誠社　1987.3　585p　22cm　13000円
◇西鶴大矢数注釈　第3巻　前田金五郎　勉誠社　1987.6　581p　22cm　13000円
◇西鶴大矢数注釈　第4巻　前田金五郎　勉誠社　1987.9　619p　22cm　13000円
◇西鶴大矢数注釈　索引　小川武彦編　勉誠社　1992.3　301p　22cm　6000円
◇西鶴発句注釈　前田金五郎著　勉誠出版　2001.2　225p　22cm　6500円
◇西鶴連句注釈　前田金五郎著　勉誠出版　2003.12　1035p　22cm　28500円
◇西鶴全句集—解釈と鑑賞　吉江久弥著　笠間書院　2008.2　358,5p　22cm　4200円

◆西山宗因(1605〜1682)

【注釈書】

◇俳諧百韻評釈—宗因独吟　中村幸彦　富士見書房　1989.9　185p　20cm　2000円

蕉風

【現代語訳】

◇驢鳴篇の解読・現代訳　北山学訳　〔神戸〕友月書房　2004.7　44p　21cm(蓼庵青岐遺稿集　淡路の蕉風俳諧革新運動の第一人者　第1集)〈複製を含む〉

【注釈書】

◇芭蕉十哲俳句評釈　内藤鳴雪閲　大学館　1908　2冊　15cm(初学俳句叢書　第14編)
　　内容　春夏 252p, 秋冬 228p

◇古典俳文学大系　10　蕉門俳論俳文集　大礒義雄, 大内初夫校注　集英社　1970　621p図版　23cm
　　内容　俳論編 山中問答(北枝) 雑談集(其角) 葛の杖原(支考) 二十五箇条, 真蹟去来文(去来) 不玉宛去来論書(去来) 許六宛去来書簡(去来) 俳諧問答(去来, 許六) 篇突(李由, 許六編) 旅寝論(去来) 続五論(支考) 宇陀法師(李由, 許六編) 去来抄(去来) 三冊子(土芳) 許野消息, 歴代滑稽伝(許六) 俳諧無門関(蓼太編) 俳文編 本朝文選(許六編) 和漢文操(支考編)

◇古典俳文学大系　7　蕉門俳諧集　2　宮本三郎, 今栄蔵校注　集英社　1971　640p図　23cm
　　内容　俳諧苫摺, 継尾集, 句兄弟, 或時集, ありそ海・となみ山, 後の旅, 熱田皺筥物語, 芭蕉庵小文庫, 末若葉, 菊の香, 陸奥衛, 韻塞, 続有磯海, 伊勢新百韻, まつのみなみ, 二えふ集, 渡鳥集, 三正猿, 国の花, 正風彦根体, 庭竃集, 三日月日記, 雪満呂気

◇古典俳文学大系　8　蕉門名家句集　1　安井小洒編　石川真弘, 木村三四吾校注　集英社　1971　669p図　23cm
　　内容　秋之坊, 惟然, 一鷺, 一笑加賀金沢, 一笑尾張津島, 卯紅女, 卯七, 烏栗, 羽笠, 越人, 猿雖, 乙州, 槐市, 角上, 荷兮, 臥魚, 可南女, 我峰, 含粘, 其角, 其継, 亀世, 亀洞, 及肩, 九節, 曲翠, 魚日, 裾道, 素行, 去来, 許六, 錦江女, 琴風, 句空, 荊口, 玄虎, 玄梅, 孤屋, 壺中, 吾仲, 兀峰, 左次, 午木, 沙明, 左柳, 傘下, 山店, 杉風, 式之, 此筋, 支考, 子珊, 四睡, 紫貞女, 紫道, 紫白女, 使帆, 示峰, 寂芝, 酒堂, 車庸, 舎羅, 車来, 斜嶺, 重五, 十丈, 舟泉, 朱拙, 朱迦, 小春, 丈艸, 尚白, 梢風尼, 濁子, 如行, 助然, 凡兆, 塵生, 水㵎, 夕兆, 夕道, 雪芝, 仙化, 仙杖, 千川, 千那, 沽圃, 宗波, 素行, 鼠弾, 園女, 素彎女, 曽良, 素覧, 素竜, 岱水, 苔嵐, 田上尼, 卓岱, 沢雄, 為有, 探丸, 旦藁, 探志

◇古典俳文学大系　6　蕉門俳諧集　1　阿部喜三男, 阿部正美, 大礒義雄校注　集英社　1972　625p図　23cm
　　内容　武蔵曲, 虚栗, 冬の日, 蛙合, 春の日, 続虚栗, 阿羅野, 其袋, いつを昔, 花摘, ひさご, 俳諧勧進牒, 猿蓑, 北の山, 己が光, 曠野後集, 藤の実, 市の庵, 誹諧別座鋪, 炭俵, 其便, 笈日記, 続猿蓑, 泊船集, 十論為弁抄

◇古典俳文学大系　9　蕉門名家句集　2　安井小洒編　石川真弘, 木村三四吾校注　集英社　1972　687p図　23cm
　　内容　智月尼, 知足, 千子, 遅望, 蝶羽, 釣壺, 長虹, 千里, 程己, 泥足, 荻子, 荻人, 桃後, 桃先, 洞木, 桃妖, 桃隣, 杜国, 杜若, 怒雀, 怒風, 土芳, 配力, 白雪, 破笠, 半残, 尾頭, 百歳, 百里, 風国,

近世文学(俳諧)

風睡、諷竹、風麦、不玉、芙雀、史邦、〔ブン〕村、文鳥、望翠、木因、〔ボク〕言、北枝、卜尺、卜宅、牧童、北鯤、牡年、凡兆、正秀、昌房、万里女、万乎、万子、毛〔ガン〕、木節、木導、野径、野紅、野水、野童、野坡、野明、遊刀、祐甫、陽和、落梧、嵐青、嵐雪、嵐竹、嵐蘭、利牛、史全、李東、里東、李由、凉菟、良品、凉葉、林紅、りん女、浪化、芦角、呂丸、魯九、路健、路青、露川、魯町、路通、呂風、蘆文、蘆本

◇ミの、旅寢 土屋只狂著 後藤利雄校注 〔山形〕 後藤利雄 1982.10 1冊 19cm

◇『句兄弟・上』注解 夏見知章ほか編著 西宮 武庫川女子大学国文学科夏見研究室 1985.2 227p 26cm 〈限定版〉 非売品

◇菊の翁—俳諧「糸魚川」評釈 磯野繁雄著 糸魚川 「菊の翁」刊行委員会 1989.5 393p 21cm 1600円

◇蕉門名家句選 上 堀切実編注 岩波書店 1989.7 472p 15cm(岩波文庫) 720円

◇蕉門名家句選 下 堀切実編注 岩波書店 1989.9 465p 15cm(岩波文庫) 720円

◇近江蕉門俳句の鑑賞 関森勝夫著 東京堂出版 1993.9 268p 19cm 2900円

◇定本蕉門の66人 山川安人著 2版 風神社 2000.9 439p 図版33枚 22cm 〈年譜あり〉 8000円

◇越中蕉門浪化句論釈 上杉重章著 富山 桂書房 2002.8 294p 21cm 4000円

◇蕉風の群像—芭蕉以後を中心に 山川安人著 佐久 邑書林 2007.9 344p 20cm 3500円

◆各務支考(1665〜1731)

【注釈書】

◇葛の松原集注 夏見知章ほか解説 西宮 武庫川女子大学国文学科夏見研究室 1980.1 3冊(別冊とも) 26cm 〈別冊：葛の松原総索引 限定版〉

◇支考『続五論』釈注 夏見知章ほか編著 西宮 武庫川女子大学国文学科夏見研究室 1982.1 280p 26cm 〈限定版〉 非売品

◇支考『白馬経』校注 夏見知章ほか編著 西宮 武庫川女子大学国文学科夏見研究室 1983.2 99p 26cm 〈付(15p):『白馬経』影印版 限定版〉 非売品

◇総釈支考の俳論 南信一著 風間書房 1983.7 1291p 22cm 〈付・聞書七日草,山中問答,雑談集〉 26000円

◇支考『白馬経』釈義 夏見知章ほか編著 西宮 武庫川女子大学国文学科夏見研究室 1984.3 311p 26cm 〈限定版〉 非売品

◇支考『俳諧十論』釈注 上 夏見知章ほか編・著 西宮 武庫川女子大学国文学科夏見研究室 1987.3 2冊(別冊とも) 26cm 〈別冊(30p):『俳諧十論』評 上〉 非売品

◇支考『俳諧十論』釈注 下 夏見知章ほか編・著 西宮 武庫川女子大学国文学科夏見研究室 1988.3 2冊(別冊とも) 26cm 〈別冊(34p):『俳諧十論』評 下 限定版〉 非売品

◆河合曾良(1649〜1710)

【現代語訳】

◇奥の細道—他四編 麻生磯次訳注 旺文社 1988.5 246p 15cm(対訳古典シリーズ) 450円

内容 奥の細道.野ざらし紀行.鹿島紀行.笈の小文.更科紀行.曽良随行日記.参考文献・年譜：p232〜241

◆宝井其角(1661〜1707)

【注釈書】

◇本朝文鑑 若林寅四郎評注 再版 青木嵩山堂 1903.4 320p 19cm

◇其角俳句評釈 河東碧梧桐著 大学館 1904.3 267p 15cm(俳句入門叢書 第3編)

◇其角俳句新釈 高木讓著 紅玉堂 1925 126p 四六判(新釈俳諧叢書 2)

◇評釈 其角の名句 岡倉谷人著 資文堂 1928.9 189p 菊半截(最新俳句評釈叢書 2)

◇五元集 明治書院編 小栗旨原等頭註 明治書院 1932 299p 19cm

◇頭注其角俳句集 荻原羅月著 改造社 1940 256p 16cm(改造文庫)

◇其角連句全注釈 野村一三著 笠間書院 1976 679p 22cm(笠間注釈叢刊 3)

日本古典文学案内—現代語訳・注釈書 259

近世文学(俳諧)

14000円

◇『句兄弟・上』注解　夏見知章ほか編著　西宮　武庫川女子大学国文学科夏見研究室　1985.2　227p　26cm　〈限定版〉　非売品

◇其角『雑談集』俳話評釈　夏見知章ほか編著　西宮　武庫川女子大学国文学科夏見研究室　1986.3　326p　26cm　〈付(別冊 30p):其角『雑談集』俳話の構想　限定版〉　非売品

◇注解芭蕉翁終焉記—「芭蕉翁終焉記」を読む　今泉準一著　うぶすな書院　2002.7　278p　20cm　〈著作目録あり〉　2800円

◇蕉門研究資料集成　第8巻　五元集全解　佐藤勝明編・解説　岩本米太郎著　クレス出版　2004.9　444,3p　22cm　〈俳書堂昭和4年刊の複製〉

◆立花北枝(？〜1718)

【注釈書】

◇北枝『山中問答』釈注　夏見知章ほか編・著　西宮　武庫川女子大学国文学科夏見研究室　1989.2　114p　26cm　〈限定版〉　非売品

◆内藤丈草(1662〜1704)

【注釈書】

◇元禄四翁家集細注　下　橋村和紀,吉田幸一編　古典文庫　1989.5　364p　17cm(古典文庫　第511冊)　非売品

内容　去来句集細注.丈草句集細注.嵐雪句集細注

◆野沢凡兆(生没年不詳)

【注釈書】

◇評釈　凡兆俳句全集　高木蒼梧著　資文堂　1926　175p　菊半截

◇ひさご・猿蓑一校註　浜田洒堂,向井去来,凡兆編　宮本三郎著　笠間書院　1975　142p　21cm　〈原本の編者：〉

◆服部土芳(1657〜1730)

【現代語訳】

◇三冊子総釈　南信一著　改訂版第2刷　風間書房　1995.11　508p　22cm　10300円

◇世相と三冊子評釈　河合由二著　銀河発行所　1998.4　375p　19cm

【注釈書】

◇三冊子評釈　能勢朝次著　三省堂出版　1954　447p　22cm

◇三冊子総釈　南信一著　風間書房　1964　508p 図版　22cm

◇三冊子評釈　能勢朝次著　名著刊行会　1970　448p　22cm　〈三省堂出版昭和29年刊の複製〉　5000円

◇三冊子総釈　南信一著　改訂版　風間書房　1980.2　508p　22cm　10000円

◇能勢朝次著作集　第10巻　俳諧研究　2　能勢朝次著作集編集委員会編　京都　思文閣出版　1981.10　533p　22cm　4200円

内容　三冊子評釈.三冊子(猿蓑本) 解説　南信一著

◆松尾芭蕉(1644〜1694)

【現代語訳】

◇日本古典文学全集—現代語訳　第27巻　芭蕉集　杉浦正一郎訳　河出書房　1956　265p　19cm

◇古典日本文学全集　第30　松尾芭蕉集　上　加藤楸邨訳　筑摩書房　1960　409p 図版　23cm

内容　寛文—元禄年代,解説　芭蕉のこと(島崎藤村) 芭蕉私見(萩原朔太郎) 芭蕉雑記(芥川竜之介) 芭蕉の俳諧精神(頴原退蔵)

◇古典日本文学全集　第31　松尾芭蕉集　下　筑摩書房　1961　393p 図版 地図　23cm

内容　連句編(頴原退蔵等評釈) 紀行・日記編(井本農一訳) 俳文編(岩田九郎訳) 蕉門名句編(中島斌雄評釈 井本農一訳) 解説(井本農一) 連句芸術の倫理的性格(能勢朝次) 芭蕉と紀行文(小宮豊隆) 蕉門の人々(室生犀星) 芭蕉の影響(山本健吉)

◇国民の文学　第15　芭蕉名句集　谷崎潤一郎等編　山本健吉共編　河出書房新社

近世文学(俳諧)

1964　396p　図版　19cm

内容　芭蕉篇 俳句(加藤楸邨訳) 連句 上(太田水穂訳) 連句 下(柳田国男訳) 紀行文(佐藤春夫訳) 俳文(水原秋桜子訳) 俳論(山本健吉訳) 花屋日記(久保田万太郎訳) 蕪村篇 俳句(中村草田男訳) 俳文(佐藤春夫訳) 一茶篇 俳句(荻原井泉水訳) おらが春(石田波郷訳) 俳諧年表(井本農一) 解説(山本健吉)

◇古典日本文学全集　第31　松尾芭蕉集 下　筑摩書房　1967　393p　図版　23cm 〈普及版〉

内容　連句編(頴原退蔵等評釈) 紀行・日記編(井本農一編) 俳文編(岩田九郎訳) 蕉門名句編(中島斌雄評釈) 風俗文選(井本農一訳) 花屋日記(井本農一訳) 解説(井本農一) 連句形式の倫理的性格(能勢朝次) 芭蕉と紀行文(小宮豊隆) 蕉門の人々(室生犀星) 芭蕉の影響(山本健吉)

◇日本古典文学全集　41　松尾芭蕉集　井本農一、堀信夫、村松友次校注・訳　小学館　1972　609p　図　23cm

内容　発句編 紀行・日記編 野ざらし紀行、鹿島詣、笈の小文、更科紀行、おくのほそ道、嵯峨日記.俳文編. 付録:出典俳書一覧、松尾芭蕉略年譜、季語別索引、初句索引

◇芭蕉集　井本農一著　尚学図書　1982.7　435p　20cm(鑑賞日本の古典　14)〈参考文献解題・芭蕉略年譜:p391〜428〉　1800円

◇完訳日本の古典　第54巻　芭蕉句集　井本農一ほか校注・訳　小学館　1984.9　382p　20cm　〈参考文献:p351〜352 芭蕉略年譜:p354〜363〉　1700円

◇竹西寛子の松尾芭蕉集・与謝蕪村集　竹西寛子著　集英社　1987.7　278p　19cm(わたしの古典　18)〈芭蕉・蕪村略年譜:p262〜271〉　1400円

◇芭蕉集　雲英末雄校注・訳　ほるぷ出版　1987.7　335p　20cm(日本の文学)

内容　おくのほそ道.発句篇.連句篇.去来抄. 芭蕉略年譜:p313〜322

◇芭蕉名句集　山本健吉訳　河出書房新社　1988.5　304p　18cm(日本古典文庫　17)〈新装版　松尾芭蕉の肖像あり〉　1600円

◇新編日本古典文学全集　70　松尾芭蕉集 1　井本農一、堀信夫注解　小学館　1995.7　604p　23cm　〈松尾芭蕉略年譜:p581〜591〉　4800円

◇竹西寛子の松尾芭蕉集・与謝蕪村集　竹西寛子著　集英社　1996.2　291p　15cm(わたしの古典)〈芭蕉・蕪村略年譜:p275〜284〉　680円

◇新編日本古典文学全集　71　松尾芭蕉集 2　井本農一ほか校注・訳　小学館　1997.9　630p　23cm　〈索引あり〉　4657円

内容　文献あり

◇名句即訳芭蕉—俳句の意味がすぐわかる! 石田郷子著　ぴあ　2004.8　256p　20cm　1714円

◇おくのほそ道　芭蕉・蕪村・一茶名句集 井本農一、久富哲雄校訂・訳　井本農一、堀信夫、山下一海、丸山一彦校訂・訳　小学館　2008.6　317p　20cm(日本の古典をよむ　20)　1800円

【注釈書】

◇芭蕉翁一代集(纂註)　花の本秀三,月の本素水校　今古堂　1891.7　384p　19cm

◇芭蕉俳句評釈　15cm　内藤鳴雪著　大学館　1904　2冊(俳諧入門叢書　第4,5編)

内容　春夏 279p, 秋冬 289p

◇続芭蕉俳句評釈　寒川鼠骨著　大学館　1913　1冊

◇秋冬芭蕉俳句評釈　内藤鳴雪著　8版　大学館　1916.12　289p　15cm(俳句入門叢書　第5編)

◇芭蕉の言葉　荻原井泉水校註　聚英閣　1921　214p　20cm　〈『俳諧一葉集』(古学庵仏兮,幻窓湖中編)の「遺語の部」の複製校訂〉

◇校訂標註芭蕉文庫　第2編　芭蕉句選略解 春夏の部　荻原井泉水編　再版　春陽堂　1922.11　126p　16cm

◇校訂標註芭蕉文庫　第4編　芭蕉句選略解 秋冬の部　荻原井泉水編　春陽堂　1922.12　134p　16cm

◇芭蕉俳句新釈　半田良平著　紅玉堂　1923　1冊

◇芭蕉翁全伝　川口竹人著　樋口功校註 大阪　天青堂　1924　38,32,20p　19cm(古俳書文庫　第3篇)〈附:芭蕉行状記〉

◇芭蕉句集評釈　小林一郎著　大同館　1924　458p　四六判

近世文学(俳諧)

◇芭蕉翁句集評釈　小林一郎著　大同館書店　1924.4　458p　20cm

◇芭蕉の名句　岡倉谷人著　資文堂　1928.3　194p　菊半截(最新俳句評釈叢書　1)

◇芭蕉句選年考　笹川種郎、藤村作、尾上八郎校註　博文館　1929.4　518p　四六判

◇評釈 芭蕉の名句　資文堂編　資文堂　1931.1　194p　菊半截(最新俳句評釈叢書 1)〈普及版〉

◇芭蕉句集新講 上下　服部畊石著　四条書房　1932-1934　2冊　19cm

◇校註 芭蕉俳句集　穎原退蔵校註　岩波書店　1932.6　296p　菊半截(岩波文庫 811-812)

◇芭蕉句集新講　上巻　服部畊石著　四条書房　1932.9　536p　四六判

◇芭蕉句集新講　下巻　服部畊石著　四条書房　1932.11　554p　四六判

◇芭蕉名句評釈　島田青峰著　非凡閣　1934.11　291p　20cm(俳句評釈選集　第1巻)

◇芭蕉俳句新釈　半田良平著　素人社　1935.6　420p　四六判

◇芭蕉俳句の解釈と鑑賞　志田義秀著　至文堂　1940　2冊　19cm〈合編 至文堂 昭31〉　3円

◇芭蕉俳句の解釈と鑑賞　志田義秀著　4版　至文堂　1940.10　338p　20cm

◇芭蕉抄　穎原退蔵編註　京都　星林社　1946　143p　18cm(京大教養講座本　第1輯)〈附録：芭蕉略年譜〉

◇芭蕉名句集　竹沢冬青解釈　2版　研究社出版　1946　192p　15cm(研究社学生文庫)

◇標註 芭蕉選書　荻原井泉水編　寺本書店　1946　202p　19cm

◇芭蕉句集　加藤楸邨著　大日本雄弁会講談社　1949　486p　図版　19cm(新註国文学叢書)

◇芭蕉俳句集　穎原退蔵校註　新訂　岩波書店　1950　361p　15cm(岩波文庫)

◇芭蕉講座　第1-9巻　三省堂出版　1951　11冊　図版　22cm

>内容 第9巻 俳文篇 総説 石田元季著、評釈 貝おほひ 他16篇 市橋鐸著、附 芭蕉年譜 加藤楸邨編、芭蕉研究書目 杉浦正一郎著、索引

◇芭蕉俳句新講　上巻　穎原退蔵著　岩波書店　1951　417p　19cm

◇芭蕉俳句新講　下巻　穎原退蔵著　岩波書店　1951　369p　19cm

◇芭蕉講座　第1巻　解釈鑑賞篇　小宮豊隆、麻生磯次、能勢朝次監修　創元社　1953　357p　19cm

>内容 発句篇(麻生磯次) 連句篇(中村俊定) 俳文篇(岩田九郎) 紀行篇(井本農一) 俳論篇(山崎喜好) 書簡篇(荻野清,阿部喜三男)

◇芭蕉俳諧評釈　談林時代の部　吉田義雄著　明治書院　1953　332p　図版　19cm

◇芭蕉文集　穎原退蔵校註　山崎喜好増補　朝日新聞社　1955　317p　地図　19cm(日本古典全書)

◇芭蕉俳句の解釈と鑑賞　志田義秀著　志田延義編　至文堂　1956　301p　22cm〈前篇(昭和15年刊)後篇(昭和21年刊)を合篇補訂したもの〉

◇芭蕉読本―標注　荻原井泉水編　春秋社　1957　209p　19cm

◇芭蕉句集　穎原退蔵校註　山崎喜好増補　朝日新聞社　1958　411p　19cm(日本古典全書)

◇日本古典文学大系　第45　芭蕉句集　岩波書店　1962　538p　図版　22cm

>内容 発句篇(大谷篤蔵校注) 連句篇(中村俊定校注)

◇古典日本文学全集　第30　松尾芭蕉集 上　加藤楸邨評釈　筑摩書房　1965　409p　図版　23cm〈普及版〉

>内容 寛文―元禄時代,解説 芭蕉のこと(島崎藤村) 芭蕉私見(萩原朔太郎) 芭蕉雑記(芥川竜之介) 芭蕉の俳諧精神(穎原退蔵)

◇日本文学全集　第6　古典詩歌集　河出書房新社　1966　427p　図版　20cm〈監修者：谷崎潤一郎等〉

>内容 記紀歌集,万葉集,古今和歌集,新古今和歌集,玉葉和歌集,風雅和歌集,金槐和歌集,神楽歌,催馬楽,梁塵秘抄,閑吟集,芭蕉句集,奥の細道,蕪村句集,一茶句集,小倉百人一首.注釈(池田弥三郎) 解説(山本健吉)

◇芭蕉俳句大成―諸注評釈　岩田九郎著　明治書院　1967　1446p　22cm　7800円

◇芭蕉文集　穎原退蔵校註　山崎喜好増補　朝日新聞社　1974　356p　19cm(日本古典全書)〈第13刷 監修：高木市之助等〉

近世文学(俳諧)

◇芭蕉名句集　山本健吉評釈　河出書房新社　1977.1　304p　18cm(日本古典文庫17)　980円

◇芭蕉文集　富山奏校注　新潮社　1978.3　389p　20cm(新潮日本古典集成)〈芭蕉略年譜：p369～379〉

◇図説日本の古典　14　集英社　1978.10　218p　28cm　〈企画：秋山虔ほか〉　2400円

内容 芭蕉・蕪村年譜：p212～215 各章末：参考文献

◇芭蕉句集　今栄蔵校注　新潮社　1982.6　446p　20cm(新潮日本古典集成)〈松尾芭蕉略年譜：p401～415〉

◇芭蕉・蕪村　白石悌三,佐々木丞平,児玉幸多編　新装版　集英社　1988.11　218p　28cm(図説 日本の古典　14)〈芭蕉・蕪村年譜：p212～215 各章末：参考文献〉　2800円

内容 芭蕉から蕪村へ　芭蕉・人と作品/四季の構図　芭蕉自筆自画『甲子吟行画巻』　漂泊イメージの原像・芭蕉翁絵詩伝　宿場と旅　児玉幸多　蕪村・人と作品―戯遊の詩情　蕪村の画業　芭蕉体験の一側面・英一蝶の場合　芭蕉と千代倉家　俳画と文人画　俳書変遷　元禄・天明の文化　芭蕉・蕪村連句解題　芭蕉・蕪村関係年表

◇元禄四翁家集細注　上　真下良祐,吉田幸一編　古典文庫　1989.4　309p　17cm(古典文庫　第510冊)　非売品

内容 芭蕉句集細注.「元禄四翁家集細注」解説

◇芭蕉の文学―書で綴る　鑑賞と解釈　書人研究会編　広論社　1989.7　337p　26cm　3800円

◇芭蕉研究資料集成　明治篇 作品研究 4　俳諧猿蓑附合注解　桃支庵指直著　クレス出版　1992.6　631p　22cm　〈監修・解題：久富哲雄 複製〉

◇芭蕉研究資料集成　明治篇 作品研究 6　新釈おくの細路　木村架空著　クレス出版　1992.6　384p　22cm　〈監修・解題：久富哲雄 複製 折り込図1枚〉

◇芭蕉研究資料集成　大正篇 作品研究 1　クレス出版　1993.6　1冊　22cm　〈監修・解題：久富哲雄 複製〉

内容 続芭蕉俳句評釈 寒川鼠骨著．芭蕉句選講話 沼波瓊音著

◇芭蕉研究資料集成　大正篇 作品研究 2　クレス出版　1993.6　488,26p　22cm

〈監修・解題：久富哲雄 複製〉

内容 芭蕉俳句新釈 半田良平著

◇芭蕉研究資料集成　大正篇 作品研究 3　クレス出版　1993.6　458p　22cm　〈監修・解題：久富哲雄 複製〉

内容 芭蕉句集評釈 小林一郎著

◇芭蕉研究資料集成　昭和前期篇 俳論 1　久富哲雄監修・解題　クレス出版　1995.6　419,35,41p　22cm　〈複製〉

内容 去来抄新講 上 宇田久著(俳書堂昭和10年刊)

◇芭蕉研究資料集成　昭和前期篇 作品研究 2　久富哲雄監修・解題　クレス出版　1996.1　1冊　22cm　〈複製〉

内容 猿蓑俳句鑑賞 伊藤月草著(古今書院昭和15年刊) 芭蕉名句評釈 島田青峰著(非凡閣昭和9年刊)

◇芭蕉研究資料集成　昭和前期篇 作品研究 4　久富哲雄監修・解題　クレス出版　1996.1　536p　22cm　〈複製〉

内容 芭蕉句集新講 上巻 服部畊石著(四条書房昭和7年刊)

◇芭蕉研究資料集成　昭和前期篇 作品研究 5　久富哲雄監修・解題　クレス出版　1996.1　p537～1014,75p　22cm　〈複製〉

内容 芭蕉句集新講 下巻 服部畊石著(四条書房昭和7年刊)

◆◆紀行・日記

【現代語訳】

◇俳諧秘伝抄(芭蕉口訳)―附,俳諧の栞　虚心庵其石編　月廻本琴秋閲　尾関則光刊　1892.11　和30丁　20cm

◇日本の古典　18　松尾芭蕉　河出書房新社　1972　312p 図　23cm

内容 発句集(山本健吉訳) 奥の細道(山本健吉訳) 幻住庵記(山本健吉訳) 作品鑑賞のための古典 三冊子(服部土芳著 山本健吉訳) 去来抄(向井去来著 山本健吉訳) 連句と発句(山本健吉) 解説(西脇順三郎) 年譜(尾形仂)

◇奥の細道―他四編　麻生磯次訳注　旺文社　1988.5　246p　15cm(対訳古典シリーズ)　450円

内容 奥の細道.野ざらし紀行.鹿島紀行.笈の小

近世文学(俳諧)

文.更科紀行.曽良随行日記.参考文献・年譜：p232〜241

◇芭蕉研究資料集成　大正篇　作品研究 7　クレス出版　1993.6　1冊　22cm　〈監修・解題：久富哲雄　複製〉

　|内容| 輯釈芭蕉紀行全集 樋口功著. 詳解口訳奥の細道の新研究 大藪虎亮著

◇芭蕉研究資料集成　昭和前期篇　作品研究 6　久富哲雄監修・解題　クレス出版　1996.1　1冊　22cm　〈複製〉

　|内容| 新訳芭蕉紀行全集 巻1・2 三村鴻堂著(立川書店昭和2年刊) 奥の細道詳解 山崎麓著(欽英堂書店昭和5年刊)

◇芭蕉研究資料集成　昭和前期篇　作品研究 7　久富哲雄監修・解題　クレス出版　1996.1　1冊　22cm　〈複製　折り込図1枚〉

　|内容| 奥の細道評訳 樋口功著(麻田書店昭和5年刊)

◇笈の小文—現代語訳付　更科紀行—現代語訳付　嵯峨日記—現代語訳付　上野洋三編　大阪　和泉書院　2008.3　94p　21cm　1500円

【注釈書】

◇輯釈　芭蕉紀行全集　樋口功編　京屋書店　1925

◇評註　嵯峨日記　釈瓢斎評註　京都　落柿舎保存会　1938.4　69p　四六判

◇日本古典文学大系　第46　芭蕉文集　杉浦正一郎、宮本三郎、荻野清校注　岩波書店　1959　544p　図版　地図　22cm

　|内容| 紀行・日記, 俳文(杉浦正一郎, 宮本三郎校注) 評語, 書簡(荻野清校注)

◇校本芭蕉全集　第6巻　紀行・日記篇, 俳文篇　井本農一等校注　角川書店　1962　558p　図版　20cm　〈小宮豊隆監修〉

◇評註嵯峨日記　釈瓢斎評註　京都　落柿舎保存会　1964.3　69p　20cm(落柿舎叢書　第1輯)

◇芭蕉紀行文集—付・嵯峨日記　中村俊定校注　岩波書店　1971　179p　図　15cm(岩波文庫)

　|内容| 野ざらし紀行, 鹿島詣, 笈の小文, 更科紀行, 嵯峨日記

◇校本芭蕉全集　第6巻　紀行・日記篇.俳文篇　井本農一ほか校注　富士見書房　1989.6　558p　20cm　〈監修：小宮豊隆〉　4100円

◇芭蕉紀行文集—付嵯峨日記　中村俊定校注　岩波書店　1989.6　179p　15cm(岩波文庫　30 - 206 - 1)　〈第24刷(第1刷：1971年)〉　301円

　|内容| 野ざらし紀行, 鹿島詣, 笈の小文, 更科紀行, 嵯峨日記

◇芭蕉紀行文集　中村俊定校注　岩波書店　1991.6　179p　19cm(ワイド版岩波文庫)

　|内容| 野ざらし紀行.鹿島詣.笈の小文.更科紀行.嵯峨日記. 解説

◇新芭蕉講座　第8巻　紀行文篇　小宮豊隆ほか著　三省堂　1995.8　349p　23cm

◆◆◆奥の細道(江戸中期)

【現代語訳】

◇奥の細道の新研究—詳解口訳　大藪虎亮著　研精堂　1926　340p　図版　19cm

◇詳解口訳　奥の細道の新研究　大藪虎亮著　研精堂　1926　352p　四六判

◇奥の細道の新研究—詳解口訳　大藪虎亮著　訂21版　公文館　1933　355p　図版　19cm

◇奥の細道　頴原退蔵, 能勢朝次訳註　角川書店　1952　220p　15cm(角川文庫　第426)

　|内容| 奥の細道原文, 奥の細道評釈, 俳句評釈 芭蕉の旅と風雅 頴原退蔵著

◇おくのほそ道　頴原退蔵, 尾形仂訳注　新訂版　角川書店　1967　352p　地図　15cm(角川文庫)　〈付：現代語訳, 曽良随行日記〉

◇おくのほそ道　板坂元, 白石悌三校注・現代語訳　講談社　1972.3　210p　15cm(講談社文庫)

◇現代語訳日本の古典　15　奥の細道　富士正晴著　学習研究社　1979.9　184p　30cm　〈松尾芭蕉略年譜：p161〉

◇新注絵入　奥の細道—曽良本　上野洋三編　大阪　和泉書院　1988.4　122p　21cm　1000円

◇奥の細道—他四編　麻生磯次訳注　旺文社　1988.5　246p　15cm(対訳古典シリーズ)

近世文学(俳諧)

　[内容]奥の細道.野ざらし紀行.鹿島紀行.笈の小文.更科紀行.曾良随行日記. 参考文献・年譜：p232〜241

◇おくのほそ道　頴原退蔵,尾形仂訳注　新訂　角川書店　1989.2　352p　15cm(角川文庫　426)〈付現代語訳曾良随行日記　折り込図1枚〉　544円

　[内容]おくのほそ道,曾良随行日記　芭蕉略年譜：p294〜308

◇図説おくのほそ道　松尾芭蕉原文　山本健吉現代語訳　河出書房新社　1989.4　127p　22cm　〈松尾芭蕉略年譜：p123〜127〉　1500円

◇奥の細道―他　麻生磯次訳注　旺文社　1994.7　246p　19cm(全訳古典撰集)

　[内容]奥の細道.野ざらし紀行.鹿島紀行.笈の小文.更科紀行.曾良随行日記(参考)　解説　麻生磯次著. 参考文献・年譜：p232〜241

◇奥の細道―古人の心を探る幻想の旅　富士正晴現代語訳　尾形仂,嶋中道則構成・文　小林忠美術監修・解説　新装　学習研究社　1998.5　207p　26cm(絵で読む古典シリーズ)　2000円

◇図説おくのほそ道　山本健吉現代語訳　渡辺信夫図版監修　新装版　河出書房新社　2000.4　127p　22cm(ふくろうの本)〈年譜あり〉　1800円

◇週刊日本の古典を見る　28　奥の細道　1　山本健吉訳　世界文化社　2002.11　34p　30cm　533円

◇週刊日本の古典を見る　29　奥の細道　巻2　山本健吉訳　世界文化社　2002.11　34p　30cm　533円

◇おくのほそ道―現代語訳　頴原退蔵,尾形仂訳注　新版　角川書店　2003.3　381p　15cm(角川文庫)〈年譜あり〉　667円

◇すらすら読める奥の細道　立松和平著　講談社　2004.1　238p　19cm　1600円

　[内容]深川―真理の旅人　千住―旅の人生　草加―天命　室の八島―一滴の思い　仏五左衛門―善に誇る　日光―心魂たもちがたい　那須野―救いの童子　黒羽―人の成熟　雲巌寺―木啄の気持ち　殺生石・遊行柳―馬の移動〔ほか〕

◇奥の細道―俳聖・松尾芭蕉の「歌枕紀行」　山本健吉著　世界文化社　2006.5　199p　24cm(日本の古典に親しむ　ビジュアル版7)〈年譜あり〉　2400円

◇おくのほそ道　百人一首―など　松本義弘文　学習研究社　2008.2　195p　21cm(超訳日本の古典　12)〈標題紙のタイトル：おくのほそ道,百人一首,川柳・狂歌〉　1300円

◇おぐのほそ道―思いっきり山形んだんだ弁！　大類孝子訳・朗読　山口純子共訳　上川謙市編　彩流社　2008.7　142p　22cm　2500円

【注釈書】

◇新釈おくの細路　木村正三郎著　中央堂　1896.9　88p　23cm

◇註釈奥の細道　三宅邦吉著　俳書堂　1903.6　94p　19cm

◇新釈奥の細道　三宅邦吉著　籾山書店　1911.7　94p　20cm

◇新釈 日本文学叢書　12　物集高量校註　日本文学叢書刊行会　1918-1923　23cm

　[内容]奥の細道(松尾芭蕉) 鶉衣(横井也有) 芭蕉七部集　蕪村七部集

◇奥の細道新釈　荻原井泉水編　春陽堂　1922　128p　菊半截(芭蕉文庫　第一編)

◇新釈 奥之細道　三宅邦吉編　俳書堂　1922.11　94p　19cm

◇校註 日本文学叢書　10　物集高量校註　再版　広文庫刊行会　1923.4　23cm

　[内容]奥の細道(松尾芭蕉) 鶉衣(横井也有) 芭蕉七部集　蕪村七部集

◇校註 奥の細道　鳥野幸次著　明治書院　1926　92p　四六判

◇増訂 新釈奥の細道　木村架空著　日本学術普及会　1927.2　152,16p　19cm

◇奥の細道評釈　樋口功釈　麻田書房　1930　555p　19cm　〈改訂版 太白書房　昭19〉

◇奥の細道詳解　岩田九郎著　至文堂　1930.5　340p　菊判(国文学註釈叢書　1)

◇奥の細道新釈　武田鶯塘編　素人社書店　1932.9　195p　19cm

◇奥の細道・鶉衣新講　岩田九郎著　三省堂　1933.6　182p　四六判(新撰国文叢書)

◇奥の細道新釈　三浦圭三著　有精堂出版部　1936　258p 地図　20cm

◇奥の細道新釈　三浦圭三著　有精堂　1936.10　258p　四六判

日本古典文学案内－現代語訳・注釈書　265

近世文学(俳諧)

◇評釈 奥の細道　唐橋吉士著　弘学社　1937.2　388p　四六判
◇奥の細道の精神と釈義　飯野哲二著　旺文社　1943.7　300p　19cm〈古典教養の書〉
◇新講 奥の細道・野晒紀行　若林為三郎著　健文社　1944.3　150,14p　18cm〈学生文化新書 107〉
◇奥の細道新講　永田義直著　藤谷崇文館　1947　202p　B6　30円
◇奥の細道評釈―新註　志田義秀註釈　紫乃故郷舎　1948　204p　地図　19cm〈紫文学評註叢書〉
◇奥の細道―校註　杉浦正一郎編　武蔵野書院　1949　108p　22cm〈素竜本井筒屋板〉
◇奥の細道新釈　三浦圭三著　再版　有精堂　1949　261p　19cm
◇奥の細道全釈　金子武雄著　風間書房　1950　359p　19cm
◇奥の細道・芭蕉俳論―研究と評釈　飯野哲二著　學燈社　1950　256p　19cm
◇定本奥の細道新講　大藪虎亮著　武蔵野書院　1951　440p　図版　19cm
◇新講奥の細道　西山隆二著　大阪　むさし書房　1952　194p　地図　19cm
◇新釈奥の細道　江藤秀男著　千代田書房　1952　197p　15cm〈大学受験文庫〉
◇奥の細道・芭蕉紀行全通講　斎藤清衛著　力書房　1953　178p　19cm
　内容　甲子吟行,鹿島紀行,芳野紀行,更科紀行,奥の細道
◇奥の細道―解釈と評論　松尾靖秋著　開文社　1956　492p　図版　地図　19cm〈国文解釈評論叢書〉
◇おくのほそ道　杉浦正一郎校註　岩波書店　1957　219p　図版　地図　15cm〈岩波文庫〉〈附:曽良随行日記 59-201p〉
◇おくのほそ道評釈　杉浦正一郎著　東京堂　1959　235p　図版　19cm〈国文学評釈叢書〉
◇全釈奥の細道　山崎喜好著　塙書房　1959　340p　図版　地図　22cm
◇奥の細道―研究と評釈　松井驚十著　松井栄一　1965　312p　22cm〈松井驚十遺稿〉　非売

◇奥の細道歌仙評釈　高藤武馬著　筑摩書房　1966　500p　20cm　1300円
◇日本文学全集　第6　古典詩歌集　河出書房新社　1966　427p　図版　20cm　〈監修者:谷崎潤一郎等〉
　内容　記紀歌集,万葉集,古今和歌集,新古今和歌集,玉葉和歌集,風雅和歌集,金槐和歌集,神楽歌,催馬楽,梁塵秘抄,閑吟集,芭蕉句集,奥の細道,蕪村句集,一茶句集,小倉百人一首.注釈(池田弥三郎)解説(山本健吉)
◇おくのほそ道一校注　鈴木知太郎,伊坂裕次共著　笠間書院　1972　220p　図　22cm　〈付:芭蕉所持素竜真蹟本の写真版〉
◇おくのほそ道全講　松尾靖秋著　加藤中道館　1974　492p　23cm　8000円
◇奥の細道歌仙の評釈　加藤文三著　地歴社　1978.10　363,13p　22cm　3000円
◇おくのほそ道　萩原恭男校注　岩波書店　1979.1　290p　15cm〈岩波文庫〉〈付:曽良旅日記.奥細道菅菰抄 蓑笠庵梨一著〉
◇おくのほそ道　久富哲雄全訳注　講談社　1980.1　360p　15cm〈講談社学術文庫〉〈注釈書・参考書:p352～354〉
◇おくのほそ道の読みと解釈―素龍筆柿衛本　津守亮著　教育出版センター　1980.8　210p　23cm　4000円
◇おくのほそ道　森川昭,村田直行訳・注　創英社　1981.4　157p　19cm〈全対訳日本古典新書〉〈発売:三省堂書店〉
◇おくのほそ道　萩原恭男校注　岩波書店　1982.7　290p　20cm〈岩波クラシックス 8〉　1400円
　内容　おくのほそ道 松尾芭蕉著.曽良旅日記(元禄二年日記抄・俳諧書留)曽良著.奥細道菅菰抄 蓑笠庵梨一著.解説 萩原恭男著
◇曽良本おくのほそ道評釈　中川潔著　エール出版社　1982.10　238p　22cm　2300円
◇奥の細道―曽良本 新注絵入　上野洋三編　大阪　和泉書院　1988.4　122p　21cm
◇おくのほそ道―解釈と研究　井上豊著　古川書房　1989.8　539p　23cm　15450円
◇おくのほそ道　萩原恭男校注　岩波書店　1991.12　290p　19cm〈ワイド版岩波文庫〉　1000円
◇芭蕉研究資料集成　大正篇 作品研究 6

近世文学(俳諧)

クレス出版　1993.6　575p　22cm　〈監修・解題：久富哲雄　複製〉
内容 芭蕉書簡集　籾山仁三郎著. 奥の細道詳解　黒沢教一著. 奥の細道評釈　小林一郎著. 嵯峨日記研究　柴田勉治郎著

◇校註奥の細道─附・卯辰紀行抄・幻住庵記　志田義秀, 志田延義編　改訂増補版(49版)　武蔵野書院　1995.3　72p　19cm　447円

◇『おくのほそ道』を読む　平井照敏著　講談社　1995.5　263p　15cm(講談社学術文庫)　780円

◇奥細道菅菰抄　高橋梨一著　大阪青山短期大学国文科編　箕面　大阪青山短期大学　1996.3　175p　21cm(大阪青山短期大学所蔵本テキストシリーズ　4)〈複製　発売：同朋舎出版(京都)〉

◇「奥の細道歌仙」評釈　橘間石著　大林信爾編　沖積舎　1996.7　315p　20cm　〈橘間石著作目録：p315〉　3500円

◇俳文紀行おくのほそ道論釈　志田延義著　武蔵野書院　1996.8　213p　22cm　〈芭蕉略年譜：p198～201〉　3000円

◇おくのほそ道─永遠の文学空間　堀切実著　日本放送出版協会　1997.10　379p　16cm(NHKライブラリー)　1070円

◇錦江『奥細道通解』の研究　三木慰子著　大阪　和泉書院　1999.7　462p　22cm(研究叢書　241)〈複製および翻刻〉　15000円

◇おくのほそ道論考─構成と典拠・解釈・読み　久富哲雄著　笠間書院　2000.9　208p　22cm(笠間選書　335)　6000円

◇おくのほそ道評釈　尾形仂著　角川書店　2001.5　469p　22cm(日本古典評釈・全注釈叢書)　9500円

◇旅あるき「奥の細道」を読む　1(日光路)　麻生磯次著　明治書院　2003.6　134p　21cm　〈折り込1枚〉　1200円

◇旅あるき「奥の細道」を読む　2(奥州路)　麻生磯次著　明治書院　2003.6　129p　21cm　〈折り込1枚〉　1200円

◇旅あるき「奥の細道」を読む　3(出羽路)　麻生磯次著　明治書院　2003.6　127p　21cm　〈折り込1枚〉　1200円

◇旅あるき「奥の細道」を読む　4(北陸路)　麻生磯次著　明治書院　2003.6　129p　21cm　〈折り込1枚〉　1200円

◇『奥の細道』新解説─〈旅の事実〉と〈旅の真理〉　小沢克己著　東洋出版　2007.3　253p　20cm　〈文献あり〉　1524円

◇おくのほそ道　鈴木健一, 櫻片真王, 倉島利仁編　三弥井書店　2007.6　10,189p　19cm(三弥井古典文庫)〈文献あり〉　1600円

◇おくのほそ道をゆく　山下一海著　長尾宏写真　北溟社　2007.8　153p　26cm　2500円

◆◆◆野ざらし紀行(江戸中期)

【注釈書】

◇野晒紀行評釈　荻原井泉水編　春陽堂　1923　122p　三五判(芭蕉文庫　第三編)

◇新講 奥の細道・野晒紀行　若林為三郎著　健文社　1944.3　150,14p　18cm(学生文化新書　107)

◇野ざらし紀行の解釈と評論　宇和川匠助著　桜楓社　1968　287p 図版 地図　22cm　1800円

◇野ざらし紀行評釈　尾形仂著　角川書店　1998.12　270p　20cm(角川叢書　1)　2800円

◆◆書簡

【注釈書】

◇芭蕉講座　第7巻　書簡篇　改訂版(4版)　三省堂出版　1956　360p 図版　22cm
内容 総説(志田義秀) 評註(荻野清)

◇校本芭蕉全集　第8巻　書翰篇　荻野清, 今栄蔵校注　角川書店　1964　364p 図版　20cm　〈小宮豊隆監修〉

◇芭蕉書簡集　萩原恭男校注　岩波書店　1976　456p　15cm(岩波文庫)

◇校本芭蕉全集　第8巻　書翰篇　荻野清, 今栄蔵校注　富士見書房　1989.9　409p　20cm　〈監修：小宮豊隆〉　3100円

◇新芭蕉講座　第7巻　書簡篇　今栄蔵著　三省堂　1995.8　475p　23cm

◇全釈芭蕉書簡集　田中善信注釈　新典社　2005.11　846p　22cm(新典社注釈叢書　11)〈年譜あり〉　22000円

近世文学(俳諧)

◆◆俳諧七部集(江戸中期)

【注釈書】

◇標註七部集　惺庵西馬編　高木和助刊
　1884.6　和2冊(乾坤123丁)　18cm
◇俳諧猿蓑註解　桃支庵指直(矢部槇蔵),晋
　其角共編　矢部槇蔵刊　1887.8　和39丁
　16cm　〈題簽：俳諧猿蓑附合註解〉
◇炭俵集　幻窓湖中(岡野平五郎)注　常磐
　山人評　水戸　常磐新誌社　1896.5　34p
　19cm　〈表紙：俳諧梅のめざまし〉
◇俳諧炭俵集注解　棚橋碌々(俳僊堂)著　御
　寿村(岐阜)　棚橋五郎　1897.10　和2冊
　(乾坤)　23cm
◇七部集俳句評釈　内藤鳴雪著　大学館
　1905.6　303p　15cm(俳句入門叢書　第9
　編)
◇新釈　日本文学叢書　12　物集高量校註
　日本文学叢書刊行会　1918-1923　23cm
　内容　奥の細道(松尾芭蕉)鶉衣(横井也有)芭蕉
　七部集　蕪村七部集
◇芭蕉七部集連句評釈　小林一郎著　大同
　館　1922　878p　四六判
◇校註　日本文学叢書　10　物集高量校註
　再版　広文庫刊行会　1923.4　23cm
　内容　奥の細道(松尾芭蕉)鶉衣(横井也有)芭蕉
　七部集　蕪村七部集
◇冬の日注解　樋口功校訂　大阪　天青堂
　1924　98p　19cm(古俳書文庫　第8篇)
◇古俳書文庫　第8篇　冬の日注解　天青堂
　1924.10　98p　19cm
◇俳諧七部集新釈　岩本梓石著　大倉書店
　1926　462p　四六判
◇俳諧七部集新釈　岩本梓石著　大倉書店
　1926.9　450,12p　20cm
◇校註俳文学大系　5　七部集総覧編2　俳
　文学大系刊行会編　大鳳閣書房　1929-
　1931？　1冊　20cm
◇校註俳文学大系　9　七部集総覧編1　俳
　文学大系刊行会編　大鳳閣書房　1929-
　1931？　1冊　20cm
◇校註俳文学大系　11　七部集総覧編3
　俳文学大系刊行会編　大鳳閣書房　1929-
　1931？　1冊　20cm
◇校註俳文学大系　12　七部集総覧編4
　俳文学大系刊行会編　大鳳閣書房　1929-

1931？　1冊　20cm
◇七部集　猿蓑評釈　新田寛著　大同館
　1932.4　540p　四六判
◇評釈　猿蓑　幸田露伴著　岩波書店
　1937.2　278p　菊半截(岩波文庫　1433-
　1434)
◇俳諧七部集　佐久間柳居編　穎原退蔵共
　編・校注　明治書院　1944　392p　19cm
◇評釈　冬の日　幸田露伴著　岩波書店
　1944　300p　3.5円
◇評釈　春の日　幸田露伴著　岩波書店
　1946　110p　22cm　4.8円
◇評釈　曠野　上　幸田露伴著　岩波書店
　1946　172p　21cm　25円
◇評釈　ひさご　幸田露伴著　岩波書店
　1947　106p　22cm　35円
◇芭蕉七部集―評釈　第1,2　幸田露伴著
　岩波書店　1948-1950　2冊　21cm
　内容　〔第1〕評釈　冬の日　〔第2〕評釈　春の日
◇評釈芭蕉七部集　第1　冬の日―評釈　幸
　田露伴著　岩波書店　1948　234p　21cm
◇評釈芭蕉七部集　第3下　評釈曠野　下
　幸田露伴著　岩波書店　1948　295p
　21cm
◇春の日―芭蕉七部集連句評釈　志田義秀,
　天野雨山評釈　三省堂出版　1949　137p
　22cm
◇冬の日―芭蕉七部集連句評釈　志田義秀,
　天野雨山共著　三省堂　1949　225p　図版
　22cm
◇芭蕉七部集―評釈　第3　曠野―評釈
　上,下　幸田露伴著　岩波書店　1949　2
　冊　21cm
◇芭蕉七部集―評釈　第5　猿蓑―評釈　幸
　田露伴著　岩波書店　1949　264p　21cm
◇芭蕉七部集―評釈　第6　炭俵―評釈　幸
　田露伴著　岩波書店　1949　246p　21cm
◇評釈ひさご　幸田露伴著　再版　岩波書
　店　1949　106p　21cm
◇評釈芭蕉七部集　第5　評釈猿蓑　幸田露
　伴著　再版　岩波書店　1949　264p
　22cm
◇評釈芭蕉七部集　第6　評釈炭俵　幸田露
　伴著　岩波書店　1949　246p　21cm
◇評釈芭蕉七部集　第3上　評釈曠野　上

近世文学(俳諧)

幸田露伴著　岩波書店　1949　167p　21cm
◇評釈芭蕉七部集　第3下　評釈曠野　下　幸田露伴著　再版　岩波書店　1949　295p　22cm
◇俳諧七部集　上巻　萩原蘿月校註　朝日新聞社　1950　255p 図版　19cm(日本古典全書)
◇評釈芭蕉七部集　第2　評釈春の日　幸田露伴著　再版　岩波書店　1950　109p　21cm
◇猿蓑—影印新註　向井去来, 凡兆共撰　杉浦正一郎註　武蔵野書院　1951　159p　21cm
◇評釈芭蕉七部集　第7　評釈続猿蓑　幸田露伴著　岩波書店　1951　258p　21cm
◇俳諧七部集　下巻　佐久間柳居編　萩原蘿月校註　朝日新聞社　1952　287p 図版　19cm(日本古典全書)
　内容　ひさご, 猿蓑, 炭俵, 続猿蓑
◇芭蕉七部集—露伴評釈　幸田露伴著　中央公論社　1956　528p　20cm
◇標注七部集稿本　夏目成美校正　岡山ノートルダム清心女子大学国文学研究室　1959　82p　22cm(国文学研究資料叢書 第1 金井寅之助編)〈底本はノートルダム清心女子大学所蔵 黒川本〉
◇冬の日　中村俊定校註　武蔵野書院　1961　174p　22cm
◇芭蕉七部集　中村俊定校注　岩波書店　1966　446p 図版　15cm(岩波文庫)
◇猿蓑註釈—七部集連句　浅野信著　桜楓社　1967　688p 図版　22cm　6800円
◇芭蕉七部集—露伴評釈　幸田露伴著　3版　中央公論社　1968　528p　20cm　1300円
◇芭蕉七部集評釈　安東次男著　集英社　1973　516p　23cm　2800円
　内容　『冬の日』狂句こがらしの巻, 月とり落すの巻.『ひさご』花見の巻.『猿蓑』夏の月の巻, 灰汁桶の巻, はつしぐれの巻.『炭俵』梅が香の巻. 評釈歌仙一覧, 芭蕉をどう読むか(きき手：大岡信)
◇俳諧七部集　萩原蘿月校註　松尾靖秋補訂　朝日新聞社　1973　2冊　19cm(日本古典全書)〈監修：高木市之助等〉　740-780円
◇猿蓑連句評釈　志田義秀, 天野雨山共著　古川書房　1977.11　231p　19cm(古川叢書)　1200円
◇芭蕉七部集評釈　続　安東次男著　集英社　1978.4　459p　23cm　2800円
　内容　『炭俵』空豆の巻.夷講の巻.『曠野』雁がねもの巻.『冬の日』霜月やの巻.炭売の巻.はつ雪の巻　評釈歌仙一覧
◇猿蓑註釈—七部集連句　浅野信著　桜楓社　1982.11　688p　22cm　〈第2刷(第1刷：昭和42年)〉　18000円
◇炭俵註釈—七部集連句　浅野信著　桜楓社　1982.11　581p　22cm　18000円
◇評釈芭蕉七部集　幸田露伴著　岩波書店　1983.2　7冊　20cm　〈『露伴全集』第20～第23巻所収のものを7冊に分冊刊行　外箱入〉　全11800円
　内容　〔1〕評釈冬の日　〔2〕評釈春の日　〔3〕評釈曠野　〔4〕評釈ひさご　〔5〕評釈猿蓑　〔6〕評釈炭俵　〔7〕評釈続猿蓑
◇新日本古典文学大系　70　芭蕉七部集　佐竹昭広ほか編　白石悌三, 上野洋三校注　岩波書店　1990.3　650,49p　22cm　3900円
◇芭蕉七部集　中村俊定校注　岩波書店　1991.12　446p　19cm(ワイド版岩波文庫)　1200円
◇芭蕉研究資料集成　大正篇 作品研究 5　クレス出版　1993.6　878p　22cm　〈監修・解題：久富哲雄　複製〉
　内容　七部集連句評釈　小林一郎著
◇『炭俵』連句古註集　竹内千代子編　大阪　和泉書院　1995.4　239p　20cm(和泉選書　90)　3914円
◇芭蕉研究資料集成　昭和前期篇 作品研究 1　久富哲雄監修・解題　クレス出版　1996.1　1冊　22cm　〈複製〉
　内容　七部集猿蓑評釈　新田寛著(大同館書店昭和7年刊)

◆◆俳文

【現代語訳】

◇芭蕉文集　井本農一, 村松友次校注・訳　小学館　1985.12　462p　20cm(完訳日本の古典　55)〈図版(筆跡)〉　1900円

近世文学(俳諧)

【注釈書】

◇芭蕉俳文評釈　岩田九郎著　交蘭社　1941.5　171p　B6
◇評釈国文学大系　第10巻　芭蕉俳文集　阿部喜三男著　河出書房　1955　364p　図版　22cm
◇芭蕉俳文集　潁原退蔵,山崎喜好訳註　角川書店　1958　370p　15cm(角川文庫)
◇校本芭蕉全集　第6巻　紀行・日記篇,俳文篇　井本農一等校注　角川書店　1962　558p　図版　20cm　〈小宮豊隆監修〉
◇古典俳文学大系　5　芭蕉集　堀信夫,井本農一校注　集英社　1970　754p　図版　23cm
　内容　発句編.連句編.紀行・日記編　野ざらし紀行,鹿島詣,更科紀行,笈の小文,おくのほそ道,嵯峨日記.俳文編.書簡編.句合・評語編.漢句・和歌・その他
◇校本芭蕉全集　第6巻　紀行・日記篇.俳文篇　井本農一ほか校注　富士見書房　1989.6　558p　20cm　〈監修：小宮豊隆〉
◇新芭蕉講座　第9巻　俳文篇　石田元季ほか著　三省堂　1995.8　641p　23cm
◇芭蕉俳文集　上　堀切実編注　岩波書店　2006.3　302p　15cm(岩波文庫)　760円
◇芭蕉俳文集　下　堀切実編注　岩波書店　2006.5　365p　15cm(岩波文庫)　〈年譜あり〉　760円

◆◆俳論

【現代語訳】

◇古典日本文学全集　第36　芸術論集　筑摩書房　1962　347p　図版　23cm
　内容　日本における文芸評論の成立—古代から中世にかけての歌論(小田切秀雄)　芭蕉の位置とその不易流行観(広末保)　芸談の採集とその意義(戸板康二)　芸術論覚書(加藤周一)　日本人の美意識(八代修次)
◇古典日本文学全集　第36　芸術論集　久松潜一等訳　筑摩書房　1967　347p　図版　23cm　〈普及版〉
　内容　作庭記(安田章生訳)　解説(守随憲治)　日本における文芸評論の成立(小田切秀雄)　芭蕉の位置とその不易流行観(広末保)　芸談の採集とその意義(戸板康二)　芸術論覚書(加藤周一)　日本人の美意識(八代修次)

◇新編日本古典文学全集　88　連歌論集　能楽論集　俳論集　奥田勲,表章,堀切実,復本一郎校注・訳　小学館　2001.9　670p　23cm　4657円
　内容　連歌論集：筑波問答　ひとりごと　長六文　老のすさみ　連歌比況集　能楽論集：風姿花伝　花鏡　至花道　三道　捨玉得花　習道書　俳論集：去来抄　三冊子

【注釈書】

◇校本芭蕉全集　第7巻　俳論篇　宮本三郎等校注　角川書店　1966　552p　図版　20cm　〈監修者：小宮豊隆〉
◇能勢朝次著作集　第9巻　俳諧研究　1　能勢朝次著　能勢朝次著作集編集委員会編　京都　思文閣出版　1985.3　459p　22cm　6900円
　内容　蕉門俳論評釈—去来抄(修行教)　芭蕉の俳論.芭蕉俳論評釈.芭蕉の俳諧精神.帰俗と軽み.俳論研究の動向.解説　吉田義雄著
◇校本芭蕉全集　第7巻　俳論篇　宮本三郎ほか校注　富士見書房　1989.7　552p　20cm　〈監修：小宮豊隆〉　4100円
◇芭蕉研究資料集成　昭和前期篇　俳論1　クレス出版　1995.6　419,35,41p　22cm　〈監修・解題：久富哲雄　複製〉
　内容　去来抄新講　上　宇田久著(俳書堂昭和10年刊)
◇新芭蕉講座　第6巻　俳論篇　小宮豊隆,能勢朝次著　三省堂　1995.8　356p　23cm

◆◆発句

【注釈書】

◇校本芭蕉全集　第1巻　発句篇　上　阿部喜三男校注　角川書店　1962　252p　20cm　〈小宮豊隆監修〉
◇校本芭蕉全集　第2巻　発句篇　下　荻野清,大谷篤蔵校注　角川書店　1963　342p　図版　20cm　〈小宮豊隆監修〉
◇校本芭蕉全集発句篇総索引　松山　愛媛大学法文学部国語国文学研究会　1971　86p　21cm(愛文別冊　4)　〈底本：校本芭蕉全集発句篇(松尾芭蕉著　阿部喜三男,荻野清,大谷篤蔵校注　小宮豊隆監修　角川書店刊)〉　600円
◇芭蕉発句新注—俳言の読み方　安東次男

近世文学(俳諧)

筑摩書房　1986.10　256p　20cm　1500円
◇校本芭蕉全集　第1巻　発句篇　上　阿部喜三男校注　富士見書房　1988.10　252p　20cm　〈監修：小宮豊隆〉　2500円
◇校本芭蕉全集　第2巻　発句篇　下　荻野清,大谷篤蔵校注　富士見書房　1988.12　340p　20cm　〈監修：小宮豊隆〉
◇芭蕉百五十句―俳言の読み方　安東次男　文藝春秋　1989.5　356p　16cm(文春文庫)　〈『芭蕉発句新注』(筑摩書房1986年刊)の改題増補〉　480円
◇富山の古俳句―蕉風秀句鑑賞　藤縄慶昭著　富山　桂書房　1991.3　160p　18cm(桂新書　5)　824円
◇芭蕉発句全講　1　阿部正美著　明治書院　1994.10　458p　22cm　10000円
◇新芭蕉講座　第1巻　発句篇　上　頴原退蔵ほか著　三省堂　1995.8　524p　23cm
◇新芭蕉講座　第2巻　発句篇　中　頴原退蔵ほか著　三省堂　1995.8　554p　23cm
◇新芭蕉講座　第3巻　発句篇　下　頴原退蔵ほか著　三省堂　1995.8　548p　23cm
◇芭蕉発句全講　2　阿部正美著　明治書院　1995.11　389p　22cm　10000円
◇芭蕉発句全講　3　阿部正美著　明治書院　1996.9　469p　22cm　20600円
◇芭蕉発句全講　4　阿部正美著　明治書院　1997.10　366p　22cm　〈索引あり〉　25000円
◇芭蕉発句全講　5　阿部正美著　明治書院　1998.10　431p　22cm　29000円

◆◆連句

【注釈書】

◇芭蕉連句選釈　荻原井泉水編　春陽堂　1924　108p　菊半裁(芭蕉文庫　6)
◇校訂標註芭蕉文庫　第6編　芭蕉連句選釈(芭蕉翁附合集)　荻原井泉水編　再版　春陽堂　1924.8　108p　16cm
◇校訂標註芭蕉文庫　第8編　初懐紙評註附　続芭蕉連句選釈(芭蕉翁附合集)　荻原井泉水編　再版　春陽堂　1924.8　98p　16cm
◇芭蕉翁略伝と芭蕉連句評釈　幻窓湖中, 勝峰晋風校訂　紅玉堂　1925　281p　三六判
◇芭蕉連句集　広田二郎校註　大日本雄弁会講談社　1951　331p　図版　19cm(新註国文学叢書　第99)
◇校本芭蕉全集　第3巻　連句篇　上　大谷篤蔵等校注　角川書店　1963　429p　図版　20cm　〈小宮豊隆監修〉
◇校本芭蕉全集　第4巻　連句篇　中　宮本三郎校注　角川書店　1964　357p　図版　20cm　〈小宮豊隆監修〉
◇校本芭蕉全集　第5巻　連句篇　下　中村俊定校注　角川書店　1968　405p　図版　20cm　〈監修者：小宮豊隆〉
◇芭蕉連句評釈―杜哉連句抄　復本一郎編　雄山閣出版　1974　223p　20cm　1200円
　内容　冬の日集弁議, 俳諧古集之弁, 連句(歌仙)構成一覧. 付：『芭蕉翁発句集蒙引』について
◇芭蕉連句集　中村俊定, 萩原恭男校注　岩波書店　1975　404p　15cm(岩波文庫)
◇芭蕉連句評釈　星加宗一著　笠間書院　1975　322p　18cm(笠間選書　38)　1000円
◇芭蕉連句冬の日新講　浪本沢一著　春秋社　1978.4　238p　20cm　2500円
◇芭蕉連句全註解　第1冊　島居清著　桜楓社　1979.6　300p　20cm　1800円
◇芭蕉連句全註解　第2冊　島居清著　桜楓社　1979.10　297p　20cm　1800円
◇芭蕉連句全註解　第3冊　島居清著　桜楓社　1980.6　361p　20cm　2400円
◇芭蕉連句全註解　第4冊　島居清著　桜楓社　1980.10　409p　20cm　2800円
◇芭蕉連句全註解　第5冊　島居清著　桜楓社　1981.5　348p　20cm　2800円
◇芭蕉連句全註解　第6冊　島居清著　桜楓社　1981.10　359p　20cm　3200円
◇芭蕉連句全註解　第7冊　島居清著　桜楓社　1982.6　384p　20cm　3400円
◇芭蕉連句全註解　第8冊　島居清著　桜楓社　1982.10　346p　20cm　3800円
◇芭蕉連句全註解　第9冊　島居清著　桜楓社　1983.5　325p　20cm　4800円
◇芭蕉連句全註解　第10冊　島居清著　桜楓社　1983.8　347p　20cm　4800円

近世文学(俳諧)

◇芭蕉連句は狂句である―歌仙評釈　足立駿二著　〔柏原〕　足立駿二　1983.9　597p　19cm　〈表紙の書名：芭蕉の幻術を見破った蕉風歌仙の正解書〉　1000円

◇芭蕉連句全註解　別冊　島居清著　桜楓社　1983.10　244p　20cm　4800円

◇風狂始末―芭蕉連句新釈　安東次男　筑摩書房　1986.6　2冊(別冊とも)　20cm　〈別冊(108p)：芭蕉七部集評釈(抄)〉　2400円

◇芭蕉連句集　中村俊定,萩原恭男校注　岩波書店　1986.12　404p　15cm(岩波文庫 30‐206‐6)　〈引用書目一覧：p343～349〉　600円

◇校本 芭蕉全集　第3巻　連句篇　上　大谷篤蔵ほか校注　富士見書房　1989.1　429p　20cm　〈監修：小宮豊隆〉　3500円

◇校本芭蕉全集　第4巻　連句篇　中　宮本三郎校注　阿部正美補訂　富士見書房　1989.2　357p　20cm　〈監修：小宮豊隆〉

◇校本芭蕉全集　第5巻　連句篇　下　中村俊定ほか校注　富士見書房　1989.3　405p　20cm　〈監修：小宮豊隆〉　3600円

◇続風狂始末―芭蕉連句新釈　安東次男　筑摩書房　1989.7　314p　20cm　2470円

◇風狂余韻―芭蕉連句新釈　安東次男著　筑摩書房　1990.12　216p　20cm　2880円

◇芭蕉連句評釈　上　安東次男著　講談社　1993.12　409p　15cm(講談社学術文庫)　1100円

◇芭蕉連句評釈　下　安東次男著　講談社　1994.1　351p　15cm(講談社学術文庫)　1100円

◇新芭蕉講座　第4巻　連句篇　上　頴原退蔵,山崎喜好著　三省堂　1995.8　368p　23cm

◇新芭蕉講座　第5巻　連句篇　下　樋口功,杉浦正一郎著　三省堂　1995.8　436p　23cm

◇対話の文芸―芭蕉連句鑑賞　村松友次著　大修館書店　2004.6　333p　22cm　2600円

◇完本風狂始末　安東次男著　筑摩書房　2005.3　701p　15cm(ちくま学芸文庫)　1700円

◆服部嵐雪(?～1759)

【注釈書】

◇評釈 嵐雪の名句　岡倉谷人著　資文堂　1926　131p　菊半裁(最新俳句評釈叢書 4)

◇評釈嵐雪の名句　岡倉谷人著　資文堂書店　1926.11　181p　15cm(最新俳句評釈叢書　第4編)

◇元禄四翁家集細注　下　橋村和紀,吉田幸一編　古典文庫　1989.5　364p　17cm(古典文庫　第511冊)　非売品
　内容　去来句集細注.丈草句集細注.嵐雪句集細注

◆向井去来(1651～1704)

【現代語訳】

◇完訳日本の古典　第55巻　芭蕉文集・去来抄　井本農一ほか校注・訳　小学館　1985.12　462p　20cm　1900円

【注釈書】

◇校訂標註芭蕉文庫　第11編　去来抄(向井去来)　荻原井泉水編　春陽堂　1925.12　89p　16cm

◇去来抄新講　上　宇田久著　俳書堂　1935　517p　図版19枚　23cm　〈図版は晩台梓行本の影印　原著：向井去来〉　5円
　内容　先師評.附録：去来評伝,新編去来発句集

◇去来抄新講　上　宇田久著　俳書堂　1935.3　495p　菊判
　内容　先師評

◇標註去来抄　木島俊太郎著　大観堂出版　1943.12　287p　21cm

◇評註 去来抄　木島俊太郎著　大観堂　1944.1　287p　A5

◇去来抄評釈　岡本明著　三省堂出版　1949　337p　22cm

◇向井去来　長崎　去来顕彰会　1954　730p　図版10枚　22cm
　内容　俳人去来評伝(杉浦正一郎) 去来とその一族(渡辺庫輔) 纂註去来句集(中西啓) 向井去来年譜(大内初夫) 去来研究文献目録(中西啓)

◇俳諧問答　許六,去来共著　横沢三郎校註　岩波書店　1954　226p　図版　15cm(岩波

近世文学(俳諧)

文庫)

◇去来抄評釈　岡本明著　名著刊行会　1970　337p　22cm　〈三省堂出版昭和24年刊の複製〉　5000円

◇総釈去来の俳論　上　去来抄簡,旅寝論　南信一著　風間書房　1974　434p 図 肖像　22cm　9000円

◇ひさご・猿蓑一校註　浜田洒堂,向井去来,凡兆編　宮本三郎著　笠間書院　1975　142p　21cm　〈原本の編者：〉

◇総釈去来の俳論　下　去来抄　南信一著　風間書房　1975　469p 図　22cm　9000円

◇去来抄　中村俊定,山下登喜子校註　改訂増補版　笠間書院　1976　188p　21cm　〈安永4年刊の複製〉

◇去来抄一新註　尾形仂ほか編著　勉誠社　1986.4　246p　22cm(大学古典叢書　5)〈主要参考文献・去来略年譜：p243〜246〉　1400円

◇元禄四家集細注　下　橋村和紀,吉田幸一編　古典文庫　1989.5　364p　17cm(古典文庫　第511冊)　非売品

内容 去来句集細注.丈草句集細注.嵐雪句集細注

◆森川許六(1656〜1715)

【現代語訳】

◇俳諧問答　許六,去来共著　横沢三郎校註　岩波書店　1954　226p 図版　15cm(岩波文庫)

【注釈書】

◇風俗文選通釈　其日庵蓮翁著　藤井紫影補訂　京都　麻田書店　1929　770p 図版　21cm

◇風俗文選通釈　藤井紫影校註・編　昭森社　1944　751p 図　19cm

◇総釈許六の俳論　南信一著　風間書房　1979.8　1056p　22cm　17000円

享保期

【注釈書】

◇古典俳文学大系　11　享保俳諧集　鈴木

勝忠,白石悌三校注　集英社　1972　638p 図　23cm

内容 金竜山,七さみだれ,江戸筏,誹諧にはくなぶり,いぬ桜,其角十七回,春秋閣,誹諧草むすび,誹諧あふぎ朗詠,四時観,たつのうら,かなあぶら,誹諧句選,誹諧友あぐら,誹諧鳥山彦,俳諧夏つくば,渭江話,俳諧其傘,風姿亀鏡集後篇,麦林集,淡々文集,古来庵発句集前編

◇新日本古典文学大系　71　元禄俳諧集　佐竹昭広ほか編　大内初夫ほか校注　岩波書店　1994.10　598,50p　22cm　〈蛙合.続の原.新撰都曲.俳諧大悟物狂.あめ子.元禄百人一句.卯辰集.蓮実.椎の葉.俳諧深川.花見車.付録 元禄俳論書.山中三吟評語.解説 雲英末雄著.三都対照俳壇史年表：p523〜562 参考文献：p596〜598〉

中興期

【注釈書】

◇秋存分　安井大江丸著　乾木水校註解説　大阪　天青堂　1924　70p 図版15枚　19cm(古俳書文庫　第10篇)

内容 合刻：常盤の香(宮紫暁編)

◇太祇俳句新釈　岡倉谷人著　紅玉堂書店　1925.12　136p　19cm(新釈俳諧叢書　第1編)

◇名物かのこ　木村捨三註解　近世風俗研究会　1959　3冊　17cm　〈書名は外題による 各巻解説首 奥付「江戸名物鹿子」享保18年刊本の影印 各巻末に註解を付す〉

◇古典俳文学大系　13　中興俳諧集　島居清,山下一海校注　集英社　1970　675p 図版　23cm

内容 江戸廿歌仙(湖十等編) 続五色墨(素丸・蓼太等編) 反古衾(雁宕・阿誰編) 鶉だち(麦水編) 我衣集(樗良編) 平安二十歌仙(嘯山等編) 其雪影(几薫編) 秋の日 五哥仙(暁台門編) 俳諧新選(嘯山編) 石の月(五雲編) あけ烏(几薫編) 続鳴鳥(樗庵麦水編) 新みなし栗(樗庵麦水編) 七柏集(蓼太編) 五車反古(維駒編) 春秋稿(白雄編) 続一夜松前集(几薫編) 統一夜松後集(几薫編) 骨書(李雨編) 夜半亭発句集(雁宕等編) 千代尼句集(既白編) 瓢箪集(嘯山・売友編) 太祇句選(呑獅編) 太祇句選 後篇(五雲編) 春泥句集(維駒編) 蓼太句集(吐月編) 蘆陰句選(几薫編) 樗良発句集(甫尺編) 半化坊発句集(車蓋編) 井華集(几薫編) しら雄句集(碩布編) 青蘿発句集(栗本玉屑編) 葎亭句集(三宅嘯山著) 暁台句集(臥央編)

◇古典俳文学大系　14　中興俳論俳文集

近世文学(俳諧)

清水孝之,松尾靖秋校注　集英社　1971　664p　図　23cm

[内容]俳論編　雪〔オロシ〕(蓼太)片歌二夜問答(涼袋)合浦誹談草稿(雁宕)華月一夜論(如達述　無住坊編)蕉門むかし語(既白)もとの清水(梨一)誹諧有の侭(闌更)とはじぐさ(涼袋)俳諧蒙求(麦水)加佐里那止(しら尾坊)俳諧提要録(烏明,百明)蕉門一夜口伝(麦水)佐比志遠理(一音)誹諧寂栞(白雄)新雑談集(几董)附合てびき聋(几董)俳文論　鶉衣(也有)宰府紀行(蝶夢)秋風記(諸九尼)あがたの三月よつき(大江丸)

◇五月物語　小林風五著　後藤利雄,斎藤政蔵校注　山形　栄文堂　1976　1冊　図　18cm(風五資料　1)〈限定版〉　非売品

◇俳諧䖳・一枝筌詳釈—江戸座高点句集　綿谷雪著　有光書房　1976　245p　図　19cm　〈限定版〉　3500円

◇鴫の跡　後藤利雄,斎藤政蔵校注　山形　栄文堂書店　1977.11　67,[24] p　18cm(風五資料　2)〈限定版〉　非売品

◇誹諧世説—影印版　田中佩刀註　文化書房博文社　1979.5　163p　22cm　〈天明5年刊の複製〉　1700円

◇むめのみち　安達正巳編注　〔南陽〕安達正巳　1982.4　〔31〕,24p　22cm〈京都橘屋明和7年刊の複製　付(p20～28)：みちのくまほろばの里に俳諧の種こぼれて…〉

◇追善其影集　武田壺竹編　安達正巳共編・注　南陽　南陽タイプ(印刷)　1983.4　〔22〕,18p　22cm　〈高畠町郷土資料館所蔵の複製と翻刻〉

◇石見かんことり塚　大石蟆鼓編　大庭良美校注　日原町(島根県)　内田繁一　1988.9　100p　21cm　〈奥付の書名：かんことり塚　発売：日原町教育委員会〉1000円

◇新日本古典文学大系　73　天明俳諧集　山下一海ほか校注　岩波書店　1998.4　466,41p　22cm　3900円

[内容]其雪影　あけ烏　続明烏　写経社集　夜半楽　花鳥篇　五車反古　秋の日　ゑぼし桶　俳諧月の夜　仮日記　遠江の記　解説：安永天明期俳諧と蕉風復興運動(田中道雄著)　夜半亭四部書(山下一海著)　蕪村系の俳書(石川真弘著)　蕪村の交友(田中善信著)

◆加舎白雄(1738～1791)

【注釈書】

◇板画人恋抄　森獏郎板画・編集　加舎白雄句　矢羽勝幸文　〔更埴〕板遊舎(製作)　1990.9　1冊(頁付なし)　20×21cm　2000円

◆高井几董(1741～1789)

【注釈書】

◇新雑談集　頴原退蔵校註　大阪　天青堂　1924　92p　19cm(古俳書文庫　第4篇)

◇其雪影・続明烏　頴原退蔵校註解題　大阪　天青堂　1924　125p　19cm(古俳書文庫　第5篇)

◇遊子行・よし野紀行　頴原退蔵校註解題　大阪　天青堂　1924　100p　19cm(古俳書文庫　第7篇)

◇青蘿発句集—附水の月　安井小酒校訂　戸田鼓竹解註　和露文庫刊行会　1926.6　1冊　20cm(和露文庫　第3編)

◆千代尼(1703～1775)

【注釈書】

◇古典俳文学大系　13　中興俳諧集　島居清,山下一海校注　集英社　1970　675p　図版　23cm

[内容]江戸廿歌仙(湖十等編)　続五色墨(素丸・蓼太等編)反古衾(雁宕・阿誰編)鵜だち(麦水編)我庵集(樗良編)平安二十歌仙(嘯山等編)其雪影(几董編)秋の日　五哥仙(暁台門編)俳諧新選(嘯山編)石の月(五雲編)あけ烏(几董編)続明烏(几董編)新みなし栗(樗庵麦水編)七柏集(蓼太編)五車反古(維駒編)春秋稿(白雄編)骨書(李ující編)夜半亭発句帖(雁宕等編)千代尼句集(既白編)瓢箪集(嘯山・売友編)太祇句選(呑獅編)太祇句選　後篇(五雲編)春泥句集(維駒編)蓼太句集(吐月編)蘆陰句選(几薫編)樗良発句選(甫尺編)半化坊発句集(車蓋編)井華集(几薫著)しら雄句集(碩布編)青蘿発句集(栗本玉屑編)葦亭句集(三宅嘯山著)暁台句集(臥央編)

近世文学(俳諧)

◆横井也有(1702～1783)

【現代語訳】

◇楽隠居のすすめ―「鶉衣」のこころ　岡田芳朗訳著　廣済堂出版　2001.7　231p　20cm　1900円

【注釈書】

◇うづら衣評釈　佐々政一著　5版　明治書院　1907　1冊　23cm　〈附：横井也有と其俳文と(25p)〉

◇校定註釈 鶉衣　石田元季注編　春陽堂　1928.2　498.77.39p　19cm　〈附；也有年譜 横井也有翁に就きて〉

◇奥の細道・鶉衣新講　岩田九郎著　三省堂　1933.6　182p　四六判(新撰国文叢書)

◇うづら衣評釈　佐々政一釈　頴原退蔵補訳　富山房　1940.10　158p　18cm(富山房百科文庫　120)

◇完本うづら衣新講　岩田九郎著　大修館書店　1958　958p 図版　22cm　〈付録(867-958p): 鶉衣解説, 鶉衣総索引〉

◇完本うづら衣新講　岩田九郎著　2版　大修館書店　1992.10　958p　22cm　15450円

◆与謝蕪村(1716～1783)

【現代語訳】

◇物語日本文学　10　藤村作他訳　至文堂　1938.6
  内容 蕪村一代物語

◇蕪村集　中村草田男訳　小学館　1943　377p　19cm(現代訳日本古典)

◇現代語訳日本古典 蕪村集　中村草田男著　小学館　1943.10　377p　B6

◇日本の古典　22　蕪村・良寛・一茶　河出書房新社　1973　337p 図　23cm
  内容 蕪村句集(山本健吉訳) 良寛歌集(柴生田稔訳) 一茶句集(金子兜太訳) 橘曙覧歌集(近藤芳美訳) 近世の秀歌(窪田空穂訳) 近世の秀句(安東次男訳) 鶉衣(横井也有著 司馬遼太郎訳) 作品鑑賞のための古典「昔を今」の序(与謝蕪村著 尾沢喜雄訳)「春泥句集」の序(与謝蕪村著 尾沢喜雄訳) 俳人蕪村(抄)(正岡子規著 尾沢喜雄訳) 一茶翁終焉記(西原文虎著 尾沢喜雄訳) 一茶の俳句を評す(正岡子規著 尾沢喜雄訳) はちすの露(抄)(貞心尼編 久米常民訳) 曙覧の歌(抄)(正岡子規著 久米常民訳) 解説(上田三四二) 年表(山下一海)

◇蕪村句漢詩訳　玄鳥弘著　〔笠岡〕　清水弘一　1975.7　289p　16cm

◇蕪村集　村松友次著　尚学図書　1981.7　459p　20cm(鑑賞日本の古典　17)　〈参考文献・蕪村関係略年表・蕪村作品出典解題：p414～459〉　1800円

◇完訳日本の古典　第58巻　蕪村集・一茶集　栗山理一ほか校注・訳　小学館　1983.7　402p　20cm　〈蕪村略年譜：p243～249 一茶略年譜：p387～399 付：参考文献〉　1700円

◇竹西寛子の松尾芭蕉集・与謝蕪村集　竹西寛子著　集英社　1987.7　278p　19cm(わたしの古典　18)　〈芭蕉・蕪村略年譜：p262～271〉　1400円

◇竹西寛子の松尾芭蕉集・与謝蕪村集　竹西寛子著　集英社　1996.2　291p　15cm(わたしの古典)　〈芭蕉・蕪村略年譜：p275～284〉　680円

◇名句即説蕪村―俳句の意味がすぐわかる！　石田郷子著　ぴあ　2004.7　255p　20cm　1714円

◇おくのほそ道　芭蕉・蕪村・一茶名句集　井本農一, 久富哲雄校訂・訳　井本農一, 堀信夫, 山下一海, 丸山一彦校訂・訳　小学館　2008.6　317p　20cm(日本の古典をよむ　20)　1800円

【注釈書】

◇校註 蕪村全集　阿心庵雪人編　土田屋書店　1898　259p　22cm

◇蕪村俳句評釈　佐藤紅緑著　大学館　1904.3　294p　15cm(俳句入門叢書　第2編)

◇蕪村七部集俳句評釈　内藤鳴雪著　大学館　1906　2冊　15cm(初学俳句叢書　第5,6編)
  内容 春夏 261p, 秋冬 243p

◇蕪村俳句集(標註)―附, 渓月句集　岩本梓石編　すみや書店　1906.12　232p　19cm

◇蕪村俳句評釈(続)　寒川鼠骨著　大学館　1908.6　224p　15cm(初学俳句叢書　第16編)

近世文学(俳諧)

◇校註評釈 蕪村俳句全集　長谷川零余子著　日本評論社出版部　1921

◇評釈 蕪村の名句　吉田冬葉著　資文堂　1926　182p　菊半截(最新俳句評釈叢書 7)

◇江戸文学講座　蕪村俳句選釈　鈴鹿登著　日本文学社　1933.5　120p　22cm

◇蕪村俳句選釈　鈴鹿登著　日本文学社　1933.5　1冊　菊判

◇評釈蕪村の名句　吉田冬葉著　資文堂書店　1934.3　182p　15cm(最新俳句評釈叢書　第4編)

◇蕪村名句評釈　河東碧梧桐著　非凡閣　1934.12　304p　20cm(俳句評釈選集)

◇蕪村俳句集　穎原退蔵編註　岩波書店　1935.5　217p　菊半截(岩波文庫　1154-1155)

◇蕪村名句集　竹沢冬青解釈　研究社　1943.10　252p　15cm(研究社学生文庫 347)

◇蕪村俳句集　穎原退蔵編註　11版　岩波書店　1948　217p　15cm(岩波文庫)

◇蕪村の解釈と鑑賞　清水孝之著　明治院　1956　301p　図版　19cm

◇与謝蕪村集　穎原退蔵校註　清水孝之増補　朝日新聞社　1957　383p　19cm(日本古典全書)　〈巻首に解説1-48pを付す〉

◇日本古典文学大系　第58　蕪村集　暉峻康隆校注　岩波書店　1959　530p　図版　22cm

◇古典日本文学全集　第32　与謝蕪村集・小林一茶集　筑摩書房　1960　421p　図版　23cm

内容　与謝蕪村集(栗山理一評釈)俳句編、連句編、俳詩編、俳文編.小林一茶集(中島斌雄評釈)俳句、父の終焉日記、おらが春、文集 付：書簡、解説(栗山理一)　積極的美、客観的美(正岡子規)　郷愁の詩人与謝蕪村(萩原朔太郎)　蕪村風雅(石川淳)　一茶の晩年(相馬御風)　一茶の生涯(島崎藤村)　蕪村と一茶(臼井吉見)

◇古典日本文学全集　第32　与謝蕪村集、小林一茶集　筑摩書房　1965　421p　図版　23cm　〈普及版〉

内容　与謝蕪村集 俳句編、連句編、俳詩編、俳文編(栗山理一評釈)小林一茶集 俳句、父の終焉日記、おらが春、文集(中島斌雄評釈)解説(栗山理一)　積極的美・客観的美(正岡子規)　郷愁の詩人与謝蕪村(萩原朔太郎)　蕪村風雅(石川淳)　一茶の晩年(相馬御風)　一茶の生涯(島崎藤村)　蕪村と一茶(臼井吉見)

◇日本文学全集　第6　古典詩歌集　河出書房新社　1966　427p 図版　20cm　〈監修者：谷崎潤一郎等〉

内容　記紀歌集、万葉集、古今和歌集、新古今和歌集、玉葉和歌集、風雅和歌集、金槐和歌集、神楽歌、催馬楽、梁塵秘抄、閑吟集、芭蕉句集、奥の細道、蕪村句集、一茶句集、小倉百人一首. 注釈(池田弥三郎) 解説(山本健吉)

◇古典俳文学大系　12　蕪村集　大谷篤蔵、岡田利兵衛、島居清校注　集英社　1972　575p　図　23cm

内容　発句編、連句編、文章編、書簡編. 発句索引、蕪村略年譜

◇蕪村連句全注釈　野村一三著　笠間書院　1975　338p　22cm(笠間叢書　51)　5500円

◇図説日本の古典　14　集英社　1978.10　218p　28cm　〈企画：秋山虔ほか〉2400円

内容　芭蕉・蕪村年譜：p212〜215　各章末：参考文献

◇蕪村連句一座の文芸　暉峻康隆注解　小学館　1978.10　269p　23cm　〈監修：暉峻康隆〉　3800円

◇与謝蕪村集　清水孝之校注　新潮社　1979.11　418p　20cm(新潮日本古典集成)〈与謝蕪村略年譜：p395〜404〉　1800円

◇此ほとり一夜四歌仙評釈　中村幸彦著　角川書店　1980.8　275p　20cm　1900円

◇芭蕉・蕪村　白石悌三、佐々木丞平、児玉幸多編　新装版　集英社　1988.11　218p　28cm(図説 日本の古典　14)〈芭蕉・蕪村年譜：p212〜215　各章末：参考文献〉2800円

内容　芭蕉から蕪村へ　芭蕉・人と作品/四季の構図　芭蕉自筆自画『甲子吟行画巻』漂泊イメージの原像・芭蕉翁絵詩伝　宿場と旅　児玉幸多　蕪村・人と作品─戯遊の詩情　蕪村の画業　芭蕉体験の一側面・英一蝶の場合　芭蕉と千代倉家　俳画と文人画　俳書変遷　元禄・天明の文化　芭蕉・蕪村連句解題　芭蕉・蕪村関係年表

◇蕪村俳句集─付春風馬堤曲他二篇　尾形仂校注　岩波書店　1989.3　319p　15cm(岩波文庫)　550円

内容　蕪村句集.蕪村遺稿.蕪村自筆句帳抄.俳詩春風馬堤曲.澱河歌.北寿老仙をいたむ

近世文学(俳諧)

◇蕪村俳句集―付春風馬堤曲他二篇　尾形仂校注　岩波書店　1991.1　319p　19cm(ワイド版岩波文庫)　1000円

◇蕪村秀句―評釈　永田竜太郎著　永田書房　1991.6　253p　20cm　1700円

◇与謝蕪村句集　永田竜太郎編注　永田書房　1991.12　451p　22cm　4500円

◇蕪村全集　第1巻　発句　尾形仂,森田蘭校注　講談社　1992.5　681p　22cm　〈著者の肖像あり〉　9800円

◇蕪村書簡集　大谷篤蔵,藤田真一校注　岩波書店　1992.9　510p　15cm(岩波文庫)　770円

◇蕪村秀句―評釈　続　永田竜太郎著　永田書房　1992.10　258p　20cm　1700円

◇蕪村全集　第3巻　句集・句稿・句会稿　尾形仂,丸山一彦校注　講談社　1992.12　683p　22cm　9800円

◇蕪村全集　第8巻　関係俳書　桜井武次郎ほか校注　講談社　1993.3　585p　22cm　9600円

◇蕪村秀句―評釈　完　永田竜太郎著　永田書房　1993.7　291p　20cm　1800円

◇蕪村研究資料集成　作品研究1　クレス出版　1993.9　7,482p　22cm　〈監修：久富哲雄,谷地快一　複製〉

内容　増訂蕪翁句集　松窓乙二注釈(万巻堂明治29年跋刊)頭注蕪翁句集捨遺　秋声会校訂(万巻堂明治30年跋刊)校注蕪村全集　阿心庵雪人編(上田屋書店明治30年刊)解題

◇蕪村研究資料集成　作品研究3　クレス出版　1993.9　1冊　22cm　〈監修：久富哲雄,谷地快一　複製〉

内容　春夏蕪村七部集俳句評釈　内藤鳴雪著(大学館明治39年刊)秋冬蕪村七部集俳句評釈　内藤鳴雪著(大学館明治39年刊)解題

◇蕪村研究資料集成　作品研究4　クレス出版　1993.9　4,232,224p　22cm　〈監修：久富哲雄,谷地快一　複製〉

内容　標注蕪村俳句全集　岩本梓石編著(すみや書店明治39年刊)続蕪村俳句評釈　寒川鼠骨著(大学館明治41年刊)解題

◇蕪村研究資料集成　作品研究13　クレス出版　1994.1　12,637p　22cm　〈監修：久富哲雄,谷地快一　複製〉

内容　校註解釈蕪村俳句全集　長谷川零餘子編(日本評論社出版部大正10年刊)俳句講話古人を説く　荻原井泉水著(聚英閣大正13年刊)蕪

乃俳諧学校　乾木水解説　大西一外校訂　平culums鳳二編(書画珍本雑誌社大正13年刊)評釈蕪村の名句　吉田冬葉老(資文堂書店大正15年刊)召波居士に宛たる蕪村翁の墨蹟　田中常太郎編(私家版大正8年刊)解題

◇蕪村全集　第4巻　俳詩・俳文　尾形仂,山下一海校注　講談社　1994.8　477p　22cm　9400円

◇離俗の思想―蕪村評釈余情　永田竜太郎著　永田書房　1995.2　275p　20cm　1800円

◇蕪村全集　第7巻　編著・追善　丸山一彦,山下一海校注　講談社　1995.4　637p　22cm　9800円

◇蕪村集　中村草田男著　講談社　2000.7　386p　16cm(講談社文芸文庫)　〈著作目録あり〉　1400円

◇此ほとり一夜四哥仙全評釈　栗本幸子著　松本節子校閲　〔福井〕　栗本幸子　2001.6　255p　23cm　〈文献あり〉

◇蕪村全集　第2巻　連句　丸山一彦ほか校注　講談社　2001.9　614p　22cm　9800円

◇蕪村全集　第5巻　書簡　尾形仂,中野沙恵校注　講談社　2008.11　678p　22cm　9800円

文化文政天保期

【現代語訳】

◇くらべ杖―俳人小林葛古　内山竜孝,大塚清人編訳　佐久　櫟　1983.11　109p　26cm　〈著者の肖像あり〉

内容　解題．くらべ杖(内山理久所蔵の複製と翻刻)俳諧起源大略．きりもぐさ．小林葛古略伝　永原秀山著

【注釈書】

◇俳諧者流奇談夢之桟　2巻　勝峰錦風校註　大阪　天青堂　1924　90p 図版　19cm(古俳書文庫　第6篇)〈附：高館俳軍記〉

◇歩月の章・うき草日記　遠藤蓼花校註　大阪　天青堂　1924　86p 図版　19cm(古俳書文庫　第9篇)

◇古典俳文学大系　16　化政天保俳諧集　宮田正信,鈴木勝忠校注　集英社　1971　628p 図　23cm

内容　落柿舎日記,麻刈集,枇杷園句集,枇杷園

近世文学(俳諧)

句集後編、枇杷園随筆、佳気悲南多、東皋句集、斧の柄、松窓乙二発句集 付・をののえな草稿、手折薬、嵩本集、続嵩本集、俳諧鼠道行、成美家集、随斎諧話、あなうれし、四山藁、葛三句集、篤老園自撰句帖初編、空華集、曽波可理、八朶園句纂、梅室家集 付・増補方円発句集、曙庵句集、訂正著虹翁句集 付・対塔庵句集、青々処句集、鳳朗発句集

◇憑蒐集　随巣羽人輯　〔船橋〕　船橋市史談会　1983.3～1984.3　2冊(別冊とも)　21～26cm　〈別冊(74p)：釈文・解説　井上脩之介著〉

◇若葉の梅―文台開　承風亭可柳編　安達正巳共編・注　南陽　南陽タイプ(印刷)　1984.6　〔18〕,16p　22cm　〈原文は鈴木康雄蔵の複製〉

◇明のさくら　山口里仙編　安達正巳共編・注　南陽　安達正巳　1985.11　25,28p　22cm　〈付：参考文献〉

◇『無塵集』について―翻刻と注釈　仁枝忠　津山　仁枝忠　1985.12　33p　26cm　〈『作陽学園学術研究会研究紀要』第18巻第2号別刷〉

◇恩のかぜ　安達正巳編注　〔南陽〕　安達正巳　1986.11　〔34〕,27p　22cm(高畠町文化資料　第6集)

◇蒼山発句集　安達正巳編注　南陽　安達正巳　1988.8　37p　22cm　〈参考文献：p35～36〉

◇菊の翁―俳諧「糸魚川」評釈　磯野繁雄　糸魚川　「菊の翁」刊行委員会　1989.5　393p　21cm　1600円

◇註解さくらあさ集―竹原の俳諧　岩国玉太編著　竹原　竹原温知会　2001.7　47p　26cm　〈標題紙のタイトル：註解『さくら麻集』〉

◇雲鳥日記―注解 安政初期西国筋巡遊俳諧紀行文　古橋一男編輯　雄踏町(静岡県)　古橋一男　2003.6　88p　26cm

◆小林一茶(1763～1827)

【現代語訳】

◇父の終焉日記・寛政三年紀行―附現代語訳　丸山一彦訳註　角川書店　1962　202p　16cm(角川文庫)

◇日本の古典　22　蕪村・良寛・一茶　河出書房新社　1973　337p　図　23cm
内容　蕪村句集(山本健吉訳) 良寛歌集(柴生田稔訳) 一茶句集(金子兜太訳) 橘曙覧歌集(近藤芳美訳) 近世の秀歌(窪田空穂訳) 近世の秀句(安東次男訳) 鶉衣(横井也有著 司馬遼太郎訳)作品鑑賞のための古典「昔を今」の序(与謝蕪村著 尾沢喜雄訳)「春泥句集」の序(与謝蕪村著 尾沢喜雄訳) 俳人蕪村(抄)(正岡子規著 尾沢喜雄訳) 一茶翁終焉記(西原文虎著 尾沢喜雄訳) 一茶の俳句を評す(正岡子規著 尾沢喜雄訳) はちすの露(抄)(貞心尼編 久米常民訳) 曙覧の歌(抄)(正岡子規著 久米常民訳) 解説(上田三四二) 年表(山下一海)

◇おらが春・父の終焉日記―現代語訳　黄色瑞華訳　高文堂出版社　1979.1　110p　18cm(高文堂新書)

◇完訳日本の古典　第58巻　蕪村集・一茶集　栗山理一ほか校注・訳　小学館　1983.7　402p　20cm　〈蕪村略年譜：p243～249　一茶略年譜：p387～399 付：参考文献〉　1700円

◇一茶等俳句漢詩訳　玄鳥弘著　〔笠岡〕清水弘一　1984.9　584p　16cm

◇おらが春・父の終焉日記―現代語訳　黄色瑞華訳　改訂　高文堂出版社　1987.8　109p　19cm　980円

◇おくのほそ道　芭蕉・蕪村・一茶名句集　井本農一、久富哲雄校訂・訳　井本農一、堀信夫、山下一海、丸山一彦校訂・訳　小学館　2008.6　317p　20cm(日本の古典をよむ　20)　1800円

◇一茶おらが春板画巻　森獏郎板画・現代語訳　矢羽勝幸監修・解説　長野　信濃毎日新聞社　2008.10　69p　21×26cm　1800円

【注釈書】

◇校訂標註一茶文庫　第1編　一茶発句集　荻原井泉水編　春陽堂　1925.5　105p　16cm

◇校訂標註一茶文庫　第2編　おらが春　荻原井泉水編　春陽堂　1925.5　77p　16cm

◇校訂標註一茶文庫　第3編　看病手記　荻原井泉水編　春陽堂　1925.7　101p　16cm　〈附；一茶書簡集〉

◇一茶俳句新釈　川島露石著　紅玉堂　1926　323p　四六判

◇校訂標註一茶文庫　第4編　七番日記抄上　荻原井泉水編　春陽堂　1926.7　91p　16cm

近世文学(俳諧)

◇校訂標註一茶文庫　第5編　七番日記抄下　荻原井泉水編　春陽堂　1926.7　100p　16cm

◇校訂標註一茶文庫　第7編　一茶俳諧歌　荻原井泉水編　春陽堂　1927.10　100p　16cm

◇評釈 一茶の名句　臼田亜浪著　資文堂　1928.2　194p　菊半截(最新俳句評釈叢書 5)

◇一茶俳句新釈　川島露石著　大地社書店　1931.2　323p　19cm

◇一茶名句評釈　勝峯晋風著　非凡閣　1935.2　280p　20cm(俳句評釈選集　第3巻)

◇おらが春　藤村作註解　栗田書店　1935.3　74p　四六判(新撰近代文学)

◇一茶俳句新釈　川島つゆ著　1936.2　323p　四六判　〈金葉社、素人社(発売)〉

◇評釈 おらが春　勝峯晋風著　十字屋書店　1942.1　354p　B6

◇解註 一茶文集　伊藤正雄註　三省堂　1943.4　253p　19cm

◇評釈一茶のおらが春　勝峯晋風評釈　十字屋書店　1949　350p　図版　19cm

◇小林一茶集　伊藤正雄校註　朝日新聞社　1953　327p　19cm(日本古典全書)

◇随筆一茶　第5巻　おらが春新釈　荻原井泉水著　春秋社　1956　162p　図版　18cm

内容　おらが春新釈,おらが春句抄,おらが春(原文)

◇古典日本文学全集　第32　与謝蕪村集・小林一茶集　筑摩書房　1960　421p　図版　23cm

内容　与謝蕪村集(栗山理一評釈) 俳句編、連句編、俳詩編、俳文編.小林一茶集(中島斌雄評釈) 俳句、父の終焉日記、おらが春、文集 付：書簡,解説(栗山理一) 積極的美、客観的美(正岡子規) 郷愁の詩人与謝蕪村(萩原朔太郎) 蕪村風雅(石川淳) 一茶の晩年(相馬御風) 一茶の生涯(島崎藤村) 蕪村と一茶(臼井吉見)

◇古典日本文学全集　第32　与謝蕪村集,小林一茶集　筑摩書房　1965　421p 図版　23cm　〈普及版〉

内容　与謝蕪村集 俳句編、連句編、俳詩編、俳文編(栗山理一評釈) 小林一茶集(中島斌雄評釈) 俳句、父の終焉日記、おらが春、文集(中島斌雄評釈) 解説(栗山理一) 積極的美・客観的美(正岡子規) 郷愁の詩人与謝蕪村(萩原朔太郎) 蕪村風雅(石川淳) 一茶の晩年(相馬御風) 一茶の生涯(島崎藤村) 蕪村と一茶(臼井吉見)

◇日本文学全集　第6　古典詩歌集　河出書房新社　1966　427p 図版　20cm　〈監修者：谷崎潤一郎等〉

内容　記紀歌集,万葉集,古今和歌集,新古今和歌集,玉葉和歌集,風雅和歌集,神楽歌,催馬楽,梁塵秘抄,閑吟集,芭蕉句集,奥の細道,蕪村句集,一茶句集,小倉百人一首.注釈(池田弥三郎) 解説(山本健吉)

◇古典俳文学大系　15　一茶集　丸山一彦,小林計一郎校注　集英社　1970　736p 図版　23cm

内容　発句編.連句編.紀行・日記編 寛政三年紀行、西国紀行、父の終焉日記.俳文編.撰集編 たびしうゐ、さらば笠、我春集、株番、志多良、三韓人、おらが春

◇校本おらが春・附文虎本おらが春　黄色瑞華校注　成文堂　1975　118,5p 図　22cm

◇一茶全集　第6巻　句文集・撰集・書簡　信濃教育会編　丸山一彦,小林計一郎校注　長野　信濃毎日新聞社　1976　490p 図　22cm

◇一茶全集　第3巻　句帖 2　信濃教育会編　宮脇昌三,矢羽勝幸校注　長野　信濃毎日新聞社　1976.12　619p 図　22cm

◇一茶全集　第4巻　句帖 3　信濃教育会編　尾沢喜雄,宮脇昌三校注　長野　信濃毎日新聞社　1977.5　629p 図　22cm　〈監修：尾沢喜雄〉

◇一茶全集　第2巻　句帖 1　信濃教育会編　宮脇昌三,矢羽勝幸校注　長野　信濃毎日新聞社　1977.8　616p 図　22cm　〈監修：尾沢喜雄〉

◇一茶全集　第7巻　雑録　信濃教育会編　小林計一郎,丸山一彦校注　長野　信濃毎日新聞社　1977.12　603p　22cm　〈監修：尾沢喜雄〉

◇一茶全集　第8巻　関係俳書　信濃教育会編　矢羽勝幸校注　長野　信濃毎日新聞社　1978.3　614p　22cm　〈監修：尾沢喜雄〉

◇一茶全集　第5巻　紀行・日記/俳文拾遺/自筆句集/連句/俳諧歌　信濃教育会編　丸山一彦,小林計一郎校注　長野　信濃毎日新聞社　1978.11　577p　22cm　〈監修：尾沢喜雄〉

◇一茶全集　別巻　資料・補遺　信濃教育

日本古典文学案内－現代語訳・注釈書　279

近世文学(川柳・雑俳)

会編　小林計一郎ほか校注　長野　信濃
毎日新聞社　1978.12　403p　22cm
〈監修：尾沢喜雄〉

◇一茶全集　第1巻　発句　信濃教育会編
小林計一郎ほか校注　長野　信濃毎日新
聞社　1979.8　762p　22cm　〈監修：尾
沢喜雄〉

◇おらが春——一茶自筆稿本　黄色瑞華編・
解説　明治書院　1987.10　2冊(別冊とも)
23cm　〈複製　別冊(35p)：おらが春全注
帙入(25×34cm)　限定版〉　65000円

◇おらが春　黄色瑞華校注　明治書院
1988.3　139p　22cm　〈略年譜：p126～
132〉

◇一茶俳句集　丸山一彦校注　小林一茶著
新訂　岩波書店　1990.5　414p
15cm(岩波文庫)　620円

◇一茶俳句集　丸山一彦校注　新訂　岩波
書店　1991.12　414p　19cm(ワイド版岩
波文庫)　1200円

◇父の終焉日記・おらが春・他一篇　矢羽
勝幸校注　岩波書店　1992.1　323p
15cm(岩波文庫)　620円

◇七番日記　上　丸山一彦校注　岩波書店
2003.11　439p　15cm(岩波文庫)　900円

◇七番日記　下　丸山一彦校注　岩波書店
2003.12　565p　15cm(岩波文庫)　900円

◆良寛(1758～1831)

【現代語訳】

◇日本の古典　22　蕪村・良寛・一茶　河
出書房新社　1973　337p　図　23cm

> [内容]　蕪村句集(山本健吉訳)　良寛歌集(柴生田
> 稔訳)　一茶句集(金子兜太訳)　橘曙覧歌集(近藤
> 芳美訳)　近世の秀歌(窪田空穂訳)　近世の秀句
> (安東次男訳)　鶉衣(横井也有著　司馬遼太郎訳)
> 作品鑑賞のための古典「昔を今」の序(与謝蕪
> 村著　尾沢喜雄訳)「春泥句集」の序(与謝蕪村
> 著　尾沢喜雄訳)　俳人蕪村(抄)(正岡子規著　尾
> 沢喜雄訳)　一茶翁終焉記(西原文虎著　尾沢喜雄
> 訳)　一茶の俳句を評す(正岡子規著　尾沢喜雄
> 訳)　はちすの露(抄)(貞心尼編　久米常民訳)　曙
> 覧の歌(抄)(正岡子規著　久米常民訳)　解説(上
> 田三四二)　年表(山下一海)

◇良寛の俳句抄　池谷敏忠訳　名古屋　精
誠社　1981.10　42p　19cm　〈英語書
名：Selected haiku of Ryôkan　英文併記
限定版〉

◇校注良寛全句集　谷川敏朗著　春秋社
2000.2　280,4p　20cm　〈年表あり〉
2300円

> [内容]　新春　春　夏　秋　冬　無季

【注釈書】

◇校注良寛全句集　谷川敏朗著　新装版
春秋社　2007.4　280,4p　20cm　〈年譜
あり〉　2300円

川柳・雑俳

【現代語訳】

◇江戸川柳の抒情を楽しむ—現代語訳　東
井淳著　大阪　新葉館出版　2004.2
289p　19cm　1600円

◇武将の天分—江戸っ子が川柳で明かす
得能審二著　友人社　2008.1　174p
21cm(Yujin books)　1000円

【注釈書】

◇川柳難句評釈　梅本鐘太郎著　文禄堂書
塵　1900.3　206p　15cm

◇分類評釈川柳名句選　島崎松琴編　如山
堂書店　1905.3　264p　15cm

◇徳川文芸類聚　第11　雑俳　山田安栄,伊
藤千可良,岩橋小弥太校訂　国書刊行会
1914.8　519p　23cm

> [内容]　俳諧武玉川(四時庵紀逸)　俳諧金砂集　新
> 撰猿菟玖波集(一陽井□素外)　俳諧高天鶯(鶴
> 寿軒良弘)　難波土産　江戸みやげ　若えびす(白
> 梅園鷺水)　冠独歩行　俳諧萬人講　俳諧三尺のむ
> ち　俳諧あづまからげ　青木賊　歌羅衣(丹頂斉一
> 声)

◇類題川柳名句評釈　島崎松琴著　3版　町
田書店　1922.1　264p　15cm

◇古川柳評釈(情本位)　中野三允著　坂井久
良岐補　山海堂出版部　1925　217p　図
18cm

◇類註時代川柳大観　森田鷗東(義興)著
春陽堂　1927.2　789,77p　20cm

◇川柳選　鈴木重雅編　武蔵野書院　1950
66p　19cm(校註日本文芸新篇)

◇柳の葉末全釈　岡田甫著　有光書房
1956　203p　図版　13×20cm　〈「全釈柳

近世文学(川柳・雑俳)

の葉末」の改訂新版 限定版 著者署名本〉

◇日本古典文学大系　第57　川柳狂歌集　杉本長重、浜田義一郎校注　岩波書店　1958　507p 図版　22cm

　内容 川柳集(杉本長重校注)誹風柳多留(抄),誹風柳多留拾遺(抄)狂歌集(浜田義一郎校注)徳和歌後万載集,蜀山百首,吾妻曲狂歌文庫

◇古典日本文学全集　第33　川柳集　吉田精一評釈　筑摩書房　1961　414p 図版　23cm

　内容 解説(吉田精一,浜田義一郎)川柳の文芸性(頴原退蔵)滑稽文学研究序説(麻生磯次)狂歌を論ず(永井荷風)狂歌百鬼夜狂(石川淳)

◇古典日本文学全集　第33　川柳集　吉田精一評釈　筑摩書房　1967　414p 図版　23cm　〈普及版〉

　内容 解説(吉田精一,浜田義一郎)川柳の文芸性(頴原退蔵)滑稽文学研究序説(麻生磯次)狂歌を論ず(永井荷風)狂歌百鬼夜狂(石川淳)

◇日本古典文学全集　46　黄表紙,川柳,狂歌　小学館　1971　608p 図　23cm

　内容 黄表紙(浜田義一郎校注) 金々先生栄花夢(恋川春町画・作) 親敵討腹鼓(朋誠堂喜三次 恋川春町画・作) 無益委記(恋川春町画・作) 虚言八百八伝(四方屋本太郎画 北尾重政画) 景清百人一首(朋誠堂喜三二作 北尾重政画) 江戸生艶気樺焼(山東京伝作 北尾政演画) 大悲千禄本(芝全交作 北尾政演画) 時代世話二挺鼓(山東京伝作 行磨画) 鸚鵡返文武二道(恋川春町作 北尾政美画) 遊妓寒卯角文字(芝全交作 北尾重政画) 川柳(鈴木勝忠校注) 狂歌(水野稔校注) 黄表紙題簽一覧(浜田義一郎)

◇雨譚註川柳評万句合　水木真弓編著　水木直箭校訂　有光書房　1974　439p 図　22cm　5800円

◇正風冠句新講　久佐太郎著　文芸塔社編纂　2版　城陽　文芸塔社　1986.7　132p 19cm

◇誹風妻楊枝私注　小野真孝著　近代文芸社　1989.9　125p 20cm　1000円

◇十七文字に生きる庶民の本音―ひねり唄　鈴木昶著　健友館　1990.3　191p 20cm　1540円

◇軽口頓作輪講　第1巻　軽口頓作研究会編　太平書屋　1991.5　326p　15×21cm　4000円

◇軽口頓作輪講　第2巻　軽口頓作研究会編　太平書屋　1992.12　436p　15×21cm　4500円

◇古川柳　山路閑古著　岩波書店　1993.7　220p 20cm(岩波新書の江戸時代)　1500円

◇軽口頓作輪講　第3巻　軽口頓作研究会編　太平書屋　1994.6　389p　15×21cm　4500円

◇古川柳くすり箱　鈴木昶著　青蛙房　1994.6　239p 20cm　2060円

◇一句で綴る川柳の歩み　東井淳著　近代文芸社　1994.9　179p 20cm　1200円

◇「江戸川柳」男たちの泣き笑い―付き合いの知恵を伝える十七文字　下山弘著　プレジデント社　1994.9　215p 20cm　1550円

◇江戸っ子人情泣き笑い―「江戸川柳」に見る暮らしの歳時記　三谷茉沙夫著　大和出版　1994.12　233p 19cm　1400円

◇アラジン先生の川柳読み解き咄―江戸川柳と動物　柴田荒神著　近代文芸社　1995.2　213p 20cm　1500円

◇幸々評勝句一輪講　第1期 1　石田成佳ほか述　芝川町(静岡県)　川柳雑俳研究会　1995.6　296,9p　21cm(江戸川柳・解釈と鑑賞・シリーズ　5)　非売品

　内容 明和八年八月～安永元年風1

◇江戸川柳一庶民の四季　藤田良実著　泰流社　1995.6　185p 19cm　〈参考文献：p183～185〉　1500円

◇川柳のエロティシズム　下山弘著　新潮社　1995.6　222p 20cm(新潮選書)　980円

◇歌舞伎と五十三次―川柳譚　富士野鞍馬著　全国教育産業協会　1995.8　222p 22cm　2800円

◇江戸艶句『柳の葉末』を愉しむ―幻の古川柳・全解釈　蕣露庵主人著　三樹書房　1995.9　299p 20cm　2500円

◇川柳江戸八百八町　鈴木昶著　東京堂出版　1995.9　237p 20cm　1600円

◇幸々評勝句一輪講　第1期 2　石田成佳ほか述　芝川町(静岡県)　川柳雑俳研究会　1995.10　236,10p　21cm(江戸川柳・解釈と鑑賞・シリーズ　6)　非売品

　内容 安永元年賦1～雅2

◇江戸サラリーマン川柳　三谷茉沙夫編著　三一書房　1995.12　235p 20cm　〈付：参考文献〉　1800円

日本古典文学案内－現代語訳・注釈書　　281

近世文学(川柳・雑俳)

◇幸々評勝句―輪講　第2期　南得二ほか述　芝川町(静岡県)　川柳雑俳研究会　1996.6　368,11p　21cm(江戸川柳・解釈と鑑賞・シリーズ　8)　非売品

内容　安永元年頌1～音2

◇軽口頓作輪講　第4巻　軽口頓作研究会編　太平書屋　1996.7　388p　15×21cm　4500円

◇柳籠裏三篇―輪講　佐藤要人ほか述　芝川町(静岡県)　川柳雑俳研究会　1996.9　248,9p　21cm(江戸川柳・解釈と鑑賞・シリーズ　9)　非売品

◇図説古川柳に見る京・近江　室山源三郎著　三樹書房　1996.11　213p　20cm　1957円

◇川柳を楽しむ―名句の味わいと感動　東井淳著　大阪　葉文館出版　1996.11　273p　19cm　〈索引あり〉　1650円

内容　文献あり

◇江戸の色道―性愛文化を繙く禁断の絵図と古川柳　上　男色篇　蕣露庵主人著　大阪　葉文館出版　1996.12　235p　19cm　1748円

◇江戸の色道―性愛文化を繙く禁断の絵図と古川柳　下　女色篇　蕣露庵主人著　大阪　葉文館出版　1996.12　205p　19cm　1748円

◇さくらの実―輪講　玉柳―輪講　増田政江,清博美編　芝川町(静岡県)　川柳雑俳研究会　1997.2　354p　22cm(江戸川柳・解釈と鑑賞・シリーズ　10)　非売品

◇川柳評万句合研究　1　川柳雑俳研究会　芝川町(静岡県)　川柳雑俳研究会　1997.3　255p　21cm(川柳研究会記録　1)　非売品

内容　自・安四義3～至・安四智9

◇川柳評万句合研究　2　清博美編　芝川町(静岡県)　川柳雑俳研究会　1997.7　215p　21cm(古川柳研究会記録　2)　非売品

内容　自・安四信1～至・安四叶1

◇川柳評勝句(宝暦七年)輪講　清博美編　芝川町(静岡県)　川柳雑俳研究会　1997.9　287p　21cm(江戸川柳・解釈と鑑賞・シリーズ　12)　非売品

◇川柳評万句合研究　3　清博美編　芝川町(静岡県)　川柳雑俳研究会　1997.11　323p　21cm(古川柳研究会記録　3)　非売品

内容　明五宮1-明五義3

◇眉斧日録輪講　八木敬一解説　高槻　古川柳電子情報研究会　1998.1　95p　21cm　非売品

◇江戸川柳　渡辺信一郎著　岩波書店　1998.2　222p　16cm(同時代ライブラリー)　〈年表あり〉　1100円

◇川柳評万句合研究　4　清博美編　芝川町(静岡県)　川柳雑俳研究会　1998.3　332p　21cm(古川柳研究会記録　4)　非売品

内容　自・明五礼1～至・明五亀1

◇古川柳名句選　山路閑古著　筑摩書房　1998.5　415p　15cm(ちくま文庫)　〈1968年刊の改訂〉　950円

◇川柳評万句合研究　5　清博美編　芝川町(静岡県)　川柳雑俳研究会　1998.7　219p　21cm(古川柳研究会記録　5)　非売品

内容　明六五五会―明六義1

◇三省堂江戸川柳便覧　佐藤要人編　三省堂　1998.9　539p　16cm　1500円

◇いなか曲紅はたけ―山形の古川柳　片桐昭一著　上山　みちのく書房　1999.1　350,7p　19cm　1300円

◇江戸川柳　三省堂編修所編　三省堂　1999.7　215p　18cm(ことばの手帳)　1000円

◇古川柳などに学ぶ生老病死の狂訓　能里与志著　新風舎　1999.8　267p　16cm(新風選書)　1500円

◇新編日本古典文学全集　79　黄表紙・川柳・狂歌　棚橋正博,鈴木勝忠,宇田敏彦注解　小学館　1999.8　622p　23cm　〈年表あり〉　4657円

内容　黄表紙:金々先生栄花夢(恋川春町画・作)　桃太郎後日噺(朋誠堂喜三二作,恋川春町画)　唯多雁取帳(奈蒔野馬乎人作,忍岡哥麿画)　従夫以来記(竹杖為軽作,喜多川歌麿画)　江戸生艶気樺焼(山東京伝作,北尾政演画)　江戸春一夜千両(山東京伝作,北尾政演画)　文武二道万石通(朋誠堂喜三二作,喜多川行麿画)　鸚鵡返文武二道(恋川春町作,北尾政美画)　心学早染草(山東京伝作,北尾政美画)　鼻下長物語(芝全交作,北尾重政画)　川柳　狂歌

◇詠史川柳二百選　西原功明著　福岡　海鳥社　1999.9　225p　19cm　1800円

◇雨譚註万句合研究　1　清博美編　芝川町(静岡県)　川柳雑俳研究会　1999.10　200p　21cm(古川柳研究会記録　9)　非

282　日本古典文学案内―現代語訳・注釈書

近世文学(川柳・雑俳)

売品

◇幸々評勝句─輪講　第3期 1　川柳雑俳研究会　芝川町(静岡県)　川柳雑俳研究会　2000.3　242p　21cm(江戸川柳・解釈と鑑賞・シリーズ　20)〈編集：清博美〉　非売品

内容　自・安永二年八月一日至・安永二年興2

◇雨譚註万句合研究　2　清博美編　芝川町(静岡県)　川柳雑俳研究会　2000.4　185p　21cm(古川柳研究会記録　10)〈記録：加藤安雄〉　非売品

内容　自・安永7年～至・寛政元年

◇幸々評勝句─輪講　第3期 2　川柳雑俳研究会　芝川町(静岡県)　川柳雑俳研究会　2000.6　211p　21cm(江戸川柳・解釈と鑑賞・シリーズ　21)〈編集：清博美〉　非売品

内容　自・安永二年雅1至・安永二年七月二一日

◇川柳評万句合研究　7　清博美編　芝川町(静岡県)　川柳雑俳研究会　2000.8　286p　21cm(古川柳研究会記録　11)　非売品

内容　自・明八天1-至・明八仁6

◇方言と川柳　鈴木武兵衛編　長野　鈴木武兵衛　2000.10　68p　26cm　非売品

◇川柳評万句合研究　8　清博美編　芝川町(静岡県)　川柳雑俳研究会　2000.12　257p　21cm(古川柳研究会記録　12)〈記録：加藤安雄〉　非売品

内容　明八義1-明八鶴6

◇川柳評勝句(宝暦八年)輪講　上　川柳雑俳研究会　芝川町(静岡県)　川柳雑俳研究会　2001.3　272p　21cm(江戸川柳・解釈と鑑賞・シリーズ　23)〈編集：清博美〉　非売品

◇〈新発見〉川柳評安永元年万句合輪講　江戸川柳研究会著　太平書屋　2001.5　324p　22cm　7000円

◇川柳評勝句(宝暦八年)輪講　下　川柳雑俳研究会　芝川町(静岡県)　川柳雑俳研究会　2001.6　276p　21cm(江戸川柳・解釈と鑑賞・シリーズ　24)〈編集：清博美〉　非売品

◇日本人の笑い　暉峻康隆著　みすず書房　2002.1　232p　20cm(大人の本棚)　2400円

◇のろけとちゃかし─笑いは艶に　江口孝夫著　勉誠出版　2002.6　220p　20cm(江戸川柳の美学　5)　2500円

◇江戸語に遊ぶ　新井益太郎著　三樹書房　2002.11　222p　20cm　〈年表あり〉　1400円

◇江戸川柳で読む忠臣蔵　阿部達二著　文藝春秋　2002.11　213p　18cm(文春新書)　690円

◇もじりとやじり─光る批判精神　江口孝夫著　勉誠出版　2002.12　222p　20cm(江戸川柳の美学　3)　2500円

◇何んでもうたに─国民みな詩人　江口孝夫著　勉誠出版　2002.12　210p　20cm(江戸川柳の美学　1)　2500円

◇見立てとうがち─躍動する詩心　江口孝夫著　勉誠出版　2002.12　210p　20cm(江戸川柳の美学　2)　2500円

◇江戸川柳花秘めやかなれど　蕣露庵主人著　新装版　三樹書房　2003.10　219p　20cm　1800円

◇柳の葉末全釈　岡田甫著　太平書屋　2004.1　341p　19cm　〈有光書房昭和31年刊の複製〉　7000円

◇川柳評前句付(宝暦九年)輪講　1　川柳雑俳研究会　芝川町(静岡県)　川柳雑俳研究会　2004.3　266p　21cm(江戸川柳・解釈と鑑賞・シリーズ　33)〈編集：清博美〉　4800円

◇川柳評前句付(宝暦九年)輪講　2　川柳雑俳研究会　芝川町(静岡県)　川柳雑俳研究会　2004.6　273p　21cm(江戸川柳・解釈と鑑賞・シリーズ　34)〈編集：清博美〉　5000円

◇川柳評前句付(宝暦九年)輪講　3　川柳雑俳研究会　芝川町(静岡県)　川柳雑俳研究会　2004.9　303p　21cm(江戸川柳・解釈と鑑賞・シリーズ　35)〈編集：清博美〉　5500円

◇いきいき古川柳─現代川柳元祖の素顔　江口孝夫著　リヨン社　2004.11　286p　〈二見書房(発売)〉　1800円

◇江戸川柳のからくり　江戸川柳研究会編　至文堂　2005.2　228p　21cm(「国文学解釈と鑑賞」別冊)　2400円

内容　「成程、成程」の文芸・江戸川柳(鴨下恭明著)　煮うり屋の柱は馬に喰われけり(清博美著)　むす子まだ弔いからはいやと言う(下山弘著)　「寄り給え」「上がりなんし」と新世

近世文学(川柳・雑俳)

帯(山田昭夫著)　五日目と十日目須磨でご寵愛(小栗清吾著)　喰い積みに目出度く地口言い始め(緒方直臣著)　老人に赤染衛門揚げられる(山口菓声著)　三めぐりの雨は小町を十四引き(小野真孝著)　神代にもだます工面は酒が入り(橋本秀信著)　五番目は同じ作でも江戸産まれ(鴨下恭明著)

◇江戸語に学ぶ　新井益太郎著　三樹書房　2005.3　216p　20cm　〈年表あり〉　1400円

◇古川柳散策―江戸のロマンを追って　南晨起郎著　碧天舎　2005.5　394p　19cm　1000円

◇川柳くすり草紙　鈴木昶著　薬事日報社　2005.8　132p　18cm(薬事日報新書)　900円

◇江戸艶句『柳の葉末』を愉しむ　蕣露庵主人著　新装版　三樹書房　2005.12　299p　20cm　2600円

◇川柳評前句付(宝暦十年)輪講　1　芝川町(静岡県)　川柳雑俳研究会　2006.3　264p　21cm(江戸川柳・解釈と鑑賞・シリーズ　39)　〈編集：清博美〉　6000円

◇川柳評前句付(宝暦十年)輪講　2　芝川町(静岡県)　川柳雑俳研究会　2006.6　199p　21cm(江戸川柳・解釈と鑑賞・シリーズ　40)　〈編集：清博美〉　5000円

◇誹風桜鯛私注　小野真孝著　太平書屋　2007.2　209p　21cm　4000円

◇川柳評前句付(宝暦十年)輪講　3　芝川町(静岡県)　川柳雑俳研究会　2007.3　251p　21cm(江戸川柳・解釈と鑑賞・シリーズ　41)　〈編集：清博美〉　5500円

◇国風俗全釈―雑俳研究　鴨下恭明，下山弘共著　太平書屋　2007.6　210p　21cm　6000円

◇江戸艶句『柳の葉末』を愉しむ　蕣露庵主人著　新装版　三樹書房　2008.5　299p　20cm　2800円

◇江戸川柳の魅力―滑稽と風刺の文芸を味わう　吉沢靖著　〔出版地不明〕　吉沢靖　2008.6　235p　19cm　〈真珠書院(発売)〉　1200円

誹風末摘花(江戸後期)

【注釈書】

◇新註俳風末摘花　木屋太郎編　鹿鳴文庫　1947　220p　19cm

◇川柳末摘花註解　岡田甫著　第一出版社　1951　313p　19cm

◇誹風末摘花―新註　東都古川柳研究会編　柳田良一，葛城前鬼共校註　再版　ロゴス社　1951　295p　19cm　〈第1,3篇編者未詳，第2,4篇似実軒酔茶撰〉

◇川柳末摘花詳釈　上巻　岡田甫著　有光書房　1955　354p　図版　19cm　〈特製限定版〉

◇川柳末摘花詳釈　下巻　岡田甫著　有光書房　1955　334p　図版　19cm　〈特製限定版〉

◇川柳末摘花詳釈　拾遺篇　岡田甫著　有光書房　1956　262p　図版　19cm　〈特製限定版　はり込図版4枚　著者署名本〉

◇末摘花並べ百員全釈　山路閑古著　有光書房　1958　266p　図版　19cm　〈限定版〉

◇完本川柳末つむ花　宮城亜亭編注　大阪漱玉社　1959　258p　図版　18cm

◇川柳末摘花詳釈　岡田甫著　有光書房　1972　2冊　19cm

◇羽陽の末摘花―方言川柳集　後藤利雄，本間誠司校注　山形　栄文堂書店　1976　108p(図共)　13×19cm　〈限定版〉　非売品

◇川柳末摘花詳釈　岡田甫著　有光書房　1977.8　688p　19cm　5500円

◇誹風末摘花四篇輪講　東京都港区医師会古川柳研究会編　太平書屋　1982.6　144p　21cm　〈『医家芸術』第20巻第8号～第26巻第4号抜刷〉　2000円

◇川柳末摘花輪講　初篇　西原亮ほか共著　太平書屋　1995.12　342p　22cm　7000円

◇川柳末摘花輪講　2篇　西原亮ほか共著　太平書屋　1996.6　431p　22cm　8000円

◇川柳末摘花輪講　3篇　西原亮ほか共著　太平書屋　1997.4　464p　22cm　8000円

◇川柳末摘花輪講　4篇　西原亮ほか共著　大平書屋　1997.12　362p　22cm　8000円

近世文学(川柳・雑俳)

俳諧武玉川(江戸中期)

【注釈書】

◇武玉川選釈　森銑三著　弥生書房　1984.1　201p　20cm　1500円

◇誹諧武玉川二篇一輪講　山田昭夫,清博美編　芝川町(静岡県)　川柳雑俳研究会　1999.9　235p　21cm(江戸川柳・解釈と鑑賞・シリーズ　18)　非売品

◇誹諧武玉川三篇一輪講　山田昭夫,清博美編　芝川町(静岡県)　川柳雑俳研究会　1999.12　223p　21cm(江戸川柳・解釈と鑑賞・シリーズ　19)　非売品

◇誹諧武玉川四・五篇一輪講　川柳雑俳研究会　芝川町(静岡県)　川柳雑俳研究会　2002.9　191p　21cm(江戸川柳・解釈と鑑賞・シリーズ　29)　〈編集：山田昭夫,清博美〉　非売品

誹風柳多留・同拾遺(江戸中期～後期)

【現代語訳】

◇岩橋邦枝の誹風柳多留　岩橋邦枝著　集英社　1987.1　278p　19cm(わたしの古典　22)　〈編集：創美社〉　1400円

　内容　第1章 家族　第2章 川柳のうがち　第3章 職業　第4章 日常生活

◇岩橋邦枝の誹風柳多留　岩橋邦枝著　集英社　1996.3　295p　15cm(わたしの古典)　680円

　内容　第1章 家族　第2章 川柳のうがち　第3章 職業　第4章 日常生活

◇現代語訳江戸川柳を味わう―誹風柳多留全巻の名句鑑賞　東井淳著　大阪　葉文館出版　2000.1　273p　19cm　1600円

【注釈書】

◇柳樽評釈　沼波瓊音著　南人社　1917

◇誹風柳樽通釈　武笠山椒釈　有朋堂書店　1924-1929　3冊　20cm　〈初篇 大正13年訂正再版 第3篇 昭和4年再版〉

◇誹風柳樽通釈　初-3編　武笠山椒著　有朋堂書店　1924-1927　3冊　図　20cm

◇柳多留後期難句選釈　魚沢栄治郎著　有光書房　1968　273p　19cm　〈限定版〉

◇川柳絵本柳樽　岡田甫編・略注　芳賀書店　1969　349p　20cm

◇柳多留輪講　初篇　大村沙華編集　富士野鞍馬等共述　至文堂　1972　545p　15×22cm　〈監修：吉田精一〉

◇誹風柳多留拾遺輪講　吉田精一,浜田義一郎編　岩波書店　1977.8　430p　22cm　3600円

◇柳樽評釈　沼波瓊音著　弥生書房　1983.4　285p　20cm　〈南人社大正6年刊の復刊〉　1800円

◇誹風柳多留　宮田正信校注　新潮社　1984.2　338p　20cm(新潮日本古典集成)　1800円

◇誹風柳多留　初篇　浜田義一郎校注　社会思想社　1985.3　291p　15cm(現代教養文庫　1135)　〈監修：浜田義一郎〉　560円

◇誹風柳樽拾九篇試解　室山源三郎　京都　室山源三郎　1985.3　102p　21cm　〈製作：近代文芸社〉　1500円

◇誹風柳多留　2篇　鈴木倉之助校注　社会思想社　1985.5　302p　15cm(現代教養文庫　1136)　〈参考書抄：p293〉　560円

◇誹風柳多留　3篇　岩田秀行校注　社会思想社　1985.11　324p　15cm(現代教養文庫　1137)　〈監修：浜田義一郎〉　560円

◇誹風柳多留　4篇　八木敬一校注　社会思想社　1985.12　318p　15cm(現代教養文庫　1138)　〈監修：浜田義一郎〉　560円

◇誹風柳多留　5篇　佐藤要人校注　社会思想社　1986.1　310p　15cm(現代教養文庫　1139)　〈監修：浜田義一郎〉　560円

◇誹風柳多留　6篇　粕谷宏紀校注　社会思想社　1987.7　326p　15cm(現代教養文庫　1201)　〈監修：浜田義一郎,佐藤要人〉　600円

◇誹風柳多留　7篇　西原亮校注　社会思想社　1987.9　312p　15cm(現代教養文庫　1202)　〈監修：浜田義一郎,佐藤要人〉　600円

◇誹風柳多留　8篇　室山源三郎校注　社会思想社　1987.10　298p　15cm(現代教養文庫　1203)　〈監修：浜田義一郎,佐藤要人〉　600円

◇誹風柳多留　9篇　八木敬一校注　社会思想社　1987.12　302p　15cm(現代教養文庫　1204)　〈監修：浜田義一郎,佐藤要

近世文学(川柳・雑俳)

人〉　600円

◇誹風柳多留　10篇　佐藤要人校注　社会思想社　1988.1　303p　15cm(現代教養文庫　1205)　〈監修：浜田義一郎, 佐藤要人〉　600円

◇誹風柳多留四十九篇—略註　関西古川柳研究会編　京都　関西古川柳研究会　1988.6　51p　26cm　〈限定版〉　非売品

◇誹風柳多留二篇一輪講　大村沙華ほか述　芝川町(静岡県)　川柳雑俳研究会　1994.2　362,13p　21cm(江戸川柳・解釈と鑑賞・シリーズ)　非売品

◇誹風柳多留三篇一輪講　大村沙華ほか述　芝川町(静岡県)　川柳雑俳研究会　1994.6　356,18p　21cm(江戸川柳・解釈と鑑賞・シリーズ　2)　非売品

◇川傍柳初篇輪講—柳樽余稿　川端柳風ほか述　芝川町(静岡県)　川柳雑俳研究会　1994.10　326,18p　21cm(江戸川柳・解釈と鑑賞・シリーズ　3)　非売品

◇誹風柳多留二五篇一輪講　清博美編　芝川町(静岡県)　川柳雑俳研究会　1995.2　261,12p　21cm(江戸川柳・解釈と鑑賞・シリーズ　4)　非売品

◇柳多留名句選　上　山沢英雄選　粕谷宏紀校注　岩波書店　1995.8　255p　15cm(岩波文庫)　620円

◇柳多留名句選　下　山沢英雄選　粕谷宏紀校注　岩波書店　1995.8　258p　15cm(岩波文庫)　〈主要参考文献：p256〜258〉　620円

◇誹風柳多留三〇篇輪講　増田政江, 清博美編　芝川町(静岡県)　川柳雑俳研究会　1996.2　306,14p　21cm(江戸川柳・解釈と鑑賞・シリーズ　7)　非売品

◇江戸破礼句・梅の宝匣—後期柳多留の艶句を愉しむ　蕣露庵主人著　三樹書房　1996.6　209p　20cm　1900円

◇江戸破礼句・桜の宝匣—後期柳多留の艶句を愉しむ・その2　蕣露庵主人著　三樹書房　1997.2　182p　20cm　〈索引あり〉　1800円

◇誹風柳多留二〇篇一輪講　清博美編　芝川町(静岡県)　川柳雑俳研究会　1997.6　312p　21cm(江戸川柳・解釈と鑑賞・シリーズ　11)　〈索引あり〉　非売品

◇誹風柳多留二六篇一輪講　山田昭夫, 清博美編　芝川町(静岡県)　川柳雑俳研究会　1998.2　283p　21cm(江戸川柳・解釈と鑑賞・シリーズ　13)　非売品

◇誹風柳多留二七篇一輪講　小栗清吾, 清博美編　芝川町(静岡県)　川柳雑俳研究会　1998.6　359p　21cm(江戸川柳・解釈と鑑賞・シリーズ　14)　非売品

◇誹風柳多留二一篇一輪講　清博美編　芝川町(静岡県)　川柳雑俳研究会　1998.10　327p　21cm(江戸川柳・解釈と鑑賞・シリーズ　15)　非売品

◇誹風柳多留二三篇一輪講　清博美編　芝川町(静岡県)　川柳雑俳研究会　1999.4　344p　21cm(江戸川柳・解釈と鑑賞・シリーズ　16)　非売品

◇誹風柳多留拾遺研究　1　清博美編　芝川町(静岡県)　川柳雑俳研究会　1999.5　218p　21cm(古川柳研究会記録　7)　非売品

内容 初篇—3篇

◇誹風柳多留拾遺研究　2　清博美編　芝川町(静岡県)　川柳雑俳研究会　1999.7　195p　21cm(古川柳研究会記録　8)　非売品

内容 4篇—5篇

◇やない筥初篇輪講—柳樽余稿　川柳雑俳研究会　芝川町(静岡県)　川柳雑俳研究会　2000.9　320p　21cm(江戸川柳・解釈と鑑賞・シリーズ　22)　〈編集：伊吹和男, 清博美〉　非売品

◇江戸川柳を読む—『誹風柳多留』名句選　江戸川柳研究会編　至文堂　2001.2　194p　21cm(「国文学解釈と鑑賞」別冊)　2400円

◇誹風柳多留二四篇一輪講　川柳雑俳研究会　芝川町(静岡県)　川柳雑俳研究会　2001.9　273p　21cm(江戸川柳・解釈と鑑賞・シリーズ　25)　〈編集：清博美〉　非売品

◇誹風柳多留二八篇一輪講　川柳雑俳研究会　芝川町(静岡県)　川柳雑俳研究会　2001.12　295p　21cm(江戸川柳・解釈と鑑賞・シリーズ　26)　〈編集：清博美〉　非売品

◇誹風柳多留二九篇一輪講　川柳雑俳研究会　芝川町(静岡県)　川柳雑俳研究会　2002.3　267p　21cm(江戸川柳・解釈と鑑賞・シリーズ　27)　〈編集：清博美〉　非売品

◇柳樽余稿川傍柳二篇一輪講　川柳雑俳研究会　芝川町(静岡県)　川柳雑俳研究会

近世文学(歌謡)

2002.6　243p　21cm(江戸川柳・解釈と鑑賞・シリーズ　28)　〈編集：清博美〉　非売品

◇柳樽余稿川傍柳三篇─輪講　川柳雑俳研究会　芝川町(静岡県)　川柳雑俳研究会　2003.3　302p　21cm(江戸川柳・解釈と鑑賞・シリーズ　30)　〈編集：清博美〉　非売品

◇やない筥二篇輪講─柳樽余稿　川柳雑俳研究会　芝川町(静岡県)　川柳雑俳研究会　2003.6　328p　21cm(江戸川柳・解釈と鑑賞・シリーズ　31)　〈編集：清博美〉　5500円

◇誹風柳多留二二篇─輪講　川柳雑俳研究会　芝川町(静岡県)　川柳雑俳研究会　2003.9　262p　21cm(江戸川柳・解釈と鑑賞・シリーズ　32)　〈編集：清博美〉　4500円

◇柳樽余稿川傍柳四篇─輪講　芝川町(静岡県)　川柳雑俳研究会　2005.6　232p　21cm(江戸川柳・解釈と鑑賞・シリーズ　37)　〈編集：清博美〉　4500円

◇誹風柳多留一一篇─輪講　芝川町(静岡県)　川柳雑俳研究会　2005.9　280p　21cm(江戸川柳・解釈と鑑賞・シリーズ　38)　〈編集：清博美〉　4500円

◇柳樽余稿川傍柳五篇─輪講　芝川町(静岡県)　川柳雑俳研究会　2007.6　246p　21cm(江戸川柳・解釈と鑑賞・シリーズ　42)　〈編集：清博美〉　5500円

◇誹風柳多留一九篇─輪講　芝川町(静岡県)　川柳雑俳研究会　2007.9　240p　21cm(江戸川柳・解釈と鑑賞・シリーズ　43)　〈編集：清博美〉　5500円

◇画本柳樽全十編─全釈　江戸川柳研究会著　太平書屋　2007.11　488p　21cm　12000円

◇誹風柳多留一二篇─輪講　清博美編　芝川町(静岡県)　川柳雑俳研究会　2008.6　245p　21cm(江戸川柳・解釈と鑑賞・シリーズ　45)　〈参加者：小栗清吾ほか〉　5500円

◇誹風柳多留一七篇─輪講　清博美編　芝川町(静岡県)　川柳雑俳研究会　2008.9　250p　21cm(江戸川柳・解釈と鑑賞・シリーズ　46)　〈参加者：小栗清吾ほか〉　5500円

歌謡

【現代語訳】

◇日本不思議物語集成　4　歌謡　加藤郁乎編訳　現代思潮社　1973　313p　図　27cm

　内容 古代歌謡, 中世歌謡, 近世歌謡

【注釈書】

◇俗曲評釈　第1編　江戸長唄　佐々醒雪著　博文館　1908.7　260p　19cm

◇俗曲評釈　第2編　箏唄　佐々醒雪著　博文館　1910.3　286p　19cm

◇俗曲評釈　第3編　河東　佐々醒雪著　博文館　1910.3　256p　19cm

◇俗曲評釈　第4編　上方唄　佐々醒雪著　博文館　1910.9　288p　19cm

◇俗曲評釈　第5編　小唄と端唄　佐々醒雪著　博文館　1910.12　276p　19cm

◇近代歌謡集　藤田徳太郎編　博文館　1929　861p　図版　23cm(校註日本文学類従)　4.5円

　内容 近代歌謡史略 隆達小歌百首, 女歌舞技踊歌, 松の葉, 落葉集, 吟曲古今大全, 麓洒塵, 小歌吾聞久為志, 踊音頭集

◇校註 松の葉　藤田徳太郎校註　岩波書店　1931.3　162p　菊半裁(岩波文庫　529)

◇近世歌謡集　笹野堅校註　朝日新聞社　1956　424p　19cm(日本古典全書 朝日新聞社編)

◇日本古典文学大系　第44　中世近世歌謡集　新間進一, 志田延義, 浅野建二校注　岩波書店　1959　530p　図版　22cm

◇山家鳥虫歌─近世諸国民謡集　浅野建二校注　岩波書店　1984.1　332p　15cm(岩波文庫)　450円

◇しっぽこ─文久元年江戸はやり歌控帳　玩究隠士校注　太平書屋　1997.4　141p　21cm(俗謡叢書　第1冊)　〈索引あり〉　4000円

　内容 文献あり

◇定本・小歌志彙集─文化・文政・天保のはやり歌　玩究隠士校注　太平書屋　1998.6　243p　21cm(俗謡叢書　第3冊)　6000円

近世文学(小説)

◇江戸瓦版はやりうた七十種　玩究隠士校注　太平書屋　1999.6　302p　21cm(俗謡叢書　第4冊)　8000円
◇江戸瓦版はやりうた八十種―大阪大学忍頂寺文庫蔵　玩究隠士校注　太平書屋　2000.5　306p　21cm(俗謡叢書　第5冊)　8000円

おもろさうし(江戸前期)

【注釈書】

◇琉球聖典おもろさうし選釈―オモロに現はれたる古琉球の文化　伊波普猷著　首里　石塚書店　1924　286p　図版　20cm
◇おもろ新釈　仲原善忠著　那覇　琉球文教図書　1957　479p　図版　地図　19cm
◇おもろさうし全釈　鳥越憲三郎著　大阪　清文堂出版　1968　5冊　22cm
◇日本思想大系　18　おもろさうし　外間守善, 西郷信綱校注　岩波書店　1972　637p　図　22cm　1600円
　内容　解説　おもろ概説(外間守善)　オモロの世界(西郷信綱)
◇おもろさうし原注索引　甲南大学地域文化研究会編　那覇　南西印刷出版部　1980.3　223p　22cm　(監修：高阪薫)
◇おもろさうし　上　外間守善校注　岩波書店　2000.3　501p　15cm(岩波文庫)　900円
◇おもろさうし　下　外間守善校注　岩波書店　2000.11　487p　15cm(岩波文庫)　900円
◇標音おもろさうし注釈　1　清水彰著　大阪　和泉書院　2003.2　818p　22cm(研究叢書　295)　20000円
◇標音おもろさうし注釈　2　清水彰著　大阪　和泉書院　2004.2　756p　22cm(研究叢書　309)
◇標音おもろさうし注釈　3　清水彰著　大阪　和泉書院　2004.2　659p　22cm(研究叢書　309)

小説

【現代語訳】

◇日本国民文学全集　第18巻　江戸名作集　第2　河出書房新社　1957　314p　図版　22cm
　内容　為永春水〔篇〕　春色梅暦(舟橋聖一訳)　春色辰巳園(巌谷槇一訳)　春色恵の花(巌谷槇一訳)　英対暖語(巌谷槇一訳)　春色梅見舟(巌谷槇一訳)
◇古典日本文学全集　第28　江戸小説集　上　筑摩書房　1960　382p　図版　23cm
　内容　世間子息気質(江島其磧著　小島政二郎訳)　金々先生栄花夢(恋川春町著　水野稔訳)　江戸生艶気樺焼(山東京伝著　和田芳恵訳)　遊子放言(和田芳恵訳)　通言総籬(山東京伝著　和田芳恵訳)　雨月物語(上田秋成著　石川淳訳)　春雨物語(上田秋成著　石川淳訳)　春色梅児誉美(為永春水著　里見弴訳)　解説(水野稔)　あさましや漫筆(佐藤春夫)　秋成私論(石川淳)　樊噲下の部分について(石川淳)　雨月物語について(三島由紀夫)　為永春水(永井荷風)　戯作・その伝統(小田切秀雄)
◇古典日本文学全集　第29　江戸小説集　下　筑摩書房　1961　458p　図版　23cm
　内容　醒睡笑(安楽庵策伝著　小高敏郎訳)　風流志道軒伝(平賀源内著　暉峻康隆訳)　東海道中膝栗毛(十返舎一九著　三好一光訳)　浮世床(式亭三馬著　渡辺一夫, 水野稔訳)　解説(暉峻康隆)　もう一つの修羅(花田清輝)　平賀源内評伝(暉峻康隆)　三馬と僕(渡辺一夫)　三馬の芝居だましい(久保田万太郎)
◇日本三大奇書　斎藤昌三訳　改補版　那須書房　1962　242p　22cm
　内容　竊姑射秘言(黒沢翁満)　阿奈遠可志(沢田名垂)　逸著聞集(山岡明阿弥)
◇古典日本文学全集　第28　江戸小説集　上　筑摩書房　1967　382p　図版　23cm　〈普及版〉
　内容　世間子息気質(小島政二郎訳)　金々先生栄花夢(水野稔訳)　江戸生艶気樺焼(和田芳恵訳)　遊子方言(和田芳恵訳)　通言総籬(和田芳恵訳)　雨月物語(石川淳訳)　春雨物語(石川淳訳)　春色梅児誉美(里見弴訳)　解説(水野稔)　あさましや漫筆(佐藤春夫)　秋成私論(石川淳)　樊噲下の部分について(石川淳)　雨月物語について(三島由紀夫)　為永春水(永井荷風)　戯作・その伝統(小田切秀雄)
◇古典日本文学全集　第29　江戸小説集　下　筑摩書房　1967　458p　図版　23cm　〈普及版〉
　内容　醒睡笑(小高敏郎訳)　風流志道軒伝(暉峻康隆訳)　東海道中膝栗毛(三好一光訳)　浮世床(渡辺一夫, 水野稔訳)　解説(暉峻康隆)　もう一つの修羅(花田清輝)　平賀源内評伝(暉峻康隆)　三馬と僕(渡辺一夫)　三馬の芝居だましい(久保田万太郎)

近世文学(小説)

◇黒田騒動　原田種夫訳　東村山　教育社　1982.3　2冊　18cm(教育社新書)　各700円

◇節操夜話　滝喜義訳　名古屋　マイタウン　1987.7　76p　26cm　〈複製および翻刻〉　2000円

◇大岡政談　西野辰吉訳　東村山　教育社　1989.9　253p　18cm(教育社新書)〈発売：教育社出版サービス〉　1000円

◇ひたち帯―元禄常陸紀行　猿渡玉枝訳〔土浦〕　筑波書林　1994.10　133p　21cm(ふるさと文庫　別冊4)〈発売：茨城図書　複製および訳文〉　1000円

【注釈書】

◇近代日本文学大系　第13巻　怪異小説集　国民図書　1927.5　1034p　20cm

内容 雨月物語 五(上田秋野) 伽婢子 一三(瓢水子松雲) 拾遺伽婢子 五(柳絲堂) 曽呂利物語 五 百物語評判 五(山岡元隣) 狗張子 七(釈了意) 諸国新百物語 五(俳林子) 玉箒木 六(林義端) 金玉ねぢぶくさ 七(章花堂) 太平百物語 五(菅生堂人恵忠居士)

◇江戸期戯作評釈　鈴木敏也著　日本文学社　1933.5　1冊　菊判

◇江戸文学講座　江戸期戯作評釈　鈴木敏也著　日本文学社　1933.5　145p　22cm

◇評釈 江戸文学叢書　8　大日本雄辯会講談社編　1935-1938?　1冊　23cm

内容 洒落本草双紙集

◇校註 日本文学大系　13　中山泰昌編　2版　誠文堂新光社　1937.10〈普及版〉

内容 月のゆくへ 他3篇

◇日本古典文学大系　第59　黄表紙洒落本集　水野稔校注　岩波書店　1958　470p　図版　22cm

◇全釈江戸三大奇書　岡田甫著　有光書房　1970　501p　図版　22cm

内容 研究篇 逸著聞集.阿奈遠加志.藐姑射秘言.本文篇 逸著聞集(山岡俊明) 阿奈遠加志(沢田名垂) 藐姑射秘言(黒沢翁満)

◇日本古典文学全集　47　洒落本・滑稽本・人情本　小学館　1971　608p　図　23cm

内容 洒落本(中野三敏校注) 跖婦人伝(泥郎子) 遊子方言(田舎老人多田爺) 甲駅新話(馬楽中咲菖蒲作 勝川春章画) 古契三娼(山東京伝作・画) 傾城買四十八手(山東京伝作・画) 繁千話(山東京伝作・画) 傾城買二筋道(梅暮里谷峨作 雪華画) 滑稽本(神保五弥校注) 酩酊気質(式亭三馬) 浮世床(式亭三馬) 人情本(前田愛校注) 春告鳥(為永春水) 付：参考文献

◇近世小説選　大高洋司ほか校注　桜井武次郎編　双文社出版　1994.3　265p　21cm　1900円

物語・説話・伝記・巷説

【現代語訳】

◇大石兵六夢物語　西郷晋次現代語訳　ぺりかん社　1972　244p(図共)　22cm〈付：真影流伝書兵法弟子問〉

◇耳袋―江戸南町奉行の集録した事件や民間伝承　長谷川政春訳　東村山　教育社　1980.9　274p　18cm(教育社新書)

◇日本古典文学幻想コレクション　1　奇談　須永朝彦編訳　国書刊行会　1995.12　298p　20cm　2800円

内容 北窓瑣談 降毛 ほか. 巷街贅説 転生奇聞. 反古のうらがき 宮人降天 ほか. 閑窓瑣談 上野の長毛 ほか. 海録 天狗小僧虎吉. 解題 須永朝彦

◇日本古典文学幻想コレクション　2　伝綺　須永朝彦編訳　国書刊行会　1996.2　288p　20cm　2800円

内容 古事記 少名毘古那神 ほか. 日本書紀 箸墓.風土記 童子女の松原 ほか. 王朝物語 俊蔭(宇津保物語) 紀行 鴛姫(海道記)御伽草子 天稚彦物語 ほか. 謡曲 土蜘蛛 ほか. 狂言 博突十王 ほか. 舞の本 百合若大臣. 浄瑠璃 祇園女御九重錦. 歌舞伎 惟喬親王魔術冠. 合巻 玉藻前三国伝記. 解題 須永朝彦著

◇日本古典文学幻想コレクション　3　怪談　須永朝彦編訳　国書刊行会　1996.4　292p　20cm　2800円

内容 怪談老の杖 幽霊の筆跡 ほか. 新説百物語 ぬっぺりぼう ほか. 近代百物語 手練の狐. 繁野話 竜の窟. 垣根草 古井の妖鏡. 怪世談 飛頭蛮. 譚海 紅毛幻術. 春雨物語 目ひとつの神. 反古のうらがき 怪談. 夷歌百鬼夜狂. 解題 須永朝彦著

◇薩摩のドン・キホーテ―現代語訳著・大石兵六夢物語　五代夏夫著　鹿児島　春苑堂出版　1997.11　228p　19cm(かごしま文庫　42)〈年表あり〉　1500円

内容 文献あり

◇大坂怪談集　高田衛編著　大阪　和泉書

近世文学(小説)

院　1999.9　205p　20cm(上方文庫　19)　2000円

[内容] 妬湯仇討話(山東京伝著,森加伊子訳)　莠句冊(都賀庭鐘著,高田衛訳)　御伽百物語(青木鷺水著,倉松茂訳)　御伽人形(苗村松軒子著,高田衛訳)　今古小説唐錦(伊丹椿園著,高田衛訳)　一夜船(北条団水著,宮本直記訳)　怪醜夜光魂(花洛隠士著,高田衛訳)　太平百物語(市中散人祐佐著,青木千佳子訳)　席上奇観珉根草(草官散人著,高田衛訳)

◇耳袋　1　鈴木棠三編注　平凡社　2000.5　526p　17cm(平凡社ライブラリー　208)　1500円

◇耳袋　2　鈴木棠三編注　平凡社　2000.6　492p　17cm(平凡社ライブラリー)　1500円

◇耳袋の怪　志村有弘訳　角川書店　2002.7　227p　15cm(角川文庫―角川ソフィア文庫)　619円

【注釈書】

◇耳袋　1　鈴木棠三編注　平凡社　1972　407p　18cm(東洋文庫　207)

◇耳袋　2　鈴木棠三編注　平凡社　1972　373p　18cm(東洋文庫　208)

◇耳嚢　上　長谷川強校注　岩波書店　1991.1　434p　15cm(岩波文庫)

◇耳嚢　中　長谷川強校注　岩波書店　1991.3　497p　15cm(岩波文庫)

◇耳嚢　下　長谷川強校注　岩波書店　1991.6　491p　15cm(岩波文庫)

◇色道諸分難波鉦―遊女評判記　中野三敏校注　岩波書店　1991.10　273p　15cm(岩波文庫)　570円

◇元禄世間咄風聞集　長谷川強校注　岩波書店　1994.11　330,10p　15cm(岩波文庫)　670円

◇新日本古典文学大系　97　当代江戸百化物・在津紀事・仮名世説　佐竹昭広ほか編　岩波書店　2000.5　437,22p　22cm　4200円

[内容] 当代江戸百物(中野三敏校注)　蓬左狂者伝(中野三敏校注)　落栗物語(多治比郁夫校注)　逢原記聞(中野三敏校注)　在津紀事(多治比郁夫校注)　泊洎筆話(中野三敏校注)　仮名世説(中野三敏校注)

◇百鬼繚乱―江戸怪談・妖怪絵本集成　近藤瑞木編　国書刊行会　2002.7　296p

27cm　〈複製をおよび翻刻を含む〉　6800円

[内容] 百鬼夜講化物語　模文画今怪談　絵本小夜時雨　怪談四更鐘　怪談おそろ史記　姫国山海録

軍記・歴史物語・雑史

【現代語訳】

◇甲陽軍鑑　腰原哲朗訳　東村山　教育社　1979.9　3冊　18cm(教育社新書-原本現代訳　4～6)　〈副書名：上　人は石垣人は城…、中　はためく風林火山、下　落日の甲斐路〉　各700円

◇合武三島流船戦要法―村上水軍船戦秘伝　伊井春樹訳　東村山　教育社　1979.9　2冊　18cm(教育社新書-原本現代訳　111～112)　各700円

◇三河物語　小林賢章訳　東村山　教育社　1980.1　2冊　18cm(教育社新書-原本現代訳　11,12)　各700円

◇雑兵物語―雑兵のための戦国戦陣心得　吉田豊訳　東村山　教育社　1980.10　270p　18cm(教育社新書)　700円

[内容] 江戸初期・実録文学の世界 吉田豊著. 雑兵物語.おあむ物語.おきく物語.武者物語

◇小田原北記―上　岸正尚訳　東村山　教育社　1980.10　303p　18cm(教育社新書-原本現代訳　23)　〈北条早雲の肖像あり〉　700円

◇甲陽軍鑑―原本現代訳　腰原哲朗訳　東村山　教育社　1980.11　640p　27cm　18000円

◇雑兵物語　かもよしひさ原本完訳・挿画　講談社　1980.11　153p　21cm　〈雑兵物語.絵解雑兵物語. 参考文献：p153〉　1100円

◇小田原北条記―下　岸正尚訳　東村山　教育社　1980.11　321p　18cm(教育社新書-原本現代訳　24)　700円

◇関八州古戦録　霜川遠志訳　東村山　教育社　1981.2　2冊　18cm(教育社新書-原本現代訳　28,29)　各700円

◇川中島合戦記　榊山潤訳　東村山　教育社　1981.5　256p　18cm(教育社新書-原本現代訳　30)　〈参考文献：p255～256〉　700円

◇関ケ原合戦始末記―実録天下分け目の決

近世文学(小説)

戦　酒井忠勝原撰　坂本徳一訳　東村山教育社　1981.10　268p　18cm(教育社新書-原本現代訳　31)　700円

◇最上義光物語　中村晃訳　教育社　1989.5　235p　18cm(教育社新書-原本現代訳　38)〈発売：教育社出版サービス　最上義光の肖像あり〉　971円

◇島原合戦記　志村有弘訳　教育社　1989.5　230p　18cm(教育社新書-原本現代訳　37)〈関連年表・参考文献：p229～230〉　971円

◇名将言行録　上　北小路健,中沢恵子訳　新装　ニュートンプレス　1997.6　287p　18cm(教育社新書-原本現代訳　16)〈初版：教育社刊〉

◇甲越信戦録─戦国哀歌川中島の戦い　現代語訳・解説付　岡沢由往訳　長野　竜鳳書房　2006.11　275p　22cm　〈付・武田勝頼自刃(理慶尼真跡)〉　2000円

【注釈書】

◇図巻雑兵物語　樋口秀雄校注　人物往来社　1967　245p　図版　22cm　〈監修者：浅野長武〉　1500円

◇日本思想大系　26　三河物語　斎木一馬,岡山泰四校注　岩波書店　1974　702p　図　22cm　2400円

> 内容　解説　『三河物語』考(斎木一馬)『三河物語』のことば(大塚光信)『葉隠』の世界(相良亨)『葉隠』の諸本について(佐藤正英)『三河物語』新旧地名対照表,『葉隠』系図　付：参考文献

◆常山紀談(江戸後期)

【現代語訳】

◇訳常山紀談　1　分冊1　岡松甕谷訳　観音寺　上坂氏顕彰会史料出版部　2002.1　1冊　30cm(理想日本リプリント　第67巻)〈複製〉　52800円

◇訳常山紀談　1　分冊2　岡松甕谷訳　観音寺　上坂氏顕彰会史料出版部　2002.1　1冊　30cm(理想日本リプリント　第67巻)〈複製〉　54800円

◇訳常山紀談　2　分冊1　岡松甕谷訳　観音寺　上坂氏顕彰会史料出版部　2002.1　1冊　30cm(理想日本リプリント　第67巻)〈複製〉　52800円

◇訳常山紀談　2　分冊2　岡松甕谷訳　観音寺　上坂氏顕彰会史料出版部　2002.1　1冊　30cm(理想日本リプリント　第67巻)〈複製〉　52800円

◇訳常山紀談　3　分冊1　岡松甕谷訳　観音寺　上坂氏顕彰会史料出版部　2002.1　1冊　30cm(理想日本リプリント　第67巻)〈複製〉　52800円

◇訳常山紀談　3　分冊2　岡松甕谷訳　観音寺　上坂氏顕彰会史料出版部　2002.1　1冊　30cm(理想日本リプリント　第67巻)〈複製〉　52800円

◇訳常山紀談　4　分冊1　岡松甕谷訳　観音寺　上坂氏顕彰会史料出版部　2002.1　1冊　30cm(理想日本リプリント　第67巻)〈複製〉　46800円

◇訳常山紀談　4　分冊2　岡松甕谷訳　観音寺　上坂氏顕彰会史料出版部　2002.1　1冊　30cm(理想日本リプリント　第67巻)〈複製〉　46800円

◇訳常山紀談　5　分冊1　岡松甕谷訳　観音寺　上坂氏顕彰会史料出版部　2002.1　1冊　30cm(理想日本リプリント　第67巻)〈複製〉　52800円

◇訳常山紀談　5　分冊2　岡松甕谷訳　観音寺　上坂氏顕彰会史料出版部　2002.1　1冊　30cm(理想日本リプリント　第67巻)〈複製〉　46800円

◇訳常山紀談　6　分冊1　岡松甕谷訳　観音寺　上坂氏顕彰会史料出版部　2002.1　1冊　30cm(理想日本リプリント　第67巻)〈複製〉　52800円

◇訳常山紀談　6　分冊2　岡松甕谷訳　観音寺　上坂氏顕彰会史料出版部　2002.1　1冊　30cm(理想日本リプリント　第67巻)〈複製〉　46800円

◇訳常山紀談　7　分冊1　岡松甕谷訳　観音寺　上坂氏顕彰会史料出版部　2002.1　1冊　30cm(理想日本リプリント　第67巻)〈複製〉　52800円

◇訳常山紀談　7　分冊2　岡松甕谷訳　観音寺　上坂氏顕彰会史料出版部　2002.1　1冊　30cm(理想日本リプリント　第67巻)〈複製〉　46800円

◇訳常山紀談　8　分冊1　岡松甕谷訳　観音

近世文学(小説)

◇訳常山紀談　10　岡松甕谷訳　観音寺　上坂氏顕彰会史料出版部　2002.1　1冊　30cm(理想日本リプリント　第67巻)〈複製〉　52800円

◇訳常山紀談　10　岡松甕谷訳　観音寺　上坂氏顕彰会史料出版部　2002.2　1冊　30cm(理想日本リプリント　第67巻)〈複製〉　54800円

◇訳常山紀談　8 分冊2　岡松甕谷訳　観音寺　上坂氏顕彰会史料出版部　2002.2　1冊　30cm(理想日本リプリント　第67巻)〈複製〉　46800円

◇訳常山紀談　9 分冊1　岡松甕谷訳　観音寺　上坂氏顕彰会史料出版部　2002.2　1冊　30cm(理想日本リプリント　第67巻)〈複製〉　46800円

◇訳常山紀談　9 分冊2　岡松甕谷訳　観音寺　上坂氏顕彰会史料出版部　2002.2　1冊　30cm(理想日本リプリント　第67巻)〈複製〉　41800円

◇訳常山紀談　附録　分冊1　岡松甕谷訳　観音寺　上坂氏顕彰会史料出版部　2002.2　1冊　30cm(理想日本リプリント　第67巻)〈複製〉　52800円

◇訳常山紀談　附録　分冊2　岡松甕谷訳　観音寺　上坂氏顕彰会史料出版部　2002.2　1冊　30cm(理想日本リプリント　第67巻)〈複製〉　52800円

◇訳常山紀談　附録　分冊3　岡松甕谷訳　観音寺　上坂氏顕彰会史料出版部　2002.2　1冊　30cm(理想日本リプリント　第67巻)〈複製〉　52800円

◇訳常山紀談　附録　分冊4　岡松甕谷訳　観音寺　上坂氏顕彰会史料出版部　2002.2　1冊　30cm(理想日本リプリント　第67巻)〈複製〉　52800円

◇訳常山紀談　附録　分冊5　岡松甕谷訳　観音寺　上坂氏顕彰会史料出版部　2002.2　1冊　30cm(理想日本リプリント　第67巻)〈複製〉　52800円

◇訳常山紀談　附録　分冊6　岡松甕谷訳　観音寺　上坂氏顕彰会史料出版部　2002.2　1冊　30cm(理想日本リプリント　第67巻)〈複製〉　52800円

◇訳常山紀談　附録　分冊7　岡松甕谷訳　観音寺　上坂氏顕彰会史料出版部　2002.2　1冊　30cm(理想日本リプリント　第67巻)〈複製〉　52800円

◇訳常山紀談　附録　分冊8　岡松甕谷訳　観音寺　上坂氏顕彰会史料出版部　2002.2　1冊　30cm(理想日本リプリント　第67巻)〈複製〉　52800円

◇訳常山紀談　附録　分冊9　岡松甕谷訳　観音寺　上坂氏顕彰会史料出版部　2002.2　1冊　30cm(理想日本リプリント　第67巻)〈複製〉　41800円

【注釈書】

◇常山紀談　上巻　湯浅常山著　鈴木棠三校注　角川書店　1965　482p　15cm(角川文庫)

◇常山紀談　下巻　湯浅常山著　鈴木棠三校注　角川書店　1966　494p　15cm(角川文庫)　230円

◇定本常山紀談　上巻　湯浅常山著　鈴木棠三校注　新人物往来社　1979.4　482p　20cm　3900円

◇定本常山紀談　下巻　湯浅常山著　鈴木棠三校注　新人物往来社　1979.5　494p　20cm　3900円

◆信長記・信長公記(江戸前期)

【現代語訳】

◇信長公記　榊山潤訳　富士出版　1991.7　3冊(別冊とも)　19cm　〈豪華・愛蔵版　別冊(78p):『信長公記』の世界　志村有弘編　帙入(20cm)　限定版〉　全36000円

◇現代語訳 信長公記　上　中川太古訳　新人物往来社　1992.4　244p　19cm

内容　尾張の国、上の郡と下の郡　小豆坂の合戦　吉法師、元服　織田信秀、美濃へ侵攻　平景清所持の名刀あざ丸　織田信秀、大柿城を救援　青年信長の日常　犬山衆、謀反　織田信秀、病死　三の山・赤塚の合戦　深田・松葉両城取り合い　簗田弥次右衛門の忠節　斎藤道三と会見　村木城を攻撃　尾張の守護、自害　中市場の合戦〔ほか〕

◇現代語訳 信長公記　下　中川太古訳　新人物往来社　1992.4　270p　19cm　〈『信長公記』記事年表：p262〜270〉　2718円

内容　安土に築城し移転　二条に邸を普請　石山本願寺、挙兵　大坂へ出陣　木津浦の海戦　安土城の周辺　大船を解体　内大臣に昇進　吉良で鷹狩り　雑賀の陣　内裏の築地を修理　名物を召し上げる　二条の新邸に移る　近衛信基、信長邸で元服　柴田勝家、加賀へ出陣〔ほか〕

292　日本古典文学案内－現代語訳・注釈書

近世文学(小説)

◇現代語訳 信長公記 上 中川太古訳 新訂版 新人物往来社 2006.5 248p 19cm 2800円

内容 首巻〔入京以前〕 巻一〔永禄十一年〕 巻二〔永禄十二年〕 巻三〔元亀元年〕 巻四〔元亀二年〕 巻五〔元亀三年〕 巻六〔元亀四年〕 巻七〔天正二年〕 巻八〔天正三年〕

◇現代語訳 信長公記 下 中川太古訳 新訂版 新人物往来社 2006.5 271p 19cm 2800円

内容 巻9天正四年 巻十天正五年 巻十一天正六年 巻十二天正七年 巻十三天正八年 巻十四天正九年 巻十五天正十年

【注釈書】

◇信長公記 桑田忠親校注 新人物往来社 1997.5 396p 19cm 3800円

内容 尾張国かみ下わかちの事 あづき坂合戦の事 吉法師殿御元服の事 美濃国へ乱入し五千討死の事 景清あざ丸刀の事 大柿の城へ後巻の事 上総介殿形儀の事〔ほか〕

◆太閤記(江戸前期)

【現代語訳】

◇太閤記 吉田豊訳 東村山 教育社 1979.12 4冊 18cm(教育社新書-原本現代訳 7〜10) 各700円

内容 1 猿面冠者秀吉 2 覇者の道 3 天下人のおごり 4 秀吉の遺産

◇太閤記 古田足日文 童心社 2009.2 221p 19cm(これだけは読みたいわたしの古典) 2000円

内容 上の巻農民の子さるのすけ(人か、サルか 仁王と下克上 父親弥右衛門 さるのすけ、決心する 松下加兵衛のけらい あやまっていけ 大うつけ織田信長 上は天文・下は地理 たきぎ奉行・普請奉行 木下藤吉郎秀吉) 下の巻のひょうたん、ピカピカと(長短槍試合 敵地に城をきずけ ひょうたんのあいず 京の都へ ふくろのアズキ 近江の秀吉 水ぜめ、兵糧ぜめ 天下をとろう 光秀退治とそのあと 賤が嶽のたたかい 太閤秀吉)

【注釈書】

◇新日本古典文学大系 60 太閤記 桧谷昭彦、江本裕校注 岩波書店 1996.3 671,71p 22cm 4800円

仮名草子

【現代語訳】

◇新編日本古典文学全集 64 仮名草子集 谷脇理史、岡雅彦、井上和人校注・訳 小学館 1999.9 638p 23cm 4657円

内容 かなめいし(浅井了意著) 浮世物語(浅井了意著) 一休ばなし たきつけ草・もえくい・けしずみ 御伽物語(富尾似舩著)

◇江戸怪異草子―現代語訳 富士正晴訳 河出書房新社 2008.8 251p 15cm(河出文庫) 〈「怪談伽婢子・狗張子」(1977年刊)の改題〉 660円

【注釈書】

◇仮名草子集 上 野田寿雄校註 朝日新聞社 1960 334p 19cm(日本古典全書 朝日新聞社編)

内容 恨の介,薄雪物語,ねごと草,元の木阿弥,遊女情くらべ,難波物語

◇仮名草子集 下 野田寿雄校註 朝日新聞社 1960 352p 19cm(日本古典全書 朝日新聞社編)

内容 竹斎,東海道名所記,仁勢物語

◇日本古典文学大系 第90 仮名草子集 前田金五郎、森田武校注 岩波書店 1965 533p 図版 22cm

内容 犬枕,恨の介,竹斎,仁勢物語,夫婦宗論物語,浮世物語,伊曽保物語

◇近世文学資料類従 仮名草子編 15 日蓮聖人註画讃 日澄著 近世文学書誌研究会編 勉誠社 1973 209p 27cm 〈赤木文庫蔵本―横山重氏蔵本の複製 解題(冠賢一)〉

◇近世文学資料類従 仮名草子編 16 寂寞草新註 清水春流著 近世文学書誌研究会編(名古屋藤園堂主伊藤健所蔵本の複製) 勉誠社 1973 506p 27cm 〈解題(野田千平)〉

◇狗張子 釈了意著 神郡周校注 現代思潮社 1980.10 263p 20cm(古典文庫)

日本古典文学案内－現代語訳・注釈書 293

近世文学(小説)

1400円
- ◇江戸怪談集　上　高田衛編・校注　岩波書店　1989.1　398p　15cm(岩波文庫)　600円
  - 内容　宿直草.奇異雑談集.善悪報ばなし.義残後覚
- ◇江戸怪談集　中　高田衛編・校注　岩波書店　1989.4　408p　15cm(岩波文庫)　620円
  - 内容　曽呂利物語.片仮名本・因果物語.伽婢子
- ◇江戸怪談集　下　高田衛編・校注　岩波書店　1989.6　374p　15cm(岩波文庫)　620円
  - 内容　諸国百物語.平仮名本・因果物語.新御伽婢子.百物語評判
- ◇新日本古典文学大系　74　仮名草子集　佐竹昭広ほか編　渡辺守邦,渡辺憲司校注　岩波書店　1991.2　499p　22cm　3700円
- ◇色道諸分難波鉦―遊女評判記　中野三敏校注　岩波書店　1991.10　273p　15cm(岩波文庫)
- ◇円居草子―校注　仮名草子研究会編　新典社　1995.5　188p　19cm(新典社校注叢書　8)　1854円

◆浅井了意(？～1691)

【現代語訳】

- ◇日本の古典　24　江戸小説集　1　河出書房新社　1974　364p(図共)　図　23cm
  - 内容　伽婢子(浅井了意著 富士正晴訳) 好色万金丹(夜食時分著 いいだもも訳) 世間子息気質(江島其磧著 和田芳恵訳) 西山物語(建部綾足著 中村真一郎訳) 雨月物語(上田秋成著 円地文子訳) 春雨物語(上田秋成著 円地文子訳) 昔話稲妻表紙(山東京伝著 寺山修司訳) 浅間岳面影草紙(柳亭種彦著 杉森久英訳) 伊波伝毛乃記(滝沢馬琴著 前田愛訳) 膽大小心録(上田秋成著 前田愛訳)
- ◇伽婢子・狗張子―怪談　富士正晴訳　河出書房新社　1977.9　194p　20cm
- ◇伽婢子―近世怪異小説の傑作　江本裕訳　東村山　教育社　1980.9　284p　18cm(教育社新書)
- ◇伽婢子―江戸怪談集　狗張子―江戸怪談集　藤堂憶斗,藤堂憶斗訳　鈴木出版　2001.7　246p　19cm　〈解説：ひろさちや〉　1800円

【注釈書】

- ◇東海道名所記　1　朝倉治彦校注　平凡社　1979.1　272p　18cm(東洋文庫　346)　1000円
- ◇東海道名所記　2　朝倉治彦校注　平凡社　1979.9　305,15p　18cm(東洋文庫　361)　1400円
- ◇『むさしあぶみ』校注と研究　坂巻甲太,黒木喬編　桜楓社　1988.4　263p　22cm　〈参考文献：p260～261〉　12000円
- ◇新日本古典文学大系　75　伽婢子　佐竹昭広ほか編　松田修,渡辺守邦,花田富二夫校注　岩波書店　2001.9　531p　22cm　4400円

◆如儡子(？～1674)

【注釈書】

- ◇可笑記―武士はくわねど……　渡辺守邦訳　東村山　教育社　1979.9　297p　18cm(教育社新書)　〈参考文献：p295～297〉

◆鈴木正三(1579～1655)

【現代語訳】

- ◇驢鞍橋　上　川柳雑俳研究会　豊田　豊田市鈴木正三顕彰会　1995.5　63丁　26cm　〈和装〉
- ◇驢鞍橋　中　鈴木正三　豊田　豊田市鈴木正三顕彰会　1996.3　51丁　26cm　〈和装〉
- ◇驢鞍橋　下　鈴木正三　豊田　豊田市鈴木正三顕彰会　1998.5　57丁　26cm　〈和装〉
- ◇念仏草紙　鈴木正三　〔豊田〕　豊田市鈴木正三顕彰会　2001　2冊(別冊とも)　26cm　〈和装〉
- ◇反故集　鈴木正三　豊田　豊田市鈴木正三顕彰会　2003.3　36,38丁　26cm　〈和装〉

浮世草子

【現代語訳】

- ◇日本古典文学全集　37　仮名草子集,浮世

近世文学(小説)

草子集　小学館　1971　572p　図　23cm

　内容　仮名草子集　解説(岸得蔵)　露殿物語(神保五弥、青山忠一校注・訳)　田夫物語(岸得蔵校注・訳)　浮世物語(谷脇理史校注・訳)　元のもくあみ(菱川師宣著 岸得蔵校注・訳)　浮世草子集 解説(長谷川強)　好色敗毒散(夜食時分著 長谷川強校注・訳)　浮世親仁形気(江島其磧著 長谷川強校注・訳)　付：参考文献

◇鬼貫の『独ごと』　復本一郎全訳注　講談社　1981.8　239p　15cm(講談社学術文庫)　〈鬼貫略年譜：p222〜228〉

◇新編日本古典文学全集　65　浮世草子集　長谷川強校注・訳　小学館　2000.3　589p　23cm　4657円

　内容　好色敗毒散(夜食時分著)　野白内証鑑(八文字自笑著)　浮世親仁形気(江島其磧著)

【注釈書】

◇評釈 江戸文学叢書　2　大日本雄辯会講談社編　1935-1938？　1冊　23cm

　内容　浮世草子名作集(藤井乙男)

◇日本古典文学大系　第91　浮世草子集　野間光辰校注　岩波書店　1966　543p　図版　22cm

　内容　好色万金丹、色道大全傾城禁短気、新色5巻書

◇上田秋成初期浮世草子評釈　森山重雄著　国書刊行会　1977.4　352p　22cm　5000円

◆井原西鶴(1642〜1693)

【現代語訳】

◇訳註 西鶴全集　第1　藤村作校訂　至文堂　1947-1953　11冊　19cm　〈藤村作著〉

◇西鶴好色全集―現代語訳　第4巻　好色二代男　吉井勇訳　創元社　1952　319p　19cm

◇西鶴全集　第11巻　好色盛衰記　藤村作訳註　至文堂　1953　282p　19cm

◇西鶴名作集　藤村作訳　至文堂　1953　209p　19cm(物語日本文学)

　内容　お夏清十郎 他5篇

◇日本古典文学全集―現代語訳　第24巻　西鶴名作集　麻生磯次訳　河出書房　1954　229p　図版　19cm

　内容　好色一代男 他19篇

◇真実伊勢物語　光明寺三郎訳ならびに翻刻　三崎書房　1970　265p　19cm　〈付：新撰古今枕大全・とのゐ袋・袋法師絵詞〉　880円

◇西鶴全集―現代語訳　2　諸艶大鑑〈好色二代男〉，椀久一世の物語　暉峻康隆訳・注　小学館　1976　330p　図　22cm

◇西鶴全集―現代語訳　10　好色盛衰記・色里三所世帯・浮世栄花一代男　暉峻康隆訳・注　小学館　1976.12　324p　図　22cm

◇対訳西鶴全集―決定版　17　色里三所世帯　浮世栄花一代男　冨士昭雄訳注　明治書院　2007.6　287,22p　22cm　4500円

【注釈書】

◇三段式 西鶴好色物全釈　岡部美二二著　広文堂書店　1927.3　539p　23cm

◇評釈 江戸文学叢書　1　大日本雄辯会講談社編　1935-1938？　1冊　23cm

　内容　西鶴名作集(藤井乙男)

◇井原西鶴集　1　藤村作校註　朝日新聞社　1949　305p　図版　19cm(日本古典全書 朝日新聞社編)

◇西鶴　麻生磯次編註　至文堂　1949　167p　19cm

◇西鶴全集　第8巻　近年諸国咄　藤村作訳註　至文堂　1952　233p　19cm

◇井原西鶴集　1　藤村作校註　田崎治泰補訂　朝日新聞社　1973　345p　19cm(日本古典全書)　〈監修：高木市之助等〉　820円

◇評釈嵐無常物語　愛媛近世文学研究会編　松山　青葉図書　1974　274p　図　22cm　3600円

◇図説日本の古典　15　集英社　1978.6　222p　28cm　〈企画：秋山虔ほか〉　2400円

　内容　西鶴年譜：p218〜219　各章末：参考文献

◇井原西鶴　長谷川強, 山根有三, 児玉幸多編　新装版　集英社　1989.2　222p　29×22cm(図説 日本の古典　15)　〈付：参考文献　西鶴年譜：p218〜219〉　2796円

　内容　『西鶴自画賛十二ケ月帖』　西鶴・人と

日本古典文学案内―現代語訳・注釈書　　295

近世文学(小説)

作品　西鶴文学の土壤一大坂　『好色一代男』
『女色五人女』　西鶴作品の舞台　『西鶴諸国
ばなし』　『武道伝来記』　『日本永代蔵』
『世間胸算用』　西鶴文学前後　三都の遊里
二つの悪所と西鶴　光琳と上方町人の美意識
上方の町人　経済生活の諸相　江戸時代の貨
幣　師宣と浮世絵の確立　風俗画から浮世絵
へ　大和絵のこんげん　書物の出版と普及

◇西鶴の世界—影印版頭注付　1　雲英末雄
ほか編　新典社　2001.4　127p　21cm
〈年譜あり〉　1300円

  [内容] 文献あり

◇西鶴の世界—影印版頭注付　2　雲英末雄
ほか編　新典社　2001.4　127p　21cm
〈年譜あり〉　1300円

◆◆好色一代男(江戸中期)

【現代語訳】

◇西鶴傑作集—現代語完訳　第1冊　好色一
代男　後藤興善訳　星光書院　1948
294p　19cm

◇西鶴全集　第5巻　好色一代男　藤村作訳
註　至文堂　1951　466p　19cm

◇西鶴好色全集—現代語訳　第1巻　好色一
代男　吉井勇訳　創元社　1952　261p
19cm

◇西鶴全集—現代語訳　第1　好色一代男,
好色二代男　麻生磯次訳　河出書房
1953　433p　19cm

◇日本国民文学全集　第12巻　西鶴名作集
河出書房　1955　380p　図版　22cm

  [内容] 好色一代男(里見弴訳) 好色五人女(武田
  麟太郎訳) 好色一代女(丹羽文雄訳) 本朝二十
  不孝(吉川勇訳) 武道伝来記(菊池寛訳) 世間胸
  算用(尾崎一雄訳) 西鶴置土産(武田麟太郎訳)

◇好色一代男　暉峻康隆訳注　角川書店
1956　296p　15cm(角川文庫)　〈附：現
代語訳 168-286p〉

◇西鶴輪講　第4巻　好色一代男　三田村鳶
魚編　青蛙房　1961　591p　20cm(輪講
双書　第6冊)

◇日本文学全集　第9　西鶴名作集　青野季
吉等編　河出書房新社　1961　445p　図版
19cm

  [内容] 好色一代男(里見弴訳) 好色五人女(武田麟
  太郎訳) 好色一代女(丹羽文雄訳) 武道伝来記
  (菊地寛訳) 世間胸算用(尾崎一雄訳) 注釈(池
  田弥三郎) 年譜(暉峻康隆) 解説(吉田精一)

◇古典日本文学全集　第22　井原西鶴集
上　麻生磯次訳　筑摩書房　1965　409p
図版　23cm　〈普及版〉

  [内容] 好色一代男, 好色五人女, 好色一代女, 男
  色大鑑, 西鶴置土産. 解題(麻生磯次) 井原西鶴
  (幸田露伴) 西鶴小論(田山花袋) 西鶴について
  (正宗白鳥) 大阪人的性格(織田作之助) 西鶴雜
  感(丹羽文雄)

◇西鶴名作物語—若い人への古典案内　松
崎仁編訳著　社会思想社　1971　289p
15cm(現代教養文庫)

  [内容] 好色一代男, 諸艷大鑑, 西鶴諸国ばなし,
  好色五人女, 本朝二十不孝, 武道伝来記, 武家
  義理物語, 日本永代蔵, 世間胸算用, 万の文反
  古, 西鶴置土産. 解説

◇日本の古典　17　井原西鶴　河出書房新
社　1971　344p　図　23cm

  [内容] 好色一代男(里見弴訳) 好色五人女(吉行
  淳之介訳) 好色一代女(丹羽文雄訳) 男色大鑑
  (富士正晴訳) 世間胸算用(尾崎一雄訳) 西鶴置
  土産(吉行淳之介訳)

◇日本古典文学全集　38　井原西鶴集　1
暉峻康隆, 東明雅校注・訳　小学館　1971
582p　図　23cm

  [内容] 俳諧大句数, 好色一代男, 好色五人女, 好
  色一代女

◇対訳西鶴全集　1　好色一代男　麻生磯次,
富士昭雄編著　明治書院　1974　269p　肖
像　22cm　〈西鶴略年譜：p.261-264〉
2800円

◇西鶴全集—現代語訳　1　好色一代男　暉
峻康隆訳・注　小学館　1976　311p　図
22cm

◇西鶴名作集　里見弴　吉行淳之介　丹羽
文雄　富士正晴訳　河出書房新社　1976
401p　図　18cm(日本古典文庫　16)
980円

  [内容] 好色一代男(里見弴訳) 好色五人女(吉行
  淳之介訳) 好色一代女(丹羽文雄訳) 男色大鑑
  (富士正晴訳) 西鶴置土産(吉行淳之介訳) 注釈
  (池田弥三郎) 年譜(暉峻康隆) 解説(開高健)

◇好色一代男　吉行淳之介訳　中央公論社
1981.6　369p　20cm

◇対訳西鶴全集　1　好色一代男　麻生磯次,
富士昭雄訳注　新版　明治書院　1983.5
319,29p　22cm　〈西鶴略年譜：p311～
314〉

◇好色一代男　吉行淳之介訳　中央公論社
1984.9　365p　16cm(中公文庫)

近世文学(小説)

◇好色一代男　暉峻康隆校注・訳　小学館　1986.4　373p　20cm(完訳日本の古典50)〈図版(筆跡を含む)〉　1700円

◇西鶴名作集　里見弴ほか訳　河出書房新社　1988.5　401p　18cm(日本古典文庫16)〈新装版〉　1800円

内容　好色一代男 里見弴訳. 好色五人女 吉行淳之介訳. 好色一代女 丹羽文雄訳. 男色大鑑 富士正晴訳. 西鶴置土産 吉行淳之介訳. 解説 開高健著. 年譜 暉峻康隆編：p387〜389

◇対訳西鶴全集—決定版　1　好色一代男　麻生磯次, 冨士昭雄訳　明治書院　1992.4　319,29p　22cm　〈著者の肖像あり〉　3800円

◇好色一代男　暉峻康隆訳注　小学館　1992.10　394p　16cm(小学館ライブラリー—現代語訳・西鶴)　960円

◇新編日本古典文学全集　66　井原西鶴集1　暉峻康隆, 東明雅校注・訳　小学館　1996.4　606p　23cm　〈西鶴年譜：p598〜606〉　6600円

◇好色一代男　吉行淳之介訳　改版　中央公論新社　2008.2　369p　16cm(中公文庫)　952円

【注釈書】

◇好色一代男—西鶴輪講　巻の1-8　三田村鳶魚編　春陽堂　1927-1928　785p　19cm

◇好色一代男 註釈　巻上　神谷鶴伴注　愛鶴書院　1931.7　264p　図　20cm

◇好色一代男註釈　神谷鶴伴註　改造社　1934.8　468p　菊半截(改造文庫　第二部249)

◇日本古典文学大系　第47　西鶴集　上　岩波書店　1957　458p　図版　22cm

内容　好色一代男(板坂元校注) 好色五人女(堤精二校注) 好色一代女(麻生磯次校注)

◇日本文学全集　第5　西鶴集　河出書房新社　1966　410p　図版　20cm　〈監修者：谷崎潤一郎等〉

内容　好色一代男, 好色五人女, 好色一代女, 武道伝来記. 世間胸算用. 注釈(池田弥三郎) 年譜(暉峻康隆) 解説(小田切秀雄)

◇好色一代男全注釈　上巻　前田金五郎著　角川書店　1980.2　454p　22cm(日本古典評釈・全注釈叢書)　4500円

◇好色一代男全注釈　下巻　前田金五郎著　角川書店　1981.1　544p　22cm(日本古典評釈・全注釈叢書)　4900円

◇好色一代男　松田修校注　新潮社　1982.2　315p　20cm(新潮日本古典集成)

◇好色一代男　好色五人女　好色一代女　板坂元, 堤精二, 麻生磯次校注　岩波書店　1991.12　458p　22cm　〈著者の肖像あり〉　4200円

◆◆好色一代女(江戸中期)

【現代語訳】

◇西鶴好色物全釈—三段式　岡部美二二訳　広文堂書店　1927　539p　図版6枚　23cm

内容　好色五人女, 好色一代女

◇西鶴好色全集—現代語訳　第2巻　好色一代女　吉井勇訳　創元社　1951　149p　19cm

◇西鶴全集—現代語訳　第2　好色五人女, 好色一代女, 本朝二十不孝　麻生磯次訳　河出書房　1952　331p　図版　19cm

◇日本国民文学全集　第12巻　西鶴名作集　河出書房　1955　380p　図版　22cm

内容　好色一代男(里見弴訳) 好色五人女(武田麟太郎訳) 好色一代女(丹羽文雄訳) 本朝二十不孝(吉井勇訳) 武道伝来記(菊池寛訳) 世間胸算用(尾崎一雄訳) 西鶴置土産(武田麟太郎訳)

◇日本文学全集　第9　西鶴名作集　青野季吉等編　河出書房新社　1961　445p　図版　19cm

内容　好色一代男(里見弴訳) 好色五人女(武田麟太郎訳) 好色一代女(丹羽文雄訳) 武道伝来記(菊地寛訳) 世間胸算用(尾崎一雄訳) 注釈(池田弥三郎) 年譜(暉峻康隆) 解説(吉田精一)

◇古典日本文学全集　第22　井原西鶴集　上　麻生磯次訳　筑摩書房　1965　409p　図版　23cm　〈普及版〉

内容　好色一代男, 好色五人女, 好色一代女, 男色大鑑, 西鶴置土産. 解題(麻生磯次) 井原西鶴(幸田露伴) 西鶴小論(田山花袋) 西鶴について(正宗白鳥) 大阪人的性格(織田作之助) 西鶴雑感(丹羽文雄)

◇好色一代女　清水正二郎訳　浪速書房　1968　242p　図版　19cm　〈カラー版〉

◇日本の古典　17　井原西鶴　河出書房新社　1971　344p　図　23cm

近世文学(小説)

　　|内容| 好色一代男(里見弴訳) 好色五人女(吉行淳之介訳) 好色一代女(丹羽文雄訳) 男色大鑑(富士正晴訳) 世間胸算用(尾崎一雄訳) 西鶴置土産(吉行淳之介訳)

◇日本古典文学全集　38　井原西鶴　1　暉峻康隆,東明雅校注・訳　小学館　1971　582p 図　23cm

　　|内容| 俳諧大句数,好色一代男,好色五人女,好色一代女

◇対訳西鶴全集　3　好色五人女,好色一代女　麻生磯次,富士昭雄編著　明治書院　1974　345p 図　22cm　2800円

◇西鶴名作集　河出書房新社　1976　401p 図　18cm(日本古典文庫　16)　980円

　　|内容| 好色一代男(里見弴訳) 好色五人女(吉行淳之介訳) 好色一代女(丹羽文雄訳) 男色大鑑(富士正晴訳) 西鶴置土産(吉行淳之介訳) 注釈(池田弥三郎) 年譜(暉峻康隆) 解説(開高健)

◇対訳西鶴全集　3　好色五人女.好色一代女　麻生磯次,富士昭雄訳注　新版　明治書院　1983.9　368,31p　22cm

◇西鶴名作選―現代語訳　福島忠利訳　古川書房　1984.6　244p　19cm

　　|内容| 好色五人女.好色一代女.日本永代蔵.世間胸算用

◇完訳日本の古典　第51巻　好色五人女.好色一代女　東明雅校注・訳　小学館　1985.3　466p　20cm　〈参考文献：p452～453〉　1900円

◇西鶴名作集　里見弴　吉行淳之介　丹羽文雄　富士正晴訳　河出書房新社　1988.5　401p　18cm(日本古典文庫　16)　〈新装版〉　1800円

　　|内容| 好色一代男 里見弴訳. 好色五人女 吉行淳之介訳. 好色一代女 丹羽文雄訳. 男色大鑑 富士正晴訳. 解説 開高健著. 年譜 暉峻康隆編：p387～389

◇対訳西鶴全集―決定版　3　好色五人女・好色一代女　麻生磯次,富士昭雄訳注　明治書院　1992.6　368,31p　22cm　3800円

◇新編日本古典文学全集　66　井原西鶴　1　暉峻康隆,東明雅校注・訳　小学館　1996.4　606p　23cm　〈西鶴年譜：p598～606〉　6600円

【注釈書】

◇好色一代女―西鶴輪講　巻の1-6　三田村鳶魚編　春陽堂　1928-1929　455p 図版　19cm

◇好色一代女―全註絵入　岡一男著　再版　白鳳出版社　1947　250p　18cm　〈初版昭和21〉

◇西鶴全集　第6巻　好色一代女　藤村作訳註　至文堂　1952　326p　19cm

◇日本古典文学大系　第47　西鶴集　上　岩波書店　1957　458p 図版　22cm

　　|内容| 好色一代男(板坂元校注) 好色五人女(堤精二校注) 好色一代女(麻生磯次校注)

◇西鶴輪講　第2巻　好色一代女　三田村鳶魚編　青蛙房　1960　321p　20cm(輪講双書　第4冊)

◇日本文学全集　第5　西鶴　河出書房新社　1966　410p 図版　20cm　〈監修者：谷崎潤一郎等〉

　　|内容| 好色一代男,好色五人女,好色一代女,武道伝来記.世間胸算用. 注釈(池田弥三郎) 年譜(暉峻康隆) 解説(小田切秀雄)

◇好色一代女　村田穆校注　新潮社　1976　240p　20cm(新潮日本古典集成)

◇好色一代女　村田穆校注　新潮社　1987.7　240p　20cm(新潮日本古典集成)　〈西鶴略年譜：p223～229〉　1600円

◇好色一代男　好色五人女　好色一代女　板坂元,堤精二,麻生磯次校注　岩波書店　1991.12　458p　22cm　〈著者の肖像あり〉　4200円

◇好色一代女全注釈　前田金五郎著　勉誠社　1996.10　876p　22cm　18540円

◆◆好色五人女(江戸中期)

【現代語訳】

◇西鶴好色物全釈―三段式　岡部美二二訳　広文堂書店　1927　539p 図版6枚　23cm

　　|内容| 好色五人女, 好色一代女

◇現代語訳 国文学全集　21　西鶴名作集　下　武田麟太郎訳　非凡閣　1938.7　1冊　20cm

◇好色五人女　吉井勇訳　三笠書房　1951　115p　19cm(世界文学選書　第85)

◇好色五人女　暉峻康隆訳註　角川書店　1952　174p　15cm(角川文庫　第495)

近世文学(小説)

◇西鶴全集―現代語訳　第2　好色五人女,好色一代女,本朝二十不孝　麻生磯次訳　河出書房　1952　331p 図版　19cm

◇日本国民文学全集　第12巻　西鶴名作集　河出書房　1955　380p 図版　22cm

　内容 好色一代男(里見弴訳) 好色五人女(武田麟太郎訳) 好色一代女(丹羽文雄訳) 本朝二十不孝(吉井勇訳) 武道伝来記(菊池寛訳) 世間胸算用(尾崎一雄訳) 西鶴置土産(武田麟太郎訳)

◇古典日本文学全集　第22　井原西鶴集　上　麻生磯次訳　筑摩書房　1959　409p 図版　23cm

　内容 好色一代男,好色五人女,好色一代女,男色大鑑,西鶴置土産,解説 井原西鶴(幸田露伴) 西鶴小論(田山花袋) 西鶴について(正宗白鳥) 大阪人的性格(織田作之助) 西鶴雑感(丹羽文雄)

◇日本文学全集　第9　西鶴名作集　青野季吉等編　河出書房新社　1961　445p 図版　19cm

　内容 好色一代男(里見弴訳) 好色五人女(武田麟太郎訳) 好色一代女(丹羽文雄訳) 武道伝来記(菊池寛訳) 世間胸算用(尾崎一雄訳) 注釈(池田弥三郎) 年譜(暉峻康隆) 解説(吉田精一)

◇国民の文学　第13　西鶴名作集　谷崎潤一郎等編　河出書房新社　1963　445p 図版　19cm

　内容 好色一代男(里見弴訳) 好色五人女(武田麟太郎訳) 好色一代女(丹羽文雄訳) 武道伝来記(菊池寛訳) 世間胸算用(尾崎一雄訳)

◇古典日本文学全集　第22　井原西鶴集　上　麻生磯次訳　筑摩書房　1965　409p 図版　23cm 〈普及版〉

　内容 好色一代男,好色五人女,好色一代女,男色大鑑,西鶴置土産. 解題(麻生磯次) 井原西鶴(幸田露伴) 西鶴小論(田山花袋) 西鶴について(正宗白鳥) 大阪人的性格(織田作之助) 西鶴雑感(丹羽文雄)

◇西鶴名作物語―若い人への古典案内　松崎仁編訳著　社会思想社　1971　289p 15cm(現代教養文庫)

　内容 好色一代男,諸艶大鑑,西鶴諸国ばなし,好色五人女,本朝二十不孝,武道伝来記,武家義理物語,日本永代蔵,世間胸算用,万の文反古,西鶴置土産. 解説

◇日本の古典　17　井原西鶴　河出書房新社　1971　344p 図　23cm

　内容 好色一代男(里見弴訳) 好色五人女(吉行淳之介訳) 好色一代女(丹羽文雄訳) 男色大鑑(富士正晴訳) 世間胸算用(尾崎一雄訳) 西鶴置土産(吉行淳之介訳)

◇日本古典文学全集　38　井原西鶴集　1　暉峻康隆,東明雅校注・訳　小学館　1971　582p 図　23cm

　内容 俳諧大句数,好色一代男,好色五人女,好色一代女

◇西鶴全集―現代語訳　4　好色五人女,好色一代女　暉峻康隆訳・注　小学館　1976　291p 図　22cm

◇西鶴名作集　河出書房新社　1976　401p 図　18cm(日本古典文庫　16)　980円

　内容 好色一代男(里見弴訳) 好色五人女(吉行淳之介訳) 好色一代女(丹羽文雄訳) 男色大鑑(富士正晴訳) 西鶴置土産(吉行淳之介訳) 注釈(池田弥三郎) 年譜(暉峻康隆) 解説(開高健)

◇好色五人女　吉行淳之介訳　河出書房新社　1979.8　213p 20cm

　内容 好色五人女.西鶴置土産.世間胸算用(抄)万の文反古(抄)

◇現代語訳日本の古典　16　好色五人女・西鶴置土産　吉行淳之介著　学習研究社　1980.9　176p 30cm

◇好色五人女　吉行淳之訳　中央公論社　1982.4　203p 20cm

◇西鶴名作集―現代訳　福島忠利訳　古川書房　1984.6　244p 19cm

　内容 好色五人女.好色一代女.日本永代蔵.世間胸算用

◇好色五人女　江本裕全注訳　講談社　1984.9　523p 15cm(講談社学術文庫) 〈参考文献：p505〜508 西鶴略年譜：p520〜523〉

◇完訳日本の古典　第51巻　好色五人女.好色一代女　東明雅校注・訳　小学館　1985.3　466p 20cm 〈参考文献：p452〜453〉　1900円

◇好色五人女　吉行淳之介訳　世界文化社　1986.1　23cm(特選日本の古典 グラフィック版　第8巻)

◇好色五人女　吉行淳之介訳　中央公論社　1986.3　206p 16cm(中公文庫)　320円

◇富岡多恵子の好色五人女　富岡多恵子著　集英社　1986.10　259p 19cm(わたしの古典　16) 〈編集：創美社〉　1400円

　内容 好色五人女　好色一代女

日本古典文学案内―現代語訳・注釈書　299

近世文学(小説)

◇西鶴名作集　里見弴　吉行淳之介　丹羽文雄　富士正晴訳　河出書房新社　1988.5　401p　18cm(日本古典文庫　16)〈新装版〉　1800円

[内容] 好色一代男 里見弴訳. 好色五人女 吉行淳之介訳. 好色一代女 丹羽文雄訳. 男色大鑑 富士正晴訳. 西鶴置土産 吉行淳之介訳. 解説 開高健著. 年譜 暉峻康隆編：p387～389

◇対訳西鶴全集―決定版　3　好色五人女・好色一代女　麻生磯次, 冨士昭雄訳注　明治書院　1992.6　368,31p　22cm　3800円

◇好色五人女　暉峻康隆訳・注　井原西鶴著　小学館　1992.12　220p　16cm(小学館ライブラリー―現代語訳西鶴)　820円

◇新編日本古典文学全集　66　井原西鶴集1　暉峻康隆, 東明雅校注・訳　小学館　1996.4　606p　23cm　〈西鶴年譜：p598～606〉　6600円

◇富岡多恵子の好色五人女　富岡多恵子著　集英社　1996.5　280p　15cm(わたしの古典)　680円

[内容] 好色五人女　好色一代女

◇好色五人女―現代語訳　吉行淳之介, 丹羽文雄訳　河出書房新社　2007.3　455p　15cm(河出文庫)　830円

[内容] 好色五人女 好色一代女 西鶴置土産

◇井原西鶴名作集　雨月物語　菅家祐文　学習研究社　2008.2　195p　21cm(超訳日本の古典　10)　1300円

[内容] 井原西鶴名作集：西鶴諸国ばなし. 世間胸算用. 新可笑記. 日本永代蔵. 武家義理物語. 好色五人女 雨月物語：菊花の約. 浅茅が宿. 夢応の鯉魚. 吉備津の釜. 蛇性の淫. 青頭巾

◇好色五人女―現代語訳付き　谷脇理史訳注　新版　角川学芸出版　2008.6　315p　15cm(角川文庫―角川ソフィア文庫)〈角川グループパブリッシング(発売)〉819円

[内容] 姿姫路清十郎物語. 情けを入れし樽屋物語. 中段に見る暦屋物語. 恋草からげし八百屋物語. 恋の山源五兵衛物語

【注釈書】

◇国文学講座　西鶴「五人女評釈」講義(近世小説評釈の内)　鈴木敏也著　発売文献書院　1928　1冊　22cm　〈分冊本〉

◇西鶴 好色五人女輪講　三田村鳶魚編　竜生堂　1930.12　333p　菊判

◇西鶴五人女評釈　鈴木敏也著　日本文学社　1935.2　382p　菊判(国文学大講座)

◇井原西鶴集　第2　好色一代女, 好色盛衰記　藤村作校註　朝日新聞社　1950　250p　図版　19cm(日本古典全書)

◇井原西鶴集　第3　藤村作校註　朝日新聞社　1950　392p　図版　19cm(日本古典全書)

◇好色五人女―全　暉峻康隆校註　明治書院　1950　111p　19cm

◇好色五人女評釈　暉峻康隆評釈　明治書院　1953　270p　図版　19cm

◇西鶴全集　第1-4巻　藤村作校註　至文堂　1953-1955　4冊　19cm

[内容] 第1巻 本朝二十不孝・万の文反古(8版)　第2巻 好色(8版)　第3巻 世間胸算用(9版)　第4巻 日本永代蔵(3版)

◇好色五人女―西鶴全釈　金子武雄著　有信堂　1954　292p　18cm(有信堂文庫)

◇日本古典文学大系　第47　西鶴集　上　岩波書店　1957　458p　図版　22cm

[内容] 好色一代男(板坂元校注) 好色五人女(堤精二校注) 好色一代女(麻生磯次校注)

◇西鶴輪講　第1巻　好色五人女　三田村鳶魚編　青蛙房　1960　435p　20cm(輪講双書　第3冊)

◇近世の小説　西鶴篇　佐佐木一雄編並びに注釈　寧楽書房　1964　286p　19cm

◇日本文学全集　第5　西鶴集　河出書房新社　1966　410p　図版　20cm　〈監修者：谷崎潤一郎〉

[内容] 好色一代男, 好色五人女, 好色一代女, 武道伝来記. 世間胸算用. 注釈(池田弥三郎) 年譜(暉峻康隆) 解説(小田切秀雄)

◇井原西鶴集　2　好色一代女, 好色盛衰記　藤村作校註　野田寿雄補訂　朝日新聞社　1976　284p　19cm(日本古典全書)〈監修：高木市之助等〉　1200円

◇好色五人女全釈　大野茂男著　笠間書院　1979.2　365p　22cm(笠間注釈叢刊　7)　7500円

◇好色五人女　神保五弥校注　明治書院　1987.3　221p　19cm(校注古典叢書)　1400円

近世文学(小説)

◇好色一代男　好色五人女　好色一代女　板坂元,堤精二,麻生磯次校注　岩波書店　1991.12　458p　22cm　〈著者の肖像あり〉　4200円

◇好色五人女全注釈　前田金五郎著　勉誠社　1992.5　550p　22cm　12000円

◇好色五人女　神保五弥校注　新装版3版　明治書院　2005.2　221p　19cm(校注古典叢書)　2000円

◆◆西鶴置土産(江戸中期)

【現代語訳】

◇新釈 日本文学叢書　第10巻　内海弘蔵物集高量校注　日本文学叢書刊行会　1929.9　742p　23cm

内容　井原西鶴集一本朝二十不幸　武道伝来記　武家義理物語　日本永代蔵　世間胸算用　西鶴置土産　西鶴織留　西鶴文反古　西鶴諸国咄一

◇西鶴全集—現代語訳　第7　万の文反古,西鶴置土産,西鶴俗つれづれ,椀久一世の物語　麻生磯次訳　河出書房　1952　294p 図版　19cm

◇西鶴全集　第10巻　西鶴置土産　藤村作訳註　至文堂　1953　215p　19cm

◇日本国民文学全集　第12巻　西鶴名作集　河出書房　1955　380p 図版　22cm

内容　好色一代男(里見弴訳) 好色五人女(武田麟太郎訳) 好色一代女(丹羽文雄訳) 本朝二十不孝(吉井勇訳) 武道伝来記(菊池寛訳) 世間胸算用(尾崎一雄訳) 西鶴置土産(武田麟太郎訳)

◇古典日本文学全集　第22　井原西鶴集　上　麻生磯次訳　筑摩書房　1965　409p 図版　23cm　〈普及版〉

内容　好色一代男,好色五人女,好色一代女,男色大鑑,西鶴置土産.解題(麻生磯次) 井原西鶴(幸田露伴) 西鶴小論(田山花袋) 西鶴について(正宗白鳥) 大阪人的性格(織田作之助) 西鶴雑感(丹羽文雄)

◇西鶴名作物語—若い人への古典案内　松崎仁編訳著　社会思想社　1971　289p　15cm(現代教養文庫)

内容　好色一代男, 諸艶大鑑, 西鶴諸国ばなし, 好色五人女, 本朝二十不孝, 武道伝来記, 武家義理物語, 日本永代蔵, 世間胸算用, 万の文反古, 西鶴置土産.解説

◇日本の古典　17　井原西鶴　河出書房新社　1971　344p 図　23cm

内容　好色一代男(里見弴訳) 好色五人女(吉行淳之介訳) 好色一代女(丹羽文雄訳) 男色大鑑(富士正晴訳) 世間胸算用(尾崎一雄訳) 西鶴置土産(吉行淳之介訳)

◇日本古典文学全集　40　井原西鶴　3　谷脇理史,神保五弥,暉峻康隆校注・訳　小学館　1972　627p 図　23cm

内容　日本永代蔵,万の文反古,世間胸算用,西鶴置土産

◇西鶴全集—現代語訳　12　西鶴置土産,西鶴俗つれづれ,西鶴名残の友　暉峻康隆訳・注　小学館　1977.2　311p 図　22cm

◇対訳西鶴全集　15　西鶴置土産,万の文反古　麻生磯次,富士昭雄訳注　明治書院　1977.9　293,15p　22cm

◇現代語訳日本の古典　16　好色五人女・西鶴置土産　吉行淳之介著　学習研究社　1980.9　176p　30cm

◇対訳西鶴全集　15　西鶴置土産.万の文反古　麻生磯次,富士昭雄訳注　新版　明治書院　1984.9　293,15p　22cm

◇西鶴名作集　里見弴　吉行淳之介　丹羽文雄　富士正晴訳　河出書房新社　1988.5　401p　18cm(日本古典文庫　16)〈新装版〉　1800円

内容　好色一代男 里見弴訳. 好色五人女 吉行淳之介訳. 好色一代女 丹羽文雄訳. 男色大鑑 富士正晴訳. 西鶴置土産 吉行淳之介訳. 解説 開高健著. 年譜 暉峻康隆編：p387〜389

◇対訳西鶴全集—決定版　15　西鶴置土産・万の文反古　麻生磯次,富士昭雄訳注　明治書院　1993.6　293,15p　22cm　3600円

◇新編日本古典文学全集　68　井原西鶴集　3　谷脇理史ほか校注・訳　小学館　1996.12　638p　23cm　〈日本永代蔵 谷脇理史校注・訳. 万の文反古・世間胸算用 神保五弥校注・訳. 西鶴置土産 暉峻康隆校注・訳. 解説. 西鶴享受年表：p622〜638〉　4800円

◇西鶴置土産—現代語訳・西鶴　暉峻康隆訳・注　小学館　1997.8　264p　16cm(小学館ライブラリー)　800円

【注釈書】

◇新日本古典文学大系　77　武道伝来記・西鶴置土産・万の文反古・西鶴名残の友　佐竹昭広ほか編　谷脇理史ほか校注　岩

日本古典文学案内—現代語訳・注釈書　301

近世文学(小説)

波書店　1989.4　640p　22cm　〈参考文献：p637～640〉

◆◆西鶴織留(江戸中期)

【現代語訳】

◇新釈 日本文学叢書　第10巻　内海弘蔵物集高量校注　日本文学叢書刊行会　1929.9　742p　23cm

　内容　井原西鶴集―本朝二十不幸　武道伝来記　武家義理物語　日本永代蔵　世間胸算用　西鶴置土産　西鶴織留　西鶴文反古　西鶴諸国咄―

◇西鶴全集―現代語訳　第6　日本永代蔵,世間胸算用,西鶴織留　麻生磯次訳　河出書房　1952　390p　図版　19cm

◇西鶴全集　第7巻　西鶴織留　藤村作訳註　至文堂　1952　334p　19cm

◇古典日本文学全集　第23　井原西鶴集　下　麻生磯次訳　筑摩書房　1960　399p　図版　23cm

　内容　武家義理物語,日本永代蔵,世間胸算用,西鶴織留,本朝桜陰比事,万の文反古,解説(麻生磯次) 西鶴の輪郭(真山青果) 西鶴町人物雑感(武田麟太郎) 西鶴の方法(暉峻康隆) 西鶴と現代文学(臼井吉見)

◇古典日本文学全集　第23　井原西鶴集　下　麻生磯次訳　筑摩書房　1965　399p　図版　23cm　〈普及版〉

　内容　武家義理物語,日本永代蔵,世間胸算用,西鶴織留,本朝桜陰比事,万の文反古.解説(麻生磯次) 西鶴の輪郭(真山青果) 西鶴町人物雑感(武田麟太郎) 西鶴の方法(暉峻康隆) 西鶴と現代文学(臼井吉見)

◇西鶴名作選集―口訳　横山青娥著　塔影書房　1975　151p　22cm　〈表紙の書名：西鶴名作集 限定版〉

　内容　日本永代蔵,諸国ばなし,懐硯,織留,新可笑記,世間胸算用,本朝二十不孝,西鶴名残之友.解説

◇対訳西鶴全集　14　西鶴織留　麻生磯次,富士昭雄訳注　明治書院　1976　221,22p　22cm

◇西鶴全集―現代語訳　9　日本永代蔵,西鶴織留　暉峻康隆訳・注　小学館　1977.1　351p　図　22cm

◇対訳西鶴全集　14　西鶴織留　麻生磯次,富士昭雄訳注　新版　明治書院　1984.8　221,22p　22cm

◇対訳西鶴全集―決定版　14　西鶴織留　麻生磯次,富士昭雄訳注　明治書院　1993.5　221,22p　22cm　3400円

【注釈書】

◇西鶴織留輪講　三田村鳶魚等　早稲田大学出版部　1933　276p　22cm(早稲田大学文学講義)

◇日本古典文学大系　第48　西鶴集　下　野間光辰校注　岩波書店　1960　536p　図版　22cm

　内容　日本永代蔵,世間胸算用,西鶴織留

◇西鶴織留　野田寿雄校注　笠間書院　1972　147p　21cm　〈井原西鶴略年譜：p.145-147〉

◇井原西鶴集　3　日本永代蔵,世間胸算用,西鶴織留　藤村作校註　東明雅補訂　朝日新聞社　1974　456p　19cm(日本古典全書)〈監修：高木市之助等〉　1200円

◇日本永代蔵・世間胸算用・西鶴織留　野間光辰校注　井原西鶴著　岩波書店　1991.12　536p　22cm　4400円

◆◆西鶴諸国ばなし(江戸中期)

【現代語訳】

◇新釈 日本文学叢書　第10巻　内海弘蔵物集高量校注　日本文学叢書刊行会　1929.9　742p　23cm

　内容　井原西鶴集―本朝二十不幸　武道伝来記　武家義理物語　日本永代蔵　世間胸算用　西鶴置土産　西鶴織留　西鶴文反古　西鶴諸国咄―

◇西鶴全集―現代語訳　第3　西鶴諸国はなし,懐硯,新可笑記,西鶴名残の友　麻生磯次訳　河出書房　1954　394p　図版　19cm

◇西鶴名作物語―若い人への古典案内　松崎仁編訳著　社会思想社　1971　289p　15cm(現代教養文庫)

　内容　好色一代男,諸艶大鑑,西鶴諸国ばなし,好色五人女,本朝二十不孝,武道伝来記,武家義理物語,世間胸算用,万の文反古,西鶴置土産.解説

◇日本古典文学全集　39　井原西鶴集　2　宗政五十緒,松田修,暉峻康隆校注・訳　小学館　1973　619p　図　23cm

　内容　西鶴諸国ばなし,本朝二十不孝,男色大鑑

◇西鶴名作選集―口訳　横山青娥著　塔影書房　1975　151p　22cm　〈表紙の書名：西鶴名作集 限定版〉
[内容] 日本永代蔵,諸国ばなし,懐硯,織留,新可笑記,世間胸算用,本朝二十不孝,西鶴名残之友. 解説

◇対訳西鶴全集　5　西鶴諸国ばなし,懐硯　麻生磯次,富士昭雄編著　明治書院　1975　324,22p　22cm　2800円

◇西鶴全集―現代語訳　7　西鶴諸国ばなし,懐硯　暉峻康隆訳・注　小学館　1976　259p 図　22cm

◇対訳西鶴全集　5　西鶴諸国ばなし.懐硯　麻生磯次,富士昭雄訳注　新版　明治書院　1983.11　324,22p　22cm

◇西鶴諸国ばなし　暉峻康隆訳・注　小学館　1992.8　210p　16cm(小学館ライブラリー―現代語訳・西鶴)　820円

◇対訳西鶴全集―決定版　5　西鶴諸国ばなし・懐硯　麻生磯次,富士昭雄訳注　明治書院　1992.8　324,22p　22cm　3600円

◇新編日本古典文学全集　67　井原西鶴2　宗政五十緒ほか校注・訳　小学館　1996.5　622p　23cm　4800円
[内容] 西鶴諸国ばなし 宗政五十緒校注・訳. 本朝二十不孝 松田修校注・訳. 男色大鑑 暉峻康隆校注・訳. 解説

◇井原西鶴名作集　雨月物語　菅家祐文学習研究社　2008.2　195p　21cm(超訳日本の古典　10)　1300円
[内容] 井原西鶴名作集：西鶴諸国ばなし. 世間胸算用. 新可笑記. 日本永代蔵. 武家義理物語. 好色五人女 雨月物語：菊花の約. 浅茅が宿. 夢応の鯉魚. 吉備津の釜. 蛇性の淫. 青頭巾

◇西鶴諸国ばなしほか　堀尾青史文　童心社　2009.2　205p　19cm(これだけは読みたいわたしの古典)　〈『わたしの西鶴 おしゃもじ天狗』改題書〉　2000円
[内容] きつねさわぎ　おしゃもじ天狗　力なしの大仏　ねこのうらみ　鯉のうらみ　家のたからの名刀　からくり人形と小判　夢の仏さま　正直者の頭の中　腰のぬけた仙人　宇治川のりきり　女のおしゃべり　大晦日のけんか屋　塩売りの楽助　こたつの化物　かたきをわが子に　雪の朝のかたきうち　一文惜しみの百知らず　大井川に散るなみだ　耳をそがれたどろぼう　小判十一両

【注釈書】

◇井原西鶴集　第4　西鶴諸国はなし,武家義理物語　藤村作校註　朝日新聞社　1951　214p 図版　19cm(日本古典全書)

◇井原西鶴集　4　西鶴諸国ばなし,武家義理物語　藤村作校註　東明雅補訂　朝日新聞社　1974　239p　19cm(日本古典全書)　〈監修：高木市之助等〉　950円

◇新日本古典文学大系　76　好色二代男・西鶴諸国ばなし・本朝二十不孝　佐竹昭広ほか編　井原西鶴著　冨士昭雄ほか校注　岩波書店　1991.10　563p　22cm　3900円

◆◆西鶴俗つれづれ(江戸中期)

【現代語訳】

◇西鶴全集―現代語訳　第7　万の文反古,西鶴置土産,西鶴俗つれづれ,椀久一世の物語　麻生磯次訳　河出書房　1952　294p 図版　19cm

◇西鶴全集　第9巻　西鶴俗つれづれ　藤村作訳註　至文堂　1953　213p　19cm

◇西鶴全集―現代語訳　12　西鶴置土産,西鶴俗つれづれ,西鶴名残の友　暉峻康隆訳・注　小学館　1977.2　311p 図　22cm

◇対訳西鶴全集　16　西鶴俗つれづれ・西鶴名残の友　麻生磯次,富士昭雄訳註　明治書院　1977.11　256,15p　22cm

◇対訳西鶴全集　16　西鶴俗つれづれ.西鶴名残の友　麻生磯次,富士昭雄訳注　新版　明治書院　1984.10　256,15p　22cm

◇対訳西鶴全集―決定版　16　西鶴俗つれづれ・西鶴名残の友　麻生磯次,冨士昭雄訳注　明治書院　1993.7　256,15p　22cm　3400円

◆◆西鶴名残の友(江戸中期)

【現代語訳】

◇西鶴全集―現代語訳　第3　西鶴諸国はなし,懐硯,新可笑記,西鶴名残の友　麻生磯次訳　河出書房　1954　394p 図版　19cm

◇西鶴名作選集―口訳　横山青娥著　塔影書房　1975　151p　22cm　〈表紙の書名：西鶴名作集 限定版〉

近世文学(小説)

|内容| 日本永代蔵,諸国ばなし,懐硯,織留,新可笑記,世間胸算用,本朝二十不孝,西鶴名残之友.解説

◇西鶴全集—現代語訳　12　西鶴置土産,西鶴俗つれづれ,西鶴名残の友　暉峻康隆訳・注　小学館　1977.2　311p 図　22cm

◇対訳西鶴全集　16　西鶴俗つれづれ・西鶴名残の友　麻生磯次,富士昭雄訳註　明治書院　1977.11　256,15p　22cm

◇対訳西鶴全集　16　西鶴俗つれづれ.西鶴名残の友　麻生磯次,富士昭雄訳注　新版　明治書院　1984.10　256,15p　22cm

◇対訳西鶴全集—決定版　16　西鶴俗つれづれ・西鶴名残の友　麻生磯次,富士昭雄訳注　明治書院　1993.7　256,15p　22cm　3400円

【注釈書】

◇新日本古典文学大系　77　武道伝来記・西鶴置土産・万の文反古・西鶴名残の友　佐竹昭広ほか編　谷脇理史ほか校注　岩波書店　1989.4　640p　22cm　〈参考文献：p637〜640〉

◆◆諸艶大鑑(江戸中期)

【現代語訳】

◇西鶴名作物語—若い人への古典案内　松崎仁編訳著　社会思想社　1971　289p　15cm(現代教養文庫)

|内容| 好色一代男,諸艶大鑑,西鶴諸国ばなし,好色五人女,本朝二十不孝,武道伝来記,武家義理物語,日本永代蔵,世間胸算用,万の文反古,西鶴置土産.解説

◇対訳西鶴全集　2　諸艶大鑑　麻生磯次,富士昭雄訳注　明治書院　1979.8　346,33p　22cm

◇対訳西鶴全集　2　諸艶大鑑　麻生磯次,富士昭雄訳注　新版　明治書院　1983.6　346,33p　22cm

◇対訳西鶴全集—決定版　2　諸艶大鑑　麻生磯次,富士昭雄訳注　明治書院　1992.5　346,33p　22cm　3800円

◆◆新可笑記(江戸中期)

【現代語訳】

◇西鶴全集—現代語訳　第3　西鶴諸国はなし,懐硯,新可笑記,西鶴名残の友　麻生磯次訳　河出書房　1954　394p 図版　19cm

◇西鶴名作選集—口訳　横山青娥著　塔影書房　1975　151p　22cm　〈表紙の書名：西鶴名作集 限定版〉

|内容| 日本永代蔵,諸国ばなし,懐硯,織留,新可笑記,世間胸算用,本朝二十不孝,西鶴名残之友.解説

◇西鶴全集—現代語訳　6　武家義理物語,新可笑記,嵐無常物語　暉峻康隆訳・注　小学館　1976　319p 図　22cm

◇対訳西鶴全集　9　新可笑記　麻生磯次,富士昭雄訳注　明治書院　1976　191,15p　22cm

◇対訳西鶴全集　9　新可笑記　麻生磯次,富士昭雄訳注　新版　明治書院　1984.3　191,15p　22cm

◇対訳西鶴全集—決定版　9　新可笑記　麻生磯次,富士昭雄訳注　明治書院　1992.12　191,15p　22cm　3400円

◇新編日本古典文学全集　69　井原西鶴集　4　冨士昭雄,広嶋進校注・訳　小学館　2000.8　637p　23cm　〈年表あり〉　4657円

|内容| 武道伝来記(富士昭雄校注・訳)　武家義理物語(広嶋進校注・訳)　新可笑記(広嶋進校注・訳)

◇井原西鶴名作集　雨月物語　菅家祐文学習研究社　2008.2　195p　21cm(超訳 日本の古典　10)　1300円

|内容| 井原西鶴名作集：西鶴諸国ばなし.世間胸算用.新可笑記.日本永代蔵.武家義理物語.好色五人女 雨月物語：菊花の約.浅茅が宿.夢応の鯉魚.吉備津の釜.蛇性の淫.青頭巾

◆◆世間胸算用(江戸中期)

【現代語訳】

◇西鶴全集—現代語訳　第6　日本永代蔵,世間胸算用,西鶴織留　麻生磯次訳　河出書房　1952　390p 図版　19cm

◇日本国民文学全集　第12巻　西鶴名作集　河出書房　1955　380p 図版　22cm

近世文学(小説)

[内容] 好色一代男(里見惇訳) 好色五人女(武田麟太郎訳) 好色一代女(丹羽文雄訳) 本朝二十不孝(吉井勇訳) 武道伝来記(菊池寛訳) 世間胸算用(尾崎一雄訳) 西鶴置土産(武田麟太郎訳)

◇世間胸算用 織田作之助著 現代社 1956 242p 18cm(現代新書)

[内容] 西鶴新論,世間胸算用(井原西鶴著 織田作之助現代訳)

◇古典日本文学全集 第23 井原西鶴集 下 麻生磯次訳 筑摩書房 1960 399p 図版 23cm

[内容] 武家義理物語,日本永代蔵,世間胸算用,西鶴織留,本朝桜陰比事,万の文反古. 解説(麻生磯次) 西鶴の輪郭(真山青果) 西鶴町人物雑感(武田麟太郎) 西鶴の方法(暉峻康隆) 西鶴と現代文学(臼井吉見)

◇日本文学全集 第9 西鶴名作集 青野季吉等編 河出書房新社 1961 445p 図版 19cm

[内容] 好色一代男(里見惇訳) 好色五人女(武田麟太郎訳) 好色一代女(丹羽文雄訳) 武道伝来記(菊地寛訳) 世間胸算用(尾崎一雄訳) 注釈(池田弥三郎) 年譜(暉峻康隆) 解説(吉田精一)

◇古典日本文学全集 第23 井原西鶴集 下 麻生磯次訳 筑摩書房 1965 399p 図版 23cm 〈普及版〉

[内容] 武家義理物語,日本永代蔵,世間胸算用,西鶴織留,本朝桜陰比事,万の文反古. 解説(麻生磯次) 西鶴の輪郭(真山青果) 西鶴町人物雑感(武田麟太郎) 西鶴の方法(暉峻康隆) 西鶴と現代文学(臼井吉見)

◇西鶴名作物語—若い人への古典案内 松崎仁編訳著 社会思想社 1971 289p 15cm(現代教養文庫)

[内容] 好色一代男,諸艶大鑑,西鶴諸国ばなし,好色五人女,本朝二十不孝,武道伝来記,武家義理物語,日本永代蔵,世間胸算用,万の文反古,西鶴置土産. 解説

◇日本の古典 17 井原西鶴 河出書房新社 1971 344p 図 23cm

[内容] 好色一代男(里見惇訳) 好色五人女(吉行淳之介訳) 好色一代女(丹羽文雄訳) 男色大鑑(富士正晴訳) 世間胸算用(尾崎一雄訳) 西鶴置土産(吉行淳之介訳)

◇日本古典文学全集 40 井原西鶴集 3 谷脇理史,神保五弥,暉峻康隆校注・訳 小学館 1972 627p 図 23cm

[内容] 日本永代蔵,万の文反古,世間胸算用,西鶴置土産

◇西鶴名作選集—口訳 横山青娥著 塔影書房 1975 151p 22cm 〈表紙の書名:西鶴名作集 限定版〉

[内容] 日本永代蔵,諸国ばなし,懐硯,織留,新可笑記,世間胸算用,本朝二十不孝,西鶴名残之友. 解説

◇対訳西鶴全集 13 世間胸算用 麻生磯次,富士昭雄訳注 明治書院 1975 166,10p 22cm

◇西鶴全集—現代語訳 11 万の文反古,世間胸算用 暉峻康隆訳・注 小学館 1976 261p 図 22cm

◇完訳日本の古典 第53巻 万の文反古・世間胸算用 神保五弥校注・訳 小学館 1984.4 377p 20cm 〈参考文献:p374〜375〉 1700円

◇西鶴名作選—現代訳 福島忠利訳 古川書房 1984.6 244p 19cm

[内容] 好色五人女.好色一代女.日本永代蔵.世間胸算用

◇対訳西鶴全集 13 世間胸算用 麻生磯次,富士昭雄訳注 新版 明治書院 1984.7 166,10p 22cm

◇世間胸算用 市古夏生校注・訳 ほるぷ出版 1986.9 386p 20cm(日本の文学)

◇世間胸算用—現代語訳・西鶴 暉峻康隆訳・注 井原西鶴著 小学館 1992.6 224p 16cm(小学館ライブラリー) 820円

◇対訳西鶴全集—決定版 13 世間胸算用 麻生磯次,冨士昭雄訳注 明治書院 1993.4 166,10p 22cm 3400円

◇新編日本古典文学全集 68 井原西鶴集 3 谷脇理史ほか校注・訳 小学館 1996.12 638p 23cm 〈日本永代蔵 谷脇理史校注・訳. 万の文反古・世間胸算用 神保五弥校注・訳. 西鶴置土産 暉峻康隆校注・訳. 解説. 西鶴享受史年表:p622〜638〉 4800円

◇井原西鶴名作集 雨月物語 菅家祐文 学習研究社 2008.2 195p 21cm(超訳日本の古典 10) 1300円

[内容] 井原西鶴名作集:西鶴諸国ばなし. 世間胸算用. 新可笑記. 日本永代蔵. 武家義理物語. 好色五人女 雨月物語:菊花の約. 浅茅が宿. 夢応の鯉魚. 吉備津の釜. 蛇性の淫. 青頭巾

◇世間胸算用 万の文反古 東海道中膝栗毛 神保五弥校訂・訳 神保五弥校訂・訳

日本古典文学案内－現代語訳・注釈書 305

近世文学(小説)

中村幸彦,棚橋正博校訂・訳　小学館　2008.12　317p　20cm(日本の古典をよむ18)　1800円

【注釈書】

◇新釈 日本文学叢書　第10巻　内海弘蔵 物集高量校注　日本文学叢書刊行会　1929.9　742p　23cm

　内容　井原西鶴集—本朝二十不孝 武道伝来記 武家義理物語 日本永代蔵 世間胸算用 西鶴置土産 西鶴織留 西鶴文反古 西鶴諸国咄—

◇西鶴胸算用選釈　頴原退蔵著　日本文学社　1933.5　1冊　菊判

◇世間胸算用全釈　市場直次郎著　文泉堂書房　1935

◇西鶴全集　第1-4巻　藤村作訳註　至文堂　1953-1955　4冊　19cm

　内容　第1巻 本朝二十不孝・万の文反古(8版)　第2巻 好色五人女(8版)　第3巻 世間胸算用(9版)　第4巻 日本永代蔵(3版)

◇日本古典文学大系　第48　西鶴集　下 野間光辰校注　岩波書店　1960　536p　図版　22cm

　内容　日本永代蔵,世間胸算用,西鶴織留

◇日本文学全集　第5　西鶴集　河出書房新社　1966　410p　図版　20cm　〈監修者:谷崎潤一郎等〉

　内容　好色一代男,好色五人女,好色一代女,武道伝来記.世間胸算用. 注釈(池田弥三郎) 年譜(暉峻康隆) 解説(小田切秀雄)

◇井原西鶴集　3　日本永代蔵,世間胸算用,西鶴織留　藤村作校註　東明雅補訂　朝日新聞社　1974　456p　19cm(日本古典全書)　〈監修:高木市之助等〉　1200円

◇頴原退蔵著作集　第18巻　近世小説2・浄瑠璃　頴原退蔵著　中央公論社　1980.10　457p　20cm

　内容　近世小説史—前半期.仮名草子概説.浮世草子概説.滑稽本.世間胸算用評釈.伊藤出羽掾と岡本文弥.古浄瑠璃『しんらんき』『滝口横笛』『娥歌加留多』 近松の浄瑠璃.海音の小説と俳諧

◇世間胸算用　冨士昭雄校注　2版　明治書院　1986.2　213p　19cm(校注古典叢書)　〈参考文献・西鶴略年譜:p179〜187〉　1400円

◇世間胸算用　金井寅之助,松原秀江校注　新潮社　1989.2　220p　20cm(新潮日本古典集成)　〈西鶴略年表:p209〜220〉　1600円

◇日本永代蔵・世間胸算用・西鶴織留　野間光辰校注　井原西鶴著　岩波書店　1991.12　536p　22cm　4400円

◇世間胸算用　冨士昭雄校注　新装版再版　明治書院　2005.2　213p　19cm(校注古典叢書)　〈年譜あり〉　2000円

◆◆男色大鑑(江戸中期)

【現代語訳】

◇西鶴全集—現代語訳　第4　男色大鑑,武道伝来記　麻生磯次訳　河出書房　1954　477p　図版　19cm

◇古典日本文学全集　第22　井原西鶴集　上　麻生磯次訳　筑摩書房　1965　409p　図版　23cm　〈普及版〉

　内容　好色一代男,好色五人女,好色一代女,男色大鑑,西鶴置土産.解題(麻生磯次)井原西鶴(幸田露伴)西鶴小論(田山花袋)西鶴について(正宗白鳥)大阪人的性格(織田作之助)西鶴雑感(丹羽文雄)

◇日本の古典　17　井原西鶴　河出書房新社　1971　344p　図　23cm

　内容　好色一代男(里見弴訳) 好色五人女(吉行淳之介訳) 好色一代女(丹羽文雄訳) 男色大鑑(富士正晴訳) 世間胸算用(尾崎一雄訳) 西鶴置土産(吉行淳之介訳)

◇西鶴全集—現代語訳　3　男色大鑑　暉峻康隆訳・注　小学館　1976　301p　22cm

◇西鶴名作集　河出書房新社　1976　401p　図　18cm(日本古典文庫　16)　980円

　内容　好色一代男(里見弴訳) 好色一代女(吉行淳之介訳) 好色一代女(丹羽文雄訳) 男色大鑑(富士正晴訳) 西鶴置土産(吉行淳之介訳) 注釈(池田弥三郎) 年譜(暉峻康隆) 解説(開高健)

◇対訳西鶴全集　6　男色大鑑　麻生磯次,富士昭雄訳注　明治書院　1979.5　360,33p　22cm

◇対訳西鶴全集　6　男色大鑑　麻生磯次,富士昭雄訳注　新版　明治書院　1983.12　360,33p　22cm

◇奥の細道　山本健吉訳　世界文化社　1986.1　23cm(特選日本の古典 グラフィック版 第9巻)

◇西鶴名作集　里見弴　吉行淳之介　丹羽

近世文学(小説)

文雄　富士正晴訳　河出書房新社　1988.5　401p　18cm(日本古典文庫　16)〈新装版〉　1800円

[内容] 好色一代男 里見弴訳. 好色五人女 吉行淳之介訳. 好色一代女 丹羽文雄訳. 男色大鑑 富士正晴訳. 西鶴置土産 吉行淳之介訳. 解説 開高健著. 年譜 暉峻康隆編：p387～389

◇対訳西鶴全集―決定版　6　男色大鑑　麻生磯次,富士昭雄訳注　明治書院　1992.9　360,33p　22cm　3800円

◇新編日本古典文学全集　67　井原西鶴集　2　宗政五十緒ほか校注・訳　小学館　1996.5　622p　23cm　4800円

[内容] 西鶴諸国ばなし 宗政五十緒校注・訳. 本朝二十不孝 松田修校注・訳. 男色大鑑 暉峻康隆校注・訳. 解説

【注釈書】

◇西鶴輪講　第5巻　男色大鑑　三田村鳶魚編　青蛙房　1962　459p　20cm(輪講双書　第7冊)

◆◆日本永代蔵(江戸中期)

【現代語訳】

◇西鶴全集―現代語訳　第6　日本永代蔵, 世間胸算用, 西鶴織留　麻生磯次訳　河出書房　1952　390p　図版　19cm

◇西鶴全集　第12巻　武家義理物語　藤村作訳註　至文堂　1954　264p　19cm

◇古典日本文学全集　第23　井原西鶴集　下　麻生磯次訳　筑摩書房　1960　399p　図版　23cm

[内容] 武家義理物語, 日本永代蔵, 世間胸算用, 西鶴織留, 本朝桜陰比事, 万の文反古, 解説(麻生磯次) 西鶴の輪郭(真山青果) 西鶴町人物雑感(武田麟太郎) 西鶴の方法(暉峻康隆) 西鶴と現代文学(臼井吉見)

◇古典日本文学全集　第23　井原西鶴集　下　麻生磯次訳　筑摩書房　1965　399p　図版　23cm　〈普及版〉

[内容] 武家義理物語, 日本永代蔵, 世間胸算用, 西鶴織留, 本朝桜陰比事, 万の文反古, 解説(麻生磯次) 西鶴の輪郭(真山青果) 西鶴町人物雑感(武田麟太郎) 西鶴の方法(暉峻康隆) 西鶴と現代文学(臼井吉見)

◇日本永代蔵　暉峻康隆訳註　角川書店　1967　344p　15cm(角川文庫)〈付：現代語訳〉

◇西鶴名作物語―若い人への古典案内　松崎仁編訳著　社会思想社　1971　289p　15cm(現代教養文庫)

[内容] 好色一代男, 諸艶大鑑, 西鶴諸国ばなし, 好色五人女, 本朝二十不孝, 武道伝来記, 武家義理物語, 日本永代蔵, 世間胸算用, 万の文反古, 西鶴置土産. 解説

◇日本古典文学全集　40　井原西鶴集　3　谷脇理史, 神保五弥, 暉峻康隆校注・訳　小学館　1972　627p　図　23cm

[内容] 日本永代蔵, 万の文反古, 世間胸算用, 西鶴置土産

◇西鶴名作選集―口訳　横山青娥著　塔影書房　1975　151p　22cm　〈表紙の書名：西鶴名作集 限定版〉

[内容] 日本永代蔵, 諸国ばなし, 懐硯, 織留, 新可笑記, 世間胸算用, 本朝二十不孝, 西鶴名残之友. 解説

◇対訳西鶴全集　12　日本永代蔵　麻生磯次,富士昭雄訳注　明治書院　1975　221,13p　22cm

◇西鶴全集―現代語訳　9　日本永代蔵, 西鶴織留　暉峻康隆訳・注　小学館　1977.1　351p　図　22cm

◇完訳日本の古典　第52巻　日本永代蔵　谷脇理史校注・訳　小学館　1983.3　305p　20cm　〈参考文献：p291〉　1500円

◇西鶴名作選―現代訳　福島忠利訳　古川書房　1984.6　244p　19cm

[内容] 好色五人女. 好色一代女. 日本永代蔵. 世間胸算用

◇対訳西鶴全集　12　日本永代蔵　麻生磯次,富士昭雄訳注　新版　明治書院　1984.6　221,13p　22cm

◇日本永代蔵　暉峻康隆訳注　井原西鶴著　小学館　1992.4　280p　16cm(小学館ライブラリー―現代語訳・西鶴)〈『西鶴全集9』(1977年刊)の改訂〉　860円

◇対訳西鶴全集―決定版　12　日本永代蔵　麻生磯次,富士昭雄訳注　明治書院　1993.3　221,13p　22cm　3400円

◇新編日本古典文学全集　68　井原西鶴集　3　谷脇理史ほか校注・訳　小学館　1996.12　638p　23cm　〈日本永代蔵 谷脇理史校注・訳. 万の文反古・世間胸算用 神保五弥校注・訳. 西鶴置土産 暉峻康隆

近世文学(小説)

校注・訳.解説.西鶴享受史年表：p622～638〉 4800円
◇井原西鶴名作集 雨月物語 菅家祐文学習研究社 2008.2 195p 21cm(超訳 日本の古典 10) 1300円

> [内容] 井原西鶴名作集：西鶴諸国ばなし.世間胸算用.新可笑記.日本永代蔵.武家義理物語.好色五人女 雨月物語：菊花の約.浅茅が宿.夢応の鯉魚.吉備津の釜.蛇性の淫.青頭巾

【注釈書】

◇校註 日本永代蔵 頴原退蔵著 明治書院 1929.8 164p 四六判
◇新釈 日本文学叢書 第10巻 内海弘蔵 物集高量校注 日本文学叢書刊行会 1929.9 742p 23cm

> [内容] 井原西鶴集―本朝二十不孝 武道伝来記 武家義理物語 日本永代蔵 世間胸算用 西鶴置土産 西鶴織留 西鶴文反古 西鶴諸国咄

◇日本永代蔵評釈 佐藤鶴吉著 明治書院 1930 344,28p 21cm
◇攷註日本永代蔵 上 守随憲治著 東京山海道出版部 1937
◇日本永代蔵新講 大籔虎亮著 白帝社 1937.2 632p 菊判
◇考註 日本永代蔵 上 守随憲治著 山海堂 1937.3 304p 菊判
◇西鶴全集 第1-4巻 藤村作訳註 至文堂 1953-1955 4冊 19cm

> [内容] 第1巻 本朝二十不孝・万の文反古(8版) 第2巻 好色五人女(8版) 第3巻 世間胸算用(9版) 第4巻 日本永代蔵(3版)

◇日本永代蔵新講 大籔虎亮著 白帝出版 1953 719p 図版 22cm
◇日本永代蔵精講―研究と評釈 守随憲治著 學燈社 1953 421p 図版 19cm
◇日本古典文学大系 第48 西鶴集 下 野間光辰校注 岩波書店 1960 536p 図版 22cm

> [内容] 日本永代蔵,世間胸算用,西鶴織留

◇西鶴輪講 第3巻 日本永代蔵 三田村鳶魚編 青蛙房 1961 354p 20cm(輪講双書 第5冊)
◇日本永代蔵―新注 前田金五郎編 大修館書店 1968 208p 22cm

◇井原西鶴集 3 日本永代蔵,世間胸算用,西鶴織留 藤村作校註 東明雅補訂 朝日新聞社 1974 456p 19cm(日本古典全書)〈監修：高木市之助等〉 1200円
◇日本永代蔵 村田穆校注 新潮社 1977 252p 20cm(新潮日本古典集成)
◇西鶴塾金もうけ講座―『日本永代蔵』新講釈 宗政五十緒著 京都 淡交社 1984.12 237p 19cm 1300円
◇日本永代蔵 堤精二校注 4版 明治書院 1985.2 256p 19cm(校注古典叢書)〈参考文献：p229～232〉 1200円
◇日本永代蔵・世間胸算用・西鶴織留 野間光辰校注 井原西鶴著 岩波書店 1991.12 536p 22cm 4400円
◇校注日本永代蔵 原道生編 井原西鶴著 武蔵野書院 1993.3(再版) 183p 21cm 1262円

◆◆武家義理物語(江戸中期)

【現代語訳】

◇西鶴好色全集―現代語訳 第3巻 好色五人女,好色盛衰記 吉井勇訳 創元社 1953 293p 19cm
◇西鶴全集―現代語訳 第5 武家義理物語,好色盛衰記,本朝桜陰比事 麻生磯次訳 河出書房 1953 362p 図版 19cm
◇古典日本文学全集 第23 井原西鶴集 下 麻生磯次訳 筑摩書房 1960 399p 図版 23cm

> [内容] 武家義理物語,日本永代蔵,世間胸算用,西鶴織留,本朝桜陰比事,万の文反古,解説(麻生磯次) 西鶴の輪郭(真山青果) 西鶴町人物雑感(武田麟太郎) 西鶴の方法(暉峻康隆) 西鶴と現代文学(臼井吉見)

◇日本文学全集 第9 西鶴名作集 青野季吉等編 河出書房新社 1961 445p 図版 19cm

> [内容] 好色一代男(里見弴訳) 好色五人女(武田麟太郎訳) 好色一代女(丹羽文雄訳) 武道伝来記(菊地寛訳) 世間胸算用(尾崎一雄訳) 注釈(池田弥三郎) 年譜(暉峻康隆) 解説(吉田精一)

◇古典日本文学全集 第23 井原西鶴集 下 麻生磯次訳 筑摩書房 1965 399p 図版 23cm 〈普及版〉

> [内容] 武家義理物語,日本永代蔵,世間胸算用,西鶴織留,本朝桜陰比事,万の文反古.解説(麻生磯次) 西鶴の輪郭(真山青果) 西鶴町人物雑

感(武田麟太郎) 西鶴の方法(暉峻康隆) 西鶴と現代文学(臼井吉見)

◇西鶴名作物語―若い人への古典案内　松崎仁編訳著　社会思想社　1971　289p　15cm(現代教養文庫)

内容 好色一代男,諸艶大鑑,西鶴諸国ばなし,好色五人女,本朝二十不孝,武道伝来記,武家義理物語,日本永代蔵,世間胸算用,万の文反古,西鶴置土産. 解説

◇西鶴全集―現代語訳　6　武家義理物語,新可笑記,嵐無常物語　暉峻康隆訳・注　小学館　1976　319p 図　22cm

◇対訳西鶴全集　8　武家義理物語　麻生磯次,冨士昭雄訳注　明治書院　1976　173,14p　22cm

◇対訳西鶴全集　8　武家義理物語　麻生磯次,冨士昭雄訳注　新版　明治書院　1984.2　173,14p　22cm

◇対訳西鶴全集―決定版　8　武家義理物語　麻生磯次,冨士昭雄訳注　明治書院　1992.11　173,14p　22cm　3400円

◇新編日本古典文学全集　69　井原西鶴集　4　冨士昭雄,広嶋進校注・訳　小学館　2000.8　637p　23cm　〈年表あり〉　4657円

内容 武道伝来記(冨士昭雄校注・訳)　武家義理物語(広嶋進校注・訳)　新可笑記(広嶋進校注・訳)

◇井原西鶴名作集　雨月物語　菅家祐文　学習研究社　2008.2　195p　21cm(超訳日本の古典　10)　1300円

内容 井原西鶴名作集:西鶴諸国ばなし. 世間胸算用. 新可笑記. 日本永代蔵. 武家義理物語. 好色五人女　雨月物語:菊花の約. 浅茅が宿. 夢応の鯉魚. 吉備津の釜. 蛇性の淫. 青頭巾

【注釈書】

◇新釈 日本文学叢書　第10巻　内海弘蔵　物集高量校注　日本文学叢書刊行会　1929.9　742p　23cm

内容 井原西鶴集―本朝二十不幸 武道伝来記 武家義理物語 日本永代蔵 世間胸算用 西鶴置土産 西鶴織留 西鶴文反古 西鶴諸国咄

◇井原西鶴集　第4　西鶴諸国はなし,武家義理物語　藤村作校註　朝日新聞社　1951　214p 図版　19cm(日本古典全書)

◇武家義理物語　横山重, 前田金五郎校注　岩波書店　1966　225p 図版　15cm(岩波文庫)　〈参考文献：224-225p〉

◇井原西鶴集　4　西鶴諸国ばなし,武家義理物語　藤村作校註　東明雅補訂　朝日新聞社　1974　239p　19cm(日本古典全書)〈監修：高木市之助等〉　950円

◆◆武道伝来記(江戸中期)

【現代語訳】

◇西鶴全集―現代語訳　第4　男色大鑑,武道伝来記　麻生磯次訳　河出書房　1954　477p 図版　19cm

◇日本国民文学全集　第12巻　西鶴名作集　河出書房　1955　380p 図版　22cm

内容 好色一代男(里見弴訳) 好色五人女(武田麟太郎訳) 好色一代女(丹羽文雄訳) 本朝二十不孝(吉井勇訳) 武道伝来記(菊池寛訳) 世間胸算用(尾崎一雄訳) 西鶴置土産(武田麟太郎訳)

◇西鶴全集　第13巻　武道伝来記　藤村作訳註　至文堂　1956　436p　19cm

◇西鶴名作物語―若い人への古典案内　松崎仁編訳著　社会思想社　1971　289p　15cm(現代教養文庫)

内容 好色一代男,諸艶大鑑,西鶴諸国ばなし,好色五人女,本朝二十不孝,武道伝来記,武家義理物語,日本永代蔵,世間胸算用,万の文反古,西鶴置土産. 解説

◇西鶴全集―現代語訳　5　武道伝来記　暉峻康隆訳・注　小学館　1976　284p 図　22cm

◇対訳西鶴全集　7　武道伝来記　麻生磯次,冨士昭雄訳注　明治書院　1978.4　318,18p　22cm

◇対訳西鶴全集　7　武道伝来記　麻生磯次,冨士昭雄訳注　新版　明治書院　1984.1　318,18p　22cm

◇対訳西鶴全集―決定版　7　武道伝来記　麻生磯次,冨士昭雄訳注　明治書院　1992.10　318,18p　22cm　3600円

◇新編日本古典文学全集　69　井原西鶴集　4　冨士昭雄,広嶋進校注・訳　小学館　2000.8　637p　23cm　〈年表あり〉　4657円

内容 武道伝来記(冨士昭雄校注・訳)　武家義理物語(広嶋進校注・訳)　新可笑記(広嶋進校注・訳)

近世文学(小説)

【注釈書】

◇新釈 日本文学叢書 第10巻 内海弘蔵物集高量校注 日本文学叢書刊行会 1929.9 742p 23cm

内容 井原西鶴集—本朝二十不幸 武道伝来記 武家義理物語 日本永代蔵 世間胸算用 西鶴置土産 西鶴織留 西鶴文反古 西鶴諸国咄

◇日本文学全集 第5 西鶴集 河出書房新社 1966 410p 図版 20cm 〈監修者：谷崎潤一郎等〉

内容 好色一代男,好色五人女,好色一代女,武道伝来記.世間胸算用. 注釈(池田弥三郎)年譜(暉峻康隆)解説(小田切秀雄)

◇武道伝来記 横山重, 前田金五郎校注 岩波書店 1967 442p 図版 15cm(岩波文庫)〈参考文献：441-442p〉

◇新日本古典文学大系 77 武道伝来記・西鶴置土産・万の文反古・西鶴名残の友 佐竹昭広ほか編 谷脇理史ほか校注 岩波書店 1989.4 640p 22cm 〈参考文献：p637〜640〉

◆◆懐硯(江戸中期)

【現代語訳】

◇西鶴全集—現代語訳 第3 西鶴諸国はなし,懐硯,新可笑記,西鶴名残の友 麻生磯次訳 河出書房 1954 394p 図版 19cm

◇西鶴名作選集—口訳 横山青娥著 塔影書房 1975 151p 22cm 〈表紙の書名：西鶴名作集 限定版〉

内容 日本永代蔵,諸国ばなし,懐硯,織留,新可笑記,世間胸算用,本朝二十不孝,西鶴名残之友. 解説

◇対訳西鶴全集 5 西鶴諸国ばなし,懐硯 麻生磯次, 富士昭雄編著 明治書院 1975 324,22p 22cm 2800円

◇西鶴全集—現代語訳 7 西鶴諸国ばなし,懐硯 暉峻康隆訳・注 小学館 1976 259p 図 22cm

◇対訳西鶴全集 5 西鶴諸国ばなし.懐硯 麻生磯次, 富士昭雄訳注 新版 明治書院 1983.11 324,22p 22cm

◇対訳西鶴全集—決定版 5 西鶴諸国ばなし・懐硯 麻生磯次, 富士昭雄訳注 明治書院 1992.8 324,22p 22cm 3600円

【注釈書】

◇西鶴輪講『懐硯』 三田村鳶魚主宰 竹野静雄校訂・解説 クレス出版 2005.11 256p 19cm 1800円

◆◆本朝桜陰比事(江戸中期)

【現代語訳】

◇西鶴全集—現代語訳 第5 西家義理物語, 好色盛衰記, 本朝桜陰比事 麻生磯次訳 河出書房 1953 362p 図版 19cm

◇古典日本文学全集 第23 井原西鶴集 下 麻生磯次訳 筑摩書房 1960 399p 図版 23cm

内容 武家義理物語,日本永代蔵,世間胸算用,西鶴織留,本朝桜陰比事,万の文反古,解説(麻生磯次)西鶴の輪郭(真山青果)西鶴町人物雑感(武田麟太郎)西鶴の方法(暉峻康隆)西鶴と現代文学(臼井吉見)

◇古典日本文学全集 第23 井原西鶴集 下 麻生磯次訳 筑摩書房 1965 399p 図版 23cm 〈普及版〉

内容 武家義理物語,日本永代蔵,世間胸算用,西鶴織留,本朝桜陰比事,万の文反古,解説(麻生磯次)西鶴の輪郭(真山青果)西鶴町人物雑感(武田麟太郎)西鶴の方法(暉峻康隆)西鶴と現代文学(臼井吉見)

◇対訳西鶴全集 11 本朝桜陰比事 麻生磯次, 富士昭雄訳注 明治書院 1977.1 201,12p 22cm

◇対訳西鶴全集—決定版 11 本朝桜陰比事 麻生磯次, 富士昭雄訳注 明治書院 1993.2 201,12p 22cm 3400円

◆◆本朝二十不孝(江戸中期)

【現代語訳】

◇西鶴全集—現代語訳 第2 好色五人女, 好色一代女, 本朝二十不孝 麻生磯次訳 河出書房 1952 331p 図版 19cm

◇西鶴全集 第1-4巻 藤村作訳註 至文堂 1953-1955 4冊 19cm

内容 第1巻 本朝二十不孝・万の文反古(8版) 第2巻 好色五人女(8版) 第3巻 世間胸算用(9版) 第4巻 日本永代蔵(3版)

◇日本国民文学全集 第12巻 西鶴名作集 河出書房 1955 380p 図版 22cm

近世文学(小説)

[内容] 好色一代男(里見𩜙訳) 好色五人女(武田麟太郎訳) 好色一代女(丹羽文雄訳) 本朝二十不孝(吉井勇訳) 武道伝来記(菊池寛訳) 世間胸算用(尾崎一雄訳) 西鶴置土産(武田麟太郎訳)

◇日本古典文学全集 39 井原西鶴集 2 宗政五十緒, 松田修, 暉峻康隆校注・訳 小学館 1973 619p 図 23cm

[内容] 西鶴諸国ばなし, 本朝二十不孝, 男色大鑑

◇西鶴名作選集—口訳 横山青娥著 塔影書房 1975 151p 22cm 〈表紙の書名：西鶴名作集 限定版〉

[内容] 日本永代蔵, 諸国ばなし, 懐硯, 織留, 新可笑記, 世間胸算用, 本朝二十不孝, 西鶴名残之友. 解説

◇西鶴全集—現代語訳 8 本朝二十不孝, 本朝桜陰比事 暉峻康隆訳・注 小学館 1976 270p 図 22cm

◇対訳西鶴全集 10 本朝二十不孝 麻生磯次, 富士昭雄訳注 明治書院 1976 159,11p 22cm

◇対訳西鶴全集 10 本朝二十不孝 麻生磯次, 富士昭雄訳注 新版 明治書院 1984.4 159,11p 22cm

◇新日本古典文学大系 76 好色二代男・西鶴諸国ばなし・本朝二十不孝 佐竹昭広ほか編 井原西鶴著 冨士昭雄ほか校注 岩波書店 1991.10 563p 22cm 3900円

◇対訳西鶴全集—決定版 10 本朝二十不孝 麻生磯次, 冨士昭雄訳注 明治書院 1993.1 159,11p 22cm 3400円

◇新編日本古典文学全集 67 井原西鶴集 2 宗政五十緒ほか校注・訳 小学館 1996.5 622p 23cm 4800円

[内容] 西鶴諸国ばなし 宗政五十緒校注・訳. 本朝二十不孝 松田修校注・訳 男色大鑑 暉峻康隆校注・訳. 解説

【注釈書】

◇新釈 日本文学叢書 第10巻 内海弘蔵 物集高量校注 日本文学叢書刊行会 1929.9 742p 23cm

[内容] 井原西鶴集—本朝二十不孝 武道伝来記 武家義理物語 日本永代蔵 世間胸算用 西鶴置土産 西鶴織留 西鶴文反古 西鶴諸国咄

◇新日本古典文学大系 76 好色二代男・西鶴諸国ばなし・本朝二十不孝 佐竹昭広ほか編 富士昭雄ほか校注 岩波書店 1991.10 563p 22cm 〈参考文献：p559〜563〉

◆◆万の文反古(江戸中期)

【現代語訳】

◇西鶴全集—現代語訳 第7 万の文反古, 西鶴置土産, 西鶴俗つれづれ, 椀久一世の物語 麻生磯次訳 河出書房 1952 294p 図版 19cm

◇西鶴全集 第1-4巻 藤村作訳註 至文堂 1953-1955 4冊 19cm

[内容] 第1巻 本朝二十不孝・万の文反古(8版) 第2巻 好色五人女(8版) 第3巻 世間胸算用(9版) 第4巻 日本永代蔵(3版)

◇古典日本文学全集 第23 井原西鶴集 下 麻生磯次訳 筑摩書房 1960 399p 図版 23cm

[内容] 武家義理物語, 日本永代蔵, 世間胸算用, 西鶴織留, 本朝桜陰比事, 万の文反古, 解説(麻生磯次) 西鶴の輪郭(真山青果) 西鶴町人物雑感(武田麟太郎) 西鶴の方法(暉峻康隆) 西鶴と現代文学(臼井吉見)

◇古典日本文学全集 第23 井原西鶴集 下 麻生磯次訳 筑摩書房 1965 399p 図版 23cm 〈普及版〉

[内容] 武家義理物語, 日本永代蔵, 世間胸算用, 西鶴織留, 本朝桜陰比事, 万の文反古. 解説(麻生磯次) 西鶴の輪郭(真山青果) 西鶴町人物雑感(武田麟太郎) 西鶴の方法(暉峻康隆) 西鶴と現代文学(臼井吉見)

◇西鶴名作物語—若い人への古典案内 松崎仁編訳著 社会思想社 1971 289p 15cm(現代教養文庫)

[内容] 好色一代男, 諸艶大鑑, 西鶴諸国ばなし, 好色五人女, 本朝二十不孝, 武道伝来記, 武家義理物語, 日本永代蔵, 世間胸算用, 万の文反古, 西鶴置土産. 解説

◇日本古典文学全集 40 井原西鶴集 3 谷脇理史, 神保五弥, 暉峻康隆校注・訳 小学館 1972 627p 図 23cm

[内容] 日本永代蔵, 万の文反古, 世間胸算用, 西鶴置土産

◇西鶴全集—現代語訳 11 万の文反古, 世間胸算用 暉峻康隆訳・注 小学館 1976 261p 図 22cm

◇対訳西鶴全集 15 西鶴置土産, 万の文反古 麻生磯次, 富士昭雄訳注 明治書院

日本古典文学案内—現代語訳・注釈書 311

近世文学(小説)

1977.9　293,15p　22cm
◇完訳日本の古典　第53巻　万の文反古・世間胸算用　神保五弥校注・訳　小学館　1984.4　377p　20cm　〈参考文献：p374〜375〉　1700円
◇対訳西鶴全集　15　西鶴置土産.万の文反古　麻生磯次,富士昭雄訳注　新版　明治書院　1984.9　293,15p　22cm
◇対訳西鶴全集―決定版　15　西鶴置土産・万の文反古　麻生磯次,富士昭雄訳注　明治書院　1993.6　293,15p　22cm
◇新編日本古典文学全集　68　井原西鶴集　3　谷脇理史ほか校注・訳　小学館　1996.12　638p　23cm　〈日本永代蔵　谷脇理史校注・訳.万の文反古・世間胸算用　神保五弥校注・訳.西鶴置土産　暉峻康隆校注・訳.解説.西鶴享受史年表：p622〜638〉　4800円

【注釈書】
◇万の文反古　東明雅校注　7版　明治書院　1985.2　190p　19cm(校注古典叢書)　〈参考文献：p184〉　980円
◇新日本古典文学大系　77　武道伝来記・西鶴置土産・万の文反古・西鶴名残の友　佐竹昭広ほか編　谷脇理史ほか校注　岩波書店　1989.4　640p　22cm　〈参考文献：p637〜640〉

◆◆椀久一世の物語(江戸中期)

【現代語訳】
◇西鶴全集―現代語訳　第7　万の文反古,西鶴置土産,西鶴俗つれづれ,椀久一世の物語　麻生磯次訳　河出書房　1952　294p　図版　19cm
◇西鶴全集―現代語訳　2　諸艶大鑑〈好色二代男〉,椀久一世の物語　暉峻康隆訳・注　小学館　1976　330p　図　22cm
◇対訳西鶴全集　4　椀久一世の物語.好色盛衰記.嵐無常物語　麻生磯次,富士昭雄訳注　明治書院　1978.11　315,19p　22cm
◇対訳西鶴全集　4　椀久一世の物語.好色盛衰記.嵐無常物語　麻生磯次,富士昭雄訳注　新版　明治書院　1983.10　315,19p　22cm
◇対訳西鶴全集―決定版　4　椀久一世の物語・好色盛衰記・嵐は無常物語　麻生磯次,富士昭雄訳注　明治書院　1992.7　315,19p　22cm　3600円

【注釈書】
◇椀久一世の物語―評釈と論考　笠井清著　明治書院　1963　236p　図版　22cm

◆江島其磧(1666〜1735)

【現代語訳】
◇日本国民文学全集　第17巻　江戸名作集　第1　河出書房　1956　350p　図版　22cm
　[内容]　雨月物語(上田秋成作　円地文子訳)　春雨物語(上田秋成作　円地文子訳)　世間子息気質(江島屋其磧作　小島政二郎訳)　通言総籬(山東京伝作　小島政二郎訳)　東海道中膝栗毛(十返舎一九作　伊馬春部訳)　浮世床(式亭三馬作　久保田万太郎訳)

◇日本文学全集　第13　青野季吉等編　河出書房新社　1961　495p　図版　19cm
　[内容]　雨月物語(上田秋成作,円地文子訳)　春雨物語(上田秋成作,円地文子訳)　世間子息気質(江島屋其磧作,小島政二郎訳)　東海道中膝栗毛(十返舎一九作　伊馬春部訳)　浮世床(式亭三馬作　久保田万太郎訳)注釈(池田弥三郎)　略歴(麻生磯次)　解説(安藤鶴夫)

◇国民の文学　第17　江戸名作集　谷崎潤一郎等編　河出書房新社　1964　495p　図版　18cm
　[内容]　雨月物語(上田秋成作　円地文子訳)　春雨物語(上田秋成作　円地文子訳)　世間子息気質(江島屋其磧作　小島政二郎訳)　東海道中膝栗毛(十返舎一九作　伊馬春部訳)　浮世床(式亭三馬作　久保田万太郎訳)注釈(池田弥三郎)　略歴(麻生磯次)　解説(安藤鶴夫)

◇日本の古典　24　江戸小説集　1　河出書房新社　1974　364p(図共)　図　23cm
　[内容]　伽婢子(浅井了意著　富士正晴訳)　好色万金丹(夜食時分著　いいだもも訳)　世間子息気質(江島其磧著　和田芳恵訳)　西山物語(建部綾足著　中村真一郎訳)　雨月物語(上田秋成著　円地文子訳)　春雨物語(上田秋成著　円地文子訳)　昔話稲妻表紙(山東京伝著　寺山修司訳)　浅間岳面影草紙(柳亭種彦著　杉森久英訳)　伊波伝毛乃記(滝沢馬琴著　前田愛訳)　膽大小心録(上田秋成著　前田愛訳)

◇世間子息気質・世間娘容気―江戸の風俗小説　江島其磧著　中嶋隆訳注　社会思想社　1990.6　428p　15cm(現代教養文庫　1329)　840円

近世文学(小説)

【注釈書】

◇魂胆色遊懐男　岡田甫編　貴重文献保存会　1955　169p　16×23cm　〈附(別紙):魂胆色遊懐男略註(岡田甫)限定版〉

◇新日本古典文学大系　78　けいせい色三味線・けいせい伝受紙子・世間娘気質　江島其磧著　佐竹昭広ほか編　長谷川強校注　岩波書店　1989.8　540p　22cm　〈参考文献:p540〉

読本

【現代語訳】

◇有朋堂文庫　103—106　有朋堂書店　1911-1918？　18cm

内容 新編水滸画伝 1—4(曲亭馬琴, 高井蘭山訳 初編のみ曲亭馬琴 2編以降は高井蘭山訳)

◇通俗二十一史　第12巻　早稲田大学編輯部編　早稲田大学出版部　1912.4　合575p　23cm

内容 通俗元明軍談(岡島玉成撰) 通俗明清軍談(未詳) 髪賊乱志〈清国近世乱誌解題〉(曽根俊虎訳編)

◇秋成・綾足集　石川淳編　小学館　1942.7　322p　19cm(現代訳日本古典)

◇日本古典文学全集　48　英草紙　都賀庭鐘著　中村幸彦校注・訳　小学館　1973　645p 図　23cm

◇北越奇談—日本海にまつわる不思議な話　崑崙橘茂世述　大高興訳　青森　北の街社　1978.6　258p　19cm　1000円

◇北越奇談物語　田村賢一訳著　新潟　新潟日報事業社　1980.10　222p　19cm　〈橘崑崙年譜:p216 参考文献:p218〜219〉

◇北越奇談—現代語訳　荒木常能監修　磯部定治訳　三条　野島出版　1999.12　237p　22cm　3200円

◇新編日本古典文学全集　80　洒落本・滑稽本・人情本　中野三敏, 神保五弥, 前田愛校注・訳　小学館　2000.4　604p　23cm　4657円

◇飛騨匠物語　絵本玉藻譚　須永朝彦訳　国書刊行会　2002.10　549p　20cm(現代語訳・江戸の伝奇小説　3)　〈シリーズ責任表示:須永朝彦訳〉　4200円

◇報仇奇談自来也説話　近世怪談霜夜星　須永朝彦訳　国書刊行会　2003.3　484p

20cm(現代語訳・江戸の伝奇小説　5)　〈シリーズ責任表示:須永朝彦訳〉　4200円

◇新編百物語　志村有弘編訳　河出書房新社　2005.7　221p　15cm(河出文庫)　680円

◇江戸怪奇草紙　志村有弘編訳　角川学芸出版　2005.8　233p　15cm(角川文庫―角川ソフィア文庫)　〈東京 角川書店(発売)〉　552円

内容 怪談牡丹灯籠　怪談累死霊解説物語閏書　怪談一軒家の怪　怪談青火の霊　妖怪談稲生物怪録

◇新釈諸国百物語　篠塚達徳著　ルネッサンスブックス　2006.6　293p　21cm　〈幻冬舎ルネッサンス(発売)〉　1800円

◇現代語で読む「江戸怪談」傑作選　堤邦彦著　祥伝社　2008.8　220p　18cm(祥伝社新書)　770円

内容 因果応報:屍に宿った悪業. 湖上の逃亡者. 逆立ちの女の怪. 養銭泥棒. 二桝の悪戯. 借金取りの亡霊. 三十七羽の恨み. お連れさまは？

【注釈書】

◇評釈 江戸文学叢書　9　大日本雄辯会講談社編　1935-1938？　1冊　23cm

内容 読本傑作集(和田萬吉)

◇新日本古典文学大系　80　繁野話　曲亭伝奇花釵児　催馬楽奇談　鳥辺山調綾　佐竹昭広ほか編　都賀庭鐘, 曲亭馬琴, 小枝繁, 鶴鳴堂主人著　徳田武, 横山邦治校注　岩波書店　1992.2　549p　22cm　3800円

◆上田秋成(1734〜1809)

【現代語訳】

◇秋成集　高田衛著　尚学図書　1981.5　447p　20cm(鑑賞日本の古典　18)　〈参考文献解題・「秋成」関係略年表:p407〜446〉　1800円

◇癇癖談　石川淳訳　筑摩書房　1995.9　206p　15cm(ちくま文庫)　600円

内容 癇癖談・諸道聴耳世間猿 上田秋成著. 西山物語 建部綾足著. 宇比山踏 本居宣長著

日本古典文学案内―現代語訳・注釈書　313

近世文学(小説)

【注釈書】

◇国文学註釈叢書　4　折口信夫編　名著刊行会　1929-1930　19cm
　内容　よしやあしや〔ほか〕

◇上田秋成全集　1　創作小説集　鈴木敏也校註　冨山房　1938.11　410p　図　18cm(冨山房百科文庫　44)

◇上田秋成集　重友毅校註ならびに解説　朝日新聞社　1957　330p　19cm(日本古典全書)
　内容　巻頭に解説(1-61p)を附す　内容：雨月物語、藤簍冊子(抄)、春雨物語、くせものがたり

◇日本古典文学大系　第56　上田秋成集　中村幸彦校注　岩波書店　1959　406p　図版　22cm
　内容　雨月物語,春雨物語,胆大小心録

◇雨月物語・癇癖談　浅野三平校注　新潮社　1979.1　269p　20cm(新潮日本古典集成)

◇図説日本の古典　17　集英社　1981.2　222p　28cm　〈企画：秋山虔ほか〉　2400円
　内容　上田秋成年譜：p218～219

◇上田秋成　松田修,河野元昭,大石慎三郎編　新装版　集英社　1989.8　222p　28×22cm(図説 日本の古典　17)　2796円
　内容　上田秋成の世界—その伝統の中の個性　『雨月物語』—作品鑑賞　秋成の生活と文学の旅　『春雨物語』—作品鑑賞　江戸時代の怪奇画　逃亡の文学　ロマン的想像力の系譜　秋成の歴史意識　京画壇と江戸画壇—寛政から幕末へ　応挙と呉春　『胆大小心録』の群像　煎茶道　災害と一揆の時代　自立都市大坂の誕生

◇上田秋成の紀行文—研究と注解　加藤裕一著　日野　実践女子学園　2008.2　249,4p　22cm(実践女子学園学術・教育研究叢書　15)　〈発行所：原人舎〉　非売品
　内容　秋成、城崎への足跡．『秋山記』・『去年の枝折』解読．『岩橋の記』解読．『山[ズト]』注解

◆◆雨月物語(江戸中期)

【現代語訳】

◇新訳　徒然草・枕草紙・雨月物語　幸田露伴校訂　改版　中央出版社　1928.10　554p　三六判(新訳日本文学叢書　2)

◇現代語訳国文学全集　第24巻　雨月物語・春雨物語　漆山又四郎訳　非凡閣　1936.12　1冊　20cm

◇物語日本文学　22　藤村作他訳　2版　至文堂　1936.12
　内容　雨月物語

◇雨月物語　志田義秀訳　18版　至文堂　1948　214p　12cm(物語日本文学)

◇雨月物語　志田義秀訳　至文堂　1953　214p　19cm(物語日本文学　〔第33〕)

◇日本古典文学全集—現代語訳　第26巻　雨月物語・春雨物語　重友毅　中村幸彦訳　河出書房　1953　213p　19cm
　内容　雨月物語(重友毅訳) 春雨物語(中村幸彦訳)

◇日本国民文学全集　第17巻　江戸名作集第1　河出書房　1956　350p　図版　22cm
　内容　雨月物語(上田秋成作 円地文子訳) 春雨物語(上田秋成作 円地文子訳) 世間子息気質(江島屋其磧作 小島政二郎訳) 通言総籬(山東京伝作) 東海道中膝栗毛(十返舎一九作 伊馬春部訳) 浮世床(式亭三馬作 久保田万太郎訳)

◇雨月物語　鵜月洋訳註　角川書店　1959　244p　15cm(角川文庫)　〈付：現代語訳〉

◇日本文学全集　第13　青野季吉等編　河出書房新社　1961　495p　図版　19cm
　内容　雨月物語(上田秋成作,円地文子訳) 春雨物語(上田秋成作,円地文子訳) 世間子息気質(江島屋其磧作,小島政二郎訳) 東海道中膝栗毛(十返舎一九作 伊馬春部訳) 浮世床(式亭三馬作 久保田万太郎訳) 注釈(池田弥三郎) 略歴(麻生磯次) 解説(安藤鶴夫)

◇国民の文学　第17　江戸名作集　谷崎潤一郎等編　河出書房新社　1964　495p　図版　18cm
　内容　雨月物語(上田秋成作 円地文子訳) 春雨物語(上田秋成作 円地文子訳) 世間子息気質(江島屋其磧作 小島政二郎訳) 東海道中膝栗毛(十返舎一九作 伊馬春部訳) 浮世床(式亭三馬作 久保田万太郎訳) 注釈(池田弥三郎) 略歴(麻生磯次) 解説(安藤鶴夫)

◇日本文学全集　第2集　第4　江戸名作集　河出書房新社　1969　432p　図版　20cm　〈監修者：谷崎潤一郎等〉
　内容　曽根崎心中(近松門左衛門作 宇野信夫訳) 堀川波鼓(近松門左衛門作 田中澄江訳) 心中天の網島(近松門左衛門作 田中澄江訳) 雨月物語(上田秋成作 円地文子訳) 東海道中膝栗

近世文学(小説)

毛(十返舎一九作 伊馬春部訳) 浮世床(式亭三馬作 久保田万太郎訳)

◇日本の古典 24 江戸小説集 1 河出書房新社 1974 364p(図共) 図 23cm

内容 伽婢子(浅井了意原著 富士正晴訳) 好色万金丹(夜食時分著 いいだもも訳) 世間子息気質(江島基磧著 和田芳恵訳) 西山物語(建部綾足著 中村真一郎訳) 雨月物語(上田秋成著 円地文子訳) 春雨物語(上田秋成著 円地文子訳) 昔話稲妻表紙(山東京伝著 寺山修司訳) 浅間岳面影草紙(柳亭種彦著 杉森久英訳) 伊波伝毛乃記(滝沢馬琴著 前田愛訳) 膽大小心録(上田秋成著 前田愛訳)

◇日本不思議物語集成 8 雨月物語・春雨物語 石井恭二編訳 現代思潮社 1974 312,12p 図 27cm 〈解題(稲田篤信)〉

◇雨月物語・春雨物語 円地文子訳 河出書房新社 1976 292p 図 18cm(日本古典文庫 20)

◇雨月物語—現代語訳対照 大輪靖宏訳注 旺文社 1979.1 380p 16cm(旺文社文庫) 〈参考文献・上田秋成年譜：p361〜367〉

◇現代語訳日本の古典 19 雨月物語・春雨物語 後藤明生著 学習研究社 1980.4 179p 30cm

◇雨月物語・春雨物語—若い人への古典案内 神保五弥, 棚橋正博訳 社会思想社 1980.10 272p 15cm(現代教養文庫 1025) 440円

◇雨月物語 青木正次全訳注 講談社 1981.6 2冊 15cm(講談社学術文庫)

◇完訳日本の古典 第57巻 雨月物語・春雨物語 高田衛, 中村博保校注・訳 小学館 1983.9 450p 20cm 〈上田秋成略年譜：p445〜450 付：参考文献〉

◇雨月物語 藤本義一訳 世界文化社 1986.1 23cm(特選日本の古典 グラフィック版 第11巻)

◇雨月物語 日野竜夫校注・訳 ほるぷ出版 1986.9 328p 20cm(日本の文学)

◇大庭みな子の雨月物語 大庭みな子著 集英社 1987.6 252p 19cm(わたしの古典 19) 〈編集：創美社〉 1400円

内容 雨月物語 春雨物語

◇雨月物語・春雨物語 円地文子訳 河出書房新社 1988.4 292p 18cm(日本古典文庫 20)〈新装版〉

◇雨月物語 大輪靖宏訳注 旺文社 1988.5 380p 16cm(対訳古典シリーズ) 〈参考文献・上田秋成年譜：p361〜367〉

◇新編日本古典文学全集 78 英草紙 西山物語 雨月物語 春雨物語 中村幸彦, 高田衛, 中村博保校注・訳 小学館 1995.11 646p 23cm 4800円

◇大庭みな子の雨月物語 大庭みな子著 集英社 1996.8 260p 15cm(わたしの古典) 680円

内容 雨月物語 春雨物語

◇雨月物語 後藤明生訳 学習研究社 2002.7 208p 15cm(学研M文庫) 520円

◇秋成研究資料集成 第6巻 近衛典子監修・解説 クレス出版 2003.1 442,2p 22cm 〈非凡閣昭和11年刊の複製〉

内容 雨月物語・春雨物語(上田秋成著, 漆山又四郎訳)

◇雨月物語 春雨物語 神保五弥, 棚橋正博訳 文元社 2004.2 272p 19cm(教養ワイドコレクション) 「現代教養文庫」2001年刊(31刷)を原本としたOD版〉 3100円

◇雨月物語—現代語訳付き 鵜月洋訳注 改訂版 角川学芸出版 2006.7 366p 15cm(角川文庫―角川ソフィア文庫) 〈年譜あり〉 781円

内容 白峯, 菊花の約, 浅茅が宿, 夢応の鯉魚, 仏法僧, 吉備津の釜, 蛇性の淫, 青頭巾, 貧福論

◇雨月物語—上田秋成が描いた怪異小説の世界 藤本義一著 世界文化社 2007.4 175p 24cm(日本の古典に親しむ ビジュアル版 14) 2400円

◇井原西鶴名作集 雨月物語 菅家祐文 学習研究社 2008.2 195p 21cm(超訳日本の古典 10) 1300円

内容 井原西鶴名作集：西鶴諸国ばなし. 世間胸算用. 新可笑記. 日本永代蔵. 武家義理物語. 好色五人女 雨月物語：菊花の約. 浅茅が宿. 夢応の鯉魚. 吉備津の釜. 蛇性の淫. 青頭巾

◇雨月物語—現代語訳 春雨物語—現代語訳 円地文子訳 河出書房新社 2008.7 277p 15cm(河出文庫) 660円

◇雨月物語 冥途の飛脚 心中天の網島 高田衛校訂・訳 阪口弘之校訂・訳 山根為雄校訂・訳 小学館 2008.7 317p 20cm(日本の古典をよむ 19) 1800円

◇雨月物語・宇治拾遺物語ほか 坪田譲治文

近世文学(小説)

童心社　2009.2　180p　19cm(これだけは読みたいわたしの古典〈『わたしの古典 鯉になったお坊さん』改題書〉　2000円

内容　鯉になったお坊さん　ふしぎなほらあなを通って　老僧どくたけを食べた話　雀がくれたひょうたん　柱の中の千両　ぼたもちと小僧さん　魚養のこと　塔についていた血の話　二人の行者　あたご山のイノシシ　観音さまから夢をさずかる話　白羽の矢　五色の鹿　ぬすびとをだます話

【注釈書】

◇雨月物語新釈　鈴木敏也著　富山房　1916　1冊(歴代名著評釈　第一)

◇雨月物語新釈　鈴木敏也著　富山房　1922　60,212p　23cm(歴代名著新釈　第1編　芳賀矢一編)〈活版〉

◇校註 雨月物語　佐藤仁之助編　5版　明治書院　1926.2　129p　20cm

◇校合 雨月物語詳釈　德本正俊著　芳文堂書店　1929

◇新註雨月物語評釈　鈴木敏也著　精文館　1929

◇雨月物語　藤村作註解　栗田書店　1935.11　199p　20cm(新選近代文学註解叢書)

◇雨月物語新釈　岡田稔著　正文館書店　1942.7　146p　18cm

◇雨月物語　沢瀉久孝編　京都　白揚社　1948　62p　19cm(新注古典選書　第9)

◇雨月物語評釈　重友毅著　明治書院　1954　386p　19cm

◇新纂雨月物語評釈　岩田九郎著　7版　清水書院　1954　212p　18cm(古典評釈叢書)

◇新釈雨月物語　石川淳著　大日本雄弁会講談社　1956　212p　18cm(ミリオン・ブックス)

内容　新釈雨月物語,諸道聴耳世間猿,春雨物語

◇雨月物語評釈　重友毅著　増訂版　明治書院　1957　459p　図版　19cm

◇雨月物語評釈　鵜月洋著　角川書店　1969　776p　22cm(日本古典評釈全注釈叢書)〈参考文献一覧：713-727p〉

◇雨月物語—校註　森島喜郎著　笠間書院　1974　157p　21cm〈上田秋成略年譜：p.147-157〉

◇雨月物語　水野稔校注　明治書院　1977.3　227p　図　19cm(校注古典叢書)〈上田秋成年譜：p.201〜210〉

◇春雨物語・書初機嫌海　美山靖校注　新潮社　1980.3　260p　20cm(新潮日本古典集成)〈上田秋成略年譜：p233〜260〉

◇新註雨月物語　高田衛,稲田篤信編著　勉誠社　1985.4　186p　22cm(大学古典叢書　1)〈巻末：解説,上田秋成略年譜〉　1200円

◇雨月物語　高田衛,稲田篤信校注　筑摩書房　1997.10　508p　15cm(ちくま学芸文庫)〈索引あり〉　1400円

内容　文献あり

◇雨月物語　水野稔校注　新装版　明治書院　2001.3　227p　19cm(校注古典叢書)〈年譜あり〉　2000円

◇秋成研究資料集成　第3巻　近衛典子監修・解説　クレス出版　2003.1　212,2p　22cm　〈富山房大正5年刊の複製〉

内容　雨月物語新釈(芳賀矢一編纂,鈴木敏也著)

◇秋成研究資料集成　第4巻　近衛典子監修・解説　クレス出版　2003.1　241,17,3p　22cm　〈芳文堂書店昭和4年刊の複製〉

内容　校合雨月物語詳釈(德本正俊著)

◇秋成研究資料集成　第5巻　近衛典子監修・解説　クレス出版　2003.1　229,38,2p　22cm　〈大同館書店昭和5年刊の複製〉

内容　雨月物語詳解(山田武司著)

◆◆春雨物語(江戸中期〜後期)

【現代語訳】

◇現代語訳国文学全集　第24巻　雨月物語・春雨物語　漆山又四郎訳　非凡閣　1936.12　1冊　20cm

◇日本古典文学全集—現代語訳　第26巻　雨月物語・春雨物語　重友毅　中村幸彦訳　河出書房　1953　213p　19cm

内容　雨月物語(重友毅訳)春雨物語(中村幸彦訳)

◇日本国民文学全集　第17巻　江戸名作集　第1　河出書房　1956　350p　図版　22cm

内容　雨月物語(上田秋成作　円地文子訳)春雨

近世文学(小説)

物語(上田秋成作 円地文子訳) 世間子息気質(江島屋其磧作 小島政二郎訳) 通言総籬(山東京伝作 小島政二郎訳) 東海道中膝栗毛(十返舎一九作 伊馬春部訳) 浮世床(式亭三馬作 久保田万太郎訳)

◇日本文学全集 第13 青野季吉等編 河出書房新社 1961 495p 図版 19cm

内容 雨月物語(上田秋成作, 円地文子訳) 春雨物語(上田秋成作, 円地文子訳) 世間子息気質(江島屋其磧作, 小島政二郎訳) 東海道中膝栗毛(十返舎一九作 伊馬春部訳) 浮世床(式亭三馬作 久保田万太郎訳) 注釈(池田弥三郎) 略歴(麻生磯次) 解説(安藤鶴夫)

◇国民の文学 第17 江戸名作集 谷崎潤一郎等編 河出書房新社 1964 495p 図版 18cm

内容 雨月物語(上田秋成作 円地文子訳) 春雨物語(上田秋成作 円地文子訳) 世間子息気質(江島屋其磧作 小島政二郎訳) 東海道中膝栗毛(十返舎一九作 伊馬春部訳) 浮世床(式亭三馬作 久保田万太郎訳) 注釈(池田弥三郎) 略歴(麻生磯次) 解説(安藤鶴夫)

◇日本の古典 24 江戸小説集 1 河出書房新社 1974 364p(図共) 図 23cm

内容 伽婢子(浅井了意著 富士正晴訳) 好色万金丹(夜食時分著 いいだもも訳) 世間子息気質(江島其磧著 和田芳恵訳) 西山物語(建部綾足著 中村真一郎訳) 雨月物語(上田秋成著 円地文子訳) 春雨物語(上田秋成著 円地文子訳) 昔話稲妻表紙(山東京伝著 寺山修司訳) 浅間嶽面影草紙(柳亭種彦著 杉森久英訳) 伊波伝毛乃記(滝沢馬琴著 前田愛訳) 膽大小心録(上田秋成著 前田愛訳)

◇日本不思議物語集成 8 雨月物語・春雨物語 石井恭二編訳 現代思潮社 1974 312,12p 図 27cm 〈解題(稲田篤信)〉

◇雨月物語・春雨物語 円地文子訳 河出書房新社 1976 292p 図 18cm(日本古典文庫 20)

◇現代語訳日本の古典 19 雨月物語・春雨物語 後藤明生著 学習研究社 1980.4 179p 30cm

◇雨月物語・春雨物語─若い人への古典案内 神保五弥, 棚橋正博訳 社会思想社 1980.10 272p 15cm(現代教養文庫 1025) 440円

◇春雨物語 浅野三平訳・注 創英社 1981.5 257p 19cm(全対訳日本古典新書) 〈参考文献:p255～257〉

◇完訳日本の古典 第57巻 雨月物語・春雨物語 髙田衛,中村博保校注・訳 小学館 1983.9 450p 20cm 〈上田秋成略年譜:p445～450 付:参考文献〉 1900円

◇雨月物語・春雨物語 円地文子訳 河出書房新社 1988.4 292p 18cm(日本古典文庫 20)〈新装版〉

◇新編日本古典文学全集 78 英草紙 西山物語 雨月物語 春雨物語 中村幸彦,髙田衛,中村博保校注・訳 小学館 1995.11 646p 23cm 4800円

◇秋成研究資料集成 第6巻 近衛典子監修・解説 クレス出版 2003.1 442,2p 22cm 〈非凡閣昭和11年刊の複製〉

内容 雨月物語・春雨物語(上田秋成著,漆山又四郎訳)

◇雨月物語 春雨物語 神保五弥,棚橋正博訳 文元社 2004.2 272p 19cm(教養ワイドコレクション)〈「現代教養文庫」2001年刊(31刷)を原本としたOD版〉 3100円

◇雨月物語─現代語訳 春雨物語─現代語訳 円地文子訳 河出書房新社 2008.7 277p 15cm(河出文庫) 660円

【注釈書】

◇春雨物語 中村幸彦校註 大阪 積善館 1947 267p 図 22cm

◇春雨物語─校註 森田喜郎著 笠間書院 1975 155p 21cm 〈上田秋成略年譜:p.145-155〉

◇春雨物語・書初機嫌海 美山靖校注 新潮社 1980.3 260p 20cm(新潮日本古典集成) 〈上田秋成略年譜:p233～260〉

◇秋成研究資料集成 第8巻 近衛典子監修・解説 クレス出版 2003.1 267,3p 22cm 〈積善館昭和22年刊の複製〉

内容 春雨物語(上田秋成著,中村幸彦校註)

◆曲亭馬琴(1767～1848)

【現代語訳】

◇日本の古典 24 江戸小説集 1 河出書房新社 1974 364p(図共) 図 23cm

内容 伽婢子(浅井了意著 富士正晴訳) 好色万金丹(夜食時分著 いいだもも訳) 世間子息気質(江島其磧著 和田芳恵訳) 西山物語(建部綾足著 中村真一郎訳) 雨月物語(上田秋成著 円地文子訳) 春雨物語(上田秋成著 円地文子訳)

日本古典文学案内─現代語訳・注釈書　317

近世文学(小説)

昔話稲妻表紙(山東京伝著 寺山修司訳) 浅間岳面影草紙(柳亭種彦著 杉森久英訳) 伊波伝毛乃記(滝沢馬琴著 前田愛訳) 膽大小心録(上田秋成著 前田愛訳)

◇三七全伝南柯の夢―現代語訳　平岡正明訳　創樹社　1987.12　238p　20cm(江戸幻想・伝奇小説叢書　1)〈監修：松田修〉1800円

【注釈書】

◇馬琴旅行文集　椎の舎信成校註　文学同志会　1903.5　253p　19cm

◇新釈 日本文学叢書　第12巻　内海弘蔵校注　日本文学叢書刊行会　1928.1　885p　23cm

内容 曲亭馬琴集―椿説弓張月 夢想兵衛胡蝶物語―

◇曲亭馬琴書簡集―早稲田大学図書館所蔵　柴田光彦校注　早稲田大学図書館編　早稲田大学図書館　1968　260p 図版　22cm〈早稲田大学図書館紀要別冊第3〉1200円

◇図説日本の古典　19　集英社　1980.10　218p　28cm〈企画：秋山虔ほか 曲亭馬琴の肖像あり〉　2400円

内容 馬琴年譜：p212〜215

◇曲亭馬琴　水野稔, 鈴木重三, 竹内誠編　新装版　集英社　1989.5　218p　26cm(図説 日本の古典　19)〈各章末：参考文献 馬琴年表：p212〜215〉　2796円

内容 馬琴文学の世界―江戸の読本　「南総里見八犬伝」―作品鑑賞　八犬伝年表　八犬伝の風土　馬琴読本のヴァリエーション　「椿説弓張月」―作品鑑賞　馬琴の生涯　馬琴と中国小説　読本と草双紙　読本の挿絵　読本作者の生活と視野　後期錦絵の様相―写実と幻想　武家奉公と町方奉公　江戸文化と地方文化

◇新日本古典文学大系　87　開巻驚奇俠客伝　横山邦治, 大高洋司校注　岩波書店　1998.10　839p　22cm　5000円

◆◆近世美少年録(江戸後期)

【現代語訳】

◇新編日本古典文学全集　83　近世説美少年録　1　徳田武校注・訳　小学館　1999.7　525p　23cm〈年表あり〉4267円

内容 文献あり

◇新編日本古典文学全集　84　近世説美少年録　2　徳田武校注・訳　小学館　2000.7　622p　23cm〈年表あり〉4657円

内容 第21回―第40回

◇新編日本古典文学全集　85　近世説美少年録　3　徳田武校注・訳　小学館　2001.10　670p　23cm〈年表あり〉4657円

内容 第41回―第60回

◆◆椿説弓張月(江戸後期)

【現代語訳】

◇訳準綺語(訓点)　菊池三渓(純)訳　足立茹川訓点　尚士堂　1911.8　187,21p 図版　17cm〈八犬伝,弓張月数節の漢訳〉

◇椿説弓張月　藤村作訳編　至文堂　1954　248p　19cm(物語日本文学　第34)

◇古典日本文学全集　第27　椿説弓張月　高藤武馬訳　筑摩書房　1960　448p 図版　23cm

内容 椿説弓張月,解説(高藤武馬) 馬琴の小説とその当時の実社会(幸田露伴) 馬琴と女(真山青果)「椿説弓張月」とその影響(中谷博)「為朝図」について(花田清輝)

◇古典日本文学全集　第27　椿説弓張月　高藤武馬訳　筑摩書房　1965　448p 図版　23cm〈普及版〉

内容 解説(高藤武馬) 馬琴の小説とその当時の実社会(幸田露伴) 馬琴と女(真山青果)「椿説弓張月」とその影響(中谷博)「為朝図」について(花田清輝)

◇現代語訳日本の古典　20　椿説弓張月　平岩弓枝著　学習研究社　1981.4　188p　30cm

◇椿説弓張月　山田野理夫訳　東村山　教育社　1986.12　2冊　18cm(教育社新書)〈著者の肖像あり〉　各1000円

【注釈書】

◇日本古典文学大系　第60　椿説弓張月　上　後藤丹治校訂　岩波書店　1958　498p 図版　22cm

◇日本古典文学大系　第61　椿説弓張月

近世文学(小説)

下　後藤丹治校注　岩波書店　1962　464p 図版　22cm

◆◆南総里見八犬伝(江戸後期)

【現代語訳】

◇現代語訳国文学全集　第25巻　南総里見八犬伝上　白井喬二訳　非凡閣　1939.2　1冊　20cm

◇現代語訳国文学全集　第15巻　南総里見八犬伝下　白井喬二訳　非凡閣　1939.3　1冊　20cm

◇日本国民文学全集　第15巻　南総里見八犬伝　上　白井喬二訳　河出書房　1956　396p 図版　22cm

◇日本国民文学全集　第16巻　南総里見八犬伝　下　白井喬二訳　河出書房　1956　412p 図版　22cm　〈附：滝沢馬琴年譜(麻生磯次編) 南総里見八犬伝年表〉

◇日本文学全集　第12　南総里見八犬伝　青野季吉等編　白井喬二訳　河出書房新社　1961　470p 図版　19cm

◇国民の文学　第16　南総里見八犬伝　谷崎潤一郎等編　白井喬二訳　河出書房新社　1964　470p 図版　19cm

　内容　注釈(池田弥三郎) 年譜(麻生磯次) 解説(花田清輝)

◇日本の古典　23　南総里見八犬伝　河出書房新社　1971　375p 図　23cm

　内容　南総里見八犬伝(滝沢馬琴著 白井喬二訳) 回外剰筆(滝沢馬琴著 柴田光彦訳) 犬夷評判記(殿村篠斎著 柴田光彦訳)

◇南総里見八犬伝　白井喬二訳　河出書房新社　1976　479p 図　18cm(日本古典文庫　19)〈注釈：池田弥三郎　年譜：麻生磯次　解説：多田道太郎〉　1200円

◇新訳南総里見八犬伝—紀行と史実・史料に拠る　平島進訳著　昭和図書出版　1981.9　472p　22cm　〈南総里見八犬伝と史実関連年表・参考文献：p463～472〉

◇新訳南総里見八犬伝—紀行と史実・史料に拠る　平島進訳著　改訂版　昭和図書出版　1982.3　2冊　21cm　各1600円

◇南総里見八犬伝—完訳・現代語版　第1巻　羽深律訳　JICC出版局　1985.5　392p　19cm　〈画：門坂流〉　1800円

◇八犬伝　1　仁 聖女伝説の巻　山田野理夫訳　太平出版社　1985.5　244p　20cm　1800円

◇八犬伝　2　義 鬼哭咆哮の巻　山田野理夫訳　太平出版社　1985.5　228p　20cm　1800円

◇南総里見八犬伝—完訳・現代語版　第2巻　羽深律訳　JICC出版局　1985.8　423p　19cm　〈画：門坂流〉　1800円

◇八犬伝　3　礼 双玉血戦の巻　山田野理夫訳　太平出版社　1985.8　228p　20cm　1800円

◇八犬伝　4　智 神霊怪異の巻　山田野理夫訳　太平出版社　1985.8　228p　20cm　1800円

◇八犬伝　5　忠 快刀乱麻の巻　山田野理夫訳　太平出版社　1985.10　226p　20cm　1800円

◇八犬伝　6　信 化竜昇天の巻　山田野理夫訳　太平出版社　1985.10　218p　20cm　1800円

◇八犬伝　7　野戦攻城の巻—孝　山田野理夫訳　太平出版社　1985.11　218p　20cm　〈7.野戦攻城の巻：孝〉　1800円

◇八犬伝　8　盛花爛漫の巻—悌　山田野理夫訳　太平出版社　1985.12　210p　20cm　〈8.盛花爛漫の巻：悌〉　1800円

◇南総里見八犬伝—完訳・現代語版　第3巻　羽深律訳　JICC出版局　1986.1　495p　19cm　〈画：門坂流〉　2300円

◇安西篤子の南総里見八犬伝　安西篤子著　集英社　1986.9　270p　19cm(わたしの古典　21)〈編集：創美社〉　1400円

◇南総里見八犬伝—完訳・現代語版　第4巻　羽深律訳　JICC出版局　1986.9　502p　19cm　〈画：門坂流〉　2500円

◇八犬伝　7　孝 野戦攻城の巻　山田野理夫訳　太平出版社　1987.6　218p　20cm

◇南総里見八犬伝　徳田武校注・訳　ほるぷ出版　1987.7　494p　20cm(日本の文学)

◇八犬伝　8　悌 盛花爛漫の巻　山田野理夫訳　太平出版社　1987.10　210p　20cm

◇南総里見八犬伝　白井喬二訳　河出書房新社　1988.3　479p　18cm(日本古典文庫　19)〈年譜：p461～464〉　1800円

◇南総里見八犬伝—完訳・現代語版　第5巻　羽深律訳　JICC出版局　1991.9　495p　19cm　2800円

近世文学(小説)

◇南総里見八犬伝―完訳・現代語版　第6巻　羽深律訳　ＪＩＣＣ出版局　1992.6　370p　19cm　2800円

◇安西篤子の南総里見八犬伝　安西篤子著　集英社　1996.8　281p　15cm(わたしの古典)　680円

◇南総里見八犬伝―全訳　上巻　丸屋おけ八訳　言海書房　2003.10　598p　21cm

◇南総里見八犬伝―全訳　下巻　丸屋おけ八訳　言海書房　2003.10　558p　21cm

◇南総里見八犬伝―現代語訳　上　白井喬二訳　河出書房新社　2004.2　604p　15cm(河出文庫)　1200円

◇南総里見八犬伝―現代語訳　下　白井喬二訳　河出書房新社　2004.2　609p　15cm(河出文庫)　〈年譜あり〉　1200円

◇南総里見八犬伝　上巻　鈴木邑訳　勉誠出版　2004.6　369p　20cm(現代語で読む歴史文学)　〈シリーズ責任表示：西沢正史監修〉　3000円

◇南総里見八犬伝　下巻　鈴木邑訳　勉誠出版　2004.6　384p　20cm(現代語で読む歴史文学)　〈シリーズ責任表示：西沢正史監修〉　3000円

◇南総里見八犬伝―滝沢馬琴の伝奇大作を愉しむ　杉浦明平著　世界文化社　2007.3　176p　24cm(日本の古典に親しむ ビジュアル版　13)　〈年表あり〉　2400円

◇南総里見八犬伝　石川博編　角川学芸出版　2007.10　285p　15cm(角川文庫―角川ソフィア文庫 ビギナーズ・クラシックス)　〈肖像あり〉　781円

◇南総里見八犬伝―全訳　上巻　丸屋おけ八訳　改訂版　言海書房　2007.11　597p　21cm

◇南総里見八犬伝―全訳　下巻　丸屋おけ八訳　改訂版　言海書房　2007.11　559p　21cm

◇南総里見八犬伝　猪野省三文　童心社　2009.2　229p　19cm(これだけは読みたいわたしの古典)　〈『わたしの八犬伝 空とぶ白竜』改題書〉　2000円

内容　第1章 空とぶ白竜　第2章 安房の暗雲　第3章 正義の火の手　第4章 残忍城の落城　第5章 悲劇は七夕の夜に　第6章 犬をつれたお姫さま　第7章 怪犬のてがら　第8章 伏姫のかなしみ　第9章 父と子の断絶

◆山東京伝(1761～1816)

【現代語訳】

◇日本の古典　24　江戸小説集　1　河出書房新社　1974　364p(図共)　図　23cm

内容　伽婢子(浅井了意著 富士正晴訳) 好色万金丹(夜食時分著 いいだもも訳) 世間子息気質(江島基磧著 和田芳恵訳) 西山物語(建部綾足著 中村真一郎訳) 雨月物語(上田秋成著 円地文子訳) 春雨物語(上田秋成著 円地文子訳) 昔話稲妻表紙(山東京伝著 寺山修司訳) 浅間岳面影草紙(柳亭種彦著 杉森久英訳) 伊波伝毛乃記(滝沢馬琴著 前田愛訳) 膽大小心録(上田秋成著 前田愛訳)

【注釈書】

◇新日本古典文学大系　85　米饅頭始・仕懸文庫・昔話稲妻表紙ほか編　山東京伝著　水野稔校注　岩波書店　1990.2　388p　22cm　3300円

◇大晦日曙草紙―初編・二編　太平主人校注　太平書屋　1990.12　162p　21cm(太平文庫　19)　〈複製と翻刻〉　4000円

◇枯樹花大悲利益注釈　清水正男、広沢知晴共著　三樹書房　1997.10　218p　22cm　3800円

◇花東頼朝公御入　鈴木俊幸解説・注釈　横浜　平木浮世絵財団　1999.10　10,10丁　18cm　〈限定版 複製と翻刻 共同刊行：平木浮世絵美術館 和装〉

◆建部綾足(1719～1774)

【現代語訳】

◇日本の古典　24　江戸小説集　1　河出書房新社　1974　364p(図共)　図　23cm

内容　伽婢子(浅井了意著 富士正晴訳) 好色万金丹(夜食時分著 いいだもも訳) 世間子息気質(江島基磧著 和田芳恵訳) 西山物語(建部綾足著 中村真一郎訳) 雨月物語(上田秋成著 円地文子訳) 春雨物語(上田秋成著 円地文子訳) 昔話稲妻表紙(山東京伝著 寺山修司訳) 浅間岳面影草紙(柳亭種彦著 杉森久英訳) 伊波伝毛乃記(滝沢馬琴著 前田愛訳) 膽大小心録(上田秋成著 前田愛訳)

◇新編日本古典文学全集　78　英草紙　西山物語　雨月物語　春雨物語　中村幸彦、高田衛、中村博保校注・訳　小学館　1995.11　646p　23cm　4800円

近世文学(小説)

【注釈書】

◇本朝水滸伝　後篇　建部綾足著　飯田正一校註　大阪　関西大学出版部　1963　213p 図版　21cm

◇新日本古典文学大系　79　本朝水滸伝・紀行・三野日記・折々草　佐竹昭広ほか編　建部綾足著　髙田衛ほか校注　岩波書店　1992.10　633,22p　22cm　4000円

◆都賀庭鐘(1718～1794)

【現代語訳】

◇新編日本古典文学全集　78　英草紙　西山物語　雨月物語　春雨物語　中村幸彦, 髙田衛, 中村博保校注・訳　小学館　1995.11　646p　23cm　4800円

洒落本

【注釈書】

◇洒落本評釈　山崎麓著　武蔵野書院　1926　358p 図版　19cm

内容　世説新茶語 山手馬鹿人著,辰巳之園 夢中散人著,深川新話 山手馬鹿人著,売花新駅 朱楽館主人著,新宿穴学問 秩都紀南子著,甲駅妓談角鶏卵 月亭可笑著,南閨雑話 夢中散人著,南江駅話 北左農山人著,品川楊枝 芝晋交著,青楼昼の世界錦之裏 山東京伝著,商内神 十返舎一九著,洒落本の新研究

◇洒落本評釈　山崎麓著　武蔵野書院　1926.3　348p　19cm

内容　世説新語茶(山手馬鹿人) 辰巳之園(夢中散人) 深川新話(山手馬鹿人) 売花新駅(朱楽館主人) 新宿 穴学問(秩都紀南子) 甲駅妓談 角鶏卵(月亭可笑) 南閨雑話(夢中散人) 南江駅話(北左農山人) 品川楊枝(芝晋交) 青楼画の世界錦之裏(山東京伝) 商内神(十偏舎一九) 洒落本の新研究(山崎麓)

◇新日本古典文学大系　82　異素六帖・古今俄選・粋宇瑠璃・田舎芝居　中野三敏, 浜田啓介校注　岩波書店　1998.2　488p　22cm　4100円

内容　異素六帖(中野三敏校注)　唐詩笑(中野三敏校注)　雑豆鼻糞軍談(中野三敏校注)　古今俄選(浜田啓介校注)　粋宇瑠璃(浜田啓介校注)　絵兄弟(中野三敏校注)　田舎芝居(中野三敏校注)　茶番早合点(浜田啓介校注)

◆山東京伝(1761～1816)

【現代語訳】

◇復讐奇談安積沼　桜姫全伝曙草紙　須永朝彦訳　国書刊行会　2002.6　428p　20cm(現代語訳・江戸の伝奇小説　1)〈シリーズ責任表示：須永朝彦訳〉3500円

【注釈書】

◇図説日本の古典　18　集英社　1980.2　222p　28cm　〈企画：秋山虔ほか〉2400円

内容　江戸戯作年表：p216～219 各章末：参考文献

◇京伝・一九・春水　神保五弥, 小林忠, 北原進編　新装版　集英社　1989.2　221p　30cm(図説 日本の古典　18)〈江戸戯作年表：p216～219 各章末：参考文献〉2800円

内容　江戸の戯作―江戸後期小説の発生と展開　名所絵と道中絵　『東海道中膝栗毛』　絵師山東京伝　『江戸生艶気樺焼』―作品鑑賞　『通信総籬』―作品鑑賞　通といき　『春色梅児誉美』―作品鑑賞　江戸の遊里　江戸のディレッタント―山東京伝の生涯　自己を演出する名タレント―十返舎一九の生涯　女のために女を描く―為永春水の生涯　江戸後期の美人画　挿絵と江戸市民の生活文化―小説史の中での挿絵　札差と魚河岸町人　改革の嵐に耐える町人　江戸戯作年表

人情本

◆為永春水(初世)(1790～1843)

【現代語訳】

◇現代語訳国文学全集　第26巻　梅ごよみ　永井荷風訳　非凡閣　1938.7　1冊　20cm

◇真情春雨衣　筧栄一訳　紫書房　1952　288p 図版　19cm(世界艶笑文庫　第17集)

内容　真情春雨衣, 春情花朧夜

◇国民の文学　第18　春色梅暦　為永春水著　谷崎潤一郎等編　河出書房新社　1965　500p 図版　18cm

内容　春色梅暦(舟橋聖一訳) 春色辰巳園, 春色恵の花, 英対暖語, 春色梅見舟(巌谷槙一訳) 年譜, 解説(暉峻康隆)

日本古典文学案内―現代語訳・注釈書　321

近世文学(小説)

◇春色梅ごよみ　為永春水著　清水正二郎訳　浪速書房　1967　201p　図版　19cm　〈浮世絵カラー版〉　430円

【注釈書】

◇日本古典文学大系　第64　春色梅児誉美,梅暦余興春色辰巳園　為永春水著　中村幸彦校注　岩波書店　1962　464p　22cm
◇図説日本の古典　18　集英社　1980.2　222p　28cm　〈企画：秋山虔ほか〉　2400円

　内容　江戸戯作年表：p216～219　各章末：参考文献

◇京伝・一九・春水　神保五弥,小林忠,北原進編　新装版　集英社　1989.2　221p　30cm(図説 日本の古典　18)〈江戸戯作年表：p216～219　各章末：参考文献〉　2800円

　内容　江戸の戯作―江戸後期小説の発生と展開　名所絵と道中絵　『東海道中膝栗毛』　絵師山東京伝　『江戸生艶気樺焼』―作品鑑賞　『通信総籬』―作品鑑賞　通といき　『春色梅児誉美』―作品鑑賞　江戸の遊里　江戸のディレッタント―山東京伝の生涯　自己を演出する名タレント―十返舎一九の生涯　女のために女を描く―為永春水の生涯　江戸後期の美人画　挿絵と江戸市民の生活文化―小説史の中での挿絵　札差と魚河岸町人　改革の嵐に耐える町人　江戸戯作年表

滑稽本

【現代語訳】

◇風流岩戸神楽　夢中山人著　東京トモエ文庫刊行会　1919　1冊　19cm　〈合刻：女護の島風(四季山人)　黒鶴風語(風来山人)　恵比良の梅(十返舎一九)〉

【注釈書】

◇評釈 江戸文学叢書　10　大日本雄辯会講談社編　1935-1938？　1冊　23cm

　内容　滑稽本名作集(三田村鳶魚)

◇花暦八笑人　上　滝亭鯉丈他作　興津要校注　講談社　1982.3　271p　15cm(講談社文庫)　400円
◇花暦八笑人　下　滝亭鯉丈他作　興津要校注　講談社　1982.3　270p　15cm(講談社文庫)　400円

◇新日本古典文学大系　81　田舎荘子・当世下手談義・当世穴さがし　佐竹昭広ほか編　中野三敏校注　岩波書店　1990.5　418p　22cm　3300円
◇魂胆夢輔譚―教訓滑稽 全五編　小竹とし翻刻　横山芳郎翻刻脚注　新潟　横山芳郎　1996.8　452p　21cm　〈発売：考古堂書店〉　5150円

◆式亭三馬(1776～1822)

【現代語訳】

◇新訳 浮世床古今百馬鹿　田村西男校訂　名作人情文庫刊行会　1920.10　301p　19cm(名作人情文庫)
◇新訳 浮世風呂 浮世床　幸田露伴校訂　中央出版社　1929.3　421p　三六判(新訳日本文学叢書　7)
◇日本国民文学全集　第17巻　江戸名作集　第1　河出書房　1956　350p　図版　22cm

　内容　雨月物語(上田秋成作 円地文子訳)春雨物語(上田秋成作 円地文子訳)世間子息気質(江島屋其磧作 小島政二郎訳)通言総籬(山東京伝作 小島政二郎訳)東海道中膝栗毛(十返舎一九作 伊馬春部訳)浮世床(式亭三馬作 久保田万太郎訳)

◇日本文学全集　第13　青野季吉等編　河出書房新社　1961　495p　図版　19cm

　内容　雨月物語(上田秋成作, 円地文子訳)春雨物語(上田秋成作, 円地文子訳)世間子息気質(江島屋其磧作, 小島政二郎訳)東海道中膝栗毛(十返舎一九作 伊馬春部訳)浮世床(式亭三馬作 久保田万太郎訳)注釈(池田弥三郎)略歴(麻生磯次)解説(安藤鶴夫)

◇国民の文学　第17　江戸名作集　谷崎潤一郎等編　河出書房新社　1964　495p　図版　18cm

　内容　雨月物語(上田秋成作 円地文子訳)春雨物語(上田秋成作 円地文子訳)世間子息気質(江島屋其磧作 小島政二郎訳)東海道中膝栗毛(十返舎一九作 伊馬春部訳)浮世床(式亭三馬作 久保田万太郎訳)注釈(池田弥三郎)略歴(麻生磯次)解説(安藤鶴夫)

◇日本文学全集　第2集　第4　江戸名作集　河出書房新社　1969　432p　図版　20cm　〈監修者：谷崎潤一郎等〉

　内容　曽根崎心中(近松門左衛門作 宇野信夫訳)堀川波鼓(近松門左衛門作 田中澄江訳)心中天の網島(近松門左衛門作 田中澄江訳)雨月物語(上田秋成作 円地文子訳)東海道中膝栗

近世文学(小説)

毛(十返舎一九作 伊馬春部訳) 浮世床(式亭三馬作 久保田万太郎訳)

◇日本の古典　25　江戸小説集　2　河出書房新社　1974　423p(図共)　図　23cm

内容　金々先生栄華夢(恋川春町著 杉森久英訳) 通言総籬(山東京伝著 野坂昭如訳) 風流志道軒伝(風来山人著 いいだ・もも訳) 放屁論(風来山人著 いいだ・もも訳) 放屁論後編(風来山人著 いいだ・もも訳) 痿陰隠逸伝(風来山人著 いいだ・もも訳) 東海道中膝栗毛(十返舎一九著 伊馬春部訳) 浮世床(式亭三馬著 久保田万太郎訳) 春色梅暦(為永春水著 舟橋聖一訳) 作品鑑賞のための古典 絵草紙評判記菊寿草(大田南畝著 前田愛訳) 戯作評判花折紙(十文字舎自恐著 前田愛訳) 増訂一話一言(大田南畝著 前田愛訳) 近世物之本江戸作者部類(滝沢馬琴著 前田愛訳) かくやいかにの記(長谷川金次郎著 前田愛訳) 戯作六家撰(岩本活東子著 前田愛訳) 春色梅ごよみ(饗庭篁村著 前田愛訳) 解説(安岡章太郎) 解題・年譜(渡辺憲司) 注釈(池田弥三郎、渡辺憲司)

【注釈書】

◇浮世床　式亭三馬著　中西善三校註　朝日新聞社　1955　227p　19cm(日本古典全書)

◇日本古典文学大系　第63　浮世風呂　式亭三馬著　中村通夫校注　岩波書店　1957　310p　図版　22cm

◇浮世風呂　式亭三馬著　神保五弥校注　角川書店　1968　414p　15cm(角川文庫)　200円

◇浮世床一柳髪新話　小野武雄校註　展望社　1974　318p　地図1枚　20cm(江戸の風俗資料　第5巻) 〈背および奥付の書名：江戸の落語(柳髪新話 浮世床)〉2300円

◇浮世床・四十八癖　式亭三馬著　本田康雄校注　新潮社　1982.7　435p　20cm(新潮日本古典集成) 〈式亭三馬年表：p424～435〉　2200円

◇妙竹林話七偏人　興津要校注　講談社　1983.2　2冊　15cm(講談社文庫)

◇新日本古典文学大系　86　浮世風呂・戯場粋言幕の外・大千世界楽屋探　佐竹昭広ほか編神保五弥校注　岩波書店　1989.6　480p　22cm

◆十返舎一九(1765～1831)

【現代語訳】

◇新訳 東海道膝栗毛　島東吉訳　越山堂　1924.6　258p　19cm

◇日本国民文学全集　第17巻　江戸名作集　第1　河出書房　1956　350p 図版　22cm

内容　雨月物語(上田秋成作 円地文子訳) 春雨物語(上田秋成作 円地文子訳) 世間子息気質(江島屋其磧作 小島政二郎訳) 東海道中膝栗毛(十返舎一九作 伊馬春部訳) 浮世床(式亭三馬作 久保田万太郎訳)

◇日本文学全集　第13　青野季吉等編　河出書房新社　1961　495p 図版　19cm

内容　雨月物語(上田秋成作, 円地文子訳) 春雨物語(上田秋成作, 円地文子訳) 世間子息気質(江島屋其磧作, 小島政二郎訳) 東海道中膝栗毛(十返舎一九作 伊馬春部訳) 浮世床(式亭三馬作 久保田万太郎訳) 注釈(池田弥三郎) 略歴(麻生磯次) 解説(安藤鶴夫)

◇国民の文学　第17　江戸名作集　谷崎潤一郎等編　河出書房新社　1964　495p 図版　18cm

内容　雨月物語(上田秋成作 円地文子訳) 春雨物語(上田秋成作 円地文子訳) 世間子息気質(江島屋其磧作 小島政二郎訳) 東海道中膝栗毛(十返舎一九作 伊馬春部訳) 浮世床(式亭三馬作 久保田万太郎訳) 注釈(池田弥三郎) 略歴(麻生磯次) 解説(安藤鶴夫)

◇日本文学全集　第2集 第4　江戸名作集　河出書房新社　1969　432p 図版　20cm 〈監修者：谷崎潤一郎等〉

内容　曽根崎心中(近松門左衛門作 宇野信夫訳) 堀川波鼓(近松門左衛門作 田中澄江訳) 心中天の網島(近松門左衛門作 田中澄江訳) 雨月物語(上田秋成作 円地文子訳) 東海道中膝栗毛(十返舎一九作 伊馬春部訳) 浮世床(式亭三馬作 久保田万太郎訳)

◇日本の古典　25　江戸小説集　2　河出書房新社　1974　423p(図共)　図　23cm

内容　金々先生栄華夢(恋川春町著 杉森久英訳) 通言総籬(山東京伝著 野坂昭如訳) 風流志道軒伝(風来山人著 いいだ・もも訳) 放屁論(風来山人著 いいだ・もも訳) 放屁論後編(風来山人著 いいだ・もも訳) 痿陰隠逸伝(風来山人著 いいだ・もも訳) 東海道中膝栗毛(十返舎一九著 伊馬春部訳) 浮世床(式亭三馬著 久保田万太郎訳) 春色梅暦(為永春水著 舟橋聖一訳) 作品鑑賞のための古典 絵草紙評判記菊寿草(大田南畝著 前田愛訳) 戯作評判花折紙(十文字舎自恐著 前田愛訳) 増訂一話一言(大田南畝著

近世文学(小説)

前田愛訳) 近世物之本江戸作者部類(滝沢馬琴著 前田愛訳) かくやいかにの記(長谷川金次郎著 前田愛訳) 戯作六家撰(岩本活東子著 前田愛訳) 春色梅ごよみ(饗庭篁村著 前田愛訳) 解説(安岡章太郎) 解題・年譜(渡辺憲司) 注釈(池田弥三郎、渡辺憲司)

◇東海道中膝栗毛—現代語訳　伊馬春部,小谷恒訳　桜楓社　1976　358p　22cm

◇現代語訳日本の古典　21　東海道中膝栗毛　杉本苑子著　学習研究社　1980.6　176p　30cm

◇池田みち子の東海道中膝栗毛　池田みち子著　集英社　1987.2　294p　19cm(わたしの古典　20)〈編集:創美社〉1400円

◇東海道中膝栗毛　武藤元昭校注・訳　ほるぷ出版　1987.7　349p　20cm(日本の文学)

◇続膝栗毛—古文調現代訳　第2部　木曾街道　1(追分～大湫)　平野日出雄訳　〔静岡〕十返舎一九の会　1994.6　280p　21cm　〈装丁・挿絵:秋山敏朗　発行所:静岡出版〉　1500円

◇東海道中膝栗毛—古文調現代訳　第1部　品川～新居　平野日出雄訳　〔静岡〕十返舎一九の会　1994.12　257p　21cm　〈装丁・挿絵:秋山敏朗　発行所:静岡出版〉　1500円

◇東海道中膝栗毛—古文調現代訳　第2部　新居～山田　平野日出雄訳　〔静岡〕十返舎一九の会　1995.1　265p　21cm　〈発行所:静岡出版〉　1500円

◇東海道中膝栗毛—古文調現代訳　第3部　京都～大坂見物　平野日出雄訳　〔静岡〕十返舎一九の会　1995.2　291p　21cm　〈発行所:静岡出版〉　1800円

◇新編日本古典文学全集　81　東海道中膝栗毛　中村幸彦校訂　小学館　1995.6　558p　23cm　4600円

◇続膝栗毛—古文調現代訳　第3部　木曾街道2(大湫～贄川)・善光寺道中　平野日出雄訳　〔静岡〕十返舎一九の会　1995.8　292p　21cm　〈発行所:静岡出版〉　1800円

◇池田みち子の東海道中膝栗毛　池田みち子著　集英社　1996.7　304p　15cm(わたしの古典)　680円

|内容|第1章 発端　第2章 江戸から小田原まで　第3章 箱根から安倍川まで　第4章 大井川から新居まで　第5章 岡崎から伊勢まで

◇東海道中膝栗毛—お江戸を沸かせたベストセラー　安岡章太郎著　世界文化社　2006.6　199p　24cm(日本の古典に親しむ ビジュアル版　8)　2400円

◇世間胸算用　万の文反古　東海道中膝栗毛　神保五弥校訂・訳　神保五弥校訂・訳　中村幸彦、棚橋正博校訂・訳　小学館　2008.12　317p　20cm(日本の古典をよむ　18)　1800円

【注釈書】

◇頭註 東海道中膝栗毛　出口米吉註　成光館出版部　1926.10　657,27p　21cm

◇東海道中膝栗毛輪講　三田村鳶魚編　春陽堂　1926.12～1930.7　3冊　19cm

◇東海道中膝栗毛　笹川臨風校註　朝日新聞社　1953　297p　19cm(日本古典全書)

◇日本古典文学大系　第62　東海道中膝栗毛　麻生磯次校注　岩波書店　1958　503p 地図　22cm

◇東海道中膝栗毛　笹川臨風校註　朝日新聞社　1970　297p　19cm(日本古典全書)〈第7版(初版:昭和28年刊)　監修:高木市之助等〉

◇東海道中膝栗毛　上　麻生磯次校注　岩波書店　1973　336p　15cm(岩波文庫)

◇東海道中膝栗毛　下　麻生磯次校注　岩波書店　1973　390p　15cm(岩波文庫)

◇日本古典文学全集　49　東海道中膝栗毛　中村幸彦校注　小学館　1975　541p 図　23cm

◇東海道中膝栗毛　小谷恒,信国英夫校注　桜楓社　1976　229p　22cm

◇東海道中膝栗毛　上　興津要校注　講談社　1978.10　429p　15cm(講談社文庫)

◇東海道中膝栗毛　下　興津要校注　講談社　1978.11　495p　15cm(講談社文庫)

◇十返舎一九の房総道中記　鶴岡節雄校注　千秋社　1979.3　90p　22cm(新版絵草紙シリーズ　1)〈発売:多田屋(東金)〉980円

◇図説日本の古典　18　集英社　1980.2　222p　28cm　〈企画:秋山虔ほか〉2400円

|内容|江戸戯作年表:p216～219　各章末:参考文献

近世文学(小説)

◇十返舎一九の甲州道中記　鶴岡節雄校注　千秋社　1981.7　94p　22cm(新版絵草紙シリーズ　4)　1200円

◇十返舎一九の江戸見物　鶴岡節雄校注　千秋社　1982.1　95p　22cm(新版絵草紙シリーズ　5)　1200円

◇十返舎一九の箱根江の島鎌倉道中記　鶴岡節雄校注　千秋社　1982.8　103p　22cm(新版絵草紙シリーズ　6)　1200円

◇東海道中膝栗毛　麻生磯次校注　岩波書店　1983.1　2冊　20cm(岩波クラシックス　22,23)　1600円,1700円

◇十返舎一九の坂東秩父埼玉道中記　鶴岡節雄校注　千秋社　1983.3　95p　22cm(新版絵草紙シリーズ　7)　1200円

◇十返舎一九の常陸道中記　鶴岡節雄校注　千秋社　1984.3　103p　22cm(新版絵草紙シリーズ　9)　1200円

◇京伝・一九・春水　神保五弥,小林忠,北原進編　新装版　集英社　1989.2　221p　30cm(図説　日本の古典　18)〈江戸戯作年表：p216〜219　各章末：参考文献〉　2800円

内容　江戸の戯作—江戸後期小説の発生と展開　名所絵と道中絵　『東海道中膝栗毛』絵師山東京伝　『江戸生艶気樺焼』—作品鑑賞　『通信総籬』—作品鑑賞　通といき　『春色梅児誉美』—作品鑑賞　江戸の遊里　江戸のディレッタント—山東京伝の生涯　自己を演出する名タレント—十返舎一九の生涯　女のために女を描く—為永春水の生涯　江戸後期の美人画　挿絵と江戸市民の生活文化—小説史の中での挿絵　札差と魚河岸町人　改革の嵐に耐える町人　江戸戯作年表

◇播州めぐり膝栗毛—続二編追加　上・下　十返舎一九(1世)著　林久良校注　〔姫路〕　林久良　1994.8　44p　21cm

◇東海道中膝栗毛　上　麻生磯次校注　岩波書店　2002.8　336p　19cm(ワイド版岩波文庫)　1300円

◇東海道中膝栗毛　下　麻生磯次校注　岩波書店　2002.8　390p　19cm(ワイド版岩波文庫)　1400円

草双紙・黄表紙・合巻

【現代語訳】

◇春雨のおんな—Edo Classic art・第4集　佐野文哉訳　二見書房　1989.5　254p　15cm(二見文庫)〈監修：安田義章〉　780円

内容　優美人形　歌川国貞著．真情春雨衣　吾妻雄兎子著．葉男婦舞喜　十返舎一九，喜多川歌麿著．逢夜雁之声　猿猴坊月成，歌川豊国著

◇新編日本古典文学全集　79　黄表紙・川柳・狂歌　棚橋正博,鈴木勝忠,宇田敏彦注解　小学館　1999.8　622p　23cm〈年表あり〉　4657円

内容　黄表紙：金々先生栄花夢(恋川春町画・作)　桃太郎後日噺(朋誠堂喜三二作，恋川春町画)　喰多雁取帳(奈蒔野馬乎人作，忍岡喜磨画)　従夫以来記(竹杖を軽作，喜多川歌麿画)　江戸生艶気樺焼(山東京伝作，北尾政演画)　江戸春一夜千両(山東京伝作，北尾政演画)　文武二道万石通(朋誠堂喜三二作，喜多川行麿画)　鸚鵡返文武二道(恋川春町作，北尾政美画)　心学早染草(山東京伝作，北尾政美画)　鼻下長物語(芝全交作，北尾重政画)　川柳　狂歌

【注釈書】

◇かくれ里(標註)——名,舌切雀　井上淑蔭著　岡野竹園(英太郎)標注　鈴木弘恭閲　岡野英太郎刊　1895.12　和23p　23cm

◇日本古典文学大系　第55　風来山人集　中村幸彦校注　岩波書店　1961　480p　図版　22cm

内容　根南志具佐，根無草後編，風流志道軒伝，風来六部集上，風来六部集下，神霊矢口渡

◇日本古典文学全集　46　黄表紙,川柳,狂歌　小学館　1971　608p　図　23cm

内容　黄表紙(浜田義一郎校注)　金々先生栄花夢(恋川春町画・作)　親敵討腹鼓(朋誠堂喜三三作　恋川春町画)　無益委記(恋川春町画・作)　虚言八百万八伝(四方屋本太郎作　北尾重政画)　景清百人一首(朋誠堂喜三二作　北尾重政画)　江戸生艶気樺焼(山東京伝作　北尾政演画)　大悲千禄本(芝全交作　北尾政演画)　時代世話二挺鼓(山東京伝作　行磨画)　鸚鵡返文武二道(恋川春町作　北尾政美画)　遊妓寃卵角文字(芝全交作　北尾重政画)　川柳(鈴木勝忠校注)　狂歌(水野稔校注)　黄表紙題簽一覧(浜田義一郎)

◇黄表紙集　2　水野稔編　古典文庫　1973　297p　17cm(古典文庫　第313冊)　非売品

内容　案内手本通人蔵(喜三二作　恋川春町画　安永5年　鱗形屋版の複製および翻刻)　鐘入七人化粧漉返柳黒髪(喜三二作　安永9年蔦屋版の複製および翻刻)　大通天皇野暮親王誤魅大和功(喜三二作　天明3年蔦屋版の複製および翻刻)　太平記万八講釈(喜三二作　天明4年蔦屋版の複

近世文学(小説)

製および翻刻）天道大福帳(喜三二作 北尾政美画 天明6年蔦屋版の複製および翻刻）

◇図説日本の古典　8　集英社　1979.10　222p　28cm　〈企画：秋山虔ほか〉　2400円

◇仮名垣魯文の成田道中記―成田道中膝栗毛　仮名垣魯文著　鶴岡節雄校注　千秋社　1980.8　107p　22cm(新版絵草紙シリーズ　3）〈附：市川団十郎作「怪談春雨草紙」発売：多田屋(千葉)〉　1200円

◇為永春水の南総里見八犬伝後日譚　為永春水著　鶴岡節雄校注　千秋社　1983.10　95p　22cm(新版絵草紙シリーズ　8）　1200円

◇新日本古典文学大系　83　草双紙集　木村八重子,宇田敏彦,小池正胤校注　岩波書店　1997.6　640p　22cm　4300円

[内容]赤本・黒本・青本：名人ぞろへ　たゞとる山のほと、ぎす　ほりさらい　熊若物語　亀甲の由来　漢楊宮　子子子子子　楠木葉軍談　猿影岸変化退治　狸の土産　黄表紙：其返報怪談　大違宝船　此奴和日本　太平記万八講釈　正札附昔気　悦蠶屓蝦夷押領　宮飴悟凧野弄話　色男其所此処　草双紙年代記　合巻：ヘマムシ入道昔話　童蒙話赤本事始　会席料理世界も吉原　解説：草双紙の誕生と変遷(宇田敏彦著)　赤本から青本まで(木村八重子著)　黄表紙(宇田敏彦著)　読切合巻(小池正胤著)

◇江戸化物草紙　アダム・カバット校注・編　小学館　1999.2　239p　23cm　2400円

◇大江戸化物細見　アダム・カバット校注・編　小学館　2000.2　239p　23cm　2400円

◇江戸戯作草紙　棚橋正博校注・編　小学館　2000.5　239p　23cm　2400円

◆曲亭馬琴(1767～1848)

【現代語訳】

◇花見虱盛衰記　香取久三子現代語訳　文芸社　2006.7　129p　19cm　1100円

[内容]花見虱盛衰記,人間万事塞翁馬,笑府衿裂米

◆恋川春町(1744～1789)

【現代語訳】

◇日本の古典　25　江戸小説集　2　河出書房新社　1974　423p(図共)　図　23cm

[内容]金々先生栄華夢(恋川春町著　杉森久英訳)　通言総籬(山東京伝著　野坂昭如訳)　風流志道軒伝(風来山人著　いいだ・もも訳)　放屁論(風来山人著　いいだ・もも訳)　放屁論後編(風来山人著　いいだ・もも訳)　萎陰隠逸伝(風来山人著　いいだ・もも訳)　東海道中膝栗毛(十返舎一九著　伊馬春部訳)　浮世床(式亭三馬著　久保田万太郎訳)　春色梅暦(為永春水著　舟橋聖一訳)　作品鑑賞のための古典　絵草紙評判記菊寿草(大田南畝著　前田愛訳)　戯作評判花折紙(十文字舎自恐者　前田愛訳)　増訂一話一言(大田南畝著　前田愛訳)　近世物之本江戸作者部類(滝沢馬琴著　前田愛訳)　かくやいかにの記(長谷川金次郎著　前田愛訳)　戯作六家撰(岩本活東子著　前田愛訳)　春色梅ごよみ(饗庭篁村著　前田愛訳)　解説(安岡章太郎)　解題・年譜(渡辺憲司)　注釈(池田弥三郎,渡辺憲司)

◆山東京伝(1761～1816)

【現代語訳】

◇日本の古典　25　江戸小説集　2　河出書房新社　1974　423p(図共)　図　23cm

[内容]金々先生栄華夢(恋川春町著　杉森久英訳)　通言総籬(山東京伝著　野坂昭如訳)　風流志道軒伝(風来山人著　いいだ・もも訳)　放屁論(風来山人著　いいだ・もも訳)　放屁論後編(風来山人著　いいだ・もも訳)　萎陰隠逸伝(風来山人著　いいだ・もも訳)　東海道中膝栗毛(十返舎一九著　伊馬春部訳)　浮世床(式亭三馬著　久保田万太郎訳)　春色梅暦(為永春水著　舟橋聖一訳)　作品鑑賞のための古典　絵草紙評判記菊寿草(大田南畝著　前田愛訳)　戯作評判花折紙(十文字舎自恐者　前田愛訳)　増訂一話一言(大田南畝著　前田愛訳)　近世物之本江戸作者部類(滝沢馬琴著　前田愛訳)　かくやいかにの記(長谷川金次郎著　前田愛訳)　戯作六家撰(岩本活東子著　前田愛訳)　春色梅ごよみ(饗庭篁村著　前田愛訳)　解説(安岡章太郎)　解題・年譜(渡辺憲司)　注釈(池田弥三郎,渡辺憲司)

【注釈書】

◇山東京伝の房総の力士白藤源太談　鶴岡節雄校注　千秋社　1979.12　109p　22cm(新版絵草紙シリーズ　2）〈発売：多田屋〉　1200円

◇大晦日曙草紙―初編・二編　太平主人校注　太平書屋　1990.12　162p　21cm(太平文庫　19）〈複製と翻刻〉　4000円

近世文学(小説)

◆柳亭種彦(1783～1842)

【現代語訳】

◇修紫 田舎源氏　上・下巻　幸田露伴校訂　中央出版社　1928.11　2冊　三六判〈新訳日本文学叢書　3〉

◇日本の古典　24　江戸小説集　1　河出書房新社　1974　364p(図共)　図　23cm

> 内容　伽婢子(浅井了意著 富士正晴訳)　好色万金丹(夜食時分著 いいだもも訳)　世間子息気質(江島基磧著 和田芳恵訳)　西山物語(建部綾足著 中村真一郎訳)　雨月物語(上田秋成著 円地文子訳)　春雨物語(上田秋成著 円地文子訳)　昔話稲妻表紙(山東京伝著 寺山修司訳)　浅間岳面影草紙(柳亭種彦著 杉森久英訳)　伊波伝毛乃記(滝沢馬琴著 前田愛訳)　膽大小心録(上田秋成著 前田愛訳)

【注釈書】

◇春情妓談水揚帳全釈　佐藤要人校註・訳　太平書屋　1994.11　262p　22cm　〈複製および翻刻〉　15000円

◇新日本古典文学大系　88　修紫田舎源氏　上　柳亭種彦著　佐竹昭広ほか編　鈴木重三校注　岩波書店　1995.2　743p　22cm

◇新日本古典文学大系　89　修紫田舎源氏　下　鈴木重三校注　岩波書店　1995.12　791p　22cm　4900円

咄本・地口本

【現代語訳】

◇昨日は今日の物語―近世笑話の祖　武藤禎夫訳　平凡社　1967　266p　18cm(東洋文庫　102)　〈参考文献：262-266p〉　400円

◇江戸笑話集　宮尾与男校注・訳　ほるぷ出版　1987.7　382p　20cm(日本の文学)

> 内容　醒睡笑.当世軽口にがわらひ

◇にっぽん小咄大全　浜田義一郎編訳　筑摩書房　1992.7　458p　15cm(ちくま文庫)　930円

◇江戸の笑い話　高野澄編訳　京都　人文書院　1995.1　236p　20cm　2060円

【注釈書】

◇頭註江戸小咄研究　小柴値一編著　東治書院　1934　430p　20cm

◇絵入江戸小咄十二種―未翻刻　宮尾しげを校註　近世風俗研究会　1966　9冊(付録共)4枚　20cm　〈箱入 限定版 内容はそれぞれ影印〉

> 内容　第1 夜明茶呑噺(鳥井清経画 安永5年)　第2 酉のおとし噺(鳥井清経画 安永6年)　第3 江戸むらさき(鳥井清経画 安永年間)　第4 筆はじめ(葛飾北斎画 文化2年)　第5 唯よしよし(十返舎一九 文化3年)　第6 そればなし(橋本千鳥画 文化5年)　第7 一口ばなし(渓斎英泉画 嘉永3年)　第8 落咄し万才楽(安政2年)　第9 花勝実(式亭三馬 文政年間)　第10 蝶花形(式亭社中 文政6年)　第11 七宝ばなし(林屋正蔵 天保3年)　第12 御年玉当年噺(烏亭焉馬 天保5年)　付録：解説及び翻刻

◇日本古典文学大系　第100　江戸笑話集　小高敏郎校注　岩波書店　1966　589p 図版　22cm

> 内容　きのふはけふの物語,鹿の巻筆,軽口露がはなし,軽口御前男,鹿の子餅,聞上手,鯛の味噌津,無事志有意

◇未翻刻絵入江戸小ばなし十種　宮尾しげを校註　近世風俗研究会　1966　11冊(付録共)　19cm　〈箱入 限定版 内容はそれぞれ影印〉

> 内容　〔第1〕顔見世芝居ばなし(勝川春好画 明和3年)　〔第2〕難波梅(鳥居清経画 安永3年)　〔第3〕はなし亀(富川吟雪画 安永4年)　〔第4〕豊年俵百噺(鳥居清経画 安永4年)　〔第5〕道づればなし(鳥居清経画 安永4年)　〔第6〕はつゑがほ(安永8年)　〔第7〕百福茶大年噺(恋川春町画 天明9年)　〔第8〕お茶あがり(北尾政美画 寛政3年)　〔第9〕桜川話帳綴(歌川豊国画 寛政13年)　〔第10〕落咄三番曳の福種蒔(十偏舎一九画 享和元年)　付録：解説及び翻刻

◇江戸小咄本十一集―未翻刻　武藤禎夫編　近世風俗研究会　1968　11冊　20cm　〈箱入り 限定版〉　4000円

> 内容　準訳開白新語(岡白駒作 寛延4年刊の影印)　聞上手参篇(小松百亀作 安永2年刊の翻刻)　富来話有智(小松百亀作 安永3年刊の翻刻)　梅の笑(村瓢子作 寛政5年刊の翻刻)　売切申候切落噺(馬琴作 重政画 享和2年刊の影印・翻刻)　落咄臍繰金(十返舎一九作画 享和2年刊の翻刻)　笑の種(神鍋亭作 文政2年刊の翻刻)　落噺生鯖鉛(玉ബ楼一泉作 柳川重信画 文政3年刊の翻刻)　落咄江戸喜笑(福亭三笑作 歌川国輝画 嘉永3年刊の翻刻)　落咄流行尽(鼻山人作 国盛画 嘉永頃刊の影印・翻刻)　粋興奇

日本古典文学案内－現代語訳・注釈書　　327

近世文学(小説)

人伝(仮名垣魯文,山ゝ亭有人合輯春廼屋幾久校合 一恵斎芳幾画 文久3年刊の影印) 附録：『昨日は今日の物語』主要諸本比較段数並他書互出類話一覧表(武藤禎夫編)

◇江戸小咄集 1 宮尾しげを編注 平凡社 1971 393p 18cm(東洋文庫) 650円

◇江戸小咄集 2 宮尾しげを編注 平凡社 1971 424,9p 18cm(東洋文庫) 650円

◇元禄期軽口本集―近世笑話集上 武藤禎夫校注 岩波書店 1987.7 385p 15cm(岩波文庫)

[内容] 当世手打笑.当世はなしの本.かの子ばなし.軽口御前男.露休置土産.解題

◇安永期小咄本集―近世笑話集中 武藤禎夫校注 岩波書店 1987.12 402p 15cm(岩波文庫) 600円

[内容] 話稿鹿の子餅.珍話楽牽頭.聞上手.俗談今歳咄.茶のこもち.新口花笑顔.鳥の町

◇化政期落話本集―近世笑話集下 武藤禎夫校注 岩波書店 1988.6 386p 15cm(岩波文庫) 600円

[内容] 詞葉の花.臍くり金.江戸嬉笑.臍の宿替.種が島.屠蘇喜言.太鼓の林.面白し花の初笑

◇江戸艶笑小咄集成 宮尾与男編注 彩流社 2006.12 481,5p 20cm 4700円

◆醒睡笑(江戸前期)

【現代語訳】

◇醒睡笑―近世落語の原典 龍川清訳 東村山 教育社 1980.8 302p 18cm(教育社新書)

【注釈書】

◇醒睡笑 上巻 鈴木棠三校注 角川書店 1964 343p 15cm(角川文庫)

◇醒睡笑 下巻 鈴木棠三校注 角川書店 1964 290p 15cm(角川文庫)

◇醒睡笑 上 鈴木棠三校注 岩波書店 1986.7 438p 15cm(岩波文庫)〈角川書店昭和39年刊の新増訂版〉 700円

◇醒睡笑 下 鈴木棠三校注 岩波書店 1986.9 362p 15cm(岩波文庫)〈角川書店昭和39年刊の新増訂版〉 550円

秘本・艶本

【現代語訳】

◇はこやのひめごと―秘められたる古典 斎藤昌三訳編 風俗文献社 1951 325p 19cm

[内容] 靦姑射秘言 黒沢重礼著,阿奈遠可志 沢田名垂著,逸著聞集 山岡俊明著

◇好色日本三代奇書 斎藤昌三訳 展望社 1968 242p 図版 22cm 〈限定版〉 2000円

[内容] 靦姑射秘言(黒沢翁満) 阿奈遠可志(沢田名垂) 逸著聞集(山岡明阿弥)

◇秘籍江戸文学選 1 阿奈遠加之 上巻 岡田甫訳 日輪閣 1974 317p 図 22cm 〈監修：吉田精一,山路閑古,馬屋原成男〉

◇秘籍江戸文学選 2 痿陰隠逸伝・長枕褥合戦 岡田甫訳 日輪閣 1974 317p 図 22cm 〈監修：吉田精一,山路閑古,馬屋原成男 解説(岡田甫)〉

◇秘籍江戸文学選 3 逸著聞集 岡田甫訳 日輪閣 1974 302p 図 22cm 〈監修：吉田精一,山路閑古,馬屋原成男 解説(岡田甫)〉

◇秘籍江戸文学選 5 春情妓談水揚帳 入江智英訳・解説 日輪閣 1975 302p 図 22cm 〈監修：吉田精一,山路閑古,馬屋原成男〉

◇秘籍江戸文学選 6 医心方房内 山路閑古訳・解説 日輪閣 1975 389p 図 22cm 〈監修：吉田精一,山路閑古,馬屋原成男〉

◇秘籍江戸文学選 7 玉の盃 林美一訳・解説 日輪閣 1975 298p 図 22cm 〈監修：吉田精一,山路閑古,馬屋原成男〉

◇秘本江戸文学選 3 金勢霊夢伝 林美一訳・解説 日輪閣 1978.5 291p 22cm 〈監修：吉田精一,西山松之助〉

◇秘本江戸文学選 5 真情春雨衣 小池章太郎訳・解説 日輪閣 1978.9 269p 22cm 〈監修：吉田精一,西山松之助〉

◇秘本江戸文学選 6 男色山路露 大村沙華訳・解説 日輪閣 1978.11 287p 22cm 〈監修：吉田精一、西山松之助〉

◇秘本江戸文学選 2 魂膽色遊懐男 大村沙華訳・解説 日輪閣 1979.9 308p 22cm 〈監修：吉田精一、西山松之助〉

近世文学(小説)

◇秘本江戸文学選　8　五代力恋之柵・春閨情史　小池章太郎訳・解説　日輪閣　1980.3　272p　22cm　〈監修：吉田精一、西山松之助〉

◇秘本江戸文学選　9　はつはな・笑本春の曙　林美一訳・解説　日輪閣　1980.4　288p　22cm　〈監修：吉田精一、西山松之助〉

◇秘本江戸文学選　10　大東閨語・春風帖　浅山征一郎訳・解説　日輪閣　1980.5　304p　22cm　〈監修：吉田精一、西山松之助〉

◇江戸の奇書藐姑射艶言　黒沢翁満述著　志摩芳次郎訳註　大陸書房　1981.6　237p　19cm　1300円

◇江戸の奇書阿奈遠可志　志摩芳次郎訳註　大陸書房　1981.7　238p　19cm

◇江戸の奇書壇の浦夜合戦記・大東閨語(続壇の浦夜合戦記)　志摩芳次郎訳註　大陸書房　1981.8　230p　19cm　1300円

◇阿奈遠可志―会津艶笑譚　稲林敬一口訳・解説　会津若松　歴史春秋社　1983.11　166p　17cm　〈名垂の履歴：p154～158〉

◇江戸のおんな―Edo classic art・第1集　佐野文哉訳　二見書房　1988.12　234p　15cm(二見文庫)　〈監修：安田義章〉　750円

　内容　生写相生源氏　歌川国貞絵. 春情妓談水揚帳　柳亭種彦著　歌川国貞絵. 喜能会之故真通　紫雲竜亀高著　葛飾北斎絵. 艶紫娯拾余帖　柳亭種彦著　歌川国貞絵

◇艶本のおんな―Edo classic art・第2集　佐野文哉訳　二見書房　1989.2　254p　15cm(二見文庫)　〈監修：安田義章〉　750円

　内容　秘蔵の名作艶本第2集　吾妻源氏　歌川国貞絵. 三味線十二調子　猿猴坊月成著　開斎絵. 女護島宝入船　姪水騒入嘗安喜　鷹丸絵. 歌まくら　喜多川歌麿絵. 色の詠　好学著　歌川国貞絵. 曽本婦美好図理　亀稜山人著　喜多川歌麿絵

◇旅宿のおんな―Edo classic art・第5集　佐野文哉訳　二見書房　1989.6　253p　15cm(二見文庫)　〈監修：安田義章〉　780円

　内容　万神和合神　葛飾北斎著. つひの雛形　お栄絵. 旅枕五十三次　恋川笑山著. 泉湯新話　何寄実好成著　歌川国貞絵

◇大奥のおんな―Edo classic art・第6集　佐野文哉訳　二見書房　1989.8　251p　15cm(二見文庫)　〈監修：安田義章〉　780円

　内容　艶色品定女　淫楽山人著　歌川国貞絵. 春色多満揃　女好陳人著. 願ひの糸口　喜多川歌麿絵. 男女色交合之糸　勝川春潮絵. 修紫田舎源氏　柳亭種彦著　歌川国貞絵

◇夜伽のおんな―Edo classic art・第8集　佐野文哉訳　二見書房　1989.12　252p　15cm(二見文庫)　〈監修：安田義章〉　780円

　内容　春閨御伽文庫　歌川国貞絵. 春情浅草名所　恋川笑山著. すゐ都無花　お栄著. 絵本開中鏡　歌川国貞著. 開くらべ　鈴木春信絵

◇春色のおんな―Edo classic art第9集　佐野文哉訳　二見書房　1990.2　252p　15cm(二見文庫―クラシック・アート・コレクション)　〈監修：安田義章〉　780円

◇花見のおんな―Edo classic art・第10集　佐野文哉訳　二見書房　1990.4　252p　15cm(二見文庫―クラシック・アート・コレクション)　〈監修：安田義章〉　780円

◇秘宴のおんな―Edo classic art第1集　佐野文哉訳　二見書房　1990.7　249p　15cm(二見文庫―クラシック・アート・コレクション)　〈監修：安田義章〉　780円

◇夕霧のおんな―Edo classic art第2集　佐野文哉訳　二見書房　1990.10　251p　15cm(二見文庫―クラシック・アート・コレクション)　〈監修：安田義章〉　780円

◇化身のおんな―Edo classic art・第3集　佐野文哉訳　二見書房　1990.11　251p　15cm(二見文庫―クラシック・アート・コレクション)　〈監修：安田義章〉　780円

◇湯浴のおんな―Edo classic art第4集　佐野文哉訳　二見書房　1991.2　251p　15cm(二見文庫―クラシック・アート・コレクション)　〈監修：安田義章〉　780円

◇密戯のおんな―Edo classic art第5集　佐野文哉訳　二見書房　1991.6　250p　15cm(二見文庫―クラシック・アート・コレクション)　〈監修：安田義章〉　780円

◇新編日本古典文学全集　82　近世随想集　鈴木淳, 小高道子校注・訳　小学館　2000.6　510p　23cm　4267円

　内容　貞徳翁の記　紫の一本　排蘆小船　しりうごと

◇壇の浦合戦記―江戸発禁本　小菅宏編訳　徳間書店　2008.10　357p　16cm(徳間文庫)　667円

近世文学(日記・随筆・紀行・記録)

　　|内容|壇の浦合戦記.兵法虎の巻.仇枕浮名草子.
　　　　春情花朧夜

【注釈書】

◇秘籍江戸文学選　2　瘀陰隠逸伝・長枕褥
　合戦―付・平賀源内略伝　大村沙華校注
　日輪閣　1974　317p 図 肖像　22cm
　〈監修：吉田精一, 山路閑古, 馬屋原成男〉

◇秘籍江戸文学選　4　末摘花夜話　岡田甫
　編　山路閑古校注　日輪閣　1975　297p
　図　22cm　〈監修：吉田精一, 山路閑古,
　馬屋原成男〉

◇秘籍江戸文学選　8　江戸風流小咄　宮尾
　しげを校注　日輪閣　1975　356p 図
　22cm　〈監修：吉田精一, 山路閑古, 馬屋
　原成男〉

◇秘籍江戸文学選　10　春調俳諧集・幽燈
　録　山路閑古校注　日輪閣　1975　309p
　図　22cm　〈監修：吉田精一, 山路閑古,
　馬屋原成男〉

◇日本思想大系　60　近世色道論　野間光
　辰著　岩波書店　1976　418p　22cm
　2400円

　　|内容|心友記, ぬれほとけ, たきつけ草・もえく
　　　　ゐ・けしすみ, 色道小鏡, 艶道通鑑, 〈参考〉弁
　　　　惑増鏡(艶道通鑑批評)補注　解説

日記・随筆・紀行・記録

【現代語訳】

◇古典日本文学全集　第35　江戸随想集
　筑摩書房　1961　393p 図版　23cm

　　|内容|折たく柴の記(新井白石著 古川哲史訳) 駿
　　　　台雑話(室鳩巣著 森銑三訳) 飛驒山(森銑三訳)
　　　　寓意草(岡村良通著 森銑三訳) 折々草(建部綾
　　　　足著 森銑三訳) 孔雀楼筆記(清田〔タン〕叟著
　　　　森銑三訳) 北窓瑣談(橘南谿著 森銑三訳) 閑田
　　　　耕筆(伴蒿蹊著 森銑三訳) 年々随想(石原正明
　　　　著 森銑三訳) 筆のすさび(菅茶山著 森銑三訳)
　　　　退閑雑記(松平定信著 森銑三訳) 述斎偶筆(林
　　　　述斎著 森銑三訳) 蘭学事始(杉田玄白著 杉浦
　　　　明平訳) うづら衣(横井也有著 岩田九郎訳) 折
　　　　たく柴の記解説(古川哲史) 折たくの柴の記に
　　　　ついて(桑原武夫) 江戸時代の随筆(森銑三) 蘭
　　　　学事始について(杉浦明平) うづら衣について
　　　　(岩田九郎)

◇古典日本文学全集　第35　江戸随想集
　筑摩書房　1967　393p 図版　23cm
　〈普及〉

　　|内容|折たく柴の記(新井白石著, 古川哲史訳) 駿
　　　　台雑話(室鳩巣著, 森銑三訳) 飛驒山(森銑三訳)
　　　　寓意草(岡村良通著, 森銑三訳) 折々草(建部綾
　　　　足著, 森銑三訳) 孔雀楼筆記(清田〔タン〕叟
　　　　著, 森銑三訳) 北窓瑣談(橘南谿著, 森銑三訳)
　　　　閑田耕筆(伴蒿蹊著, 森銑三訳) 年々随想(石原
　　　　正明著, 森銑三訳) 筆のすさび(菅茶山著, 森銑
　　　　三訳) 退閑雑記(松平定信著, 森銑三訳) 述斎偶
　　　　筆(林述斎著, 森銑三訳) 蘭学事始(杉田玄白著,
　　　　杉浦明平訳) うづら衣(横井也有著, 岩田九郎
　　　　訳) 「折たく柴の記」解説(古川哲史) 「折たく
　　　　柴の記」について(桑原武夫) 江戸時代の随筆
　　　　(森銑三) 「蘭学事始」について(杉浦明平) 「う
　　　　づら衣」について(岩田九郎)

◇翁草　浮橋康彦訳　東村山　教育社
　1980.6　2冊　18cm(教育社新書)　〈副書
　名：上　賢愚君、忠奸臣、戦陣悲劇など武
　士のはなし, 下　成功町人、犯罪、漂流奇談
　など庶民のはなし〉

◇岡部日記―訳注　後藤悦良著　〔浜松〕
　浜松史蹟調査顕彰会　1989.1　68p
　26cm(遠江資料叢書　7)

◇ひたち帯―元禄常陸紀行　猿渡玉枝訳
　〔土浦〕　筑波書林　1994.10　133p
　21cm(ふるさと文庫　別冊 4)　〈発売：茨
　城図書　複製および訳文〉　1000円

◇長崎行役日記　関根七郎訳解　〔土浦〕
　筑波書林　1994.11　275p 22cm　〈付・
　安南国漂流物語, 清श唱和集　発売：茨城
　図書　長久保赤水の肖像あり〉　3000円

◇心の双紙―松平定信の風刺した人心の裏
　表　橋本登行訳・解説　〔白河〕　橋本
　登行　1996.10　95p　21cm

　　|内容|心の双紙　感情の句　案山子の賛

【注釈書】

◇月瀬記行(標註)　弾舜平注　大阪　弾舜
　平　1881.12　和33丁　14cm

◇精金美玉　評註先哲手簡　滝川資則編　八
　尾書店　1893.1　282p　19cm

◇白雲日記　久木田英夫注　富山房　1903.7
　和30,25,3丁(2巻) 図版 地図　23cm

◇新釈橿園文抄　春野裕釈　有精堂書店
　1926.11　222p　19cm

◇東西遊記研究　森本種次釈　文進堂
　1942.4　198p　19cm(国文解釈叢書7)

◇上京日記　姫島日記　磯辺実校註　文友堂
　書店　1943.4　156p　22cm

◇夢かそへ―附；防州日記　磯辺実校註

近世文学(日記・随筆・紀行・記録)

　　文友堂書店　1943.4　286p 図　22cm
◇ひとりね　水木直箭校訂および註　近世庶民文化研究所　1956　2冊　21cm
◇鶯笑子　宗政五十緒校註　京都　洛文社　1962　90p　22cm　〈京都大学蔵写本「翁草」第8-10の翻刻校註〉
◇日本古典文学大系　第96　近世随想集　岩波書店　1965　587p 図版　22cm
　　内容　ひとりね(柳沢淇園著 中村幸彦柱注) 孔雀楼筆記(清田〔タン〕叟著 中村幸彦柱注) 槐記(抄)(山科道安著 野村貴次柱注) 山中人饒舌(田能村竹田著 麻生磯次柱注)
◇西遊草―清河八郎旅中記　小山松勝一郎編訳　平凡社　1969　261p　18cm(東洋文庫 140)　400円
◇涙草原解　藤井喬著　徳島　原田印刷出版　1969　225p 図　22cm　〈『涙草』の解説、本文(底本：戸祭新四郎正慎筆写本)および註釈　『涙草』の原著者：京極伊知子〉　1000円
◇赤塚芸庵雑記　羽倉敬尚注解　京都　神道史学会　1970　305,2p 図　18cm
◇東西遊記　1　宗政五十緒校注　平凡社　1974　285,3p　18cm(東洋文庫 248)　650円
　　内容　東遊記巻之1-巻之5末, 東遊記後編巻之1-巻之5, 東遊記補遺
◇東西遊記　2　宗政五十緒校注　平凡社　1974　260,3p　18cm(東洋文庫 249)　700円
　　内容　西遊記巻之1-巻之5, 西遊記続編巻之1-巻之5, 西遊記補遺. 巻末：地域別項目索引
◇近古文芸温知叢書　1　岸上操編輯　内藤耻叟,小宮山綏介標注　博文館　1981-1914?　1冊　19cm　〈袂入〉
　　内容　奴師労之〔ほか〕
◇近古文芸温知叢書　2　岸上操編輯　内藤耻叟,小宮山綏介標注　博文館　1981-1914?　1冊　19cm　〈袂入〉
　　内容　白石小品〔ほか〕
◇近古文芸温知叢書　3　岸上操編輯　内藤耻叟,小宮山綏介標注　博文館　1981-1914?　1冊　19cm　〈袂入〉
　　内容　松屋叢話〔ほか〕
◇近古文芸温知叢書　4　岸上操編輯　内藤耻叟,小宮山綏介標注　博文館　1981-

1914?　1冊　19cm　〈袂入〉
　　内容　閑なるあまり〔ほか〕
◇近古文芸温知叢書　5　岸上操編輯　内藤耻叟,小宮山綏介標注　博文館　1981-1914?　1冊　19cm　〈袂入〉
　　内容　貨幣秘録, 三絃考〔ほか〕
◇近古文芸温知叢書　6　岸上操編輯　内藤耻叟,小宮山綏介標注　博文館　1981-1914?　1冊　19cm　〈袂入〉
　　内容　神道独語〔ほか〕
◇近古文芸温知叢書　7　岸上操編輯　内藤耻叟,小宮山綏介標注　博文館　1981-1914?　1冊　19cm　〈袂入〉
　　内容　道成寺考〔ほか〕
◇近古文芸温知叢書　8　岸上操編輯　内藤耻叟,小宮山綏介標注　博文館　1981-1914?　1冊　19cm　〈袂入〉
　　内容　奈良柴〔ほか〕
◇近古文芸温知叢書　9　岸上操編輯　内藤耻叟,小宮山綏介標注　博文館　1981-1914?　1冊　19cm　〈袂入〉
　　内容　本朝細馬集〔ほか〕
◇近古文芸温知叢書　10　岸上操編輯　内藤耻叟,小宮山綏介標注　博文館　1981-1914?　1冊　19cm　〈袂入〉
　　内容　窓の須佐美追加〔ほか〕
◇近古文芸温知叢書　11　岸上操編輯　内藤耻叟,小宮山綏介標注　博文館　1981-1914?　1冊　19cm　〈袂入〉
　　内容　病間長話〔ほか〕
◇近古文芸温知叢書　12　岸上操編輯　内藤耻叟,小宮山綏介標注　博文館　1981-1914?　1冊　19cm　〈袂入〉
　　内容　牛馬問〔ほか〕
◇西遊草　小山松勝一郎校注　岩波書店　1993.12　549p　15cm(岩波文庫)
◇元禄世間咄風聞集　長谷川強校注　岩波書店　1994.11　330,10p　15cm(岩波文庫)　670円
◇おそ桜の記評釈　松田二郎著　鶴岡「おそ桜の記」刊行会　1996.2　202p　22cm　1800円
◇詩本草　揖斐高校注　岩波書店　2006.8　269p　15cm(岩波文庫)　660円

近世文学(日記・随筆・紀行・記録)

漂流記

【現代語訳】

◇北槎聞略―光太夫ロシヤ見聞記　竹尾弌訳　武蔵野書房　1943　424p　19cm

◇北槎聞略　宮永孝解説・訳　雄松堂出版　1988.11　449p　22cm(海外渡航記叢書1)〈伊勢漂民関係略年表：p421～428　主要参考文献：p441～445〉　6000円

　内容　伊勢漂民関係略年表：p421～428　主要参考文献：p441～445

◇環海異聞　池田晧訳　雄松堂出版　1989.9　387p　図版14枚　22cm(海外渡航記叢書　2)　6180円

◇南海紀聞・東航紀聞・彦蔵漂流記　池田晧解説・訳　雄松堂出版　1991.10　559p　22cm(海外渡航記叢書　4)　7210円

◇北槎聞略　見滝伸忠訳　三戸町(青森県)　見滝伸忠　1991.10　1冊　24cm　〈複製、翻訳および註釈〉

菅江真澄(1754～1829)

【現代語訳】

◇菅江真澄遊覧記　第1　内田武志, 宮本常一編訳　平凡社　1965　245p　18cm(東洋文庫)　450円

◇菅江真澄遊覧記　第2　内田武志, 宮本常一編訳　平凡社　1966　287p　地図　18cm(東洋文庫)　450円

◇菅江真澄遊覧記　第3　内田武志, 宮本常一編訳　平凡社　1967　365p　18cm(東洋文庫)　450円

◇菅江真澄遊覧記　第4　内田武志, 宮本常一編訳　平凡社　1967　308p　18cm(東洋文庫)　450円

◇菅江真澄遊覧記　第5　内田武志, 宮本常一編訳　平凡社　1968　317p　18cm(東洋文庫　第119)　450円

【注釈書】

◇新釈菅江真澄遊覧記　青森県の部　奈良一彦編　青森　奈良きせ　1976　498p　肖像　22cm　非売品

鈴木牧之(1770～1842)

【現代語訳】

◇北越雪譜物語　田村賢一訳・著　新潟　新潟日報事業社　1979.6　224p　19cm〈鈴木牧之年譜：p218～220　参考文献：p222〉

◇北越雪譜―雪ものがたり　浜森太郎訳　東村山　教育社　1980.2　270p　18cm(教育社新書)〈鈴木牧之略年譜・参考文献：p263～270〉

◇秋山紀行―戯作　古谷順一郎訳　松本　郷土出版社　1986.1　300p　19cm

◇北越雪譜―現代語訳　荒木常能訳　三条　野島出版　1996.11　369p　22cm　6180円

◇北越雪譜　池内紀現代語訳・解説　小学館　1997.6　249p　20cm(地球人ライブラリー　35)　1500円

◇秋山紀行―現代語訳　磯部定治訳・解説　恒文社　1998.7　117p　20cm　1800円

◇鈴木牧之の小説―現代語訳　磯部定治訳　三条　野島出版　2003.11　177p　22cm　2400円

　内容　小説広大寺羅　塩治判官一代記　戯作秋山記行

◇北越雪譜物語　田村賢一訳著　新潟　新潟日報事業社　2004.9　215p　19cm(とき選書)〈年譜あり〉　1400円

【注釈書】

◇秋山記行　浅川欽一等校注　長野　信濃教育会出版部　1962　255p　図版　22cm〈付：鈴木牧之の生涯・著述, 秋山記行の稿本について, 鈴木牧之年表〉

◇北越雪譜　鈴木牧之編撰　京山人百鶴刪定　京水百鶴画　井上慶隆, 高橋実校註　三条　野島出版　1970　350,28p　肖像　18cm〈参考文献・北越雪譜関係略年譜：p.344-348〉　580円

◇秋山記行・夜職草　宮栄二校注　平凡社　1971　337p　18cm(東洋文庫)

◇北越雪譜　井上慶隆, 高橋実校注　改訂版　三条　野島出版　1993.10　357,30p　18cm〈監修：宮栄二　著者の肖像あり〉　1200円

松平定信(1758〜1829)

【現代語訳】

◇詳解全訳 花月草紙新講　金光英夫著　日本書院　1928.2　343p　四六判

◇霞の友―現代語訳 若殿様主松平定信の奥州街道見聞記(江戸〜白河)　橋本登行訳・解説〔白河〕　橋本登行　1987.1　272p　19cm　〈参照文献：p270〜271〉

◇関の秋風―現代語訳 青年藩主松平定信の白河見聞記　橋本登行訳・解説　〔白河〕　橋本登行　1987.1　187p　19cm　〈製作：郡山タイプ組版センター〉

◇山の井―現代語訳 白河藩主松平定信「奥の細道」を行く(白河〜飯坂)　橋本登行訳・解説　〔白河〕　橋本登行　1988.1　236p　19cm　〈参照文献：p234〜236〉

◇狗日記―平和的外交の先覚者松平定信房総を行く　橋本登行訳・解説　〔白河〕　橋本登行　1989.8　192p　19cm　〈参考文献：p189〜192〉

◇禿筆余興―少年松平定信の自然・人生観　橋本登行訳・解説　〔白河〕　橋本登行　1990.3　189p　19cm　〈製作：郡山タイプ組版センター〉

【注釈書】

◇花月双紙新釈　佐野保太郎，服部藤旦著　有精堂書店　1927　373,26p　19cm

◇花月双紙解釈　児玉尊臣著　有精堂　1931.9　81p　四六判(国漢文叢書)

◇花月草紙の解釈　木原義雄著　白帝社　1934.5　123p　四六判(新国漢文叢書)

◇新講 花月草紙　吉松祐一著　学生の友社　1942.8　190p　19cm(学生文化新書　108)

◇花月草紙の精神と釈義　大塚竜夫著　旺文社　1943.7　338p　19cm(古典教養の書)

◇花月草紙新講　岩田九郎著　三省堂　1948　156p　19cm

◇花月草紙新釈　榊十一著　大阪　学修社　1952　113p　19cm

演劇・芸能

【注釈書】

◇近世芸道論　西山松之助ほか校注　岩波書店　1996.2　696p　22cm(日本思想大系新装版―芸の思想・道の思想　6)　5600円

[内容]南方録 南坊宗啓著 西山松之助校注. 立花図屏風 西山松之助注. 立花大全 河井道女著 西山松之助校注. 抛入花伝書 西山松之助校注. 香之書 池三位丸著 西山松之助校注. 兵法家伝書 柳生宗矩著 渡辺一郎校注. 新陰流兵法目録事 柳生宗厳著 渡辺一郎校注. 五輪書・兵法三十五箇条 宮本武蔵著 渡辺一郎校注. 竹子集 宇治加賀掾著 郡司正勝校注. 貞享四年義太夫段物集(序) 竹本義太夫編著 郡司正勝校注. 音曲口伝書 順四軒編著 郡司正勝校注. 老のたのしみ抄 市川柏莚著 郡司正勝校注. 古今役者論語魁 近仁斎著 郡司正勝校注. 戯財録 入我亭我入著 郡司正勝校注. 解説 近世芸道思想の特質とその展開・近世の遊芸論 西山松之助著. 兵法書形成についての一試論 渡辺一郎著. 浄るり・かぶきの芸術論 郡司正勝著

能楽

【現代語訳】

◇大蔵虎明能狂言集―翻刻註解　上巻　大塚光信編　大阪　清文堂出版　2006.7　628p　22cm

◇大蔵虎明能狂言集―翻刻註解　下巻　大塚光信編　大阪　清文堂出版　2006.7　540p　22cm

義太夫節

【注釈書】

◇義太夫名作 浄瑠璃註釈　第1巻　大同館書店　1929.1　432p　20cm

浄瑠璃

【現代語訳】

◇古典日本文学全集　第25　浄瑠璃名作集　宇野信夫訳　筑摩書房　1961　377p 図版 23cm

[内容]菅原伝授手習鑑, 義経千本桜, 仮名手本忠臣蔵, 妹背山婦女庭訓, 新版歌祭文, 伽羅千代萩, 解説(宇野信夫) 浄瑠璃の歴史(守随憲治)

近世文学(演劇・芸能)

文楽鑑賞(岸田劉生) 文五郎芸談(吉田文五郎) 私説浄るりの鑑賞(郡司正勝)

◇古典日本文学全集 第25 浄瑠璃名作集 宇野信夫訳 筑摩書房 1966 377p 図版 23cm 〈普及版〉

内容 菅原伝授手習鑑、義経千本桜、仮名手本忠臣蔵、妹背山婦女庭訓、新版歌祭文、伽羅先代萩。解説(宇野信夫) 浄瑠璃の歴史(守随憲治) 文楽鑑賞(岸田劉生) 文五郎芸談(吉田文五郎) 私説浄るりの鑑賞(郡司正勝)

◇日本の古典 20 歌舞伎・浄瑠璃集 河出書房新社 1973 328p 図 23cm

内容 仮名手本忠臣蔵(竹田出雲、三好松洛、並木千柳著 杉山誠訳)菅原伝授手習鑑(竹田出雲、三好松洛、並木千柳著 戸板康二訳)妹背山婦女庭訓(近松半二著 円地文子訳)五大力恋緘(並木五瓶著 加賀山直三訳)東海道四谷怪談(鶴屋南北著 河野多恵子訳)天衣紛上野初花(河竹黙阿弥著 河竹登志夫訳)作品鑑賞のための古典 役者論語(八文字屋八左衛門著 坂東三津五郎、今尾哲也訳)歌舞伎事始(為永一蝶著 今尾哲也訳)解説(川村二郎)解題(今尾哲也)注釈(池田弥三郎、大笹吉雄)

◇新編日本古典文学全集 77 浄瑠璃集 鳥越文蔵ほか校注・訳 小学館 2002.10 678p 23cm 4657円

内容 仮名手本忠臣蔵 双蝶蝶曲輪日記 妹背山婦女庭訓 碁太平記白石噺

【注釈書】

◇浄瑠璃註評 大和田建樹著 博文館 1893.9 154p 22cm(通俗文学全書 第9編)

◇日本浄瑠璃叢書 山田美妙評注 明法堂 1894 3冊(第1-3巻868p) 23cm

内容 巻1 長町女腹切、淀鯉出世滝徳、曽根崎心中、重井筒、五十年忌歌念仏、心中二枚絵草紙、恋八卦柱暦、堀川波の鼓、卯月の紅葉、卯月の潤色、心中宵庚申、心中万年草、巻2 今宮の心中、心中刃は氷の朔日、夕霧阿波鳴波、冥途の飛脚、生玉心中、鑓権三重帷子、山崎与次兵衛寿の門松、博多小女郎波枕、天の綱島、女殺油地獄、宵ның申、巻3 出世景清、世継曽我、曽我会稽山、本朝三国誌、傾城反魂香、国性爺合戦

◇日本浄瑠璃叢書 山田美妙評注 文修書房 1897.10 3冊(第1-3巻) 23cm 〈表紙、表題紙：日本浄瑠璃叢書 評註近松著作集〉

◇浄瑠璃註釈(傑作百段) 第1,2編 山本九馬亭評註 大阪 浜本明昇堂 1902 2冊(232,238p) 22cm

◇浄瑠璃文句評注なにはみやげ 5巻 穂積以貫著、木下蘭皐都編 上田万年校訂 有朋館 1904 233p 図版 15cm

◇浄瑠璃素人講釈 杉山其日庵著 黒白発行所 1926 417p 20cm

◇浄瑠璃文句評註 なにはみやげ 上田万年校訂 文憲堂 1926 233p 四六判

◇浄瑠璃稀本集一校註 藤井乙男編輯・解説、穎原退蔵校訂 文献書院 1928 324p 19cm

内容 伊勢物語、大曽我、新版腰越状、源頼家鞠治、弁慶誕生記、大福神社考、暦(井原西鶴作)東山殿追善能、道中評判敵討、頼光跡日論、冬牡女夫獅子

◇校註 浄瑠璃稀本集 藤井乙男編 文献書院 1928.11 324p 20cm

◇忠臣蔵浄瑠璃集 小沢愛圀校訂 博文館 1929 765p 20cm(帝国文庫 第11編)

内容 兼好法師あとおひ基盤太平記(近松門左衛門)鬼鹿毛無佐左鐙(紀海音)忠臣金短冊(並木宗助、小川丈助、安田蛙文)仮名手本忠臣蔵(竹田出雲、三好松洛、並木千柳)難波丸金鶏(若竹笛躬、豊竹応津、中邑阿契)いろは歌義臣〔カブト〕(黒蔵主、中邑阿契)高師直塩治判官太平記忠臣講釈(近松半二等)忠臣後日噺(北脇素人等)鎹々武士鑑(近松半二等)時代蒔絵世話模様いろは蔵三組盃(近松半二、近松金三、近松東南)忠臣伊呂波実記(福内鬼外)石高は千五百家数は四十七廓景色雪の茶会(若竹笛躬、丹ржий堂、梅野下風)忠義墳盟約大石(若竹笛躬、中村魚眼、並木千柳)風雅でなし酒落でなし忠臣一方祇園曙(司馬芝叟)

◇義太夫名作 浄瑠璃註釈 第1巻 竹田出雲、三好松洛、並木千柳共著 大同館書店 1929.1 432p 20cm

◇校註 浄瑠璃名作選 荒瀬邦介著 文献書院 1929.4 258p 19cm

内容 冥土の飛脚(近松門左衛門)国性爺合戦(近松門左衛門)鎌倉三代記(紀海音)壇浦兜軍記(文耕堂 長谷川千四)菅原伝授手習鑑(竹田出雲)一谷嫩軍記(並木宗輔)妹背山婦女庭訓(近松半二)

◇評釈 江戸文学叢書 3 大日本雄辯会講談社編 1935-1938？ 1冊 23cm

内容 傑作浄瑠璃集 上 近松時代(樋口慶千代)

◇評釈 江戸文学叢書 4 大日本雄辯会講談社編 1935-1938？ 1冊 23cm

内容 傑作浄瑠璃集 下 隆盛時代(樋口慶千代)

近世文学(演劇・芸能)

◇浄瑠璃名作集　上　近石泰秋校註　大日本雄弁会講談社　1950　380p 図版　19cm(新註国文学叢書)

内容 生写朝顔話,心中紙屋治兵衛,菅原伝授手習鑑,艶容女舞衣,摂州合邦辻

◇浄瑠璃名作集　下　近石泰秋校註　大日本雄弁会講談社　1951　443p 図版　19cm(新註国文学叢書　第106)

内容 絵本太功記,伽羅先代萩,新版歌祭文,義経千本桜,廓文章

◇日本古典文学大系　第52　浄瑠璃集　下　鶴見誠校注　岩波書店　1959　397p 図版　22cm

内容 源平布引滝(並木千柳,三好松洛) 新版歌祭文(近松半二) 鎌倉三代記,伽羅先代萩(奈河亀輔)

◇日本古典文学大系　第51　浄瑠璃集　上　乙葉弘校注　岩波書店　1960　388p 図版　22cm

内容 頼光跡目論,八百屋お七,ひらかな盛衰記,夏祭,浪花鑑,仮名手本忠臣蔵

◇浄瑠璃集　土田衛校注　新潮社　1985.7　415p　20cm(新潮日本古典集成)　2200円

内容 傾城八花形,傾城三度笠,仮名手本忠臣蔵.桂川連理柵.解説 土田衛著

◇新日本古典文学大系　93　竹田出雲・並木宗輔浄瑠璃集　佐竹昭広ほか編　角田一郎,内山美樹子校注　岩波書店　1991.3　612p　22cm

内容 芦屋道満大内鑑,狭夜衣鴛鴦剣翅.新うすゆき物語.義経千本桜.解説

◇新日本古典文学大系　94　近松半二江戸作者浄瑠璃集　内山美樹子,延広真治校注　岩波書店　1996.9　584p　22cm　4200円

内容 伊賀越道中双六.絵本太功記.伊達競阿国戯場. 付録 仮名写安土問答.蛭小嶋武勇問答 第4(抄) 三日太平記 第5(抄)『絵本太功記』『太閤真顕記』対応表.人形一覧. 解説 内山美樹子,延広真治著

◇新日本古典文学大系　90　古浄瑠璃説経集　信多純一,阪口弘之校注　岩波書店　1999.12　581p　22cm　4600円

内容 浄瑠璃御前物語　ほり江巻双紙　をぐりかるかや　さんせう太夫　阿弥陀の胸割　牛王の姫　公平甲論　一心二河白道

◆説経節・説経浄瑠璃

【注釈書】

◇説経節　荒木繁,山本吉左右編注　平凡社　1973　361p　18cm(東洋文庫　243)　800円

内容 山椒太夫,苅萱,信徳丸,愛護若,小栗判官,信太妻. 解説・解題(荒木繁) 説経節の語りと構造(山本吉左右)

◇説経集　室木弥太郎校注　新潮社　1977.1　461p　20cm(新潮日本古典集成)　1900円

内容 かるかや,さんせう太夫,しんとく丸,をぐり,あいごの若,まつら長者 解説

◇新日本古典文学大系　90　古浄瑠璃説経集　信多純一,阪口弘之校注　岩波書店　1999.12　581p　22cm　4600円

内容 浄瑠璃御前物語　ほり江巻双紙　をぐりかるかや　さんせう太夫　阿弥陀の胸割　牛王の姫　公平甲論　一心二河白道

◆文楽

【注釈書】

◇日本古典文学大系　第99　文楽浄瑠璃集　祐田善雄校注　岩波書店　1965　472p 図版　22cm

内容 菅原伝授手習鑑,義経千本桜,一谷嫩軍記,妹背山婦女庭訓,艶容女舞衣,摂州合邦辻,伊賀越道中双六,絵本太功記

◆紀海音(1663〜1742)

【現代語訳】

◇日本古典文学全集　45　浄瑠璃集　横山正校注・訳　小学館　1971　630p 図　23cm

内容 椀久末松山(紀海音) 袂の白しぼり(紀海音) 傾城三度笠(紀海音) 八百やお七(紀海音) 二十五年忌(紀海音) ふたつ腹帯(紀海音) 壇浦兜軍記(文耕堂,長谷川千四) 菅原伝授手習鑑(竹田出雲)

【注釈書】

◇帝国文庫　第11篇　博文館　1929　765p　20cm

内容 忠臣蔵浄瑠璃集(小沢愛圀校訂) 兼好法師あとおひ　碁盤太平記(近松門左衛門) 鬼鹿毛無

日本古典文学案内－現代語訳・注釈書　335

近世文学(演劇・芸能)

佐志鐙(紀海音) 忠臣金短冊(並木宗輔 小川文助 安田蛙文) 仮名手本忠臣蔵(竹田出雲 三好松洛 並木千柳) 難波丸金鶏(若竹笛躬 豊竹応津 中邑阿契) 高師直塩治判官 太平記忠臣講釈(近松半二 三好松洛 竹田文吉 竹田小出 筑田平七 竹本三郎兵衛) 忠臣後日噺(北脇素全 中邑阿契 豊芦州 若竹笛躬) 躾方武士像(近松半二 松田ばく 寺田兵蔵 栄善平 松本三郎兵衛) 時代蒔絵世話模様 いろは蔵三組盃(近松半二 近松ўǔ 近松東南) 忠臣伊呂波実記(福内鬼外) 石高は千五百вист数は四十七 廓景色雪の茶会(若竹笛躬 丹青堂梅野下風) 忠義塾約大石(若竹笛躬 中村魚眼 並木千柳) 風雅でなし 洒落でなし 忠臣一力祇園曙(司馬芝叟) いろは歌義臣兜(黒蔵主 中邑阿契)

◆竹田出雲(二世)(1691～1756)

【注釈書】

◇新日本古典文学大系 93 竹田出雲・並木宗輔浄瑠璃集 佐竹昭広ほか編 角田一郎, 内山美樹子校注 岩波書店 1991.3 612p 22cm 4000円

◆◆仮名手本忠臣蔵(江戸中期)

【現代語訳】

◇物語日本文学 藤村作他訳 至文堂 1937.12
　[内容] 竹田出雲名作集

◇仮名手本忠臣蔵 藤村作訳 至文堂 1953 238p 19cm(物語日本文学 第29)

◇古典日本文学全集 第25 浄瑠璃名作集 宇野信夫訳 筑摩書房 1961 377p 図版 23cm
　[内容] 菅原伝授手習鑑, 義経千本桜, 仮名手本忠臣蔵, 妹背山婦女庭訓, 新版歌祭文, 伽羅千代萩, 解説(宇野信夫) 浄瑠璃の歴史(守随憲治) 文楽鑑賞(岸田劉生) 文五郎芸談(吉田文五郎) 私説浄るりの鑑賞(郡司正勝)

◇古典日本文学全集 第25 浄瑠璃名作集 宇野信夫訳 筑摩書房 1966 377p 図版 23cm 〈普及版〉
　[内容] 菅原伝授手習鑑, 義経千本桜, 仮名手本忠臣蔵, 妹背山婦女庭訓, 新版歌祭文, 伽羅先代萩. 解説(宇野信夫) 浄瑠璃の歴史(守随憲治) 文楽鑑賞(岸田劉生) 文五郎芸談(吉田文五郎) 私説浄るりの鑑賞(郡司正勝)

◇日本の古典 20 歌舞伎・浄瑠璃集 河出書房新社 1973 328p 図 23cm

　[内容] 仮名手本忠臣蔵(竹田出雲, 三好松洛, 並木千柳著 杉山誠訳) 菅原伝授手習鑑(竹田出雲, 三好松洛, 並木千柳著 戸板康二訳) 妹背山婦女庭訓(近松半二著 円地文子訳) 五大力恋緘(並木五瓶著 加賀山直三訳) 東海道四谷怪談(鶴屋南北著 河野多恵子訳) 天衣紛上野初花(河竹黙阿弥著 河竹登志夫訳) 作品鑑賞のための古典 役者論語(八文字屋八左衛門著 坂東三津五郎, 今尾哲也訳) 歌舞伎始(為永一蝶著 今尾哲也訳) 解説(川村二郎) 解題(今尾哲也) 注釈(池田弥三郎, 大笹吉雄)

◇新編日本古典文学全集 77 浄瑠璃集 鳥越文蔵ほか校注・訳 小学館 2002.10 678p 23cm 4657円
　[内容] 仮名手本忠臣蔵 双蝶蝶曲輪日記 妹背山婦女庭訓 碁太平記白石噺

◇仮名手本忠臣蔵—江戸を熱狂させた仇討ちと悲恋 戸板康二著 世界文化社 2006.12 175p 24cm(日本の古典に親しむ ビジュアル版 11) 〈年表あり〉 2400円

【注釈書】

◇仮名手本忠臣蔵(古今四十七大家評註) 南茂樹編 朝野書店 1911.1 328p 22cm

◇仮名手本忠臣蔵 吉村重徳校註 大同館 1938.1 432p 四六判

◇仮名手本忠臣蔵—評解 竹田出雲等著 藤野義雄評註 碩学書房 1951 232p 図版 19cm(近世戯曲叢書)

◇竹田出雲集 鶴見誠校註 朝日新聞社 1956 392p 19cm(日本古典全書)
　[内容] 菅原伝授手習鑑, 義経千本桜, 仮名手本忠臣蔵

◇仮名手本忠臣蔵 竹田出雲等著 土田衛, 白方勝校注 笠間書院 1971 202p 22cm 600円

◇仮名手本忠臣蔵—解釈と研究 上 藤野義雄著 桜楓社 1974 311p 22cm 3800円

◇仮名手本忠臣蔵—解釈と研究 中 藤野義雄著 桜楓社 1975 312-590p 22cm 3800円

◇仮名手本忠臣蔵—解釈と研究 下 藤野義雄著 桜楓社 1975 591-827p 22cm 3800円

近世文学(演劇・芸能)

◆◆菅原伝授手習鑑(江戸中期)

【現代語訳】

◇日本国民文学全集　第13　近松名作集　河出書房　1956　332p 図版　22cm

　内容　曽根崎心中(宇野信夫訳) 堀川波鼓(田中澄江訳) 心中万年草(高野正巳訳) 傾城反魂香(北条秀司訳) 冥途の飛脚(高野正巳訳) 国性爺合戦(飯沢匡訳) 博多小女郎浪枕(北条秀司訳) 心中天の網島(田中澄江訳) 女殺油地獄(宇野信夫訳) 心中宵庚申(巖谷真一訳) 附：菅原伝授手習鑑(竹田出雲, 並木千柳, 三好松洛著 河竹登志夫訳) 妹背山婦女庭訓(近松半二作 宇野信夫訳)

◇古典日本文学全集　第25　浄瑠璃名作集　宇野信夫訳　筑摩書房　1961　377p 図版　23cm

　内容　菅原伝授手習鑑, 義経千本桜, 仮名手本忠臣蔵, 妹背山婦女庭訓, 新版歌祭文, 伽羅千代萩, 解説(宇野信夫) 浄瑠璃の歴史(守随憲治) 文楽鑑賞(岸田劉生) 文五郎芸談(吉田文五郎) 私説浄るりの鑑賞(郡司正勝)

◇古典日本文学全集　第25　浄瑠璃名作集　宇野信夫訳　筑摩書房　1966　377p 図版　23cm　〈普及版〉

　内容　菅原伝授手習鑑, 義経千本桜, 仮名手本忠臣蔵, 妹背山婦女庭訓, 新版歌祭文, 伽羅先代萩. 解説(宇野信夫) 浄瑠璃の歴史(守随憲治) 文楽鑑賞(岸田劉生) 文五郎芸談(吉田文五郎) 私説浄るりの鑑賞(郡司正勝)

◇日本古典文学全集　45　浄瑠璃集　横山正校注・訳　小学館　1971　630p 図　23cm

　内容　椀久末松山(紀海音) 袂の白しぼり(紀海音) 傾城三度笠(紀海音) 八百やお七(紀海音) 二十五年忌(紀海音) ふたつ腹帯(紀海音) 壇浦兜軍記(文耕堂, 長谷川千四) 菅原伝授手習鑑(竹田出雲)

◇日本の古典　20　歌舞伎・浄瑠璃集　河出書房新社　1973　328p 図　23cm

　内容　仮名手本忠臣蔵(竹田出雲, 三好松洛, 並木千柳 杉山誠訳) 菅原伝授手習鑑(竹田出雲, 三好松洛, 並木千柳著 戸板康二訳) 妹背山婦女庭訓(近松半二著 円地文子訳) 五大力恋緘(並木五瓶著 加藤山直三訳) 東海道四谷怪談(鶴屋南北著 河野多恵子訳) 天衣紛上野初花(河竹黙阿弥著 河竹登志夫訳) 作品鑑賞のための連　役者論語(八文字屋八左衛門著 坂東三津五郎, 今尾哲也訳) 歌舞伎事始(為永一蝶著 今尾哲也訳) 解説(川村二郎) 解題(今尾哲也) 注釈(池田弥三郎, 大笹吉雄)

【注釈書】

◇浄瑠璃名作集　上　近石泰秋校註　大日本雄弁会講談社　1950　380p 図版　19cm(新註国文学叢書)

　内容　生写朝顔話, 心中紙屋治兵衛, 菅原伝授手習鑑, 艶容女舞衣, 摂州合邦辻

◇竹田出雲集　鶴見誠校註　朝日新聞社　1956　392p　19cm(日本古典全書)

　内容　菅原伝授手習鑑, 義経千本桜, 仮名手本忠臣蔵

◇菅原伝授手習鑑―校注　景山正隆著　笠間書院　1977.9　157p　21cm　800円

◆◆義経千本桜(江戸中期)

【現代語訳】

◇古典日本文学全集　第25　浄瑠璃名作集　宇野信夫訳　筑摩書房　1961　377p 図版　23cm

　内容　菅原伝授手習鑑, 義経千本桜, 仮名手本忠臣蔵, 妹背山婦女庭訓, 新版歌祭文, 伽羅千代萩, 解説(宇野信夫) 浄瑠璃の歴史(守随憲治) 文楽鑑賞(岸田劉生) 文五郎芸談(吉田文五郎) 私説浄るりの鑑賞(郡司正勝)

◇古典日本文学全集　第25　浄瑠璃名作集　宇野信夫訳　筑摩書房　1966　377p 図版　23cm　〈普及版〉

　内容　菅原伝授手習鑑, 義経千本桜, 仮名手本忠臣蔵, 妹背山婦女庭訓, 新版歌祭文, 伽羅先代萩. 解説(宇野信夫) 浄瑠璃の歴史(守随憲治) 文楽鑑賞(岸田劉生) 文五郎芸談(吉田文五郎) 私説浄るりの鑑賞(郡司正勝)

◇現代語訳日本の古典　18　義経千本桜　村上元三著　学習研究社　1980.9　176p　30cm

【注釈書】

◇浄瑠璃名作集　下　近石泰秋校註　大日本雄弁会講談社　1951　443p 図版　19cm(新註国文学叢書　第106)

　内容　絵本太功記, 伽羅先代萩, 新版歌祭文, 義経千本桜, 廓文章

◇竹田出雲集　鶴見誠校註　朝日新聞社　1956　392p　19cm(日本古典全書)

　内容　菅原伝授手習鑑, 義経千本桜, 仮名手本忠臣蔵

近世文学(演劇・芸能)

◇校注義経千本桜　景山正隆著　笠間書院　1980.5　157p　21cm

◇新日本古典文学大系　93　竹田出雲・並木宗輔浄瑠璃集　佐竹昭広ほか編　角田一郎，内山美樹子校注　岩波書店　1991.3　612p　22cm

　[内容] 芦屋道満大内鑑.狭夜衣鴛鴦剣翅.新うすゆき物語.義経千本桜. 解説

◆近松半二(1725〜1783)

【現代語訳】

◇日本国民文学全集　第13　近松名作集　河出書房　1956　332p 図版　22cm

　[内容] 曽根崎心中(宇野信夫訳) 堀川波鼓(田中澄江訳) 心中万年草(高野正巳訳) 傾城反魂香(北条秀司訳) 冥途の飛脚(高野正巳訳) 国性爺合戦(飯沢匡訳) 博多小女郎浪枕(北条秀司訳) 心中天の網島(田中澄江訳) 女殺油地獄(宇野信夫訳) 心中宵庚申(巌谷真一訳) 附：菅原伝授手習鑑(竹田出雲，並木千柳，三好松洛著 河竹登志夫訳) 妹背山婦女庭訓(近松半二作 宇野信夫訳)

【注釈書】

◇妹背山婦女庭訓(新註戯曲)　近松半二等著　春風亭主人(生田目経徳)校　金港堂　1887.6　164p　21cm

◇近松半二集　守随憲治校註　朝日新聞社　1949　424p 図版　19cm(日本古典全書 朝日新聞社編)

◇近松半二浄瑠璃集　2　阪口弘之ほか校訂　国書刊行会　1996.4　494p　20cm(叢書江戸文庫　39)

　[内容] 蘭奢待新田系図 沙加戸弘校訂. 姻袖鏡 阪口弘之，後藤博子校訂. 太平記忠臣講釈 田中直子校訂. 傾城阿波の鳴門 林久美子校訂. 道中亀山噺 安田絹枝校訂. 解説 阪口弘之著

◇新日本古典文学大系　94　近松半二江戸作者浄瑠璃集　内山美樹子，延広真治校注　岩波書店　1996.9　584p　22cm　4200円

　[内容] 伊賀越道中双六.絵本太功記.伊達競阿国戯場. 付録 仮名写安土問答.蛭小嶋武勇問答 第4(抄) 三日太平記 第5(抄)『絵本太功記』『太閤真顕記』対応表.人形一覧.解説 内山美樹子，延広真治著

◆近松門左衛門(1653〜1724)

【現代語訳】

◇世継曽我　武蔵屋叢書閣　1896　23,34p　19cm　〈合刻：金平法問記(著者末詳)〉

◇新訳 近松劇物語　加藤順三著　文献書院　1922　205p　四六判

◇詳註 全訳近松傑作集　1-3　若月保治著　太陽堂　1929-1930　3冊　菊判

◇全訳 近松浄瑠璃選　若月保治著　太陽堂　1934.5　354p　菊判

◇近松集―現代訳日本古典　暉峻康隆著　小学館　1942.10　358p　B6

◇近松世話物集　藤村作訳　至文堂　1953　254p　19cm(物語日本文学)

◇日本古典文学全集　43　近松門左衛門集　1　森修，鳥越文蔵，長友千代治校注・訳　小学館　1972　601p 図　23cm

　[内容] 曽根崎心中，源五兵衛おまん薩摩歌，心中二枚絵草紙，与兵衛おかめひぢりめん卯月の紅葉，堀川波鼓，おなつ清十郎五十年忌歌念仏，跡追心中卯月の潤色，心中重井筒，高野山女人堂，心中万年草，丹波与作待夜の小室節，淀鯉出世滝徳，心中刃は氷の朝日

◇日本古典文学全集　44　近松門左衛門集　2　鳥越文蔵校注・訳　小学館　1975　637p 図　23cm

　[内容] 忠兵衛梅川冥途の飛脚，二郎兵衛おきさ今宮の心中，夕霧阿波鳴渡，長町女腹切，大経師昔暦，嘉平次おさが生玉心中，鑓の権三重帷子，山崎与次兵衛寿の門松，博多小女郎波枕，紙屋治兵衛きいの国や小はる心中天の網島，女殺油地獄，心中宵庚申. 付録：大阪地図，近松略年譜

◇近松集　原道生著　尚学図書　1982.4　508p　20cm(鑑賞日本の古典 16)〈参考文献解題：p429〜437 近松略年譜：p497〜508〉　1800円

◇新編日本古典文学全集　74　近松門左衛門集　1　鳥越文蔵ほか校注・訳　小学館　1997.3　588p　23cm

　[内容] おなつ清十郎五十年忌歌念仏.淀鯉出世滝徳.忠兵衛梅川冥途の飛脚.博多小女郎波枕.女殺油地獄.源五兵衛おまん薩摩歌.丹波与作待夜のこむろぶし.夕霧阿波鳴渡.長町女腹切.山崎与次兵衛寿の門松.解説. 付：略年譜

◇新編日本古典文学全集　75　近松門左衛門集　2　鳥越文蔵ほか校注・訳　小学館　1998.5　669p　23cm

近世文学(演劇・芸能)

|内容| 曾根崎心中　心中二枚絵草紙　与兵衛おかめひじりめん卯月の紅葉　跡追心中卯月の潤色　心中重井筒　高野山女人堂心中万年草　心中刃は氷の朔日　二郎兵衛おきさ今宮の心中　嘉平次おさが生玉心中　紙屋治兵衛きいの国や小はる心中天の網島　心中宵庚申　堀川波鼓　大経師昔暦　鑓の権三重帷子　解説

【注釈書】

◇巣林子評釈・俳諧論・八犬伝諸評答集　饗庭篁村著　饗庭篁村　1893　123,46,78p　22cm　〈早稲田文集よりの合綴 活版〉

◇巣林子撰註　饗庭篁村註　東京専門学校出版部　1902.6　421p　23cm(文学叢書第3篇)

◇博多小女郎浪枕(評釈)　山田美妙評釈　大阪　青木嵩山堂　1902.11　270p　19cm

◇評釈 博多小女郎浪枕　山田美妙釈　青木嵩山堂　1902.11　270,14p　19cm

◇近松傑作全集(新釈挿画)　水谷不倒校訂註釈　早稲田大学出版部　1910　5冊　22cm

◇近松浄瑠璃集　忠見慶造校註　塚本哲三編　有朋堂書店　1917-1918　3冊　18cm(有朋堂文庫　第1輯第39～41冊)

◇新註 近松名作集　近松秋江編　新潮社　1917　492p　三五判

◇解説註釈 大近松全集　木谷蓬吟(正之助)編著　大近松全集刊行会　1922-1925　16冊　19cm

◇近松戯曲新研究　加藤順三著　文献書院　1922　280p　19cm　〈附：心中二枚絵草紙評釈 近松門左衛門著 加藤順三評釈〉

◇近松全集　12巻　藤井紫影校註　大阪　朝日新聞社　1925-1928　12冊　23cm

|内容|第11巻 国性爺後日合戦, 鑓の権三重帷子, 聖徳太子絵伝記, 山崎与次兵衛寿の門松, 日本振袖始, 曽我会稽山, 傾城酒呑童子, 博多小女郎浪枕, 善光寺御堂供養, 本朝三国志, 平家女護嶋, 傾城嶋原蛙合戦　第12巻 井筒業平河内通, 双生隅田川, 日本武尊吾妻鑑, 紙屋治兵衛きいの国や小はる心中天の網島, 後太平記四十八巻目津国女夫池, 女殺油地獄, 信州川中嶋合戦, 唐船噺今国性爺, 心中宵庚申, 関八州繁馬, 源氏長久移徒悦, 暦

◇標註 近松名作選　関根正直選註　明治書院　1925.12　296p　20cm

◇註釈 近松世話物十種選　吉沢義則, 宮田和一郎註　文献書院　1926.2　543,25p

◇近代日本文学大系　第6巻　近松門左衛門集上　国民図書　1927.2　1027,33p　20cm

|内容| 出世景清　大覚僧正御伝記　百日曽我　当流小栗判官　蝉丸　賀古教信七墓廻　曽根崎心中　源五兵衛おまん　薩摩歌　心中重井筒　雪女五枚羽子板　傾城反魂香　心中二枚絵草紙　道具屋おかめ　緋縮緬卯月紅　堀川波鼓　あとおひ心中　卯月の潤色　高野山女人堂　心中萬年草　丹羽与作待夜の小室節　おなつ清十郎　五十年忌歌念仏　淀鯉出世滝徳　三郎兵衛おきさ　今宮心中　心中刃は氷の朔日　夕霧河波鳴渡　忠兵衛梅川　冥土の飛脚　吉野都女楠　嫗山姥　長町女腹切　傾城吉岡染　娥歌加留多　嵯峨天皇甘露雨　附　注釈, 上演人物解説(近松門左衛門)

◇新釈 日本文学叢書　第11巻　内海弘蔵物集高量校註　日本文学叢書刊行会　1928.9　649p　23cm

|内容| 近松門左衛門集―出世景清 長町女腹切 蝉丸 曽根崎心中 傾城反魂香 堀川波鼓 丹波与作 百合若大臣野守鏡 夕霧阿波鳴渡 忠兵衛梅川 冥土の飛脚 国姓爺合戦 槍の権三重帷子 曽我会稽山 博多小女郎浪枕 紙屋治兵衛紀の国屋小春 心中天の網島 女殺油地獄 心中宵庚申 関八州繁馬―

◇近松世話物新釈　有馬賢頼著　名古屋　正文館　1930.8　186p　四六判

◇近松世話物物語全集　上・中・下　藤井乙男校註　冨山房　1942-1944　3冊　B6　4.5円

◇近松門左衛門集　上　高野正巳校註　朝日新聞社　1950　345p 図版　19cm(日本古典全書)

◇校註近松文学選　武蔵野書院　1950　97p　19cm

|内容| 丹波の与作・冥土飛脚 頼桃三郎校註

◇近松門左衛門集　中　高野正巳校註　朝日新聞社　1951　296p 図版　19cm(日本古典全書)

|内容| 碁盤太平記 他6篇

◇近松門左衛門集　下　高野正巳校註　朝日新聞社　1952　300p 図版　19cm(日本古典全書)

|内容| 五十年忌歌念仏, 冥途の飛脚, 国性爺合戦, 鑓の権三重帷子, 心中天の網島, 女殺油地獄

◇評釈国文学大系　第12巻　近松集　大久保忠国著　河出書房　1956　321p　22cm

◇近松世話物集　2　諏訪春雄校注　角川書

近世文学(演劇・芸能)

店　1976.12　589p 図　15cm〈角川文庫〉

◇近松全集　第1巻〜第6巻　藤井乙男校註　京都　思文閣出版　1978.5　6冊　23cm　〈大阪朝日新聞社大正14〜15年刊の複製〉

[内容]第1巻 源氏供養.滝口横笛.舎利.三社託宣.念仏往生記.牛若千人斬.あふひのうへ.赤染衛門栄花物語.藍染川.東山殿日遊.鳥羽恋塚物語.惟喬惟仁位諍.十六夜物語.平女城.つれづれ草.日谷物語.古わらんべ　第2巻 世継曽我.甲子祭.以呂波物語.賢女手習并新暦.津戸三郎.凱陣八島.千載集.薩摩守忠度.盛久.主馬判官盛久.しゅつせ景清.三世相.佐々木大慶.源三位頼政　第3巻 頼朝浜出.大原御幸.信濃源氏木曽物語.弁慶京土産.本朝用文章.花洛受法記.天智天皇.忠臣身替物語.自然居士.ゑぼし折.十二段.大覚僧正御伝記.柏崎　第4巻 日本西王母.都乃富士.ひら仮名太平記.松風村雨東帯鑑.融大臣.弱法師.多田院.釈迦如来誕生会.鎌田兵衛名所記.佐藤忠信廿日正月.当麻中将姫　第5巻 曽我七以呂波.頼朝伊豆日記.根元曽我.百日曽我.当流小栗判官.義経東六法.今川了俊.交武五人男.下関猫魔達.信田小太郎.浦島年代記　第6巻 蝉丸.天鼓.曽我五人兄弟.大磯虎物語.賀古教信七墓廻.一心五戒魂.最明寺殿百人上﨟.曽根崎心中.ゑがらの平太.さつま歌

◇近松全集　第7巻〜第12巻　藤井乙男校註　京都　思文閣出版　1978.5　6冊　23cm　〈大阪朝日新聞社 大正15〜昭和3年刊の複製〉

[内容]第12巻 井筒業平河内通.双生隅田川.日本武尊吾妻鑑.紙屋治兵衛きいの国や小はる心中天の網島.津国女夫池.女殺油地獄.甲斐国妙玄越後謙信信州中嶋合戦.唐船噺今国性爺.心中宵庚申.関八州繋馬.源氏長久移徙悦.暦

◇図説日本の古典　16　集英社　1979.6　218p 28cm　〈企画：秋山虔ほか〉2400円

[内容]近松年譜：p214〜215 各章末：文献

◇近松門左衛門　諏訪春雄,信多純一,辻達也編　新装版　集英社　1989.1　218p 30cm(図説 日本の古典　16)〈近松年譜：p214〜215〉　2800円

[内容]からくり・手妻　近松門左衛門の世界『四条河原芝居歌舞伎図巻』――作品紹介『心中天の網島』――作品紹介 人形の首『国性爺合戦』――作品紹介 人形浄瑠璃の舞台『けいせい仏の原』――作品紹介　近松愛と死の風土　近松門左衛門の生涯　絵尽『上瑠璃』　浄瑠璃本の挿絵―浄瑠璃史に関連して　上方の女―西山宗因を中心として　お家騒動　元禄・享保期の芸能　浪人とかぶき者　近松主要作品解題　近松年譜

◇新日本古典文学大系　91　近松浄瑠璃集　上　佐竹昭広ほか編　松崎仁ほか校注　岩波書店　1993.9　549p 22cm

[内容]世継曽我.せみ丸.曽根崎心中.丹波与作待夜の小室節.百合若大臣野守鏡.碁盤太平記.今宮の心中.大職冠.天神記　解説 松崎仁,原道生著

◇新日本古典文学大系　92　近松浄瑠璃集　下　松崎仁ほか校注　岩波書店　1995.12　533p 22cm　4000円

[内容]双生隅田川.津国女夫池.女殺油地獄.信州川中島合戦.心中宵庚申.関八州繋馬.付録 絵尽し.福都の神勤入.解説 井口洋,大橋正叔著

◇用明天皇職人鑑―ほか 近松時代物現代語訳　工藤慶三郎著　青森　北の街社　1999.11　346p 22cm　4286円

[内容]大職冠　嫗山姥　用明天皇職人鑑　百合若大臣野守鑑　天神記

◆◆女殺油地獄(江戸中期)

【現代語訳】

◇現代語訳国文学全集　第23巻　近松名作集下　河竹繁俊訳　非凡閣　1938.5　1冊　20cm

[内容]国性爺合戦 心中天の網島 夕霧阿波鳴門 寿の門松 女殺油地獄 雪女五枚羽子板 心中宵庚申

◇現代語訳 近松情話　大野勝也訳　堀江書房　1947　251p 19cm

[内容]女殺油地獄,曾根崎心中,夕霧阿波鳴渡,心中天網島,恋の菅笠,長町女切腹,心中二枚絵草紙,博多小女郎浪枕,梅川忠兵衛恋の道行き,心中宵庚申

◇日本古典文学全集―現代語訳　第25巻　近松名作集　高野正巳訳　河出書房　1954　240p 19cm

[内容]曽根崎心中,心中二枚絵草紙,碁磐太平記,堀川波鼓,冥途の飛脚,女殺油地獄

◇日本国民文学全集　第13　近松名作集　河出書房　1956　332p 図版　22cm

[内容]曽根崎心中(宇野信夫訳) 堀川波鼓(田中澄江訳) 心中万年草(高野正巳訳) 傾城反魂香(北条秀司訳) 冥途の飛脚(高野正巳訳) 国性爺合戦(飯沢匡訳) 博多小女郎浪枕(北条秀司訳) 心中天の網島(田中澄江訳) 女殺油地獄(宇野信夫訳) 心中宵庚申(巌谷真一訳) 附：菅原伝授手習鑑(竹田出雲,並木千柳,三好松洛著 河竹登志夫訳) 妹背山婦女庭訓(近松半二作 宇野信夫訳)

◇古典日本文学全集　第24　近松門左衛門

近世文学(演劇・芸能)

集　高野正巳訳　筑摩書房　1959　398p　図版　23cm

内容　世継曽我,曽根崎心中,心中二枚絵草紙,碁盤太平記,堀川波鼓,心中重井筒,心中万年草,冥途の飛脚,国性爺合戦,鑓の権三重帷子,博多小女郎波枕,心中天の網島,女殺油地獄.解説(高野正巳)巣林子の二面(幸田露伴)近松の恋愛観(阿部次郎)心中の成立ち(田中澄江)「堀川波鼓」をめぐって(瓜生忠夫)「国性爺合戦」の検討(小田切秀雄)近松雑感(宇野信夫)近松と時代文化(河竹繁俊)

◇日本文学全集　第10　近松名作集　青野季吉等編　河出書房新社　1961　432p　図版　19cm

内容　曽根崎心中(宇野信夫訳)堀川波鼓(田中澄江訳)心中万年草(高野正巳訳)傾城反魂香(北条秀司訳)冥途の飛脚(高野正巳訳)大経師昔暦(小山祐士訳)国姓爺合戦(飯沢匡訳)鑓の権三重帷子(矢代静一訳)博多小女郎波枕(北条秀司訳)平家女護島(武智鉄二訳)心中天の網島(田中澄江訳)女殺油地獄(宇野信夫訳)心中宵庚申(巌谷槙一訳)注釈(池田弥三郎)年譜(河竹登志夫)解説(河竹登志夫)

◇国民の文学　第14　近松名作集　谷崎潤一郎等編　河出書房新社　1964　432p　図版　19cm

内容　曽根崎心中(宇野信夫訳)堀川波鼓(田中澄江訳)心中万年草(高野正巳訳)傾城反魂香(北条秀司訳)冥途の飛脚(高野正巳訳)大経師昔暦(小山祐士訳)国姓爺合戦(飯沢匡訳)鑓の権三重帷子(矢代静一訳)博多小女郎波枕(北条秀司訳)平家女護島(武智鉄二訳)心中天の網島(田中澄江訳)女殺油地獄(宇野信夫訳)心中宵庚申(巌谷槙一訳)

◇古典日本文学全集　第24　近松門左衛門集　高野正巳訳　筑摩書房　1965　398p　図版　地図　23cm　〈普及版〉

内容　世継曽我,曽根崎心中,心中二枚絵草紙,碁盤太平記,堀川波鼓,心中重井筒,心中万年草,冥途の飛脚,国性爺合戦,鑓の権三重帷子,博多小女郎波枕,心中天の網島,女殺油地獄.解説(高野正巳)巣林子の二面(幸田露伴)近松の恋愛観(阿部次郎)心中の成立ち(田中澄江)「堀川波鼓」をめぐって(瓜生忠夫)「国性爺合戦」の検討(小田切秀雄)近松雑感(宇野信夫)近松と時代文化(河竹繁俊)

◇日本の古典　19　近松門左衛門　河出書房新社　1972　352p　図　23cm

内容　曽根崎心中(宇野信夫訳)堀川波鼓(田中澄江訳)心中万年草(高野正巳訳)傾城反魂香(北条秀司訳)冥途の飛脚(高野正巳訳)大経師昔暦(小山祐士訳)国姓爺合戦(飯沢匡訳)鑓の権三重帷子(矢代静一訳)博多小女郎波枕(北条秀司訳)平家女護島(武智鉄二訳)心中天の網島(田中澄江訳)女殺油地獄(宇野信夫訳)心中宵庚申(巌谷槙一訳)夕霧阿波鳴渡(栗田勇訳)

◇近松世話物集—現代語訳対照　守随憲治訳注　旺文社　1976　390p　16cm(旺文社文庫)〈曽根崎心中,冥途の飛脚,心中天の網島,女殺油地獄,難波みやげ(発端抄)参考文献・年譜:p.377-389〉

◇近松名作集　河出書房新社　1976　437p　図　18cm(日本古典文庫　18)　980円

内容　曽根崎心中(宇野信夫訳)堀川波鼓(田中澄江訳)心中万年草(高野正巳訳)傾城反魂香(北条秀司訳)冥途の飛脚(高野正巳訳)大経師昔暦(小山祐士訳)国姓爺合戦(飯沢匡訳)鑓の権三重帷子(矢代静一訳)博多小女郎波枕(北条秀司訳)平家女護島(武智鉄二訳)心中天の網島(田中澄江訳)女殺油地獄(宇野信夫訳)心中宵庚申(巌谷槙一訳)注釈(池田弥三郎)年譜(河竹登志夫)解説(山崎正和)

◇現代語訳日本の古典　17　女殺油地獄　田中澄江著　学習研究社　1980.1　180p　30cm

◇完訳日本の古典　第56巻　近松門左衛門集　森修,鳥越文蔵校注・訳　小学館　1984.2　389p　20cm　〈曽根崎心中.冥途の飛脚.大経師昔暦.心中天の網島.女殺油地獄. 解説. 参考文献:p376　近松関係略年譜:p377～387〉　1700円

◇近松名作集　宇野信夫ほか訳　河出書房新社　1988.4　437p　18cm(日本古典文庫　18)〈新装版〉　1800円

内容　曽根崎心中　宇野信夫訳. 堀川波鼓　田中澄江訳. 心中万年草—高野山女人堂　高野正巳訳. 傾城反魂香　北条秀司訳. 冥途の飛脚—梅川忠兵衛　高野正巳訳. 大経師昔暦　小山祐士訳. 国性爺合戦　飯沢匡訳. 鑓の権三重帷子　矢代静一訳. 博多小女郎波枕　北条秀司訳. 平家女護島—鬼界が島の場　武智鉄二訳. 心中天の網島　田中澄江訳. 女殺油地獄　宇野信夫訳. 心中宵庚申　巌谷槙一訳. 解説　山崎正和著. 年譜　河竹登志夫編:p420～422

◇近松世話物集　守随憲治訳注　旺文社　1988.5　390p　16cm(対訳古典シリーズ)〈曽根崎心中—付り観音廻り.冥途の飛脚.心中天の網島—紙屋治兵衛きいの国や小はる.女殺油地獄.難波みやげ(発端抄)　参考文献・年譜:p377～389〉　600円

◇新編日本古典文学全集　74　近松門左衛門集　1　鳥越文蔵ほか校注・訳　小学館　1997.3　588p　23cm

内容　おなつ清十郎五十年忌歌念仏.淀鯉出世滝徳.忠兵衛梅川冥途の飛脚.博多小女郎波枕.女

日本古典文学案内—現代語訳・注釈書　　341

近世文学（演劇・芸能）

殺油地獄.源五兵衛おまん薩摩歌.丹波与作待夜のこむろぶし.夕霧阿波鳴渡.長町女腹切.山崎与次兵衛寿の門松.解説.付：略年譜

◇女殺油地獄　田中澄江訳　学習研究社　2002.4　221p　15cm（学研M文庫）　500円

　内容　心中天の網島　女殺油地獄　国性爺合戦　堀川波鼓　鑓の権三重帷子

◇曽根崎心中―現代語訳　高野正巳，宇野信夫，田中澄江，飯沢匡訳　河出書房新社　2008.1　467p　15cm（河出文庫）　860円

　内容　冥途の飛脚/高野正巳/訳. 曽根崎心中/宇野信夫/訳. 堀川波鼓/田中澄江/訳. 心中天の網島. 女殺油地獄/宇野信夫/訳. 国性爺合戦/飯沢匡/訳

【注釈書】

◇瓦全遺稿　武富瓦全（春二）著　大阪　武富奎吉　1912.7　106p　図版　23cm　〈校注女殺油地獄，嵌注補抄，近松研究と節用集，曽根崎雑話〉

◇新釈 日本文学叢書　第11巻　内海弘蔵　物集高量校註　日本文学叢書刊行会　1928.9　649p　23cm

　内容　近松門左衛門集―出世景清 長町女腹切 蝉丸 曽根崎心中 傾城反魂香 堀川波鼓 丹波与作 百合若大臣野守鏡 夕霧阿波鳴渡 忠兵衛梅川 冥土の飛脚 国姓爺合戦 鑓の権三重帷子 曽我會稽山 博多小女郎浪枕 紙屋治兵衛紀の国屋小春 心中天の網島 女殺油地獄 心中宵庚申 関八州繁馬―

◇曽根崎心中 心中天の網島 女殺油地獄　黒木勘蔵校註　改造社　1930.6　256p　菊半裁（改造文庫　第二部 16）

◇近松名作新講―評註　黒羽英男著　武蔵野書院　1957　600p　地図　19cm

　内容　曽根崎心中，丹波与作，冥途の飛脚，心中天の網島，女殺油地獄

◇日本古典文学大系　第49　近松浄瑠璃集 上　重友毅校注　岩波書店　1958　477p　図版　22cm

　内容　曽根崎心中，堀川波鼓，重井筒，丹波与作待夜の小室節，五十年忌歌念仏，冥途の飛脚，夕霧阿波鳴渡，大経師昔暦，鑓の権三重帷子，山崎与次兵衛寿の門松，博多小女郎波枕，心中天の網島，女殺油地獄，心中宵庚申

◇殺しの美学―女殺油地獄・解釈と鑑賞　藤野義雄　大阪　向陽書房　1985.9　166p　21cm　4800円

◆◆傾城反魂香（江戸中期）

【現代語訳】

◇日本国民文学全集　第13　近松名作集　河出書房　1956　332p　図版　22cm

　内容　曽根崎心中（宇野信夫訳）堀川波鼓（田中澄江訳）心中万年草（高野正巳訳）傾城反魂香（北条秀司訳）冥途の飛脚（高野正巳訳）国性爺合戦（飯沢匡訳）博多小女郎浪枕（北条秀司訳）心中天の網島（田中澄江訳）女殺油地獄（宇野信夫訳）心中宵庚申（巌谷真一訳）附：菅原伝授手習鑑（竹田出雲，並木千柳，三好松洛著 河竹登志夫訳）妹背山婦女庭訓（近松半二作 宇野信夫訳）

◇日本文学全集　第10　近松名作集　青野季吉等編　河出書房新社　1961　432p　図版　19cm

　内容　曽根崎心中（宇野信夫訳）堀川波鼓（田中澄江訳）心中万年草（高野正巳訳）傾城反魂香（北条秀司訳）冥途の飛脚（高野正巳訳）大経師昔暦（小山祐士訳）国姓爺合戦（飯沢匡訳）鑓の権三重帷子（矢代静一訳）博多小女郎波枕（北条秀司訳）平家女護島（武智鉄二訳）心中天の網島（田中澄江訳）女殺油地獄（宇野信夫訳）心中宵庚申（巌谷槙一訳）注釈（池田弥三郎）年譜（河竹登志夫）解説（河竹登志夫）

◇国民の文学　第14　近松名作集　谷崎潤一郎等編　河出書房新社　1964　432p　図版　19cm

　内容　曽根崎心中（宇野信夫訳）堀川波鼓（田中澄江訳）心中万年草（高野正巳訳）傾城反魂香（北条秀司訳）冥途の飛脚（高野正巳訳）大経師昔暦（小山祐士訳）国姓爺合戦（飯沢匡訳）鑓の権三重帷子（矢代静一訳）博多小女郎波枕（北条秀司訳）平家女護島（武智鉄二訳）心中天の網島（田中澄江訳）女殺油地獄（宇野信夫訳）心中宵庚申（巌谷槙一訳）

◇日本の古典　19　近松門左衛門　河出書房新社　1972　352p　図　23cm

　内容　曽根崎心中（宇野信夫訳）堀川波鼓（田中澄江訳）心中万年草（高野正巳訳）傾城反魂香（北条秀司訳）冥途の飛脚（高野正巳訳）大経師昔暦（小山祐士訳）国姓爺合戦（飯沢匡訳）鑓の権三重帷子（矢代静一訳）博多小女郎波枕（北条秀司訳）平家女護島（武智鉄二訳）心中天の網島（田中澄江訳）女殺油地獄（宇野信夫訳）心中宵庚申（巌谷槙一訳）夕霧阿波鳴渡（栗田勇訳）

◇近松名作集　河出書房新社　1976　437p　図　18cm（日本古典文庫　18）　980円

　内容　曽根崎心中（宇野信夫訳）堀川波鼓（田中澄江訳）心中万年草（高野正巳訳）傾城反魂香（北条秀司訳）冥途の飛脚（高野正巳訳）大経師昔

近世文学(演劇・芸能)

暦(小山祐士訳) 国性爺合戦(飯沢匡訳) 鑓の権三帷子(矢代静一訳) 博多小女郎波枕(北条秀司訳) 平家女護島(武智鉄二訳) 心中天の網島(田中澄江訳) 女殺油地獄(宇野信夫訳) 心中宵庚申(巌谷槇一訳) 注釈(池田弥三郎) 年譜(河竹登志夫) 解説(山崎正和)

◇近松名作 宇野信夫ほか訳 河出書房新社 1988.4 437p 18cm(日本古典文庫 18)〈新装版〉 1800円

[内容]曽根崎心中 宇野信夫訳. 堀川波鼓 田中澄江訳. 心中万年草—高野山女人堂 高野正巳訳. 傾城反魂香 北条秀司訳. 冥途の飛脚—梅川忠兵衛 高野正巳訳. 大経師昔暦 小山祐士訳. 国性爺合戦 飯沢匡訳. 鑓の権三重帷子 矢代静一訳. 博多小女郎波枕 北条秀司訳. 平家女護島—鬼界が島の場 武智鉄二訳. 心中天の網島 田中澄江訳. 女殺油地獄 宇野信夫訳. 心中宵庚申 巌谷槇一訳. 解説 山崎正和著. 年譜 河竹登志夫編:p420〜422

◇新編日本古典文学全集 76 近松門左衛門集 3 鳥越文蔵ほか校注・訳 小学館 2000.10 574p 23cm 4657円

[内容]出世景清 用明天皇職人鑑 けいせい反魂香 国性爺合戦 曽我会稽山 平家女護島

【注釈書】

◇新釈 日本文学叢書 第11巻 内海弘蔵物集高量校註 日本文学叢書刊行会 1928.9 649p 23cm

[内容]近松門左衛門集—出世景清 長町女腹切 蝉丸 曽根崎心中 傾城反魂香 丹波与作 百合若大臣野守鏡 夕霧阿波鳴渡 忠兵衛梅川 冥土の飛脚 国姓爺合戦 槍の権三重帷子 曽我会稽山 博多小女郎浪枕 紙屋治兵衛紀の国屋小春 心中天の網島 女殺油地獄 心中宵庚申 関八州繁馬—

◇日本古典文学大系 第50 近松浄瑠璃集下 守随憲治、大久保忠国校注 岩波書店 1959 406p 図版 22cm

[内容]出世景清, 用明天王職人鑑, けいせい反魂香, 嫗山姥, 国性爺合戦, 平家女護嶋, 附載近松の言説

◆◆国性爺合戦(江戸中期)

【現代語訳】

◇現代語訳国文学全集 第23巻 近松名作集下 河竹繁俊訳 非凡閣 1938.5 1冊 20cm

[内容]国性爺合戦 心中天の網島 夕霧阿波鳴門 寿の門松 女殺油地獄 雪女五枚羽子板 心中宵庚申

◇日本国民文学全集 第13 近松名作集 河出書房 1956 332p 図版 22cm

[内容]曽根崎心中(宇野信夫訳) 堀川波鼓(田中澄江訳) 心中万年草(高野正巳訳) 傾城反魂香(北条秀司訳) 冥途の飛脚(高野正巳訳) 国性爺合戦(飯沢匡訳) 博多小女郎浪枕(北条秀司訳) 心中天の網島(田中澄江訳) 女殺油地獄(宇野信夫訳) 心中宵庚申(巌谷槇一訳) 附:菅原伝授手習鑑(竹田出雲、並木千柳、三好松洛著 河竹登志夫訳) 妹背山婦女庭訓(近松半二作 宇野信夫訳)

◇日本文学全集 第10 近松名作集 青野季吉等編 河出書房新社 1961 432p 図版 19cm

[内容]曽根崎心中(宇野信夫訳) 堀川波鼓(田中澄江訳) 心中万年草(高野正巳訳) 傾城反魂香(北条秀司訳) 冥途の飛脚(高野正巳訳) 大経師昔暦(小山祐士訳) 国姓爺合戦(飯沢匡訳) 鑓の権三重帷子(矢代静一訳) 博多小女郎波枕(北条秀司訳) 平家女護島(武智鉄二訳) 心中天の網島(田中澄江訳) 女殺油地獄(宇野信夫訳) 心中宵庚申(巌谷槇一訳) 注釈(池田弥三郎) 年譜(河竹登志夫) 解説(河竹登志夫)

◇国民の文学 第14 近松名作集 谷崎潤一郎等編 河出書房新社 1964 432p 図版 19cm

[内容]曽根崎心中(宇野信夫訳) 堀川波鼓(田中澄江訳) 心中万年草(高野正巳訳) 傾城反魂香(北条秀司訳) 冥途の飛脚(高野正巳訳) 大経師昔暦(小山祐士訳) 国姓爺合戦(飯沢匡訳) 鑓の権三重帷子(矢代静一訳) 博多小女郎波枕(北条秀司訳) 平家女護島(武智鉄二訳) 心中天の網島(田中澄江訳) 女殺油地獄(宇野信夫訳) 心中宵庚申(巌谷槇一訳)

◇古典日本文学全集 第24 近松門左衛門集 高野正巳訳 筑摩書房 1965 398p 図版 地図 23cm 〈普及版〉

[内容]世継曽我, 曽根崎心中, 心中二枚絵草紙, 碁盤太平記, 堀川波鼓, 心中重井筒, 心中万年草, 冥途の飛脚, 国性爺合戦, 鑓の権三重帷子, 博多小女郎波枕, 心中天の網島, 女殺油地獄. 解説(高野正巳) 巣林子の二面(幸田露伴) 近松の恋愛観(阿部次郎) 心中の成立ち(田中澄江) 「堀川波鼓」をめぐって(瓜生忠夫) 「国性爺合戦」の検討(小田切秀雄) 近松雑感(宇野信夫) 近松と時代文化(河竹繁俊)

◇日本の古典 19 近松門左衛門 河出書房新社 1972 352p 図 23cm

[内容]曽根崎心中(宇野信夫訳) 堀川波鼓(田中澄江訳) 心中万年草(高野正巳訳) 傾城反魂香(北条秀司訳) 冥途の飛脚(高野正巳訳) 大経師

近世文学(演劇・芸能)

昔暦(小山祐士訳) 国性爺合戦(飯沢匡訳) 鑓の権三重帷子(矢代静一訳) 博多小女郎波枕(北条秀司訳) 平家女護島(武智鉄二訳) 心中天の網島(田中澄江訳) 女殺油地獄(宇野信夫訳) 心中宵庚申(巌谷槇一訳) 夕霧阿波鳴渡(栗田勇訳)

◇近松名作集　河出書房新社　1976　437p 図　18cm(日本古典文庫　18)　980円

内容 曽根崎心中(宇野信夫訳) 堀川波鼓(田中澄江訳) 心中万年草(高野正巳訳) 傾城反魂香(北条秀司訳) 冥途の飛脚(高野正巳訳) 大経師昔暦(小山祐士訳) 国性爺合戦(飯沢匡訳) 鑓の権三帷子(矢代静一訳) 博多小女郎波枕(北条秀司訳) 平家女護島(武智鉄二訳) 心中天の網島(田中澄江訳) 女殺油地獄(宇野信夫訳) 心中宵庚申(巌谷槇一訳) 注釈(池田弥三郎) 年譜(河竹登志夫) 解説(山崎正和)

◇国性爺合戦・曽根崎心中　原道生校注・訳 ほるぷ出版　1987.7　386p　20cm(日本の文学)

◇近松名作集　宇野信夫ほか訳　河出書房新社　1988.4　437p　18cm(日本古典文庫　18)〈新装版〉　1800円

内容 曽根崎心中 宇野信夫訳. 堀川波鼓 田中澄江訳. 心中万年草―高野山女人堂 高野正巳訳. 傾城反魂香 北条秀司訳. 冥途の飛脚―梅川忠兵衛 高野正巳訳. 大経師昔暦 小山祐士訳. 国性爺合戦 飯沢匡訳. 鑓の権三重帷子 矢代静一訳. 博多小女郎波枕 北条秀司訳. 平家女護島―鬼界が島の場 武智鉄二訳. 心中天の網島 田中澄江訳. 女殺油地獄 宇野信夫訳. 心中宵庚申 巌谷槇一訳. 解説 山崎正和著. 年譜 河竹登志夫編：p420～422

◇新編日本古典文学全集　76　近松門左衛門集　3　鳥越文蔵ほか校注・訳　小学館 2000.10　574p　23cm　4657円

内容 出世景清　用明天皇職人鑑　けいせい反魂香　国性爺合戦　曽我会稽山　平家女護島

◇曽根崎心中―現代語訳　高野正巳, 宇野信夫, 田中澄江, 飯沢匡訳　河出書房新社 2008.1　467p　15cm(河出文庫)　860円

内容 冥途の飛脚/高野正巳/訳. 曽根崎心中/宇野信夫/訳. 堀川波鼓/田中澄江/訳. 女殺油地獄/宇野信夫/訳. 国性爺合戦/飯沢匡/訳

◇近松門左衛門名作集　東海道四谷怪談 菅家祐文　学習研究社　2008.2　195p 21cm(超訳日本の古典　11)　1300円

内容 近松門左衛門名作集：国性爺合戦. 丹波与作待夜のこむらぶし 東海道四谷怪談

【注釈書】

◇新釈 日本文学叢書　第11巻　内海弘蔵物集高量校註　日本文学叢書刊行会 1928.9　649p　23cm

内容 近松門左衛門集―出世景清 長町女腹切 蝉丸 曽根崎心中 傾城反魂香 堀川波鼓 丹波与作 百合若大臣野守鏡 夕霧阿波鳴渡 忠兵衛梅川 冥土の飛脚 国姓爺合戦 槍の権三重帷子 曽我会稽山 博多小女郎浪枕 紙屋治兵衛紀の国屋小春 心中天の網島 女殺油地獄 心中宵庚申 関八州繁馬―

◇日本古典文学大系　第50　近松浄瑠璃集下　守随憲治, 大久保忠国校注　岩波書店 1959　406p 図版　22cm

内容 出世景清, 用明天王職人鑑, けいせい反魂香, 嫗山姥, 国性爺合戦, 平家女護嶋, 附載近松の言説

◇近松門左衛門集　信多純一校注　新潮社 1986.10　385p　20cm(新潮日本古典集成) 2100円

内容 世継曽我. 曽根崎心中. 心中重井筒. 国性爺合戦. 心中天の網島. 解説 信多純一著. 近松門左衛門略年譜：p369～371

◆◆出世景清(江戸中期)

【現代語訳】

◇新編日本古典文学全集　76　近松門左衛門集　3　鳥越文蔵ほか校注・訳　小学館 2000.10　574p　23cm　4657円

内容 出世景清　用明天皇職人鑑　けいせい反魂香　国性爺合戦　曽我会稽山　平家女護島

【注釈書】

◇新釈 日本文学叢書　第11巻　内海弘蔵物集高量校註　日本文学叢書刊行会 1928.9　649p　23cm

内容 近松門左衛門集―出世景清 長町女腹切 蝉丸 曽根崎心中 傾城反魂香 堀川波鼓 丹波与作 百合若大臣野守鏡 夕霧阿波鳴渡 忠兵衛梅川 冥土の飛脚 国姓爺合戦 槍の権三重帷子 曽我会稽山 博多小女郎浪枕 紙屋治兵衛紀の国屋小春 心中天の網島 女殺油地獄 心中宵庚申 関八州繁馬―

◇日本古典文学大系　第50　近松浄瑠璃集下　守随憲治, 大久保忠国校注　岩波書店 1959　406p 図版　22cm

内容 出世景清, 用明天王職人鑑, けいせい反魂

近世文学(演劇・芸能)

香、嫗山姥、国性爺合戦、平家女護嶋、附載近松の言説

◆◆心中天網島(江戸中期)

【現代語訳】

◇現代語訳国文学全集　第22巻　近松名作集上　河竹繁俊訳　非凡閣 1937.6　1冊　20cm

　内容　博多小女郎波枕 曽根崎心中 鑓の権三重帷巾 出世景清 傾城反魂香 忠兵衛梅川冥途の飛脚 曽我会稽山

◇現代語訳国文学全集　第23巻　近松名作集下　河竹繁俊訳　非凡閣 1938.5　1冊　20cm

　内容　国性爺合戦 心中天の網島 夕霧阿波鳴門 寿の門松 女殺油地獄 雪女五枚羽子板 心中宵庚申

◇現代語訳 近松情話　大野勝也訳　堀江書房　1947　251p　19cm

　内容　女殺油地獄、曽根崎心中、夕霧阿波鳴渡、心中天網島、恋の菅笠、長町女切腹、心中二枚絵草紙、博多小女郎浪枕、梅川忠兵衛恋の道行き、心中宵康申

◇日本国民文学全集　第13　近松名作集　河出書房　1956　332p 図版　22cm

　内容　曽根崎心中(宇野信夫訳) 堀川波鼓(田中澄江訳) 心中万年草(高野正巳訳) 傾城反魂香(北条秀司訳) 冥途の飛脚(高野正巳訳) 国性爺合戦(飯沢匡訳) 博多小女郎浪枕(北条秀司訳) 心中天の網島(田中澄江訳) 女殺油地獄(宇野信夫訳) 心中宵庚申(巌谷真一訳) 附：菅原伝授手習鑑(竹田出雲、並木千柳、三好松洛著 河竹登志夫訳) 妹背山婦女庭訓(近松半二作 宇野信夫訳)

◇古典日本文学全集　第24　近松門左衛門集　高野正巳訳　筑摩書房　1959　398p 図版　23cm

　内容　世継曽我、曽根崎心中、心中二枚絵草紙、碁盤太平記、堀川波鼓、心中重井筒、心中万年草、冥途の飛脚、国性爺合戦、鑓の権三重帷子、博多小女郎波枕、心中天の網島、女殺油地獄、解説(高野正巳) 巣林子の二面(幸田露伴) 近松の恋愛観(阿部次郎) 心中の成立ち(田中澄江) 「堀川波鼓」をめぐって(瓜生忠夫) 「国性爺合戦」の検討(小田切秀雄) 近松雑感(宇野信夫) 近松と時代文化(河竹繁俊)

◇日本文学全集　第10　近松名作集　青野季吉等編　河出書房新社　1961　432p 図版　19cm

　内容　曽根崎心中(宇野信夫訳) 堀川波鼓(田中澄江訳) 心中万年草(高野正巳訳) 傾城反魂香(北条秀司訳) 冥途の飛脚(高野正巳訳) 大経師昔歴(小山祐士訳) 国姓爺合戦(飯沢匡訳) 鑓の権三重帷子(矢代静一訳) 博多小女郎波枕(北条秀司訳) 平家女護島(武智鉄二訳) 心中天の網島(田中澄江訳) 女殺油地獄(宇野信夫訳) 心中宵庚申(巌谷槙一訳) 注釈(池田弥三郎) 年譜(河竹登志夫) 解説(河竹登志夫)

◇国民の文学　第14　近松名作集　谷崎潤一郎等編　河出書房新社　1964　432p 図版　19cm

　内容　曽根崎心中(宇野信夫訳) 堀川波鼓(田中澄江訳) 心中万年草(高野正巳訳) 傾城反魂香(北条秀司訳) 冥途の飛脚(高野正巳訳) 大経師昔歴(小山祐士訳) 国性爺合戦(飯沢匡訳) 鑓の権三重帷子(矢代静一訳) 博多小女郎波枕(北条秀司訳) 平家女護島(武智鉄二訳) 心中天の網島(田中澄江訳) 女殺油地獄(宇野信夫訳) 心中宵庚申(巌谷槙一訳)

◇古典日本文学全集　第24　近松門左衛門集　高野正巳訳　筑摩書房　1965　398p 図版 地図　23cm 〈普及版〉

　内容　世継曽我、曽根崎心中、心中二枚絵草紙、碁盤太平記、堀川波鼓、心中重井筒、心中万年草、冥途の飛脚、国性爺合戦、鑓の権三重帷子、博多小女郎波枕、心中天の網島、女殺油地獄. 解説(高野正巳) 巣林子の二面(幸田露伴) 近松の恋愛観(阿部次郎) 心中の成立ち(田中澄江) 「堀川波鼓」をめぐって(瓜生忠夫) 「国性爺合戦」の検討(小田切秀雄) 近松雑感(宇野信夫) 近松と時代文化(河竹繁俊)

◇日本文学全集　第2集 第4　江戸名作集　河出書房新社　1969　432p 図版　20cm 〈監修者：谷崎潤一郎等〉

　内容　曽根崎心中(近松門左衛門作 宇野信夫訳) 堀川波鼓(近松門左衛門作 田中澄江訳) 心中天の網島(近松門左衛門作 田中澄江訳) 雨月物語(上田秋成作 円地文子訳) 東海道中膝栗毛(十返舎一九作 伊馬春部訳) 浮世床(式亭三馬作 久保田万太郎訳)

◇日本の古典　19　近松門左衛門　河出書房新社　1972　352p 図　23cm

　内容　曽根崎心中(宇野信夫訳) 堀川波鼓(田中澄江訳) 心中万年草(高野正巳訳) 傾城反魂香(北条秀司訳) 冥途の飛脚(高野正巳訳) 大経師昔歴(小山祐士訳) 国性爺合戦(飯沢匡訳) 鑓の権三重帷子(矢代静一訳) 博多小女郎波枕(北条秀司訳) 平家女護島(武智鉄二訳) 心中天の網島(田中澄江訳) 女殺油地獄(宇野信夫訳) 心中宵庚申(巌谷槙一訳) 夕霧阿波鳴渡(栗田勇訳)

◇日本古典文学全集　44　近松門左衛門集2　鳥越文蔵校注・訳　小学館　1975

日本古典文学案内－現代語訳・注釈書　345

近世文学(演劇・芸能)

637p 図 23cm

内容 忠兵衛梅川冥途の飛脚, 二郎兵衛おきさ今宮の心中, 夕霧阿波鳴渡, 長町女腹切, 大経師昔暦, 嘉平次おさが生玉心中, 鑓の権三重帷子, 山崎与次兵衛寿の門松, 博多小女郎波枕, 紙屋治兵衛きいの国や小はる心中天の網島, 女殺油地獄, 心中宵庚申. 付録: 大阪地図, 近松略年譜

◇近松世話物集—現代語訳対照 守随憲治訳注 旺文社 1976 390p 16cm(旺文社文庫)

内容 曽根崎心中, 冥途の飛脚, 心中天の網島, 女殺油地獄, 難波みやげ(発端抄) 参考文献・年譜: p.377-389

◇近松名作集 河出書房新社 1976 437p 図 18cm(日本古典文庫 18) 980円

内容 曽根崎心中(宇野信夫訳) 堀川波鼓(田中澄江訳) 心中万年草(高野正巳訳) 傾城反魂香(北条秀司訳) 冥途の飛脚(高野正巳訳) 大経師昔暦(小山祐士訳) 国性爺合戦(飯沢匡訳) 鑓の権三帷子(矢代静一訳) 博多小女郎波枕(北条秀司訳) 平家女護島(武智鉄二訳) 心中天の網島(田中澄江訳) 女殺油地獄(宇野信夫訳) 心中宵庚申(巌谷槇一訳) 注釈(池田弥三郎) 年譜(河竹登志夫) 解説(山崎正和)

◇完訳日本の古典 第56巻 近松門左衛門集 森修, 鳥越文蔵校注・訳 小学館 1984.2 389p 20cm 1700円

内容 曽根崎心中.冥途の飛脚.大経師昔暦.心中天の網島.女殺油地獄. 解説. 参考文献: p376 近松関係略年譜: p377~387

◇心中天網島 水上勉訳 世界文化社 1986.1 23cm(特選日本の古典 グラフィック版 第10巻)

◇田中澄江の心中天の網島 田中澄江著 集英社 1986.3 263p 19cm(わたしの古典 17) 〈編集: 創美社〉 1400円

内容 曾根崎心中 堀川波鼓 冥途の飛脚 大経師昔暦 国性爺合戦 心中天の網島 女殺油地獄

◇近松名作集 宇野信夫ほか訳 河出書房新社 1988.4 437p 18cm(日本古典文庫 18) 〈新装版〉 1800円

内容 曽根崎心中 宇野信夫訳. 堀川波鼓 田中澄江訳. 心中万年草—高野山女人堂 高野正巳訳. 傾城反魂香 北条秀司訳. 冥途の飛脚—梅川忠兵衛 高野正巳訳. 大経師昔暦 小山祐士訳. 国性爺合戦 飯沢匡訳. 鑓の権三重帷子 矢代静一訳. 博多小女郎波枕 北条秀司訳. 平家女護島—鬼界が島の場 武智鉄二訳. 心中天の網島 田中澄江訳. 女殺油地獄 宇野信夫訳. 心中宵庚申 巌谷槇一訳. 解説 山崎正和著. 年譜 河竹登志夫編: p420~422

◇近松世話物集 守随憲治訳注 旺文社 1988.5 390p 16cm(対訳古典シリーズ) 600円

内容 曽根崎心中—付り観音廻り.冥途の飛脚.心中天の網島—紙屋治兵衛きいの国や小はる.女殺油地獄.難波みやげ(発端抄) 参考文献・年譜: p377~389

◇田中澄江の心中天の網島 田中澄江著 集英社 1996.5 281p 15cm(わたしの古典) 680円

内容 曾根崎心中 堀川波鼓 冥途の飛脚 大経師昔暦 国性爺合戦 心中天の網島 女殺油地獄

◇新編日本古典文学全集 75 近松門左衛門集 2 鳥越文蔵ほか校注・訳 小学館 1998.5 669p 23cm

内容 曾根崎心中 心中二枚絵草紙 与兵衛おかめひじりめん卯月の紅葉 跡追心中卯月の潤色 心中重井筒 高野山女人堂心中万年草 心中刃は氷の朔日 二郎兵衛おきさ今宮の心中 嘉平次おさが生玉心中 紙屋治兵衛きいの国や小はる心中天の網島 心中宵庚申 堀川波鼓 大経師昔暦 鑓の権三重帷子 解説

◇曽根崎心中—現代語訳 高野正巳, 宇野信夫, 田中澄江, 飯沢匡訳 河出書房新社 2008.1 467p 15cm(河出文庫) 860円

内容 冥途の飛脚/高野正巳/訳. 曽根崎心中/宇野信夫/訳. 堀川波鼓/田中澄江/訳. 心中天の網島/田中澄江/訳. 女殺油地獄/宇野信夫/訳. 国性爺合戦/飯沢匡/訳

◇雨月物語 冥途の飛脚 心中天の網島 高田衛校訂・訳 阪口弘之校訂・訳 山根為雄校訂・訳 小学館 2008.7 317p 20cm(日本の古典をよむ 19) 1800円

【注釈書】

◇天の網嶋—近松評釈 佐々醒雪著 明治書院 1901 162p 23cm(近代文学評釈 第2編)

◇天の網島 佐々醒雪著 明治書院 1901.7 162p 23cm(近代文学評釈 第2編)

◇近松評釈 天の網島 佐々政一釈 5版 明治書院 1922.11 162p 22cm

◇新釈日本文学叢書 第11巻 内海弘蔵 物集高量校註 日本文学叢書刊行会 1928.9 649p 23cm

近世文学(演劇・芸能)

> 内容 近松門左衛門集—出世景清 長町女腹切 蝉丸 曽根崎心中 傾城反魂香 堀川波鼓 丹波与作 百合若大臣野守鏡 夕霧阿波鳴渡 忠兵衛梅川 冥土の飛脚 国姓爺合戦 槍の権三重帷子 曽我会稽山 博多小女郎浪枕 紙屋治兵衛紀の国屋小春 心中天の網島 女殺油地獄 心中宵庚申 関八州繋馬—

◇曽根崎心中 心中天の網島 女殺油地獄　黒木勘蔵校註　改造社　1930.6　256p 菊半截(改造文庫　第二部 16)

◇近松文学選　荒木繁校註　武蔵野書院　1950　108p 19cm

> 内容 大経寺昔歴, 心中天の網島

◇近松名作新講—評註　黒羽英男著　武蔵野書院　1957　600p 地図　19cm

> 内容 曽根崎心中, 丹波与作, 冥途の飛脚, 心中天の網島, 女殺油地獄

◇日本古典文学大系　第49　近松浄瑠璃集 上　重友毅校注　岩波書店　1958　477p 図版　22cm

> 内容 曽根崎心中, 堀川波鼓, 重井筒, 丹波与作待夜の小室節, 五十年忌歌念仏, 冥途の飛脚, 夕霧阿波鳴渡, 大経師昔暦, 鑓の権三重帷子, 山崎与次兵衛寿の門松, 博多小女郎浪枕, 心中天の網島, 女殺油地獄, 心中宵庚申

◇心中天の網島—解釈と研究　藤野義雄著　桜楓社　1971　444p 22cm　2800円

◇全講心中天の網島　祐田善雄著　至文堂　1975　444p 23cm　10000円

◇近松門左衛門集　信多純一校注　新潮社　1986.10　385p 20cm(新潮日本古典集成)　2100円

> 内容 世継曽我.曽根崎心中.心中重井筒.国性爺合戦.心中天の網島. 解説 信多純一著. 近松門左衛門略年譜: p369〜371

◇広末保著作集　第9巻　心中天の網島　広末保著　影書房　2000.7　315p 20cm　3800円

◆◆心中宵庚申(江戸中期)

【現代語訳】

◇現代語訳国文学全集　第22巻　近松名作集上　河竹繁俊訳　非凡閣　1937.6　1冊　20cm

> 内容 博多小女郎波枕 曽根崎心中 鑓の権三重帷巾 出世景情 傾城反魂香 忠兵衛梅川冥途の飛脚 曽我会稽山

◇現代語訳国文学全集　第23巻　近松名作集下　河竹繁俊訳　非凡閣　1938.5　1冊　20cm

> 内容 国性爺合戦 心中天の網島 夕霧阿波鳴門 寿の門松 女殺油地獄 雪女五枚羽子板 心中宵庚申

◇現代語訳 近松情話　大野勝也訳　堀江書房　1947　251p 19cm

> 内容 女殺油地獄, 曽根崎心中, 夕霧阿波鳴渡, 心中天網島, 恋の菅笠, 長町女切腹, 心中二枚絵草紙, 博多小女郎浪枕, 梅川忠兵衛恋の道行き, 心中宵康申

◇日本国民文学全集　第13　近松名作集　河出書房　1956　332p 図版　22cm

> 内容 曽根崎心中(宇野信夫訳) 堀川波鼓(田中澄江訳) 心中万年草(高野正巳訳) 傾城反魂香(北条秀司訳) 冥途の飛脚(高野正巳訳) 国性爺合戦(飯沢匡訳) 博多小女郎浪枕(北条秀司訳) 心中天の網島(田中澄江訳) 女殺油地獄(宇野信夫訳) 心中宵庚申(巌谷真一訳) 附: 菅原伝授手習鑑(竹田出雲, 並木千柳, 三好松洛著 河竹登志夫訳) 妹背山婦女庭訓(近松半二作 宇野信夫訳)

◇日本文学全集　第10　近松名作集　青野季吉等編　河出書房新社　1961　432p 図版　19cm

> 内容 曽根崎心中(宇野信夫訳) 堀川波鼓(田中澄江訳) 心中万年草(高野正巳訳) 傾城反魂香(北条秀司訳) 冥途の飛脚(高野正巳訳) 大経師昔歴(小山祐士訳) 国姓爺合戦(飯沢匡訳) 鑓の権三重帷子(矢代静一訳) 博多小女郎波枕(北条秀司訳) 平家女護島(武智鉄二訳) 心中天の網島(田中澄江訳) 女殺油地獄(宇野信夫訳) 心中宵庚申(巌谷槙一訳) 注釈(池田弥三郎)年譜(河竹登志夫) 解説(河竹登志夫)

◇国民の文学　第14　近松名作集　谷崎潤一郎等編　河出書房新社　1964　432p 図版　19cm

> 内容 曽根崎心中(宇野信夫訳) 堀川波鼓(田中澄江訳) 心中万年草(高野正巳訳) 傾城反魂香(北条秀司訳) 冥途の飛脚(高野正巳訳) 大経師昔歴(小山祐士訳) 国姓爺合戦(飯沢匡訳) 鑓の権三重帷子(矢代静一訳) 博多小女郎波枕(北条秀司訳) 平家女護島(武智鉄二訳) 心中天の網島(田中澄江訳) 女殺油地獄(宇野信夫訳) 心中宵庚申(巌谷槙一訳)

◇日本の古典　19　近松門左衛門　河出書房新社　1972　352p 図　23cm

> 内容 曽根崎心中(宇野信夫訳) 堀川波鼓(田中澄江訳) 心中万年草(高野正巳訳) 傾城反魂香(北条秀司訳) 冥途の飛脚(高野正巳訳) 大経師昔歴(小山祐士訳) 国姓爺合戦(飯沢匡訳) 鑓の

近世文学(演劇・芸能)

権三重帷子(矢代静一訳) 博多小女郎波枕(北条秀司訳) 平家女護島(武智鉄二訳) 心中天の網島(田中澄江訳) 女殺油地獄(宇野信夫訳) 心中宵庚申(巌谷槇一訳) 夕霧阿波鳴渡(栗田勇訳)

◇日本古典文学全集　44　近松門左衛門集 2　鳥越文蔵校注・訳　小学館　1975　637p 図　23cm

内容　忠兵衛梅川冥途の飛脚, 二郎兵衛おきさ今宮の心中, 夕霧阿波鳴渡, 長町女腹切, 大経師昔暦, 嘉平次おさが生玉心中, 鑓の権三重帷子, 山崎与次兵衛寿の門松, 博多小女郎波枕, 紙屋治兵衛きいの国や小はる心中天の網島, 女殺油地獄, 心中宵庚申. 付録：大阪地図, 近松略年譜

◇新編日本古典文学全集　75　近松門左衛門集　2　鳥越文蔵ほか校注・訳　小学館　1998.5　669p 23cm

内容　曾根崎心中　心中二枚絵草紙　与兵衛おかめひじりめん卯月の紅葉　傾城反魂香　卯月の潤色　心中重井筒　高野山女人堂心中万年草　心中刃は氷の朔日　二郎兵衛おきさ今宮の心中　嘉平次おさが生玉心中　紙屋治兵衛きいの国や小はる心中天の網島　心中宵庚申　堀川波鼓　大経師昔暦　鑓の権三重帷子　解説

【注釈書】

◇新釈 日本文学叢書　第11巻　内海弘蔵物集高量校註　日本文学叢書刊行会 1928.9　649p　23cm

内容　近松門左衛門集―出世景清 長町女腹切 蝉丸 曾根崎心中 傾城反魂香 堀川波鼓 丹波与作 百合若大臣野守鏡 夕霧阿波鳴渡 忠兵衛梅川 冥土の飛脚 国姓爺合戦 槍の権三重帷子 曽我会稽山 博多小女郎浪枕 紙屋治兵紀の国屋小春 心中天の網島 女殺油地獄 心中宵庚申 関八州繁馬―(同上校注)

◇日本古典文学大系　第49　近松浄瑠璃集 上　重友毅校注　岩波書店　1958　477p 図版　22cm

内容　曾根崎心中, 堀川波鼓, 重井筒, 丹波与作待夜の小室節, 五十年忌歌念仏, 冥途の飛脚, 夕霧阿波鳴渡, 大経師昔暦, 鑓の権三重帷子, 山崎与次兵衛寿の門松, 博多小女郎波枕, 心中天の網島, 女殺油地獄, 心中宵庚申

◆◆曾根崎心中(江戸中期)

【現代語訳】

◇現代語訳 近松情話　大野勝也訳　堀江書房　1947　251p　19cm

内容　女殺油地獄, 曾根崎心中, 夕霧阿波鳴渡, 心中天網島, 恋の菅笠, 長町女切腹, 心中二枚絵草紙, 博多小女郎浪枕, 梅川忠兵衛恋の道行き, 心中宵庚申

◇日本古典文学全集―現代語訳　第25巻 近松名作集　高野正巳訳　河出書房 1954　240p　19cm

内容　曾根崎心中, 心中二枚絵草紙, 碁磐太平記, 堀川波鼓, 冥途の飛脚, 女殺油地獄

◇日本国民文学全集　第13　近松名作集 河出書房　1956　332p 図版　22cm

内容　曾根崎心中(宇野信夫訳) 堀川波鼓(田中澄江訳) 心中万年草(高野正巳訳) 傾城反魂香(北条秀司訳) 冥途の飛脚(高野正巳訳) 国性爺合戦(飯沢匡訳) 博多小女郎浪枕(北条秀司訳) 心中天の網島(田中澄江訳) 女殺油地獄(宇野信夫訳) 心中宵庚申(巌谷真一訳) 附：菅原伝授手習鑑(竹田出雲, 並木千柳, 三好松洛著 河竹登志夫訳) 妹背山婦女庭訓(近松半二作　宇野信夫訳)

◇古典日本文学全集　第24　近松門左衛門集　高野正巳訳　筑摩書房　1959　398p 図版　23cm

内容　世継曽我, 曾根崎心中, 心中二枚絵草紙, 碁盤太平記, 堀川波鼓, 心中重井筒, 心中万年草, 冥途の飛脚, 国性爺合戦, 鑓の権三重帷子, 博多小女郎波枕, 心中天の網島, 女殺油地獄, 解説(高野正巳) 巣林舎の二面(幸田露伴) 近松の恋愛観(阿部次郎) 心中の成立ち(田中澄江)「堀川波鼓」をめぐって(瓜生忠夫)「国性爺合戦」の検討(小田切秀雄) 近松雑感(宇野信夫) 近松と時代文化(河竹繁俊)

◇日本文学全集　第10　近松名作集　青野季吉等編　河出書房新社　1961　432p 図版　19cm

内容　曾根崎心中(宇野信夫訳) 堀川波鼓(田中澄江訳) 心中万年草(高野正巳訳) 傾城反魂香(北条秀司訳) 冥途の飛脚(高野正巳訳) 大経師昔暦(小山祐士訳) 国姓爺合戦(飯沢匡訳) 鑓の権三重帷子(矢代静一訳) 博多小女郎波枕(北条秀司訳) 平家女護島(武智鉄二訳) 心中天の網島(田中澄江訳) 女殺油地獄(宇野信夫訳) 心中宵庚申(巌谷槇一訳) 注釈(池田弥三郎) 年譜(河竹登志夫) 解説(河竹登志夫)

◇国民の文学　第14　近松名作集　谷崎潤一郎等編　河出書房新社　1964　432p 図版　19cm

内容　曾根崎心中(宇野信夫訳) 堀川波鼓(田中澄江訳) 心中万年草(高野正巳訳) 傾城反魂香(北条秀司訳) 冥途の飛脚(高野正巳訳) 大経師昔暦(小山祐士訳) 国姓爺合戦(飯沢匡訳) 鑓の権三重帷子(矢代静一訳) 博多小女郎波枕(北条秀司訳) 平家女護島(武智鉄二訳) 心中天の

近世文学(演劇・芸能)

網島(田中澄江訳) 女殺油地獄(宇野信夫訳) 心中宵庚申(巌谷槙一訳)

◇古典日本文学全集 第24 近松門左衛門集 高野正巳訳 筑摩書房 1965 398p 図版 地図 23cm 〈普及版〉

　内容 世継曽我, 曽根崎心中, 心中二枚絵草紙, 碁盤太平記, 堀川波鼓, 心中重井筒, 心中万年草, 冥途の飛脚, 国性爺合戦, 鑓の権三重帷子, 博多小女郎波枕, 心中天の網島, 女殺油地獄. 解説(高野正巳) 巣林子の二面(幸田露伴) 近松の恋愛観(阿部次郎) 近松の成立ち(田中澄江) 「堀川波鼓」をめぐって(瓜生忠夫) 「国性爺合戦」の検討(小田切秀雄) 近松雑感(宇野信夫) 近松と時代文化(河竹繁俊)

◇日本文学全集 第2集 第4 江戸名作集 河出書房新社 1969 432p 図版 20cm 〈監修者:谷崎潤一郎等〉

　内容 曽根崎心中(近松門左衛門作 宇野信夫訳) 堀川波鼓(近松門左衛門作 田中澄江訳) 心中天の網島(近松門左衛門作 田中澄江訳) 雨月物語(上田秋成作 円地文子訳) 東海道中膝栗毛(十返舎一九作 伊馬春部訳) 浮世床(式亭三馬作 久保田万太郎訳)

◇日本の古典 19 近松門左衛門 河出書房新社 1972 352p 図 23cm

　内容 曽根崎心中(宇野信夫訳) 堀川波鼓(田中澄江訳) 心中万年草(高野正巳訳) 傾城反魂香(北条秀司訳) 大経師昔暦(小山祐士訳) 国性爺合戦(飯沢匡訳) 鑓の権三重帷子(矢代静一訳) 博多小女郎波枕(北条秀司訳) 平家女護島(武智鉄二訳) 心中天の網島(田中澄江訳) 女殺油地獄(宇野信夫訳) 心中宵庚申(巌谷槙一訳) 夕霧阿波鳴渡(栗田勇訳)

◇日本古典文学全集 43 近松門左衛門集 1 森修, 鳥越文蔵, 長友千代治校注・訳 小学館 1972 601p 図 23cm

　内容 曽根崎心中, 源五兵衛おまん薩摩歌, 心中二枚絵草紙, 与兵衛おかめひぢりめん卯月の紅葉, 堀川波鼓, おなつ清十郎五十年忌歌念仏, 跡追心中卯月の潤色, 心中重井筒, 高野山女人堂心中万年草, 丹波与作待夜の小室節, 淀鯉出世滝徳, 心中刃は氷の朔日

◇日本古典文学全集 44 近松門左衛門集 2 鳥越文蔵校注・訳 小学館 1975 637p 図 23cm

　内容 忠兵衛梅川冥途の飛脚, 二郎兵衛おきさ今宮の心中, 夕霧阿波鳴渡, 長町女腹切, 大経師昔暦, 嘉平次おさが生玉心中, 鑓の権三重帷子, 山崎与次兵衛寿の門松, 博多小女郎波枕, 紙屋治兵衛きいの国や小はる心中天の網島, 女殺油地獄, 心中宵庚申. 付録: 大阪地図, 近松略年譜

◇近松世話物集―現代語訳対照 守随憲治訳注 旺文社 1976 390p 16cm(旺文社文庫)

　内容 曽根崎心中, 冥途の飛脚, 心中天の網島, 女殺油地獄, 難波みやげ(発端抄) 参考文献・年譜: p.377-389

◇近松名作集 河出書房新社 1976 437p 図 18cm(日本古典文庫 18) 980円

　内容 曽根崎心中(宇野信夫訳) 堀川波鼓(田中澄江訳) 心中万年草(高野正巳訳) 傾城反魂香(北条秀司訳) 冥途の飛脚(高野正巳訳) 大経師昔暦(小山祐士訳) 国性爺合戦(飯沢匡訳) 鑓の権三重帷子(矢代静一訳) 博多小女郎波枕(北条秀司訳) 平家女護島(武智鉄二訳) 心中天の網島(田中澄江訳) 女殺油地獄(宇野信夫訳) 心中宵庚申(巌谷槙一訳) 注釈(池田弥三郎) 年譜(河竹登志夫) 解説(山崎正和)

◇完訳日本の古典 第56巻 近松門左衛門集 森修, 鳥越文蔵校注・訳 小学館 1984.2 389p 20cm 1700円

　内容 曽根崎心中.冥途の飛脚.大経師昔暦.心中天の網島.女殺油地獄. 解説. 参考文献: p376 近松関係略年譜: p377～387

◇国性爺合戦・曽根崎心中 原道生校注・訳 ほるぷ出版 1987.7 386p 20cm(日本の文学)

◇近松名作集 宇野信夫ほか訳 河出書房新社 1988.4 437p 18cm(日本古典文庫 18) 〈新装版〉 1800円

　内容 曽根崎心中 宇野信夫訳. 堀川波鼓 田中澄江訳. 心中万年草―高野山女人堂 高野正巳訳. 傾城反魂香 北条秀司訳. 冥途の飛脚―梅川忠兵衛 高野正巳訳. 大経師昔暦 小山祐士訳. 国性爺合戦 飯沢匡訳. 鑓の権三重帷子 矢代静一訳. 博多小女郎波枕 北条秀司訳. 平家女護島―鬼界が島の場 武智鉄二訳. 心中天の網島 田中澄江訳. 女殺油地獄 宇野信夫訳. 心中宵庚申 巌谷槙一訳. 解説 山崎正和著. 年譜 河竹登志夫編: p420～422

◇近松世話物集 守随憲治訳注 旺文社 1988.5 390p 16cm(対訳古典シリーズ) 600円

　内容 曽根崎心中―付リ観音廻り.冥途の飛脚.心中天の網島―紙屋治兵衛きいの国や小はる.女殺油地獄.難波みやげ(発端抄) 参考文献・年譜: p377～389

◇新注絵入曾根崎心中 松平進編 大阪和泉書院 1998.4 100p 21cm(古典名作選 現代語訳付 1) 1100円

◇新編日本古典文学全集 75 近松門左衛門集 2 鳥越文蔵ほか校注・訳 小学館

日本古典文学案内－現代語訳・注釈書　349

近世文学(演劇・芸能)

　　1998.5　669p　23cm

　内容 曽根崎心中　心中二枚絵草紙　与兵衛おかめひじりめん卯月の紅葉　跡追心中卯月の潤色　心中重井筒　高野山女人堂心中万年草　心中刃は氷の朔日　二郎兵衛おきさ今宮の心中　嘉平次おさが生玉心中　紙屋治兵衛きいの国や小はる心中天の網島　心中宵庚申　堀川波鼓　大経師昔暦　鑓の権三重帷子　解説

◇曽根崎心中―現代語訳付き　冥途の飛脚―現代語訳付き　心中天の網島―現代語訳付き　諏訪春雄訳注　角川学芸出版　2007.3　302p　15cm(角川文庫)〈角川グループパブリッシング(発売)〉　743円

◇曽根崎心中―現代語訳　高野正巳,宇野信夫,田中澄江,飯沢匡訳　河出書房新社　2008.1　467p　15cm(河出文庫)　860円

　内容 冥途の飛脚/高野正巳/訳.曽根崎心中/宇野信夫/訳.堀川波鼓/田中澄江/訳.心中天の網島/田中澄江/訳.女殺油地獄/宇野信夫/訳.国性爺合戦/飯沢匡/訳

【注釈書】

◇巣林子評釈　藤井紫影評釈　有朋堂書店　1908　263p　20cm

　内容 曽根崎心中,忠兵衛梅川冥途の飛脚,つれづれ草

◇巣林子評釈　藤井紫影(乙男)著　有朋堂書店　1908.4　263p　20cm

◇新釈 日本文学叢書　第11巻　内海弘蔵物集高量校註　日本文学叢書刊行会　1928.9　649p　23cm

　内容 近松門左衛門集―出世景清 長町女腹切 蝉丸 曽根崎心中 傾城反魂香 堀川波鼓 丹波与作 百合若大臣野守鏡 夕霧阿波鳴渡 忠兵衛梅川 冥土の飛脚 国性爺合戦 鑓の権三重帷子 曽我会稽山 博多小女郎浪枕 紙屋治兵衛紀の国屋小春 心中天の網島 女殺油地獄 心中宵庚申 関八州繋馬―

◇曽根崎心中　心中天の網島　女殺油地獄　黒木勘蔵校註　改造社　1930.6　256p　菊半截(改造文庫　第二部 16)

◇曾根崎心中―用明天皇職人鑑　近藤忠義校訂　岩波書店　1947　144p　15cm(岩波文庫　1219)〈附録:浄瑠璃評註「難波土産」発端〉

◇近松名作新講―評註　黒羽英男著　武蔵野書院　1957　600p　地図　19cm

　内容 曽根崎心中,丹波与作,冥途の飛脚,心中天の網島,女殺油地獄

◇日本古典文学大系　第49　近松浄瑠璃集 上　重友毅校注　岩波書店　1958　477p 図版　22cm

　内容 曽根崎心中,堀川波鼓,重井筒,丹波与作待夜の小室節,五十年忌歌念仏,冥途の飛脚,夕霧阿波鳴渡,大経師昔暦,鑓の権三重帷子,山崎与次兵衛寿の門松,博多小女郎波枕,心中天の網島,女殺油地獄,心中宵庚申

◇曽根崎心中―解釈と研究　藤野義雄著　桜楓社　1968　278p　22cm　2400円

◇曽根崎心中・冥途の飛脚　祐田善雄校注　岩波書店　1977.9　384p　15cm(岩波文庫)

　内容 曽根崎心中,卯月紅葉,堀川波鼓,心中重井筒,丹波与作待夜の小室節,心中万年草,冥途の飛脚

◇近松門左衛門集　信多純一校注　新潮社　1986.10　385p　20cm(新潮日本古典集成)　2100円

　内容 世継曽我.曽根崎心中.心中重井筒.国性爺合戦.心中天の網島. 解説 信多純一著. 近松門左衛門略年譜:p369～371

◆◆平家女護島(江戸中期)

【現代語訳】

◇日本文学全集　第10　近松名作集　青野季吉等編　河出書房新社　1961　432p 図版　19cm

　内容 曽根崎心中(宇野信夫訳) 堀川波鼓(田中澄江訳) 心中万年草(高野正己訳) 傾城反魂香(北条秀司訳) 冥途の飛脚(高野正巳訳) 大経師昔暦(小山祐士訳) 国姓爺合戦(飯沢匡訳) 鑓の権三重帷子(矢代静一訳) 博多小女郎波枕(北条秀司訳) 平家女護島(武智鉄二訳) 心中天の網島(田中澄江訳) 女殺油地獄(宇野信夫訳) 心中宵庚申(池田弥三郎) 年譜(河竹登志夫) 解説(河竹登志夫)

◇国民の文学　第14　近松名作集　谷崎潤一郎等編　河出書房新社　1964　432p 図版　19cm

　内容 曽根崎心中(宇野信夫訳) 堀川波鼓(田中澄江訳) 心中万年草(高野正巳訳) 傾城反魂香(北条秀司訳) 冥途の飛脚(高野正巳訳) 大経師昔暦(小山祐士訳) 国性爺合戦(飯沢匡訳) 鑓の権三重帷子(矢代静一訳) 博多小女郎波枕(北条秀司訳) 平家女護島(武智鉄二訳) 心中天の網島(田中澄江訳) 女殺油地獄(宇野信夫訳) 心中宵庚申(巌谷槙一訳)

◇日本の古典　19　近松門左衛門　河出書

近世文学(演劇・芸能)

房新社　1972　352p 図　23cm

[内容]曽根崎心中(宇野信夫訳)堀川波鼓(田中澄江訳)心中万年草(高野正巳訳)傾城反魂香(北条秀司訳)冥途の飛脚(高野正訳)大経師昔暦(小山祐士訳)国性爺合戦(飯沢匡訳)鑓の権三重帷子(矢代静一訳)博多小女郎波枕(北条秀司訳)平家女護島(武智鉄二訳)心中天の網島(田中澄江訳)女殺油地獄(宇野信夫訳)心中宵庚申(巌谷槇一訳)夕霧阿波鳴渡(栗田勇訳)

◇近松名作集　河出書房新社　1976　437p 図　18cm(日本古典文庫　18)　980円

[内容]曽根崎心中(宇野信夫訳)堀川波鼓(田中澄江訳)心中万年草(高野正巳訳)傾城反魂香(北条秀司訳)冥途の飛脚(高野正訳)大経師昔暦(小山祐士訳)国性爺合戦(飯沢匡訳)鑓の権三重帷子(矢代静一訳)博多小女郎波枕(北条秀司訳)平家女護島(武智鉄二訳)心中天の網島(田中澄江訳)女殺油地獄(宇野信夫訳)心中宵庚申(巌谷槇一訳)注釈(池田弥三郎)年譜(河竹登志夫)解説(山崎正和)

◇近松名作集　宇野信夫ほか訳　河出書房新社　1988.4　437p　18cm(日本古典文庫　18)〈新装版〉　1800円

[内容]曽根崎心中　宇野信夫訳.堀川波鼓　田中澄江訳.心中万年草—高野山女人堂　高野正巳訳.傾城反魂香　北条秀司訳.冥途の飛脚—梅川忠兵衛　高野正訳.大経師昔暦　小山祐士訳.国性爺合戦　飯沢匡訳.鑓の権三重帷子　矢代静一訳.博多小女郎波枕　北条秀司訳.平家女護島—鬼界が島の場　武智鉄二訳.心中天の網島　田中澄江訳.女殺油地獄　宇野信夫訳.心中宵庚申　巌谷槇一訳.解説　山崎正和著.年譜　河竹登志夫編：p420〜422

◇新編日本古典文学全集　76　近松門左衛門集　3　鳥越文蔵ほか校注・訳　小学館　2000.10　574p　23cm　4657円

[内容]出世景清　用明天皇職人鑑　けいせい反魂香　国性爺合戦　曽我会稽山　平家女護島

【注釈書】

◇日本古典文学大系　第50　近松浄瑠璃集　下　守随憲治,大久保忠国校注　岩波書店　1959　406p 図版　22cm

[内容]出世景清,用明天王職人鑑,けいせい反魂香,嫗山姥,国性爺合戦,平家女護嶋,附載近松の言説

◆◆堀川波鼓(江戸中期)

【現代語訳】

◇日本古典文学全集—現代語訳　第25巻　近松名作集　高野正巳訳　河出書房　1954　240p　19cm

[内容]曽根崎心中,心中二枚絵草紙,碁磐太平記,堀川波鼓,冥途の飛脚,女殺油地獄

◇日本国民文学全集　第13　近松名作集　河出書房　1956　332p 図版　22cm

[内容]曽根崎心中(宇野信夫訳)堀川波鼓(田中澄江訳)心中万年草(高野正巳訳)傾城反魂香(北条秀司訳)冥途の飛脚(高野正訳)国性爺合戦(飯沢匡訳)博多小女郎波枕(北条秀司訳)心中天の網島(田中澄江訳)女殺油地獄(宇野信夫訳)心中宵庚申(巌谷真一訳)附：菅原伝授手習鑑(竹田出雲,並木千柳,三好松洛著　河竹登志夫訳)妹背山婦女庭訓(近松半二作　宇野信夫訳)

◇古典日本文学全集　第24　近松門左衛門集　高野正巳訳　筑摩書房　1959　398p 図版　23cm

[内容]世継曽我,曽根崎心中,心中二枚絵草紙,碁盤太平記,堀川波鼓,心中重井筒,心中万年草,冥途の飛脚,国性爺合戦,鑓の権三重帷子,心中天の網島,女殺油地獄,解説(高野正巳)巣林子の二面(幸田露伴)近松の恋愛観(阿部次郎)心中の成立ち(田中澄江)「堀川波鼓」をめぐって(瓜生忠夫)「国性爺合戦」の検討(小田切秀雄)近松雑感(宇野信夫)近松と時代文化(河竹繁俊)

◇日本文学全集　第10　近松名作集　青野季吉等編　河出書房新社　1961　432p 図版　19cm

[内容]曽根崎心中(宇野信夫訳)堀川波鼓(田中澄江訳)心中万年草(高野正己訳)傾城反魂香(北条秀司訳)冥途の飛脚(高野正訳)大経師昔暦(小山祐士訳)国姓爺合戦(飯沢匡訳)鑓の権三重帷子(矢代静一訳)博多小女郎波枕(北条秀司訳)平家女護島(武智鉄二訳)心中天の網島(田中澄江訳)女殺油地獄(宇野信夫訳)心中宵庚申(巌谷槇一訳)注釈(池田弥三郎)解説(河竹登志夫)

◇国民の文学　第14　近松名作集　谷崎潤一郎等編　河出書房新社　1964　432p 図版　19cm

[内容]曽根崎心中(宇野信夫訳)堀川波鼓(田中澄江訳)心中万年草(高野正巳訳)傾城反魂香(北条秀司訳)冥途の飛脚(高野正訳)大経師昔暦(小山祐士訳)国性爺合戦(飯沢匡訳)鑓の権三重帷子(矢代静一訳)博多小女郎波枕(北条秀司訳)平家女護島(武智鉄二訳)心中天の

日本古典文学案内—現代語訳・注釈書　351

近世文学(演劇・芸能)

網島(田中澄江訳) 女殺油地獄(宇野信夫訳) 心中宵庚申(巌谷槇一訳)

◇古典日本文学全集　第24　近松門左衛門集　高野正巳訳　筑摩書房　1965　398p　図版　地図　23cm　〈普及版〉

[内容] 世継曽我, 曽根崎心中, 心中二枚絵草紙, 碁盤太平記, 堀川波鼓, 心中重井筒, 心中万年草, 冥途の飛脚, 国性爺合戦, 鑓の権三重帷子, 博多小女郎波枕, 心中天の網島, 女殺油地獄. 解説(高野正巳) 巣林子の二面(幸田露伴) 近松の恋愛観(阿部次郎) 心中の成立ち(田中澄江)「堀川波鼓」をめぐって(瓜生忠夫)「国性爺合戦」の検討(小田切秀雄) 近松雑感(宇野信夫) 近松と時代文化(河竹繁俊)

◇日本文学全集　第2集 第4　江戸名作集　河出書房新社　1969　432p 図版 20cm 〈監修者：谷崎潤一郎等〉

[内容] 曽根崎心中(近松門左衛門作 宇野信夫訳) 堀川波鼓(近松門左衛門作 田中澄江訳) 心中天の網島(近松門左衛門作 田中澄江訳) 雨月物語(上田秋成作 円地文子訳) 東海道中膝栗毛(十返舎一九作 伊馬春部訳) 浮世床(式亭三馬作 久保田万太郎訳)

◇日本の古典　19　近松門左衛門　河出書房新社　1972　352p　図　23cm

[内容] 曽根崎心中(宇野信夫訳) 堀川波鼓(田中澄江訳) 心中万年草(高野正巳訳) 傾城反魂香(北条秀司訳) 冥途の飛脚(高野正巳訳) 大経師昔暦(小山祐士訳) 国性爺合戦(飯沢匡訳) 鑓の権三重帷子(矢代静一訳) 博多小女郎波枕(北条秀司訳) 平家女護島(武智鉄二訳) 心中天の網島(田中澄江訳) 女殺油地獄(宇野信夫訳) 心中宵庚申(巌谷槇一訳) 夕霧阿波鳴渡(栗田勇訳)

◇日本古典文学全集　43　近松門左衛門集 1　森修, 鳥越文蔵, 長友千代治校注・訳　小学館　1972　601p 図　23cm

[内容] 曽根崎心中, 源五兵衛おまん薩摩歌, 心中二枚絵草紙, 与兵衛おかめひぢりめん卯月の紅葉, 堀川波鼓, おなつ清十郎五十年忌歌念仏, 跡追心中卯月の潤色, 心中重井筒, 高野山女人堂心中万年草, 丹波与作待夜の小室節, 淀鯉出世滝徳, 心中刃は氷の朔日

◇新編日本古典文学全集　75　近松門左衛門集 2　鳥越文蔵ほか校注・訳　小学館　1998.5　669p　23cm

[内容] 曾根崎心中　心中二枚絵草紙　与兵衛おかめひぢりめん卯月の紅葉　跡追心中卯月の潤色　心中重井筒　高野山女人堂心中万年草　心中刃は氷の朔日　二郎兵衛おきさ今宮の心中　嘉平次おさが生玉心中　紙屋治兵衛きいの国や小はる心中天の網島　心中宵庚申　堀川波鼓　大経師昔暦　鑓の権三重帷子　解説

◇曽根崎心中―現代語訳　高野正巳, 宇野信夫, 田中澄江, 飯沢匡訳　河出書房新社　2008.1　467p　15cm(河出文庫)　860円

[内容] 冥途の飛脚/高野正巳/訳. 曽根崎心中/宇野信夫/訳. 堀川波鼓/田中澄江/訳. 心中天の網島/田中澄江/訳. 女殺油地獄/宇野信夫/訳. 国性爺合戦/飯沢匡/訳

【注釈書】

◇新釈 日本文学叢書　第11巻　内海弘蔵 物集高量校註　日本文学叢書刊行会　1928.9　649p　23cm

[内容] 近松門左衛門集―出世景清 長町女腹切 蝉丸 曽根崎心中 傾城反魂香 堀川波鼓 丹波与作 百合若大臣野守鏡 夕霧阿波鳴渡 忠兵衛梅川 冥土の飛脚 国姓爺合戦 槍の権三重帷子 曽我会稽山 博多小女郎浪枕 紙屋治兵衛紀の国屋小春 心中天の網島 女殺油地獄 心中宵庚申 関八州繁馬―(同上校註)

◇日本古典文学大系　第49　近松浄瑠璃集上　重友毅校注　岩波書店　1958　477p 図版　22cm

[内容] 曽根崎心中, 堀川波鼓, 重井筒, 丹波与作待夜の小室節, 五十年忌歌念仏, 冥途の飛脚, 夕霧阿波鳴渡, 大経師昔暦, 鑓の権三重帷子, 山崎与次兵衛寿の門松, 博多小女郎波枕, 心中天の網島, 女殺油地獄, 心中宵庚申

◆◆冥途の飛脚(江戸中期)

【現代語訳】

◇日本古典文学全集―現代語訳　第25巻　近松名作集　高野正巳訳　河出書房　1954　240p　19cm

[内容] 曽根崎心中, 心中二枚絵草紙, 碁盤太平記, 堀川波鼓, 冥途の飛脚, 女殺油地獄

◇日本国民文学全集　第13　近松名作集 河出書房　1956　332p 図版　22cm

[内容] 曽根崎心中(宇野信夫訳) 堀川波鼓(田中澄江訳) 心中万年草(高野正巳訳) 傾城反魂香(北条秀司訳) 冥途の飛脚(高野正巳訳) 国性爺合戦(飯沢匡訳) 博多小女郎浪枕(北条秀司訳) 心中天の網島(田中澄江訳) 女殺油地獄(宇野信夫訳) 心中宵庚申(巌谷真一訳) 附：菅原伝授手習鑑(竹田出雲, 並木千柳, 三好松洛者 河竹登志夫訳) 妹背山婦女庭訓(近松半二作 宇野信夫訳)

◇古典日本文学全集　第24　近松門左衛門集　高野正巳訳　筑摩書房　1959　398p 図版　23cm

近世文学(演劇・芸能)

[内容] 世継曽我,曽根崎心中,心中二枚絵草紙,碁盤太平記,堀川波鼓,心中重井筒,心中万年草,冥途の飛脚,国性爺合戦,鑓の権三重帷子,博多小女郎波枕,心中天の網島,女殺油地獄,解説(高野正巳)巣林子の二面(幸田露伴)近松の恋愛観(阿部次郎)心中の成立ち(田中澄江)「堀川波鼓」をめぐって(瓜生忠夫)「国性爺合戦」の検討(小田切秀雄)近松雑感(宇野信夫)近松と時代文化(河竹繁俊)

◇日本文学全集 第10 近松名作集 青野季吉等編 河出書房新社 1961 432p 図版 19cm

[内容] 曽根崎心中(宇野信夫訳)堀川波鼓(田中澄江訳)心中万年草(高野正巳訳)傾城反魂香(北条秀司訳)冥途の飛脚(高野正巳訳)大経師昔暦(小山祐士訳)国姓爺合戦(飯沢匡訳)鑓の権三重帷子(矢代静一訳)博多小女郎波枕(北条秀司訳)平家女護島(武智鉄二訳)心中天の網島(田中澄江訳)女殺油地獄(宇野信夫訳)心中宵庚申(巌谷槙一訳)注釈(池田弥三郎)年譜(河竹登志夫)解説(河竹登志夫)

◇国民の文学 第14 近松名作集 谷崎潤一郎等編 河出書房新社 1964 432p 図版 19cm

[内容] 曽根崎心中(宇野信夫訳)堀川波鼓(田中澄江訳)心中万年草(高野正巳訳)傾城反魂香(北条秀司訳)冥途の飛脚(高野正巳訳)大経師昔暦(小山祐士訳)国性爺合戦(飯沢匡訳)鑓の権三重帷子(矢代静一訳)博多小女郎波枕(北条秀司訳)平家女護島(武智鉄二訳)心中天の網島(田中澄江訳)女殺油地獄(宇野信夫訳)心中宵庚申(巌谷槙一訳)

◇古典日本文学全集 第24 近松門左衛門集 高野正巳訳 筑摩書房 1965 398p 図版 地図 23cm 〈普及版〉

[内容] 世継曽我,曽根崎心中,心中二枚絵草紙,碁盤太平記,堀川波鼓,心中重井筒,心中万年草,冥途の飛脚,国性爺合戦,鑓の権三重帷子,博多小女郎波枕,心中天の網島,女殺油地獄.解説(高野正巳)巣林子の二面(幸田露伴)近松の恋愛観(阿部次郎)心中の成立ち(田中澄江)「堀川波鼓」をめぐって(瓜生忠夫)「国性爺合戦」の検討(小田切秀雄)近松雑感(宇野信夫)近松と時代文化(河竹繁俊)

◇日本の古典 19 近松門左衛門 河出書房新社 1972 352p 図 23cm

[内容] 曽根崎心中(宇野信夫訳)堀川波鼓(田中澄江訳)心中万年草(高野正巳訳)傾城反魂香(北条秀司訳)冥途の飛脚(高野正巳訳)国性爺合戦(飯沢匡訳)鑓の権三重帷子(矢代静一訳)博多小女郎波枕(北条秀司訳)平家女護島(武智鉄二訳)心中天の網島(田中澄江訳)女殺油地獄(宇野信夫訳)心中宵庚申(巌谷槙一訳)夕霧阿波鳴渡(栗田勇訳)

◇日本古典文学全集 44 近松門左衛門集 2 鳥越文蔵校注・訳 小学館 1975 637p 図 23cm

[内容] 忠兵衛梅川冥途の飛脚,二郎兵衛おきさ今宮の心中,夕霧阿波鳴渡,長町女腹切,大経師昔暦,嘉平次おさが生玉心中,鑓の権三重帷子,山崎与次兵衛寿の門松,心中天の網島,紙屋治兵衛きいの国や小はる心中天の網島,女殺油地獄,心中宵庚申.付録:大阪地図,近松略年譜

◇近松世話物集—現代語訳対照 守随憲治訳注 旺文社 1976 390p 16cm(旺文社文庫)

[内容] 曽根崎心中,冥途の飛脚,心中天の網島,女殺油地獄,難波みやげ(発端抄)参考文献・年譜:p.377-389

◇近松名作集 河出書房新社 1976 437p 図 18cm(日本古典文庫 18) 980円

[内容] 曽根崎心中(宇野信夫訳)堀川波鼓(田中澄江訳)心中万年草(高野正巳訳)傾城反魂香(北条秀司訳)冥途の飛脚(高野正巳訳)大経師昔暦(小山祐士訳)国性爺合戦(飯沢匡訳)鑓の権三重帷子(矢代静一訳)博多小女郎波枕(北条秀司訳)平家女護島(武智鉄二訳)心中天の網島(田中澄江訳)女殺油地獄(宇野信夫訳)心中宵庚申(巌谷槙一訳)注釈(池田弥三郎)年譜(河竹登志夫)解説(山崎正和)

◇完訳日本の古典 第56巻 近松門左衛門集 森修,鳥越文蔵校注・訳 小学館 1984.2 389p 20cm 1700円

[内容] 曽根崎心中.冥途の飛脚.大経師昔暦.心中天の網島.女殺油地獄.解説.参考文献:p376 近松関係略年譜:p377〜387

◇近松名作集 宇野信夫ほか訳 河出書房新社 1988.4 437p 18cm(日本古典文庫 18) 〈新装版〉 1800円

[内容] 曽根崎心中 宇野信夫訳.堀川波鼓 田中澄江訳.心中万年草—高野山女人堂 高野正巳訳.傾城反魂香 北条秀司訳.冥途の飛脚—梅川忠兵衛 高野正巳訳.大経師昔暦 小山祐士訳.国性爺合戦 飯沢匡訳.鑓の権三重帷子 矢代静一訳.博多小女郎波枕 北条秀司訳.平家女護島—鬼ヶ島の場 武智鉄二訳.心中天の網島 田中澄江訳.女殺油地獄 宇野信夫訳.心中宵庚申 巌谷槙一訳.解説 山崎正和著.年譜 河竹登志夫編:p420〜422

◇近松世話物集 守随憲治訳注 旺文社 1988.5 390p 16cm(対訳古典シリーズ) 600円

[内容] 曽根崎心中—付リ観音廻り.冥途の飛脚.

日本古典文学案内—現代語訳・注釈書 353

近世文学(演劇・芸能)

心中天の網島―紙屋治兵衛きいの国や小はる. 女殺油地獄.難波みやげ(発端抄) 参考文献・年譜：p377〜389

◇新編日本古典文学全集　74　近松門左衛門集　1　鳥越文蔵ほか校注・訳　小学館　1997.3　588p　23cm

内容　おなつ清十郎五十年忌歌念仏.淀鯉出世滝徳.忠兵衛梅川冥途の飛脚.博多小女郎波枕.女殺油地獄.源五兵衛おまん薩摩歌.丹波与作待夜のこむろぶし.夕霧阿波鳴渡.長町女腹切.山崎与次兵衛寿の門松. 解説. 付：略年譜

◇雨月物語　冥途の飛脚　心中天の網島　高田衛校訂・訳　阪口弘之校訂・訳　山根為雄校訂・訳　小学館　2008.7　317p　20cm(日本の古典をよむ　19)　1800円

【注釈書】

◇巣林子評釈　藤井紫影評釈　有朋堂書店　1908　263p　20cm

内容　曽根崎心中,忠兵衛梅川冥途の飛脚,つれづれ草

◇新釈 日本文学叢書　第11巻　内海弘蔵物集高量校註　日本文学叢書刊行会　1928.9　649p　23cm

内容　近松門左衛門集―出世景清 長町女腹切 蝉丸 曽根崎心中 傾城反魂香 堀川波鼓 丹波与作 百合若大臣野守鏡 夕霧阿波鳴渡 忠兵衛梅川 冥土の飛脚 国姓爺合戦 槍の権三重帷子 曽我会稽山 博多小女郎浪枕 紙屋治兵衛紀の国屋小春 心中天の網島 女殺油地獄 心中宵庚申 関八州繁馬―

◇校註近松文学選　頼桃三郎校註　武蔵野書院　1950　97p　19cm

内容　丹波の与作・冥土飛脚

◇近松名作新講―評註　黒羽英男著　武蔵野書院　1957　600p　地図　19cm

内容　曽根崎心中, 丹波与作, 冥途の飛脚, 心中天の網島, 女殺油地獄

◇日本古典文学大系　第49　近松浄瑠璃集上　重友毅校注　岩波書店　1958　477p　図版　22cm

内容　曽根崎心中,堀川波鼓,重井筒,丹波与作待夜の小室節, 五十年忌歌念仏, 冥途の飛脚, 夕霧阿波鳴渡, 大経師昔暦, 鑓の権三重帷子, 山崎与次兵衛寿の門松, 博多小女郎波枕, 心中天の網島, 女殺油地獄, 心中宵庚申

◇曽根崎心中・冥途の飛脚　祐田善雄校注　岩波書店　1977.9　384p　15cm(岩波文庫)

内容　曽根崎心中, 卯月紅葉, 堀川波鼓, 心中重井筒, 丹波与作待夜の小室節, 心中万年草, 冥途の飛脚

◇冥途の飛脚―解釈と鑑賞　藤野義雄　桜楓社　1985.10　269p　22cm　6800円

◆◆鑓の権三重帷子(江戸中期)

【現代語訳】

◇古典日本文学全集　第24　近松門左衛門集　高野正巳訳　筑摩書房　1959　398p　図版　23cm

内容　世継曽我, 曽根崎心中, 心中二枚絵草紙, 碁盤太平記, 堀川波鼓, 心中重井筒, 心中万年草, 冥途の飛脚, 国性爺合戦, 鑓の権三重帷子, 博多小女郎波枕, 心中天の網島, 女殺油地獄, 解説(高野正巳) 巣林子の二面(幸田露伴) 近松の恋愛観(阿部次郎) 心中の成立ち(田中澄江)「堀川波鼓」をめぐって(瓜生忠夫)「国性爺合戦」の検討(小田切秀雄) 近松雑感(宇野信夫) 近松と時代文化(河竹繁俊)

◇日本文学全集　第10　近松名作集　青野季吉等編　河出書房新社　1961　432p　図版　19cm

内容　曽根崎心中(宇野信夫訳) 堀川波鼓(田中澄江訳) 心中万年草(高野正巳訳) 傾城反魂香(北条秀司訳) 冥途の飛脚(高野正巳訳) 大経師昔歴(小山祐士訳) 国姓爺合戦(飯沢匡訳) 鑓の権三重帷子(矢代静一訳) 博多小女郎波枕(北条秀司訳) 平家女護島(武智鉄二訳) 心中天の網島(田中澄江訳) 女殺油地獄(宇野信夫訳) 心中宵庚申(巖谷槙一訳) 注釈(池田弥三郎) 年譜(河竹登志夫) 解説(河竹登志夫)

◇国民の文学　第14　近松名作集　谷崎潤一郎等編　河出書房新社　1964　432p　図版　19cm

内容　曽根崎心中(宇野信夫訳) 堀川波鼓(田中澄江訳) 心中万年草(高野正巳訳) 傾城反魂香(北条秀司訳) 冥途の飛脚(高野正巳訳) 大経師昔歴(小山祐士訳) 国姓爺合戦(飯沢匡訳) 鑓の権三重帷子(矢代静一訳) 博多小女郎波枕(北条秀司訳) 平家女護島(武智鉄二訳) 心中天の網島(田中澄江訳) 女殺油地獄(宇野信夫訳) 心中宵庚申(巖谷槙一訳)

◇日本の古典　19　近松門左衛門　河出書房新社　1972　352p　図　23cm

内容　曽根崎心中(宇野信夫訳) 堀川波鼓(田中澄江訳) 心中万年草(高野正巳訳) 傾城反魂香

354　日本古典文学案内－現代語訳・注釈書

近世文学(演劇・芸能)

(北条秀司訳) 冥途の飛脚(高野正巳訳) 大経師昔暦(小山祐士訳) 国性爺合戦(飯沢匡訳) 鑓の権三重帷子(矢代静一訳) 博多小女郎波枕(北条秀司訳) 平家女護島(武智鉄二訳) 心中天の網島(田中澄江訳) 女殺油地獄(宇野信夫訳) 心中宵庚申(巖谷槇一訳) 夕霧阿波鳴渡(栗田勇訳)

◇日本古典文学全集　44　近松門左衛門集2　鳥越文蔵校注・訳　小学館　1975　637p　図　23cm

内容 忠兵衛梅川冥途の飛脚、二郎兵衛おきさ今宮の心中、夕霧阿波鳴渡、長町女腹切、大経師昔暦、嘉平次おさが生玉心中、鑓の権三重帷子、山崎与次兵衛寿の門松、博多小女郎波枕、紙屋治兵衛きいの国や小はる心中天の網島、女殺油地獄、心中宵庚申. 付録：大阪地図、近松略年譜

◇近松名作集　河出書房新社　1976　437p　図　18cm(日本古典文庫　18)　980円

内容 曽根崎心中(宇野信夫訳) 堀川波鼓(田中澄江訳) 心中万年草(高野正巳訳) 傾城反魂香(北条秀司訳) 冥途の飛脚(高野正巳訳) 大経師昔暦(小山祐士訳) 国性爺合戦(飯沢匡訳) 鑓の権三帷子(矢代静一訳) 博多小女郎波枕(北条秀司訳) 平家女護島(武智鉄二訳) 心中天の網島(田中澄江訳) 女殺油地獄(宇野信夫訳) 心中宵庚申(巖谷槇一訳) 注釈(池田弥三郎) 年譜(河竹登志夫) 解説(山崎正和)

◇近松名作集　宇野信夫ほか訳　河出書房新社　1988.4　437p　18cm(日本古典文庫　18)〈新装版〉　1800円

内容 曽根崎心中 宇野信夫訳. 堀川波鼓 田中澄江訳. 心中万年草—高野山女人堂 高野正巳訳. 傾城反魂香 北条秀司訳. 冥途の飛脚—梅川忠兵衛 高野正巳訳. 大経師昔暦 小山祐士訳. 国性爺合戦 飯沢匡訳. 鑓の権三重帷子 矢代静一訳. 博多小女郎波枕 北条秀司訳. 平家女護島—鬼が島の場 武智鉄二訳. 心中天の網島 田中澄江訳. 女殺油地獄 宇野信夫訳. 心中宵庚申 巖谷槇一訳. 解説 山崎正和著. 年譜 河竹登志夫編：p420～422

◇新編日本古典文学全集　75　近松門左衛門集　2　鳥越文蔵ほか校注・訳　小学館　1998.5　669p　23cm

内容 曽根崎心中　心中二枚絵草紙　与兵衛おかめひじりめん卯月の紅葉　跡追心中卯月の潤色　心中重井筒　高野山女人堂心中万年草　心中刃は氷の朔日　二郎兵衛おきさ今宮の心中　嘉平次おさが生玉心中　紙屋治兵衛きいの国や小はる心中天の網島　心中宵庚申　堀川波鼓　大経師昔暦　鑓の権三重帷子　解説

【注釈書】

◇日本古典文学大系　第49　近松浄瑠璃集　上　重友毅校注　岩波書店　1958　477p　図版　22cm

内容 曽根崎心中、堀川波鼓、重井筒、丹波与作待夜の小室節、五十年忌歌念仏、冥途の飛脚、夕霧阿波鳴渡、大経師昔暦、鑓の権三重帷子、山崎与次兵衛寿の門松、博多小女郎波枕、心中天の網島、女殺油地獄、心中宵庚申

◇古典日本文学全集　第24　近松門左衛門集　高野正巳訳　筑摩書房　1965　398p　図版　地図　23cm　〈普及版〉

内容 世継曽我、曽根崎心中、心中二枚絵草紙、碁盤太平記、堀川波鼓、心中重井筒、心中万年草、冥途の飛脚、国性爺合戦、鑓の権三重帷子、博多小女郎波枕、心中天の網島、女殺油地獄. 解説(高野正巳) 巣林子の二面(幸田露伴) 近松の恋愛観(阿部次郎) 心中の成立ち(田中澄江)「堀川波鼓」をめぐって(瓜生忠夫)「国性爺合戦」の検討(小田切秀雄) 近松雑感(宇野信夫) 近松と時代文化(河竹繁俊)

◆並木宗輔(1695～1751)

【注釈書】

◇新日本古典文学大系　93　竹田出雲・並木宗輔浄瑠璃集　佐竹昭広ほか編　角田一郎,内山美樹子校注　岩波書店　1991.3　612p　22cm　4000円

歌舞伎

【現代語訳】

◇日本の古典　20　歌舞伎・浄瑠璃集　河出書房新社　1973　328p　図　23cm

内容 仮名手本忠臣蔵(竹田出雲,三好松洛,並木千柳著 杉山誠訳) 菅原伝授手習鑑(竹田出雲,三好松洛,並木千柳著 戸板康二訳) 妹背山婦女庭訓(近松半二著 円地文子訳) 五大力恋緘(並木五瓶著 加賀山直三訳) 東海道四谷怪談(鶴屋南北著 河野多恵子訳) 天衣紛上野初花(河竹黙阿弥著 河竹登志夫訳) 作品鑑賞のための古典 役者論語(八文字屋八左衛門著 坂東三津五郎、今尾哲也訳) 歌舞伎事始(為永一蝶著 今尾哲也訳) 解説(川村二郎) 解題(今尾哲也) 注釈(池田弥三郎、大笹吉雄)

◇歌舞伎名作集―現代語訳　小笠原恭子訳　河出書房新社　2008.3　529p　15cm(河出文庫)　1200円

近世文学(演劇・芸能)

【注釈書】

◇評釈 江戸文学叢書　5　大日本雄辯会講談社編　1935-1938？　1冊　23cm
　内容 歌舞伎名作集 上(河竹繁俊)

◇評釈 江戸文学叢書　6　大日本雄辯会講談社編　1935-1938？　1冊　23cm
　内容 歌舞伎名作集 下(河竹繁俊)

◇歌舞伎十八番集　河竹繁俊校註　朝日新聞社　1952　273p 図版　19cm(日本古典全書)

◇日本古典文学大系　第53　歌舞伎脚本集 上　浦山政雄,松崎仁校注　岩波書店　1960　464p 図版　22cm
　内容 傾城壬生大念仏(近松門左衛門) 幼稚子敵討(並木正三) 韓人漢文手管始(並木五瓶)

◇古典日本文学全集　第26　歌舞伎名作集　戸板康二注解　筑摩書房　1961　393p 図版　23cm
　内容 傾城浅間岳, 五大力恋緘, 東海道四谷怪談, 与話情浮名横櫛, 三人吉三廓初買, 勧進帳, 解説(戸板康二) 江戸演劇の特徴(永井荷風) 旧劇の美(岸田劉生) 私の歌舞伎鑑賞(円地文子) 外から見た歌舞伎(河竹登志夫)

◇日本古典文学大系　第54　歌舞伎脚本集 下　浦山政雄,松崎仁校注　岩波書店　1961　533p(図版共)　22cm
　内容 名歌徳三舛玉垣(桜田治助) お染久松色読販(鶴屋南北) 小袖曽我蘇色縫(河竹黙阿弥)

◇日本古典文学大系　第98　歌舞伎十八番集　郡司正勝校注　岩波書店　1965　502p　22cm
　内容 歌舞伎十八番集, 役者論語

◇古典日本文学全集　第26　歌舞伎名作集　戸板康二注解　筑摩書房　1967　393p 図版　23cm　〈普及版〉
　内容 傾城浅間岳, 五大力恋緘, 東海道四谷怪談, 与話情浮名横櫛, 三人吉三廓初買, 勧進帳. 解説(戸板康二) 江戸演劇の特徴(永井荷風) 旧劇の美(岸田劉生) 私の歌舞伎鑑賞(円地文子) 外から観た歌舞伎(河竹登志夫)

◇名作歌舞伎全集　第6巻　丸本時代物集 5　東京創元社　1971　374p 図10枚　20cm　〈監修者：戸板康二等〉
　内容 大塔宮曦鎧(身替音頭)(竹田出雲, 松田和吉) 扇的西海硯(乳母争い)(並木宗輔, 並木丈輔) 釜淵双級巴(釜煎りの五右衛門)(並木宗輔) 中将姫古跡の松(中将姫)(並木宗輔) 日蓮上人御法海(日蓮記)(近松門左衛門作 並木宗輔改作) 日高川入相花王(日高川)(竹田小出雲等) 由良湊千軒長者(山椒太夫)(近松半二等) 太平記忠臣講釈(忠臣講釈)(近松半二等) 三日太平記(三日太平記)(近松半二等) 彦山権現誓助劔(毛谷村六助)(梅野下風, 近松保蔵) 花上野誉碑(志渡寺)(司馬芝叟, 筒井半7) 木下蔭狭間合戦(竹中砦)(若竹笛躬, 近松余七, 並木千柳) 箱根霊験躄仇討(いざりの仇討)(司馬芝叟) 八陣守護城(八陣)(中村漁岸, 佐川藤太) 解説(戸板康二) 校訂について(山本二郎)

◇歌舞伎評判記集成　第5巻　歌舞伎評判記研究会編　岩波書店　1974　656p　23cm　5000円
　内容 役者箱伝受(正徳2年3月) 役者袖景図(正徳3年3月) 役者座振舞(正徳3年4月) 役者目利講(正徳4年2月) 役者懐世帯(正徳5年正月) 役者返魂香(正徳5年正月)

◇図説日本の古典　20　集英社　1979.2　222p　28cm　〈企画：秋山虔ほか〉　2400円
　内容 歌舞伎十八番関係年表：p218～219 各章末：参考文献

◇歌舞伎台帳集成　第27巻　歌舞伎台帳研究会編　勉誠社　1992.1　474p　23cm　〈折り込図4枚〉　13500円
　内容 傾城桜御殿.傾城七草島.近江源氏〔シカタ〕講釈 解題 大橋正叔ほか著

◇役者論語評注　今尾哲也著　町田　玉川大学出版部　1992.11　1136,14p　23cm　25750円

◇新日本古典文学大系　96　江戸歌舞伎集　古井戸秀夫,鳥越文蔵,和田修校注　岩波書店　1997.11　520p　22cm　3700円
　内容 参会名護屋　傾城阿佐間會我　御摂勧進帳　解説：元禄期の江戸歌舞伎(和田修著)　御摂勧進帳(古井戸秀夫著)

◇新日本古典文学大系　95　上方歌舞伎集　土田衛,河合真澄校注　岩波書店　1998.7　515p　22cm　3900円
　内容 けいせい浅間嶽　おしゅん伝兵衛十七年忌　伊賀越乗掛合羽

◇古今いろは評林―本文と注釈　古今いろは評林をよむ会編著　京都　古今いろは評林をよむ会　2008.11　165p　26cm

近世文学(演劇・芸能)

◆河竹黙阿弥(1816〜1893)

【現代語訳】

◇物語日本文学　11　藤村作他訳　至文堂　1937.11

[内容] 黙阿弥名作集

◇黙阿弥名作集　平林治徳訳　至文堂　1954　266p　19cm(物語日本文学)

[内容] 三人吉三廓初買, 村井長庵―勧善懲悪覗機関, 鋳掛松―船打込橋間白浪, 女書生繁一富士額筑波繁山, 島蔵と千太―島衛月白浪

【注釈書】

◇三人吉三廓初買　今尾哲也校注　新潮社　1984.7　542p　20cm(新潮日本古典集成)

◇黄門記童幼講釈―通し狂言　河竹登志夫監修　国立劇場　1997.10　144p　25cm(国立劇場歌舞伎公演上演台本)

◇河竹黙阿弥集　原道生, 神山彰, 渡辺喜之校注　岩波書店　2001.11　546p　22cm(新日本古典文学大系　明治編 8)〈シリーズ責任表示：中野三敏〔ほか〕編〉　5300円

[内容] 人間万事金世中　島衛月白波　風船乗評判高閣　解説：自作を活字化した狂言作者(原道生著. 人間万事金世中(渡辺喜之著. 島衛月白波(神山彰著. 風船乗評判高閣(神山彰著)

◆◆東海道四谷怪談(江戸後期)

【現代語訳】

◇日本の古典　20　歌舞伎・浄瑠璃集　河出書房新社　1973　328p　図　23cm

[内容] 仮名手本忠臣蔵(竹田出雲, 三好松洛, 並木千柳著　杉山誠訳) 菅原伝授手習鑑(竹田出雲, 三好松洛, 並木千柳著　戸板康二訳) 妹背山婦女庭訓(近松半二著　円地文子訳) 五大力恋緘(並木五瓶著　加賀山直三訳) 東海道四谷怪談(鶴屋南北著　河野多恵子訳) 天衣紛上野初花(河竹黙阿弥著　河竹登志夫訳) 作品鑑賞のための古典　役者論語(八文字屋八左衛門著　坂東三津五郎, 今尾哲也訳) 歌舞伎事始(為永一蝶著　今尾哲也訳) 解説(川村二郎) 解題(今尾哲也) 注釈(池田弥三郎, 大笹吉雄)

◇東海道中膝栗毛　安岡章太郎訳　世界文化社　1986.1　23cm(特選日本の古典　グラフィック版　第12巻)

◇名作 日本の怪談―四谷怪談・牡丹灯篭・皿屋敷・乳房榎　志村有弘編　角川学芸出版　角川書店発売　2006.7　222p　15cm(角川ソフィア文庫)　552円

[内容] 四谷怪談　牡丹灯篭　皿屋敷　乳房榎

◇東海道中膝栗毛　来栖良夫文　童心社　2009.2　212p　19cm(これだけは読みたいわたしの古典)〈『弥次さん喜多さん』改題書〉　2000円

[内容] お江戸日本橋七つだち　小田原の五右衛門風呂　箱根八里は馬でもこすが　スッポンとごまの灰　こすにこされぬ大井川　にせむらいと座頭の巻　掛川宿の酒とお茶　乗り合い船のヘビつかい　御油の松原, 古ギツネ　その手は桑名のやき蛤　街道あらしの手品師　罰もあてます伊勢の神風　淀の川瀬の水車　大仏殿の柱の穴　京みやげ梯子の巻　おちていた富札　大阪のゆめ、百両のゆめ

【注釈書】

◇東海道四谷怪談　郡司正勝校注　新潮社　1981.8　470p　20cm(新潮日本古典集成)

◇新釈四谷怪談　小林恭二著　集英社　2008.8　205p　18cm(集英社新書)　700円

◆並木五瓶(初世)(1747〜1808)

【注釈書】

◇五大力恋緘　松崎仁全注　講談社　1982.2　411p　15cm(講談社学術文庫)

事項名索引

【あ】

「葵」
 →源氏物語 …………………………… 61
 →桐壺〜藤裏葉 ………………………… 67
「明石」
 →源氏物語 …………………………… 61
 →桐壺〜藤裏葉 ………………………… 67
赤染衛門　→赤染衛門 ……………………… 45
「顕氏集」　→歌人と作品・家集・歌論
 (中世) ………………………………… 144
「あきぎり」　→無名草子 ……………… 154
「秋山記行」　→鈴木牧之 ……………… 332
「総角」
 →源氏物語 …………………………… 61
 →匂宮〜夢浮橋 ……………………… 81
浅井了意　→浅井了意 …………………… 294
「朝顔」
 →源氏物語 …………………………… 61
 →桐壺〜藤裏葉 ………………………… 67
「浅茅が露」　→無名草子 ……………… 154
「浅茅が宿」　→雨月物語 ……………… 314
「飛鳥井雅有日記」　→飛鳥井雅有日記 … 182
飛鳥井雅経　→飛鳥井雅経 …………… 145
東歌　→東歌 ……………………………… 30
「吾妻鏡」　→吾妻鏡 …………………… 159
「東屋」
 →源氏物語 …………………………… 61
 →匂宮〜夢浮橋 ……………………… 81
「敦盛」　→世阿弥 ……………………… 222
阿仏尼　→十六夜日記・うたたねの記・
 阿仏尼 ………………………………… 182
「海人の刈藻」　→海人の刈藻 ……… 155
新井白石　→新井白石 …………………… 237
荒木田守武　→荒木田守武 …………… 152
「曠野」　→俳諧七部集 ………………… 268
「有明の別れ」　→有明の別れ ……… 155

在原業平
 →在原業平 …………………………… 46
 →伊勢物語 …………………………… 54
安藤昌益　→安藤昌益 …………………… 229

【い】

「いほぬし」　→日記・随筆・紀行・記
 録(中古) …………………………… 110
「十六夜日記」　→十六夜日記・うたた
 ねの記・阿仏尼 …………………… 182
石川丈山　→石川丈山 …………………… 238
石川雅望　→石川雅望 …………………… 254
「井筒」　→世阿弥 ……………………… 222
和泉式部　→和泉式部 …………………… 46
「和泉式部日記」　→和泉式部日記 …… 110
伊勢　→伊勢 ……………………………… 46
「伊勢大輔集」　→歌人と作品・家集・
 歌論(中古) ………………………… 44
「伊勢物語」　→伊勢物語 ……………… 54
市河寛斎　→市河寛斎 …………………… 238
「一条兼良藤河の記」　→日記・随筆・
 紀行・記録(中世) ………………… 181
「一条摂政御集」　→藤原伊尹 ………… 50
「一代要記」　→一代要記 ……………… 160
一休　→一休・狂雲集 …………………… 198
一茶　→小林一茶 ………………………… 278
「一寸法師」　→御伽草子・室町物語 … 158
一遍　→一遍 ……………………………… 199
伊藤冠峰　→伊藤冠峰 …………………… 238
伊藤仁斎　→伊藤仁斎 …………………… 238
伊藤東涯　→伊藤東涯 …………………… 238
「犬筑波集」　→犬筑波集 ……………… 150
「狗張子」　→浅井了意 ………………… 294
井原西鶴
 →井原西鶴(俳諧) ………………… 257
 →井原西鶴(浮世草子・浄瑠璃) … 295
 →好色一代男 ……………………… 296

→好色一代女……297	「浮世栄花一代男」　→井原西鶴(浮世草子・浄瑠璃)……295
→好色五人女……298	浮世草子　→浮世草子……294
→西鶴置土産……301	「浮世床」　→式亭三馬……322
→西鶴織留……302	「浮世風呂」　→式亭三馬……322
→西鶴諸国ばなし……302	「雨月物語」　→雨月物語……314
→西鶴俗つれづれ……303	宇治加賀掾　→演劇・芸能(近世)……333
→西鶴名残の友……303	「宇治拾遺物語」　→宇治拾遺物語……176
→諸艶大鑑……304	宇治十帖　→匂宮〜夢浮橋……81
→新可笑記……304	「薄雲」
→世間胸算用……304	→源氏物語……61
→男色大鑑……306	→桐壺〜藤裏葉……67
→日本永代蔵……307	「鶉衣」　→横井也有……275
→武家義理物語……308	歌合　→歌合・歌会……132
→武道伝来記……309	歌会　→歌合・歌会……132
→懐硯……310	「うたたねの記」　→十六夜日記・うたたねの記・阿仏尼……182
→本朝桜陰比事……310	「打聞集」　→打聞集……103
→本朝二十不孝……310	「空蝉」
→万の文反古……311	→源氏物語……61
→椀久一世の物語……312	→桐壺〜藤裏葉……67
「今鏡」　→今鏡……97	「宇都宮朝業日記」　→日記・随筆・紀行・記録(中世)……181
「色里三所世帯」　→井原西鶴(浮世草子・浄瑠璃)……295	「宇津保物語」　→宇津保物語……58
「殷富門院大輔集」　→歌人と作品・家集・歌論(中古)……44	馬内侍　→馬内侍……46
	「梅枝」
【う】	→源氏物語……61
	→桐壺〜藤裏葉……67
「うひ山ぶみ」　→本居宣長……233	浦上玉堂　→漢詩・漢文学(近世)……234
上島鬼貫　→浮世草子……294	「浦島太郎」　→御伽草子・室町物語……158
上田秋成	卜部兼好　→徒然草……190
→浮世草子……294	
→上田秋成……313	**【え】**
→雨月物語……314	
→春雨物語……316	「絵合」
「浮舟」	→源氏物語……61
→源氏物語……61	→桐壺〜藤裏葉……67
→匂宮〜夢浮橋……81	「栄花物語」　→栄花物語……98

叡尊　→叡尊……………………199	小沢蘆庵　→小沢蘆庵……………250
永福門院　→永福門院……………145	小瀬甫庵　→太閤記………………293
「永平広録」　→道元………………206	「小田原北条記」　→軍記・歴史物語・
江島其磧　→江島其磧……………312	雑史(近世)……………………290
恵慶　→恵慶………………………46	「落窪物語」　→落窪物語…………60
榎本其角　→宝井其角……………259	御伽草子　→御伽草子・室町物語…158
江馬細香　→江馬細香……………238	「伽婢子」　→浅井了意……………294
縁起　→縁起………………………176	「少女」
演劇	→源氏物語……………………61
→演劇・芸能(中世)……………218	→桐壺〜藤裏葉………………67
→演劇・芸能(近世)……………333	小野小町　→小野小町……………47
艶本　→秘本・艶本………………328	「小野篁集」　→篁物語……………87
	「小野宮殿実頼集」　→歌人と作品・家
【お】	集・歌論(中古)………………44
	「おもろさうし」　→おもろさうし…288
「笈の小文」　→紀行・日記………263	「おらが春」　→小林一茶…………278
「往生要集」　→源信………………131	「折りたく柴の記」　→新井白石…237
大江千里　→大江千里……………47	「女殺油地獄」　→女殺油地獄……340
大江匡房　→江談抄………………103	
「大鏡」　→大鏡……………………99	【か】
大隈言道　→大隈言道……………250	
「大斎院御集」　→歌人と作品・家集・	「海道記」　→海道記・東関紀行…184
歌論(中古)……………………44	貝原益軒　→貝原益軒……………239
大塩中斎　→大塩中斎……………239	「懐風藻」　→懐風藻………………33
大塩平八郎　→大塩中斎…………239	「鑑草」　→中江藤樹………………242
凡河内躬恒　→凡河内躬恒………47	各務支考　→各務支考……………259
太田牛一　→信長記・信長公記…292	「篝火」
大田南畝　→大田南畝……………254	→源氏物語……………………61
大伴旅人　→大伴旅人……………31	→桐壺〜藤裏葉………………67
大伴家持　→大伴家持……………31	香川景樹　→香川景樹……………250
大沼枕山　→漢詩・漢文学(近世)…234	蠣崎波響　→蠣崎波響……………239
「岡部日記」　→日記・随筆・紀行・記	柿本人麻呂　→柿本人麻呂………31
録(近世)………………………330	神楽歌　→神楽歌…………………51
「翁草」　→日記・随筆・紀行・記録(近	「花月双紙」　→松平定信…………333
世)………………………………330	「蜻蛉」
荻生徂徠　→荻生徂徠……………239	→源氏物語……………………61
「奥の細道」　→奥の細道…………264	→匂宮〜夢浮橋………………81
「小倉百人一首」　→百人一首……141	「蜻蛉日記」　→蜻蛉日記…………113

「価原」　→三浦梅園 230
笠金村　→笠金村 31
「可笑記」　→如儡子 294
「柏木」
　→源氏物語 61
　→若菜～幻 77
柏木如亭　→柏木如亭 240
「風に紅葉」　→風に紅葉 155
荷田春満　→荷田春満 231
加藤千蔭　→加藤千蔭 251
加藤磐斎　→加藤磐斎 231
仮名草子　→仮名草子 293
「仮名手本忠臣蔵」　→仮名手本忠臣蔵 ... 336
「兼澄集」　→歌人と作品・家集・歌論
　（中古） 44
「兼盛集」　→歌人と作品・家集・歌論
　（中古） 44
歌舞伎　→歌舞伎 355
鎌倉物語　→鎌倉物語 154
亀井南冥　→亀井南冥 240
亀田鵬斎　→亀田鵬斎 240
鴨長明
　→鴨長明（和歌） 145
　→発心集 180
　→方丈記 187
賀茂真淵
　→賀茂真淵（漢詩） 232
　→賀茂真淵（和歌） 251
加舎白雄　→加舎白雄 274
歌謡
　→歌謡（古代） 12
　→歌謡（中古） 51
　→歌謡（中世） 152
　→歌謡（近世） 287
烏丸光広　→烏丸光広 251
「唐物語」　→唐物語 177
河合曾良　→河合曾良 259
河竹黙阿弥

　→河竹黙阿弥 357
　→東海道四谷怪談 357
「川中島合戦記」　→軍記・歴史物語・
　雑史（近世） 290
観阿弥　→観阿弥 222
「閑居友」　→閑居友 178
「閑吟集」　→閑吟集 153
「菅家後集」　→菅原道真 35
「菅家文草」　→菅原道真 35
菅茶山　→菅茶山 240
漢詩
　→漢詩・漢文学（古代） 33
　→漢詩・漢文学（中古） 34
　→詩人・文人と作品（中古） 35
　→漢詩・漢文学（中世） 196
　→漢詩・漢文学（近世） 234
「寒松稿」　→五山文学 196
観世信光　→観世信光 222
「関八州古戦録」　→軍記・歴史物語・
　雑史（近世） 290
漢文学
　→漢詩・漢文学（古代） 33
　→漢詩・漢文学（中古） 34
　→詩人・文人と作品（中古） 35
　→漢詩・漢文学（中世） 196
　→漢詩・漢文学（近世） 234

【き】

祇園南海　→祇園南海 240
其角　→宝井其角 259
「義経記」　→義経記 163
紀行
　→日記・随筆・紀行・記録（中古） 110
　→日記・随筆・紀行・記録（中世） 181
　→紀行・日記（松尾芭蕉） 263
　→日記・随筆・紀行・記録（近世） 330
「己巳紀行」　→貝原益軒 239

事項名索引　　　　けんいし

北畠親房　→神皇正統記 …………… 161
北村季吟　→北村季吟 ……………… 232
義太夫節　→義太夫節 ……………… 333
義堂周信　→漢詩・漢文学(中世) … 196
紀海音　→紀海音 …………………… 335
木下長嘯子　→和歌(近世) ………… 248
紀貫之
　→古今和歌集 ……………………… 37
　→紀貫之 ………………………… 47
　→土佐日記 ……………………… 119
黄表紙　→草双紙・黄表紙・合巻 … 325
「旧事記」　→歴史物語・歴史書(中古) … 97
「狂雲集」　→一休・狂雲集 ……… 198
狂歌　→狂歌・狂文 ……………… 254
「教行信証」　→教行信証 ………… 202
教訓　→随筆・教訓 ……………… 187
狂言　→狂言 ……………………… 223
京極為兼　→京極為兼 …………… 145
狂文　→狂歌・狂文 ……………… 254
享保期　→享保期 ………………… 273
曲亭馬琴
　→曲亭馬琴(読本) ……………… 317
　→近世美少年録 ………………… 318
　→椿説弓張月 …………………… 318
　→南総里見八犬伝 ……………… 319
　→曲亭馬琴(草双紙・黄表紙・合巻) … 326
「玉葉和歌集」　→玉葉和歌集 …… 138
清経　→世阿弥 …………………… 222
清原元輔　→清原元輔 ……………… 47
去来　→向井去来 ………………… 272
「去来抄」　→向井去来 …………… 272
許六　→森川許六 ………………… 273
吉利支丹文学　→吉利支丹文学 … 218
「桐壺」
　→源氏物語 ……………………… 61
　→桐壺〜藤裏葉 ………………… 67
記録
　→日記・随筆・紀行・記録(中古) … 110
　→日記・随筆・紀行・記録(中世) … 181
　→日記・随筆・紀行・記録(近世) … 330
「金槐和歌集」　→源実朝 ………… 149
「近世美少年録」　→近世美少年録 … 318
「公忠集」　→歌人と作品・家集・歌論
　(中古) ……………………………… 44
「金葉和歌集」　→金葉和歌集 …… 42

【く】

空海
　→空海 …………………………… 129
　→三教指帰 ……………………… 130
「愚管抄」　→愚管抄 ……………… 160
草双紙　→草双紙・黄表紙・合巻 … 325
「葛の松原」　→各務支考 ………… 259
熊沢蕃山　→熊沢蕃山 …………… 240
熊沢了介　→熊沢蕃山 …………… 240
軍記物語
　→軍記物語(中古) ……………… 109
　→軍記物語(中世) ……………… 163
　→軍記・歴史物語・雑史(近世) … 290
「君子訓」　→貝原益軒 …………… 239

【け】

景戒　→日本霊異記 ……………… 108
「経衡集」　→歌人と作品・家集・歌論
　(中古) ……………………………… 44
「けいせい色三味線」　→江島其磧 … 312
「けいせい伝受紙子」　→江島其磧 … 312
「傾城反魂香」　→傾城反魂香 …… 342
契沖　→契沖 ……………………… 232
芸能
　→演劇・芸能(中世) …………… 218
　→演劇・芸能(近世) …………… 333
「源威集」　→源威集 ……………… 161

日本古典文学案内－現代語訳・注釈書　**365**

けんこう　　　　　　　　事項名索引

兼好　→徒然草……………………190
健御前　→建春門院中納言日記(たまき
　　　はる)……………………………184
「源三位頼政集」　→歌人と作品・家
　　　集・歌論(中古)…………………44
「言志四録」　→佐藤一斎…………240
「源氏物語」
　　　→源氏物語……………………61
　　　→桐壺～藤裏葉………………67
　　　→若菜～幻…………………77
　　　→匂宮～夢浮橋……………81
　　　→北村季吟…………………232
　　　→本居宣長…………………233
「健寿御前日記」　→建春門院中納言日
　　　記(たまきはる)…………………184
「建春門院中納言日記」　→建春門院中
　　　納言日記(たまきはる)…………184
源信　→源信…………………………131
「源平盛衰記」　→源平盛衰記……163
「源平闘諍録」　→軍記物語(中世)…163
建礼門院右京大夫　→建礼門院右京大夫…146

【こ】

恋歌　→相聞歌・恋歌………………30
恋川春町　→恋川春町………………326
「恋路ゆかしき大将」　→鎌倉物語…154
合巻　→草双紙・黄表紙・合巻……325
「光厳院御集」　→歌人と作品・家集・
　　　歌論(中世)………………………144
「好色一代男」　→好色一代男……296
「好色一代女」　→好色一代女……297
「好色五人女」　→好色五人女……298
巷説　→物語・説話・伝記・巷説(近世)…289
「江談抄」　→江談抄………………103
「慊堂日暦」　→松崎慊堂…………245
「紅梅」
　　　→源氏物語……………………61
　　　→匂宮～夢浮橋……………81

弘法大師
　　　→空海……………………………129
　　　→三教指帰……………………130
「講孟余話」　→吉田松陰…………230
「甲陽軍鑑」　→軍記・歴史物語・雑史
　　　(近世)……………………………290
小大君　→小大君……………………48
「古今和歌集」　→古今和歌集……37
　　　　　　　　→加藤磐斎………231
国学　→国学…………………………231
「国性爺合戦」　→国性爺合戦……343
「湖月抄」　→北村季吟……………232
「苔の衣」　→苔の衣………………155
「五元集」　→宝井其角……………259
「古語拾遺」　→古語拾遺…………101
「古今著聞集」　→古今著聞集……178
五山文学　→五山文学………………196
「古事記」　→古事記…………………1
小侍従　→小侍従……………………48
「古事談」　→古事談・続古事談…178
「後拾遺和歌集」　→後拾遺和歌集…42
「好色二代男」　→井原西鶴(浮世草子・
　　　浄瑠璃)…………………………295
古川柳　→川柳・雑俳………………280
「後撰和歌集」　→後撰和歌集……41
古代歌謡　→歌謡(古代)……………12
「胡蝶」
　　　→源氏物語……………………61
　　　→桐壺～藤裏葉………………67
滑稽本　→滑稽本……………………322
後鳥羽院　→後鳥羽院………………146
「小島のすさみ」　→日記・随筆・紀
　　　行・記録(中世)…………………181
小林一茶　→小林一茶………………278
後深草院二条　→とはずがたり……185
古本説話集　→古本説話集…………104
「小馬命婦集」　→歌人と作品・家集・
　　　歌論(中古)………………………44

事項名索引　　　ししよう

後水尾院　→和歌(近世)・・・・・・・・・・・・・・・・・248
「惟成弁集」　→歌人と作品・家集・歌論(中古)・・・・・・・・・・・・・・・・・・・・・・・・・・・44
「今昔物語集」　→今昔物語集・・・・・・・・・・・104
金春禅竹　→金春禅竹・・・・・・・・・・・・・・・・・・222

【さ】

西鶴
　　→井原西鶴(俳諧)・・・・・・・・・・・・・・・・・257
　　→井原西鶴(浮世草子・浄瑠璃)・・・・・・・・295
「西鶴置土産」　→西鶴置土産・・・・・・・・・・301
「西鶴織留」　→西鶴織留・・・・・・・・・・・・・・302
「西鶴諸国ばなし」　→西鶴諸国ばなし・・・302
「西鶴俗つれづれ」　→西鶴俗つれづれ・・・・303
「西鶴名残の友」　→西鶴名残の友・・・・・・303
西行　→西行・・・・・・・・・・・・・・・・・・・・・・・・・146
「西行物語」　→西行物語・・・・・・・・・・・・・・181
斎宮女御　→斎宮女御・・・・・・・・・・・・・・・・・48
最澄　→最澄・・・・・・・・・・・・・・・・・・・・・・・・・129
催馬楽　→催馬楽・・・・・・・・・・・・・・・・・・・・・52
「西遊草」　→日記・随筆・紀行・記録(近世)・・・・・・・・・・・・・・・・・・・・・・・・・・・330
「賢木」
　　→源氏物語・・・・・・・・・・・・・・・・・・・・・・・61
　　→桐壺〜藤裏葉・・・・・・・・・・・・・・・・・・67
相模　→相模・・・・・・・・・・・・・・・・・・・・・・・・・・48
「前長門守時朝入京田舎打聞集」　→歌人と作品・家集・歌論(中世)・・・・・・・・144
防人歌　→防人歌・・・・・・・・・・・・・・・・・・・・・30
佐久間象山　→佐久間象山・・・・・・・・・・・230
「桜姫全伝曙草紙」　→山東京伝(洒落本)・・・・・・・・・・・・・・・・・・・・・・・・・・・・・・321
「狭衣物語」　→狭衣物語・・・・・・・・・・・・・・86
雑史　→軍記・歴史物語・雑史(近世)・・・・290
雑俳　→川柳・雑俳・・・・・・・・・・・・・・・・・280
佐藤一斎　→佐藤一斎・・・・・・・・・・・・・・・240
「讃岐典侍日記」　→讃岐典侍日記・・・・・・116

「信明集」　→歌人と作品・家集・歌論(中古)・・・・・・・・・・・・・・・・・・・・・・・・・・・44
「小夜衣」　→小夜衣・・・・・・・・・・・・・・・・・155
「更級日記」　→更級日記・・・・・・・・・・・・・116
「早蕨」
　　→源氏物語・・・・・・・・・・・・・・・・・・・・・・・61
　　→匂宮〜夢浮橋・・・・・・・・・・・・・・・・・81
「山家集」　→西行・・・・・・・・・・・・・・・・・・146
「三教指帰」　→三教指帰・・・・・・・・・・・・・130
「三国伝記」　→三国伝記・・・・・・・・・・・・・179
「三七全伝南柯の夢」　→曲亭馬琴(読本)・・・・・・・・・・・・・・・・・・・・・・・・・・・・・・317
「三十六人集」　→三十六人集・・・・・・・・・・36
三十六歌仙　→歌人と作品・家集・歌論(中古)・・・・・・・・・・・・・・・・・・・・・・・・・・・44
「三条右大臣集」　→歌人と作品・家集・歌論(中古)・・・・・・・・・・・・・・・・・・・・・・・44
「三冊子」　→服部土芳・・・・・・・・・・・・・・・260
山東京伝
　　→山東京伝(読本)・・・・・・・・・・・・・・・320
　　→山東京伝(洒落本)・・・・・・・・・・・・・321
　　→山東京伝(草双紙・黄表紙・合巻)・・・326
「三宝絵詞」　→三宝絵詞・・・・・・・・・・・・・108
「散木奇歌集」　→源俊頼・・・・・・・・・・・・・・50

【し】

「椎本」
　　→源氏物語・・・・・・・・・・・・・・・・・・・・・・・61
　　→匂宮〜夢浮橋・・・・・・・・・・・・・・・・・81
慈円　→愚管抄・・・・・・・・・・・・・・・・・・・・・・160
「詞花和歌集」　→詞花和歌集・・・・・・・・・・43
式子内親王　→式子内親王・・・・・・・・・・・147
式亭三馬　→式亭三馬・・・・・・・・・・・・・・・322
地口本　→咄本・地口本・・・・・・・・・・・・・327
「重之集」　→歌人と作品・家集・歌論(中古)・・・・・・・・・・・・・・・・・・・・・・・・・・・44
支考　→各務支考・・・・・・・・・・・・・・・・・・・259
四条宮下野　→四条宮下野・・・・・・・・・・・・48

日本古典文学案内−現代語訳・注釈書　　**367**

しせんし　　　　　　　　　事項名索引

私撰集
　→私撰集(中古)･････････････ 36
　→私撰集・秀歌撰(中世)･････133
「自然真営道」　→安藤昌益･････229
思想家　→思想家・洋学者・文人･････228
七部集　→俳諧七部集･････268
「十訓抄」　→十訓抄･････････179
十返舎一九　→十返舎一九･････323
「忍音物語」　→忍音物語･････155
柴野栗山　→柴野栗山･････241
島田忠臣　→島田忠臣･････ 35
「沙石集」　→沙石集・無住作品･････179
洒落本　→洒落本･････････321
「拾遺和歌集」　→拾遺和歌集･････ 41
秀歌撰　→私撰集・秀歌撰(中世)･････133
「拾玉集」　→歌人と作品・家集・歌論
　　(中世)･････････････ 144
十三代集
　→新勅撰和歌集･････137
　→続後撰和歌集･････138
　→続古今和歌集･････138
　→続拾遺和歌集･････138
　→新後撰和歌集･････138
　→玉葉和歌集･････････138
　→続千載和歌集･････139
　→続後拾遺和歌集･････139
　→風雅和歌集･････････139
　→新千載和歌集･････140
　→新拾遺和歌集･････140
　→新後拾遺和歌集･････140
　→新続古今和歌集･････140
守覚法親王　→歌人と作品・家集・歌論
　　(中古)･････････････ 44
「出世景清」　→出世景清･････344
「酒呑童子」　→御伽草子・室町物語･････158
俊成卿女　→俊成卿女･････148
「春風帖」　→中島棕隠･････243
笑雲和尚　→笑雲和尚･････242

「承久記」　→承久記･････････164
「常山紀談」　→常山紀談･････291
成尋阿闍梨母　→成尋阿闍梨母･････ 48
「成尋阿闍梨母日記」　→成尋阿闍梨母
　日記･････････････････119
小説　→小説(近世)･････････288
丈草　→内藤丈草･････････260
蕉風　→蕉風･････････････258
「正法眼蔵」　→正法眼蔵・正法眼蔵随
　聞記･････････････････208
「正法眼蔵随聞記」　→正法眼蔵・正法
　眼蔵随聞記･････････208
「湘夢遺稿」　→江馬細香･････238
蕉門　→蕉風･････････････258
「将門記」　→将門記･････････109
「小右記」　→小右記･････････119
浄瑠璃　→浄瑠璃･････････333
「諸艶大鑑」　→諸艶大鑑･････304
書簡
　→親鸞･････････････････199
　→日蓮･････････････････215
　→安井息軒･････････････245
　→書簡(松尾芭蕉)･････267
　→向井去来･････････････272
　→与謝蕪村･････････････275
　→小林一茶･････････････278
「続古今和歌集」　→続古今和歌集･････138
「続後拾遺和歌集」　→続後拾遺和歌集･････139
「続後撰和歌集」　→続後撰和歌集･････138
「続拾遺和歌集」　→続拾遺和歌集･････138
「続千載和歌集」　→続千載和歌集･････139
「続日本紀」　→続日本紀･････102
「続日本後紀」　→歴史物語・歴史書(中
　古)･････････････････ 97
「諸国百物語」　→読本･････････313
「白露」　→白露･････････････155
「新可笑記」　→新可笑記･････304
心敬　→心敬･････････････152

368　日本古典文学案内－現代語訳・注釈書

事項名索引　　せんさい

「新古今増抄」　→加藤磐斎 ……………231
「新古今和歌集」　→新古今和歌集 ……134
「新後拾遺和歌集」　→新後拾遺和歌集…140
「新後撰和歌集」　→新後撰和歌集……138
「新猿楽記」　→物語(中古)……………54
「新拾遺和歌集」　→新拾遺和歌集 ……140
「心中天網島」　→心中天網島 ………345
「心中宵庚申」　→心中宵庚申 ………347
「信生法師集」　→歌人と作品・家集・
　　歌論(中世)……………………………144
「新続古今和歌集」　→新続古今和歌集…140
「慎思録」　→貝原益軒 ……………………239
「新千載和歌集」　→新千載和歌集 ……140
「新撰菟玖波集」　→新撰菟玖波集 ……151
「新撰万葉集」　→新撰万葉集 ………36
「信長記」　→信長記・信長公記 ………292
「信長公記」　→信長記・信長公記 ……292
「新勅撰和歌集」　→新勅撰和歌集 ……137
神道文学　→神道文学 ……………………218
「神皇正統記」　→神皇正統記 ………161
「新葉和歌集」　→新葉和歌集 ………140
親鸞
　　→親鸞…………………………………199
　　→教行信証……………………………202
　　→和讃…………………………………206

【す】

随筆
　　→日記・随筆・紀行・記録(中古)……110
　　→随筆・教訓(中世)…………………187
　　→日記・随筆・紀行・記録(近世)……330
「末摘花」
　　→源氏物語 ……………………………61
　　→桐壺〜藤裏葉 ………………………67
　　→誹風末摘花 …………………………284
菅江真澄　→菅江真澄 ………………332
「菅原伝授手習鑑」　→菅原伝授手習鑑…337

菅原孝標女　→更級日記 ……………116
菅原道真　→菅原道真 …………………35
鈴木正三　→鈴木正三 ………………294
鈴木牧之　→鈴木牧之 ………………332
「鈴虫」
　　→源氏物語 ……………………………61
　　→若菜〜幻 ……………………………77
「須磨」
　　→源氏物語 ……………………………61
　　→桐壺〜藤裏葉 ………………………67
「炭俵集」　→俳諧七部集 ………………268
「住吉物語」　→住吉物語 ……………155

【せ】

世阿弥　→世阿弥 …………………………222
「井蛙抄」　→頓阿 ………………………148
「聖教要録」　→山鹿素行 ………………246
清少納言
　　→清少納言……………………………49
　　→枕草子………………………………122
「醒睡笑」　→醒睡笑 ……………………328
「関屋」
　　→源氏物語 ……………………………61
　　→桐壺〜藤裏葉 ………………………67
「世間子息気質」　→江島其磧 ………312
「世間娘容気」　→江島其磧 …………312
「世間胸算用」　→世間胸算用 ………304
絶海中津　→絶海中津 ………………197
説経浄瑠璃　→説経節・説経浄瑠璃…335
説経節　→説経節・説経浄瑠璃………335
説話
　　→説話・伝説・伝承(中古)…………103
　　→説話・伝承(中世)…………………176
　　→物語・説話・伝説・巷説(近世)……289
「千穎集」　→歌人と作品・家集・歌論
　　(中古)…………………………………44
「千載和歌集」　→千載和歌集 ………134

日本古典文学案内－現代語訳・注釈書　　369

「撰集抄」　→撰集抄 179
「洗心洞箚記」　→大塩中斎 239
宣命　→祝詞・宣命 11
川柳　→川柳・雑俳 280

【そ】

宗因　→西山宗因 258
宗祇　→宗祇 152
「宗長日記」　→日記・随筆・紀行・記
　録(中世) 181
「雑兵物語」　→軍記・歴史物語・雑史
　(近世) 290
相聞歌　→相聞歌・恋歌 30
巣林子　→近松門左衛門 338
「曾我物語」　→曾我物語 165
「続古事談」　→古事談・続古事談 178
「続五論」　→各務支考 259
「曾根崎心中」　→曾根崎心中 348
曾禰好忠　→曾禰好忠 49
曾良　→河合曾良 259

【た】

「台記」　→日記・随筆・紀行・記録(中
　古) 110
「待賢門院堀河集」　→歌人と作品・家
　集・歌論(中古) 44
「太閤記」　→太閤記 293
大典顕常　→大典顕常 242
「太平記」　→太平記 165
平忠度　→平忠度 49
「田植草紙」　→歌謡(中世) 152
高井几董　→高井几董 274
「高砂」　→世阿弥 222
高野長英　→思想家・洋学者・文人 ... 228
高橋虫麻呂　→高橋虫麻呂 32
「篁物語」　→篁物語 87

宝井其角　→宝井其角 259
「滝沢馬琴」　→曲亭馬琴(読本) 317
「竹河」
　→源氏物語 61
　→匂宮～夢浮橋 81
竹田出雲
　→竹田出雲(二世) 336
　→仮名手本忠臣蔵 336
　→菅原伝授手習鑑 337
　→義経千本桜 337
高市黒人　→高市黒人 32
「竹取物語」　→竹取物語 88
建部綾足　→建部綾足 320
「竹むきが記」　→竹むきが記 186
橘曙覧　→橘曙覧 251
橘為仲　→橘為仲 49
立花北枝　→立花北枝 260
館柳湾　→漢詩・漢文学(近世) 234
田中大秀　→国学 231
「玉鬘」
　→源氏物語 61
　→桐壺～藤裏葉 67
「玉勝間」　→本居宣長 233
「たまきはる」　→建春門院中納言日記
　(たまきはる) 184
「玉くしげ」　→本居宣長 233
為永春水　→為永春水(初世) 321
「為頼集」　→歌人と作品・家集・歌論
　(中古) 44
田安宗武　→田安宗武 252
「歎異抄」　→歎異抄 204
談林派　→談林期 257

【ち】

近松半二　→近松半二 338
近松門左衛門
　→近松門左衛門 338

→女殺油地獄･････････････････340
　→傾城反魂香･････････････････342
　→国性爺合戦･････････････････343
　→出世景清･･･････････････････344
　→心中天網島･････････････････345
　→心中宵庚申･････････････････347
　→曾根崎心中･････････････････348
　→平家女護島･････････････････350
　→堀川波鼓･･･････････････････351
　→冥途の飛脚･････････････････352
　→鑓の権三重帷子･････････････354
「竹林抄」　→宗祇･･････････････152
「父の終焉日記」　→小林一茶･････278
中巌円月　→中巌円月････････････197
中興期　→中興期･･････････････273
中世物語　→中世物語･･････････154
「中朝事実」　→山鹿素行･･･････246
勅撰和歌集
　→勅撰和歌集(中古)････････････37
　→勅撰和歌集(中世)･･･････････134
千代尼　→千代尼･･････････････274
「塵塚物語」　→随筆・教訓･･････187
「椿説弓張月」　→椿説弓張月････318

【つ】

「通詩選」　→大田南畝･････････254
都賀庭鐘　→都賀庭鐘･･････････321
「莵玖波集」　→莵玖波集･･･････150
「堤中納言物語」　→堤中納言物語‥ 91
「徒然草」　→徒然草･････････････190

【て】

貞門期　→貞門期(俳諧)･･････････257
「手習」
　→源氏物語･･･････････････････61

　→匂宮～夢浮橋･････････････････81
伝記　→物語・説話・伝記・巷説(近世)‥289
「田氏家集」　→島田忠臣････････35
伝承
　→説話・伝説・伝承(中古)･･････103
　→説話・伝承(中世)････････････176
伝説　→説話・伝説・伝承(中古)･･103

【と】

「東海道中膝栗毛」　→十返舎一九‥323
「東海道名所記」　→浅井了意････294
「東海道四谷怪談」　→東海道四谷怪談‥357
「東関紀行」　→海道記・東関紀行‥184
道元
　→道元･･･････････････････････206
　→正法眼蔵・正法眼蔵随聞記････208
「東航紀聞」　→漂流記･････････332
「東西遊記」　→日記・随筆・紀行・記
　録(近世)････････････････････330
東常縁　→東常縁･････････････148
「統道真伝」　→安藤昌益･･･････229
「多武峯少将物語」　→多武峯少将物語‥93
読本　→読本･････････････････313
「独楽吟」　→橘曙覧････････････251
「常夏」
　→源氏物語･･････････････････61
　→桐壺～藤裏葉･･････････････67
「土佐日記」　→土佐日記･･･････119
「都氏文集」　→漢詩・漢文学(中古)‥34
土芳　→服部土芳･････････････260
「とりかへばや物語」　→とりかへばや
　物語･･････････････････････156
「とはずがたり」　→とはずがたり‥185
頓阿　→頓阿･･･････････････････148

【な】

内藤丈草　→内藤丈草 …………………260
「直毘霊」　→本居宣長 …………………233
中江藤樹　→中江藤樹 …………………242
中島棕隠　→中島棕隠 …………………243
「中務内侍日記」　→中務内侍日記・弁
　　内侍日記 ……………………………186
並木五瓶　→並木五瓶(初世) …………357
並木宗輔　→並木宗輔 …………………355
成島柳北　→漢詩・漢文学(近世) ……234
「南海紀聞」　→漂流記 …………………332
「男色大鑑」　→男色大鑑 ………………306
「南総里見八犬伝」　→南総里見八犬伝 …319

【に】

「匂宮」
　　→源氏物語 …………………………61
　　→匂宮〜夢浮橋 ……………………81
「匂兵部卿」
　　→源氏物語 …………………………61
　　→匂宮〜夢浮橋 ……………………81
西山宗因　→西山宗因 …………………258
「西山物語」　→建部綾足 ………………320
「二十一社記」　→神道文学 ……………218
二条院讃岐　→二条院讃岐 ………………49
「修紫田舎源氏」　→柳亭種彦 …………327
日蓮　→日蓮 ……………………………215
日記
　　→日記・随筆・紀行・記録(中古) ……110
　　→日記・随筆・紀行・記録(中世) ……181
　　→紀行・日記(松尾芭蕉) …………263
　　→日記・随筆・紀行・記録(近世) ……330
「日本永代蔵」　→日本永代蔵 …………307
「日本現報善悪霊異記」　→日本霊異記 …108

「日本後紀」　→日本後紀 ………………103
「日本書紀」　→日本書紀 …………………7
「日本霊異記」　→日本霊異記 …………108
「如儡子」　→如儡子 ……………………294
人情本　→人情本 ………………………321

【ぬ】

額田王　→額田王 …………………………32

【ね】

「寝覚物語」　→夜半の寝覚 ……………96

【の】

能因　→能因 ………………………………49
能楽
　　→能作者と作品(中世) ……………221
　　→能楽(近世) ………………………333
「野ざらし紀行」　→野ざらし紀行 ……267
野沢凡兆　→野沢凡兆 …………………260
野村篁園　→漢詩・漢文学(近世) ……234
祝詞　→祝詞・宣命 ………………………11
「野分」
　　→源氏物語 …………………………61
　　→桐壺〜藤裏葉 ……………………67

【は】

俳諧　→俳諧 ……………………………254
「俳諧十論」　→各務支考 ………………259
俳諧七部集　→俳諧七部集 ……………268
「俳諧武玉川」　→俳諧武玉川 …………285
俳諧連歌　→連歌・俳諧連歌 …………150
「配所残筆」　→山鹿素行 ………………246
「誹風末摘花」　→誹風末摘花 …………284

「誹風柳多留」　→誹風柳多留・同拾遺‥‥285
「誹風柳多留拾遺」　→誹風柳多留・同拾遺‥‥285
俳文　→俳文‥‥‥‥‥‥‥‥‥‥‥‥‥‥‥269
俳論　→俳論‥‥‥‥‥‥‥‥‥‥‥‥‥‥‥270
白隠　→白隠‥‥‥‥‥‥‥‥‥‥‥‥‥‥‥227
「白馬経」　→各務支考‥‥‥‥‥‥‥‥‥259
「橋姫」
　→源氏物語‥‥‥‥‥‥‥‥‥‥‥‥‥‥‥61
　→匂宮～夢浮橋‥‥‥‥‥‥‥‥‥‥‥‥81
芭蕉　→松尾芭蕉‥‥‥‥‥‥‥‥‥‥‥‥260
芭蕉七部集　→俳諧七部集‥‥‥‥‥‥268
「鉢かづき」　→御伽草子・室町物語‥‥158
八代集
　→古今和歌集‥‥‥‥‥‥‥‥‥‥‥‥‥37
　→後撰和歌集‥‥‥‥‥‥‥‥‥‥‥‥‥41
　→拾遺和歌集‥‥‥‥‥‥‥‥‥‥‥‥‥41
　→後拾遺和歌集‥‥‥‥‥‥‥‥‥‥‥42
　→金葉和歌集‥‥‥‥‥‥‥‥‥‥‥‥‥42
　→詞花和歌集‥‥‥‥‥‥‥‥‥‥‥‥‥43
　→千載和歌集‥‥‥‥‥‥‥‥‥‥‥‥134
　→新古今和歌集‥‥‥‥‥‥‥‥‥‥‥134
服部土芳　→服部土芳‥‥‥‥‥‥‥‥‥260
服部南郭　→服部南郭‥‥‥‥‥‥‥‥‥243
服部嵐雪　→服部嵐雪‥‥‥‥‥‥‥‥‥272
「初音」
　→源氏物語‥‥‥‥‥‥‥‥‥‥‥‥‥‥‥61
　→桐壺～藤裏葉‥‥‥‥‥‥‥‥‥‥‥67
咄本　→咄本・地口本‥‥‥‥‥‥‥‥‥327
「花散里」
　→源氏物語‥‥‥‥‥‥‥‥‥‥‥‥‥‥‥61
　→桐壺～藤裏葉‥‥‥‥‥‥‥‥‥‥‥67
「花宴」
　→源氏物語‥‥‥‥‥‥‥‥‥‥‥‥‥‥‥61
　→桐壺～藤裏葉‥‥‥‥‥‥‥‥‥‥‥67
「英草紙」　→都賀庭鐘‥‥‥‥‥‥‥‥‥321
「花見凩盛衰記」　→曲亭馬琴(草双紙・黄表紙・合巻)‥‥‥‥‥‥‥‥‥‥‥‥326

「帚木」
　→源氏物語‥‥‥‥‥‥‥‥‥‥‥‥‥‥‥61
　→桐壺～藤裏葉‥‥‥‥‥‥‥‥‥‥‥67
「浜松中納言物語」　→浜松中納言物語‥‥93
林羅山　→林羅山‥‥‥‥‥‥‥‥‥‥‥‥243
「春雨物語」　→春雨物語‥‥‥‥‥‥‥316
「春の日」　→俳諧七部集‥‥‥‥‥‥‥268
「春のみやまぢ」　→飛鳥井雅有日記‥‥182
伴信友　→伴信友‥‥‥‥‥‥‥‥‥‥‥‥232
万里集九　→万里集九‥‥‥‥‥‥‥‥‥197

【ひ】

檜垣嫗　→檜垣嫗‥‥‥‥‥‥‥‥‥‥‥‥49
「肥後集」　→歌人と作品・家集・歌論(中古)‥‥‥‥‥‥‥‥‥‥‥‥‥‥‥‥‥‥44
「ひさご」　→俳諧七部集‥‥‥‥‥‥‥268
秘本　→秘本・艶本‥‥‥‥‥‥‥‥‥‥328
百首歌
　→百首歌(中古)‥‥‥‥‥‥‥‥‥‥‥43
　→百首歌(中世)‥‥‥‥‥‥‥‥‥‥141
百人一首　→百人一首‥‥‥‥‥‥‥‥‥141
漂流記　→漂流記‥‥‥‥‥‥‥‥‥‥‥332
平賀元義　→平賀元義‥‥‥‥‥‥‥‥‥252
平田篤胤　→平田篤胤‥‥‥‥‥‥‥‥‥232
広瀬旭荘　→広瀬旭荘‥‥‥‥‥‥‥‥‥243
広瀬淡窓　→広瀬淡窓‥‥‥‥‥‥‥‥‥243

【ふ】

「風雅和歌集」　→風雅和歌集‥‥‥‥‥139
「風姿花伝」　→世阿弥‥‥‥‥‥‥‥‥222
「風俗文選」　→森川許六‥‥‥‥‥‥‥273
「風葉和歌集」　→風葉和歌集‥‥‥‥‥154
「深養父集」　→歌人と作品・家集・歌論(中古)‥‥‥‥‥‥‥‥‥‥‥‥‥‥‥‥‥‥44
「復讐奇談安積沼」　→山東京伝(洒落本)‥‥‥‥‥‥‥‥‥‥‥‥‥‥‥‥‥‥‥‥321

「袋草紙」 →藤原清輔	49
「武家義理物語」 →武家義理物語	308
藤井竹外 →藤井竹外	244
藤田東湖 →藤田東湖	244
藤田幽谷 →藤田幽谷	244
「藤裏葉」	
→源氏物語	61
→桐壺〜藤裏葉	67
「藤袴」	
→源氏物語	61
→桐壺〜藤裏葉	67
藤原惺窩 →藤原惺窩	244
藤原家隆 →藤原家隆	148
藤原清輔 →藤原清輔	49
藤原公任 →藤原公任	50
藤原伊尹 →藤原伊尹	50
藤原定家	
→藤原定家	148
→明月記	187
藤原定頼 →藤原定頼	50
藤原実方 →藤原実方	50
藤原実資 →小右記	119
藤原隆信 →藤原隆信	149
藤原俊成 →藤原俊成	149
藤原長子 →讚岐典侍日記	116
藤原長能 →藤原長能	50
藤原仲文 →藤原仲文	50
藤原道綱母 →蜻蛉日記	113
藤原道長 →御堂関白記	126
藤原基俊 →藤原基俊	50
藤原良経 →藤原良経	149
「扶桑略記」 →扶桑略記	103
「蕪村七部集」 →与謝蕪村	275
仏教文学	
→仏教文学(中古)	129
→仏教文学(中世)	198
→仏教文学(近世)	227

「筆のすさび」 →菅茶山	240
「武道伝来記」 →武道伝来記	309
「風土記」 →風土記	10
「懐硯」 →懐硯	310
「夫木和歌抄」 →私撰集・秀歌撰(中世)	133
「冬の日」 →俳諧七部集	268
文人 →思想家・洋学者・文人	228
文楽 →文楽	335

【へ】

「平家女護島」 →平家女護島	350
「平家物語」 →平家物語	169
「平治物語」 →平治物語	174
「平中物語」 →平中物語	94
「遍昭集」 →歌人と作品・家集・歌論(中古)	44
「弁内侍日記」 →中務内侍日記・弁内侍日記	186

【ほ】

「保元物語」 →保元物語	175
「方丈記」 →方丈記	187
法然 →法然	216
「宝物集」 →宝物集	180
「北越奇談」 →読本	313
「北越雪譜」 →鈴木牧之	332
「北槎聞略」 →漂流記	332
細井平洲 →細井平洲	244
「蛍」	
→源氏物語	61
→桐壺〜藤裏葉	67
発句 →発句	270
「発心集」 →発心集	180
「堀川波鼓」 →堀川波鼓	351
堀河百首 →堀河百首	44

「本院侍従集」　→歌人と作品・家集・
　　歌論(中古)･････････････････････44
凡兆　→野沢凡兆･････････････････260
「本朝桜陰比事」　→本朝桜陰比事･･････310
「本朝水滸伝」　→建部綾足･････････320
「本朝二十不孝」　→本朝二十不孝･･････310
「本朝無題詩」　→本朝無題詩･････････34
「本朝文粋」　→本朝文粋･････････････35
「本朝麗藻」　→本朝麗藻･････････････34

【ま】

「真木柱」
　　→源氏物語･･････････････････････61
　　→桐壺～藤裏葉････････････････67
「枕草子」　→枕草子･････････････････122
「匡衡集」　→歌人と作品・家集・歌論
　　(中古)･････････････････････････44
「増鏡」　→増鏡･････････････････････162
松尾芭蕉
　　→松尾芭蕉･･････････････････････260
　　→紀行・日記(松尾芭蕉)･････････263
　　→奥の細道･･････････････････････264
　　→野ざらし紀行･････････････････267
　　→書簡････････････････････････267
　　→俳諧七部集････････････････････268
　　→俳文････････････････････････269
　　→俳論････････････････････････270
　　→発句････････････････････････270
　　→連句････････････････････････271
「松陰中納言物語」　→松陰中納言物語･･･157
「松風」
　　→源氏物語･････････････････････61
　　→桐壺～藤裏葉････････････････67
松崎慊堂　→松崎慊堂･････････････245
松平定信　→松平定信･････････････333
松永貞徳　→松永貞徳･････････････257
「松浦宮物語」　→松浦宮物語･････････157

「幻」
　　→源氏物語･････････････････････61
　　→若菜～幻･･････････････････････77
「万葉集」
　　→万葉集･･･････････････････････13
　　→東歌･････････････････････････30
　　→防人歌･･･････････････････････30
　　→相聞歌・恋歌･････････････････30
　　→万葉歌人と作品･･･････････････31
「万葉代匠記」　→契沖･････････････232

【み】

三浦梅園　→三浦梅園･････････････230
「澪標」
　　→源氏物語･････････････････････61
　　→桐壺～藤裏葉････････････････67
「三河物語」　→軍記・歴史物語・雑史
　　(近世)･････････････････････････290
三島中洲　→三島中洲･････････････245
「水鏡」　→水鏡･････････････････････103
「道済集」　→歌人と作品・家集・歌論
　　(中古)･････････････････････････44
「道信集」　→歌人と作品・家集・歌論
　　(中古)･････････････････････････44
「御堂関白記」　→御堂関白記･･･････126
「源家長日記」　→源家長日記･･･････186
源実朝　→源実朝･････････････････149
源為憲　→三宝絵詞･･･････････････108
源俊頼　→源俊頼･････････････････50
「源通親日記」　→日記・随筆・紀行・
　　記録(中古)････････････････････110
「御法」
　　→源氏物語･････････････････････61
　　→若菜～幻･･････････････････････77
壬生忠岑　→壬生忠岑･････････････51
「耳袋」　→物語・説話・伝記・巷説(近
　　世)･･･････････････････････････289
「行幸」

みようえ　　　　　　　　　　事項名索引

　　→源氏物語 ‥‥‥‥‥‥‥‥‥‥ 61
　　→桐壺〜藤裏葉 ‥‥‥‥‥‥‥‥ 67
明恵　→明恵 ‥‥‥‥‥‥‥‥‥‥‥ 217

【む】

向井去来　→向井去来 ‥‥‥‥‥‥‥ 272
「むぐら」　→無名草子 ‥‥‥‥‥‥‥ 154
「むさしあぶみ」　→浅井了意 ‥‥‥‥ 294
無住作品　→沙石集・無住作品 ‥‥‥ 179
夢窓疎石　→夢窓疎石 ‥‥‥‥‥‥‥ 197
「武玉川」　→俳諧武玉川 ‥‥‥‥‥‥ 285
「陸奥話記」　→陸奥話記 ‥‥‥‥‥‥ 110
「無名抄」　→鴨長明(和歌) ‥‥‥‥‥ 145
「無名草子」　→無名草子 ‥‥‥‥‥‥ 154
紫式部
　　→紫式部 ‥‥‥‥‥‥‥‥‥‥ 51
　　→源氏物語 ‥‥‥‥‥‥‥‥‥‥ 61
　　→桐壺〜藤裏葉 ‥‥‥‥‥‥‥‥ 67
　　→若菜〜幻 ‥‥‥‥‥‥‥‥‥‥ 77
　　→匂宮〜夢浮橋 ‥‥‥‥‥‥‥‥ 81
　　→紫式部日記 ‥‥‥‥‥‥‥‥‥ 127
「紫式部日記」　→紫式部日記 ‥‥‥‥ 127
室鳩巣　→室鳩巣 ‥‥‥‥‥‥‥‥‥ 245
室町物語　→御伽草子・室町物語 ‥‥ 158

【め】

「明月記」　→明月記 ‥‥‥‥‥‥‥‥ 187
「名将言行録」　→軍記・歴史物語・雑
　　史(近世) ‥‥‥‥‥‥‥‥‥‥ 290
「冥途の飛脚」　→冥途の飛脚 ‥‥‥‥ 352

【も】

木喰上人　→歌人と作品・家集・歌論
　　(中世) ‥‥‥‥‥‥‥‥‥‥‥ 144

本居宣長　→本居宣長 ‥‥‥‥‥‥‥ 233
元田永孚　→漢詩・漢文学(近世) ‥‥‥ 234
「元良親王集」
　　→歌人と作品・家集・歌論(中古) ‥ 44
　　→歌人と作品・家集・歌論(中古) ‥ 44
物語
　　→物語(中古) ‥‥‥‥‥‥‥‥‥ 54
　　→物語・説話・伝記・巷説(近世) ‥ 289
「ものくさ太郎」　→御伽草子・室町物
　　語 ‥‥‥‥‥‥‥‥‥‥‥‥‥ 158
「紅葉賀」
　　→源氏物語 ‥‥‥‥‥‥‥‥‥‥ 61
　　→桐壺〜藤裏葉 ‥‥‥‥‥‥‥‥ 67
森川許六　→森川許六 ‥‥‥‥‥‥‥ 273
「師輔集」　→歌人と作品・家集・歌論
　　(中古) ‥‥‥‥‥‥‥‥‥‥‥ 44

【や】

安井息軒　→安井息軒 ‥‥‥‥‥‥‥ 245
「康資王母集」　→歌人と作品・家集・
　　歌論(中古) ‥‥‥‥‥‥‥‥‥ 44
「夜船閑話」　→白隠 ‥‥‥‥‥‥‥‥ 227
「宿木」
　　→源氏物語 ‥‥‥‥‥‥‥‥‥‥ 61
　　→匂宮〜夢浮橋 ‥‥‥‥‥‥‥‥ 81
梁川星巌　→梁川星巌 ‥‥‥‥‥‥‥ 246
「柳多留」　→誹風柳多留・同拾遺 ‥‥ 285
梁田蛻巌　→漢詩・漢文学(近世) ‥‥‥ 234
山鹿素行　→山鹿素行 ‥‥‥‥‥‥‥ 246
山崎闇斎　→山崎闇斎 ‥‥‥‥‥‥‥ 246
「山路の露」　→山路の露 ‥‥‥‥‥‥ 157
「大和物語」　→大和物語 ‥‥‥‥‥‥ 94
山梨稲川　→山梨稲川 ‥‥‥‥‥‥‥ 246
山上憶良　→山上憶良 ‥‥‥‥‥‥‥ 32
山部赤人　→山部赤人 ‥‥‥‥‥‥‥ 33
「鑓の権三重帷子」　→鑓の権三重帷子 ‥ 354

【ゆ】

「融」　→世阿弥 ……………………222
「夕顔」
　→源氏物語 ………………………61
　→桐壺〜藤裏葉 …………………67
「夕霧」
　→源氏物語 ………………………61
　→若菜〜幻 ………………………77
「夢浮橋」
　→源氏物語 ………………………61
　→匂宮〜夢浮橋 …………………81

【よ】

洋学者　→思想家・洋学者・文人 ………228
謡曲文学　→謡曲文学 ……………………219
「養生訓」　→貝原益軒 …………………239
横井小楠　→横井小楠 ……………………247
横井也有　→横井也有 ……………………275
「横笛」
　→源氏物語 ………………………61
　→若菜〜幻 ………………………77
与謝蕪村　→与謝蕪村 ……………………275
吉田兼好　→徒然草 ………………………190
吉田松陰　→吉田松陰 ……………………230
「義経千本桜」　→義経千本桜 ……………337
「吉野拾遺」　→説話・伝承(中世) ………176
「能宣集」　→歌人と作品・家集・歌論
　(中古) ……………………………44
「蓬生」
　→源氏物語 ………………………61
　→桐壺〜藤裏葉 …………………67
「頼政集」　→歌人と作品・家集・歌論
　(中古) ……………………………44
「頼基集」　→歌人と作品・家集・歌論
　(中古) ……………………………44

「万の文反古」　→万の文反古 ……………311
「夜半の寝覚」　→夜半の寝覚 ……………96

【ら】

頼山陽　→頼山陽 …………………………247
「蘭学事始」　→思想家・洋学者・文人 …228
「癇癖談」　→上田秋成 …………………313

【り】

「李花集」　→歌人と作品・家集・歌論
　(中世) ……………………………144
六国史
　→続日本紀 ………………………102
　→日本後紀 ………………………103
柳亭種彦　→柳亭種彦 ……………………327
「凌雲集」　→漢詩・漢文学(中古) ………34
良寛
　→良寛(漢詩) ……………………247
　→良寛(和歌) ……………………253
　→良寛(俳句) ……………………280
「梁塵秘抄」　→梁塵秘抄 …………………53

【れ】

歴史書
　→歴史物語・歴史書(中古) ……97
　→歴史物語・歴史書(中世) ……159
　→軍記・歴史物語・雑史(近世) …290
歴史物語
　→歴史物語・歴史書(中古) ……97
　→歴史物語・歴史書(中世) ……159
　→軍記・歴史物語・雑史(近世) …290
連歌　→連歌・俳諧連歌 ………………150
連歌作者と作品　→連歌作者と作品・
　連歌論 ……………………………151
連歌論　→連歌作者と作品・連歌論 ……151

れんく　　　　　　　事項名索引

連句　→連句............................271
蓮如　→蓮如............................217

【わ】

和歌
　→和歌(古代)........................13
　→和歌(中古)........................35
　→和歌(中世)........................132
　→和歌(近世)........................248
「若菜」
　→源氏物語..........................61
　→若菜～幻..........................77
「我身にたどる姫君」　→我身にたどる
　姫君...............................157
「若紫」
　→源氏物語..........................61
　→桐壺～藤裏葉......................67
「和漢朗詠集」　→和漢朗詠集..............53
和讃　→和讃............................206
渡辺崋山　→思想家・洋学者・文人........228
「椀久一世の物語」　→椀久一世の物語...312

378　日本古典文学案内－現代語訳・注釈書

著者名索引

【あ】

相磯 貞三 ………… 12, 135
愛知県立女子大学国
　文学研究室 ………… 136
相原 宏美 ………… 41
饗庭 篁村 ………… 339
粟生 こずえ ………… 158
青木 晃 ………… 165
青木 和夫 ………… 5, 102
青木 紀元 ………… 101
青木 賢豪 ………… 44
青木 賜鶴子 ………… 58, 232
青木 生子 ………… 22～24, 27
青木 正 ………… 65, 125, 193
青木 経雄 ………… 182, 186
青木 正次 ………… 315
青野 季吉 …………
　55, 60, 63, 86, 88, 96,
　104, 111, 113, 116, 122,
　166, 174, 175, 187, 191,
　296, 297, 299, 305, 308,
　312, 314, 317, 319, 322,
　323, 341～343, 345, 347,
　348, 350, 351, 353, 354
青野 澄子 ………… 144
青山 直治 ………… 162
阿河 準三 ………… 241
赤城 宗徳 ………… 109
赤瀬 信吾 ………… 137
赤羽 学 ………… 257
赤堀 又次郎 ………… 171
赤松 俊秀 ………… 160
阿川 文正 ………… 217
秋葉 環 ………… 142
秋本 吉郎 ………… 11
秋本 吉徳 ………… 10

秋山 虔 ‥ 34, 37, 58, 63～66,
　69, 74, 78, 82, 85, 90,
　91, 98, 100, 118, 128
秋山 光和 ………… 66
浅井 円道 ………… 215
浅井 成海 ………… 217
浅井 峯治 ………… 95, 156, 178
浅尾 芳之助 ………… 172
浅川 欽一 ………… 332
浅川 征一郎 ………… 329
朝倉 治彦 ………… 294
浅野 建二 …………
　53, 105, 152, 153, 287
浅野 三平 ………… 314, 317
浅野 信 ………… 269
麻原 美子 ………… 173, 219
浅見 和彦 …………
　176, 178, 179, 188
浅見 淵 ………… 166
浅山 佳郎 ………… 238
芦沢 武幸 ………… 30
芦田 耕一 ………… 50
芦部 寿江 ………… 66, 76, 77
阿心庵 雪人 ………… 275
東 隆眞 ………… 210
阿素洛 ………… 69
阿蘇 瑞枝 ‥ 1, 26, 29～31, 33
麻生 磯次 …………
　65, 67, 259, 262～265,
　267, 295～312, 324, 325
足立 菰川 ………… 318
足立 駿二 ………… 272
足立 尚計 ………… 251
安達 正巳 ………… 236, 274, 278
能里 与志 ………… 282
阿部 秋生 …………
　9, 63, 65, 69～72,
　74, 76～80, 82～86,
　112, 126, 128, 231

阿部 喜三男 …………
　256, 258, 270, 271
阿部 国治 ………… 7
阿部 達二 ‥‥ 143, 173, 283
阿部 俊子 ‥‥ 45, 55, 95
阿部 政一 ………… 1
阿部 正秀 ………… 171
阿部 正美 ‥‥ 258, 271, 272
阿部 正路 ………… 26, 40
阿部 光子 ………… 92, 117
阿部 好臣 ………… 157
阿部 竜一 ………… 130
雨海 博洋 ………… 89, 95
天野 雨山 ………… 268, 269
天野 大介 ………… 194
天野 直方 ………… 66
網谷 厚子 ‥‥ 59, 89, 91, 99
新井 栄蔵 ………… 40
新居 和美 ………… 67
荒井 源司 ………… 53
新井 誠夫 ………… 141, 142
新井 益太郎 ………… 283, 284
新井 満 ………… 251, 253
新井 無二郎 ………… 57, 58
荒木 清 ………… 29
荒木 見悟 ‥‥ 236, 239, 245
荒木 繁 ‥‥ 219, 335, 347
荒木 常能 ………… 313, 332
荒木 尚 ‥‥ 137, 143, 148
荒木 浩 ………… 178
荒木 良雄 ‥‥ 65, 165, 194
新里 博 ………… 143
荒瀬 邦介 ………… 334
有川 武彦 ………… 156, 232
有沙 啓介 ………… 237
有馬 賢頼 ………… 339
有馬 卓也 ………… 237

著者名索引

有馬 徳 ‥‥‥‥‥‥‥ 30
有馬 与藤次 ‥‥‥ 121, 183
有馬 憐花 ‥‥‥‥‥ 189
有吉 保 ‥ 76, 134, 141～143
粟田 寛 ‥‥‥‥‥‥ 11
粟谷 良道 ‥‥‥ 209, 210
安西 篤子 ‥‥‥‥ 319, 320
安津 素彦 ‥‥‥‥‥ 5
安東 次男 ‥ 142, 269～272
安藤 常次郎 ‥‥‥‥ 224
安藤 俊雄 ‥‥‥‥‥ 129
安藤 英男 ‥‥‥‥‥ 247
安藤 英方 ‥‥‥‥‥ 189
安藤 文英 ‥‥‥‥‥ 211
安藤 正次 ‥‥‥‥‥ 4, 8
安杉 亨子 ‥‥‥‥‥ 76
安藤昌益研究会 ‥‥‥ 229
あんの 秀子 ‥‥‥‥ 143

【い】

伊井 春樹 ‥‥‥‥‥
　　　48, 50, 70, 78, 83, 290
飯泉 健司 ‥‥‥‥‥ 10
飯島 総葉 ‥‥‥‥‥ 126
飯島 忠夫 ‥‥‥‥‥ 230
飯塚 知多夫 ‥‥‥‥ 22
飯塚 大展 ‥‥‥‥‥ 198
飯田 正一 ‥‥‥ 152, 257, 321
飯田 季治 ‥ 8, 9, 46, 97, 101
飯田 武郷 ‥‥‥‥ 8, 9, 56
飯田 潮春 ‥‥‥ 119, 182, 187
飯田 弟治 ‥‥‥‥‥ 7
飯田 俊郎 ‥‥‥‥‥ 249
飯田 永夫 ‥ 56, 60, 90, 135
飯田 利行 ‥‥‥ 207, 222, 247
飯野 哲二 ‥‥‥‥‥ 266

家永 香織 ‥‥‥‥‥ 133
家永 三郎 ‥‥‥‥ 1, 202
五十嵐 篤好 ‥‥‥‥ 58
五十嵐 力 ‥‥‥‥ 62, 63,
　　99, 110, 125, 126, 163
五十嵐博士源氏物語刊行会
　　‥‥‥‥‥‥‥‥ 62
井川 昌文 ‥‥‥‥‥ 250
生田 幸彦 ‥‥‥‥‥ 165
井口 寿 ‥‥‥‥ 150, 152
池内 紀 ‥‥‥‥‥ 332
池内 信嘉 ‥‥‥‥‥ 222
池上 洵一 ‥‥‥‥‥
　　　103～105, 108, 179
池沢 一郎 ‥ 237～239, 246
生杉 朝子 ‥‥‥‥‥ 176
池田 晧 ‥‥‥‥‥ 332
井桁 薫 ‥‥‥‥‥ 194
池田 亀鑑 ‥‥‥‥‥
　　　60, 65, 66, 75, 91, 113,
　　　122, 123, 125, 126, 128
池田 諭 ‥‥‥‥‥ 215
池田 秋旻 ‥‥‥‥‥ 15
池田 勉 ‥‥‥‥‥ 232
池田 常太郎 ‥‥‥‥‥ 1
池田 利夫 ‥ 92, 94, 117, 118
池田 尚隆 ‥‥‥‥ 98, 100
池田 みち子 ‥‥‥‥ 324
池田 弥三郎 ‥‥‥‥
　　　　　14, 15, 119, 120
池田 勇諦 ‥‥‥‥‥
　　　　202, 203, 205, 206
池田 魯参 ‥‥‥‥‥ 209
池谷 敏忠 ‥‥‥‥‥ 280
池辺 真榛 ‥‥‥‥ 98, 101
池辺 義象 ‥‥‥‥‥
　　3, 57, 59, 61, 65, 87, 90,
　　92, 94, 95, 97～100, 103,
　　107, 112, 114, 118, 121,
　　125, 128, 156, 157, 161,

　　162, 164, 165, 167, 175,
　　177～179, 183, 189, 193
居駒 永幸 ‥‥‥‥‥ 10
伊坂 裕次 ‥‥‥‥‥ 266
伊沢 孝雄 ‥‥‥‥‥ 193
井沢 長秀 ‥‥‥‥‥ 108
石井 恭二 ‥‥‥ 166, 198,
　　　207, 209, 210, 315, 317
石井 教道 ‥‥‥‥‥ 217
石井 修道 ‥‥‥‥‥ 207
石井 庄司 ‥‥‥ 19, 20, 22
石井 紫郎 ‥‥‥‥‥ 229
石井 文夫 ‥‥‥‥‥
　　45, 49, 111, 116, 117, 127
石上 善応 ‥‥‥‥‥ 217
石川 梅次郎 ‥‥‥‥ 241
石川 教張 ‥‥‥‥‥ 216
石川 銀栄子 ‥‥‥‥ 257
石川 康明 ‥‥‥‥‥ 215
石川 佐久太郎 ‥‥‥ 101
石川 淳 ‥‥‥ 1, 2, 313, 316
石川 真弘 ‥‥‥‥‥ 258
石川 忠久 ‥‥‥‥‥ 245
石川 常彦 ‥‥‥‥‥ 149
石川 徹 ‥‥‥‥ 87, 101
石川 一 ‥‥‥‥‥ 145
石川 博 ‥‥‥‥‥ 320
石川 誠 ‥ 13, 16, 38, 81, 135
石川 三佐男 ‥‥‥‥ 235
石川 泰水 ‥‥‥ 146, 148
石黒 吉次郎 ‥‥‥ 159, 164
石田 郷子 ‥‥‥ 261, 275
石田 実洋 ‥‥‥‥‥ 160
石田 成佳 ‥‥‥‥‥ 281
石田 穣二 ‥‥‥‥‥
　　55, 58, 75, 76, 80, 86, 123
石田 瀧蔵 ‥‥‥‥‥ 193
石田 文昭 ‥‥‥‥‥ 199

石田 瑞麿 ……… 131, 199, 201, 203～205	市場 直次郎 ………… 306	稲田 篤信 …………… 316
石田 元季 …… 270, 275	櫟原 聡 …………… 143	稲田 利徳 …… 192, 196
いしだ よしこ …… 143	市原 愿 …………… 58	稲葉 秀賢 …………… 203
石田 吉貞 ……… 135, 136, 167, 169, 186	一海 知義 … 237～239, 246	稲林 敬一 …………… 329
	五木 寛之 …………… 205	稲村 徳 …………… 66
石田 充之 …………… 202	一色 直朝 …………… 132	乾 裕幸 …… 256, 257
伊地知 鉄男 ………… 151	井手 至 ……… 26, 30	乾 木水 …………… 273
石埜 敬子 ‥ 96, 154, 156, 157	井手 惇二郎 …… 57, 183	乾 安代 …………… 143
石橋 義秀 …………… 206	井手 恒雄 …… 181, 190	犬井 善壽 ……… 109, 110, 174, 175
石橋 尚宝 …………… 179	井出 恒雄 …… 181, 190	犬養 廉 …… 42, 45, 76, 111, 113～117, 127, 141, 142
石橋 健夫 …………… 61	井出 幸男 …………… 120	
石原 清志 …………… 36	伊藤 霽谿 …………… 247	猪野 省三 …………… 320
石原 昭平 ‥ 88, 183, 185, 186	伊藤 晃 …………… 109	井上 覚蔵 …………… 95
石丸 晶子 …………… 114	伊藤 岩次郎 …… 38, 56, 90, 121, 141, 161, 182, 193	井上 和人 …………… 293
石村 貞吉 …………… 171		井上 慶隆 …… 248, 332
泉 紀子 …………… 143	伊藤 カズ …………… 58	井上 源吾 …… 243, 244
井爪 康之 …………… 76	伊藤 康安 …………… 229	井上 松翠 …………… 179
出雲井 晶 …………… 5	伊藤 秀憲 …… 207, 210	井上 忠 …… 239, 245
出雲路 修 …… 108, 109	伊藤 敬 …… 132, 145	井上 鋭夫 …………… 218
出雲路 興通 ………… 120	伊藤 千可良 ………… 280	井上 不鳴 …………… 235
伊豆山 格堂 ………… 228	伊藤 敏子 …… 58, 91	井上 通泰 …… 11, 53
磯野 繁雄 …… 259, 278	伊藤 友信 …………… 239	井上 光貞 …………… 7
磯部 定治 …… 313, 332	伊藤 伸江 …………… 145	井上 豊 …… 26, 266
磯辺 実 …………… 330	伊藤 博 …… 24～27, 29, 154	井上 宗雄 …… 43, 132, 138, 139, 142, 143, 162, 185
板垣 弘子 …………… 77	伊藤 宏見 …………… 253	
板倉 功 …………… 64	伊藤 博之 …………… 205	井上 靖 …………… 146
板坂 元 ‥ 264, 297, 298, 301	伊藤 平章 …………… 193	井上 雄一郎 …… 11, 142
板坂 寿一 …………… 2	伊藤 正雄 …………… 279	井上 淑蕆 …………… 325
板坂 耀子 …………… 239	伊藤 正義 …… 219, 221	井上 喜文 …… 120, 187
板橋 倫行 …… 98, 108, 109	伊藤 唯真 …………… 217	井上 頼圀 …… 59, 87, 92, 107, 156, 163, 164, 178
市木 武雄 …………… 197	伊藤 嘉夫 …………… 147	
市古 貞次 …… 90, 154, 155, 157, 159, 164, 165, 169～171, 190, 195, 196	糸賀 きみ江 ………… 146	井上 頼文 …… 3, 32, 90
	稲岡 耕二 ……… 14, 25, 27～29, 31	猪口 篤志 …………… 237
		猪熊 夏樹 …………… 232
市古 夏生 …………… 305	稲賀 敬二 ……… 56, 60, 61, 90, 92, 100, 123, 124, 154, 156, 157	井下 香泉 …………… 241
市野 末子 …………… 30		伊波 普猷 …………… 288
一瀬 幸子 …………… 183	稲垣 泰一 …… 106, 108	揖斐 高 ‥ 238, 243, 244, 331

伊福部 隆彦 ……… 211, 212
井片 進 ……………… 247
伊馬 春部 …………… 324
今井 宇三郎 ………… 236
今井 邦子 …………… 18
今井 源衛 ………………
　　69, 74, 78, 82, 85, 95,
　　100, 123, 155, 157, 158
今井 正之助 …… 168, 169
今井 卓爾 ………………
　　114, 116, 117, 120, 127
今井 威 ……………… 27
今泉 定介 ‥ 56, 161, 189, 193
今泉 準一 …………… 260
今泉 忠義 … 7, 65, 69, 72,
　　78, 79, 82, 84, 102, 191
今尾 哲也 ……… 356, 357
今川 文雄 …………… 187
今小路 覚瑞 ………… 116
今関 敏子 ……… 144, 186
今園 国貞 …………… 35
今中 操 ……………… 234
今成 元昭 ……… 188, 215
今西 祐一郎 ‥ 114, 115, 234
今浜 通隆 …………… 34
伊牟田 経久 … 114, 120, 185
井村 哲夫 ………… 23, 24
井本 農一 …………… 151,
　　152, 253, 255, 261, 264,
　　269, 270, 272, 275, 278
入江 智英 …………… 328
入谷 仙介 ………………
　　237, 240, 243, 246, 247
入矢 義高 …… 196, 197, 248
岩国 玉太 …………… 278
岩佐 正 ……………… 161
岩佐 美代子 ……………
　　138～140, 145, 149, 186
岩崎 佳枝 ……… 133, 254

岩田 九郎 …………… 262,
　　265, 270, 275, 316, 333
岩田 秀行 …………… 285
岩野 祐吉 …………… 99
岩橋 邦枝 …………… 285
岩橋 小弥太 ………… 280
岩本 梓石 ……… 268, 275
岩本 米太郎 ………… 260
斎部 広成 …………… 101

【う】

宇井 伯寿 …………… 206
植垣 節也 …………… 10
植木 直一郎 ………… 1, 7
上坂 信男 ………………
　　58, 89, 91, 124, 144
上杉 篤興 …………… 253
上杉 重章 …………… 259
上田 万年 …………… 334
上田 設夫 …………… 53
上田 胤比古 ………… 189
上田 年夫 …………… 194
上田 本昌 …………… 215
植手 通有 …………… 247
上野 栄子 ‥ 64, 73, 74, 80, 85
上野 誠 ……………… 28
上野 洋三 ………………
　　238, 250, 264, 266, 269
上原 作和 ……… 60, 167
上原 昭一 …………… 109
上原 和 ……………… 26
植松 寿樹 ……… 251, 252
植松 安 ………………
　　3, 4, 8, 250, 251, 253
上村 悦子 …… 13, 113, 115
上村 松五郎 ………… 193
魚沢 栄治郎 ………… 285

浮橋 康彦 …………… 330
宇佐美 喜三八 ……… 121
宇治谷 孟 ………… 7, 102
臼井 元成 …………… 203
臼井 吉見 … 55, 56, 60, 88,
　　89, 91, 92, 156, 187, 192
鵜月 洋 ………… 314～316
臼田 亜浪 …………… 279
臼田 甚五郎 … 51～53, 153
臼田 葉山 …………… 142
宇田 敏彦 ………………
　　254, 282, 325, 326
宇田 久 ……………… 272
内田 武志 …………… 332
内山 逸峰 …………… 142
内山 汎 ……………… 29
内山 美樹子 ……………
　　335, 336, 338, 355
内山 竜孝 …………… 277
宇津木 言行 ………… 146
宇都木 敏郎 ………… 58
内海 弘蔵 ………………
　　8, 87, 92, 94, 101, 116,
　　125, 158, 171, 172, 178,
　　186, 189, 193, 301, 302,
　　306, 308～311, 318,
　　339, 342～344, 352, 354
宇野 信夫 …………… 333,
　　334, 336, 337, 341～344,
　　346, 349～353, 355
宇野 陽美 …………… 198
生形 貴重 …… 173, 174, 198
生方 たつゑ …… 111, 114
梅沢 精一 …………… 147
梅沢 和軒 …………… 171
梅谷 繁樹 …………… 199
梅津 次郎 …………… 108
梅野 きみ子 ……… 77, 180
梅原 真隆 ……… 202～204
梅原 猛 ……… 2, 204, 205

著者名索引　　　　　　　　　　　　おおぬま

梅本 鐘太郎 ………… 280
浦城 二郎 …………… 58
浦山 政雄 …………… 356
瓜生津 隆真 ………… 217
漆山 又四郎 …………
　　　163, 165, 314, 316
宇和川 匠助 ………… 267
上横手 雅敬 …… 168, 173
海野 弘 ……………… 144
海野 泰男 ……… 98, 100

【え】

永青文庫 ……………… 54
永福 面山 …………… 206
永平正法眼蔵蒐書大成刊行会
　……………… 211, 212
江口 孝夫 ‥ 33, 108, 142, 283
江口 正弘 …………… 183
榎坂 浩尚 …………… 257
江島 義修 …………… 175
衛藤 即応 …………… 211
江藤 秀男 …………… 266
江戸川柳研究会 ……
　　　　　 283, 286, 287
榎 克朗 ……………… 53
穎原 退蔵 ……………
　　　150, 255, 258, 262, 264,
　　　265, 268, 270～272,
　　　274～276, 306, 308, 334
エビー シー・エス … 191
愛媛近世文学研究会
　…………………… 295
江部 鴨村 …………… 196
江見 清風 ………… 53, 54
江本 裕 …… 293, 294, 299
延慶本注釈の会 …… 174
円地 文子 ……………
　　　　 63, 64, 69～71, 74,

　　　78～80, 82, 83, 85, 96,
　　　111, 114, 158, 315, 317
猿渡 玉枝 ……… 289, 330
遠藤 一雄 …………… 26
遠藤 和夫 ……… 76, 101
遠藤 鎮雄 …………… 230
遠藤 太禅 …………… 215
遠藤 宏 ……………… 1
遠藤 嘉基 … 88, 94, 109, 112
遠藤 蓼花 …………… 277

【お】

桜園書院編輯部 ……… 1
黄色 瑞華 ……… 278～280
大井 洋子 …………… 51
大石 蝾鼓 …………… 274
大石 慎三郎 ………… 314
大石 隆子 …………… 54
大礒 義雄 …………… 258
大内 初夫 …… 255, 258, 273
大江 みち …………… 112
大岡 信 ………………
　　26, 27, 37, 134, 141, 144
大久保 甚一 ………… 181
大久保 忠国 …………
　　　　 339, 343, 344, 351
大久保 正 …………… 12
大久保 道舟 ………… 211
大久保 初雄 ………… 161
大久保 広行 ………… 32
大久間 喜一郎 ……… 10
大倉 比呂志 … 93, 110, 111,
　　　117, 120, 181, 184, 185
大蔵 弥太郎 ………… 219
大阪青山短期大学国文科
　…………………… 267
大沢 和泉 …………… 90
大島 花束 …… 247, 253

大島 庄之助 ………… 162
大島 建彦 …… 158, 165, 177
大島 敏史 …………… 10
大島 信生 …………… 30
大洲藤樹会 ………… 242
大曽根 章介 …………
　　　35, 54, 166, 178
太田 水穂 …… 16, 54, 135
太田 善麿 …………… 4
大高 興 ……………… 313
大高 洋司 ……… 289, 318
大竹 貞治 …………… 52
大岳 洋子 …………… 29
庵谷 行亨 …………… 215
大渓 雪巌 …………… 211
大谷 暢順 …………… 217
大谷 哲夫 …………… 207
大谷 篤蔵 ……………
　　　262, 270～272, 276, 277
大津 栄一郎 ………… 3
大津 有一 ………… 57, 58
大津 雄一 …………… 165
大塚 清人 …………… 277
大塚 竜夫 …… 4, 161, 333
大塚 統子 …………… 160
大塚 ひかり ‥ 74, 80, 85, 163
大塚 雅司 …………… 34
大塚 光信 ……… 196, 333
大槻 修 ………… 86, 92～94,
　　　96, 97, 154, 155, 157
大槻 脩 ……………… 155
大槻 節子 ………… 96, 97
大坪 利絹 …… 143, 231, 232
大伴 茫人 …… 124, 188, 196
大西 善明 …………… 115
大貫 和子 …………… 251
大沼 津代志 …………
　　56, 90, 106, 118, 124, 176

大野 勝也 ………… 340, 345, 347, 348	尾形 仂 …… 255, 264, 265, 267, 273, 276, 277	小口 雅史 ………… 160
大野 茂男 ………… 300	岡田 直美 ………… 137	奥出 文子 ………… 76
大野 修作 ………… 243	岡田 甫 …… 280, 283～285, 289, 313, 328, 330	奥野 陽子 ………… 148
大野 順一 ………… 145		奥村 恒哉 ………… 36, 40～43, 134, 137
大野 晋 ………… 20, 21	纓片 真王 ………… 267	
大野 保 ………… 33	岡田 稔 ……… 179, 316	小倉 博 ………… 67
大場 俊助 ………… 21	岡田 芳朗 ………… 275	小倉 正恒 ………… 246
大庭 みな子 … 56, 89, 315	岡田 利兵衛 ……… 276	憶良まつり短歌会 …… 32
大庭 良美 ………… 274	岡野 竹園 ………… 325	小栗 旨原 ………… 259
大橋 俊雄 …… 199, 217	岡野 弘彦 ……… 27, 56	小栗 清吾 ………… 286
大林 信爾 ………… 267	岡野 道夫 ………… 80	尾崎 久弥 ………… 147
大原 富枝 ………… 170	岡部 伊都子 … 55, 89, 90	尾崎 左永子 …… 3, 37, 38, 71, 79, 83, 135, 137
大星 光史 ………… 253	岡部 美二二 … 295, 297, 298	
大町 桂月 ………… 184, 189, 193, 247	岡松 甕谷 …… 291, 292	尾崎 知光 ……… 5, 112
	岡見 正雄 … 160, 163, 168	尾崎 士郎 ………… 166
大宮 宗司 ………… 161	岡村 繁 …… 243, 244	尾崎 暢殃 ……… 4, 32
大村 沙華 ………… 285, 286, 328, 330	岡村 利平 ………… 247	尾崎 秀樹 ………… 105
	岡本 明 …… 272, 273	尾崎 正英 ………… 236
大森 亮尚 ………… 30	岡本 勝 ………… 256	尾崎 雅嘉 ………… 143
大藪 虎亮 … 264, 266, 308	岡本 保孝 ………… 87	長田 恒雄 ………… 204
大類 孝子 ………… 265	岡山 泰四 ………… 291	長田 泰彦 …… 236, 245
大輪 靖宏 ………… 315	岡山 美樹 ………… 95	小沢 彰 ………… 160
大和田 建樹 … 149, 220, 334	小川 顕道 ………… 227	小沢 克己 ………… 267
岡 一男 ……… 91, 99, 101, 125, 126, 162, 298	小川 剛生 ………… 181	小沢 正 ………… 225
	小川 武彦 ………… 258	小沢 正夫 … 37, 38, 49, 135
岡 雅彦 ………… 293	小川 久勝 ………… 58	尾沢 喜雄 ………… 279
岡 陽子 ………… 41	小川 弘志 ………… 224	小沢 愛圀 ………… 334
岡 庸之亮 ………… 207	小川 陽子 ………… 41	生島, ラファエル …… 64
岡倉 谷人 ………… 259, 262, 272, 273	興津 要 …… 322～324	織田 作之助 ……… 305
	荻野 清 … 264, 267, 270, 271	小田 清雄 ………… 101, 120, 193, 195
岡崎 和夫 ………… 48	沖森 卓也 ……… 13, 26	
岡沢 由往 ………… 291	荻原 浅男 ……… 2, 12	小田 剛 …… 45, 48, 49, 147
小笠原 恭子 ……… 355	荻原 井泉水 … 261, 262, 265, 267, 271, 272, 278, 279	小田 茂熙 ………… 247
小笠原 春夫 ……… 97		小高 敏郎 … 142, 257, 327
緒方 惟章 ………… 3	荻原 羅月 ………… 259	小高 道子 ………… 329
緒方 惟精 ………… 11	奥里 将建 ………… 13	落合 直文 ……… 38, 41
尾形 純男 ………… 230	奥田 勲 …… 151, 270	落合 正男 ………… 30
岡田 武彦 ………… 236		お茶の水女子大学 …… 47

乙葉 弘 …………… 335	柿村 重松 ………… 35, 54	勝間 義昌 ………… 241
小野 真孝 …… 281, 284	柿本 奨 …… 61, 95, 115	勝俣 久作 …… 114, 191
小野 重仔 ………… 245	角林 文雄 ………… 10	勝峰 錦風 ………… 277
小野 武雄 ………… 323	鶴鳴堂 主人 ……… 313	勝峯 晋風 … 255, 271, 279
小野 次敏 ………… 239	筧 栄一 …………… 321	桂 孝二 …………… 189
小野 寛 ………… 22, 29	藤木 英雄	葛城 前鬼 ………… 284
おの りきぞう … 69, 78, 83	196〜198, 208, 248	門 玲子 …………… 238
尾上 柴舟 …… 35, 38, 54	梯 實圓 ……… 204, 205	加藤 郁乎 …… 12, 152, 287
尾上 八郎 …… 16, 38,	景山 正隆 …… 337, 338	加藤 玄智 ………… 4, 8
39, 61, 92, 94, 118, 135,	影山 正治 ………… 6, 20	加藤 定彦 ………… 151
136, 156, 157, 194, 262	影山 美知子 ……… 117	加藤 静子 ……… 98, 100
小野田 光雄 ……… 5	笠井 清 …………… 312	加藤 周一 … 222, 223, 237
おのでら えいこ … 3, 126	葛西 重雄 ………… 235	加藤 楸邨 …… 260, 262
尾畑 喜一郎 ……… 5	笠原 一男 ………… 218	加藤 順三 … 57, 183, 338, 339
小端 靜順 ………… 206	風巻 景次郎 ……… 147	加藤 純隆 ………… 130
沢瀉 久孝 … 15〜18, 21〜28,	笠松 彬雄 ………… 184	加藤 精一 ………… 130
90, 125, 135, 226, 316	加地 宏江 ………… 161	加藤 精神 ………… 130
表 章 … 151, 220〜223, 270	加地 恵 …………… 28	加藤 高文 ………… 3
小山 一行 ………… 202	梶田 半古 ………… 61	加藤 裕一 ………… 314
尾山 信一 ………… 194	梶谷 宗忍 ………… 197	加藤 文三 ………… 266
尾山 篤二郎 ………	梶原 正昭 … 109, 110, 163,	加藤 盛一 ………… 243
31, 32, 147, 149, 252	165, 168, 170, 172〜174	加藤 義成 ………… 11
小山松 勝一郎 …… 331	梶村 昇 …………… 217	角川書店 …………… 3,
折口 信夫 …… 13〜15,	柏木 由夫 ………… 43	15, 64, 72, 79, 83, 89, 90,
57, 87, 90, 98, 100,	柏原 祐泉 …… 227, 229	106, 114, 124, 170, 192
114, 121, 125, 157, 314	春日 和男 ………… 109	香取 久三子 ……… 326
折口信夫全集刊行会	春日 佑芳 …… 207, 213	門脇 聰心 …… 213, 214
……………………… 15	粕谷 宏紀 …… 285, 286	金井 清光 …… 219, 224
折口博士記念古代研究所	片岡 利博 ………… 155	金井 清一 … 2, 10, 28, 109
……………………… 14	片上 実 …………… 64	金井 利浩 ………… 58
	片桐 昭一 ………… 282	金井 寅之助 ……… 306
【か】	片桐 洋一 …… 37, 38,	金岡 秀友 ………… 130
	40, 41, 45, 50, 55, 56, 58,	仮名垣 魯文 ……… 326
甲斐 睦朗 ………… 66	89〜92, 94, 95, 119, 232	金沢 美巌 ………… 141
海後 宗臣 ………… 236	片野 達郎 …… 43, 134	仮名草子研究会 …… 294
改造社 …………… 255	片山 公寿 ………… 216	金ケ原 亮一 ……… 100
花淵 松濤 ………… 143	片山 剛 …………… 51	金子 金治郎 …… 151, 152
加賀 元子 ………… 190	片山 享 …… 134, 137, 148	金子 大榮 … 202, 204〜206
歌学研究会会員 …… 53		
鏡島 元隆 …… 206, 207		

金子 大麓 ‥‥‥‥ 103	河合 真澄 ‥‥‥‥ 356	神郡 周 ‥‥‥‥ 227, 293
金子 武雄 ‥‥‥ 11, 98, 101〜103, 142, 266, 300	河合 由二 ‥‥‥‥ 260	関西古川柳研究会 ‥‥ 286
金子 彦二郎 ‥‥ 50, 61, 178	川上 広樹 ‥‥‥‥‥ 84	関西私家集研究会 ‥‥ 45
金子 英世 ‥‥‥‥‥ 45	川上 正光 ‥‥‥ 240, 241	神崎 一作 ‥‥‥‥ 193
金子 正義 ‥‥‥‥‥ 62	河北 騰 ‥‥‥‥‥ 101	神作 研一 ‥‥‥‥ 250
金子 元臣 ‥‥ 17, 26, 38, 39, 53, 54, 59, 122, 125, 141	川口 竹人 ‥‥‥‥ 261	神作 光一 ‥‥ 49, 58, 64, 76, 126, 137, 138, 142
金子原 亮一 ‥‥‥ 100	川口 白浦 ‥‥‥ 57, 241	神田 秀夫 ‥‥ 4, 5, 187, 188, 192, 204, 205, 209
金光 英夫 ‥‥‥‥ 333	川口 久雄 ‥‥‥‥ 34, 35, 53, 54, 103, 104	簡野 道明 ‥‥‥‥ 241
カバット，アダム ‥‥‥ 326	川崎 大治 ‥‥‥‥ 106	神戸 和麿 ‥‥ 202, 203, 206
歌舞伎台帳研究会 ‥‥ 356	川崎 庸之 ‥‥‥‥ 130	冠 賢一 ‥‥‥‥ 215
歌舞伎評判記研究会 ‥‥‥‥‥‥‥‥ 356	川島 絹江 ‥‥‥‥ 154	関目 顕之 ‥‥‥‥ 220
兜木 正亨 ‥‥‥‥ 216	川島 つゆ ‥‥‥‥ 279	【き】
釜田 喜三郎 ‥‥‥ 168	川島 露石 ‥‥‥ 278, 279	
鎌田 清栄 ‥‥‥‥‥ 67	河住 玄 ‥‥‥‥ 144	菊田 貫雅 ‥‥‥‥ 216
鎌田 五郎 ‥‥‥‥ 150	川瀬 一馬 ‥‥ 111〜113, 120, 123, 188, 189, 192, 197, 220, 222, 223	菊地 明範 ‥‥‥ 142, 143
鎌田 茂雄 ‥‥ 199, 209, 210	川副 武胤 ‥‥‥‥‥ 7	菊池 寛 ‥‥‥‥ 169
加美 宏 ‥‥‥ 159, 168, 169	川田 順 ‥‥‥ 17, 150	菊池 三渓 ‥‥‥‥ 318
神尾 暢子 ‥‥‥‥‥ 93	河竹 繁俊 ‥‥‥‥ 340, 343, 345, 347, 356	菊地 隆雄 ‥‥‥‥ 237
上川 謙市 ‥‥‥‥ 265	河竹 登志夫 ‥‥‥ 357	菊池 政和 ‥‥‥‥ 206
上条 彰次 ‥‥‥ 134, 143	河野 元昭 ‥‥‥‥ 314	菊地 靖彦 ‥‥ 114, 120, 185
神谷 鶴伴 ‥‥‥‥ 297	川端 康成 ‥ 88, 89, 91, 156	菊地 良一 ‥‥‥‥ 195
神山 彰 ‥‥‥‥ 357	川端 善明 ‥‥‥‥ 178	木崎 愛吉 ‥‥‥‥ 247
亀田 純一郎 ‥‥‥‥ 65	川端 柳風 ‥‥‥‥ 286	如月 寿印 ‥‥‥‥ 196
亀田 正雄 ‥‥‥‥ 163	河東 碧梧桐 ‥‥ 259, 276	岸 一太 ‥‥‥‥‥‥ 4
亀山 明生 ‥‥‥‥‥ 27	河村 孝照 ‥‥‥‥ 216	貴志 正造 ‥‥‥ 159, 160
かも よしひさ ‥‥‥ 290	河村 孝道 ‥‥‥‥ 212	岸 正尚 ‥‥‥‥ 290
蒲生 俊文 ‥‥‥‥ 234	河村 全二 ‥‥‥‥ 179	岸 睦子 ‥‥‥‥ 163
鴨下 恭明 ‥‥‥‥ 284	川村 晃生 ‥‥‥‥ 37, 42, 43, 47, 49, 145, 149	岸上 慎二 ‥ 13, 41, 125, 126
加舎 白雄 ‥‥‥‥ 274	川村 裕子 ‥‥ 112, 114, 118	岸上 操 ‥‥‥ 225, 331
萱沼 紫田 ‥‥‥‥ 235	河村 義昌 ‥‥‥‥ 239	岸澤 惟安 ‥‥‥ 213, 214
辛島 正雄 ‥‥‥‥ 155	川本 桂子 ‥‥‥‥ 170	岸田 依子 ‥‥‥ 151, 185
唐橋 吉士 ‥‥‥‥ 266	玩究隠士 ‥‥‥ 287, 288	其日庵 蓮翁 ‥‥‥‥ 273
柄松 香 ‥‥‥ 91, 116, 146	菅家 祐 ‥ 64, 300, 303〜305, 308, 309, 315, 344	木島 俊太郎 ‥‥‥‥ 272
軽口頓作研究会 ‥‥ 281, 282		岸本 宗道 ‥‥‥‥‥ 38
河井 謙治 ‥‥‥‥‥ 45		

著者名索引

く

木蘇 牧 ………… 246
喜多 義勇 ……… 114, 115
北尾 隆心 ……… 130
北川 前肇 ……… 215, 216
北川 忠彦 …… 153, 223, 224
北小路 健 ……… 291
北谷 幸冊 ……… 237
木谷 蓬吟 ……… 339
北原 進 …… 321, 322, 325
北原 保雄 ……… 219
北村 学 …… 236, 244
北村 結花 ……… 83
北山 谿太 ……… 66
北山 学 ……… 258
吉川 秀雄 …… 57, 61, 118, 162, 184, 187, 191
木藤 才蔵 ……… 151, 152, 162, 163, 195
木下 一雄 ……… 231
木下 華子 ……… 51
木之下 正雄 …… 65, 66
木下 正俊 … 14, 15, 24, 26
木下 資一 ……… 176
木下 蘭皐 ……… 334
木原 義雄 …… 194, 333
木船 重昭 …… 41, 43, 44, 48〜51, 133, 146, 147
儀間 進 ……… 113
木俣 修 ……… 142
木村 郁三 ……… 225
木村 茂 ……… 240
木村 正三郎 …… 128, 256, 263, 265
木村 次郎 ……… 171
木村 捨三 …… 256, 273
木村 紀子 ……… 52
木村 初恵 ……… 45
木村 正辞 ……… 16

木村 正中 …… 47, 113〜115, 120, 122, 126, 185
木村 三四吾 ‥ 150, 152, 258
木村 八重子 ……… 326
木村 整彦 ……… 27
木屋 太郎 ……… 284
木山 英明 ……… 117
久曽神 昇 …… 37, 40, 42
京山人 百樹 ……… 332
京水 百鶴 ……… 332
京都新聞企画事業株式会社 ……… 144
京都大学文学部国語学国文学研究室 … 23, 54
京都俳文学研究会 …… 45
清川 妙 …… 14, 15, 126
虚心庵 其石 ……… 263
雲英 末雄 …… 151, 254〜256, 261, 296
キーン, ドナルド …… 89
近世文学書誌研究会 ……… 293

【く】

久木田 英夫 ……… 330
釘本 久春 ……… 136
久下 貞三 ……… 32
久下 晴康 …… 66, 87
久佐 太郎 ……… 281
日下 力 … 165, 174, 175
日下 幸男 ……… 250
草部 了円 ……… 116
久須本 文雄 ……… 241
工藤 慶三郎 ……… 340
工藤 重矩 ……… 41
工藤 力男 ……… 29
国東 文麿 …… 104〜108
邦前 文吾 ……… 6

功刀 貞如 ……… 216
久保 朝孝 ……… 66
久保木 哲夫 …… 44, 45, 92, 154, 157
久保木 寿子 ……… 46
窪田 空穂 …… 17〜20, 24, 25, 31, 32, 37, 39, 40, 46, 47, 54, 56, 57, 60, 62, 67, 77, 81, 112, 125, 134〜136, 248
久保田 啓一 …… 248, 250, 252, 253
久保田 淳 …… 27〜29, 31, 33, 42, 44, 46, 47, 49, 51, 114, 120, 133〜139, 141, 145, 146, 148, 149, 165, 175, 178, 185, 217, 250, 252, 253
窪田 章一郎 …… 37, 39, 134, 135, 142
久保寺 嘯月 ……… 220
熊谷 直好 ……… 40
久米田 裕 ……… 252
雲村 賢淳 …… 203, 204
倉賀野 恵徳 ……… 253
倉島 利仁 ……… 267
倉野 憲司 …… 1, 4, 5, 11, 57, 189, 194
栗島 山之助 ……… 95
栗田 寛 ……… 11
栗原 行信 ……… 203
栗原 武一郎 ……… 125
栗本 幸子 ……… 277
栗山 理一 …… 275, 278
来栖 良夫 ……… 357
久留間 璵三 ……… 120
榑沢 竜吉 ……… 33
呉竹同文会 ……… 185
榑林 皓堂 ……… 213
黒板 勝美 …… 10, 103
黒板 伸夫 ……… 119

くろいた

日本古典文学案内—現代語訳・注釈書　389

著者名索引

黒江 一郎 …………… 245
黒川 五郎 ……………… 58
黒川 昌享 …………… 136
黒川 洋一 …………… 240
黒川 由純 …………… 195
黒木 勘蔵 …… 342, 347, 350
黒木 喬 ……………… 294
黒木 盛幸 …………… 245
黒沢 翁満 …………… 329
黒田 彰 ……………… 164
黒田 宗光 …………… 256
黒田 徹 ………………… 29
黒羽 英男 ……………
　　　342, 347, 350, 354
桑田 明 …… 142, 234, 235
桑田 忠親 …………… 293
桑田 豊 ……………… 240
桑原 武夫 …………… 237
桑原 達雄 …………… 225
桑原 博史 …… 44, 154〜156,
　　　158, 181, 195, 196
郡司 正勝 ……… 356, 357

【け】

慶應義塾大学附属研
　究所斯道文庫 ……… 41
慶野 正次 …………… 101
月廻本 琴秋 ………… 263
源氏のつどい …… 71, 83, 84
源承和歌口伝研究会
　　　……………………… 145
幻窓 湖中 …………… 271
玄鳥 弘 …… 134, 275, 278

【こ】

小池 章太郎 …… 328, 329

小池 正胤 …………… 326
恋塚 稔 ……………… 143
小泉 道 ……………… 109
小泉 苳三 …… 31, 135, 141
小泉 弘 ………………
　　　40, 108, 136, 176, 180
郷 直人 ……………… 235
興膳 宏 ………………… 34
高祖 敏明 …………… 169
幸田 成友 ………………… 3
幸田 露伴 …………… 119,
　　　122, 165, 169, 182, 191,
　　　268, 269, 314, 322, 327
江談抄研究会 ……… 103
小内 一明 …………… 190
甲南大学地域文化研究会
　　　…………………… 288
河野 辰男 ……………… 10
河野 多麻 ……………… 59
向野 康江 …………… 243
神野志 隆光 …… 2, 3, 5, 29
鴻巣 隼雄 …… 2, 12, 19〜21
鴻巣 盛広 …………… 16,
　　　19〜21, 25, 38, 60, 141
神戸説話研究会 …… 178
弘法大師空海全集編輯委員会
　　　……………… 129, 130
光明寺 三郎 ………… 295
小枝 繁 ……………… 313
古賀 典子 …………… 127
五弓 安二郎 ………… 240
国学院 …………………
　　　56, 64, 98, 124, 164,
　　　167, 171, 179, 182, 193
国語漢文研究会 …… 241
国史大系編修会 ……… 10
小久保 崇明 … 101, 118, 122
国民図書株式会社 …
　　　13, 23, 37, 40〜47, 49,
　　　50, 52, 53, 133, 134,

　　　136〜140, 144, 148,
　　　149, 153, 232, 249〜253
古今いろは評林をよむ会
　　　…………………… 356
小坂 機融 …………… 207
輿石 豊伸 …………… 235
古事記正解研究会 ……… 4
小柴 値一 …………… 327
腰原 哲朗 …………… 290
小島 叙成 …………… 204
小島 孝之 …… 170, 176, 179
小島 憲之 ……… 7〜10,
　　　14, 15, 33〜35, 40, 236
小島 吉雄 …………… 136
小島 瓔礼 …………… 11, 109
小菅 宏 ……………… 329
小杉 榲邨 ……………… 98
五代 夏夫 …………… 289
小竹 とし …………… 322
小谷 恒 ……………… 324
児玉 幸多 …… 263, 276, 295
児玉 尊臣 …… 162, 171, 189,
　　　194, 230, 233, 248, 333
小番 達 ……………… 167
古典研究社 … 119, 182, 191
古典と民俗の会 …… 185
古典文学論注の会 …… 45
後藤 昭雄 ………… 35, 103
後藤 悦良 ……… 232, 330
後藤 蔵四郎 ………… 11
後藤 興善 …………… 296
後藤 重郎 …… 36, 136, 147
後藤 祥子 …………… 47, 87
後藤 丹治 ……… 168, 318
後藤 利雄 …… 259, 274, 284
五唐 勝 ………………… 30
後藤 明生 ……… 315, 317
後藤 陽一 …………… 240

小西 甚一 …………… 39, 53, 125, 222, 223	子安 宣邦 …… 233, 234	斎藤 正二 ………… 2
小西 新兵衛 ………… 229	小谷野 純一 ……… 116, 117, 119, 128	斎藤 昌三 …… 288, 328
小西 理兵衛 ………… 235	児山 信一 …… 248	斎藤 政蔵 …… 274
近衛 典子 …… 315〜317	小山 弘志 ……… 219, 220, 222, 224	斎藤 茂吉 … 150, 252, 253
小林 一郎 … 261, 262, 268	小山 龍之輔 … 135, 147, 150	佐伯 有清 …………… 7
小林 栄子 … 57, 65, 100, 122	小和田 武紀 …… 239, 241	佐伯 有義 ……… 8, 9, 97, 102, 103, 161
小林 一彦 … 132, 138, 145	今 栄蔵 …… 258, 263, 267	佐伯 梅友 ‥ 17〜20, 22, 39, 40, 65, 66, 93, 112, 192
小林 恭二 ………… 357	近藤 啓太郎 ……… 2, 3	佐伯 真一 …… 173, 174
小林 計一郎 …… 279, 280	近藤 潤一 …… 149	佐伯 常麿 … 20, 135, 172
小林 耕 …………… 144	近藤 忠義 …… 350	三枝 和子 …… 219, 223
小林 茂美 …………… 57	近藤 瓶城 …… 164	酒井 一字 …… 164
小林 責 …… 219, 221	近藤 政美 …… 174	坂井 久良岐 …… 280
小林 大輔 … 135, 145, 148	近藤 瑞木 …… 290	酒井 茂幸 …… 145, 148
小林 賢章 …………… 290	近藤 美奈子 …… 137, 148	酒井 シヅ …… 228
小林 忠 ‥ 265, 321, 322, 325	近藤 みゆき …… 112	坂井 昌彦 …… 241
小林 智昭 …… 176, 195	近藤 芳樹 …… 16	榊 十一 …… 333
小林 弘邦 …………… 163	今野 達 …… 104, 105, 108	榊原 千鶴 …… 164
小林 風五 …………… 274	崑崙橘 茂世 …… 313	榊山 潤 …… 290, 292
小林 保治 … 106, 176〜178		坂口 玄章 …… 169
小林 芳規 …… 51, 53, 153	**【さ】**	阪口 弘之 ……… 315, 335, 338, 346, 354
小林 好日 … 149, 150, 162		
小原 幹雄 … 121, 141, 185	蔡 毅 …………… 238	坂口 由美子 …… 56
小町谷 照彦 ‥ 37, 40, 42, 87	斎木 一馬 …… 291	阪倉 篤義 …… 91, 96, 107
小松 邦彰 …………… 215	斎木 泰孝 …… 66	阪倉 篤太郎 …………… 4
小松 登美 …… 96, 111, 112	西郷 晋次 …… 289	阪下 圭八 …… 30
小松 尚 …… 183, 189	西郷 信綱 …… 4〜6, 288	坂詰 力治 …… 179
小松 英雄 …………… 195	斎田 作楽 …… 237, 243	坂田 新 …… 230, 231, 244
小松 邦彰 …………… 215	齋藤 彰 …… 145, 148	坂巻 甲太 …… 294
駒北堂主人 …………… 53	斎藤 一寛 …… 141	阪本 是丸 …… 234
五味 智英 …… 20, 21	斎藤 普春 ……… 120, 161, 182, 193	坂本 太郎 …… 9, 10
五味 文彦 …… 159, 160	斎藤 清衛 ……… 168, 175, 194, 195, 266	坂本 徳一 …… 290
小峯 和明 …… 105, 108	斎藤 耕子 …… 257	坂本 信幸 …… 29
小宮 豊隆 … 262, 264, 270	斎藤 舜健 …… 217	相良 亨 …… 241
小宮山 綏介 …… 225, 331	斎藤 晌 …… 33	佐久 節 …… 35
小室 由三 ‥ 74, 121, 128, 183		佐久間 柳居 …… 268, 269
米谷 利夫 …………… 10		桜井 武次郎 …… 277, 289

さくらい	著者名索引	
桜井 信夫 ……… 28	佐々 醒雪 …… 65, 287, 346	沢田 撫松 ……… 104
桜井 典彦 …… 142, 143	佐々 政一 …… 193, 275, 346	産業経済新聞社 …… 41, 137
櫻井 秀雄 …… 209, 210	佐藤 一英 …… 174, 175	三省堂編修所 ……… 282
桜井 満 …… 14, 15, 22	佐藤 一斎 …… 240, 241	三野 恵 ……… 164
狭衣物語研究会 ……… 87	佐藤 勝明 ……… 260	
笹川 種郎 … 16, 61, 92, 94, 118, 156, 157, 194, 262	佐藤 喜久雄 ……… 219 佐藤 球 …… 100, 162	【し】
笹川 博司 …… 45, 93	佐藤 健一郎 …… 219, 220	椎橋 清翠 ……… 256
笹川 臨風 ……… 324	佐藤 謙三 ……… 97, 107, 119, 163, 172	塩田 義遜 ……… 216 塩田 良平 …… 122, 125, 169
佐佐木 一雄 ……… 300	佐藤 紅緑 ……… 275	塩谷 温 ……… 235
佐々木 丞平 …… 263, 276	佐藤 定義 …… 71, 72	塩村 耕 …… 133, 254
佐々木 崇 ……… 205	佐藤 重治 ……… 141	四賀 光子 ……… 135
佐々木 多貴子 ……… 149	佐藤 仁之助 ……… 316	敷田 年治 …… 3, 11
佐佐木 信綱 ……… 1, 13, 15, 16, 18～20, 22, 32, 33, 36, 38, 41～44, 48～51, 56, 90, 116, 118～120, 134, 135, 141, 145～150, 182, 187, 189, 193, 220, 249, 251	佐藤 恒雄 ……… 135 佐藤 鶴吉 ……… 308 佐藤 春夫 …… 187, 191, 192 佐藤 弘夫 ……… 216 佐藤 信 ……… 13 佐藤 正憲 …… 19, 39, 122, 136	重友 毅 … 314, 316, 342, 347, 348, 350, 352, 354, 355 重松 明久 ……… 54 重松 裕巳 ……… 151 信太 周 … 109, 110, 174, 175 志田 延義 ……… 53, 54, 153, 262, 267, 287
佐々木 八郎 …… 172, 191	佐藤 正英 …… 204, 206	志田 義秀 ………
佐佐木 弘綱 ……… 15, 38, 41～44, 48～51, 55, 116, 119, 124, 134, 135, 145, 146, 149, 182	佐藤 雅代 …… 45, 46 佐藤 要人 ……… 282, 285, 286, 327	169, 262, 266～269, 314 品川 和子 ……… 120 品田 太吉 ……… 140
佐々木 緑 ……… 205	里見 弴 ……… 296～298, 300, 301, 306	信濃教育会 …… 279, 280 篠島 満 ……… 235
佐佐木 幸綱 …… 29, 141	佐成 謙太郎 ‥ 62, 67, 77, 81,	篠塚 達徳 ……… 313
佐々木 容道 ……… 197	116, 162, 191, 195, 220	信多 純一 ………
笹野 堅 ……… 287	佐野 茂 ……… 25	335, 340, 344, 347, 350
笹山 晴生 …… 7, 109	佐野 久成 ……… 99	篠田 真道 ……… 90, 121, 183, 189, 193
佐竹 昭広 … 14, 27, 28, 35, 40～43, 45, 51, 53, 61, 76, 93, 99, 102, 103, 108, 122, 126, 132, 133, 137, 152, 153, 156, 157, 159, 165, 173, 175～178, 180～182, 184～186, 190, 196, 197, 219, 236, 237, 239, 254～256, 269, 273, 290, 294, 301, 303, 304, 310～313, 320～323, 327, 335, 336, 338, 340, 355	佐野 文哉 …… 325, 329 佐野 正巳 ……… 21 佐野 保太郎 …… 16～19, 162, 183, 187, 193, 194, 333 佐橋 法竜 ……… 244 寒川 鼠骨 …… 261, 275 沢井 耐三 ……… 158 沢田 総清 ……… 1, 33, 54, 172, 194	篠原 昭二 …… 53, 105, 153 柴田 荒神 ……… 281 柴田 宵曲 ……… 255 柴田 泰山 ……… 217 柴田 光彦 ……… 318 芝波田 好弘 …… 182, 186
佐津川 修二 ……… 186		

柴山 啓一郎 ………… 141	清水 正光 ………… 142	白石 悌三 …………
芝山 持豊 ………… 142	清水 泰 …………	263, 264, 269, 273, 276
渋川 玄耳 ………… 169	92, 93, 155, 168, 175	白石 良夫 ……… 233, 234
渋谷 愛太郎 ………… 189	清水 好子 ………… 56,	白方 勝 ………… 336
資文堂 ………… 262	75, 76, 80, 86, 89, 94, 95	白子 福右衛門 ……… 126
島 東吉 ………… 323	志村 有弘 …………	白崎 秀雄 ………… 252
志摩 芳次郎 ………… 329	178, 290, 291, 313, 357	白鳥 文子 ………… 31
島尾 敏雄 ……… 188, 192	標 宮子 ………… 186	白畑 よし ……… 115, 126
嶋岡 晨 ………… 143	霜川 遠志 ………… 290	城井 寿章 ………… 235
島崎 松琴 ………… 280	下田 歌子 ………… 77	白崎 徳衛 ……… 58, 91
島崎 晋 ………… 3	下中 芳岳 ………… 240	晋 其角 ………… 268
島地 黙雷 ………… 192	下山 弘 ……… 281, 284	真宗大谷派宗務所教育部
嶋津 聿史 ………… 30	釈 昇道 ………… 236	………… 202
島津 巌 ………… 246	釈 成安 ………… 131	新撰万葉集研究会 ……… 36
島津 草子 ………… 48	釈 清潭 ………… 33	新藤 協三 ………… 45
島津 敬義 ………… 168	釈 瓢斎 ………… 264	新藤 知義 ………… 30
島津 忠夫 …………	沙門鎮源 ……… 103, 198	進藤 康子 …… 250, 252, 253
141, 143, 151, 152, 181	守随 憲治 …………	神保 五弥 ………… 300,
島津 久基 …………	195, 308, 338, 341, 343,	301, 305, 307, 311〜313,
62, 63, 65, 74, 104, 158	344, 346, 349, 351, 353	315, 317, 321〜325
島居 清 …… 271〜274, 276	春雨 山人 ………… 171	神保 如天 ………… 211
島田 勇雄 …… 172, 175, 178	春秋会 ……… 44, 157, 158	真保 龍敞 ………… 130
島田 虔次 ………… 230	春風亭主人 ………… 338	新間 進一 …………
島田 伸一郎 ………… 35	蕣露庵主人 …… 281〜284, 286	51〜53, 153, 189, 287
島田 青峰 ………… 262	尚学図書・言語研究所	新村 出 ………… 218
島田 退蔵 ……… 61, 125	………… 142	新羅 章 ………… 213
嶋田 操 ……… 118, 194	上代文献を読む会 ……… 1	親鸞聖人全集刊行会
島田 良二 ……… 31, 49	正道寺 康子 ………… 60	………… 202
嶋中 道則 ………… 265	浄土宗総合研究所 …… 217	親鸞聖人全集編集同人
清水 彰 ……… 48, 99, 288	浄土真宗聖典編纂委員会	………… 202
清水 茂 ……… 236, 238	………… 217	親鸞仏教センター …… 205
清水 春流 ………… 293	松風会 ………… 231	
清水 正二郎 …… 297, 322	承風亭 可柳 ………… 278	【す】
清水 孝教 ………… 12	正法眼蔵註解全書刊行会	
清水 孝之 ……… 273, 276	………… 211	随巣 羽人 ………… 278
清水 文雄 ………… 112	書人研究会 ………… 263	酔多道士 ………… 235
清水 平作 ………… 255	白井 喬二 ……… 319, 320	水府明徳会 ………… 88
清水 正男 ………… 320	白井 淳三郎 ………… 230	末木 文美士 ………… 242
	白石 大二 ………… 195	末政 寂仙 ………… 194

菅根 順之 ………… 43	鈴木 武晴 ………… 27	関 俊一 ………… 244
菅野 礼行 …… 53, 235	鈴木 棠三 ……………	隻玉堂主人 ………… 243
杉 鮫太郎 …… 252, 253	150, 290, 292, 328	関戸 堯海 ………… 216
杉浦 正一郎 …………	鈴木 敏也 ……………	関根 七郎 ………… 330
260, 264, 266, 269, 272	289, 300, 314, 316	関根 正直 …………
杉浦 明平 …… 228, 320	鈴木 俊幸 ………… 320	59, 87, 92, 98, 107, 119,
杉田 安之 ………… 194	鈴木 登美 ………… 83	128, 156, 163, 164, 178,
杉谷 寿郎 …… 41, 45	鈴木 登美恵 ……… 166	182, 189, 191, 254, 339
杉野 茂 ………… 234	鈴木 知太郎 …… 57,	関根 慶子 …………
杉本 圭三郎 …… 169, 170	118, 121, 122, 142, 266	45, 46, 51, 87, 96, 117
杉本 苑子 ‥ 27, 123, 124, 324	鈴木 日出男 …… 123, 142	関森 勝夫 ………… 259
杉本 長重 ………… 281	鈴木 比呂志 ……… 64	石龍 木童 ………… 206
杉本 行夫 ………… 33	鈴木 弘道 …… 154, 157	瀬戸内 寂聴 …… 64, 71〜74,
杉山 其日庵 ……… 334	鈴木 弘恭 ………… 90,	79, 83〜85, 170, 185
杉山 とみ子 ……… 34	100, 120, 182, 193, 325	妹尾 好信 …… 41, 155
祐野 隆三 …………	鈴木 武兵衛 ……… 283	瀬谷 義彦 ………… 236
134, 181, 184, 185	鈴木 芙美子 ……… 86	世良 亮一 … 12, 33, 34
須佐 晋長 ………… 248	鈴木 正彦 ………… 62	銭 稲孫 ………… 222
鈴鹿 登 ………… 276	鈴木 瑞枝 ………… 235	撰集抄研究会 ……… 180
鈴木 昶 …… 281, 284	鈴木 実 ………… 248	禅文化学院 …… 208, 210
鈴木 格禅 …… 207, 212	鈴木 邑 …… 167, 320	禅文化研究所 ………
鈴木 一雄 ‥ 87, 96, 111, 154	鈴木 裕子 ………… 157	198, 227, 228
鈴木 勝忠 …… 254〜256,	須永 朝彦 …… 289, 313, 321	川柳雑俳研究会 ……
273, 277, 282, 325	角谷 道仁 …… 130, 147	282〜287, 294
鈴木 翰 ………… 31	磨墨 功洞 …… 201, 217	
鈴木 倉之助 ……… 285	諏訪 春雄 …… 339, 340, 350	【そ】
鈴木 健一 …………		
132, 250, 252, 253, 267	【せ】	宗 不旱 ………… 31
鈴木 茂夫 ………… 29		草廼舎 ………… 141
鈴木 重雅 ………… 280	清 博美 …………	相馬 御風 …… 247, 248, 253
鈴木 重三 …… 318, 327	282, 283, 285〜287	相馬 明次郎 ……… 193
鈴木 淳 …… 249, 329	惺庵 西馬 ………… 268	続群書類従完成会編輯部
鈴木 純一郎 ……… 121	清三 ………… 242	………… 174
鈴木 春湖 ………… 193	世界聖典全集刊行会編	曽倉 岑 …………
鈴木 昭一 ………… 187	………… 4	1, 2, 10, 14, 29, 109
鈴木 正三 ………… 294	関 克己 ………… 253	曽沢 太吉 …… 128, 142
鈴木 晨道 ………… 5	関 儀一郎 ………… 235	袖山 栄輝 ………… 217
鈴木 太吉 ………… 143	関 恒延 ………… 155	曽根 保 ………… 54
	関 四郎太 ………… 8	薗田 香融 ………… 129
		園部 晨之 ………… 27

蘇武 利三郎 ………… 246	高橋 弘次 ………… 217	武田 壼竹 ………… 274
	高橋 貞一 … 90, 171, 175, 184	武田 早苗 ………… 45, 46
【た】	高橋 正治 ‥ 44, 56, 89, 94, 95	竹田 晨正 ………… 141
	高橋 常進 ………… 13	武田 恒夫 ………… 173
台宗研究会 ………… 129	高橋 伝一郎 ………… 250	武田 友宏 ……… 100, 188
大日本雄辯会講談社	高橋 亨 …… 66, 89, 95	武田 信賢 ………… 189
………… 256, 289,	高橋 博巳 ………… 237	武田 昌憲 ………… 175
295, 313, 322, 334, 356	高橋 文二 ………… 86	武田 元治 …… 133, 147, 149
太平主人 ……… 320, 326	高橋 賢陳 ………… 208	武田 祐吉 ………… 1, 2, 4,
平 重道 ………… 231	高橋 貢 …… 104, 108, 109	5, 7, 8, 10～13, 16～21,
平 春海 ………… 61	高橋 実 ………… 332	90, 97, 108, 109, 232
高岡市万葉歴史館 …… 26	高橋 睦郎 ………… 56, 143	武田 麟太郎 ………… 298
高木 昭良 ……… 202, 204	高橋 由記 ………… 46, 49	竹谷 長二郎 ……… 236, 247
高木 市之助 ………	高橋 梨一 ………… 267	武富 瓦全 ………… 342
12, 20, 21, 172, 250～253	高山 昇 ………… 1	竹西 寛子 ‥ 36, 40, 110, 114,
高木 重俊 ………… 239	滝 喜義 ………… 289	117, 119, 123, 261, 275
高木 昌一 ………… 5	滝川 資則 ………… 330	竹野 静雄 ………… 310
高木 蒼梧 ………… 260	滝沢 貞夫 ………… 44, 50	竹野 長次 ………… 57, 112,
高木 卓 ……… 163, 165	田口 栄一 ………… 64	162, 183, 189, 193, 194
高木 武 ……… 162, 171	田口 正治 ………… 230	竹内 玄玄一 ……… 255, 256
高木 譲 ………… 259	武井 和人 ……… 182, 183	竹鼻 績 …… 46, 48～50, 97
高木 豊 ………… 216	武石 彰夫 …………	竹村 牧男 ………… 248
高崎 富士彦 ………… 159	51, 53, 105, 106, 153, 195	竹本 哲子 ………… 63
高崎 正秀 ………… 17, 57	竹内 金治郎 ………… 30	竹本 幹夫 …… 218, 221, 222
高代 貴洋 ………… 40	竹内 千代子 ………… 269	武山 隆昭 ………… 156
高須 芳次郎 ‥ 225, 235, 246	武内 はる恵 ………… 48	太宰 衛門 ………… 61
高田 衛 …………	竹内 誠 ………… 318	田坂 英俊 ………… 236
289, 294, 313, 315～317,	竹内 美千代 ………… 51	田崎 幾太郎 ………… 26
320, 321, 346, 354	竹尾 長次 ………… 16	田崎 治泰 ………… 295
高谷 美恵子 ………… 66	竹尾 弌 ………… 332	多治比 郁夫 ………… 236
高藤 武馬 ……… 266, 318	竹岡 正夫 ………… 40	田島 智子 ………… 143
高輪 隆子 ………… 66	武笠 山椒 ………… 285	多田 一臣 ………… 109
高野 澄 ………… 327	竹沢 冬青 ……… 262, 276	忠見 慶造 ………… 339
高野 正己 ………… 1	竹治 貞夫 ………… 234	橘 健二 ……… 98, 100
高野 正巳 …………	竹島 善一 ………… 215	橘 純一 …………
339～346, 348～355	武田 鶯塘 ………… 265	100, 101, 194～196
高橋 和夫 ………… 66	武田 孝 …… 182～184, 190	橘 俊道 ………… 199
高橋 和彦 ………… 145		立花 俊道 ………… 211
高橋 喜一 ……… 133, 254		橘 誠 …… 19, 39, 76, 136

橘 りつ …………… 40	谷 馨 …… 12, 30〜32, 40	千勝 義重 … 16, 44, 132, 146
橘 千蔭 …………… 61	谷 鼎 ………… 17, 149	近松 秋江 ………… 339
立川 昭二 ………… 239	谷 知子 ……… 146, 148	竹間 清臣 …………… 8
竜沢 良芳 …… 100, 241	谷川 敏朗 … 248, 253, 280	千葉 乗隆 ………… 205
立松 和平 ………… 265	谷口 雅博 …………… 10	中世文学研究会 …… 145
館森 鴻 …………… 121	谷崎 潤一郎 …… 1, 13, 37,	中世万葉集研究会 …… 27
田中 晃 …………… 213	55, 60, 62〜64, 67〜70,	長 連恒 ……… 37, 220
田中 彰 …………… 230	77〜79, 81〜83, 88, 91,	陳 文瑶 …………… 41
田中 英苗 ………… 234	95, 96, 104, 111, 113,	
田中 喜美春 …… 47, 51	117, 122, 134, 166, 169,	【つ】
田中 恭子 ………… 47	187, 191, 260, 299, 312,	
田中 健三 …………… 7	314, 317, 319, 321〜323,	椎の舎 信成 ……… 318
田中 重子 …… 64, 127	341〜343, 345, 347,	都賀 庭鐘 ………… 313
田中 重太郎 ‥ 123, 125, 126	348, 350, 351, 353, 354	塚田 晃信 ………… 249
田中 順子 …… 66, 76, 77	谷山 茂 ……… 133, 183	塚原 鉄雄 ………… 93
田中 新一 …… 51, 157	谷脇 理史 … 293, 300, 301,	塚本 哲三 …………
田中 澄江 …… 123, 341,	304, 305, 307, 310〜312	162, 191, 193, 194, 339
342, 344, 346, 350, 352	田野 慎二 ………… 144	塚本 康彦 ………… 181
田中 大穂 ………… 55	田野村 千寿子 …… 190	津川 米次郎 ……… 141
田中 辰二 …… 189, 194	田淵 福子 …… 154, 155	次田 潤 ……………
田中 千禾夫 ……… 218	玉井 幸助 …… 93, 116,	4, 11, 101, 115, 181, 189
田中 常憲 ………… 149	118, 122, 128, 184, 186	次田 香澄 …………
田中 登 …………… 40	玉上 琢弥 ‥ 65, 66, 68〜70,	139, 182, 184〜186
田中 佩刀 ………… 274	75, 78〜80, 82, 83, 86	次田 真幸 ……… 2, 20
田中 初夫 ………… 59	玉城 康四郎 …… 206, 209	月の本 素水 ……… 261
田中 久夫 ………… 199	田村 完誓 ………… 215	筑紫平安文学会 … 44, 47
田中 允 …… 219, 220	田村 賢一 …… 313, 332	辻 勝美 …………… 146
田中 正也 ………… 235	田村 晃祐 ………… 129	辻 達也 …………… 340
田中 幸江 ………… 164	田村 俊介 …… 155, 158	辻橋 大吉 ………… 184
田中 裕 …… 132, 137, 223	田村 西男 ………… 322	坪井 清足 …………… 5
田中 善信 ………… 267	田村 芳朗 ………… 215	辻森 秀英 ………… 252
棚橋 正博 …… 254, 282,	多屋 頼俊 …… 202, 206	都筑 省吾 ……… 31, 32
305, 315, 317, 324〜326	田山 停雲 …… 121, 189	土田 健次郎 ……… 246
棚橋 碌々 ………… 268	田原 嗣郎 … 232, 233, 246	土田 直鎮 … 66, 115, 126
田辺 勝哉 …………… 8	田原 南軒 …… 63, 233	土田 衛 …… 335, 336, 356
田辺 爵 …………… 195	弾 舜平 …………… 330	土橋 寛 …………… 12
田辺 聖子 …………… 2,		土屋 只狂 ………… 259
55, 56, 89, 114, 123, 124	【ち】	
	近石 泰秋 …… 335, 337	

土屋 文明 ………… 13, 16, 　18〜20, 22〜24, 28〜30		杤尾 武 …… 44, 47, 54, 144 栃木 孝惟 …………………… 　　　165, 170, 175, 176
堤 邦彦 ………………… 313	【と】	外村 南都子 …… 51〜53, 153
堤 精二 ‥ 297, 298, 301, 308		外村 展子 ……………… 181
堤 達也 ………………… 191	土居 重俊 …………… 120	外村 久江 ……………… 153
堤 康夫 ………………… 66	土井 洋一 …… 51, 153, 224	富岡 多恵子 …… 299, 300
雅川 滉 …………… 113, 116	戸板 康二 …… 336, 356	富倉 徳次郎 …………… 154,
角田 一郎 …………………	東井 淳 …… 280〜282, 285	171, 172, 175, 185, 195
335, 336, 338, 355	東京大学国語研究室	富田 豊彦 …………… 120
角田 泰隆 ……………… 207	……………………… 40	友枝 竜太郎 …………… 240
津波古 充計 …………… 233	東京都港区医師会古	友田 宜剛 …………… 118
坪内 孝 ………………… 191	川柳研究会 ……… 284	友久 武文 …… 153, 156
坪田 譲治 ……… 176, 315	道家 大門 …………… 144	富山 奏 ……………… 263
妻木 直良 ……… 203, 204	東郷 豊治 …… 247, 248	外山 たか子 …………… 176
津本 信博 ……… 88, 110,	桃支庵 指直 …… 263, 268	豊田 武 ……………… 159
112, 118, 120, 128, 184	東大寺 隆三 ………… 191	豊田 八十代 ………………
津守 亮 ………………… 266	藤堂 憶斗 …………… 294	16, 17, 119, 193
鶴 久 …………………… 15	東都古川柳研究会 …… 284	豊原 大成 ……………… 202
鶴岡 節雄 ……… 324〜326	東野 治之 …………… 15	鳥居 礼 ……………… 7
弦川 琢司 ………………	藤𢒔舎 鶴峰 …………… 39	鳥海 山人 …………… 236
158, 171, 188, 192	道前 宗閑 …………… 228	鳥越 憲三郎 …………… 288
鶴見 誠 ………… 335〜337	堂本 正樹 …………… 222	鳥越 文蔵 …………… 334,
	遠山 淡哉 …………… 241	336, 338, 341, 343〜346,
【て】	土岐 善麿 …… 145, 252	348, 349, 351〜356
	土岐 武治 …………… 93	鳥野 幸次 ………………
停雲会同人 …………… 236	常磐 山人 …………… 268	121, 167, 175, 184, 265
出口 米吉 …………… 324	常磐井 和子 …… 154, 155	
寺島 恒世 …………… 146	徳植 俊之 …………… 45	【な】
寺島 利尚 …………… 179	徳江 元正 ‥ 51, 52, 58, 153	
寺田 透 …… 126, 206, 211	徳田 武 …… 235, 236, 240,	内藤 耻叟 ………………
寺山 旦中 …………… 198	243, 244, 313, 318, 319	161, 174, 175, 225, 331
暉峻 康隆 ‥ 151, 276, 283,	徳田 哲詩 …………… 158	内藤 吐天 …………… 255
295〜307, 309〜312, 338	得能 審二 …………… 280	内藤 万春 …………… 38
天理図書館綿屋文庫	徳原 茂実 …………… 47, 51	内藤 鳴雪 ………………
………………………… 256	徳満 澄雄 …………… 158	258, 261, 268, 275
天理図書館綿屋文庫	徳本 正俊 ‥ 75, 189, 249, 316	直井 文子 …… 240, 247
俳書集成編集委員	戸頃 重基 …………… 216	直木 孝次郎 …… 8, 10, 102
会 …………………… 257	戸田 鼓竹 …………… 274	中 周子 ……………… 45, 46

中井 一枝 ……………… 48
永井 和子 ……………
　　55, 56, 58, 123, 124
中井 和子 ……………
　　64, 70, 73, 79, 83, 84
永井 荷風 ……………… 321
長井 金風 ……………… 15
永井 一孝 ……………
　　65, 125, 162, 193, 194
永井 路子 …… 166, 188, 192
永井 義憲 ……………… 183
中尾 尭 ………………… 216
中尾 倍紀知 …………… 191
長尾 宏 ………………… 267
中川 英子 ……………… 145
中川 恭次郎 …… 40, 41, 43
中川 潔 ………………… 266
中川 自休 ……………… 40
中川 太古 ………… 292, 293
中川 博夫 ………… 137, 145
中河 与一 …………… 55, 88
長坂 成行 ………… 168, 169
長崎 健 …… 144, 183, 190
中里 富美雄 …………… 31
中沢 恵子 ……………… 291
中沢 伸弘 ……………… 231
永沢 雅彦 ……………… 120
中島 一葉 ……………… 254
中島 悦次 ……………
　　4, 103, 141, 160, 177, 178
中島 光風 ……………… 16
中島 正二 ……………… 155
中嶋 隆 ………………… 312
中島 輝賢 ……………… 38
中嶋 久夫 ……………… 248
中嶋 尚 ………………… 112
中嶋 真理子 ………… 44, 49

永積 安明 ……… 104, 172,
　　173, 175, 176, 178, 187,
　　188, 192, 204, 205, 209
永田 信也 ……………… 143
中田 武司 ……………
　　58, 63, 76, 94, 231
中田 祝夫 ……………
　　108, 109, 121, 196
永田 義直 ……………
　　54, 121, 189, 194, 266
永田 竜太郎 …………… 277
中谷 孝雄 ………… 56, 89, 92
長友 千代治 · 338, 349, 352
中西 清 ………………… 194
中西 健治 ……… 94, 154, 155
中西 信伍 ……………… 2
中西 進 ………………
　　5, 6, 14, 15, 28〜33
中西 善三 ……………… 323
中西 智海 ……………… 205
中根 淑 …………… 174, 175
中野 幸一 ………… 57〜59,
　　111, 116, 117, 127
中野 孝次 ……… 108, 188, 192
中野 沙恵 ………… 255, 277
中野 三允 ……………… 280
長野 淳 ………………… 48
長野 嘗一 …… 104, 107, 177
永野 忠一 ………… 128, 176
中野 東禅 ……………… 211
中野 三敏 …………… 254,
　　290, 294, 313, 321, 322
仲原 善忠 ……………… 288
中村 秋香 ……………… 61
中村 晃 ………… 164, 174, 291
中村 和彦 …………… 5, 35
中村 草田男 ……… 275, 277
中村 俊定 …… 150, 151, 257,
　　262, 264, 269, 271〜273
中村 璋八 …………… 34, 35

中村 真一郎 …………
　　55, 56, 63, 86, 89
中村 雪香 ……………… 137
中村 宗一 ……………… 208
中村 多麻 ……………… 121
中村 鳥堂 ……………… 30
中村 経年 ……………… 216
中村 德五郎 ……… 119, 182
中村 啓信 ……………… 2, 10
中村 博保 ……………
　　249, 315, 317, 320, 321
中村 通夫 ……………… 323
中村 宗彦 ……………… 109
中村 幸彦 …………… 229,
　　236, 239, 244, 251, 256,
　　258, 276, 305, 313〜317,
　　320〜322, 324, 325
中村 幸弘 ………… 101, 234
中村 諒一 …………… 72〜74
中本 環 ………………… 198
中山 美石 ……………… 41
中山 義秀 …… 63, 169, 170
中山 久四郎 …………… 246
中山 幸子 ……………… 66
中山 崇 ………………… 57
中山 千夏 ……………… 2
中山 泰昌 …… 4, 12, 17, 33,
　　36, 39, 41〜47, 49, 50,
　　61, 65, 90, 99, 107, 121,
　　132〜135, 138〜140,
　　144, 147〜149, 158,
　　164, 168, 171, 175,
　　177, 178, 224, 232,
　　235, 248〜252, 289

名古屋国文学研究会
　　……………………… 155
夏見 知章 ………… 259, 260
夏目 成美 ……………… 269
名波 弘彰 ……………… 173
名畑 応順 ………… 202, 206
生田目 経徳 … 38, 163, 165

著者名索引

並木 宏衛 ････････････ 22
浪本 沢一 ････････････ 271
奈良 一彦 ････････････ 332
奈良 正一 ････････････ 103
楢崎 隆存 ････････････ 120
奈良本 辰也 ･･････････ 229
南波 浩 ･･････ 51, 57, 91, 95

【に】

新川 雅朋 ････････････ 144
仁枝 忠 ･･････････････ 278
西 恵子 ･･････････････ 117
西 順蔵 ･･････････････ 246
西尾 光一 ････ 103, 177～180
西尾 光雄 ････････････ 116
西尾 実 ･･････････････
　　　190, 195, 196, 206, 211
西岡 和彦 ････････････ 234
西岡 淳 ･･････････････ 238
西川 芳治 ････････････ 143
錦 仁 ･････････････ 43, 143
錦織 周一 ････････････ 44
西沢 正史 ･･････ 171, 186
西沢 正二 ････････････
　　　107, 142, 154, 159, 185
西沢 美仁 ･･････ 146, 147
西下 経一 ･･････ 38, 39, 118
西嶋 和夫 ･･････ 208, 209
西津 弘美 ･･････ 163, 164
西田 兼三 ････････････ 257
西田 耕三 ････････････ 110
西谷 元夫 ････････････ 255
西角井 正慶 ･･････････ 17
西野 寿二 ････････････ 25
西野 辰吉 ････････････ 289
西野 春雄 ････････････ 221

西原 功 ･･････････････ 282
西原 亮 ･････････ 284, 285
西部 文雄 ････････････ 237
西丸 妙子 ････････････ 49
西宮 一民 ････ 5, 8, 10, 24, 101
西村 惠信 ･･････ 209, 210
西村 真一 ････････････ 150
西村 真次 ･･････････ 17, 166
西村 亨 ･･････････････ 110
西本 寮子 ････････････ 156
西山 秀人 ････････････ 120
西山 松之助 ･･････････ 333
西山 隆二 ････････････ 266
新田直 ･･････････････ 225
新田 寛 ･････････ 248, 268
二橋 進 ･･････････････ 198
日本古典文学会 ･･････
　　　　　　40, 45, 47, 50
日本思想研究会 ･･････ 230
日本総合教育研究会
　････････････････････ 242
日本電報通信社 ･･････ 17
丹羽 文雄 ･･･ 296, 298, 300

【ぬ】

沼波 瓊音 ･･････ 191, 285
沼波 守 ･･････ 75, 80, 85
沼口 信一 ･･････ 196, 245
沼沢 竜雄 ････････ 65, 171

【ね】

根本 敬三 ････････････ 88

【の】

農山漁村文化協会 ･･････ 230
野上 豊一郎 ･･ 220, 221, 223
野木 可山 ････････････ 143
野口 武彦 ････････････ 234
野口 元大 ････ 59, 60, 76, 91
野坂 昭如 ･･････ 106, 176
野崎 典子 ････････････ 180
野沢 拓夫 ････････････ 146
能勢 朝次 ･･･ 191, 219, 223,
　　　248, 260, 262, 264, 270
能勢朝次著作集編集委員会
　　　150, 219, 260, 270
野田 健次郎 ･････････ 230
野田 寿雄 ･･･ 293, 300, 302
野中 和孝 ････････････ 148
野中 春水 ･･･ 121, 142, 143
野中 哲照 ････････････ 165
野々村 戒三 ･･ 220, 223, 224
信国 英夫 ････････････ 324
延広 真治 ･･････ 335, 338
野間 光辰 ･･･
　　　295, 302, 306, 308, 330
野間 宏 ･･････････ 204, 205
野村 一三 ･･････ 259, 276
野村 精一 ･･･ 76, 112, 126
野村 宗朔 ････････････ 171
野村 隆英 ････････････ 171
野村 八良 ････････････ 177

【は】

俳文学大系刊行会
　･･････････ 254, 255, 268
芳賀 明夫 ････････････ 90
芳賀 登 ･･････････････ 231

日本古典文学案内－現代語訳・注釈書　399

著者名索引

芳賀 矢一 …… 16, 36, 38, 41～43, 134, 135, 161, 179, 180, 191, 220, 251
萩谷 朴 …… 49, 94, 121, 122, 126, 128, 133, 157
萩野 由之 … 59, 87, 92, 107, 124, 156, 163, 164, 178
萩原 恭男 …………… 266, 267, 271, 272
萩原 蘿月 …………… 269
羽倉 敬尚 …………… 331
羽毛田 義人 ………… 130
筥崎 博道 …………… 156
橘 間石 …………… 267
橋田 邦彦 ……… 211, 212
橋田 東声 …………… 16
橋村 和紀 …… 260, 272, 273
橋本 朝生 …… 51, 153, 224
橋本 治 …… 123, 124, 141
橋本 登行 ……… 330, 333
橋本 武 … 56, 123, 142, 192
橋本 達雄 …………… 25
橋本 達広 …………… 120
橋本 不美男 …… 118, 142
橋本 政宣 …………… 252
橋本 吉弘 …………… 142
蓮田 善明 …………… 1, 2
長谷川 端 …… 166, 167
長谷川 強 …………… 257, 290, 295, 313, 331
長谷川 哲夫 …… 137, 138
長谷川 政春 …… 122, 289
長谷川 零余子 ……… 276
畑 邦吉 …………… 212
秦 恒平 …………… 123
秦 澄美枝 …………… 36
畠山 健 ……… 15, 161
畠中 亀之助 ………… 184
畑中 多忠 …………… 249

服部 畊石 …………… 262
服部 幸造 …………… 163
服部 藤旦 …………… 333
花田 富二夫 ………… 294
花立 三郎 …………… 247
花上 和広 …………… 45
花の本 秀三 ………… 261
花見 朔巳 …… 167, 225
花山 勝友 …………… 131
花山 信勝 …………… 131
羽生 永明 …………… 252
馬場 あき子 … 190, 219, 223
羽深 律 ……… 319, 320
浜 森太郎 …………… 332
浜 久雄 …………… 228
浜口 博章 …………… 182
浜田 数義 ……… 31, 44
浜田 義一郎 … 281, 285, 327
浜田 啓介 …………… 321
浜田 酒堂 …… 260, 273
浜千代 いづみ ……… 174
浜千代 清 …………… 150
浜中 修 …………… 159
浜中 貫始 …………… 60
浜野 知三郎 …… 167, 171
早川 幾忠 ……… 26, 38
早川 厚一 …… 172～174
早川 純三郎 ………… 169
早川 甚三 …………… 172
林 大 …………… 33
林 古渓 …………… 33
林 武彦 …… 100, 125, 233
林 達也 …………… 132
林 寿彦 …………… 110
林 望 ……… 120, 222
林 久良 …………… 325
林 マリヤ …………… 45

林 美一 ……… 328, 329
林 陸朗 ……… 102, 110
林田 慎之助 ………… 244
林田 正男 ……… 25, 31
葉山 修平 …………… 165
速水 博司 …… 123, 126
原 景忠 …………… 141
原 慎定 …………… 215
原 道生 …………… 308, 338, 344, 349, 357
原岡 文子 ……… 76, 117
原田 勘平 …………… 247
原田 種夫 …………… 289
原田 敏明 …… 108, 109
原田 芳起 …………… 59
原水 民樹 …………… 110
春田 裕之 …………… 57
春野 裕 …………… 330
春山 頼母 …………… 90
半田 良平 …… 250, 261, 262

【ひ】

PHP研究所 ………… 3
檜垣 孝 …………… 149
東 明雅 …… 296～300, 302, 303, 306, 308, 309, 312
樋口 功 …………… 261, 264, 265, 268, 272
樋口 秀雄 …………… 291
樋口 百合子 ………… 31
樋口 芳麻呂 …… 36, 132, 133, 149, 150, 154, 157
久恒 啓子 …………… 27
久富 哲雄 …… 261, 263, 264, 266, 267, 269, 275, 278
久松 潜一 …………… 11, 13, 17～20, 35～37, 39, 41～43, 50, 57, 60,

著者名索引　　　　　　　　　　　ふしひら

75, 80, 91, 93〜95, 101, 112, 118, 121, 125, 133, 134, 136, 145, 146, 148, 154, 162, 172, 178, 190, 195, 250〜253, 270
菱沼 惇子 ……………… 73
尾頭 信一 ……… 184, 189
尾藤 正明 …………… 237
尾藤 正英 …………… 229
日野 竜夫 ……………
　　234, 236, 238, 240, 243, 244, 246, 247, 315
桧谷 昭彦 …………… 293
平井 照敏 …………… 267
平井 頼吉 ……… 174, 175
平岩 弓枝 …………… 318
平岡 正明 …………… 318
平川 恵実子 ………… 196
柊 源一 ……………… 218
平沢 竜介 …………… 13
平島 進 ……………… 319
平田 内蔵吉 ………… 13
平田 澄子 …………… 144
平田 喜信 … 42, 45, 112
平塚 武二 …………… 118
平塚 トシ子 ………… 48
平野 秀吉 ……… 23, 24
平野 宗浄 …………… 198
平野 太一 …………… 191
平野 宣紀 …………… 147
平野 日出雄 ………… 324
平野 美樹 …………… 48
平野 由紀子 … 45, 47, 88
平林 治徳 ……… 65, 357
平林 文雄 ……… 87, 88
比留間 喬介 ………… 183
ひろ さちや …… 205, 211
広池 千九郎 ………… 35
広木 一人 ……… 132, 151

広沢 知晴 …………… 320
広嶋 進 ………… 304, 309
広末 保 ……………… 347
広瀬 菅次 …………… 194
廣瀬 惺 ……………… 202
広瀬 正雄・孝子 …… 243
広瀬 豊 ………… 230, 246
広田 栄太郎 ………… 249
広田 二郎 …………… 271

【ふ】

笛木 謙治 …………… 1
深沢 賢治 …………… 241
深津 睦夫 ……… 139, 142
福井 久蔵 … 150, 151, 249
福井 貞助 ……………
　　56, 89, 90, 92, 94, 95
福井市市民生活部生活文化課
　　……………………… 251
福沢 武一 …………… 25
福島 忠利 ……………
　　298, 299, 305, 307
福島 理子 ……… 239, 246
福田 晃 ……………… 173
福田 清人 …………… 163
福田 景門 …………… 144
福田 豊彦 …………… 163
福田 秀一 …………… 146, 147, 181, 182, 184〜186
福田 百合子 ………… 154
福田 亮成 …………… 130
福永 武彦 ……………
　　1〜3, 7, 104〜106, 158
福永 弘志 …………… 90
福原 武 ……………… 1
復本 一郎 ……………
　　151, 270, 271, 295
福本 義亮 …………… 231

富士 昭雄 ……… 295〜298, 300〜307, 309〜312
富士 正晴 ……… 264, 265, 293, 294, 296, 298, 300
藤井 乙男 …………… 57, 88, 119, 156, 179, 183, 187, 252, 334, 339, 340
藤井 貞和 …… 61, 66, 156
藤井 紫影 ……………
　　273, 339, 350, 354
藤井 実応 …………… 216
藤井 喬 ……………… 331
藤井 伝平 …………… 233
藤井 寛 …………… 16〜19
藤井 学 ………… 227, 229
藤岡 作太郎 ………… 34
藤岡 忠美 …………… 47, 49, 51, 55, 89, 111, 112, 115〜118, 122, 127, 128
藤川 忠治 ……… 37, 134
富士川 英郎 ……………
　　35, 196, 235, 237, 238, 240, 243, 244, 248
藤河家 利昭 ………… 66
藤崎 生雲 …………… 235
藤崎 由之助 ………… 241
藤田 朝枝 …………… 142
藤田 一尊 ……… 182, 186
藤田 真一 …………… 277
藤田 徳太郎 ……… 96, 97, 119, 153, 231〜233, 287
藤田 豪之 …………… 191
藤田 浩 …………… 26, 31
藤田 洋治 …………… 45
藤田 良実 …………… 281
藤縄 敬五 ……… 142, 143
藤縄 慶昭 …………… 271
富士野 鞍馬 …… 281, 285
藤野 義雄 ……………
　　336, 342, 347, 350, 354
藤平 春男 … 132, 146, 185

日本古典文学案内−現代語訳・注釈書　　401

著者名索引

藤村 作 ‥ 10, 16, 54, 58, 60, 61, 88, 91, 92, 94, 95, 98, 104, 108, 116, 118, 119, 122, 156～158, 163, 165, 169, 174, 182, 191, 194, 219, 255, 262, 275, 279, 295, 296, 298, 300～303, 306～311, 314, 316, 318, 336, 338, 357
藤本 一恵 ‥‥‥ 42, 45, 48
藤本 義一 ‥‥‥‥‥‥ 315
藤本 実 ‥‥‥‥‥‥‥ 252
藤森 朋夫 ‥ 16, 19, 20, 22, 93
藤森 政次郎 ‥‥‥‥‥ 193
藤善 真澄 ‥‥‥‥‥‥ 129
藤原 真彦 ‥‥‥‥‥‥ 161
「筆のすさび」現代語訳註委員会 ‥‥ 240
船越 尚友 ‥‥‥‥‥‥ 141
舟橋 聖一 ‥‥ 71, 83, 189
古井戸 秀夫 ‥‥‥‥‥ 356
古川 薫 ‥‥‥‥‥‥‥ 230
古川 雅山 ‥‥‥‥‥‥ 199
古川 久 ‥‥‥ 219, 221, 224
古田 紹欽 ‥‥‥‥ 208, 211
古田 足日 ‥‥‥‥‥‥ 293
古橋 一男 ‥‥‥‥‥‥ 278
古谷 順一郎 ‥‥‥‥‥ 332
古屋 孝子 ‥‥‥‥‥‥ 51
古谷 義徳 ‥‥‥‥‥‥ 195
古山 高麗雄 ‥‥‥ 106, 176
文芸塔社 ‥‥‥‥‥‥ 281

【へ】

平安私家集研究会 ‥‥‥ 45
平安文学輪読会 ‥‥ 48, 50
碧潭会 ‥‥‥‥‥‥‥ 211
逸見 仲三郎 ‥‥‥‥‥ 193

【ほ】

方外道人 ‥‥‥‥‥‥ 235
法眼 慈応 ‥‥‥‥‥‥ 247
宝文館編輯所 ‥‥‥‥ 171
外間 守善 ‥‥‥‥‥‥ 288
保坂 弘司 ‥‥‥ 29, 41, 67, 100, 101, 137, 196
星 新一 ‥‥‥‥‥‥‥ 89
星加 宗一 ‥‥‥‥‥‥ 271
星野 元豊 ‥‥‥‥‥‥ 202
星野 忠直 ‥ 90, 120, 189, 193
星野 五彦 ‥‥‥‥‥ 27, 30
穂積 以貫 ‥‥‥‥‥‥ 334
細井 富久子 ‥‥‥‥‥ 76
細川 景一 ‥‥‥‥‥‥ 241
細川 涼一 ‥‥‥‥‥‥ 199
細野 哲雄 ‥‥‥‥‥‥ 190
堀田 璋左右 ‥‥‥‥‥ 159
堀田 善衛 ‥‥‥‥ 188, 192
堀 教通 ‥‥‥‥‥ 215, 216
堀 志保美 ‥‥‥‥‥‥ 48
堀 信夫 ‥‥ 261, 270, 275, 278
堀内 寛仁 ‥‥‥‥‥‥ 130
堀内 秀晃 ‥‥ 54, 58, 91, 117
堀江 秀雄 ‥‥‥‥‥ 8, 162
堀尾 青史 ‥‥‥‥‥‥ 303
堀川 貴司 ‥‥‥‥‥‥ 242
堀切 実 ‥‥ 151, 259, 267, 270
堀口 悟 ‥‥‥‥‥‥‥ 87
堀口 順一朗 ‥‥‥‥‥ 344
堀越 喜博 ‥‥‥‥‥‥ 61
本位田 重美 ‥‥‥ 39, 66, 99, 146, 185
本郷 和人 ‥‥‥‥‥‥ 160
本田 康雄 ‥‥‥‥‥‥ 323
本田 安次 ‥‥‥‥‥‥ 52
本朝麗藻を読む会 ‥‥‥ 34
本間 誠司 ‥‥‥‥‥‥ 284
本間 洋一 ‥‥‥‥‥ 34, 35

【ま】

毎田 周一 ‥‥‥‥‥‥ 204
前嶋 成 ‥‥‥‥‥‥‥ 191
前園 直健 ‥‥‥‥‥‥‥ 1
前田 愛 ‥‥‥‥‥‥‥ 313
前田 晁 ‥‥‥‥‥ 174, 175
前田 金五郎 ‥‥‥ 258, 293, 297, 298, 301, 308～310
真柄 和人 ‥‥‥‥‥‥ 217
牧江 春夫 ‥‥‥‥ 248, 253
正宗 敦夫 ‥‥‥‥‥‥ 97
真下 良祐 ‥‥‥‥‥‥ 263
増古 和子 ‥‥‥‥ 176, 178
増田 于信 ‥‥‥ 38, 41, 61, 67, 120, 175, 192, 220
増田 繁夫 ‥‥‥‥‥‥ 42, 44, 113, 114, 126
益田 宗 ‥‥‥ 165, 175, 190, 195
増田 政江 ‥‥‥‥ 282, 286
増谷 文雄 ‥‥‥‥‥‥ 201, 208, 210, 211
増淵 勝一 ‥‥‥‥ 110, 159
増淵 恒吉 ‥‥‥‥‥ 96, 97
町田 忠司 ‥‥‥‥‥‥ 40
待鳥 清九郎 ‥‥‥ 161, 184
松井 駑十 ‥‥‥‥‥‥ 266
松井 博信 ‥‥‥ 183, 184, 189
松浦 一六 ‥‥‥‥‥‥ 255
松浦 貞俊 ‥‥‥‥ 109, 123
松尾 葦江 ‥‥‥‥ 164, 166
松尾 勝郎 ‥‥‥‥‥‥ 255

松尾 聡 ……………… 13, 58, 61, 63, 67, 68, 74, 75, 86, 91, 93, 123, 124, 194
松尾 靖秋 ………………… 255, 266, 269, 273
松岡 静雄 ……… 25, 30
松岡 ひでたか ……… 218
真継 伸彦 …… 201, 203
松坂 弘 ……………… 249
松崎 仁 …… 296, 299, 301, 302, 304, 305, 307, 309, 311, 340, 356, 357
松下 雅雄 ……………… 12
松田 修 ……………… 190, 294, 297, 302, 311, 314
松田 成穂 …… 37, 38, 135
松田 二郎 …… 249, 331
松田 武夫 …… 39, 40, 126
松田 道雄 ……………… 239
松田 好夫 ……………… 142
松平 進 ……………… 349
松平 操子 ……………… 31
松永 昌三 ……………… 230
松永 暢史 ……………… 31
松野 純孝 ……………… 204
松野 陽一 …… 43, 134
松延 市次 ……………… 48
松林 靖明 ………………… 109, 110, 165, 174, 175
松原 一義 ……………… 93
松原 秀江 ……………… 306
松村 明 …… 237, 238
松村 英一 …… 13, 150
松村 誠一 …… 93, 119
松村 武夫 ……………… 161
松村 博司 …… 87, 99, 101
松村 雄二 ……………… 186
松本 章男 ……………… 174
松本 三之介 …… 230, 231
松本 志郎 ……………… 205
松本 二郎 ……………… 231
松本 節子 ……………… 277
松本 隆信 ……………… 159
松本 直樹 ……………… 11
松本 真奈美 …… 46, 47, 49
松本 寧至 ……………… 185
松本 義弘 … 3, 141, 167, 265
真殿 皎 ………………… 7
真鍋 昌弘 …… 51, 153
馬渕 和夫 …… 104〜106, 108
間宮 厚司 ……………… 28
真屋 晶 …… 192, 205, 248
黛 弘道 ……………… 26
マール社編集部 …… 143
丸屋 おけ八 …… 320
丸山 一彦 …… 277〜280
丸山 作楽 ……………… 3
丸山 二郎 …… 4, 160
丸山 真幸 ……………… 54
丸山 雄二郎 …… 12
丸山 林平 ……………… 4
万葉語学文学研究会 ………………… 29

【み】

三浦 圭三 …… 38, 39, 100, 101, 194, 265, 266
三浦 佑之 …… 3, 6
三浦 尚司 ……………… 237
三上 七十郎 …… 141
三木 五百枝 …… 161, 177, 182
三木 紀人 ………… 103, 176, 177, 179, 180, 188, 190, 192, 195, 205
三木 慰子 ……………… 267
岬 竜一郎 ……………… 241

三島 安精 ……………… 218
三嶋 健男 ……………… 233
水上 勉 …… 170, 346
水川 喜夫 …… 110, 182, 186
水木 直箭 …… 281, 331
水木 ひろかず …… 239
水木 真弓 ……………… 281
水島 直文 ……………… 252
水島 義治 ……… 25, 30
水田 潤 ……………… 142
水田 紀久 …… 240, 243, 247
水谷 清 ……………… 5
水谷 幸正 ……………… 217
水谷 不倒 ……………… 339
水野 聡 …… 205, 223
水野 稔 ………………… 289, 316, 318, 320, 325
水野 弥穂子 ‥ 206, 208〜215
水原 一 …… 172, 190
三角 洋一 ………………… 92, 156, 157, 185, 186
溝江 徳明 ……………… 93
溝口 駒造 …… 97, 162
溝口 白羊 …… 122, 191
溝口 雄三 ……………… 241
見滝 伸忠 ……………… 332
三谷 栄一 …… 60, 66, 87, 88, 91, 92, 119, 195
三谷 邦明 …… 60, 92
三谷 幸子 ……………… 116
三谷 茉沙夫 …… 281
三田村 鳶魚 ………………… 296〜298, 300, 302, 307, 308, 310, 324
三田村 熊之助 …… 141
三井 教純 …… 64, 127
三栗 中実 ……………… 101
三橋 正 ……………… 119
緑川 新 ……………… 164

水上 勉 …………… 170	宮村 千素 …………… 233	村瀬 敏夫 ……… 119, 120
南 茂樹 …………… 336	宮本 三郎 ……………	村瀬 秀雄 ………… 216
南 信一 … 30, 259, 260, 273	258, 260, 264, 270～273	村田 穆 …… 91, 298, 308
南 晨起郎 ………… 284	宮本 常一 …………… 332	村田 直行 ………… 266
南 得二 …………… 282	宮脇 昌三 …………… 279	村田 紀子 … 181, 184, 185
岑 清光 …………… 31	三好 英二 …………… 147	村松 定孝 ………… 168
峯 陽 ……………… 15	三好 松洛 …………… 334	村松 梢風 ………… 104
峯岸 義秋 …… 13, 132, 133	三好 嘉子 …………… 236	村松 友次 ……………
峯村 文人 … 38, 134, 135, 195	三輪 杉根 …………… 177	261, 269, 272, 275
美濃部 重克 …… 164, 178		村松 友視 ………… 142
御橋 悳言 ……………	【む】	村山 陽 …………… 253
161, 165, 173, 175, 176		室城 秀之 ……………
宮 栄二 …………… 332	夢中 山人 …………… 322	46, 47, 59, 60, 154, 155
宮 柊二 …………… 141	武藤 禎夫 … 254, 327, 328	室木 弥太郎 ……… 335
宮 次男 …… 168, 190, 195	武藤 敏 …………… 144	室伏 信助 ……… 89, 90
宮尾 しげを … 327, 328, 330	武藤 元昭 …………… 324	室松 岩雄 …… 11, 59,
宮尾 与男 …… 327, 328	武藤 元信 …………… 125	61, 65, 87, 90, 93, 95, 97,
宮川 康雄 ………… 150	宗政 五十緒 …………	106, 114, 121, 124, 128,
宮城 亜亭 ………… 284	236, 239, 257, 302,	157, 164, 167, 171, 177,
宮城 謙一 …………… 57	303, 307, 308, 311, 331	183, 189, 193, 220, 231
三宅 晶子 …… 221, 222	『無名草子』輪読会 … 155	室山 源三郎 … 282, 285
三宅 邦吉 ………… 265	村井 順 ……… 146, 195	
三宅 嘯山 ………… 256	村井 康彦 ………… 108	【め】
三宅 正彦 ………… 229	村尾 元融 ………… 102	
宮坂 宥勝 …… 129～131	村尾 誠一 ………… 140	明治書院 ………… 259
宮崎 荘平 …… 48, 127	村上 治 …………… 112	明治書院編輯部 …… 189
宮崎 道生 …… 237, 238	村上 莞爾 …………… 25	明治聖徳記念学会 … 101
宮地 維宜 ………… 249	村上 元三 ………… 337	目加田 さくを ……
宮下 清計 …………… 94	村上 学 …………… 163	44, 48, 49, 94
宮下 隆二 ………… 181	村上 清一郎 ………… 14	目崎 徳衛 ………… 144
宮田 小夜子 … 56, 111, 127	村上 忠順 … 3, 101, 140	
宮田 正信 …… 277, 285	村上 忠浄 ………… 140	【も】
宮田 雅之 ………… 89	村上 春樹 ………… 110	
宮田 光 …… 154, 157, 184	村上 寛 …… 161, 162, 167	毛利 正守 …………… 30
宮田 和一郎 … 59, 61, 62,	村上 三佐保 …… 17, 18	物集 高量 …… 4, 16, 38,
88, 94, 118, 119, 155, 339	村上 美登志 ………… 165	57, 61, 65, 90, 95, 97, 98,
宮永 孝 …………… 332	村木 清一郎 …… 13, 14	100, 103, 114, 121, 125,
美山 靖 …… 316, 317	村瀬 一郎 ………… 238	128, 161, 162, 171, 183,
		189, 220, 237, 265, 268,
		301, 302, 306, 308～311,
		339, 342～344, 352, 354

著者名索引

物集 高見 ………… 4, 8, 11, 16, 52, 101, 103, 112, 114, 118, 161, 231, 235
望月 光 …………… 143
望月 世教 …………… 1
本居 豊穎 ………… 3, 61
元田 竹彦 …………… 236
元吉 進 …………… 66
森 淳司 ………… 15, 31
森 修 …………… 338, 341, 346, 349, 352, 353
森 敬三 …………… 12, 150, 248, 249, 252
森 西洲 …………… 203
森 銑三 …………… 285
森 貘郎 ……… 274, 278
森 秀人 …………… 105
森 正人 ……… 105, 108
森川 昭 …………… 150, 255～257, 266
森崎 蘭外 …………… 236
森重 敏 …… 46, 128, 147
森下 純昭 …………… 154
森田 鷗東 …………… 280
森田 喜郎 ……… 316, 317
森田 義郎 …………… 16
森田 武 …………… 293
森田 悌 …………… 103
森田 蘭 …………… 277
森野 宗明 …………… 55
森野 雪江 …………… 183
森本 健吉 …………… 17
森本 治吉 … 13, 16～18, 22
森本 茂 …………… 57
守本 順一郎 …………… 246
森本 種次 ……… 183, 330
森本 種次郎 …………… 168
森本 元子 …………… 44, 49, 50, 86, 116, 183

守屋 省吾 ……… 76, 118
森山 右一 ……… 121, 161
森山 弘毅 …………… 153
森山 重雄 …………… 295
もろさわ ようこ ‥ 105, 106
文集百首研究会 …… 133

【や】

八木 敬一 ……… 282, 285
矢島 貞 ………… 5, 6
矢島 渚男 …………… 255
矢代 和夫 …………… 109, 110, 159, 174, 175
安井 大江丸 …………… 273
安井 小洒 ……… 258, 274
安井 久善 ……… 166, 167
安岡 章太郎 …… 324, 357
安田 章 ……… 223, 224
安田 喜代門 …………… 37
安田 孝子 ……… 179, 180
安田 徳子 …………… 48
保田 与重郎 …… 22, 27
安永 寿延 …………… 229
安良岡 康作 ‥ 187, 188, 192, 195, 196, 204～206, 209
谷戸 貞彦 …… 15, 58, 153
弥富 破摩雄 …………… 12
柳井 滋 ……… 76, 80, 86
梁川星巌全集刊行会 …………… 246
柳 宗悦 …………… 144
柳田 国男 …………… 255
柳田 聖山 ……… 198, 248
柳田 忠則 …………… 95
柳田 良一 …………… 284
柳瀬 彰弘 …………… 203

簗瀬 一雄 ‥‥ 134, 142, 145, 181～183, 187, 189, 190
柳瀬 喜代志 …………… 109, 110, 174, 175
梁岳 碧冲 …………… 247
矢羽 勝幸 …………… 255, 274, 278～280
藪小路 雅彦 …………… 141
山内 二郎 …………… 125
山川 安人 …………… 259
山岸 徳平 …………… 20, 34～37, 39, 41～43, 50, 57, 60, 68, 75, 76, 78, 80, 81, 86, 91, 93～95, 101, 104, 107, 112, 118, 121, 125, 134, 136, 154, 172, 178, 190, 195, 196, 235
山口 愛川 …………… 62
山口 明穂 …… 133, 171, 217
山口 志義夫 …………… 233
山口 純子 …………… 265
山口 仲美 …… 106, 124
山口 正代 …………… 67
山口 康子 …………… 108
山口 佳紀 ……… 2, 3, 5, 6
山口 里仙 …………… 278
山口 良祐 …………… 76
山崎 喜好 …………… 262, 266, 270, 272
山崎 敏夫 ……… 135, 136
山崎 麓 ……… 16, 321
山崎 正一 …………… 210
山崎 正和 …………… 166, 167, 188, 192
山崎 正伸 …………… 44
山崎 美成 …………… 233
山崎 良幸 ……… 76, 77
山崎 龍明 …………… 205
山沢 英雄 …………… 286
山路 閑古 …………… 281, 282, 284, 328, 330

日本古典文学案内―現代語訳・注釈書　405

著者名索引

山路 平四郎 ………… 12
山下 一海 ……… 256, 261, 267, 273〜275, 277, 278
山下 民城 ………… 103, 198
山下 登喜子 ………… 273
山下 宏明 …………… 166, 168, 173, 174
山下 道代 ………… 40, 46
山城 賢孝 ………… 29
山田 昭夫 ……… 285, 286
山田 秋甫 ………… 252
山田 準 ………… 239, 240
山田 昭全 …… 176, 179, 180
山田 琢 ………… 245
山田 武司 ………… 225
山田 俊夫 ………… 195
山田 俊雄 ………… 227
山田 直巳 ………… 76
山田 野理夫 ……… 318, 319
山田 永 ………… 3
山田 美妙 ……… 334, 339
山田 宗睦 ………… 7, 10
山田 安栄 ………… 280
山田 孝雄 …………… 62, 63, 67, 68, 77, 78, 81, 91, 107, 108, 121, 172
大和物語輪読会 ………… 95
山名 彦三郎 ………… 190
山中 裕 ‥ 98〜100, 126, 127
山根 対助 ………… 103
山根 為雄 …… 315, 346, 354
山根 有三 ………… 295
山井 幹六 ………… 237
山井 湧 ………… 241
山内 潤三 ………… 54
山本 いずみ ………… 157
山本 一彦 …………… 56, 117, 120, 145, 188

山本 和義 …………… 236, 240, 243, 246
山本 吉左右 ………… 335
山本 九馬亭 ………… 334
山本 健吉 …………… 14, 25, 43, 255, 256, 260, 261, 263, 265, 306
山本 武雄 ………… 249
山本 登朗 ………… 35
山本 利達 ………… 128
山本 一 ……… 132, 145
山本 藤枝 ………… 166
山本 史代 ………… 86
鑓田 亀次 ………… 118

【ゆ】

湯浅 温 ………… 246
湯浅 常山 ………… 292
祐田 善雄 …………… 335, 347, 350, 354
柚利 淳一 ………… 233
弓削 繁 ………… 159
湯之上 早苗 …… 43, 152
由良 琢郎 …… 36, 58, 112

【よ】

幼学の会 ……… 34, 187
横井 雄峯 ………… 208
横沢 三郎 ……… 272, 273
横道 万里雄 ………… 220
横山 邦治 ……… 313, 318
横山 重 ……… 309, 310
横山 寿賀子 ………… 98
横山 青娥 …… 36, 98, 178, 302〜305, 307, 310, 311
横山 正 ……… 335, 337

横山 弘 …… 236, 240, 243
横山 芳郎 ………… 322
与謝野 晶子 …………… 61〜64, 67〜69, 72〜74, 77〜82, 84, 85, 98, 110, 113, 114, 127
吉井 勇 …………… 62, 142, 295〜298, 308
吉井 巌 ………… 24, 26
吉池 浩 ……… 118, 190
吉江 久弥 ………… 258
吉岡 曠 …… 56, 75, 90, 117
吉海 直人 … 61, 76, 143, 144
吉川 貫一 ………… 57
吉川 幸次郎 …… 234, 238
吉川 泰雄 ………… 119
吉川 理吉 ………… 93
吉沢 和夫 ………… 167
芳沢 勝弘 ……… 227, 228
吉沢 靖 ………… 284
吉沢 義則 …………… 54, 57, 61, 65, 68, 75, 77, 78, 80〜82, 85〜88, 91, 92, 94, 110, 113, 116, 135, 156, 171, 172, 194, 339
吉田 金彦 ………… 30
吉田 欣也 ………… 221
吉田 九郎 ………… 90
吉田 幸一 …………… 260, 263, 272, 273
吉田 茂 ………… 45, 48
吉田 精一 ……… 281, 285
吉田 常吉 ………… 231
吉田 東伍 ……… 222, 223
吉田 陶泉 ………… 221
吉田 冬葉 ………… 276
吉田 豊 ……… 290, 293
吉田 義雄 ………… 262
吉地 昌一 …………… 144, 249, 250, 253

406　日本古典文学案内－現代語訳・注釈書

吉野 進一 ……… 188, 205
吉野 秀雄 ……… 26, 253
吉野 正美 ……… 26, 31
吉野 裕 ……………… 10
吉松 祐一 …… 183, 184, 333
吉村 重徳 …… 61, 175, 336
好村 友江 …………… 49
吉行 淳之介 …… 296〜301
与田 準一 ……………… 3
四元 学堂 …………… 246
米沢古文書研究会 …… 142
米山 宗臣 …………… 144
頼富 本宏 …………… 130
頼政集輪読会 ………… 45

【ら】

頼 成一 ……………… 247
頼 惟勤 ………… 240, 247
頼 桃三郎 …… 339, 354
蘭方 かおり …………… 30

【り】

龍川 清 ……………… 328
竜粛 ………………… 159
ryo ………………… 28

【れ】

冷泉 貴実子 ………… 144

【ろ】

弄花 軒能 …………… 66

【わ】

若月 保治 …………… 338
若林 為三郎 …… 266, 267
若林 寅四郎 ………… 259
脇山 七郎 …………… 22
早稲田大学図書館 …… 318
早稲田大学編輯部 …… 313
和田 明美 ………… 76, 77
和田 修 …………… 356
和田 伝 …………… 104
和田 英松 …………… 162
和田 英道 …………… 185
和田 万吉 ……… 220, 224
和田 稔 …………… 207
渡瀬 昌忠 …………… 25
綿谷 雪 …………… 274
渡辺 昭宏 …………… 131
渡辺 憲司 …………… 294
渡邉 晃純 …… 202, 203, 206
渡辺 五郎三郎 ……… 244
渡辺 静子 …… 182, 184, 186
渡辺 照宏 ……… 129, 130
渡辺 信一郎 ………… 282
渡辺 卓 …………… 13
渡辺 綱也 ……… 177, 179
渡辺 信夫 …………… 265
渡辺 秀英 ……… 248, 253
渡辺 弘人 …………… 193
渡辺 宝陽 ……… 215, 216
渡辺 光敏 ……………… 5
渡辺 実 ………… 57, 126
渡辺 守邦 …………… 294
渡部 泰明 …………… 132
渡辺 裕美子 ………… 133

渡辺 喜之 …………… 357
渡辺 世祐 …………… 230
綿抜 豊昭 …… 58, 142, 143
渡部 保 …………… 147
渡 浩一 …………… 158

読んでおきたい名著案内
教科書掲載作品13000（高校編）
阿武泉 監修　A5・920頁　定価9,800円（本体9,333円）　2008.4刊

読んでおきたい名著案内
教科書掲載作品　小・中学校編
A5・700頁　定価9,800円（本体9,333円）　2008.12刊

1949〜2006年の国語教科書に掲載された全作品（小説・詩・戯曲・随筆・評論・古文など、高校編では俳句・短歌・漢文も）を収録。作品が掲載された教科書名のほか、その作品が収録されている一般図書も一覧できる。

日本の文学碑
宮澤康造,本城靖 監修

1 近現代の作家たち
A5・430頁　定価8,925円（本体8,500円）　2008.11刊

2 近世の文人たち
A5・380頁　定価8,925円（本体8,500円）　2008.11刊

全国に散在する文学碑10,000基を収録した文学碑ガイド。各作家名・文人名から、碑文、所在地、碑種のほか、各作家・文人のプロフィールや参考文献も記載。「県別索引」により近隣の文学碑も簡単に調べられる。

短編小説12万作品名目録　続・2001-2008
B5・1,510頁　定価24,990円（本体23,800円）　2009.4刊

短編小説の作品名からその掲載図書（全集・アンソロジー）が調べられる目録。2001〜2008年に刊行された短編小説を収載している図書1.5万点に掲載された作品のべ12万点を収録。

最新　文学賞事典2004-2008
A5・490頁　定価14,910円（本体14,200円）　2009.3刊

最近5年間の小説、評論、随筆、詩、短歌、児童文学など、文学関連の466賞を一覧できる「文学賞事典」の最新版。賞の概要（由来・趣旨、主催者、選考委員、賞金、連絡先等）と受賞者、受賞作品、受賞理由がわかる。

データベースカンパニー
日外アソシエーツ　〒143-8550　東京都大田区大森北1-23-8
TEL.(03)3763-5241　FAX.(03)3764-0845　http://www.nichigai.co.jp/